# 鲁迅与现代文化价值重建

## 纪念鲁迅140周年诞辰国际学术会议暨第六届绍兴文化峰会论文选集

绍兴市社会科学界联合会
绍兴文理学院鲁迅研究院
乐山师范学院四川郭沫若研究中心
—— 编 ——

山西出版传媒集团　北岳文艺出版社

·太原·

图书在版编目(CIP)数据

鲁迅与现代文化价值重建:纪念鲁迅140周年诞辰国际学术会议暨第六届绍兴文化峰会论文选集:全三卷 /绍兴市社会科学界联合会,绍兴文理学院鲁迅研究院,乐山师范学院四川郭沫若研究中心编. —太原:北岳文艺出版社,2023.5

ISBN 978-7-5378-6704-7

Ⅰ.①鲁… Ⅱ.①绍…②绍…③乐… Ⅲ.①鲁迅研究—文集 Ⅳ.①I210-53

中国国家版本馆CIP数据核字(2023)第063592号

## 鲁迅与现代文化价值重建:
### 纪念鲁迅140周年诞辰国际学术会议
### 暨第六届绍兴文化峰会论文选集(全三卷)

绍兴市社会科学界联合会　绍兴文理学院鲁迅研究院
乐山师范学院四川郭沫若研究中心　编

| | |
|---|---|
| 出品人<br>郭文礼 | 出版发行:山西出版传媒集团·北岳文艺出版社<br>地址:山西省太原市并州南路57号<br>邮编:030012<br>电话:0351-5628696(发行部)　0351-5628688(总编室) |
| 选题策划<br>陈学清<br>郭文礼 | 传真:0351-5628680<br>印刷装订:山西万佳印业有限公司 |
| 责任编辑<br>陈学清<br>陈　洋 | 开本:787mm×1092mm　1/16<br>总字数:1200千字<br>总印张:65<br>版次:2023年5月第1版 |
| 装帧设计<br>张永文 | 印次:2023年5月太原第1次印刷<br>书号:ISBN 978-7-5378-6704-7 |
| 发行总监<br>汪恒江 | 总定价:298.00元(全三卷) |
| 印装监制<br>郭　勇 | 本书版权为本社独家所有,未经本社同意不得转载、摘编或复制 |

# 编委会名单

**学术顾问**

刘　进　寿永明　李圣华　张福贵　张梦阳　高利华
黄乔生　黄健　董炳月（排名不分先后）

**主　编**

王静静　曹禧修　廖久明

**副主编**

王晶　古大勇　卓光平　孙海军

**编　委**

| 王静静 | 王　晶 | 王传习 | 王黎君 | 付金艳 | 孙海军 | 古大勇 |
| 李红霞 | 张　恬 | 宋浩成 | 罗润锋 | 陈杨军 | 陈蘅瑾 | 杨福泉 |
| 卓光平 | 蔡立峰 | 薛祖清 | 鲁雪莉 | 廖久明 | 傅红英 | 曹禧修 |

**会议主办单位**

中国鲁迅研究会　　浙江省鲁迅研究会
绍兴市社会科学界联合会　　绍兴文理学院鲁迅研究院
乐山师范学院四川郭沫若研究中心

# 总目录

**1卷**

革命时代的词与物

　　……………………………………… 鲍国华　001

论《伤逝》的空间叙事与现代意识

　　……………………………………… 曹晶晶　012

最坏的恶意与真的猛士

　　……………………………………… 曹清华　014

"透底"与"立人"：鲁迅修辞论的两大理论基石

　　……………………………………… 曹禧修　019

《阿Q正传》电影改编刍议

　　……………………………………… 陈超　029

《伤逝》中的性别与身份

　　……………………………………… 陈诚　041

"油滑"中的现实穿透与悲剧性体认

..................................... 陈蘅瑾 043

生活书店与1938年《鲁迅全集》的发行

..................................... 陈丽军 053

《伤逝》:鲁迅《杨贵妃》剧本创作构想的替代性完成

..................................... 陈文辉 062

论《伤逝》中子君的悲剧意蕴

..................................... 陈欣慧 073

"围城"内的"呐喊","围城"外的"彷徨"

..................................... 陈友龄 075

"绝望之为虚妄,正与希望相同!"

..................................... 崔绍怀 077

鲁迅与老子疏解

..................................... 崔云伟 088

新儒家视野中的鲁迅研究

..................................... 樊宝英 099

鲁迅对"长兄"角色的承担及拷问

..................................... 范家进 陈伯庆 106

论鲁迅性别思想的局限

..................................... 房存 116

从何其芳藏鲁迅著作的批语看其阿Q研究

..................................... 冯佳 张鸿声 127

谁是"路易斯托仑"?

..................................... 符杰祥 139

再谈《〈木刻纪程〉广告》是否鲁迅的佚文

　　　　　　　　　　　　　　　　……………… 葛涛　151

绝对正义·二元结构与良知检验

　　　　　　　　　　　　　　　　……………… 耿传明　160

台港暨海外学者文学史著作中的鲁迅、郭沫若书写

　　　　　　　　　　　　　　　　……………… 古大勇　171

新世纪以来《阿Q正传》研究述评

　　　　　　　　　　　　　　　　……………… 桂亚飞　181

鲁迅与高尔基国民性话语比较论

　　　　　　　　　　　　　　　　……………… 侯敏　184

鲁迅与章锡琛的交往始末

　　　　　　　　　　　　　　　　……………… 胡峰　李雁　195

都市他性与乡土自性的冲突与绾合

　　　　　　　　　　　　　　　　……………… 胡志明　206

《呐喊》《彷徨》的医学思维与诊治理路

　　　　　　　　　　　　　　　　……………… 黄健　216

为什么现代文学的开端是个"狂人"？

　　　　　　　　　　　　　　　　……………… 黄江苏　226

周氏兄弟与纯文学的散文观念

　　　　　　　　　　　　　　　　……………… 黄开发　237

"正合于现代中国的一种艺术"：鲁迅的美术观念与中国新兴版画艺术的发展

　　　　　　　　　　　　　　　　……………… 黄乔生　246

"引起未名社"的《往星中》与鲁迅的"赞助人"身份考察

　　　　　　　　　　　　　　　　……………… 黄艳芬　263

重构鲁迅的历史诗学：走向过去的进步和从未来将临现时的他者
................................................ 金恩英　274

《阿Q正传》的结构：以俄国式主义作一分析
................................................ 黎活仁　287

最近的两项研究——关于阿Q的"大团圆"和"斯巴达"
................................................ 李冬木　299

《罗曼罗兰的真勇主义》手稿考略
................................................ 李浩　308

## 2卷

"通化"之境：钱谷融的鲁迅研究
................................................ 李红霞　001

"文心相通"：关于鲁迅与但丁的相遇
................................................ 李金燕　016

"青年必读书"的议程设置与鲁迅的媒介批判
................................................ 李怡　034

"母胎"点燃"一粒星星之火"：鲁迅与木刻青年吴渤新探
........................................ 范芳明玥　凌孟华　048

痛感的消失与恢复
................................................ 刘彬　073

鲁迅的古砖收藏及考释
................................................ 刘璁　091

文学评介的变迁与文艺政策的调整
.......................................... 刘飞　袁盛勇　099

"北平狂飙运动"反覆
................................................ 刘涛　111

批评的审美性和科学性：摘句批评的现代转换

...................................................... 刘亚斌　130

论爱姑的"被"离婚

...................................................... 刘玉凯　142

再谈《鲁迅全集》的修订

...................................................... 刘运峰　169

论《伤逝》中涓生子君爱情悲剧的原因

...................................................... 卢富清　181

鲁迅《呐喊》新解

...................................................... 卢健红　183

鲁迅"五四"时期倡导民主的两个特点

...................................................... 鲁兰洲　185

新时期以来鲁、郭、茅负面评价的理论反思

...................................................... 鲁雪莉　191

鲁迅方言俚语下的浙东风情

...................................................... 潘文娟　200

《帮忙文学与帮闲文学》讲演的记录与修改

...................................................... 乔丽华　202

鲁迅与北京星星文学社《文学周刊》

...................................................... 秋吉收　217

坠入"困顿"后的鲁迅家靠什么维持生计？

...................................................... 裘士雄　227

鲁迅早期创作中的闲适趣味及其意义蜕变

...................................................... 宁宁　237

《祝福》：旁观者之"恶"及根源探析

...................................................... 邵可心　249

鲁迅与中国歌剧文化的建构

...................................................... 盛梅　251

《野草》"然而"的转笔艺术探析
………… 施文 259

论鲁迅《伤逝》的戏剧改编
………… 苏冉 261

"辛亥革命与其挫折"的隐性书写
………… 孙海军 271

鲁迅小说中的背景与中国戏曲的关系研究
………… 孙淑芳 284

《伤逝》：鲁迅爱情心理纠结的曲折表述
………… 田刚 299

越文化底蕴：鲁迅文学精神生成的重要"内源性"机制
………… 王嘉良 312

废名与"鲁迅研究"
………… 王晓冬 323

为何莫言对鲁迅《铸剑》情有独钟？
………… 王洪岳 余凡 333

## 3卷

《自由谈》"腰斩"张资平引发"倒鲁"事件考论
………… 巫小黎 001

"抒情传统"中的鲁迅研究
………… 席建彬 012

鲁迅对哈姆生的接受与疏离
………… 徐晓红 023

"人"的问题和周氏兄弟的思考
………… 徐旭敏 034

论鲁迅散文《范爱农》中的"小说笔法"
……………………………………… 徐依楠 044

鲁迅"中间物"意识的超克与其文学的关系
……………………………………… 许江 046

鲁迅孤独寂寞的生活方式与其经验知识的生动性
……………………………………… 许祖华 058

丑角、看客与孤独者的悲喜剧
……………………………………… 杨程 068

从与现代评论派的论战看鲁迅的青年观
………………………………… 杨惠钰 傅红英 079

"紧接上去的战斗号角"
……………………………………… 杨剑龙 081

鲁迅外婆家安桥头村鲁氏家史口述史拾遗与考辨
……………………………………… 杨晔城 094

窃书不能算偷
……………………………………… 姚晓龙 102

《花边文学》初刊本与初版本中的时局与语言问题
………………………………… 叶吉娜 陈国恩 115

论鲁迅的噪音书写
……………………………………… 叶奕杉 126

鲁迅对《天演论》之扬弃
……………………………………… 俞兆平 128

重铸民族魂
……………………………………… 喻雪玲 146

"经典"的生成：鲁迅《故乡》与现代"乡愁"
……………………………………… 袁红涛 157

《狂人日记》与20世纪小说疯癫叙事模式的诞生
................................................ 袁伟平　164

柔石译《浮士德与城》与鲁迅对卢那察尔斯基的接受
................................................ 翟猛　168

"五四"新文化方向与鲁迅思想的精神指向
................................................ 张福贵　179

鲁迅、章太炎与法家文化关系之反思
................................................ 张克　194

"荒原狼"的象征意义：鲁迅小说《孤独者》与黑塞小说《荒原狼》之比较
................................................ 张勐　208

《阿Q正传》与现代文化价值重建
................................................ 张梦阳　217

鲁迅小说中的舆论结构
................................................ 张全之　231

新华作家对鲁迅经典的重写
................................................ 张森林　240

对话的伦理与新文化生产的道德规范建构：以"五四"新、旧思潮论战为中心
................................................ 张先飞　252

启蒙：艰难的里程
................................................ 张永泉　263

徐玉诺与周氏兄弟交往关系考辨
................................................ 赵焕亭　271

《三闲集》校勘札记
................................................ 赵坤　283

再论鲁迅对托洛茨基思想的接受及其转变
................................................ 钟诚　291

鲁迅与中国现代文学的学术传统

　　………………………………… 朱寿桐　307

鲁迅日记手稿还有没有错？

　　………………………………… 朱文健　320

论周氏兄弟文学传统对20世纪40年代海派女性文学的影响

　　………………………… 左怀建　毛慧敏　334

# 目录 第1卷

革命时代的词与物
——重读鲁迅《魏晋风度及文章与药及酒之关系》
　　……………………………鲍国华　天津师范大学文学院　001

论《伤逝》的空间叙事与现代意识
　　……………………………曹晶晶　绍兴文理学院鲁迅研究院　012

最坏的恶意与真的猛士
——重读《记念刘和珍君》
　　……………………………曹清华　深圳大学人文学院中文系　014

"透底"与"立人"：鲁迅修辞论的两大理论基石
　　……………………………曹禧修　绍兴文理学院鲁迅研究院　019

《阿Q正传》电影改编刍议
　　………………………………………………陈超　南开大学　029

《伤逝》中的性别与身份
　　……………………………陈诚　绍兴文理学院鲁迅研究院　041

"油滑"中的现实穿透与悲剧性体认
——鲁迅《故事新编》解读
　　……………………………陈蘅瑾　绍兴文理学院鲁迅研究院　043

生活书店与1938年《鲁迅全集》的发行
　　　　　　　　……陈丽军　生活·读书·新知三联书店　053

《伤逝》：鲁迅《杨贵妃》剧本创作构想的替代性完成
　　　　　　　　……陈文辉　温州大学人文学院　062

论《伤逝》中子君的悲剧意蕴
　　　　　　　　……陈欣慧　绍兴文理学院人文学院　073

"围城"内的"呐喊"，"围城"外的"彷徨"
　　——从《伤逝》看鲁迅的婚恋观
　　　　　　　　……陈友龄　绍兴文理学院鲁迅研究院　075

"绝望之为虚妄，正与希望相同！"
　　——鲁迅《野草·希望》重读
　　　　　　　　……崔绍怀　惠州学院文学与传媒学院　077

鲁迅与老子疏解
　　　　　　　　……崔云伟　山东艺术学院　088

新儒家视野中的鲁迅研究
　　　　　　　　……樊宝英　浙江外国语学院中文学院　099

鲁迅对"长兄"角色的承担及拷问
　　——以《弟兄》为例
　　　　　　　　……范家进　陈伯庆　浙江工商大学人文与传播学院　106

论鲁迅性别思想的局限
　　　　　　　　……房存　泰山学院文学与传媒学院　116

从何其芳藏鲁迅著作的批语看其阿Q研究
　　　　　　　　……冯佳　张鸿声　中国传媒大学　127

谁是"路易斯托仑"？
　　——鲁迅译《造人术》作者考，兼论女作家"失踪"之谜
　　　　　　　　……符杰祥　上海交通大学人文学院　139

再谈《〈木刻纪程〉广告》是否鲁迅的佚文
　　……………………………葛涛　北京鲁迅博物馆
　　　　　陕西师范大学人文社会科学高等研究院国际鲁迅研究中心　151
绝对正义·二元结构与良知检验
　　——鲁迅与现代中国文化转型的动力之源
　　………………………………耿传明　南开大学文学院　160
台港暨海外学者文学史著作中的鲁迅、郭沫若书写
　　………………………古大勇　绍兴文理学院鲁迅研究院　171
新世纪以来《阿Q正传》研究述评
　　………………………桂亚飞　绍兴文理学院鲁迅研究院　181
鲁迅与高尔基国民性话语比较论
　　…………………………………侯敏　辽宁大学文学院　184
鲁迅与章锡琛的交往始末
　　……胡峰　李雁　齐鲁师范学院文学院济南大学文学院　195
都市他性与乡土自性的冲突与绾合
　　——论鲁迅小说的空间聚焦与身体隐喻
　　………………………………胡志明　湖南科技大学　206
《呐喊》《彷徨》的医学思维与诊治理路
　　…………………………………黄健　浙江大学中文系　216
为什么现代文学的开端是个"狂人"？
　　——读《狂人日记》
　　……………………………黄江苏　浙江师范大学人文学院　226
周氏兄弟与纯文学的散文观念
　　……………………………黄开发　北京师范大学文学院　237
"正合于现代中国的一种艺术"：鲁迅的美术观念与中国新兴版画艺术的发展
　　………黄乔生　北京鲁迅博物馆北京新文化运动纪念馆　246
"引起未名社"的《往星中》与鲁迅的"赞助人"身份考察
　　………………………黄艳芬　合肥学院语言文化与传媒学院　263

重构鲁迅的历史诗学：走向过去的进步和从未来将临现时的他者
................................................ 金恩英　韩国首尔大学亚洲研究所　274
《阿Q正传》的结构：以俄国式主义作一分析
................................................ 黎活仁　香港大学饶宗颐学术馆　287
最近的两项研究——关于阿Q的"大团圆"和"斯巴达"
................................................ 李冬木　〔日本〕佛教大学　299
《罗曼罗兰的真勇主义》手稿考略
................................................ 李浩　上海鲁迅纪念馆　308

# 革命时代的词与物

## ——重读鲁迅《魏晋风度及文章与药及酒之关系》

鲍国华　天津师范大学文学院

在鲁迅存世的诸多演讲中,《魏晋风度及文章与药及酒之关系》以其篇幅长、学术性强、完成度高等特点,引发学术界的广泛关注。现有的研究成果或从学术史角度立论,将其作为一篇纯粹的学术文章加以探讨,[①]借此总结鲁迅在文学史研究领域的成败得失;或表微其现实指涉,每借助鲁迅致陈濬信中"盖实有慨而言"一语,将该文之意旨归结于清党事件之一端。事实上对该文而言,以上两种研究倾向虽有所发现,却也不无遮蔽。《魏晋风度及文章与药及酒之关系》的立意及价值,不限于此。本文试图将前者稍加悬置,后者适当放宽,视该文为鲁迅思想与行动历程中的一个关键性文本,呈现其在鲁迅全部创作中不可替代的结构性位置,从而揭示该文更为复杂深广的内涵。

鲁迅在广州期间既深深地卷入革命,又努力保持自家在新文化运动以来相对超然的立场。可谓既"听将令",又"独彷徨"。他的一系列演讲和文章,可能因某时某地某事而触发,却不为彼时彼地彼事所局限。以《魏晋风度及文章与药及酒之关系》为代表,体现出知识人在遭遇革命时的思与行,成为在"革命时代"如何生存与言说的隐曲表达。

---

[①]《魏晋风度及文章与药及酒之关系》既是鲁迅在广州市立夏令学术演讲会上的讲题,又用作正式发表的文本标题。绝大多数研究者关注其作为学术论文的特征和意义,对演讲的"文类意识"和"文体感"的考察,仅有陈平原《分裂的趣味与抵抗的立场——鲁迅的述学文体及其接受》,《文学评论》2005年第5期。

## 一 文学史中的词与物

《魏晋风度及文章与药及酒之关系》是鲁迅在国民党政府广州市教育局主办的市立夏令学术讲演会①上所作演讲的记录稿。……鲁迅于1927年7月10日接到邀请②。演讲题目于7月14日在《广州民国日报》上公布："周树人讲魏晋风度及文章与药及酒之关系"。③这一题目当由演讲者本人提供。鲁迅讲授中国文学史课程，自任教于厦门大学始。同时编写讲义，成《汉文学史纲要》④，凡十篇，起于上古，讫于西汉。离开厦门前夕鲁迅在致许广平信中说："但编讲义，拟至汉末为止，作一结束"⑤。转至中山大学，仍开设该课程，但由于1927年4月鲁迅辞职，仅讲授一月有余，尚不及在厦门大学的时长。为此，傅斯年在《文史科为缺课问题重要布告》中说明："本科教授周树人先生辞职，委员会正在挽留，在周先生未回校以前，所担功课，不能解决，但文艺论及小说史两科，有书可研究，如周先生本学期不能上课，将来仍可考试，给予单位。中国文学史，因已讲甚少，为单位计，须改选他课。"⑥ 因为课程中断，鲁迅对东汉以后文学史的言说，未能编为讲义。据许寿裳回忆：

---

① 《广州民国日报》1927年7月6日有《市教育局举办夏期学术演讲会》的报道，标题作"夏期"，正文则作"夏令"。在该报此后的相关消息中，均作"夏令"。而"演讲会"或"讲演会"之称谓，则一直混用。鲁迅《魏晋风度及文章与药及酒之关系》演讲记录稿最初发表于《广州民国日报》时，未设副标题；刊载于《北新》半月刊时，增加副标题"鲁迅在广州夏期学术演讲会讲"；辑入《而已集》时，副标题改为"九月间在广州夏期学术演讲会讲"；此后各版本《鲁迅全集》据《而已集》收录，副标题中均作"夏期"。
② 《鲁迅日记》1927年7月10日记载："蒋径三，陈次二来约讲演。"《鲁迅全集》第十六卷，人民文学出版社，1983，第29页。（本文所引《鲁迅全集》作品原文均出自同一版本。）
③ 《本市夏令学术演讲会讲题录》，《广州民国日报》1927年7月14日第六版《教育消息》栏。
④ 讲义共十篇，前后题名不一，第一篇作"中国文学史略"，第二、三篇作"文学史"，第四至十篇均改题"汉文学史纲要"。讲义题名的修改及其意义，参见宋声泉：《鲁迅〈汉文学史纲要〉命名新解》，《首都师范大学学报》（社会科学版）2018年第3期。
⑤ 鲁迅：《两地书原信（一○八）》，《两地书全编》，浙江文艺出版社，1998，第582页。可能是由于编写计划未能完成，仅及西汉，在正式出版的《两地书》中，鲁迅将这一句改为"专编讲义，作一结束"。鲁迅：《两地书（九五）》，《鲁迅全集》第十一卷，第250页。
⑥ 《文史科为缺课问题重要布告》，见薛绥之主编《鲁迅生平史料汇编》第四辑，天津人民出版社，1983，第207页。"有书可研究"，指鲁迅正式出版的译作《苦闷的象征》和著作《中国小说史略》，分别作为文艺论和小说史两科的课程教材。《汉文学史纲要》未编完，也未正式出版，因此不被计入。

鲁迅想要做《中国文学史》分章是（一）从文字到文章，（二）诗无邪（《诗经》），（三）诸子，（四）从《离骚》到《反离骚》，（五）酒，药，女，佛（六朝），（六）廊庙和山林。……关于酒和药者，他常常和我讨论，说魏晋人的吃药和嗜酒，大抵别有作用的，他们表面上是破坏礼教，其实是拥护礼教的迂夫子。他那篇《魏晋风度及文章与药及酒之关系》（《而已集》），便是这部文学史的一部分。至于全集所载的《汉文学史纲要》乃是用作讲义，很简单的。①

这段回忆常常被研究者引用，成为判定《魏晋风度及文章与药及酒之关系》属于鲁迅拟想中的中国文学史之一章的可靠依据。这一文学史设计，在增田涉的回忆中得到了印证：

他也有写文学史的意思。他说过，在他活着的时期内，无论如何也写不出全部，因此想写到唐代为止。宋以下还有许多必须阅读的书，到底不可能了；到唐代比较少，还可以办到。为准备写作文学史，他买了那时候商务印书馆预约出版的百衲本《二十四史》。他死前三个月（昭和十一年），我问过躺在病床上的他，文学史怎样了？它的构想是怎样的呢？结果，只笔记下那粗略的骨架便回国了：

第一章　从文字到文章

第二章　"思无邪"（《诗经》）

第三章　诸子

第四章　从《离骚》到《反离骚》（汉）

第五章　酒，药，女人，佛（六朝）

第七章　廊庙与山林（唐）②

与许寿裳的回忆相对照，内容基本一致。许寿裳于1927年2月抵达广州，

---

① 许寿裳：《亡友鲁迅印象记·一五　杂谈著作》，见鲁迅博物馆鲁迅研究室《鲁迅研究月刊》选编《鲁迅回忆录》上册，北京出版社，1999，第252—253页。

② 增田涉：《鲁迅的印象·三二　鲁迅写作〈中国文学史〉的志愿没有完成》，钟敬文译，见鲁迅博物馆鲁迅研究室《鲁迅研究月刊》选编《鲁迅回忆录》下册，北京出版社，1999，第1402—1403页。其中"第七章"当为"第六章"之误。

与鲁迅同住同游,并一同任教于中山大学,后又一起辞职,6月离粤。① 鲁迅和许寿裳谈文学史写作,当在此期间。此时鲁迅正在中大授课,在《汉文学史纲要》讲义十篇的基础上,进一步向汉以后的文学史延展,顺理成章。而且增田涉的回忆可证,这一文学史思路一直延续至鲁迅临终前,只是未及完成,殊为可惜。可见,鲁迅以"药"和"酒"作为考察魏晋文学的关键因素("女""佛"则针对六朝文学),并非一时心血来潮,而是基于深入且严密的思考。鲁迅从文人生活与心态出发考察文学史,为后世开辟了新路,因而备受推崇。王瑶《中古文学史论》、宗白华《〈世说新语〉与晋人的美》、李泽厚《美的历程》(第五章《魏晋风度》)等名著均借鉴了鲁迅的思路,并各有充分的拓展和精彩的发挥,形成了一个生气淋漓的学术脉络和精神谱系。

不过,纵观许寿裳和增田涉回忆中的文学史设计,不难发现第五章与此前各章相比,思路有明显的调整,甚至有些跳跃。第一至四章大抵采用常规的文学史模式,重在讨论观念、文体等基本问题,与《汉文学史纲要》中的内容一致。从第五章起,则引入了"物"的因素,为前四章所无。事实上,鲁迅的中国文学史研究数十年来得到学界推崇,《魏晋风度及文章与药及酒之关系》实在《汉文学史纲要》之上。然而,魏晋之前,即先秦至汉代的文学史,未必不能采用同样的研究思路。从中挖掘出"药""酒"之类关键词,对鲁迅而言并非难事。很显然这一思路的形成,发生在鲁迅抵达广州之后。鲁迅在粤期间,一直被各方势力所包围和争夺,从3月1日中山大学开学到4月21日辞职,真正涉及教学和研究的时间不足两个月,期间还要参加各类会议、发表演讲、接受访问和宴请,较之厦门时期更为忙碌,环境也更为复杂。因此,如果单纯从学术史视角出发,将《魏晋风度及文章与药及酒之关系》仅仅视为一个学术文本,或者视为《汉文学史纲要》的延展,是无法有效地阐释鲁迅这一思路因何生成,以及如何生成的。也就是说,鲁迅以"物"为关键词观察文学史,这一思路从魏晋时段开始出现,具有明显的突然性,并非从之前的思路中渐次生成。个中缘由,很可能基于居留广州期间的非学术因素。如果仅仅从学术层面加以审视,难免把问题简单化,陷入由一种文学史观生成另一种文学史观的循环论证。

如前文所述,鲁迅到广州之前,对革命本有所期待。到广州以后,以言说的方式(口头、书面)参与革命,虽然较之一般的书生议政远为深刻,但立场

---

① 鲁迅博物馆鲁迅研究室编《鲁迅年谱》(增订本)第二卷,人民文学出版社,2000,第375—397页。

和态度与职业革命家到底不同。对革命欲迎还拒，不肯放弃独立精神，使鲁迅面对革命形势，既勉力跟上，又不可避免地呈现出内在的紧张。在鲁迅看来，革命意味着对现有体制的反抗，而反抗成功，即革命胜利后，建立新的体制，则与革命的反抗体制的需求产生悖反。革命何去何从，因此成为问题。①鲁迅对此有清醒的认识。"四一五"事件发生后，鲁迅一方面对国民党当局大肆屠杀进步青年感到愤慨，另一方面对革命的翻云覆雨和青年人的随波逐流，甚至互相杀戮感到"恐怖"和深深的绝望。②在他看来，"四一五"较之"三一八"更为残酷，不仅暴露出政治的黑暗，还映照出人性深处的恶。对知识人而言，革命究竟意味着什么，如何面对革命，如何面对革命的暴力对人性的拷问，成为一段时间内鲁迅极力思考的内容。这些思考，或承载于作为私人文本的通信中，或承载于公开发表在广州以外的刊物上的杂文中，也承载于在广州面向一般市民的演讲《魏晋风度及文章与药及酒之关系》中。

《魏晋风度及文章与药及酒之关系》前半部分讲述中国文学史，列举各类参考书，大力推介刘师培的研究，将汉末魏初的文章风格概括为"清峻，通脱，华丽，壮大"，③完全符合文学史写作之常规。然而，从论述孔融的言行及其被杀开始，则另辟蹊径，渐渐与常规的文学史相分离。在讲述曹操杀人，借此指涉刚刚发生的"清党"事件后，该文渐入佳境。后半部分论述何晏等人吃药，阮籍等人喝酒，将物作为生成文人心态与文章风格的重要因素。与作为人类主观的精神产品的诗和文相比，药和酒是客观物，也是人造物，但又不是一般意义上的人造物，而是能够影响人的生理和心理状态的具有强烈精神性的人造物。药和酒的材料均源于自然（矿物质、粮食和水），但经过人工化、进而精神化的过程，可以和人类的精神生产直接相关。这一有形（物）中的无形（精神）内涵，促成独特的精神生产和言说方式（词）。同时，药和酒又都是消损性的物，于人之身心皆有害。魏晋时人耽于其中不能自拔，是在专制和暴力的重压下以药和酒造成身心的麻醉与消损，借此排遣精神的痛苦，疗救心灵的创伤。身处广州、遭遇"革命时代"的鲁迅，面对革命的专制和暴力，同样感受到知识人的言说之难，陷入精神的焦虑和危机。难以用词，便诉诸物，挖掘物的精神性，使之成为词的载体和精神的触发点。物化成词，从而生成一种与

---

① 鲁迅:《革命时代的文学》,《鲁迅全集》第三卷,第436—442页。
② 鲁迅:《答有恒先生》,《鲁迅全集》第三卷,第473—474页。
③ 鲁迅:《魏晋风度及文章与药及酒之关系》,《鲁迅全集》第三卷,第526页。

众不同的言说方式,促进词之内涵的增殖。《魏晋风度及文章与药及酒之关系》前半部分延续常规的文学史,甚至不避陈词套语,后半部分则打破常规,借物言词,将鲁迅对革命的焦虑物化,这一处理方式可谓别具幽怀。鲁迅的巧妙之处,在于借文学史之躯壳,使药和酒这些形而下的物起到形而上的精神生产的作用。言说既不可行,便借助物。在鲁迅笔下,物即是词,词即是物,实现了词与物的二元共生。

可见,《魏晋风度及文章与药及酒之关系》绝非一般意义上的文学史。在夏令学术讲演会的语境中,驾轻就熟地延续《汉文学史纲要》确立的文学史书写模式,本可起到事半功倍的效果。但在彼时彼地,作为学院派研究体式的文学史已经无法承担鲁迅的精神生存与言说,于是,文学史中一种独特的词与物的建构方式便悄然生成。鲁迅不滞著于史实的准确详尽和知识的系统严密,而是借助魏晋人物精神生存的危机,言说自家精神生存的危机。文学史中的词与物,构成了在专制和暴力之下知识人如何生存,以及如何言说的隐喻。鲁迅在知识人生存与言说的困境中,通过建构词与物之间的同一性,打破既有的文学史秩序,探寻一种新的言说方式,力求缓解遭遇革命以来内心的焦虑和紧张。

## 二 字里行间的写作

《魏晋风度及文章与药及酒之关系》受到关注和推崇,除鲁迅独特的文学史写作方式外,还有对"四一五"事件的指涉。讲述曹操杀孔融、司马昭(鲁迅误作司马懿)杀嵇康,有明显的现实关怀。不过,清党事件刚刚过去三个月,在广州市政府主办的面向广大市民的公开演讲中讲述魏晋时期专制统治者杀人,显然会给人以借古讽今的印象,如此授人以柄的言说方式,风险极大。鲁迅面临的难点是,既不愿掩盖或歪曲事实,又要避免因言获罪。这不仅需要胆识,也需要智慧。鲁迅的策略是,借助具有高度隐喻性的修辞,在对"古典"(魏晋时统治者杀人)与"今典"("四一五"事件)的言说中寻找一种微妙的平衡,一方面表达出对清党事件的真实感受,并防止可能带来的政治侵害;另一方面又能使这种感受不流于一般意义上借古讽今的感慨,而是通过对事件的言说,省察其背后的政治与文化因素,从而使思考不限于某一历史或现实事件。这恰如列奥·施特劳斯所言,是在"采取字里行间的写作方式","因为只要一个有独立思想的人虑事周全,他就可以不受伤害地公开表达自己的观点"。①《魏晋风度及文章与药及酒之关系》中对统治者杀人行为的言说,就体现出上述特色。鲁迅首先颠覆了《三国演义》中对曹操形象的脸谱化处理,转而对其予以高度评价:"曹操是一个很有本事的人,至少是一个英雄,我虽不是曹操一党,但无论如何,总是非常佩服他。"②通过讲述曹操在政治与文学方面的主张和成就,以及孔融的种种言行,置屡屡反对他因而被杀的后者于较为尴尬的境地——似乎孔融是在故意捣乱,为反对而反对。曹操杀孔融因此有了正当且充足的理由。③不过,在讲述孔融被杀后,话锋一转,指出曹操以"不孝"的罪名杀害孔融,其立场存在明显的悖论:

> 他杀孔融的罪状大概是不孝。因为孔融有下列的两个主张:
> 第一,孔融主张母亲和儿子的关系是如瓶之盛物一样,只要在瓶内把东西倒了出来,母亲和儿子的关系便算完了。第二,假使有天下饥荒的一个时候,有点食物,给父亲不给呢?孔融的答案是:倘若父亲是不好的,宁可给别人。——曹操想杀他,便不惜以这种主张为他不忠不孝的根据,把他杀了。倘若曹操在世,我们可以问他,当初求才时就说不忠不孝也不要紧,为何又以不孝之名杀人呢?然而事实上纵使曹操再生,也没人敢问他,我们倘若去问他,恐怕他把我们也杀了!④

显然,鲁迅对曹操采取了先扬后抑的言说方式,将质疑与批判隐含在轻松幽默的自问自答之中。后文讲述司马懿[昭]杀嵇康,思路与此相近,首先介绍嵇康和阮籍的种种违反礼义的言行,然后将嵇康被杀、阮籍的终其天年归结

---

① 列奥·施特劳斯:《迫害与写作艺术》,刘锋译,华夏出版社,2012,第18页。该书还指出:"迫害产生出一种独特的写作技巧,从而产生出一种独特的著述类型:只要涉及至关重要的问题,真理就毫无例外地透过字里行间呈现出来。"第19页。这一总结对鲁迅杂文也颇为适用。
② 鲁迅:《魏晋风度及文章与药及酒之关系》,《鲁迅全集》第三卷,第524页。
③ 鲁迅在广州夏令学术讲演会上发表演讲后不久,在致友人信中说:"江浙是不能容人才的,三国时孙氏即如此,我们只要以吴魏人才一比,即可知曹操也杀人,但那是因为和他开玩笑。孙氏却不这样的也杀,全由嫉妒。我之不主张绍原在浙,即根据《三国志演义》也。广东还有点蛮气,较好。"鲁迅:《270808  致章廷谦》,《鲁迅全集》第十二卷,第62页。这段文字意在对比江浙和广东对人才的不同态度,虽然也讲述曹操杀人,但立场和态度与《魏晋风度及文章与药及酒之关系》明显不同。其中固然有言说对象、目的和语境之差别,但也从一个侧面呈现出鲁迅在清党事件后对广东的看法。
④ 鲁迅:《魏晋风度及文章与药及酒之关系》,《鲁迅全集》第三卷,第527—528页。

为吃药和吃酒之分的缘故:"吃药可以成仙,仙是可以骄视俗人的;饮酒不会成仙,所以敷衍了事。"① 似乎将嵇康被杀的原因归结于其自身,与孔融无异。而在介绍阮籍、嵇康的诗文创作后,则荡开一笔,指出:

> 嵇康的见杀,是因为他的朋友吕安不孝,连及嵇康,罪案和曹操的杀孔融差不多。魏晋,是以孝治天下的,不孝,故不能不杀。为什么要以孝治天下呢?因为天位从禅让,即巧取豪夺而来,若主张以忠治天下,他们的立脚点便不稳,办事便棘手,立论也难了,所以一定要以孝治天下。但倘只是实行不孝,其实那时倒不很要紧的,嵇康的害处是在发议论;阮籍不同,不大说关于伦理上的话,所以结局也不同。②

这是鲁迅对司马氏杀嵇康的深层原因的揭露,同时也是对曹操杀孔融的深层原因的揭露。可见,鲁迅有意在两次杀人事件之间建构互文性的关联,对司马氏的质疑与批判就是对曹操的质疑与批判,从而将言说的重心由对曹操的揄扬转向对其杀人行为的否定。同样,鲁迅还有意在魏晋时统治者杀人和"四一五"清党事件之间建构互文性的关联,避免直陈其事,而是通过字里行间的隐微式写作指涉国民党屠杀共产党员和进步青年的残酷现实。鲁迅采用这一言说方式,确实有借古讽今、避免因言获罪的意图。这与前引列奥·施特劳斯《迫害与写作艺术》中的分析相契合。

可见,《魏晋风度及文章与药及酒之关系》由介绍文学史常识入手,逐渐转向若干"反常识"的言说,通过"字里行间的写作"呈现鲁迅在文学史以外的观察与思考,打破了文学史写作之常规。事实上,以上特征最为突出的呈现,在于鲁迅的杂文之中。鲁迅的杂文常常从某一具体事件、现象或常识出发,但绝不止于这一具体事件、现象或常识,而是通过对其隐含的重大思想和文化问题的深入挖掘与阐释,促成事件和现象的陌生化,以及常识的再问题化。《论雷峰塔的倒掉》《说胡须》《看镜有感》《灯下漫笔》等名篇皆如此,《魏晋风度及文章与药及酒之关系》亦如是。该文表面上讲述统治者杀人,用以指涉使鲁迅感到"恐怖"的清党事件。鲁迅的"恐怖"绝非畏惧死亡,而是

---

① 鲁迅:《魏晋风度及文章与药及酒之关系》,《鲁迅全集》第三卷,第532—533页。
② 鲁迅:《魏晋风度及文章与药及酒之关系》,《鲁迅全集》第三卷,第534页。

对所谓革命时代暴露出的人性之恶的恐怖与绝望,感受到在权力(暴力)面前人性底线的不断下移,乃至丧失。鲁迅的"恐怖"还包含着强烈的自省。《答有恒先生》强调"我自己也帮助着排筵宴"①,《在钟楼上》揭示"奉旨革命"的现象,②是对抵达广州后反复言说革命、终为"革命时代"所裹挟的经历的反思。

鲁迅通过"字里行间的写作",使《魏晋风度及文章与药及酒之关系》成为一篇在文学史外衣包裹下的具有高度杂文性的文本,使文学史叙述获得了强烈的在场性与现实感,其杂文品格至为突出,也至关重要。1928年10月,该文被鲁迅编入《而已集》。表面上看,《魏晋风度及文章与药及酒之关系》以文学史论文的身份与诸多真正的杂文相并置,这仅仅是延续从《华盖集》开始的编年体文集的通例,体现出鲁迅的编集思路,而非文体意识。实质上,鲁迅的编集思路恰恰承载了其文体意识,特别是杂文的文体意识。公开的学术演讲以及文学史的言说方式,于鲁迅而言都是思想的载体。该文前半部分面向公众,平铺直叙;后半部分则面向现实,也面向鲁迅自己,寄意遥深。可见,《魏晋风度及文章与药及酒之关系》编入《而已集》,是鲁迅对其杂文属性的认定和强调。

作为杂文的《魏晋风度及文章与药及酒之关系》,其价值不限于突破文学史写作之常规,在鲁迅全部的写作生涯,特别是文体选择方面,也具有不可替代的重要位置。1926—1927年是鲁迅人生与创作的转型期。人生经历方面,鲁迅远离学院,告别体制。创作方面,数量虽不多,但将此前的各类文章依体裁分别编辑出版,总结性至为突出,详情如下:

1926年10月作《华盖集续编》小引、校讫记,次年5月出版;

1926年10月作《坟》题记,11月作《写在〈坟〉后面》,次年3月出版;

1927年4月26日编定《野草》并作《题辞》,本年7月出版;

1927年5月1日编定《朝花夕拾》并作《小引》,次年9月出版。

不难发现,仅仅数月间鲁迅先后出版或编定了杂文集《华盖集续编》、论杂文合集《坟》、散文诗集《野草》和散文集《朝花夕拾》,几部文集的文体归属均十分明确。而此后鲁迅编辑和出版的文集,除《故事新编》外,均为杂文集。即使是作为小说集的《故事新编》,在对神话、传说和历史的叙述中,也

---

① 鲁迅:《答有恒先生》,《鲁迅全集》第三卷,第474页。
② 鲁迅:《在钟楼上》,《鲁迅全集》第四卷,第37页。

杂入了一些现实因素,从而引发了是"历史小说"还是"杂文化小说"的论争。① 《故事新编》于历史题材中杂入现实因素的独特创作形式,与《魏晋风度及文章与药及酒之关系》的写作策略极为相近。后者在常规的文学史叙述中融入对现实事件的指涉,并思考其背后的文化因素,建构出一种反常规的文学史。这并不是鲁迅在演讲中的随意发挥,而体现出"杂之为文"的追求。杂文化的言说策略,对原有的文体(文学史)既构成挑战,又形成补充、甚至激活。

可见,在鲁迅创作进入"杂文的自觉"阶段的1927年,作为"字里行间的写作"之范本的《魏晋风度及文章与药及酒之关系》起到了关键性的作用,成为鲁迅创作、尤其是文体转型之枢纽。

## 三 余论:怎么写

1927年9月下旬,即将离开广州的鲁迅撰《怎么写》一文,回顾南下以来的种种经历,解答内心关于"怎么写"的困惑,并思考未来的精神路径。在鲁迅即将离开学院、告别体制的人生关节点,怎样选择一种新的写作方式,亦即生存方式,成为他不得不面对的难题。事实上,鲁迅的困惑,从进入体制开始已悄然萌发。②而南下期间的经历,特别是在广州与革命遭遇,使"怎么写"的困惑以及摆脱这一困惑的努力变得更为迫切。经过较长时间的思考与实践,鲁迅的选择是杂文。此时的杂文,已不同于《热风》时期的杂感,不仅是一种文体,还是一种思想与行动方式。杂文之"杂",既是文备众体之"杂",又能够穿越文学教科书划定的文体界限,或融入小说(如《故事新编》),或融入散文(如《女吊》),甚至可以融入属于学术文的文学史书写之中。《魏晋风度及文章与药及酒之关系》即如此。鲁迅通过整合学术资源和现实经验,并有意植入自家的知识感觉与行动姿态,建立词与物之间的逻辑链条,对魏晋文学进行了"反常识"的言说,一方面实现了对文学史的颠覆与重构,另一方面也回应了革命时代知识人内心的困惑和焦虑。该文的意义,在于鲁迅准确地把握了学术文和杂文之间的微妙关系,使二者不以截然对立,而以有效融合的方式呈

---

① 李桑牧:《〈故事新编〉的论辩和研究》,上海文艺出版社,1984。
② 张枣对此有深入分析,见张枣《现代性的追寻:论1919年以来的中国新诗》,亚思明译,四川文艺出版社,2020,第40—46页。

现于《魏晋风度及文章与药及酒之关系》中。鲁迅的心境与言说方式,也由此形成互为因果的关系。由此可见,《魏晋风度及文章与药及酒之关系》对鲁迅而言,是一个终结(之于体制和学院派文化),也是一个开端(之于作为思想与行动的杂文)。鲁迅晚年仍有撰写学术著作的想法,但最终未能实现。个中缘由,除过早去世,以及远离学院失去写作动力等因素外,也和鲁迅后期写作观念的转型密切相关。上海时期的鲁迅"孑然于学林之外"[1],不再将思想承载于相对静态的学术书写之中,转而诉诸更具行动力的杂文[2]。《门外文谈》《帮闲文学与帮忙文学》这类兼及述学与论世的文章,更能体现鲁迅对于"有学问的杂文家"[3]的追求和自我定位。而这一追求和定位,始于《魏晋风度及文章与药及酒之关系》。

---

[1] 鲁迅:《320815① 致台静农》,《鲁迅全集》第十二卷,第322页。
[2] 杂文作为一种"行动的文学",参见周展安《行动的文学——以鲁迅杂文为坐标重思中国现当代文学》中的论述,《文艺理论与批评》2020第5期。
[3] 套用鲁迅对章太炎"有学问的革命家"之断语,见鲁迅《关于太炎先生二三事》,《鲁迅全集》第六卷,第566页。

# 论《伤逝》的空间叙事与现代意识

曹晶晶　绍兴文理学院鲁迅研究院

在《伤逝》中，鲁迅分别在会馆、吉兆胡同及图书馆三类空间中展开叙事，在不同空间展开的故事情节体现了作者的现代性思考，作者的现代意识借助于《伤逝》的空间设置表达出来。《伤逝》属于焦点式地域空间设置，在文本中，涓生和子君的故事发生、发展的物理空间主要由三个单元组成：会馆、吉兆胡同的家及图书馆。涓生在手记中以第一人称倒叙的方式对往事展开追溯，在极具现代感的抒情中完成空间的位移。各物理空间的切换犹如电影蒙太奇的手法，在纵向上勾画出涓生和子君这一时期的主要遭遇，而空间的转换不仅仅是为了展示人物的行动轨迹，还是对涓生丰富的心理空间的揭示，更是作者熔铸于其中的个人精神、思想的流露。

首先，会馆的空间设置在于引出涓生对往事的回忆、忏悔与自责。会馆里的破屋是两个人爱情的萌发地，是涓生进行启蒙运动的实践地和启蒙失败后的引退之所，是子君反叛传统的发生地，体现了传统与现代的冲突，更暗含着在传统和现代的对峙下，作者对启蒙理性的探索与启蒙失败后的现代反思。跟随涓生的叙述，空间转换到吉兆胡同。吉兆胡同的家是中心空间，是人物活动与故事情节展开的主要场所，涓生与子君的爱情故事及悲剧结局就是在吉兆胡同的家中发生。在吉兆胡同，他们相爱时的激情被琐碎的生活消磨，只剩下子君无尽的琐事与涓生无边的空虚。吉兆胡同的家体现了涓生的再启蒙与子君对启蒙的反抗，其中隐含着的是鲁迅在时代浪潮冲击下对现代家庭婚姻制度的思考与对启蒙异化为工具乃至"杀人"工具的批判。涓生由空虚而逃离，图书馆这一空间，便成为涓生暂时逃离日常生活的心灵避难所。在图书馆这一物理空间，涓生对现实展开对抗，迈进了更浩瀚的心灵空间，寻求自由的、新的生路，其中内含着鲁迅孤独、虚无的生存体验与个体彻底绝望后重又开辟新路的现代精神。

在《伤逝》的空间设置中，会馆、家与图书馆承担了不同的功能，无论是为实现启蒙理想还是为组建新的家庭抑或追求个人的独立自由，不同空间的存在体现的是传统向现代转折之际鲁迅对新的社会塑形建构的努力，隐含着其现代精神思索与现代意识。鲁迅的作品与社会启蒙思潮相呼应，并且在传统和现代的对峙之下，对启蒙理性展开质疑与反思，同时立足于"个"，对生命个体给予更多的关注，对以涓生为代表的现代知识分子永是"空虚"的生存状态进行揭露。

# 最坏的恶意与真的猛士

## ——重读《记念刘和珍君》

**曹清华　深圳大学人文学院中文系**

鲁迅的《记念刘和珍君》（下称《记念》）收入了中学语文课本。里面的诸多段落与句子，为读者所熟悉。鲁迅在文中说，"我将深味这非人间的浓黑的悲凉；以我的最大哀痛显示于非人间，使它们快意于我的苦痛，就将这作为后死者的菲薄的祭品，奉献于逝者的灵前"。①在事实上，鲁迅这"最大的哀痛"，连接着他最深邃的思考与最深广的忧患。

一

文章里这个句子——"我向来是不惮以最坏的恶意来推测中国人的"②——一字不易地被复述了两次。尽管我们可以体会到字里行间所蕴藏着的鲁迅的愤激，这句话却源于鲁迅一项尖锐而持续的思考。

一年前的3月16日，徐炳昶写信与鲁迅讨论中国人的思想。他说："人类思想里面，本来有一种惰性的东西，我们中国人的惰性更深。惰性表现的形式不一，而最普通的，第一就是听天任命，第二就是中庸。"③几天后，鲁迅便在公开发表的回信里，阐述他的更深入的思考，把这位年轻人的思路向前推进了

---

① 鲁迅：《记念刘和珍君》，《鲁迅全集》第三卷，人民文学出版社，1981，第273—274页。（本文所引《鲁迅全集》作品原文均出自同一版本。）
② 鲁迅：《记念刘和珍君》，《鲁迅全集》第三卷，第275—277页。
③ 鲁迅：《通讯》，《鲁迅全集》第三卷，第22页。

一步。鲁迅说:"我以为这两种态度的根柢,怕不可仅以惰性了之,其实乃是卑怯。遇见强者,不敢反抗,便以'中庸'这些话来粉饰,聊以自慰。所以中国人倘有权力,看见别人奈何他不得,或者有'多数'作他的护符的时候,多是凶残横恣,宛然一个暴君,做事并不中庸;待到满口'中庸'时,乃是势力已失,早非'中庸'不可的时候了。"①

同一年的5月9日,武者君在《京报副刊》上发表了一篇题为《温良》的文章。文章记述了鲁迅曾经在课堂里说过的"同学们是温良"的话来。他不以鲁迅所说的话为然,因为他在大道上发现了两样东西,凶兽和羊。鲁迅在读到这篇文章的第二天,便写文章提出了与武者群不同的看法。鲁迅说:"大道上的东西还没有这样简单,还得附加一句,是,凶兽样的羊,羊样的凶兽。"②鲁迅的思考的落脚点,仍旧是国人的性格——"中国人但对于羊显凶兽相,而对于凶兽则显羊相,所以即使显着凶兽相,也还是卑怯的国民。"

鲁迅如此苦心孤诣与意味深长地与年轻人讨论中国人的"卑怯"。偏偏这"卑怯"却以更极端的方式在鲁迅所熟悉的女学生的身上肆虐。在《记念》一文里,鲁迅用一整段文字记录了这"卑怯"的手段的真实情形——

> 我没有亲见;听说,她,刘和珍君,那时是欣然前往的。自然,请愿而已,稍有人心者,谁也不会料到有这样的罗网。但竟在执政府前中弹了,从背部入,斜穿心肺,已是至命伤,只是没有便死,立仆;同去的张静淑君想扶起她,中了四弹,其一是手枪,立仆;同去的杨德群君又想去扶起她,也被击,弹从左肩入,穿胸偏右出,也立仆。但她还能坐起来,一个兵在她头部及胸部猛击两棍,于是死掉了。③

这一次鲁迅没有用"卑怯"一词,用来代替的词语是"下劣与凶残"。也是重复用了两次。往常鲁迅与年轻的学生或朋友讨论国人的性格,列举的证据都是历史上或者目睹的大街上的事情。而这一次,却是"始终微笑的和蔼的刘和珍君"的"尸骸"为证,以及"沉勇而友爱的杨德群君"的"尸骸"为证。

---

① 鲁迅:《通讯》,《鲁迅全集》第三卷,第26页。
② 鲁迅:《忽然想到》,《鲁迅全集》第三卷,第60—61页。
③ 鲁迅:《记念刘和珍君》,《鲁迅全集》第三卷,第276页。

在写于《记念》的几天之前的《"死地"》一文里,鲁迅引用了罗曼罗兰的剧本《爱与死的搏斗》里的人物加尔的一段话。加尔说,他们却不愿意杀死不同政见的库尔跋齐,因为共和国不喜欢在臂膊上抱着他的死尸,因为这过于沉重。鲁迅以为,"会觉得死尸的沉重,不愿抱持的民族里,先烈的'死'是后人的'生'唯一的灵药,但倘在不再觉得沉重的民族里,却不过是压得一同沦灭的东西"①。

也正如此,三一八惨案以后,鲁迅所写《"死地"》与《空谈》两篇文章,其主旨便在告诫青年学生——前者说:"死地确乎已在前面。为中国计,觉悟的青年应该不肯轻死了罢。"②后者则坦言:"但愿这样的请愿,从此停止就好。"③而这些句子的背后,潜藏着鲁迅的多大程度的愤怒与忧患呢!

## 二

《记念》里头,还一个为大家所熟记的句子——"真的猛士,敢于直面惨淡的人生,敢于正视淋漓的鲜血"。④"猛士"一词也在文中重复了两次。看上去这样的句子与语调确乎是鲁迅的号召了。而实质上,却表达了鲁迅内心里所坚持的基本人生态度。

也是一年前,鲁迅在给一位年轻的朋友的回信里说,他不愿做青年的导师。原因是,他自己也站在歧路上。对于他自己,鲁迅说,他是"什么也不怕的,生命是我自己的东西,所以我不妨大步走去,向着我自以为可以走去的路;即使前面是深渊,荆棘,狭谷,火坑,都由我负责",但是对于青年,鲁迅却"终于还不想劝青年一同走我所走的路",因为年龄、境遇都不相同,思想的归宿总不能一致。⑤

而且,鲁迅并不认为世上有所谓的"导师"在。就在写作上述信件之后的第三天,鲁迅专门撰写了《导师》一文来详述他的进一步的意见。鲁迅说:"假如真识路,自己就早进向他的目标,何至于还在做导师。"鲁迅又举了"说佛法的和尚"与"卖仙药的道士"的例子。鲁迅以为,这些人将来都与白骨是"一丘之貉",人们现在却向他听生西的大法,求上升的真传,岂不可笑!在文

---

①②鲁迅:《"死地"》,《鲁迅全集》第三卷,第267页。
③鲁迅:《空谈》,《鲁迅全集》第三卷,第281页。
④鲁迅:《记念刘和珍君》,《鲁迅全集》第三卷,第274页。
⑤鲁迅:《北京通信》,《鲁迅全集》第三卷,第51页。

章的结尾,鲁迅说——

>　　青年又何须寻那挂着金字招牌的导师呢?不如寻朋友,联合起来,同向着似乎可以生存的方向走。你们所多的是生力,遇见深林,可以辟成平地的,遇见旷野,可以栽种树木的,遇见沙漠,可以开掘井泉的。问什么荆棘塞途的老路,寻什么乌烟瘴气的鸟导师!①

可见,无论是对于自己,还是对于青年,鲁迅一直在呼唤着一种勇猛而无畏的人生态度。

所以讲办刊物的宗旨,鲁迅强调,还是几年以前《新青年》上已经说过的"思想革命"。因为有些人的论调,甚至包括青年,简直和"戊戌政变"时候的反对改革者的论调一样。鲁迅也鼓励办各种小周刊——"虽然量小力微,却是小集团或单身的短兵战,在黑暗中,时见匕首的闪光,使同类者知道也还有谁还在袭击古老坚固的堡垒。"②谈北大的传统,鲁迅认为,"北大是常为新的,改进的运动的先锋,要使中国向着好的,往上的道路走"。同时,"北大是常与黑暗势力抗战的,即使只有自己"。与顽固的守旧势力斗争,锐意创新,改革进取,这正是鲁迅所期待于年轻人与青年学生的所应该拥有的性格与气魄。③

然而刘和珍们却倒在了血泊中。"中国只任虎狼侵食,谁也不管。管的只有几个年青的学生,他们本应该安心读书的,而时局漂摇得他们安心不下。假如当局者稍有良心,应如何反躬自责,激发一点天良?/然而竟将他们虐杀了!"④

这便是《记念》开头第一节所写的鲁迅的心理世界了——"四十多个青年的血,洋溢在我的周围,使我艰于呼吸视听,那里还能有什么言语。"⑤然而青年们留下了血痕。在鲁迅眼里,这血痕当然要扩大,至少会浸渍了亲族,师友,爱人的心。"纵使时光驶流,洗成绯红,也会在微漠的悲哀中永存微笑的和蔼的旧影。"这血痕里,映照出的正是属于中国女性的勇毅的身影。这压抑

---

① 鲁迅:《导师》,《鲁迅全集》第三卷,第55—56页。
② 鲁迅:《通讯》,《鲁迅全集》第三卷,第24页。
③ 鲁迅:《我观北大》,《鲁迅全集》第三卷,第158页。
④ 鲁迅:《无花的蔷薇之二》,《鲁迅全集》第三卷,第263页。
⑤ 鲁迅:《记念刘和珍君》,《鲁迅全集》第三卷,第273页。

至数千年的还没有消亡的中国女子的勇毅,以淡红的血色为媒介,让苟活者"依稀看见微茫的希望";让真的猛士,"更奋然而前行"。①

---

① 鲁迅:《记念刘和珍君》,《鲁迅全集》第三卷,第277页。

# "透底"与"立人":
# 鲁迅修辞论的两大理论基石*

曹禧修　绍兴文理学院鲁迅研究院

　　回顾百年鲁迅学史,一个颇具困惑的问题是,尽管鲁迅明确主张"取今复古,别立新宗"①,然而海内外不少学者,尤其是部分新儒家和自由主义知识分子每每从"文化建设"的角度或褒孔(孔子)贬鲁,或褒胡(胡适)贬鲁。比如著名学者余英时对鲁迅的质疑:"他没有正面的东西,正面的东西什么都没有,……他没有一个积极的信仰,他要代表什么,他要中国怎么样,他从来也没说过,尽是骂这个骂那个的。"②而这样笃定的质疑早在鲁迅生前就有,如李长之在《鲁迅批判》中说:"他的思想是一偏的,他往往只迸发他当前所要攻击的一面,所以没有建设。"③为什么这样的质疑持续不断而且能获得广泛的呼应呢?它无疑彰显了鲁迅研究的一块短板:百年鲁迅学(1919—2019)为我们展示了一个激烈批判旧世界的鲁迅,其形象特质鲜明,让人过目难忘;然而却缺失了另一个努力构建新世界的鲁迅,其形象模糊含混,让人疑窦丛生。鲁迅批判旧世界可谓刀刀见血,然而与这个旧世界相对应的新世界在哪儿呢?追

---

\* 本文系国家社科基金重点课题的阶段性成果:《"透底之底"与鲁迅生命哲学系统建构研究》(批准号:20AZW020)。

① 鲁迅:《文化偏至论》,《鲁迅全集》第一卷,人民文学出版社,2005,第57页。(本文所引《鲁迅全集》作品原文均出自同一版本。)

② 张伟国:《余英时访谈录之三》,载香港《联合报》1994年9月8日。

③ 李长之:《鲁迅批判·十二》,载《1913—1983鲁迅研究学术论著资料汇编》,中国文联出版公司,1985,第1336页。

根溯源，就在于百年鲁迅学始终把鲁迅定位在"伟大的批判者"而不是"伟大的建设者"。可问题在于，倘若鲁迅果真"正面的东西什么都没有"的话，那这样的鲁迅还是那个誓言"取今复古，别立新宗"的鲁迅吗？还是那个呼唤"创造这中国历史上未曾有过的第三样时代"的鲁迅吗？这样的鲁迅还敢申言有自己的哲学吗?!

本文拟从鲁迅叙事文本中提炼出一个修辞学的新范畴：透底。透底与立人，乃鲁迅修辞相互依存、互为前提条件的两块基石。立人是透底的灵魂，透底之底则是立人的安身立命之所，而构建新世界的鲁迅正潜居在其透底性叙事之底部，透底之底可证鲁迅既是伟大的批判者，也是伟大的建设者。

## 一 立人、读者与修辞学

通读《鲁迅全集》时，你会"惊讶地发现鲁迅读者意识之强烈，不仅中国现代作家中无人能比，即便是放置在世界作家行列中来看也绝对是一个特例"①。众所周知，当年"弃医从文"的鲁迅，在文艺启蒙的道路上仅仅扑腾三年，便跌入整整九年晦暗不明的沉默期（1909—1918）。对鲁迅这个时期的人生选择，学术界有种种解释，但鲁迅自己的解释却强调了"读者因素"，他说："假如一间铁屋子，是绝无窗户而万难破毁的，里面有许多熟睡的人们，不久都要闷死了，然而是从昏睡入死灭，并不感到就死的悲哀。现在你大嚷起来，惊起了较为清醒的几个人，使这不幸的少数者来受无可挽救的临终的苦楚，你倒以为对得起他们么？"②鲁迅说得很清楚，他不得不因为身处绝境中的启蒙对象——即国民读者而放弃文艺启蒙的理想。这"铁屋子"的难题其实质上就是"读者"的难题；鲁迅走出"九年沉默期"的过程也便是鲁迅走出"铁屋子"难题的过程，实际上便是鲁迅解决读者难题的过程，而这过程无疑也就是鲁迅修辞学的建构过程。

与鲁迅九年"沉默期"密切相关的"铁屋子"难题，从修辞学上讲是"读者"的难题；若从鲁迅思想角度考量，则是"立人"的难题，因为鲁迅所立之人必然是其作品的读者。

---

① 曹禧修:《中国现代文学形式批评理论与实践》，中国社会科学出版社，2007，第257页。
② 鲁迅:《呐喊·自序》，《鲁迅全集》第一卷，第441页。

"电报曰：天祸中国。天曰：委实冤枉！"①这段对话系鲁迅杂感《烽话五则》中的第三则。我们不妨亦简单套用一则："电报曰：地祸中国。地曰：委实冤枉！"祸害中国的不是天，不是地，是谁呢？答案只有一个：人。除此以外，我们不可能得出任何其他答案，因为真正祸害中国的只能是：人；中国要想避祸就福，唯有一个办法：立人。

关于立人的重要地位，鲁迅在《文化偏至论》中有更为切要的论述："诚若为今立计，所当稽求既往，相度方来，……人既发扬踔厉矣，则邦国亦以兴起。奚事抱枝拾叶，徒金铁国会立宪之云乎？……是故将生存两间，角逐列国是务，其首在立人，人立而后凡事举……"②在19世纪之末20世纪之初，有识之士普遍把军事、实业、国会、宪政等物质制度建设当作中华民族复兴大业中的重中之重，可是鲁迅的看法不一样，他认为军事、实业、国会、宪政等物质制度建设固然重要，然而相对于"立人"来说，只能算是"抱枝拾叶"，并非"根本之图"；根本之图只能是："立人"。

走出九年沉默期后的鲁迅重拾文艺理想，其"立人"的思想主张没有改变，其为"立人"而启蒙的思想路径没有改变，他说："说到'为什么'做小说罢，我仍抱着十多年前的'启蒙主义'，以为必须是'为人生'，而且要改良这人生。我深恶先前的称小说为'闲书'，而且将'为艺术的艺术'，看作不过是'消闲'的新式的别号。"③为谁的人生而文艺呢？无疑是为启蒙的对象而文艺，也即其誓愿所立之人，即读者，即国民。

既然"立人"如此重要，那么鲁迅究竟要立怎样的人呢？

鲁迅说，他的哲学都包括在他的《野草》里面。④《野草》中有一篇《聪明人和傻子和奴才》。聪明人、奴才和傻子三个概念显然不是日常生活中普通而平凡的词汇，而是一组哲学范畴。要说鲁迅所立何人？亦显然不是聪明人，更不是奴才，只能是：傻子。

不过，正如鲁迅在《文化偏至论》中明确提出"立人"主张后，几乎没有再专门讨论过"立人"；鲁迅在《聪明人和傻子和奴才》之后亦几乎没有再进一步讨论过"傻子"。更为关键的是，鲁迅叙事重在批判，重在否定，重在怀

---

① 鲁迅：《烽话五则》，《鲁迅全集》第七卷，第53页。
② 鲁迅：《文化偏至论》，《鲁迅全集》第一卷，第47—58页。
③ 鲁迅：《我怎么做起小说来》，《鲁迅全集》第四卷，第526页。
④ 章衣萍：《古庙杂谈》，《1913—1983鲁迅研究学术论著资料汇编》第一卷，中国文联出版公司，1985，第89页。

疑；批判、否定、怀疑是鲁迅叙事思维中最鲜明、最突出的特质，那么傻子的理论范畴如何才能在鲁迅的批判性叙事中落地？鲁迅"立人"的哲学建构又如何才能在鲁迅的否定性叙事中落地？事实上，鲁迅一直以来备受质疑的问题便是，当鲁迅激烈批判旧世界的时候，可谓刀刀见血，然而与这个旧世界相对应的新世界在哪儿呢？鲁迅的哲学世界果真支离破碎、一地鸡毛吗？而回答诸如此类的问题无不关涉到一个重要概念范畴，那便是："透底"。

其实，"立人"作为鲁迅修辞的重要基石，几乎没有谁会怀疑。然而"透底"就不一样了，忽视甚至无视鲁迅的透底修辞以及透底之底部，可谓是我们百年鲁迅研究中不可忽视的一大误点。

## 二 透底：文学鲁迅与哲学鲁迅的扭结点

何谓透底？

透底作为鲁迅修辞学的重要范畴系我们首次提出，但透底却并非我们新创的概念。鲁迅在1930年代初连续有两篇杂文分别以《透底》和《透底之底》为题，其中在《透底》中这样说道：

> 凡事彻底是好的，而"透底"就不见得高明。因为连续的向左转，结果碰见了向右转的朋友，那时候彼此点头会意，脸上会要辣辣的。要自由的人，忽然要保障复辟的自由，或者屠杀大众的自由，——透底是透底的了，却连自由的本身也漏掉了，原来只剩得一个无底洞。①

透底不能没有底部，没有底部的透底就像连续的左转，必然会碰到右转者，必然会回转到自己曾经的出发地，并由此无限循环下去；也就是说，没有底部的透底必然会否定自己的否定，同时也会否定自己的肯定，它的别名就叫

---

① 鲁迅：《透底》，《鲁迅全集》第五卷，第109页。据《鲁迅全集》注释，鲁迅杂文集中收入的杂文大约有十二篇是瞿秋白1933年在上海时所作，《透底》是其中一篇，此外还有《关于女人》《真假堂吉诃德》《王道诗话》《伸冤》《曲的解放》《迎头经》《出卖灵魂的秘诀》《最艺术的国家》《内外》《大观园的人才》《中国文与中国人》等，"其中有的是根据鲁迅的意见或与鲁迅交换意见后写成的。鲁迅对这些文章曾作过字句上的改动(个别篇改换了题目)，并请人誊抄后，以自己使用的笔名，寄给《申报·自由谈》等报刊发表，后来又分别将它们收入自己的杂文集。"参见《关于女人注释(1)·且介亭杂文》，《鲁迅全集》第四卷，第532—533页。

"无底洞"。因此，透底者必须有自己的底部。

诚然，鲁迅叙事重在批判，重在否定，重在怀疑；然而，任何严肃的批判背后必然隐含着认同，任何真诚的否定背后必然隐含着肯定，任何深刻的怀疑背后必然隐含着守持；鲁迅叙事的严肃、真诚和深刻世所公认，其批判与认同、否定与肯定、怀疑与守持，如同一张纸的正反两面，无法从物理意义上切割；可惜的是，在我们日常思维中，往往把隐含在批判、否定、怀疑背后的认同、肯定和守持轻轻地忽略了。究其实，而这批判中隐含着的认同，否定中隐含着的肯定，怀疑中所隐含着的守持，便是透底之底部。

透底与批判的区别之一，就在于批判是单向度的，而透底却是双向度的。批判在鲁迅叙事中凸显批判性、否定性和怀疑性品格，因此是单向度的；而透底却在凸显批判、否定和怀疑性等品格的同时，另方面却并不忽略鲁迅叙事中的另一个面相，即认同、肯定和守持性品格，因此是双向度的。透底必有其底部，因此透底既是批判也是认同，既是否定也是肯定，既是怀疑也是守持。我们对任何事物的透底，其批判和认同、否定和肯定、怀疑与守持如同水中盐蜜中糖，如同一张纸的正反两面，无法切割。

透底与批判的区别之二，就在于批判是一个点，而透底是一个过程。透底是为了抵达。既然是抵达，也就是意味着透底有其出发点，有其最终要抵达的目标点；透底的出发点便是透底的批判点、否定点或怀疑点，透底的目标点便是透底的认同点、肯定点和守持点，从这个意义上讲，透底便是从否定点出发，抵达守持点的一个过程。这个过程既属于作者，更属于读者。走完这个过程的读者，所收获的是与作者关于社会人生的一次深度对话，是思想或情感的一次升华，是"陌生化"的艺术感受，是睿智、锋芒、锐利、深刻等多种复杂的艺术快感，因为抵达的过程必然是穿透迷雾、抖落尘土、洞穿事物本质的过程。所以说，批判是一种叙事品格，而透底却是一种修辞品格。

透底与批判的区别之三，就在于批判凸显批判者的价值立场，而透底在凸显透底者价值立场的同时，亦凸显了透底者的哲学视界。因为，透底是为了抵达，抵达点正是事物存在的底基，即事物存在的质的规定性，也即事物存在的哲学根基；故此，追索鲁迅透底性修辞之底基，必然把我们从文学的鲁迅带到哲学的鲁迅，抵达文学鲁迅的底基的同时，也便抵达了哲学鲁迅的底基，因为文学鲁迅与哲学鲁迅的扭结点正是透底之底基。

世界上任何事物都有其存在的底基。所谓底基，实乃事物与事物相区别的形态学规定质,也即事物与事物相区别的边界线。简言之,即事物质的规定性,也即事物存在的哲学根基。在事物的发展变化过程中,有两种情况在所难免:一是在时间的流程中,事物存在的底基上难免落满尘埃、堆积尘土或者云山雾罩、弥漫形形色色各种烟雾弹幕,事物的本质规定性逐渐模糊含混,事物存在的边界线不再清晰,甚至事物与事物的面相彼此迁移混同。这就需要有人能够驱逐迷雾、抖落尘土,把事物的底基重新展示在大众面前。二是在事物发展变化过程中,事物与事物的底基不再匹配。而不再匹配的原因复杂多样,或者因为事物的底基已经沉陷,或者因为事物的内涵已然增殖或减殖,或者因为事物的底基被移位甚至置换,等等,这就需要有人为我们击穿旧事物的底基、并清除旧底基,建立新底基。

无论哪种情况,无不关涉文学叙事中的透底修辞,无不证明透底是事物新陈代谢中不可或缺的环节。

所谓透底,有两层意思:一是驱散迷雾,抖落尘土,三言两语,直抵事物形态学的规定质,把事物存在的底基展示给读者,把事物存在的形态学规定质展示给读者,把事物存在的边界线展示给读者,让读者对事物存在的本真面相有一个较为清楚透彻的了解,从这个层面上讲,所谓透底,也即"彻底";二是指击穿事物存在的旧底基,从而重新抵达事物的新底基。因为事物存在的旧底基被击穿,因此旧事物存在的理据被消解,其存在的身躯迅速坍塌,为此同一事物便会以一种迥异于旧事物的新面相呈现于读者面前。鲁迅杂文公认为投枪匕首,常常一击致命,从修辞学上讲,其关键就在于鲁迅叙事极擅长透底,透底是鲁迅叙事既鲜明又普遍的修辞方法。

鲁迅认为美术有三要素,一曰天物,二曰思理,三曰美化;任缺其一,不得为美术。① 因此,如果说鲁迅叙事只是为了否定而否定,那不是艺术;只是为了批判而批判,那不是艺术;同样,只是为了透底而透底,那也不是艺术。透底是为了抵达,鲁迅通过透底性叙事抵达的目的必是其一生志业所在:即其立人的理想。有了立人的思理,有了建立"人国"②的理想,鲁迅的透底性叙事才能称之为艺术。

一方面,鲁迅立人的思理只有通过其透底性叙事才能最终落地、生根、发育、成长……另一方面,鲁迅透底性叙事亦只有把其立人思理成功地植入其叙

---

① 鲁迅:《拟播布美术意见书》,《鲁迅全集》第八卷,第50—51页。
② 鲁迅:《文化偏至论》,《鲁迅全集》第一卷,第51页。

事肌理中，其透底性叙事才能成就其独特的叙事艺术；换言之，文学鲁迅是哲学鲁迅的外在肉身，哲学鲁迅是文学鲁迅的内在根底。倘若没有文学鲁迅，哲学鲁迅无以腾飞；倘若没有哲学鲁迅，文学鲁迅无以雄视千古。文学鲁迅具有睿智、幽默、讽刺、批判、冷峻、辛辣、犀利、深刻等多重品格；可是，如果没有哲学鲁迅的根底，文学鲁迅又何以担得起"民族魂"的声名?！对于鲁迅而言，立人与透底，两者相辅相成，缺一不可；与此对应的关系则是，文学鲁迅和哲学鲁迅，两者相辅相成，缺一不可。没有鲁迅独特的生命哲学，无法成就鲁迅独特的叙事艺术，但如没有鲁迅独特的叙事艺术，鲁迅生命哲学的大厦无法最终落地，而两者之间的扭结点就在于：透底性叙事。只有抓住"透底"这个关键词，才能同时抓住文学鲁迅与哲学鲁迅；换言之，抓住了"透底"这个关键词，便抓住了文学鲁迅与哲学鲁迅的统一性。

## 三 "透底之底"与"连我自己还不明白（路）应当怎么走"

鲁迅拒绝"前辈"和"导师"的身份，而且一再否定人生问路"前辈"或"导师"的合理性，鲁迅认为人生之路，路在何方？路该怎么走？他自己不知道，他自己之外也没有任何人知道，这岂不是等于说，鲁迅的透底性叙事未必有其底？

1925年在杂感《导师》中，鲁迅说："要前进的青年们大抵想寻求一个导师。然而我敢说：他们将永远寻不到。寻不到倒是运气；自知的谢不敏，自许的果真识路么？……假如真识路，自己就早进向他的目标，何至于还在做导师。说佛法的和尚，卖仙药的道士，将来都与白骨是'一丘之貉'，人们现在却向他听生西的大法，求上升的真传，岂不可笑！"[1]同年在杂感《这个与那个》中，鲁迅说得更加具体而又切实："我也曾有如现在的青年一样，向已死和未死的导师们问过应走的路。他们都说：不可向东，或西，或南，或北。但不说应该向东，或西，或南，或北。我终于发见他们心底里的蕴蓄了：不过是一个'不走'而已。"[2]1926年在《写在〈坟〉后面》，鲁迅又一次强调："倘说为别人引路，那就更不容易了，因为连我自己还不明白应当怎么走。中国大概很有些青年的'前辈'和'导师'罢，但那不是我，我也不相信他们。我只很

---

[1] 鲁迅：《导师》，《鲁迅全集》第三卷，第58页。
[2] 鲁迅：《这个与那个》，《鲁迅全集》第三卷，第154页。

确切地知道一个终点，就是：坟。然而这是大家都知道的，无须谁指引。问题是在从此到那的道路。那当然不只一条，我可正不知那一条好，虽然至今有时也还在寻求……"①

不过，鲁迅虽然一再强调说，自己不知道人生之路路在何方，然而他却确切地知道人生之路的终点必然是：坟墓；虽然不知道人生之路路在哪里？哪里有路？然而他却确切地知道，人生就应该在原本没有路的地方走出一条路来。鲁迅在1925年3月11日给许广平书信中说得清楚明白："走'人生'的长途，最易遇到的有两大难关，其一是'歧路'，倘是墨翟先生，相传是恸哭而返的，但我不哭也不返的，先在歧路头坐下，歇一会，或者睡一觉，于是选一条'似乎'可走的路再走，……但是不问路，因为我料定他并不知道的。……其二便是'穷途'了，听说阮籍先生也大哭而回，但我却也像在歧路的办法一样，还是跨进去，在刺丛里姑且走走。"②虽然鲁迅否定了"前辈"和"导师"合法性存在的基础，也即从哲学上穿透了"前辈"和"导师"合法性存在的底部，可是鲁迅的透底性叙事并非没有其底部，其新的底部也是其生命哲学上的"个"，——也就是说，鲁迅认为人生之路只会因人而异，个人的人生之路只能靠个人自己投身到人生中亲身实践并探索，所谓"前辈"和"导师"，他们连自己的人生之路路在何方未必知道，又如何指导别人的人生之路呢？！

在《故乡》中，闰土和水生父子之间有一个代际不断循环的悲剧，这是一个历史性的难题，而对于破解这个难题，鲁迅同样有确切的答案："希望本是无所谓有，无所谓无的。这正如地上的路；其实地上本没有路，走的人多了，也便成了路。"③ 一个人的新生之路在每一个人的脚下，一个时代的新生之路在每一个时代人的脚下，而一个民族国家的新生之路在每一个民族国家的国民脚下。——而这便是鲁迅的透底之底！

## 四 "透底之底"与民族现代性精神资源

"鲁迅是与孔子同等重要却比孔子更具现代性意义的民族精神资源。"④钱

---

① 鲁迅：《写在〈坟〉后面》，《鲁迅全集》第一卷，第300—301页。
② 鲁迅：《两地书》，《鲁迅全集》第十一卷，第15页。
③ 鲁迅：《故乡》，《鲁迅全集》第一卷，第510页。
④ 钱理群：中国艺术研究院文学院、北京鲁迅博物馆、上海鲁迅文化发展中心承办的"2010鲁迅论坛"上发言，2010年11月19日。

理群给鲁迅的这个价值定位不仅回应了毛泽东"鲁迅的方向,就是中华民族新文化的方向"等经典论断,而且也凝结了百年鲁迅学的集体智慧。在2017年绍兴"纪念新文学革命100周年暨'鲁迅与新文学'国际学术研讨会"上,李继凯说:"如果说圣人孔子是'古代中华民族魂',对维系古代社会及文化居功至伟;那么鲁迅就是当之无愧的'现代中华民族魂',对建构现代社会及文化也是居功至伟。"①

孔子是儒家文化的集大成者,被尊为至圣先师,也是中国传统文化的象征性符码;鲁迅以新文学大家名世,是五四新文化运动的主将,被誉为"民族魂",他是中国现代文化的象征性符码。作为中华民族文化两大源泉性思想家,鲁迅与孔子对中国现代文化价值的重建均具有不可或缺的价值意义。

鲁迅与孔子的话语方式大不一样。孔子的话语方式多是结论性的判断,少逻辑性论辩过程,迹近于以至圣先师的身份布道,以终审法官的口吻宣告道德规则;因此,历来研究孔子思想多采用微言大义的阐发方式。而鲁迅的话语方式则多怀疑、多否定、多批判,不过鲁迅却又并非如某些人所说,只是破坏一个旧世界,没有建设一个新世界。

鲁迅的批判性思维或者说否定性思维本身就是中华民族极其宝贵的思维方式。鲁迅叙事修辞的突出特质就是对话和探讨,就是怀疑、否定和批判,其反布道、反宣告的特质相当鲜明,他旨在引导读者不断地追索问题的根源,不断地质疑事物存在的根基,不断地深入、递进、超越被人们奉为真理的既有判断和结论。一句话,他不断击穿人们认识事物传统的底基,不过,鲁迅在击穿事物的传统的底基的时候,他也抵达事物的现代性底基。正如钱理群所说:"事实上,你在读鲁迅杂文时,也会时时想他讲得对不对,忍不住要和他辩论。这恰好是鲁迅所希望的。因为他对自己的观念、思维、表达也是怀疑的。……鲁迅完全不同于总想来指导我们的自命'导师'的知识分子,他并不试图收编我们,用他的观念、思维、表达来束缚我们。他期待着和我们一起探索、思考,一起寻找、创造新的思维空间、表达空间。在我看来,这是鲁迅最为特别,也最为可贵之处。"②

如果说叙事话语是孔子人生哲学的存在之家,那么透底性叙事之底基则是

---

① 李继凯:《重大命题:鲁迅是"现代中华民族魂"》,《纪念新文学革命100周年暨"鲁迅与新文学"国际学术研讨会论文集》,2017年10月27—30日,中国绍兴。
② 钱理群:《鲁迅的杂文思维》,《和钱理群一起阅读鲁迅》,中华书局,2015,第133页。

鲁迅生命哲学的存在之家。对于"民族魂"鲁迅而言,其大量民族精神资源的现代性基因潜藏在其透底性叙事之底部。从这个意义上讲,我们不妨说,"民族魂"的鲁迅潜居在鲁迅透底性叙事的底部。

忽视鲁迅叙事的透底之底,是鲁迅学百年研究史中毋庸置疑的一个误点。虽然鲁迅被誉为"民族魂",可是由于鲁学界把研究焦点主要对准鲁迅叙事的否定性品格,对准鲁迅叙事的批判性品格,并没有分出一支镜头来同时对准鲁迅叙事透底性修辞及其透底之底;因此,百年鲁迅学(1919—2019)的构建只是把鲁迅当作反封建的精神资源而没有当作鲁迅心心念念的国民日常生活中最普遍的精神资源,从而并没有尽力开掘鲁迅文学"立人"的思理系统,致使"别立新宗"①的鲁迅迄今为止形影模糊。也就是说,鲁迅虽然被誉为"民族魂",然而实际上鲁迅却恰恰在民族精神资源的价值层面上被忽略了;或者说,当我们把鲁迅当作民族精神资源的时候,却先在民族精神资源的前头加上了一个定语:反封建。这个定语太强大了,强大到了仿佛中华民族的精神生活中只剩下:反封建;仿佛除了反封建,国民生活中没有别的要务,甚至强大了国民仿佛没有了衣食住行吃喝拉撒等日常生活,强大到了学界有人居然理直气壮地把传统文化断裂之祸归位于鲁迅等五四新文化运动的先驱们,认为当代全面反传统是五四先驱们激烈反传统思维的延传。说到底,百年鲁迅学为我们展示了一个激烈批判旧世界的鲁迅,却缺失了另一个也在努力构建新世界的鲁迅。如果说"取今复古,别立新宗"②乃贯穿鲁迅一生的职志,那么追索鲁迅学百年通史就不难发现:"取今复古"的鲁迅可谓活跃,然"别立新宗"的鲁迅却依然沉埋在地表之下!

---

①②鲁迅:《文化偏至论》,《鲁迅全集》第一卷,第57页。

# 《阿Q正传》电影改编刍议

陈超　南开大学

《阿Q正传》作为鲁迅唯一的中篇小说，在中国文学史上有毋庸置疑的经典地位、确定意义，同时亦具有进行改编与再创作的延展空间、可能意义。问世百年以来，阿Q这一经典原型，被多次搬上舞台与荧幕，其中在当今最广为人知的版本，当数1981年上映的由陈白尘编剧、岑范导演的电影版《阿Q正传》。该片获得国内外多项重要影视奖项与提名，是中国首部参加戛纳电影节主竞赛单元的影片。

面对着改编经典的风险与困难，这部作品的演绎是完整扎实的，特别在描摹冲突、呈现场景、刻画人物等方面积累下了可贵的改编经验。作品不仅以忠实原著的基调构筑了框架骨肉，同时也观照了社会转型、观众期望等因素，形成了延展自原著而属于作品自身的生命力。本文着眼创作实践中的直观现象，对比小说、剧本、电影三种文本，透过结构、人物、语言、场景等角度，分析主创者实现其意图的具体方法及效果。

在已有研究中，大多将陈、范二人的工作视为一体，进行从影片到小说的比较，这种对比更直接鲜明，而亦有缺憾之处。一来电影所呈现的，是一种作为结果的叙事形态，而导演岑范借用"四百米接力"的比喻形容其中的过程与风险。[1]从小说到电影的跨度，难免会忽视改编过程中的逻辑层次、损失改编处理中的细节创造；二来陈白尘的文学脚本并非工具意义的剧本，在文字上有相当的可读性，亦被单独出版，不应忽视其自身不依赖于电影的文学性和艺术

---

[1] 岑范：《从〈阿Q正传〉的拍摄谈改编》，《电影艺术》1983年第11期。

性。因此，本文将对三种不同形态的文本进行比较。

## 一　外部框架的承袭与微调

（一）情节序列

剧本在框架上忠实于原著九个章回，在主要事件冲突的关联、排序上未做显见的调整，陈白尘自谦其改编为"加工誊写"①。而细读各章回，实则有大量微调，即剧作者所谓的"需剪裁、费斟酌之处"，这些调整从实用与适用出发，紧贴原著而不易察觉。例如，在对"名字写法"的考证中，剧本隐去"只有托一个同乡去查阿Q犯事的案卷"这一手段，将开篇处关于人物结局的暗示隐去；在《优胜记略》章中，略去平日押牌宝的情状，而直接叙述了"赢钱被抢"这一独立事件，与前述情节形成了一种顺序发生的观感。这些细节处的精雕细琢，让剧本呈现出比小说更加直观、更加线性的发展脉络，也更符合观看的流畅性和衔接性。

《阿Q正传》电影为照顾节奏，避免松散，在基本保留主要事件的前提下，打破了原有的段落格局，将九个章回体现为三大段落，分别是"阿Q在未庄的生活"——"返乡中兴，重回没落"——"造反梦起，遭陷被抓"。②根据这种结构上的集中倾向，影片在情节上基于剧本，又做了更为"大刀阔斧"的改编。例如，影片将《续优胜记略》中"被王胡打"的情节，揉进了《优胜记略》中被众人欺侮段落中，这种合并避免了情节、动作在视觉上的重复，同时也使事件冲突更加饱满。在事件的发生序列上，影片将晨昏、季节、年代等时间概念交代得更明显，更具象化地将阿Q的作息起居、命运变迁摆布在了一条明确时间轴上，利于观众理解。

（二）详略铺排

《阿Q正传》最初作为连载小说，其九个章回在篇幅上基本呈均衡态势，然而在结局的着墨上，是被看作有遗憾的。郑振铎曾直言："最后'大团圆'的一幕，我在《晨报》上初读此作之时，即不以为然，至今也还不以为然，似乎作者对于阿Q之收局太仓促了。"③对此，鲁迅先生曾在《〈阿Q正传〉的成

---

① 陈白尘：《〈阿Q正传〉改编杂记》，《阿Q70年》，北京十月文艺出版社，1993，第307页。
② 刘润：《〈阿Q〉映前访岑范》，《刘润文集》，上海文化出版社，2016，第344页。
③ 郑振铎：《闲谈〈呐喊〉》，《中国文学史资料全编（现代卷）·文学研究会资料（上）》，知识产权出版社，2010，第649页。

因》中坦陈他的确趁着编辑孙伏园离京，匆促收束了小说。剧本和电影着眼于故事的均衡，在改编中进行了详略上的重新安排（比重见下图）。

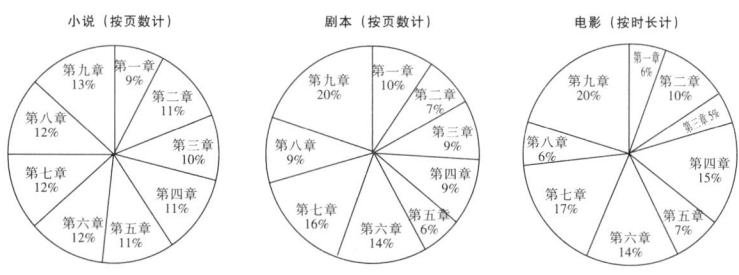

出于小说"前边较多静的描写缺少动作，为电影和舞台所忌"[①]的技术原因，编剧对前四章进行了压缩。此外剧本结合情感基调，扩充了主角得意戏份，而缩减了主角失意戏份，通过在"抑"与"扬"之间的调整取舍，形成"层层发展"之势。比较篇幅可见，剧本在《生计问题》一章的俭省最为明显，而这恰恰是阿Q最为落魄、剧情基调最为低沉的一个过渡段落，这段经历将他从未庄生活的日常引向了命运剧变的周折，为其中兴作出了欲扬先抑的铺垫，在此基础上，剧本对于《从中兴到末路》和《革命》做了扩充与丰富。最后，基于小说的"仓促收尾"，剧本对第九章《大团圆》进行了重点的扩充，将原著中一笔带过的、发生在暗箱中的对于阿Q的罗织构陷，以合理想象延展扩充，把一场豪绅、贪官之间的冲突与合谋正面呈现给观众，填补了小说中的留白，增强了剧本的故事性。

岑范结合电影的制作特点，在详略铺排上也做了一些变化，与剧本相比：《序》的比重降低，得以更快进入正片；打破《优胜记略》与《续优胜记略》的章回界限，将事件整合编排。其中，最显著是对《恋爱的悲剧》一章的比重扩充，更见导演在选材上的偏好与心思，此处沿袭着剧本的改编节，以更为丰富和细腻的笔触表现了阿Q"恋爱"的一场闹剧。例如在阿Q与吴妈独处的片段里以动作表情的特写增强表演张力、以灯光场景的渲染营造暧昧氛围，吴妈的一颦一笑配合着烛火的闪烁跳动，形成一种导演所谓的"也许阿Q正嗅到吴妈头上的刨花水味"[②]的迷离观感。

---

[①] 陈白尘：《〈阿Q正传〉改编杂记》，《阿Q70年》，第310页。
[②] 岑范：《〈我识阿Q〉——兼作〈阿Q正传〉导演阐述》，《银色印记：上海影人创作文选》，复旦大学出版社，2005，第150页。

## 二 内在结构原点与路径的调整

（一）动机的转向：从批判到唤醒与同情

在小说中，鲁迅所从事的是冷峻的揭露，在字里行间以其克制的笔调、冷眼旁观的态度，在个体的荣辱浮沉中反映时代的起落变迁，并在对细枝末节的描述中，不露声色地绘出了"国民性"的大廓，寓忧愤讽刺于荒诞幽默之中，将个体命运嵌入国家民族命运，蕴含了深沉的悲剧性。出于这种内在的严肃批判意识，鲁迅曾明确表示："我的意见，以为《阿Q正传》实无改编剧本及电影的要素，因为一上演台，将只剩了滑稽，而我之作此篇，实不以滑稽或哀怜为目的，其中情景恐中国此刻的明星是无法表现的。"①

陈白尘在其改编中，力图最大程度地继承鲁迅的创作动机，努力还原原著中讽刺批判的态度，但这种还原并非一味照搬，而是在改编中融入了个人的经历、时代的印记与对现实的反思。他自陈，在剧本创作的80年代，"阿Q的灵魂还钻进我们许多许多国人的躯壳里来（自然也包括我自己）"②。因此，我们可以看到，在阿Q的革命大梦中，他与白枪白甲的革命党前去"造反"的场景竟有些将荒诞照进现实的影子；另一方面，编剧在阿Q被逮捕后，化用《药》中的情节让土谷祠老头子为阿Q送上棉被围成的"花环"，以免于将"自以为苦的寂寞"传染给80年代从噩梦中醒来的青年。正如王得后所指出"电影《阿Q正传》的难得的严肃风格，是这次改编的主要成就之一"，③这种严肃风格的形成正基于"陈白尘同志忠于自己的历史感"。

岑范则在电影中弱化了这种尖锐，寄予阿Q更多的同情怜悯，对鲁迅"哀其不幸，怒其不争"的态度，导演"研究了原著，也研究了自己，决定在影片中以'哀其不幸'为主，'怒其不争'为辅"。④这种倾向体现在人物设置、细节编排上，在剧本到电影的改编过程中，导演主动与编剧进行了开诚布公的详细沟通，并取得了谅解和支持⑤。可贵的是，在最终电影呈现上，并没有因为这种艺术理解上的分歧而割裂，反而在批判与同情、严肃与温和的对立统一、

---

① 鲁迅：《致王乔南》，《鲁迅全集》第十二卷，人民文学出版社，2005，第245页。（本文所引鲁迅作品原文均出同一版本。）
② 陈白尘：《〈阿Q正传〉改编杂记》，《阿Q70年》，1993，第313页。
③ 王得后：《这个阿Q的银幕形象——看上影拍摄的〈阿Q正传〉》，《电影艺术》1982年第12期。
④⑤ 岑范：《从〈阿Q正传〉的拍摄谈改编》，《电影艺术》1983年第11期。

相互节制中形成了一种张力。

（二）叙事的调整：单线叙事到多线发展与副结构延展

小说《阿Q正传》是以第三人称的叙述展开，然而除《大团圆》中对举人、把总间争执的叙述以及在结尾处对于举人、赵家等命运走向的简短概括，小说描写的事件完全基于阿Q本人视角，而未超出其可能的认知范围，故事围绕着主人公的境遇单线展开。在这种叙事角度下，阿Q如一只没头苍蝇懵懵浑噩、不知所以，读者看到的是他"觉得世上有些古怪""愈觉得稀奇""不由得一错愕""于是有些诧异"的种种困惑，从而更加切身地体会到阿Q出于主观、客观共同作用下的无知与无力。

《阿Q正传》剧本则沿着故事主线，根据作者的暗示与阐发，做了大量情节补充。最鲜明的表现，是给赵太爷为首的阴谋集团加入大量戏份，从而为受众提供了关于悲剧形成的社会性和历史性的解释说明，形成了全知的"上帝视角"。因此，剧本中出现了很多从阿Q立场无从知道的情节，如：加入吴妈去上房取灯油撞见赵太爷家事的情节，勾勒了赵太爷一家微妙的家庭关系、窥见了赵太爷为代表的地主富绅的生活状态，与土谷祠中阿Q赤贫单调的生活形成比对；加入赵太爷与白举人、把总之间或博弈、或合谋的种种设计，将阴谋的酝酿过程与阿Q走入其中的过程同时推进，一条线是步步引诱、步步紧逼，一条线是茫然无知、言听计从，为阿Q最终步入圈套、坠入彀中的结局提供了一个完整的逻辑闭环。

如果说剧本是紧贴原著的审慎"补充"，那么导演做的则是较为发散和具体的"扩充"。通过对无关宏旨的副结构加以细节上的丰富，强化剧中人物个性形象的塑造，提升了电影的戏剧性、趣味性。例如，同样在吴妈取灯油这一情节里，导演加入了剧本中所没有的，自称绝食的赵太太不慎将怀中藏着的小烧饼掉落在地，被秀才娘子发现并加以嘲弄的情节。这类细枝末节上的创造，增强了影片的延展度和感染力，使人物形象立体、个性鲜明，同时也赋予了这个人人熟稔的经典故事以意料之外的惊喜，但是这种情节难免略显夸张和舞台化，而牺牲了部分写实感。

## 三 人物的梳理与刻画

（一）人物关系的处理：分明化和阵营化

原著以阿Q为线索，通过其身边发生的种种事件，牵扯出清末民初、辛亥革命前后的社会群像。小说的出场人物各有其显见的身份属性，但是在混沌蒙昧的阿Q主观意识中却是无差别的。在《革命》一章中，在阿Q的幻想里，他将记恨的人统称为"未庄的一伙鸟男女"，第一个该死的是"小D、赵太爷、秀才和假洋鬼子"。小说呈现了："阿Q—其他人"的人物结构，阿Q作为唯一核心，其余人物以在他的身上施加着伤害、侮辱、压迫或者被他所欺侮的形式存在。鲁迅以其深邃的洞察和深厚笔力，通过形形色色的人物，勾勒出一张交织无解的网，以小见大描绘出整个中国社会压抑而希望渺茫的困局。如何在这种浑然一体的人物结构中，剥离并清晰展示其中的人物关系，对于剧作改编是巨大的挑战。

陈白尘以其厚重的人生阅历和成熟的政治意识，为故事设置了一种自然而然、"本该如此"的，分明而不突兀的立场感。剧本中人物被处理成非此即彼的两个集团，一面是阿Q为核心的，包括红鼻子老拱、蓝皮阿五、航船七斤、小D、王胡等在内的平民集团；一面是以赵太爷为核心的，包括赵秀才、假洋鬼子、白举人、赵太太、秀才娘子、赵司晨、赵白眼等在内的权贵集团。这两个集团在阿Q关于革命的大梦中予以明示，以编剧自己的解释来说"阿Q即使在做梦，对于敌我友的界限还是很清楚"①。剧本基于原著对赵家的侧面叙述，着力丰满了赵太爷有关的戏份，将其塑造为名副其实"男二号""大反派"。

在电影拍摄中，导演通过场面调度和服饰化妆等视觉手段，强化了电影中正反两派人物的二元对立。典型场景是，在阿Q梦境中两个阵营"跪""站"整齐相对，这种泾渭分明的处理简化了人物关系、直言了对立格局、摆明了冲突内核，在客观上降低了文本的复杂性、深刻性，对于观众而言却更易接纳和理解创作者的观点。

（二）主角形象的塑造：典型与个性的相得益彰

将阿Q的形象"立起来"是影片成功的重要前提，全片七百多个分镜头中将近八成有阿Q的出镜，主演严顺开对照原著、剧本、分镜本对每一个镜头深

---

① 陈白尘：《〈阿Q正传〉改编杂记》，《阿Q70年》，第311页。

入揣摩，在表演中尽力剥离舞台感和单纯滑稽戏的成分，①最终他凭借本片获得第六届大众电影百花奖最佳男演员奖、瑞士第二届韦维国际喜剧电影节最佳男演员金拐杖奖，他在接受访问时曾言"要说阿Q形象成功，主要是原著与剧本动人，是导演与摄制组全体同事努力的结果"②，这一方面是主演的自谦，一方面亦体现了要呈现这一经典角色背后蕴含的系统工作。

陈白尘偏重刻画主角的典型性，从国民性与社会成分的维度去归结人物的特质，成其"骨相"。编剧以紧贴现实的阶层意识和价值观念，为阿Q确立了一种天然的立场和身份属性，在《优胜记略》的开头处，剧本便循着小说中的描写，生动直观地展示了阿Q的精力充沛、勤恳工作的劳动者形象，"阿Q在舂米，光着脊梁；阿Q在撑船，汗流浃背；阿Q在割麦，挥汗如雨"这样的文字为阿Q的阶级与身份确定了基本定位；在《中兴到末路》一章，因偷窃事发而遭地保勒索的阿Q"正色说：从此，我再不干了！"可见，因生计误入歧途的阿Q尚存有是非观念，而其本质并不坏。这种"农民的质朴"底色，让即便"沾些游手之徒的狡猾习性"的阿Q也并非一副可憎可恨的嘴脸，更非大奸大恶之徒。基于此，他所经历的多舛命运才能引发一般观众的唏嘘和反思，从而达成深沉可叹的悲剧，而非轻佻浮夸的闹剧。

岑范则偏重描绘主角的个性，从人性与情感的角度去驱动人物的言行，成其"皮相"。导演以充满善意的人文意识，对阿Q进行了一系列外在形迹上的美化：影片修饰了阿Q形象上的丑陋缺陷，将其头皮上的癞疮疤处理成为几块斑秃；淡化了阿Q举止上的肮脏无赖，删去了阿Q与王胡比赛挑虱子、咬虱子这幅过于"绘声绘色"的场景；铺垫了阿Q劣迹上的动因并加以开脱，在遭遇生计问题时以一个主观镜头表现了饥肠辘辘的阿Q看到小孩儿吃包子、狗啃骨头，昭示其前往静修庵偷萝卜是因饥饿至极而起盗心的本能驱使。导演从选角到拍摄，致力于塑造一个"漂亮"的阿Q，这一方面是出于电影"视觉艺术"属性，顾及观众对于艺术享受的期望；一方面则出于导演对表现"中国人"形象的分寸感，他指出"尽管这些是小说中的人物，但一上银幕，拿到外国去，外国人认为这就是你们中国人"③。

---

① 范华群：《阿Q的扮演者——严顺开访问记》，《影剧美术》1982年第3期。
② 刘润：《银幕上的阿Q——访严顺开》，《刘润文集》，第348页。
③ 岑范：《〈我识阿Q〉——兼作〈阿Q正传〉导演阐述》，《银色印记：上海影人创作文选》，第150页。

## （三）配角形象的构建：群像人物的特色化

对于配角群的打造，编剧进行了迁移和改造两方面的工作。袁梅首创了在故事中插入鲁迅作品中其他人物的手法，鲁迅对此给出"现在回忆起来，只记得那编排，将《呐喊》中的另外的人物也插进去，以显示未庄或鲁镇的全貌的方法，是很好的"①的评价，进而被众多改编者借鉴。电影在人物迁移方面，请来了咸亨酒店掌柜、红鼻子老拱、蓝皮阿五以及《药》中的红眼睛阿义，编剧细致揣摩原作中不具姓名的闲汉，以不露痕迹的化用为其填上骨血，让配角更生动有记忆点。同时编剧又把握客串的火候，没有请孔乙己、狂人等"重量级"人物出场，以免"喧宾夺主，把我们的阿Q冷落在一边"。②在人物改造上，编剧将未庄唯一不曾鄙视、伤害过阿Q的"土谷祠老头"这一形象塑造为一个善良厚道的角色，成为孑然一身的阿Q身边唯一一个关心他、温暖他的人；另外，根据鲁迅关于小D"他叫'小同'，大起来，和阿Q一个样"③的说明，剧情中暗伏着小D的转变，及至阿Q被枪决以后，小D于众人中独表异议，坚称"我看啦，阿Q哥还是一条好汉"，暗含他已继承了阿Q精神，阿Q精神绵延不绝的意味。

导演对配角的塑造，最直观的特点是，赋予女性角色更鲜明和丰富的表现，特别是对于"女一号"吴妈的塑造。在剧本中，阿Q的恋爱悲剧结尾于"内院里少奶奶正和吴妈在抢夺阿Q那件破布衫，三拉二扯，布衫被撕成两半"呼应了小说中"那破布衫是大半做了少奶奶八月间生下来的孩子的衬尿布，那小半破烂的便都做了吴妈的鞋底"。导演剔去了这些市侩、彪悍的成分，选用了"五朵金花"中的"炼钢厂金花"王苏娅出演"吴妈"，为其塑造了一种质朴、勤劳、踏实的形象。在阿Q游街时吴妈的眼神也不同于剧本中的茫然失焦，而体现了一种紧张和关切，并在与阿Q对视后仓皇离开，结合阿Q在吴妈离开后表情怅然的悔悟，这为恋爱悲剧这条支线，给出了并不"出格"而又令人略感温存的交代，也算是导演对于阿Q的优待了。

---

① 鲁迅：《答〈戏〉周刊编者信》，《鲁迅全集》第六卷，第148页。
② 陈白尘：《〈阿Q正传〉改编杂记》，《阿Q70年》，第311—312页。
③ 鲁迅：《寄〈戏〉周刊编者信》，《鲁迅全集》第六卷，第155页。

## 四　语言的运用

（一）根植原著而富生机的对白台词

简洁是鲁迅文字的一大特点，这对于改编者既有便当之处，亦有周折之处。好处在于，小说中的对白，如"你怎么会姓赵！你那里配姓赵！""这断子绝孙的阿Q"之类，皆在短短几字中凝练了作者的深思熟虑，平实口语中饱含感染力、爆发力，兼以契合语境的绵密恰当，在给人留下深切记忆的同时，引人回味细思，直接用作电影台词已是堪称"神来之笔"的金句。而难处则在于，小说中的对白实在不多，而剧本则需要大量台词，如何依着人物口吻、腔调去杜撰这些台词而不至失却原著的风格和水准，既避免啰唆肤浅的大白话，又避免造作拗口的话剧腔，这对改编者的功力是极大的挑战。

被誉为"中国的果戈理"的陈白尘，以其深厚的讽刺喜剧功底，参照原著对白的风格，就人物性格的突出特点，衍发了一系列幽默巧妙的对白。当阿Q面对生计问题被掌柜拒绝赊账时，一句"不赊账，好，还省我几个钱呢"，颇显其精神胜利的深厚功力；当赵太太与秀才娘子斗气时，一句"你男人是个秀才了，就该劝他老子听圣人的话！圣人也准娶小老婆吗！"用妇人的自撰的礼法说辞，体现封建观念下传统伦理观的荒唐可笑；当"假洋鬼子"与秀才同去静修庵"咸与维新"时，一句"Mr.赵，Come！——来！"将其满嘴洋文的高调张扬、依附革命成果而趾高气扬的姿态表现得淋漓尽致。细读剧本，每位出场人物口中的对白，都于原著中有迹可循，而又脱胎于原著，这为电影奠定了扎实的基础。

导演在保留对白的表现力的同时，还要兼顾电影作品面向公众传播效果与传播影响，而对剧本中的台词表现进行了一些微调。从观众接受上，导演尽力消除可能造成理解障碍的因素，在口音上，全片的旁白与台词都使用普通话作为配音，而在剧本中本是希望在旁白中加入部分绍兴口音的；在用词上，将偏书面或地方化的词汇改为口语化的词汇，如不用"虫豸"而用"毛虫"、不用"困觉"改用"睡觉"。从影片的潜在影响出发，导演谨慎地将一些听起来略显刺耳的话加以改造，如将"和尚动得，我动不得"改做"别人动得，我动不得"。在台词的最终呈现上，体现了导演作为最后一环，以一种近乎图书编辑的细致与小心，雕琢和呵护作品的创作意识。

(二) 贯穿始终的旁白与自白

剧本中插入短旁白六十段，通过对短旁白的整合，电影最终呈现画外音共二十五段，这是本片重要的组成部分，也是改编中的一个重要特点，部分研究者认为过多"画外音"有损故事的完整性。陈白尘指出"《阿Q正传》不同于鲁迅其他小说之处，在于它从《序》起全篇贯穿着作者对阿Q亦即对'一个现代的我们国人的灵魂'的充满悲愤而幽默的插话，这种插话是阿Q的灵魂，也是这篇小说的灵魂"，①因此从剧本改编的动机来讲，引入旁白，不仅仅是辅助叙述的手段，更是作为保留并且还原原著风格的方法。这种方法绝非所谓"描红"，对年逾七旬、阅过千帆的陈白尘先生，看似框束保守的旁白使用，与其说是他忠实原文字句、不如说他是忠实于鲁迅先生本人。在影片开头以伏案创作形象出场的鲁迅先生，在旁白中将阿Q一生娓娓道来，成为"隐藏的主角"。借《阿Q正传》再现一代文豪鲁迅的音容风采，弥补未能完成《鲁迅传》电影的遗憾，是编剧的超乎故事以外的雄心。在剧本的煞尾处，编剧以旁白写下"阿Q是死了。阿Q虽没有女人，但并不如小尼姑所骂的断子绝孙了。据考据家们考证说，阿Q还是有后代的而且子孙繁多，至今不绝……"这看似是原著外的创造和诠注，实则是编剧秉持着作者精神而进行的"代言"，带给观众一种鲁迅先生本人凝视着身后时代而作出感慨的内心撼动。

电影给阿Q创造了很多自白的机会，这种自白不仅仅局限于人物直接口述的形式，导演还通过动作神态特写、主观镜头运用等方法，映照主人公的内心活动。作为一个没有亲朋的落魄底层人物，阿Q常常是独来独往的，编剧和导演深挖人物内心，以独白将其心理活动表现。这一方面填补了几场"独角戏"中无声的"空白"，不至于将影片陷入一种过分的安静与沉闷，失去观众的兴趣与注意力；一方面用来辅助表现阿Q在"精神胜利"或情感转折中的变化过程，将阿Q善于自我安慰、沉湎幼稚幻想的精神画像外化为生动的荧幕形象。在剧本中，阿Q拧过小尼姑面颊回到土谷祠的夜晚，阿Q在幻觉中听见了蓝皮阿五的帮腔、看到了村姑的幻象，而发出了"女人！女人！我应该有个女人"的哀伤呼喊；电影中则对这场独白进行了形式上更丰富的表达，阿Q躺在床上，听着窗外的猫叫，侧身看到土谷祠供奉的土地公和土地奶奶，更坚定了"女人，要有个女人"的信念，导演深挖主人公内心感受，并借由自说自话、胡思乱想将其表现。在1983年"春晚"，主演严顺开作《阿Q的独白》获得了

---

① 陈白尘：《〈阿Q正传〉改编者的自白》，《陈白尘论剧》，中国戏剧出版社，1987，第304页。

热烈的反响,足见"独白"作为影片的一大特色,深受观众的认可。

(三)视听语言对于文字语言的创造性转译

在影片的整体处理上,采取了相对封闭的形式,人与物安排在事先决定的镜位中,影像结构明朗平衡、影像风格统一工整,呈现了一种舞台化的倾向。这种富于质感和对比度的影像语言,出于电影主创人员的创作经验,同时也更契合于20世纪80年代观众的观影经验。此外,导演将自身的艺术偏好与特质融入影片,岑范直言:"导演在创作中,确有一种强烈的自我表现欲。"[1]作为中国戏曲电影巨匠,岑范借赛神戏台,加入了《龙虎斗》的戏曲段落,并以交叉蒙太奇的剪辑手法,使其与阿Q押注、赢钱、被打的段落交织互动,用戏曲的唱词、锣鼓、武打配合阿Q的莫名遭遇,台上台下来回切换,烘托了嘈杂、混乱、紧张的环境氛围,极大丰富了视听元素和影像表达,这种处理即使在今天看来都有令人耳目一新的惊喜感、新鲜感,更可贵的是,其中还蕴含着具有鲜明东方特色的美学表达。

在场景设计上,编剧通过迁移化用,搬来了《孔乙己》中的"咸亨酒店"让阿Q与众人在柜台前饮酒闲话,搬来了《药》中的"丁字街头"并在"古轩亭口"黯淡金字的破匾下先后对革命党和阿Q进行了处决,这些从其他鲁迅名篇中抽调而来的场景,营造了一种鲁迅文学的氛围感。导演通过设立典型场景去配合剧情的起承转合,例如咸亨酒家门前的永丰桥,承担了小尼姑骂阿Q"断子绝孙"、阿Q饥肠辘辘决定去偷萝卜、阿Q中兴返乡被群童好奇追逐、阿Q宣布革命等多场重要的戏份,既是一个渲染江南水乡景貌的极佳背景,也是一个实用的舞台化的设置,以桥上桥下高低的错落,营造焦点,又在不同的事件中形成瞩目、孤立、权威等不同观感,及至尾声小D走出酒家向桥上走去,通过远景看去,与生前的阿Q何其相似,形成了一种视觉与知觉上的错觉与绵延。

影片获第二届中国电影金鸡奖最佳服装奖,颁奖词对服装设计曹颖平的工作评价为,"在认真调查研究的基础上"使电影符合于"历史的真实"和"人物的身份"。从阿Q的落魄时的"破夹袄""布衫""毡帽",到其中兴后的"新夹袄""大搭连",从"假洋鬼子"的"哭丧棒""乌黑洋衣",到"革命党"传说中的"白盔白甲"和标榜身份的"银桃子",电影捕捉了小说中看似信手拈来的服装描写,并结合其中的象征性、典型性,将这些装扮呈现在荧幕。其

---

[1] 岑范:《从〈阿Q正传〉的拍摄谈改编》,《电影艺术》1983年第11期。

中,一方面求其贴合性,通过考据和调研对当时年代服装的样式进行了考究翔实的历史性还原;一方面求其表现力,将服装做了戏剧化的处理,如阿Q在他的造反梦中与其伙伴穿上了戏服,将梦境与现实区分,亦将阿Q"飘飘然"的张扬得意表现得淋漓尽致。

电影主创以匠心和工巧,对场景、道具、服装、化妆等进行了精心设计。一方面忠实细致地还原了鲁迅小说中的情景,实现了文字语言到视听语言的跨文本呈现;一方面营造出了真实而有生活气息的清末民初风光面貌,实现了对1911年前后中国的生活环境、历史事件、人物画像的跨时代还原。

鲁迅先生曾言"中国现在的事,即使如实描写,在别国的人们,或将来的好中国的人们看来,也都会觉得grotesk(怪异)"[1]。在小说原著问世一百年后的今天,已然身处先生想象中"将来的好中国"的创作者们,似乎已失却了去塑造我们这个时代"阿Q"的勇气与热情。那么"grotesk"的阿Q是否还为现下的观众所接纳和需要呢?事实证明,1981年《阿Q正传》上映四十年影响经久不败,其"豆瓣"评分达到了8.6分的高分,且在观众构成上有着年轻化的倾向,特别是在"B站"等平台有大量的点播与讨论,阿Q依然引发着我们这个时代的共鸣、依旧启发着一代代中国人的思考与警惕。百年流驶,时过境迁,我们不应停止关于阿Q的阅读、反思与阐发。

---

[1] 鲁迅:《〈阿Q正传〉的成因》,《鲁迅全集》第三卷,第398—399页。

# 《伤逝》中的性别与身份

陈诚　绍兴文理学院鲁迅研究院

纵观《伤逝》全文，小说的大致内容是涓生在与子君自由恋爱失败后面对子君死讯所写的一篇忏悔手记。根据杰拉德·普林斯的叙述理论，"如果说在任何叙事中都至少有一个叙述者，那么也至少有一个受述者，这一受述者可以明确地以'你'称之，也可以不以'你'称之"。毫无疑问，小说是涓生对于子君的忏悔，那么子君即是文中的是受述者。一般而言，叙述中很少出现受述者的话语，子君说过的话也都是由叙述者涓生进行转述。由此涓生掌握着文本的话语权利，其对与子君的爱情悲剧自然而然有着唯一的解释权。那么，为何在这次爱情悲剧中，涓生成了那个能开口说话的叙述者，而子君只能在幽冥之中沉默不语？

究其原因，叙述者与受述者的身份差异在于涓生与子君两者之间的性别差异，涓生能作为两人之间爱情悲剧的幸存者仅仅在于他是一名男性，一个再简单不过而又是与生俱得的优势。这一优势同时也揭露出潜藏在人类文化中清晰而又让人熟视无睹的男性霸权主义，米利特在《性政治》中提到"在我们的社会秩序中，基本上未被人们检验过的甚至常常被否认的（然而已制度化的）是男人按天生的权利统治女人。一种最巧妙的'内部殖民'在这种体制中得以实现，而且它往往比任何形式的种族隔离更为坚固，比阶级的壁垒更为严酷，普遍，当然也更为持久。无论性支配在目前显得多么沉寂，它也许仍是我们文化中最普遍的思想意识、最根本的权利概念"。

涓生与子君两者由于性别的差异，一为"叙述者"，一为"受述者"。与此同时，正是由于涓生"叙述者"的身份赋予自我开口说话的权利，从而也奠定了其"引导者"的身份。但是"引导者"与"被引导者"的身份并不稳定久置，尤其在涓生向子君求婚时便发生了二者身份明显的置换。两者自由恋爱的悲剧收尾也彻底宣告着涓生"引导者"身份的坍塌。

鲁迅在叙述时采取解构涓生的策略不一定直接与性别主义相关联，有意识地对男性主义的霸权进行讨伐。但对于女性的态度，相较于同时代的男性作家，鲁迅本人的女性观便更富于同情色彩。在1923年底，鲁迅就在北京女子高等师范学校的演讲中指出："妇女要解放应该用'剧烈的战斗'去争取经济权"，揭示娜拉出走后的严峻困境给当时的年轻男女尤其是女性一记当头棒喝。更有早前《我之节烈观》一文中痛批"守节"劣习，可见鲁迅对女性的关注是长久有之的。细看社会发展至今，鲁迅"娜拉出走以后"怎样的问题或许可以得到一个较为不错的答案，但男女之间完全消除性别之间所带来的差异仍然是一件长久并且艰巨的难题。

# "油滑"中的现实穿透与悲剧性体认

## ——鲁迅《故事新编》解读

陈蘅瑾　绍兴文理学院鲁迅研究院

"从认真陷入了油滑的开端。"①这是鲁迅对《故事新编》开篇小说《不周山》（后改名《补天》）风格的评价。在完成余下七篇小说后，鲁迅说《故事新编》"不免时有油滑之处"，可见，"油滑"一词看作鲁迅对《故事新编》叙事风格的整体认定，应该不会有错。《故事新编》是鲁迅创作的最后一部短篇小说集，从《呐喊》的激越、《彷徨》的沉郁，到《故事新编》的"油滑"，鲁迅小说叙事风格的异质性显而易见。《补天》创作于1922年11月，较创作《彷徨》首篇《祝福》要早一年多，且《补天》最初是被鲁迅附在《呐喊》的卷末，鲁迅自己也曾说："那时的意见，是想从古代和现代都采取题材，来做短篇小说。"②《狂人日记》成功开创了白话短篇小说的新纪元，其以振聋发聩之呐喊引起了世人"疗救的注意"，因此，就同时期规划并开篇创作的《故事新编》而言，鲁迅为何以"油滑"这一迥异的风格进行叙述？鲁迅的"油滑"叙事风格的独异性何在？"油滑"中又蕴含着鲁迅何种思想？这值得我们思考。

一

在《鲁迅全集》中，"油滑"一词出现在十七篇文章中，合计出现二十五

---

①②鲁迅：《故事新编》，《鲁迅全集》第二卷，人民文学出版社，2005，第353页。（本文所引《鲁迅全集》作品原文均出自同一版本。）

次,从1924年《说胡须》中第一次提及,到1936年2月"致黎烈文"信中最后一次出现"油滑",前后相距十二年之久,值得一提的是,鲁迅笔下的"油滑",普遍带有贬义的感情色彩。而针对《故事新编》,晚年的鲁迅仍以"油滑"二字概括《故事新编》的内容与创作态度,"内容颇有些油滑,并不佳"①、"《故事新编》真是'塞责'的东西,除《铸剑》外,都不免油滑"②。鲁迅为何对他创作历时十三年之久,各篇叙事风格具有高度一致性且结集出版最晚的《故事新编》多次表达其不满?这让人匪夷所思,莫衷一是。

就创作态度而言,鲁迅笔下的"油滑"是与认真或严谨相对。鲁迅说《补天》是"从认真陷入了油滑的开端",这"油滑"的创作态度显然是与《呐喊》中的其他篇章相对而言。鲁迅说其油滑主要表现在"止不住有一个古衣冠的小丈夫,在女娲的两腿之间出现了"③这一场景的设置中。小说《补天》整体的叙述风格是认真的,鲁迅为此投入的情感也是十分浓烈的。在小说文本中,从宇宙天空的艳丽眩目到浓绿紫白,从多彩的补天石块到通红的大火、血红的云彩,小说浸淫在一片绚丽的色彩中。把女娲造人和补天融于此绚丽的背景世界中,这本身就赋予女娲形象以生命张力之美。而"古衣冠的小丈夫"显然是个丑角,其形象、行为及语言,都与女娲形成对照,在强烈的反差中滑入了鲁迅所谓的"油滑"。除此之外,《补天》中喊着"上真救命……"的学仙者、说着"颛顼不道""人心不古"身上包着铁片的小人,都属于丑角系列,增加了文本的"油滑"气。

因为鲁迅自己对"油滑"的不满,四年后,鲁迅连续写下的《铸剑》和《奔月》两个短篇中,丑角的形象似乎无处可寻,创作态度也回到了认真与严谨上来,特别是《铸剑》,文本中弥漫着由暗色营造的严肃感,显现出鲁迅作品中未曾有过的庄严。然而,仔细阅读文本,却不难发现,创作于1926年底的《奔月》,同样存在《补天》中的类似丑角的设置。非正面出场的"乌鸦"这一丑角的设置,完成了后羿从英雄到凡夫俗子的转换,在"封豕长蛇"与"乌鸦炸酱面"对比中,英雄后羿陷入尴尬的境地中,文本中的油滑之气可谓含而不露。从八年之后的1934年开始,在不到两年的时间里,鲁迅写下《非攻》《理水》《采薇》《出关》和《起死》五个短篇,又重新回到自己并不满意的"油

---

① 鲁迅:《360118 致王治秋》,《鲁迅全集》第十四卷,第10页。
② 鲁迅:《360201 致黎烈文》,《鲁迅全集》第十四卷,第17页。
③ 鲁迅:《故事新编·序言》,《鲁迅全集》第二卷,第353页。

滑"。值得一提的是，这五个文本中与之前只通过设置"丑角"形象表现"油滑"有了明显的不同。"油滑"从叙述的语言、形象设置、叙述结构中全面呈现其"油滑"。从"陷入油滑的开端"到停滞近八年后的"仍不免时有油滑之处"，"看起来真也是'无非《不周山》之流'"①，其实是鲁迅小说创作中从"油滑"的牛刀小试到全面"油滑"的过程。鲁迅笔下的"油滑"，不再仅仅是一种艺术的呈现方式，更是鲁迅穿透现实的方法，或者说，鲁迅笔下的油滑已呈现出反讽艺术独特的魅力。

在《论反讽的概念》一书中，克尔凯郭尔认为："反讽最流行的形式是，说严肃的话，但并不把它当真。另一种形式，即说开玩笑的话、开玩笑的说，但把它当真，是不太常见的。"②鲁迅的《故事新编》显然属于后者，"当真"的话隐在"油滑"式的玩笑中，而正如克尔凯郭尔给第二种形式添加的注释"这种反讽要大量出现，就大致和某种绝望联系在一起"，鲁迅式的"油滑"亦可成为"陷入无物之阵"的注脚。

确实，鲁迅对反讽的认知与接受源于克尔凯郭尔。据研究，鲁迅在日期间开始受到克尔凯郭尔的影响。在日本求学时，鲁迅购买过克尔凯郭尔的三种书籍，即《诱惑者的日记》《克尔凯郭尔及其对"她"的关系》和《作为哲学家的索伦·克尔凯郭尔》③，包括在这期间日本知识界对存在主义哲学的推崇，吸引着鲁迅对克尔凯郭尔的关注，这可以说是鲁迅对克尔凯郭尔思想的初识并产生共鸣的阶段。而在反讽理论的发展中，克尔凯郭尔的价值在于把修辞学上的反讽引入到哲学思考中，"反讽是主观性的一种规定。在反讽之中，主体是消极自由的；能够给予他内容的现实还不存在，而他却挣脱了既存现实对主体的束缚，可他是消极自由的。作为消极自由的主体，他摇摆不定地漂浮着，因为没有任何东西支撑着他"④。克尔凯郭尔强调了反讽的主体性特征，从而丰富其存在主义哲学思想。由此，我们可以推断，鲁迅最初对反讽的认知，是其对现实世界的思考与克尔凯郭尔思想产生共鸣，使其开始尝试在中国传统讽刺这一种修辞手法中寻找艺术的张力。鲁迅在《中国小说史略》中，对于《儒林

---

① 鲁迅:《鲁迅全集》第二卷,第354页。
② 克尔凯郭尔:《反讽的概念——以苏格拉底为主线》,汤晨溪译,中国社会科学出版社,2005,第199页。
③ 转引自魏韶华《"林中路"上的精神相遇——鲁迅与克尔凯郭尔比较研究》,中国社会科学出版社,2004,第10页。
④ 克尔凯郭尔:《反讽的概念——以苏格拉底为主线》,汤晨溪译,第210页。

外史》有如下评述:"迨吴敬梓《儒林外史》出,乃秉持公心,指摘时弊,机锋所向,尤在士林;其文又感而能谐,婉而多讽:于是说部中乃始有足称讽刺之书。"①可见,鲁迅认为讽刺应包含两个方面的内涵,一是讽刺主体须秉持公心,即要对客观对象持超然的态度;二是讽刺语言"感而能谐,婉而多讽",即需有特定的修辞艺术。由此可见,鲁迅对中国传统讽刺艺术的判定,与西方的反讽在人生态度与文学手法两个方面有相通之处。因此,我们或许可以大胆推测,在鲁迅接触克尔凯郭尔的第一阶段,鲁迅对包括克尔凯郭尔在内的西方反讽并没有十分清晰的认知,其作品中体现出来的反讽意蕴更多源于中国传统讽刺艺术与西方存在主义哲学的融通,即是中国传统讽刺修辞手法中的反讽思想底蕴与克尔凯郭尔的存在主义的思想相遇,让鲁迅对于反讽有了独特的感知。而后鲁迅对于尼采、陀思妥耶夫斯基及易卜生的持续关注,在一定程度上也是受到了克尔凯郭尔思想的影响。

鲁迅集中阅读克尔凯郭尔的书籍是在二十多年后,即1933年至1935年之间,《故事新编》主要创作时间集中在1934年至1935年之间,这应该不纯粹是一种巧合,而是鲁迅经过了"呐喊""彷徨"时的国民性思考,以及"匕首"式一针见血的批判性杂文后,重新回归"呐喊"时期开始着手的历史叙述。这个阶段,鲁迅阅读了克尔凯郭尔关于警告火灾来临却遭到观众嘲笑的小丑的相关内容,尽管有学者认为鲁迅"并没有把握住故事的主角——'小丑'——背后的意义",是"完全误解了他"。②但笔者认为,此时的鲁迅并非误解,鲁迅自己说得很明白:"我的所以觉得有趣的,并不专在本文,是在由此想到了帮闲法的伎俩。"③可以说,鲁迅借用了克尔凯郭尔笔下的小丑形象,对帮闲们进行批判,更重要的是,克尔凯郭尔笔下的小丑形象激活了二十年前鲁迅《补天》中"丑角"形象,在一定程度上起到了促使鲁迅重新返回二十年前的历史叙述,不同的是,鲁迅此时的历史的叙述已从开始点到即止式的"油滑"进入了从修辞、文化到存在的全面反讽,《故事新编》终于以成熟的反讽叙述,与《呐喊》《彷徨》两个小说集,形成鲁迅小说创作鼎立的三足。

---

① 鲁迅:《中国小说史略》,《鲁迅全集》第九卷,第228页。
② 姚若冰:《鲁迅眼中的克尔凯郭尔》,《上海第二工业大学学报》2009年第2期。
③ 鲁迅:《帮闲法发隐》,《鲁迅全集》第五卷,第289页。

## 二

鲁迅《故事新编》创作态度的"油滑",使文本中叙述者与叙述对象之间增加了距离感,叙事风格也发生了直接变化,即没有《呐喊》中的躁动与《彷徨》中的沉郁,形成了诙谐从容的叙事风格。钱理群认为:"面临死亡的威胁,处于内外交困、身心交瘁之中,《故事新编》的总体风格却显示出从未有过的从容,充裕,幽默与洒脱。尽管骨子里仍藏着鲁迅固有的悲凉,却出之以诙谐的'游戏笔墨'。这表明鲁迅在思想与艺术上都达到了超越的境界。这是一种真正意义上的成熟。"[①]确实,在《故事新编》中,表层"油滑"的叙事和深层诙谐从容的风格完美地融合在了一起,呈现出《故事新编》叙事风格的独异性。

《故事新编》是一个充满叙事性想象的小说文本。小说在叙事时间上打通古代与现代的隔阂,在叙事空间上消弥虚幻与现实的壁垒,现代的日常与中国传统故事交织在一起,产生强大的张力,迸发出新的思想。如果说马尔克斯的《百年孤独》用一部长篇思考了一个民族百年的文化脉络,那么《故事新编》则以一个个短篇,呈现了中国传统文化在现代的尴尬。可以说,在《呐喊》与《彷徨》后,《故事新编》以现代性的叙事想象呈现其高超的叙事艺术。

中国古代无论是小说还是史论,在审美效果上常因机智、幽默与谐趣被后人称道。如果说《庄子》中用语言创造了奇幻的世界,其以诗性语言呈现想象世界的奇谲,那么《世说新语》则以幽默谐趣的生活语言,呈现现实世界的智慧与灵妙。而从《庄子》到《世说新语》,文学谐趣终由想象世界抵达了现实生活。在魏晋文学中,鲁迅对《世说新语》可谓偏爱有加,"《世说新语》今本凡三十篇……记言则玄远冷俊,记行则高简瑰奇,下至缪惑,亦资一笑"[②]。鲁迅对《世说新语》中的人物言、行以及谐趣的审美效果做了精要而独特的概括,在《病后杂谈》中,鲁迅这样记载:"一寻,寻到了久不见面的《世说新语》之类一大堆,躺着来看,轻飘飘的毫不费力了,魏晋人的豪放潇洒的风姿,也仿佛在眼前浮动","这真是天趣盎然,决非现在的'站在云端里呐喊'

---

① 钱理群:《走进当代的鲁迅》,北京大学出版社,1999,第136页。
② 鲁迅:《中国小说史略·第七篇〈世说新语与其前后〉》,《鲁迅全集》第九卷,第63页。

者们所能望其项背"。① "天趣盎然"可以说是对文本机智、幽默与谐趣审美情趣的凝练概括,鲁迅对《世说新语》等"天趣"的偏爱,赋予充盈现代叙事性想象的《故事新编》以机智与谐趣。《故事新编》中有一类人和物,在叙事上,他们或是一个楔子,或是一个对照,让整个文本充满了日常的谐趣。如《奔月》中的"乌鸦炸酱面"、被射死的黑母鸡的主人"老太太"、《理水》中的"禹太太"、《采薇》中"阿金姐"、《出关》中的"十五个饽饽"等,这些人或是物的设置,把或神话,或传说或英雄的叙事主体放置在日常生活的逻辑中,使其在两种不同叙事语境的穿梭中,呈现立体化的人的存在。

《故事新编》的"油滑"传承了古代小说的谐趣,也充满了西方反讽叙事的张力。克尔凯郭尔说:"根本意义上(sensueminentori)的反讽的矛头不是指向这个或那个的存在物,而是指向某个时代是某种状况下的整个现实。"②确实,在《故事新编》这个文本,其反讽并不单纯指向传统文化或是现实境遇,而是指向中国在现代转型中包括思想、精神、历史、文化、人性等在内的整体,是鲁迅对中国历史、现状与未来的深入思考,而"油滑"成为鲁迅式反讽的一个重点支点。

在小说最直观的语言层面,《故事新编》文本语言可谓丰富杂糅。在《补天》中,那些小东西们发出的用拉丁字母拼写的象声词与女娲的"阿,阿"声的对比,使文本在文字自身的陌生化中形成言语主体的疏离与隔阂。《理水》中,文化山上"古貌宁""好杜有图"等音译英语以及反复出现的"O·K"这一英语语言,与汉语杂糅在一起,这毋宁说是文化的触碰。而在这看似简单的词汇杂糅中,分明看出鲁迅对文化界于西方文化的态度:一是"O·K"派,即以西方的话语对当下问题做不置可否的回应,处处显示其不可或缺的存在;二是粉饰派,即以西方语言紧裹传统思想,语言仅仅是一种身份标识,无关文化的交流。同时,文本语言中还偶有南北方言的杂糅,如《出关》中"来笃话啥西,俺实直头听弗懂",前半句绍兴话,意为"在说什么",后半句"俺"为北方口语,而"实直头听弗懂"又是绍兴话,意为"实在听不懂",而后又接上"还是耐自家写子出来末哉。写子出来末,总算弗白嚼蛆一场哉喱。阿是"?③又是苏州方言,这种不同区域方言杂糅在一起的交流,注定话语主体之间、话

---

① 鲁迅:《病后杂谈》,《鲁迅全集》第六卷,第168—169页。
② 克尔凯郭尔:《反讽的概念——以苏格拉底为主线》,汤晨溪译,第204页。
③ 鲁迅:《出关》,《鲁迅全集》第二卷,第461页。

语主体与老子之间的隔阂。可以说，鲁迅从显现的语言层面已把反讽的锋芒指向了文化。

在小说的结构层面，《故事新编》八篇小说中，有一种很显性的叙事结构——对比叙事。《补天》中，在女娲百无聊赖造人——人在其死尸肚皮上扎寨安营的对比中，不仅对宏大与神圣的女娲补天神话作了解构，也是鲁迅对曾经的"梦"终于跌落于尘土的无奈接受。《奔月》中曾经的英雄后羿，到如今被嫦娥埋怨抛弃，被世人漠视甚至视为骗子、被学生抢功直至暗杀，英雄梦与乌鸦炸酱面终于融为了一体。《理水》中乡下人、官员、学者的不同视角，《非攻》中以极少的笔墨而就的结尾与前文书写形成的反差，《起死》中庄子作法起死与汉子回转后的无处可走的尴尬。对比产生的叙事张力与油滑的叙事态度糅合在一起，表面上收敛了反讽的锋芒，却使反讽无处不在。

因此，笔者认为，正是鲁迅对魏晋风度的青睐与对西方反讽思想的领悟形成的合力，使其本身并不满意的"油滑"呈现出诙谐从容的审美风格。

## 三

克尔凯郭尔认为："反讽是主观性的一种规定。在反讽之中，主体是消极自由的；能够给予他内容的现实还不存在，而他却挣脱了既存现实对主体的束缚，可他是消极自由的。作为消极自由的主体，他摇摆不定地漂浮着，因为没有任何东西支撑着他。"[①]克尔凯郭尔对反讽的界定中强调了反讽的主体性特征。而佛马克指出："重写则预设了一个强有力的主体的存在。重写表达了写作主体的职责。在我看来，重写是这样一个语词，它比文本间性更精确地表达出当下的写作情境。"[②]确实《故事新编》是对神话、传说、历史文本的重写，在彼时的写作情境中，鲁迅的主体职责何在？叙事主体一再表达对"油滑"的不满，是否有对主体职责的刻意遮掩？

作为文学家的鲁迅，启蒙是其思想与创作的起点，鲁迅对自我主体启蒙的职责从决定弃医从文那一刻起，就有着极为清晰的认知。从学医的肉体拯救到从文的思想启蒙，"怎样才是最理想的人性""中国国民性中最缺乏的是什么""它的病根何在"这三个问题一直困扰着鲁迅，也成为鲁迅最核心的主体职责

---

① 克尔凯郭尔：《反讽的概念——以苏格拉底为主线》，汤晨溪译，2005，第210页。
② 佛克马：《中国与欧洲传统中的重写方式》，范智红译，载《文学评论》1999年第6期。

诉求。①然而,对于鲁迅而言,在清晰而强烈的主体职责与潜在且顽固的国民劣根性的冲突中,鲁迅主体精神的痛苦,在《野草》式的独白中我们已能清晰感知,笔者认为,《故事新编》式的"油滑"消解的并不是启蒙本身,而是主体强烈的启蒙职责中,对希望与绝望双重虚妄的再次确认。

鲁迅对主体职责的认知尽管一直都较为清晰,但对其主体"力"的显现却一直模糊甚至常常陷入怀疑与否定中。在《摩罗诗力说》中,鲁迅在对于摩罗诗人的阐述中呼喊中国"振臂一呼,人必将靡然向之"②之"精神界之战士"的出现,而在文末,"然而吾人,其亦沉思而已夫,其亦惟沉思而已夫"③的反思,是对"吾人"应有主体启蒙职责的追问,其中隐隐显现对"吾人""沉思而已"现状的无奈。在《新生》杂志流产后,鲁迅的主体认知,经历了从"不知其所以然"——"悲哀"后的"寂寞"——"我决不是一个振臂一呼应者云集的英雄"的反省——对"暗暗的消去"之生命的感知——"不忘当日寂寞悲哀后的"④呐喊的过程。不难看出,在启蒙的主体职责之下,鲁迅对自己启蒙之力时时处于矛盾与不确定之中,或许我们可以大胆推测,《呐喊》是鲁迅对其主体职责下主体启蒙之力重燃希望的文学呈现,当"呐喊"之回响渐行渐远,鲁迅对主体之力的认知回到思想层面,《彷徨》之"彷徨于无地"的境地,从某种程度上说是其对主体启蒙之无力的喟叹。

鲁迅1927年后的杂文书写,主要立足于革命与政治主题,他以对现实的直接书写代替了之前的文学想象,毋宁说他是以直接"战斗"之力来尽其主体启蒙之责。从理论探求到文学想象,再到现实的直接介入,鲁迅对主体启蒙之力的认知一直处在矛盾胶着的状态中。而前后创作相距十二年之久的《故事新编》,正是鲁迅以他独特的方式,呈现其对自我主体存在之力的矛盾与痛苦,通过神话、传说与历史的重新编码叙述,并以"油滑"的书写风格为包装,给了鲁迅遮蔽其主体存在之力悲剧性体认的可能性。

我们来看文本,《故事新编》创作之初,叙述主体悲剧性体认是极为明显的,《补天》中,创世造人的女娲,最终其死尸也不被所创之人放过,创世者的伟力与最后消散的肉体形成强烈的情感冲突,郁结之情漫淹全文。然而,鲁迅借"油滑"的书写,从两个方面掩饰启蒙之郁结。一是以开天辟地之意来造

---

① 许寿裳:《亡友鲁迅印象记》,峨眉出版社,1947,第23页。
② 鲁迅:《摩罗诗力说》,《鲁迅全集》第一卷,第83页。
③ 鲁迅:《摩罗诗力说》,《鲁迅全集》第一卷,第103页。
④ 鲁迅:《呐喊·自序》,《鲁迅全集》第一卷,第439—441页。

人创世纪的女娲，被以原始的力比多的欲念造人的女娲所代替，这从源头上就对女娲开天辟地之蒙的动机做了油滑的包装，而背后恰是创作主体对有无"打破铁屋子"之力彷徨心境的自嘲；二是眼前不断出现叫喊着的小人和"从来没有听过这类话"的女娲不停地发出"那是怎么一回事"疑问的对比，创作者以言语与思想的双重隔阂，反思作为启蒙主体存在的意义与价值。《补天》这一文本，鲁迅以"油滑"的笔法，遮掩了启蒙主体的无尽悲哀。作为收入《呐喊》的最后一篇，鲁迅在此已然透出了主体启蒙之无力的悲哀。而后的《奔月》更是以传说中有丰功伟绩的后羿为叙事缘起，而作为果腹的"吃"却成为全文叙事的焦点所在，文本难掩对救世者的悲哀之情，而这何尝不是鲁迅对启蒙无力的情感的外露呢。同样，《铸剑》中无论是复仇者眉间尺，还是黑衣侠客，最后似乎都成为开篇水瓮中的那只"老鼠"，无论是他们的头颅在鼎中与王厮杀，还是与王的身体放在棺里的"大出丧"，无非都是成为看客们眼中值得一看的热闹场景。《铸剑》文本几乎是十分严肃的，没有鲁迅所不满的"油滑"笔法，然而叙事开篇与结尾的对比中，鲁迅对主体价值存在的怀疑却也是显而易见的。《非攻》和《理水》中的被叙述者墨子与大禹是鲁迅所认同的，两篇文章接连成文，不能说鲁迅毫无用意。《非攻》中的墨子以"爱"与"恭"实践其"非战"理念，然而其授业弟子曹公子和管黔敖并没有实践他的理念，而文末，墨子回到宋国界，其结果是"被搜检了两回""募去了破包袱""遭着大雨"，避雨而被"巡兵赶开""淋得一身湿，从此鼻子塞了十多天"。①可见，从学生到民众，都并没有接受并实践他的"爱"与"恭"，让楚王最终放弃攻打宋国的短暂成效，终敌不过之后的永久孤独。同样，在《理水》中，大禹治水的静默与文化山上众人的阔论对比，"叫百姓都要学禹的行为，倘不然，立刻就算是犯了罪"的特别命令和"吃喝不考究，但做起祭祀和法事来，是阔绰的；衣服很随便，但上朝和拜客时候的穿着，是要漂亮的"，②形成上下一团和气的现实，众声喧哗中的孤独与从众后的太平，启蒙者鲁迅在现实的撞击下，内心的郁结和痛苦可见一斑。不久后，在同一个月内完成的《采薇》《出关》和《起死》三个文本，"油滑"的叙述风格在整个《故事新编》文本中走向顶峰。面对叔齐、伯夷、老子、庄子这四个传统话语中地位甚高的历史人物，鲁迅用其特有的"油滑"解构他们身上原有的文化符号。《采薇》中，从"养老堂"的

---

① 鲁迅：《非攻》，《鲁迅全集》第二卷，第479页。
② 鲁迅：《理水》，《鲁迅全集》第二卷，第401页。

"烙饼"到首阳山上的"薇","吃"成为"忠"的对立面存在，而无名婢女的"普天之下，莫非王土"一句，直接击碎了叔齐、伯夷关于"忠"的所有想象，其存在意义之伪暴露无遗。《出关》中让老子的"思想"与"一包盐、一包胡麻，十五个饽饽"对等，《起死》中，"方生方死，方死方生，方可方不可，方不可方可"的思想与汉子无路可走的困境对照，鲁迅再度以启蒙之视角，审视传统思想与民间之关系，在传统与民间的"油滑"式的对峙中，我们似乎听到了鲁迅发出的大笑声，而正是这笑声掩盖鲁迅内心的悲情。

《故事新编》的"油滑"实在是反讽的同义词。鲁迅以"油滑"的语言与叙述，以魏晋风度与西方反讽的合力，在历史、神话与传说的文本语境中，形成了独具特色的反讽，"油滑"式的反讽成为鲁迅穿透现实的方法，也是其消解主体启蒙之无力，遮掩内心困惑与痛苦的途径，"油滑"的表象下隐藏着作者的思想，也是作者对自身启蒙无力的悲剧性体认。

# 生活书店与1938年《鲁迅全集》的发行

陈丽军　生活·读书·新知三联书店

1938年《鲁迅全集》的出版在文学史、出版史,乃至文化史中,都是很重要的事件。不过,以往的研究主要集中在它的编辑体例、序言等方面,而对其发行工作较少涉及。然而,出版作为一项具有商业性质的系统性的文化活动,除了编校工作之外,像广告宣传、发行等也至关重要,缺少任何一个环节,出版活动都不可能顺利完成。1938年的《鲁迅全集》皇皇二十册,六百万字,对于编校和印制工作而言,固然是一项大工程,同时,在发行方面,也面临着巨大的挑战,尤其在交通中断、人们生活穷困的抗战时期。本文正是在这样的认知前提下,试图梳理1938年《鲁迅全集》的发行史实,特别是生活书店作为总经销一方在其中所起的作用以及其与出版方之间的纠纷。

一

许广平在写于1938年7月7日的《〈鲁迅全集〉编校后记》中专门谈到《鲁迅全集》的发行工作:"复社工作,总揽其成者,为胡愈之、张宗麟两先生。在全集出版时,张先生全部精力,几近放在发行方面。……推销方法,分社友与非社友两种。凡愿为复社会员,得由本埠各社会团体介绍,廉价订购。其用意无非使鲁迅精神得以深入购买力较弱之各阶层。非会员则由通易信托公司、远东图书杂志公司、新新公司等代为预约。……至外埠推销情形,虽不甚详,但华南方面得茅盾、巴金、王纪元等先生热心号召,成绩亦斐然可观……"①这篇文章比较详尽地记述了《鲁迅全集》背后的运作者、发行的方式、方法以及效果，是我们今天能够了解当年《鲁迅全集》发行工作的最重要的文献之一。从许广平这篇文章中，我们大体可以得知《鲁迅全集》在本埠（上海）的发行渠道主要有三种：一是复社会员征订，二是有代售业务的图书公司，三是通过有名望的好友推销。而上海之外的地方的发行情况，许广平只提到茅盾、巴金、王纪元等人的热心和工作，却没有提及负责《鲁迅全集》外埠（在上海之外地区）发行的总经销方生活书店。

既然作为1938年《鲁迅全集》在外埠发行的总经销方，生活书店的地位自然是很重要的。另外，从全集的发行数量上看，我们也可以得知生活书店实现的销售数（预约数）并非不值一提。据参与其事者回忆，当时所有渠道实际的预约数情况为"普通本预约达二千三百部，其中上海约占一千部，内地各处一千三百部。纪念本共销去约一百五十部"②。而在1938年10月15日生活书店刊出的《店务通讯》中记载了其所代理的《鲁迅全集》预约数，"直至九月初，粤店始将全部通知单集齐，合计各店预约总数为一千三百零二部，可是与我店和复社最后交涉预约一千三百部之数还差二部"③。由此可知，《鲁迅全集》在内地的经销完全由生活书店负责，实现的销售数也几乎占据了销售总数的一半。可以说，如果没有经销方生活书店，一方面，内地的读者很难阅读到《鲁迅全集》，另一方面，《鲁迅全集》能否印行也是未知数（一千三百部的预约金可以提供纸张和印刷费用）。

需要说明的是，1938年的《鲁迅全集》同时印行了三个版本，即普通本（丙）和纪念本（甲乙）。生活书店经销的只是其中的普通本。普通本并非平装本，而是如同现在的精装本，硬面布脊，书名烫银。纪念本甲种"文字用道林纸，插图用铜版纸，并用布面精装，书脊烫金，每部实价连运费计五十元"，纪念本乙种做工更精美，"用皮脊烫金，附楠木书箱一只，实价连运费一百元"。④纪念本每种印刷两百册，与普通本采用了不同的发行方式，普通本通过

---

① 许广平：《〈鲁迅全集〉编校后记》，北京鲁迅博物馆鲁迅研究室编《鲁迅研究资料》（15），天津人民出版社，1986，第22页。
② 复生：《〈鲁迅全集〉刊行的经过》，北京鲁迅博物馆鲁迅研究室编《鲁迅研究资料》（15），天津人民出版社，1986，第26页。
③ 北京印刷学院、韬奋纪念馆编《店务通讯》排印本（上），学林出版社，2007，第251页。
④ 鲁迅先生纪念委员会启，《〈鲁迅全集〉募集纪念本启事》，北京鲁迅博物馆鲁迅研究室编《鲁迅研究资料》（15），天津人民出版社，1986，第11页。

书店代销，而纪念本由鲁迅纪念委员会负责直销。

因为普通本印数较多，生活书店为了促销，增加预约数，有计划地在媒体做了充分的宣传。这些图书广告不是统一制作，而是根据不同的媒体性质，采用的形式和内容都有所不同。

比如在当年的《新华日报》上，生活书店曾发布《鲁迅全集》预约广告，广告上的图书信息简明扼要，"全书六十种，计五百万字"，"分订二十巨册，硬面布脊"，"全书定价二十五元，六月底前预约仅收十四元。另加寄费二元。愿在香港或上海取书者不收寄费"，"预约处：各地生活书店　总店汉口交通路"。之后《大公报》（汉口版）从1938年6月25日开始，一直到预约截止日，连续七天，每天倒计时刊登生活书店的预约广告，这七期的预约广告语与上面《新华日报》刊登的预约广告高度相同。有研究者认为，《大公报》（汉口版）这样高密度的宣传起到了很好的效果，仅汉口一地就预售了一百部。[1]

而刊登在1938年6月18日《申报（香港版）》和1938年7月1日的《申报（香港版）》的《鲁迅全集》广告采用了另外的形式和内容。在呈现形式上，更有设计感；内容上也更丰富。在长方形的版面中，最上面是大字标题"中华民族的火炬　鲁迅全集　鲁迅先生纪念委员会"；左边是极具煽动性的广告语"三十年著作网罗无遗　文化界伟大成就　新文学最大宝库　出版界空前巨业"；中间广告正文是"鲁迅先生对于现代中国发生怎样重大的影响，是谁都知道的，他的作品是中华民族的大火炬，领导着我们向着光明的大道前进。只是他的著译极多，未刊者固尚不少，已刊者亦不易搜罗完全，定价且甚高昂。鲁迅先生纪念委员会为使人人均得读到先生全部著作，特编印《鲁迅全集》，以最低之定价，（每一巨册预约价不及一元）呈献于读者"；并嵌有图书的关键信息，像预约价、预约截止日期，还有出版日期（分三期）"第一期（五册）　六月三十日""第二期（七册）　七月三十一""第三期（八册）　八月三十一"；下方是"备有精美样书　请向生活书店索取"，"总预约处：各地生活书店"。

由上面这几则广告，我们可以看出，当时复社和生活书店在投放预约广告时，将重点放在上海、汉口、香港这样的大城市，因为上海当时虽然已经沦陷，但还是有很多文化人选择留下来，而汉口和香港则因为战争，导致大量文化人涌入，所以，在这些文化人聚集的重镇，发布图书预约广告，针对性强，

---

[1] 彭林祥：《中国20世纪30年代新文学广告研究》，湖北人民出版社，2017，第275页。

可谓有的放矢。之后,一千三百套的预约量也证明这样的宣传策略是成功的。

## 二

据许广平和茅盾回忆,最初计划将《鲁迅全集》放在商务印书馆出版,而且已经签订契约。但后来,日本侵华战争爆发,日军轰炸机炸毁了商务印书馆总厂。于是,鲁迅纪念委员会另选定复社作为出版方,那么为什么复社选择生活书店在内地经销《鲁迅全集》?要知道即使商务印书馆实力受损,当时也不乏比生活书店规模更大、发行渠道更广更成熟的书店。虽然笔者并没有发现参与其事者直接谈论复社选择生活书店经销《鲁迅全集》缘由的回忆录或书信材料,但却有诸多间接的材料来推断如此选择的可能性。

首先,复社决定选择生活书店经销《鲁迅全集》,其中有一个关键的人物,即胡愈之。胡愈之不仅是鲁迅在绍兴任教务长时的学生;1936年10月19日鲁迅逝世,胡愈之还和冯雪峰、宋庆龄主持成立了"鲁迅先生治丧委员会"。所以,胡愈之为《鲁迅全集》出版、发行事宜奔走,在他大约是责无旁贷的事。《鲁迅全集》的出版方是复社,而复社与胡愈之之间的渊源也颇深。据郑振铎在《记复社》回忆,"当时,几个朋友所以要办复社的原因,目的所在,就是为了要出版《鲁迅全集》。这提议,发动于胡愈之先生"。复社办公处就设在胡愈之和胡仲持住处,经理是救国会的张宗霖,"社长由胡愈之担任"[1]。在生活书店这方面,虽然胡愈之在生活书店没有实际职务,但切切实实参与了生活书店很多重大事务的决策,正如他所言"我于一九三一年第一次在上海和韬奋会面。以后邹韬奋等办刊物,创立生活书店,办《生活日报》,参加救国会运动,有大部分是和我一同商量或一同工作的"[2]。更直接的证明材料为生活书店的内刊《店务通讯》第三十号中记载的内容,"我店代理预约的鲁迅全集,当初由徐先生与复社代表人胡愈之先生商定办法,并由港店甘蓬园先生与复社驻港代表王纪元先生就近接洽一切……"徐先生即当时生活书店的经理徐伯昕,而在这次合作中胡愈之为复社的代表,共同商议合作的办法。如果没有胡愈之这层关系,经销《鲁迅全集》的有可能就是另一家书店了。

其次,复社选择生活书店代理发行《鲁迅全集》也同生活书店在全国分店

---

[1] 冯绍霆:《有关复社的两条史料》,《历史档案》,1983第4期。
[2] 胡愈之:《关于生活书店》,《胡愈之文集》第六卷,生活·读书·新知三联书店,1996,第21页。

布局有关系，抗战时期邮寄不便，如果本店网点众多，可以保证图书顺利流通。对于《鲁迅全集》这样耗资巨大的多卷本图书，保证一定的销量至关重要。

从1932年到1937年，生活书店虽然已经开设了几家分店，但并没有在全国大规模扩张。1937年9月，生活书店第二十次常委会决定：为适应抗战的新形势，大量出版战时读物，在国内大中城市设立分支店。总店迁往当时的政治中心武汉，同时把大量的干部分配到内地开展工作。"建立全国发行网的计划由徐伯昕经理负责筹划，每个分支店配备经理和会计各一人"①。此后，生活书店加快建设分店，到第二年5月，在生活书店第二十四次常委会上，经理徐伯昕报告，已增设西安、重庆、长沙、桂林等分店、办事处十五处。6月，在第二十五次常委会上，徐伯昕提出分区管理这些分店的办法：西北区——中心在西安，包括兰州、南郑、天水等；华西区——中心在重庆，包括成都、贵阳、万县、宜昌；西南区——中心在桂林，包括梧州、长沙、南昌、衡阳；华南区——中心在香港，包括昆明、上海、广州和新加坡。②生活书店在1938年和1939年两年内迅速建立了庞大的发行网，"分店及办事处达52个，临时营业处3个，还有9个流动供应处。这些发行据点，遍及后方14个省份，除新疆、西藏、青海、宁夏四省外，各省都有生活书店分支点或办事处"③。

尤其值得一提的是，在战争期间，生活书店短时期内能够在全国范围内建立一个比较健全的发行网络，与其创新的"流动供应处"相关。在《店务通讯》第五十七号上，店员鲁昌年介绍了他们在沙市设立流动站推销图书的经历，概括而言，就是一两位店员带着图书、行李轻装上路，到某个可能有购买群体的小城镇，临时租个小门面，或者直接当街摆一个铺位，横布招牌一立，就开张了；有时也会兜售给当地的小书店。这种方式经营灵活，成本低，可以开拓空白市场，但是极需要店员积极热情，能够吃苦耐劳。这种开拓和进取的精神在当时其他出版社中是罕有匹敌的。

正因为生活书店在短短两年左右建立了覆盖范围极广的发行网络，广州、上海、重庆、汉口印刷的图书可以通过这个发行网络运送到全国各地读者手中。所以，在三四个月内，生活书店能够征集到一千三百套《鲁迅全集》的预约单。

---

①③张文彦，卞卓舟等编《三联书店简史》，生活·读书·新知三联书店，2012，第42页。
②生活·读书·新知三联书店编《生活·读书·新知三联书店大事记》，2011，第40页。

再次，抗战时期，内地订户汇款到上海，汇费会非常昂贵。而复社让生活书店负责全集发行，可以打消订户在这方面的顾虑。因为，早在1934年9月生活书店与中国银行、交通银行、上海银行、新华银行、江苏省农民银行、浙江兴业银行、聚兴诚银行、大陆银行、富滇新银行、华侨银行等十大银行就已经签约，这些银行设在国内外的五百多处分支行，一律免收向生活书店汇款购书的汇费。作为回报，生活书店在上述十大银行开设专用账户，汇款记入账内，按月结算一次。①所以，我们在《鲁迅全集》的各类预约广告中看不到对读者汇费的说明，只是提到了邮寄书的费用。

最后，在经销《鲁迅全集》之前，生活书店已经同复社有合作。1938年4月2日《店务通讯》的"文化情报"栏目登有"复社出版之《西行漫记》初版印三千册，业已告罄，再版将由本店总经销，在广州印行"②。这也为双方再次合作提供了可能。

### 三

此次生活书店与复社的合作，并非一帆风顺，而是出现诸多波折与误会。虽然当年参与这次合作的人员的回忆文章、日记和书信没有记录双方的摩擦，但生活书店内部刊物《店务通讯》记载了这次合作波折的信息。《店务通讯》是生活书店的机关刊物，1938年1月22日在汉口出版第1期，1941年1月31日在重庆停刊，共出版一百〇八期。生活书店出版这份机关刊物主要是为了应对抗战初期各地分店骤然增加，书店在组织、日常工作和人事方面出现的沟通困难和脱节的问题，所以《店务通讯》刊登的文章内容是"报告一些关于总分店办事处的业务进行计划、出版界消息、文化人动态以及各店和办事处的扩展情形、同仁的生活近况等等"③。

《店务通讯》记录生活书店与复社合作信息主要在"第十九号"的《总管理处通告》、"第二十号"的《〈鲁迅全集〉预约的周折》、"第二十四号"《编译出版消息汇志》、"第二十六号"《出版消息》、"第三十号"《〈鲁迅全集〉另定通知读者取书办法》《预约〈鲁迅全集〉之困难重重》、"第四十六号"的

---

① 生活·读书·新知三联书店编《生活·读书·新知三联书店大事记》，2011，第19—20页。
② 北京印刷学院，韬奋纪念馆编《店务通讯》排印本（上），第46页。
③ 北京印刷学院，韬奋纪念馆编《店务通讯》排印本（上），第1页。

《出版经售》这六期中。或许"第十九号"之前几期也曾出现过对于《鲁迅全集》发行工作的记录，遗憾的是现存的《店务通讯》遗失了"第十五号"至"第十八号"。所以，我们只能就上述存在的四期的内容进行分析和讨论。

在"第十九号"的《总管理处通告》中通告各分支店办事处事务时有这样一条，"本店预约《鲁迅全集》计一千三百部，应付国币一万六千三百八十元，除已汇出三千三百元及新华透支五千元（八月须归还）外，尚须续付八千元……需款浩繁，务希各店将现款集有成数随时汇寄，以应急需为荷"①。这个通告实际是总店向各分店财政告急，要求救助。而总店财政方面的困难很大原因是出于一千三百部《鲁迅全集》的预付款造成的。令人奇怪的是，复社实行预约购书的方式，款项应是来源于读者的预约金，为何会出现总店垫付的情况？一个可能的解释，当时交通不便，导致生活书店各分店的《鲁迅全集》预约款结算不及时，总店无法将所有预约款交于出版方（复社），这可能是后来引起复社不满的原因之一。因为没有预约款，《鲁迅全集》便无法印刷。

"第二十号"（1938年8月6日）《〈鲁迅全集〉预约的周折》中则道出生活书店与复社的合作出现的具体问题。生活书店一方统计的预约数为一千三百多部，但复社仅交付四百八十部。"经一再电沪要求重版，复社以全集再版版税增加，成本提高，不拟续印……余均一律办理退款，或制给优待凭单，在将来重版时仍得享受预约价优待权利。"②从这段引文看，双方合作出现问题的原因是，首印的《鲁迅全集》销售一空，而如果重版的话，版税增加，成本增加，所以复社宁可解除合约，退掉预约款，也不愿重印。据研究者的考证，《鲁迅全集》普及本首印只有一千五。③而仅上海一地的预约数就有一千，所以面对生活书店的一千三百部订单，复社只能交付四百八十部。这是符合事实的。复社不愿重版，给生活书店的理由是版税增加，这个理由就要存疑了。因为就在1938年10月1日，许广平给周作人的信中写道："全集已出书……但因不景气之故，售价未敢提高；而纸张、印工等等费去甚巨，约两万金。除预约所得，初版尚欠约八千元。生收得版税千元。现虽再版，尚未出书，版税不知何时可有，即有亦不会多。"④由此可知，因为最初设定的预约价格偏低，而战争期

---

① 北京印刷学院、韬奋纪念馆编《店务通讯》排印本（上），2007，第96页。
② 北京印刷学院、韬奋纪念馆编《店务通讯》排印本（上），第105页。
③ 刘波：《民国时期〈鲁迅全集〉印数考证》，《门外说书——一个藏书人眼里的鲁迅》，海豚出版社，2008，第220页。
④ 海婴编《许广平文集》第三卷，江苏文艺出版社，1998，第326页。

间，物价不断提升，致使全集印制成本变高，使得首印一千余册盈利困难，这大概是复社不愿重印的最主要原因，此外，《〈鲁迅全集〉预约周折》一文还提到"据粤港方面传来的消息，该社疑我店塌便宜货，多为预订"，这是双方沟通上面的误会，以致出现信任问题。因为在"第三十号"《店务通讯》中的《预约〈鲁迅全集〉之困难重重》一文文末附录了一张表格，详细罗列了各分店的预约数，可以用作"塌便宜"只是一场误会的证明。

后来，生活书店根据实际情况交涉，承诺短期内将预付款如期付清，复社才同意即日重印装运。

但到《店务通讯》"第二十四号"（1938年9月1日），不到一个月，情况又生变化。"据称因再版时版税提高，纸张涨价，成本加重，至少每部需增收二元，方能付印，拟用复社及我店名义，会同刊登广告或发通告……"①对于这种反复情况，生活书店感到非常委屈，"我店此次担任全集预约，一切条件均照复社提出者，一字不易予以签订，全为文化而工作，殊知竟发生如许波折，使我店对读者发生不良印象……"。但出版作为一种经济活动，一切都可以谈判，何况如前所述，生活书店和复社之间有关键的中间人沟通，所以生活书店对复社的要求，采取的方法是继续"交涉"。最后以"我店牺牲，每部补贴复社亏本款一元，共一千三百元，全部款项计一万七千六百八十元"，终于在"第二十九号"（1938年10月8日）交涉有了结果，"《鲁迅全集》闻港复社已得沪电，全部可在本月初运抵港粤"。

事情解决后，生活书店在《店务通讯》"第三十号"（1938年10月15日）"粤店杂讯"栏目中，刊登了两篇较长的文章——《〈鲁迅全集〉另定通告读者取书办法》和《预约〈鲁迅全集〉之困难重重》——颇为细致地记录了书店后续向预订读者邮寄《全集》的工作，以及回顾与复社合作以来双方产生纠纷的原因。按照生活书店方面复盘的整个事情来龙去脉，可以归纳出双方的纠纷既有客观上的原因，也有主观上的原因。客观上来说，生活书店的预约单并非由一家店受理，而是来自香港、重庆、汉口、广州、贵阳、成都、长沙、万县、昆明等多地分店，然后将预约单统一寄至粤店，但战时交通受阻，各分店寄至粤店的预约单时间不一，以致预约数统计出错。主观上看，一方面是因为生活书店总店事先没有周密的办法通知各分店何时和怎样邮寄预约通知单；另一方面，各分店中也出了不少问题，有的店延迟寄出预约单，有的店出现手续

---

① 北京印刷学院、韬奋纪念馆编《店务通讯》排印本（上），第148页。

错误，尤其汉口店问题较多。这自然是双方合作中，工作上的一些细节问题，但最重要的还是双方对当时经济形势估计不足，以致后续问题重重。

## 四 小结

著名文化史专家罗伯特·达恩顿在《法国大革命前夕的图书世界》中重点关注当时图书的发行运作网络，因为在他看来，在图书出版活动中，服务于出版社的毛细管分销环节意义非常。这本著作给了本文极大的启发。1938年复社版《鲁迅全集》皇皇六百万字，二十大卷，在抗战时期交通不便、读者经济困难的情况下，如何开拓图书市场，怎样宣传，无疑困难重重，但初版一千五百套、再版一千套，另加四百套纪念本全都销售一空，不能不说其发行和销售是成功的。也正因此，在《鲁迅全集》发行中种种策略、选择、各合作方沟通曲折才值得我们梳理和研究。虽然本文只是梳理一套《鲁迅全集》的发行，但以小窥大，也可以看到在抗战非常时期，图书贸易发行体系是如何运行的。

# 《伤逝》：鲁迅《杨贵妃》剧本创作构想的替代性完成*

陈文辉　温州大学人文学院

在鲁迅拟作《杨贵妃》问题的研究上，学者向来着重于史实考证、文体之争和创作动机分析诸方面，聚焦于冯雪峰"计划而未完成"之说的"未完成"，不太留意于鲁迅创作"计划"本身及其创作实践如何。本文根据孙伏园《杨贵妃》一文提供的线索，参照郁达夫、许钦文、冯雪峰和许寿裳等人的回忆，尝试对鲁迅《杨贵妃》剧本"腹稿"进行考证与复原，对其创作缘起和创作主题进行溯源。尤其是剧本《杨贵妃》的创作构想，在鲁迅1924年西安之行后的创作中有何体现，进行了追踪考察。

在深入分析相关回忆文章之后，认定孙伏园的"剧本《杨贵妃》"之说最为确切可信，进而对鲁迅这一部历史题材三幕剧《杨贵妃》创作构想的基本情形进行推断，并将其与鲁迅的爱情小说《伤逝》相联系，加以探讨。

## 一　"鲁迅先生在民国十年左右计划着的剧本《杨贵妃》"

作为鲁迅的同乡学生、鲁迅早期创作发表主阵地《晨报》副刊的编辑，孙伏园是鲁迅《杨贵妃》剧本创作构想的最知情者，更是鲁迅西安之行的当事人。鲁迅与此相关的翻译与创作，也跟他的约稿、催促有关系。虽然，在鲁迅

---
*本文原载《现代中文学刊》2022年第1期，有删节。

"曾和我谈过许多片段计划"后,孙伏园对《杨贵妃》一文也只能简略回忆,但仍为研究者提供了最为直接和可靠的信息:

> 他觉得唐代的文化观念,很可以做我们现代的参考,那时我们的祖先们,对于自己的文化抱有极坚强的把握,决不轻易动摇他们的自信力;同时对于别系的文化抱有极恢廓的胸襟与精严的抉择,决不轻易地崇拜或轻易地唾弃……

拿这深切的认识与独到的见解作背景,衬托出一件可歌可泣的故事,以近代恋爱心理学的研究结果作线索:这便是鲁迅先生在民国十年左右计划着的剧本《杨贵妃》。①

孙伏园曾在西安之行后的次月,发表过纪行文《长安道上》,对鲁迅的"唐代的文化观念"也作过深入解读。②他说的"民国十年左右"即1921年前后,并不是因记忆不确切而表示大概时间,这是指该创作构想的时间跨度。

鲁迅回忆"自从支持着《新青年》和《新潮》的人们,风流云散以来,一九二〇年至二二年这三年间,倒显着寂寞荒凉的古战场的情景"(《小说二集序》),③他此时游移于人道主义和无治的个人主义之间,而道家自我消遣的"随便"盖过法家积极用世的"峻急"心态,对弱者和个人抗争寄予了更多的同情。1921年6月,鲁迅翻译了两篇日本作家的"历史的小说":芥川龙之介著《罗生门》和菊池宽著《三浦右卫门的最后》。后者写男宠三浦右卫门在今川氏败后出逃途中,遭受虐杀而死的情景,引发鲁迅对"杨太真的遭遇,与这右卫门约略相同"的联想,深为作者"竭力的要掘出人间性的真实"所打动,感慨中国"关于这事的著作虽然多,却并不见和这一篇有相类的命意"(《译者附记》)。鲁迅因唐传奇研究而极其熟悉李杨的爱情故事,由此产生剧本《杨贵妃》的创作冲动。在此情形下,孙伏园才会说:"所感到的缺憾的只是鲁迅先生还须到西安去体会一下实地的风光。计划完成以后,久久没有举动,原因就在这里。"

从西安归来后,鲁迅一方面将原先作为剧本《杨贵妃》故事背景的、对于

---

① 孙伏园:《杨贵妃》,《鲁迅先生二三事》(鲁迅史料丛刊之一),作家书屋,1942,第36—42页。
② 《晨报副镌》1924年8月16日、17日。据《晨报副镌》,全国图书馆文献微缩复制中心,2004。
③ 鲁迅:《且介亭杂文二集》,《鲁迅全集》第六卷,人民文学出版社,2005,第253页。下文所引只在引文后标明篇目,若行文不便,另行出注。

"唐代文化的观念"的"深切的认识与独到的见解",即汉唐文化兴盛根本在于民族包容的感悟,写入杂感中,如同年10月所作《坟·说胡须》,次年1月、2月间所作《华盖集·忽然想到·二、四》,2月所作《坟·看镜有感》,7月所作《坟·论他妈的》《坟·论睁了眼看》,以及1926年7月作《华盖集续编·马上支日记》等等。后来孙、冯两人对鲁迅拟作《杨贵妃》的回忆,明显掺入由阅读这些杂文所得的理解。

在另一方面,鲁迅将拟作剧本中可歌可泣的李杨爱情故事原型,及其"近代恋爱心理学的研究结果作线索"的结构,挪用于1925年10月完成的爱情小说《伤逝》的创作(详下)。

孙伏园所说"在民国十年左右计划着的剧本《杨贵妃》"之可信,也意味着与此相冲突说法的不可信。相关回忆资料表明:凡是与此说一致者,聚焦于剧本《杨贵妃》的"写法";凡未见于此说者,实为"写法"之补充;凡与此说真正矛盾者,乃是文体上许寿裳的"长篇小说"之说。——鲁迅曾说"体裁似乎不关重要"(《三闲集·怎么写》),其自编文集并不严执"文学概论"之所谓"小说"与"剧本"之别,如散文诗集《野草》中的有《过客》,"速写居多"的《故事新编》中的有《起死》《出关》等采取"剧本"形式的作品。同一时期鲁迅向孙伏园、李级仁称之为剧本的《杨贵妃》,在与郁达夫、许钦文谈论时,称为"历史小说",平时行文则称之"历史的小说",或历史"速写"。

《亡友鲁迅印象记》"杂谈著作"中的说法,常被援引为《杨贵妃》乃是长篇小说的依据。但许寿裳主要出于对质疑鲁迅撰写"长篇"能力的回护,并没有提供客观证据,能够确认的仍只是《杨贵妃》的"写法":

有人说"鲁迅没有做长篇小说是件憾事,其实他是有三篇腹稿的,其中一篇曰《杨贵妃》。他对于唐明皇和杨贵妃的性格,对于盛唐的时代背景、地理、人体、宫室、服饰、饮食、乐器以及其他用具……统统考证研究得很详细,所以能够原原本本地指出坊间出版的《长恨歌画意》的内容的错误。他的写法,曾经对我说过……"①

许寿裳试图用鲁迅对盛唐文化的了解,花费精力和工夫之多,来证明鲁迅确实有过《杨贵妃》长篇小说创作的动机和准备,却是倒果为因。鲁迅之所以熟悉盛唐文化,并非为了创作《杨贵妃》而专门准备,而是唐传奇研究的自然结果。

---

① 许寿裳:《亡友鲁迅印象记》,人民文学出版社,1953,第53页。

冯雪峰《鲁迅先生计划而未完成的著作》中，对"长篇"之说则是半信半疑：半疑是因为这与他一贯的印象不符，"鲁迅先生没有写过长篇小说，也似乎不很有意思写长篇小说"，曾说"我个人不能样样都做到；……我是斩除荆棘的人，我还要杂感下去"；半信是他可能将孙伏园所说以唐代文化的观念"作为背景"，误以为内容上"欲描写唐朝的文明"，此则非长篇不可了。①

综上所述，鲁迅拟作《杨贵妃》事实上只存在一种创作构想，且以孙伏园之说为准；并不存在其创作构想的变迁问题。②

## 二 鲁迅《杨贵妃》剧本的创作构想

孙伏园《杨贵妃》说："鲁迅先生的原计划是三幕，每幕都用一个词牌为名，我还记得他的第三幕是'雨淋铃'。而且据作者的解说，长生殿是为救济情爱逐渐稀淡而不得不有的一个场面。"据《旧唐书》本传载唐玄宗"尤知音律"，杨贵妃"善歌舞，通音律"，可推断鲁迅《杨贵妃》剧本选用乐曲作为盛唐文化的体现，选用最能反映唐玄宗对杨贵妃爱情心理变化的三支曲名作为每幕题名。——所说词牌，实即曲名。

鲁迅编排剧情当以他所熟悉的陈鸿《长恨歌传》、白居易《长恨歌》和洪昇《长生殿传奇》为参照。

第一幕《霓裳羽衣曲》，写李杨享尽人间富贵，也经历着普通人那样的妒忌、厌倦等爱情苦恼；但就在人生至乐之刻，安禄山以"清君侧"诛杀杨国忠为名，起兵攻入长安。

孙伏园说"据作者的解说，长生殿是为救济情爱逐渐稀淡而不得不有的一个场面"，郁达夫、许寿裳和何春才的回忆均有提及。这说明鲁迅认为李杨爱情在马嵬事变之前产生过危机和波折，并相信野史笔记所载杨贵妃、安禄山之间有暧昧关系。但在鲁迅的文化观念中，"其实唐室大有胡气"（1933年6月18日致曹聚仁信），他从胡人的婚姻更为自由、男女之间交往更为随意的风俗习惯来理解，而不是从儒家礼教角度，视其为秽行，因此并不妨碍他发掘李杨爱情故事中的人性真实及其"可歌可泣"之处。对于不知道"爱情是什么东西"

---

① 冯雪峰：《鲁迅先生计划而未完成的著作》，《过来的时代》，新知书店，1946，第17—22页。
② 通常认为鲁迅拟作《杨贵妃》有文体之别和时间变迁，如顾农《鲁迅与唐代文学》、袁茹《鲁迅拟作〈杨贵妃〉事始末考论》等文。

(《热风》随感录四十)的中国社会而言,李杨爱情本身弥足珍贵。

第二幕题为《谪仙怨》,唐玄宗带着杨贵妃匆促入蜀避难,途经马嵬驿,扈从的龙武军将士在陈玄礼主使下,杀死杨国忠,逼迫唐玄宗赐死杨贵妃;杨贵妃为救护唐玄宗,主动要求赐死。

马嵬驿事变是李杨故事的关键所在,故唐人吟咏多以此为题。但影响甚为深广的白居易《长恨歌》中,歌颂李杨爱情而隐去政治"惩戒"的题旨。陈鸿《长恨歌传》作为该诗序言,曾予以补充和揭示:"意者不但感其事,亦欲惩尤物,窒乱阶,垂于将来者也。"唐人康骈《剧谈录》所载台州刺史窦弘余撰《广谪仙怨词》缘由,记录了李杨故事"惩戒"主题逐渐模糊的过程:

> 玄宗天宝十五载正月,安禄山反。陷没洛阳,王师败绩,关门不守。车驾幸蜀,途次马嵬驿,六军不发,赐贵妃自尽,然后驾行。次骆谷,上登高下马,谓力士曰:"吾苍惶出狩〖长安〗,不〈及〉辞宗庙。此山绝高,望见秦川,吾今遥辞陵庙。"因下马望东再拜,呜咽流涕。左右皆泣。谓力士曰:"吾取九龄之言不到于此。"乃命中使往韶州,以太牢祭之。(中书令张九龄每因奏对,未尝不谏诛禄山。上怒曰:"卿岂以王夷甫识石勒,便杀禄山!"于是不敢谏矣。)因上马,遂索长笛吹于曲,曲成,潸然流涕,伫立久之。时有司旋录成谱,及銮驾至成都,乃进此谱,请曲名。上不记之,视左右曰:"何曲?"有司具以骆谷望长安,下马后索长笛吹出对。上良久曰:"吾省矣,吾因思九龄,亦别有意,可名此曲为《谪仙怨》。"其旨属马嵬之事。厥后以乱离隔绝,有人自西川传得者,无由知,但呼为《剑南神曲》。其音怨切,诸曲莫比。大历中,江南人盛为此曲。随州刺史刘长卿左迁睦州司马,祖筵之内,吹之为曲,长卿遂撰其词,意颇自得,盖亦不知本事。①

郁达夫回忆鲁迅所说:"以玄宗之明,哪里会看不破安禄山和她的关系?所以七月七日长生殿上,玄宗只以来生为约,实在是心里已经有点厌了,仿佛是在说'我和你今生的爱情是已经完了!'到了马嵬坡下,军士们虽说要杀她,玄宗若对她还有爱情,哪里会不能保全她的生命呢?所以这时候,也许是玄宗授意军士们的。"(《历史小说论》)何春才回忆1927年鲁迅在广州闲谈七夕风

---

① 康骈撰:《剧谈录》卷下,古典文学出版社,1958,第54页。

俗,曾说到相同的意思:"如果唐玄宗还爱她,能不全力保她吗?说不定还是他暗杀她哩!"①由此可以推断:第一幕因杨贵妃与安禄山有暧昧关系,导致唐玄宗爱情的消歇,为第二幕唐玄宗不救,甚至授意杀杨贵妃做了铺垫。唐玄宗此时极恨安禄山背叛,又嫉妒杨贵妃和安禄山的私情,遂将乱局诿过于杨氏兄妹。

第三幕题为《雨淋铃》,失去权势,身为太上皇的唐玄宗回到长安,垂暮之年回想逝去的行乐生活,为当年没能救护杨贵妃而陷入无尽的悔恨。

孙伏园说:"我还记得他的第三幕是《雨淋铃》。"郁达夫回忆剧情:"后来到了玄宗老日,重想起当时行乐的情形,心里才后悔起来了,所以梧桐秋雨,就生出了一场大大的神经病来。一位道士就用了催眠术来替他医病,终于使他和贵妃相见,便是小说的收场。"这是鲁迅对晚年唐玄宗的爱情心理的把握。唐玄宗因当时自己有能力却没有意愿保全杨贵妃,才有此时的后悔;若被迫无奈,那就没有什么后悔可言。这又回应了第二幕《谪仙怨》的"惩戒"题旨。

唐玄宗重返长安后,孤寂落寞中以避难蜀地所作旧曲《雨霖铃》怀念旧爱。唐人郑处诲《明皇杂录》卷下云:

> 明皇既幸蜀,西南行,初入斜谷,属霖雨涉旬,于栈道雨中闻铃,音与山相应。上既悼念贵妃,采其声为《雨霖铃》曲,以寄恨焉。……洎至德中,车驾复幸华清宫,从官嫔御多非旧人。上于望京楼下命野狐奏《雨霖铃》曲,未半,上四顾凄凉,不觉流涕,左右感动,与之歔欷……②

此为乐史《杨太真外传》所据。《碧鸡漫志》卷五援引郑、乐之说,又以为"今双调《雨淋铃慢》,颇极哀怨,真本曲遗声"。

以上推定的鲁迅剧本《杨贵妃》所用的三支曲名,《霓裳羽衣曲》和《雨淋铃》见于王灼《碧鸡漫志》,并有详尽的考证,但《谪仙怨》已不见记载。唐人崔令钦《教坊记》"曲名"篇载有《雨霖铃》;又载《拂霓裳》和《霓裳》两曲名,当与《霓裳羽衣曲》相关;亦不见《谪仙怨》记载,但载有《剑阁子》,此或与《剑南神曲》同为《谪仙怨》之异名③。《谪仙怨》曲名在唐宋历

---

① 何春才:《回忆鲁迅在广州的一些事迹和谈话》,《鲁迅研究资料》第3辑,文物出版社,1979,第252—253页。
② 郑处诲:《明皇杂录》,《唐宋史料笔记丛刊》,中华书局,1994,第46页。
③ 崔令钦撰,罗济平校点:《教坊记》,辽宁教育出版社,1998,第5—6页。

史文献中的消隐,意味着其所对应的李杨故事从原先爱情"歌颂"与政治"惩戒"的双重主题,逐渐向爱情"歌颂"的单一主题演化。①

### 三 《伤逝》:作为鲁迅《杨贵妃》剧本创作构想的替代性完成

如前所述,鲁迅若将李杨爱情故事作为历史的小说或剧本来写,将受到多重束缚也难破陈腐旧套,若采用现代小说形式写李杨爱情故事,依据传统诗文"僻事实用,熟事虚用"②的用事方式,作为现代小说而出现,便给读者一种全新的阅读感受,体现了"历史重演",却无"重复"之虞。这也是郁达夫《历史小说论》提到的"把我们现代人的生活内容,灌注到古代人身上去"的创作方法。

鲁迅将1921年前后"计划着的剧本《杨贵妃》"构想运用于1925年10月完成的其唯一的爱情题材小说《伤逝》创作中,也等于是找到了解决剧本《杨贵妃》所面临的创作困境的出路。其内在证据,则表现为四个方面:

首先在文体上,小说《伤逝》以"涓生的手记"为副题,采取"作为内生活的告白录"③形式,这与剧本写作时作者直接采用作品人物口吻来叙述的代言体相通。"涓生"之称也透露了中国传统小说和戏曲"某生体"的端倪。

其次,也是最主要的,小说《伤逝》借用了剧本《杨贵妃》的构思和情节结构,并且同样体现了原剧本"以近代恋爱心理学的研究结果作线索"的特点。

据许钦文在《写〈彷徨〉时的鲁迅先生》中回忆,鲁迅将《伤逝》"尚未完成的原稿"给他看的时候,曾经这样对他说:"这一篇的结构,其中层次,是在一年半前就想好了的。"④即便从《伤逝》的完成时间前推一年半,其结构

---

① 日本学者竹村则行曾推断《杨贵妃》剧本前两幕曲名为《清平乐》和《舞霓裳》,论证依据与本文不同。参阅其《鲁迅的未刊戏曲〈杨贵妃〉》,见《海内外中国戏剧家自选集》,大象出版社,2018,第77—89页。
② 姜夔:《白石道人诗说》,见(清)何文焕辑《历代诗话》,中华书局,1981,第680页。
③ 厨川白村:《出了象牙之塔》"出了象牙之塔"篇,鲁迅译,《鲁迅大全集》第十三卷,长江文艺出版社,2011,第123页。
④ 《1913—1983鲁迅研究学术论著资料汇编》第3编,中国文联出版公司,1985,第165页。原载1940年8月25日《现代文艺》(月刊)(福建永安)第一卷第五期。曹禧修《论〈伤逝〉的结构层次及其叙事策略》(《学术月刊》2005年第1期)一文由此生发,认为"答案无疑只能从文本的结构层次中去追寻"。

的"其中层次"的构思,至迟完成于 1924 年 4 月之前,早于西安之行三月之久,正是孙伏园所说剧本《杨贵妃》"计划完成以后,久久没有举动"之时。这是小说《伤逝》借用剧本《杨贵妃》创作构想的重要证据。

小说通过第一人称的回忆,倒叙展开全文。《伤逝》首句"如果我能够,我要写下我的悔恨和悲哀,为子君,为自己",总括全文,点明"伤逝"即"长恨"题旨。在第 1 小节作为正文开头,写涓生重回同乡会馆,睹物伤情,在转瞬之间,回顾了一年以来"曾经从这破屋子搬出,在吉兆胡同创立了满怀希望的小小的家庭"的整个爱情历程。这与剧本《杨贵妃》的开头写法颇为对应,即许寿裳所说"系起于明皇被刺的一刹那间,从此倒回去,把他的生平一幕一幕似的映出来",冯雪峰所说"这样地倒叙唐明皇的一生事迹"。

在情节结构的安排上,《伤逝》以涓生作为故事的叙述者,从第 2 小节进入正文,至第 3 小节写了涓生回忆寄寓会馆的当时,为了"逃出这寂静和空虚",与子君相识并得到她的爱情。第 4 小节写涓生对子君的爱情达到高潮,搬出会馆时感情就已消歇。第 5 小节、第 6 小节写吉兆胡同租房同居,涓生在爱情和生活欲望得到满足后的厌倦,以"回味那时冲突以后的和解的重生一般的乐趣"来调节,也透露了貌似平静幸福生活的隐忧。至此,小说与前文推定的剧本《杨贵妃》第一幕《霓裳羽衣曲》情节相对应:"李杨享受人间富贵,也经历着普通人那样的妒忌、厌倦等爱情苦恼;但就在人生至乐之刻,安禄山以'清君侧'诛杀杨国忠为名,起兵攻入长安。"

尤其第 4 小节、第 5 小节描写涓生同居后对子君爱情的"消歇",与剧本第一幕唐玄宗七夕在长生殿被邀盟誓,"心里已经有点厌了"之后的"敷衍"相类,"为救济情爱逐渐稀淡而不得不有的一个场面":"我也渐渐清醒地读遍了她的身体,她的灵魂,不过三星期,我似乎于她已经更加了解,揭去许多先前以为了解而现在看来却是隔膜,即所谓真的隔膜了。"子君感到了爱情的危机,要求涓生重温求爱时的表白:"夜阑人静,是相对温习的时候了,我常是被质问,被考验,并且被命复述当时的言语,然而常须由她补足,由她纠正,像一个丁等的学生。"两者都是为男主角随后面临危难时抛弃女方作了铺垫。

子君怀着对涓生的眷恋离开,回归旧家庭,自向死地。她从双十节至"冬春之交",内心经历由希望到无望的恐惧,最终因爱而得以克服恐惧:不愿拖累对方,把更多的生的希望留给对方。因为涓生"觉得新的希望就只在我们的分离;她应该决然舍去"。这近乎唐玄宗在马嵬驿遭遇军士哗变,逼迫杨贵妃

"自愿"自杀的情形。子君结局"连墓碑也没有的坟墓",暗中呼应杨贵妃死后匆促瘗埋的情节。《长恨歌》云:"马嵬坡下泥土中,不见玉颜空死处。"因此,小说此节与前述《杨贵妃》第二幕《谪仙怨》中相对应:"唐玄宗带着杨贵妃匆促入蜀避难,途经马嵬驿,扈从的龙武军在陈玄礼主使下哗变,杀死杨国忠,逼迫唐玄宗赐死杨贵妃;杨贵妃为救护唐玄宗,主动要求赐死。"

唐玄宗在马嵬驿兵变时对杨贵妃的抛弃,出于对她和安禄山私情的憎恨,也有对她"悍妒"性格的积怨,潜意识里又是与对她的爱相联系。当外在威胁、令人生憎的现实因素消失,唐玄宗的爱情便再次萌发,自怨自艾。同样,在子君离去的当晚,被免除了现实的责任和义务的涓生,"暗中忽然仿佛看见一堆食物,这之后,便浮出一个子君的灰黄的脸来,睁了孩子气的眼睛,恳托似的看着我",又感受子君的爱意,内心不再生抵触;当子君最终死去,涓生彻底放心,对她的爱情随之全部复活,想到对方的美好和对他的好,便要去"寻觅子君,当面说出我的悔恨和悲哀",体会到"去年的暮春是最为幸福"。许钦文《彷徨分析》说:"涓生和子君,终究是真心相爱过的",涓生"并非为着什么'见异思迁'一类事,只是因为被环境迫害得实在生活不下去了——这是真正可恨之处。"①

郁达夫所说《杨贵妃》写法:"后来到了玄宗老日,重想起当时行乐的情形,心里才后悔起来了,所以梧桐秋雨,就生出了一场大大的神经病来。一位道士就用了催眠术来替他医病,终于使他和贵妃相见,便是小说的收场。"在小说《伤逝》的结尾部分,从第18节至最后的第20小节,采用《长恨歌》的结束写法,所写涓生如痴如狂的精神状态,也类似于"生出了一场大大的神经病"。许钦文基于直觉,曾在《彷徨分析》中将其对小说《伤逝》的阅读感受与白居易《长恨歌》相联系:"每次读了'伤逝',我总觉得真是'天长地久有时尽,此恨绵绵无绝期!'"小说此节与剧本《杨贵妃》的第三幕《雨淋铃》相对应:"失去权势,身为太上皇的唐玄宗回到长安,垂暮之年回想逝去的行乐生活,为当年没能救护杨贵妃而陷入无尽的悔恨。"

由此可见,小说《伤逝》和剧本《杨贵妃》共享情节结构,也共享作为组织线索的"近代恋爱心理学的研究结果"——鲁迅通过厨川白村《苦闷的象征》《近代的恋爱观》等书所获得。从相恋的忐忑到同居后的激情消歇,爱情失而复现的体验,小说《伤逝》大量运用了潜意识理论来分析和刻画涓生的爱

---

① 许钦文:《彷徨分析·伤逝》,中国青年出版社,1958,第84—85页。

情心理过程。

再次，体现在人物形象塑造上，《伤逝》暗用"可歌可泣"的李杨爱情故事，一方面塑造了与唐玄宗相对应的涓生形象，通过他对往事的忏悔和对旧侣的思念，对中国男性自古以来的卑怯心理进行分析和批判——卑怯是人性，对卑怯的伪饰却是人性的堕落；另一方面塑造了与杨贵妃相对应的子君形象，歌颂了她在历史转折时代曾经表现出的勇敢与无畏，也因为这样一位美好可爱的年轻女性在过渡时代无法逃避悲惨命运而陨落，深为之不平和哀伤。

最后，小说《伤逝》的题名，与《唐语林》所辑录唐玄宗感悔往事的《谪仙怨》而同样名之为《伤逝》相联系。虽然正文采取了现代小说形式，但从题目来看，仍体现出了古题新作的特点。

《伤逝》之题，应当是来自于《世说新语》第十七"伤逝"篇，其中王戎回忆竹林旧友一条，与小说中涓生与子君曾因思想共鸣而走到一起，后因世俗逼迫而离散的情境最为契合："王浚冲为尚书令，著公服，乘轺车，经黄公酒垆下过。顾谓后车客：'吾昔与嵇叔夜、阮嗣宗共酣饮于此垆。竹林之游，亦预其末。自嵇生夭、阮公亡以来，便为时所羁绁。今日视此虽近，邈若山河。'"[1]

但宋人王谠所撰《唐语林》卷四首条，辑自康骈《剧谈录·广谪仙怨词》中的唐玄宗悔恨往事一节，同样题其篇名为《伤逝》。小说《伤逝》隐含的"长恨"双重题旨，与涓生一面感悔往昔，"只为了爱，——盲目的爱，——而将别的人生的要义全盘疏忽了"，一方面思念子君，要"当面说出我的悔恨和悲哀"的情形同样相符。

《唐语林》乃是模仿《世说新语》之书，鲁迅因唐传奇研究和小说史撰写，对此书同样极为熟悉。鲁迅小说的《伤逝》之题，以为出自《唐语林》所录唐玄宗感悔往事的"伤逝"，也未尝不可。

## 四 结语

将小说《伤逝》与剧本《杨贵妃》"腹稿"联系起来，能为读者解开鲁迅拟作《杨贵妃》的悬念，也能解释《伤逝》相比于鲁迅的其他短篇小说，何以更能吸引、更便于改编为戏剧作品——因其前身曾为剧本构想，具备足够的戏

---

[1] 刘义庆撰，张艳云校点：《世说新语》，辽宁教育出版社，1997，第151页。

剧冲突元素。但更为重要的是《伤逝》从酝酿到最终完成，时间长达四五年之久，成为一个记录鲁迅的艺术创作变迁的累积型作品，是既带有明显的过渡性和实验性，但又极具鲜明个性的成功的作品。

《现代日本小说集》附录中，鲁迅引芥川龙之介关于历史题材创作的经验之谈："材料与我的心情倘若不能贴切的合而为一，小说便写不成。勉强的写下去，就成功了支离灭裂的东西了。"这也正是鲁迅在随后的《杨贵妃》创作中所遇到的困境。但到底是什么触发了鲁迅，使其找到与著作契合的"心情"或"气分"，从而完成了《伤逝》的创作？答案很可能是鲁迅《呐喊·自序》提及的绍兴会馆的逸事："相传是往昔曾在院子里的槐树上缢死过一个女人的，现在槐树已经高不可攀了，而这屋还没有人住"。这其中与"安特莱夫式的阴冷"契合的"鬼气"，激发了鲁迅的灵感，使他通过表现主义"对于现实的争斗，现实的克服，压服，解体，变形，改造"，[1]从而像表现主义画家一样，"把世上一切不一致的事物聚在一堆，以他自己的模型来使他们织成一致"[2]。

---

[1] 片山孤村：《表现主义》，鲁迅译，收入1929年北新书局版《壁下译丛》，李新宇、周海婴主编《鲁迅大全集》第十五卷，长江文艺出版社，2011，第50页。
[2] 鲁迅：《〈比亚兹莱画选〉小引》，《鲁迅全集》第七卷，第356—357页。

# 论《伤逝》中子君的悲剧意蕴

陈欣慧　绍兴文理学院人文学院

## 一　无所附丽的爱情悲剧

鲁迅认为，人活着"一要生存，二要温饱，三要发展"，生存永远是第一位，但生存的条件是人要能温饱，如果连温饱都顾不上，又去哪里谈发展？"造成子君自杀的原因主要有两个方面：第一是经济的压迫，第二是能力的薄弱。谈到爱情就必然离不开物质与精神，两者相互统一的结果是喜，反之为悲剧。"[1]爱情与面包的问题一直以来都是爱情现实性的缩影。子君一直以来都居住在叔父与父亲的屋檐下，她在一个父权制家庭中成长，但却最终反抗了这一"权威"。五四新青年的一声声呐喊给了子君苏醒的机会，就像是久睡初醒的新生儿，子君"觉醒"了。鲁迅在《娜拉出走后怎样》中，预设了娜拉的结局：要么堕落，要么回来。梦是好的，否则，钱是要紧的。物质需求永远存在于爱情之中，当爱情离开了金钱与物质，就如同涸辙之鲋。涓生是子君出走后唯一的依靠，而连接她与涓生的是那份"苏醒后的爱情"，当爱情凋零后，依靠也不复存在。

---

[1]郝艺霞：《浅析〈伤逝〉中女性的生存困境》，《兰州教育学院学报》2019年第1期。

## 二 "半苏醒"的新女性生存困境

子君是一个"半醒未醒"的新女性,同时也是一个处于迷茫自欺状态的新青年。当时的社会环境是一个封闭的牢笼,女性的生存范围自其出生便被圈定。一定程度上,涓生可以是子君的师长,子君在与涓生的交谈中逐渐认识到自我的独立性。鲁迅虽然在文中没有明显点出子君原生家庭的具体情况,但从涓生的叙述中,子君大约是生活在一个典型的封建大家长家庭之中的。子君的出走代表着女性独立意识的觉醒,"我是我自己的",这是子君对于她原有家庭的宣告,也是对于四周那些轻视与觊觎目光的宣告。

子君对于前路是充满迷茫且恐慌的,以至于她拽紧涓生的衣摆才能向前走。"向着这求生的道路,是必须携手同行,或奋身孤往的了,倘使只知道拽着一个人的衣角,那便是虽战士也难于战斗,只得一同灭亡。"只有当两个人都奋力前行时,爱情才有生长的空间,依附于他人生长,将爱情当作养料,那么当攀附的大树轰然倒塌时,当蜗居的舒适圈被打破时,生命与爱情于此已经预示了终将走向末路的结局。

## 三 "第三代知识分子"的软弱自欺

"所谓'感同身受'其实是一种自欺的心理意识,它是把别人的心理体验当作自己的经验来感受。在这样的体验置换中,抛弃真实、相信预设是达到移情的关键所在,而唯有自欺才能完成此项心理活动。"[1]找寻不到前路,涓生就像是把脑袋埋在了新生活的"沙土"里,选择自欺自瞒。涓生在一遍又一遍的心理暗示中给自己和子君编织虚假的光景,但结局不过一死一悲。在子君离开后,涓生感觉新的生活即将到来,但当听闻子君死讯后,涓生才醒悟过来他一直都处于自我欺骗的困境之中。这样的逃避与欺瞒,就如同那些未走先跑的"苏醒者"一样,跌跌撞撞地奔向自以为光明美满的"新世界",但一切都不可避免地朝着悲哀的结局走去。

---

[1] 仲雷:《自欺意识与生存困境:〈伤逝〉意蕴再探析》,《湖南工业大学学报》2021年第1期。

# "围城"内的"呐喊","围城"外的"彷徨"

——从《伤逝》看鲁迅的婚恋观

陈友龄 绍兴文理学院鲁迅研究院

《伤逝》是鲁迅对理想主义婚恋观的一种重新审视和反思,亦是鲁迅理性成熟的婚恋观的集中体现。涓生和子君是千千万万个"五四"新人的缩影,受五四启蒙主义思潮的影响,他们勇敢地进入"围城",发出"呐喊",遭遇现实打击之后,最终无奈"出城",依旧"彷徨"。作者通过一种幻灭的手法和悲剧的形式表达一种理性的婚姻观——"人必生活着,爱才有所附丽。"因此,《伤逝》只是表面上披着"婚恋小说"的外皮,其内核实则探讨了人类永恒的精神困境。

"婚姻生活本身的价值问题与人生意义问题一样,从古至今都是一个'谜',一个'围城'。"[①]《伤逝》的深刻价值在于,创作者没有停止在自由结婚即万事大吉的简单想法之中,而是对婚姻城堡进行深入探索。以鲁迅《伤逝》为代表的启蒙主义文学思潮之下的五四婚恋小说,在表现追求婚恋自由的强烈渴望之时,也揭示了人类难以逃脱的生存以及精神困境。因此,在当今青年男女离婚率日益增高,且不婚主义和丁克家族盛行的年代,在众多青年男女面对这一问题——"怎么办?结婚不好,不结婚也不好,但是歧路纷出,到底

---

① 金炫炯:《勇敢地"进城",尴尬地"突围"——五四婚恋小说景观新议》,《中国文学研究》2002年第4期。

何处是归程?"却始终找不到任何答案之际,反观鲁迅的《伤逝》,可以引起当代人对自我婚恋观的重新审视和深入思考。

在阅读《伤逝》时,作为理想主义者的读者,大多数人会认为通过自由恋爱涓生和子君结合在一起,可以构成一个幸福的小家庭,实现一种圆满的生活。但作为现实主义者的鲁迅则清醒且冷峻地告诉读者,现实生活和理想生活之间存在着一道永远无法跨越的鸿沟。涓生与子君的决裂,实则是精神世界向现实世界的妥协。子君的死象征通过仅仅只婚恋自由实现自我改造的失败。鲁迅思想的深刻性在于,在五四时期崇尚婚恋自由的狂潮之际,在面对一片激进的"呐喊声"之中,仍旧能够保持一种理性的反思和审视。

文章将通过三部分内容,即"呐喊"之中的审视,"彷徨"之中的凝视,以及对"呐喊"与"彷徨"之下的重构,深入研究探讨鲁迅对青年男女婚恋观的理性指导。在五四启蒙主义思潮盛行之际,容易将婚恋自由等同于个人自我价值的全部实现,这是一种狭隘之思,也是对婚姻恋爱意义的过度拔高。反抗传统,无所畏惧,勇往直前,前途可能是万丈光芒,但若忽略现实因素,前路亦可能是万丈深渊。在现实的生活中,先谋生再谋爱才是理智之举。正如鲁迅先生所言:"我们目前当务之急,一要生存,二要温饱,三要发展。"

# "绝望之为虚妄,正与希望相同!"

## ——鲁迅《野草·希望》重读

崔绍怀　惠州学院文学与传媒学院

鲁迅的《希望》说:"希望是甚么?是娼妓:她对谁都蛊惑,将一切都献给;待你牺牲了极多的宝贝——你的青春——她就弃掉你。"据此,或可以说,希望是什么?是未来。她对谁都一视同仁,将一切都献给拥有未来者。待你一步步走向理想当中的未来,你的希望、你的目标,就逐渐地实现了。探索者因此可能产生希望美好、坚定信念、相信未来、充满乐观的情感。围绕鲁迅的《希望》,研究者进行了多角度探索。有从社会学角度探索的,如卫俊秀说:"虽然浮现着悲凉忧郁的气氛,然而可也闪烁出热望新生之豪情的。"[1]冯雪峰说:"我们读后也明白地感到作者的用意是反对青年们消沉,号召他们奋发起来同黑暗斗争。"[2]有从哲学角度探索的,如孙玉石指出:"在《野草》里存在的'反抗绝望'的生命哲学中,《希望》可能是把这一哲学及鲁迅内心的矛盾表现得最充分,也是最直接的一篇散文诗。"[3]在此基础上,我们还可围绕鲁迅从希望的"沉沦"到探索新的希望——遭遇绝境(从满怀希望到"沉沦"绝望)→陷入虚妄(从认知绝望到摆脱绝望)→继续探索新希望(从反抗绝望到寻找希望)——切入其"最理想的人性"思想(据许寿裳回忆:在日本弘文学院学习期间,鲁迅经常与其讨论三个问题:一、怎样才是最理想的人性;

---

[1]卫俊秀:《鲁迅"野草"探索》,泥土社,1954,第94页。
[2]冯雪峰:《雪峰文集》第四卷,人民文学出版社,1985,第286页。
[3]孙玉石:《现实的与哲学的——鲁迅〈野草〉重释》,上海书店出版社,2001,第79页。

二、中国国民性中最缺乏的是什么;三、它的病根何在?①这三个问题的核心,是如何建设"最理想的人性"),进一步分析其个性心理以及思维方面的焦灼、困顿、彷徨、失望、绝望、虚妄与希望如何交织在一起,反映其怎样的复杂的精神状态等,从而探索、追求理想的人性思想。

## 一

离开故土,开始踏上寻求"希望"的征途。在青少年初期,鲁迅一边到三味书屋读书,一边进当铺典物换钱,进药铺为父亲抓药治病。寻找难于搜求的原配的蟋蟀、结籽的平地木、冬天的芦根、经霜三年的甘蔗等药引子,盼着病入膏肓的父亲的病快好(虽然最终逝去),通过刻苦读书出人头地,无论怎样艰辛都是值得的,因为这都有鲁迅的希望在里面。父亲逝后不久,鲁迅拿着母亲筹集的八元川资,考入了南京江南水师学堂。进洋学堂读书,虽然在当时不被人们看好(普遍看好的,或是参加科举考试,或是当幕僚,或是做买卖),认为这是穷途末路,但因花销小,能让经济窘迫的鲁迅承受得了,所以是个人发展的首选。正是从家道中落到选择新式学堂的历程中,鲁迅开阔了眼界,学习了四书五经之外的格物致知、算学、地理、历史、绘图和体操等,考取了赴日本学习的官费留学生,为自己、为家人、为民族寻得了一线生机。在怀揣美好希望的留学中,鲁迅表现出对现实世界进行改良的渴求。这种希望,借助实实在在的行动,表达了一种美好的理想,阐释了个体最真诚的爱国情感。

"希望"在于奋斗。1909年结束了日本留学生活,鲁迅回国后任浙江两级师范学堂生理、化学教员。他相继发起"木瓜之役",赶走要求谒孔的夏震武校长;指导文学团体(越社)开展活动等。越社召开群众大会,迎接革命的到来。鲁迅组织武装演说队,积极宣传革命思想,与旧军阀政府展开激烈的斗争;担任山会初级师范学堂监督,宣传进步思想等。《希望》说:"这以前,我的心也曾充满过血腥的歌声:血和铁,火焰和毒,恢复和报仇。"鲁迅曾发出"东方发白,人类向各民族所要的是'人'"以及"人之子醒了;他知道了人类间应有爱情"等话语②,通过东方的曙光、真正意义的人、光明的照耀处、

---

① 许寿裳:《亡友鲁迅印象记》,峨眉出版社,1947,第23页。
② 参见《鲁迅全集》第一卷,人民文学出版社,2005,第338页。(本文所引《鲁迅全集》作品原文均出自同一版本。)

爱情的美好、男女之间的平等、家庭的和谐等语义，反映了人们向往和谐、自由、平等、公正、诚信与友善的意愿。其中，有鲁迅的人学思想在，更体现其对"最理想的人性"思想的追求。

失落"希望"。"我"坠入痛苦的境地。从"我的心分外地寂寞"中的"分外"推测：鲁迅内心是很痛苦的。从夫妻关系看，鲁迅与朱安之间只是形式上的夫妻，没有共同语言。在日常生活中，即便朱安在一些必要的事情方面不得不与鲁迅进行言语交流，鲁迅也仅仅以十分便捷的回复了事，甚至只有一个"嗯"或"啊"字。探究原因，婚姻上的失败，一在于性格不合，二在于兴趣、爱好与习惯差别大，三在于文化水平差距大。面对这样的内人，鲁迅分外寂寞的心情便可想而知。从中国人的精神状态看，鲁迅在日本留学期间，曾在关于日俄战争主题的电影中看到一个中国人被捆绑的画面，还有很多中国人围观。遭日军捆绑者，是充当俄军侦探的中国人。为俄军刺探情报，日军当然要杀戮。令鲁迅尤为悲伤的是：作为看客的围观者，竟然冷酷无情地看着同族即将被杀头。在鲁迅看来，就算医治好了体格健壮者的病症，围观者仍然是麻木不仁、精神空虚、无聊的看客。还何谈理想的人性？从同一战阵中的"战友"关系看，《新生》杂志的流产，让鲁迅更为失望。拟出版的《新生》，意在开展文艺活动，改善民众的精神面貌。但投资者、撰稿者因种种借口，星散般离去，导致出版计划失败。《新生》创刊号的封面，使用的是蕴含丰富人生哲理的图画：《希望》（后来，鲁迅曾写《〈比亚兹莱画选〉小引》，从该文介绍的众多画家中，读者可知：乔治·弗里德里克·瓦兹，是英国画家、雕刻家，有作品《希望》等）。在这幅画面上，一位衣衫褴褛的年轻女子，盘腿坐在球体上，低着头，似瞌睡，似弹琴；眼睛被蒙盖着，手似乎在弹奏着只剩一根弦的七弦琴；画面的背景，是蔚蓝的天色。整幅画面，虽危机四伏，但依然充满了黎明的希望。鲁迅选择此画面，意在唤起沉默的灵魂。然而计划流产，有力的宣传无法落实，美好的理想破灭。这只能让人在充满希望之际，快速掉入谷底，失望到底。

断绝"希望"。《希望》中的"然而现在没有星和月光，没有僵坠的胡蝶以至笑的渺茫，爱的翔舞。然而青年们很平安"一句，鲁迅用"现在没有"否定了曾经的"有"或"可能"。这意味着连难以实现的都没有了，就更无望了，只能是绝望，而且是彻底的绝望。发生在1923年的兄弟失和一事，令鲁迅绝望。1923年7月，"十四日　晴。午后得三弟信。作大学文艺季刊稿一篇成。

晚伏园来即去。是夜始改在自室吃饭，自具一肴，此可记也"①。大家庭的生活从此结束了。周作人与鲁迅思想上的分歧公开化了。当初，举家从绍兴搬迁到北京的八道湾，鲁迅原本希望兄弟怡情，其乐融融。尤其是在文艺战线上，在鲁迅逝去之前，周氏兄弟在文坛上可谓风云人物，他们的作品还是非常受读者欢迎的。兄弟失和之前，二人在文坛上，互相帮助。鲁迅帮周作人看稿、改稿，培养其文学才能。周作人与鲁迅合译外国作品，介绍弱小民族文学概况。但事不遂人愿，兄弟二人突然失和。而且，周作人给作为兄长的鲁迅写了绝交信。当然，这封绝交信，仅表达了周作人的一面之词。周作人写此信，主要依据了其妻羽太信子的说辞。因此，其可信度自然大打折扣。但失和这件事，给鲁迅的打击很大。多次看屋的经历、迁居到砖塔胡同六十一号暂居地、购买阜成门内西三条二十一号、患病、多次去医院就医等倒还在其次，主要的是在文艺工作方面失去了得力助手，在亲情方面失去了兄弟之情，二人从此断绝了往来的希望。鲁迅所追求的"最理想的人性"，暂时陷入了困境。

## 二

感受绝望。《希望》说："然而现在何以如此寂寞？难道连身外的青春也都逝去，世上的青年也多衰老了么？"虽然现在的青春并没有逝去，青年也并未衰老，但很多青年思想守旧，人云亦云，不思进取，无所创新，所以说"现在"这个时刻只能让人更加寂寞。与《希望》写于同一天的另一篇文章说："诗歌是本以发抒自己的热情的……便和前辈老先生尤如风马牛之不相及，倘因他们一摇头而慌忙辍笔，使他高兴，那倒像撩拨老先生，反而失敬了。"②诗歌原本是抒情的，但常常受到老先生的思想或固定思维范式的影响。诗作者常跟在他人后面跑，而没有自己的独立思考，更缺乏自信，以及丧失自我等，都是不好的。只要是老先生或名人说的就都好，而没有自己的见解。这样的青春或青年是令人无望的。因此，有自己独立的见解是难能可贵的。而鲁迅的这种独立意识，与其家庭教育密切相关。陈独秀评价鲁迅在五四新文化运动中的地位和作用时，曾说鲁迅写的文章有自己独立的思想，不附和于《新青年》团体中的哪一个人。周作人也说："最要紧的是提倡个人解放，凡事由个人自己负

---

① 鲁迅：《日记十二》，《鲁迅全集》第十五卷，第475页。
② 鲁迅：《诗歌之敌》，《鲁迅全集》第七卷，第248页。

责去做，自己去解决，不要闲人在旁吆喝叫打。"[1]正因为有这种独立的思想，鲁迅才能在严复、梁启超、王国维、林语堂等思考"国民性"问题的诸多学者中独树一帜。

知觉绝望。《希望》说："我大概老了。我的头发已经苍白，不是很明白的事么？我的手颤抖着，不是很明白的事么？那么，我的魂灵的手一定也颤抖着，头发也一定苍白了。"在细微的观察中，颤抖的手表明了人所经历的时间历程。但"细节是历史的尊严"[2]，则是无法抹杀的。它验证了人的衰老。身体意义上的发白、手抖，是衰老的表征。而精神（抑或灵魂）上的手抖、发白，才是真正衰老的标志。因此，进行精神方面的疗救，即拒绝知觉到的绝望。在幻灯片事件后，鲁迅决定弃医从文。弃绝学医的行为，表明了鲁迅对体格健壮者围观行为的否定。越是愤怒于劣根性的一面，就越有渴望美好人性的情感倾向性。

想象得很美好，但往往事与愿违。《希望》中写的"我早先岂不知我的青春已经逝去了？但以为身外的青春固在"，意味着明知青春已经消逝，可见"但以为"所引出的内容，则是一种想象。结合上下文语意，这是不言自明的。想象青春依旧在，焕发无穷的魅力。想象青年如火焰一般热情奔放，冲破各种各样的思想禁锢，创造出富裕、文明、和平、和谐、自由、平等、丰衣足食、公正有序的理想国，从而展现理想人性风采。然而，鲁迅看到五四运动落潮后，同一战阵中的伙伴星散而去，有的退隐，有的高升。无法组成战线，所以战斗起来，自然难以取得明显成效。这样的结局，令鲁迅孤独、忧郁、无聊、失望。有了目标和行动却无人应和与推进，即能深刻地认知到那种绝望的心理状态。

绝望到极点，很可能令人在思考真理、未来、理想、前途、希望时表现为渺茫或虚妄。在佛学中，"虚妄"解释为虚假、非真实之意。鲁迅使用这个词，是为了反映某种精神状态，是为了走出绝望的境地，或是反抗绝望的一条路径。面对绝望，鲁迅不是像有的人那样唉声叹气、一蹶不振、如临大敌，而是以他特有的思维与行动方式——知其不可为而为之——深思之、笃行之。或精心选择"明知山有虎，偏向虎山行"的解决问题的方式，并取得明显成效。这

---

[1] 周作人：《周作人书信》，止庵校订，河北教育出版社，2002，第20页。
[2] 杨剑龙：《关于拓展鲁迅研究的几点思考》，绍兴文理学院、北京鲁迅博物馆、上海鲁迅纪念馆、绍兴鲁迅纪念馆编，鲁迅：《跨文化对话：纪念鲁迅逝世七十周年国际学术讨论会论文集》，大象出版社，2006，第17页。

或许是切近"最理想的人性"思想的一个环节吧!

虚,与实相对,指空无所有、空着的、不真实的、假的等意思。这些意思,可谓《希望》中思想上的迷茫、空虚中的暗夜、不明不暗的"虚妄"状态等。暗夜与不明不暗,介于明与暗之间。"绝望之为虚妄,正与希望相同!"一句,似循环似的感叹,表明了鲁迅此时此刻对现实与理想、悲惨与美好、论敌与友人、奴才与真人、死境与生机的哲学理解,反映了鲁迅彷徨、矛盾的心理。鲁迅在文学、文化、思想、艺术、朋友、家人等方面的美好希望与现实中遭遇的悬崖峭壁般的绝望碰撞在一起的结果,可能是虚妄,也可能是危机或转机等。这绝望掺杂着诸多渺茫的希望因子,这希望同样伴随着似有若无、似无若有的绝望的成分。虚无消解了绝望,即没有了绝望,同时也消解了希望,即也没有了希望。那还有什么呢?妄!妄,指荒唐、荒诞、荒谬、不切实际的意思。《希望》说:"然而我的心很平安:没有爱憎,没有哀乐,也没有颜色和声音。"按照二元思维看,这句话交代了"没有"的内容,那还有什么存在?有的就是缺失,缺失的存在,缺失确定性的内容。存在着不确定性、不实在性、不可判定性。个体遭遇的荒谬,在冷眼旁观中被消解为不荒谬。鲁迅的爱憎、哀乐、颜色和声音等,已经彻底被消解,看似荒唐,实际不然。怎么解释?《希望》中的"我"与青年一样,都很寂寞与平安。在军阀混战之际,这样的行为无助于国家、民族与社会的发展。以正常的眼光看,这是不正常的,是荒谬的。所以,鲁迅说:"因为惊异于青年之消沉,作《希望》。"①很显然,鲁迅有意"为暗淡的生活场景加入一丝光亮"②。后来,徐懋庸说的"今日的中国,不患在老人之深于暮气,而患在青年之没有朝气。只要青年们多数像个青年,能够青年般地生活,则社会自有希望"③,既有批判也有切盼的意思。很显然,他们都希望青年人精神振奋、积极进取,成长为具有理想人性的人。

行动上的反抗。在《希望》中,"我只得由我来肉薄这空虚中的暗夜了"一句,共出现两次。句中的"肉薄",李何林解作亲自冲向。④其实,就是肉搏,就是面对面的厮杀。"暗夜"一词,出现七次,意指无主名、无意识的杀人团,或指黑恶势力,或指吃人的封建礼教、封建婚姻思想等。一方面,在特殊的时日,鲁迅向自己的心灵展开攻势,反抗自己寂寞的心,反抗青年平安的

---

① 鲁迅:《〈野草〉英文译本序》,《鲁迅全集》第四卷,第365页。
② 黄乔生:《善意与温情——"鲁迅与仙台"研究的基调》,《鲁迅研究月刊》2006年第6期。
③ 徐懋庸:《关于周作人先生》,孙郁、黄乔生编《是非之间》,河南大学出版社,2004,第96—97页。
④ 王瑶、李何林:《中国现代文学及〈野草〉〈故事新编〉的争鸣》,知识出版社,1990,第116页。

心。写了这篇散文诗,他就有意表达一种爱憎、哀乐、声音以及涂抹希望中的亮丽的颜色。不回避"头发已经苍白""手颤抖"的事实,据此推测自己的灵魂也"大概老了"。敢于写出并推测自己随年龄的增长而带来的"老",表明了鲁迅直面现实的勇气。另一方面,文中交代"我的心也曾充满过血腥的歌声:血和铁,火焰和毒,恢复和报仇"的信息,可看出"我"曾经的勇敢形象。手持盾牌,与强大的暗夜搏斗,克服重重困难,选择"最理想的人性"的道路,迎接曙光与希望。

思想上的反抗。一是鲁迅反抗绝望的行动,源于其不屈服于暗夜的思想意识。《希望》写的"我放下了希望之盾,我听到 PetŏfiSándor(1823—49)的'希望'之歌"及"这伟大的抒情诗人,匈牙利的爱国者,为了祖国而死在可萨克兵的矛尖上,已经七十五年了。悲哉死也,然而更可悲的是他的诗至今没有死"等句,叙述了裴多菲及其《希望》一诗的影响作用,表明了鲁迅在内心深处对裴多菲那种"洋溢着血光和生命力"[①]的奋不顾身精神的礼赞及对其《希望》一诗现实境遇的同情与理解。裴多菲的真诚、勇敢的行动,以诗歌的形式感染后人。鲁迅说:"至于'还要反抗',倒是真的……但我的反抗,却不过是与黑暗捣乱。"[②]二是鲁迅具有韧性的战斗思想。他清醒地认识到,如果硬碰硬,只能牺牲性命,减少有生力量。与其无谓的牺牲,莫不如积聚力量,寻先进思想的引领,便能一战而成。这样的思维,便抗拒荒谬,而为不荒谬。鲁迅在反抗绝望、韧性战斗中表现出的真诚、善良与执着,很好地诠释了"最理想的人性"的内涵。

鲁迅在文中确实写了不明不暗的虚妄,有研究据此说鲁迅是虚无主义者。鲁迅写虚妄,确实不假。但不能因此断定鲁迅虚无,是虚无主义者等。其实,鲁迅反抗虚妄,反抗虚无。在鲁迅那里,希望哲学是通过自我与他人、与社会、与自然等的调适而得以表达的。当希望破灭后,自然有一种失望感,近乎无望,甚至绝望。但面对绝望的境地,与其坐以待毙,不如奋起反抗,即绝望的反抗。世人说的苟且偷生,鲁迅不愿意接受。那种不明不暗的虚妄,似乎是一种描述黎明时分、黄昏时分、模模糊糊场所等的时空意识或状态,同样是鲁迅所不愿意的。这种不和谐的时空,为鲁迅所反对。鲁迅食人间烟火,但更爱

---

[①]李春林:《一部生命铸造的高度浓缩的鲁迅学断代文本——评崔云伟、刘增人著〈2001—2010:鲁迅研究述评〉》,《上海鲁迅研究》2015年第3期。

[②]鲁迅:《两地书·二四》,《鲁迅全集》第十一卷,第80—81页。

憎分明、是非清楚。反抗绝望的现实意义，主要在于绝望者清晰地看到了绝境，已经没有退路，无路可走，因而必须直面生存、直面现实。正因为有这样的勇气，才敢于反抗现实，反抗虚妄，反抗绝望。还在于可思考绝望之前所做的一切事情，存在着不自知的濒临绝望的隐患而自己为什么没有意识到？陷入绝境之际，即便意识到了，也可能令自己更加被动，但依然不忘主动探索。所以，鲁迅即便陷入暗夜，也并不止步，而是不断地前行，努力地探索"最理想的人性"思想，并希望走出暗夜。

## 三

鲁迅之所以进行绝望的抗战，很大程度上想摆脱绝望，进而获得希望或新生。但常常是欲摆脱而不得，越绝望就又越想摆脱，越想摆脱绝望就越难以摆脱。他独自在暗夜中穿行，与暗夜作战，想极力挣脱、甩掉、弃掷绝望。《希望》说："我只得由我来肉薄这空虚中的暗夜了，纵使寻不到身外的青春，也总得自己来一掷我身中的迟暮。但暗夜又在那里呢？现在没有星，没有月光以至笑的渺茫和爱的翔舞；青年们很平安，而我的面前又竟至于并且没有真的暗夜。"鲁迅所思考的，是竭尽全力与暗夜搏斗，即使自己的青春消逝，似乎没有了希望，也要抛弃自己思想中的绝望，可是并不确知到底有没有真正的绝望，而仅有两个事实：一是看不见光亮，二是青年人安于现状。身外都是暗夜，却想从暗夜中走出来，并让美好的希望或将来走进自己的意识中，然而现实并不允许。这是一种痛苦的纠结，"纠缠如毒蛇，执着如怨鬼"①的表现，把全力摆脱绝望与深陷绝望之中的鲁迅矛盾的精神状态勾勒出来了。摆脱绝望的意识与努力，肯定了鲁迅在朝向光明途中奋力前进的行动。深陷绝望的无可奈何，虽暂时找不到出路，但并不意味着永远找不到出路，也并未完全泯灭鲁迅内心的希望，然而很痛苦，痛苦地寻索"最理想的人性"。即便一时或相当一段时间找不到出路，鲁迅那种摆脱绝望的意识尚存心底。

尽管绝望的情绪不断侵袭人生旅途上的迷茫者、对未来丧失信心者，然而鲁迅在绝望中搜索渺茫的希望，在没有生路的地方掘出生路。《希望》说："然而就是如此，陆续地耗尽了我的青春。我早先岂不知我的青春已经逝去了？但以为身外的青春固在：星，月光，僵坠的胡蝶，暗中的花，猫头鹰的不祥之

---

① 鲁迅：《杂感》，《鲁迅全集》第三卷，第52页。

言，杜鹃的啼血，笑的渺茫，爱的翔舞……。虽然是悲凉漂渺的青春罢，然而究竟是青春。"这明显是在反抗衰老，反对没有青春的时光，希望青春永驻。鲁迅笔下的"星"，虽然在黑黑的夜空中，然而究竟有一丝光亮。"月光"，在夜空中，虽然清冷，却能模模糊糊地看到近处、周围的状况，然而究竟能看一看。"僵坠的胡蝶"，即雌雄蝴蝶在繁衍新生命后，据说存活时间不会很久，然而究竟还能活一段时间。"暗中的花"，虽然看不清楚，然而究竟是花。"猫头鹰的不祥之言"，或指让周围听众或房主人不安的声音。即鲁迅与先觉者的呐喊声、战斗声，令封建统治者感觉到行将末日，来日不多。虽然封建统治阶级的力量依然强大（也可能是外强中干），但受压迫者的每一次抗争，虽然仅存一线希望，但究竟有希望在。"杜鹃的啼血"，代指"血腥的歌声"，即杜鹃鸣叫不已，啼血而止。鲜血，常指代革命者的流血牺牲，暗含鲜血不能白流，说不定的希望可能随之而来的意思。"笑的渺茫"，即使见不到笑脸、听不到笑声了，然而一想到"笑"的神态，总能给人一丝温暖。"爱的翔舞"，有爱就有希望，有翔舞就有歌声，哪怕是一点点的翔舞都是可以的。诚然，在绝望到极点时，渺茫的希望也是希望，悲凉缥缈的青春也是青春。面临绝望，而鲁迅又不承认绝望，自然有反抗绝望的意思在里面。即便抱有一丝希望，也不愧对自己反抗的意图。难以抗拒的绝望，令人沮丧、灰心丧气。而抗拒绝望的方法总比面临的绝望多，只要想到一个救急的方法或找到正确的前进方向，就有望突围、走出绝境，甚或可能寻到"最理想的人性"。

鲁迅引用裴多菲的诗句、事迹，意在说明未来的希望还是有的。裴多菲虽然在匈牙利反抗奥地利的战争中逝去了生命，令人悲伤，"然而更可悲的是他的诗至今没有死"，"绝望之为虚妄，正与希望相同！"依然存在，并给人希望。裴多菲在给友人的信中说，他在到达萨特马尔的旅途中，乘坐的是瘦马拉的车，看那马的外观及体质等，只能令人绝望。然而令人意想不到的是，当天就到达了目的地。因此，裴多菲认为，即便在绝望之际，也不要放弃，说不定就会有奇迹发生。所以，他"回顾着茫茫的东方了"，或许要去东方寻找光明、寻找新生，因为那总能给人以希望。可见，鲁迅的希望自然包括"最理想的人性"的希望。

即便现实令人沮丧，但鲁迅强调的"我就还要寻求那逝去的悲凉漂渺的青春"，至少为其带来精神方面的寄托。看不见的前途，无法预见的未来，虽然全力以赴、开足马力地与暗夜作战，甚至困难重重，都可能令人放弃，但在寻求希望的途程中，鲁迅以及部分觉醒者的前仆后继，未必能撼动已在人们头脑中深深扎根的守旧、落后的思想，但可能会触动思想开明者，为前进积蓄力量，给思想混沌者、蒙昧者以启发。在绝望中，在挣扎中，在呐喊声中，探索者坚定信念，寻求希望。刘中树先生说："青年鲁迅孜孜不倦地探索、追求有效的救国道路，在科学救国的同时，就孕育着思想革命——文艺救国的思想了，这在鲁迅思想发展进程中是一次重要的前进。"①鲁迅踽踽独行于暗夜，对抗绝望，拥抱缥缈的青春，而渺茫的希望是通过探索得来的。反抗绝望的探索，为鲁迅走出茫茫的暗夜提供精神动力。在探索的道路上，鲁迅为寻求战友、目标、理想、线索等做出的种种努力，是富有现实意义的努力。鲁迅表现出来的顽强的意志、坚忍不拔的个性精神，既是理想人性的反映，也是他寻求希望的心理保障。

希望，始终与绝望搅在一起。绝望是不真实的，其中也蕴含着希望。希望，未必不可能有，虽然其周围环绕着失望、无望、绝望的氛围。希望与绝望，都是不存在的，也都是存在的。然而，背水一战，绝地反击，往往绝处逢生。可见，希望还是可能存在的。在寻求希望的道路上，探索者固然付出了巨大牺牲，甚至生命，然而在艰难中摸索了前进的道路，寻到了生路，找到了理想的人性。

总之，围绕遭遇绝境、陷入虚妄、探索希望等，展开《希望》内涵的讨论，适用于《野草》生命哲学研究范畴。讨论中总结的规律性认识：（一）虚妄与绝望和希望之间仍然是一个复杂的、相互关联的、不可分割的整体。单独分析绝望与虚妄、希望与虚妄、绝望与希望两两之间的关系，相对而言，似乎不那么复杂，但融合在一起，整个统一体内部各要素之间的关系，毫无疑问要更复杂一些。如果有一个要素与其他若干要素有关联，就必然形成由这些要素融合起来的综合体。当然，只要存在一个由若干要素构成的综合体，就必然存在一个协调各个要素的关系或规律。在"绝望之为虚妄，正与希望相同"句中，各要素存在复杂的关联。有绝望在，就可能有希望在。有希望在，就可能有失望在。有虚妄在，就可能有信念在。在鲁迅看来，《希望》写的"没奈何的自欺的希望""空虚中的暗夜""没有真的暗夜"等状态，是人为"制造"出来的，因而是虚妄的。走出虚妄的困境，摆脱绝望，反抗绝望，意在绝望处寻出生机与希望，或许是其真实的意识走向。（二）"希望"在于理想的人性。不

---

① 刘中树：《鲁迅的早期思想》，《刘中树文学论集（一）》，吉林出版集团有限责任公司，2008，第31页。

论在国外学习,还是回国后的工作、创作等,鲁迅都在积极探索中国人的"国民性"。鲁迅对国民劣根性的反思和批判,实质也是着眼于如何建设"最理想的人性"。因此,从正面对鲁迅"最理想的人性"思想作出说明,有助于理解鲁迅的建设国民优根性的用意。建设"最理想的人性"才是鲁迅思考国民性问题的终极目标。在这个意义上说,如何建设"最理想的人性"是鲁迅改良国民性思想的基点和前提,也是解读鲁迅人学思想的正面突破口。从《野草》看鲁迅"最理想的人性"思想,是走进鲁迅人学世界、发展鲁迅人学思想的有效途径之一。

# 鲁迅与老子疏解*

崔云伟　山东艺术学院

## 一

老子说:"以道佐人主者,不以兵强天下。其事好还,师之所处,荆棘生焉。大军之后,必有凶年。善有果而已,不敢以取强。果而勿矜,果而勿伐,果而勿骄,果而不得已,果而勿强。"(第三十章)①

老子不主张战争,并不认为只要军事力量强大了,就可以称霸世界。他如实地指出了战争所造成的巨大危害:大战过后,必然遭逢荒年。但是如果非要发生战争不可,也要仅仅能够战胜,这样也就可以了。老子坚决反对的是,打了胜仗就骄傲,就自矜,就炫耀,就自以为是多么了不起的事。老子甚至不无尖锐地指出,这样的行为态度,就是"乐杀人",而一个以杀人取乐的人是不"可以得志于天下"的。

这样的态度为鲁迅所继承。鲁迅反对战争,尤其是反对侵略。鲁迅指出,当时的爱国人士,"其所谓爱国,大都不以艺文思理,足为人类荣华者是尚,惟援甲兵剑戟之精锐,获地杀人之众多,喋喋为宗国晖光。"这种爱国,"嗜杀戮攻夺,思廓其国威于天下",可以称之为"兽性之爱国",而非"人性之爱国"②。人性之爱国,首先不主张战争,"不以兵强天下"。如果民众能够善用天时,善食地利,"借自力以善生事,辑睦而不相攻",这就最好不过了。鲁迅

---

*收录时原文有删节。
①老子:《道德经》,中华书局,1988。(本文所引老子语录均为同一版本)
②该词非鲁迅用词,为我所仿造。

对于战争所造成的危害，诸如"师之所处，荆棘生焉。大军之后，必有凶年"，是非常清楚和明白的。但是，鲁迅同老子一样，并没有完全否认战争的必要性。鲁迅主张保持兵力，但是绝不侵略他国，即"自捍卫，辟虎狼"，"不假之为爪牙，以残食世之小弱，令兵为人用，而不强人为兵奴"。这样的战争，一旦爆发，"果而已矣"，能制胜就算了。其态度必然是"果而勿矜，果而勿骄，果而勿伐，果而忽骄，果而不得已"，自然也就是"果而不强"，胜利而不逞强。

老子进一步论述了对于兵器的态度，指出"夫佳兵者不祥之器，物或恶之，故有道者不处"；"兵者不祥之器，非君子之器，不得已而用之。恬淡为上。胜而不美，而美之者，是乐杀人。"（第三十一章）老子之所以对兵器持有这样严厉的否定态度，是因为他已经深刻认识到兵器（也就是战争）给普通民众所带来的巨大危害。鲁迅倒没有完全视兵器为不祥之物，并因而不加原则地否弃之。因为他知道，兵器固然可以给他人带来灾祸，但同时也可以保卫自身的权益不受侵害。在他人还没有进化到"大同"阶段，发展到可以和平共处的时候，是不能够轻易地放松戒备，放松警惕，放下抵抗的武器的。所以为保卫自己计，还需要发展相应的军事装备。但是，鲁迅同样指出了军事装备的有限性，即"黄金黑铁，断不足以兴国家"[①]，单纯地重视物质，强调军事力量，"而举国犹犀，授之巨兵，奚能胜任，仍有僵死而已矣"[②]。对于那些"竞言武事""谓钩爪锯牙，为国家首事"的"轻才小慧之徒"，鲁迅多所批判，指出他们"盖以习兵事为生"，"仅提所学以干天下"，但是却从来不做"根本之图"。那么，根本在哪里呢？鲁迅的回答是"根柢在人"，"是故将生存两间，角逐列国是务，其首在立人，人立而后凡事举；若其道术，乃必尊个性而张精神"。[③]

"根柢在人"，这是鲁迅的说法，从中可以看到鲁迅对于"人"的重视。鲁迅一生的理想即在于建立一个人人平等、自由快乐、和谐共处的"人国"。[④]老子没有相应的说法，相反地，倒是说过与之相反的话，"天地不仁，以万物为刍狗；圣人不仁，以百姓为刍狗。"（第五章）意思就是，天地是淡漠的，把万物当作刍狗；圣人是淡漠的，把百姓当作刍狗。圣人之于百姓，如同天地之于

---

① 鲁迅：《摩罗诗力说》，《鲁迅全集》第一卷，人民文学出版社，1981年，第71页。（以下所引《鲁迅全集》原文为同一版本）。
② 鲁迅：《文化偏至论》，《鲁迅全集》第一卷，第45页。
③ 鲁迅：《文化偏至论》，《鲁迅全集》第一卷，第56—57页。
④ 鲁迅：《文化偏至论》，《鲁迅全集》第一卷，第56页。

万物，其淡漠是一致的。圣人并没有对"人"亦即百姓予以特别的优待。但是，老子并不是对人毫无关情。在论述了对于兵器的基本态度之后，老子继续说道："杀人之众，以哀悲泣之；战胜以丧礼处之。"（第三十一章）意思就是，杀死的人很多，要以悲痛来凭吊他；打了胜仗，要用丧礼来纪念它。这和孟子的"恻隐之心""不忍人之心"（《孟子·公孙丑章句上》）非常相似，也和前面所说的"善者果而已矣，不敢以取强""果而勿矜，果而勿伐，果而勿骄，果而不得已，果而勿强"的思想是一致的。老子的这种思想即使是放到今天，也仍然是非常现代和前卫的。他已经看到了战争对于普通民众生命的巨大剥夺，对于老百姓日常生活的巨大破坏，"天下无道，戎马生于郊"（第四十六章）。所以，他一方面坚决反对战争，另一方面坚持认为，一旦发生战争，就要尽量减少战争所造成的损失。如果一方战胜，不但不能过分高兴，反而要悲伤哀痛，以丧礼处之。这场战争不管是义还是不义①，都造成了巨大的伤亡，这对于一个真正的人道主义者来说，确实是一件令人悲伤的事情。老子虽说崇拜自然，崇拜天道，看起来好像不大重视人道，但实际上，一旦回归到社会人生的现实层面②，老子仍然是有着一股浓郁的人道主义思想的。这种思想对于熟读老子的鲁迅来说，是不可能不产生巨大的影响的。

## 二

老子说："大道废，有仁义。智慧出，有大伪。六亲不和，有孝慈。国家昏乱，有忠臣。"（第十八章）一般人读到这句话，几乎无不叹服老子思想的深刻。和儒家创始人孔子相比，老子并没有仅仅停留于仁义、智慧、孝慈、忠贞等这些概念，而是追根溯源、上下求索，更多地看到了在这些概念背后所隐藏着的东西。老子看到，仁义的出现，是由于大道的废弛；智慧的出现，带来了虚伪奸诈；孝慈的强调，是由于六亲不和；忠臣的昭彰，是由于国家昏乱。也就是说，每一个看似好的东西的出现，其背后或前提，几乎都付出了巨大的代价。这种察见渊鱼的智慧，是孔子、孟子所罕有的。孔孟所关注的对象和发表的言论，主要停留在社会现实层面，甚至直接是现实政治层面，很少进入到形

---

① 老子是不对战争做义或不义的划分的。在老子看来，只要发生战争，就是不义的，不好的。
② 老子是有这种层面的，如"天下有道，却走马以粪；天下无道，戎马生于郊"（第四十六章），即是老子对于社会人生的有力观察。

而上的哲学层面、抽象层面。他们过多地关注到"有"这个层面，而较少或者没有关注到"无"这个层面。比如孔子说："未能事人，焉能事鬼"，"未知生，焉知死"（《论语·先进》），一下子就把"死亡""鬼神"等这些至关重要的大问题悬置起来了。因此，他们的思想在一定程度上没有老子（其实还可以包括庄子）思想的深刻透彻，也就可以理解了。

与老子的深刻思想相匹配的，是老子观察问题、思考问题的思维方式。这种思维方式可以简括称之为从"有"入"无"。它对鲁迅产生了巨大的影响。在《算账》中，鲁迅写道：

> 说起清代的学术来，有几位学者总是眉飞色舞，说那发达是为前代所未有的。证据也真够十足：解经的大作，层出不穷，小学也非常的进步；史论家虽然绝迹了，考史家却不少；尤其是考据之学，给我们明白了宋明人决没有看懂的古书……
>
> 但说起来可又有些踌躇，怕英雄也许会因此指定我是犹太人，其实，并不是的。我每遇到学者谈起清代的学术时，总不免同时想："扬州十日""嘉定三屠"这些小事情，不提也好罢，但失去全国的土地，大家十足做了二百五十年奴隶，却换得这几页光荣的学术史，这买卖，究竟是赚了利，还是折了本呢？
>
> 可惜我又不是数学家，到底没有弄清楚。但我直觉的感到，这恐怕是折了本，比用庚子赔款来养成几位有限的学者，亏累得多了。[1]

对于清代的学术成就，鲁迅并未一概否定。在《中国小说史略》中，鲁迅对于清代的考据之学甚至还多所发挥。但是，鲁迅亦并没有仅仅停留在一味赞叹的程度上。当梁启超、胡适等人大力赞叹清代学术的发达时，鲁迅不但没有亦步亦趋，甚至还不无丧气地指出，我们所取得的这几页光荣的学术史，其实是付出了巨大的代价的：我们失去了全国的土地，足足当了二百五十年的奴隶。从经济利益上来考量，我们实在是吃了大亏，折了大本的。这和用丧权辱国换来的庚子赔款来养成几位有限的学者，是有过之而无不及的。这也符合鲁迅一贯的基本思想，是学术（文化）为人活着，不是人为学术（文化）活着。

---

[1] 鲁迅：《算账》，《鲁迅全集》第五卷，第514页。

鲁迅说："只要是活人，不能作文算什么大不了的事。"①同样，只要是活人，不是奴隶，学术不发达、没有考据之学，也算不了什么大事。当我们在赞叹学术倡明、文化繁荣时，我们千万不能忘记，我们作为一个个鲜活的"人"的真正的存在。

鲁迅能够由点及面，由表及里，从"有"入"无"，看到别人囿于成见所看不到或者是不愿意看到的东西。在中国，能够和愿意观察真实、直面惨淡的人是很有限的，鲁迅即是其中之一。他的思维方式的怪异和独特，尖锐和辛辣，与他深受西方现代文明，如尼采和克尔凯郭尔的思想影响有关，同时也与他长期沉浸其中的中国传统文化，尤其是其中的异端文化如老子哲学密切相关。

老子的有无之辩非常有名，他一方面强调无中生有，"天下万物生于有，有生于无"（第四十章），指出有是从无中生产出来的，无是第一位的，有是第二位的。但是另一方面，他又特别指出有无还可以相互发生，即"有无相生"（第二章）；有无还可以相互利用，即"故有之以为利，无之以为用"（第十一章）。相比较而言，老子更加重视无中生有，重视"处无为之事，行不言之教"（第二章）。鲁迅则是执着于有，但是又不完全依傍于有，而是常常从有入无，由有发现无。"于浩歌狂热之际中寒；于天上看见深渊。于一切眼中看见无所有；于无所希望中得救。"②鲁迅居然可以上天入地，从上到下，从热到冷，从有到无，从生到死，再由死返生，迸出希望的火花。鲁迅的这种思想很难说完全受到了老子哲学的影响，因为其中明显具有存在主义的"向死而生"和佛教的"万法皆空"的思想。但是老子哲学作为鲁迅思想的来源之一，对于鲁迅的思维方式产生了巨大的影响，则是可以肯定的。老子的哲学就像一个巨大的无，一个巨大的黑洞，吸纳了各种思想，也从中诞生出各种源源不断的思想来。鲁迅的思想之所以尖锐深刻，绵延不绝以至于今，其关键就在于他的思想如同老子的思想一样，都建立在"无"这个根基之上。梁启超、胡适、顾颉刚、陈西滢等人，就其学术功力或思想深度而言，皆远远不及鲁迅。过度地拘泥于有，一直徘徊在有的范围内而不知突破，不加超越，这正是他们的学术、思想远逊鲁迅的原因所在。

---
①鲁迅：《青年必读书》，《鲁迅全集》第三卷，第12页。
②鲁迅：《墓碣文》，《鲁迅全集》第二卷，第202页。

## 三

老子说:"众人熙熙,如享太牢,如春登台。我独泊兮,其未兆,如婴儿之未孩;儽儽兮,若无所归。众人皆有余,而我独若遗。我愚人之心也哉!沌沌兮,俗人昭昭,我独昏昏。俗人察察,我独闷闷。澹兮其若海,飂兮若无所止。众人皆有以,而我独顽似鄙。我欲独异于人,而贵食母。"(第二十章)这段话存在着一个明显的二元对立:"众人"和"我"。所谓"众人",就是社会上的一般人,这个一般人不分智愚贤不肖,不分贵贱高低上下。按照海德格尔的说法,就是"他人"。这些"他人"不是确定的他人。与此相反,任何一个他人都能代表这些他人。"人之所以使用'他人'这个称呼,为的是要掩盖自己本质上从属于他人之列的情形,而这样的'他人'……就是众人"[①]。所谓"我",根据文章大意可以直接理解为创作主体即老子本人。老子在整本《道德经》中直接用"我"的地方还有一些,如:"使我介然有知,行于大道,唯施是畏。"(第五十三章)"我有三宝,持而保之。一曰慈,二曰俭,三曰不敢为天下先。"(第六十七章)"夫唯无知也,是以不我知。知我者希,则我者贵。"(第七十章)也有一些地方使用"吾"字,如:"吾是以知无为之有益。"(第四十三章)"吾言甚易知也,甚易行也。"(第七十章)这些"我"和"吾"根据文章前后语境,大都可以认定为老子本人。

老子在"众人"和"我"之间展开了一幅幅完全不同的"现身情态"。具体表现为:众人都熙熙攘攘,如同享食太牢盛宴,如同登上春台游观。我独淡泊无为,未曾开始有情欲;混混沌沌,如同婴儿还不会笑啼;疲疲沓沓,好像浪子还没有归宿。众人都有富余,而我独像把一切丢失。我真是只有一颗愚人的心!众人亮堂堂,我独迷糊糊;众人明白白,我独糊涂涂。恍惚呵像大海汹涌;惚恍呵像漂泊无处留停。众人都各有特殊作为,而我独冥顽且低能。我情愿独与众人不同,只着重修养为人的根本。老子之所以这样描写,主要是为了表达一种"众人"不好道,而"我"独好道,"众人"皆醉"我"独醒的观念。在老子看来,大道其实并没有多么难以理解的。它的路其实很平坦。但是人们却总是喜欢走捷径,不愿意行走在平坦的大道上。用老子的话来说,就是"大

---

[①] Martin Heidergger(马丁·海德格尔):SEIN UND ZEIT(《存在与时间》),Max Niemeyer Verlag Tubingen,1979,P126—127。又见,陈嘉映:《海德格尔哲学概论》,生活·读书·新知三联书店,1995,第82—83页。

道甚夷,而民好径。"(第五十三章)对于这些喜欢追慕世俗功利的一干众人,一向清静淡泊无为的老子在文中给予了尖锐的批判。

鲁迅在他的文章中没有特意提到老子的这段话,但是并不等于这段话没有对鲁迅产生至为深刻的影响。"众人皆有馀,而我独若遗。我愚人之心也哉!"鲁迅在留学日本时期,就很不赞同当时的社会风气,既不"谓钩爪锯牙,为国家首事",又不赞同"制造商估立宪国会之说"①既不"以富有为文明",也不"以路矿为文明",更不"以众治为文明",而是独标"立人",先"立人",后"立国",以"立人"为"立国"之本。这个国不是别个,恰是"人国"②。然而鲁迅的这个理想,在当时基本等同于绝响。在众声喧嚣,"天下熙熙,皆为利来;天下攘攘,皆为利往"(《史记·货殖列传》)之中,既没有人应和,亦没有人反对,如同置身于毫无边际的"荒原",被撒落被遗忘被悬置被阉割,真正无可措手的了。有鉴于此,鲁迅是不能不发出"我愚人之心也哉"的叹息的。有意思的是,鲁迅恰正以"愚人""傻子"甚或"乡下人"自居,并以此来和"聪明人""伶俐人""巧人"对抗。鲁迅说:"世界却正由愚人造成,聪明人决不能支持世界,尤其是中国的聪明人。"③又说:"要防一个不好的结果,就是白用了许多牺牲,而反为巧人取得自利的机会,这种在中国是常有的。"④鲁迅非常清楚聪明人、伶俐人所造成的社会危害,指出他们"嘴里用各种学术和道理,来粉饰自己的行为,其实却只顾自己一个的便利和舒服,凡有被他遇见的,都用作生活的材料,一路吃过去,像白蚁一样,而遗留下来的,却只是一条排泄的粪。社会上这样的东西一多,社会是要糟的"⑤。在《聪明人和傻子和奴才》《理水》中,鲁迅更是直接赞颂了"傻子"的勇气和"乡下人"的生猛,并活画出了"聪明人"的圆滑和世故,"学者"的懦弱和霸道。

四

老子说:"曲则全,枉则直;洼则盈,敝则新,少则得,多则惑。是以圣人抱一,为天下式。不自见,故明;不自是,故彰;不自伐,故有功;不自

---
① 鲁迅:《文化偏至论》,《鲁迅全集》第一卷,第45页。
② 鲁迅:《文化偏至论》,《鲁迅全集》第一卷,第56页。
③ 鲁迅:《写在〈坟〉后面》,《鲁迅全集》第一卷,第286页。
④ 鲁迅:《两地书·二九》,《鲁迅全集》第十一卷,第90页。
⑤ 鲁迅:《鲁迅书信350423致萧军、萧红》,《鲁迅全集》第十三卷,第116页。

矜，故长。夫唯不争，故天下莫能与之争。古之所谓曲则全者，岂虚言哉？诚全而归之。"（第二十二章）

在老子的这段话中，存在着一个"委曲求全""不与人争"的为人处世的法则。"委曲"是前提，"求全"是目的，"不与人争"是与人相处的行为原则。在老子看来，如果要想达到"天下莫能与之争""全而归之"的目的，则势必要委屈自己不去与人相争任何事情。鲁迅对此则提出了尖锐的批判。早在留学日本时期，针对"中国在今，内密既发，四邻竞集而迫拶，情状自不能无所变迁"，鲁迅就说过"安弱守雌，笃于旧习，固无以争存于天下"①的话，明确对老子的"知其雄，守其雌，为天下谿"（第二十八章）"不敢为天下先"（第六十七章）的思想提出强烈质疑。针对中国人的不善争执，贪生怕死，鲁迅又说："不争之民，其遭遇战事，常较好争之民多，而畏死之民，其苓落殇亡，亦视强项敢死之民众"②，明确指出了"不与人争"的巨大危害，不但不能保全自己，反而很可能带来亡国灭种。这对于当时即带有强烈的民族国家情结的鲁迅来说，确实是无法忍受的。

委曲不能够求全，该争当然要争，"人被压迫了，为什么不斗争"③？以牙还牙，以嘴还嘴，与其"待廿一世纪的剖拨戮尸，倒不如马上就给他一个嘴巴"④，这就是鲁迅的基本态度。鲁迅不喜欢唯唯诺诺，营营苟苟，喜欢刚健善美之力，反抗挑战之声，对于那些"大都不为顺世和乐之音，动吭一呼，闻者兴起，争天拒俗，而精神复深感后世人心，绵延至于无已"⑤的"先觉善斗之士"⑥给予了最为崇高的敬意。对于当世的青年，鲁迅也寄予了无限的厚望，他说："世上如果还有真要活下去的人们，就先该敢说，敢笑，敢哭，敢怒，敢骂，敢打，在这可诅咒的地方击退了可诅咒的时代！"⑦鲁迅鼓励青年们再也不要去理会什么古圣先贤的名言警句，他们要求人们"非礼勿视，非礼勿听，非礼勿言，非礼勿动"（《论语·颜渊》），"不可向东，或西，或南，或北"⑧，其实无非就是叫人不要动，不要走，叫人继续苟活，"老死在原地

---

①鲁迅：《文化偏至论》，《鲁迅全集》第一卷，第56页。
②鲁迅：《摩罗诗力说》，《鲁迅全集》第一卷，第69页。
③鲁迅：《文艺与革命》，《鲁迅全集》第四卷，第83页。
④鲁迅：《有趣的消息》，《鲁迅全集》第三卷，第201页。
⑤鲁迅：《摩罗诗力说》，《鲁迅全集》第一卷，第66页。
⑥鲁迅：《文化偏至论》，《鲁迅全集》第一卷，第51页。
⑦鲁迅：《忽然想到（五至六）》，《鲁迅全集》第三卷，第43页。
⑧鲁迅：《这个与那个》，《鲁迅全集》第三卷，第144页。

方"①而已。"以中国古训中教人苟活的格言如此之多,而中国人偏多死亡,外族偏多侵入,结果适得其反,可见我们蔑弃古训,是刻不容缓的了。"②鉴于"中国人向来就没有争到过'人'的价格,至多不过是奴隶,到现在还如此,然而下于奴隶的时候,却是数见不鲜的"③,青年们更应该打破这"想做奴隶而不得的时代"和"暂时做稳了奴隶的时代",进而创造这中国历史上还未曾有过的第三样时代,即真正的"人"的时代。

## 八

鲁迅说:"老子书五千语,要在不撄人心;以不撄人心故,则必先自致槁木之心,立无为之治;以无为之为化社会,而世即于太平。"④鲁迅对老子的批判,主要归结为这四个字:"不撄人心",即不触动人的心灵。为了达到不触动人的心灵的目的,必须首先使自己的心灵变得像枯木死灰一样;在面对世事时,则采取无为而治、顺其自然的态度。运用这种无为而治的态度来治理社会,那么整个世界也将会达到太平的境地。

老子的这一理想是非常美好的。毕竟,太平世界几乎是每一个人的追求。然而,老子所提出的这一办法:由"不撄人心"继而"无为而治",最终达致"太平盛世",却又很难做到。老子一再指出放纵欲望的各种危害,认为"五色令人目盲,五音令人耳聋,五味令人口爽,驰骋畋猎,令人心发狂,难得之货,令人行妨"(第十二章),又说"祸莫大于不知足,咎莫大于欲得"(第四十六章),明确把欲望视为产生一切罪恶的源头。对于消除欲望后的各种好处,老子也很清楚。他说"不欲以静,天下将自定"(第三十七章),又说"清静可以为天下正"(第四十五章),显然是把清心寡欲和政治稳定联系在了一起。据此,老子提出了"致虚极,守静笃"(第十六章),"见素抱朴,少私寡欲"(第十九章)的办法,以此达致"常使民无知无欲"(第三章)的目的。但是要想真正消除人的各种欲望、各种需要,不触动人的心灵,不搅乱人的心思,不诉诸任何行动,其可能性却几乎为零。因为人的欲望和需要,无论化约缩减到何种程度,最为基本的欲望和需要:饮食男女,则是无论如何也无法消泯的。

---

① 鲁迅:《这个与那个》,《鲁迅全集》第三卷,第144页。
② 鲁迅:《北京通信》,《鲁迅全集》第三卷,第52页。
③ 鲁迅:《灯下漫笔》,《鲁迅全集》第一卷,第212页。
④ 鲁迅:《摩罗诗力说》,《鲁迅全集》第一卷,第67页。

饮食男女不但不能够被消泯，反而还是一切文化存在的根基。功能主义文化人类学家马林诺斯基即认为，人类任何社会现象、任何文化现象，都是为满足某种现实的需要而存在的。人是动物的一种，因此人要解决的第一个任务就是满足自身的生物需要。他列出了人的七种基本需要：饮食、繁衍、身体舒适、安全、运动、成长、健康。这里的第一种和第二种为基本需要，合起来即是饮食男女。这七种需要尤其是第一、二种，之所以被称为基本需要，是因为它们是人类存在的基石。如果没有了这些基本需要，人类大可以不必存在，人类所创造的各种文化也大可不必产生。因为正是为了满足这些需要，人类才创造出了第二性的环境，即文化。在马林诺斯基看来，文化体现的正是人的需要。人本身的需要被看成是文化存在的基础。他曾多次强调：任何文化的理论都要以人类的生理器官的需要为开端。作为一种杰出的文化理论，老子哲学自然也在其中。但如上所述，老子哲学却是以否弃这些基本需要作为自己的立论之本的。其实对于饮食、繁衍，老子也并没有一概反对。当他说出"圣人为腹不为目"（第十二章）的时候，毕竟为满足人的食欲提供了一个最为基本的底线。人活着毕竟还要吃饭，还要顾及人"身"的存在。"吾所以有大患者，为吾有身，及吾无身，吾有何患？"（第十三章），对于这个无时不在的"身"，老子还是不能不有所顾忌的。从老子能够说出"谷神不死，是谓元牝。元牝之门，是谓天地根"（第六章）的话来进行判断，老子对于生产天地万物的生殖器官："元牝之门"，还是非常重视的，他对于人类万物的繁衍，看来也并不持有特别的反对态度。但是，从总体上看，老子还是主张取消人的各种知识和欲望（"无知无欲"），不触动不搅扰人的精神灵魂（"不撄人心"）的，否则很难重返大道，做到清静自守、"无为而治"，而这则和马林诺斯基所强调的人类文化的根基——饮食、繁衍等基本需要明显背道而驰了。

鲁迅则从进化论的角度批评了老子的这一思想。在概述完毕老子思想的基本要旨之后，鲁迅一方面有限度地肯定了老子的这一想法，"其术善也"，另一方面也坦率地指出："奈何星气既凝，人类既出而后，无时无物，不禀杀机，进化或可停，而生物不能返本。使拂逆其前征，势即入于苓落，世界之内，实例至多，一览古国，悉其信证。""进化"一词，由此拈出。老子主张"为学日益，为道日损。损之又损，以至于无为，无为而无不为"（第四十八章），其思想恰与进化相背。而在南京矿路学堂求学期间即已熟读严复译著《天演论》的鲁迅则是力主进化论的。他在指出老子思想返本归元，"宇宙自大，有情已去，一切虚无，宁非至净"之不可能之后，进一步说："不幸进化如飞矢，非堕落不止，非著物不止，祈逆飞而归弦，为理势所无有。"①就从根本上否定了老子的这一思想。

在拎出老子"不撄人心"这一思想之后，鲁迅深感意犹未尽，继续发挥道："中国之治，理想在不撄，而意异于前说。有人撄人，或有人得撄者，为帝大禁，其意在保位，使子孙王千万世，无有底止，故性解（Genius）之出，必竭全力死之；有人撄我，或有能撄人者，为民大禁，其意在安生，宁蜷伏堕落而恶进取，故性解之出，亦必竭全力死之。"②无论是上层统治阶级，还是下层平民百姓，无论是意在保位，还是意在安生，对于性解天才，两者的态度都是一样的，一律竭全力死之。鲁迅的主张显然就是"撄人"，使人不安于目前的位置和状况。而诗人，在鲁迅看来，就是能撄人心者。其对诗人的重视，和打算把诗人逐出理想国的柏拉图如出一辙。诗人重有情，一山一水、一花一草，莫不有情有义；老子重无情，所谓"天道无亲"，万物皆刍狗是也。诗人之能撄人心，恰和老子思想反对。这些思想皆由老子思想引发而出。鲁迅之受启发于老子，不一而足，尽管这种启发往往反向行之。

---

① 鲁迅：《摩罗诗力说》，《鲁迅全集》第一卷，第67—68页。
② 鲁迅：《摩罗诗力说》，《鲁迅全集》第一卷，第68页。

# 新儒家视野中的鲁迅研究

樊宝英 浙江外国语学院中文学院

新儒家是20世纪中国现代学界一个著名而儒雅的学术群体,是一种文化保守主义者。面对西方文化的传播和挑战,特别是"五四"前后激烈的反传统主义,深感传统文化价值体系崩溃的危机,旨在以恢复传统文化的价值和地位为职志,融汇中西,弘扬儒学,以使儒学适应现代化的潮流,在现代中国思想史上掀起了颇有影响的"返本开新"的文化思潮。作为一个学术共同体,从20世纪20年代在中国大陆地区兴起,到50年代运行于港台,直到目前海外新儒学的发展,经历了一个较长而曲折的发展过程。按照刘述先"三代四群"[①]构架说法,新儒家的代表人物多达十六人。根据统计,新儒家对鲁迅作品有所涉猎,并加以评价者,主要包括钱穆、徐复观和余英时三位学者。尽管他们对鲁迅的评价不一,甚至有些矛盾、误解,但他们对鲁迅的研究展示了不同的声音和异样的风景。本文主要立足于文统、史统和道统三个层面对之加以观照。

---

[①] 刘述先综合了各家的说法,提出了一个"三代四群"的架构,如下:

第一代第一群:梁漱溟(1893—1988),熊十力(1885—1968),马一浮(1883—1967),张君劢(mai)(1887—1969)。

第一代第二群:冯友兰(1895—1990),贺麟(1902—1992),钱穆(1895—1990),方东美(1899—1977)。

第二代第三群:唐君毅(1909—1978),牟宗三(1909—1995),徐复观(1903—1982)。

第三代第四群:余英时(1930—  ),刘述先(1934—  ),成中英(1935—  ),杜维明(1940—  )。

见刘述先《论儒家哲学的三个大时代》,贵州人民出版社,2009,第170页。

## 一

从中国的文统层面上看,新儒家对鲁迅的创作还能予以充分肯定。钱穆认为鲁迅奠定了新文学的文统,精神近于唐宋八大家,强调"鲁迅为近代新文学大师,每一文脍炙人口。其为《阿Q正传》,尤获传诵"①。徐复观认为自己是一个"鲁迅迷",既肯定鲁迅创作的思想成就,"终其一生总是向黑暗、腐败进攻,奋斗于黑暗堕落中,决不妥协。……他是新时代向封建势力宣战中的一位勇士、一位急先锋",同时又肯定鲁迅的艺术成就,认为鲁迅的文字惜墨如金,精炼泼辣,能以寸铁杀人,形成了他独特的文体。徐复观强调"最大的成就是在人物典型的创造,中国现代小说的基础,可以说是由鲁迅奠定的"②。余英时也非常喜欢鲁迅早期的作品,认为其文章"洗练警拔",那些诅咒黑暗的文学作品体现着一种深沉的力量,达到了"无我之境",鲁迅"在20世纪中国文学史上必占很高的位置,这是可以肯定的"③。但新儒家对鲁迅之"骂"多有訾议,大多局限于历史思想道德层面,还是有所"隔"。文学毕竟不同于历史思想道德,二者还是有所不同。正如萧纲所说:"立身之道,与文章异:立身先须谨重,文章且须放荡。"④自古以来,文人相轻也未必是坏事;文学批评也不能一味歌功颂德,相互谄媚,走向媚俗。

## 二

从中国的史统层面看,无论是文学、历史还是思想都存在一个是否接续传统的问题。徐复观认为鲁迅是最反对中国文化的,对中国传统文化有一种直线型的决绝态度。徐复观说:"他的思考是'直线型思考',对问题的处理,使用彻底的二分法,好的便是彻底的好,坏的便是彻底的坏。"⑤其"礼教吃人"说很火辣地塑造了儒家违反人道、残酷不仁的形象。余英时对鲁迅的基本定位

---

① 钱穆:《现代中国学术论衡》,生活·读书·新知三联书店,2001,第295页。
② 徐复观:《漫谈鲁迅》,《中国文学论集》,九州出版社,2014,第507页。
③ 余英时:《历史人物与文化危机》,三民书局,2004,第84页。
④ 萧纲:《诫当阳公书》,欧阳询:《艺文聚类》,古籍出版社,1965,第424页。
⑤ 徐复观:《漫谈鲁迅》,《中国文学论集》,第507—508页。

是:"'五四'反传统的基调是在鲁迅的笔下决定的。"①其理由有二:一是《狂人日记》用新文学的笔触以"吃人"来揭露纲常名教残酷性的一面,击溃了传统文化的价值系统;二是青年人向鲁迅提出读书的问题时,他的答案是中国书越少读越好,最好是完全不读;要读便读外国书。自"五四"以后,中国知识分子如陈独秀、胡适等,逐渐建立了一个牢不可破的观念,即以为中国文化传统是现代化的主要障碍;现代化即是西化,而必须以彻底摧毁中国文化传统为其前提。这种"断裂说",鲁迅可以说是典型代表。但新儒家对鲁迅完全否传统文化的定位很值得商榷。鲁迅与中国传统文化有着千丝万缕的传承关系:一是拥有深厚的国学根底以及突出的典籍整理和学术研究成就;二是承继了中国传统士大夫"明道救世"、救亡图存的忧患精神;三是充分挖掘传统文化中叛逆性资源。连新儒家代表人物余英时也不否认"五四"时期的鲁迅对传统化资源的借用:"当时在思想界有影响力的人物,在他们反传统、反礼教之际首先有意无意地回到传统中非正统或反正统的源头上去寻找根据",所以,"五四运动自另有中国传统的根源,绝不是西方文化的挑战这一点可以完全解释得清楚的。"②对于这些值得我们仔细辨析。自由主义代表人物林毓生说得好:"关于鲁迅的反传统思想,也可以说是整体性的。他对于中国传统公开而无保留的谴责,几乎每一本有关近代中国的书都曾提到过。鲁迅的文学作品提供了一个难得的机会,可使我们从意识的三个层次来研究他的反传统思想:显示的辩难层次,隐示的、未明言的意识层次,隐示的下意识层次。在公开场合,鲁迅是一个反传统的思想战士,深信全面而整体的排除中国传统社会与文化的影响是必要的。但是,在私底下,至少在1926年他离开北平以前,鲁迅是一个个人主义的艺术家,深受中国文学传统的影响以至于在他意识的三个层次上,均透露出他对中国文学传统的价值与意义的真正赏识。尤有进者,在他意识的两个隐示层次上,他与儒家道德传统的关系表现了一种爱恨交集的特征——事实上,他的灵魂为此种内在冲突所扯裂。但就他所持有的真正价值而言,它们是他所接受的西方价值与某些儒家价值之间彼此强化的结果,那些儒家价值虽脱离了传统的架构;但仍然是他道德认识的核心的一部分。"③在林毓生看来,在强烈的全盘否定传统主义弥漫的气氛之下,他仍能发现传统文化中

---

① 余英时:《现代儒学论》,人民出版社,1998,第145—146页。
② 余英时:《五四运动与中国传统》,载汪荣祖编《五四研究论文集》,联经出版事业公司,1979,第121—123页。
③ 林毓生:《中国传统的创造性转化》,生活·读书·新知三联书店,1988,第202页。

至今尚存的一些理知成分与道德价值意义。诸如对恪尽孝道的忠诚、对友谊长存的珍惜等这些"念旧"情结,鲁迅还是难以摆脱其传统情感的纠缠。正如有的学者指出:"就传统本身而言,它是一个内蕴复杂的结构,上及精神信仰下至生活实践,大致包括终极实在、观念、制度和行动四个层面,是一个涵盖面极为广泛的系统。被指责为全盘反传统主义者的鲁迅、胡适等'五四'知识分子,不少人在观念、制度层面对儒家专制主义体制、纲常伦理、家族制度予以猛烈的抨击,但在生活实践层面,却是传统家族伦理的身体力行者:对祖先祭之以礼,对双亲敬之以孝,对兄弟事之以悌,对父母包办的婚姻竭力维持。"①

## 三

从道统层面而言,我们究竟回到怎样的一个"道"上?完全回到传统文化的道路上,无视世界之现代潮流,根本行不通;而盲目追随西方,无视中国的历史与现实,既不可能,也无必要。如果按照以上新儒家对鲁迅的定位和评价,二者之间不可能和衷共济,进行有效对话。但事实上并非如此,二者在对待中国传统文化的创造性转换方式上存有极大的可通约性。"五四"前后,中国传统文化面对新世纪的挑战,存在着三种转换策略:一种是激进的方式,所谓西化论,如陈独秀、胡适、鲁迅等人;一种是保守的方式,所谓的本位论,如梁漱溟、熊十力、马一浮等人;还有一种是折中的方式,所谓的调和论,如陈寅恪、吴宓、汤用彤等人。既承认西方文化有胜于中国传统而为中国所必须吸收之处,又认为中国文化自有其特性,外来思想也要经过改变然后始能适合中国环境而发生作用。仔细分析起来,在新儒学和鲁迅那里也非铁板一块,仅仅构成你死我活的二元对立。新儒学的初衷是力图在西化大潮中,以儒家学术为本位,博古通今,融贯中西,灵根自植,复兴中国文化,强化中华民族的自尊自立,以寻求中国现代化之路。无论是"返本开新",徐复观的"全球意识和寻根意愿",还是余英时的"内在超越",都表现出这一强烈的追求。他们有较好的西方文化修养,深受西学严格的训练,更有传统文化的厚重,主张未来的方向不是盲目地追随西方,而是传统与现代的结合,为中国为世界谋求一条出路。所以余英时说:"传统和现代并不是在每一方面都必然是势不两立的。现代化有时反而需要借助于传统中的健康力量。在传统与现代长期的互相激荡

---

①陈汉萍:《全盘反传统抑或改造传统——重审鲁迅与传统文化》,《社会科学战线》2010年第12期。

之下，这两地的富有中国情味的价值系统都已具有多元和开放的性格。"①像新儒家余英时非常认同陈寅恪的学术思想理念："一方面吸收输入外来之学说，一方面不忘本来民族之地位。"②他认为陈寅恪始终深信中国文化自具特质。中国的传统到了现代虽已不得不变，但这种改变终不应、也不能完全脱离民族文化的原有轨道。他因此断定北美或东欧之思想在中国决不能居最高之地位；而且这些外来的思想若不经中国化，最后必"归于歇绝"。这与鲁迅20世纪初提出的"外之既不后于世界之思潮，内之仍弗失固有之血脉，取今复古，别立新宗"③转换思路有相似之处。对此余英时也有评价："'五四'时代新文化、新思想的倡导者如陈独秀、胡适、钱玄同、鲁迅……这些人都出身于中国旧传统，对中国的旧学问都有相当的造诣，而且盖棺论定，都或多或少在不同领域内对旧学有所贡献。虽然他们之中，许多人都出国留学（美国或日本），直接间接地受到了西方思想的冲击，但他们即使在国外的时期也不曾完全与旧学绝缘。……我们看了鲁迅的例子便最能明白'五四'的新文化运动，其所凭借于旧传统者是多么的深厚。当时在思想界有影响力的人物，在他们反传统、反礼教之际首先便有意或无意地回到传统中非正统或反正统的源头上去寻找根据。"④这一点我们可以从鲁迅对《文心雕龙》文论思想的现代转换中见出。《文心雕龙》之于鲁迅如影随形，终生不弃。或借鉴经验，或说明问题，或阐释观点，零金散玉见于各种文体之中。与同时代的学人相比，鲁迅虽非有意专攻，也非勒之以专人专书，但也殚精竭虑，以汰芜取精的方式，将《文心雕龙》的思想精华融入当下文学理论的建构之中，更加有效地指导当前的文学创作和文学批评，真正实现了古代文论的创造性转换。主要包括：对《文心雕龙》经典本身的世界性重构、对刘勰文学史观的会通和适变以及对"神思"术语的延伸和拓展。鲁迅对《文心雕龙》的活古化今，也属于他"立人"主体思想的应有之义，体现了"外之既不后于世界之思潮，内之仍弗失固有之血脉"的精神追求，其学术价值和意义不可低估。⑤如对刘勰"文采"观的创造性转换。"文采"作为富有民族特色的文论概念，是一个让鲁迅十分醉心的字眼，

---

① 余英时：《中国思想传统及其现代变迁》，广西师范大学出版社，2004，第70页。
② 陈寅恪：《金明馆丛稿二编》，生活·读书·新知三联书店，2001，第284—285页。
③ 李新宇、周海婴主编《鲁迅大全集》第一卷，长江文艺出版社，2011，第92页。
④ 余英时：《中国思想传统的现代诠释》，江苏人民出版社，1998，第340—346页。
⑤ 参见拙文《鲁迅对〈文心雕龙〉文论思想的创造性转化》（未刊稿），二十二届古代文论会议论文，2021。

也是鲁迅文本中一个复现率极高的术语。鲁迅对"文采"术语的推崇,一方面将之视为评判古代作家作品的重要标准,表现出对传统"有所承继"的吸纳态度;另一方面又将其内涵由"三文"说拓展为"三美"说,表现出对传统"有所择取"的创新态度。同时鲁迅又"融合新机",吸收西方版画写实风格,将其应用于具体的文学实践之中,从而开创了具有民族特点的现代文学新形式①。鲁迅认为中国同胞应在彻底了解自己国民性的基础上,创造性地将本国某些因素与西方的相结合,以便寻求一个解决中国问题的可行的办法。

因此,在对传统文化"创造性转换"②方式上,新儒家与鲁迅并没有构成严格"保守"与"激进"之间绝对二元对立,二者之间有着不同程度上的契合,追求传统文化向现代转换的总体目标是一样的。但不可否认的是,他们建设的出发点还是有所不同。鲁迅对中国传统文化的重建还是基于西方个人主义立场,张扬尼采的"超人"思想,以西为本。而新儒家对中国传统文化的重建是中国群体主义立场,立足心性,主张"内圣开出新王"。尽管这样,二者之间仍有对话的可能性空间。鲁迅立足当下民族生存的需要,提出"尊个性而张精神"的"立人"之道。鲁迅认为若要"生存两间,角逐列国","其首在立人,人立而后凡事举;若其道术,乃必尊个性而张精神"。③对于民族的当务之急,与其说是兴兵振业,追求物质实利,倒不如说是"启人智而开发其性灵"。只要"人各有己""朕归于我",最终达到"群之大觉",才能实现"中国亦以立"的民族复兴目的。鲁迅在独立自我的追求中找到了形而上的归宿,但缺点是个人的张扬有可能导致自我的膨胀,流于绝望与虚妄。新儒家设想中国文化应建立三种肯定:一是"立人极",对自我进行肯定;二是"立皇极",对伦理关系的肯定;三是"立太极",对宇宙价值真善美的肯定。④新儒家主张人与宇宙的融合,主体与客体的融合,个人与社会的融合,人类与自然的融合。在天地境界中为人类找到归宿,从而消解因科技至上、功利至上而带来的物欲横流、道德沦丧的局面。新儒家最高的人生理想是尽性立命的境界,通过贯通天人、上下、内外、物我,消融主客对立,达于超主客之境,但不足是有可能导致个体主体性的丧失。李泽厚看到了这一问题的严重性:"在素无独立个体的

---

① 樊宝英:《鲁迅对〈文心雕龙〉"文采"观的创造性转化》,罗剑波主编《雨花集》(上),江西教育出版社,2021,第135页。
② 参见林毓生《中国传统的创造性转化》。
③ 李新宇、周海婴主编《鲁迅大全集》第一卷,第92—93页。
④ 唐君毅:《中国文化之精神价值》,广西师范大学出版社,2005,第406页。

中国数千年传统社会,今天向现代化过渡的急速行程中,如何掌握这个公与私、个体权益、自由发展与集体共同利益的协调一致,争取二者之间某种合适的比例结构,是非常关键的问题。"①"在现代生活中,个人已不再是关系,而是不可重复不可替代的有血有肉的独特而有限的存在。他(她)不再只是义务、责任(夫妇、父子、公民、党员)的承担者,而成为自由的人。但是,如果真要完全彻底抽去这一切关系、社会、人际、乡土,个体存在及其意义,也就愈发成了空白或疑问。"②面对个体性和群体性之间的矛盾困境,新儒学不断寻找"和衷共济"的方案:"儒学'四期说'非常重视存在主义所凸出的个体存在问题。Dasein(此在)问题,也非常重视后现代所突出的'人'已完全坎陷在为传媒、广告、商品文化工业、权力、知识等异己力量所强力统治的奴隶境地的问题。从而,重提人的寻找、人性塑建和'第二次文艺复兴',以'认识自己''关切自己''实现自己',在深刻的情感联系中充分展开个体独特的潜能、才智、力量、气质、性格,作为人生意义。使人的生活目的、命运寄托、灵魂归依置放在这个有限而无界的感性世界和情感生命中,企望儒学传统在这方面吸取基督教神学等等营养,使它的'内圣'迈上一种崭新的'人自然化'的'天地境界'。"③总之,中与西,古与今,新与旧,绝不是二元对立的,而是在默默中交融互补,相生相动。"调和共存"无疑是一种化解中国文化危机解救方略,也是化解当前世界文明冲突困境的救赎之道。

---

① 李泽厚:《说儒学四期》,上海译文出版社,2012,第33页。
② 李泽厚:《说儒学四期》,第34页。
③ 李泽厚:《说儒学四期》,第34—35页。

# 鲁迅对"长兄"角色的承担及拷问
## ——以《弟兄》为例

范家进 陈伯庆 浙江工商大学人文与传播学院

在世界各国文化中,中国传统文化以其特别重视家庭伦理关系而见长。重新反思与拷问家庭伦理中的种种关系,是五四新文化思潮的一个重要特征。置身这一新旧转型的时代大潮中,鲁迅在其文本内外所做的探索与承担,极具典型意义。譬如"长兄"一词,在汉语语境中拥有丰富的内涵。《汉语大词典》中,"长兄"的释义是:"兄弟中排行最大者"。[1]但在我国传统家庭伦理中,则一直伴随着有"长兄如父"的延伸含义和相应的文化承载。

"长兄如父"这一短语及相应习俗,并不限于民间,而是存在各个层次的城乡家庭中。它意味着,在中国传统伦理中,兄弟之间的长幼有序不仅仅是自然出生的次序,同时代表着宗法上的次序。这赋予了兄与弟两种不同的伦理职责:长子应协助父母照顾弟妹,帮助打理家务;家中父母不在(外出、故世)时,家中的老大要担当起父母的责任,照顾好弟妹,尽照管、扶养、教育之责。由于家道中落、父亲早逝,加上新旧时代交替的历史转型大背景,还有他个人的早慧及多思与敏感等气质,新文学的奠基人鲁迅就成了这样的"长兄";又由于他的独特承担与应对方式,鲁迅在文本内外的"长兄"形象具有了超越时代个案的意义,值得后人多加关注与省思。本文尝试从其短篇小说《弟兄》入手,结合其他相关资料,做些简单分析和阐释。

---

[1]《汉语大词典》,上海辞书出版社,2012,第1689页。

## 一 "长兄如父"角色期待的形成

众所周知,少年时代鲁迅所遭遇的家道中落、父亲早逝,使得鲁迅在几乎毫无准备的情形下突然面临个人身份从"兄"到"父"的突转和变迁;当然,他同时还延续着作为母亲的"子"的固有身份,并对其一生命运和生活道路构成巨大影响。回忆散文集《朝花夕拾》里,鲁迅专门写过一篇关于父亲的文章《父亲的病》,此外在鲁迅其他小说、杂文作品中,也时时可以窥见其"父亲"的身影。

在《故乡》中,以鲁迅为原型的叙事人谈到闰土时说:"我认识他(闰土)时,也不过十多岁,离现在将有三十年了;那时我的父亲还在世,家景也好,我正是一个少爷。"①

从作者的叙述中可见,父亲的在世与"家景也好"是联系在一起的。可作家的生平经历告诉我们,这样的"家景"并没有延续多久,随着祖父周福清科场舞弊案的发生以及父亲周伯宜的病重,鲁迅很快遭遇"从小康坠落困顿",他不得不开始承担起"长兄"的责任。"长兄如父",鲁迅早早地开始了对"长兄"的角色体验。当祖父案发,逃难中的小鲁迅被人嘲笑为"乞食者"时,当父亲病重,少年鲁迅不断往返于当铺和药铺之间时,他又过早地体味了人间的冷暖,并将这种体味深深埋进了自己的内在人生体验。而同时期小四岁的周作人则还处于快乐的孩童时代,对于避难乡下则并没有留下多少屈辱的印象。鲁迅的"长兄"身份显然浸润了较多的责任与担当,换个角度说也就是蕴涵着一种父性的牺牲精神,本能般地要去保护比他更懵懂更弱小的弟弟们。

鲁迅的"子性"来源于他作为人子的因袭,来自于中国传统家族制度及其相应理念的长期熏染。哪怕到了留学时代,他还选择接受母亲给自己安排的没有爱情的婚姻。但与此同时,鲁迅也接受了来自西方的人人生而平等之类的现代价值观念,对于自己的胞弟以及其后遭遇的诸多青年学生,他则将自己摆在和他们平等的位置上,没有延续那种旧式家族的或是传统社会角色给予的权威与控制。《野草》中的《风筝》一文里,叙事人成年以后对自己年少时毁坏了弟弟一只偷偷制作的风筝一事一直耿耿于怀,正是对自己也曾尝试控制幼者、

---

① 鲁迅:《故乡》,《鲁迅全集》第一卷,人民文学出版社,2005,第502页。(本文所引《鲁迅全集》作品原文均出自同一版本。)

阻碍童年游戏这种传统心理的反思，反衬出传统文化心理习惯的强大，以及践行人人平等、幼者本位的现代意识的不易。其中体现出的"长兄意识"是一种杂糅表现，具有两种内涵：具体表现为对幼者的"照顾"和"亲近"，——照顾是鲁迅站在长者之位，照拂幼者的自觉意识，亲近是指鲁迅区别于传统大家长，拥有平视幼者的心态。

写于"五四"时期的长篇杂文《我们现在怎样做父亲》，也清晰地体现出鲁迅比较自觉的"长兄"意识与心态。该文写作之际，鲁迅还没有当父亲，甚至已暗暗打算自己此生不准备当父亲。因为虽然已经奉母命与朱安结婚，但他视为"母亲娶媳妇"，夫妻关系徒具其名，他曾对好友许寿裳说："这是母亲给我的一件礼物，我只能好好地供养她，爱情是我所不知道的"。①怎样做父亲，鲁迅显然并非来自现实家庭角色的实践经验。因此，鲁迅做此长文，也不妨视为在继续尽他"长兄如父"的责任，借此对中国传统文化系统中的"父子"关系进行批判性思考。

在《我们现在怎样做父亲》中，鲁迅批判传统文化观念中的"父为子纲""长者本位"伦理习俗。鲁迅痛陈："他们以为父对于子，有绝对的权力和威严；若是老子说话，当然无所不可，儿子有话，却在未说之前早已错了。"②鲁迅认为幼者因袭的历史重负最小，对人类生存发展肩负更大的责任，故而提出"幼者本位"的现代人伦观念。他从生物界保存、延续、发展需要的角度解构单纯强调父母对子女生养有恩的旧式道德，提倡基于生物天性、以相互的"爱"为基本表现形态的现代新型家庭伦理。

"爱"不但"绝无利益心情，甚或至于牺牲了自己，让他的将来的生命，去上那发展的长途"③。具体"爱"的方式，鲁迅认为首要就是"理解"。这要求父母站在孩子的角度去理解孩子；其次是"指导"，父母不是命令者，反之更应该是指导者、协商者身份；最后是"解放"，父母要把孩子当作一个独立的个体，父母对孩子的教育义务无非是培养他们健壮的身体、健全的人格，成为真正意义上的现代独立个体。

简言之，这篇长文中，鲁迅主张重新调整长者与幼者间的权利和义务关系，更多地强调长者的义务和责任心，而摈斥代代相袭的长者本位、利己主义

---

① 许寿裳：《亡友鲁迅印象记》，上海文化出版社，2006，第59页。
② 鲁迅：《我们现在怎样做父亲》，《鲁迅全集》第一卷，第134页。
③ 鲁迅：《我们现在怎样做父亲》，《鲁迅全集》第一卷，第138页。

思想、权力思想。他倡导的现代意义上的"爱"是无条件的,其中还包含了更高意义上的自我牺牲的意识,要求长者"自己背着因袭的重担,肩住了黑暗的闸门,放他们到宽阔光明的地方去;此后幸福的度日,合理的做人"①。

在实际生活中,鲁迅也身体力行,并且克尽厥职地长期履行着"长兄"的家庭职责。奉母命成婚、参加工作领薪水后每月承担赡养母亲的费用,这都是有目共睹的。把弟弟周作人介绍到北京大学工作后,1919年他把绍兴东昌坊口的老屋和同住的本家公同售卖,然后购买北京八道湾四合院,以便母亲和三兄弟合住。许寿裳回忆鲁迅曾对他说:"我取其空地很宽大,宜于儿童的游玩。"②而此时,他自己并未生育,而且也并无与朱安生育后代的打算。可以说,鲁迅确实躬行着"长兄如父"的传统理念,对两个弟弟的子女视如己出。

看来,鲁迅近乎要求自己做一个完美的长兄。但是1920年代初,正应了一句古话,"清官难断家务事",他和周作人因故彻底失和、决裂,这对鲁迅简直构成某种类似天崩地裂般的打击,为此还大病了一场。通过这一事件,他对自己的长兄角色开始了较多的反思,对此前自己始终站在长者之位所承担的牺牲与责任,以及只求爱的付出不图回报的方式,也通过文学化的方式,进行了某种具象化的反省与质疑。这就是他的短篇小说《弟兄》。

## 二 《弟兄》与鲁迅长兄角色的失败

如前所述,"长兄"角色意识一直是鲁迅家庭伦理思想中的重要构成部分,这种自觉的付出与牺牲态度还延展为对年青晚辈的栽培呵护。这在小说《弟兄》中也有显著体现。小说中的主要人物是作为兄长的张沛君,他与弟弟张靖甫的兄弟情谊人人称赞,但一场突如其来的疾病深深触动了主人公长期以来无意识承担的"兄友弟恭"的自我认知。弟弟张靖甫疑似感染了当时的不治之症"猩红热",哥哥张沛君为此心急如焚魂不守舍,在他寻医问药东奔西走的过程中,却不时冒出自己清醒时羞于承认的种种并不纯洁的念头和梦魇,譬如想到弟弟死后必得负担他的家小,又梦见自己如何虐待弟弟的孩子……等等。故事最终以虚惊一场收尾,无论是同事还是弟弟张靖甫本人,都没有丝毫怀疑张沛君对弟弟的无私关爱,只有张沛君自己和读者知道其内心一度发生了巨大的波

---

① 鲁迅:《我们现在怎样做父亲》,《鲁迅全集》第一卷,第135页。
② 许寿裳:《亡友鲁迅印象记》,上海文化出版社,2006,第58页。

澜与震撼。

　　表面上看这是讽刺了张沛君这种"正人君子"的两面人格,甚至潜意识中的某种虚伪与自私,——但如果结合鲁迅这一时期所经历的实际生活中的长兄角色变迁,小说《弟兄》中也可辨析出作家现实人生中长兄角色遭遇失败的某些心理阴影。在此前更长的时间里,作家鲁迅作为长兄几乎是完美的,用其好友许寿裳的话形容"名和利都可以让给兄弟"①。鲁迅三兄弟也曾多次商谈过"永不分家"之类的话题。②情深不免伤重,愈是感情深切,如果突遭变故,所带来的震撼就愈是强烈。《弟兄》写于1925年11月3日,距离1923年夏周氏兄弟失和已经过去了将近两年,鲁迅在经历了家庭剧变、重病、购置新居、搬家另住等波折后开始回望和反思自己长期秉持的兄弟理念和相互关系,在这前后写下了如《风筝》《颓败线的颤动》《伤逝》等寓意或隐或显的一组散文诗和小说,其中《弟兄》似乎带有某种总结性。

　　《弟兄》继承了鲁迅小说一贯具有的冷静节制笔调,主人公张沛君的原型自然有理由被理解为蕴藏着作家本人的浓厚身影,但鲁迅并没有采用第一人称叙事,而是采用第三人称视角冷静旁观故事的进展和张沛君心理的发展。这种第三人称叙事角色的设定,有助于作家在小说中将自己化身为二:一部分经历与性格融入主人公,另一部分则作为冷静的观察者对前者进行打量和审视。这令人想起鲁迅对陀思妥耶夫斯基创作心理的论述,作家既作为罪人又作为拷问官,"不但剥去了表面的洁白,拷问出藏在底下的罪恶,而且还要拷问出藏在那罪恶之下的真正的洁白来"③。

　　这种局外者的审视具体体现在小说对几个不同场景的设计与描写上。第一个场景是公益局,张沛君和秦益堂、汪月生等几个同事聊天,众人都佩服张家兄弟的"兄弟怡怡",但此处作品并没有进入这些人物的内心世界,而是停留在外部语言动作的叙述。第二个场景是作为兄长的张沛君赶回公寓照看张靖甫,这时候作家视角开始进入张沛君的心灵空间,叙述其情感、思想以及丛生的种种杂念、恶念乃至噩梦的碎片。第三个场景则是张沛君又回到了公益局,继续与众同事扯闲天。这时叙述视角又基本上回到第三人称外聚焦,不再深入人物心理内部。可以发现,小说的叙述视角侧重在对兄长张沛君一个人的内心

---

① 许寿裳:《关于兄弟》,《鲁迅回忆录》,北京出版社,1999,第482页。
② 俞芳:《太师母谈鲁迅兄弟》,《鲁迅回忆录》,北京出版社,1999,第1546页。
③ 鲁迅:《陀思妥夫斯基的事》,《鲁迅全集》第六卷,第425页。

世界的探析，并且只局限在他的公寓里，一旦回到工作单位面对社会关系时，读者所能掌握的与作品中的主人公诸同事无异。显然，鲁迅在小说中有意将社会认可和推崇的兄弟伦理与实际生活中的兄弟之情加以分梳，试图刮去流行道德这层"表面的洁白"，进而拷问出张沛君兄弟之爱下的某些私念和罅隙，再从瑕疵当中拷问出某种"真正的洁白"——张沛君对于弟弟真挚的关爱。

此外在第三个场景里，张沛君在已经明白自己内心也会产生种种杂念妄想，看清了平素引以为自豪的长兄形象也依然存在裂痕与污点后，他心灵的"失声"或"失语"值得思索。此处心灵的无声是一种更加真实的沉默，它意味着打破传统长兄形象之后的赤裸裸的真实，也包含着一个"娜拉走后怎样"式的问题："当张沛君认识到自己也会有私念或恶念后，他们兄弟之间将会怎样？"以作家复杂深邃的思想习惯来说，此次大病以后的"弟兄关系"会出现怎样的变化自然在他的思考范围以内，但他在小说中有意隐去了问题的答案，从而将思考留给文本以外的读者。

据说《弟兄》的故事原型是1917年5月周作人的一次出疹子，过程同小说情节相似，鲁迅也曾向周作人坦白"想这回须得要收养你的家小了"①。周作人当时并未深究这句话的原委，后来也不能完全理解，只当是鲁迅一时间的潜意识作祟。然而这次内心的杂念始终困扰着鲁迅，所以当他在1925年终于有精神和心力回望自己与弟弟周作人关系的时候，他并没有太关注破裂前后的种种琐屑，而是将笔墨聚焦于八年前一次弟弟大病期间自己起念过的一时"异心"。这或许隐含了鲁迅对长兄角色意识的新的反思。他当然一向具有很强烈的为"幼者"牺牲的精神，即便这种牺牲会招来莫大的痛苦与压抑，乃至被保护者的意想不到的背叛。纵观鲁迅的日记和别的文章，很难找到他对周作人的指责，鲁迅作为长兄的承担意识和牺牲精神在兄弟决裂后依然存在。往深里说，这当中不仅仅是作家对自我灵魂的追问，其实也包含着对于普遍意义上的人间爱与牺牲精神的拷问。

小说中，这兄弟二人是否还能回到过去"一心同体""兄弟怡怡"的生活状态里去呢？后续情节上没有具体交代。但传统大家族的聚族而居方式恐怕已出现了某种裂隙。弟弟病情解除后，再到机关上班时，"沛君便十分安心似的沉静地走到自己的桌前，看着呈文，一面伸手去揭开了绿锈斑斓的墨盒盖"②。

---

① 周作人：《知堂回忆录》，三育图书有限公司，1980，第323页。
② 鲁迅：《弟兄》，《鲁迅全集》第二卷，第146页。

作为兄长，他必须"十分安心"地去面对新的真相与现实，无悔地正视，无惧地前行。

从另一方面看，《弟兄》当中也隐含着作家对于长兄角色面临失败的具体原因的某种探索。物质是基础，经济成了最实在的一大问题。《弟兄》其实写了两对兄弟，除了主角张氏兄弟外，还有一对作为隐线的秦氏兄弟，跟张氏兄弟形成了某种对照。秦氏兄弟是张沛君的同事秦益堂的三子和五子，他们因为家里公账的事情大打出手，闹得兄弟失和，彻底决裂。值得注意的是，当张氏兄弟历经了发热、求医、虚惊一场后，秦氏兄弟依然在无休无止地吵架。秦益堂在开场和结尾一直不断地重复着："他们一直从堂屋打到大门口……"①，"他们也还是一直从堂屋打到大门口"②，似乎这兄弟俩会因为经济问题而永远地吵下去。他们印证了中国一句民间俗话："亲兄弟明算账"，但兄弟之间的经济账目却不是那么容易算清楚，故而也最容易爆发矛盾冲突。小说中，作家借张沛君之口道出自己一向来的应对之策："我们就是不计较，彼此都一样。我们就将钱财两字不放在心上。这么一来，什么事也没有了。"③但事实上恐怕不会这么简单。鲁迅是真正体验过穷的人，有时需要靠向朋友借贷来度过一时的难关。这部短篇小说中，我们看到了作家对身为兄长的张沛君的复杂心理活动的细腻描写，他在焦急之余的胡思乱想每每离不开金钱："那么，家计怎么支持呢，靠自己一个？虽然住在小城里，可是百物也昂贵起来了……。自己的三个孩子，他的两个，养活尚且难，还能进学校去读书么？""后事怎么办呢，连买棺木的款子也不够，怎么能够运回家，只好暂时寄顿在义庄里……"④看来，张氏兄弟与秦氏兄弟并没有本质上的差别，无论城乡，无论家庭的大小，经济始终是维持一个家庭生存的物质基础，尤其是其间的壮年男性成员，更加无法回避。

对此，鲁迅在另一些作品中有更直接的表达。在1924年《娜拉走后怎样》的演讲中他就曾直截了当地说道："第一，在家应该先获得男女平均的分配。"⑤而在小说《伤逝》当中，经济问题更是压垮涓生、子君小家庭的最后一根稻草。从传记材料中可知，现实生活中周氏兄弟的失和，鲁迅长兄角色的失

---

① 鲁迅：《弟兄》，《鲁迅全集》第二卷，第136页。
② 鲁迅：《弟兄》，《鲁迅全集》第二卷，第145页。
③ 鲁迅：《弟兄》，《鲁迅全集》第二卷，第135页。
④ 鲁迅：《弟兄》，《鲁迅全集》第二卷，第140页。
⑤ 鲁迅：《娜拉走后怎样》，《鲁迅全集》第一卷，第168页。

败其实也跟大家庭经济状况密切相关。尽管鲁迅强调在婚姻当中夫妻双方都应该有独立的经济权利,但家庭中男性关系——父子、兄弟的经济权利在他的视野中带有浓厚的传统色彩。他在1919年发表的杂文《我们现在怎样做父亲》里就深有感慨:"总而言之,觉醒的父母,完全应该是义务的,利他的,牺牲的,很不易做;而在中国尤不易做。"①读者有理由推想,作者鲁迅的感受很大程度上来源于他对两个弟弟"长兄如父"式的照顾和提携。杂文中鲁迅还提出现代的父亲观:做长辈应该是完全的利他与牺牲,放幼者"到宽阔光明的地方去"。因此在经济上,对于两个弟弟鲁迅也说得上是尽可能地牺牲自己成全他们。无论是1909年的时候为了给刚刚成婚的周作人提供经济资助而放弃刚刚开始的也是深感兴趣的文艺研究回国任教员,还是定居北京八道湾时期把绝大部分的薪资都交给周作人的妻子羽太信子打理,自己在日常生存中也一直朴素而勤俭。如此说来,《兄弟》中张沛君那番对钱财毫不计较的表白,何尝不带有作家鲁迅本人的某种夫子自道?但正如人们所知,周氏兄弟的失和有多重原因,而经济原因恰恰是其中十分重要的一环。有评论者甚至说得更为果断:"鲁迅、周作人关系破裂的首因是家庭的经济矛盾。"②

回到作品《弟兄》中,张沛君所担心的是倘若弟弟真的万一病故,自己该如何承担抚养两个侄子的支出。因为是小说,作家完全有权利省略弟媳的存在,不过此处弟媳的缺席倒是值得寻思。周作人在后来的回忆中曾说过,鲁迅在他重病期间,坦言自己曾担心要收养弟弟的"家小"(《知堂回忆录》)或"妻子"(《鲁迅回忆录》),无论是"家小"还是"妻子",其实都包含着小孩与妻子两个对象。《弟兄》里的张沛君倒是只担心孩子的问题,相对比较单纯。潜意识中,作家通过回避弟媳的存在来适当简化情节的复杂性。兄弟失和的残酷现实,已经提醒了鲁迅长兄角色的失败,作家也应该从中认识到,无限制的牺牲并不能带来真正的解放。与二弟失和搬出后,三弟周建人还住在八道湾原处,天性偏于柔弱的三弟免不了受妻子羽太芳子及内姊羽太信子的压迫,但鲁迅对此已变得相当豁达而清醒,在给母亲的信中坦然承认:"男现只每星期六请他(指三弟建人——引者注)吃饭并代付两个孩子的学费,此外什么都不帮,因为横竖他去献给八道湾,何苦来呢?八道湾是永远填不满的。"③

---

① 鲁迅:《我们现在怎样做父亲》,《鲁迅全集》第一卷,第145页。
② 段国超:《鲁迅、周作人"失和"之原因探析》,《周氏兄弟》,河南大学出版社,2004,第251页。
③ 鲁迅:《致母亲·八月十二日》,《鲁迅手稿全集》(书信·第五册),文物出版社,1979,第239页。

## 三 小说内外的兄弟关系

仔细考察鲁迅的生平，人们不难发现，作为周家的长子长孙，鲁迅身上背负的传统家族的责任和负担比他的两个弟弟要沉重得多。这与鲁迅所提倡的现代意义上的"爱"之间存在着矛盾，因为他认为爱是人作为生物的一种天性，"这离绝了交换关系利害关系的爱，便是人伦的索子，便是所谓'纲'"①。而在传统家族伦理中，"孝"的规范得到特别强调，成为"三纲"中的一纲，宛如一座大山压在旧式家族的子弟身上。这种畸形的孝道往往易于腐化父子兄弟的人伦之爱，也常常严重干扰子弟们之间的横向平等互助关系。

鲁迅举债购置的八道湾四合院和他梦想的"永不分家"的兄弟聚居生活，显然是他的一种带有理想主义的实践，也即希望在大家族群居的形式下构筑一个以"爱"为内核的现代家庭关系。鲁迅对八道湾的房子下了很大的心血，用鲁老太太的话说"办理手续，修缮房屋，购置家居，奔走借贷，都由他一人承担"，②鲁迅不嫌其间的琐碎麻烦，四处寻觅物色，然后还按照自己的心愿加以改造修建。它是一处典型的三进四合院，规模不小，各式房间及附房齐全，本就是为了三兄弟以及老母亲能够其乐融融地生活在一个屋檐下。在房间分配方面，鲁迅的"长兄意识"也体现得淋漓尽致，他将最好的里院的两间屋子分给二弟周作人和三弟周建人两家居住，中院住老母亲和朱安，自己则是睡外院，离门房与杂物间不远。承担"家长"角色的本人所住房间却是最为普通甚至嘈杂，这种对传统四合院内在空间位置的安排，其实也一定程度上隐含着鲁迅"五四"式的反叛精神，——他所构想的新式大家族生活不再是旧式家族生活的延续，而应该秉持现代的"幼者本位"理念，长者让位于幼者，解放幼者，以此让生命获得健康发展和进化。为此，那时还无儿无女的鲁迅甚至连给两个弟弟的子女们做活动和游乐场所的大片空地都提前想到了。

然而，聚族而居、"兄弟怡怡"的好景并没能维持多久。一场"兄弟失和"使得家族和睦的愿景如泥委地，不复存在。鲁迅和周作人都是"五四"时期最出色的现代文化人，海外的留学生涯与现代世界新思潮对他们构成了实质性影响，现代的个性意识、主体意识已成他们价值观的基石。正如鲁迅所说："人

---

① 鲁迅：《我们现在怎样做父亲》，《鲁迅全集》第一卷，第138页。
② 俞芳：《太师母谈鲁迅兄弟》，《鲁迅回忆录》，第1547页。

之子醒了;他知道了人类间应有爱情;知道了从前一班少的老的所犯的罪恶;于是起了苦闷,张口发出这叫声。"①自我意识觉醒所导致的决裂可以发生在家族以外,酿成社会反叛思潮,也可以发生在传统家庭内部,发生在同样属于新文学阵营的兄弟之间。八道湾四合院的大家族居住形式仅仅是鲁迅未能割舍的旧式家庭生活理想的惯性延续,在具体实践中却不免捉襟见肘、时生龃龉,"兄友弟恭"的关系下暗藏着汹涌的激流。

  以此为背景来看《弟兄》这篇小说,我们从作为长兄的主人公张沛君形象上就能读出更其复杂缠绕的心理内涵。作家试图通过一次普通家庭事件(兄长照看重病的弟弟),去追寻与拷问那位为兄者的内心世界。同时必须看到,小说中对于弟和兄两个形象,显然存在着兄强弟弱的现象,也就是说,叙述者的聚光灯更多地打在兄长而不是弟弟的身上和心里,读者与张沛君都无法更清晰地感知弟弟张靖甫的内心世界。任何描写与观照,总不免带来某种遮蔽。任何言说都隐匿了更多未曾言说的部分。在小说的末尾,张靖甫病愈时收到一本由索士(鲁迅的笔名之一)寄来的《芝麻与百合》,其副标题是"关于男人、女人以及生活的艺术",这一细节也颇可玩味。哪怕在社会上已声誉卓著,可在小小的家庭内部,"亲兄弟明算账"未必能够算得清。"关于男人、女人以及生活的艺术"更是没有哪一个中外哲人能够彻底阐释清楚。小说中的两个兄弟显然还需要继续思考和探索。但在小说以外,鲁迅的"长兄角色"显然并没有彻底放弃,三弟周建人仍然一如既往地受到长兄的多方关照,晚年在上海,两个家庭(此时鲁迅已与许广平结合,并育有海婴)之间有了许多一同聚餐和观影的宛如兄弟聚居般的活动,让我们隐约看到一点旧式家族生活的余绪。即使对于已经形同陌路的周作人,鲁迅晚年也还是在他们两人共同的朋友当中,传递了他作为兄长的某些关切。因此,作为新旧转型时期的代表人物,鲁迅的"长兄角色"即便遭遇明显的失败和挫折,也依然没有彻底"决裂",而是融入现代的无私的兄弟之爱,继续在充满崎岖的现代荒野里曲折前行。

---

① 鲁迅:《热风·四十》,《鲁迅全集》第一卷,第338页。

# 论鲁迅性别思想的局限*

房存　泰山学院文学与传媒学院

鲁迅的性别思想以其现实性和前瞻性，在当时的历史条件下达到了相当的高度，获得了超时代的价值和意义。但是不能否认，鲁迅也有其局限性，其中有时代因素的必然作用，也与其自身的经验、个性息息相关。当然，即使存在局限，鲁迅也是"有缺点的战士"，并不会否定鲁迅对女性关怀的真诚，其思想和人格的光芒不会折损。对鲁迅性别思想之局限性的审视，无意于对鲁迅作为"完人"的苛求，而在于进一步贴近鲁迅性别思想，还原鲁迅伟大中亦包含平凡的一面，并以此透视鲁迅作为典型个案所代表的现代性进程。

## 一　《娘儿们也不行》：男权意识的无意识流露

过去研究者对《娘儿们也不行》一文的解读，集中在鲁迅的政治批判用意，或者对负面女性的启蒙意义。但当我们将目光集中在话语形式上，便会发现鲁迅无意识地陷入了两性刻板印象的陷阱，只是因为这种话语与我们所熟识的鲁迅对负面女性的批判、启蒙话语相似，其性别歧视意味变得难以发现。

《娘儿们也不行》是对林语堂《让娘儿们干一下吧》的回应，乍一看是讨论女人能否治理世界，真正的旨意则是借谈女人来谈时事。鲁迅首先沿着林语堂的话题，提出倘若女人统治世界，天下依然不会太平。他以戏谑嘲讽的语气描绘了女界行事的场景："东风"和"西风"互斗，中间还有一批女人专事挑

---

*收录时原文有删节。

拨,足以闹得世界不得安宁。接着,鲁迅指出现在世界大乱的原因不在于男性统治者爱打仗,而在于统治者像女人一样,认不清真正的冤家,认清了冤家又只能"空嚷嚷"。至此,鲁迅点出核心观点:"所以现在世界的糟,不在于统治者是男子,而在这男子在女人地统治,以妾妇之道治天下,天下那得不糟!"[①]联系当时的背景,不难看出鲁迅通过将当局的统治与女人行事进行类比,犀利地讽刺了国民政府在外敌入侵之际,奉行"攘外必先安内"的政策,姑息真正的敌人,而御内围剿共产党。鲁迅认为,只有改变无能、昏聩、软弱,认清敌人,彻底抗击外敌,中国才能得救。此文正是拿林语堂文章的话题来旁敲侧击,因此作为"喻体"的"娘儿们"被描绘得越荒谬,后面对作为"本体"的国民政府丑陋面目的揭露就越有杀伤力。在30年代白色恐怖统治的环境中,鲁迅只能采用借"风月"论"风云"的策略,《娘儿们也不行》鲜明地体现了"准风月谈"的风格——巧妙、隐晦、讽刺强烈。

与对"女人"的单一、抽象的描述不同,文章对"男人"的描述则是差异的、具体的。文章首先说明,"养生者不足以当大事,唯送死可以当大事",娘儿们只会"养生",只有男子汉能够实行送死政策,所以文官武将都由男子包办。在这里,鲁迅对"男子汉"是反讽、贬义的,意在批判帝国主义和国民党统治阶级维护自己的利益,发动非正义的战争。尽管鲁迅也针砭"男子汉",但还是将优秀品质赋予给了男子专属。"打仗不彻底、认不清冤家、空嚷嚷"是负面的,被赋予了女性色彩;"认清冤家、打仗彻底"是正面的,被赋予了男性色彩。鲁迅以性别划分男性统治者,将昏聩的统治者比作"女人",英勇、明智的统治者被称作摆脱了"女人气"。"女人的方式"是贬义的,与贪生怕死、思想混乱画上等号;"男人的方式"才是褒义的,与坚强、英勇、明智画上等号,无意中给性别设置了鲜明的分割线。鲁迅欣赏有男子气概的刚柔并济的女性,比如,他将最欣赏的珂勒惠支称为"有丈夫气概的妇人"。可见在鲁迅笔下,以男性特质形容女性,是对女性的褒扬,而以女性比喻男性,则表达对男性的讽刺和蔑视。这表明女性男性化是女性的提升,男性女性化则是男性的堕落,这背后的逻辑实际是:女性气质劣于男性气质,根本逻辑是女性劣于男性。

鲁迅的杂文一贯强调击中对手的"致命伤",在《娘儿们也不行》中,他

---

[①] 鲁迅:《娘儿们也不行》,《鲁迅全集》第八卷,人民文学出版社,2005,第397页。(本文所引《鲁迅全集》作品原文均出自同一版本。)

用来攻击统治者的致命伤是"在女人地统治"。这一论述方式符合了男权社会集体定义的所谓"女性负面特质"的片面定义，遵循和默认了"男优女劣"的世俗逻辑，不自觉地坠入了传统性别气质的窠臼。尤其在结尾处，鲁迅将魏忠贤谑称为"半个女人"，"半个女人的统治尚且如此可怕，何况还是整个的女人呢"！①古代阉割是对男子的极大侮辱，意味着剥夺其男性身份，降为第二性的"女人"。可以理解鲁迅借古讽今的强烈现实动机，但也未免强化了传统的刻板观念，令女性无端被污名化。

纵观鲁迅的女性论说，《娘儿们也不行》一文显得极为不协调，因为他一向是真诚地专注于破除各种对女性的污名化、为女性正名。面对社会上对女性的指责，鲁迅一针见血地指出，"这社会制度把她挤成了各种各式的奴隶，还要把种种罪名加在她头上"②。关于女性天然低劣的说法，鲁迅反驳道，男女素质的差异不是"真自然"，乃是"因积渐的人为而似自然"③。鲁迅一向致力于反对根深蒂固的"本质主义的女性观"，不过，理论上容易识别，但这种隐藏在日常字里行间对女性的歧视，即使是同情女性的鲁迅也很难觉察到。完全可以理解鲁迅对当时中国妇女群体的整体素质不甚满意。当年孙中山推迟女子参政的理由之一，即是女子自身的素养不够，提出女子智识提高后始可与男子平等参政。加之鲁迅太急于借回应林语堂文讽刺时局，便顺水推舟，沿着林语堂的逻辑进行生发。鲁迅在该文中评论时事，其政治见解无疑是明智的，但作为"喻体"的"娘儿们"却成为政治讽刺的牺牲品，强烈的现实批判效果是以贬低女性为代价的。这种隐形的性别歧视很容易寄存在人的头脑深处，比如周作人说过"我希望中国的国魂是男性的，鲁莽一点还不妨，千万不要卑怯"④，国魂是个褒义词，周把它赋予了男性的色彩，将女性气质置于男性气质之下，其实跟鲁迅的"娘儿们也不行"异曲同工。尽管鲁迅有意识地端正自己的性别观念，但潜藏在意识深处的惯性观念依然会无意识地流露。

## 二 于公共领域保护女性与排斥女性的矛盾

鲁迅的写作中有一个现象值得推敲：《药》中的夏瑜无疑以秋瑾为原型，

---

① 鲁迅：《娘儿们也不行》，《鲁迅全集》第八卷，第397页。
② 鲁迅：《关于女人》，《鲁迅全集》第四卷，第531页。
③ 鲁迅：《卢梭和胃口》，《鲁迅全集》第三卷，第577页。
④ 周作人：《〈国魂〉之学匪观》，《周作人文类编·1》，湖南文艺出版社，1998，第427页。

不过鲁迅为何让其改以男性身份重现呢？这个问题的关键在于，夏瑜的男性或女性身份对于小说的主题有怎样的影响。解决这个问题，需要从鲁迅对秋瑾的态度说起。……鲁迅与秋瑾同为爱国者，并且鲁迅一向钦佩秋瑾的革命气概，但鲁迅显然不赞同秋瑾的激进和盲动，他以怀疑的眼光审视她牺牲的意义，打破了秋瑾牺牲的光环。他认为是革命人的热烈掌声"怂恿"秋瑾走上刑台，不赞同秋瑾充满浪漫主义情怀而不切实际的行为，更不满于革命党内部对勇于牺牲者的"捧杀"，痛惜其无谓的牺牲。

在爱国人士的身份之外，想必鲁迅也注意到了秋瑾的女性性别身份。许广平说道："那时女留学生实在少，所以每有聚会，一定请她登台说话，一定拼命拍手。不幸遇害了。先生说'秋瑾是被人拍手拍死的，其实她并没有做什么。'"①清末时期活跃在公共空间的女子乃是少数，所以在日本几乎所有的集会中都能看到秋瑾的身影，并且每每得到热烈的关注和掌声。鲁迅一向对女性被"看"有着敏锐的认识，自然能认识到性别身份对秋瑾命运的影响。

事实上，因其女性身份，秋瑾"离经叛道"的行为在绍兴老家也一直引人注目。秋瑾在办明道女子学堂后不久，又担任绍兴大通学堂校长，操练革命军，她自己则穿着男式体操洋装，策马出入城中，引得"士绅咸不悦瑾所为，群起而与之为难"②。周建人在《鲁迅故家的败落》中回忆，台门里的人都知道秋瑾，不过普通民众并不理解她，"大家都说她不守妇道，穿了男装，骑着马，跑来跑去，男不男，女不女的看不惯"③。秋瑾这种公然女扮男装的性别表演行为，构成了对传统性别规范的极大挑战，引发了民间舆论非议，间接点燃了她被处决的惨剧。

而秋瑾案之所以关注度迅速超过徐锡麟案，引发绍兴乃至全国的讨论与公愤，除了清政府在没有证据的情况下杀人激发众怒，也与秋瑾的性别身份密切相关。其一，民众不满于清政府以这样血腥的方式屠杀一个弱女子。绍兴人士范文澜在《女革命家秋瑾》中回忆，当年即使守旧的人、不赞同秋瑾观点的人也认为，轩亭口是杀江洋大盗的地方，秋瑾不是强盗，不应该到那里去杀，妇女只有绞刑和剐刑，秋瑾不应该用斩刑。鲁迅家的工人王鹤照回忆，当地的百姓都认为从前妇女判刑，最重是绞刑，杀头是没有的，秋小姐杀头在本地引起

---

① 许广平：《民元前的鲁迅先生》，《鲁迅的写作和生活》，上海文化出版社，2006，第87页。
② 陶成章：《浙案纪略》，陈象龚编《秋瑾年谱及传记资料》，中华书局，1983，第38页。
③ 周建人口述，周晔编写《鲁迅故家的败落》，湖南人民出版社，1984，第228页。

了震动,许多人流眼泪。①其二,当时不知悉内情者多不相信女子可以革命,认为秋瑾并非革命人,而只是一名被徐锡麟案牵连的弱女子。中国同盟会的机关报《民报》(1907年第16期)刊登了徐锡麟和秋瑾的照片予以纪念,但对徐锡麟称"烈士",对秋瑾则仅称"女士",未明确认定秋瑾革命家的身份。英敛之在《大公报》上发文抨击秋瑾被杀之事:"但以一女子身,有何能力,有何设施,而谓为党于革命。以猛狮搏兔之力擒之,似此种种野蛮手段,已不见直于万国。"②当时以秋瑾为原型创作的文艺作品,也将秋瑾塑造成受人诬陷、含冤而死,其中内容最详尽、具有影响力的是萧山湘灵子的《轩亭冤》传奇和古越嬴宗季女的《六月霜》传奇。这两部戏曲都因袭了古典文学对"弱女子"形象的塑造,突出的是清政府用残暴手段压制平民百姓,将秋瑾的形象停留在"规复女权第一女豪杰",未对其民主革命者的精神进行挖掘。鲁迅多次提到秋瑾,但也未使用"烈士""革命者"的称号,而是称"姑娘"(《范爱农》)、"小姐"(《病后杂谈之余》)、"女士"(《病后杂谈》《论"费厄泼赖"应该缓行》)。可见鲁迅亦并未重视秋瑾的革命意义,更多地将其视作一位性格、人品值得钦佩的女性,为她的牺牲而惋惜。

关于女革命者的牺牲,鲁迅写过一篇杂文——《铲共大观》。当时湖南省破获共产党省委会,处死刑者三十余人,因有三名女犯,全城男女争相观看。此事件再次引发了鲁迅对革命者牺牲与庸众关系的思考,他指出在这二十年间,中国的民众并不在乎革命党为何,只管有的可看。此外,"女尸"更激发了民众的观看欲,鲁迅猜测女尸"至少是赤膊的",提出了女革命者的身体被观看的性别意味。鲁迅后来在《关于妇女解放》中提到另一位女革命者沈佩贞,对于她为争取女子参政权而踢倒议院守卫的"壮举",直言"不过我很疑心那是他自己跌倒的,假使我们男人去踢罢,他一定会还踢你几脚。这是做女子便宜的地方"③。沈佩贞争取参政权的行为对传统性别制度形成了巨大的挑战,其过激行为背后是女界处境的悲哀。鲁迅在这里绕开对女权领袖的同情,而作出谑讽的描述,指出沈佩贞能够大出风头与其女性身份带来的"便利"有关,以此引出对职业妇女"花瓶"地位的揭露。可以推想,鲁迅一向对女性在公共领域"被看"的处境极为敏感,加之沈佩贞后来钻营在政治舞台而沦为笑

---

① 参见王鹤照口述,周芾棠整理,《关于秋瑾》,《鲁迅亲友忆鲁迅》,陕西人民出版社,1983,第25页。
② 英敛之:《党祸株连实为促国之命脉》,周萍萍编《英敛之集》,广西师范大学出版社,2013,第433页。
③ 鲁迅:《关于妇女解放》,《鲁迅全集》第四卷,第614页。

谈，更引起他对女性沦为戏剧材料的警惕。

至此，可以得出，在鲁迅看来，相比男性革命者，女革命者的命运处境还掺杂了性别的因素。鲁迅写作《药》的立意在于表现革命者与庸众之间的关系，因此直接采用革命者的男性身份，免去"性别麻烦"。倘若夏瑜是女性，鲁迅的《药》应该会呈现出另外一番思想图景：夏瑜以女扮男装的面目出现在少有女性的革命舞台上，本身就构成一场奇观，《药》的主题将转变为对男性目光公然窥探弱势女性的集体狂欢的批判。鲁迅在《娜拉走后怎样》中说过，对付"看客"的群众，"只好使他们无戏可看"。因此，他改变了"夏瑜"的性别身份，抽去了这一革命者形象的性别意义。历史上真实的秋瑾，作为第一个为民族前途而流血牺牲的女革命家，她竭力有意识地掌握自己人生的价值选择，并非一味被"怂恿"着向前，其事迹对宣传革命、启蒙女性解放都有巨大的作用。但秋瑾因其女性身份得到社会上的广泛关注，又因女性身份被排斥在鲁迅的革命叙事之外。鲁迅这种性别置换的处理方式，反映了鲁迅对待出现在公共领域的女性的矛盾：由于鲁迅洞察男性观看的眼光，警惕女性沦为被看的客体，宁愿让女性远离公共目光的注视。但他在保护女性的同时，无意中加强了女性的"不在场"，实质上对妇女的发展产生另外一种限制。

当然，"于公共领域保护女性与排斥女性"，这一对矛盾并不是两极对立，而是同一出发点的不同分支，共同的出发点即是鲁迅敏感的性别意识。其实这不仅是鲁迅的思想矛盾，也是女性解放问题本身难解的悖论所致。在社会转型期女性面临两难境遇，无论是跻身曾被男性占据的公共领域，还是固守不变，都会受到来自男性势力的威胁，进退之间女性的步伐难以把握。

## 三 关于张竞生：警惕与偏见之间

鲁迅对张竞生的评价也值得再审视。近年来，有研究者为张竞生"翻案"，从而引出对鲁迅的质疑，认为他对张竞生的态度亦不能摆脱世俗观念；也有研究者认为鲁迅只是将张竞生作为出版界的典型，两人在性理念上却是根本一致的。之所以产生这样的分歧，在于鲁迅在《书籍和财色》中对张竞生进行了一番犀利的嘲讽。在该文中，鲁迅首先讽刺了上海出版业赠送女子照片的营销策略，批判这种消费女色的商业心理，此乃深刻的洞见，但接下来的描绘颇为微妙："但最露骨的是张竞生博士所开的'美的书店'，曾经对面呆站着两个年青脸白的女店员,给买主可以问她'《第三种水》出了没有?'等类,一举两得,有玉有书。"①在这里,"美的书店"的顾客和张竞生的著作《第三种水》都被纳入讽刺对象。

起初张竞生的性理论对冲击封建礼教具有积极意义,虽然引起文化界的哗然,但一贯主张改造性观念的鲁迅对其革命性是肯定的。例如,1923年,张竞生在《晨报副刊》上发动"爱情定则讨论",当有人提出中止这场激进的讨论时,鲁迅致信编辑孙伏园,提出这场富有意义的讨论应当继续。后来,张竞生提出了更为激进的"美的人生观",鲁迅对此的态度较为持重,但也并不反对。1926年,许广平致信鲁迅,提及张竞生倡导的"美的人生观",他复信许广平,说到"至于张先生严谨的伟论,我也很佩服,我若作文,也许这样说的。但事实怕很难,我若有公之于众的东西,那是自己所不要的,否则不愿意"②。鲁迅认识到张竞生之理念与现实的差距,但此时依旧对他的大胆、前瞻持肯定态度。但是在1930年《书籍与财色》中,鲁迅对张竞生性学的态度明显转变,表现出否定、嘲讽的立场。

张竞生的"美的书店"于1927年在上海开张,所编印的书中最引争议的便是他本人所著的《第三种水》。"第三种水"是张竞生研究中的一项重大发现,他推测"妇人于交媾时能出'第三种水',则卵珠同时乘兴而下。其所成就的胎孩,必定壮健优良"③。张竞生标榜"第三种水"的目的在于强调性关系中女性的重要性,起到优育的作用,并据此提出"性部呼吸法"和"丹田呼吸法"。张竞生的提法不仅受到封建卫道者的批判,也引起了一些新文化界文人的质疑和不解。曾在"《性史》风波"中支持张竞生的周作人,此时也讽刺道:"可是到了民国十六年,从一月一日起,张竞生博士自己也变了禁忌家,道教的采补家了。"④周建人从专业的性学研究的角度出发,论证了张竞生"卵珠与'第三种水'同下""性部呼吸""丹田呼吸"学说缺乏严谨的科学依据,亦认为张竞生的学说流于复兴道家的糟粕。

需要指出的是,张竞生性学研究的思维方式不同于中规中矩的传统科学,但不等同于色情文化,仍属于严肃的性学。在他提出"第三种水"二十年之后

---

① 鲁迅:《书籍和财色》,《鲁迅全集》,第四卷,第166页。
② 鲁迅、景宋:《鲁迅景宋通信集——〈两地书〉的原信》,湖南人民出版社,1984,第171页。
③ 张竞生:《第三种水与卵珠及生机的电和优生的关系》,《张竞生文集》下卷,广州出版社,1998,第245页。
④ 周作人:《时运的说明》,《周作人文类编·5》,湖南文艺出版社,1998,第178页。

的1958年，德国的妇科专家格莱芬堡通过研究证实"第三种水"的客观存在，莱德斯还出版了名为《格氏点》的著述。此后，国外医学界对"第三种水"（Female Ejaculation）的研究持续推进。研究认为："女性的性反应机制中存在一种物质，称之为'第三种水'。当女性进入性高潮时，和男性进入性高潮时的射精一样，这种物质也会分泌出来。"①当前，虽然"第三种水"的来源和机理尚未确定，但有足够的证据支持这一现象的存在。②张竞生能在20世纪30年代对女子这一生理现象做出关注，的确是超前的。他研究的目的在于"尤望作些提高的工作"③，改变没有情爱、低质量的传统性观念，提倡美的性育，提升生活质量，进而达到提高后代质量的目的。为了达到这种理想境界，张竞生又主张采用某些呼吸法来助推，其中确有猜想臆测的成分，但初衷并非复兴道家糟粕。

相比新文化界对张竞生学说的严肃讨论，民间流传的却是对"美的书店"的污名化猜想。据说，一群浮滑少年为与女店员交谈而经常光顾书店，《第三种水》预告刊出后，他们别有用心地问女职员"第三种水出了吗"，得到答案后像得了便宜般沾沾自喜。④当时有人将它与张资平并称，"资平好像美的书店，专门出版性书，倘有女朋友问路或是伴着个年高德重的长者，就不肯同去光顾"⑤。由于风头太盛，美的书店招致同行倾轧，同行勾结上海租界警察局，向上海临时法院起诉美的书店出版发行的"性育小丛书"是"淫书"。"性学博士"张竞生因为猥亵海淫被告上法庭，成为轰动一时的沪上新闻，并被强行定罪，处罚款三百大洋，没收全部书籍。关于美的书店被处罚的新闻报道登上各类报纸的版面，炒得沸沸扬扬。⑥总之，美的书店乃是流氓无赖的聚集地，成为社会上对美的书店的偏见。

---

① 刘荣才：《性心理学辞典》，湖北辞书出版社，1992，第257页。
② 参见J. Lowndes Sevely, J. W. Bennett. Concerning female ejaculation and the female prostate [J]. Journal of Sex ResearchVolume, 1978(1):1—20;SR Leiblum, R Needle.Female ejaculation: Fact or fiction[J]. Current Sexual Health Reports, 2006(2):85—88;Rodriguez Felix D, etc. Female Ejaculation: An update on anatomy, history, and controversies[J].Clinical Anatomy, 2020(1):103—107.
③ 张竞生：《性教育运动的意义》，《新文化》第1卷第3号，1927年。
④ 参见范基平《我所知道的张竞生》，李洪宽编《性学博士忏悔录》，内蒙古人民出版社，1999，第339—340页。
⑤ 欧阳竞文：《读了〈达夫文集〉以后》，转引自：张培忠编《文妖与先知》，生活·读书·新知三联书店，2008，第394页。
⑥ 参见张竞生《十年情场》，《张竞生文集》（下卷），第110—112页。

鲁迅与现代文化价值重建 1卷

鲁迅在《书籍与财色》中对抱着龌龊的心理造访书店的顾客进行了戏剧化的描绘,定格了当时的民间传说。鲁迅的疏忽在于,未能将作者与读者分开。当时中国的许多读者因为素质不够,将张的著作作为色情读物,但不代表张的著作就是色情。正如美的书店被起诉销售淫书时,编辑彭兆良反诘检察长,为何同样的书在美国能正常发行,在中国就是淫书。外国检察长回答道,外国人文化程度高,可以看这些书,中国人文化程度低,就不允许。①正因为张竞生的性学引起社会轩然大波,才见出中国性解放之路阻力巨大,应该受到批判的是民智未开,而不是致力于性理论研究的学者。鲁迅一向致力于破除中国人的性禁忌心理,曾犀利地揭露"中国人从短袖子就能联想到性"的心理。那么,深谙国民劣根性的鲁迅为何会受到社会上传说的影响,形成对张竞生的偏见呢?首先,自然是因为鲁迅的性学知识本身存在盲点。鲁迅没有专门研究过性科学,虽然其藏书中不乏性伦理方面的著作,但他侧重的是性心理与国民性的关系,聚焦国民性心理的社会属性和社会色彩,而不从事生理科学层面的性学研究。因此,缺乏专业的知识基础,鲁迅无力对张竞生的学说做出科学的判断。除此之外,还有更深层次的原因。

第一,鲁迅与张竞生在性书写的方式上存在很大的差异。鲁迅与张竞生都主张打破性禁忌,但两人在书写上体现出不同的风格。鲁迅反对封建性道德对人性的戕害,同时也认识到"中国人是好走极端的",因此对纵欲也极为警惕,强调性欲与节制性欲的平衡。他对通俗的道教深恶痛绝,在《中国的奇想》中犀利地讽刺道教中借"御女"成仙的纵欲观。对性解放之"分寸"的谨慎把握,在他的书写风格上有鲜明的体现。……与鲁迅谈"性"的节制大相径庭,张竞生则赤裸裸地对性爱进行文学的渲染,笔法浪漫,描述方式带有神秘色彩,在表述风格上有失科学的冷静。文学尚且要严肃地、艺术地谈性,更何况是科学的理论性研究,张竞生性学研究的写作风格显然不符合鲁迅的标准。即便如此,张竞生的著作仍是"性书"而非"淫书"。张竞生性学研究的出发点是严肃的。

第二,当时的社会文化语境也影响了鲁迅的判断。20世纪二三十年代的大都会上海,时代风尚变迁,都市文化生活呈现出商业化、大众化的特点。鲁迅敏锐地认识到都市消费文化对"性"的利用,并失望地发现上海文坛也出现以"性"取悦读者的趋势。鲁迅还看到出版业打着"革命"的招牌招徕读者,造

---

① 参见张竞生《浮生漫谈》,《张竞生文集》(下卷),第18页。

了一个卑下的低级的趣味标准。1929年4月7日鲁迅致韦素园的信中说道："今年大约要改嚷恋爱文学了,已有《惟爱丛书》和《爱经》预告出现。'美的书店'(张竞生的)也又开张,恐怕要发生若干小Sanin罢,但自然仍挂革命家的招牌。……读众愿看这些,而不肯研究别的理论,很不好。大约仍是聊作消遣罢了。"①鲁迅将美的书店与《惟爱丛书》《爱经》并谈,指出这一类书籍更吸引读者,容易催生许多Sanin式的人物。阿尔志跋绥夫笔下的赛宁(Sanin)是鲁迅所警惕的一个极端的个人享乐主义者,赛宁信奉人生的目的只在于个人自然欲求的满足,"这所谓自然的欲求,是专指肉体的欲"②,为此走向纵欲、乱伦,放弃社会责任的利己主义歧途。商业化运作原则造就了阅读庸俗化倾向,迎合偏爱快餐文化的青年追求感官刺激的心理需求,致使真正的"革命"的内涵趋于消解。正如沈从文所说的,30年代的上海五四运动对年轻人方面所起的动摇是微弱的,"因为地方习惯以及旧势力反应的关系,距离较近的上海,反而继续了一种不良趣味不良嗜好"③。鲁迅一向很重视青年的阅读问题,提倡青年通过自然科学、社会科学等书籍的阅读,培养独立思考、改造社会现实的能力,目的是实现社会、国家、民族的改造。然而上海的阅读环境与鲁迅"立人"的阅读观背道而驰,鲁迅对青年颓废个人主义的社会性格极为警惕和担忧,加之张竞生书店雇佣女店员、赠送女性照片的营销方式,鲁迅便迁怒于张竞生的书籍和学说。

可以说,鲁迅对张竞生性学的偏见是由警惕而引起的偏见。但无论如何,鲁迅在杂文中对"美的书店"的漫画式描绘,定格了当时社会上的传说。"美的书店"的"丑态"形象被永远地留在文学中。人民文学出版社1958年版的《鲁迅全集》注释写道,张竞生"1926年起在上海编辑《新文化》月刊,1927年开设美的书店,宣传色情文化"。这条出现在权威著作中的注释正是张竞生落魄处境的显示,也一定程度上加剧了他的悲剧性命运。直到2001年,人民文学出版社重新修订出版《鲁迅全集》,对张竞生的注释才修订为"我国提倡性教育和节制生育的先驱之一"。

---

① 鲁迅:《290407 致韦素园》,《鲁迅全集》第十二卷,第160页。
② 鲁迅:《译了〈工人绥惠略夫〉之后》,《鲁迅全集》第十卷,第182页。
③ 沈从文:《郁达夫张资平及其影响》,《沈从文文集》第11卷,花城出版社,1992,第142页。

## 四　结语

由此可见，鲁迅性别思想之深刻与偏颇有时是相辅相成的。深刻的政治见解与无意识男权思想之间，于公共领域保护女性与排斥女性之间，警惕纵欲与对张竞生性学的偏见之间，这三组矛盾表明构成鲁迅"独异"的要素，也可能是构成他"局限"的要素。这种矛盾不仅仅显示了新旧过渡期知识分子潜意识中的男权阴影，也深层地发源于性别问题本身的复杂性。正是在局限性中蕴含着一个更真实的鲁迅，展现了在封建文明走向现代文明的转型期，鲁迅这一现代男性知识分子在一个新的时空框架中探索性别问题、反思自我的艰难和努力。

# 从何其芳藏鲁迅著作的批语看其阿Q研究

冯佳　张鸿声　中国传媒大学

何其芳对《阿Q正传》的探讨其实只是一篇命题作文，而他本人对阿Q的研究是怀着极大的抱负的。他曾说："不甘心以一篇泛泛的纪念文章去交卷，又不把自己的意见限制在人人可以通过的已有定论的范围以内，却去探讨《阿Q正传》这样一篇向来解释有分歧的作品，试图回答为什么阿Q是一个农民但阿Q精神却是一种消极的可耻的现象这样一个难题。"[1]因此，他"在写文章以前阅读了我所能搜集到的全部有关《阿Q正传》的材料"[2]，并在阅读过程中进行了批注。

何其芳藏鲁迅近百种著作中，有六种著作中带有他本人关于阿Q的批语（一种文本批语和五种论著批语）一百二十二条三千多字：《关于鲁迅及其著作》，台静农编，1926年未名出版社；《鲁迅全集》二十卷，鲁迅先生纪念委员会编，1948年12月15日鲁迅全集出版社出版；《〈阿Q正传〉研究》，耿庸，1953年泥土社；《鲁迅小说里的人物》（鲁迅研究资料之二），周遐寿著，1954年上海出版公司出版；《鲁迅生平思想及其代表作研究》（现代中国文学作家与作品研究第一卷），徐中玉著，1954年自由出版社；《略讲关于鲁迅的事情》，乔峰著，1954年人民文学出版社。

何其芳这些有关"阿Q"的批语，有的是直接对《阿Q正传》文本的批注，有的是对《阿Q正传》研究著作的批注，有的是对鲁迅其他著作中体现阿

---

[1][2]何其芳:《何其芳全集·5》,河北人民出版社,2000,第4页。（本文所引《何其芳全集·5》均出自同一版本。）

Q精神的内容的批注。这些藏书和批语是何其芳阿Q研究的资料和思想来源。

## 一　鲁迅创作《阿Q正传》的本意

鲁迅创作《阿Q正传》的本意，就是要力图如实地"写出一个现代的我们国人的魂灵"，同时揭示出造成这个魂灵的原因及其可怕的后果，即漫长的封建统治，其等级制度和思想奴役使人们相互隔膜，使民众悲苦无知，默无声息。

何其芳对鲁迅《阿Q正传》写作目的地探究采用的是"以意逆志，知人论世"的传统研究方法，鲁迅自己谈创作的文章是其参考的最重要的资料来源。在阅读中重点摘抄了文章《301013　致王乔南》《答〈戏〉周刊编者信》《俄文译本〈阿Q正传〉序及作者自叙传略》中的语句。

P.182引鲁迅自己的话：他作"阿Q正传""实不以滑稽或哀怜为目的"。（《鲁迅生平思想及其代表作研究》中《301013　致王乔南》）

P.146说明《阿Q正传》等小说想使读者"疑心到写自己，又像是写一切人，由此开出反省的道路"。（《鲁迅全集　六》中《答〈戏〉周刊编者信》）

P.445"俄译本阿Q正传序"说用意是在想"写出一个现代的我们国人的魂灵来"。（《鲁迅全集　七》中《俄文译本〈阿Q正传〉序及作者自叙传略》）

P.446"要画出这样沈默的国民的魂灵。"（《鲁迅全集　七》中《俄文译本〈阿Q正传〉序及作者自叙传略》）

并在《论阿Q》一文中引用了"实不以滑稽或哀怜为目的""疑心到写自己，又像是写一切人，由此开出反省的道路"语句。这些观点都是把握鲁迅创作《阿Q正传》的写作目的时常被引用的话。然而，受阶级论的影响，当时有些评论者人为地拔高阿Q的农民形象，夸大他革命性的一面，从而歪曲鲁迅的创作意图。何其芳在阅读中注意到了这种观点，并做了相关的批注。

P.184人民日报社论说鲁迅对阿Q寄予极大的同情。法捷耶夫说鲁迅衷心地喜爱阿Q。故强。（《鲁迅生平思想及其代表作研究》）

P.207说阿Q的革命性在不断地觉醒、昂扬。（《鲁迅生平思想及其代表作研究》）

P.217"阿Q总是鲁迅的自己人"。（《鲁迅生平思想及其代表作研究》）

P.45 说"阿Q正传""是在积极地号召革命并指出革命的方向"？（《〈阿Q正传〉研究》）

何其芳在这两部著作对应的原段落要么画红线要么打"？"，表示他在阅读此段文字时有质疑。在写作《论阿Q》一文中，他批驳了此类观点，认为：阿Q受到剥削和压迫，尤其是他要求参加辛亥革命而受到排斥和屠杀，都是激起我们的同情的。而且我们从阿Q这种落后的农民身上，也看到了农民的反抗性和革命性。然而，如果如有些评论者所说的那样，把阿Q精神当作一种反抗精神，或者把阿Q看作一般弱小人物，以为鲁迅对他主要是同情或甚至喜爱，那就不但远离作者的原意，而且和作品的客观效果也不符合了。

鲁迅创作的本意是要"写出一个现代的我们国人的魂灵来"，是"暴露国民的弱点的"。鲁迅要暴露什么国民的弱点呢？过去有两种看法：一种认为，它是指中国上层统治阶级；一种认为是指劳动人民中的少数人。何其芳认为没有抽象的"国民性"，他从鲁迅创作的文本出发，总结为："它的成就就不只是创造了阿Q这个不朽的典型，而且深刻地写出了旧中国的农村的真实和资产阶级领导的旧民主主义革命的弱点"①。事实上就是指暴露了未庄社会的整体，这里的未庄就是当时中国社会的缩影，它既包括上层统治阶级，又包括下层劳动人民。

## 二 关于阿Q的典型性问题

自1949年第一次文代会后，新文学的性质被定义为新民主主义文学，马列主义文艺理论和毛泽东文艺思想明确作为现代文学研究与教学的指导思想，要求以历史唯物主义和阶级分析方法阐释新文学，从此，现代文学研究理论和方法走向一元化取向。在这个思想指导下，许多评论者坚持典型性等于阶级性，典型的共性就是阶级性，典型的个性就是阶级性的具体表现。而何其芳并不赞成这种观点，他认为典型性并不完全等于阶级性。

从何其芳藏鲁迅著作的阅读和批语中，我们能看出他力图从阿Q人物形象的塑造和性格特征方面证明单纯从阶级成分来解释文学典型的方法是不妥当的。

一方面何其芳从阿Q的人物形象塑造入手，对这一典型形象进行了追根溯

---

① 何其芳：《何其芳全集·5》，第54页。

鲁迅与现代文化价值重建 1卷

源的考证,这有益于了解阿Q复杂鲜活个性的形成原因及阶级分析方法的局限性。对此,何其芳特别关注《略讲关于鲁迅的事情》《鲁迅小说里的人物》《答〈戏〉周刊编者信》等这类鲁迅本人或亲属讲述的有关鲁迅创作的各色人物的原型索引、背景事迹考证及介绍有趣的土物方言等的著作。如何其芳对专著《略讲关于鲁迅的事情》里面《阿Q时候的风俗人物一斑》的阅读,乔峰在这篇文章里主要论述了塑造阿Q形象时的有关原料。何其芳有批注如下:

P.27 阿Q求爱方式的来源,原是一个破落地主。(《略讲关于鲁迅的事情》)

P.29 阿Q名字的来源,原来是一个牵砻舂米的工人。(《略讲关于鲁迅的事情》)

何其芳在《鲁迅小说里的人物》中也积极考证阿Q的形象,批注如下:

P.76 说阿Q说杀革命党好看,说女人是害人的东西,都是士大夫的正宗思想,在小说里却借来给阿Q了。

P.79 说阿Q对于女人的感想,是暴露士大夫的女性观。

P.83 阿Q求爱的模特见原来一破落地主。

何其芳也摘抄了鲁迅自己对阿Q形象的描述:

P.151 "阿Q该是三十岁左右,样子平平常常,有农民式的质朴,愚蠢,但也沾了些游手之徒的狡猾。"(《鲁迅全集 六》中《答〈戏〉周刊编者信》)

由此可见,鲁迅为了创造阿Q这个典型人物,是综合了许多人的特点,正如乔峰在《阿Q时候的风俗人物一斑》一文中所指出的:"《阿Q正传》不是一个实实在在的个人的照相,是观察了许多人之后,融和之后塑成功的形象,是创造过了的"。这个观点应该是得到何其芳认可的,他专门画红线标注。阿Q虽然成分上是一个雇农,但其"模特儿"绝不仅仅局限于雇农。

另一方面,何其芳在《阿Q正传》的文本细读过程中概括了阿Q丰富的个性特点:

P.364 阿Q真能做,并喜欢别人这样夸奖他。阿Q很自尊。阿Q的保守。(《鲁迅全集 一》中《阿Q正传》)

P.376 阿Q的封建思想。(《鲁迅全集 一》中《阿Q正传》)

P.377 阿Q的封建思想和排斥异端。(《鲁迅全集 一》中《阿Q正传》)

P.380 似阿Q的麻木。(《鲁迅全集 一》中《阿Q正传》)

P.387 阿Q的无赖。(《鲁迅全集 一》中《阿Q正传》)

现实生活中，人的性格特征是复杂的，很难用阶级性来划分。典型人物的性格特征又具有高度的概括性和代表性，较现实中的人的性格特征更复杂，也就更难用阶级性来划分。以上提到的"真能做""自尊""麻木""无赖""封建思想""排斥异端"这些特点绝不是某个阶级的特点，正如何其芳在《论阿Q》一文中所说"'真能做'和后来的要求参加革命，都并不能用破落的地主阶级的子弟的特性来解释"[1]。

阿Q的典型性问题，过去一直争论不休，我们根据他们的理论见解可分为两派：一派认为阿Q的典型性只能概括一个阶级或阶层的本质，把典型抽象化和概念化；另一派认为阿Q的典型性可以是超越阶级的，阿Q是某种性格或某一时代、社会、民族的典型，这太着眼于阿Q的性格特征，就很容易把阿Q的典型说成是一种观念的形象化。从何其芳对阿Q形象的考证可以看出，他是不赞同"阿Q的典型性只能概括一个阶级或阶层的本质"。何其芳在《论阿Q》一文中指出，阿Q的性格不是个别阶级的产物，它有更大的普遍意义，但也决不能说它是和一定物质条件、一定社会无关的人类的共同弱点或一种观念的思想性的典型。对此，何其芳在阅读《〈阿Q正传〉研究》《鲁迅生平思想及其代表作研究》过程中对此也做了批注。

P.48 反对雪峰的阿Q是思想的典型之说。(《〈阿Q正传〉研究》)

P.48 眉批：典型有思想的概括，也有人物的个性。世界上没有没有思想意义的典型，也没有没有人物的特点的典型。(《〈阿Q正传〉研究》)

P.209 主张阿Q是一个"复合体""集合体""思想性的典型"。(《鲁迅生平思想及其代表作研究》)

何其芳在《鲁迅生平思想及其代表作研究》一书中摘抄"复合体""集合体""思想性的典型"这几个关键词，是表示自己反对这样的提法。

学术界一般认为在阿Q研究史上，20世纪50年代的阿Q研究是庸俗社会学占主导地位。阿Q典型研究走向庸俗社会学倾向，在研究阿Q的过程中，把阶级论绝对化、庸俗化，纷纷给阿Q划定阶级成分，而忽视甚至反对研究阿Q精神胜利法的普遍性问题。如蔡仪、李桑牧、张泗洋等都把阿Q阶级成分定为农民。为了回避阿Q是个农民却又持有消极的阿Q精神这一矛盾，一些研究者开始寻找各种理由排除阿Q的农民身份。如冯文炳提出阿Q是个城市流浪人；

---

[1] 何其芳：《何其芳全集·5》，第47页。

耿庸提出阿Q是农村无产者的革命典型。而冯雪峰则打破这种阶级划分的模式，认为阿Q是个复合体，是"思想性的典型"（"精神寄植说"）。

何其芳在《论阿Q》一文中对以上这些观点都进行了否定，但是，由于庸俗化的"左"倾思想禁锢太严重，何其芳采用了"共名说"这种迂回的方式来解决阿Q典型研究中阶级性和典型性的矛盾。对此，张梦阳认为共名说"不可能真正揭示精神胜利法的根柢"。

## 三 关于阿Q的精神胜利法

阿Q的精神胜利法一直是学界分析研究的重点，何其芳对此问题也是相当关注，是其《论阿Q》一文重点阐释的对象。从其藏书的阅读和批语中，我们能找出他研究《阿Q正传》精神胜利法的内在理路。

（一）精神胜利法的阐释方法

纵观何其芳《论阿Q》一文中阿Q精神胜利法的阐释方法，我们发现与西方的互文性理论异曲同工。互文性（intertextuality）是现代文学理论和语言学研究的一个重要概念，产生于20世纪60年代，一方面是文字研究工具，另一方面是批判的武器，拓宽了文学批评的视野。作为文学批评理论，互文性强调单独文本的不自足性，而文本意义产生于和其他文本的相互参照和指涉。尽管何其芳因为所处的时代对互文性理论不甚了解，但事实上不自觉地采用互文法将鲁迅创作的论文、杂文与小说《阿Q正传》进行了文脉勾连，深刻阐释了阿Q的精神胜利法。正如张梦阳在《中国鲁迅学通史》中指出何其芳的阿Q研究做到了："第一次把鲁迅在早期论文和前期杂文中批判精神胜利法的论述归理了出来，与《阿Q正传》两相对照，使鲁迅在精神哲学与精神诗学两个领域里对人类精神现象的探索，对精神胜利法的批判，首次清晰地展露出来，呈现出鲁迅构思和创作《阿Q正传》的内在思路。"[1]

这种对阿Q精神胜利法在鲁迅不同时期创作的不同文体之间的互文性的关照，在何其芳的阅读和批语中体现得相当充分。整理何其芳《摩罗诗力说》《随感录》《论睁了眼看》《论"他妈的！"》《灯下漫笔》等早期论文和前期杂文的阅读和批语，发现他对《随感录三十八》中的五种自大现象进行了阅读划线标记，并在《论阿Q》中引用原文，指出"这五种议论虽然程度不同，不都

---

[1] 张梦阳：《中国鲁迅学通史（下卷·一）》，广东教育出版社，2005，第207页。

是阿Q精神的具体表现吗"。何其芳的原批：

P.31所列举的五种"合群的爱国的自大"都是阿Q的精神胜利法。（《鲁迅全集 二》）

何其芳在《论阿Q》中引用《摩罗诗力说》（1907）中的一段话来批判"国民性"的弱点，相应地在原文阅读中也进行了划线标记，并批注：

P.57说所谓古国文明之可笑，与"阿Q正传"思想相似。（《鲁迅全集 一》）

何其芳在《论阿Q》一文中将这段话与《阿Q正传》对照如下："他在这里所批评的弱点，不是和阿Q夸耀先前如何阔，并且自己头上有癞疮疤，却藐视又癞又胡的王胡一样吗？"

何其芳在《论阿Q》一文中引用了《论睁了眼看》的一段话，指出："就更像是对于阿Q精神的总说明了"。翻检何其芳对《论睁了眼看》的阅读标记和批语，发现他直接摘录了这段话（P.221），并且对鲁迅相关的论述也做了摘抄：

P.218"中国的文人也一样，万事闭眼睛，聊以自欺，而且欺人，那方法是：瞒和骗。"（《鲁迅全集 一》

P.221"中国人的不敢正视各方面，用瞒和骗，造出奇妙的逃路来，而自以为正路。在这路上，就证明着国民性的怯弱、懒惰，而又巧滑。一天一天的满足着，即一天一天的堕落着，但欲又觉得日见其光荣。""文艺是国民精神所发的火光，同时也是引导国民精神的前途的灯火。"（《鲁迅全集 一》

P.222"中国人向来因为不敢正视人生，只好瞒和骗，由此也生出瞒和骗的文艺来。"（《鲁迅全集 一》

（二）精神胜利法的形成

关于阿Q的精神胜利法的形成，过去有三种意见：一种认为阿Q的精神胜利法是从统治阶级身上移植过来的；另一种认为阿Q的精神胜利法是农民身上自己产生出来的；第三种意见，认为阿Q的精神胜利法是人性的普遍弱点。何其芳在阅读鲁迅相关著作中，关注了其中的观点。如在阅读《鲁迅生平思想及其代表作研究》《〈阿Q正传〉研究》时，批注了：

P.193说阿Q主义主要是从反动统治阶级身上产生并散发出来的。劳动人民是受到这种精神的荼毒。（《鲁迅生平思想及其代表作研究》）

P.57也用"统治思想"说明阿Q精神的普遍。（《〈阿Q正传〉研究》）

何其芳在对应的原段落中打"?",表示他对此观点的质疑,也即反对上面提到的第一种意见。第一种观点长期占着统治地位,因为他们都援引马克思、恩格斯在《德意志意识形态》一书中的论断作为自己论点的根据:"统治阶级的思想在每个时代都是占统治地位的思想","占统治地位的思想不过是占统治地位的物质关系在观念上的表现,不过是以思想的形式表现出来的占统治地位的物质关系"。何其芳在《文学艺术的春天·序》中对此进行了批驳:"这并不等于说每一个时代的每一个阶级的人物的每一种消极的思想都是那个时代的统治阶级的思想"。在《论阿Q》一文中进一步指出"阿Q精神并不是这样的东西,它并没有表现封建思想的特有的性质"①。

何其芳在阅读《关于鲁迅及其著作》中,批注了:

P.56"尤其是出世在后的长篇阿Q正传给读者以难于磨灭的印象。现在差不多没有一个爱好文艺的青年口里不曾说过'阿Q'这两个字。我们几乎到处应用这两个字……"又说阿Q相"似人类的普通弱点的一种。"至少在"色厉而内荏"这一点上。

也即上面提到的第三种观点。关于"人类的普通弱点"的提法,何其芳在《论阿Q》最初成文时,弱弱地说"这种感觉是有根据的",其后进一步阐释,在阶级社会里,"人类的普通弱点"也是有阶级性的。这显然也是阶级论者所不能同意的,遭到了以李希凡为代表的评论者的强烈批判,认为是超阶级性的人性论。其后,何其芳修改文字为"这种说法自然是不科学的",以此表明自己坚持阶级观点和阶级分析的方法。

(三)精神胜利法的阶级性

中华人民共和国成立后的三十年,即20世纪50至70年代,人们对阿Q的研究主要从阶级分析法入手,对精神胜利法的理解也带有阶级性,将反动统治阶级的精神胜利法与作为农民的阿Q的精神胜利法相区别。何其芳在阅读鲁迅相关著作中,对此类观点做了批注:

P.194说反动统治阶级的阿Q主义是反动的,劳动人民的阿Q主义是反抗反动的,只是方法不对。(《鲁迅生平思想及其代表作研究》)

P.74说剥削阶级的精神胜利法的本质是凶残。阿Q的精神胜利法是反抗要求。(画红线,猜测是反对此观点)(《〈阿Q正传〉研究》)

P.83又说反抗的要求在阿Q是基本的和主要的。(《〈阿Q正传〉研究》)

---

①何其芳:《何其芳全集·5》,第49页。

当然，对这种过分夸大阶级性的观点，何其芳是不赞成的，因此，他在对应的原段落中打"?"，表示他对此观点的质疑。但是，为了体现阶级分析的原则，他在《论阿Q》一文中，也对精神胜利法进行了阶级划分：

剥削阶级的阿Q精神是为了维持它们的反动统治，而落后的人民中间的阿Q精神却不过由于他们还不觉悟而已。因此没落时期的剥削阶级的阿Q精神是无法去掉的，就像是它们的影子一样将要一直跟随到它们的灭亡；而落后的人民中间的阿Q精神却会随着他们的觉悟的提高而消逝，只要他们认识到没有必要害怕承认自己的错误和缺点，而且接受了马克思主义的自我批评的武器。

何其芳也认为精神胜利法是只有剥削阶级才出现的消极可耻的现象。为了解决阿Q作为农民也有精神胜利法，何其芳提出了"共名说"。张梦阳指出，何其芳的"共名说"只是一种迂回式和表层性的解决问题的方式，其他阶级，若具有精神胜利法的话，不过是"共"其"名"罢了，只是借助一个名称，并不具备其实质，不可能真正揭示精神胜利法的根柢。

用阶级定性代替人物分析，是那一个时代的特点，带有鲜明的政治性，也是时代要求：似乎文学研究的最高目的就是为了给文学形象或人物一个政治定位。但，何其芳意识到了这种以政治分析代替美学分析的偏狭与错位，想寻找一些中介概念来代替这种政治至上的研究。阶级分析是必要的，但是急于给人物戴上一顶政治帽子就草草了事，就算是完成了对于文学形象的分析，则是何其芳不满意的。何其芳一方面坚持政治分析、阶级分析，一方面试图对文学形象进行美学还原包括作家的意图还原，他一直处在这种矛盾中。他试图克服二者对立的努力，显示了他的焦虑，也显示了他思考的深度。他没有躺倒在既成的概念上止步不前，而是思考着进一步接近对象、接近人们对文学形象的生活感受，提炼这种感受。

## 四　创作方法及得失

事实上，早在阿Q发表之初，就有读者对阿Q的真实性提出质疑。1922年1月2日，《阿Q正传》刚登到第四章时，读者谭国棠就给《小说月报》写信说："《晨报》上连登了四期的《阿Q正传》，作者一支笔真正锋芒得很，但是又似是太锋芒了，稍伤真实。讽刺过分，易流入矫揉造作，令人起不真实之感，则是《阿Q正传》也算不得完善了。"①

阿其芳对阿Q形象质疑的批语还有几处：

P.412此种思想似与阿Q不合。(《鲁迅全集 一》)（原文：他第二次进了栅栏，倒也并不十分懊恼。他以为人生天地之间，大约本来有时要抓进抓出，有时要在纸上画圆圈的，惟有圈而不圆！却是他"行状"上的一个污点。）

P.76说阿Q说杀革命党好看，说女人是害人的东西，都是士大夫的正宗思想，在小说里却借来给阿Q了。(《鲁迅小说里的人物》)

P.79说阿Q对于女人的感想，是暴露士大夫的女性观。(《鲁迅小说里的人物》)

何其芳在这几条批语中提到的对阿Q人物性格描写的不统一之处，其实都可以用"逼促"来解释。对此，孙绍振在分析鲁迅的创作风格时，对"逼促"有详细解释。他说："这种叙述的境界，就是鲁迅所说的'不慌不忙'，也就是不像《狂人日记》，那样'逼促''讽刺'而'不很显露'，这就是鲁迅追求的'大家风度'。反过来说，不这样写的，把主观思想过分直接地暴露出来，那就是'逼促'，讽刺'很显露'，在鲁迅看来，就不是'大家风度'。拿这个标准去衡量《狂人日记》《阿Q正传》，鲁迅就可能觉得不够理想，不够'大家风度'。这不仅仅是对自己的苛刻，而是对艺术的执着追求。"②孙绍振认为主要是因为"鲁迅心中有小说艺术和杂文艺术两根弦，两根弦有的时候构成和弦，有时就会互相冲突"③。同时指出"至于《阿Q正传》的伟大，我跟所有研究《阿Q正传》的人没有分歧。但是，《阿Q正传》里面有没有'太逼促'的东西，例如，漫画的、杂文的成分，这是可以讨论的"④。孙绍振其实是认为《狂人日记》《阿Q正传》有漫画的、杂文的成分，因而"逼促"。何其芳也曾摘录关于"逼促"的句子：

P.575"《狂人日记》很幼稚，而且太逼促，照艺术上说，是不应该的。"(《鲁迅全集 七》)

何其芳应该是认可这种评价的，只是没有展开。而冯雪峰则肯定鲁迅的杂文创作经验对其小说创作产生了巨大的思想力量。他认为："鲁迅由于他自己所选定的历史岗位，是政论家，是战斗的启蒙主义者，所以他越是像他对付杂文一样，以一个政论家的态度，战斗的启蒙主义者的态度，去对付他的小说，

---

① 张梦阳：《中国鲁迅学通史(下卷·一)》，第172页。
②③④ 孙绍振：《经典小说解读》，上海教育出版社，2016，第40页。

则他的小说也就越杰出,越辉煌。否则,就要因为不能高度地显出鲁迅自己的这种特色,而那作品在鲁迅自己的作品里面也就要显得比较地逊色了。"①他又在《论典型的创造》中进一步指出:"我们的《阿Q正传》也是如此,倘若鲁迅先生不从中国社会的根本矛盾上去捉住阿Q根性的根源,不借此来展开社会思想形态的战斗,则首先阿Q就不能有这样突出,而《阿Q正传》也不能具有这样巨大的思想力量和历史的真实。"②因此,我们要辩证地解读鲁迅杂文艺术对小说艺术的影响。

何其芳在《阿Q正传》文本文末总评:

阿Q的性格从头至尾是统一的,在他身上集中了的许多可憎、可悲和可笑的弱点,也是的确在生活中真实地存在过的。问题在如何解释而已。这样真实,这样阴森森!一九五六年九月十日记。(《鲁迅全集 一》)

他在《论阿Q》一文中总评阿Q的人物塑造特点:"阿Q的性格从头至尾都是统一的,他的思想和言行除了极其个别的地方,都是和他的阶级身份、社会地位和特有的性格很和谐的。"总体而言,何其芳对鲁迅塑造的阿Q形象是持肯定态度的。

一般文学史对何其芳的定位是:政治家或政治倾向比较明显的文化人。1949年以后,何其芳在一个较长的时期里一直处在重要文化部门的负责岗位上,在以阶级斗争为纲的特殊时期,他常作为重要人物要参加各种文艺思想政治斗争,发表相关的批判意见。正如他自己所说:"我总是在有了写文章的任务以后,才去阅读一些有关的材料。"比如论文集《没有批评就不能前进》,都是一些批判文章,其中批评了胡风、俞平伯、胡适、丁玲、冯雪峰等。学者们总结,尽管何其芳会身不由己地偏离了文学正当的轨道,以至自觉不自觉地发表一些明显偏颇的批判言论,但是他总是竭力避开政治潮流对学术批评的影响,而力求从学术层面上、从艺术感悟上从事文学批评。我们从何其芳对《阿Q正传》的阅读和批注中,能明显感受他力图按照文学的规律去分析问题,但是受主流阶级论的影响,他不得不时时妥协,违心或迂回地处理一些问题。张梦阳曾感慨:"这说明将阶级论推向绝对化、庸俗化的'左'倾禁锢是多么严重,就连何其芳这样卓越的文艺理论家的头脑中也未能完全脱开这种阴影的束

---

① 张梦阳:《中国鲁迅学通史(下卷·一)》,第200页。
② 冯雪峰:《论文集》上卷,人民文学出版社,1981,第176页。

缚。"①

　　我们对何其芳的藏书、阅读及批语向外界的揭示，一方面作为新的史料充实了何其芳和鲁迅的相关研究；另一方面，何其芳的藏书读书精神对后世学人有启迪意义，能纠正目前学术界浮躁的学风。

---

①张梦阳:《中国鲁迅学通史(下卷·一)》,第207页。

# 谁是"路易斯讬仑"？*

## ——鲁迅译《造人术》作者考，兼论女作家"失踪"之谜

符杰祥　上海交通大学人文学院

在由丁初我主编的晚清著名女学杂志《女子世界》1906年第4—5期合刊上，鲁迅发表了一篇题为《造人术》的短篇小说译作。[①]这篇小说被安排在"文艺"栏目，题目注明"短篇小说造人术米国路易斯讬仑著译者……索子"。这篇译作鲁迅生前未收入任何文集，译者自己似乎也忘却了。直到1961年8月，才被上海学者陈梦熊（笔名熊融）发现，并获得当年转交译作的当事人周作人的亲笔确认。[②]1999年，日本学者樽本照雄以神田一三的笔名发表系列文章，通过与日文译本、英文期刊原本对比分析，探明了鲁迅所译《造人术》的日文底本与英文原本情况。[③]《造人术》的英文原作，为美国女作家Louise J. Strong所著的短篇小说"An unscientific story"（《一个并非科学的故事》），刊登在美国著名的大众杂志《大都会》（The Cosmopolitan）1903年2月第4号上。同年6月，明治时期著名翻译家原抱一庵（はらほういつあん、本名原余三郎，1866—1904）以《造人术》的篇名节译了小说前两节，连载于1903年6月8日

---

\*收录时原文有删节。
[①]关于《造人术》的刊载时间，参见宋声泉：《鲁迅译〈造人术〉刊载时间新探——兼及新版〈鲁迅全集〉的相关讹误》，《鲁迅研究月刊》2010年第5期；国蕊：《从"世界奇谈"到"女子世界"——再议〈造人术〉的译介》，《鲁迅研究月刊》2019年第12期。
[②]陈梦熊：《知堂老人谈〈哀尘〉〈造人术〉的三封信》，《鲁迅研究动态》1986年第12期。
[③]神田一三：《鲁迅〈造人术〉的原作》，许昌福译，《鲁迅研究月刊》2001年第9期，原日文论文发表于《清末小说から》1999年12月1日第22号；《鲁迅〈造人术〉的原作·补遗》，许昌福译，《鲁迅研究月刊》2002年第1期，原日文论文发表于《清末小说から》2000年1月1日第56号。

和7月20日的东京《朝日新闻》上，其中第一节后来又被收录到译文集《泰西奇闻》中。①鲁迅的译本内容，与《泰西奇闻》的版本相同，是相对忠实的直译。经过中日学者持续多年的探索，《造人术》的译介源流已经非常清楚了，但仍留下一些未解之谜。我们现在已知，鲁迅译文中的作者"路易斯讬仑"就是 Louise Jackson Strong，通译为露易丝·杰克逊·斯特朗。但这位作者是什么时代的作家，身世如何，有过哪些创作，是怎样的风格，有怎样的影响？迄今仍一无所知。所谓"知人论世"，了解作家的身世、观念、信仰、创作经历与文学风貌，对理解与如何理解其创作，无疑具有非常重要的价值。所以，一无所知并不是这些问题不重要，而是对文学史上的失踪者来说，打捞历史、修复碎片，实在是太过艰难。遍查国内外各种文学史著作，包括美国文学史、儿童文学史、科幻文学史，除了收入 *An Unscientific Story*（《不科学的故事》）的几种小说集，Louise J. Strong 在文学史上几乎没有留下任何痕迹。美国华裔学者张英进教授近年编著的一本现代文学史著作 *A Companion to Modern Chinese Literature*（《中国现代文学指南》），②也是通过追溯鲁迅翻译的《造人术》回头来重新解读英文原作的。有幸的是，尽管所知有限，我们还是在文献资料中找到了一些相关线索与信息。通过整合分析，可以帮助我们更完整、更深入地理解 Louise J. Strong 及其文学创作，包括经由中日两大著名文学家、翻译家译介的最有影响的《造人术》。

## 一　在"新晋作家"与"无名作家"之间

在译介过程中，对于《造人术》的作者斯特朗，中日译者、介绍者形成了非常有趣的对照。在两个版本的日译本中，都附有解说性的译者识言，据"泰西奇闻"版（知新馆1903.9.10），有如下介绍：

> 米国紐育のコスモポリタン雜誌社が作家として當時同国の読書界に於て頗る寵愛せらゐゞフルイ、ストロング氏を起こして著作せしめ、稿成て一千九百〇三年五月五日の同紙上に掲載せられしものなり。（此篇奇异小说，乃美国纽约

---

① 国蕊：《原抱一庵"造人術"全译兼两版本校考》，《鲁迅研究月刊》2020第3期。
② Zhang, Yingjin. *A Companion to Modern Chinese Literature*. Blackwell Companions to Literature and Culture. West Sussex, UK: Wiley Blackwell, 2016.

《大都会》杂志社起用当时在该国读书界颇受宠爱的新晋作家露易丝·斯特朗所作，成稿后于1903年5月5日刊载在该杂志。)

《朝日新闻》的译者识语是在1903年6月28写的，两个版本文字上略有差异，小说的发表时间都写错了，原刊是1903年2月而非5月，并未注明日期，刊数则是第4号。原抱一庵对这篇"奇异小说"把握准确，这正是科幻小说与哥特小说的诗学特质所在。值得关注的是对作者的介绍，文中说她是"当时在该国读书界颇受宠爱的新晋作家"。而在将近一个甲子之后，当年转送鲁迅译作的周作人则在1961年8月给陈梦熊的复信中说：

> 承示《造人术》。确系鲁迅所译，由我转给《女子世界》者，其曰初我者，即是编者丁初我氏。著者当系无名文人，与著《月界旅行》之法人有别，翻译时期当在一九〇五年中，（请参考《女子世界》系哪一个月出版）其时鲁迅在弘文学院已经毕业，计当已进仙台医学校矣。[①]

对于《造人术》的作者，原抱一庵的评价是"当时在该国读书界颇受宠爱的新晋作家"，周作人的看法则是"当系无名文人"。那么，到底是"新晋作家"还是"无名文人"呢？原抱一庵评价的"当时"是在1903年，更贴近当年的历史现场。据目前所查到的资料，斯特朗在1903年前后共发表十篇作品，包括诗歌、小说、儿童故事，大致也可以说是"颇受宠爱的新晋作家"；而且原抱一庵这么说，也的确是有根据的。在《造人术》英文原作（"An unscientific story"）发表之后，当即就引起了评论界的注意，评论杂志 The Review of Reviews 将其作为重要文章在"Leading Articles in the Reviews"栏目推荐给读者，评论文章的题目是"Can Man Creat Life?"（"人能创造生命吗？"），文中开首一段便说：

> LOUISE J. STRONG contributes to a recent number of the Cosmopolitan a grim story of a professor who succeeds in finding the life-germ. The results are so unspeakably awful that a perusal of the story might well deter any seeker after the same discovery from further attempts. （露易丝·J·斯特朗给最近一期的《大

---

[①] 陈梦熊：《知堂老人谈〈哀尘〉〈造人术〉的三封信》，《鲁迅研究动态》1986第12期。

都会》杂志投稿,讲述一位教授成功发现生命胚芽的可怕故事。结果是如此难以形容的可怕,细读这个故事,很可能会让探索者在同样的发现之后打消进一步尝试的念头。)①

原抱一庵想必是读了这篇评论文章,有感而发,意识到斯特朗是"当时在该国读书界颇受宠爱的新晋作家",所以才有了译介的念头。对于《造人术》原作的发表日期,原抱一庵有一个奇怪而错误的记录,所误记的1903年5月5日,应该是将斯特朗小说的评论文章与小说本身的发表时间弄混了。

当然,原抱一庵的解说也有译者为自己所翻译的小说做宣传的一面,"颇受宠爱"的广告修辞不无夸张之处。鲁迅当年起意翻译这篇小说,除了对科学小说的启蒙兴趣、进化论与医学的知识兴趣,译者识语的介绍也肯定起到了一定的激发与引导作用。

从周作人这一面来说,他当时尚在南京读书,也不通日文,应该是不知道日译本《造人术》的情况的。从其在《造人术》文末以"萍云"笔名所写的"萍云曰"的短评就可以看出,"行其择种留良之术,以求人治之进化"之类,②不过是结合当时中国兴女学的风气,一通读后感式的胡乱发挥,对日译本尤其是《朝日新闻》的两节本一无所知。诚如其后来所说:"跋语只是臆测译者的意思。"③周作人所说的"无名作家",是在屡遭家国变故与各种政治运动的多年之后,更无史料可查,他的说法也同样是"臆测"而已。当然,从另一面来看,"无名作家"也的确是实情,斯特朗并未进入美国各种文学史,长久以来就是文学史上的失踪者。从作者的创作情况来看,在经历了1903年前后的创作高峰之后,作者仅在1920年、1921年各写过一篇儿童故事,便悄无声息了。只有《造人术》的原作"An unscientific story"在后来被收入各种小说集。这一方面说明《造人术》原作的确颇有影响,乃至和阿瑟·柯南·道尔(Arthur Conan Doyle,1859—1930)等人一起,被列为哥特小说吸血鬼系列的经典之作;另一方面也说明,斯特朗的创作成绩不算太多,除了"An unscientific story",其他作品影响也不够大。"无名"与"有名"的辩证,大概可以由此理解。

---

① "Can Man Creat Life?", book review of "An unscientific story", The Review of Reviews, v. 27, January–june, 1903, P. 385.
② 萍云:《萍云曰》,《女子世界》1906第4—5期合卷,第81页。
③ 陈梦熊:《知堂老人谈〈哀尘〉〈造人术〉的三封信》,《鲁迅研究动态》1986第12期。

## 二　与H.G.威尔斯同期/同时代

因为在文坛与文学史销声匿迹，《造人术》的作者也几乎被长久遗忘了。不要说作者身世如何，是什么时代、什么类型的作家，对非西方世界、不了解西方文化的人来说，作者是男是女的性别都是一个问题。比如，对于 Louise Jackson Strong，向来以考证严谨著名的日本学者樽本照雄在文章中就用"他"来称呼，[①] 显然是把斯特朗误认为男作家了。

有幸的是，我们在电子文献中找到了一张斯特朗的黑白肖像照，可以一睹真容。这张照片是她的曾孙 George Asdel 提供的。据其写于2011年5月27日的修订说明，斯特朗的这位曾孙是一位艺术家，在加利福尼亚州南部出生和长大，在加州大学洛杉矶和富勒顿分校学习艺术，目前在加拿大开画廊，画画，给书做插图，制作卡片和印制品，也写诗。有趣的是，斯朗特当年为大众杂志和儿童读物所写的小说和故事常常配有插图，比如《造人术》原作就有三幅，自己的后辈则成了画插图的艺术家。

从照片看，斯特朗留一头稍微卷曲的短发，黑发上佩戴一朵白色绢花，面容瘦削，眼神坚毅，庄重严肃，微带笑容。女作家身形清瘦，身着白色高领长袖上衣，衣领处系有简洁的花色纹饰与细长的黑色缎带，黑白分明，显得雅致

---

① 神田一三：《鲁迅〈造人术〉的原作·补遗》，许昌福译，《鲁迅研究月刊》2002第1期，第31页。

大方、朴素干练，是典型的欧美知识女性的装扮。从相貌与年龄上看，大概是中青年时期所拍的照片。

在斯特朗的照片下方有三行文字：

Great Grandma Louise Jackson Strong

（around 1911）published writer of stories and novels, and composer of published music;

and mother of our Grandpa George Strong

（曾祖母露易丝·杰克逊·斯特朗

1911年左右已发表故事和小说的作家，已发表音乐作品的作曲家；

我们祖父乔治·斯特朗的母亲）

这是那位艺术家所提供的简短说明。没有生卒年月、家世、教育等方面的说明，不过至少也确认了三条信息：一是作家的身份，1911年左右已开始发表各种故事与小说；二是作曲家的身份，发表过音乐作品。这说明，斯特朗有很高的文学与艺术修养，受过良好的教育，热爱文学与音乐创作。三是 Louise J. Strong 的家庭婚姻信息，从姓氏可以看出，女作家的丈夫是斯特朗家族的，至少有一个孩子（从作者最早的一首诗歌"My boy is gone"可以推断，曾有另一个男孩夭折），是乔治·斯特朗（George Strong）。除了其后辈提供的信息，结合作者的创作情况，我们也可以进一步做一些合理的推断与分析。

一个有意思的发现是，在和《造人术》原作同一期发表的《大都会》杂志上，出现了一位科幻小说大师的名字，这就是大名鼎鼎的英国小说家 H.G. 威尔斯（Herbert George Wells，1866—1946）。威尔斯和法国科幻小说家儒勒·凡尔纳（Jules Gabriel Verne，1828—1905）齐名，两人都被称为"科幻文学之父"。鲁迅在译《造人术》之前，就曾翻译过凡尔纳的两部著名的科幻小说《月界旅行》与《地心游记》。作为那一时代最有影响力、最有贡献的科幻小说家，威尔斯在《大都会》杂志上先后连载、发表过《世界大战》和《月球上最早的人类》等多部著名小说。在1903年2月这一期上，威尔斯发表的是"Mankind in the Making. V. Continued. —the man—making Forces of the Modern State."中文可译为《制造中的人类：第五章续——人——打造现代国家的力量》。威尔斯在当年7月为该书所写的序言中说明，这是一部政论性的著作，以进化论为基础提出了人类社会在出生、语言、教育、管理等方面的设计与设想。①威尔斯在2月号发表的这篇论文,是第五章的部分,排在第393到399页。斯特朗的小说则是在第411到417页,之间相隔另一位作者的一篇文章《守卫者的芭拉施》("Barlasch of the Guard")。

斯特朗的科幻小说有缘与科幻小说大师威尔斯在同刊同期交集,两位作家也因此可能相互阅读过对方的作品。他们有没有可能是同时代或同时代前后的人呢?在同一时期发表文章,未必是同时代作家。就如英国科幻小说作家、学者亚当·罗伯茨(Adam Roberts)所说:威尔斯和凡尔纳是"科幻小说大师中最闪亮的双子星",但二人从未谋面,"实际上他们甚至是两代人。但是他们在同一时代,写下了最优秀的篇什,用他们的主要作品巩固了科幻小说在文化中日渐突出的文学地位"。②所以,要了解作家背后的时代,还需要从两位作家的创作时期做整体判断。

从目前所见的有限资料来看,斯特朗最早发表的文学作品是一首思念亡子的悲伤的诗,题目是《我的男孩走了》("My boy is gone"),时间是在1895年8月;最后一篇作品是一个儿童故事,时间是在1921年。因为资料文献不全,信息肯定有遗漏,但大致可以看出来斯特朗的基本创作情况。那么再看威尔斯,是从1888年开始向报刊投稿,发表一些科学论文与文学评论。至于文学创作,则是从1894—1895年连载的《时间机器》(The Time Machine:An Invention)开始获得关注,闻名世界的。由此来看,与威尔斯同刊、在同期发表小说创作的斯特朗,也是与威尔斯大致同时代而稍晚一些的作家。如果说威尔斯的创作兴起于英国的维多利亚时代,斯特朗在美国文坛的出现则是在南北战争之后。不同的是,威尔斯高产而多面,除了作家身份,还是一个教育家、社会活动家,一生著述百余部,仅小说就有五十二部。

斯特朗的文学创作中有许多是对上帝与神的赞美,表现出强烈的宗教情怀。在其发表的报刊中,至少有三种属于基督教会报刊,如《牧师》《基督教先驱与我们这个时代的标志》与《路德教会之友》。

在1903年2月的《大都会》杂志上,《造人术》的原作题头有一幅插图,是由E·赫林(E.Hering)绘制的(该期卷首插画亦由其所绘),上身为披着长发、长有双乳的女性,两只胳膊则是男性的,两手为兽爪,下半身为狮子。樽

---

① H. G. Wells."Preface",Mankind in the Making,1st World Library - Literary Society ,2007,P.1.
② 亚当·罗伯茨:《科幻小说史》,马小悟译,北京大学出版社,2010,第141页。

本照雄认为，这种像斯芬克斯一样的生物，"与小说中描写的人工生命完全不同。可能是插图画家不是依据书中的内容，而是根据自己的想象随意画的"①。的确是不同，但未必随意。在路德教会的小册子中，就有类似的许多人兽怪，或者驴头人身、或牛身人头，都是神学的禁忌。在教会眼中，"这些由人与动物混合衍生的怪人、怪兽也被认为是较低等形式的生命体，他们由于屈服于魔鬼的诱惑而失去理性，以至身躯最后变成部分动物的形式"，成为"魔鬼创造出来以搅乱世间的帮手"。②这也就是为什么在《造人术》原作中，科学家列文森教授发现自己创造出来的生物"混杂着低等动物的残暴和人类的心智"，是"拥有灵魂的低等人类"后，非常悔恨，连声大喊："怪物！怪物！""会捕食人肉的怪物，我召来了什么诅咒，它们是恶魔！"③如果没有新教背景，斯特朗不会有这样的创作，科学家也不会有这样的话语。同样，如果不了解作者的路德教派的背景，对这篇"并非科学的故事"，也不会有完整而深切的理解。

任何一种信义宗教会，都有共同的民族与地域背景。历史上的美国路德教基督徒主要来自德国和斯堪的纳维亚国家，先后有1638年、18世纪、19世纪中叶到20世纪初三次移民高潮。美国路德宗至今仍具有浓厚的德国与北欧民族色彩，美国上中西部地区有广袤的森林和湖泊，冬季气候严寒，是北欧移民的偏爱之地。④有意思的是，斯特朗发表在《路德教会之友》上的一篇文章《烧伤的，还是冻伤的？一个发生在作者身上的真实故事》，讲的正是自己六岁时、在冬季一个严寒的早晨用舌头舔父亲的斧头被冻伤的故事。此外像《雪羊毛骑士》，讲的是孩子们帮助邻居铲雪清路而获得凯瑟琳小姐手绘的骑士徽章的故事，也写到了厚厚的积雪铺满街道的寒冬景象。从这一点看，斯特朗应该是德国和北方欧洲民族的后裔。

综上分析，我们可以得出一个大概印象：斯特朗是与科幻小说大师H.G.威尔斯同时代的美国女作家，居住在密苏里州西北部的小城镇奇利科西，是基督教中新教路德教派的教徒，德国与北欧移民的后裔。

---

① 神田一三：《鲁迅〈造人术〉的原作·补遗》，许昌福译，《鲁迅研究月刊》2002第1期，第30页。
② 王慧萍：《怪物考：中世纪幻想艺术图文志》，湖北美术出版社，2015，第19页。
③ Louise Strong."An Unscientific Story".The Cosmopolitan, Feb 1903, P.415.
④ 参见刘澎《当代美国宗教》，社科文献出版社，2012，第109—110页。

## 三　Louise J. Strong的文学创作与"造人术"原作

笔者目前所查到的斯特朗的文学创作，共有十二篇，……赞美上帝与爱是作者所有创作的基本立场。两篇小说《赛拉斯的交际手段》和《他自食其果》是讲家庭之爱的，诗歌《天堂的钟声》则是颂扬上帝的。其他五篇儿童故事，如《偷黑莓的鸟》《被真相治愈》《雪羊毛骑士》《烧伤了还是冻伤了？》《他们自己开玩笑》，通过讲述几个儿童之间不同的小故事，赞美了人与人之间的善良、宽容、鼓励、关爱与相互帮助，也是颂扬人间的美与爱的。

从女作家的写作立场回头来重读《造人术》原作，许多问题由此可以获得理解。如何认识小说中的科学家创造新生命的动机与结果，如何解释他所创造的"恶魔"与"怪物"之谜，又如何解释他要与自己的创造物同归于尽的毁灭与牺牲？列文森的科学实验，是希望掌握创造生命的秘密，造福人类。当新的生命实验成果终于出现的时候，科学家欣喜若狂，高呼："噫吁嘻，世界之秘，非爱发耶？人间之怪，非爱之释耶？假世界有第一造物主，则吾非其亚耶？生命，吾能创作！世界，吾能创造！天上天下，造化之主，舍我其谁？吾人之人之人也，王之王之王也，人生而为造物主，快哉！"[①]鲁迅从日译本直译而来的故事到此戛然而止，充满了以现代科学征服自然、占有世界的自豪与喜悦，这也正是晚清时代科学崇拜在译介过程中的必然呈现。其实，这仅仅是一个短短的前奏和小小的铺垫，真正精彩的故事与重头戏的转折还在后头。其中的一个细节，在日译本和鲁迅的中译本被省去了。列文森在实验成功后，"想冲出门外，站在屋顶上，向那些还在彻底困惑之中的科学家同行和神学家们宣告自己的成功"[②]。向"科学家同行"宣告自己的成功可以理解，为什么还要拉扯看似不相干的"神学家们"？这暴露了科学家要取代上帝的野心，这无疑是一种浮士德式的探索未知的魔鬼般的诱惑。这种"仿佛在挑战全能的神一般"的幻觉是一种虚妄、一种僭越，对神学世界构成了一种冒犯与威胁，显然是有路德宗信仰的作者无法接受和要借此批判的。果然，随着故事的翻转，恐惧与惩罚很快来了，科学家在睡梦中被自己创造出来的生物咬住脖子吸血，差点害死自己。科学家创造出来的生物必然是他自己所诅咒的丑陋而残忍的"恶魔"与

---

[①] 米国路易斯托仑：《造人术》，索子（鲁迅）译，《女子世界》1906第4—5期，第80页。
[②] Louise J. Strong. "An Unscientific Story", The Cosmopolitan, Feb 1903, P.412.

"怪物",绝非善良美丽的天使与人类。怪兽们的丑陋与其说是相貌意义上的,不如说是道德意义上的。就像玛丽·雪莱(Mary Shelley,1797—1851)在小说《弗兰肯斯坦》中的怪物一样,违背自然法则与神学意志的结果,必然是只可能或只能产生丑、产生恶,而非美、而非善的。①最后拯救科学家、使得其完成救赎的,则是家庭、妻子和孩子的爱。正是孩子们"天真无邪的声音有如天籁"②,促使科学家下定决心毁灭怪物,甚至不惜牺牲自己。在小说最后,幸存下来的科学家对妻子有一句答非所问的回答:"我现在只属于你和孩子们了。"③摆脱野心,结束疯狂,回归家庭与爱,大概也是写儿童故事的女作家最期待、最满意的结尾。

## 四 结语:美国女作家/儿童文学作家:文学史上的失踪者

从文学创作来看,Louise J. Strong是一位诗人、小说家和儿童文学家。其写作题材集中于儿童、家庭与女性,带有鲜明的女性色彩与宗教色彩。从发表期刊来看,主要是一些大众杂志、儿童读物和教会报刊。比如最著名的《造人术》原作是刊载在《大都会》上的,这是美国大众读物中最高端的一种。《大都会》创办于1886年,至今仍在发行,现已转型为针对女性读者的时尚类读物,是全球发行量最大的杂志,目前共有三十二种语言、四十四种国际化版本。为什么在影响力这样大的刊物上发表小说、引起当时美国评论界注意的作家,反而后来毫无影响,成为文学史上的失踪者呢?比较悖论的是,原因可能正在于此:越是流行,越是大受欢迎,越是容易被视为通俗作家,也越是难以得到学界严肃的对待。

随着废奴主义和妇女解放运动的发展,"19世纪后半叶是美国女性文学开始崭露头角的时代"。这一时期美国社会存在着众多女性作家与庞大的女性读者群。但大多数写作"目的只是为了娱乐,作品属于感伤、浪漫、刺激的通俗文学"④。斯特朗就是在这一背景之下崭露头角,成为日译者原抱一庵所说的"当时在该国读书界颇受宠爱的新晋作家"。从其创作看,有"属于感伤、浪漫、刺激的通俗文学",但也有严肃的思考与现实关怀,并不"只是为了娱

---

① 苏耕欣:《哥特小说——社会转型时期的矛盾文学》,北京大学出版社,2010,第48页。
② LouiseJ. Strong."An Unscientific Story",The Cosmopolitan,Feb 1903,P.415.
③ LouiseJ. Strong."An Unscientific Story",The Cosmopolitan,Feb 1903,P.417.
④ 朱刚主撰《新编美国文学史》第二卷,上海外语教育出版社,2002,第10—11页。

乐"。不过，这仍然无法避免被男性精英所主导的主流文学所淹没的命运。

斯特朗的创作集中于女性、儿童、家庭与日常生活，这也是女性作家所特有的普遍风格。其创作与命运既是那一时代的个案，也具有那一时代的普遍性。从同时代更有名的女性作家来看斯特朗这样相对"无名"的作家，就很容易看到问题。

在美国文学史上，"美国批评家一直把19世纪中叶看作霍桑、爱默生、麦尔维尔的天下，认为当时英国女作家倒是声名显赫（奥斯丁、勃朗特姐妹、乔治·艾略特），美国妇女却是登不上台面的多嘴妇"。在1855年给其出版商威廉姆的信中，霍桑抱怨美国"完全被一群乱涂乱画的女人们统治住了，如果公众的趣味就是她们写出的垃圾，我就不会成功"[1]。对数十年后的新晋作家斯特朗来说，霍桑（Nathaniel Hawthorne，1804—1864）对女性创作的轻蔑和嗤之以鼻仍具有很大的影响力与代表性。比如斯特朗的前辈范妮·费恩（Fanny Fern，原名Sara Payson Willis Parton，1811—1872），是美国第一位最有销量的专栏女作家，女性主义的先驱，其创作广受读者欢迎。第一部长篇小说《露丝·霍尔》（Ruth Hall，1855）刚出版就备受好评，被译为多种语言，改编成歌剧上演。她是唯一没有被霍桑嗤笑而公开表达"景仰"的，但当时亦备受歧视。那一时代的评论家仍然把她归为"多愁善感"的"说教者"，直到20世纪的大部分时间，也还是把她归为"乱涂乱抹"的女人，"那些哭哭啼啼的女人的祖母"。[2]

对女性作家的偏见如此，对女性作家的创作尤其是儿童文学创作的偏见更是如此。即便像范妮·费恩这样在后来被重新发现与高度评价的女作家，其进入文学正史、获得高度评价的是她的小说尤其是长篇小说，而非附带提及的三部儿童文学创作。不要说评论和介绍，许多儿童文学创作在各种文学史中甚至连名字也吝于提及。再如《觉醒》的作者凯特·肖邦（Kate Chopin，1851—1904），除了在《大西洋月刊》《哈柏氏月刊》等一流文学刊物上发表过小说，也写过不少儿童故事。名著《小妇人》（Little Women）的作者路易莎·梅·奥尔科特（Louisa May Alcott，1832—1888），在妇女刊物、通俗杂志发表过许多短篇畅销故事，出版过七部儿童作品，为儿童杂志写过几十篇故事。1861年因在《大西洋月刊》发表处女作《钢铁厂的生活》（Life in the Iron-Mills）而引起

---

[1] 朱刚主撰《新编美国文学史》第二卷，第432页。
[2] 朱刚主撰《新编美国文学史》第二卷，第493页。

关注的丽贝卡·哈丁·戴维斯（Rebecca Harding Davis，1831—1910），以"开创性的成就"被视为美国无产阶级文学的先驱，她也写过不少侦探小说、哥特小说、神秘故事，刊登在流行的妇女杂志和儿童杂志上。①这些女作家如果没有大部头的小说创作，而只是写儿童故事的话，也很难入主流批评界的法眼，同样是不可能进入文学史的。19世纪后期以来，美国女作家开始崛起，但并未进入主流，整体上仍处于边缘位置。和这些前辈作家相比，斯特朗的发表与创作表现出相同的特点，但影响明显要小/少得多，自然无法为"正统"的文学史所承认与接纳。

作为一个为大众杂志、家庭杂志、妇女刊物、儿童读物写作的美国女作家、儿童作家，Louise J. Strong 的文学创作及其所遭遇的"失踪"问题，是女性作家的共同命运。对21世纪的文学史研究来说，如何对待不同文类、不同性别与族群、读者群的写作，如何打破各种意识形态的偏见、教条与壁垒，仍有许多值得深思与探索的地方。

> 致谢：在本文相关的英文、日文文献资料方面，感谢美国加州大学伯克利分校何剑叶女士、韦尔斯利学院宋明炜教授、日本佛教大学李冬木教授、华东师大潘世圣教授、东北大学国蕊教授提供的帮助。

---

① 朱刚主撰《新编美国文学史》第二卷，第507—508页。

# 再谈《〈木刻纪程〉广告》是否鲁迅的佚文

葛涛　北京鲁迅博物馆　陕西师范大学人文社会科学高等研究院国际鲁迅研究中心

1934年11月1日出版的《文学》杂志三卷五号刊登了一则《木刻纪程》的出版广告，倪墨炎在1981年发表文章指出这则"告白"（笔者按：鉴于《木刻纪程》一书中附录了一则"告白"，而且这则"告白"已经收入《鲁迅全集》之中，为了区别这两篇文章，所以笔者建议把《文学》杂志三卷五号刊登的关于《木刻纪程》的文字介绍称为广告）。但是倪墨炎的观点并没有得到广泛的认可，尤其是没有得到负责编辑人民文学出版社2005年版《鲁迅全集》的有关专家的认可，因此这则出版广告也没有被收入人民文学出版社2005年版《鲁迅全集》之中。不过，刘运峰把这则出版广告收入了他主编的《鲁迅佚文全集》（群言出版社2001年出版）和《鲁迅全集补遗》（天津人民出版社2006年出版）之中。另外，刘运峰又在《现代中文学刊》2021年第8期发表了《新发现的鲁迅〈木刻纪程〉出版广告》一文认为这则出版广告是鲁迅的佚文。刘运峰的这篇文章在发表后引起了一些鲁迅研究界学者的争论，认为刘运峰在文章中所举出的理由还不够充分，还无法确证这则出版广告是鲁迅拟写的，因此也不能认同这则出版广告是鲁迅的佚文。笔者认为应当查阅《文学》杂志以及鲁迅与参与《文学》杂志编辑工作的茅盾、郑振铎、傅东华、黄源等人士的交往，才能确认这则出版广告是否是鲁迅的佚文。

## 一 倪墨炎在《〈木刻纪程〉出版告白》一文中的观点

倪墨炎在1981年8月30日撰写了《〈木刻纪程〉出版告白》一文,引用了在1934年11月1日出版的《文学》月刊第三卷第五号上的一则关于《木刻纪程》的"告白":(按:倪墨炎引用这则"告白"的内容有几处标点符号与原刊文不同。)

中国青年

《木刻纪程》(第一辑)出版

作家出品

内皆去今两年中的木刻图画,由铁木艺术社选辑,人物风景静物具备,共二十四幅,用原刻木版,中国纸精印,订成一册。只有八十本发售。爱好木刻者,以速购为佳。实价大洋一元,邮购加寄费一角四分。上海北四川路底内山书店代售。

倪墨炎梳理鲁迅编印《木刻纪程》一书的过程,认为这则"告白"是鲁迅的手笔,应当收入《鲁迅全集》,并举出了如下的几点理由:

《木刻纪程》从编辑、写序到印订、发行,都是鲁迅一人经手的,除许广平帮助做些事务性工作外,别无他人插手。这则告白,自当出自鲁迅之手,不可能有第二人。这本画集由内山书店"代售",售去一本拿一本的回扣,是不会出钱来登广告的,因而代售店撰写这则告白的可能性也不存在。其次,鲁迅历来有事必躬亲的作风,他为未名社、朝花社、三闲书屋的书都曾亲拟广告,这次告白为鲁迅亲拟并非偶然。再次,实事求是、朴实无华的文风,也是鲁迅所亲拟广告的共同特色。最后,鲁迅是《文学》月刊编委之一,这则告白很可能是利用补白的义务广告,即不付费的。我推断它出自鲁迅的手笔,即根据上述的这几点理由。

但是，倪墨炎的上述观点没有得到有关专家的认可，也就是确认这则《木刻纪程》出版广告是鲁迅的手笔还缺乏有力的证据。

附带指出，倪墨炎在写这篇文章之前的九天，即1981年8月21日，写了《鲁迅推荐〈萧伯纳在上海〉》一文，指出1934年上海联华书局出版的《解放了的董吉诃德》一书的书末有一篇题为《萧伯纳在上海》的介绍文字，这篇介绍性文字应当出自鲁迅的手笔。倪墨炎对这篇介绍性文字的考证，提出了如下几点原因："因为它的内容和鲁迅为这本书写的序言，是一致的"；"它和《文艺连丛》的广告一起刊载在《解放了的董吉诃德》的书末……两则广告同时刊登在鲁迅编的书上，一则是鲁迅所写，另一则也是鲁迅所写，是比较合乎情理的"；"了解《萧伯纳在上海》的编辑过程的，不外乎四个人：鲁迅、瞿秋白、许广平、杨之华。后两人写广告的可能性可以排除。而在《解放了的董吉诃德》发稿付印之时，瞿秋白早已离开上海去中央苏区了，因而瞿秋白也不可能写这则广告。唯一能写这则广告的，只有鲁迅！"倪墨炎的上述观点得到了负责编辑人民文学出版社2005年版《鲁迅全集》的有关专家的认可，因此这则题为《萧伯纳在上海》的出版广告也被收入人民文学出版社2005年版《鲁迅全集》之中。

倪墨炎首先发现了这两则出版广告，并通过考证认为这两则广告都是鲁迅的手笔，虽然倪墨炎对《木刻纪程》出版广告的考证结果没有被人民文学出版社2005年版《鲁迅全集》的编者采纳，但是他的上述考证文章也为后来的研究者继续考证《木刻纪程》出版广告奠定了基础。

## 二 刘运峰在《新发现的鲁迅〈木刻纪程〉出版广告》一文中的观点

在倪墨炎提出《文学》月刊第三卷第五号上刊登的《木刻纪程》"告白"是鲁迅的手笔过了四十年之后，刘运峰于2021年在《新发现的鲁迅〈木刻纪程〉出版广告》一文中再次提出这则《木刻纪程》的出版广告是鲁迅的佚文：

> 那么，何以见得这则广告就是出自鲁迅之手呢？第一，广告的内容与书中的《告白》相近；第二，行文风格与鲁迅一致；第三，广告中所提及的木刻题材、图版数量、用纸、印数、定价、代销地点等等细节，除了鲁迅本人，没有人知道得如此清楚。

而且，鲁迅曾是《文学》编委会成员，在《文学》上发表一则补白式的广告，是顺理成章的事。何况，此前的1933年12月1日，鲁迅就在《文学》第一卷第六期上刊发《北平笺谱》广告，之后的1935年5月1日，鲁迅也在《文学》第四卷第五期上刊发《十竹斋笺谱》广告，作为刊物曾经的编委和资深作者，鲁迅的这点"特权"还是有的。

刘运峰的这篇文章在8月18日被《现代中文学刊》的微信号首先转发之后，在"现代文学茶馆"微信群中引起了一些学者的争议，有几位学者认为证据不足，仍然不能确定这则出版广告是鲁迅的佚文。

### 三 鲁迅与《文学》杂志几位编辑的交往及在《文学》杂志发表的文章

1933年7月1日，《文学》杂志在茅盾、郑振铎、傅东华的努力下正式出版。（按：《文学》杂志在第一卷署名编辑者文学社，从1934年1月1日出版的第二卷第一期开始署名编辑人为傅东华、郑振铎。）该刊共有十位编委，鲁迅应茅盾之邀担任该刊的编委，但为了避免给鲁迅带来麻烦，所以在杂志上只刊登了茅盾等九位编委的名字，没有列出鲁迅的名字。鲁迅很支持这个杂志，在创刊号上就发表了《又论"第三种人"》和《谈金圣叹》这两篇文章；在第一卷第二期上发表了《我的种痘》和《辩文人无行》这两篇文章。但是《文学》杂志第一卷第二期上还发表了伍实（是主编傅东华的化名）《休士在中国》一文。鲁迅在7月29日就看到了这期杂志，并对《休士在中国》一文强烈不满，在当天就写信给《文学》杂志反驳《休士在中国》一文对自己的污蔑。茅盾代表《文学》杂志编委会处理这次纠纷。最后《文学》杂志在第一卷第三期刊登了鲁迅的这封来信，《文学》杂志编委会给鲁迅的信，正式向鲁迅道歉，此外还有伍实（傅东华）致《文学》杂志编委会的信，解释《休士在中国》一文存在一些误会。虽然这次纠纷在茅盾的努力下化解了，但是鲁迅还是决定辞去编委职务，并且决定不再向《文学》投稿。

1934年1月22日，郑振铎来到上海，当晚就拜访鲁迅，并携来《北平笺谱》一函六本。1月26日，茅盾和郑振铎一起拜访鲁迅，解释《休士在中国》一文存在的问题，谈到准备以出版专号的方式来应对国民党政府的审查，并请求鲁迅继续支持《文学》杂志。鲁迅由此对《文学》杂志的态度有所缓解，并当场把自己翻译的西班牙作家巴罗哈的小说《山中笛韵》投稿给《文学》杂志。茅盾、郑振铎等《文学》杂志的领导人高度重视鲁迅投来的文章，以最快的速度，在3月1日出版的《文学》杂志第二卷第三号（也是"翻译专号"）就刊登了鲁迅（署名：张禄如）翻译的《山中笛韵》。附带指出，《文学》杂志第二卷第四号（也是"创作专号"）、第二卷第五号（也是"弱小民族文学专号"）、第二卷第六号（也是"中国文学研究专号"）都没有刊登鲁迅的文章，不过第二卷第六号（1934年6月1日出版）刊登了《引玉集》的广告，其全部文字内容如下：

  敝书屋搜集现代版画，已历数年，西欧重价名作，所得有限，而新俄单幅及插画木刻，则有一百余幅之多，皆用中国白纸换来，所费无几。且全系作者从原版手拓，与印入书中及锌版翻印者，有霄壤之别。今为答作者之盛情，供中国青年艺术家之参考起见，特选出五十九幅，嘱制版名手，用玻璃版精印，神采奕奕，殆可乱真，并加序跋，装成一册，定价低廉，近乎赔本，盖近来中国出版界之创举也。但册数无多，且不再版，购宜从速，庶免空回。上海北四川路底施高塔路十一号内山书店代售，函购须加邮费一角四分。三闲书屋谨白。

这则出版广告因为在介绍文字的最后注明"三闲书屋谨白"，所以毫无争议地作为鲁迅的文章被收入人民文学出版社1981年版《鲁迅全集》之中。附带指出，1981年版《鲁迅全集》收入这则《引玉集》出版广告时，删掉了标题中的一些文字，并另拟标题为《〈引玉集〉出版广告》，这就破坏了鲁迅原文的完整性。《文学》杂志第二卷第六号刊登的《引玉集》的出版广告的原文如下：

最新木刻　　　　　　　　限定版二百五十本
　　　　引玉集
原拓精印　　　　　　　　每本定价一元五角

　　……（此处略去上面引用的广告的正文）

上述文字不仅介绍了《引玉集》具有"最新木刻""原拓精印"的特点，

而且介绍了《引玉集》的印数、定价等关键信息，可以说是这则广告最突出介绍的内容，不是可有可无的文字，因此笔者建议新版《鲁迅全集》在收录《引玉集》出版广告时应当恢复上述文字。此外，"三闲书屋谨白"是与"函购须加邮费一角四分"这些文字同行排印的，而《鲁迅全集》收录时则错误地把"三闲书屋谨白"另起一行，不与"函购须加邮费一角四分"这些文字同行。

鲁迅不仅继续投稿支持《文学》杂志，而且也为扶持一些青年木刻家，开始推荐一些青年木刻家的木刻作品给《文学》杂志刊登。下面就列出鲁迅在《文学》杂志发表的文章，以及他推荐给《文学》杂志发表的青年木刻家的木刻作品名录。其中罗清桢、张慧、张望都有木刻作品被鲁迅编入《木刻纪程》一书之中。

1934年7月1日出版的《文学》三卷一号，刊登罗清桢木刻四幅：《韩江舟子》《爸爸还在工厂里》《向何处去》《赌徒》；

1934年8月1日出版的《文学》三卷二号，有鲁迅（署名：许遐）翻译的高尔基文章《我的文学修养》，在这篇文章之后刊登了罗清桢木刻二幅：《愁》《夜渡》；

1934年9月1日出版的《文学》三卷三号，刊登罗清桢的三幅木刻：《倦息》《浦江晚眺》《在路灯之下》和张慧的三幅木刻：《溪光船影》《前进是光明的》《泊》；

1934年10月1日出版的《文学》三卷四号，有鲁迅（署名：直）的杂文《做杂文也不易》和散文《忆韦素园君》；

1934年11月1日出版的《文学》三卷五号，有鲁迅（署名：隼）的杂文《"以眼还眼"》，同期刊登了《木刻纪程》出版广告；

1934年12月1日出版的《文学》三卷六号，没有鲁迅的文章，该期刊登了木刻四幅，有张望的两幅木刻：《浪》《风景》和罗清桢的两幅木刻：《母女同归》《三农妇》；

1935年2月1日出版的《文学》四卷二号，有鲁迅的文章《病后杂谈》；

1935年3月1日出版的《文学》四卷三号，有鲁迅的文章《病后余谈》，该期刊登了罗清桢的木刻《逆水行舟》和张慧的木刻《绿了芭蕉》；

1935年4月1日出版的《文学》四卷四号，有鲁迅的文章《论讽刺》（署名：敖）和《非有复译不可》（署名：庚）；

1935年5月1日出版的《文学》四卷五号，有鲁迅的文章《人生识字糊涂始》（署名：庚）和《"文人相轻"》（署名：隼）；

1935年6月1日出版的《文学》四卷六号，有鲁迅的文章《不应该那么写》（署名：洛）和《再谈"文人相轻"》（署名：隼）；

1935年7月1日出版的《文学》五卷一号，有鲁迅的文章《"题未定草"（一至三）》和《文坛三户》（署名：干）；

1935年8月1日出版的《文学》五卷一号，有鲁迅的文章《几乎无事的悲剧》（署名：旁）和《三论"文人相轻"》（署名：隼）；

1935年9月1日出版的《文学》五卷二号，有鲁迅的文章《四论"文人相轻"》（署名：隼）和《五论"文人相轻"》（署名：隼）；

1935年10月1日出版的《文学》五卷三号，有鲁迅的文章《六论"文人相轻"》（署名：隼）和《七论"文人相轻"》（署名：隼）。

由此可以看出鲁迅与《文学》杂志的关系已经大为缓和，甚至可以说鲁迅成为该刊的重要作者之一，继续大力支持《文学》杂志。《文学》杂志以补白形式免费刊登鲁迅编印书籍的出版广告，也可以视为对鲁迅大力支持的回报了。

## 四　《文学》杂志刊登的《引玉集》出版广告

《文学》杂志第一卷第一号在本期杂志的末尾有《〈文学〉启事》，内容如下：

> 本月刊由文学社负责编辑，凡关于投稿，接洽编辑上各种事务，及交换寄赠书报等，均请与上海拉杜路敦和里五号文学社接洽。惟关于零售，订阅，批购等发行及广告种种事务，请向上海陶尔斐司路中生活书店接洽。各界赐函，幸勿误投，以免转辗延搁。

由此可以看出，《文学》杂志的编辑只负责稿件的编辑事务，刊登广告等事务都是由生活书店负责。

另外，与这则"启事"并排位置还刊登了《文学》杂志的《广告价目》，大致内容摘录如下：广告的"等级"分为"特等""优等""上等""普通"，其中"普通"类广告的"地位"（即刊登在杂志中的具体位置）是"正文中正文后";"普通"类广告每期刊发的价格是"全面，四十元"，"半面，廿四元"，"四分之一，十四元"。

《文学》杂志第二卷第六号（1934年6月1日出版）刊登的《引玉集》出版广告，位置在一篇文章之后空白的地方，大致占了四分之一个页面，如果按照《广告价目》算起来，刊登这则广告需要和生活书店接洽，并支付十四元的广告费。但是，鉴于鲁迅的对于《文学》杂志的重要性，《文学》杂志会向鲁迅收取广告费吗？笔者估计《文学》杂志在正文中的空白的位置刊登鲁迅编印的《引玉集》的出版广告，不会向鲁迅收取广告费。

从鲁迅日记可以看出鲁迅编印《引玉集》后与文学社的交往。

鲁迅在1934年3月1日的日记记载："……午后编《引玉集》毕，付印。"而1934年3月1日出版的《文学》杂志第二卷第三号（也是"翻译专号"）刊登了鲁迅（署名：张禄如）翻译的《山中笛韵》。鲁迅在3月12日的日记中记载："……收文学社稿费六十一元。"《山中笛韵》在《文学》杂志的发表，标志着鲁迅与傅东华之间的矛盾基本化解，开始重新投稿给《文学》杂志了。而鲁迅在《引玉集》付印之后，肯定也想在《文学》杂志上刊登广告性的文字来扩大《引玉集》的社会影响，并希望通过销售来收回一些编印的成本。

鲁迅日记在4月和5月都有和茅盾见面的记载。如鲁迅在1934年4月20日的日记中记载："……晚方壁来邀夜饭，即与广平携海婴同去，同席共九人。"这里的"方壁"就是茅盾。

而《引玉集》在5月23日就从东京的洪洋社寄给鲁迅了。鲁迅在1934年5月23日的日记中记载："……上午洪洋社寄来《引玉集》三百本，共工料运送泉三百四十元。"鲁迅肯定也知道《引玉集》大致的出版时间，所以提前拟写好一则介绍性文字，争取在《引玉集》出版之后就尽快在《文学》杂志刊登。从6月1日出版的《文学》杂志刊登《引玉集》的广告来看，鲁迅很可能在4月份，至迟在5月初，就把这则《引玉集》的出版广告交给茅盾了。因为《文学》杂志署名的编辑人是傅东华、郑振铎（常居北京），编辑是黄源（没有在刊物上署名，负责实际编辑工作，当时和鲁迅尚不熟悉），但《文学》杂志的领袖人物是茅盾。在茅盾和郑振铎于1月26日拜访鲁迅成功化解鲁迅和《文学》杂志的主编傅东华之间的矛盾之后，特别是鲁迅在当日交给茅盾的《山中笛韵》以最快的速度刊登在3月1日出版的《文学》杂志，鲁迅将《引玉集》出版广告交给茅盾转交《文学》杂志刊登，就比较可能了。

在5月份，鲁迅日记中有两次和茅盾会面的记载。鲁迅在1934年5月24日的日记中记载："……上午以《引玉集》分寄相识者。寄雾城信。寄保宗信。……寄西谛信。"这里的"保宗"就是茅盾，"西谛"就是郑振铎。鲁迅在1934年5月27日的日记中记载："……晚邀莘农夜饭，且赠以《引玉集》一本，并邀保宗。"这里的"保宗"也是茅盾。

1934年6月1日，《文学》第二卷第六号出版，刊登了鲁迅以"三闲书屋"名义拟写的《引玉集》出版广告。考虑到《文学》杂志虽然在目录页注明是每月一日出版，但实际上经常提前就印刷好并寄给作者了。如鲁迅在1933年7月29日就收到注明在8月1日出版的《文学》杂志第一卷第二号。因此，笔者推测，鲁迅在5月27日邀请茅盾赴宴时可能就已经收到《文学》第二卷第六号了。此外，鲁迅很可能是在4月20日和茅盾会面时把《引玉集》出版广告交给茅盾转交《文学》杂志刊登。

# 绝对正义·二元结构与良知检验[*]
## ——鲁迅与现代中国文化转型的动力之源

耿传明　南开大学文学院

鲁迅的朋友、同乡曹聚仁曾当面对鲁迅说："你的学问见解第一，文艺创作第一，至于你的为人，见仁见智，难说得很。"鲁迅对曹说法表示同意，曹认为依古人的说法，鲁迅应该是属于"圣之清者也"一类人物，"圣之清者"，出于《孟子·万章》下篇，是孟子将伯夷、伊尹、柳下惠和孔子作比较时说的话，与"圣之清者"并列的还有被称为"圣之任者"的伊尹、"圣之和者"的柳下惠和"圣之时者"的孔子。被称为"清者"的伯夷并不急于用世，他代表的是一种高出于世俗的洁身自好的人生态度，不愿意以牺牲道义原则为代价来苟且偷生，从这个意义上讲，伯夷与鲁迅确有相同之处，鲁迅一生与现实政治运动的若即若离也正说明了这一点。不过，伯夷、叔齐之"清"主要是一种出世之清，他们以"不食周粟"实现的是对个人性的道义原则的坚守；而鲁迅则代表的是一种入世之清，其道德理想是实现人类历史上从未有过的"人的时代"，这是一种以再造人的心灵为目标的精神造人运动，所以他必须立足于人间，不可能遗世独立。鲁迅晚年写了小说《采薇》，对伯夷、叔齐的墨守旧义、不肯变通虽有讽刺但也有同情，主要讽刺的还是善于见风使舵的小丙君和势利浅薄的阿金姐一类人物。而曹聚仁说鲁迅"并不是一个难以相处的人"，也是一个非常真实的感受。鲁迅本质上是一个热心之人、入世之人，他一生都在呼唤、寻找"精神界之战士""革新的破坏者"，对于他所认定的同道、朋友，是

---

[*]收录时原文有删节。

坦诚相见、倾心相与的，关键在于他择友极严、要求亦苛、爱憎鲜明又以斗争为快意、为乐事，对他视之为"敌人"者绝不宽容，所以被他视为是对手的人或对他所知不多的人会觉得他难以相处、不好接近，这是他所持的是非善恶标准异于常态、常人的缘故。

纵观鲁迅的著作，大多与现实政治相关，虽多从文化入手，但归趣仍在政治，"冀以学术干世"①，可以说是鲁迅从事文学活动的主要目的。他对政治的理解与一般意义上的政治不同，他更关注的是一种精神层面的变革而非单纯权力、制度层面的变更。……鲁迅早期散文中表现的那种与物质为先、民众至上的现代性历史发展趋势相左的个人主义、天才主义、文化偏至的救世主张是为何产生的？它具有一种什么样的精神特质和逻辑结果？他对于"心声""内曜""灵明"这种人的主观精神力量的倚重是出于一种什么样的文化政治？它与同样注重这些因素的西方灵知主义、审美救世主义是何关系？他代表的是一种什么样的现代性诉求？这些都是值得我们探讨的问题。既往对鲁迅这些主张的评价都是放在启蒙主义的人性解放的功利性向度之内来评估其价值的。笔者尝试超越这一向度之外，也就是在"解放""进步"这种"文化前识"和价值判断之外，来审视这一问题，从某种表态式的"啦啦队"立场后撤，转向一种中立性的通观，以章太炎所谓"虽致用不足尚，虽无用而不足卑"的古文经学的"求是"态度来考察传统天道世界观在西方冲击下崩溃之后知识阶层的现代精神趋向，在古今之变的问题意识中考察鲁迅所代表的这种"灵明开启"的价值诉求的内涵和特质以及其所呈现出来现代性的世界图景和生存体验。

## 一 "灵"之先觉者的存在处境与别寻新声的文化氛围

近代中国所面临的是从周代中国文化定型以来的"三千年未有之大变局"②，如此"非常之变"必然催生"非常之道"，"新症"已非"古方"可医，这在"甲午"之后的士人阶层中已普遍成为共识，近代中国乌托邦文学的兴盛便是中国人为应对这种前所未有的危机和变化而出现的突出文化现象。近代以来中国发生的巨大变迁不只是对外部威胁的被动的应对，也是一个主动求变、

---

①鲁迅：《鲁迅书信》第一卷，人民文学出版社，2006，第7页。
②《同治十一年五月十五日李鸿章折》，见《中国近代史资料丛刊·洋务运动》第五册，上海人民出版社，1962，第119页。

而且是"大变""全变"的过程。在旧的世界日渐颓败、衰微而新的世界扑面而来、生机勃勃之时,弃旧从新也就成为——一种普遍的选择。

鲁迅是最早诀别中国传统文明而别求"新声于异域"的先觉者之一……为激发人的这种自性、灵明,他提出了与其时代的科学主义者以吴稚晖为代表的《新世纪派》针锋相对的主张,曰:"伪士当去,迷信可存。"①他高度强调人的精神信仰的重要性,认为传统和现代之别"特为易信仰而非灭信仰"②精神信仰可以和科学并列,两不相涉。他所倚重的人的"自觉至,个性张"就来自人性深处的灵明的开启,由此个体的人的精神创造力得以发挥,理想世界就自然会到来。科学主义者单纯强调人的自然物质属性,只能造就一个被动的物的世界,导致人的灵性、自主性被扼杀,崇高价值的贬值,虚无主义的盛行,显然无助于人的真正的解放。由此观之,鲁迅的主张可归之为一种浪漫主义的文学政治,他以人的主观能动性、精神创造性、个人自主性为依归,带有典型的政治审美化倾向。

如果鲁迅"自觉至,个性张"的立人,最终陷入的是古人所说的"一人则一义,二人则二义,十人则十义。其人兹众,其所谓义者亦兹众。是以人是其义,以非人之义,故交相非也"③的状态,实则个人独持我见、不合众器的逻辑结果和直接结果可能是一种人人自以为义、众说纷纭式的无序状态,因为整体并非就是个体相加之和,依赖这种绝对自由的个人能否达成鲁迅所期待的那种"沙聚之邦立而可转为人国"④的承诺,显然是会让人产生疑问的。而且鲁迅这种"人国"的潜在摹本何指?是日、德式的还是英、美式的现代国家?如是前者,日、德之国民能否称得上"自觉至,个性张"等等,都值得斟酌。深入考察其"立人"学说,可以发现它是一种斯蒂纳、尼采式的无政府个人主义的价值理想与国家主义群体目标的拼贴组合,其在手段与目标上的自我矛盾,从一般政治学的常理即可判断。总之,近代以来价值观的四分五裂正是宗教、传统衰落之后,以个人主义为核心的文学、文化出现的必然趋势,所以价值的多神论成为现代性无法逃脱的宿命,人的内省和共同感的消失开启的是一个人人自以为义的时代,其对于"人国"构建所起的作用也具有一种双刃剑的性

---

① 《同治十一年五月十五日李鸿章折》,见《中国近代史资料丛刊·洋务运动》第五册,第30页。
② 《同治十一年五月十五日李鸿章折》,见《中国近代史资料丛刊·洋务运动》第五册,第31页。
③ 《墨子·尚同》,见孙通海、王颂民主编《诸子精粹今译》,人民日报出版社,1993,第107页。
④ 鲁迅:《文化偏至论》,《鲁迅全集》第一卷,人民文学出版社,2005,第57页。(本文所引《鲁迅全集》作品原文均出自同一版本。)

质，其主要意义体现于对人性的任何限制、约束的消解、否定而非建构、肯定之上，其否定主义倾向在清除旧物上的确有摧枯拉朽之效，但要建立起新的秩序，显然非其所欲、也非其所长。

传统与现代的变化从根柢上讲是一种天人关系的变化，现代性的人的主体性的确立是以对天的伦理、超验意义的解魅为开端的，在现代性的主客二元对立的视域之中，传统神灵之天和伦理之天的意义都已消失，"天"与人的精神信仰、伦理道德信念完全脱钩，成为单纯的自然之天、物质之天。由传统的以人从天、天人贯通到现代的以人胜天，人与自然的对立，则是近代中国文化在文化核心处发生的古今之变，严复的"物竞天择，适者生存"的《天演论》在其中发挥了关键作用，近代人通过对天人关系的颠倒和重估，改变了人的人生观、世界观、宇宙观，由此引发了人的心性结构、精神气质和情感模式的变化，文学以其对"新人"的召唤和塑造方面走在了时代的前列，也从根本上改变和更新了人们对世界和人生的看法和感受。作为人性解放的追求者，近代人所面对的首要压力就是伦理之天对于人的感性欲望的规范、束缚和压抑，天理人欲之辨是儒家道德人性论的理论基础。儒家的"天"，主要是一种伦理之天，它代表的是一种与人世相对的超越性的维度，孔子的"毋意毋必毋固毋我"代表的正是这种"效法天地以立人极"，以人从天的价值取向，而现代性则表现为对意、必、固、我的坚守和张扬，由此引发深刻的文化变革。这种变化在清末文学中的表现首先是对传统"伦理之天"的解魅与文学上的"唯情论"的兴盛。……其次这种变化表现为对"神灵之天"的解魅与"科学人生观"的兴起，陈独秀在《敬告青年》一文中对于青年提出的六大希望以及胡适《沁园春·誓诗》所表现出一种反叛传统的决裂之情都表现出破除传统天人一体的宇宙观，走向天人分离，人与自然的对立的现代性指向，它与熊十力所推崇的天人一体的四与之德相映成趣，人不但与天地、与日月、与四时、与鬼神无关，而且要成为它们的主宰者，所以"五四"人对传统文人的"触绪生悲，因时兴感"极为厌恶，其在新文学运动起来后将第一个扫荡对象定为充斥着旧文学情调的鸳蝴派小说不为无因，因为从审美心理上两者呈完全对立，那种睹月伤心、看花流泪的自哀自怜、多愁善感的传统才子气与锐意进取、横厉无前的"新青年"的确相去甚远。他们代表的是一种自主的去创造历史的自信和豪迈之情，这种由"从天而颂"到"制天而用"的变化正凸显出现代文化的人本主义特性。鲁迅的灵明说和精英主义倾向与李贽的"童心说"、龚自珍对于"心力""奇人"的呼唤,都有一脉相承的关系,其所推崇的精英与《红楼梦》中贾雨村所说的"正邪两赋之人"颇为相近:贾的评论是"男女偶秉此气者,上则不能成仁人君子,下亦不能为大凶大恶。置之于万万人之中,其聪俊灵秀之气则在万万人之上,其乖僻邪谬不近人情之态又在万万人之下。若生于公侯富贵之家,则为情痴情种;若生于诗书清贫之族,则为逸士高人;纵再偶生于薄祚寒门,断不能为走卒健仆甘遭庸人驱制驾驭,亦必为奇优名娼。"清末革命党、作家何海鸣也有名言"人生不能做拿破仑,便当做贾宝玉"①表现出的都是这样一种审美化的英雄救世主义的情怀。

## 二 黑白分明的世界与圣俗对峙的英雄主义

在《野草·复仇二》中,鲁迅改写了耶稣为救世被钉十字架的历史。鲁迅对《圣经》的这个改写自有其深刻的文化意味,也就是说它代表的是一种由宗教"神人"文化向现代"人神"文化的转换,但其救世的精神实质未变,只不过指向不同,"神人"信仰,是以人向神皈依为导向,以获得灵魂的拯救,信仰上帝者并不以改造社会为己任和目标;他注重的是自己属灵的身份,要把凯撒的还给凯撒,把上帝的归于上帝。而现代"人神"文化则罢黜了上帝的存在,人自居于曾被上帝占据的位置,将自我要求神圣化,以改造社会为己任和目标,将凯撒的事业与上帝的事业合二为一,这就增加了其风险、难度、不可预测性以及悲剧性。作为这种"人的神圣化、完美化、理想化"目标的追求者,其所承受的压力、遇到的敌意也就可想而知,而鲁迅一生着力表现的也正是这种人间救世者与其所救对象间的隔膜、对抗、难以沟通和相互理解的困难。"疯子""狂人"成为大众眼中的救世者的标准称呼,被敌视和排斥成为他们的共同命运。……相对于现实中的人性的难以改变,留日时期的鲁迅还一度倾心于"人造人"的幻想,鲁迅是学科学出身的,他最早的创作大多与科普、科幻小说有关,在其早期的一篇译著中,有一篇名为《造人术》的短篇科幻小说。这种"造人"的遐想代表着现代知识分子超出芸芸众生之上追求完美政治、至善社会、理想人性的努力,因为理想社会是需要建立在理想人性之上的。马克思·韦伯对现代知识分子寻求"获救之道"的文化心理趋向做过这样的分析:"非特权阶层寻求的是如何摆脱外在苦难的获救之道……与此相比,

---

① 何海鸣:《求幸福斋随笔》,上海书店出版社,1997,第13页。

知识分子寻求的获救之道往往基于精神需要，所以它更远离生活，更具理论色彩，也更为系统。知识分子试图通过各种不同的方式……为自己的生活赋予某种普遍意义。由于知识主抑制了对迷魅的信仰，世界的变迁过程被祛魅，失去了迷魅性。……结果知识分子越来越要求世界及整个生活模式遵从某种重要而有意义的秩序。知识分子标志性的从世界出逃的行为，其原因就在于，这种对意义的需求与他体验到的世界及其制度的现实是相互冲突的。"①五四运动时期的鲁迅重拾青年时代的梦想在于他从原来个人性的"立人"理想向以文化运动的方式来"新民"的方式转换，对此美国哲学家艾利克·霍弗有过这样的评论："知识分子是群众运动的助产士。悲剧命运之所以几乎总是降临到他们头上，是因为无论他们怎样宣扬和赞美共同奋斗，本质上他们仍是个体主义者。他们相信个体幸福的可能性，相信个体意见和倡议的正当性。"②然而群众所要求的自由与他们所要求的自我表达、自我实现的自由不同，群众所需要的不是信仰自由，而是信仰本身，一种让他们可以狂热拥抱、无须检测就可照单全收的信仰，因此知识分子很容易在群众运动起来之后就被迅速抛开。而鲁迅式的英雄主义也并不表现在现实的事功之上，而表现为他的存在标志着一种人的生存的精神向度，在洞悉人生的虚空本相之后仍不放弃、仍然热爱人生，在希望和绝望之分已无从判断的情境下，仍然坚持绝望地抗争，这是一种真正的现代情境下的存在论意义上的英雄主义。

现代英雄主义产生于传统天人关系瓦解后的虚无主义情境中，这种虚无主义首先产生于"物的世界"与"意义世界"的脱离，人与宇宙、人与社会的关系由传统的亲和转为敌对，由此产生一种天人对立的二元论思想，而这种二元论与西方古代的诺斯替主义（灵知主义）具有某种相通性。所谓灵知主义是希腊哲学晚期的一种思想。他们将一种隐秘的、关乎拯救的智慧，称之为"诺斯"。诺斯替主义相信人透过自身的努力，可以拯救自己，跳出当下这个污浊的世界，使自己圣洁的灵魂，回到其本来的故乡，一个迥异于污浊的现实世界的更美的世界。约纳斯将这种古代的灵知主义与现代性的救世主义理想作了对照，认为他们共同具有以下特征：首先他们都起源于对现实处境的不满，而且认为自己的处境之所以不佳可以归因于这个世界内在的拙劣构造而不是人类和我们自己的缺陷。由此他们相信从世界之恶中拯救出来的可能性是存在的，存

---

① 斐迪南·布伦蒂埃等：《批判知识分子的批判》，王增进译，中国社会科学出版社，2007，第67页。
② 斐迪南·布伦蒂埃等：《批判知识分子的批判》，第30页。

在的秩序必将在历史过程中被改造;从一个悲惨的世界之中必将历史性地演进出一个美好的世界。存在之秩序的改造发生在人类行动的王国之中,也就是说,拯救的行动乃是通过人类自身的努力而成为可能的。如果真有可能对既定的存在秩序进行结构改造,使之成为令人满意的完美秩序,那么,为这种改造开出处方就成为落在诺斯替主义者肩上的重任。关乎改变存在之方法的知识——诺斯——就成为诺斯替主义者的根本关怀。构造自我与世界之拯救的程式,愿意作为先知宣称自己拥有关乎人类拯救的知识,这些都属于诺斯替主义的典型特征。从此信念出发,诺斯替主义者乃将自己视为是被上帝拣选的选民,现实世界中的神性的载体,只有他们才能从物质和变化无常的尘世中解脱出来,而芸芸众生不过是浑浑噩噩的俗世之辈,毫无得救的希望。

要之,灵知主义和现代性的救世主义是一种于皈依上帝的宗教的、自我归罪的传统方式之外力图一劳永逸地终结人类苦难、将人间建成天国的社会改造运动,它是一种罢黜了"上帝"的宗教,割除了"内圣"的"外王",其精神特征突出表现为其与现实世界的水火不容的绝对对立性,它认为世界本身就是邪恶的,"如果神是善性的,那这个世界上为什么存在邪恶,除非这世界据以创造的质料是绝对的坏恶?如果命运及其仆从掌管着这个宇宙,那我们该如何看待灾害、疾病,以及猝死呢"①?由此即可以断定这个世界本身的不可回避的邪恶性,因此人要从这个邪恶的世界中得救的唯一希望,就是将这个世界彻底砸烂之后进行合乎理想的重造,由此回归自己真正意义上的精神家园。因此其主张可概括为这样的理念:"人里面的神性火花,从神性领域而来,落到这命运的、生与死的世界,需要自我神性的对应者来唤醒,以便能够最终重新成为一体。"②它将人分为属灵的人、属魂的人、属体的人;属体的人是不可救药的,属魂的人尚可教育和启蒙,属灵的人才是真正的人,由此可见这种救世说的精英救世主义特性。再者,它不将获救的希望放在来世、天国、彼岸,而是要求在现实中实现这种理想,将账当下结清,由此作为一种救世哲学,其旨趣不是解释世界,而是改造世界,在行动中证明自己,所以它突出地表现为"无限的行动与力量"。

约纳斯认为现代西方的存在主义的二元论较灵知主义更甚:"灵知主义与

---

① 转引自章雪富《基督教的柏拉图主义:亚历山大里亚学派的逻各斯基督论》,上海人民出版社,1962,第119页。
② 李思源:《什么是诺斯替主义:从其神话体系的宇宙论和人类学观之》,《信仰网刊》2003第5期。

存在主义二元论之间的一个核心差异不容忽视：灵知的人是被扔入到一个敌意的、反神明的、因而是反人性的自然之中；而现代人则是被扔入到一个漠不关心的自然之中。只有后一种情况才代表了绝对的空虚、真正无底的深渊。在灵知的观念中，敌对者、邪灵还是人形的，既便在陌生之中也有几分熟悉，而这种对立本身也提供了生存的方向——诚然，这是一种否定性的方向，但是它的背后支持着否定性的超验，这个肯定的世界是这种否定性的超验的质的对立者。现代科学中的冷漠的自然甚至于连这种敌对性也没有，从这个自然中根本不能得出任何方向。这就使得现代虚无主义比起灵知虚无主义对这个世界的恐惧、对它的律法的违抗来，还要更无限地极端、更无限地绝望。那个自然绝对的冷漠，是一个真正的深渊。"①

……

这种灵与肉、心与身、灵与俗、本土和异乡的分离、应然和实然的冲突所引发的人与宇宙、世界的对立的紧张性在鲁迅身上有充分的表现，是毋庸多言的，《野草·秋夜》中的"夜空"即与我即园中的一切呈现出一种敌对之势："这上面的夜的天空，奇怪而高，我生平没有见过这样奇怪而高的天空。他仿佛要离开人间而去，使人们仰面不再看见。然而现在却非常之蓝，闪闪地目夹着几十个星星的眼，冷眼。他的口角上现出微笑，似乎自以为大有深意，而将繁霜洒在我的园里的野花草上。"冷漠的、充满敌意的、我仇视它，它也对我报之以仇视的宇宙，正是现代宇宙虚无主义者眼中的人类处境，而出身于这样一种处境中的人唯一可取的态度就是以敌视对待敌视，以仇恨报之以仇恨，正如园中敢于刺向青天的枣树，"他们简直落尽了叶子。……而最直最长的几枝，却已默默地铁似的直刺着奇怪而高的天空，使天空闪闪地鬼䀹眼；直刺着天空中圆满的月亮，使月亮窘得发白。"面对人的挑战的宇宙似乎也开始畏惧人世了："鬼䀹眼的天空越加非常之蓝，不安了，仿佛想离去人间，避开枣树，只将月亮剩下。然而月亮也暗暗地躲到东边去了。而一无所有的干子，却仍然默默地铁似的直刺着奇怪而高的天空，一意要制他的死命，不管他各式各样地䀹着许多蛊惑的眼睛。"而体现着这种挑战宇宙的反抗精神的精灵就是那"夜游的恶鸟"，鸱鸮的叫声，也就是为鲁迅所呼唤的"真的恶声"，然而我也同时感到这种挑战宇宙的无望和自不量力，我所能得到的可能只是来自天国的笑声。"我忽而听到夜半的笑声，吃吃地，似乎不愿意惊动睡着的人，然而四围的空

---

① 约纳斯：《灵知主义与现代性》，刘小枫选编，张新樟等译，华东师范大学出版社，2005，第55页。

气都应和着笑。夜半,没有别的人,我即刻听出这声音就在我嘴里,我也即刻被这笑声所驱逐,回进自己的房。"虽是力量对比悬殊的、无望的抗争,但"我"仍要对那些飞蛾投火般为追求光明而死的"苍翠精致的英雄们",表达我的敬佩和祭悼。正如《野草》题辞中所言:"天地有如此静穆,我不能大笑而且歌唱。天地即不如此静穆,我或者也将不能。我以这一丛野草,在明与暗,生与死,过去与未来之际,献于友与仇,人与兽,爱者与不爱者之前作证。为我自己,为友与仇,人与兽,爱者与不爱者,我希望这野草的朽腐,火速到来。要不然,我先就未曾生存,这实在比死亡与朽腐更其不幸。"人与宇宙、社会的对立,人间世界的沙漠化,是构成鲁迅的生存体验的核心内容。这种人的愿望与世界的非理性的沉默所产生的荒诞感,是西方存在主义所表达的主要内容,鲁迅与他们不同的在于他更强调的是来自宇宙世界的敌意而非冷漠,因此其反抗更具有普罗米修斯式悲剧英雄气质,带有前存在主义色彩。

鲁迅的一生坎坷多艰、饱经忧患、饱尝四处碰壁之苦,这种生活经历也助成了其敏感、多疑、愤世嫉俗的个性的形成。他的世界是一个黑白两分、爱憎分明的世界,他对朋友和对敌人完全是两种不同的态度,不走中庸之道,坚信冲突、斗争才是唯一的天下正道、宇宙真理。正如其自己所说:"至于文人,则不但要以热烈的憎,向'异己'者进攻,还得以热烈的憎,向'死的说教者'抗战。在现在这'可怜'的时代,能杀才能生,能憎才能爱,能生与爱,才能文。"[①]这种"立意在反抗,指归在行动"的"精神界之战士"的世界观和人生观,构成了鲁迅敌我分明的文化性格的特质。

当然谈鲁迅与灵知主义的关系主要是一种对于某种精神现象的平行比较,鲁迅并没有接触过古代诺斯替主义的经典,如果说诺斯替主义对他有影响,那也只是通过尼采等受灵知主义影响的现代西方哲人间接的影响,它主要表现为在西方"上帝死了"之后弥漫于整个思想文化界精神氛围、价值取向和人本主义、理想主义的人生态度。

灵知主义与宗教性传统的相同之处在于其都是对现实世界的否定和超越,不同之处在于其否定、超越的方式、方向有异,如基督教表现为区分俗世与天国的来世主义,认为人不该幻想尘世之城会转变为上帝之国,因为人世间充满罪恶,而罪恶的造成来自于人自身的罪性,所以面对现世的不幸,首先应该归罪的是人性自身的软弱、自私和有罪,而不是上帝所主导的尽善尽美的宇宙秩

---

① 鲁迅:《七论"文人相轻——两伤"》,《鲁迅全集》第六卷,第419页。

序；老子的"天之道，损有余而补不足。人之道，则不然，损不足以奉有余。孰能有余以奉天下？唯有道者。"（《道德经》第七十七章）也正与此相通，也就是说人世的苦难是由于人违背了天道造成的，所以人自身就是苦难的肇事者；而灵知主义则认为世界本身就是邪恶的，而人则是无辜的受害者，不是人配不上天，而是天配不上人，因此拯救之道就是以人正天，建立起一个实现"真公"的世界，在这个世界里，错勘贤愚、不辨善恶的窦娥冤式的不公将不会复现，甚至"一切悲剧将不可想象"（聂绀弩语），因为我们已经清除了一切可能产生悲剧的根源。所以这是一个将是非善恶的仲裁权由"天"和来世转移到"人"和现世的变化，而谁有资格来做这种裁决，就是现代灵明开启之后的思想先觉者、"天"之反叛者……

灵知主义在现代西方的兴起是"上帝死了之后"人们寻求新的精神归宿的努力，"灵知"指的是一种神秘的、启示的、拯救性的知识。它将世界分为代表光明、生命、永恒、安宁的彼岸世界和充斥黑暗、死亡、短暂、喧嚣的此岸世界。要把人从这种悲惨的处境中拯救出来，首先需要从人开始，因为人构成了创造的中心，具有一种自我救赎的能力。人在现实世界的处境就是流离失所、流落异乡的处境，灵是引导人还乡的唯一向导，此岸的世界犹如一个巨大的囚牢，它是一个能量体系，其目的在于囚禁人的灵性即超越的自我，囚禁的方式是一种使人灵性泯灭的蒙昧主义，它导致了人的自我异化，因此需要灵知的传授，使人自我觉醒，由此从被造的束缚中解放出来，摆脱现实世界对于人的精神的控制。人与世界之间的对抗越剧烈，人的自我觉醒得越彻底，才能达到一种与彼岸世界合一的状态。鲁迅以"立人"为目标的启蒙主义在很大程度上就是在这样一种二元对立的世界观中形成的，他所推崇的斯蒂纳、叔本华、克尔凯格尔乃至摩罗诗人们，都是近现代西方"灵知主义"文化的代表，而对此背景，我们既往的研究者了解甚少，甚至完全把灵知主义看成是西方宗教内部的争执，与中国现代文化无关，这显然是一个需要纠正的错误。中国文化由严复所言的"相安相守之道"发展到现代的"天下大乱达到天下大治"的极端对立性文化，与这种对此岸世界进行整体性否定的灵知主义的文化倾向颇有相通之处，它与现代人普遍感受到的精神上的无家可归感融为一体，使得鲁迅"过客"式的孤独个体的生存体验唤起了无数人的心灵共鸣。而对一个超越于现实之上的理想世界的追求也构成了推动社会进步的巨大精神动力，它与近代以来乌托邦文化的广泛流行有关，乌托邦主要涉及的是一个"天然正义"和世界"应该如何"的问题,而这种应然的要求会与实然的现实产生尖锐的冲突,由此推动人们在一个虚拟的环境中以反现实的方式表达其世界"理应如何"的理想。这种实然与应然间的对照、对立,使人们对未来产生强烈的希望感,从而推动人们去追求更合理的生存状态。所以乌托邦的意义不在于其构想能否完全实现,而在于它对改变现实提供了一种强大动力。正如马克斯·韦伯所说:"人们必须一再为不可能的东西而奋斗,否则他就不可能达到可能的东西了。"①,卡尔·曼海姆也曾说过,如果摒弃了乌托邦,"人类将会失去其塑造历史的意志,从而也会失去理解历史的能力"②。前现代的乌托邦是一个非历史的概念,它主要是让人思考而不是让人行动的。而近代以来的乌托邦则开启了它的历史化的进程,从此乌托邦也就不再是消极的幻想,而具有了推动人们按自己意愿去创造历史的积极指导意义。由此,对绝对公义的探寻和死而后已的奉献使鲁迅在现代具有了道成肉身的象征意义,这也使其人其文成为检验现代人良知的镜子,具有一种拷问灵魂的作用。召唤着人们投身于理想主义的社会改造中去。

---

① Max Weber, The Sociology of Religion, Boston:Beacon Press, 1963, p.144.
② 卡尔·曼海姆:《意识形态与乌托邦》,艾彦译,华夏出版社,2001,第302—303页。

# 台港暨海外学者文学史著作中的鲁迅、郭沫若书写*

古大勇　绍兴文理学院鲁迅研究院

## 一　去中心化：鲁迅、郭沫若在台港暨海外学者新文学史著中的地位

中国现代文学史的编撰，不但在国内取得显赫的成就，而且在台港和海外也有不俗的表现，有数十部之多。① 鲁迅、郭沫若作为现代文学史中两位举足轻重的作家，在台港暨海外学者文学史著中是如何书写的呢？"鲁郭茅巴老曹"中华人民共和国成立后被建构的一项国家文化工程和文学史秩序，鲁迅、郭沫若也因此在中国当代的新文学史著作格局中占据冠军、亚军的位置，保持了"中心化"的地位。然而这种"中心化"现象在台港暨海外学者的文学史著作中却发生了逆变，由"中心化"转变为"去中心化""非中心化"。这主要体现在两个方面：其一，在史著的目录上，鲁迅、郭沫若一般不再设以专章或专节的形式，甚至不在标题中出现；第二，在文学史的具体论述内容中，有关鲁迅、郭沫若的论述内容很简单，字数较少，与大陆的文学史相比，差别较大。笔者曾就海峡两岸的新文学史著作比较，统计出如下数字：在20世纪50年代大陆出版的文学史著作中，刘绶松的《中国新文学史初稿》约54.8万字，其中鲁迅占5.2万字，郭沫若占2.2万字；丁易的《中国现代文学史略》约33.3万

---

*基金项目：本文系2021年度四川省教育厅人文社会科学（郭沫若研究）"海内外文学史著作中的'郭沫若书写'研究"（批准号GY2021B02）的阶段性研究成果。

① 参见张军《台港暨海外的中国现代文学史编撰研究》，中国社会科学出版社，2016。

字，其中鲁迅占4万字，郭沫若占0.78万字；王瑶《中国新文学史稿》约50万字，其中鲁迅占1.25万字，郭沫若占0.9万字。而"戒严"时期的台湾，周锦的《中国新文学史》约60万字，其中鲁迅占0.26万字，郭沫若占0.37万字；尹雪曼的《中华民国文艺史》约68万字，其中鲁迅占0.13万字，郭沫若占0.2万字；刘心皇的《现代中国文学史话》约62万字，其中鲁迅占0.2万字，郭沫若占0.06万字。新时期之后的大陆，钱理群等的《中国现代文学三十年》约58.7万字，其中鲁迅占3.45万字，郭沫若占1.35万字；朱栋霖等的《中国现代文学史》（现代部分）约39万字，其中鲁迅占3万字，郭沫若占1.7万字。而在同时期的台湾，皮述民的《二十世纪中国新文学史》约51万字，其中鲁迅占1万字，郭沫若占0.08万字；马森的《世界华文新文学史》约126万字，其中鲁迅占1万字，郭沫若占0.55万字。比较大陆和台湾学者文学史对鲁迅、郭沫若两位作家的论述字数以及在整个史著中所占比例，"中心化"和"去中心化"的区别非常明显。①

再以台湾的文学史著具体论述详情来看，在周锦的《中国新文学史》中，鲁迅散落于"五四"众多有名无名的小说家之中，与汪敬熙、王统照、庐隐、冰心、杨振声、叶绍钧、孙俍工、落花生、郭沫若、张闻天、张资平、郁达夫、周全平、冯沅君、倪贻德、蒋光慈、许钦文、冯文炳、王鲁彦、刘大杰、黎锦明等人并列论述，并无得到作者特别的"优待"，自然亦不能引起读者格外的关注。在尹雪曼的《中华民国文艺史》中，对于鲁迅和郭沫若的论述内容也非常简单，对郭沫若的评价不如王独清、穆木天和冯乃超。在刘心皇的《现代中国文学史话》"论新文学运动初期的新诗"一节，郭沫若竟然"失踪"；徐志摩、李金发、戴望舒等诗人为作者所推崇，重点推介；胡适、刘半农、沈尹默、康白情、俞平伯、周作人、刘大白、沈玄庐、朱自清、宗白华、"湖畔诗人"等也一一在文学史中"露面"，唯独不见郭沫若。而在大陆的现代文学史著作中，谈及新文学运动初期的新诗，郭沫若绝对不可回避，被认为是领时代风骚的"主将"型诗人，通常作为重点内容予以突出。马森的《世界华文新文学史》中，早期白话诗人胡适、刘半农、康白情皆出现在小节标题中，郭沫若却缺席。②在香港李辉英《中国现代文学史》中，郭沫若名字虽然出现在小节标题中，但却是和蒋光慈并列在一起，与胡适、沈尹默、刘半农、刘大白、沈玄庐等出现在标题中诗人是被同等看待的，并且郭沫若的名诗《凤凰涅槃》并

---

①②参见张军《台港暨海外的中国现代文学史编撰研究》。

没有提及，只提到他的诗歌《立在地球上放号》。在司马长风的《中国新文学史》中，第七章"'后放脚'的新诗"一节中，同时提及刘半农、周作人、沈定一、郭沫若、田汉等新诗诗人，对刘半农、沈定一的诗歌大加赞赏，郭沫若的诗歌不以为然，认为他的诗歌"缺点是大喊大叫，很多诗酷似口号的集合体"。①

这种情况同样体现在海外学者的文学史著作中。王德威主编的哈佛版《新编中国现代文学史》，由海内外一百四十三位学者作家撰写了一百六十一篇相对独立成章的小论文，以作家作品、重要文学事件等为中心，构成一部千页巨制的文学史。这一百六十一篇文章就如一百六十一个"衲衣片"，共同缀合成一部"百衲衣式的文学史"，②而鲁迅、郭沫若不过是其中的两块"衲衣"片而已。在澳大利亚的杜博妮、雷金庆所著的《二十世纪中国文学》第二章第八节"诗歌：大众化的挑战"中，郭沫若是与以下诗人并列提出或介绍的：毛泽东、柯仲平、臧克家、冯至、戴望舒、苏金伞、方敬、高兰、田间、邹荻帆、艾青、卞之琳、何其芳、王辛笛、杭约赫、陈敬容、穆旦、郭小川、柯蓝、郑敏、李季、贺敬之、李瑛等诗人。另外，在孙康谊、宇文所安主编的《剑桥中国文学史》和梅维恒主编的《哥伦比亚中国文学史》中，鲁迅、郭沫若书写的"去中心化"特征也表现十分明显。③

总之，在大陆，包括鲁迅、郭沫若在内的"鲁郭茅巴老曹"在文学史版图中处于中心的地位，属于最重要的作家；而在台港暨海外，则不再处于中心位置，并不比其他很多同时期作家更加重要，表现为"去中心化""非中心化"倾向。如果说，三十年的中国现代文学宛如一个布满星星的夜空，那么在大陆，"鲁郭茅巴老曹"就是最大、最璀璨夺目的六颗，④鲁迅、郭沫若又是其中最为耀眼的两颗，而其他作家不过是分布在周围或相对暗淡，或黯然无光的小星星，分布在"六大家"的周围，对"六大家"形成众星拱月之势。而在台港和海外，则呈现为另外一种格局：在群星密布的文学史夜空中，"鲁郭茅巴老曹"不再是最大最亮的几颗，和周围星星的相比，并无特殊显著之处，所有星

---

① 司马长风：《中国新文学史》（上卷），香港昭明出版社，1975，第100页。
② 陈思和：《读王德威〈"世界中"的中国文学〉》，《南方文坛》2017年第5期。
③ 参见古大勇《中国文学史视野中的"鲁郭茅巴老曹"——以两部西方汉学家的〈中国文学史〉为中心》，《湖州师范学院学报》2018年第9期。
④ 新时期之后特别是1990年代后中国现代文学史著作中，除"鲁郭茅巴老曹"之外，也许要加上沈从文，以及稍次于沈从文的艾青、张爱玲、赵树理等作家。

星的亮度大致一样，作为一分子共同组成了群星闪烁的现代文学星空。

## 二　"冷战"时期台港暨海外学者对鲁迅、郭沫若评价的意识形态印记

意识形态的影响主要体现在1947年至1991年之间的冷战时期，冷战时期，社会主义和资本主义两大阵营处于对峙状态，文学研究也一定程度上受制于两大集团之间的战略需要，受到意识形态的影响，带上了浓厚的意识形态印记。

首先，意识形态的影响是指意识形态一定程度上决定文学史的基本构架和评价立场。不少冷战时期的文学史家在写作中，以意识形态和作家政治身份作为重要标准，形成"共产作家"（左翼作家）与"非共产作家"的二元对立的基本框架，贬抑前者而抬高后者。如周锦的《中国新文学史》，对于左翼作家，或在创作上，或在人格上予以贬抑嘲讽。陈敬之的《中国文学的由旧到新》把左翼文学、革命文学视为新小说发展中的"逆流"，为受到左翼文学批判的"新月派"和"现代派"声援。夏志清的《中国现代小说史》，诚然在"发现"张爱玲、沈从文、钱锺书、张天翼等四大家方面功不可没，但是对于鲁迅、郭沫若、丁玲等左翼作家则戴着意识形态的"有色眼镜"，评价有失公允。

其次，意识形态的影响表现为冷战时期文学史家对鲁迅、郭沫若等作家基于意识形态的偏见、贬抑甚至辱骂，其中陈敬之咒骂鲁迅最不遗余力，如他说鲁迅是"共党'文特'和'左派仁兄'们的横眉竖目、其恶无比的帮凶"；①骂鲁迅"狂妄骄横"，"领袖欲极强，而自视又甚高"，"'左联'时代之与赤匪合流，助桀为虐，致国家民族，深受危害，其心可诛，其罪莫赎"；"鲁迅对整个中华民族所造下的罪孽来说，实在是够深重够悲惨了！"②周锦认为："中国新文学中的散文，一开始就遭到厄运，那是鲁迅在无意中惹下的。"③周丽丽认为鲁迅的杂文"制造是非、颠倒黑白、反对政府、挑拨感情"④。舒兰说："后人或谓'郭沫若是才子加流氓地痞的机会主义者'，又认为'郭沫若是出风头、拍马、吹牛的'风、马、牛'专家'……从第一段他的简历中，见其'历久弥新'的精神可知一二。"⑤周丽丽认为郭沫若"终于改变不了一个机会主义者的

---

① 陈敬之：《"新月"及其重要作家》，台北成文出版社有限公司，1980，第16—17页。
② 陈敬之：《三十年代文坛与左翼作家联盟》，台北成文出版社有限公司，1980，第57—62页。
③ 周锦：《中国新文学简史》，台北成文出版有限公司，1980，第108页。
④ 周丽丽：《中国现代散文的发展》，台北成文出版社有限公司，1980，第77页。
⑤ 舒兰：《五四时代的新诗作家与作品》，台北成文出版社有限公司，1980，第262页。

劣根性"①。周锦认为郭沫若"一直是政府的高级官员,却总认为自己是高人,甚至以'屈原'自居。但碍于身份,又不能明目张胆,因此大量制造历史剧"②。刘心皇认为在"新文学运动初期",郭沫若"已开始左倾"。③纵观以上文学史家的措辞,对鲁迅、郭沫若进行冷嘲热讽,甚至人身攻击,有些言论形同"骂街",缺乏学术研究最基本的品格,严重伤害了文学史著作的学理性。

再次,意识形态的影响指文学史家基于意识形态的偏见而对于鲁迅、郭沫若作品的否定。如夏志清贬低一些鲁迅的传统名作如《狂人日记》和《阿Q正传》等,认为"他(鲁迅)十五本杂文给人的总印象是搬弄是非、啰啰嗦嗦"④;认为《故事新编》是"浅薄与无聊"⑤;认为鲁迅早期文言论文《文化偏至论》《摩罗诗力说》和《科学史教篇》是"说教"⑥之作,言辞之间充满不屑。就郭沫若而言,对于"五四"白话诗的杰作《凤凰涅槃》,周锦认为:"把做诗变成了喊口号";"他的诗的风格,实在没什么好。只是运用了一些新名词,但显得不伦不类,再就是创造了新的语法和句法,但是冗长得有些累赘"⑦。舒兰批评郭沫若的诗"只是一种狂热的发泄和幻想的渲染,而缺乏在客观上的真实性",是"无蕴藉的标语口号"。⑧夏志清认为《女神》"节奏的刻板,惊叹句的滥用,都显示缺乏诗才。……郭沫若最好的诗是在40年代所写历史剧里穿插的几首歌词,运用传统节奏和情感,朗朗可诵"⑨。司马长风认为郭沫若诗歌的"缺点是大喊大叫,许多诗酷似口号的集合体"⑩。众所周知,鲁迅的《狂人日记》和《阿Q正传》、郭沫若的《女神》是中国现代文学绕不过去的伟大经典作品,此点已成为学界共识,不必再饶舌。因此,台港暨海外文学史家试图通过放大作品的局部不足来达到完全否定作品成就的做法无疑是欠妥的。同时,对于他们的作品,文学史家进行意识形态化的强制解读。夏志清甚至对郭沫若进行全方位的否定:"他(郭沫若)的译作是否可靠,译文是

---

① 周丽丽:《中国现代散文的发展》,第202—203页。
② 周锦:《中国新文学史》,台北逸群图书有限公司,1983,第680页。
③ 刘心皇:《现代中国文学史话》,台北正中书局,1975,第259页。
④ 夏志清:《中国现代小说史》,复旦大学出版社,2005,第39页。
⑤ 夏志清:《中国现代小说史》,第35页。
⑥ 夏志清:《中国现代小说史》,第25页。
⑦ 周锦:《中国新文学史》,第229—230页。
⑧ 舒兰:《五四时代的新诗作家与作品》,第264页。
⑨ 夏志清:《中国现代小说史》,第70页。
⑩ 司马长风:《中国新文学史》(上卷),第100页。

否可读，大有研究的余地，他对古代中国的研究有无价值，也有问题。至于文名所系的创作，实在说来，也不过尔尔。民国以来所有公认为头号作家之间，郭沫若作品传世的希望最微。到后来，大家只会记得，他不过是在他那个时代一个多彩多姿的人物，领导过许多文学与政治的活动而已。"①对郭沫若成就的评价学界虽然也有争议，但不至于虚无到如夏志清那样解构到一无是处的程度吧，由此可见，夏志清对郭沫若的"成见"深也！

### 三 "偏见"之外的部分学理性阐释和"冷战"之后的个性化解读

冷战时期特别是台湾国民党戒严时期，文学史家在评价鲁迅、郭沫若一方面带着意识形态的偏见，另一方面在部分作品或微观内容的解读上，也能从学理层面进行实事求是的客观评价。尹雪曼对鲁迅的作品既有穿凿附会、无中生有的意识形态化解读，也有客观公正的评价。在《中华民国文艺史》中，他极力肯定鲁迅对新文学的开创之功，认为"当鲁迅第一个尝试成功的短篇小说《狂人日记》，在民国七年五月的《新青年》杂志出现时，不但还没有第二个惹人注意的作家，同时也找不出同样成功的第二篇作品"②。对于鲁迅的散文和杂文，他十分认同郁达夫在《中国新文学大系·散文二集导言》中对鲁迅的积极评价。③陈敬之既恶毒地咒骂鲁迅，同时又不得不公正评价鲁迅的文学地位和成就。她说："如果基于不'以人废言'，而有只从新散文发展的观点来看周氏兄弟，则他们俩在这一方面的成就和表现，确有我们重视和不容抹煞的地方，……所以他们两人在新文艺运动后期的中国文坛，不仅为新散文开创了两种风格；而同时也为新散文建立了千秋功业"④；认为鲁迅"为中国的短篇小说的奠基人"⑤；认为《呐喊》《彷徨》"是比较成功的一种乡土文艺"⑥；认为《阿Q正传》是"一篇最成功的作品"⑦。此外，赵聪、周锦、舒兰等人都对鲁迅或其代表性作品做出较高的评价。周锦认为郭沫若的《屈原》"文学成就高，

---

① 夏志清：《中国现代小说史》，第70页。
② 尹雪曼：《中华民国文艺史》，台北正中书局，1975，第436页。
③ 尹雪曼：《中华民国文艺史》，1975，第306页。
④ 陈敬之：《中国文学的由旧到新》，台北成文出版社有限公司，1980，第115—116页。
⑤ 陈敬之：《中国文学的由旧到新》，第84页。
⑥ 陈敬之：《三十年代文坛与左翼作家联盟》，第63—64页。
⑦ 陈敬之：《三十年代文坛与左翼作家联盟》，第65页。

舞台效果小，剧中多'诗的语言'，但是观众必须耐着性子听朗诵，这种情形在他的剧本中很普遍，由这里的例子也可以看出其他"①；司马长风对郭沫若的新诗评价不高，但对其以《虎符》和《屈原》为代表的历史剧创作却比较赞赏，认为它是"从'题材必须与抗战有关'的牛角尖解脱出来"②。对于郭沫若的新诗，周锦定其风格多样的"求变"性特征，认为"他的求变，对那个时代的青年确是发生了不少影响"③。以上的解读，拨散了意识形态的雾障，回归了学理立场。值得注意的是，冷战时期的文学史家如夏志清、周锦等，在同一本史著中，表现出意识形态化阐释和学理立场同时存在的现象，如何解释这种矛盾现象呢？"这事实上是史家政治立场和学术立场、功利诉求和史家良知产生内在矛盾和悖逆的一种体现。……该时期的文学史家往往处于政治功利的外在要求和学术良知的内在自律的博弈较量中，造成史著政治色彩和学理品格的混杂性存在。"④

"冷战"之后，文学史家对于鲁迅、郭沫若作品解读的视角更加个性化、多元化，很多视角颇具有学术前沿性，有令人耳目一新之感。王德威的史著对鲁迅的书写几乎是离经叛道的。该著中的鲁迅一节标题是《"救救孩子……"——周豫才以鲁迅为笔名写〈狂人日记〉》，并附了一则"编者按"语："此文是哈金对鲁迅创作《狂人日记》时的创作体验充分研究的基础上，所写的一篇小说式的描述。"⑤撰写者哈金采用了充满想象的小说式写法。皮述民把《祝福》和《离婚》视为"《新三言二拍》"，认为"明末《三言》《二拍》中颇有这类主题的小说"；⑥认为《狂人日记》的小序乃是"类同《红楼梦》的障眼法"⑦；马森从叙事学的角度来分析鲁迅的小说，强调鲁迅小说创作"隐含的作者"和"第二自我"的作用。⑧孙康谊从"现代意识"的角度来阐析鲁迅思想的独特性。⑨邓腾克的史著中有一章名为《"狂人"阿Q，鲁迅

---

①陈敬之：《三十年代文坛与左翼作家联盟》，第680页。
②司马长风：《中国新文学史》（下卷），香港昭明出版社，1978，第274页。
③周锦：《中国新文学史》，台北逸群图书有限公司，1983，第230页。
④古大勇：《近40年台湾学者新文学史著中的"鲁郭茅巴老曹"书写》，《文学评论》2017第2期。
⑤王德威主编《哈佛新编中国现代文学史》（上册），台湾麦田出版公司，2021，第267页。
⑥皮述民、邱燮友、马森、杨昌年：《二十世纪中国新文学史》，台北骆驼出版社，2008，第94页。
⑦皮述民、邱燮友、马森、杨昌年：《二十世纪中国新文学史》，第95页。
⑧马森：《世界华文新文学史》，INK印刻文学生活杂志出版有限公司，2015，第241页。
⑨孙康谊、宇文所安：《剑桥中国文学史》，生活·读书·新知三联书店，2013，第524页。

小说中的传统与现代性》，也是从现代性的角度来评价鲁迅的作品。①孙康谊在郁达夫小说"情爱书写"的坐标上，衡量出鲁迅小说创作题材的欠缺，指出《狂人日记》"中国本土的文化血缘"："他的形象可以追溯至屈原的《离骚》、庄子笔下的孤僻隐士，以及六朝时期放荡不羁的名士狂人"。②梅维恒肯定了鲁迅写作的"卢梭式的方式"。③郭沫若《女神》的古典资源一般认为是受到庄子和屈原《离骚》的影响，然后孙康谊却认为："他（郭沫若）营造的意象同样也带有晚清诗人如龚自珍末世诗学观念的印记。"④梅维恒指出郭沫若早期历史剧系列"父亲"形象塑造与时代主题之间的关系："郭沫若作品中的父亲形象——《卓文君》中的家庭之父，《王昭君》中的王权之父，《聂嫈》中的侵略国之父——显示了文明戏中的种族/民族主义主题和'五四'话剧中反儒家主题之间的关系。在郭沫若的'历史剧'中，所有这些主题都充满技巧地混合起来并得到探索。"⑤顾彬文学史在解读的创新方面尤为值得称道，它的一个最大特征就是"世界视野"，即把鲁迅、郭沫若置于"世界文学"的坐标上进行观照审视。顾彬引入西方的"罪"观念来解读鲁迅。该著有关鲁迅的标题就是："救赎的文学：鲁迅（1881—1936）和《呐喊》"。顾彬认为"只有从当时的国际精神出发才能理解他（郭沫若）的作品"，因此，他把《女神》界定为"自我救赎的文学"，认为《女神》体现了埃里克·费格林提出的"自我的显灵"的特征，《女神》中常用的"我是"的公式"源于《旧约》：'我是自有永有的'以及'我将是我之所是'（《出埃及记》3：14）"。⑥由以上内容可以看出，顾彬凭借"世界视野"的知识结构优势而带给读者的"陌生化"解读内容，在传统的大陆学者的文学史著作中确实是难觅踪迹。

## 四　冷战前后：鲁迅、郭沫若文学成就评价的变化

如果说，冷战之前，由于意识形态等的原因，文学史家对于鲁迅、郭沫若的评价相对不公正；那么，冷战之后，文学史家对鲁迅、郭沫若的评价发生

---

① 邓腾克：《哥伦比亚中国现代文学指南》，哥伦比亚大学出版社，2016。
② 孙康谊、宇文所安：《剑桥中国文学史》，第524—525页。
③ 梅维恒：《哥伦比亚中国文学史》，新星出版社，2016，第821—822页。
④ 孙康谊、宇文所安：《剑桥中国文学史》，第559页。
⑤ 梅维恒：《哥伦比亚中国文学史》，第945页。
⑥ 梅维恒：《哥伦比亚中国文学史》，第45页。

了改变，基本能客观公正地评价两位作家的文学成就与文学史地位。例如，皮述民认为"《狂人日记》是现代小说史上一个重要的里程碑"；"《孔乙己》《药》两篇，可以称为杰作，而《阿Q正传》，实可称为不朽之作"；"我们对鲁迅在新文学史上的地位，绝对持肯定的态度"。①马森肯定《狂人日记》开创性的时代"影响"；认为《阿Q正传》"是为鲁迅赢得广大的读者和国际声誉的一篇小说"；"鲁迅一开笔就有如此成熟的作品问世"。②梅维恒认为"鲁迅被公认为二十世纪中国最伟大的作家，……它们（指作品）对中国社会的影响是其他任何二十世纪中国作家远远无法超越的"③。孙康谊肯定鲁迅是"现代中国文学和中国意识的奠基者"。④唐翼明指出"鲁迅是中国现代小说的奠基者，也是迄今为止最伟大的现代中国作家"⑤。顾彬对于郭沫若甚为重视，他的史著中享有专节设置"待遇"的作家仅有鲁迅、郭沫若和郁达夫，可见顾彬对郭沫若的重视。孙康谊对郭沫若评价亦较高："现代诗先驱胡适和沈尹默都曾尝试以自由体写作白话诗，郭沫若声誉最隆"⑥，孙康谊从"自由体白话诗"写作的最早尝试者、《女神》作为"首部现代诗集"、《女神》反映五四时代精神等三个层面，彰显了郭沫若新诗的文学史价值。总体上看，顾彬和孙康谊能从大处着眼，返回历史语境，从文学史发展的链条上来评估郭沫若《女神》的成就和意义。对比冷战时期文学史家之评价郭沫若，则可以看出区别：后者抓住郭沫若《女神》等早期诗歌的"直白""口号化"等特征不放，进行放大，视之为根本性缺陷，从而做出否定性评价。殊不知，《女神》的"直白""口号化"不能作脱离时代语境的孤立化评价，如果把它置于白话战胜文言、追求"诗体大解放"的五四文学革命的背景下，"直白""口号化"就具有不言而喻的进步性意义。另外，在具体作品的评价上，能摆脱意识形态的偏见，站在学理立场，肯定作家作品的思想艺术成就。如对于郭沫若，孙康谊认为："郭沫若以为大众歌唱的名义塑造了浪漫主义的自我形象，气魄堪与日月寰宇比肩，在这一方面，他预示了国家话语体系中的'崇高形象'的出现。如果说郭沫若以夸张的

---

①皮述民、邱燮友、马森、杨昌年：《二十世纪中国新文学史》，第90—92页。
②马森：《世界华文新文学史》，第238—243页。
③梅维恒：《哥伦比亚中国文学史》，第821页。
④孙康谊、宇文所安：《剑桥中国文学史》，第523页。
⑤唐翼明：《大陆现代小说小史》，台北文史哲出版社，2007，第11页。
⑥孙康谊、宇文所安：《剑桥中国文学史》，第530—531页。

辞藻和神秘的意象征服了'五四'后读者,徐志摩则攻占了他们的心灵。"①顾彬认为:"郭沫若使用新的象征物(太阳、大海、血液)创造了一种新的神话,这是以动能和反叛为特征的现代的神话。……郭沫若偏爱电光,郁达夫则偏爱自然的黑暗,前者所宣告的新世界似乎被后者又收了回去。"②孙康谊、顾彬指出了郭沫若诗歌对于"崇高形象"的塑造、"现代的神话"建构的贡献,并分别甄别了郭沫若与徐志摩、郁达夫之间的区别,肯定了郭沫若的独特价值。

以上从几个方面总结了台港暨海外学者文学史著作中的鲁迅、郭沫若书写的特征,由此也可以得出如下启示:首先,从整体上来看,冷战时期,由于意识形态的影响,文学史中的鲁迅、郭沫若书写笼罩上一层厚厚的意识形态迷雾,因此,其作为学术研究的学理性和客观性大打折扣、受到伤害。冷战之后,意识形态对于学术研究的干扰渐渐消除,学术生态走向正常化,文学史研究也回归学理轨道,因此能相对客观公正地评价鲁迅、郭沫若的文学成就。这一前后变化也大致反映了台港暨海外鲁迅、郭沫若研究乃至文学史研究,由幼稚走向成熟和学理化的坎坷发展历程。其次,台港暨海外学者文学史著作对于鲁迅、郭沫若书写的"去中心化""非中心化"书写固然轻视、弱化了两位大家的文学史地位,诚不可取;然而,大陆新文学史著作中那种聚焦"鲁郭茅巴老曹"、形成众星拱月之势的"中心化"写作模式就一定是最先进最科学的文学史写作思路?能否采取两者之间适当调和、以一种新的写作思路来进行文学史写作范式的尝试?总之,台港暨海外学者文学史写作思路虽然存在这样那样的问题,但亦有它的特色和优势,在全球化的文化语境下,可否以拿来主义的开放思维,将之作为大陆文学史写作的一种镜鉴和参照呢?

---

① 孙康谊、宇文所安:《剑桥中国文学史》,第531页。
② 顾彬:《20世纪中国文学史》,华东师范大学出版社,2008,第51—52页。

# 新世纪以来《阿Q正传》研究述评

桂亚飞　绍兴文理学院鲁迅研究院

《阿Q正传》自1921年12月在《晨报副刊》连载,迄今已一百年,它简峭精深的思想对于中国人灵魂的震撼以及"火药味"十足的研究对于历史的另类书写,都直接表明了这部作品无可替代的文化价值,也因此引来了无数研究者的驻足。如果说1949年前的评论是体验式的零碎而犀利的感悟,1949年后三十年的研究是缚于"政治"砧板上的鱼肉,而新时期之后的探索常常深潜于文化与人类的河泽,那么经过历史的洗刷,新世纪以来的《阿Q正传》研究则显现出一种稳健平实的色彩,从作家、作品、读者、世界多维度出发,形成了开放的研究结构,并在剥去历史的迷雾之后对其中的关键问题重新展开了深入思考。但也不可否认的是,置身于新的历史文化语境,这些阐释中一直存在两种话语——即建构与解构的对抗。本文拟在前人的研究基础上对这一研究面貌做一粗略描述,以促进《阿Q正传》研究的进一步展开。

## 阿Q = 精神胜利法?

新世纪以来,对于该如何认识阿Q的"精神胜利法"、小说中的"精神胜利法"在阿Q典型中充当了什么角色、发挥了什么功能、它是否是阿Q典型的核心要义等问题,研究者做出了新的思考并展开了对话。首先在如何对待阿Q的"精神胜利法"这一问题上,不少学者强调其合理性,而有的学者则指出其批判性。其次,对于阿Q的典型内涵的理解,有的学者强调其双重性,有的学者关注其整体性。

## 是"启蒙"还是"革命"

如何认识阿Q的革命性以及《阿Q正传》与辛亥革命的关系,也是研究的关注点。有的学者肯定《阿Q正传》的双重主题,认为其表现了对辛亥革命的深刻认识,有的则认为文本中对辛亥革命以及阿Q革命的描写仍是为了服务思想革命的主题,还有学者从本能和"乡里空间"的崩溃角度对小说中的革命描写做了新的阐释。

## 跨文化、跨学科视域下的《阿Q正传》

围绕《阿Q正传》的研究已经延伸跨越了多个学科,包括美术、戏剧、电影等艺术门类,以及法学、语言学、翻译学、心理学等。

## 比较视域下的《阿Q正传》

继新时期开始从比较文学视野进行透视之后,对《阿Q正传》的比较性研究也进入了一个生机勃勃的天地,这里分别从比较文学和国别文学中的比较研究两个方面进行分析总结。前者突出表现在与目前学界基本达成共识的、一些对鲁迅创作有明显影响的作家作品的比较研究上,例如夏目漱石、果戈里以及存在争议的《堂吉诃德》等。后者的研究对象则涵盖了古代、现代和当代作品,尤以后二者为重,如"阿Q"与"猪八戒"、"阿Q与马伯乐"以及"阿Q与陈焕生"等。

## 《阿Q正传》的接受与影响研究

经典作品的认定是在历代读者的阐释中确立的,而梳理总结这一过程,对于我们反思经典、重塑经典具有十分重大的意义。新世纪的研究者在前人的基础上,利用接受美学的理论指导继续着这一未竟的事业。同时,《阿Q正传》还以自身具有原创性的思想意义和艺术手法影响着后来一大批创作者。

## "有意味的形式"

文本作为"有意味的形式"成了新世纪《阿Q正传》研究的一大突破口,尤其表现在对《阿Q正传》进行叙事学的分析上,涵盖了叙述者、叙述话语以及故事多个层面。

# 鲁迅与高尔基国民性话语比较论*

侯敏　辽宁大学文学院

鲁迅与高尔基，两位"民族灵魂的伟大烛照者"，"奥林匹斯山上的宙斯"，①在他们各自民族的历史文化语境中，产生了极其重要而深远的影响，他们的精神资源为数代作家学者所汲取。但多年来，因受国家政治体制的规约，中外学界往往只关注与探究鲁迅和高尔基政治方面的影响，把他们定义为"无产阶级的革命作家"，而相对忽视了他们还有人道主义的一面。"人道主义"实则是二者文学思想的精髓，忽视了这一点，我们就无法全面地理解二者的文学思想，更不可能真正清晰两位作家的文学史价值与意义。而鲁迅与高尔基的人道主义思想大部分涵纳在国民性话语中，因此，通过二者国民性话语的分析，不仅可以清晰其人道主义思想的基本特质，而且还可以洞见其人道主义精神的历史价值与当下意义。

## 一

鲁迅对高尔基的接受经历了一个变动发展的过程。鲁迅最初接触高尔基的作品是在留学日本期间，但据周作人回忆，鲁迅在日本时期喜欢的作家是安特

---

*基金项目：国家社会科基金后期资助项目"中国左翼文学对高尔基的接受史研究"（21FZWB050）；辽宁省社科基金项目"中国左翼文学对高尔基接受之考辨研究"（L20BZW006）；2021年度辽宁省普通高等教育本科教学改革研究项目"守正与创新：新文科背景下汉语言文学专业转型研究"阶段性研究成果。

① 汪介之：《鲁迅与高尔基：民族灵魂的伟大烛照者》，《南京师范大学学报》1989年第2期。

来夫,对他影响最大的作家是果戈理和显克微支,而在那时"高尔基虽已有名;《母亲》也有各种译本了,但豫才不甚注意"①。曾有学者指出:"鲁迅当时对高尔基没怎么产生兴趣。其原因很可能是安特来夫小说的思想情绪与当时的鲁迅是一致的。"②其实这只是揭示了问题的一个方面,其中另有隐情。

在鲁迅开始留学日本之初的1902年,梁启超创办的《新民丛报》也恰好刚在日本创刊。梁启超探讨的国民性话题引起鲁迅的极大兴趣,作为《新民丛报》读者的鲁迅,也开始关注与思考国民性问题,并常常同许寿裳针对理想的人性、中国国民性的缺陷和病根等问题展开讨论。③尤其是"幻灯片事件"以后,鲁迅越发感到探讨国民性、改造国民精神之必要。1907年鲁迅在《文化偏至论》中明确指出"欧美之强……根柢在人","是故将生存两间,角逐列国是务,其首在立人。人立而凡事举;若其道术,乃必尊个性而张精神","个性张,沙聚之邦,由是转为人国。人国既建,乃始雄厉无前,屹然独见于天下"。④由此鲁迅形成了以追求个性自由与解放为核心的"立人"的思想体系。这实则内蕴着鲁迅以"立人"达到"强国"之根本目的的强烈愿望。但鲁迅在日本留学期间,还尚未接触到马克思主义学说,他的理论资源大部分来自进化论。鲁迅在进化论基础上形成的具有强烈个人主义特征的以"立人"为核心的人道主义、民主主义思想,势必与高尔基在接受马克思主义基础上形成的具有较强集体主义特征的,以反对阶级压迫、反对私有制为核心的无产阶级人道主义思想存在本质上的区别。因此,鲁迅没有将高尔基视为自身精神上的同道,对高尔基的作品也自然不感兴趣。后来,1933年当鲁迅回忆高尔基在"五四"时期遭遇冷落的原因时,曾明确指出:"当屠格纳夫、柴霍夫这些作家大为中国读书界所称颂的时候,高尔基是不很有人很注意的。即使偶然有一两篇翻译,也不过因为他所描的人物来得特别,但总不觉得有什么大意思。这原因,现在很明白了:因为他是'底层'的代表者,是无产阶级的作家,对于他的作品,中国的旧的知识阶级不能共鸣,正是当然的事情。"⑤虽然把鲁迅归入"中国旧的知识阶级"并不恰切,但鲁迅在当时却如旧的知识分子一样对高尔基不

---

① 周作人:《关于鲁迅(之二)》,《宇宙风》1983年第12月号。
② 雷纳特·兰德伯格:《鲁迅与俄国文学》,王家平、穆小琳译,《国外鲁迅研究》1993年第9期。
③ 鲍昌、邱文治:《鲁迅年谱》(上卷),天津人民出版社,1980,第85页。
④ 鲁迅:《文化偏至论》,《鲁迅全集》第一卷,人民文学出版社,2005,第58页。(本文所引《鲁迅全集》作品原文均出同一版本。)
⑤ 鲁迅:《译本高尔基〈一月九日〉小引》,《鲁迅全集》第七卷,第417页。

感兴趣,其原因就在于他还不能理解作为"底层"代表者、无产阶级作家高尔基的真正价值与意义。

鲁迅真正关注高尔基始于1926年,这一年鲁迅在《〈争自由的波浪〉小引》一文中指出,虽然"俄皇的皮鞭和绞架,拷问和西伯利亚"很难使人们获得自由与解放,但反专制的俄国英雄们的血不会白流,因为高尔基等人在作品中记录了这一切,这些"血的流水账簿"不仅能够使后来者"明白别人的自由是怎么争来的前因",而且能够由此"推见未来"。①从而高度肯定了以高尔基等为代表的俄国人民反对奴役,要求自由解放的斗争生活。

自1926年后,鲁迅对高尔基走上了不断认同化的道路,他不仅从日文翻译了高尔基的《一个秋夜》《恶魔》《俄罗斯的童话》等一系列作品,主持编选了《戈理基文录》(柔石、冯雪峰等译),《海上述林》(瞿秋白译)等关于高尔基的译著,而且他还写作了《译本高尔基〈一月九日〉小引》《〈俄罗斯的童话〉小引》等大量评介高尔基的论文。

鲁迅对高尔基认同的有力例证,是鲁迅对小说《母亲》态度的转变。鲁迅在1934年发表的《〈母亲〉木刻十四幅·序》一文中写道:"高尔基的小说《母亲》一出版,革命者就说是一部'最合时的书'。而且不但在那时,还是现在。我想,尤其是在中国的现在和未来,这有沈端先君的译本为证,用不着多说。"同时针对亚历克舍夫为《母亲》所作的十四幅木刻指出,这十四幅木刻"生动,有力,活现了全书的神采。便是没有读过小说的人,不也在这里看见了暗黑的政治和奋斗的大众吗"②?鲁迅对《母亲》所描写的"暗黑的政治和奋斗的大众"的肯定,以及从不感兴趣到积极认同的转变,实则标志着鲁迅思想的嬗变,即从早期的进化论逐步过渡到了马克思主义。

鲁迅对高尔基在不断走向认同的过程中,最重要的收获就是对高尔基国民性话语的发现。当学界的许多人都在争相寻绎高尔基政治价值与意义的时候,鲁迅却敏锐地发现了高尔基国民性批判方面的重要功绩。1935年,他针对高尔基的《俄罗斯的童话》接续发表了两篇文章,他在《〈俄罗斯的童话〉小引》一文中写道:"这《俄罗斯的童话》,共有十六篇,每篇独立;虽说'童话',其实是从各方面描写俄罗斯国民性的种种相。"③之后又在《俄罗斯的童话》一

---

① 鲁迅:《〈争自由的波浪〉小引》,《鲁迅全集》第七卷,第317—318页。
② 鲁迅:《〈母亲〉木刻十四幅·序》,《鲁迅全集》第八卷,第409页。
③ 鲁迅:《〈俄罗斯的童话〉小引》,《鲁迅全集》第十卷,第441页。

文中指出:"短短的十六篇,用漫画的笔法,写出了老俄国人的生态和病情,但又不只写出了老俄国人,所以这作品是世界的;就是我们中国人看起来,也往往会觉得他好像讲着周围的人物,或者简直自己的顶门上给扎了一大针。"①

鲁迅之所以没有仅从政治角度关注高尔基,而是另辟维度,将视点转向高尔基的国民性话语,并表示积极的认同,其重要的原因就在于,两人在国民性话语方面,尤其是在国民性话语中所内蕴的人道主义思想方面存在诸多的共性特征。但与此同时,为了更加全面地了解两人国民性话语极其内蕴的人道主义思想,我们又必须要注意厘清两人国民性话语存在的某些差异性。

## 二

鲁迅与高尔基的国民性话语都表现出对社会及人自身的批判意识,但鲁迅更加侧重对社会的批判,而高尔基更加侧重对人自身的批判。

鲁迅在作品中以血淋淋的事例揭示了封建社会制度吃人的本质。在鲁迅的首篇小说《狂人日记》中,他就指出中国四千年的历史,实际上是充满了血腥的人吃人的历史。接着在小说《孔乙己》中,鲁迅以一个屡试不第的穷书生孔乙己落寞地死去,鞭挞了封建社会教育制度的罪恶。后来,鲁迅又在小说《故乡》《祝福》等作品中揭示出封建社会等级制度及夫权、父权、神权对淳朴善良农民的戕害,在小说《在酒楼上》《魏连殳》《伤逝》等作品中揭示出封建社会保守势力和家族制度对下层知识分子的压制。纵观鲁迅作品中的人物,无论是狂人、孔乙己、闰土、祥林嫂,还是吕纬甫、魏连殳、涓生和子君,他们身上尽管有缺陷,但是他们的本性都是善良的,可他们却无辜地被封建制度残忍地戕害了。所以,鲁迅以沉痛的心情对封建社会吃人的罪行进行了血泪的控诉,并一针见血地指出:"所谓中国的文明者,其实不过是安排给阔人享用的人肉的筵宴。所谓中国者,其实不过是安排这人肉的筵宴的厨房。"②

与鲁迅侧重对社会的批判不同,高尔基更为侧重对人自身的批判。这在其小说《切尔卡什》《阿库莉娜奶奶》和"自传体三部曲"以及晚年的长篇巨著《克里姆·萨姆金的一生》等一系列的作品中有着鲜明的体现,比如在短篇小说《切尔卡什》中,作者塑造了流浪汉切尔卡什和农民加弗里拉两个彼此对立

---

① 鲁迅:《俄罗斯的童话》,《鲁迅全集》第八卷,第515页。
② 鲁迅:《灯下漫笔》,《鲁迅全集》第一卷,第228页。

的形象：前者颇讲义气、向往自由、落拓不羁；后者胆小怕事、自私自利、无比贪婪。在二人偷盗后瓜分所得时，加弗里拉企图杀害同伙、独占赃款。切尔卡什虽遭暗算而受伤，却还是饶恕了加弗里拉，并把全部钱财轻蔑地扔给了他。与此同时，文中写道：

> 切尔卡什听着他快乐的号叫，望着那容光焕发的，因为贪婪的喜悦变了形的面孔，他觉得尽管他是一个贼，一个和一切亲属断了关系的流浪汉，却永远不会这样贪婪、这样下贱、这样忘乎所以。永远不会这样！……这种想法和感觉，使他充分意识到自己的自由，使他留在荒凉的海岸上，站在加弗里拉旁边。①

其实细读这段文本不难发现，这段话毋宁说是切尔卡什的，倒不如说是作者自己的。作者通过这段话鲜明地表现出他对农民那种自私自利、无比贪婪本性的厌弃与批判。在小说《阿库莉娜奶奶》中，作者塑造了一个善良的"母亲"般的人物——阿库莉娜奶奶，她无私地照料着"那些不可救药的酒鬼流浪汉，小偷，以及有时由于种种原因而暂时无法操皮肉生涯的娼妓"。②但是就是这样一位善良的"母亲"般的人物，"却得不到受她恩惠的人们的爱戴"。在阿库莉娜奶奶讨饭不慎摔伤之后，她抚养的八个流浪汉不但不送她去医院，还向她要吃要喝，并无耻地剥夺了她买棺材的最后三个卢布。阿库莉娜奶奶就在这样的冷漠中悄然离开了人世，文章是这样结尾的："人们就这样埋葬了阿库莉娜奶奶，埋葬了这个小偷、乞丐和阴沟街上的善人。"③这种平静语调的背后，我们分明能够感觉到作者对那些忘恩负义之人的沉痛批判。

除了在批判意识方面存在差异之外，他们在悲剧性的强弱方面也存在一些差异，总体而言，鲁迅作品中的悲剧意蕴要比高尔基的浓烈。鲁迅的大部分作品总是将残酷的现实客观地呈现在读者面前，并通过现实描写来透视人物的内心世界，从而揭示人的"灵魂的深"。比如在小说《狂人日记》中，虽然整篇小说似乎都是狂人神经错乱式的胡言乱语，但狂人揭露的恰恰是中国四千年"人吃人"的客观历史现实，揭示的是中华民族几千年的大悲剧。狂人整日的

---

① 高尔基：《高尔基文集》第一卷，人民文学出版社，1981，第363页。
② 高尔基：《高尔基文集》第二卷，第230页。
③ 高尔基：《高尔基文集》第二卷，第235页。

惴惴不安，担心别人会吃掉自己，以及发现自身或许也曾吃过别人的忐忑不安和深深忏悔，一方面揭示出几千年封建制度的罪恶，另一方面则展现了罪恶的封建制度对于人的精神上的戕害。整部作品被笼罩在阴森恐怖的氛围中，给人一种毛骨悚然之感。在小说《祝福》中，有一段描写祥林嫂的文字发人深省：

> 我这回在鲁镇所见的人们中，改变之大，可以说无过于她的了：五年前的花白的头发，即今已经全白，全不像四十上下的人；脸上瘦削不堪，黄中带黑，而且消尽了先前悲哀的神色，仿佛是木刻似的；只有那眼珠间或一轮，还可以表示她是一个活物。①

这是作品中的"我"见到祥林嫂死前最后一面的印象，通过这段描写我们可以真切地洞悉封建农村宗法制是如何戕害一个善良的农妇的。这种戕害不仅仅存在于肉体上，而更为关键是存在于人的精神上。因此可以说，祥林嫂的最大悲剧不是肉体上的饱受折磨，而是精神上的彻底"死亡"。对于人的精神的持续关注，实际上内蕴着鲁迅"揭出病苦，引起疗救的注意"，从而启蒙民众，促使其精神觉醒，最终完成改造国民性、振兴中华民族的根本诉求。由于鲁迅致力于几千年封建制度的批判与人民精神病苦的揭示，他的文风往往具有一种深邃而冷峻的特点。

高尔基不像鲁迅那样执着于揭示人的精神病苦，他的创作目的在于通过民族文化心理批判消除俄罗斯人民身上的惰性、无政府主义、神秘主义以及消极的宿命论思想，培养人对生活的积极态度，"加强人的生活意志，在他心中唤起他对现实和现实的一切压迫的反抗"②。与现实中的一切丑恶现象做斗争，最终达到催动整个"俄罗斯民族摆脱历史的和精神的重负，走向现代"的根本目的。③所以高尔基热切地呼吁：

> 我们罗斯显然已经来到了这样一个时代：我们所有的从心灵深处已被唤醒的人们应该从身上洗清和刨掉千百年来积累的我们生活的污物，消除我们斯拉夫的怠惰，重新审视我们所有的技能和习惯、所有的对生活现象

---

① 鲁迅：《祝福》，《鲁迅全集》第二卷，第6页。
② 高尔基：《论文学》，人民文学出版社，1978，第163页。
③ 张杰、汪介之：《20世纪俄罗斯文学批评史》，译林出版社，2000，第129页。

的评价、所有的对思想和对人的评价,我们应该调动起自身的所有力量和本领并且最终以新的勇敢而富有才气的工作者的姿态参加到全人类的建设我们星球的工作中去。

是的,我们的状况带有深刻的悲剧性,但是在悲剧中人是高于一切的。①

正是由于高尔基对人的生活意志的高扬,对人及生活充满了信心,所以他的国民性话语中就少了鲁迅的冷峻沉郁,而多了一些明朗乐观的成分。正如有的学者指出的那样:"高尔基的创作充满了特殊的乐观主义力量。他对人,对生活的胜利,对社会主义的胜利的信仰是取之不竭的。"②这在"自传体三部曲"等作品中有着鲜明的体现,在"自传体三部曲"中,高尔基并没有仅仅关注外祖父、舅舅等自私自利、凶狠残暴的小市民形象,在这部作品中还有许多本性善良的人,除外祖母外,还有善良、乐观的"小茨冈",忠厚老实的老长工格里戈里,献身科学的"好事情",文化水平不高却很喜欢书的厨师斯穆雷等等,他们都是"我"的良师益友。正是这些善良、平凡的"普通粗人"哺育培养了"我"对生活的积极态度和反抗精神。③这部作品实则内蕴着作者从俄罗斯丑恶的现实中挖掘"人性的闪光",从而建立"人道的生活"秩序的愿望。

## 三

鲁迅与高尔基国民性话语的共性特质主要体现在世俗性、反抗性和人民性三个方面。

鲁迅和高尔基的国民性话语都具有世俗性、功利性的特点,这种世俗性、功利性的主旨内涵可以简要概括为"启蒙"和"为人生",具体表现在:他们都反对给人以宗教式的未来期许,而是执着地谛视当下;他们都反对对人进行过度的怜悯与同情,而是往往通过对人的悲剧命运的分析来寻找人如何能够获得价值与尊严的途径。比如在鲁迅的《伤逝》中,作者的真正用意绝不是仅仅要突出涓生和子君的爱情悲剧,更深层的用意在于:通过这样的悲剧本身告诫

---

① 高尔基:《不合时宜的思想》,花城出版社,2010,第187页。
② 叶戈林:《高尔基——苏维埃文学的奠基者》,罗果夫、戈宝权合编《高尔基研究年刊》(1947),时代书报出版社,1947,第17页。
③ 高尔基:《〈童年·在人间·我的大学〉前言》,人民文学出版社,2012,第2—3页。

当时盲目离家出走，追求个性解放和自由的青年，如果没有经济权，包括爱情在内的一切都将失去"附丽"，所以想要自由、想要解放就必须要争得经济上的自主。鲁迅对这一点深有体悟，他曾在《娜拉走后怎样》一文中指出，娜拉离家出走后的结局，"或者也实在只有两条路：不是堕落，就是回来"。[①]其原因就在于娜拉没有经济权，生存无法维系。从以上我们看到，鲁迅对他笔下的人物虽然满含人道主义同情，但这并不是他作品的全部内容，其背后还有着更为深邃的理性思考。高尔基的作品也有同样的特点，比如在戏剧《底层》中，高尔基对安娜等为代表的底层人民给予了人道主义的同情，但这种同情却并不是过度的怜悯，这种人道主义中充满着更多的理性内容，这主要通过鲁卡与沙金两个人物得以体现。在文本中，作者对鲁卡提倡的虚伪的人道主义思想和"安慰哲学"给予了猛烈的批判，与此同时作者借助主人公沙金之口喊出了"一切在于人，一切为了人"的响亮口号，并且主张不要怜悯人，一定要尊重人，"一定得尊重人！不要怜悯他……不要拿怜悯去污辱他……一定得尊重他"！[②]认为只有这样，人们才能真正过上一种自由、快乐的生活，一种没有剥削与压迫，人们之间能够彼此尊重的生活。不难发现，这其中无疑内蕴着作者如何改变现实生活的理性思考。

鲁迅和高尔基的国民性话语都具有反抗性、战斗性的特点。鲁迅接受高尔基的一个极其重要的原因就在于高尔基具有强烈的反抗意识。他在1932年发表的《祝中俄文字之交》一文中写道："作家的名字知道得更多了，我们虽然从安特来夫（L.Andreev）的作品里遇到了恐怖，阿尔志跋绥夫（M.Artsybashev）的作品里看见了绝望和荒唐，但也从珂罗连珂（V.Korolenko）学得了宽宏，从戈理基（Maxim Gorky）感受了反抗。"[③]鲁迅不仅从反抗的角度接受高尔基，他对整个俄罗斯文学的接受也主要选取的是反抗奴役和压迫的人道主义立场：

> 那时（19世纪末——引者注）就知道了俄国文学是我们的导师和朋友。因为从那里面，看见了被压迫者的善良的灵魂，的酸辛，的挣扎；还和四十年代的作品一同烧起希望，和六十年代的作品一同感到悲哀。我们岂不知道那时的大俄罗斯帝国也正在侵略中国，然而从文学里明白了一件

---

① 鲁迅：《娜拉走后怎样》，《鲁迅全集》第一卷，第166页。
② 高尔基：《底层》，《高尔基剧作集》（一），中国戏剧出版社，1980，第254页。
③ 鲁迅：《祝中俄文字之交》，《鲁迅全集》第四卷，第474页。

大事,是世界上有两种人:压迫者和被压迫者。①

可以说,鲁迅的一生都在为弱势群体博得自由与解放而斗争,尽管他知道中国太难改变,"即使搬动一张桌子,改装一个火炉,几乎也要血;而且即使有了血,也未必一定能搬动,能改装。不是很大的鞭子打在背上,中国自己是不肯动弹的"②。但是他依然进行着"绝望"的反抗,并热切地呼吁"立意在反抗,指归在动作"的精神界之战士的出现。这充分体现出鲁迅执着的战斗精神,也彰显出为弱势群体争取自由和解放的鲜明的人道主义立场。

高尔基同样是具有强烈反抗意识的作家。他曾明确表示:"我是为了反抗才来到这个世界上的。"③"只要阶级的国家还存在一天,文学家作为一定环境和时代的人,不管他愿意与否,有无条件,都必须为自己时代和环境的利益服务,而且正在服务。如果国家、教会和敌对阶级妨碍了他的阶级和集团的历史的必然趋势,文学家就得冒着丧失自由的危险,不惜自己的生命,去反抗国家、教会和阶级。"④正是高尔基这种强烈的反抗意识,所以他对陀思妥耶夫斯基和列夫·托尔斯泰的"忍耐"和"勿以暴力抗恶"观念进行了激烈的反对和批判。他在《谈谈小市民习气》一文中愤慨地指出:

……在这种鼓吹忍耐和勿抗恶的说教里面,有一种非常丑恶和可耻的东西,有一种近乎恶意嘲弄的东西。要知道,这两位世界的天才是生活在这样一个国家里,在那里,压在人民头上的暴力其荒淫无耻已达到惊人的程度。统治阶级横行霸道,肆无忌惮,使整个国家变成一座黑暗的刑场;这个政权的仆役们,从省长到普通警察,都无耻地剥夺和折磨千百万人民,愚弄他们,好像猫儿愚弄被捕的耗子。⑤

在这段表述中,表达出的不仅仅是对"两位世界天才"的"忍耐"哲学的厌恶,而且还流露出作者对统治阶级的憎恨和对弱势群体的人道主义同情。

另外,鲁迅与高尔基的国民性话语都具有集体性、人民性的特点。鲁迅虽

---

① 鲁迅:《祝中俄文字之交》,《鲁迅全集》第四卷,第473页。
② 鲁迅:《娜拉走后怎样》《鲁迅全集》第一卷,第171页。
③ 高尔基:《初恋》,《高尔基读本》,人民文学出版社,2011,第141页。
④ 高尔基:《本刊的宗旨》,《论文学》,第216页。
⑤ 高尔基:《论文学》(续集),人民文学出版社,1983,第51—52页。

然早期也受到过资产阶级人道主义思想的影响,倡导过"掊物质而张灵明,任个人而排众数"①,但是鲁迅从踏入文坛的那一刻起,他所说的"个人"就从来没有离开过国家民族而存在。正如有的学者指出的那样:"运用文艺的武器,改造国民性,促进民族的觉醒,这就是鲁迅在本世纪初(20世纪初——引者注)所选择的救国之途。可以说,战斗伊始,鲁迅的生命就与'中华民族的觉醒'这一具有世界意义的伟大事业连结在一起了。"②所以,鲁迅在他的第一篇小说《狂人日记》里,"就把整个封建专制制度及其意识形态置于历史的审判台前,无情揭露其'吃人'本质",并且"明确地把人的解放与彻底消灭人吃人的封建旧制度、旧礼教联系起来"③,严正宣告:"将来容不得吃人的人,活在世上。"在这里,主人公狂人已绝不仅仅是精神病人中的"这一个",而是具有中国普通民众的集体性、人民性的特征。

高尔基的国民性话语同样具有集体性、人民性的特点。高尔基是人民的热烈崇拜者,他在《个人的毁灭》一文中写道:

> 人民不仅是创造一切物质价值的力量,人民也是精神价值的唯一的永不枯竭的源泉,无论就时间、就美还是就创作天才来说,人民总是第一个哲学家和诗人。④

高尔基的集体性、人民性观念不仅体现在其理论中,而且体现在创作实践中。比如在小说《忏悔》中,作者以极大的热情赞美了俄罗斯人民的伟大,他借约纳神父肯定:"大地上所有的东西,包括你头脑中所有的东西,都是民众创造出来的。"主人公马特维最后也终于悟到:人民才是"大地的主宰和奇迹的创造者"。⑤其实不难发现,这些表述的背后实际上蕴藏着作者渴望发动民众反抗剥削和压迫的人道主义思想。

鲁迅和高尔基的国民性话语之所以彰显出世俗性、反抗性和人民性的特点,其中最重要的原因是:他们真正是从弱势群体出发,站在弱势群体的立场上发言的,他们的思想内里具有强烈的平民意识和底层意识。鲁迅在写于1935

---

① 鲁迅:《文化偏至论》,《鲁迅全集》第一卷,第47页。
② 钱理群:《试论鲁迅与周作人的思想发展道路》,《中国现代文学研究丛刊》,1981年第4期。
③ 钱理群:《试论鲁迅与周作人的思想发展道路》,《中国现代文学研究丛刊》,1981年第4期。
④ 高尔基:《个人的毁灭》,《论文学》(续集),人民文学出版社,1983,第54页。
⑤ 高尔基:《忏悔》,《高尔基文集》第十二卷,人民文学出版社,1984,第495页。

年的《〈俄罗斯的童话〉小引》中说道:"高尔基出身下等,弄到会看书,会写字,会作文,而且作得好,遇见的上等人又不少,又并不站在上等人的高台上看,于是许多西洋镜就被拆穿了。如果上等诗人自己写起来,是决不会这模样的。"①之后,又在写于1936年的《关于太炎先生二三事》一文中指出,高尔基之所以"生受崇敬,死备哀荣","其原因乃在高尔基先前的理想,后来都成为事实,他的一身,就是大众的一体,喜怒哀乐,无不相通"。②其实鲁迅对高尔基这种平民意识和底层意识的强调与赞赏,不仅昭示出鲁迅对高尔基思想的认同,而且也说明平民意识与底层意识恰是鲁迅与高尔基精神上的相通之处。也正是这种浓郁的平民意识和底层意识,使鲁迅与高尔基的作品中流露出浓郁的人道主义情怀,且促使他们理性地去思考,如何发动民众通过反抗以获得真正的自由、民主和解放的问题。

总之,虽然鲁迅与高尔基的国民性话语表现出某些差异性,但二者共同的平民与底层意识,又使他们的人道主义体现出诸多的共性特质。虽然鲁迅与高尔基的时代早已离我们远去,但是他们国民性话语的历史文化意义却没有随着时间的流逝而湮灭,他们的人道主义精神依然在许多当代作家的身上得以彰显与延续。

---

①鲁迅:《〈俄罗斯的童话〉小引》,《鲁迅全集》第十卷,第442页。
②鲁迅:《关于太炎先生二三事》,《鲁迅全集》第六卷,第566页。

# 鲁迅与章锡琛的交往始末

胡峰 李雁 齐鲁师范学院文学院济南大学文学院

作为20世纪著名的作家和文化名人,鲁迅和同时代的人有着广泛的交往。据包子衍先生统计,仅在《鲁迅日记》中记载了的与鲁迅交往的人,就有一千九百五十人。彭定安、马蹄疾编著的《鲁迅和他的同时代人》一书,筛选出包括其家人、保姆在内的一百八十人,梳理了他们与鲁迅的交往情况。"所有这些人,都在一定的历史条件下和社会生活中生活和活动,他们构成一个整体,反映一个时代。从他们的经历和思想、生活、活动中,我们窥见了时代的面貌。这个时代,便是鲁迅曾经在其中生活和战斗过的时代。由此,我们也就具体地感受到鲁迅所处的时代和鲁迅的思想发展状况了。在这些方面来进行对鲁迅的研究,可以说是在某些方面和某种程度上,对鲁迅研究的扩大和深化。"[①]但是,由于当时的资料所限,以及对某些人物"评述的意见尚未考虑成熟",许多人物只好被"忍痛割爱"了。而章锡琛,这位著名的编辑家,就是被"割掉"的其中一个。近年来有学者逐渐对章锡琛产生了兴趣,首先是在1991年绍兴县政协文史资料工作委员会编的《绍兴文史资料选辑》中开设了"章锡琛专栏",收录《章锡琛自传》《章锡琛与鲁迅》以及回忆、怀念性的文章共十篇,此后又出版了章雪峰的人物传记《中国出版家·章锡琛》(人民出版社,2016)一书,对其一生的行状进行了细致梳理,使得对章锡琛的研究越来越明朗,越来越深入。研究性的文章有邱雪松的博士学位论文《开明书店、"开明人"与"开明风"——中国现代知识分子与出版的一种关系》(华东师范大学,2010)

---

[①] 彭定安、马蹄疾编著《鲁迅和他的同时代人(代序)》,春风文艺出版社,1985。

等。尽管如此,学界对鲁迅和章锡琛之间的交往过程的考证和研究,更多地集中在两者交往的后期阶段,相对缺乏对二人交往过程的整体梳理和评判。本文拟通过鲁迅、周作人日记及其和章锡琛之间的书函往来,进一步补充完善鲁迅、章锡琛之间的交往过程,希望对详细了解鲁迅的交游及章锡琛对新文学、新文化的贡献有所帮助。

## 一 从局外人到撰稿者

章锡琛第一次出现在《鲁迅日记》中是在1921年7月23日:"大雨。下午……寄章锡琛信,代二弟发。"①当时周作人因患肋膜炎,正在香山碧云寺养病。在这前一天即22日,《周作人日记》记:"下午寄章雪村君函。"②这次由鲁迅代周作人寄给章锡琛的信函中,就包括了周作人于7月21日刚刚完成的论文《欧洲古代文学上的妇女观》,发表在由章锡琛主编的《妇女杂志》1921年10月第七卷第1号上。而实际上,早在章锡琛主编《东方杂志》时,就曾发表过周作人的文章——《文学上的俄国与中国(一九二〇年十一月八日在北京师范学校及协和医学校所讲)》,刊登在1920年12月10日《东方杂志》第十七卷第23期上,只不过是通过转载的形式出现的。在周作人寄出给《妇女杂志》的第一篇稿件后没多久,即1921年8月2日,周作人又给章锡琛写信。这次鲁迅没有参与的记录。但是,鲁迅对章锡琛向周作人约稿的事情是清楚的,如他在8月17日写给周作人的信中说:"对于バンダン滑倒公(指章锡琛)不知拟用何文,我以为《无画之画帖》便佳,此后再添童话若干,便可出单行本矣。"③尽管周作人没有听从鲁迅的建议,把《无画之画帖》寄给章锡琛主编的《妇女杂志》,但章已经成功引起了鲁迅的关注。

此时的章锡琛开始主持《妇女杂志》并进行了大刀阔斧的革新。围绕着塑造"新女性"的主题,杂志在办刊宗旨、栏目设置、内容革新、语言形式等方面呈现出令人耳目一新的面貌。这使得杂志销量暴增到一万余份,坐稳了当时女性杂志的"第一把椅子",为商务印书馆赢得了经济效益与社会效益的双丰收。其中,向周作人等名家约稿,就是其成功改革的策略之一。

---

① 鲁迅:《日记·日记第十(一九二一年)》,《鲁迅全集》第十五卷,人民文学出版社,2005,第437页。(本文所引《鲁迅全集》作品原文均出自同一版本。)
② 鲁迅博物馆藏《周作人日记(中)影印本》,大象出版社,1996,第194页。
③ 鲁迅:《210806 致周作人》,《鲁迅全集》第十一卷,第403页。

章锡琛能向周作人约稿成功,还有一个重要的原因就是周建人和章锡琛的关系。二人曾经在绍兴共过事,而且相交甚笃。在章主编《东方杂志》之际,周建人就曾在该杂志上发表过作品,如《善种学与其建立者》(《东方杂志》1920年第十七卷第18期)。1919年冬天开始,周建人和两位兄长同住北京八道湾宅,也为章向周氏兄弟约稿提供了人脉上的便利。章锡琛革新《妇女杂志》时常常邀约周建人、周作人兄弟为其撰稿,并在1921年5月第七卷第5号杂志上为周作人做预告,说是他已经"允许常常为本志作文",但由于身体原因,《欧洲古代文学上的妇女观》只有延期了。这一方面是对于杂志的宣传,另一方面也暗含着已经预定了周作人的这篇文章的用意。同时编辑还介绍说,周建人也答应了常为该杂志撰文,并推出他的《家庭生活的进化》一文,"不但学理圆澈,即行文上也很有文学的趣味,真是极有价值的文字"[1]。可以说,聘请到了周作人和周建人,也是章锡琛逐渐接触鲁迅的第一步。此后,周建人便常常有文章在《妇女杂志》上发表。据章锡琛回忆:"当时在北京的友人周乔峰(建人),常常应我的要求寄来不少稿件,有些是他自撰,有些托人撰写。"[2]

　　就当时的杂志而言,与能够得到周作人、周建人的稿件支持相比,鲁迅的文章是难以获得的,甚至当时的《新青年》《小说月报》《晨报·副刊》等赫赫有名的报刊编辑,也不断通过周作人向鲁迅约稿,但未必都能如愿。章锡琛能够得到鲁迅的支持,还有一个重要的契机,那就是周建人到《妇女杂志》任职。

　　不同于鲁迅、周作人既有留学经历,而且很快在新文化运动中确立了较高的地位,周建人主要集中于生物学、女性解放研究。和两位哥哥的盛名相比,则显得默默无闻,此时正闲居在家。作为长兄的鲁迅,为周建人的发展操了不少心。他多次托关系,找门路,他在1920年8月16日、21日两次写信给蔡元培,希望能为周建人谋求一个半工半读的机会;周作人也托前往商务印书馆考察的胡适为弟弟谋职。也正是因为上述章锡琛和周建人的关系(当然也不排除他对鲁迅、周作人两位潜在撰稿人的看重),前者后来回忆说:"因他当时没有工作,我一个人实在忙不过来,就向总编辑室请求,聘他帮同编辑,得到许可。他到上海和我住在一起,彼此共同商讨改进的方针,方向逐渐明确,来稿

---

[1] 章锡琛:《编辑余录》,1921年5月《妇女杂志》第七卷第5期。
[2] 章锡琛:《漫谈商务印书馆》,《商务印书馆九十年》,商务印书馆,1987,第111页。

也逐渐增多。"①章锡琛这里交代了一个重要原因——人手缺乏:"商务对这杂志一向并不重视,只求换一个人,把提倡三从四德、专讲烹饪缝纫的老调变换一下就成,所以只让我一人单干。我接手后,只得一面整理积稿,把勉强可用的略加修改充数,一面四处拉稿,又在杂志上出题征文,再不够自己也写一些,只求能尽快编好。过了三个月,总算把积压的各期赶出。"②在这一前提下,他向商务高层要求增加人手也合情合理。但周建人能够在商务印书馆谋职成功,实际上还和胡适与商务高层的洽谈密不可分。当时任商务印书馆编译所所长的高梦旦多次邀请胡适到商务工作,后者不好推辞,只能答应到上海住上一两个月,名义上是看看那里的工作,实际上是找个合适的借口婉拒。正是胡适在沪期间,不仅推荐了其老师王云五后来接任编译所所长一职,而且也成功把周建人引荐进来,成为章锡琛的重要帮手。这从1921年8月胡适写给周作人的两封信中就可以得知。他在8月18日的信中写道:"你的兄弟建人的事,商务已答应请他来帮忙,但月薪只有六十元,不太少否?如他愿就此事,请他即来。来时可到宝山路商务编译所寻高梦旦先生与钱经宇先生(《东方》主任,此事之成,钱君之力为多)。"③担心周作人收不到,他于8月30日写信说明此事。不难看出,时任《东方杂志》主编的钱经宇(智修)出了不少力(当初也是他推荐章锡琛担任《妇女杂志》的主编)。其实,这也跟当时商务印书馆的风气有很大关系:"编译所中的国文部(部长庄俞,武进人)专编小学和中学教科书的人是常州帮","理化部是绍兴帮,除了校对之类少数人也许不是绍兴人"。④巧合的是,钱经宇是绍兴嵊县人,章锡琛是绍兴人,周建人更不用说。因此,周建人能得到钱经宇的推荐,一方面跟他对鲁迅、周作人社会影响的熟悉(这一时期,周氏三兄弟在《东方杂志》上发表了不少文章,而且他们还经常收到《东方杂志》刊物),另一方面老乡的情分也起了一定的作用。其实,章锡琛又何尝不是如此呢?

1921年9月2日,周建人离京赴沪,加盟《妇女杂志》。为此,章锡琛在1922年第8卷第2号的"编辑余录"栏中进行了专文宣传:"我们今年第一件可以报告读者的事,就是素来承读者欢迎的周建人先生,已经聘请来社,担任社务",随后还提及"俄国盲诗人爱罗先珂先生,文学家鲁迅先生,及妇女问题

---

①②章锡琛:《漫谈商务印书馆》,《商务印书馆九十年》,第111页。
③中国社会科学院近代史研究所中华民国史研究室:《胡适来往书信选(上)》,社会科学文献出版社,2013,第96页。
④茅盾:《商务印书馆编译所和革新〈小说月报〉的前后》,《商务印书馆九十年》,第145页。

研究者YD先生、李光业先生等,都允常常替撰译文字。这真是本社的极大的荣幸"。邀请周建人的加盟《妇女杂志》也就很自然地把鲁迅、周作人吸引过来,尤其是后二者与《妇女杂志》的联系也就更加密切。这不仅进一步充实和壮大了杂志的作者队伍,同时也对杂志本身起到了重要的宣传作用,也就在无形之中扩大了它的社会影响。

此后,鲁迅在《妇女杂志》上发表小说《鸭的喜剧》《幸福的家庭》、杂文《娜拉走后怎样》以及译文《小鸡的悲剧及译后附记》《一篇很短的传奇及译后附记》等作品,以实际行动表示了对章锡琛及其《妇女杂志》的支持。

## 二 鲁迅对章锡琛的有力声援

章锡琛获得周建人的加盟,以及鲁迅、周作人的稿件支援后,对《妇女杂志》的改革更为卖力。他在《漫谈商务印书馆》一文中说道:"周建人能翻译英文,我也学过一点日文,曾经在《东方》帮助翻译,两人就从图书馆借来几种有关妇女问题的英日文书,共同选译,自己也东拼西凑写些提倡妇女解放和恋爱自由一类时髦的短文,销数经逐渐增加。尤其是这年秋季出了一期《离婚问题专号》,破例重版两次。"①当然,杂志在商业上的成功离不开思想上的革新,特别是在思想上的激进。而这种激进的姿态,也必然会遭遇反对者的声音。1925年1月,《妇女杂志》围绕着"新性道德问题"推出了专号,集中发表了《新性道德是什么》(章锡琛)、《性道德之科学的标准》《现代性道德的倾向》(周建人)、《性道德的唯物史观》(沈雁冰)、《爱伦凯的〈恋爱与道德〉》(沈泽民)、《近代文学上的新性道德》(默盦)、《离婚防止与新性道德的建设》(美国哈脱著、文宙译)等一批重磅文章,主张以新的性道德代替旧的性道德。这些文章在当时引起了一些"卫道士"的强烈不满和猛烈反击。其中北京大学的陈百年在1925年3月14日《现代评论》第一卷第14期发表了《一夫多妻的新护符》,批评章锡琛、周建人的文章成为"一夫多妻的新护符",在本质上是鼓励纵欲的。章周二人分别撰写《新性道德与多妻——答陈百年先生》和《恋爱自由与一夫多妻——答陈百年先生》予以反驳,并寄给了《现代评论》杂志。这两篇文章不但被拖延发表,而且也遭到了删节,还被放在不太起眼的通讯栏中。对此,鲁迅极为不满,就把周建人的《答〈一夫一妻的新护符〉》和

---

① 章锡琛:《漫谈商务印书馆》,《商务印书馆九十年》,第116—117页。

章锡琛的《驳陈百年教授〈一夫一妻的新护符〉》在自己主编的《莽原》杂志上全文登载出来。他在《编完写起》一文中说道："诚然,《妇女杂志》上再不见这一类文章了,想起来毛骨悚然,悚然于阶级很不同的两类人,在中国竟会连成一气","我总以为章周两先生在中国将这些议论发得太早,——虽然外国已经说旧了,但外国是外国。可是我总觉得陈先生满口'流弊流弊',是论利害而不像论是非,莫名其妙"。"章先生的驳文似乎激昂些,因为他觉得陈先生的文章发表以后,攻击者便源源而来,就疑心到'教授'的头衔上去。那么,继起者就有'拍马屁'的嫌疑了。我想未必。但教授和学者的话,比起一个小编辑来,容易得社会信任,却也许是实情。因此从论敌看来,这些名称也就有了流弊了,真所谓有一利必有一弊。"①不难看出,鲁迅对章锡琛、周建人的观点还是支持的,尽管他对章锡琛的言辞态度有所保留。

当然,这是在公共舆论空间,鲁迅旗帜鲜明地站在章锡琛的立场上。而在熟人的私密空间,章锡琛的性格和特点却成为鲁迅的有趣谈资。1921年8月6日致周作人的信中,鲁迅称之为"バンダン滑倒公",虽带有戏谑的成分,但决非讽刺和挖苦;到了1925年和许广平热恋期间,章再次成为他和许广平之间的谈资。首先是许广平在给鲁迅的信中谈到希望鲁迅的人生指导更明确些,就像苦药中加点糖分使其不觉得苦辛,"能否不像章锡琛先生在《妇女杂志》中答话的那样模糊,而给我一个真切的明白的指引"②?鲁迅则回应说:"章锡琛先生的答话是一定要模糊的,听说他自己在书铺子里做伙计,就时常叫苦连天。"③前者认为章锡琛在《妇女杂志》中的答话不够明白,后者则指出了章锡琛同样有苦闷的经历,其实暗含了一定的幽默成分;而且自己对于解决人生与思想苦闷的问题,和章锡琛一样没有明确的答案。这其中也包含了对章锡琛"模糊态度"的理解和同情。

《妇女杂志》成功以后,章锡琛、周建人被邀请编辑《民国日报》副刊、《妇女周报》、《时事新报》副刊、《现代妇女》,而且章自己还另外办了一个《新女性》杂志。"现代评论"派的反击使得商务高层感受到了压力,再加上章锡琛私下里另办杂志,也为商务所禁止的。于是章被开除。他在郑振铎、胡愈之等人的帮助下,逐渐把《新女性》扩展成开明书店。有一种说法,"开明"

---

① 鲁迅:《集外集·编完写起》,《鲁迅全集》第七卷,第79—80页。
② 鲁迅、许广平:《两地书》,《鲁迅全集》第十一卷,第12页。
③ 鲁迅、许广平:《两地书》,《鲁迅全集》第十一卷,第15页。

是鲁迅给取的名字。作为开明书店创办人之一的吴觉农就回忆说:"关于用'开明'二字作为书店的名称,一说是孙伏园起的名,据我记忆,章锡琛曾同我说,是鲁迅先生给取的名,有待再考证。"[1]章锡琛的侄子章士宋也提出:"开明书店的名称由来,有不同的说法,据绍兴鲁迅纪念馆的史料记载,是鲁迅取的名。"[2]这至少从一个侧面表明鲁迅对开明书店的支持与鼓励。

1926年8月29日,鲁迅由北京赴厦门途经上海,当天晚上就在周建人的陪同下"至开明书店访章锡箴"[3](即章锡琛)。尽管周建人没有跟随章锡琛一起离开商务印书馆,但二人的友谊却没有受到影响,所以有人说:"鲁迅此行,是在周建人的要求下,为开张不到一个月的开明书店捧场来了。"[4]由此可见,周建人在鲁、章的交往中所发挥的重要作用,以及鲁迅对三弟及章锡琛事业的支持和帮助。第二天晚上,郑振铎为鲁迅设宴,章锡琛在座,而且饭后还到鲁迅的寓所继续交谈;第三天,章再次拜访鲁迅。即是说,鲁迅在上海短暂停留的三天时间里,每天都有和他见面和交流的记录。二者之间的关系也由此进入一个新的阶段。

另外,据曾经在北新书局和开明书店工作过的王燕棠回忆,鲁迅的《呐喊》自费出版后,社会影响很大,于是在孙伏园的介绍下,版权交给了他的北大同学李小峰所创办的北新书局。由于北新书局经常拖欠稿费,使得鲁迅有了脱离关系而将著作权交给开明书店的想法,而且还和章锡琛进行了洽谈。但李以不再支付鲁迅欠款为由相要挟,而鲁迅又不想多事,"转书事不果行,但此后,鲁迅也不再给北新送稿件了"[5]。这是鲁迅对开明书店表达支持态度的又一表现。

尽管如此,鲁迅对章锡琛及其创办的开明书店还保持着一种警惕。这首先体现在对章锡琛做开明书店老板的清醒:"《现代评论》是学者们的喉舌,经它一喝,章锡琛先生的确不久就失去《妇女杂志》的编辑的椅子,终于从商务印书馆走出,——但积久却做了开明书店的老板,反而获得予夺别人的椅子的威权,听说现在还在编译所的大门口也站起了巡警。陈百年先生是经理考试去

---

[1] 吴觉农:《怀念老友章锡琛》,《出版史料》1988年第1期。
[2] 章士宋:《章锡琛和开明书店》,《出版史料》2007年第2期。
[3] 鲁迅:《日记·日记十五(一九二六年)》,《鲁迅全集》第十五卷,第635页。
[4] 章雪峰:《中国出版家·章锡琛》,人民出版社,2016,第104—105页。
[5] 王燕棠:《怀念章锡琛先生》,绍兴县政协文史资料工作委员会编《绍兴文史资料选辑》第十辑,1991,第86页。

了。这真叫人不胜今昔之感。"（1935年2月15日晨补记）①这是在1935年对当年章锡琛被商务印书馆解聘后的附记，其中也包含着对一切所谓的凌驾于他人之上特别是具有"予夺别人椅子的威权"者的不满；其次是他对开明书店经营模式的警醒。1935年他在致郑振铎的信中指出："书店股东若是商人，其弊在胡涂，若是智识者，又苦于太精明，这两者都于进行有损。我看开明书店即太精明的标本，也许可以保守，但很难有大发展。"②这是他对1927年招股改组后的开明书店的评价。开明书店不仅在经济上获得了极大收益，而且在社会地位也随之提升，在1930年代中期与商务、中华、世界、大东鼎足而立，并称"商中世大开"书业五巨头。③但鲁迅还是希望它能更多地服务于思想启蒙事业，而不是以盈利为最终目的。

## 三　章锡琛对鲁迅的支持和纪念

鲁迅与章锡琛在上海见面之后，双方的交往越来越频繁，关系也越来越密切。鲁迅在厦门、广州期间，二人通过书信进行沟通；1927年10月鲁迅从广州回到上海定居，一直到逝世的这九年间，二人又有了面对面交流的机会，关系也得以急剧升温。如鲁迅在1928年3月10日日记中写道："章雪村赠倍倍尔《妇人论》一本，转送广平。"④当然，这些都是些日常的交往，另外还可以从两个重要事件可以看出来。

其一，鲁迅在上海定居期间，国民党文禁森严，经常检查或限制报刊书籍的出版和发行。1934年2月，国民党中央宣传部把一百四十九种图书列为反动书籍，并下令查禁；包括鲁迅在内的二十八位进步作家的著作均在此列。面对国民党的白色恐怖，章锡琛并没有退缩，而是以开明书店出面，联合了二十几家书店，两次向国民党"请愿"抗议。与此同时，他和夏丏尊联名写信给国民党内的民主进步人士蔡元培、邵力子等人，要求解除禁令。这既体现了章锡琛不畏强权、勇于追求进步的胆识和魄力，同时表明在立场上和鲁迅等作家相一致，更是对他们的有力声援和支持。

其二，是对鲁迅搜集出版瞿秋白遗作《海上述林》的帮助。瞿秋白，是和

---

① 鲁迅：《编完写起》，《鲁迅全集》第七卷，第80页。
② 鲁迅：《书信350330　致郑振铎》，《鲁迅全集》第十三卷，第427页。
③ 朱联保：《漫谈旧上海图书出版业》，《出版与发行》1985年第5期。
④ 鲁迅：《日记·日记十七（一九二八年）》，《鲁迅全集》第十六卷，第73页。

鲁迅关系非常密切的共产党人之一。1931—1934年间,他在上海秘密养病,得到了鲁迅无私的指导和帮助,二人结下了肝胆相照的情谊。1933年出版的《鲁迅杂感选集》,就是由瞿秋白编选,并撰写了后来成为现代文学经典的《〈鲁迅杂感选集〉序言》。1935年2月,瞿秋白被捕,后因身份暴露,6月18日在福建长汀被国民党杀害。为了怀念这位难得的挚友,身患重病的鲁迅毅然决定收集整理并出版瞿秋白翻译的译作。鲁迅说:"我把他的作品出版,是一个纪念,也是一个抗议,一个示威!……人给杀掉了,作品是不能杀掉的,也是杀不掉的。"①从1935年10月22日开始,鲁迅收集原稿,过录复本,分类编排,标明式样,生病期间也从未停歇。经过努力,1936年3月上旬编成上卷《辨林》(主要收集瞿秋白翻译的马克思、恩格斯、列宁、普列汉诺夫、拉法格等人的文艺论文,以及高尔基的论文集和拾遗)。鲁迅亲自撰写广告语,给予高度评价:"作者既系大家,译者又是名手,信而且达,并世无两。其中《写实主义文学论》与《高尔基论文选集》两种,尤为皇皇巨制。此外论说,亦无一不佳,足以益人,足以传世。"②紧接着,他又马不停蹄地编成下卷《藻林》(主要收集瞿秋白翻译的苏联文学作品,包括《高尔基创作集》、高尔基的诗歌《市侩颂》、卢那卡尔斯基的剧本《解放了的唐·吉诃德》、别德内依的长诗《没有功夫唾骂》等),共计六百多页,六十多万字。他还一遍又一遍地校对订正,并亲自设计装帧,将出版社的名字命名为"诸夏怀霜社"。但是,在当时出版这样一部著作,不单单要受到国民党文艺政策的封锁,甚至还可能要付出生命的代价。冒如此大的风险,一般的出版商肯定是避之唯恐不及的。章锡琛得知后,毅然应承下来,先是在他经营的美成印刷厂秘密排字制版(由章锡琛的儿子章士敏亲手排版而不让其他任何人参与),然后转送日本印行。为了解决购买铅材的资金问题,他发动开明书店编译所同人捐助,许诺出版后赠书一套。"叶圣陶、徐调孚、章锡琛、宋云彬、夏丏尊,为出版《海上述林》各认捐十元;王伯祥、丁尧先各认捐五元。"③这也是章锡琛作为出版商的精明之处。"关于搜罗文稿和校印事务种种,曾得许多友人的协助,在此一并志谢。"④尽管因为客观原因无法说明章锡琛的辛苦付出,但鲁迅的感激之情却是寓含其中的。1936年6月,当美成印刷所的下卷排版工作进展缓慢时,鲁迅直

---

① 转引自史莽《鲁迅的最后一年》,浙江人民出版社,1998,第86页。
② 鲁迅:《绍介〈海上述林〉》,《鲁迅全集》第七卷,第489页。
③ 周国伟:《略述鲁迅与书局(店)的关系》,《出版史料》1987年第2期。
④ 鲁迅:《〈海上述林〉上卷序言》,《鲁迅全集》第六卷,第593页。

接写信给章锡琛:"翻译的人老早就死了,著作者高尔基也于最近去了世,编辑者的我,如今也快要死了。虽然如此,但书却还没有校完,原来你们是在等候着读者的死亡的吗?"①这一方面体现出鲁迅对出版《海上述林》下卷的心急如焚,另一方面也间接反映出他和章之间关系的亲密,正所谓"爱之深所以责之切"。10月2日,也就是在鲁迅逝世前的十七天,《海上述林》上卷被送到了鲁迅手上。他对守在身边的许广平说:"这一本书,中国没有这样讲究的出过,虽然是纪念'何苦'(瞿秋白的笔名),其实也是纪念我。"②为此,他专门致信章锡琛,由其代为分送诸相关者。而《海上述林》的下卷,直到1936年年底才在日本印刷完成,此时鲁迅已经辞世一个多月了。

鲁迅去世后,章锡琛不仅参加了送葬活动,而且在开明书店主办、已经发排了的《中学生》和《新少年》杂志上,临时增加悼念鲁迅的文章和照片,以示纪念。例如在1936年11月号的《中学生》第69期《编辑后记》中有这样一段话:

> 本志这一期编辑将完毕的时候,忽然接到鲁迅先生的噩耗。这位思想家、文学家不仅受国人的推崇,就是别国人士也钦敬着他。他的逝世激动了世界各地人的心,将同高尔基逝世时一个样子。本志特在《卷头言》栏内刊载一篇文字,表示敬意。另外又有一篇文字,记述他的逝世的前后,并由社员照了一些相片作为插图,下一期我们再请宋云彬先生做一篇解释他的思想的长文,使哀悼鲁迅先生的读者诸君可得深切的印象。③

同样,在《新少年》第二卷第8期上的《编者的话》中也提到鲁迅逝世及纪念鲁迅的相关事宜:

> 正当本期付印的时候,我们接到鲁迅先生的哀讯,他是十月十九日晨五时逝世的,对于我们这位时代的斗士,举起他辛辣的如刀的笔,战斗了一生的斗士,他的处世态度是那样认真和严肃,感动了成千累万的年青人,大家在廿、廿一两天成群结队的到胶州路万国殡仪馆去瞻仰遗容。住

---

① 内山完造:《忆鲁迅先生》,1936年《现代文选》第1辑第1集。
② 转引自章雪峰《中国出版家·章锡琛》,第199页。
③ 叶圣陶:《编辑后记》,1936年11月号《中学生》第69期。

在外埠的新少年诸君当然无法亲来凭吊，所以我们特地在万分苦难中急忙收集了他的遗像，特摄了这次大众瞻仰遗容的照片，并写了一篇纪念的文字，以尽少年刊物中最先报道的任务。[①]

而且，两份杂志均接连两期刊载纪念鲁迅的文章。杂志尽管是由夏丏尊等人直接负责编辑，但也能够间接反映了开明书店老板章锡琛的态度。

因此，作为一个频频出现于鲁迅日记并且有着密切的书信来往的章锡琛，一方面"非常佩服鲁迅先生的文章和为人"[②]，而另一方面，则以自己所从事的出版、编辑事业为鲁迅先生的事业尽其所能地予以支持和帮助。考察二者之间的友谊，对于了解现代文学创作和编辑、出版活动家之间的互动关系，乃至20世纪上半叶的文学生态，会有所裨益。

---

[①]《编者的话》，1936年10月25日《新少年》第二卷第8期。
[②]吴觉农：《怀念老友章锡琛》，《出版史料》1988年第1期。

# 都市他性与乡土自性的冲突与绾合
## ——论鲁迅小说的空间聚焦与身体隐喻

胡志明　湖南科技大学

空间是人类藉以认识外界的基本范畴，也是人类生命存在的承载场域；是人类所建构的行动与思想范围，也是人类活动的场所与舞台。空间具有延展性及多元性，人在空间里最能呈现其生存状貌及意义。梅洛-庞蒂指出："身体的空间性不是如同外部物体的空间性或'空间感觉'的空间性那样的一种位置的空间性，而是一种处境的空间性。"[①]从空间的角度来观察人的生活与环境，是理解人的最佳方式。小说是观察社会生活、反映人生形式最为切近的文学样式，因此从空间切入来审视其深刻意涵，已经成为学界关注的焦点。1945年约瑟夫·弗兰克在《现代小说中的空间形式》一文中最先提出了小说空间形式的理论，初步建构关于空间的理论体系，随后，科林柯维支、詹姆斯·M.柯蒂斯、埃里克·S.雷比肯、梅洛-庞蒂等先后就小说的空间形式进行了不同向度的探讨，回应并丰富了小说空间形式的理论言说，促成了现代小说研究从时间到空间的转变。故乡与都市就如鲁迅同时拥有两副面孔、两种声音，前者属于过去，后者属于现在，而两者一直以赋格的曲体形式在鲁迅小说中并存、交响与共鸣。王富仁指出，鲁迅是一个空间主义者，鲁迅更加重视的是空间而不是时间；空间主义者关心的是现实的空间环境，正视现在的空间环境，正视现在自我的生存和发展，这就是鲁迅的思想，鲁迅思想的核心。[②]在鲁迅小说中，

---

[①] 梅洛-庞蒂:《知觉现象学》,姜志辉译,商务印书馆,2001,第137—138页。
[②] 王富仁:《时间·空间·人——鲁迅哲学思想刍议之一章(四)》,《鲁迅研究月刊》2000年第4期。

各式人物纷至沓来,事件与人物的来龙去脉涌现在人物的谈话和意识之中,小说身体以空间聚焦的方式得以彰显,从而实现了意象关系和意义价值的有机整合。

## 一 都市他性与异乡苦楚的诉情

都市他性是指外在于乡土共同体,与主体之间无法进行话语沟通,或不为主体感知的他者,体现了都市道德伦理秩序的失衡和文化症候的世俗化倾向,主体往往处于边缘化、受压制乃至失语的生命状态。在鲁迅小说中,故乡与都市、过去与现在、回忆与此刻始终相伴相随,因此,要了解鲁迅笔下的乡土,非得参照其都市书写的作品不可。后者不仅在鲁迅小说中占极大比重,而且能够充分说明他在面对时代遽变之时的复杂心路历程。

"五四"前夕,鲁迅作为客居S会馆中的孤独者,就仿佛沉浸在一个封闭、死亡、虚无与萧索凄凉的"公共空间"。竹内好敏锐地察觉到,在鲁迅的生涯之中,正是这一段北京S会馆的幽居岁月最为重要,最令人感到好奇,但是也最难以理解。竹内好甚至进一步否认了鲁迅自己的说法——是在钱玄同的鼓励之下,鲁迅才开始写作小说,故才有了日后的《呐喊》诸作。竹内好认为,鲁迅之所以在S会馆中提笔创作,必定是出于更为深沉的原因,而这也是他称之为"回心"的某种事物:"我认为对鲁迅来说,这个时期是最重要的时期。他还没开始文学生活。他还在会馆的一间'闹鬼的屋子'埋头抄古碑,没有任何动作显露于外。'呐喊'还没爆发为'呐喊',只让人感受到正在酝酿着呐喊的凝重的沉默。我想象,鲁迅是否在这沉默中抓到了对他的一生来说都具有决定意义,可以叫作回心的那种东西。"[①]竹内好进一步指出:鲁迅"回心之轴"乃是建立在一个"无"字,他并且将鲁迅的《野草》与《呐喊》《彷徨》中诸篇作品相互对应起来,而在显示它们之间的各种对应关系的同时,也似乎显示着各篇系统之间彼此又是极端独立的:"但这独立又反过来以非存在的形式暗示着一个空间的存在,就像一块磁石,集约性地指向一点。这是什么呢?靠语言是表达不出来的。如果勉强而言的话,那么便只能说是'无'。"[②]在竹内好的论述模式底下,"无"是一个"空间的存在",而这一空间范畴从S会馆时期开

---

[①] 竹内好:《近代的超克》,李冬木等译,生活·读书·新知三联书店,2005,第45页。
[②] 竹内好:《近代的超克》,李冬木等译,第99页。

始展开,从此伴随鲁迅终身,它已经超越了语言能指的疆界,陷落到无边无际的黑暗与虚无中。钱理群也强调了S会馆时期在鲁迅生命中的重要意义,"鲁迅在文网密织下的自我麻醉,使他'沉入古代','沉入民间',在魏晋、浙东文化中,寻到了自己的根,并获得了对生命本体的黑暗体验,这又是'五四'时期大多数人所没有的,这正是鲁迅的独特性所在"①。

辛亥革命以后,鲁迅选择来到北京——新中国的核心地带。然而"寻找别样的人们的生活"的梦想显然落空,反而看到的却是丑角们在政治舞台上演一出又一出的闹剧,让鲁迅发现,原来根本就没有"中华民国"存在过。在《头发的故事》中,鲁迅道出了身处北京,却与"民国"无比隔阂与疏离之感。因此,我们可以把鲁迅看成是一个孤立于时代之外的独行侠或孤独者。

1916年5月,鲁迅从北京绍兴会馆的藤花西屋搬到补树书屋居住,原因是:原来的住室不够安静,"夜半邻室诸人聚而高谈,为不得眠熟"。补树书屋位于宣武门外南半截胡同内,而这也就是鲁迅日后在《〈呐喊〉自序》中提及的S会馆里的"三间屋"。鲁迅在这里一直住到1919年才搬到八道湾的居所,《狂人日记》便是在绍兴会馆里完成。故此,绍兴会馆不仅是鲁迅创作的转捩点,而且成了中国现代小说萌芽的起点,"'S会馆'是五四新文学的产房"②。然而,在鲁迅的笔下,绍兴会馆却是一个了无生气的处所。学界往往注重S会馆生涯对鲁迅的重要性,却鲜少有人提及鲁迅这段文字简明扼要的写作笔法,通过故乡绍兴和客居北京、死去的女人和生长的槐树、传统的古碑和流行的问题与主义等进行对比,营造出语意之间的暧昧与矛盾,于是就在故乡与都市、死与生、传统与现代、静默与喧嚣、鬼与人之间,唯独只剩下一个漂泊与孤寂的"我",夹在这两侧世界的中央,任凭时光悄然流逝。

鲁迅自1912年来到北京,直到1926年方才离开,北京成了鲁迅生命中的重要组成部分,也是鲁迅研究一个不可或缺的环节。姜新异指出:"北京之于鲁迅,不仅仅是一个活动场所,一个创作地点,更是一个内蕴丰厚的文化符号和具有无限审美意味的想象空间。当我们从他生活的北京城走出,走进他玄妙的文本世界之后,却发现这里的北京呈现一片暗赭色。它,没有花,没有诗;没有光,没有热,甚至消逝了春和秋,是寂寞荒凉的古战场,黄埃漫天的大沙

---

① 钱理群:《十年沉默的鲁迅》,《浙江社会科学》2003年第1期。
② 彭晓丰,舒建华:《"S会馆"与五四新文学的起源》,湖南教育出版社,1995,第1页。

漠……"①我们来细细梳理一下鲁迅的小说，就有下列作品明确或隐约地告诉我们故事发生在北京：《一件小事》《头发的故事》《端午节》《鸭的喜剧》《兔和猫》《幸福的家庭》《示众》《肥皂》《高老夫子》《伤逝》《弟兄》等，约占鲁迅小说数量的三分之一，这些作品里的环境是沉闷的，人物对生活充满无助与绝望。

诚然，任何生命将会在悄然中死去，甚至在喧嚣的世界上不留下任何痕迹，这或许正如鲁迅所说，是造物"将生命造得太滥，毁得太滥了"②的缘故。但是，这种情形对鲁迅而言，无疑是一个没有过去、现在和未来的虚无世界，没有了梦寐向往与爱恨情仇，甚至已经没有生命与死亡之分，揭示出鲁迅已经沉潜到了生命存在的最低落、最消沉之处。鲁迅借爱罗先珂之口，道出了生活在北京的感慨："寂寞呀，寂寞呀，在沙漠上似的寂寞呀！"③而寂寞与孤独正是鲁迅当时生活的真实写照，故鲁迅笔下的胡同、街道、居所等暗淡阴森，压抑得让人窒息，无丝毫温情。《伤逝》中的会馆正如"铁屋子"，里面关着活死的灵魂，他们正在等待或将要走向坟墓。《弟兄》中邻家古槐上有三四个乌鸦窠，有时突然会发出"哇"的一声鸦鸣，令人心惊肉跳、毛骨悚然；《示众》里街头看热闹的民众兴奋异常地伸长脖子，像鸭子一样围在一起细细咀嚼他人的苦痛。"远处隐隐有两个铜盏相击的声音，使人忆起酸梅汤，依稀感到凉意，可是那懒懒的单调的金属音的间作，却使那寂静更其深远了。"④这些发生在帝都北京背景下的故事，记录了来自病态社会中不幸的人们，这些软弱的知识分子、麻木的民众分散在北京的各个角落，他们孤独空虚、自私冷漠、麻木健忘，无情地消解曾经盛极一时的古老的都市文化。

鲁迅小说的都市书写多以牺牲新文化为写作策略，如《高老夫子》中安排守旧分子进驻校园，教务长万瑶圃认为"合乎中庸，一以国粹为归宿，那是决无流弊的"⑤，并炫耀着与蕊珠仙子的暧昧关系，使得神圣的学校乌烟瘴气。高老夫子"打牌，看戏，喝酒，跟女人"无所不通，只因为发表了《论中华国

---

① 姜异新：《徘徊于文本内外的"现代性"——北京时期的鲁迅与鲁迅的文学北京》，《鲁迅研究月刊》2005年第7期。
② 鲁迅：《兔和猫》，《鲁迅全集》第一卷，人民文学出版社，2005，第580—581页。（本文所引《鲁迅全集》作品原文均出自同一版本。）
③ 鲁迅：《鸭的喜剧》，《鲁迅全集》第一卷，第583页。
④ 鲁迅：《示众》，《鲁迅全集》第二卷，第70页。
⑤ 鲁迅：《高老夫子》，《鲁迅全集》第二卷，第81页。

民皆有整理国史之义务》，被聘到贤良女校教书，由市井无赖摇身变成了所谓的"学者"，由于心无点墨，遭到女学生哂笑，最终狼狈而逃。这些社会沉渣虽任教于女学府，可是处处打压女学，认为女学"淆乱两仪，非天曹所喜"①。《肥皂》里的四铭自称在光绪年间大力提倡女学校，道貌岸然，一旦受到学生的嘲笑，便极力主张关掉学校："什么解放咧，自由咧，没有实学，只会胡闹"②，"女人一阵一阵的在街上走，已经很不雅观的了，她们却还要剪头发。我最恨的就是那些剪了头发的女学生，我简直说，军人土匪倒还情有可原，搅乱天下的就是她们，应该很严的办一办"③。尽管四铭的两代家庭制看似脱离了传统的封建大家庭，封建纲常伦理依然留存，儿女在其父权的"庭训"威严下变得唯唯诺诺，与鲁迅强调的"儿童本位"背道而驰。他与一批"志同道合"的朋友为移风文社拟定诘屈聱牙的征文题目："共拟全国人民合词吁请贵大总统特颁明令尊重圣经崇祀孟母以挽颓风而存国粹文"，如"古训所筑成的高墙"，成了"活埋庵"，用"祖传""老例""国粹"埋葬今人。④

《伤逝》里的子君从封建传统家庭出走，在会馆与涓生幽会，显现了都市青年反抗的决绝。他们在会馆谈家庭专制，谈打破旧习惯，谈男女平等，谈伊孛生、泰戈尔、雪莱等，显然是受到西方启蒙思想影响，也因应了"五四"时代以"西学"反"中学"的策略。⑤进而到吉兆胡同的小屋同居，建构起新的文化空间，实现了青年男女追求自由恋爱的吁求。可是"幸福的空间"终将化为泡影，由子君父亲、涓生的上司、邻居等组成的封建专制统治罗网，时刻监视着该时代的禁忌——同居，并通过家庭、经济、人际关系的制裁达到对背叛者的惩戒。经济上陷入困境后的男女，同居的小屋不久亦成了囚禁的牢笼，涓

---

① 鲁迅:《高老夫子》,《鲁迅全集》第二卷,第81页。
② 鲁迅:《肥皂》,《鲁迅全集》第二卷,第47页。
③ 鲁迅:《肥皂》,《鲁迅全集》第二卷,第48页。
④ 鲁迅:《通讯》,《鲁迅全集》第三卷,第22页。
⑤ 曹清华:《词语、表达与鲁迅的"思想"》,中山大学出版社,2009,第102页。曹清华认为,小说里面子君所说"我是我自己的,谁也没有干涉我的权利"的句子,在隐含作者的鲁迅眼中,并非涓生"启蒙"的结果,而是历来就可以听到的中国女性的声音。子君一面听不懂涓生的"教人"的理论,以致"她睁大着稚嫩的眼睛",一面却发出了这一句卓绝之中国女性一直在努力表达的内心里的声音。这种声音在中国历史的记述里很微弱,是因为它被压制、被掩盖的结果。鲁迅的小说旨在告诉我们,这种声音能够强大起来,并非"启蒙"所能奏效。小说中,涓生的"启蒙"以及与子君的同居,与其说在"教人"与"救人",不如说给了子君一个表达"心声"的脆弱和虚幻的场所。"铁屋子"的压迫,不仅仅扭曲了"涓生"的理想,也淹没了"子君"的心声和扼杀了她的卓绝的性格。这便是鲁迅的远见。

生千方百计逃出、子君最终返回家里,在父亲烈日一般的严威和旁人赛过冰霜的冷眼催逼下凄惨死去,从而回答了"娜拉走后怎样"的疑问,在没有获得独立经济地位的娜拉们只有两种选择:"不是堕落,就是回来",①"堕落"意味着成为性的商品,"回来"最终也无法承受精神奴役的创伤,子君与涓生的悲剧控诉了不足以让这群青年男女追求自由恋爱的时代桎梏。

## 二 乡土自性与原乡破灭的哀思

乡土中国的常与变彰显出乡土中国的现代转型形态,即乡土中国的包容性和自我嬗变轨迹。乡土自性则是乡土中国呈现出的一种自在、自为、自主、自治状态下的乡土主体性,体现了乡土内部道德结构和文化原型,叙写了自性状态下的农民与乡土形象。陈继会指出:"考察20世纪中国乡土小说,现代作家的乡恋心态是一个重要的审视角度。因为它直接制约着作家对生活的感悟、评价和艺术传达。"②"五四"作家往往表现共通的主题:感时忧国与涕泪飘零。他们在对故乡人事、物象的回忆时,往往爱恨交织,愤懑与悲悯之情混合在一起。

丁帆指出:"鲁迅是站在'五四'启蒙知识分子的立场来书写乡土的,其全部乡土小说都渗透着对'乡土人'那种无法适应现代社会与文化变革的精神状态的真诚而强烈的痛心和批判态度。"③鲁迅近一半小说以故乡绍兴为背景,故事人物原型大都来自故乡之人或亲戚,足见其对于绍兴情感之深。夏志清认为,《呐喊》是在批判"农村人物的懒散、迷信、残酷和虚伪深感悲愤;新思想无法改变他们,鲁迅因之摈弃了他的故乡,在象征的意义上摈弃了中国传统的生活方式"④。这是对鲁迅故乡情怀的一种误解,鲁迅并非冰冷的批判者,小说中的"个人"与"庸众"并非完全敌对,水火不容。尤其是在《狂人日记》《孔乙己》《药》《明天》《白光》等作品中,我们不难发现,鲁迅并未停留在对人物的表层刻画,而是深入挖掘他们的内在灵魂,试图让"个人"融入"庸众"的内心世界,从而体验到一种深沉的原罪感:"我是吃人的人的兄

---

① 鲁迅:《娜拉走后怎样》,《鲁迅全集》第一卷,第166页。
② 陈继会:《中国乡土小说史》,安徽教育出版社,1999,第6页。
③ 丁帆:《浅论鲁迅乡土小说中价值与审美的悖反现象》,《长江学术》2014年第4期。
④ 夏志清:《中国现代小说史》,复旦大学出版社,2005,第32页。

弟"，①而"我未必无意之中，不吃了我妹子的几片肉"②。故乡俨然成为鲁迅灵魂与肉体不可分割的一部分。因此，李长之指出："鲁迅不宜于写都市生活，他那性格上的坚韧、固执、多疑，文笔的凝练、老辣、简峭，都似乎更宜于写农村，写农村，恰恰发挥了他那常觉得受奚落的哀感、寂寞和荒凉，不特会感染了他自己，也感染了所有的读者，同时他自己的倔强、高傲，在愚蠢、卑怯的农民性之对照中，也无疑给人们以兴奋与鼓舞。"③

无论是"未庄""鲁镇""咸亨酒店"……鲁迅都刻意述说绍兴的故事。故乡是一个不折不扣的冰冷原乡，笼罩在寒冬里。故乡之所以是极冷的原乡，这与鲁迅生长的地方是个萧索的荒村，农村经济凋敝不无关系。但鲁迅少年家变乃是深层原因，周家是一个聚族而居的仕宦家庭，虽日趋没落，儿时的鲁迅仍然过着养尊处优的生活。后因祖父科场弊案而家道中落，生活陷入极大的困境，鲁迅自幼目睹人情淡薄、世态炎凉以及迅速败落的家园。《故乡》一文中，鲁迅丝毫没有回乡的喜悦，满眼萧瑟凄凉，返乡倒是为了"别他而来的"，故"返乡"才是真正的"离乡"，因为"多年聚族而居的老屋，已经公同卖给别姓了"。④到了《白光》一文中，"乡"的破败则呈现出万念俱灰的死灭。《白光》看似讽刺一个不合时宜一心想往上爬的穷酸秀才，其实，鲁迅立意在刻画一个士绅家族的没落与败亡的故事。陈士成在落榜之后孤单一人徘徊在破败的大宅院之中，充满莫名的凄厉与恐惧。在昔日的温情回忆与当下的冰冷死寂之中，他被屋内的静寂与阴森的光芒所催逼，开始挖掘幻想中的"宝藏"，竟然挖到一颗死人头骨。神经错乱的陈士成惨然地往城外奔去，最后溺死在万流湖。全篇充满了紧张、焦虑又癫狂的幻象，而室内与室外、灯火辉煌与黑暗阴影的对照，以及在寂静之中，却又出现莫名的窃窃低语，使得偌大的祖屋如同生人与亡魂共舞的坟场，呈现出孤独的个人置身于死灭的家族与社会中的荒芜与悲哀。其实早在"五四"以前，传统的家族伦理就已经在中国社会的各个角落土崩瓦解。西方列强入侵以及太平天国运动加速了封建社会与封建家族制度崩溃的步伐，以家族为联结纽带的民间社会以摧枯拉朽之势溃散，家族内部出现了前所未有的经济危机与道德困境。

与其说鲁迅被西方个人主义启蒙，倒不如说他是被中国传统家庭制度放逐

---

① 鲁迅:《狂人日记》,《鲁迅全集》第一卷,第448页。
② 鲁迅:《狂人日记》,《鲁迅全集》第一卷,第454页。
③ 李长之:《鲁迅批判》,北新书局,1936,第118页。
④ 鲁迅:《故乡》,《鲁迅全集》第一卷,第501页。

后的弃子,鲁迅几乎是在"无父""无家",甚至"无乡"的窘境之下长大。"北方固不是我的旧乡,但南来又只能算一个客子,无论那边的干雪怎样纷飞,这里的柔雪又怎样的依恋,于我都没有什么关系了。"①钱理群认为:"这里所表现的是一种更深沉的无家可归的悬浮感,无可附着的漂泊感。它既表明了中国现代知识分子与乡土中国'在'而'不属于'的关系,更揭示了人在飞向远方、高空与落脚于大地之间选择的困惑,以及与之相联系的冲决与回归、躁动与安宁、剧变与稳定、创新与守旧……两极间摇摆的生存困境。在这背后,隐藏着鲁迅内心的绝望与苍凉。"②《孤独者》中的魏连殳无法容于乡土,当他返回寒山寺奔丧,受到族长、近房以及祖母的母家的亲丁、闲人的对付:"排成阵势,互相策应,并力作一回极严厉的谈判"③,并要求魏连殳遵守旧式的仪式,"一是穿白、二是跪拜、三是请和尚"④,将一个"吃洋教"的"新党"强行拉进旧有体系。可是当他回到S城,同样没有带来生机,并没改变被排挤的命运。他因为毫无顾忌地发表言论文章,遭到小报的攻击、学界上传播着他的流言,终于被校长辞掉,连房东、小孩都远离他。魏连殳遭受经济困苦、孤立无助,生存空间被无情剥夺,只能一步步退守,甚至沦落到求乞的地步。

尽管步入都市的鲁迅每每忆及家乡时一往情深地运用诗一般的语言与意境眷恋美丽迷人的乡土,但他并未沉迷于此,而是时时用一种冷峻清醒的目光慎思古老绵远的中国传统文化和乡土中国的底层生态,批判、改造沉滞封闭的乡土文化形态下的人伦与社会关系。他在文言小说《怀旧》中以诗一般的言语追述故家门前的景象,青桐落子,民风淳朴,颇有古风,读者仿佛走入画中,尽管故乡残破不堪,都有可恋之处。鲁迅不时反顾记忆中的故乡,烦厌现实中的故乡,却寄望、憧憬理想中的故乡,他的思绪穿梭于交错的故乡时空。鲁迅曾在《故乡》里呈现出一幅"神异"的图画,这是鲁迅作品中少有的亮色:深蓝的天空、金黄的圆月、碧绿的西瓜、紫色的圆脸、银色的项圈,这既是他对童年美好的回忆,又是对昔日故乡的追思。因此,在鲁迅作品中,唯有用充满童真的眼光审视世界,心灵中的馨美原乡才能成为理想中的"乐土"。《社戏》是鲁迅小说中最接地气的一部作品,极富生活情趣,小说极力描写去平桥村看戏前的一波三折,看戏时的索然寡味以及归途时的放飞自我等场景,一群天真无

---

① 鲁迅:《在酒楼上》,《鲁迅全集》第二卷,第25页。
② 钱理群等:《中国现代文学三十年》,北京大学出版社,1998,第39页。
③④ 鲁迅:《孤独者》,《鲁迅全集》第二卷,第89页。

邪、质朴坦诚的"地之子"形象跃然纸上。小说着力刻画看戏途中的美景，江南水乡的氤氲气息扑面而来，精美的文字把景色之美、船行之快、心情之迫切形象生动地呈现在读者面前。景色宜人的江南水乡，即使是夜晚时分，也能感受到月色朦胧，清香扑鼻，风景迷人，把孩子们的童真、童趣描写得细致入微，让人深受感染。钱理群指出："鲁迅对人和自然的生命的关爱，原来是建立在童年时代就获得的这样的刻骨铭心的生命体验的基础之上的。鲁迅之所以如此珍惜和眷恋这童年的、故乡的、民间的体验和记忆，而且越是面对外界的黑暗，以至死亡的威胁，就越要回归到他的生命之根上来，原因即在于此。"①

鲁迅小说除了对童真、童趣充满无限眷恋外，还极力摹写了家乡极富"田家乐"的场景："老人男人坐在矮凳上，摇着大芭蕉扇闲谈，孩子飞也似的跑，或者蹲在乌桕树下赌玩石子。女人端出乌黑的蒸干菜和松花黄的米饭，热蓬蓬冒烟。"②鲁迅为我们呈现出一个淳朴平和的农村绍兴，也成了他记忆中挥之不去的梦魇。鲁迅在描写乡土风景时往往采用双重视角，一方面通过"童年记忆"描绘出乡村美景，留存无限的眷恋之情；另一方面，又在和谐宁静的美丽乡土背后涂抹一层灰暗的颜色，以示乡土的黑暗与愚顽。因此，对鲁迅而言，"真正的'乡土'也许只能在想象和梦幻之中，回归精神故园的'乡土之恋'命定地会成为永恒的悲剧。失落——重建，漂泊——回归，循环往复以致无穷。这将是一代又一代现代知识者的'西西弗斯神话'。他们的追求也会如这'神话'般悲壮而又迷人。这也许正是其价值所在"③。当童年的美好记忆随风飘散，故乡的人事只会让人感到悲哀，离开故乡成了鲁迅万般无奈的选择。然而当独自一人身处异乡，寓居在孤寂的处所，四面都是肃杀的严冬，其内心深处的故乡则有一种无法言说的落寞与孤寂："这时的鲁镇，便完全落在寂静里。只有那暗夜为想变成明天，却仍在这寂静里奔波；另有几条狗，也躲在暗地里呜呜的叫。"④这里暗含了一种众人皆醉我独醒的人生况味，醒着的人是孤寂的，他得如暗夜中穿梭的野狗，为生计而劳碌奔波。故鲁迅写故乡的明月时，总是带着阴冷的笔锋："潮湿的路极其分明，仰看太空，浓云已经散去，挂着一轮圆月，散出冷静的光辉。"⑤这种强烈的孤独感，总叫人不寒而栗。鲁迅深

---

① 钱理群：《鲁迅作品十五讲》，北京大学出版社，2003，第17页。
② 鲁迅：《风波》，《鲁迅全集》第一卷，第491页。
③ 陈继会：《中国乡土小说史》，第10页。
④ 鲁迅：《明天》，《鲁迅全集》第一卷，第479页。
⑤ 鲁迅：《孤独者》，《鲁迅全集》第二卷，第110页。

陷生存空间的失落与绝望:"我现在在那里呢?四面都还是严冬的肃杀,而久经诀别的故乡的久经逝去的春天,却就在这天空中荡漾了。"①"我现在在那里"的悲鸣深刻传达出鲁迅对生存之境的忧思,揭示其内心深处的孤独与彷徨,宣泄出人生道路追寻中的苦闷与焦虑。江南"温暖的春天"与北国"严冬的萧杀"形成鲜明对比,故乡的青葱往事、馨美时光往往无法释怀,成为一道留存在心底的亮丽风景。

鲁迅小说试图通过人文情愫与社会关怀来烛照孤寂冰冷的原乡,即使留存笔端的故乡不忍睹视,但字字血泪的背后依然是他魂牵梦萦的故乡。尽管辗转奔波于异地,故乡始终是无法割舍的脐带。鲁迅笔下的鲁镇、未庄、赵庄、S城、吉光屯、庞庄等,均是社会人生的缩影,鲁迅想要呈现的不是这些单调乏味的空间,而是要揭示出留存故乡里每个卑微灵魂的挣扎与彷徨。

---

① 鲁迅:《风筝》,《鲁迅全集》第二卷,第187页。

# 《呐喊》《彷徨》的医学思维与诊治理路*

黄健　浙江大学中文系

对国人的创伤描写，特别是心理和精神创伤的描写，是鲁迅在《呐喊》《彷徨》创作中的一个鲜明特点。因为有在医学专门学校接受过系统和专业的现代医学学习经历，鲁迅对国人的创伤，特别是心理和精神创伤的描写，是十分专业、细致和独到的。从表现方式上来看，鲁迅采取的不是传统中医擅长的综合或曰整体认识与把握的诊治思维、理路和方式，而是采用现代医学分析型的诊治思维、理路和方式，对国人的创伤进行了精细的诊断和描写，不仅发现了病根、病源、病症所在，而且也更是深入剖析了病理，开出诊治和疗救的方案。在《我怎么做起小说来》一文中，鲁迅明确指出，"说到'为什么'做小说罢，我仍抱着十多年前的'启蒙主义'，以为必须是'为人生'，而且要改良这人生。……所以我的取材，多采自病态社会的不幸的人们中，意思是在揭出病苦，引起疗救的注意"，并坦陈在小说创作中采用了"医学上的知识"，[①]同时，他还强调，这样做也更是为了能够"改变他们（指国人——引者注）的精神"[②]，以便践行他早年确立的"立人"抱负。

---

*基金项目：2019年度国家社会科学基金重大课题"鲁迅的文化选择对百年中国新文学的影响研究"，项目批准号：19ZDA267。
[①]鲁迅：《我怎么做起小说来》，《鲁迅全集》，第四卷，人民文学出版社，2005年，第526页。（本文所引《鲁迅全集》作品原文均出自同一版本。）
[②]鲁迅：《呐喊·自序》，《鲁迅全集》第一卷，第439页。

## 一 由外而内，寻找与聚焦创伤背后的病源

以医生诊治思维和理路对创伤进行描写，首先是要能够及时地发现创伤、聚焦创伤。一般来说，创伤分为外创伤和内创伤两种类型。外创伤较易发现，而内创伤的发现，则要相对复杂一些。鲁迅对创伤的发现，经历了由外而内的过程。尽管这个过程看似是一种常规思维和理路，但在鲁迅那里，却有着特殊之处。

鲁迅在《呐喊·自序》中谈及他去日本留学的目的时说，由于在南京求学时开始接触到以西医为代表的现代医学知识，"便渐渐的悟到中医不过是一种有意的或无意的骗子"，后来又知道日本的明治维新"是大半发端于西方医学的事实"，所以，到日本留学后，"我的梦很美满，预备卒业回来，救治像我父亲似的被误的病人的疾苦，战争时候便去当军医，一面又促进了国人对于维新的信仰"。[①]以西医为代表的现代医学认知思维来发现创伤，其基本理路是在患者自诉（或代诉）的基础上，发现创伤后，聚焦创伤，做出初步判断，再进行相关的医学检查，得出相应的病情诊治的判断和结论，并开出治疗方案。鲁迅在小说创作中对国人创伤的描写，所遵循的就是这种现代医学思维和理路，而非用传统中医"望闻问切"的思维和理路。《狂人日记》虽然是以"狂人"的日记方式呈现出"病情"，但实际上也就是诊治病历，是现代医学诊治程式的完整再现，自然也是由外而内的精准发现创伤、聚焦创伤的病情呈现。不同于肉体创伤的发现和聚焦，"狂人"的创伤是心理性的、精神性的，是全身心的。小说对此描写的是"语颇错杂无伦次，又多荒唐之言"。从病理上来说，这就是"狂人"的创伤，也是俗话说的"发疯"现象，这是外表性的创伤。小说就是先从这样的创伤发现和聚焦中，开始了由外而内的病情呈现过程，同时，也在对这种病情的诊治过程中，深入到了对国民心理和精神创伤的病理揭示过程之中，最终发现了国民的内源性创伤，也即是"狂人"所说的："古来时常吃人，我也还记得，可是不甚清楚。我翻开历史一查，这历史没有年代，歪歪斜斜的每叶上都写着'仁义道德'几个字。我横竖睡不着，仔细看了半夜，才从字缝里看出字来，满本都写着两个字是'吃人'！"用"吃人"来形容历史创伤的症结和国民创伤的源头，尽管不是医学术语，但却是最形象、最直观，也是

---

[①] 鲁迅：《呐喊·自序》，《鲁迅全集》第一卷，第438页。

最深刻的一种病源呈现,是以最直接方式发现和聚焦创伤口的一种诊治表述,让人们知道,国人从肉体上"被吃"的创伤,到精神上"被吃"创伤的发现和聚焦,虽然是以"狂人"之口说出来的,看似荒唐、疯癫、不正常,却深刻地揭示出了历史的顽疾,揭示出了国民心理和精神长期被残害的症结所在。尤其是发现了病症的源头就在于"吃人",并聚焦于此而展开分析,找到病根,找到发病机理,由此开出诊治的药方:"你们立刻改了,从真心改起!你们要晓得将来是容不得吃人的人,……""救救孩子!"这种用现代医学思维和诊治理路来进行创伤描写,可以说是高清晰度的,也是全方位地展示出国人的创伤部位和内源,让人们能够清清楚楚地看到的是,国人从肉体到精神上全都是伤痕累累的病状事实,并告诉人们,如果再不对国人此类病情引起高度重视,继续在"瞒"和"骗"的路上逃避,自欺欺人,终将会是加重病情,加速"堕落",直到死亡。①

《药》对华小栓患"痨病"(肺病)的创伤描写十分详尽。小栓的病状是"大粒的汗,从额上滚下,夹袄也帖住了脊心,两块肩胛骨高高凸起,印成一个阳文的'八'字",且是"两手按了胸口,不住的咳嗽""拼命咳嗽"。从病象上来看,这是肺病的典型症状。对肺病的诊治,中西医的思维和理路完全不一样。小说写的是华老栓为儿子治病,信的是中医的路子,故相信"人血馒头"的功效,但在鲁迅看来,这不仅会贻误病情,而且也更是精神的愚昧,终将是导致小栓的死亡。事实也果真如此。无论小栓口服多么新鲜的"人血馒头",结果都只能是在堆堆的"丛冢"中,多添一座"新坟"而已。用现代医学批判传统中医的愚昧落后,从中展示出了国民从肉体到精神创伤的全过程,并由此找到了真正的病根和病源所在,这就是无论是作为自然存在的人,还是作为社会存在的人,国人全都是病人,身心全都是创伤累累,几乎到了无药可救的地步。《明天》中写寡妇单四嫂子为儿子宝儿治病,信的也是中医的路子,结果自然也是与《药》里的华老栓儿子小栓一样。从病状上来看,宝儿的脸在"黑沉沉的灯光"照下,"绯红里带一点青",且"发烧""气喘","喘不过气来,鼻翅子都扇着呢","不住的挣扎"。用现代医学来进行诊治,一看便知宝儿患的也是肺病,只要对症下药,应该很快就会好转起来,可是,闭塞的鲁镇如何会有这种认知?且不说当时鲁镇没有西医,即便有,单四嫂子真会去带宝儿去找西医诊治吗?从这个角度来看,与其说单四嫂子信的中医,倒不如说她

---

① 鲁迅:《论睁了眼看》,《鲁迅全集》第一卷,第254页。

信的是迷信,是与华老栓的认知一样,本质上都是愚昧、无知、落后,其结果当然都是一样。

美国学者凯博文在谈到疾病的社会根源时说:"我在研究中国的抑郁和神经衰弱上所做的努力,让我得以更好地理解一般意义上,文化是如何与情感、精神疾病,以及人类苦痛相互关联起来的,同时,尤其让我了解中国人的病痛体验。"[1]就人类疾病史而言,任何病理意义上的传说,背后都有人类社会性的原因。中西医的诊治思维和理路受到各自文化理念的规约,对创伤的诊治思维和理路不尽相同。特别是到了现代,西医受人类现代化进程的影响,尤其是随着现代科技的发展,在诊治思维、理路、方式、手段等方面有了巨大的变革和进步,从而代表了现代医学发展的方向,而中医却还是老一套,未能与时俱进。

鲁迅到日本学医后,对此有了更深的认识和体会,愈发觉得中医的诊治思维和理路及其方式的落后,并到了完全不信任的地步。所以,在小说创作中,他对国人创伤的发现和聚焦,其诊治思维与理路,背后都显示出深厚的社会学和文化学的意义。与传统的中医相比,以西医为代表的由外而内的现代医学诊治思维和理路,不仅细致、精准,从中也反映出先进与落后的鲜明对比,也更使鲁迅通过对创伤的发现、聚焦,能够深入发现其背后的社会、文化的诸多原因,并揭示出所蕴含的社会和文化的寓意,让国人明白,在新的文明到来之际,国人其实并没有能够获得观念上的转变和更新,也没有在心理上做好接纳新文明的充分准备,依然是在闭塞、落后的社会环境中周而复始地循环着,没有出路,也看不到任何的希望,如同他所写到的鲁镇那样,总是那么幽暗封闭,那么死气沉沉,"没有什么大变化,单是老了些",即便是旧历的年终,除了几声"送灶"的"爆竹"响,以及年复一年的所谓年终"祝福"大典,其他的都依然是旧的,没有更新的气息,也没有变革的活力。因此,无论是身体上的,还是心理上、精神上的创伤,"弱中国的子民"都已到了近于无法医治,无法拯救的地步。尽管在内心深处,鲁迅依然还抱着火一样热情,依然要努力地去进行"疗救"。

---

[1] 凯博文:《苦痛与疾病的社会根源——现代中国的抑郁、神经衰弱和病痛》,郭金华译,上海三联书店。2008,第3页。

## 二 由表及里，触及与诊断疼痛背后的病根

从医学的角度来说，无论是何种类型的创伤，伴随而来的必然都是疼痛。肉体的疼痛是由创伤直接形成的，而心理上、精神上的疼痛，则有着诸多的因素，有的是直接由肉体疼痛而引发的，有的则是由心理和精神的原因，如恐惧、迫害、打压等而直接导致的，甚至也可以说，心理上的，或精神上的疼痛则是真正的病根所在。在小说创作中，鲁迅依据现代医学诊治方式，对疼痛进行了由表及里的描写，从而力图诊断出疼痛的内外层的病状、病源，找到病根所在。

《阿Q正传》中对阿Q疼痛的描写，是从他的"体质上还有一些缺点"开始的。因为对阿Q来说，最令他懊恼的是"在头皮上，颇有几处不知起于何时的癞疮疤"。这是他的疼痛点，虽然不是通常所说的急性发作的疾病，如外伤直接导致的伤口疼痛，但却是伴随他一生都难以消除的疼痛。所以，他最忌讳的是当着他的面说疮疤的事，对与此相关的词语也是十分警惕和排斥的："他讳说'癞'以及切近于'赖'的音，后来推而广之，'光'也讳，'亮'也讳，再后来，连'灯''烛'都讳了。一犯讳，不问有心与无心，阿Q便全疤通红的发起怒来……"癞疮疤是一种顽固性皮肤病及其留下的印痕，医学上称为"疥癣（Mange）"。鲁迅《书信集·致山上正义》中对此诊断说是"癞疮疤，即因疥癣而秃变处的痕迹"①。按照现代医学诊治，此病基本上是可以治愈的，且可以或通过医学美容的方式，使人恢复正常状态。然而，在阿Q所处的时代，现代医学尚未在中国普及，尤其是像鲁镇这样闭塞的江南小镇，是不可能获得现代医学诊治的，更何况对于像阿Q这样处于底层社会的人来说，他也不会相信现代医学的诊治方式。这样，癞疮疤就成为阿Q永远的疼痛。它不仅仅是来自皮肉伤痕的疼痛，更是来自社会环境、文化环境所带来的心理之疼痛、精神之疼痛。鲁迅用现代医学的诊治思维和理路，一层层地剥开了阿Q这种由表及里的疼痛，找到了其疼痛的病源，也找到了他的种种行为举止和心理活动的总根源。他的忌讳、他的心理变异，他的精神胜利法，都是源自这种总病源、总病根的。换言之，都是由这种源自内外在的压迫而造成心理病态和精神变异所引发的，其结果是使他变成了一个"非人"，且还活着，却不知道自己

---

① 鲁迅：《书信集·致山上正义》，《鲁迅全集》第十三卷，第186页。

为何活着,已完全失去了作为一个正常人活着的存在价值和意义。所以,鲁迅反复强调说:"我之作此篇(指《阿Q正传》——引者注),实不以滑稽或哀怜为目的"①,一再强调说,是"要画出这样沉默的国民的魂灵来","写出一个现代的我们国人的魂灵来",②同时,也更"是想暴露国民的弱点的"③。由表及里的医学诊断,在鲁迅的小说创作中,其主旨是为了找到国人魂灵疼痛的病源和病根,以便制定"疗救"的医治方案。

《祝福》对祥林嫂疼痛的认识与诊断,也是沿着这种医学思维与理路来进行的。当年"头上扎着白头绳,乌裙,蓝夹袄,月白背心,年纪大约二十六七,脸色青黄,但两颊还是红的"祥林嫂,至少直观上并不见所谓的创伤,自然也不会有能看得见的疼痛。可是,两年之后,"她仍然头上扎着白头绳,乌裙,蓝夹袄,月白背心,脸色青黄,只是两颊上已经消失了血色,顺着眼,眼角上带些泪痕,眼光也没有先前那样精神了"。然而,在此次见到时,她则是"五年前的花白的头发,即今已经全白,全不像四十上下的人;脸上瘦削不堪,黄中带黑,而且消尽了先前悲哀的神色,仿佛是木刻似的;只有那眼珠间或一轮,还可以表示她是一个活物。她一手提着竹篮。内中一个破碗,空的;一手拄着一支比她更长的竹竿,下端开了裂:她分明已经纯乎是一个乞丐了"。如果用中医的诊断来说,多半是说她气血不调,阴阳失衡之类的,说诊治不对路,倒也不能这样说,但这种笼而统之的表述,永远都有道理的诊断,却无法精准地发现和聚焦创伤,找到真正的疼痛点。显然,鲁迅不是采用中医的诊治理路和方式,而是用现代医学的诊治理路,在对前后三次对比中,发现了祥林嫂的创伤及其疼痛点,认定是心灵的疼痛,是魂灵的疼痛。虽然有关"魂灵"有无问题,"我"也"说不清",但以医生的眼光来观祥林嫂前后面色和神态的变化,特别是她向"我"询问死后究竟有没有魂灵的事情,就表明了她的疼痛是源自内心的纠葛、恐惧、失望,乃至绝望。这才是她的病根所在。小说中写她四处说自己犯傻,逢人就"反复的向人说她悲惨的故事",写她想到的是"地狱",是在"地狱"里"死掉的一家的人,都能见面的"问题,是如何在"阴司"里,不被"那两个死鬼的男人还要争"她,怎样不被"阎罗大王锯开"分给原先的两个男人的问题。实际上,透过这些表象就是要告知国人,祥林嫂

---

① 鲁迅:《致王乔南》,《鲁迅全集》第十二卷,第245页。
② 鲁迅:《俄文译本〈阿Q正传〉序及著者自叙传略》,《鲁迅全集》第七卷,第83—84页。
③ 鲁迅:《再谈保留》,《鲁迅全集》第五卷,第154页。

自己是无力解决这些问题的,而这些问题却又始终缠绕着她的魂灵,让她活着看不到希望,死了也无法摆脱纠缠,最终成为一个"木偶人"。这些都说明祥林嫂的疼痛是挥之不去的,无法消除。除非对她而言,所有内外在的束缚都被解除,让她获得真正的自由,且她自身的观念也能由此获得现代意义的转变与更新,否则,所有的医治都是无效的,是无药可救的。

《孤独者》中对魏连殳的疼痛描写,更是直接从他被视作"异样的"和被视为"异类"而开始的。对于S城,特别是对于他的故乡寒石山村的人来说,无论是他的行为举止,还是他的价值理念,都被是"当作一个外国人看待"。所以,当他回到寒石山村为祖母奔丧时,不论他怎样"听从"族人和村里规矩的安排,也不论他全然答应什么"都可以的",却反而又被"觉得太'异样',倒很有些可虑似的"。这种完全不被人接受,不被人理解的沉默、顺从的疼痛,才是魏连殳的真正疼痛,不然他会"忽然,他流下泪来了,接着就失声,立刻又变成长嚎,像一匹受伤的狼,当深夜在旷野中嗥叫,惨伤里夹杂着愤怒和悲哀"吗?这是怎样的一种疼痛?特别是连他最觉得有希望的孩子们,曾经在他们身上看到了"天真",看到了"好根苗",结果也开始"仇视"他了。从这开始,他的疼痛就更加深了一层。然而,造成他更大的疼痛,还是来自一连串的打击,迫使他不得不向现实、向命运低头,让他真正感到了自己是一个"失败者":"先前,我自以为是失败者,现在知道那并不,现在才真是失败者。"看起来他后来似乎找了一份差事,做顾问,当幕僚,却实际上是苟活着,并不为人所理解,也不能减轻他的疼痛,走向死亡,当是他的必然结局……

尼采曾说:"人烙刻了某种东西,使之停留在记忆里。只有不断引起疼痛的东西,才不会忘记。——这是人类心理学的一个最古老(可惜也是最持久)的原理。"①不论是对于阿Q、祥林嫂,还是对魏连殳、陈士成来说,他们是否真正地感受到了疼痛,也不论他们是否就能真正记住了这些疼痛,鲁迅以现代医学思维和理路来予以描写,由表及里,深入骨髓,深入心灵,旨在让国人永远地记住这种疼痛,使之刻骨铭心,并在疼痛中能够反思自己,反省历史,从中萌发和生长新的希望,如同他在《呐喊·自序》中谈到自己曾经一度孤寂、绝望而获得体会时所指出的那样:"如置身毫无边际的荒原,无可措手的了,这是怎样的悲哀呵,我于是以我所感到者为寂寞。……是的,我虽然自有我的确信,然而说到希望,却是不能抹杀的,因为希望是在于将来,决不能以我之

---

① 尼采:《论道德的谱系》,周红译,生活·读书·新知三联书店,1992,第41页。

必无的证明,来折服了他之所谓可有。"①不像尼采那样追求遗世独立的"超人",鲁迅始终还是有着医者之心,还是希望能够给予国人以最终的拯救之法,也即他反复强调的那样:"自然,在这中间,也不免夹杂些将旧社会的病根暴露出来,催人留心,设法加以疗治的希望。"②

## 三 由轻到重,审视与剖析呻吟背后的病理

从医学的认识角度来说,疼痛会带来呻吟,而呻吟声也会因为疼痛的大小而反映出病情的轻重。通过呻吟来审视与剖析其背后的病理,也是现代分析型医学思维和诊治理路。相对中医注重综合、整体认知和把握病理而言,西医则多是选择对症分析型认知与把握病理的思维和理路。鲁迅在日本学习的是西医的诊治方式,他在小说创作中对呻吟的审视和剖析理路,全凭除了"先前看过的百来篇外国作品",就是他当年所学的"一点医学上的知识"。③也即是说,鲁迅是以西医的审视和分析理路,对呻吟做了深度的病理剖析和诊治。如同他在论及呻吟时所说的那样:"我以为自家有病自家知,旁人大概是不很能够明白底细的。倘没有病,谁来呻吟?如果竟要呻吟,那就已经有了呻吟病了,无法可医。"④深入细致地剖析呻吟背后的病理,是发现病源,诊治病根的现代医学之道。

《孔乙己》中写孔乙己的呻吟,有些特别,即他不是那种由皮肉疼痛而直接引发的呻吟,即便常常是"青白脸色,皱纹间时常夹些伤痕",且不时地"添上新伤疤",尤其是在偷举人家被"打了大半夜,再打折了腿",写了"服辩"后,也没见他直接呻吟,只是恳求掌柜"不要取笑""不要再提",自己说是"跌断。跌,跌……",以维持他最后那点尊严,可见就皮肉疼痛而言,他的呻吟是轻的,甚至是听不见,看不着的,表明他对皮肉的疼痛,可以忍,可以不呻吟,但是在被人嘲弄,被视为"偷窃"后,他就忍不住了,而是以争辩的方式表示他的呻吟,虽然这有些古怪,与众不同,毕竟是"涨红了脸","睁大了眼","显出颓唐不安模样",嘴里发出一些让人听了"全是之乎者也之类"和"一些不懂"的话。显然,这是他的重呻吟声。他就是以这种呻吟方式来抵

---

① 鲁迅:《呐喊·自序》,《鲁迅全集》第一卷,第439、441页。
② 鲁迅:《〈自选集〉自序》,《鲁迅全集》第四卷,第468页。
③ 鲁迅:《我怎么做起小说来》,《鲁迅全集》第四卷,第526页。
④ 鲁迅:《从胡须说到牙齿》,《鲁迅全集》第一卷,第260页。

抗众人的嘲笑、嘲弄，为自己争辩，说"窃书不能算偷……窃书！……读书人的事，能算偷么"？然而，透过这沉重的呻吟声，人们看到的，不仅仅只是他的穷愁潦倒，也不是由他自身的懒惰造成贫穷而导致生存的危机，而是他极力维护那个所谓"读书人"的体面，这就让人看清了他的迂腐，看清了他呻吟背后的病理。小说丝丝入扣地剖析了其病理的内在缘由：愚昧、无知与落后。同样，《药》在华老栓选择以"人血馒头"的方式为儿子治病的故事叙述中，透过华小栓"窸窸窣窣的响"和"一通咳嗽"的呻吟，鲁迅同样是由轻到重地剖析出其真正的病理缘由。小栓的呻吟是轻的，华大妈（包括华老栓）"哭了一通"的呻吟是重的。在这轻重转换之间，透露出来的便是那无尽的愚昧、无知与落后。《明天》也是在宝儿"喘不过气来"的呻吟中，由轻到重，层层深入，最终找到了其真正的病理机制。同样，宝儿的呻吟是轻的，而单四嫂子"哭一回，看一回"的呻吟是重的。在给儿子治痨病上，单四嫂子几乎什么法子都使过，求过神签，许过愿，吃过单方，但都不见效，这样只要拿出自己省吃俭用省下来的"十三个小银元和一百八十铜钱"，去找郎中何小仙为宝儿医治"痨病"。然而，这样能够治好吗？自然是不能的，因为其发病的病理恰恰就是她自身的愚昧、无知，以及落后的认知观念，再加上她所处的周边环境，即偏僻、闭塞的鲁镇及其看似是"古风"，其实乃是落后的象征。当然，单四嫂子，其中也包括她周围的所有人，自身不可能认识到这一点，也不会承认是神签、菩萨、单方、郎中何小仙等，治死了宝儿的病，尤其是不会承认她自己也是杀死宝儿的元凶和帮手。

　　对于被称为"狂人""疯子""孤独者"的呻吟，人们常常会认为是不正常的，无论他们的呻吟是轻还是重。鲁迅在小说创作中，十分注重在这些看似不正常人的呻吟中，由轻到重地发掘出其"病理"的特殊性，即他们内在的清醒。《狂人日记》中的狂人被周围人都视作不正常的人，也即是"疯子"。他的呻吟特别处在于，当大人躲他，投以异样的眼光，都把他看作是疯子时，他不感到害怕而呻吟，而当小孩"也睁着怪眼睛，似乎怕我，似乎想害我"时，"我"（狂人）则发出了呻吟："这真叫我害怕，教我纳罕而且伤心"。自然，这种呻吟也不来自皮肉之疼痛，而是直接发自内心，是沉重的，而非轻声的。还有像大家都用"一模一样"眼光看他时，他则有了一阵寒战式的呻吟："想起来，我从顶上直冷到脚跟。"这种源自内心的呻吟，促使他对"凡事总须研究，才会明白"。可见，在狂人呻吟的背后，尤其是被看作"疯"的背后，其"病理"的真相,实际上是比任何人都清醒的那种内在的自觉,因此,狂人重呻吟的内核,是对"每叶上都写着'仁义道德'"的历史"吃人"本质的揭露,是对有着"四千年文明"历史的深刻反省,也是他发出"救救孩子"的历史使命的一种责任担当。《孤独者》中魏连殳的"长嗥"般的呻吟,可谓是震撼心灵的,不然,"我"又如何也会像他那样,"隐约像是长嗥,像一匹受伤的狼,当深夜在旷野中嗥叫,惨伤里夹杂着愤怒和悲哀"。魏连殳在压抑了许久之后的呻吟,一开始就是重声的,后来死了,也是在看似"安静地躺着,合了眼,闭着嘴",但依然是"口角间仿佛含着冰冷的微笑,冷笑着这可笑的死尸"。这种死态的"呻吟",可谓是表明了他心底里的彻底绝望,比活着时的重呻吟声还要可怕,还要沉重。因为在世的时候,不论是如何的转换,又是如何的挣扎、颓唐,他都是摆脱不了不被认同,不被理解的孤独、寂寞的命运缠绕。他挥之不去,他无可奈何,最后只能是一步步地走向死亡的深渊。可见,从狂人、孤独者一类被视作异类人的呻吟中,不难发现,其病理学的意义已远远超出纯粹的生理意义,而是有着深刻的社会、文化的内涵,那就是亘古不变的"超稳定"的社会重负,是千百年来习惯成自然的传统重压,让他们发出的都是源自心灵深处的"长嗥"般的呻吟。

鲁迅曾对好友许寿裳讨论国民性的问题时曾提出三个尖锐的问题:"一、怎样才是理想的人性?二、中国国民性中最缺乏的是什么?三、它的病根何在?"后来又发问道:"中国的呆子,坏呆子,岂是医学所能治疗的么?"[①]寻找国人种种病态背后的根源,反思历史和传统给予国人精神负重,是鲁迅在《呐喊》《彷徨》创作的主题思路。虽然他对国民性的种种表现有所失望,但他始终是医者之心,自觉地遵循现代医学思维和诊治理路,从中写出国人病态背后的愚昧、无知、落后,触及内源、内核,入木三分,让人震撼,刻骨铭心。可以说,采用由外而内,寻找与聚焦创伤背后的病源,由表及里,触及与诊断疼痛背后的病根,以及由轻到重,审视与剖析呻吟背后的病理的方式进行小说创作,这些都表明鲁迅对于中国历史、文化、社会和现实人生的反思、反省,达到了一个新的思想高度,并为现代中国小说创作指引了价值方向。

---

① 许寿裳:《我所认识的鲁迅》,人民文学出版社,1961,第7页。

# 为什么现代文学的开端是个"狂人"？*
## ——读《狂人日记》

黄江苏　浙江师范大学人文学院

在《狂人日记》研究史上，狂人是真狂还是佯狂，是精神病人还是精神界战士，一直是个聚讼不休的问题。①我认为这个问题其实较好解释，乃是缘于《狂人日记》中有两套话语系统：一套是如文言小序中所言"语颇错杂无伦次，又多荒唐之言"的病态话语，另一套则是那些让会心的读者感觉振聋发聩，足以彪炳千秋的启蒙话语。这个现象早已引起过研究者的关注，例如范伯群和曾华鹏曾指出，"除了偏执狂患者的荒谬的逻辑轨迹之外，还有一种经作者严密遥控的富有哲理的内在逻辑轨迹，……这就是鲁迅《狂人日记》奇妙的双轨逻辑"②。我由这个现象所引发的思考略为不同，我所深感兴趣的问题乃是：鲁迅为什么要将这些有着强烈而深刻的革命性、颠覆性的启蒙话语，通过一个"狂人"之口来传达？他为什么没有像自己青年时所钟爱的易卜生那样，用《人民公敌》那样的作品来正面表达"大士""天才"不屈的抗争？或者至少像他后来写的《孤独者》那样，让一个心智正常的失败者来倾诉梦醒之后无路可走的痛楚？为什么以"立人"为职志的鲁迅文学的开端，以"人的文学"为旗帜的现代文学的开端，站着的居然是一个"狂人"？

有心的读者会注意到，《狂人日记》的创作受到一些外国文学的影响。最显著的是果戈里的同名小说，鲁迅自己也曾提及过这个作品。此外，李冬木认

---
*收录时原文有删节。
①张梦阳：《中国鲁迅学通史》（下卷），广东教育出版社，2005，第326—329页。
②范伯群、曾华鹏：《鲁迅小说新论》，人民文学出版社，1986，第14页。

为,鲁迅留学日本时的明治时代,存在着普遍的"狂人"言说,鲁迅不仅耳濡目染,且早期的文言论文对此已有借鉴,所以"周树人实际上是带着一个完整的'狂人'雏形回国的"。"从形式上看,鲁迅的'狂人'是中国现代文学移植外国思想和文艺,将其本土化的结果。"①但我认为,无论是果戈里的同名小说,还是明治时代的"狂人"言说,以及其他某些外国文学作品,都只是提示了与《狂人日记》的出现可能有关的外部机缘,这些客观存在的物事,可能为《狂人日记》的诞生提供了辅助性的准备。但是,它仍然没法解答,有这些客观存在的物事,鲁迅何以就非得要借鉴或化用它们,鲁迅何以会在主观上去选择采用"狂人"这一言说主体,让他去完成如此巨大而光荣的历史使命。

我深信,这个问题绝不是轻飘飘甚或可有可无的,鲁迅做这个设计时一定有着非常深刻和周全的考虑。如果我们由这个问题切入《狂人日记》的解读,有可能会翻转《狂人日记》理解的重心,发掘出某些还不太被充分认识到的价值。这个问题实际上是关联着鲁迅艺术才情的枢纽,也是我们开启鲁迅尚未完全敞开的思想世界的法门,甚至是我们重新审视中国现代文学传统的窗口,因此值得认真对待。

## 一 狂人作为"装置",对"吃人"言说的艺术贡献

"五四"时期的启蒙知识分子,向着中国传统的政治、伦理、思想、艺术展开了猛烈的抨击,就像胡适说的"思想界的清道夫"②般,期待着涤旧迎新。1915年吴虞写《家族制度为专制主义之根据论》,1916年陈独秀《吾人最后之觉悟》《孔子之道与现代生活》,1917年李大钊《孔子与宪法》《自然的伦理观与孔子》等,都是这方面珍贵的历史文献。——然而,也只是文献而已。在专业的研究者之外,它们为人们所知晓的程度非常有限。真正为人们所耳熟能详甚至说家喻户晓的,是鲁迅用文学的形式所喊出的"吃人"——这才是那个时代反传统的最强音:

"我翻开历史一查,这历史没有年代,歪歪斜斜的每叶上都写着'仁义道德'几个字。我横竖睡不着,仔细看了半夜,才从字缝里看出字来,满本都写着两个字是'吃人'!"

---

① 李冬木:《明治时代"食人"言说与鲁迅的〈狂人日记〉》,《文学评论》2012年第1期。
② 参见吴虞《吴虞文录》,黄山书社,2008,第2页。

这是《狂人日记》中最经典的一段话，也是会心的读者感觉最为振聋发聩的一段话。它就像佛家说的"狮子一吼，百兽皆惧"，"截断众流"，将众人七嘴八舌洋洋洒洒尚讲说不好的中国旧传统的种种危害，破空断喝为"吃人"两字，干脆利落，一针见血，一击致命。试问天地间还有什么比"吃人"更为惨痛酷烈的事呢？又试问中国传统社会和思想的毒害，其实质又何尝不是或明或暗、或显或隐地把"人"给"吃"了呢？鲁迅的这种写法，其实就是他在《摩罗诗力说》里提出的"为热带人语冰"，"启人生之閟机，而直语其事实法则"，[①]将千言万语所难言明的事物，"啪"的一声拍在人的掌心，让人感觉到一激灵，继而"直解无所疑沮"。吴虞较早对此心领神会，所以他敏锐地写出了《吃人与礼教》这篇读后感，[②]经他转述，"礼教吃人"的说法不胫而走，仿佛成了《狂人日记》独有的旗号，茅盾就因此而说："传统的旧礼教，在这里受着最刻薄的攻击，蒙上了'吃人'的罪名了。"[③]王瑶也说："从它发表以后，'吃人的礼教'一句话就深入人心。"[④]某种程度上可以说，《狂人日记》是凭着"吃人"这一言说，而从众多皇皇大文中脱颖而出，成为广为人知的反传统的经典作品。

"吃人"言说这一创举，是否可用正常人及其表述方式来实现？实际上，鲁迅也不是没有尝试，《灯下漫笔》这篇杂文中就曾老调重弹："自己被人凌虐，但也可以凌虐别人；自己被人吃，但也可以吃别人。""所谓中国的文明者，其实不过是安排给阔人享用的人肉的筵宴。"[⑤]但是它的艺术冲击力，似乎却不可跟《狂人日记》同日而语，这点后面还会提到。这里想先指出的是，虽然鲁迅谦称《呐喊》不过是些"小说模样的文章"，[⑥]但即便如此，它毕竟因着有了"小说模样"，而获得了独有的、为文章所不可替代的艺术风情。而这又相当大程度上是因为征用了"狂人"这一较为特别的身份才能浑然天成，在此意义上可以说，是拜"狂人"这一高妙的艺术装置所赐。

这方面也有学者做过思考。曹禧修认为，鲁迅采用狂人视点叙述，是慎重

---

① 鲁迅：《摩罗诗力说》，《鲁迅全集》第一卷，人民文学出版社，2005，第24页。（本文所引《鲁迅全集》作品原文均出自同一版本。）
② 吴虞：《吴虞文录》，第27页。
③ 陈建华编《茅盾思想小品》，上海社会科学出版社，1997，第286页。
④ 王瑶：《〈狂人日记〉略说》，《语文学习》1978年第8期。
⑤ 鲁迅：《灯下漫笔》，《鲁迅全集》第一卷，第228页。
⑥ 鲁迅：《呐喊·自序》，《鲁迅全集》第一卷，第441页。

也是机巧,如果正常人说仁义道德的本质是"吃人",会难以为老旧的国民所接受,孙中山、章太炎等革命先驱就曾被视为"疯子",所以干脆采用狂人视点叙述,反而去除了"话语霸权",信与不信全由读者定夺,反而可能实现较佳的接受效果,鲁迅也借此既攻击了社会又保护了自己,此所谓"壕堑战"。[1]钱振纲在谈"狂人构思的艺术功能"时认为,这一构思具有两种功能。一是视点功能,一般的正常人是不会十分关心吃人问题的,而狂人视点具有充分揭露吃人现象的功能。另一种功能是错觉功能,因为文本中充满狂人的错觉,所以需要读者自己去甄别,由此而起到发人深思,以及提高读者阅读兴趣的效果。[2]我认为这些分析都有道理,但在此之外仍有需要进一步指出的奥妙。

我们知道,"吃人"至少有两重所指。一重是实指,即历史上或当下里所发生的吃人肉事件;一重是虚指,指对人的各种压迫、戕害,就像戴震说的"以理杀人",这里的"吃人"说法实际上带有比喻意义。当《灯下漫笔》以正常人的语态讲述"吃人"时,主要是指后者,它实际上只用了"吃人"的比喻义,叙述也完全在理性的轨道上进行。《狂人日记》则不一样,因为有了一个受迫害妄想狂的设置,借助他的独特视角,"吃人"的两重所指巧妙融合在了一起,既有狂人不断怀疑他将要被吃了的恐惧感,甚至是想象中的"吃了几筷,滑溜溜的不知是鱼是人"的口舌间的实际触感,弥漫在字里行间,并且随着狂人意识的流动,小说又增添了许多富含比喻意义的"吃人"所指,例如仁义道德的历史字缝里满是"吃人","我"也有了四千年的吃人履历等等,这些在我们看来本应属于作者的理性思考的内核,包上了一层因狂人的逼真感受而来的感性的外衣。同时,《狂人日记》的叙述,也不完全在理性的轨道上运行,而是在理性与非理性、意识与幻觉之间穿梭隐现。正因为此,《狂人日记》才富有感官和心理的冲击力,同时有着亦真亦幻、虚实相间的艺术氛围,留给了后世读者无穷的回味和阐释空间,在短小的篇幅内散发出超绝的艺术感染力。

除了缝合"吃人"的两重所指的作用之外,"狂人"这个艺术装置,还可以对"吃人"这一原本已极精辟的言说,再度精简处理,以达截断众流的效果。我们可以试想一下,如果要用常规的方式,表达我们所理解的小说中那些意旨,需要费多少力气?例如,历史表面的仁义道德之下,其实都是"吃人";而控诉吃人的"我",也是吃过人的人,有了四千年的吃人履历;小说中这两

---

[1] 曹禧修:《鲁迅小说诗学结构引论》,中国社会科学出版社,2010,第136页。
[2] 钱振纲:《论〈狂人日记〉中狂人构思的艺术功能》,《鲁迅研究月刊》1995年第12期。

个最重要又内在相通的内容,哪个不是宏大的命题,如果要正常地论述,哪个不需要宏富的论据,严密的论证,大量的笔墨,才能让人信服呢?然而,因着有了"狂人"这一装置,就可以征用他独特的感知和表述方式,不仅将两者直接集于一身,而且也没有绕什么弯子、费什么力气演绎,就直接获得了有力的呈现:前者是狂人直接从字缝里看出了字来,后者则是狂人觉得自己于无意中吃了妹子的几片肉。狂人是有这个权利的,因为医学上说了,"迫害狂"的病症就是"原发性妄想和继发性的妄想式的解释",[1]所以狂人有这些异于常人的幻觉,以及对这些发现的认真跟进,诸如针对前者开始劝阻、针对后者开始忏悔,就都属于自成逻辑的行为,又恰好能契合某些深刻的理性所指,因而成了强有力的文学隐喻,使得读者可以将这些"疯言疯语"与理性、宏大的主题结合起来加以思考和阐释。如此一来,小说就借助狂人的疯狂机制,取得了以简驭繁的艺术效果。狂人提供的简洁的信息或者说形象,召唤和暗示着读者,让读者在阅读过程中,去发掘它携带的丰富的艺术和思想内涵,那些深奥的意义,寄寓在狂人看似不讲理的直截爽利言说中,继而在读者的阅读过程获得转化和实现。

鲁迅在构思和写作的时候,对这些艺术技巧应该是有运筹帷幄的。因此,《狂人日记》让我们看到了一个被迫害妄想狂人的各种呓语,感受到了他内心真切的焦虑、恐惧与悔恨,然而他的话却又能奇特地激起我们深切的共鸣与省思。"狂人"这一艺术装置,如同这篇小说的日记体形式与文言序文组成的套盒结构等,都是深有意味的形式。我们的解读,因此也还需要继续延伸。

## 二 狂人的五重形象内涵,与"精神史"的可能,及"候补"的真义

研究文学不是像医生那样做精确的临床诊断,所以我们无须过多争论狂人是真狂还是佯狂、是病人还是战士的问题。我们只要记得,狂人是鲁迅所创作出来的艺术形象,鲁迅在书写他时,既突出了他一些精神病人的症状,又对他的很多言行赋予了发人深省的思想内涵。因此,"狂人"不仅仅是艺术装置、符号工具,他同时也是意味深远的思想对象。当我们侧重于把他当作思想对象来考察时,可以看见,在狂人发病的历程间,鲁迅至少赋予了他五重形象内涵。

---

[1] 梅佑-格罗斯等:《临床精神病学》,纪明等译,上海科学技术出版社,1963,第259页。

首先是作为控诉者（或者说批判者）的狂人。这是学术界谈论得最多的狂人的一个侧面。他不仅向整个历史传统宣战，认定其仁义道德的实质都是吃人，而且他也不断发现当下现实中的吃人。他看到不仅是某个特殊集团吃人，而且就是"我"的兄弟、邻居在吃人，他们一边吃人，一边也怕被人吃，彼此猜忌、提防、隔膜，互相牵掣，永远没法迈出革新的脚步。这样的狂人，真是慧眼如炬，道尽了人所不能道的惊天秘密。我们常说的《狂人日记》"反封建"的思想价值，主要就是通过这个部分体现出来。然而这远远不是全部。

随着小说的进展，我们看到了第二重狂人形象内涵，那就是作为希冀者（理想者）的狂人。这主要通过狂人劝说大哥的那番话体现出来。这番话显得惊人的理智、清晰，而且充满温情，完全不像一个病人所能说得出来。在这里，狂人用虫子们的命运分途来作类比，虫子有的只进化到鱼鸟猴子，有的却一直进化到人，同样的，最初的人大概因其野蛮性而都吃过人，但后来心思不同，有的还吃人，有的则不吃了，变成"真的人"。狂人的慧眼如炬，在于他不但看到了吃人的历史，居然还如跳出囚牢般看到了一条不吃人的、理想化的人类历史线索。纵览人类的两种历史后，成为理想化的历史链条的一环，就是狂人对未来的希冀："要晓得将来容不得吃人的人，活在世上。"这一段让我不由自主地联想起《呐喊·自序》的开头第一句话："我在年青时候也曾经做过许多梦。"狂人的希冀，不就是深受进化论影响、写《人之历史》的青年鲁迅，在《摩罗诗力说》等文章里说的，"宣彼妙音，传其灵觉"，为鲜卑童子语樱花黄鸟，援古国出荒寒的梦想吗？

怀抱希冀，狂人走向了行动者（抗争者）的角色。他要劝阻吃人行为，不仅做醒狮之吼，而且做救世英雄。可惜他的劝说行动很快就失败了。这是狂人的第三重形象内涵，也开启了鲁迅后来反复书写的革命者、先觉者不被理解、反被戕害的主题。可贵的是，狂人在失败后的被囚禁中，反而获得了更深刻的发现：原来自己也是吃过人的人，有了四千年吃人履历。这是个丝毫不亚于"历史吃人"的深刻命题，可以说是《狂人日记》中另一条艺术生命线，可惜长久以来它没有得到等量齐观的重视。但由此，狂人有了作为自省者（忏悔者）的第四重形象内涵。文言小序里交代的"然已早愈，赴某地候补"，则是狂人的第五重形象。

这一切，都在不到五千字的篇幅里发生，真可谓"聚万千丘壑于方寸之间，于微尘之中见人间万象"，《狂人日记》的精简犀利、博大深远，让它足以跻身世界最经典的短篇小说之列而无所畏惧。

短时间内，如此多的角色变换，如果不是借助"狂人"的身份，恐怕没法实现，由此也见出鲁迅在艺术构思上的匠心。但是，我在这节着重想讲的，却已不是"狂人"的形式功能，而是其意义内涵。这里我特别重视伊藤虎丸的观点。他认为小说从第九章开始，所写的狂人"改革"的挫折与"狂气"的治愈，实际上可以理解为"作者鲁迅告别青春和获得自我的记录。其中隐藏着鲁迅自己从青年时代到写出第一篇小说的精神史"。他因此而把《狂人日记》看作是"自传性作品"，是"鲁迅自身的灵魂履历"。①

我是比较认同伊藤虎丸的观点的。我在前面提出的狂人的五重形象内涵，不难发现其中有很多与鲁迅的思想若合符节，或者说，本来就是属于鲁迅的思想，而寄放在了狂人身上。对传统的批判、对理想的希冀，这些已如前述，想再作探讨的是，小说后半部分，狂人认为自己无意中吃了妹子的几片肉，开始反省、自责，很多人都注意到了这其实就是鲁迅一贯的自省精神的形象化表达。在鲁迅后来的写作中，他绝少以说真理者自居，而总是强调自己也在"寻路"，并且在批判外部世界的同时也严酷地拷问自己，所谓"中些庄周韩非的毒"，"抉心自食"，"从别国里窃得火来，本意却在煮自己的肉"等等。②更为重要的是，狂人反省、自责这个情节设置，不仅体现了鲁迅对自我的怀疑，还体现了对启蒙的怀疑。曹禧修曾提出鲁迅那个经典的"万难破毁的铁屋子"的比喻，绝不仅是指封建思想传统或封建统治，而是指思想、思想的语境与思想的主体三者组合而成的结构，那才是让鲁迅萌发绝望感的东西。③若果如此，则鲁迅在走向启蒙的文学之初，就已经对启蒙者的主体有着深刻的怀疑，启蒙者本身已经被污染了，如同他在别的文章中所说的黑色染缸一样了，启蒙又何以可能成立呢？鲁迅这个思想，在控诉吃人的狂人也是吃人者这个情节上，不是也体现得很鲜明吗？有着这么多的重合之处，把《狂人日记》理解为鲁迅本人的精神史，又何尝不可呢？

一般认为，狂人病愈，赴某地候补，意味着他的反抗理想彻底沦陷，因为候补即是认可传统的官僚体系，而这与正文中所批判的历史上书写着的仁义道德是不可分割的共同体。所以狂人的这个结局，与正文结尾"救救孩子"后面

---

① 伊藤虎丸：《鲁迅与日本人》，李冬木译，河北教育出版社，2001，第120页、第106页。
② 此三处引文分别见于《鲁迅全集》第一卷、第二卷、第四卷，第301页、第207页、第214页。
③ 曹禧修：《鲁迅小说诗学结构引论》，中国社会科学出版社，2010，第59页。

那六个黑点组成的省略号,与小序中那套文言体系一起,似乎共同宣告着铁板一块般的旧世界之不可撼动,以及盖棺论定般大获全胜的洋洋得意。这里也可以见出鲁迅内心某种绝望至极的悲怆。然而,也有些学者不同意这种理解。伊藤虎丸认为,果真如此,《狂人日记》就成了彻底败北的文学,但他更倾向于认为它是"赎罪文学",一个知道了自己也是"吃人"的人,要去拯救"没有吃过人的孩子",最后的呼喊不管是平庸也好,缺乏自信也罢,但"这里有着一种要在日常生活中去扎扎实实工作的积极姿态"。①严家炎也曾提出,"不要一概认为去'候补'就是向封建主义投降。……难道能够因为鲁迅在北洋军阀政府教育部任职就认为他是'封建官僚'吗"?严先生认为,鲁迅曾明确提到过那时候的同人"是不主张消极的",所以鲁迅也不大会这样做。②张业松也认为,"候补"很可能是大哥交代狂人已外出谋生的一种说法而已,其实质"更多是出于自我反省之下的志向下沉,从'劝转'当权者转向'沉入于国民',自我砥砺,怀志不屈"。③

我认为这几位学者的说法都有道理,我想补充的材料是,鲁迅在写作《狂人日记》之前的1918年1月4日写给许寿裳的信中说:"若问鄙意,则以为不如先自作官,至整顿一层,不如待天气清明以后,或官已做稳,行有余力时耳。"④虽然民国时的做官与小说中的"候补",或有性质差异,但由这句话可看出,鲁迅并不反对韬光养晦之术,而是认为即便在官场,也还是有"肩起黑暗的闸门"之可能的。由此看,则"候补"完全可以做开放式的理解,而"救救孩子"及后面的省略号,也不一定就是空洞虚弱的遁词,而也可以理解成情真意切的期望及绵绵无尽的努力——这之后,鲁迅不就开始了源源不断的写作,还做了《我们现在怎样做父亲》这样的文章吗?

## 三 狂人作为"开端",其"疗救""自省""主体性"之于现代文学的意义

现在我们再来审视这个吊诡的现象:为什么以"立人"为职志的鲁迅文学的开端,以"人的文学"为旗帜的现代文学的开端,站着的居然是一个"狂人"?这是个矛盾吗?这个现象当中,是否包含着某些还没有被我们充分认识

---

① 伊藤虎丸:《鲁迅与日本人》,李冬木译,第119页。
② 严家炎:《论鲁迅的复调小说》,上海教育出版社,2002,第13页。
③ 张业松:《〈狂人日记〉百年祭》,《现代中文学刊》,2019年第2期。
④ 鲁迅:《180104 致许寿裳》,《鲁迅全集》第十一卷,第357页。

到的启示?

回答这些问题,还是得从狂人的两重含义入手。前面说过,狂人一是指迫害狂病人,那对应的就是"疗救"的问题;一是指狂傲之人,那对应的就是"自省"的问题。而这两个问题的根底处,实际上共同指向"主体性"问题。这一切,大概就是《狂人日记》作为现代文学的开端,所想要遗留给历史的内在启示。

由"疗救"到"自省"(忏悔),其内在的指向,其实都是重建"主体性"。这里我又得再引伊藤虎丸精彩的论述了。他认为,一个人年轻时初步有了思想、自我觉醒、社会意识等等,都还不能说已获得了主体性,因为他只是被作为"新的权威"的新的"思想"和"普遍真理"所占有,委身于其中,这个时候他可能会发出激烈的批判,却不是因为有了主体性,而是因为把自己当作了所委身的"真理"的化身。这就像《狂人日记》的一到十章,也像是鲁迅留学日本时的青年时代。但是只有进入第二个阶段,即把自己从业已委身其中的新思想和新价值观中重新拉出来,从被一种思想所占有,前进到将其作为自己的思想所拥有,这才是真正获得了主体性的阶段,也是"获得自由"的阶段。这就像《狂人日记》最后三章,狂人跳出世界吃人的发现,不再做这个新发现的传声筒,而是运用了这个新发现作为武器来对付自身,狂人于是有了"罪的自觉",与此同时却也有了真正的"个的自觉"。①

鲁迅自己也是经历了这样两个阶段,建立了坚不可摧的"主体性",这是他成为现代文学史上最有力量的作家之根源。表面上看,鲁迅一直在追寻新思潮,从复古到启蒙,从进化论到马克思主义,从"苦闷的象征"到提倡大众语,等等,然而鲁迅终其一生的绝大多数时间里却又是骨子里不变的,如同竹内好所说的,他总是"让自己和新时代对阵,以'挣扎'来涤荡自己",但涤荡过后,和以前也并没有两样,"在他身上没有思想进步这种东西"。②对于鲁迅的晚年来说,这话也许可以稍作保留,但是揆诸鲁迅一生,大体成立。就如同有人说福柯,"试图通过写作来逃避任何固定的身份,试图不断地成为另一个人从而不真正成为任何人"。③鲁迅大多数时候也从来不愿为某派家法所囿,

---

① 伊藤虎丸:《鲁迅与日本人》,李冬木译,第120—122页。
② 竹内好:《近代的超克》,李冬木等译,生活·读书·新知三联书店,2005,第11页。
③ 加里·古廷:《福柯》,王育平译,译林出版社,2013,第10页。

他没有像胡适那样成为某家学说的忠实信徒，而是如同《影的告别》《过客》等作品所言说的，不断地告别、行走，反抗"没一处没有驱逐和牢笼"①，由此而守护和更新着绝不陈腐的自我。

这一点也是《狂人日记》留给现代文学的深远启示，如同空谷足音，但知者尚少。这种局面或许从《狂人日记》发表时同代读者的反应就已开始了，无论是胡适、陈独秀，还是年轻一辈的傅斯年等等，这些踌躇满志的启蒙者，未必真的听进去了鲁迅隐藏在里面的自省之声。吴虞这类读者敏锐地觉察到了它对"礼教吃人"的控诉，它反传统的伟大力量，不知不觉中也引导了后世读者对这部作品的关注重心。我在本文开头部分说，期待促使对《狂人日记》理解重心的转移，就是指此而言。我并不是轻视《狂人日记》的反传统价值和贡献，这点毫无疑问应该载入史册，让人铭感，但我想说，借着疗救、自省，抵达主体性，这同样是《狂人日记》所包含的珍贵的思想资源，而且对于当下文学还有着生生不息的补给之力。

1917年8月，鲁迅日记中有了钱玄同来访的记录，一般认为这时候钱玄同开始劝说鲁迅写作；1918年2月，刘半农在《除夕》诗的自注中透露，周氏兄弟都有雄心做文学事业；②1918年4月，鲁迅开始写作《狂人日记》，5月份发表。由此可见，鲁迅重新开始写作，有一个较长的酝酿和准备期，其第一部作品的诞生，不会是心血来潮，而应是深思熟虑。是《狂人日记》，而不是《孔乙己》《药》或别的作品，成为鲁迅文学的先锋，为现代文学打头阵，这里面必然有着鲁迅所寄寓的深层款曲。经过前文冗长的分析之后，似乎应该对此做个总结了。

鲁迅早年提出的文学理想是"立人"，《狂人日记》就是这一理想的具体实践，它所着力于表现的"疗救""自省""主体性"内涵，其实质就是"立人"思想的发散，或者说是"立人"的三部曲：疗救他人，同时也让疗救者自省，期待他人同时也期待自己建立起主体性。最终，才有可能迎来"真的人"的出场。很多人说《狂人日记》是鲁迅文学的总纲，这样看去非常正确。以"人的文学"为旗帜的现代文学，由"狂人"来揭开序幕，其实也并不矛盾。张铁荣提出，作为现代文学的思想革命宣言书的《人的文学》，与《狂人日记》是非常一致的，"我们可以说周作人的《人的文学》是对鲁迅《狂人日记》的理论

---

① 鲁迅：《过客》，《鲁迅全集》第二卷，第196页。
② 鲁迅博物馆、鲁迅研究室编《鲁迅年谱长编》第一卷，河南文艺出版社，2012，第312页。

阐释，而《狂人日记》则是周作人《人的文学》的小说创作范本"。①由周作人所撰写的这篇"宣言书"里讲得很清楚："生了四千余年，现在却还讲人的意义，从新要发见'人'，去'辟人荒'，也是可笑的事。"②按他说的，中国的人道在很长时间里是"迷入兽道鬼道里去"，所以在新时代的舞台上最初登场的是"离经叛道"的"狂人"，又有什么可奇怪的呢？"人的文学"并不是如清晨甘露，伴随着曙光而自然降临，它需要筚路蓝缕，在沉疴之中疗救而得，就如胡适早年常引"七年之病当求三年之艾"所表明的心迹那样。③其后的文学史不断地重新探讨人道主义、"文学是人学"，也证明了"人的文学"并非唾手可得、一劳永逸。

因此，《狂人日记》提出的这些思想命题，其意义绝不应仅仅局限在那个年代，百年后的今天，当代文学恐怕还得继续虚心聆听。今天人们或许会面临别种精神困境，永远需要疗救和自省，走在通往"真的人"的路上。这才是《狂人日记》真正应该形成的传统，只有这样才算领会了鲁迅的良苦用心，否则，就如同狂人当年的言论被斥为疯子，被封闭在文言小序所象征的冰冷世界里一样，我们与"狂人"之间真正有意义的对话仍未形成。

---

① 张铁荣：《一篇类似〈狂人日记〉的文学理论文章——周作人〈人的文学〉的理论意义》，《关东学刊》2019年第5期。
② 周作人：《艺术与生活》，河北教育出版社，2002，第9页。
③ 胡适：《胡适日记全编》第二卷，安徽教育出版社，2001，第325页。

# 周氏兄弟与纯文学的散文观念

黄开发　北京师范大学文学院

## 纯文学散文概念的确立

进入现代以后,给散文下定义是困难的,迄今为止还没有一个得到普遍认可的散文概念。冰心说:"若追问我散文是什么,我却说不好。"不过她又说:"我想,我可以说它不是什么。比如说它不是诗词,不是小说,不是歌曲,不是戏剧,不是洋洋数万言的充满了数字的报告。"①在中国古代,人们对散文(文章)是没有这样的困惑的。现代之所以产生困惑,是因为西方的"纯文学"观念进入中土的结果。

其实在西方,纯文学观念的出现也是进入18世纪以后的事情。乔纳森·卡勒指出:"如今我们称之为文学的是二十五个世纪以来人们撰写的著作,而文学的现代含义才不过二百年。1800年之前,文学(literature)这个词和它在其他欧洲语言中相似的词指的是'著作',或者'书本知识'。"②

在中国,迨至20世纪的最初十年间,现代的"文学"概念才出现于梁启超、王国维、黄人、徐念慈、周氏兄弟等人的文章。1908年,留日时期的周作人明确用纯文学的标准来划分文类:"夫文章一语,虽总括文、诗,而其间实分两部。一为纯文章,或名之曰诗,而又分之为二:曰吟式诗,中含诗赋、词曲、传奇,韵文也;曰读式诗,为说部之类,散文也。其他书记论状之属,自

---

①冰心:《关于散文》,《文艺报》1959年7月14期。
②乔纳森·卡勒:《文学理论入门》,李平译,译林出版社,2013,第22页。

为一别，皆杂文章耳。"①这里所说的"文章"指的已经是现代意义上的"文学"。值得注意的是，周氏此时就开始使用"散文"的概念，并且初步区分了纯文学散文与杂文学散文。

五四文学革命发生后，纯文学成为普遍的文学观念，并进而形成知识制度。新文学倡导者们明确把散文看作是与小说、诗歌、戏剧并列的纯文学的四大门类之一。

1917年2月，陈独秀在《文学革命论》中，把古文、骈文、诗歌等称为"文学之文"，与碑、铭、墓志、启事等"应用之文"对举，②明确表现出把纯文学与杂文学区别开来的意图。同年刘半农发表《我之文学改良观》，这是文学革命中第一篇论述纯文学与杂文学不同的专门论文。他区别了"文字"与"文学"："就不佞之意，凡科学上应用之文字，无论其为实质与否，皆当归入文字范围……凡可视为文学上有永久存在之资格与价值者，只诗歌戏曲、小说杂文二种也。"他还在文中正式使用了"散文"一词，并且声明："此后专论文学，不论文字。所谓散文，亦文学的散文，而非文字的散文。"③他所说的"杂文"即指纯文学的散文，显然是把传统的文章剔除去一部分以后的结果。

用纯文学的眼光来重新打量"文章"，便生出了纯文学散文与杂文学散文的分别。纯文学强调虚构性、抒情性、艺术性和文辞美，可是与小说、戏剧、诗歌比起来，散文的纯文学品质并不那么的"纯"。散文似乎介于纯文学和杂文学之间的中间，身份暧昧：一方面它具有纯文学的一些品质，另一方面，它在选材、形式、写法、文辞上又多种多样，有时并不以纯文学的品质见长。于是，不同散文的文学色彩就有了浓淡之别，人们各自根据自己的理解与判断，来界定散文概念的内涵与外延，出现了对散文概念与分类的不同理解，有了不同的价值标准。

白话散文的倡导者们普遍以英法的Essay（散文）为样板，以期提高散文的纯文学品质，从而完成中国散文的现代转型。傅斯年说："我对于韵文的学问，不敢自信，也就不来插嘴……又无韵文里头，再以杂体为限，仅当英文的Essay一流。……散文在文学上，没甚高的位置，不比小说，诗歌，戏剧。"④在他看来，散文虽地位较低，但仍不失为文学家族中的一个成员。1921年6月，周作

---
① 独应（周作人）：《论文章之意义暨其使命因及中国近时论文之失》，1908年《河南》4期—5期。
② 陈独秀：《文学革命论》，1917年2月《新青年》第二卷第六号。
③ 刘半农：《我之文学改良观》，1917年5月《新青年》三卷三号。
④ 傅斯年：《怎样做白话文?》，1919年2月《新潮》一卷二号。

人发表《美文》,此为推动散文向纯文学散文过渡的重要文献。文章提出:"外国文学里有一种所谓论文,其中大约可以分作两类。一批评的,是学术性的。二记述的,是艺术性的,又称作美文,这里边又可以分出叙事与抒情,但也很多两者夹杂的。……在现代国语文学里,还不曾见有这类文章,治新文学的人为什么不去试试呢?"[①]这里所谓的"论文"指的是英法随笔(essay),其中第二类"美文"当指以闲话笔调的随笔(familiar essay)为代表的纯文学散文。陈独秀、刘半农、傅斯年等初步提出了纯文学散文的观点,但在周作人发表《美文》之前,新文学作家对散文的认识还游移不定,周参照essay强调了散文的文学性,为散文进入纯文学大家庭打开了大门。接着,王统照发表《纯散文》,提倡具有文学性的、"使人阅之自生美感"的"纯散文"(Pure prose),[②]只是还未能提出具体的意见。胡梦华《絮语散文》[③]及其他人的一些文章,进一步充实了纯文学散文的内涵,然而尚未明晰地概念化,更没有形成通行的"散文"概念。纯文学观念大大提高了散文的生产力和创造力,"五四"时期即出现了以鲁迅《朝花夕拾》《野草》和周作人《雨天的书》为代表的纯文学散文的典范之作。

到了1930年代,散文比其他文类更快地走向了成熟,众体皆备,风格各异,出版了诸多散文刊物和散文研究专书,散文成为引领文学潮流的主角。"五四"以后,纯文学观念逐渐普及,人们对散文的纯文学性是持有怀疑态度的。连写散文已成名的朱自清都说:"它不能算作纯艺术品,与诗,小说,戏剧,有高下之分。"[④]鲁迅却有一个著名的评语:"散文小品的成功,几乎在小说戏曲和诗歌之上。"[⑤]1934年4月,《人间世》正式创刊,林语堂在发刊词中高调提倡小品文,有云:"十四年来中国现代文学唯一之成功,小品文之成功也。"[⑥]以鲁迅为代表的左翼杂文,以周作人、林语堂为代表的言志派小品文,广泛而深入地介入了时代的政治、文化生活,促进了散文理论的发展,对后来的散文影响深远。

---

[①] 子严(周作人):《美文》,1921年6月8日《晨报副刊》。

[②] 剑三(王统照):《纯散文》,1923年6月21日《晨报副刊·文学旬刊》3号。

[③] 胡梦华:《絮语散文》,1926年3月《小说月报》17卷3号。

[④] 朱自清:《论现代中国的小品散文》,1928年11月25日《文学周报》第345期。

[⑤] 鲁迅:《小品文的危机》,《鲁迅全集》第四卷,人民文学出版社,2005,第592页。(本文所引鲁迅作品原文均出自同一版本。)

[⑥] 林语堂:《〈人间世〉发刊词》,1934年4月5日《人间世》第1期。

1930年代中期,在理论批评、经典制作、文学史写作等的共同推动下,纯文学体制以及与之密切相关的散文体制大体建立。《中国新文学大系》的出版是中国现代纯文学体制建立的一个醒目的标志,散文进一步被确认为与小说、诗歌、戏剧并立的纯文学家族的四大成员之一。刘禾说:"《中国新文学大系》由十卷组成,取舍的一般标准来自于人们关于文学的普遍预设(何谓文学),各卷在将这个标准运用于对历史材料的权威性阐释的时候更加强了这种预设。入选的文学作品被分为四种基本类型:小说、诗歌、戏剧和散文,分类使这些作品在经典化尝试中再一次得到合法化。"①在十集中,除了理论批评和史料而外,小说有三集,散文二集,诗歌、戏剧各一集,这反映出时人对新文学四大文类的认识和评价。

## 纯文学散文观念的偏至

纯文学意识的确立,对现当代散文的体类概念系统和写作产生了根本性的影响。由于散文的文学性与诗歌、小说、戏剧相比不是那么的"纯",这导致了人们对其文学价值的怀疑,很多散文家都不大自信。因此,提升散文的纯文学品位一直是现代散文家艺术追求的一个持续不断的内驱力。一百年来,散文作家们主要是从两个方面汲取资源,提高现代汉语散文的纯文学素质:一是以何其芳、杨朔、余光中为代表,向诗歌学习意象、象征、锤字炼句等;二是以沈从文和贾平凹为代表,从小说那里借鉴故事性、人物和环境描写。

新时期之前的散文明显带有小说的特点,可能是囿于真实性的写作伦理,极少有人愿意公开谈论这方面的话题。散文借鉴诗歌艺术问题则不然,谈论者众多。

从抗战全面爆发,到1950年代末,抒情言志的"五四"散文传统不彰。直到1960年代初期,政治性抒情散文出现短暂的兴旺。与1930年代何其芳从现代主义诗歌中寻求艺术资源不同,以杨朔为代表的作家更多地从中国传统诗词中寻求资源。杨朔在《东风第一枝·小跋》中自陈:"我在写每篇文章时,总是拿着当诗一样写","常常在寻求诗的意境"。②

同样在1960年代初,台湾余光中在《剪掉散文的辫子》一文中强调:"要

---

① 刘禾:《跨语际实践》,生活·读书·新知三联书店,2014年,第259页。
② 杨朔:《东风第一枝·小跋》,作家出版社,1961年,第151—152页。

把散文变成一种艺术,散文家还得向现代诗人们学习。"余氏以现代诗为榜样,倡导"讲究弹性、密度、和质料的一种新散文"。[1]在1980年代以来的散文理论批评的文字中,"弹性""质料"特别是"密度"等词语频繁出现。余氏所提出的"现代散文"或"创造的散文"成为中国大陆"艺术散文"理论主张的一个蓝本。

到了1980年代中期,散文与小说、诗歌相比,明显地沉寂和滞后。人们对散文长期存在的僵化模式和停滞状态不满,甚至出现了散文将面临"解体"和"消亡"的惊呼。[2]对现状的不满,新的文学观念的冲击,刺激了作家对散文文体创新的大胆探索,纯文学散文潮流开始崛起。"艺术散文"是新时期以来一种强势的纯文学散文思潮,致力于提高散文的纯文学品位。从"新艺术散文""新潮散文",到1990年代后期以降的"新散文",甚至还有所谓"在场主义散文",都体现了提高散文纯文学品位的努力。这些在不同时期出现的散文新潮其实可用一个共名——"艺术散文"。

"艺术散文"提倡者们几乎无例外地要求文体的净化,让随笔、纪实文学等独立出去,这直接冲击现代散文的体类概念系统。净化的主张明显对散文的写作、发表、出版、评奖等制度产生了影响。当下纯文学杂志多以"艺术散文"的标准选用稿件,篇幅要在五六千字以上,注重想象性,讲究意象等审美成分的密度。这样的散文作品住在纯文学刊物的象牙塔里,有一种明显的纯文学腔,远离读者大众,成了少数同好孤芳自赏的东西,这样也就失去了广泛参与社会现实的可能性。

"艺术散文"提倡者们一方面要求"净化",维护散文自身的纯文学性,另一方面又主张"跨界",从其他艺术形式中借取艺术资源。如"新散文"作家崇尚跨界写作,特别是向小说靠拢,甚至无视这两种文类的界限。"新散文"作家否定文类的四分法,认为"有关散文与小说的文体界限,实际只是一个无关紧要的问题"。[3]纪实与虚构是文学的两大板块,而真实则是散文的栖居之所,也是散文文类的魅力所在,它满足了人们认识和改造客观现实的需求。"真实性"应是散文基本的写作伦理。"新散文"作家质疑"真实性",说谁也不能保证散文的"真实性"。说真话是日常生活伦理,我们不能因为某个贤士

---

[1] 余光中:《剪掉散文的辫子》,《余光中集》第四卷,百花文艺出版社,2004,第155页、第160页。
[2] 参阅佘树森、陈旭光《中国散文报告文学发展史》,北京大学出版社,1996,第212—214页。
[3] 祝勇:《编余琐记》,《布老虎散文》(2004·冬之卷),春风文艺出版社,2004,第221页。

说过假话,就否定说真话的道德价值。如果过于张扬虚构,散文难免失去自我。这让人想到宋人笔记《宾退录》中的一则寓言:一个差役押解一个犯罪的和尚,晚上喝醉后,被和尚换上僧衣,戴上枷锁,剃光了脑袋。次日醒来,差役发现和尚不见了。一摸自己的脑袋,光光的,自问道:和尚还在,我哪去了?"新散文"可以视为追求散文纯文学性的最新、最大胆的探险,其创新精神可嘉,也带来了一些新鲜经验,然而可能导致散文特性的消解。散文一旦失去与小说界限,那就变成散文化的小说了。

## 周氏兄弟的忧思与启示

早在1930年代前期,周氏兄弟就面临着纯文学要求所带来的压力,对过于纯文学化给散文带来的问题感到忧虑。周作人在《中国新文学的源流》中批评过这种倾向:"近来大家都有一种共通的毛病,就是:无论在学校里所研究的,或是个人所阅读的,或是在文学史上所注意到的,大半都是偏于极狭义的文学方面,即所谓纯文学。"① 鲁迅晚年把他的三集"且介亭"命名为"杂文",并在《且介亭杂文·序言》中说明他所用的"杂文"是包含众体的杂文学意义上的,并非单指匕首、投枪式的文艺性论文,这显然是与狭隘的纯文学散文观念唱反调。周作人在写于1945年的《杂文的路》里声称:"我不是文学者","所写的文章里边并无什么重要的意思,只是随时想到的话,写了出来,也不知道是什么体制,依照《古文辞类纂》来分,应当归到那一类里才好,把剪好的几篇文章拿来审查,只觉得性质夹杂得很,所以姑且称之曰杂文。世间或者别有所谓杂文,定有一种特别的界说,我所说的乃是另外一类,盖实在是说文体思想很夹杂的,如字的一种杂文章而已。"他说:"前几年翻阅春在堂集,不意发见了杂文前后共有七编,合计四十三卷,里边固然有不少的好文章,我读了至今佩服,但各样体制均有,大体与一般文章无异,而独自称曰'春在堂杂文',这是什么缘故呢。我想曲园先生本是经师,不屑以文人自命,而又自具文艺的趣味,不甘为义法理学所束缚,于是只有我自写我文,不与古文争地位,自序云,体格卑下,殆不可以入集,虽半是谦辞,亦具有自信,盖知杂文自有其站得住的地方也。照这样说来,杂文者非正式之古文,其特色在于文章不必正统,总以合乎情理为准,我在上文说过,文体思想很夹杂的是杂文,现在看来

---

① 周作人:《中国新文学的源流》,北京十月文艺出版社,2011,第7页。

这解说大概也还是对的。""因为杂文的特性是杂,所以这杂乃是他的正当的路。"①周氏兄弟的散文观多有歧义,但都对杂文学持有开放的态度。正如郜元宝所言:"鲁迅确立'杂文'之名在周作人之前,但围绕'杂文',鲁迅的'不管文体'和周作人的'名称不成问题',立意相同。和周作人一样,鲁迅也并不始终称其全部文章为'杂文'。周作人鲁迅殊途同归抵达杂文概念,最后又超越杂文而回到朴素的'文',这一点很值得注意。"②他们逆潮流而动,意在打开现代散文与传统杂文学之间的通道,保护现代散文生态的多样性和活力。

有意思的是,鲁迅在留日时期正式接受了纯文学观念,曾对乃师章太炎的杂文学的文章观表示不满,然而到了1930年代中国的纯文学正当开枝散叶的时候,他又在某种程度上向老师的杂文学观复归。章太炎在《文学论略》中开宗明义:"何以谓之文学?以有文字,著于竹帛,故谓之文,论其法式,谓之文学。"③日本学者木山英雄指出:"本来文字是语言的代替之物,但是当它具有了独立的功能之后,文学便植根于文字了。章炳麟在此强调的是文字所具有的固有功能。从并非'文饰'的'文字'观出发,章把在传统修辞论中与'文'相对立的'质'的立场通过强调无句读文记录性和直接指示实物的基础而彻底化了。在这一立场之上,章将实用性的公文和考据学的疏证文体置于宋以后近世才子们富于感觉表象的文风之上,以逻辑性和即物性之一致为理由视'魏晋文章'为楷模,而批判从六朝的《文心雕龙》和《文选·序》直到清朝的阮元的奢华的文学观念。"④据许寿裳回忆,当时听章太炎课的鲁迅表示过对乃师文学观念的不满,以为"先生诠释文学,范围过于宽泛,把有句读的和无句读的悉数归入文学"。⑤他们在当时发表的文学论文中,都表现出了纯文学的观念。二十多年以后,纯文学观念形成势不可挡的潮流,纯文学的散文有如六朝以降奢华藻饰的骈体文,而文章的即物性和逻辑性被弱化,这引起了周氏兄弟的忧思。

1936年,鲁迅在去世前的数日内写了两篇关于章太炎的文章:《关于太炎

---

① 周作人:《杂文的路》,《立春以前》,北京十月文艺出版社,2012,第118—120页。
② 郜元宝:《从"美文"到"杂文"——周作人散文论述诸概念辨析》(下),《鲁迅研究月刊》2010年2月第2期。
③ 章绛(太炎):《文学论略》,《国粹学报》1906年9号。
④ 木山英雄:《文学复古与文学革命——木山英雄中国现代文学思想论集》,赵京华编译,北京大学出版社,2004,第220—221页。
⑤ 许寿裳:《亡友鲁迅印象记》,人民文学出版社,1953,第25页。

先生二三事》《因太炎先生而想起的二三事》。前者说他之所以去东京民报社听章太炎讲《说文》，并非因为他是学者，而是为了"他是有学问的革命家"。并且说："战斗的文章，乃是先生一生中最大，最久的业绩。"①从评价中，可以看出他的身份认同，找见他晚年把精力集中于杂文的思想原因。

近年来，纯文学散文观念也受到了从事现代散文和古代散文研究的学者的批评和质疑。陈平原说："所谓的'文学性'，并非研究中国文章的最佳视角。五四新文化人当初引进'纯文学'与'杂文学'这一对概念，在瓦解'文以载道'传统以及提倡'美文'方面，曾发挥很大作用。但是，这一论述思路，过分依赖某一时期西方流行的'文学概论'，并将其绝对化、本质化，相对漠视了中国文章的特性及演进的历史。传统中国的'文'或'文章'，不只具有审美价值，更牵涉政治、学术、人生等。将'文'从具体的历史语境中剥离开来，满足于纯粹的文本分析，很容易回到神理、气味、格律、声色等老路。"②研究古代散文的学者指责纯文学散文概念对中国传统的"文章学"的"遮蔽"："'杂文学'观念被'纯文学'观念所代替，无法真正把握中国文学史的民族特点，满足中国文学史主体性的追求。"同时，"按'五四'新观念建构的文学批评史或学术史遮蔽了许多'旧派'的文章学批评专家和专书，这在清末民初尤为严重"。③这些学者提出了一个不容回避的问题：散文为什么必须像小说、诗歌那样是纯文学的呢？纯文学观念带来的散文革新之功毋庸置疑，但不应画地为牢。过分执念于纯文学散文观念，容易缩小散文书写社会人生的广度和深度，削弱散文的活力，容易致使纯文学散文失去稳固的支撑，也不能适当地解释中国文学史上大量存在的杂文学散文的事实。

不应在纯文学散文与杂文学散文之间截然划线，而应强调它们之间的互通、互补、融合。散文文体各有擅长。陈师道《后山诗话》云："鲍照之诗，华而不弱。陶渊明之诗，切于事情，但不文耳。"④那些文学性不是很强的文体往往比"艺术散文"更"切于事情"，或者用木山英雄的话来说长于"逻辑性与及物性"。这些文体往往更能快速因应时代的变化，介入现实，切中肯綮。鲁迅曾拿列于《唐诗三百首》卷五"五言律诗"第一首的"夫子何为者"，与徐懋庸的杂文相比，写道："那里能够及得这些杂文的和现在切贴，而且生动，

---

① 鲁迅：《关于太炎先生二三事》，《鲁迅全集》第六卷，第566—567页。
② 陈平原：《古典散文的现代阐释》，《中山大学学报》2004年第6期。
③ 王水照、朱刚：《三个遮蔽：中国古代文章学遭遇"五四"》，《文学评论》2010年第4期。
④ 陈师道：《后山诗话》，何文焕辑《历代诗话》，中华书局，1981，第313页。

泼剌,有益,而且也能移人情。"①这当是鲁迅愿意把自己晚年的主要精力投入杂文写作的考量之所在。

  纯文学观念是促成中国散文现代转型的主要动力之一,大大地促进了人们对散文体性的认识,提高了散文的生产力和表现力。新时期以来,一波接一波的"艺术散文"潮流从理论和实践两方面,对提高现代汉语散文的文学性问题进行了锐意的探险,该派作家对当代散文的一些批评也切中时弊,其成功和不足都可资借鉴。但是,如果按照一些"艺术散文"提倡者的设想,把杂文、小品文、报告文学、史传文学等都清理出散文的门户,那么"散文"就会丧失对社会现实的行动能力,难免成为闲花野草式的东西,而且也很容易失去自性。"艺术散文"的"跨界"是散文文体创新的可行之路,在一定的程度上为现代汉语散文创作实践所验证,虽然也有明显的误区。"艺术散文"的提倡者们大可以按照自己的理想去进行艺术探险,问题在于他们往往唯我独尊,躁于求新,忽视散文领域里的基本规则和生态平衡。

---

① 鲁迅:《徐懋庸作〈打杂集〉序》,《鲁迅全集》第六卷,第301页。

# "正合于现代中国的一种艺术":鲁迅的美术观念与中国新兴版画艺术的发展*

黄乔生　北京鲁迅博物馆北京新文化运动纪念馆

鲁迅童年时期即爱好美术,喜欢购读图画书籍和描绘小说绣像。[①]鲁迅在南京求学期间,假期回乡观看过西洋画展览,对中西美术的差异有了初步印象。[②]在日本留学期间的课堂笔记虽然展示了一些美术才能和美学思考,如在藤野先生的解剖学课堂笔记上对血管的错位呈现,但都还没有达到艺术观念的层面。[③]其美术观念形成的一个重要契机是鲁迅意识到了中西美术的差异,西学东渐潮流中西洋画在日本的风行,给予他一定的影响。在东京,鲁迅为他和几位文友筹办的杂志《新生》创刊号,选定英国画家瓦兹的油画《希望》做封

---

\* 基金项目:国家社科基金重大项目《鲁迅手稿全集》文献整理与研究A卷(项目编号12&ZD167);河北大学燕赵文化高等研究院学科建设重大项目"鲁迅生平史料考证与辑录(1881—1912)"(项目编号:2020Z06)阶段性研究成果。

① 鲁迅少年时代对影描绣像很感兴趣,用一种"荆川纸",蒙在小说的绣像上一个个描下来,先是《荡寇志》《西游记》,后临摹马镜江《诗中画》、王冶梅《三十六赏心乐事》以及家藏《农政全书》、残本中王盘《野菜谱》。也尝试过绘画,据周建人回忆,鲁迅曾给他画过一个扇面,画的是一块石头,旁生天荷叶即虎耳草,有一只蜗牛在石头上爬,还有些杂草,纯用墨画的。

② 周作人日记1900年2月4日,《周作人日记》(上),大象出版社,1996,第108页。

③ 《藤野先生》中记述:"还记得有一回藤野先生将我叫到他的研究室里去,翻出我那讲义上的一个图来,是下臂的血管,指着,向我和蔼的说道:'你看,你将这条血管移了一点位置了。——自然,这样一移,的确是好看些,然而解剖图不是美术,实物是怎么样的,我们没法改换它。现在我给你改好了,以后你要全照着黑板上那样的画。'但是我还不服气,口头答应着,心里却想道:'图还是我画的不错;至于实在的情形,我心里自然记得的。'"

面图案。画面上,一位蒙着眼睛的姑娘,抱着一张只剩下一根琴弦的竖琴,屈腿坐在地球上。当时,反映社会现实和日常生活,具有浓厚东方风味的日本浮世绘颇受欧美画家青睐,既刺激也启发了鲁迅,促使他思考中日美术发展道路的异同。日本美术脱胎于唐绘,但在发展过程中有意识地区别于中国唐代绘画,"大和绘"既是日本美术的转折点,也是浮世绘走向更广阔舞台的代表。19世纪末,日本举国致力维新,强调学习西方先进科学技术和文化艺术,被本土遗弃的佛教绘画、物语绘卷、浮世绘版画等传统艺术却引起西方外交官、商人和旅游者的兴趣,从而在欧洲引发了从1860年到1910年前后约五十年的"日本风",其实是欧洲人按照自己的喜好购买和收藏日本的工艺美术品,因此,"日本风"并非东方岛国文化对西方文化的主动渗透,而是对西方文化需要的被动适应,但在这个过程中,日本绘画中的中国传统元素却被忽略。鲁迅对此感触很深,曾对好友许寿裳说:"汉画像的图案,美妙无伦,为日本艺术家所采取。即使是一鳞一爪,已被西洋名家交口赞许,说日本的图案如何了不得,了不得,而不知其渊源出于我国的汉画呢。"[1]

不过,鲁迅当时在日本看到的浮世绘还不能归入他后来倡导的木刻的范畴,尽管这种艺术形式也是他提倡新兴版画运动的资源之一。他注意到浮世绘艺术与当时中国社会现实之间的距离,更注重中国民族意识的觉醒和社会的改革。鲁迅对中国美术传统抱着同样的希冀,但可惜的是,中国当时还没有这样的机运。

中国美术的转型伴随着中国现代社会的转型出现,在新文化运动中是一个热点话题。一方面,新文化运动倡导者对传统文化展开了猛烈批评,中国传统美术也在被批判之列;另一方面,新文化运动提倡新美术、构建现代美术理念也是其题中应有之义。蔡元培甚至提出"美育代宗教"的理论,引起学界的讨论,他倡导在北京大学设立画法研究会和书法研究会,提出整理传统文化、发展新美术的设想。

鲁迅是蔡元培美学思想和美术理念的支持者和践行者,他将美术教育与国民教育结合起来,讲授"美术概论"课程,翻译了多篇外国儿童教育专论。1913年5至11月,鲁迅在《教育部编纂处月刊》第四、七、九、十册上发表了所译日本学者上野阳一的《艺术玩赏之教育》《社会教育与趣味》《儿童之好奇心》等文章。将美术当作承载新思想和新文化的工具,是当时鲁迅美术观的主

---

[1] 许寿裳:《亡友鲁迅印象记》,河北教育出版社,2000,第22页。

要宗旨,这种具有启蒙功利性的观念也让他审视中国传统文人画的价值和发展趋势。但是,他除了批评上海的恶意攻击漫画和传统的奇巧技术如微雕之外,较少对传统绘画施以批评,这或者与他本人在广泛搜集古代美术遗存有关,也或者与他的教育部同事和好友陈师曾有关,陈师曾是当时北京画坛的名家,鲁迅这个时期对陈师曾的绘画虽有收藏,但评价阙如——直到20世纪30年代才有所论列。①

鲁迅虽然少有美术实践,也较少参加相关讨论,但因为工作职责和业余爱好等原因,他的美术观念意图明确,立意高远。1919年,他在一篇文章中对现代美术家提出了期望:

> 美术家固然须有精熟的技工,但尤须有进步的思想与高尚的人格。他的制作,表面上是一张画或一个雕像,其实是他的思想与人格的表现。令我们看了,不但欢喜赏玩,尤能发生感动,造成精神上的影响。我们所要求的美术家,是能引路的先觉,不是"公民团"的首领。我们所要求的美术品,是表记中国民族知能最高点的标本,不是水平线以下的思想的平均分数。②

鲁迅所在的教育部社会教育司主管艺术工作,筹建博物馆、图书馆和美术馆,并发展演剧、游乐等事业。到教育部工作后不久,他就参与了教育部美术调查处的工作。该调查处的主要工作是调查本国和外国美术事项,其中外国美术事项中包括"中国必备之美术复制品目录"和"中国必备之现存美术家制品目录"。③这些设想视野开阔,取法广博而纯正。鲁迅还参与了现代文化艺术体制的构建,他在《拟播布美术意见书》中阐述了美术的本质和意义,为建立现

---

① 鲁迅与陈师曾虽然在教育部过从甚密,日常谈论书法、篆刻、绘画,都有收藏研究古物的爱好,但很少留下讨论美术相关问题的文字。陈师曾当时发表的《论文人画》,对传统中国绘画的改革和发展提出一些设想,但他的画法仍在传统范围内,只是20世纪20年代初更多关注现实生活,创作了《北京风俗图》,颇受好评。1933年,鲁迅与郑振铎合编的《北平笺谱》中收录了陈师曾所画"梅花笺""花果笺""山水笺"等三十二幅。鲁迅在该书序言中评价陈师曾道:"及中华民国立,义宁陈君师曾入北京,初为镌铜者合作墨盒,镇纸画稿,俾其雕镂;既成拓墨,雅趣盎然。不久复廓其技于笺纸,才华蓬勃,笔简意饶,且又顾及刻工,省其奏刀之困,而诗笺乃开一新境。"
② 鲁迅:《随感录四十三》,《鲁迅全集》第一卷,人民文学出版社,2005,第346页。(本文所引《鲁迅全集》作品原文均出自同一版本。)
③《教育部附设美术调查处简章》,《教育杂志》1911年第4卷第9期。

代国家的美术制度谋划设计,其中指出了"美术可以救援经济","方物见斥,外品流行,中国经济,遂以困匮。然品物材质,诸国所同,其差异者,独在造作。美术弘布,作品自胜,陈诸市肆,足越殊方,尔后金资,不虞外溢。故徒言崇尚国货者末,而发挥美术,实其本根"。①此外,意见书还将文学纳入美术范畴,显示其"大美术观"的格局。

## 一 鲁迅对新兴版画的倡导

木板印刷术起源于中国,至明代大盛,清中叶渐趋衰落,传入西方后不断改进,催生出画、刻、印合一的创作版画,也称新兴版画。1931年8月,鲁迅在上海举办"木刻讲习会",讲习内容就是创作版画,这是中国现代版画兴起的标志。

在举办木刻讲习班之前,1929年,鲁迅与柔石、崔真吾、王方仁等人以"朝华社"名义出版了《近代木刻选集》(两集)、《新俄画选》等书籍,介绍欧洲木刻艺术。此后,鲁迅自费出版或为图书公司编选了近十部国外优秀版画家作品,以及通过举办展览向中国艺术界和民众介绍外国优秀版画。1930年10月,鲁迅参加了在内山书店举办的中国近现代史上第一个版画展览会——"世界版画展览会",希望艺术青年借此接触外国版画原作,此后又参与举办多次外国版画展,展出了德国、比利时、苏俄等国家十几位版画家的作品。

20世纪上半期中国社会贫穷落后,又值战乱,不利于油画、国画、雕塑的创作,而版画则相反:"当革命时,版画之用最广,虽极匆忙,顷刻能办。"②正是在这种背景下,鲁迅以富有前瞻性的眼光,敏锐地意识到木刻创作者用"一副铁笔和几块木板"就能发展得"蓬蓬勃勃",③且可一版多印,行远及众,因此认定木刻版画"是正合于现代中国的一种艺术",④不仅为中国现代美术指出一条发展道路,而且确立了版画在中国现代美术进程中的重要地位。

中国木刻版画的产生与左翼文艺思潮的发展密切相关。1929年,杭州国立

---

① 鲁迅:《拟播布美术意见书》,《鲁迅全集》第八卷,第52—53页。此外,在意见书中,鲁迅将后来他藉以成名的文学(文章)列入"非致用美术"类,"美术之中,涉于实用者,厥惟建筑。他如雕刻,绘画,文章,音乐,皆与实用无所系属者也"。
② 鲁迅:《〈新俄画选〉小引》,《鲁迅全集》第七卷,第363页。
③ 鲁迅:《〈全国木刻联合展览会专辑〉序》,《鲁迅全集》第六卷,第350页。
④ 鲁迅:《〈木刻创作法〉序》,《鲁迅全集》第四卷,第626页。

艺专的"西湖·一八艺社"中的部分学生不同意该社所奉行的"为艺术而艺术"的主张，另组"一八艺社"，是现代美术界普罗意识觉醒的标志。1930年夏，左翼美术家联盟在上海成立，标志着中国左翼美术运动的兴起。随后，鲁迅针对当时美术界现状，分别在上海中华艺术大学等学校演讲，强调美术的现实性和阶级性。①鲁迅介绍外国版画，与他青年时代起就致力于介绍东欧和北欧文学旨趣一致，目的是"扶植一点刚健质朴的文艺"。②

就在鲁迅举办木刻讲习会后不久，日本在东北发动侵华战争，占领了东三省，中国人民的抗战情绪高涨。在随后的"一·二八"事变中，中国军队与日军在上海交战，鲁迅的住所就在战区附近，全家经历流徙之苦。他关心时事，为民众生存境况担忧，也搜集了一些包括木刻作品在内的战争宣传品。

鲁迅提倡现实主义美术，倡导新兴版画可谓是他"为社会而艺术"主张的具体实践。他在为《凯绥·珂勒惠支版画选集》撰写的序目中，认同德国评论家霍善斯坦因对珂勒惠支艺术的评述：艺术"和颇深的生活相联系"，是"紧握着世事的形相"的，③认为珂勒惠支的作品是有感于周围人们的凄惨生活，熔铸了自己的生命体验，为现实人事吟唱呐喊。在同一篇文章中，鲁迅还引用罗曼·罗兰对这位女艺术家的评价："凯绥·珂勒惠支的作品是现代德国的最伟大的诗歌，它照出穷人与平民的困苦和悲痛。这有丈夫气概的妇人，用了阴郁和纤秾的同情，把这些收在她的眼中，她的慈母的腕里了。这是做了牺牲的人民的沉默的声音。"④鲁迅进而赞颂道："在女性艺术家之中，震动了艺术界的，现代几乎无出于凯绥·珂勒惠支之上——或者赞美，或者又对攻击给她以辩护。"⑤"只要一翻这集子，就知道她以深广的慈母之爱，为一切被侮辱和损害者悲哀，抗议，愤怒，斗争；所取的题材大抵是困苦，饥饿，流离，疾病，

---

① 鲁迅1930年3月9日在中华艺术大学演讲的讲题是《革命文学》，3月13日在大夏大学乐天文艺社演讲讲题是《象牙塔和蜗牛庐》，3月19日在中国公学分院演讲题目是《美的认识》。据同去的郑伯奇在《鲁迅先生的演讲》中回忆，3月19的演讲，鲁迅先从自己家乡说起，"大意是他的家乡那里，讨媳妇的时候，并不要什么杏脸柳腰的美人，要的是腰臂圆壮、脸色红润的健康妇女。由这类的例子，他归结到农民和绅士审美观的不同。然后，他用实例揭破了'美是绝对的'这种观念论的错误，而给'美的阶级性'这种思想，找出了铁一般的根据"。
② 鲁迅：《为了忘却的记念》，《鲁迅全集》第四卷，第496页。
③ 鲁迅：《〈凯绥·珂勒惠支版画选集〉序目》，《鲁迅全集》第六卷，第488页。
④ 鲁迅：《〈凯绥·珂勒惠支版画选集〉序目》，《鲁迅全集》第六卷，第486页。
⑤ 鲁迅：《〈凯绥·珂勒惠支版画选集〉序目》，《鲁迅全集》第六卷，第487页。

死亡,然而也有呼号,挣扎,联合和奋起。"①鲁迅十分看重珂勒惠支对德国民众特别是底层民众生活的关注,认为中国的艺术家应该加以借鉴,创作出反映中国民众现实处境的作品。

鲁迅已经预感珂勒惠支的艺术将在中国产生巨大影响。在《珂勒惠支教授的版画之入中国》,鲁迅深情地写道,已经七十岁的珂勒惠支"虽然现在也只能守着沉默,但她的作品,却更多的在远东的天下出现了。是的,为人类的艺术,别的力量是阻挡不住的"。②鲁迅提倡版画,意在引进一种合于现代社会的艺术精神和现实主义的创作态度。

鲁迅在课堂上展示的珂勒惠支的《农民战争》等作品后来成为中国木刻工作者的范本。抗战时期一些版画作品表现的战斗场面,其中的反抗精神所蕴含的人道气质和正义力量分明有珂勒惠支影响的痕迹。例如,珂勒惠支的《农民战争》画意以其对人民的怜悯和对侵略压迫的愤恨,得到中国左翼美术界的普遍认同,引来不少仿刻者。

鲁迅的艺术视野宽广,不狭隘,不保守,也不偏颇,在主张借鉴外来艺术的同时,他认为中国现代版画的成长离不开传统绘画的滋养。因此,就版画而言,他既要"绍介欧美的新作",也要"复印中国的古刻",称二者是中国新木刻的两个羽翼:"采用外国的良规,加以发挥,使我们的作品更加丰满是一条路;择取中国的遗产,融合新机,使将来的作品别开生面也是一条路。"③他同样注意将古代美术珍品推荐给木刻青年,希望他们从中有所借鉴,从而创造出具有民族风格的作品,他在给李桦的信中建议,"倘参酌汉代的石刻画像,明清的书籍插画,并且留心民间所玩赏的所谓'年画',和欧洲的新法融合起来,许能够创出一种更好的版画"。④

此外,鲁迅还注意到汉代画像石刻艺术和现代新兴木刻艺术之间的联系,"所谓创作底术刻者,不模仿,不复刻,作者捏刀向木,直刻下去","这放刀直干,便是创作底版画首先所必须,与绘画的不同,就在用刀代笔,以木代纸或布。中国的刻图,虽是所谓'绣梓',也早已望尘莫及,那精神,惟以铁笔刻石章者,仿佛近之"。⑤蔡元培对鲁迅搜集画像和石刻的工作给予很高评价:

---

① 鲁迅:《〈凯绥·珂勒惠支版画选集〉序目》,《鲁迅全集》第六卷,第487—488页。
② 鲁迅:《写于深夜里》,《鲁迅全集》第六卷,第519页。
③ 鲁迅:《〈木刻纪程〉小引》,《鲁迅全集》第六卷,第50页。
④ 鲁迅:《19350204 致李桦》,《鲁迅全集》第十三卷,第373页。
⑤ 鲁迅:《〈近代木刻选集〉小引》,《鲁迅全集》第七卷,第336页。

"从前纪录汉碑的书,注重文字;对于碑上雕刻的花纹,毫不注意。先生特别搜辑,已获得数百种。"①鲁迅还致力于弘扬中国传统的木刻水印技术,1932年,他回北平省亲期间,在琉璃厂购买了品种多样的笺纸,回到上海后,写信给郑振铎,建议搜集传统木刻水印笺纸,编成一书,名为《北平笺谱》。②此后,他还与郑振铎合作复刻了《十竹斋笺谱》。

可见,鲁迅理解的现代性不是要离弃传统,而是保存和吸收传统艺术的精华。他批评那些不注意传统、一味学习西方所谓现代艺术的风气:"新的艺术,没有一种是无根无蒂,突然发生的,总承受着先前的遗产,有几位青年以为采用便是投降,那是他们将'采用'与'模仿'并为一谈了。中国及日本画入欧洲,被人采取,便发生了'印象派',有谁说印象派是中国画的俘虏呢?专学欧洲已有定评的新艺术,那倒不过是模仿。'达达派'是装鬼脸,未来派也只是想以'奇'惊人,虽然新,但我们只要看Mayakovsky(按即玛雅科夫斯基)的失败(他也画过许多画),便是前车之鉴。既是采用,当然要有条件,例如为流行计,特别取了低级趣味之点,那不消说是不对的,这就是采取了坏处。必须令人能懂,而又有益,也还是艺术,才对。"③

鲁迅在提倡版画主题的大众化和世俗化,肯定大众文化革命性的同时,也注意到左翼美术的不足,即有些作品过于夸张以至于损害了真实性。他在《上海文艺之一瞥》中批评美术界"有一个时期也画过普罗列塔利亚,不过所画的工人也还是斜视眼,伸着特别大的拳头。但我以为画普罗列塔利亚应该是写实的,照工人原来的面貌,并不须画得拳头比脑袋还要大"。④如何解决这个问题?鲁迅一再强调青年艺术家要在生活中认真观察,要重视基本功的训练,并多方取法。在《苏联版画集》序言中,他特别赞扬苏联的版画作品:"我觉得这些作者,没有一个是潇洒,飘逸,伶俐,玲珑的。他们个个如广大的黑土的化身,有时简直显得笨重,自十月革命以后,开山的大师就忍饥,斗寒,以一

---

① 蔡元培:《记鲁迅先生轶事》,《宇宙风》,1936年第29期。
② 1933年2月5日鲁迅致郑振铎信:"去年冬天回北平,在留黎厂得了一点笺纸,觉得画家与刻印之法,已比《文美斋笺谱》时代更佳,譬如陈师曾齐白石所作诸笺,其刻印法已在日本木刻专家之上,但此事恐不久也将销沉了。因思倘有人自备佳纸,向各纸铺择尤对于各派各印数十至一百幅,纸为书叶形,采色亦须更加浓厚,上加序目,订成一书,或先约同人,或成后售之好事,实不独为文房清玩,亦中国木刻史上之一大纪念耳。"
③ 鲁迅:《19340409 致魏猛克》,《鲁迅全集》第十二卷,第70页。
④ 鲁迅:《上海文艺之一瞥》,《鲁迅全集》第四卷,第300页。

个廓大镜和几把刀,不屈不挠的开拓了这一部门的艺术。"①他要青年们学习这些苏联木刻作者的"坚实""恳切",不要"取巧""弄乖"。②他在逝世十天前抱病参观全国木刻巡回展览并同青年木刻工作者座谈时,还告诫不要把劳动人民刻成无头脑、无智识的一群人。因为鲁迅看到有些版画把劳动者刻成头小而臂粗,让人感到是"畸形",还有些版画作者把工农劳苦大众刻得凶恶、野蛮,他指出农民是淳厚的,不能把他们涂得满脸血污、矫揉造作。③

1935年6月4日,鲁迅为《全国木刻联合展览会专辑》所做序言中有一段话可以视为他对中国现代版画发展前途的预言:"这就是所以为新兴木刻的缘故,也是所以为大众所支持的原因。血脉相通,当然不会被漠视的。所以木刻不但淆乱了雅俗之辨而已,实在还有更光明,更伟大的事业在它的前面。"④鲁迅对木刻版画寄予厚望,"这是开始,不是成功,是几个前哨的进行,愿此后更有无尽的旌旗蔽空的大队"。⑤

## 二　鲁迅美术观念指引下的木刻运动

鲁迅积极参与左联的工作,给青年文艺工作者以指导和帮助,其现实主义美术观在左翼美术界获得主导性地位。鲁迅指导左翼美术青年李桦的过程,较为充分地体现了他的美术观念影响。李桦曾在日本求学,深受日本版画的影响。1935年2月4日,鲁迅写信给李桦说,"一个艺术家,只要表现他所经验的就好了,当然,书斋外面是应该走出去的,倘不在什么漩涡中,那么,只表现些所见的平常的社会状态也好。日本的浮世绘,何尝有什么大题目,但它的艺术价值却在的"。⑥同年4月4日又在给李桦的信中说:"日本的黑白社,比先前沉寂了,他们早就退入风景及静物中,连古时候的'浮世绘'的精神,亦已消失。目下出版的,只有玩具集,范围更加缩小了,他们对于中国木刻,恐怕不能有所补益。"⑦这是在提醒李桦注意美术作品与现实的关系。信中所说的"大

---

① 鲁迅:《〈苏联版画集〉序》,《鲁迅全集》第六卷,第615页。
② 鲁迅:《〈苏联版画集〉序》,《鲁迅全集》第六卷,第616页。
③ 陈烟桥:《鲁迅先生与版画》,《光明》,1936年11月25日。
④ 鲁迅:《〈全国木刻联合展览会专辑〉序》,《鲁迅全集》第六卷,第350页。
⑤ 鲁迅:《〈全国木刻联合展览会专辑〉序》,《鲁迅全集》第六卷,第351页。
⑥ 鲁迅:《19350204　致李桦》,《鲁迅全集》第十三卷,第372页。
⑦ 鲁迅:《19350404　致李桦》,《鲁迅全集》第十三卷,第433页。

题目"是指书斋外面的社会生活和阶级斗争。当时，觉醒的普罗阶层开始表达自己的文化需求，左翼思潮洪波涌起，"漩涡"就是当时的政治冲突。尽管如此，鲁迅仍然指出在漩涡之外，还有很多的文艺表现对象，艺术工作者要多从世俗生活中取材，风景静物不应该成为版画创作题材的主流。

许多左翼木刻青年或听过鲁迅授课，或同鲁迅见过面，或与鲁迅通过信，得到鲁迅的指导和扶持，受到鲁迅美术观的影响。抗战全面爆发后，京津相继沦陷，沪宁告急。青年木刻工作者先在上海积极参加救亡运动，随后撤往内地，在武汉、重庆等地集结，行进途中坚持以艺术服务抗战。他们后来成为抗战版画创作队伍的中坚力量。1937年9月15日，"木刻讲习班"学员江丰随上海文化界救亡总会离沪，携带为第三届全国木刻流动展所征得的作品二百余幅，沿途举行展览，到达汉口。同年10月，现代版画会在广州举行"抗战木刻展览"，这批木刻中后来又增加一些漫画，达二百余幅，由鲁迅的另一版画学生赖少其带到广西柳州、南宁、梧州和桂林巡展。1938年1月8日，集中在武汉的木刻工作者以"七月社"名义在汉口举办"抗敌木刻画展览会"，引发关注，盛况空前。鲁迅晚年最为亲密的弟子、《七月》杂志主编胡风在杂志上大量刊登木刻作品，为广大木刻工作者提供了阵地。并且，胡风还珍藏了此次展览的作品，几经辗转，六十多年后入藏北京鲁迅博物馆，有些展品至今还带着当时书写的说明条，弥足珍贵。

伴随着抗战意识的觉醒、联合战线的成立和广大民众的动员，中国新兴木刻开始进入快速生长期。究其原因，一是民族处在危亡关头，艺术必须服务现实。救亡运动促使艺术家们选择最能鼓动民众的木刻艺术形式，并且在内容和风格上都出现了很大变化。原来不受中国传统文人、士大夫青睐的木刻、漫画等被青年艺术家和民众接受。诺贝尔文学奖获得者赛珍珠在抗战结束后也谈到，过去中国艺术界新艺术与中国旧艺术之间没有任何联系，一个年轻的艺术家可以选择用传统的方法也可以选择用现代的方式作画，而这两种方法就像东方和西方曾经的那样远离，年轻的艺术家不能将他们所受的教育与传统结合起来。因此，赛珍珠认为：

战争以意义非凡的方式将现代中国人推回到他们自己的国家。各行各业的中国人前所未有地融合在一起了。最现代、都市化程度最高的东部沿海人民，不得不退入那些现代化程度很低、最少与外界接触的西部民众中。新中国和旧中国相互发现了。年轻的中国人找回了民族尊严,自尊和对侵略的愤怒把他们推回到本民族的资源。艺术家们开始从他们自己的深厚传统中汲取创造的力量。①

木刻艺术工作者们遵从鲁迅的教导,一面学习西洋的表现形式,一面汲取中国传统和民间艺术营养,将木刻发展成为一种快速反映现实的独立艺术。二是客观环境的限制。简单易行的木刻在抗战时期艰困的物质条件下获得较大的发展空间。如在延安,"被国民党反动派和日本侵略军层层封锁的延安,就是绘画用品如颜料、画布、画纸、画笔等物也很难输入,同时价钱又贵。只有宜于刻木刻的梨木板和枣木板可以就地取材,木刻刀和印木刻用的纸张,甚至黑色油墨延安都能自制。同时,用木刻代替锌版,可以解决延安报刊缺乏制版设备的困难。这都是促使木刻艺术发展的有利因素。因此木刻在延安就成了最大、最有吸引力的'远行及众'的画种"。②

1938年10月1日,鲁迅艺术文学院成立,该院设文学、音乐、美术、戏剧四个系。鲁艺成立后,美术系事实上成了"木刻系",木刻成了全体学员的必修课。当时许多优秀的青年木刻家,如彦涵、罗工柳、王琦、焦心河、古元、夏风、张映雪、戚单、牛文等,都出身鲁艺。木刻不仅是抗日根据地的主要艺术形式,而且广泛运用于当时的生活中。不仅铅印报刊上的插图、连环画、地图、报头、刊头、人像、题词用木刻代替金属制版,而且粮票、邮票、钞票也依赖木刻制作。版画如此广泛的用途,为培养创作者、丰富创作提供了良好的环境。

抗战木刻运动的形成、发展、壮大,也与国内抗日民族统一战线建立所形成的政治文化环境有很大关系。1938年6月12日,"中华全国木刻界抗敌协会"(简称"全国木协")在汉口成立。这是中国新兴版画运动兴起后成立的第一个"合法"的全国性组织。1938年10月,武汉沦陷,全国木协迁往重庆,确立了重庆作为大后方木刻运动中心的地位,由此揭开了大后方抗战木刻运动波澜壮阔的篇章。1938年12月,鲁艺美术系赴晋东南开展木刻工作,沿途举行了全国木刻展览会。1940年1月1日,木协在重庆主办"抗建木刻展览会",展

---

① China in Black and White, An Album of Wood cuts by Contemporary Chinese Artists, with commentary by Pearl S.Buck, preface, New York, John Day Company, 1944.
② 江丰:《江丰谈延安木刻运动》,艾克恩编《延安文艺回忆录》,中国社会科学出版社,1992,第338—339页。

出国内百余木刻家的作品三百余幅。1940年春，黄新波、刘建庵在桂林广西艺术师资训练班开设木刻课程，为该地区培养木刻人才。1942年1月，中国木刻研究会在重庆成立，先后主办两届"全国双十木展"，1942年首届展览在七个省区举行，展品有单幅木刻二百五十五件，连环木刻一套，木刻书刊五十种，是一次包括解放区木刻在内的全国性木刻展览会。各地木刻协会注重培养人才，举办展览，扩大影响。

木刻在中国军队中发挥了鼓舞士气、丰富官兵精神生活的作用。1939年1月1日，《新华日报》（华北版）在晋东南创刊。鲁艺木刻工作团团员先后调到报社工作，随后在晋东南沁县抗日大会上举办了"全国木刻展览会"。版画工作获得新四军的充分重视，在安徽岩寺新四军军部工作的吕蒙、梁建勋创办了《抗敌画报》。1938年3月1日，"全国抗战木刻展览会"在南昌举行，6月15日出版了《全抗木刻杰作集》。同年冬，赖少其、刘建庵、张在民等在桂林建立了全国木刻协会桂林办事处，举办了一个全国性的木刻作品展览会，展出作品三百多幅。赖少其对此回忆说：

> 我们从石塘逃到温州时，认识了杨涵。他父亲刚死不久，他到苏中来，我便与他在一起刻木刻。（当时不能制版），从临刻苏联木刻开始，把木版原版在印刷机上印出。因他是铁匠的儿子，便要他打制木刻刀，我以散文形式写了一篇文章介绍木刻创作法，名叫《第一张木刻》。杨涵把它油印出版。苏中木刻运动便开展起来。①

木刻工作者随时随地宣传抗战、推广艺术，甚至一些偏远地区也出现较成规模的版画作品集。例如1941年澄海中学美术研究会编印的《澄中版画》手拓本，是澄海中学由澄城撤至缓冲区，借用樟林风伯庙和饶平东官村祠堂复课时创作的。学生们一边上课，一边在木刻导师的带动下，克服重重困难，开展创作。

在抗战时期，中国的木刻运动完成了从政治宣传到艺术运动的重大转变，并从单纯的木刻版画扩展到整个美术领域。1940年11月，李桦、建庵和冰兄等在《十年来中国新兴木刻运动的总检讨》中表示了对木刻运动的信心：

---

① 赖少其：《在〈苏中报〉的一段回忆》，于在海编《赖少其版画文献集》，安徽美术出版社，2013，第163页。

> 如果我们把中国木刻只圈在木刻的范畴就是偏狭的见解；以木刻始，以木刻终决不是这一运动的路向。我们应该肯定地说：木刻否定过去脱离大众的绘画和负起建立中国新绘画——现实主义绘画——的责任。
>
> 我们最可凭借的力量是新兴木刻的新现实主义的实践。新木刻开始萌芽的时候，便以大众为对象，以启导大众，改造社会，辅导政治，争取全民族解放，拥护民主为中心。特别要认识中国木刻是中国新绘画的前哨，扩大木运对整个绘画的影响，以期开辟新绘画的大道。①

王琦在写于抗战期间的一篇文章中记述，有一次他在全国木刻展览会上看到"一帧四色套版的鲁迅先生木刻像，挂在一间屋子的正中，黄的皮肤、黑的头发、蓝的衣服，容貌是那么和悦的，我在这帧像前看得呆住了"，"我仔细注视着先生的面貌，我觉得和八年前在上海八仙桥青年会四楼上第一次苏联版画展览会场里看见他和几个木刻工作者谈话时的神情没有什么两样，所可惜的是今天在空前扩大的一次全国木展会中，先生竟不能亲临会场，谆谆给我们指导和帮助了"。②抗战期间，大部分木刻家能够忠诚而严肃地工作，恪守鲁迅"绝不马虎下刀"的信条，创作出优秀作品，如赛珍珠认为："这些作品满足了艺术的要求——将熟练的技巧，运用于合适的题材，表达出真实的感情。"③

抗战胜利后，木刻协会总结成就，举办展览，编辑出版《抗战八年木刻选集》，书名集鲁迅手迹，在扉页上用红色字体庄重地印上"仅以此书纪念木刻导师鲁迅先生逝世十周年"（Dedicated to the late Mr. Lu Hsun, the Arch-sponsor of woodcutting in China, on the Occasion of the Tenth Anniversary of His Death.）。筹备工作基本就绪后，一班木刻工作者乘公共电车赶往虹桥公墓，在鲁迅墓前敬献花圈，并拍摄了合影。④

---

① 李桦等：《十年来中国新兴木刻运动的总检讨》，载《木艺》1940年第1号。
② 王琦：《从一帧鲁迅先生木刻像想起的——全国木展小感》，1943年10月《新蜀报》。
③ China in Black and White, An Album of Wood cuts by Contemporary Chinese Artists, with commentary by Pearl S.Buck, preface, New York, John Day Company, 1944.
④ 王琦：《王琦美术文集》，中国文联出版社，2007，第109页。

## 三　民族性：抗战版画的历史意义和艺术成就

从表现内容来说，抗战版画概括起来就是歌颂和暴露，即歌颂人民的觉醒、奋起、团结和战斗，揭露、鞭挞侵略者的暴行，体现出民族性的时代内容。鲁迅生前收到的版画家温涛赠送的木刻集《她的觉醒》（现藏北京鲁迅博物馆），正是此类题材的代表。作品刻画一位女青年从沉溺于一己的悲欢到参加民族抗战的过程。此外，陈铁耕《送郎上前线》、卢鸿基《儿啊！为了祖国勇敢些》、江丰《到前线去》、野夫《到前线去吧！走上民族解放的战场》和胡一川《到前线去》等也都响应了时代的召唤，发出抗敌救国的呐喊，征兵和送子送夫参军的场面十分感人。

很多作品歌颂抗日根据地军民，如陈烟桥《保卫卢沟桥》、王德宾《普通一兵》、李少言《老红军像》、艾炎《神枪手刘二堂》和黄山定《模范炊事员》等。以及歌颂普通士兵、劳动模范和战斗英雄的作品也有不少，延安画家重要代表人物之一彦涵塑造的战士浑身充满着乐观的英雄主义，人物有排山倒海般的伟力。抗战版画也有不少作品歌颂如孙中山、鲁迅、毛泽东等伟大人物，鼓舞了军民的抗战意志。边区版画中刻画军事将领的作品也很多，如彦涵《彭德怀副总司令亲临前线指挥作战》、王大斌《左权将军》和《陈毅过太行》、古达《八路军总司令朱德》、林军《我们的贺老总》、范云《八路军一二九师三八六旅旅长陈赓》和罗工柳《八路军一二〇师政委关向应》等等。

还有很多作品表现了民众在战争中的苦难生活，以及日寇的残暴和战争带给人民的灾难和痛苦。陈烟桥《"一·二八"回忆》、酆中铁《谁无姐妹，谁无妻子》、陈钧《日军往井里下毒》和《日军活埋中国平民》、华山《日军蹂躏中国妇女》和《日军用狼狗咬死中国平民》、王林《日军残杀中国孕妇》等等。《日军残杀中国孕妇》刻画了一个赤裸上身、手脚都被捆住的孕妇，日本军人正用刀插入她的腹内，她的面部呈现痉挛般的痛苦，而背景上还能清晰看到另一个日本军人正挥刀砍杀一位跪着的赤裸妇人，具有强烈的震撼力。

更多的木刻作品刻画出人民面对暴行的挣扎和反抗，正规军、游击队和民兵的抗战图景是抗战木刻最常见的画面，如描绘抗战开始时的重大历史事件和战争场面，如"九一八"事变、"一·二八"事变、"七·七"事变及轰炸出云舰等作品，表现了中国人民保家卫国的坚定决心和对侵略者的奋勇抵抗。

还有不少作品，特别是延安的木刻作品，表现革命根据地的生产、生活和战斗场面，如延安大生产运动、拥军爱民等，表现了根据地人民对抗战胜利的信念和对幸福生活的渴望。延安边区别的画家尤其注重表达人民和军队的关系题材。彦涵《当敌人搜山的时候》刻画了抗日根据地的鱼水般的军民关系；夏风《从敌后运来的战利品》、王流秋《新年劳军》、焦心河《缝军衣》和吴劳《民兵》等作品则通过民众日常生活表现战争。

在艺术上，抗战版画也致力于民族性发展方向。为了让木刻艺术接近群众，画家们认真研究民众的审美趣味，活用民间艺术素材。1939年春节，赖少其刻画的《抗战门神》在桂林百姓人家张贴，是对木刻民族化、大众化的一种尝试。赖少其提出"使流行于民间的有毒质的东西都变成为有抗战意义的东西"，[①]利用大众自己创造出来的艺术，让正确的理念真正深入民众心中。

在延安等地，艺术家们还热心收集和借鉴传统木版书籍插图、年画、皮影、民间灶画、门神、窑洞窗花剪纸等，在创作中采用灶画、门神题材，在印制上则利用民间水印技法。他们在作品中尽量减少阴影，将素描与单线相结合，以使普通民众能够看懂。如江丰《保卫家乡》、沃渣《五谷丰登》套用了民间门神形式；江丰《念好书》和沃渣《春耕图》用传统年画惯用的线条描绘人物和景物；古元《牛群》《羊群》《锄草》《家园》等作品，采用平面构图，使用朴质的刀法，表现出稚拙之美。

为迎合民众喜欢连续故事的审美心理，抗日根据地木刻工作者也很注意连环画的形式，有意创作有头有尾的故事。陈铁耕《辽县之战》、彦涵《神兵的故事》、罗工柳《〈李有才板话〉插图》、苏光《一个女人的翻身故事》等，在构图上注意诙谐幽默的民间情趣，很受欢迎。

王琦在总结抗战前几年木刻艺术的成绩时说："在作风和技法上，可喜的大部分作品都摆脱了纯粹西洋的气派，作者都会运用自己独特的技巧，创造着新中国风格作品，在画面上，总是白多于黑，粗大明快之处，正是中国风的主要特点，也是最容易博得一般老百姓所爱戴的特点。"[②]

力群总结延安时期木刻艺术发展的经验，提出"延安学派"的概念，认为该学派"是以延安鲁迅艺术学院为中心的，它的最突出的代表人物是古元。艺术内容上的特点是歌颂的——歌颂陕甘宁边区人民在共产党领导下所过的民主

---

[①] 赖少其：《关于〈抗战门神想起的一二〉》，《救亡日报》，1939年2月2日。
[②] 王琦：《新的收获新的努力——木展杂记》，《新华日报》，1941年11月21日。

幸福生活；歌颂敌后军民的英勇战斗和英雄业绩。艺术形式上的特色是脱离了外国影响的富有民族气味的风格"。①延安学派的作者们在作品中有意识地扬弃欧化倾向，代之以民族和民间的线画造型，使木刻艺术独具陕北的地域特色，带着解放区明朗、淳朴、清新的时代风格，使新兴木刻在中国大地上生根、开花、结果。作为延安学派代表的古元从鲁艺毕业后，深入边区基层，与劳动者打成一片，在日常生活中体察他们的喜怒哀乐。他说，"看见乡亲们的日常生活，如同看见许多优美的图画一样，促使我创作了很多木刻画"。②古元的木刻摆脱了西方的影响，以阳刻为主，构图多变、简洁、明朗、清新，具有鲜明民族特色和地方特点，成为中国新兴版画历史上的重要突破，其代表作《区政府办公室》是献给抗战时期延安民主政权的一首朴实的颂歌。他并不以技巧取悦观众，而十分注重农民气质和人物性格的开掘，人物多为勤勉、务实、认真的劳动者。徐悲鸿在重庆参观来自延安的作品后，激动地写道，"我在中华民国三十一年十月十五日下午三时，发现中国艺术界中一卓绝之天才，乃中国共产党中之大艺术家古元"，认为"二十年历史的中国新版画界已诞生一巨星"，指出"古元乃是他日国际比赛中之一位选手，而他必将为中国取得光荣的"。③古元取得如此的成就，是经过了艰苦的探索的。他回顾在延安的创作经历说："1938年我在陕北公学学习结束后，1939年转入延安鲁迅艺术学院学习，开始学木刻。当时学校的图书馆里有一些画册，其中有一本是《柯勒惠支版画集》，是鲁迅编的，另一本是《麦绥莱勒版画集》，也是鲁迅编的；还有一本《苏联版画集》，是鲁迅引进来的。鲁迅是非常有远见的，他介绍了这些作品，在中国播下了外国的艺术良种。我接受比较多的是柯勒惠支的版画。一个青年人学画，不可能不受影响，不管你是自觉还是不自觉。后来，我又把这种影响带到农村，用来反映农村的现实生活。而农民看了我的画，提意见了。他们说：'你的画怎么脸是一半白一半黑的呢？'他们不理解。受光这一面是白的，不受光的那一面是黑的，这种处理方法在欧洲是完全可以接受的，而在中国陕北的农民看来则感到不习惯。"④于是，古元放弃了一些欧洲版画的表现手法，尊重

---

① 力群:《鲁艺六年》，孙新元、尚德周编《延安岁月——延安时期革命美术活动回忆录》，陕西人民美术出版社，1985，第2页。
② 古元:《摇篮》，孙新元、尚德周编《延安岁月——延安时期革命美术活动回忆录》，陕西人民美术出版社，1985，第68页。
③ 徐悲鸿:《徐悲鸿谈艺录》，湖南大学出版社，2009，第122页。
④ 古元:《信念与追求》，《艺画》1986年第1期。

农民的意见，吸收民间木版年画以线条为主的绘画形式，逐渐形成了自己的风格。可见，在坚持鲁迅的艺术理念方面，木刻家不能墨守成规，一成不变，而应该主动适应题材的要求，适应观众的欣赏习惯和审美特点。

在艺术上，抗战版画，特别早期作品，有较为明显的简单化、概念化倾向。为了让民众对内容一目了然并产生兴趣，有些作品采用"漫画化"手法，对敌伪军形象的刻画几乎一律是矮小、丑陋、卑琐，而所刻画的革命军人则高大、英俊、爽朗。这本来是一种素朴感情的自然表现，但在艺术作品里用得过多过滥，就造成千篇一律的印象，引起审美疲劳。徐悲鸿对当时活跃在美术界的几位版画家做了点评，赞扬的同时，也指出不足：

> 此次全国木刻展中，古元以外，若李桦已是老前辈，作风日趋沉练，渐有古典形式，有几幅近于Durer。董荡平之《荣誉军人阅报室》，乃极难作的文章。华山之连环画，王琦之后方建设，皆是精品。西崖有奇思妙想，再用功素描，当更得杰作。荒烟、傅南棣、山岱、力群、刘建庵、谢梓文，皆有佳作。焦星河之《蒙古青年》，章法甚好。刘铁华、黄荣灿，雄心勃勃，才过于学。李森、陆田、沙兵、纳维、李志耕、万湜思及多位有志之士，俱在进步中，构图皆具才思，而造型缺精。此在李桦、古元两位作家以外，普遍之通病也。①

徐悲鸿指出的问题偏重技术方面，而抗战木刻中存在的更大问题在艺术观念方面。观念的偏差又导致技术的变形。鲁迅在左联时期就已严肃地批评过这种不良倾向。他在给木刻青年的信中，除了要求他们注意技法，认真练习基本功外，总是提醒他们不要只从理论出发，让革命排斥艺术。他指出，"一切文艺，是宣传，只要你一给人看。即使个人主义的作品，一写出，就有宣传的可能，除非你不作文，不开口。那么，用于革命，作为工具的一种，自然也可以的"，"但我以为当先求内容的充实和技巧的上达，不必忙于挂招牌"。②

中国美术的自新努力和现代化进程，在抗战版画中得到了充分的经验，取得了卓越的成就。当然，其中也存在一些问题，如鲁迅曾以超前的艺术眼光预见到的如何处理文艺与革命之间的矛盾，并认为应该从民族性入手加以解决。

---

① 徐悲鸿：《徐悲鸿谈艺录》，第123页。
② 鲁迅：《文艺与革命（并冬芬来信）》，《鲁迅全集》第四卷，第84—85页。

其实，鲁迅对美术的民族性一直存有高远的理念。20世纪20年代时，他在观看了旧都西安的石刻后，发出这样的感叹："遥想汉人多少闳放，新来的动植物，即毫不拘忌，来充装饰的花纹。唐人也还不算弱，例如汉人的墓前石兽，多是羊，虎，天禄，辟邪，而长安的昭陵上，却刻着带箭的骏马，还有一匹鸵鸟，则办法简直前无古人。"①去世前一年，鲁迅还在思考中国传统美术的创造性转化："惟汉人石刻，气魄深沈雄大，唐人线画，流动如生，倘取入木刻，或可另辟一境界也。"②但在他有生之年和他去世后的急迫的民族救亡斗争中，这样宏大的目标是难以完全实现的。

1933年，鲁迅将木刻版画称作"正合于现代中国的一种艺术"，认为其道路"广大得很"："题材会丰富起来的，技艺也会精炼起来的，采取新法，加以中国旧日之所长，还有开出一条新的路径来的希望。"③从左联到抗战，中国现代的木刻家们艰苦探索，吸收古今中外和民间的艺术营养，密切联系社会现实，贴近人民大众，创作了大量优秀作品，走出了民族化的独特道路，极大地推动了中国现代版画的发展。代表了中国抗战时期美术最高水平的抗战版画，是鲁迅美术观念的实践，极大地丰富和发展了中国美术的现代性。

---

①鲁迅:《看镜有感》,《鲁迅全集》第一卷,第208页。
②鲁迅:《19350909　致李桦》,《鲁迅全集》第十三卷,第539页
③鲁迅:《〈木刻创作法〉序》,《鲁迅全集》第四卷,第626页。

# "引起未名社"的《往星中》与鲁迅的"赞助人"身份考察

黄艳芬　合肥学院语言文化与传媒学院

关于未名社的成立背景，社团核心人物鲁迅在《忆韦素园君》中这样说过："那时我正在编印两种小丛书，一种是《乌合丛书》，专收创作，一种是《未名丛刊》，专收翻译，都由北新书局出版。出版者和读者的不喜欢翻译书，那时和现在也并不两样，所以《未名丛刊》是特别冷落的。恰巧，素园他们愿意介绍外国文学到中国来，便和李小峰商量，要将《未名丛刊》移出，由几个同人自办。小峰一口答应了，于是这一种丛刊便和北新书局脱离。稿子是我们自己的，另筹一笔印费，就算开始。因这丛书的名目，连社名也就叫了'未名'，但并非'没有名目'的意思，是'还没有名目'的意思，恰如孩子的'还未成丁'似的。"[1]指出了源于对翻译文学的追求，他与韦素园等青年所自发形成的"同人"理想，因此，未名社是为翻译而起已成学界定论，并且，鲁迅在其中起着关键作用，也无可争议。

1983年9月23日，李霁野在给宋锦海和李方仲的信中谈到对天津百花文艺出版社拟出的《李霁野文集》中的翻译卷的计划安排："翻译可能有六卷，但几种俄文原文难找，我本拟不要了，但有友人说，《往星中》引起未名社，似可收，苏俄短篇也尚可看看。"[2]其中谈到他的翻译处女作——安特莱夫的四幕

---

[1] 鲁迅：《鲁迅全集》第六卷，人民文学出版社，2005，第65—66页。（本文所引《鲁迅全集》作品原文均出自同一版本。）
[2] 官立：《李霁野佚简九封释读》，《上海鲁迅研究》2017年第4期。

剧《往星中》，并以转述他人的话语"引起未名社"来描述它，这并非是夸大之词，如果说未名社的生成根源于同人对翻译文学的追求，那么《往星中》则是体现这一追求的具体文学事件，因为正是这部译稿直接引发了鲁迅作为"赞助人"发起成立未名社。

勒菲弗尔在《翻译、改写以及对文学名声的制控》中提出社会对文学系统的控制机制由两部分构成，一是来自文学系统内部，如评论者、学者和译者等所代表的专业力量，主要通过诗学和意识形态来制控；二是来自文学系统外部，如个人、媒体、出版机构和政党等为代表的"赞助人"，主要通过意识形态、经济资助和社会地位三种功能来实现制控。这三种功能可以是集中型的，即由某个人或机构同时行使三种功能，也可以是分散型的，即由不同的人或机构行使不同的功能。勒菲弗尔将这一理论用在翻译研究上，认为翻译活动并不只是由译者一个人决定的，而是受到"赞助人"的控制或影响的，而"赞助人"的作用发挥又与社会的意识形态和诗学有关，影响和控制译者对译作的选择及其翻译策略等，以及为译者提供经济上的赞助，帮助译者改变社会地位，使他们融入某些机构组织。

20世纪20年代，因视青年为文学事业的主体力量，鲁迅积极鼓励和引导青年开展创作和翻译。因对俄国作家安特莱夫的喜爱和对戏剧文学的倡导，鲁迅在翻译选材上形成特定的偏好。在鲁迅赞助李霁野的译稿《往星中》上，集中体现出他支持青年译者，追求俄国文学，以及扶持戏剧文学的多元倾向。本文通过对《往星中》这一被遮蔽的翻译文学文件的出版过程及其作为"引起"未名社成立因素的梳理和考证，揭示鲁迅以"赞助人"身份，在诗学、经济、社会地位和意识形态方面所发挥的影响译本出版和传播的作用。

## 一 "诗学"的契合：安特莱夫及其戏剧

在李霁野对《往星中》的翻译上，这部联结译者与"赞助人"鲁迅的译稿的特殊性在于从翻译选篇到翻译过程后者并没有参与进来，鲁迅的赞助活动是发生在译稿形成后，即译稿在二者之间起着穿针引线作用，这说明当译者和"赞助人"在互不相识的情况下，也会存在着某种先期的观念契合，这种契合不仅能引发"赞助人"的赞助行为，甚至更能让他建立起对译者的好感和认同。

关于翻译《往星中》的背景，从李霁野自己的回忆来看，完全是一个文学青年的自发行为，"我翻译此书是在一九二四年夏季，那时候正和几个朋友同住着消磨困长的日子，拿翻译当作一种精神的游戏"①。1923年春，李霁野在同窗韦素园劝说下去往北京。同年秋天入崇实中学就读，并自修英文。1924年暑假，李霁野中学毕业时，韦素园将英译本安特莱夫的《往星中》推荐给他，于是他着手翻译，韦素园同时还用俄文原版帮其校对。可以说韦素园是《往星中》的第一个"赞助人"，他对翻译文学的态度追求以及直接提供译本都给予了李霁野影响，这种初步的赞助是《往星中》译稿得以形成的重要基础，因此才会有接下来作为正式"赞助人"的鲁迅的出现。

1924年9月20日，鲁迅在世界语专门学校的学生张目寒将《往星中》带来，他在日记中是这样记录的："上午张目寒来并持示《往星中》译本全部。"②李霁野敢将自己的译作转给鲁迅审阅，是因为他曾听张目寒说过"鲁迅喜欢接近青年人，并觉得从事文学工作的青年太少"③。根据鲁迅日记来看，鲁迅在收到《往星中》译稿后的次日便开始校译，可见对青年翻译文学事业的重视。这既与新文化阵营分化后，鲁迅进化论文化视野下的青年文化本位观有关，也与1923年7月兄弟失和后，让他注重在普通译者中寻求"同路人"的心理有关。

李霁野对俄国文学的兴趣，尤其是对安特莱夫作品的认识，最初也与鲁迅的影响有关，他曾在回忆文章中谈论青年时代阅读鲁迅翻译的安特莱夫的短篇小说："'五四'以后，除鲁迅先生的创作外，我还很喜欢读他翻译的文学作品，其中有安特列夫的短篇小说。这些对我想作点文学翻译工作起了启蒙作用。"④既体现出他对鲁迅这位"赞助人"的尊崇，也体现出他对与鲁迅诗学契合的着重强调。

在鲁迅早期的翻译文学实践中，安特莱夫是重要对象，《域外小说集》第一集收入了他翻译的安特莱夫的两篇小说《谩》和《默》，前者讲述一男子将女人的言语都幻想成为"谩"，最终将女人杀害，但依然摆脱不了"谩"的包围。后者讲述神甫的女儿离家出走回来后自杀，于是家庭陷入了令人窒息的沉默。两篇小说的标题都具有独特的隐喻意义和风格特征。鲁迅当时选择安特莱

①安特列夫：《往星中》，李霁野译，未名社出版部，1926，第143页。
②鲁迅：《日记十三·九月·二十日》《鲁迅全集》第十四卷，第529页。
③李霁野：《鲁迅先生和未名社》，人民文学出版社，1984，第212页。
④李霁野：《李霁野文集》第一卷，百花文艺出版社，1991，第244页。

夫此种类型的作品，体现出在精神情感上与翻译对象的接近。1921年，鲁迅又译出了安特莱夫的两个短篇小说《黯澹的烟霭里》和《书籍》，同时，他的小说创作也受到了安特莱夫的潜移默化影响，他自述《药》"也分明的留着安特莱夫（L.Andreev）式的阴冷"。

《往星中》讲述天文学家与其子不同的人生抉择，父亲寄情于"往星中"的科学追求，儿子却立志于革命往人间中，鲁迅认为在这部剧作创作上，安特莱夫"全然是一个绝望厌世的作家。他那思想的根柢是：一，人生是可怕的（对于人生的悲观）；二，理性是虚妄的（对于思想的悲观）；三，黑暗是有大威力的（对于道德的悲观）"，①其实也是"阴冷"风格的体现。因此，尽管李霁野在这部译著的选材上具有偶然性，但却恰好与鲁迅的翻译诗学契合。1925年，鲁迅创作散文诗剧《过客》，剧中写到过客与老翁对于前面的路的理解全然不同，体现出"人们大抵住于这两个相反的世界中，各以自己为是"，剧本的人物关系结构和观念差异与《往星中》有相通处。对于《往星中》父子两人不同的人生方式，鲁迅认同的是儿子的选择，"但从我听来，觉得天文学家的声音虽然远大，却有些空虚的"，并且认为剧中父亲的空虚源于安特莱夫的"理想为虚妄"的思想因素。而在《过客》中，鲁迅显然认同的也是选择继续前行的过客，又显示出他与安特莱夫思考的差异性。

"赞助人"的态度会直接影响到译者的选稿和翻译行为，因为《往星中》获得鲁迅的青睐与赞赏，1925年2月，李霁野很快译成了安特莱夫的另一个剧本《黑假面人》，并再次请鲁迅帮助审阅。1925年2月15日，鲁迅在日记中记载："收李霁野《黑假面人》译本一。"在短短五个月的时间内，李霁野接连翻译两部安特莱夫的剧本，形成小规模的体系性，是因为他想赢取鲁迅这位有利的"赞助人"的支持以提升他的译作影响。

因为李霁野的这种翻译热情，鲁迅2月17日在给他的信中建议他翻译安特莱夫另一部戏剧作品《人的一生》："《往星中》做得较早，我以为倒好的。《黑假面人》是较与实社会接触得切近些，意思也容易明了，所以中国的读者，大约应该赞成这一部罢。《人的一生》是安特莱夫的代表作，译本错处既如是之多，似乎还可以另翻一本。"在《往星中》和《黑假面人》两部剧中，鲁迅作为专业人士自己更认可的是《往星中》，但他认为《黑假面人》更适合中国读者，体现出"赞助人"对影响剧本传播的读者因素的重视。

---

① 鲁迅：《250930 致许钦文》，《鲁迅全集》第十一卷，第517页。

《人的一生》即由耿济之从俄语译出的安特莱夫五幕剧,由商务印书馆1923年出版。从鲁迅系统谈论安特莱夫的三部剧作来看,他也注意到了李霁野在翻译安特莱夫剧本上小有规模,并且他对现有的《人的一生》译本似乎不满,因此建议李霁野可再另行翻译;但李霁野并没有听从鲁迅的建议,原因是他觉得安特莱夫的这些"沉重压抑"的剧本已与新的时代精神相左,甚至希望《黑假面人》能被时代"抛弃":"这剧本是在1907年著的,正当俄国两次革命失败后,社会环境正沉闷的时候,所以不免很沉重抑郁。经过1917年的革命,俄国虽然还没有成功的新的文学发生,然而精神上已经积极地向新的将来奔驰了。安特莱夫的精神早已和现在俄国的精神相左了。但是我们的新的将来在那里呢?似乎还很渺远。因此我还将这译稿印行,希望有一天能以接受这剧本的一样热诚的心情,将这剧本抛弃。"①可见,尽管鲁迅作为"赞助人"对李霁野翻译选稿产生了一定影响,但他的介入也并非是具有压倒一切的控制作用,正是因为如此,李霁野没有再翻译《人的一生》或是安特莱夫的其他作品。

　　但是,就鲁迅在信中对安特莱夫的三个戏剧所做的评价来看,显示出非常专业的眼光,这源于他对安特莱夫的持久关注。李霁野还提到鲁迅曾指出过他的小说创作受到了安特莱夫的消极影响:"就我所写的少数短篇小说,尤其是《微笑的脸面》,他(指鲁迅,本文作者注)就曾指出,安特莱夫对我的影响有好的一面,也有坏的一面。他说这会钻进牛角尖,最危险不过。"而鲁迅以专业眼光开展对李霁野小说创作审视同时,其中或许也有对自己翻译诗学主张的自审,此后鲁迅也未再翻译安特莱夫,因此有学者认为:'鲁迅对安特莱夫创作的精神及风格非常熟悉,且相当地喜爱。这种喜爱一直延续到鲁迅的20年代。'"②

　　通过对《往星中》的审阅和修改,引发鲁迅了成为"赞助人"的兴趣和关注,其根源除了有安特莱夫为代表的俄国作家因素,还有戏剧文体因素,因此,在对安特莱夫及其戏剧文学的选择上,体现出鲁迅与李霁野的诗学契合。并且《往星中》也因此成为"引起未名社"的直接因素。

---

① 安特莱夫:《黑假面人》,李霁野译,未名社出版部,1928,第5页。
② 王本朝:《回到语言重读经典》,广西师范大学出版社,2017,第208页。

## 二 未名社的成立：鲁迅以社会地位和经济的赞助

"赞助人"对译者翻译活动的赞助自然不能只停留在观念的诗学层面，还要以实际的行动帮助译著出版。在为《往星中》寻求出版中，鲁迅起初是将之列入他当时在北新书局主持编辑的《未名丛刊》计划出版书籍之一。1924年12月，在北新书局出版的《苦闷的象征》封底广告中，宣称将拟出版的三种丛书《苏俄的文艺论战》《往星中》《小约翰》；而《黑假面人》的译稿，鲁迅则在1925年3月14日寄给周建人托其转交上海商务印书馆编译所。尽管鲁迅凭借自己的社会地位，如此为出版李霁野的这两部译著考虑和打算，但无论是北新书局还是商务印书馆，都未采用李霁野的翻译剧本，原因则在于译者的身份和译著类型。

因此，鲁迅深切地感受到非知名青年译者从事翻译文学事业的艰难，以及出版机构不重视诗歌戏剧类文学的困难，实际上在1925年2月17日，他在给李霁野的信中便谈到"《黑假面人》稍迟数日，看过一遍，当寄去，但商务馆一个一个的算字，所以诗歌戏剧，几乎只得比白纸稍贵而已"。尽管如此，鲁迅还是通过周建人尝试将《黑假面人》转交给商务印书馆，但结果的确如他所担心的一样。

面对当时出版界狭隘的文化意识形态，鲁迅萌生了借助自己的社会地位和经济力量成立社团以赞助青年出版译著的念头，更深远的目的则是借此推动中国的翻译文学事业。李霁野写到社团成立背景："一九二五年夏季一天晚上，素园、静农和我访先生，先生因为一般书店不肯印行青年人的译作，尤其不愿印戏剧和诗歌，而《往星中》放在他手边已经有一些时候了，所以建议我们自己成立一个出版社，只印我们自己的译作，稿件由他审阅和编辑。"李霁野在回忆中也谈到了当时出版机构以是否能够赢利来衡量出版物的偏见："但是北新书局正式成立之后，为图发展，不能不渐渐，对于新译作者的作品已经不甚欢迎，诗歌和戏剧更不愿译。"[①]因而，鲁迅发起成立未名社，确立社团以翻译文学为主导方向，并注重发展遭受市场冷遇的翻译文学类型，也具有对抗当时出版界不良风气的目的。

关于鲁迅在经济上的直接赞助，李霁野在《忆素园》一文中是这样书写

---

[①]李霁野：《鲁迅先生和未名社》，人民文学出版社，1984，第158页。

的:"我们当晚就决定了先筹起来能出四次半月刊和一本书籍的资本,估计约需六百元。我们三人和丛芜、靖华,决定各出五十,其余的由他负责任。"鲁迅在未名社开办之初即拿出二百元,在1925年10月18日的日记中,鲁迅有这样的一条记载:"夜素园、静农、霁野来,付以印费二百。"这是鲁迅交给未名社的第一笔筹款。

未名社成立后,《未名丛刊》便从北新书局正式移出,转由未名社负责,社团所印行的第一种丛书是鲁迅翻译的《出了象牙之塔》,出版于1925年12月,鲁迅以自己的译著作为未名社独立印行书籍的开始,是想借助自己的声望和地位,为《未名丛刊》和社团制造声势,以便短时间内快速回收成本来出版青年译者的译著,李霁野在回忆中说:"我们首先印行《出了象牙之塔》,因为我们希望较快地收回印费印行别的书籍。"

《出了象牙之塔》初版三千册,约一年多就卖完了,未名社的青年成员准备再版此书时,却遭到了鲁迅的拒绝。鲁迅在给台静农的信件中是这样解释的:"《象牙之塔》出再版不妨迟,我是说过的,意思是在可以移本钱去印新稿。但如有印资,则不必迟。"①可见鲁迅有着明确的要赞助印行青年成员"新稿"的意识,因此,紧随《出了象牙之塔》之后,未名社推出的便是李霁野的《往星中》,作为《未名丛刊》的第二种,在译成后近两年的1926年5月得以问世。

未名社出版的青年成员译著共计十六种,其中有四种戏剧翻译,除了李霁野的《往星中》和《黑假面人》之外,还有曹靖华的《白茶》(苏联独幕剧集)和《蠢货》(契诃夫独幕剧)。此外,还重新印行了鲁迅翻译的武者小路实笃的剧本《一个青年的梦》。这些剧作翻译在中国都是具有开创性意义的,看似巧合的背后正是鲁迅与青年们要在中国发展戏剧的"诗学"超前文学观念的明证。

在青年译著实现出版后,鲁迅的赞助意识便转移到推动销售上。1927年4月9日,在广州的他给李霁野的信中讲到《往星中》已卖去三本,并嘱咐《黑假面人》一出版即寄二十本到广州去为之帮助发售。同日,致台静农信中又关照"《白茶》,《君山》,《黑假面人》一出版,望即寄各二十本来",两封信中鲁迅除了谈到几种剧本,还提到了一部文集《君山》,这是社中青年成员韦丛芜创作的长诗集。

---

① 鲁迅:《270409 致台静农》,《鲁迅全集》第十一卷,第28页。

韦丛芜在未名社中共出版了两部诗集《君山》（1927年）《冰块》（1929年），体现出鲁迅依托社团对青年诗歌活动的赞助。除了《未名丛刊》之外，未名社还开创了一套新丛书《未名新集》，专收未名社成员的文学创作，《君山》《冰块》是作为该丛书两种正式出版的。《未名新集》共出版六种文集，诗集便占了两部。从对出版青年作者的戏剧翻译和诗歌创作来看，体现出"赞助人"鲁迅想要在中国发展这两种文学类型的切实态度。

### 三　副文本：《往星中》和《黑假面人》的封面设计和译稿修改

众所周知，鲁迅非常注重出版物装帧设计的外在形态，在帮助李霁野的《往星中》和《黑假面人》出版中，他对两部剧作的封面颇为用心，两次托付他所信赖的同乡陶元庆为之设计。1925年9月30日，鲁迅在给许钦文的信中附录了关于《往星中》的内容介绍，托他让陶元庆为该书设计封面："《未名丛刊》已别立门户，有两种已付印，一是《出了象牙之塔》，一是《往星中》。这两种都要封面，想托璇卿兄画之。我想第一种即用璇卿兄原拟画给我们之普通用面已可，至于第二种，则似以另有一张为宜，而译者尤所希望也。如病已很复原，请一转托，至于其书之内容大略，别纸开上。"

1924年，陶元庆为《苦闷的象征》设计了封面画，获得鲁迅的赞赏。因此，当《出了象牙之塔》和《往星中》交付时，他通过许钦文发出设计封面的请求。但因为当时陶元庆抱恙在身，鲁迅只要求为《往星中》另行绘制一幅新封面，为此特地撰写了一篇介绍《往星中》的附信，包括文体、内容和作家介绍等，如上文谈到的鲁迅对安特莱夫创作《往星中》的评价等，也体现出他作为"赞助人"的另一面，即专业的知识背景。并且鲁迅对自己的意见介入是察觉，因此他在信中也提醒陶元庆不要受到他的干扰："以上不过聊备参考。璇卿兄如作书面，不妨毫不切题，自行挥洒也。"

尽管鲁迅在信中表示为《往星中》专做封面的请求乃"译者尤所希望也"，然而事实上这只是他以"赞助人"身份越过受赞助者所提出的诉求，李霁野对此并不知情。李霁野日后回忆："为了托陶元庆画《往星中》书面，先生写了六七百字的长篇说明给许钦文。我读到这封遗函已在先生逝世数年之后了；我的感动是无法形容的。"《往星中》是安特莱夫的第一个剧本，而李霁野又是当时中国极少的戏剧翻译尝试者之一，鲁迅对该译著的封面设计如此重视，是希

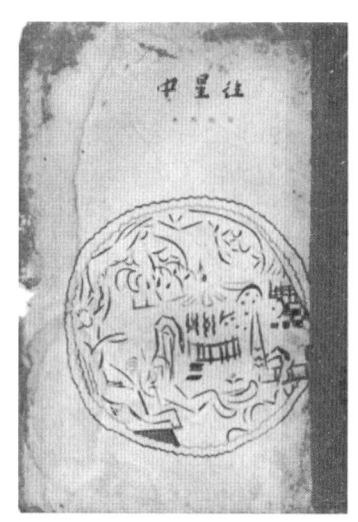

《往星中》封面，陶元庆设计，1926年5月未名社出版部

《黑假面人》封面，陶元庆设计，1928年3月未名社出版部

望借陶元庆之助力促动译著的传播，体现出他想要在中国发展翻译文学，尤其是戏剧翻译的迫切心理。因此，在未名社打出的《往星中》广告中，首先便突出了作品的文体，"这是安特列夫的反映一个时代的名剧"①。

陶元庆对鲁迅发出的为《往星中》设计封面请求立即给予支持，鲁迅1925年11月19日日记记载："晚得钦文信并《往星中》之书面画，十一日发笺。"此后，当《黑假面人》付印时，鲁迅再次想到请陶元庆设计封面，1926年10月29日，他致信陶元庆，信中这样说："很有些人希望你给他画一个书面，托我转达，我因为不好意思贪得无厌的要求，所以都压下了。但一面想，兄如可以画，我自然也很希望。"并附上《黑假面人》的内容介绍："内容大概是一个公爵举行假面跳舞会，连爱人也认不出了，因为都戴着面具，后来便发狂，疑心一切人永远都戴着假面，以至于死。"对于鲁迅的请求，陶元庆再次予以支持，为《黑假面人》设计封面。

鲁迅通过借力陶元庆赞助李霁野两部译著的封面设计，体现出"赞助人"以自己的社会身份提升译著传播，因此，他给陶元庆的这两封附信，以及由陶元庆应鲁迅请求设计出的这两幅封面画都应成为译著文本之外的特殊的副文本构成，这些副文本既是鲁迅"赞助人"行为的具体体现，也增强了译著本身的丰富性。并且，从上述信件内容来看，鲁迅对自己的《出了象牙之塔》和《朝花夕拾》等作品的封面设计同样也很关注，可以看出他对作为文集副文本重要构成的封面的重视态度，显示出他作为"赞助人"在出版事业上的专业性。

---

① 刘运峰编《鲁迅全集补遗》，天津人民出版社，2018，第588页。

此外，鲁迅对李霁野译著的赞助活动还体现在对译本的修改上，在对人物名字的翻译上，他有着自己的坚决主张，即反对以中国式的姓名来翻译外国人名字，李霁野如此回忆："《黑假面人》的人物译名，几乎全给先生改正了，他笑着解释说，以中国的名姓译外国人的名字也许在懒惰的读者看着很顺眼，但在译者是绝对不可以的。"关于翻译人名采取正确的音译主张，即"凡有人名地名，什么音便怎么译，不但用不着白费心思去嵌镶，而且还须去改正"，①是鲁迅翻译思想上的一个著名观念，体现出他对晚清以来中国翻译界不良倾向的纠正。早在20世纪20年代，鲁迅便讽刺当时的翻译界，"但于外国人的氏姓上定要加一个《百家姓》里所有的字，却几乎成了现在译界的常习"。

因此，译本手稿及鲁迅的修订文字也是文集副文本的构成，研究者据现存的《黑假面人》手稿考证，通过鲁迅的审阅修订，不仅纠正了李霁野的翻译错误，甚至大大提升了翻译水平，使得其得以出版："由现存的鲁迅为韦素园翻译的《外套》和李霁野翻译的《黑假面人》进行校稿的手稿，可以看出经过鲁迅的修改后，青年译者译作中的错误、含混和幼稚之处得到了校正，原著的本来面目更清晰了。青年译作的初稿远没有达到出版水平，经过鲁迅的指导、修改和润色，并提供了出版条件，终于成为出版的翻译作品。而这些青年也在鲁迅的指导下成为翻译家。"②

鲁迅1909年在东京作为译者出版《域外小说集》两集，开启自己的翻译事业，富有意味的是，《域外小说集》不同版本的先后出版便是多方"赞助人"支持的结果。最早在东京初版时，受到同乡蒋抑卮的经济以及其他方面的赞助，蒋抑卮不仅出资赞助印行出版，还依托他开设在上海的广昌隆绸庄寄售该书，以及依托浙江省立图书馆捐赠该书。此后，1920年上海群益书社将《域外小说集》两集合为一册，并增加新的篇章，以周作人之名修订出版，这是受到陈独秀等人赞助的结果，鲁迅假托周作人之名为新版作序，在序中便提到陈独秀为代表的"几个友人"的赞助作用："到近年，有几位著作家，忽然又提起《域外小说集》，因而也常有问到《域外小说集》的人。但《域外小说集》却早烧了，没有法子呈教。几个友人，因此很有劝告重印，以及想法张罗的。为了这机会，我也就从久不开封的纸裹里，寻出自己留下的两本书来。"③此外，陈

---

① 鲁迅：《鲁迅全集》第一卷，第418页。
② 陈洁：《鲁迅为青年校稿》，《上海鲁迅研究》2014第4期。
③ 刘运峰编《鲁迅序跋集》（上卷），山东画报出版社，2004，第203页。

独秀在1920年3月11日给周作人的信中也谈到《域外小说集》的重版,可看出他在其中的牵线作用:"重印《域外小说集》的事,群益很感谢你的好意。"①

此后,通过翻译并出版《现代小说译丛》和《现代日本小说集》,鲁迅已成为具有影响力的知名译者,是译界的专业人士(the professional),拥有一定的资源和较高的影响力,他开始以"赞助人"身份帮助文学新人的翻译事业,对《往星中》的赞助和发起未名社是他对青年翻译事业的第一次赞助,并成就了一桩具有典范意义的文学佳话。此后在上海,他还联结柔石等青年发起旨在介绍东欧和北欧的文学的朝华社,以及鼓励和扶持青年译者孙用等。

本文采用文化学派勒菲弗尔的翻译理论,重评鲁迅作为"赞助人"对李霁野《往星中》译著的审阅和出版帮助,分析他在这一事件中在诗学、社会地位和经济等方面所发挥的作用,他以直接的经济资助发起成立未名社,依托社团机构赞助青年译者的译著出版,并对译者的翻译选材等产生诗学的影响。通过"赞助人"翻译理论对《往星中》如何"引起未名社"进行新的阐释,可以揭示现代文学翻译活动更为复杂的文化背景意义,开拓翻译文学研究的视野,为中国现代文学中的翻译文学研究提供一种新的思路。

---

① 水如编《陈独秀书信集》,新华出版社,1987,第250页。

# 重构鲁迅的历史诗学：走向过去的进步和从未来将临现时的他者

金恩英　韩国首尔大学亚洲研究所

鲁迅的文学转向确实是向文化现代性的转向。之所以能如此断言，是因为鲁迅比任何人都更彻底、更惨烈地认识到了文学的无用性。正如《摩罗诗力说》和《革命时代的文学》所表明的那样，鲁迅所选择的文学是对能动地构成现代来说毫无用处的文学。然而，对否定地构成现代，换言之，对批判、解构现代及使之空洞化而言，这种无用正是因其无用性而成为无限地、绝对地有用。

## 一　走向过去的"进步"

鲁迅对所谓中国式现代的战斗，不可避免地只能既是对（正在构成中国式现代的）现在的战斗，同时也是对（中国式现代正在有意无意地参照的）过去的战斗——更严格地说，只能是对潜入现在的过去和被过去掣肘的现在这一辩证法式时间的战斗。稍微变换一下表达方式的话，也可以说鲁迅的战斗在本质上是对未来没有任何展望乃至"想象"的以凝缩在"现时"面前的复合性时间构成体为对手的战斗。在此问题上，汪晖的下述分析值得参考。

但是,"反传统"的价值取向与操作上的继承传统并未消解鲁迅的内心矛盾,倒是强化了那种自我分裂的感觉:鲁迅通过确认自己与传统的联系来表达自己不属于未来的悲剧性的人生观,而"不属于未来"的判断又把对自己的无望的宣判转化成对于生活进程的信心,并用后者反抗身内的绝望。在鲁迅那里,"未来"的意义最终只能在自我否定的过程中展现出来,除此并无别的表达方式。①

将鲁迅的战斗完全不考虑未来的层面这一事实最明了地显示出来的事件是鲁迅与创造社、太阳社等革命文学派之间发生的那场著名的"革命文学论争"。尽管由于这场论争,鲁迅落到了被自居为全面掌握了马克思主义文学理论的最激进的进步主义者的革命文学势力戴上"个人主义小资产阶级知识分子""落伍者"的帽子的田地,他仍置如此不名誉的烙印于不顾,始终坚持自己的主张。

那么,鲁迅为什么甘受那些羞辱和人身攻击而执拗地批判革命文学派呢?在1928年4月4日鲁迅写给后辈冬芬的信(日后以《文艺与革命》为题发表)中,我们可以发现其最根本的理由。

　　现在所号称革命文学家者,是斗争和所谓超时代。超时代其实就是逃避,倘自己没有正视现实的勇气,又要挂革命的招牌,便自觉地或不自觉地必然地要走入那一条路的。身在现世,怎么离去?这是和说自己用手提着耳朵,就可以离开地球者一样地欺人。社会停滞着,文艺决不能独自飞跃,若在这停滞的社会里居然滋长了,那倒是为这社会所容,已经离开革命,其结果,不过多卖几本刊物,或在大商店的刊物上挣得揭载稿子的机会罢了。②

鲁迅对"其实就是逃避"的"超时代"及其具体形态即"斗争"及"革命"的上述批判,很自然地使人联想到本雅明对社会民主主义所做的如下批

---

① 汪晖:《死火重温》,人民文学出版社,2000,第461页。
② 鲁迅:《文艺与革命(并冬芬来信)》,《鲁迅全集》第四卷,人民文学出版社,2005,第84页。(本文所引《鲁迅全集》作品原文均出自同一版本。)

判——"社会民主主义理论的基础是一种脱离实际、教条武断的进步观,其实践更是如此。"①实际上,从下引本雅明在《历史哲学论纲》中对社会民主主义所做的另一批判中我们可以确认,在对所谓"进步主义"的批判上,鲁迅与本雅明共有着一些极为核心性的要素。

> 在长达三十年的时间里,他们可以说一直想方设法要抹掉布朗基这个名字,尽管在整个上世纪,这个名字一直是响亮的最具号召力的声音。社会民主主义以为,适合工人阶级担当的角色是未来后代的赎救者,然而这样却割断了其有着极强大力量的肌腱。灌输这样的东西使得工人阶级把它的仇恨和牺牲精神全都忘记了,因为滋养二者的是被奴役的先人的形象,而不是获得解放的后代子孙的理想。②

不是从"获得解放的后代子孙的理想",而是从"被奴役的先人的形象"汲取"憎恶"与"牺牲精神"的力量,并借助这种力量,在"被现时充满的时间"中对抗"似是而非"的进步主义,构建新的历史,这正是本雅明与鲁迅这两个文化现代派无目的的历史意识所曾追求的唯一目的,也是超越时空、作为媒介将他们二人连接在一起的时代课题。

从他们这种有意识地转身背向未来的历史态度,我们不难联想起本雅明所说的"历史天使"的形象。那扭身背向未来历史天使,由于"一阵大风从天堂吹来;大风猛烈地吹到他的翅膀上,他再也无法把它们合拢回来",他就这样被推送着"飞向他背朝着的未来",承担着事件的废墟,只看着过去,向未来"倒退着进步"。③不过正是在这一支点上,鲁迅与本雅明呈现出了决定性的差异。本雅明的历史天使通过"倒退着进步"这种行为,使倒退也可以揭示未来的方向,无论他本人是否愿意,并使自身——无论他是否愿意——得以进步。与此相反,这种姿态在鲁迅身上却几乎找不到。这一点,即使不引用竹内好"他一次也没有对新时代指示过方向。就连在最教条主义的批评家的鲁迅论中(例如平心的《论鲁迅的思想》等等)也承认这一点"④的评价,也可以从鲁迅的全部文学实践——尤其是小说中找到充分的证据,杂文就更不必言了。在三

---

① 陈永国、马海良编《本雅明文选》,中国社会科学出版社,1999,第411页。
② 陈永国、马海良编《本雅明文选》,第410—411页。
③ 陈永国、马海良编《本雅明文选》,第408页。
④ 竹内好:《鲁迅》,李心峰译,浙江文艺出版社,1986,第9页。

卷小说集中,《呐喊》和《彷徨》中收录的大部分是回顾体小说,而《故事新编》中收录的小说,正如书名所体现出的那样,不过是对老故事的加工。当然,通过回顾体小说和加工的老故事多少也可以"倒退着进步"。然而,要做到这一点,必须经历把至今为止积累的过去的"排泄物"转化为未来的"养分"的"专有"阶段。准确地说,这个专有的阶段对鲁迅来说不存在。在过去或积累起来的时间中发掘资源,将之提炼、转化为走向未来的动力,这一过程无论在鲁迅的杂文还是小说、诗歌中都完全见不到。在这种意义上,竹内好"他(鲁迅)不是用作品来清洗自身,而是像脱掉衣服那样把作品舍弃"[1]的论断是完全正确的,因为未经专有地于现在打包扔掉的过去正是鲁迅作品共有的主题原型。沿这一思路,可以将《狂人日记》的主人公所经受的狂症作为对所谓"封建礼教"无法专有的状态的一种隐喻式表现来把握,即可以将之解释为由于封建礼教这一(既存的)"基本能指"在未能在象征界内部被专有的状态下被废止,这一基本能指的想象性替代物即"吃人"的狂想便渗透进实在界的内部。

那么,转身背向未来的鲁迅要走向哪里呢?单刀直入地说,是走向过去,不过,是向过去进步。首先,如前所述,鲁迅的小说处处可以证实他走向过去这一事实。我们从鲁迅的小说中不难发现他向着"四千年来时时吃人的"封建礼教(《狂人日记》)、向着革命家的血(至多)被用来治肺病的荒诞(《药》)、向着在"自由恋爱"的落幕处等待着中国"娜拉"的"儿女的债主"——严父以及"旁人的赛过冰霜的冷眼"(《伤逝》)前行的身影,不难发现他向着羁绊着现在的过去的幽灵们孤独前行的身影。

然而,鲁迅并不满足于仅仅对过去做这样的查访和证实。借用散文诗集《野草》中出现的主题来说,鲁迅一直前行至由潜伏于现在的过去的幽灵们布下的"无物之阵"(《这样的战士》),并与那些幽灵们一一进行"至于永久"的"无血的大戮"(《复仇》),而正是这种"大戮",使鲁迅走向过去的行为吊诡地具有了被称为"进步"的资格。

乍看起来,这种"大戮"十分怪异,因为鲁迅及鲁迅的敌人"这样地对立着""至于永久","路人们于是乎无聊;觉得有无聊钻进他们的毛孔,觉得有无聊从他们自己的心中由毛孔钻出,爬满旷野,又钻进别人的毛孔中。他们于是觉得喉舌干燥,脖子也乏了;终至于面面相觑,慢慢走散;甚而至于居然觉

---

[1] 竹内好:《鲁迅》,李心峰译,第28页。

得干枯到失了生趣"(《复仇》)。

然而,与"路人们"目击的不同,在"大戮"进行的过程中,鲁迅一刻也未曾静止过。他一直在不断地向自己的敌人"举起(了)投枪",没有间歇,即使敌人"已经脱走,得了胜利",他仍再次举起投枪,"终于在无物之阵中老衰,寿终"(《这样的战士》)。鲁迅就这样向仍固守于现在的敌人们举起了小说、杂文和诗,如同发起"没有硝烟的战争"的战争机器。

鲁迅通过这种"大戮"要得到的不仅是敌人的灭亡。他真正希望的是在擎举投枪的那永劫的时间里,"圆活的身体"走向"干枯"(《复仇》),最终,自己与自己的敌人一起枯竭。那么鲁迅为什么渴望这种枯竭呢?这大概是因为他坚信他们的共同枯竭、退出会使现在在"生命的飞扬的极致的大欢喜中"(《复仇》)撤去过去的影子,逐渐恢复其自身透明的现在性,最终使现在重新诞生为真正的"现时"。如果我们放弃植根于历史"穿越均质的、空洞的时间"①前行这种观念的布尔乔亚现代性的进步概念,而选择植根于对"现时"的忠实与诚实的文化现代派的进步概念的话,由于无法使潜入现在的过去或受过去羁绊的现在完全枯竭掉,鲁迅的这种致力于成就纯粹的"现时"的激进文学行为,正称得上是完全意义上的"进步",而不是单纯向着过去的"退步"。

## 二 自未来将临现时的他者

但是,这里有一个绝对不容忽视的部分,即鲁迅指向常纠缠于现在之中的过去的进步,是不仅要使作为战斗对象的"无物之阵"而且要使自己本身也一起枯竭的进步,是使自己本身也退出现在的进步。粗看起来,会觉得这种行为反映了自身也难以摆脱过去影子的鲁迅的自觉。更细致地分析一下的话,可以认为,由于认识到自身也被外部的影子所"污染",为了彻底去除影子,鲁迅不得不对自己本身也展开战斗。不过,竹内好提出了与这种将影子视为外在于鲁迅之物的观点。也就是说,竹内好是从鲁迅内部寻找作家鲁迅力图去除的影子的根源。

> ……在小说和批评方面不能构成对象世界,他的那种痛苦是很深的。
> ……他为了表白痛苦,就要寻求论争的对象。写小说也是由于痛苦,论争

---
① 陈永国、马海良编《本雅明文选》,第411页。

也是由于痛苦。小说中吐不尽的痛苦，就在论争中寻找发泄它的地方。在论争中，他把所有阶层都作为对手，也受到所有阶层的嘲骂。如果有看不过去而同情的人，他对那些同情者的同情态度也要极力争辩，他已经成了偏执狂，无法救治。但是，他所反抗的实际上并不是对手，而是针对他自身中无论如何也解除不了的痛苦。他从自身中取出那种痛苦，放在对手身上。然后，他就打击这种对象化了的痛苦。……他已经预知一个使他痛苦的影子。那影子曾经从内部使他苦恼，不过，现在被对象化在他的面前。与它斗争，对于他来说，就是表现自己。而他就是这样做的。[1]

对竹内好上述评论的最确凿的论据支持可以从下引鲁迅《影的告别》中发现。在这里，鲁迅甚至将自己定义为"影子"本身。

我不过一个影，要别你而沉没在黑暗里了。然而黑暗又会吞并我，然而光明又会使我消失。
然而我不愿彷徨于明暗之间，我不如在黑暗里沉没。[2]

如果我们接受竹内好这种认为鲁迅意欲去除的影子的根源不是在其外部而是在其内部的见解，更进一步，如果我们接受鲁迅说自己本身就是影子的言说，我们就可以做出如下推论：较之以"无物之阵"这种外部世界——但是，它也不过是对象化了的自身——为对象的战斗，鲁迅将更终极、更本质的意义赋予了以自己本身为对象的战斗。在下述引文中，竹内好实际上将鲁迅的这种与自己本身的战斗上升到了"生命的意义"的高度。

鲁迅无法相信与恶相对抗的善。在世界上，善也许是有的；但是不管怎么说，它本身并不是善。他与恶战斗，就是与自己战斗；消灭自己，也就是要消灭恶。这对于鲁迅就是生命的意义，因此，他的唯一的希望就是下一代不与自己相似。[3]

---

[1] 竹内好：《鲁迅》，李心峰译，第111—112页。
[2] 鲁迅：《影的告别》，《鲁迅全集》第二卷。
[3] 竹内好：《鲁迅》，李心峰译，第161页。

在此脉络中，应将鲁迅旨在不仅使"无物之阵"之类的外部影子，而且使作为影子的自己本身完全退出现在的战斗视为意欲使任何过去的影子——即使它是自己本身——都无法占有现在的彻底的历史意识的发现。

不过，在此又产生了另一个疑点，即为什么鲁迅要如此致力于清空现在？为什么他常常有意识地要从现在后退一步？为什么他只能向着过去进步？如果从上面的引文中寻找对此疑问的解答线索的话，那就是为了使"下一代不与自己相似"，即为了使下一代——自未来走来的他者——能够在如此干净地被清空的现在中成就自己独有的新"现时"。这一点在鲁迅的杂文《北京通信》和《写在〈坟〉后面》中有较为清楚的体现。

> 我自己，是什么也不怕的，生命是我自己的东西，所以我不妨大步走去，向着我自以为可以走去的路；即使前面是深渊，荆棘，狭谷，火坑，都由我自己负责。然而向青年说话可就难了，如果盲人瞎马，引入危途，我就该得谋杀许多人命的罪孽。
>
> 所以，我终于还不想劝青年一同走我所走的路；我们的年龄，境遇，都不相同，思想的归宿大概总不能一致的罢。但倘若一定要问我青年应当向怎样的目标，那么，我只可以说出我为别人设计的话，就是：一要生存，二要温饱，三要发展。有敢来阻碍这三事者，无论是谁，我们都反抗他，扑灭他！
>
> 可是还得附加几句话以免误解，就是：我之所谓生存，并不是苟活；所谓温饱，并不是奢侈；所谓发展，也不是放纵。①……
>
> 中国大概很有些青年的"前辈"和"导师"罢，但那不是我，我也不相信他们。我只很确切地知道一个终点，就是：坟。然而这是大家都知道的，无须谁指引。问题是在从此到那的道路。……
>
> 我自己早知道毕竟不是什么战士了，而且也不能算前驱，就有这么多的顾忌和回忆。……
>
> 至今要写文字时，还常使我怕毒害了这类的青年，迟疑不敢下笔。我毫无顾忌地说话的日子，恐怕要未必有了罢。但也偶尔想，其实倒还是毫

---

① 鲁迅：《北京通信》，《鲁迅全集》第三卷，第54—55页。

无顾忌地说话，对得起这样的青年。但至今也还没有决心这样做。①……

鲁迅毫无劝导青年走他的路、接受他的思想之心。从这种意义上说，他不是青年们的"前辈"或"导师"。此外，他也不相信那些所谓的"前辈"或"导师"。他之所以声言自己不是青年们的"前辈"或"导师"，之所以对那些青年们的"前辈"或"导师"持不信任的态度，其理由是这二者都"于读者有害"。"怕毒害了这类的青年"的"哀愁"，换言之，鲁迅在以来自未来的他者为镜进行自我省察后所独对的根源性哀愁，将他引导向"还没有决心"的状态，即极端无法作为的状态。但令人吃惊的是，鲁迅欲以十分令人惊异的方式超越这种无法作为的状态，那就是来自未来的他者的生存、温饱和发展，"有敢来阻碍这三事者，无论是谁，……反抗他，扑灭他"，尤其是反抗自己本身，扑灭自己本身。

这种牵引象征性自我破坏行为的力量，这种不惜以扑灭自身来为来自未来的他者敞开"现时"的极限"破像力"，似乎与前面本雅明将无产阶级视为真正的力量时所言及的"憎恶"与"牺牲精神"中的前者更为接近。不，说它不是后者更为准确。因为鲁迅的这种自我破坏行为甚至将"牺牲精神"所依靠的"主体伦理"或"伦理性主体"的最后堡垒也毫不留情地拆毁了。鲁迅的极端性省察及随之而来的极端性自我破坏行为并非基于康德所说的"纯粹实践理性的真正动机"或者如叔本华式的"同情心"那种伦理性、主体性基础。再次引用竹内好的见解的话，鲁迅的自我省察和自我破坏是为摆脱自身的阴暗给自己带来的剧痛、维持自身生存所必须选择的"偏执狂式"的自我省察与自我破坏。

> ……他看着黑暗，并且只看到了黑暗；但是，他所看到的自己与对象的黑暗并没有分化；只是他在把痛苦给予自己的实际感受中，才意识到了自己。为了生存，他不得不把那种痛苦喊出来。②

鲁迅内部的影子引起的痛苦将他拖向病态的自我省察，在这种省察的极点，他通过自我破坏这种极端行为，突破了极端性自我省察所必然导致的无法

---

① 鲁迅：《写在〈坟〉后面》，《鲁迅全集》第二卷。
② 竹内好：《鲁迅》，李心峰译，浙江文艺出版社，1986，第160页。

作为的状态。随着鲁迅以及作为对象化的鲁迅的同代人、过去及"无物之阵"经由鲁迅的这种自我破坏行为而一同枯竭、破灭，他们曾占有的现在被干净地清空，此时，来自未来的他者们如潮涌入。借用德雷兹的话来说，作为"纯粹生成（pure becoming）"的事件终于发生了。出现竹内好称之为"没有创造出来的'超人'的遗骸"的"死尸"的鲁迅的散文诗《墓碣文》的秘密也只能因将临"现时"的他者而得到解决。"待我成尘时"，因此也是来自未来——波德莱尔曾言及的——作为彻底的"新"的他者即"弥赛亚"涌入"现时"时，"你将见我的微笑"！

……

有一游魂，化为长蛇，口有毒牙。不以啮人，自啮其身，终以殒颠。

……

"待我成尘时，你将见我的微笑！"①

## 三 《铸剑》：鲁迅历史诗学的思维——形象

"走向过去的进步和从未来将临现时的他者"这一鲁迅历史诗学的基本主题似乎通过收录于《故事新编》的小说《铸剑》获得了最分明的思维——形象。

……

在对《铸剑》的最后一部分进行正式讨论之前，似乎有必要首先对"故事"的空间问题进行一下考察。根据本雅明对新闻报道与故事的区分，"新闻报道的价值无法超越新闻之所以为新闻的那一刻"，换言之，"它只存在于那一刻"。相反，故事"是耗不尽的。它保留集中起自己的力量，即便在漫长的时间之后还能够释放出来。"②本雅明认为，新闻报道与故事的这种差异起源于"生命力"的有无。如果将此与我们对时间或历史的关心结合起来看的话，可以说，新闻报道只有当从属性地配置于现在性空间的时候，它才能寄生在那里，维持自己的生命力。相反，由于故事无论何时都能自主地形成现在性空间——无论是声音的空间还是文字的空间，因此，它能无限地延长它所包含的

---

① 鲁迅：《墓碣文》，《鲁迅全集》第二卷。
② 陈永国、马海良编《本雅明文选》，第297—298页。

诸要素的生命力。

　　站在这样的立场上，以故事这一现在性空间的占有者为焦点对《铸剑》进行重新解读，就会发现《铸剑》采用的是如下结构：以眉间尺、宴之敖者和国王这三个主要人物的死亡为契机，曾经被他们占有的故事空间被王妃和大臣们，尤其是像百姓这种泛泛的多数人占有了。前面已经说过，上述的后一种占有是鲁迅新增加的内容，那么，鲁迅之所以置小说的完成度于不顾，执意让当眉间尺、宴之敖者和国王占有故事空间时不见其人、不闻其声的人们进入小说，让他们的身影随着上述三个主人公的死亡"很热闹"地汇集于已被清空的空间里，是否就是为了确保他们能够占有现在性空间，从而使他们占有了现在性空间的身影得以常常出现于现在的读者的视野中呢？

　　将自己的笔名赋予过客，改动原来的故事内容以便使三个头颅在鼎里"战斗"，对那些令人作呕地试图在遗骸中寻找已消逝的生命痕迹的王妃、大臣们的嘲讽描写，所有这些都可以在相同的脉络里得到解释。首先，鲁迅以宴之敖者之名跃入现在性空间，在汩汩沸腾的鼎内与眉间尺、国王不堪入目地扭战在一起，通过自身的毁灭驱除了往事压在眉间尺身上的浓重阴影（向父亲的仇敌楚王复仇）。然而，鲁迅所驱除的并非仅是压迫着眉间尺的影子。从下面的引文中，我们可以通过宴之敖者与眉间尺之间的关系再次确认鲁迅本人与其外部对象化了的鲁迅之间的关系。

　　　　"但你为什么给我去报仇的呢？你认识我的父亲么？"
　　　　"我一向认识你的父亲，也如一向认识你一样。但我要报仇，却并不为此。聪明的孩子，告诉你罢。你还不知道么，我怎么地善于报仇。你的就是我的；他也就是我。我的魂灵上是有这么多的，人我所加的伤，我已经憎恶了我自己！"①

　　"善于报仇"的宴之敖者和鲁迅深知，只有彻底终结的复仇才是真正的复仇，只有献出自身、对复仇进行的复仇才是真正的复仇，只有以自己的生命斩断捆绑着现在的复仇的锁链、将在此期间一直被束缚着的现在归还给那些甚至对复仇一无所知的人们的复仇才是真正的复仇。

　　当然，在这种大复仇终结之后，也会在各处见到迷恋于过去的人们，那些

---
①鲁迅：《铸剑》，《鲁迅全集》第二卷。

竭力从三个一模一样的头骨中分辨出国王头骨的王妃、大臣们，以及"很忠愤，咽着泪，怕那两个大逆不道的逆贼的魂灵，此时也和王一同享受祭礼"的"几个义民"当属此列。用《革命时代的文学》中的话来说，这些人是追忆逝去的过去并为之唱挽歌的人。对这些人，鲁迅持极为冷嘲的立场。在鲁迅看来，那些执意要寻找国王标记的企图徒增笑料，而由于"逆贼"与国王同享祭礼是"无法可施"之事，悲伤又大可不必。他们已无法区别地以同一面目同归于尽了。

不过，还有一个部分需要注意，那就是鲁迅对汇集于现在性空间中的百姓们的描写。从前面引用的《铸剑》的最后部分来看，除了对唱挽歌的"几个义民"、观看王后和王妃的百姓们、不看宦官、侏儒的百姓们的简单叙述之外，没有出现其他任何描写。不过，与其说鲁迅忘记了对百姓的描写，不如说他有意省略了这种描写，因为鲁迅认为，虽然自己知道他者已从未来降临"现时"，但自己完全不知、也无从知道他者是何等的他者。他只是期盼他们与自己不同。在此意义上，可以将鲁迅使《铸剑》结束于仅仅宣告未知的他者到来的做法理解为是其要忠实于自己的信念和历史诗学的意志所致。

## 四　超永劫回归或超现代的可能性

尼采"相同事物不断重演"的主题揭示出与直线式、目的论式时间观不同的循环时间观，"将所有回归与新生相连接，诱导对历史内部时间的积极肯定，确定了包含着永远——它不从属于目的——的瞬间概念，从而将瞬间再调整为历史目的"，①使对时间与历史的新思考成为可能。但另一方面，压在那些认识到自己受制于时间与历史的永劫回归这一绝对无法摆脱的循环结构者背上的"最沉重的负担"，至今仍在压抑着生活于其中的我们——现代人——的心灵。正如海德格尔期待着"那个历史范围之时代的""整个地球最巨大的变化"，由于承受的负担沉重得难以行至永远，说不定我们也在期待着打破永劫回归链条的某种变化的出现。

根本上，我们是处于整个地球最巨大的变化的前夜中，处于地球悬于其中的那个历史范围之时代的前夜之中吗？我们正面临着那个走向另一个

---

① 金洪中：《文化现代性的历史诗学》，《经济和社会》第70号，2006。

拂晓的黑夜之傍晚吗?为了进入地球的这个傍晚(Abend)的历史疆域之中,我们才刚启程吗?这个傍晚的疆域才刚刚兴起吗?这个傍晚之疆域(Abend—Land)越过西方和东方,并且超越欧洲,才成为即将到来的、却又更开端性地被命运发送出来的历史的处所吗?[①]

万一永远反复的相同人生成为现实的话,摆脱这一命运的唯一方法就只能是永远进行革命,即永久革命。只有通过革命将每一瞬间创造为"现时",在此"现时"中过全新的生活,才是摆脱永远反复的相同人生的唯一出口。

但是,还存在着以这种永久革命也无法逃脱的一个瞬间。这就是"一个恶魔悄悄溜进"、告知永劫回归之秘密的瞬间。因为当这一瞬间从身边经过,即使在此前一直进行永久革命的人也会回到原点,去过重复过去的永久革命、使永久革命成为永劫回归的日子。

最沉重的负荷——假如有个恶魔在某日或某夜闯入你十分孤独的寂寞中,且对你说:"人生便是你目前所过、或往昔所过的生活,将来仍将不断重演,绝无任何新鲜之处。然而,每一样痛苦、欢乐、念头、叹息,以及生活中许多大大小小无法言传的事情皆会再度重现,而所有的结局也都一样——同样的月夜、枯树和蜘蛛,同样的这个时刻以及我。那存在的永恒之沙漏将不断地反复转动,而你在沙漏的眼中只不过是一粒灰尘罢了!"

那个恶魔竟敢如此胡说八道,难道你不咬牙切齿地诅咒他?……一切的症结在于"你是否就想这样一成不变地因循苟且下去?"这个问题对你是一个重担!

或者,你宁愿安于自己和人生的现状,而放弃去追求比这最后之永恒所认定的更强烈的东西呢?[②]

然而,鲁迅的历史诗学告知了我们隐藏于永久革命的永劫回归这一"绝望的"循环结构中的一个"希望的"事实,即通过永久革命,至少他者们会确实地摆脱永劫回归。因为在由(过去的)主体们极端的自我省察和自我破坏清空的"现时"这一无限浓密的可能性空间里,自未来涌入的他者们,即潜在的主

---

[①] 海德格尔:《林中路》,孙周兴译,世纪出版股份有限公司,2008,第295—296页。
[②] 尼采:《快乐的科学》,余鸿荣译,中国和平出版社,1986,第230—231页。

体们，可以做所有的新事，成为所有的新人，从而摆脱加在前代人身上的永劫回归的重轭。"把有自由意志的死抛在一方的极点"的鲁迅的这种"强烈的凄怆"历史诗学，[1]也许正在使我们面对此刻超现代的可能性。

---

[1] 竹内好：《鲁迅》，李心峰译，第6页。

# 《阿Q正传》的结构：以俄国式主义作一分析

黎活仁　香港大学饶宗颐学术馆

## 一　引言

托马舍夫斯基《主题》一文①很早就列出小说常见的情节，在托氏建立的纲领之下，再加入同时代和后起的叙述学理论，有助于确认《阿Q正传》②的写作特征，以下分为：1.主题；2.情节；3.细节；4.细节印证；5.主人公；6."情节分布的程序"加以分析。

## 二　符合读者迫切需要的主题或政论

托马舍夫斯基认为：1.主题往往为符合读者的迫切需要；2.屠洛涅夫小说中有很多政论；③3.主题按成分两类，有情节（中篇、长篇、史诗），无情节

---

① 托马舍夫斯基：《主题》，什克洛夫斯基，《俄国形式主义文论选》，方珊等译，生活·读书·新知三联书店，1989，第107—208页。中译和英译都有删节，英译删节了内文所引的这一部分，参Boris Tomaskevsky "Thematics", in Russian Formalist Criticism: Four Essays. trans. Lee T. Lemon and Marion J. Reis(Lincoln: U of Nebraska P, 1965)61—98。
② 鲁迅：《阿Q正传》，《鲁迅全集》第一卷，人民文学出版社，2005，第512—559页。(本文所引《鲁迅全集》作品原文均出自同一版本。)
③ 托马舍夫斯基：《主题》，《俄国形式主义文论选》，第108页。

（醒世诗歌、抒情诗、游记）。①《阿Q正传》是中篇，是因为批评辛亥革命没有带来社会的改革，不能响应"读者的迫切需要"，再之议论当事的政治，并持否定的态度，引起共鸣。

（一）以陌生化瓦解辛亥革命的宏大叙事

俄国形式主义的代表人物什克洛夫斯基在1917年写作的《艺术作为手法》一文，认为过去尤其是象征主义，几乎把"形象=（等同）象征"，"诗歌=形象"，说用准确的形象，就可以"节省精力"，即耗费最少的力量，得到最好的效果，为了批驳"节省精力"说，什克洛夫斯基提出"陌生化"的理论，认为艺术的技巧就是要把客体（对象）变得"陌生"，例如以从未知见的角度来写，文中于是引托尔斯泰《战争与和平》和斯威夫特《格列佛游记》等为例作一说明，"陌生化"的"艺术的手法就是使事物奇特化的手法，是使形式变得模糊，增加感觉的困难和时间的手法"。②在叙事"视角"而言，常常采用陌生人、小孩子、精神病患者甚至是动物的眼光重新建构社会历史现象，托尔斯泰的《战争与和平》的波罗金诺战役不是透过将军和兵士而是交由非军人把感觉表述。③"视角"是指叙述者观察事物的角度。

《阿Q正传》大部分篇幅是由一个不识字的、近似流氓、恶棍的农民阿Q把所见所闻交代出来，据知是要写出辛亥革命的失败，这跟中国历史教科书所描述的不一样，在历史学者笔下，辛亥革命无疑会被描绘为一场颠覆封建王朝的伟大革命。

（二）国家民族大事+爱情的史诗

据巴赫金说，史诗的时间，是记极遥远的旧闻，是静止的过去，是不流动的时间，也没有未来，④要把从史诗的久远层面转变为现时发生中的事件做一联系，加点亲昵，就可以解决。⑤至于如《战争与和平》，因为抒写国家民族大事而加上爱情，成为史诗。⑥阿Q向吴妈示爱（第4章，恋爱的悲剧），结果被拒，这显示作者也考虑过爱情的素材。阿Q向吴妈示爱具备后述狂欢化的狎昵

---

① 托马舍夫斯基：《主题》，《俄国形式主义文论选》，第111页。
② 什克洛夫斯基：《艺术作为手法》，《俄苏形式主义文论选》，蔡鸿滨译，中国社会科学出版社，1989，第65页。
③ 胡亚敏：《叙事学》，华中师范大学出版社，1994，第193页。
④ 巴赫金：《史诗与小说——长篇小说研究方法论》，《巴赫金全集》第三卷，白春仁译，河北教育出版社，1998，第515页。
⑤ 巴赫金：《史诗与小说——长篇小说研究方法论》，第540页。
⑥ 卢小合：《艺术时间诗学与巴赫金的赫罗诺托普理论》，北京大学出版社，2016，第239—240页。

或亲昵的特征。

## 三 以矛盾冲突的方式展开情节

托马舍夫斯基认为：情节通常以矛盾冲突的方式展开，例如爱情故事。① 詹姆斯 N 弗雷《劲爆小说秘境游走：弗雷的小说写作坊》的"杰作生成三大妙法"是："制造冲突！制造冲突！制造冲突！"②《冲突与悬念：小说创作的要素》一书说，一个场景如没有制造麻烦，就变得乏善足陈，一个人物没遭遇考验、危险、挑战、内心和客观世界都没有离奇曲折的磨难，读者是不会感到惊喜的，这种人物，地位一定不重要，所以制造麻烦，是作者的分内工作。③ 阿Q跟所有人都合不来，起而口角，继而动武。

（一）情绪语言、理性语言、规范语言

穆卡洛夫斯基的《对话与独白》④对于小说对话分析，有启示作用。雅库宾斯基认为独白与对话的关系，是语言功能的对比关系，如同书面语言（规范语言）与口头语言的不同，或理性语言与情绪语言的不同；⑤"譬如说甲用情绪语言，乙用理性语言，丙用规范语言，丁用口头语言。"⑥《阿Q正传》也有引经据典的理性语言，"塞翁失马安知非福"（518）、"君子动口不动"（521）、"不孝有三无后为大"（524），至于转述阿Q想法是用了《左传》的"若敖之鬼馁而"（524）一句话，则是可靠叙述，因为阿Q没读过书，是没有文化的，施洛米丝·雷蒙-凯南：《叙事虚构作品：当代诗学》，于"不可靠的叙述"总括为下列三点，其一是：不可信赖的叙述者是："读者有理由怀疑他对故事的表现和评论"，⑦"若敖之鬼馁而"这句话会造成阅读过程度的停顿，形成所谓空

---

① 托马舍夫斯基：《主题》，《俄国形式主义文论选》，第111—112页。
② 詹姆斯 N 弗雷：《杰杰作生成三大妙法：制造冲突！制造冲突！制造冲突!》，《劲爆小说秘境游走：弗雷的小说写作坊》，许峰译，中国人民大学出版社，2015，第39—67页。
③ 詹姆斯·斯科特·贝尔：《冲突与悬念：小说创作的要素》，王着定译，中国人民大学出版社，2014，第3页。
④ 穆卡洛夫斯基：《对话与独白》，《布拉格学派及其他》，中国社会科学院外国文学研究所《世界文论》编辑委员会编，社会科学文献出版社，第25—53页。
⑤ 穆卡洛夫斯基：《对话与独白》，第26页。
⑥ 穆卡洛夫斯基：《对话与独白》，第27页。
⑦ 施洛米丝·雷蒙-凯南：《叙事虚构作品：当代诗学》，赖干坚译，厦门大学出版社，1991，第118页。

间化的效果。①

（二）《阿Q正传》的对话，多用口角

情景型对话与纯意义型对话的过渡型：社交性和娱乐性，经常是协调的、和解的。②譬如男女之间絮叨的对话，尤其是妇女一边工作、一边聊天、男人在吃零食，妻子在旁边编毛衣。③极端对话是"口角"，"对口角的偏爱符合儿童的天性"，④随社会变得文明，"口角或争吵的冲动亦逐渐的消褪"，经常引起争执土地的问题，家族以及社会集体虚荣感减少。电子传媒讯息的沟通，解决了以前争吵不休的问题。⑤

《阿Q正传》的对话，多用口角："阿Q自己也不说，独有和别人口角的时候，间或瞪着眼睛道：'我们先前——比你阔的多啦！你算是什么东西！'"（515），"阿Q以如是等等妙法克服怨敌之后，便愉快的跑到酒店里喝几碗酒，又和别人调笑一通，口角一通，又得了胜，愉快的回到土谷祠，放倒头睡着了。"（517）

（三）《阿Q正传》的詈骂语与巴赫金狂欢化的比较研究

口角多用詈骂语，詈骂语是用恶毒的话来骂人，王小丽，《谈〈红楼梦〉中詈骂语的分类及文化含义》⑥据中外学者的分类，再精简为以下几点，参考称便。

### 《阿Q正传》的詈骂语

| 詈骂语 | 《阿Q正传》中的詈骂语 |
| --- | --- |
| 1.跟性有关的詈骂语 | |
| （1）表性器官的 | |
| （2）表性行为的 | 阿Q骂未庄的女人都是娼妇（529） |
| （3）表性混乱的 | |

---

① 戴维·米切尔森（David Mickelsen）：《叙述中的空间结构类型》，《现代小说中的空间形式》，约瑟夫·弗兰克等著，秦林芳编译，北京大学出版社，1991，第156页。

②③ 穆卡洛夫斯基：《对话与独白》，第37页。

④ 穆卡洛夫斯基：《对话与独白》，第32页。

⑤ 穆卡洛夫斯基：《对话与独白》，第33页。

⑥ 王小丽：《谈〈红楼梦〉中詈骂语的分类及文化含义》，《宁波教育学院学报》2008年第10期。

续表

| 詈骂语 | 《阿Q正传》中的詈骂语 |
|---|---|
| 2.贬义詈骂语 | |
| (1)骂人不是人的 | |
| a.把人当动物的 | 把阿Q当作畜生来打:"阿Q,这不是儿子打老子,是人打畜生。自己说:人打畜生"(517)<br>阿Q骂小D是畜生(530)<br>阿Q骂王胡是毛虫,王胡反骂他是癞皮狗(521)<br>秀才骂阿Q做忘八蛋(526) |
| b.把人当妖魔鬼怪的 | |
| c.把人当无生命物的 | |
| (2)骂人卑贱的 | |
| b.把人当妖魔鬼怪的 | |
| a.卑微地位有关的 | 长衫人物在审问时指阿Q有奴隶性(548) |
| b.血缘、出身有关的 | 赵太爷不许阿Q跟他同姓:那知道第二天,地保便叫阿Q到赵太爷家里去;太爷一见,满脸溅朱,喝道:"阿Q,你这浑小子!你说我是你的本家么?"阿Q不开口。赵太爷愈看愈生气了,抢进几步说:"你敢胡说!我怎么会有你这样的本家?你姓赵么?"(513) |
| c.人的低能有关的 | |
| d.与相貌、生理缺陷有关的 | 阿Q面上有癞疮疤,因此连光和亮两字成了他的禁忌:因为他讳说"癞"以及一切近于"赖"的音,后来推而广之,"光"也讳,"亮"也讳,再后来,连"灯川烛"都讳了。一犯讳,不问有心与无心,阿Q便全疤通红的发起怒来,估量了对手,口呐的他便骂,气力小的他便打(516)<br>阿Q骂剪辫的假洋鬼和尼姑做"秃儿"(522,523) |
| e.人的性质有关的 | |
| f.专门骂女性的 | |
| g.与辈分有关的 | |

续表

| 詈骂语 | 《阿Q正传》中的詈骂语 |
|---|---|
| 3.生理排泄物有关的 | |
| 4.诅咒詈骂语 | |
| （1）咒人死的 | |
| （2）咒人断子绝孙的 | 尼姑骂阿Q断子绝孙（523） |
| 5.与说话有关的 | |
| 6.与宗教有关的 | |

以上如用巴赫金狂欢化观点来阅读，性与排泄十分缺乏。罗宾·R·沃塞尔对不叙述事件的分析，也有助于理解，对"不叙述"的研究，涉及四个方面：1.不必叙述；2.不可叙述；3.不应叙述；4.不愿叙述。不应叙述指一些违反社会常规和禁忌，在维多利亚时代，"性"总是不能讲述的东西，[①]在威权时代，一般而言，在任何时代，太残忍的事（如肉刑、解剖），也不能叙述。

巴赫金在《陀思妥耶夫斯基诗学问题》里面认为小说的体裁有三个来源，即史诗、雄辩术、狂欢节，形成了欧洲小说发展史上的三条线索[②]，其中狂欢节影响最大，他在《拉伯雷研究》[③]和《陀思妥耶夫斯诗学问题》之中，提出一种"笑文化"的理论，称为"狂欢文化"，认为小说的"狂欢文化"来自古代的嘉年华会。

据巴赫金的介绍，由古罗马到中世纪，狂欢节没有中断过，每年合计起来，大约有三个月或更多时间，是过着庆祝各种节日的狂欢生活，于是中世纪人就有两种生活，一种是严格的阶级森严的生活，充满恐惧、教条、虔敬，另一种则颠倒过来，是对神圣人事的不敬和放纵猥亵的狂欢行为。[④]这种情况，

---

① 罗宾·R., 沃塞尔（Warhol, Robyn R.,）：《新叙事：现实主义小说和当代电影怎样表达不可叙述之事》，James Phelan 和 Peter J. Rabinowitz 主编，申丹等译，《当代叙事理论指南》，北京大学出版社，2007，第241—256页。
② 参见巴赫金《陀思妥耶夫斯基诗学问题》，白春仁、顾亚玲译，河北教育出版社，1998，第143页。
③ 参见巴赫金《拉伯雷研究》，《巴赫金全集》，李兆林、夏忠宪等译，河北教育出版社，1998。
④ 参见巴赫金《陀思妥耶夫斯基诗学问题》，第184页。

由于狂欢节在17世纪后趋于式微，文学也变得没有生命力。①狂欢节后来演变为在室内戴面具的形式，没有了广场的群众特征。

狂节式文学有以下特征：1.打破平日森严的阶级，人们的地位变得平等；2.颠覆正统的思维；3.一切都变得粗鄙，特是语言和行为。

狂欢节特别重视写地球和身体的下半部，即地狱和生殖器。为了颠覆和表示不敬，帝王都到了地狱，沦为奴隶，原是奴隶的，却在地狱变成帝王。狂欢式文学特别重视写身体开如口器官，譬如口（大吃大喝）、鼻（排泄系统之一）、生殖器、肛门、粪便、分娩、性交的描写至为特征。②

骂人脏话是"古代诙谐性祭祀活动的必要成分"，骂人话的"诙谐角度对创造了自由气氛和看待世界的另一种角度"，脏话"具有双重性：既有贬低和扼杀之意，又有再生和更新之意"，指着发誓或赌咒，"在很多方面与骂人话相似"③，沿着《拉伯雷研究》的引导，可以找到《阿Q正传》因调戏吴妈，而被迫立下五条誓词，"指天赌咒和发誓、对流行的神圣文本和格言进行滑稽改编"④：

一明天用红烛——要一斤重的一对，香一封，到赵府上去赔罪；

二赵府上请道士被除缢鬼，费用由阿Q负担；

三阿Q从此不准踏进赵府的门槛；

四吴妈此后倘有不测，唯阿Q是问；

五阿Q不准再去索取工钱和布衫。（528）

## 四 作为打架的动态细节

托马舍夫斯基认为：1.关联细节：不可省略；2.自由细节：可以省略，情节通常以矛盾冲突的方式展开；3.动态细节：使情境发生变化，如人物的行动；4.静态细节：不使情境变化，自由细节属之，典型的静态细节包括自然、地域、环境、人物的性格等。⑤

阿Q重复地出现的行动是打架，不敌之时，就说是儿子打老子（517），是

---

① 参见巴赫金《陀思妥耶夫斯基诗学问题》，第173页。
② 参见巴赫金《拉伯雷研究》，第368页。
③ 参见巴赫金《拉伯雷研究》，第20页。
④ 参见巴赫金《拉伯雷研究》，第101页。
⑤ 托马舍夫斯基:《主题》，《俄国形式主义文论选》，第111—117页。

为精神胜利法：打架在狂欢节有特殊意义，打架"给旧世界（旧权力、旧真理）脱冕，使之变得荒谬可笑，并为之送终，同时又产生一个新世界"。①"人们殴打和辱骂着它，然而这殴打是创造性的，因为这些殴打有助于新世界的诞生。因此殴打就成为欢乐的、悦耳的及节日"②了。

## 五　细节印证

托马舍夫斯基认为结构细节分四类：1.结构细节印证：例如道具；假细节印证，是道具可以引开读者注意力。2.求实细节印证：令读者觉得真有其事，如历史背景的引进，与传统道德或读者愿望妥协；也可能会导致双重的解释，如民间相信鬼神，于是叙事一方面附会现实，另一方面又呈现幻想的特征。3.艺术细节引证：以反常化的视角描述，例如以小孩子的眼光描写会议过程。③

艺术细节引证的反常性的写法，是利用阿Q来观察辛亥革命。

## 六　主人公

托马舍夫斯基认为：1.性格在命名中显示，居住环境、外表、衣服也可以交代；2.性格一种是不变，另一种是可变，例如坏人忏悔。④

（一）居住环境、外表、衣服和命名

阿Q有提及其人外表：头上长癞疤疮（517），戴毡帽、穿破布衫（528）、口讷（518），居住在土谷祠。出现旧日农村常见的土谷祠、尼姑、当铺、公开处决。

（二）道路时空体

果戈理曾经说过：要写好故事，"作者只要把自己所熟悉的房子或街道描写出来就行了"。⑤

阿Q在小说中，几乎是在道路上生活的，除了睡在土谷祠之外，有时在赵太爷家舂米（525），调戏吴妈的一节，写到赵太爷的内院（527），踏上前往城

---

①③巴赫金：《拉伯雷研究》，第237页。
②托马舍夫斯基：《主题》，《俄国形式主义文论选》，第111—112页、第124—133页。
④托马舍夫斯基：《主题》（"Thematics"），《俄国形式主义文论选》，第135—136页。
⑤艾兴包姆（Boris Eichenbaum）：《果戈理的〈外套〉是怎样创作的》（"The Structure of Gogol's 'The Overcoat'"），王薇生：《俄国形式主义文论选》，郑州大学出版社，2005，第281页。

市的一段，曾交代未庄不是大村镇，"不多时便走尽了"，"村外多是水田"，之后在水田附近，就是静修庵（531）。

根据伦佛鲁《导读巴赫金》①的综述，巴赫金在总结时说：1.人物相遇是小说重要的情节，相遇常在路上，于是与之相关的道路时空体当居首位；2.之后，18世纪的哥特小说，又多出现古堡时空体；3.至于稍后又有如见于《包法利夫人》的省城时空体，阿Q在城里接赃（537），故适用此说，什克洛夫斯基说"抢劫的手法经久不衰，其命运颇为有趣，最初它发生退化，并开始运用于情节结构中的次要部分，也就是说，一笔带过而已，现在它降而进入儿童文学"；②4.至于描述到广场或客厅，又有了类似古代狂欢节的拉伯雷时空体，阿Q是在广场当众处决的，故尾段属之。

逃走与因之而来对之追捕，是常见情节，人物需要走来走去，故需要"非常广阔多样的地理背景"。希腊小说"一般是在大海相隔的三五个国家里（希腊、波斯、腓基、埃及、巴比伦、埃塞俄比亚等等）"，于笔触所及，就留下不少"国家、城市、各种建筑、艺术作品（如绘画）、民俗习惯、异乡奇兽和其他稀世之珍"的描述，涉及"各种宗教、哲学、政治、科学"的话题）。③

1.劫持、逃跑、追赶、搜寻、监禁

"劫持、逃跑、追赶、搜寻、监禁，在希腊小说里起着巨大的作用"④，阿Q是在向吴妈求爱后，不为未庄所容而到了城里去的。吸引人的地方在于："他会遭到暗算吗？"这就让看官有了读下去的兴趣（《冲突与悬念》）。⑤足见巴赫金提示的"逃走与追捕"的道路时空体，实在十分重要。

2.机遇、偶遇、相逢与支配力量

巴赫金提示"相逢"是希腊小说的重要情节，"相逢——分手（离别）、散失——复得、寻找——发现、辨认——不（认）识"⑥，成为日后各类文学作品的重要素材。相逢这种"机遇"，在希腊小说而言，是受到一种力量左

---

① 阿拉斯泰尔·伦佛鲁（Alastair Renfrew）：《导读巴赫金》（Mikhail Bakhtin），田延译，重庆大学出版社，2017，第112—128页。
② 什克洛夫斯基：《情节编构手法与一般风格手法的联系》，《散文理论》，刘宗次译，百花文艺出版社，1994，第53页。
③④ 巴赫金：《时空体》，《巴赫金全集》，李兆林、夏忠宪等译，河北教育出版社，1998，第278页。
⑤ 詹姆斯·斯科特·贝尔：《冲突与悬念：小说创作的要素》，王着定译，中国人民大学出版社，2014，第72页。
⑥ 巴赫金：《时空体》，第287—288页。

右,早期是受天神、魔鬼和术士所干预,后来是受恶人所阻挠。《阿Q正传》写主人公进城之后,加入偷窃的匪帮,也就是遇到坏人。阿Q自城市回到乡下,由得到尊重到被认为是贼,似乎冥冥中有一股力量,可以理解为辛亥革命无法除掉国民性,国民性是鲁迅旅居日本之后开始探索的问题。

(三)由阿Q到老Q

艾兴包姆在《果戈理的〈外套〉是怎样创作的》①,说果戈理很喜欢利用搞笑的人名来写作滑稽剧,《阿Q正传》的开端,花了很长的篇幅讨论阿Q的命名,与此类似。

1.滑稽的故事可分为两类

艾氏认为滑稽的故事可分为两类:一是叙事式的故事,二是描绘式的故事。以下把他的想法加以表列:

**艾氏滑稽故事分类在《阿Q正传》中的特点**

| 滑稽的故事分类 | 艾兴包姆如是说 | 《阿Q正传》中的特点 |
| --- | --- | --- |
| 叙事式的故事 | 是一些玩笑,同音异义词的文字游戏。<br>给人一种平淡的话语的印象 | "我曾经仔细想:阿Quei,阿挂还是阿贵呢?倘使他号叫月亭,或者在八月间做过生日,那一定是阿桂了"(514) |
| 描绘式的故事 | 用文字描述面部表情和手势的,编造一些滑稽奇特的发音,字母或音节次序颠倒,古怪的句法安排等 | "我的最后的手段,只有托一个同乡去查阿Q犯事的案卷,八个月之后才有回信,说案卷里并无与阿Quei的声音相近的人。……再没有别的方法了。生怕注音字母还未通行,只好用了"洋字",照英国流行的拼法写他为阿Quei,略作阿Q。"(514) |

---

① 艾兴包姆:《果戈理的〈外套〉是怎样创作的》,王薇生,《俄国形式主义文论选》,郑州大学出版社,2005,第281页。

续表

| 滑稽的故事分类 | 艾兴包姆如是说 | 《阿Q正传》中的特点 |
| --- | --- | --- |
| | 使我们隐约地感到有个演员在讲话,因此故事叙述便有一种表演的特点 | 我所聊以自慰的,是还有一个"阿"字非常正确,绝无附会假借的缺点,颇可以就正于通人。(515) |
| | 决定结构的不再是玩笑的简单的组合,而是各种面部表情和奇怪的发音动作体系 | 看阿Q的意思……讳说"癞"以及一切近于"赖"的音,后来推而广之,"光"也讳,"亮"也讳,再后来,连"灯川烛"都讳了。一犯讳,不问有心与无心。(516)<br>阿Q便全疤通红的发起怒来,估量了对手,口讷的他便骂, |

2. 用严格的逻辑句法掩盖词的荒诞

艾兴包姆又说:果戈理常见的一种手法,"就是用严格的逻辑句法掩盖一些词的荒诞和不合逻辑的组合,以致使我们感觉这种用法并非是故意的"。例如,以下一段:"他虽然是个独眼龙,又生了一脸麻子,可是要缝补官员们和其他人的裤子和燕尾服,却干得非常出色。"艾氏认为这种手法隐藏得"十分巧妙","喜剧作用却相应地增加"。①在《阿Q正传》,也有"阿Q真能做!"(515)这一句。

3. 改变人物的姓名或称呼

什克洛夫斯基论情节编构手法说:阿Q参加革命后,地主改口称为老Q(539),如此改变人物的姓名或称呼,是利用主人公的身份改变,把小说情节拖长的一种方法。②

4. 反常化手法来指称事物

"拉长情节的手法,是利用不同说法称呼",托尔斯泰常"不用事物的名称来指称事物""第一次看到的事物那样去加以描述",就像是初次发生的事情,同时,他在"描述事物时所使用的名称",不用使用惯常说法,"而是像称呼其

---

① 艾兴包姆:《果戈理的〈外套〉是怎样创作的》,第287页。
② 什克洛夫斯基:《艺术作为手法》,《俄苏形式主义文论选》,蔡鸿滨译,中国社会科学出版社,1989,第47页。

它事物中相应部分那样来称呼"。①譬如方便面初时兴起时叫"公仔方便面",因为商标有个公仔图案,普及之后新加坡称快熟面,台湾称为泡面,有些地区又叫泡泡面。

  阿Q自然更自负,然而他又很鄙薄城里人,譬如用三尺长五寸宽的木板做成的凳子,未庄叫"长凳",他也叫"长凳",城里人却叫"条凳",他想:这是错的,可笑! 油煎大头鱼,未庄都加上半寸长的葱叶,城里却加上切细的葱丝,他想:这也是错的,可笑! 然而未庄人真是不见世面的可笑的乡下人呵,他们没有见过城里的煎鱼!(516)

## 七 情节分布的程序

  托马舍夫斯基认为:1.17世纪悲剧规定活动地点不变,时间限在二十四小说;2.在文本中暴露写作过程的情节多有喜剧成分,甚至变为闹剧。②《阿Q正传》的小说发端,作者现身谈写作动机,谈阿Q的命名过程。故是一种元小说或称后设说的写法,"展露对于写作行为的极端自觉","暴露写作的过程","或者了意谈论作品的角色、情节等"。③谈阿Q的命名过程,小说暂时停顿下来。停顿减慢小说向前推进速度的方法,叙述学称之为"空间化"。④

---

① 什克洛夫斯基:《艺术作为手法》,第7页。
② 托马舍夫斯基:《主题》("Thematics"),《俄国形式主义文论选》,第140—143页。
③ 张惠娟:《台湾后设小说试论》,《当代台湾评论大系》第三册,台湾正中书局,1993,第206页。
④ 戴维·米切尔森:《叙述中的空间结构类型》,《现代小说中的空间形式》,约瑟夫·弗兰克等著,秦林芳编译,北京大学出版社,1991,第156页。

# 最近的两项研究——关于阿Q的"大团圆"和"斯巴达"

李冬木　〔日本〕佛教大学

一①

一项是关于安特莱夫的,现在一般把这位作家翻译成安德烈耶夫。他写了一个在俄罗斯打工的雇农,名字叫"伊万·扬松"(イワン·ヤンソン)。扬松的来历很模糊,几乎不会讲俄语,也没人懂得他的爱沙尼亚语,而他也很少跟人说话。他的老家曾来过一封信,但他不认字,随手丢掉了。他从一个农场到另一个农场给人当雇农,除了很能干之外,和别的雇农没有什么不同,只是爱在酗酒之后虐待牲口。他在某一时刻,也想起过要找老婆,并且看上了农场主雇佣的女工,无奈自己五短身材,又一脸雀斑,被那女佣人怼了回来。一个冬夜,他忽然想起雇主曾经骂过他的话,一时兴起,用他的芬兰刀从背后狂捅了雇主,又就势对女主人起了邪念,欲行非礼时遭到对方反抗,反被掐了脖子,吓得落荒而逃,最后被抓。

"伊万·扬松"的最明显的精神特征是智力混沌、麻木和健忘。他杀了人,被法庭判处死刑,但在法官宣判时,他却弄不清楚眼前发生了什么。

"他呆望着宏伟的大厅,用布满裂纹的手指抠着鼻子。"当被宣判处以绞刑

---

①此部分内容载《现代中文学刊》,二〇二一年第五期。日译本《七死刑囚物语》版本信息如次:アンドレーエフ作,相马御风译,七死刑囚物语,海外文艺社,大正二年五月十四日印刷,五月十七日发行,二三四页。

时,他和审判长有如下对话:

"她说要杀了俺,那女的。"
"那女的?你说的是谁?"审判长粗哑的嗓音问道。
扬松指着审判长,眼睛觑着另一方,气愤地答道:
"就说你呢!"
"哦,是这样!"
这回扬松把目光转向一个审判官,越说越来劲儿,重复着刚才的话:
"那个女的说要掐死俺。俺咋能让她掐死呢!"
"把被告带出去!"
扬松仍无动于衷,梗着脖子说着同样的硬话:
"俺咋能被她弄死呢!"① (笔者译自日文版,兹略原文)

他很快就适应了牢房生活,吃得好,睡得香,还欣赏窗外的雪景,过得很惬意,甚至脸上露出了有生以来从未有过的笑。他不理解死刑意味着什么,也不认为自己会死。

看守还照样是那套话。
"哎,我说,您老人家也判了个绞死呀!"
"可是啥时轮到绞俺呢?"他懵着脸问道。
"别急呀,肯定还有一起拉过来绞的,一个一个的绞死太麻烦,更何况像你这么个不起眼的家伙。"
"那得是啥时候呢?"扬松很固执。②
\*　\*　\*
夜里扬松很平静,甚至很高兴。
"俺不会被弄死的。"他不断重复着这句话,毫不担心,毫不动摇,强硬地重复着。他早已忘却了自己犯下的罪行,甚至为没干成东家的老婆感到遗憾。

---

① 安特莱夫:《七死刑囚物语》,第45—46页。
② 安特莱夫:《七死刑囚物语》,第48—49页。

他每天早上还是照样问看守，啥时候弄死俺。①

直到死期临近，他才开始感到害怕，嘴上却仍嘟囔着那句话："咋会弄死俺？""俺不会被弄死！"虽然浑浑噩噩如旧，但死的恐怖却步步逼近，终于在押赴刑场的途中达到了高潮。先是自己走出牢房，然后死活不肯下马车，两手死死抓住门把手，被拉下来之后又紧紧抓住车轮不放，接下来就是被架着了："起初两只脚的脚心还紧贴在地上，随后膝盖便弯了下来，全身的重量都压在巡警的胳膊上，就像醉汉一样，两个脚尖儿擦着地，被拖上了木制的站台。"②最后，在被革命者牵着手，走上绞刑台的瞬间，他终于胆怯而清晰地意识到："俺这是要被弄死了！"

故事讲到这里会令人想到一个人物。没错，正是阿Q。

来路含混，雇农身份，浑浑噩噩，不会读写，健忘而轻易释然，向女人求爱而遭拒，不理解死刑为何物，一时心里释然，最后又在临刑前感悟到死亡的恐惧，尤其是"站不住，身不由己的蹲了下去，而且终于趁势改为跪下了……"③，很显然，阿Q的这些特征，尤其是最后的"大团圆"结局，与安特莱夫笔下的"伊万·扬松"有着高度的相似性。这是笔者在阅读安特莱夫的日文版《七死刑囚物语》时注意到的，并且一直觉得是个问题。

这次调查论证了鲁迅与该版本的相关性。

1919年4月18日至5月17日，周作人赴日本探亲。人前脚在上海登船，"树"兄便在4月19日夜里给他写信，20日早又特意在信尾加笔"又及"："安特莱夫之《七死刑囚物语》日译本如尚可得，望买一本来，勿忘为要。"④4月"廿七日"，周作人"得北京廿一日函"，"廿八日""上午至神田买书六册，下午又至本乡买书八册"，据此可以推测为这是周作人遵嘱购书的记录。周作人在东京滞留二十天⑤，购书七十五册，《七死刑囚物语》有无限大的可能就包含在"廿八日"上午的"六册"或下午的"八册"当中。

从人物特征的对照来看，扬松的很多要素，的确在鲁迅"杂取种种人，合

---

① 安特莱夫：《七死刑囚物语》，第51—52页。
② 安特莱夫：《七死刑囚物语》，第196—197页。
③ 鲁迅：《阿Q正传》，《鲁迅全集》第一卷，人民文学出版社，2005，第548页。(本文所引《鲁迅全集》作品原文均出自同一版本。)
④ 鲁迅：《19190419 致周作人》，《鲁迅全集》第十一卷，第373页。
⑤ 周作人：《周作人日记(影印本)》(中)，大象出版社，1996，第23—26页。

成一个"①的过程中被"合成"到了阿Q身上来。当然,诚如鲁迅所言,向他者学习,"好像吃牛肉一样,决不会吃了牛肉自己也即变成牛肉的"。②阿Q的"大团圆"完全是他自身的性格和中国社会所赋予他的特有结局,是鲁迅无可取代的艺术创造。阿Q一定要被杀,由不得他自己,但他一定要把"Q"圈儿画圆,而且能够想到"过了二十年又是一个……",③则使他把"精神胜利法"进行到底,是属于他的性格结局。正因为如此,阿Q对死亡的恐怖——也就是对生的自觉——比"伊万·扬松"来得更晚,他刚想喊"救命"便没命了。然而"这刹那中"④的醒悟,是来自围观他的看客们的眼睛,就比"伊万·扬松"在旷野中无人知晓的被绞死更加可怕:阿Q在看客们的眼神中感到害怕了,然而看客们却并不知道阿Q在害怕。这便是鲁迅所说的"连自己的手也几乎不懂自己的足"⑤的悲剧。

通过这次调查,笔者还发现,鲁迅对安特莱夫这部作品的解读,无论在当时还是在现在,都呈现了完全不同的视角和关注点。《七死刑囚物语》写了七个绞刑犯。其中包括三男二女——五个革命者,一个杀人强盗和雇农扬松,安特莱夫出色地展现了这些人物临刑前的心理状态。不论俄罗斯本国,还是日译本译者(包括日本读书界)乃至中国学者,都把解读的重点放在"死刑"本身和对革命者的关注上,而只有鲁迅在关注最不革命的扬松。这也可以进一步理解为鲁迅解读该作品的视角:最英勇的革命者,把几乎摊在地上的扬松扶上了绞刑架,与自己一同死去——与革命无缘的扬松之死,是否也意味着革命本身之死?因为革命拯救不了扬松,甚至革命者自己也拯救不了自己。辛亥革命要了阿Q的命,夏瑜的血馒头也没救活华小栓,如此剖析革命的视角,也许在读取他者的同时就已经确立了。也就是说,《阿Q正传》的独特性,亦源自作者观察生活,汲取素材的独特眼光。而这一点,在鲁迅的阅读与创作关系当中具有普遍性。

## 二

另一项研究是关于"斯巴达"的。其中当然包括留学日本第二个年头的周

---

① 鲁迅:《〈出关〉的"关"》,《鲁迅全集》第六卷,第538页。
② 鲁迅:《关于知识阶级》,《鲁迅全集》第八卷,第228页。
③④ 鲁迅:《阿Q正传》,《鲁迅全集》第一卷,第551页。
⑤ 鲁迅:《俄文译本〈阿Q正传〉序及著者自叙传略》,《鲁迅全集》第七卷,第84页。

树人如何创作他的第一篇作品《斯巴达之魂》的问题。关于《斯巴达之魂》，历来存在着是"创作"还是"翻译"的争论。这一问题的解决，当然首先需要弄清素材的来源。因为只有弄清什么是素材，才有可能从中辨析出哪些地方是周树人的创作。过去材源调查的着眼点，基本按照这个思路来进行，也取得了某些阶段性成果，即除了提示某种调查范围和调查线索外，还出示了某些疑似性材源。这方面的研究主要以樽本照雄①和森冈优纪②的调查论文为代表。不过，笔者认为，仅仅以"鲁迅"为核心展开平行对比式的材源调查，似乎已经走到了极限。因为仅仅拘泥于单篇作品框架内的文本比较，会有大量的"相似性"或"近似性"的文本出现，哪种看上去都会令人觉得或许有关联，却又无法坐实，到底是哪种确实有关联。

在此前提下，笔者提出了一种不同维度上的调查构想和设计。即不把"斯巴达"仅仅看作周树人《斯巴达之魂》单篇作品中的孤立现象，而是将其作为整个近代知识和思想传播中的一个环节来看待。在这一观察维度下，《斯巴达之魂》不再是"鲁迅研究"中的一篇早期习作，而呈现为一个精神史过程的到达点，既是对此前知识和思想传播的承接和反馈，也是对周围诸种言说的凝聚，多重文本交叉之大观，亦由此而清晰地浮出水面。笔者在解读的过程中，使用文本与先行研究使用文本有某些交叉，但由于解读维度和读取方法的不同，所获得的结果也就大不一样。此项调查历时八个月，归结为《从"斯巴达"到"斯巴达之魂"——"斯巴达"知识和思想传播中的梁启超与周树人》一文，正文约四万五千字，附录约一万字，已经投稿给某刊，目前正处在查读阶段。不过全文刊载，恐怕要等到拙著在国内出版的那一刻。好像已经快了，敬请各位同仁、朋友关注浙江古籍出版社的出版消息。

梁启超是中国近代"斯巴达"知识积累和传播的第一人。这一知识最早包含在他的始于1890年的"世界史"和"文明史"的学习中。在很长一段时间里，"斯巴达"模糊地内包于"希腊"之内，直到亡命日本之后才逐渐的清晰起来，并在两种意义上成为梁启超关注的焦点。第一种意义是未来新中国政体设计的参照，第二种意义是用以作为"中国之新民""铸魂"之材料。这种知识积累和认知的最高到达点，是1902年七、八月间发表的《斯巴达小志》。在

---

① 樽本照雄：《关于鲁迅的〈斯巴达之魂〉》，岳新译，《鲁迅研究月刊》2011年第6期。
② 森冈优纪：《明治杂志与鲁迅的〈斯巴达之魂〉》，袁广泉译，森时彦主编《二十世纪的中国社会》下卷，社会科学文献出版社，2011。

这篇一万一千多字的文章里,梁启超以饱满的感情和激昂的语调,建构了他的"斯巴达""心像"(image),即斯巴达的"爱国"与"尚武"的重心,"不徒在男子也,而尤在妇人"。①周树人不仅由此获得了关于"斯巴达"的知识制高点,更继承了梁启超的立意,并在此基础上又向前推进一步,把"斯巴达"由梁启超的"心像"塑造为一个具体的"巾帼"形象。"德尔摩比勒之战",斯巴达王梨河尼佗以下三百武士全军阵亡,但在作品中纪念碑却属于一个叫"涘烈娜"的女人。她最终"伏剑于君侧",以死相谏,令丈夫重返战场。于是——

> 将军推案起曰,
> "猗欤女丈夫……为此无墓者之妻立纪念碑则何如?"
> 军容益庄,惟呼欢殷殷若春雷起。
> 斯巴达府之北,侑洛佗士之谷,行人指一翼然倚天者走相告曰,"此涘烈娜之碑也,亦即斯巴达之国!"②

这是精神史维度的"斯巴达"观察,从"心像"到"形象",可谓步履紧随,足迹清晰。陈漱渝先生曾有小文提到《斯巴达小志》,③却没有具体展开,或许受制于无法展开的"素材"框架也未可知。

"斯巴达"精神脉络理顺了,也就不难梳理《斯巴达之魂》材源构成。对于刚到日本留学的周树人来说,梁启超的《斯巴达小志》可以说是他最早的具有排他性的文本知识来源。经过一年多的学习,粗通日语之后,周树人又开始通过日文做引申阅读:除了把梁启超写作时所引用过的日文文本,同样作为自己的材源文本之外,周树人还读取了更多的梁启超没有读到过的文本。

周树人取材,绝不是在同一个平面上毫无章法地乱抓乱用,而是鲜明地分为两个层面。用他的话说就是"读史"和"掇取逸事"。《斯巴达之魂》取材于"德尔摩比勒之战",周树人在写作时严格恪守了他通过"读史"所获得的史实框架,整个战役过程的叙述蓝本,是浮田和民的《西洋上古史》《稿本希腊史》和桑原启一的《新编希腊历史》。《斯巴达之魂》里共出现的二十四个译名,可

---

① 梁启超:《斯巴达小志》,《饮冰室合集·专集之十五》,第11页。
② 鲁迅:《斯巴达之魂》,《鲁迅全集》第八卷,第16页。
③ 陈漱渝:《〈斯巴达之魂〉与梁启超》,《鲁迅研究月刊》1993年第10期。虽然该文只有一页,却提出一个调查命题,即"鲁迅的《斯巴达之魂》不仅立意上受到梁启超的启发,文中的一些佳句也与《斯巴达小志》相类"。森冈复述这一点,但同样没进一步展开调查。

与浮田文本对得上的有十七个,可与桑原文本对得上有十九个,两者交叉可对接二十一个,整体对应率为百分之八十七点五。如此之高的固有名词对译覆盖率,在同时期的其他文本中是见不到的,所以以上三书,在所有材源中所处史实框架位置确定无疑。

"逸事"方面的取材,主要来自文部省编译《希腊史略》,而也有可能参阅了诸如《少年园》等少年杂志上登载的故事,以及涩江保的《希腊波斯战史》。森冈优纪认为,"《斯巴达之魂》是鲁迅在数篇少年杂志'史传'栏文章的基础上,参照有关历史文献写成的"。①对此笔者不敢苟同,以为少年杂志之类,只能算作边缘参照物,就如同涩江保的《希腊波斯战史》或许提供了用作补丁的"温泉门"等知识那样。总之,关于这些问题,敬请参照笔者在上述文章中所做的详细辨析。这里仅举几个文本对照的实例。

(1)"读史"取材之例:

【译文】梨河尼佗召集众将领开军事会议。多数人认为,前后受敌很难防卫,莫如从这里撤退,为希腊将来之安全保存生命。然而梨河尼佗辞退此议。斯巴达国法命令斯巴达人在不能战胜敌人时,必须战死沙场。故梨河尼佗决心尊奉国法,和三百斯巴达人一同留下战死。(桑原启一编译《新编希腊历史》)

梨河尼佗爰集同盟将校,以议去留,佥谓守地既失,留亦徒然,不若退温泉门以为保护希腊将来计。梨河尼佗不复言,而徐告诸将曰,"希腊存亡,系此一战,有为保护将来计而思退者,其速去此。惟斯巴达人有'一履战地,不胜则死'之国法,今惟决死!今惟决死战!余者其留意。"(《斯巴达之魂》,第10页)

通过比较不难发现,《斯巴达之魂》不仅完整保留了这段历史资料,还以"今惟决死!今惟决死战!"递进句凸显梨河尼佗的气概。不仅如此,所谓"为保护将来计而思退"的议论在留学生中似颇有共识,甚至在成立"拒俄义勇队"的会场上就有"待我学成归国,再议办法"②的建议,周树人使用这段素

---

① 森冈优纪:《明治杂志与鲁迅的〈斯巴达之魂〉》,第427页。
② 梨河尼佗:《留学界纪事·(二)拒俄事件》,《浙江潮》第四号,第131页。

材时有意两次提到"为将来计",想必是有感而为之的操作。由于"为将来计"的讨论不见于其他文本,所以哪怕仅凭这一点也可以确定《新编希腊历史》是用以作为史实参照的"读史"文本之一。

(2)"掇取逸事"之例:

【译文】在全军当中,梨河尼佗最想保全三人性命。其中二人是他的亲属,一人是往时著名豫言者之后裔,名字叫息每卡(按:应为"每息卡",メギスチヤス)。息每卡也是占卜者,善神诫云。然而息每卡不愿自己离去,却又为名门血统将随自己一同断绝而悲伤,遂把自己的儿子打发回去而自己留下来,决心与其亡国而生,莫如以死殉国。

梨河尼佗的亲属也不屑撤离,于是梨河尼佗命令二人把信函送抵斯巴达并传递口信。其中一人回答道:"我执兵器为抗敌而来,不为给斯巴达送信而来。"另一人说:"没必要送信过去,如果斯巴达人想知道我们在做什么,他们自己会知道。"(文部省《希腊史略》)

这段记载进入《斯巴达之魂》后。虽然增添了大量文学渲染,但还是清晰地留下了底本的痕迹。

呜呼全军,惟待战死。然有三人焉,王欲生之者也,其二为王戚,一则古名祭司之裔,曰豫言者息每卡而向以神诫告王者也。息每卡故侍王侧,王窃语之,彼固有家,然彼有子,彼不欲亡国而生,誓愿殉国以死,遂侃然谢王命。其二王戚,……(略)……厉声答王曰,"王欲生我乎?臣以执盾至,不作寄书邮。"志决矣,示必死矣,不可夺矣。而王犹欲遣甲,而甲不奉诏;欲遣乙,而乙不奉诏。曰,"今日之战,即所以报国人也。"(《斯巴达之魂》,第11页)

(3)材料合成、加工——创作之例:

【译文】柏撒纽之宽宏大量

今也,作为战争余下的事务,希腊军把掩埋尸体和分发缴获物交给年轻人去做。有人向柏撒纽进言,泽耳士在德尔摩比勒曾对梨河尼佗的尸骸加以侮辱，所以也应该复仇，把马尔德尼亚斯的尸体串起来羞辱。柏撒纽斥责道，战死的波斯人作为牺牲，已足以慰藉梨河尼佗及其诸位勇士之灵。众人都对柏撒纽的宽宏大量感到佩服。

亚里士多德之战死

又，在斯巴达战死者中。有在德尔摩比勒战争中没跟国人一同战死而逃回来的人，名字叫亚里士多德。斯巴达人称他胆小鬼，以作为不齿者。他想在浦累皆一战中雪清耻辱，只身离队，冲入敌阵，辉煌作战，殁于阵中。然而，当严格的斯巴达人在战后埋葬其战死者之际，认为亚里士多德违反军纪，其战死不足以抵偿前罪，故并不赋予他与其他战死者同样的名誉。（桑原启一编译《新编希腊历史》）

但是到了《斯巴达之魂》里，这两段内容合二为一，做了文学处理，"柏撒纽之宽宏大量"被移植到如何对待"亚里斯多德之战死"上来：

将军欲葬之，以询全军；而全军哗然，甚咎亚里士多德。将军乃演说于军中曰：

"然则从斯巴达军人之公言，令彼无墓。然吾见无墓者之战死，益令我感，令我喜，吾益见斯巴达武德之卓绝。夫子勖哉，不见夫杀国人媚异族之奴隶国乎，为谍为伥又奚论？而我国则宁弃不义之余生，以偿既破之国法。嗟尔诸士，彼虽无墓，彼终有斯巴达武士之魂！"（《斯巴达之魂》，第16页）

## 三

周树人就这样，获得了他的"斯巴达"到达点，为中国近代留下了一座"斯巴达"文学雕像。这篇作品也是建构他在20世纪最有影响力的话语的首次实践，从此开启了伴随其一生的"国民性"话语的建构之路。

前面讲到的《七死刑囚物语》与阿Q的"大团圆"，也跟这种话语建构密切相关。

# 《罗曼罗兰的真勇主义》手稿考略

李浩　上海鲁迅纪念馆

1926年，法国作家罗曼罗兰六十岁生日，1926年4月，鲁迅将所编的《莽原》第七、八期合刊，编成"罗曼罗兰专号"以示庆贺。鲁迅将他所译的《罗曼罗兰的真勇主义》一文刊登在这份合刊中，《罗曼罗兰的真勇主义》一文原文刊载在日本评论家中泽临川、生田长江合著的文艺评论集《近代思想十六讲》中（1915年12月东京新潮社出版发行）。罗曼罗兰因他的人道主义思想以及文学作品为"五四"一代知识分子所关注，鲁迅在1924年所著《论照相之类》中提到外国名人的肖像照时，说："托尔斯泰，伊孛生，罗丹都老了，尼采一脸凶相，勖本华尔一脸苦相……而罗曼罗兰似乎带点怪气。"这大约是鲁迅第一次在文章中提到罗曼罗兰。在1926年间，鲁迅在《我还不能"带住"》《无花的蔷薇》《"死地"》多篇文章中提及罗曼罗兰及他的作品，这年也是罗曼罗兰的六十周岁，北京《晨报》等刊辟专栏介绍，《莽原》也在其中——罗曼罗兰的生日似乎成了在北京的知识分子中的一场公共事件。今天来看《莽原》"罗曼罗兰专号"以及所刊的鲁迅的译文《罗曼罗兰的真勇主义》是这场公共事件的重要历史文献。这组有关罗曼罗兰的历史文献，必然也包括鲁迅译文《罗曼罗兰的真勇主义》的手稿。

## 一　《罗曼罗兰的真勇主义》手稿

鲁迅译文《罗曼罗兰的真勇主义》手稿目前存于国家图书馆。鲁迅将《罗曼罗兰的真勇主义》译文誊抄于新潮社"文艺丛书稿纸"上，①稿纸上有红铅笔的排版批注，此份手稿按照朱正的说法，属于原稿。当然这里的说原稿并非是初稿（草稿）的意思，只是用于投稿的稿件，按照目前通行的说法是指交付排印的定稿。虽说是定稿，却不能说是最后稿，因为在排版后还有修改的可能。

关于此份手稿的探讨，大约可以分两个方面进行。首先就是从翻译角度进行，鲁迅谈到翻译时曾说："我翻译时，倘想不到适当的字，就把这字空起来，仍旧译下去，这字待稍暇时再想。否则，能够因为一个字，停到大半天。"②"我向来总以为翻译比创作容易，因为至少是无须构想。但到真的一译，就会遇着难关，譬如一个名词或动词，写不出，创作时候可以回避，翻译上却不成，也还得想，一直弄到头昏眼花，好像在脑子里面摸一个急于要开箱子的钥匙，却没有。"③由此，通过分析此份手稿上的种种修改，并比照日文原文，或可探索鲁迅翻译过程的思考。

其次，将之作为一种文章进行探讨。从这角度探讨的理由是，一是翻译可以视作一种再创作。任何翻译都无法全真再现原文的意思，或多或少地总带有译者的理解（或说偏见），如鲁迅所言"佛教徒的'唵'字，据说是'人人能解'，但可惜又是'解各不同'"。④即便如此，鲁迅还是在追求译文的保真性，不仅是词语的保真，也涉及语法的保真，即所谓的"宁信而不顺"。⑤具体谈到自己的翻译时曾说"自然，世间总会有较好的翻译者，能够译成既不曲，也不'硬'或'死'的文章的，那时我的译本当然就被淘汰，我就只要来填这从'无有'到'较好'的空间罢了"。⑥鲁迅在与瞿秋白探讨翻译时认为，根据不同的读者可以有不同的译本，对于"有很受了教育的"，鲁迅认为供给他们的翻译作品意在"不但在输入新的内容，也在输入新的表现法"，⑦因此，他坚持"宁信而不顺"的译文。而对于"有略能识字的"读者，则"应该时常加些新的字眼，新的语法在里面，但自然不宜太多，以偶尔遇见，而想一想，或问一

---

① 《国家图书馆藏鲁迅未刊翻译手稿》第二册，国家图书馆出版社，2014。
② 鲁迅：《鲁迅全集》第十三卷，人民文学出版社，2005，第590页。(本文所引《鲁迅全集》作品原文均出自同一版本。)
③ 鲁迅：《"题未定"草·一》，《鲁迅全集》第六卷，第362页。
④ 鲁迅：《关于翻译的通信》，《鲁迅全集》第四卷，第392页。
⑤ 鲁迅：《关于翻译的通信》，《鲁迅全集》第四卷，第391页。
⑥ 鲁迅：《"硬译"与"文学的阶级性"》，《鲁迅全集》第四卷，第214页。
⑦ 鲁迅：《关于翻译的通信》，《鲁迅全集》第四卷，第391页。

问就能懂得为度",在传授知识思想过程中丰富群众的语言。①虽然鲁迅没有直接将翻译等同于创作,尽管他追求译文的保真性,但他认为他的译文是等同于创作的存在。这也就是鲁迅晚年在和许钦文谈起编辑他自己文集的事时,将翻译与创作并列(或者说等同)的原因之一。他这样对许钦文说:"钦文,我写了整整三十年,约略算起来,创作的已有三百万字的样子,翻译的也有三百万字的样子了,一共六百万字的样子,出起全集来,有点像样了!"② "1938年出版二十卷的《鲁迅全集》,编排的格式,符合'最后的晤谈'时鲁迅先生对我说的办法",③将鲁迅的创作、翻译、学术创作、古文献整理并列在一个集子中。而1950年代冯雪峰等编辑《鲁迅全集》时,则回归了个人作品全集只收创作的"共识",仅收录创作部分,而另编《鲁迅译文集》,这种"共识"仍体现在人民文学出版社2005年版《鲁迅全集》中。不同于1970年代只收创作的《鲁迅手稿全集》,今年国家图书馆出版社和文物出版社合作出版的《鲁迅手稿全集》则将鲁迅所有文章的手稿以及手迹合于一集中,可以视作是一种回归。

由此,本文在此尝试将这篇译文手稿视作一种独立存在的文章进行考察。

## 二 手稿修改略述

在这里探讨《罗曼罗兰的真勇主义》手稿中的修改时,暂选择侧重"文"中的"词"的修改,而非"译"中的意义再现思考与选择。

此份手稿的修改大致有这样几种状况:

(一)词的表达"精确化"(口语化),如:

P.101④ "称为"改为"叫作"

P.101 "连续"改为"一串"

P.102 "大案件"改为"大事故"

P.102 "呼起"改为"呼唤"改为"呼喊"

P.116 改凯撒为德皇,德国皇帝称为凯撒,为避免和古罗马的凯撒混淆,这样修改是更明确所指

P.121 "书中主要人物"改为"书中要人"

---

① 鲁迅:《关于翻译的通信》,《鲁迅全集》第四卷,第392页。
② 许钦文:《〈鲁迅日记〉中的我》,《鲁迅回忆录(专著)》下册,北京出版社,1999,第1331—1332页。
③ 许钦文:《〈鲁迅日记〉中的我》,《鲁迅回忆录(专著)》下册,第1333页。
④ 本节所列页码为《国家图书馆藏鲁迅未刊翻译手稿》第二册的页码。

P.129 "你还不能领会么?" 改为 "你领会不到么?"

（二）词义的修改（词义或句义的迁移），如：

P.106 "也有屈服为自己的苦痛" 改为 "也有为自己的苦痛所屈服的一刹那"

P.106 "他们即使没有在浓重的黑暗" 改为 "他们即使没有点火于浓重的黑暗"

P.107 "胜于真的" 改为 "胜于美的"

P.119 "现在的教育家的了" 改为 "现在的道德家的了"

P.134 "是宗教家" 改为 "倒是道德家"

（三）词义的消失或增加，如：

P.101 "往昔以来" 删除

P.117 "用自己的手" 改为 "一路用自己的手"

P.118 "乃是真实地使其人" 改为 "乃是真给其人"

P.134 "（没？）有" 改为 "都能够怀着"

（四）改回，如：

P.107 "因" 改为 "靠" 改为 "因"

P.124 "感到" 改为 "感着了" 改为 "感到"

P.124 "世界人" 改为 "天下为家者" 改为 "世界人"

（五）誊抄过程中的修改，如：

P.119 "而和这相副的力量也不足" 原文是 "也没有和这相副的力量也不足"。很拗口，推测是直接将也没有改为而后，继续抄改

P.119 "但在我，却不想有死亡的先驱者似的这样的平和" 原文是 "但据我看去，却不免（？）亡的先驱者似的这样的平和"。不通，推测是抄到 "但据我看去，却不免（？）" 时直接修改的

## 三 关于修改

1931年底，鲁迅在《答北斗杂志社问——创作要怎样才会好?》中谈及文章的定稿时说："写完后至少看两遍，竭力将可有可无的字，句，段删去，毫不可惜。"① 一年多后，他在《我怎么做起小说来》中进一步阐释说："我做完

---

① 鲁迅:《答北斗杂志社问——创作要怎样才会好?》,《鲁迅全集》第四卷,第373页。

之后,总要看两遍,自己觉得拗口的,就增删几个字,一定要它读得顺口;没有相宜的白话,宁可引古语,希望总有人会懂,只有自己懂得或连自己也不懂的生造出来的字句,是不大用的。"①这两段话都表述了鲁迅翻译或创作过程的一个侧面,而非全部,仅从这份手稿来看,我们可以看到鲁迅全部抄写完成后的修改,但也分明看到,鲁迅在抄写过程中的修改。作为一种独立的文章,我们可以看到鲁迅在誊抄过程中修改的变化,呈现出如同他的创作手稿那样的现象,不仅存在着大量词语"精确化"的修改(其中间有古语新用的现象),也存在有词义迁移、消失、增加的修改。1935年鲁迅在《不应该那么写》中引用了苏联作家兼评论家魏烈萨耶夫的话:"应该这么写,必须从大作家们的完成了的作品去领会。那么,不应该那么写这一面,恐怕最好是从那同一作品的未定稿本去学习了。在这里,简直好像艺术家在对我们用实物教授。恰如他指着每一行,直接对我们这样说——'你看——哪,这是应该删去的。这要缩短,这要改作,因为不自然了。在这里,还得加些渲染,使形象更加显豁些。'"②遵循这段引言去考察鲁迅这份译稿,探讨其中的修改,就比较容易地理解鲁迅为何将他的译文与他的创作等同起来原因了。

这里略考察一下鲁迅《铸剑》(《眉间尺》)的手稿,《铸剑》手稿是与本文所考察的手稿一样,应是交出版的定稿。在这份手稿中也存在着大量修改,且具有相似的修改类型。

(一)词的表达"精确化"(口语化),如:

P.24③ "母亲挺直地坐"改为"母亲端坐"

P.25 "地方"改为"处所"

P.25 "红□"改为"绯红"

P.25 "铸就"改为"炼就"

(二)词义的修改(词义的迁移),如:

P.23 "眼角显出来了"改为"嘴角出现了"

P.25 "揭去枕边的板"改为"揭去床头的木板"

P.26 "妇女们向门"改为"男人们一排"

(三)词义的消失或增加,如:

---

① 鲁迅:《我怎么做起小说来》,《鲁迅全集》第四卷,第526页。
② 鲁迅:《不应该那么写》,《鲁迅全集》第六卷,第321—322页。
③ 为北京鲁迅博物馆编《鲁迅手稿选集》(文物出版社1960年版)的页码。

P.22 "而从寒冷中,有忽然热血"改为"而一转眼间,又觉得热血"

P.22 "两眼发出光芒"改为"两眼发出闪闪的光芒"

(四)改回,如:

P.23 "可是"改为"可是"

P.24 "第一"改为"第一"

(五)誊抄过程中的修改,如:

P.21 "待到他看见身□□的肚子黑毛,大的肚子"改为"待到他看见全身,——湿淋淋的黑毛,大的肚子"。在手稿上,"待到"前先是添加一字,后又被涂抹;更重要的是,如果按不修改的行文看,是不可能出现"肚子黑毛,大的肚子"这样的句式的,因此,可以推测,在行文到"黑毛"或"大的肚子"时,作者进行了即时修改。

相似的修改类型,表明了翻译与创作过程的相似性,都经历了表述的选择(用词)过程。虽然如此,作为创作手稿的《铸剑》里的修改,比之译稿的修改,有更多的誊抄过程中的修改,创作是完全主观能动的,而译稿天然地依附着原文。

## 四 文章:印刷文本和手稿

就译文手稿而论,除了类似"胜于真的"改为"胜于美的"这种修改可以从翻译角度进一步探讨外,像"呼起"改为"呼唤"改为"呼喊"则可以从"不但在输入新的内容,也在输入新的表现法"方面进行考察。

近百年前,"五四"知识分子所倡导并推行的白话文是力求接近于口语,而非完全口语的文体,怎样更准确地表达并最大限度地适应全体中国人的口语体是当时知识阶层所探寻及尝试的问题。曾出席1913年读音统一会并参与制定"注音字母"的鲁迅对于新语言(语体)有更进一层的想法,他在1924年的演讲《未有天才之前》中指出翻译的重要性"于是创作家出来了,从实说,好的也离不了刺取点外国作品的技术和神情,文笔或者漂亮,思想往往赶不上翻译品,甚者还要加上些传统思想,使他适合于中国人的老脾气"。[①]在从文言到口语的现代化过程中,鲁迅更重视于现代中国人怎样更准确地表达新的思想,同

---

[①]鲁迅:《未有天才之前》,《鲁迅全集》第一卷,第176页。

时也重视于用新的思想来言说现代的中国。鲁迅认为准确地表达新思想的词和文是第一位的,比之于"技术和神情,文笔或者漂亮"更为重要。这并非是一蹴而就的,而是一个漫长的实践过程。"五四"以后的鲁迅以创作、翻译、创作、再译的实践来探索最接近完美的现代中国思想的构建与语言的表达。这种建立程式,又突破自我建立的程式的探索,频繁地见于他的创作或翻译手稿中。比如,他在《白莽作〈孩儿塔〉序》中的修改"他们就义了足有五年□了"改为"他们就义了已经足有五个年头了","他们俩是殊途而同归的兄弟"改为"终于和他成了殊途同归的兄弟"①都是将原先较为平直的叙述改为具有波折的、富有情感的语句。

鲁迅文章的鲁迅味,是今天许多人所叹服的,从语言的角度来看,鲁迅文体是鲁迅探索中国书面语言现代化过程中的积累,而非是完全固化的,是处在不断改进过程中的。手稿所呈现出来的誊抄过程中的修改,正呈现了这种不断改进的态势。鲁迅的文章的魅力就在于这种既是确定了的(印刷文本),又似乎处在改进过程中的状态(手稿)。也就是鲁迅自谓的"无有"到"较好"的中间物状态。

鲁迅不止一次地表示,他的翻译文是从无到最善译文之间的过渡之文,也大力提倡重译,为有重译本的出现而欣喜。为了使翻译能够惠及更多的人群,他甚至可以针对不同的读者群体,用不同的方式进行翻译。鲁迅眼中的作为过渡之文存在的译文,被视作等同于创作的存在,是有翻译过程有创作的因素,也有他对将来定本出现的期待意义在吧。

鲁迅的文章从印刷文本角度来看是完成体,但从手稿角度来看,却分明是未完成体,也正因如此,有不断启发读者和进行阐释的基础。

---

① 参见北京鲁迅博物馆编《鲁迅手稿选集》,第97页。

# 鲁迅与现代文化价值重建

## 纪念鲁迅140周年诞辰国际学术会议暨第六届绍兴文化峰会论文选集

②

绍兴市社会科学界联合会
绍兴文理学院鲁迅研究院
乐山师范学院四川郭沫若研究中心
———— 编 ————

山西出版传媒集团　北岳文艺出版社
·太原·

# 目录 第2卷

"通化"之境：钱谷融的鲁迅研究
　　………… 李红霞　绍兴文理学院鲁迅研究院　001

"文心相通"：关于鲁迅与但丁的相遇
　　——纪念鲁迅140周年诞辰但丁逝世700周年
　　………………………… 李金燕　复旦大学中文系　016

"青年必读书"的议程设置与鲁迅的媒介批判
　　………………… 李怡　四川大学文学与新闻学院　034

"母胎"点燃"一粒星星之火"：鲁迅与木刻青年吴渤新探
　　………… 范芳明玥　凌孟华　重庆师范大学文学院　048

痛感的消失与恢复
　　——以《阿Q正传》为中心
　　……………………… 刘彬　南京师范大学文学院　073

鲁迅的古砖收藏及考释
　　………………………… 刘璁　南开大学文学院　091

文学评介的变迁与文艺政策的调整
　　——以延安时期《阿Q正传》的评介为中心
　　………… 刘飞　袁盛勇　陕西师范大学文学院　099

"北平狂飙运动"反覆

——从北平《全民报》《北平日报》的"狂飙运动"副刊谈起

················ 刘涛　河南大学文学院　111

批评的审美性和科学性：摘句批评的现代转换

——从朱光潜和鲁迅先生的论争说起

················ 刘亚斌　浙江外国语学院中文学院　130

论爱姑的"被"离婚

——鲁迅小说《离婚》中的女性形象研究

················ 刘玉凯　河北大学文学院　142

再谈《鲁迅全集》的修订

················ 刘运峰　南开大学　169

论《伤逝》中涓生子君爱情悲剧的原因

················ 卢富清　绍兴文理学院人文学院　181

鲁迅《呐喊》新解

················ 卢健红　绍兴文理学院人文学院　183

鲁迅"五四"时期倡导民主的两个特点

················ 鲁兰洲　鲁迅文化基金会绍兴分会　185

新时期以来鲁、郭、茅负面评价的理论反思

················ 鲁雪莉　绍兴文理学院鲁迅研究院　191

鲁迅方言俚语下的浙东风情

················ 潘文娟　绍兴文理学院鲁迅研究院　200

《帮忙文学与帮闲文学》讲演的记录与修改

——兼论鲁迅提出"帮闲文学"的因由

················ 乔丽华　上海鲁迅纪念馆　202

鲁迅与北京星星文学社《文学周刊》

——以周灵均《删诗》为线索

················ 秋吉收　日本九州大学　217

坠入"困顿"后的鲁迅家靠什么维持生计？
　　·················· 裘士雄　绍兴鲁迅纪念馆　227

鲁迅早期创作中的闲适趣味及其意义蜕变
　　·················· 邵宁宁　杭州师范大学人文学院　237

《祝福》：旁观者之"恶"及根源探析
　　·················· 邵可心　绍兴文理学院人文学院　249

鲁迅与中国歌剧文化的建构
　　·················· 盛梅　澳门大学人文学院　251

《野草》"然而"的转笔艺术探析
　　·················· 施文　绍兴文理学院鲁迅研究院　259

论鲁迅《伤逝》的戏剧改编
　　·················· 苏冉　河南大学文学院　261

"辛亥革命与其挫折"的隐性书写
　　——重读《范爱农》
　　·················· 孙海军　绍兴文理学院鲁迅研究院　271

鲁迅小说中的背景与中国戏曲的关系研究
　　·················· 孙淑芳　云南师范大学　284

《伤逝》：鲁迅爱情心理纠结的曲折表述
　　·················· 田刚　陕西师范大学文学院　299

越文化底蕴：鲁迅文学精神生成的重要"内源性"机制
　　······ 王嘉良　浙江师范大学人文学院　江南文化研究中心　312

废名与"鲁迅研究"
　　·················· 王晓冬　西南大学文学院　323

为何莫言对鲁迅《铸剑》情有独钟？
　　·················· 王洪岳　余凡　浙江师范大学人文学院　333

# "通化"之境:钱谷融的鲁迅研究

李红霞　绍兴文理学院鲁迅研究院

作为"伟大的鲁迅的同胞和后辈"[①],钱谷融的鲁迅研究时间纵贯1960—1990年代,文章数量不少,篇幅也不短,范围广泛,涉及鲁迅创作和研究多方面——关于创作的文章涉及其多个文体,杂文有《鲁迅杂文的艺术特色》(1961),散文有《观察与沉思的结合,外界与内心的交融——鲁迅〈秋夜〉讲析》(1981),小说方面综合性阐释有《鲁迅的小说》(1982),细读单篇小说有《论〈祝福〉的思想锋芒——祥林嫂是怎样死的?》(1981)、《"揭出病苦,引起疗救的注意"——重读鲁迅小说〈风波〉》(1986)、《谈〈伤逝〉》(1990);针对研究的文章有《纪念鲁迅话研究》(1981)、《〈鲁迅创作心理〉序》(1993)等。

或许因写作时间较分散且着眼于"诗意"而非"思想",表述路径是感悟性体验而非"主义"式理论,加上论者囿于对其温和散淡风度的既有印象,与名文《论"文学是人学"》和《〈雷雨〉人物谈》被予以较多关注相比,钱谷融的鲁迅研究较少为人瞩目。稍加探究即不难发现,他的研究与对象鲁迅作品具有共通品质——不仅体现对文艺和人情世态的"种种看法","更是一份深具个性的证词,记录了他所遭遇的那个严峻的时代,以及他在这样的时代中苦苦挣扎,竭力保持人性和尊严的精神历程"[②],值得仔细品读。

---

[①] 钱谷融:《致吴天才(1993年1月16日)》,《闲斋书简》,华东师范大学出版社,2004,第375页。
[②] 王晓明:《〈艺术·人·真诚——钱谷融论文自选集〉序》,华东师范大学出版社,1995,第5页。

## 一 "人各有己":诗心立诚为本

作为中国现代文学的灵魂,面对"瞒和骗"的文化故垒,鲁迅坚持的"立人"思想倡扬"尊个性而张精神",视"人各有己"为"群之大觉近矣"之前提。他憧憬"诚与爱"的生活,为此寄厚望于文艺:"人类最好是彼此不隔膜,相关心。然而最平正的道路,却只有用文艺来沟通,可惜走这条道路的人又少得很"①,以"能宣彼妙音,传其灵觉,以美善吾人之性情,崇大吾人之思理者"为诗人极致。作家先焕发作为一切文明"本根"的个体"心声""内曜",表达内心真实的战栗与反抗,也画出沉默的国民魂,如怪枭刺破平和苍穹,惊醒梦中人,拨动其心弦,借艺术桥梁与其臻于生命意识互通和生命状态共鸣:"盖诗人者,撄人心者也。凡人之心,无不有诗。如诗人作诗,诗不为诗人独有,凡一读其诗,心即会解者,即无不自有诗人之诗。无之何以能解?唯有而未能言,诗人为之语,则握拨一弹,心弦立应,其声澈于灵府,令有情皆举其首,如睹晓日,益为之美伟强力高尚发扬,而污浊之平和,以之将破。平和之破,人道蒸也。"②

鲁迅期待的"人各有己",在钱谷融文艺观点中有响亮呼应,即"不可无我"的"具体人情美"。钱谷融代表作之一《论"文学是人学"》明显是对鲁迅"立人"观所代表的"五四"个性主义思想传统的深刻接续。文中认为人道主义在不同时代的共同内涵之一即"把人当作人":"对自己来说,就意味着要维护自己的独立自主的权利;对别人来说,就意味着人与人之间要互相承认、互相尊重。"③他由此推崇艺术,因为艺术以"具体性"为基本特点,充分实现了"把人当作人":"艺术所描绘的,始终是一个具体的'这个'——这一个人,这一件事,这一块地方,这一段时间。"

与鲁迅寄厚望于文学类似,钱谷融视文学为写作艺术极致,因为它直接表现了人那"浓烈的感情和清湛的智慧",尤其彰显情感体验的"人各有己":"每一个有生之灵的人,就是一把精致的小提琴……每一条纤细的人的经络,就是一根轻巧的琴弦。而文学,就是那伟大的琴师。只要它神奇的手指轻轻地

---
① 鲁迅:《〈呐喊〉捷克译本序言》,《鲁迅全集》(编年版)第十卷,人民文学出版社,2014,第90页。(本文所引《鲁迅全集》作品原文均出自同一版本。)
② 鲁迅:《摩罗诗力说》,《鲁迅全集》(编年版)第一卷,第84页。
③ 钱谷融:《论"文学是人学"》,《艺术·人·真诚——钱谷融论文自选集》,第81页。

一挥,每一根琴弦便都美妙地跳动起来了",从而奏出"轻快的鼻息,响亮的笑语,低沉的呜咽,悲慨的嚎啕,以及一切哀乐交织的勾人心魄的谐和之声"①。文学正是借助对作家及人物"人各有己"之"具体人情美"的精妙传达——注重作家个体强烈真挚的思想情感,尤其是情感在审美活动中的核心作用,以情感表现为本质职能之一;作家尊重人物,把人物当成活生生的独立生命存在予以同情之理解,细致入微地寻绎"每一个"人的内在情感和性格逻辑中蕴含的心灵奥秘,以艺术语言表达富有个性的人情美,从而铸就自己独特"诗心",延展为"诗意",以对具体可感的坚守拆解关于抽象整体现实、"规律"、"本质"的理念以及其他诸多压抑,在所有艺术中使"把人当作人"理想获得最充分贯彻。

"具体人情美"是钱谷融对审美创作特殊规律的深刻总结,除对"五四"传统的承续,也来自对魏晋美学精神的深有会心,进而成为新时期人道主义的先声。用他1962年写作的短文题目来说即《不可无"我"》:"艺术活动,不管是创作也好,欣赏也好,总离不开一个'我'。"②他对托尔斯泰作品的解读、对曹禺戏剧语言和人物的系统阐释等,都是对《论"文学是人学"》延伸思考的体现。其中始终强调不拘文体的"诗意"——包含音韵、意象美,更多来自人物潜藏情欲和意向在语言动作性上的表现,来自心理或语言描写与人物具体行动、特定情境的结合。以"具体人情美"为枢纽,钱谷融的文学研究立论始终以人道主义和艺术性为基本出发点予以拓展,对鲁迅的研究也是如此,主要体现在作家心态研究和作品艺术性探究两大侧面。

就开掘作家主体精神世界而言,针对既往研究由"代言人"营造出的因"不近人情"而"吓人"的革命家光辉形象③,作为"新时期"文艺心理学领域的先导者,钱谷融希望凸显"人间鲁迅"作为生命个体的"生动活泼、多姿多彩"④。他一贯注重"从深层心理学、审美心理学的角度对作家的创作心理进行透彻的审视",面对鲁迅这样"伟大"作家较"深奥复杂"的作品,更觉得非如此则很难发掘其"深层含义和全部意蕴",从而认同闫庆生《鲁迅创作心理论》把问题探讨深入到"主体创作心理的不同的侧面和不同的层次,以及这

---

① 钱谷融:《论节奏》,《散淡人生》,上海教育出版社,2001,第56页。
② 钱谷融:《不可无"我"》,《艺术·人·真诚——钱谷融论文自选集》,第178页。
③ 钱谷融:《观察与沉思的结合外界与内心的交融——鲁迅〈秋夜〉讲析》,《艺术·人·真诚——钱谷融论文自选集》,第407页。
④ 钱谷融:《我的祝贺》,《上海鲁迅研究》2005年第1期。

些不同侧面不同层次的复杂组合及其多样变化上",因为这样问题才可能"阐发得比较透彻"①。有人认为鲁迅最大特点是"冷静",他认为这是"皮相之论",鲁迅作品中实则"渗透着热烈的爱与憎","他尊重客观事实,决不加以粉饰或歪曲,……这是他的清醒的现实主义";面对当时评论者过于片面强调鲁迅之于吕纬甫、魏连殳的批判态度,他较早注意到《在酒楼上》《孤独者》和《伤逝》等除包含对知识分子的揭露和批判,同时也带着"深刻的同情和悼惜"②,充满"悲愤"。

需强调的是,钱谷融对鲁迅"人间性"阐释的前提是打通作家身份区隔和文体界限,捕捉创作主体精神特质,突出鲁迅的"文学家"身份和作品之"诗意"。1960年代初,在《鲁迅杂文的艺术特色》中他既认同鲁迅不可及的地方"首先当然是在于他,……不但是一个伟大的文学家,而且还是一位伟大的思想家,更其难得的是,还是一位伟大的革命家",更坦然地着力从文学角度挖掘鲁迅特质:"即使单就文学家的一面来说,他也有非一般人所能及的地方,那就是他的文学才能是那样的丰富饱满,不拘是哪一种形式,哪一种体裁,总掩藏不住他的作为一个文学家的特色。"作为感悟型哲人,不仅《野草》或《白莽作〈孩儿塔〉序》这样带有明显诗意特质的篇章,鲁迅作品整体都饱含诗性智慧。对鲁迅思维的多样化,钱谷融既从风格上予以概括,同时更扣紧本质特性加以把握。对研究者持续关注的鲁迅杂文语体修辞问题,钱谷融不仅从风格角度入手,认为鲁迅杂文语言"做到了准确、鲜明、生动,而且还非常简练隽永,充满着机智与幽默",更自出机杼地于鲁迅的多样文体创造中专门强调其杂文的"诗"性:"诗的最高体式是抒情诗,一切发自内心深处,直接从肺腑间流出来的,都有诗的意味。那么是不是可以认为:所谓诗的因素,主要就是指作品中所表现出来的一种强烈而深厚的感情态度。鲁迅的杂文与一般杂文的一个很大的不同处,不正在于有没有这种强烈而深厚的感情态度吗?"③

之前虽有许寿裳《怀念亡友鲁迅》、萧红《怀念鲁迅先生》以鲜活的书写体现不同鲁迅精神侧面。不过,呼应新时期以来文艺思想"向内转"的整体态势,1990年代始"人间鲁迅"才在研究者笔下渐趋生动,鲁迅生命状态的丰富面相——思想家、作家、翻译家、文学史家或"革命家"特质、传统与现代、

---

① 钱谷融:《〈鲁迅创作心理论〉序》,《艺术·人·真诚——钱谷融论文自选集》,第591页。
② 钱谷融:《鲁迅的小说》,《艺术·人·真诚——钱谷融论文自选集》,第359—360页。
③ 钱谷融:《鲁迅杂文的艺术特色》,《艺术·人·真诚——钱谷融论文自选集》,第324页。

绝望希望、哲人凡人、余裕与峻急、严肃与有趣等多维碰撞所形成的立体精神风貌和厚重文化品格被予以充分表现,其独特心灵之宽度、广度和深度获得充分凸显。论者或从多元文化对话的世界性视野出发,梳理鲁迅作为感悟型哲人置身中西古今文化折叠地带,出于"保存和更新民族自我"的独立生命意志,在与时代、地域环境、个人遭遇及气质个性等综合因素互动过程中,汲取多种滋养形成的创新思维之独特结构、理路,阐明其形成因素和启迪意义;或打通文体和艺术门类界限、鲁迅不同时期理念与实践的界限,阐发其文学革命实绩;或细读作品,依循鲁迅感悟型智慧的思维艺术特性,探究其生命体验的复杂深邃如何通过精妙手法如叙事和意象的别致、诗性表达与理性贯穿的张力、人物塑造的精细等予以有效传达……

而这些尝试,都离不开对鲁迅个体心灵世界的不断重读。众所周知,钱谷融弟子中这方面研究卓见迭出的学者大有人在且影响较大。比如,早自1980年代早期开始,殷国明就立足"人学"立场,采取"中西文化汇通"研究范式,探究鲁迅作品所凝聚的中国现代文化意识之"折叠"现象,揭示他由此形成的对国人和他本人多重自我叠影搏斗之深刻内省及相应艺术创新,追寻他汲取各种精神资源以推进自我心灵和解、铸就现代意识的艰苦尝试和曲折历程;之后吴俊的《鲁迅评传》等与当时影响甚大的林贤治的《人间鲁迅》、彭定安的《走向鲁迅的世界》等一起,论及鲁迅思想谱系时重视对其心理与精神世界的个性化阐释;更有王晓明的《无法直面的人生——鲁迅传》对鲁迅呐喊与彷徨、"鬼气"与大绝望等内面心理结构和精神动态的研析,吴俊的《鲁迅个性心理研究》对鲁迅"人格与精神结构(多疑性格、自虐倾向、攻击性心理、性心理)、虚无与反抗虚无的思想、暮年意识(疾病与死亡)"的学理探究等,以其"完全'内转'——聚焦鲁迅内在心理世界",因其"带有深度而具有难度"的写作模式,标志着国内鲁迅传记写作体例、理路、范式方面取得"重大突破"[①]。世纪之交则有郑家建的《故事新编》研究对鲁迅终身徘徊于"呐喊/彷徨,希望/绝望,确信/质疑"之矛盾心路的深入探究等。

尽管在对鲁迅"文学家"自我的倚重及文学"具体人情美"之基点的坚持上,"钱门"弟子的鲁迅研究互存差异,并在一定程度上折射出新时期以来鲁迅研究一些引人深思的问题。不过,他们对鲁迅立体精神世界的执着探寻视野与老师钱谷融的上述个性化治学风格密不可分。不妨说钱谷融的鲁迅研究相当

---

① 张元珂:《作为"中间物"的鲁迅传记写作(下)》,《传记文学》2019年第7期。

程度上铸就了"钱门"弟子相关研究的特殊风貌,从一个侧面推进了新时期以来的鲁迅研究进程,在当代文学批评史上焕发独特光彩。

就"艺术性"而言,面对鲁迅这样作为站在世纪转折点上文化视野开阔的通人,对其予以跨学科研究当然必要。不过,当鲁迅研究者都成了"业余的社会政治家、半吊子社会学家、不胜任的人类学家、平庸的哲学家以及武断的文化史家"①,其文学本义则被遮蔽了。相比而言,钱谷融的鲁迅研究特质之一即在于始终着力于挖掘鲁迅作品"诗心"之铸就过程上。

## 二 "不可无我":以散淡化峻急

除《论"文学是人学"》和《〈雷雨〉人物谈》侃侃而谈,篇幅较长,钱谷融其他文章多"要言不烦,取其足以达意为止"②,但下笔务必言从己出,每一篇都是"我"的独立发声。他认为接近任何作品都"既要有一种客观的、实事求是的态度,又要从自己的真切的感受出发",否则就会"使自己走向主观臆测,或者先入为主地用一种已有的现成结论来代替切实的分析"③。有"我"的坚持,突破了对习俗定见的盲从,也"走出鲁迅"(钱理群语),打破了研究者容易陷入的偶像崇拜意识,从而始终保持了自己独特的切入角度。

鲁迅的生命短暂,匆促"横站"的一生却希望人生留有"余裕"和"空白",认为文学是"余裕"的产物。他的"托尼文章,魏晋风骨"在钱谷融精神世界中存在深刻共鸣。经历过时代的惊涛骇浪,钱谷融所自谦的"既无能又懒惰"里自然有以退避求自保的意图:"我就是既无能而又懒惰的人。但我的懒惰,也不是天生的,起初只是为了逃避批判,为了寡过自保,才把懒惰作为一种处世方式,正像为了止痛而求助于鸦片,不想却因此而嗜毒成瘾,贻害终身"④,从而与鲁迅、王瑶等讨论过的魏晋文人之选择存在"一个精神传统的谱系"⑤。但综合钱谷融的早期文章来看,他是更自觉选择以散淡、精神的"余裕"为底色,"散淡"中不乏"峻急"。现实中他做到了同时代人多难以做到的一点即热烈发言、直面介入与退守沉默是金都出于自我真实意愿,都出自

---

① 哈罗德·布鲁姆:《西方正典》,江宁康译,译林出版社,2015,第462页。
② 官立:《钱谷融著译目录初编》,《云梦学刊》2017年第2期。
③ 钱谷融:《谈〈伤逝〉》,《艺术·人·真诚——钱谷融论文自选集》,第387页。
④ 钱谷融:《致陈炳熙(1998年7月17日)》,《闲斋书简》,第308页。
⑤ 钱理群:《读钱谷融先生》,《现代中文学刊》2010年第5期。

真诚，想说时即以诚立言，不想说时践行诚意。就像他青年时代在《论节奏》中盛赞的"那为后世人所万分向往的魏晋风度"——"那真率，那洒脱，那光风霁月的襟怀，那雍容逸畅的神宇"①以及声音的风韵，都是身心的谐和之发以及灵魂的内在节奏之美。

作为钱先生唯一一篇论鲁迅杂文的长文，《鲁迅杂文的艺术特色》"能在当时思想禁锢极为严重、自己又身遭迫害的环境中坚持独立思考"的精神气度，与鲁迅的智慧获得了内在融通，言之有理，引人"钦佩不已"②。文章写于1961年3月，当时钱先生已被打入另册，失去公开发表文章的权利，只作为讲义在华东师大披露。直到1979年正式刊发于《鲁迅研究年刊》。《1913—1983鲁迅研究学术论著资料汇编》编者张梦阳把该文选入《汇编》第五卷，将其誉为"鲁迅杂文研究史上的不朽名篇"，"特别是分析鲁迅杂文结构艺术的出神入化，用上了中国古代兵法：有的针锋相对、步步紧逼，有的迂回包抄、十面埋伏，有的欲擒故纵、诱敌深入。完全是钱先生自己的独立见解与独到感受，没有丝毫的教条气"。他将钱谷融这些独立见解与独到感受归于"散淡"，"如果不是散淡中的闲思散想，岂能有此杰作"?! 从而别具只眼阐发出钱谷融"散淡"情怀之"散"的"更有一番意味"，认为它既是一种"创作心态"，"自由自在、无往而不逍遥的创作心境"，也是"一种发散性思维，一种散淡中的闲思散想，一种大聪明和大智慧"。不是"为了媚俗，看着权势者眼色和众人好恶"，而是"摆脱一切羁绊，任情适性，按照客观现实的本来情况进行自由自主的独立思考"，可谓"不可无我"的典范之作。

钱谷融的鲁迅研究中恳切表达出的独立思考贯彻始终，其中鲁迅作品的思想性与艺术性之辩证关系因牵涉到对鲁迅贡献之定位，贯穿鲁迅研究诸多层面，是他尤为关注的问题。无论20世纪五六十年代将鲁迅的作品予以阶级论解释或新时期以来进行哲学注解，给鲁迅冠以"进化论者""存在主义者"或"自由主义者"等诸多名号，都因漠视他的生命体验或"诗心"之本，过于凸显某一侧面而割裂其完整性，不利于对他的深入理解。对此，钱谷融的方法是避开对既定理论的机械套用或引申，回归作品细读和文学性品味，凸显作者和人物内心世界的丰富性。

鲁迅研究难点之最《野草》研究在1980年代取得的一大推进体现在"用复

---

① 钱谷融：《论节奏》，《散淡人生》，第76页。
② 张梦阳：《散淡人生得百岁——贺钱谷融先生百岁华诞》，《现代中文学刊》2017年第4期。

杂的思维"去理解其"复杂的艺术表现",而不是"凭借政治概念的推断,去臆测诗人形象的象征和形象的抒情"①。钱谷融则于20世纪80年代之初即在对《野草》首篇《秋夜》的细读中予以践行。他强调顺应文体来把握作品:"是诗,就应该把它当作诗来分析、欣赏",不应把它"归纳成干巴巴的几点所谓'思想性'来谈"。认为作者精神"统率作品全局",作者形象通过"作品组成的整个画面表现出来",决不能生硬拼接,"把作品中的某一个别形象,哪怕他是正面的英雄形象,就整个地当作代表了作者的形象"。至于文中丰富意象到底有何象征意味,他认为文学作为创造性工作结晶,只要能"透露作者的一种情态,显示作者的一种意向",打动读者心灵,进而启发他们思考和想象,"分享一些创造的乐趣",就起到了作用,而不必追求教科书一般明晰准确。关于著名的"一株是枣树,还有一株也是枣树",对有人提出是意在讽刺阵营里"彼此不肯团结,没有联合起来战斗",他表示"除了惊奇以外,实在无话可说"。他则从表现方式着眼,予以平实化诠释,认为鲁迅是以白描手法来表现直观感受,"具体地写出了观察的过程"②。

面对"《彷徨》思想性不如《呐喊》"的流行观点,钱谷融从艺术风格的多元化角度予以质疑:"多少年来,一般总是谈《呐喊》的比较多,对《呐喊》的评价也要更高一些,认为从思想性上来说,《彷徨》不如《呐喊》。其实并不是这样。《彷徨》的思想只有比《呐喊》更深刻、更开阔。"一方面他将鲁迅的思想发展视为整体,另一方面体现其阶段性特征,因此《呐喊》与《彷徨》的不同没有高下之分,只有风格差异,体现了鲁迅思想的连续性和阶段性特征:"比较起来,《呐喊》是一往无前的,战斗意气非常猛锐。而《彷徨》则忧心忡忡,感愤万千,笔致更深沉、更凝练,也更多低徊了。"③

他专门撰文细读《彷徨》中尤富诗意的《伤逝》。别致视角所致的叙述之暧昧、主旨之含蓄,是鲁迅作品经典意味所在,也给他这篇唯一涉及婚恋的小说主旨及人物评价带来纷纭争论。鲁迅已有暗示:"穷教员养不活老婆了,于是觉得女子自食其力说之合理,并且附带地向男女平权点头。"④《谈〈伤

---

① 吴小美:《评孙玉石著〈《野草》研究〉》,《文学评论》1984年第2期。
② 钱谷融:《观察与沉思的结合 外界与内心的交融——鲁迅〈秋夜〉讲析》,《艺术·人·真诚——钱谷融论文自选集》,第402—403页。
③ 钱谷融:《鲁迅的小说》,《艺术·人·真诚——钱谷融论文自选集》,第363页。
④ 鲁迅:《由中国女人的脚,推定中国人之非中庸,又由此推定孔夫子有胃病》,《鲁迅全集》(编年版)第七卷,第80页。

逝〉》写作当时评论者"众口一辞"认为主人公"未能与工农群众结合的知识分子的批判,批判他们心灵上的空虚,行动上的软弱和动摇"[1]。而钱谷融则独辟蹊径,注意到"社会的黑暗腐败,专制残酷,只是作为他们活动的社会历史背景而被揭露着,抨击着",真正占主体的,是对二人面对各种压力所产生的不同"思想境界、感情深度和道德勇气"之"细腻熨帖"表现;而且,从中固然可以发现作者对人物"言行和内心感情的细致的刻画"中蕴含的"不满和批判",也可以感受到其"同情"。他从作品的艺术性细节出发,避免了时论对作品表面化、简单化论断。

文中首先认同的是,确如一般论者而言,涓生与子君的恋爱自由问题是牵涉到"整个社会制度"的社会问题,必须在"与工农群众相结合"的路途上才能真正完满解决。但前提是处于具体关系中的人物形象抉择之直接影响,从而体现出钱谷融一贯的对人物关系的敏锐洞察——透过第一人称视角云山雾罩的遮掩,他捕捉到涓生"自有辩解"。他对子君的爱"恐怕难于持久",也不愿与身边这位仅有的至亲之人真正结合,面对生活重担,他"并不积极地想法如何与子君一同和风浪作斗争,……而是只想着如何才能摆脱子君,好让自己能够独个儿轻快地前进"。这样,"他们的结局自然也就可想而知了"。涓生表面说要"向着新的生路跨出去",但除活下去以外,他其实并无"高远一点的理想"而"多半只会成为一个愤世嫉俗者"而已。子君认为"既然相爱了,就应该甘苦与共,生死以之,无论什么外来的打击,都不能把他们分开。……更何况只是物质生活上的一点艰难呢"?她的爱虽专注深挚但内容十分"空洞虚幻",所以最终"必然幻灭"。二人反抗失败的根本原因固然是社会迫害,但爱情破裂"原因却只能从他们自己身上去找"。因为社会迫害"顶多只能剥夺他们的生存权利,却无法剥夺他们的爱情"。"女人应自立"之类大话,只是涓生作为男性无法承担生活重担时急于摆脱压力、逼走子君的堂皇借口而已。《谈〈伤逝〉》对涓生虚伪、软弱和怯懦的分析尤其细致精彩,与《〈雷雨〉人物谈》中对周朴园的阐释有异曲同工之妙。

推而广之,关于鲁迅小说之"表现的深切",一般研究者都认为指的是题材主旨方面的追求,如"改造国民性""揭出病苦,引起疗救注意"等,而钱谷融则认为它实则"不单是指观察的精微,描写的逼真,而且是指思想与艺术的一致,内容和形式的和谐。它不是表面上用几句抽象的话说明它的思想内

---

[1] 钱谷融:《谈〈伤逝〉》,《艺术·人·真诚——钱谷融论文自选集》,第386—387页。

容，而是把思想内容渗透在作品的艺术形象之中"。所以，"它是真正的艺术作品，你不能离开它的形象抽出干巴巴的几条筋来，说这就是这篇作品的思想"①。

置身严峻的语境，能偶尔突破定见发出自己的声音已属困难，而要保持多年一贯乃至终生不变，在纷繁变幻的20世纪中国文化氛围中，更是近乎奇迹。钱谷融的文艺观点则恰恰保持了难得的连贯性，很少大起大落的变化。原因既在于他是坚持自我的性情中人，不会轻易为完成任务而违背本心："我从生活的每一个角落去追求美，追求趣味。美在的地方，趣味在的地方，我就流连盘桓，不忍离去。我读书、做事、交朋友，一切从趣味出发。不合我的趣味，我都掉头不顾的……"②肯花如此多的文字来论述鲁迅，当然因为"合趣味"，更是因为鲁迅作品呼应着他明晰、坚定的理性追求。他以强调"道德""情感"的人性论作为批评的理论基础③，把"人学"和作者心灵、艺术手法等予以贯通，强调作者、人物"人各有己"的真挚表达所形成的洋溢于作品的浓郁"诗意"，使自己所有文字都成为从其"人学"理论出发对作家作品的"批评实践"④，都能做到以小见大，万川映月，从细节出发而牵涉对文学创作和批评本质问题的讨论。在这些尝试中，镂刻着他对自己生命价值和文学理想的清晰定位——面对现世忧患和终极虚妄的"中间物"或"桥"之自觉担当。

## 三 直面虚妄："中间物"的自觉承担

鲁迅的矛盾在于，一边深味"人类的悲欢并不相通"，一边仍期待文学打通人心隔膜，"在质疑与肯定的不断往返中深化自己的思想"⑤，尽显"灵魂的深"。其文学革命实绩在于始终自觉贯彻早期"诚爱"人性观，将"人各有己"与倾听民众"白心"结合，努力以文艺沟通文化隔膜。无论农民或知识分子，他更多关注中国社会中弱者之苦痛困窘，始终不失却对弱者的信心，不断发掘他们身上潜含的中国社会生活中被压抑的人性资源，充分彰显文学的心灵启蒙

---

① 钱谷融：《鲁迅的小说》，《艺术·人·真诚——钱谷融论文自选集》，第354页。
② 钱谷融：《〈艺术·人·真诚——钱谷融论文自选集〉后记》，第616页。
③ 吴俊：《德性融汇文学　垂范践行致远——钱谷融先生的审美人格发微》，《文艺理论研究》2020年第6期。
④ 杨扬：《〈雷雨〉人物谈与中国现当代文学研究》，《文艺争鸣》2017年第11期。
⑤ 钱理群：《鲁迅与当代中国》，北京大学出版社，2017，第516页。

价值和政治再塑功能。相应的，他顺应自己不同境遇心境，突破成规，以卓越实践达成对现代文体的持续个性化推进，融合以"诛心"为内核的社会文化批判视野、多方着眼的立体哲思及婉曲灵动的语言情韵，从而空前拓展更新了"文学"的现代内涵。

钱谷融则貌似乐天派，在谈及表述自己文学观的《对人的信心，对诗意的追求》时，却感慨这"仅仅是信心和追求而已，眼前所看到的只是白茫茫的一片。与鲁迅同样有'悲凉之物，遍布华林'的哀愁"①。这种矛盾让他敏感于鲁迅的矛盾。他发现鲁迅在《祝福》中一面刻画"灰暗、凄惨的事实"，那"鲁四老爷们的可恶，柳妈们的愚昧，祥林嫂的可怜"，各自"深陷在不同而又相同的无知与可悲的境地"；然而不限于此，鲁迅还写出了祥林嫂"没有精采的眼睛忽然发光"而发出的叩问，这样才成其为"真正的艺术家"。"真正"的激赏源自钱谷融自身信念，成就"弱德之美"。古代文学学者叶嘉莹曾这样表述"弱德之美"的内涵："弱虽不如强，却自有一种美感……具含的乃是在强大之外势压力下，所采取的不得不约束和收敛的、属于隐曲之姿态的一种美。……是我在承受压抑之时坚持我的理想、我的持守，坚持而不改变。"②钱谷融作为批评者，正是以饱含"弱德之美"的生存姿态，终生保持对"弱者"情貌的敏锐感知和深切体察，最大程度地彰显出20世纪中国文化语境中的"人学"与"文学"之融通。

有感于鲁迅所言"造化生人，已经非常巧妙，使一个人不会感到别人的肉体上的痛苦了，我们的圣人和圣人之徒却又补了造化之缺，并且使人们不会再感到别人精神上的痛苦"，钱谷融注重文艺"写心会心"的价值，寄望于心灵借艺术沟通突破隔膜，犹如曹禺话剧《家》里觉新、瑞珏新婚夜的灵魂独语，似乎相互隔绝，却又"息息相通、隐隐交织，互相扭结着向前推进"③，最终带着各自至真情愫渐渐接近、交融，汇成交响，从而在文字中营造了"桥"意象作为他人生和艺术观的形象传达。

1941年钱谷融写有《桥（代我的人生观）》，新世纪初对"桥"执念依旧："自小我就好涉遐想，……仿佛在那遥远的不可知的地方，存在有我所日夜思慕着的某种东西……恍恍惚惚，渺渺茫茫，可望而不可即，使我无限怅恨。我

---

① 钱谷融：《致鲁枢元（2000年3月9）》，《闲斋书简》，第126页。
② 吴子桐：《论叶嘉莹先生的"弱德之美"》，《中华读书报》2020年12月。
③ 钱谷融：《曹禺戏剧语言艺术的成就》，《艺术·人·真诚——钱谷融论文自选集》，第440页。

怀着美好的想象，无限的憧憬，焦灼而又耐心地等待着。"时光流逝而"伊人"踪影始终难见，他不禁感慨"盈盈一水间，脉脉不得语"这"无可告语的苦况"之普遍性："只要有至情至性存在的地方，就都可能产生悲剧。古往今来，多少志士仁人，都因壮志未酬，宿愿难偿而含恨而终。究其原因，往往都是由于缺少了一座必要的桥梁。"

既对可望而不可即的美丽王国怀着长久憧憬，而"千古的伤心，就为了缺少一座桥梁"，那就不妨以身心为桥吧。"桥"的情怀于是落实于批评家的自觉——作为"美的欣赏的桥梁，沟通美与美的欣赏者"，应把作品包含的美"转变为比较容易欣赏，容易理解的美"，起着"美的鉴赏与再创造"的作用①。搭建心灵之桥的自期凝聚了对"诚与爱"理想境界的憧憬追求。他的文字乃至人生旅程，成为在个体人与永恒美间铺路架桥的一种努力，一段致力于使艺术不断拆解隔膜的过程，从而达到"文学"与"人学"、审美与人生、中西古今之间、个体生命间的融通。面对种种困境，这"桥"难免脆弱，但正是"一座座虚妄的桥呵，装饰着人类的梦想"! 所以"让我也永远存着虚幻的希望而活下去吧! 自然，我也不免有些可怜我那短促的生命，只是用来造成一座座引向虚幻去的桥梁。但是，我有什么办法呢"②?

希望而又绝望，明知虚妄而又自觉承担，所以就不难理解钱谷融去世前五个月，他在央视《朗读者》节目中朗诵了鲁迅那篇饱含进化意味的《生命的路》。文章或许寓含鲁迅的某种"初心"——始终行进行列的"人类"映衬激励着作为"中间物"灭亡的若干"人们"，"大寂寞大悲哀"糅合大快意："生命的路是进步的，总是沿着无限的精神三角形的斜面向上走，什么都阻止他不得。……无论什么黑暗来防范思潮，什么悲惨来袭击社会，什么罪恶来亵渎人道，人类的渴仰完全的潜力，总是踏了这些铁蒺藜向前进。……什么是路? 就是从没路的地方践踏出来的，从只有荆棘的地方开辟出来的。"当时住在医院、镜头前已明显消瘦的钱谷融娓娓道来，淡化鲁迅文字的"鬼"气，张扬了其中对人类永恒生命力的信赖与乐观。这绝非为上节目而端出的致敬之态，而是真诚的心灵应和。钱谷融毕生追求的心灵结晶之凝聚，借助表述该理想最精悍有力的鲁迅文字获得了精辟传达。

作为"桥梁"，钱谷融的鲁迅研究中"通"之努力触目可及。除上文所述

---

① 钱谷融:《谈文艺批评问题》，《艺术·人·真诚——钱谷融论文自选集》，第217—218页。
② 钱谷融:《桥（代我的人生观）》，《散淡人生》，第36页。

注重打通作家的身份区隔和文体界限,捕捉创作主体精神特质的贯通性外,他的视野更贯通古今中外,与鲁迅的广袤心灵契合。横向上,呼应鲁迅以世界眼光讲述中国故事的精神气度,贯穿世界视野。如就短篇小说写作而言将鲁迅与契诃夫并论,因为两人小说都具有"浓郁的诗意",有"诗的意境""有美"。认为鲁迅作品数量虽不多,但质量"决不低于契诃夫",从所达到的思想高度来说,"甚至有超过契诃夫的地方",如《故乡》《孔乙己》《在酒楼上》《伤逝》等,就都具有"浓郁的诗意"。纵向而论,因对传统文化深谙于心,能别出心裁发掘到鲁迅作品别致之处。钱谷融热爱《世说新语》,尤喜"雅量""任诞""赏誉""伤逝"诸篇,因此解读《伤逝》时才能针对小说题目发出饶富意味的叩问:"中国人对于妻子的悼念习惯上称为'悼亡',对朋辈才用'伤逝'。子君实际上是涓生的妻子,但没有取得妻子的名分,那个社会并不承认她是涓生的妻子。"①阐述点到为止,还注意到叙述者和作者之间的区别。与冷漠环境一样,涓生内心也并不把子君看成生死与共的妻子,而在"作者鲁迅"那里,尽管子君"浅薄庸俗,心灵空虚",但她是"纯洁的无辜的",因此对她"有无限的同情、无限的尊重,对她的悲惨的死亡,更有说不尽的伤痛"。而涓生因其悔恨与悲哀是"那样真诚,那样沉痛","也十分令我们同情",从而发掘出鲁迅"把人当作人"的细腻用心。多年后,受到钱谷融该文启发,关于《伤逝》题目的用意之挖掘,在鲁迅研究者那里获得了进一步推进②。

此外,钱谷融的研究更打通理论与作品,不仅回应现实争论中沉淀的普泛性文学问题,也立意高远,着眼于文学的终极价值问题。

解读鲁迅小说时,他一以贯之依循自己独特的解读思路——真诚即诗性。始终依循人物个性化性格逻辑来倾听其心声,寻绎作品主题和手法精妙之处。由此,朦胧灵动的"诗意"与现实主义作品常被考量的人物性格立体感等饶有意味地交织起来。他始终以体恤之心温情地感受、冷静观察后率真细致地分析,令人读来心悦诚服。而这一切背后,是敏感的心痕——对天地万物,更对与自己同等的所有生命个体,而不只局限于"典型人物"。由此,面对《雷雨》,别人都瞩目于周朴园、繁漪、周萍、鲁大海等"典型"人物的阶级性,钱谷融则关注其多面性,更发掘作为"被压迫的劳动妇女"符号的侍萍、作为丑角的鲁贵的内心世界之丰富性和真实感。

---

① 钱谷融:《谈〈伤逝〉》,《艺术·人·真诚——钱谷融论文自选集》,第392页。
② 曹禧修:《论〈伤逝〉的结构层次及其叙事策略》,《学术月刊》2005年第1期。

在感应鲁迅作品拆解心灵隔膜的诉求时，钱谷融特别关注对女性心音的倾听，而这或许已成为他批评中尤其隽永的一条文脉。无论《雷雨》里的繁漪、四凤，《北京人》里的愫芳，《家》里的瑞珏，还是《伤逝》中的子君，他都能准确捕捉到她们的精神核心，细腻地描摹出她们的所思所感。这可能一方面源自他的感性气质特别容易感应到女性世界的细腻优美，另一方面出于对弱者之德的格外尊重（如对孙犁散文《黄鹂》的解读），他也特别容易呼应到被重重压抑而作为社会"第二性"的女性之心声。比如他特别体谅侍萍相对温和的反抗方式其实与她的性格，与她一贯的为人处世的态度，与她多来年养成的伦理观念和宿命论思想密不可分，不可强求。

更进一步而言，钱谷融对这些普通女性不只同情，而是与鲁迅一样"撩去了被封建社会权力话语扭曲的意识表象，深入到了下层人民的心灵深处"，从而并"真实体验了中国本土文化中个性发展和争取自由平等的潜力和理想"，发现了"潜藏在中国文化深处的人性资源"①。鲁迅理解了长妈妈那样的普通劳动女性，在"伪士可去，迷信当存"的独特视野中珍视民间信仰中可贵的反抗精神、女吊和无常身上的生命潜能。钱谷融则突破社会批判视野和"典型"观念，出于对瑞珏、侍萍、祥林嫂这类女性的由衷尊重，发现了她们心灵中可贵的人性资源。

由此，对祥林嫂的惊天之问："一个人死了以后，究竟有没有魂灵的？"钱谷融视为是她对折磨了自己一生的"全部精神伦理道德观念"发出了"最大胆的挣扎"，"犹如一道闪电，冲破了（或者说要冲破）贯穿在全篇《祝福》、弥漫于整个鲁镇乃至整个社会的旧礼教的黑雾"。这挣扎虽只是"一刹那的、朦胧的、绝望的怀疑"，从我们对一个底层妇女的既定预期来看"近乎奇迹"；可是从祥林嫂的"性格、命运的变化进程与发展逻辑来看"，"实属必然"。与同为底层妇女，靠给人帮佣为生的侍萍相比，祥林嫂则更为乡野，生命力更充沛。作为这样一个即将被旧礼教"压死"的"活物"，一个曾面对各种现实生存压力屡败屡战的鲜活生命，她的反抗也就与侍萍的温婉克制有所区别，不是俯首听命，最终也不像自己一度做的那样捐门槛"赎罪"，而是"从根本上对自己身上背负了一生的沉重的'罪名'产生了疑惑"！钱先生因此赞颂为"这真是一个伟大的怀疑"！而正是这个疑问，与小说高潮时摧残她的致命打击相

---

① 殷国明：《鲁迅与中国现代文化意识形态中的折叠现象》，《暨南青年论文集》，暨南大学出版社，1990，第18页。

呼应，从而强化了作品基调，突出了反礼教的锐利艺术锋芒，这才是《祝福》的思想力量之所在。它之所以熠熠生辉，首先来自鲁迅对祥林嫂作为个体生命真实心声的诚挚倾听，它引发我们同情或者愤怒，都是"通过社会生活的真实反映，通过生动的艺术形象的力量，而不是通过抽象的说教，通过外加的'思想性'而取得的"①。借对祥林嫂之"性格、命运的变化进程与发展逻辑"的细致描摹，鲁迅文学对弱者生命微火的捕捉与呵护，获得了最大程度的彰显。而作为"桥梁"的批评家钱谷融敏锐捕捉到了，进而告诉读者。

作为快速发展的显学，鲁迅研究中仍有尚待持续探究之处，他作品中的理性与诗意如何融通即为其一。其中涉及的恐怕不仅是鲁迅作为杰出作家将"内容与形式""思想性与艺术性"如何交融的问题，而是作家与人物、"看"与"被看"者如何相通，从而使文学如何尽可能守护"诗心"特质、彰显"诚爱"的价值理念问题。钱谷融相关研究则一以贯之在这一核心问题上给予人们诸多启发。

在钱谷融这里，"诗意"的内涵实在丰富。它远不只鉴赏消遣之途，更是作家、读者发掘深厚的人性潜质、汲取奋发之生命力量的宝贵资源，因此成为个体生命于无常无告之世获得精神慰藉的心灵归宿，是斑斓"诗心"交汇之处。由此，人类的"生命之路"获得衔接，"桥"的生命也有所归依，虚妄与绝望获得一定缓释。而正因为所有文字都渗透了自己真挚深切的感悟与敏锐精细的思考，钱谷融的鲁迅研究文字格调上自然也达到了他1980年代讲析鲁迅《秋夜》时所概括的"观察与沉思的结合，外界与内心的交融"，至今读来仍属美文，非常耐人寻味，限于篇幅，该问题留待今后继续探讨。

---

① 钱谷融：《"不公平的命指使我来的！"——谈侍萍》，《艺术·人·真诚——钱谷融论文自选集》，第525页。

# "文心相通": 关于鲁迅与但丁的相遇

## ——纪念鲁迅140周年诞辰但丁逝世700周年

李金燕　复旦大学中文系

但丁是西方文化史上的巨人,是文艺复兴的开拓者,恩格斯称其为"中世纪的最后一位诗人,同时又是新世纪的最初一位诗人"[①]。在鲁迅的文学人生中,曾与多位西方思想家文学家相遇并深受他们的影响,但丁就是其中一位。鲁迅对但丁的接受和借鉴,不仅仅表现在文学创作方面,更深刻地表现在精神和心灵方面——也正是在这方面研究以往显得比较薄弱的原因[②]。正如美国学者盖伊·P·拉法(Guy.P.Raffa)所说,但丁在艺术上的重要成就,主要体现在其"创造了最有力的、最经久不衰的地狱王国"[③]。这对其后的文艺创作产生了持久而深远的影响。不仅对弥尔顿、歌德、罗丹等一系列艺术家的地狱书写和创作产生了影响,而且也为鲁迅的创作提供了养分和资源。这在鲁迅的地狱书写中也有突出表现。本文将由此为中心,来探讨鲁迅与但丁在文学创作和精神心灵方面的种种关系,追溯和分析鲁迅在何种情境下与但丁相遇、其相遇的时代背景与文化语境如何、相遇后鲁迅和但丁在思想上又产生了哪些共鸣、

---

[①] 马克思、恩格斯:《马克思恩格斯全集》第二十二卷,人民出版社,1982,第430页。

[②] 例如,在以往的研究中,很早就有学者关注到鲁迅与但丁的关系,对二位作家在创作形式上的相似、精神上的相通之处都有所研究,例如,葛涛:《有意味的形式——论〈故事新编〉与〈神曲·天堂篇〉》、王吉鹏、李红艳:《鲁迅〈野草〉与但丁〈神曲〉之比较》等,就是在这方面有代表性的研究成果,显而易见,这些研究都还多局限在具体、个别作品的比较,对于鲁迅与但丁在精神、文化、人格诸方面的异同,还有待于深入探讨。

[③] Guy. P. Raffa, The Complete Danteworlds, A Reader's Guidetothe Divine Comedy, Chicago: The University of Chicago Press, 2009, p.1.

鲁迅的精神和人生选择与但丁有什么异同等等。

## 一 在地狱边缘的相遇

鲁迅在留日期间接触到但丁。在鲁迅作品中，但丁最早出现在《摩罗诗力说》中。在这篇文章中，鲁迅引用了英国作家卡莱尔的观点："意太利分崩矣，然实一统也，彼生但丁（Dante Alighieri），彼有意语。"卡莱尔认为，被外敌入侵的意大利，由于伟大诗人但丁的出现，以及其用本土意大利语的写作实践，以一种强大的力量凝聚了民心，使整个民族在国家被分裂状况下，仍能够保持情感相通，人心共通，最终维护了国家的统一。而与此作为对照的是，入侵者俄国在表面上为"庞然大物"，但由于缺乏一种强大的、团结人心的文化，内里寂然"无声"。因而，意大利在战争过后，"但丁之声依然。有但丁者统一，而无声兆之俄人，终支离而已。"[①]可见，此时的鲁迅对于但丁文学创作的力量非常看重，以期待有一种类似的文学来改造中国社会和人心。

《摩罗诗力说》作于1907年，此时，中国社会正进入转型期，社会动荡不安，内忧外患，在西方文化的冲击下，晚清统治岌岌可危。这时，中国知识分子已经意识到仅仅通过实业建设，难以振兴国运，他们迫切渴求寻找某种新的途径，进行社会革新或革命。如梁启超在1901年写的《过渡时代论》中就说："人民既愤独夫民贼愚民专制之政，而未能组织新政体以代之，是政治上之过渡时代也；士子既鄙考据词章庸恶陋劣之学，而未能开辟新学界以代之，是学问上之过渡时代也；社会既厌三纲压抑虚文缛节之俗，而未能研究新道德以代之，是理想风俗上过渡时代也。"[②]

可以说，革故鼎新是这一时代最鲜明思想特征，知识分子对于社会改革的关注焦点，逐渐从关注军事、政治、经济等领域，转移到关注文艺、思想等方面。梁启超便是一个典型，在维新变法失败后，他在20世纪初，提出一系列文艺革命主张，如"诗界革命""文界革命""小说界革命""戏剧界革命"，梁启超说："过渡时代，必有革命。然革命者，当革其精神，非革其形式。"[③]可见，梁启超对思想、精神层面上的革命的关注。

---

① 鲁迅：《摩罗诗力说》，《鲁迅全集》第一卷，人民文学出版社，2005，第66页。（本文所引《鲁迅全集》作品原文均出自同一版本。）
② 梁启超：《过渡时代论》，《梁启超全集》第一卷，北京出版社，1999，第465页。
③ 梁启超：《饮冰室诗话》，《饮冰室合集》第五卷，中华书局，2011，第41页。

当然，梁启超、鲁迅、胡适等知识分子的思想变革和实践，主要是受西方文化的影响。20世纪初，鲁迅在日本留学。当时的日本经历了明治维新，在西方文化的洗礼下，改革了封建落后的社会文化，科学、经济等方面得到迅速的发展，其社会变化给予中国留学生强烈的精神冲击。

与梁启超相似，鲁迅早期希望从日本学习先进医学，医治国人病弱的身体，改变中国落后医学状况。但是，在经历了一系列不愉快体验，尤其是1906年经历了幻灯片事件后，鲁迅精神受到强烈刺激，思想发生了重要转变，开始探索如何用文学来改造中国的国民性。1906年3月鲁迅中断学医，前往东京学习文艺。首先从译介外国进步文学作品，尤其是被压迫民族反抗者的声音开始，希望以文艺唤醒国民，改造社会。

不久，鲁迅便创作了《摩罗诗力说》，也就是在这种语境中，鲁迅与但丁相遇。

其实，这是一种在渴求寻找思想先锋语境中相遇。当时，不仅鲁迅，整个时代都热切追寻时代英雄的出现，如梁启超所说："吾辈虽非英雄，而日日思英雄，梦英雄，祷祀求英雄，英雄之种类不一，而惟以适于时代之用为贵。"①因此，卡莱尔介绍西方文化英雄的作品《英雄和英雄崇拜——卡莱尔讲演集》（以下简称《英雄和英雄崇拜》）深深吸引了鲁迅。鲁迅一直对卡莱尔及其代表作《英雄和英雄崇拜》甚是关注，在译介中频繁出现，如在鲁迅译介的厨川白村的《苦闷的象征》《从艺术到社会改造》及鹤见祐辅的《往访的心》等文中，都有所介绍；而卡莱尔的名字在鲁迅译文中更是先后出现了二十余次，鲁迅甚至想作一部类似"嘉勒尔的《英雄及英雄崇拜》"的"中国的'人史'"②，可见，卡莱尔及其英雄崇拜思想对鲁迅影响之深。

鲁迅的《摩罗诗力说》所引用的对但丁的评价，便出自卡莱尔的《英雄和英雄崇拜》。

托马斯·卡莱尔（Thomas Carlyle，1795—1881）是英国维多利亚时期重要的社会评论家、讽刺作家、历史学家。他以犀利的文字批判落后文化，揭露黑暗社会现实。《英雄和英雄崇拜》（On Heroes and Hero-Worship）是卡莱尔的代表作，是其1840年在伦敦演讲稿的结集。该书卡莱尔通过对英雄的介绍，论述了自己的英雄史观。根据不同时代的英雄，及其不同成就，该书将英雄分为

---

① 梁启超：《过渡时代论》，《梁启超全集》第一卷，第466页。
② 鲁迅：《晨凉漫记》，《鲁迅全集》第五卷，第248页。

六种类型,包括:神明的英雄、先知的英雄、人的英雄、教士的英雄、文人的英雄以及帝王的英雄。卡莱尔认为,"'英雄崇拜'是古代思想体系中最伟大的修正因素"。在异教丛林中,人是从许多根生长出来的,"'英雄崇拜'是最深的根,是直根,其他的根主要是从它吸取营养而生长"①。他还认为,社会发展是由各个领域中"伟大的人物"所推动和引导的,时代英雄就像神一样的。他甚至设想人类建立某种神圣的"英雄政体"或"阶级组织"。

卡莱尔崇拜英雄,因为"一个足够伟大的人,一个有足够的聪明智慧的人:其聪明能真正辨识出'时代'需要什么,其胆识能够领导'时代'走上正途……乃是他那个时代的不可缺的拯救者"②。更重要的是,一位"英雄",其"灵魂和思想"具有独异性,他们有广博的心胸,能够洞察天地间的奥秘,唤醒沉睡的人们。"他的有形体的口说出来的'思想'唤醒了人们的酣睡中的能力……他所说的正是人们要说出的,正期望说出的。人们的'思想'围绕着他的'思想'跃起,好像从痛苦的迷惑的睡眠中跃起一样;答应他的'思想'的呼唤说,是的,正是这样!如曙光从夜晚中出现一样,人们感到莫大的欢欣"③。

卡莱尔认为,但丁是诗人的英雄。但丁与莎士比亚一样具有一种"庄严高贵的孤独",其内心忧伤、痛苦,又高傲、坚毅。他说,但丁是"一个抗议这世界和对这世界终身从事不屈的战斗者"④,是时代"大逆不道"者。他的灵魂在严酷的地狱中挣扎,从事艰难、真诚的创作。但丁"伟大的观察力,能够'深达全世界'(World-deep)。他洞察万物,好像他穿透'存在'(Being)的心灵深处,这促他成为伟大的天才"⑤。可以说,卡莱尔笔下的但丁形象,如同鲁迅所推崇的"摩罗诗人"。在《摩罗诗力说》中,但丁与拜伦、雪莱等作家一样,是时代的"叛逆者",都希望通过文艺改造社会,这是鲁迅与卡莱尔思想相通之处,也是鲁迅之所以与其《英雄和英雄崇拜》产生精神共鸣的重要原因。

从精神层面上来说,鲁迅与但丁相遇是在地狱的边缘。这是一个特殊的文化空间,因为但丁是一个不停地在地狱中行走的人。甚至,但丁将自己写进地

---

① 卡莱尔:《英雄与英雄崇拜》,何欣译,辽宁教育出版社,1998,第11页。
② 卡莱尔:《英雄与英雄崇拜》,何欣译,第12—13页。
③ 卡莱尔:《英雄与英雄崇拜》,何欣译,第20页。
④ 卡莱尔:《英雄与英雄崇拜》,何欣译,第94页。
⑤ 卡莱尔:《英雄与英雄崇拜》,何欣译,第100页。

狱，并且位于史上著名"大智"诗人荷马、贺拉斯、奥维德、维吉尔等人之后。作家梅列日科夫斯基在《但丁传》中，也曾经描述过这样一种情景："有一次，但丁走在大街上，有人就指着他说，'瞧，这就是那个曾在地狱中的人啊！'"①卡莱尔在《英雄和英雄崇拜》中也有相同的描述，而且还进一步解释说："但丁曾在'地狱'中；——在'地狱'中很久，在长期的严酷的忧愁与挣扎中；像他这类的人当然都是曾在'地狱'中的。如非如此，那'神圣'的喜剧就不会被完成。"②卡莱尔这里所说的"喜剧"，指的就是但丁的《神曲》。在《神曲》里，但丁无论是写地狱、炼狱，还是写天国，都是在表达某种痛苦的精神状态，集中呈现了其在地狱中的生命感受和体验③。

而鲁迅也是一个在地狱中行走的作家，其作品中常常出现阴森的、悲愤的地狱书写。在《摩罗诗力说》中，鲁迅将但丁置于摩罗诗人之首。周扬就曾指出："摩罗是梵文，欧洲人叫撒旦，就是恶魔的意思。"④实际上，恶魔（Diabolus）或者魔鬼（Devil）都是上帝的反抗者，是被上帝放逐的天使，生活在地狱中⑤。地狱是鲁迅与但丁相遇的原点。鲁迅与但丁生活在不同时代和不同的文化体系中，可是他们对地狱书写，产生了如此强烈的共鸣感。这无疑是值得深刻探讨的问题。

---

① 梅列日科夫斯基：《但丁传》，汪晓春译，团结出版社，2005，第222页。

② 卡莱尔：《英雄与英雄崇拜》，何欣译，第99—100页。

③ 可以说，在《神曲》中，天堂不是一个乐园，不是一个纯粹欢乐的净土。实际上，它是地狱空间的某种延展，是一个更强烈直面痛苦的领域。"但丁一生创作的巅峰——即《神曲》的高潮和核心，就是《天堂》最后的这13篇歌"（梅列日科夫斯基：《但丁传》，汪晓春译，第262页），他竟亲自把它砍掉，藏在墙体里的墙龛（finestrette）里。这是由于他对《神曲》及其天国篇的珍爱，也是使其得以保存下来的不得已之举措。因为"但丁当时被一些善良的天主教徒视为'邪恶的异教''魔鬼的载体'，他已嗅到了火刑味"。尤其，"对于罗马教廷的'暗无天日'和'宇宙教会'中的'三'的秘密，正是在《天堂》最后这些歌中所揭露出来的比诗篇其他地方更为鲜明深刻。"（梅列日科夫斯基：《但丁传》，汪晓春译，第258—260页）可见，《神曲》对天国描写依然延续了地狱篇中的黑暗与残酷。如残雪所指，"经历了一轮又一轮的死亡的操练之后，'我'到达了精神的最高境界——天堂。不要以为天堂是一个轻松的乐园，实际上在此地，往日的矛盾依然如旧……矛盾在这个高级阶段已达到了最大的张力……"（残雪：《永生的操练：但丁〈神曲〉解析》，作家出版社，2019，第112页）。

④ 周扬：《周扬文集》第一卷，人民文学出版社，1981，第343页。

⑤ 《希伯来旧约》中的"撒旦"（Satan）指的是充当对手或障碍的人；这个词在希腊语中被翻译为"敌人"（theadversary）或"诽谤者"（Slanderer），后来拉丁化为恶魔（Diabolus），在英语中产生了"魔鬼"（Devil）。（Darren Oldridge, The Devil: A Very Short Introduction, New York: Oxford University Press, 2012.Preface.）

## 二　对抗黑暗：鲁迅与但丁的精神共鸣

连结鲁迅与但丁的一个精神共鸣点，在于他们对地狱黑暗的共同感受。黑色，使人联想到黑夜、死亡、地狱，给人一种压抑、阴沉、深邃之感。在不同的时代、不同文化背景和不同的情境中，黑色的含义不同。如在《圣经》中，黑色及其他"所有晦暗的颜色"常常带有负面的寓意。"它是恶人与亵渎者之色，是以色列的敌人，受到神的诅咒。它是混沌之色，象征着危险的夜晚、邪恶，尤其是死亡。只有光明才是生命之源，象征着上帝的存在。光明与黑暗是对立的——'黑暗'是《圣经》里使用频率最高的词语之一，永远与邪恶、亵渎、惩罚、过失或者苦难联系在一起。"[①]与光明的天堂相对立，则是作为惩罚邪恶亡灵的黑暗地狱。

"地狱的形象则是炽热的熔炉或者火海，除了黑暗之外就只有永恒的红色火焰，这种火焰的作用则是焚烧而不是照明。从基督教始创的最初期开始，一直到后来的很长一段时间，红与黑就是属于地狱色彩，属于魔鬼色彩。"[②]可见黑暗是地狱的本色，鲁迅和但丁都对此深有所感。

在鲁迅地狱书写中，高频地出现黑暗的意象。黑色侵袭着他的身躯，缠绕着他的思绪，总与之形影相随，是其在现实中某种强烈的心理感受。在但丁《神曲》中，无论是地狱、炼狱，还是天国也都弥漫着黑暗。二位作家对黑暗的书写和表达，既投射了他们对社会现实的某种感受，也是其反抗黑暗和自我审视的精神呈现。

鲁迅常常感到黑暗。他在书信和作品中，多次提到社会像一个"黑色的染缸"。他对许广平说："中国大约太老了，社会里事无大小，都恶劣不堪，像一只黑色的染缸，无论加进什么新东西去，都变成漆黑。"[③]他对姚克同样提到中国社会"真如黑色的染缸一样，放下去，没有不乌黑的"[④]。在《随感录四十三》中，鲁迅说："可怜外国事物，一到中国，便如落在黑色染缸里似的，无不失了颜色。"[⑤]这种对社会黑暗形象的刻画，既是其对社会黑暗现实的揭露，也是其对落后传统文化强大的同化力和规约力的批判和讽刺。

---

[①] 米歇尔·帕斯图罗：《色彩列传·黑色》，张文敬译，生活·读书·新知三联书店，2016，第20页。
[②] 米歇尔·帕斯图罗：《色彩列传·黑色》，张文敬译，第21页。
[③] 鲁迅：《两地书·四》，《鲁迅全集》第十一卷，第20页。
[④] 鲁迅：《340422　致姚克》，《鲁迅全集》第十三卷，第82页。
[⑤] 鲁迅：《随感录四十三》，《鲁迅全集》第一卷，第346页。

历史传统的惯性是强大的，历史很多时候，往往就是现实存在本身，现实则是历史的延续。如在《祝福》中，祥林嫂对"暗夜和黑影"的惧怕；在《伤逝》中，"我似乎被周围所排挤，……有昏黑在我的周围……电灯下的盛筵，壕沟，最黑最黑的深夜，利刃的一击，毫无声响的脚步……死于无爱的人们的眼前的黑暗，我仿佛一一看见，还听得一切苦闷和绝望的挣扎的声音"①。《狂人日记》中的狂人就感受到"屋里面全是黑沉沉的"，且周围"黑漆漆的，不知是日是夜"，而这种黑暗有数千年的历史②。同样，在《我之节烈观》中，鲁迅说，社会"种种黑暗，竟和古代的乱世仿佛"③。这些黑暗书写是作者对历史及社会"仁义道德""贞洁"等具有两面性的传统文化的批判。

但丁的《神曲·地狱篇》中也呈现了诸多黑暗书写。诗歌的序言中就提到"但丁迷失在黑暗的森林里"。但丁不仅感受到森林的"黑暗""野性、严酷、强大"，还有其内心的"恐惧"④。这是但丁在走向地狱之路的心理感受。在圣歌四，地狱第一圈中，在"痛苦的深渊之谷"，即地狱的悬崖上，但丁凝视底部，什么都看不见，只感觉到其"又黑又深，雾蒙蒙的"，只听见灵魂痛苦的哀号声⑤。在圣歌十二，地狱第七圈中，在一条被血染的河流边，但丁看到在"沉重而黑暗"⑥的空气中，有一些令其惊奇而勇敢的人向其游去。

实际上，这种感受同样传达了但丁对现实和历史的某种感受。这在炼狱的第六、七圣歌中，就有生动的呈现。此时，维吉尔（Virgile）遇见其同乡孤傲的诗人索得罗（Sordello）。诗歌的"语调突然变化，亲密和忧郁的口气被激昂和骄傲的语气代替。诗人不再关注某个人的经历，而是将目光投向了佛罗伦萨、意大利和整个欧洲，对那里的政治和道德危机表现出极大的忧虑"⑦。通过索得罗的口吻，但丁揭示了意大利国家内部的黑暗：那里"充满战争，那些活着的人彼此吞噬"，只为了"一堵城墙和一条护城河内的人"⑧。在祖国的腹地，难以寻到一处"享受和平幸福的土地"。而维吉尔向索得罗诉说自己在地狱的感受，"下面有一个地方不因折磨而悲伤，只因黑暗，那里的哀歌不像大

---

① 鲁迅：《伤逝》，《鲁迅全集》第二卷，第129页。
② 鲁迅：《狂人日记》，《鲁迅全集》第一卷，第453—449页。
③ 鲁迅：《我之节烈观》，《鲁迅全集》第一卷，第123页。
④ Dante Alighieri: La Divine Comédie, Paris: Ditions Flammarion, 2010, P11.
⑤ Dante Alighieri: La Divine Comédie, Paris: Ditions Flammarion, 2010, P26.
⑥ Dante Alighieri: La Divine Comédie, Paris: Ditions Flammarion, 2010, P84.
⑦ 坎巴内拉：《但丁与神曲》，商务印书馆，2016，第199页。
⑧ Dante Alighieri: La Divine Comédie, Paris: Ditions Flammarion, 2010, P203.

声呼号，而是悲鸣"①。维吉尔请求索得罗引路，带领他们尽快离开地狱，进入"炼狱的本境"中；这时，"夜的黑暗"阻碍了他们前行的道路。在索得罗的指引下，他们看见了历史的现实：那些失职的欧洲君主，在炼狱中忏悔，赎罪。

对于历史和现实的黑暗，二位作家同样表现出反抗的勇气。鲁迅对不敢正视黑暗者表示轻蔑和批评。他说，"中国的有一些士大夫，总爱无中生有，移花接木的造出故事来，他们不但歌颂升平，还粉饰黑暗"②，"中国之所谓革命文学，似乎又作别论。招牌是挂了，却只在吹嘘同伙的文章，而对于目前的暴力和黑暗不敢正视"③。而鲁迅常常表达出自己反抗黑暗的决心和欲望。在给刘炜的信中，曾论及政府对书报检查情况时，说："黑暗之极，无理可说，我自有生以来，第一次遇见。但我是还要反抗的。从明年起，我想用点功，索性来做整本的书，压迫禁止，当然仍不能免，但总可以不给他们删削了。"他还对许广平说："这种漆黑的染缸不打破，中国即无希望，但正在准备毁坏者，目下也仿佛有人，只可惜数目太少。"④

但丁对黑暗同样鼓起了反抗的勇气。最引人注意的是，在《神曲》地狱篇的第八圈中，但丁不断地攀爬耸立的一座座高低起伏的山峰，他看到在其脚底下的地狱，"眼睛无法透过黑暗看到深处"⑤。当但丁到达一座"山脊"处，最后有一块石头耸立，阻挡其去路。这时，但丁已精疲力竭，便坐了下来。这时，维吉尔警戒但丁说："你现在得把懒惰赶走，因为坐在羽毛上，或睡在被窝里的人是不会获得声誉的；那些没有消耗尽自己生命的人，他们在世上留下的痕迹，就像空中的烟雾，水上的浮渣。"维吉尔鼓励但丁要"用那赢得战斗的勇气来克服这种痛苦，不向自己沉重的身体屈服"⑥，因为他们还有很长的梯子要爬。

但丁听到维吉尔的鼓舞后，继续跟随维吉尔攀爬高峰，反抗这地狱的黑暗。在地狱里登攀，是对但丁意志的一种考验。这需要他摆脱"沉重的躯壳"

---

① Dante Alighieri:La Divine Comédie,Paris:Ditions Flammarion,2010,P207.
② 鲁迅:《病后杂谈》，《鲁迅全集》第六卷，第177页。
③ 鲁迅:《文艺与革命(复冬芬)》，《鲁迅全集》第四卷，第85页。
④ 鲁迅:《两地书》，《鲁迅全集》第十一卷，第26页。
⑤ Dante Alighieri:La Divine Comédie,Paris:Ditions Flammarion,2010,P122.(文中《神曲》引文为笔者所译，下同。)
⑥ Dante Alighieri:La Divine Comédie,Paris:Ditions Flammarion,2010,P121.

追求安逸、舒适的欲望,奋力地"在崎岖,狭隘,难通行"的陡坡上爬行。对这一坎坷而艰辛道路的选择,是其对生命永恒价值的某种探求。在某种意义上,追求永恒就意味着个体必须直面死亡,真诚地接纳死亡。也就是说,爬坡,或者说探索地狱是但丁克服内心对死亡的恐惧,并坦诚地拥抱死亡的心理呈现。在某种程度上,此处对黑暗的书写与上文提及在序曲中但丁对"昏暗森林"的黑暗感受,是一种相通的情感的体验。只是喻象的具体化,及但丁的内在情感的深化。在此,同样是但丁"在黑暗的漩涡里自救的努力,也是精神要从肉体、从如噩梦般的世俗中挣脱出来而独立的节奏。①"

但是,但丁与鲁迅反抗黑暗的心境有所不同。但丁有宗教信仰,其反抗黑暗是有终极目标的,在某种程度上,其精神皈依和寄托于一个终极的、未知的世界——天国和上帝。但丁在天国篇最后一章中,向圣母祈祷能仰望"终极拯救的幸福目标"——上帝之光。在天堂中,他的祷告最终得到回应,他是"走进上帝的所在——他是唯一获许尽情欣赏神圣之美的凡人"②;在伯纳德(Bernard)的指示下,但丁向上帝抬头望去,他"越来越接近光,视线也变得越来越清晰,越来越接近高光,而高光本身就是真实的。"③这时,但丁已完全被上帝所接受,灵魂得到救赎,内心得到宁静。

与但丁不同,鲁迅对黑暗的反抗,内心中没有上帝终极之光。他说,自己"不乐意"到"天堂"去;也不愿意到将来的"黄金世界"。"天国"和"黄金世界"在鲁迅的精神谱系中,处于空缺的位置。鲁迅虽赞赏但丁反抗地狱的精神,但也意识到自己与但丁思想的异质所在,所以,他看到但丁《神曲》《炼狱》中的反抗者在受苦,说"不知怎地,自己也好像很是疲乏了。于是我就在这地方停住,没有能够走到天国去"④。可是鲁迅对但丁《神曲》中在炼狱里忍受痛苦煎熬的异端,有深深的共感,并从中吸取了某种反抗现实的精神力量。他不忍离开黑暗的地狱,独自闯荡到天国中去。尽管地狱的痛苦和黑暗是

---

① 残雪:《永生的操练——但丁〈神曲〉解析》,作家出版社,2019,第3页。
② 坎巴内拉:《但丁与〈神曲〉》,李丙奎、陈英、孙傲译,商务印书馆,2021,第318页。
③ Dante Alighieri: La Divine Comédie, Paris: Éditions Flammarion, 2010, 503页。对此,有研究者就指出,"从黑暗的森林,到宇宙最低处的空隙,再到救赎之山,一重重天,直至天堂,再到至高无上的神明之所,诗人一直处于紧张的状态。这种紧张的情绪最终在超越凡间的境界中逐渐平复。"(坎巴内拉:《但丁与神曲》,第323页)。
④ 鲁迅:《陀思妥夫斯基的事——为日本三笠书房〈陀思妥夫斯基全集〉普及本作》,《鲁迅全集》第六卷,425页。

他不忍目睹的,可他承认"黑暗与虚无乃是实有"①。鲁迅选择处于黑暗中,接受黑暗,直面黑暗,跟黑暗共生存,最后"在黑暗里沉没"②,与黑暗同归于尽。正如在《铸剑》中,"在侠客成为真正的黑色人的时候,一个经过提炼之后的纯黑轮廓出现了:孤身一人要战胜强大的无物之阵,就必须消除自己的劣势,唯有使自己与黑暗的背景融为一色,使自己的行为、身份变得彻底隐秘,让无物之阵的强大,露出虚弱的死穴。当黑衣人无法以正常的秩序寻求公正时,那就只能寻求黑暗里的彰显的另外一种公正。所以,黑是反击力量的先决条件——只有黑到极处,才能坚硬如铁;唯有黑到发亮,才能刺杀黑暗"③。

## 三 "英雄"与"反英雄":穿越地狱的双重奏鸣

鲁迅与但丁精神的另一个共通点是对英雄的推崇。鲁迅早期希望以文艺救国,情绪激昂地呼唤文艺界"摩罗诗人"的出现。"摩罗"是"恶魔",即是生活在地狱中的诗人。这些恶魔诗人个性独异,既能够不随波逐流,歌颂和平,又能够发出本民族的心声,在呐喊中振奋人心,使"闻者兴起,争天拒俗"。在鲁迅看来,文学艺术是超越世俗功利的,虽然与个人和国家的兴亡没有直接联系,但是它却具有教育意义,对人生有所启迪。它能够启发自觉、勇猛、力求精神上的进步。鲁迅推崇拜伦、雪莱、弥尔顿、普希金、密茨凯维支、裴多菲等叛逆的恶魔诗人,并称之为"精神界的战士"。这些精神界的战士立志在反抗虚伪腐朽的文化习俗,反抗黑暗的"地狱"。他们"无不刚健不挠,抱诚守真,不取媚于群,以随顺旧俗;发为雄声,以起其国人之新生,而大其国于天下"④。

而中国正缺乏这样先觉者的声音。鲁迅在《破恶声论》中,曾批评中国"英雄"的衰颓、怯弱、不敢大胆发声之病状:"志士英雄,非不祥也,顾蒙幪面而不能白心,则神气恶浊,每感人而令之病"⑤。不久,在《文化偏至论》中,鲁迅再次强调文化英雄对民族文化发展的重要性,指出他们是促进中国个人主义思想的重要途径。他说,"惟超人出,世乃太平。苟不能然,则在英

---

① 鲁迅:《两地书》,《鲁迅全集》第十一卷,第21页。
② 鲁迅:《影的告别》,《鲁迅全集》第二卷,第170页。
③ 蒋蓝:《鲁迅的黑暗与博尔赫斯的黑暗》,《倒读与反写》,东方出版社,2013,第7页。
④ 鲁迅:《摩罗诗力说》,《鲁迅全集》第一卷,第101页。
⑤ 鲁迅:《破恶声论》,《鲁迅全集》第八卷,第29页。

哲"。这里的"超人"与摩罗诗人有相通的精神。在西方文明中，这些"天才"也是超越庸众之上，他们坚持捍卫真理，不肯"阿世媚俗"，但他们也往往如摩罗诗人一样难以被大众所接纳，被"诡诈之徒"联合起来的民众所驱逐。为此，鲁迅倡导社会应有更多的文化英雄出现，以启蒙大众。他说："与其抑英哲以就凡庸，曷若置众人而希英哲？"①而中国却"尚物质而疾天才"。鲁迅还指出，民族要强大，需向欧美强国学习，"尊个性而张精神"，让文化英雄有适合的生存土壤，"假不如是，槁丧且不俟夫一世"②。

而但丁也充满英雄气概，他"自幼就树立起一种信念，幻想着干一番惊天动地的事业，竭力要去追求那种不朽的光荣"③。成年后，其生活的时代，由于党派之争，国家常常陷入混乱之中。但丁与鲁迅一样具有忧患意识，思考解决国家所面临的困境。对此，他同样呼唤时代文化英雄的出现，带领大众将国家团结起来。如但丁就曾"把所有杰出的政治家、艺术家和知识分子召集在一起，借此唤醒智慧的市民……可惜后来但丁发现，他的听众们的脑筋非常顽固、闭塞，一切努力最终都白费了"④。而但丁后来，仍寄希望于参加政治事务，为城市做贡献。

但丁是一个地狱中奋战的"文化英雄"，这可从其对专制、贪婪、凶残的教皇的不满与反抗中看出。"从1296年至1301年这五年之中，但丁一直在和教皇逢尼法西八世作斗争，这是佛罗伦萨一个赤手空拳的和几乎默默无闻的公民一直与欧洲最强大的君主之间展开的一场斗争。"⑤作为佛罗伦萨的执政官之一，但丁多次凝聚政治力量，反对教皇对国家事务的野蛮干预和操纵。就在这段从政期间，他差点被驱逐出教门、剥夺政权和财产。他并没有为此而妥协。后来，他自愿加入使团，成为三个使节之一，代表佛罗伦萨市会见教皇逢尼法西，希望他保护该城不被外敌入侵和占领。最终，但丁被当作人质留在罗马，随后被逢尼法西施加"勒索、敲诈、受贿、盗窃"等莫须有的罪名。由于他无力偿还巨额罚款，而被放逐，甚至被宣判将被处以火刑。从此，但丁便开始了其悲苦的逃离生活，犹如撒旦被上帝放逐，在地狱中游荡。但丁一生的抉择与悲苦的生活境遇，与鲁迅笔下的"摩罗诗人""文化英雄"有相似的悲剧

---

① 鲁迅：《文化偏至论》，《鲁迅全集》第一卷，第53—54页。
② 鲁迅：《文化偏至论》，《鲁迅全集》第一卷，第58页。
③ 马里奥·托比诺：《但丁传》，刘黎亭译，上海译文出版社，1984，第14页。
④ 薄伽丘·布鲁尼：《但丁传》，周施廷译，广西师范大学出版社，2008，第26页。
⑤ 梅列日科夫斯基：《但丁传》，汪晓春译，团结出版社，2005，第145页。

性命运。

在地狱游荡期间,但丁完成了《神曲》。在此书地狱篇中,就出现了一些但丁对文化英雄个性张扬的场景。其中,在第十四篇中,但丁呈现了蔑视上帝者的桀骜不驯的气概,并对其遭受的苦痛表示同情:"永恒的热度降了下来,沙子像火柴一样被点燃。在燧石下,给他们加倍的痛苦。他们在扭转和翻动中没有放松。那些可怜的手,时而在那里,时而在这里,试图赶走最新的灼烧"①。最引但丁关注的是其中一个"巨人",他不在意大火的灼烧,傲慢地躺着,仿佛并未受灾难的折磨,他就是围攻底比斯城的七王之一的卡帕涅斯(Capaneus)。无论从前还是现在,卡帕涅斯傲慢的态度没有消灭,但这使他"受到更多的刑罚"②。

此外,在地狱第十歌中,但丁也表达了对佛罗伦萨的吉伯林派领袖法利那太(Farinata)的怜悯和崇敬。因为他与法利那塔有相似遭遇。吉伯林派首领要摧毁佛罗伦萨的时候,法利那塔是唯一一个反对的人,却先后遭遇两次被驱逐的厄运。法利那塔与但丁"尽管属于不同的党派,二人也有共同点:他们都遭遇了不公平的待遇,而且对因内部仇恨而分裂的城市充满了爱"③。在《神曲》中,但丁描述这位对权威的反抗者,即使到了地狱也表现出刚正不阿的气概:"他挺胸昂首,似乎对地狱表示极大的蔑视。"④有学者指出,"但丁的精彩刻画,使法利那塔的形象跃然纸上:是对一个高傲灵魂的深刻体现。在但丁笔下,这个人物表现出了整个灵魂深处的情感,充满了仇恨、爱、愤怒和英雄主义"⑤,甚至对他们所遭受的屈辱和不公能够感同身受。但丁与这些伟大的灵魂有着强烈的生命共感。

对在地狱中勇于反抗的文化英雄的推崇,是鲁迅从但丁身上感受到的一种彼此共通的精神气息。每个时代的作家都在呼唤属于自己时代的文化英雄,可每个时代的文化英雄的精神面貌有其相通之处,也具有其时代特色。

处于中世纪末社会大变革时期的但丁,提倡文化英雄团结民众,以反对分裂国家政权,以及专制的、干预政权的教权。在但丁短暂的一生中,其内心始终

---

① Dante Alighieri, The Divine Comedy, translation by J.G.Nichols, Richmond: Alma Classics, 2013, 64页。
②④ Dante Alighieri, The Divine Comedy, translation by J.G.Nichols, Richmond: Alma Classics, 2013, 65页。
③ 坎巴内拉:《但丁与〈神曲〉》,第119页。
⑤ 坎巴内拉:《但丁与〈神曲〉》,第120页。

怀着某种强烈的英雄情结。鲁迅在清末民初社会转型期,呼吁摩罗诗人和精神界战士发出前人所未敢发之声,抨击封建的传统文化,批判落后的国民性。但与但丁相比,在鲁迅思想谱系中,其英雄观更为复杂的,而且是不断在变化的。

鲁迅早期渴望成为文化英雄,他不但筹办杂志,以自由发表心声,也译介弱小被压迫民族文学,其中不乏含有英雄情结的作品。如上文所述,在20世纪初,其所作的《摩罗诗力说》《文化偏至论》《破恶声论》等多篇文章中,情绪激昂地呼唤文化英雄,将其视为推动社会变革的主要动力。而到了20年代后,鲁迅逐渐对以往的"英雄梦"流露出失落的情绪。如,1922年12月3日,在《〈呐喊〉自序》中,他自我反省说:"我决不是一个振臂一呼应者云集的英雄。"①这是一种孤独而痛苦的呐喊。但其内心中的文化英雄情结,并没有为此而消退。他在《秋夜》中仍然"敬奠"那些勇敢扑向光的"苍翠精致的英雄们"。

到了1925年前后,鲁迅的"英雄观"似乎出现了某种变化。鲁迅思想中反复出现两种英雄。其一,成功的英雄与失败的英雄。在《孤独者》中,魏连殳既是一个失败的英雄,也是一个成功的英雄。他说:"我已经真的失败,然而我胜利了。"②魏连殳在"拒斥"自己"先前所崇仰,所主张的一切",当了顾问后,他认为自己是个失败的英雄,虽然在大众眼中,他却是个成功的英雄。鲁迅说,"中国一向就少有失败的英雄",在其思想中,"失败的英雄"与"有韧性的反抗""敢单身鏖战的武人"以及"敢抚哭叛徒的吊客"是同一类人③。他们具有鲁迅早期所推崇的文化英雄的特质;"天下英雄,不失败者有几人?恐怕人们以为'没出色'者,在他自己正以为大有'出色',失败即胜利,胜利即失败,总而言之,就是这样,莫名其妙"④。

其二,有新英雄和旧英雄。在1927年,青年人说,"旧式的崇拜一个英雄,已和现代潮流不合"。鲁迅看到这些话,感到自己与青年之间的隔膜。他说:"这就证明着眼光的钝锐,我和现在的青年文学家已很不同了。"⑤显然,鲁迅既不是"旧英雄"的崇拜者,同时有意识地与"新英雄"保持距离。他在给Y先生的信中,就劝其对革命不要太认真,否则,"一不谨慎,又在新英雄的鼻

---

① 鲁迅:《呐喊·自序》,《鲁迅全集》第一卷,第439—440页。
② 鲁迅:《孤独者》,《鲁迅全集》第二卷,第103页。
③ 鲁迅:《这个与那个》,《鲁迅全集》第三卷,第152—153页。
④ 鲁迅:《261212 致许广平》,《鲁迅全集》第十一卷,第651页。
⑤ 鲁迅:《扣丝杂感》,《鲁迅全集》第三卷,第508页。

子上抹了一点粉了"①。可鲁迅预感到自己的命运,最终也还是逃脱不了被粉饰和利用的结果,他说,"当病发时,新英雄们正要用伟大的旗子,杀我祭旗"②。

其三,革命的英雄与非革命的英雄。鲁迅后期常常被"革命英雄"宣判为"散布黑暗,阻碍革命"③、"破坏统一战线"④等罪名,并称之为"非革命"者。1928年,鲁迅在《通信(复Y先生)》中说:"近大半年来,征之舆论,按之经验,知道革命与否,还在其人,不在文章的。你说我毒害了你了,但这里的批评家,却明明说我的文字是'非革命'的。"⑤鲁迅对于"革命英雄"保持怀疑的态度,他看到期刊封面上画有"骑马"的英雄:"不大去涉略的,因为我总疑心它是宣传品"⑥。鲁迅并非对革命不热心,只是他看到那些"革命英雄"把革命当成一种谋求个人利益的、空洞的"政治宣传"。他看到那些"革命文学家之英雄","并非对于强暴者的革命,而是对于失败者的革命"⑦感觉自己的"笔墨,实在敌不过那些带着假面,从指挥刀下挺身而出的英雄"⑧。

后期鲁迅不再像早期那么激昂地宣传英雄,对社会流行的"成功的英雄""新的英雄"和"革命的英雄"保持理性的距离。在"指英雄为英雄,说娼妇是娼妇"⑨,随意捧杀与骂杀人的时代,鲁迅对英雄的称号十分警惕,他担心一不谨慎会成为被"英雄们"捧杀的对象。鲁迅建议年轻人,对英雄的事务,不要"太认真",要以玩玩的心态。因为"正规的战法,也必须对手是英雄才适用"⑩,"赤膊"可能会白白牺牲了性命。鲁迅意识到,当地狱黑暗至极,到了可以把魔鬼的反抗同化为黑暗的一部分时,他拒绝成为魔鬼,拒绝成为黑暗的刺戟,拒绝成为英雄。在某种程度上,这可称之为鲁迅"反英雄"的情结,这是鲁迅思想与但丁最大的独异处,但丁是"神之子",他的英雄情结在于希望成为"惟一的神之子"。而鲁迅是"人之子",他的反抗黑暗的力量只能来自

---

① 鲁迅:《通信(复Y先生)》,《鲁迅全集》第四卷,第101页。
② 鲁迅:《360717 致杨之华》第十四卷,第117页。
③ 鲁迅:《铲共大观》,《鲁迅全集》第四卷,第107页。
④ 鲁迅:《360514 致曹靖华》第十四卷,第97页。
⑤ 鲁迅:《通信(复Y先生)》,《鲁迅全集》第四卷,第100页。
⑥ 鲁迅:《怎么写——夜记之一》,《鲁迅全集》第四卷,第20页。
⑦ 鲁迅:《革命文学》,《鲁迅全集》第三卷,第567页。
⑧ 鲁迅:《准风月谈·后记》《鲁迅全集》第五卷,第402页。
⑨ 鲁迅:《骂杀与捧杀》《鲁迅全集》第五卷,第615页。
⑩ 鲁迅:《空谈》,《鲁迅全集》第三卷,第298页。

于现实。

## 四 "英雄的失败"与"失败的英雄":鲁迅与但丁的绝望与征战

失败是英雄所面临的一个永恒的、不可避免的问题。在希腊神话故事中,普罗米修斯(Prometheus)欺瞒宙斯,从天堂盗火至人间。宙斯发现其行为后,用永远不能打开的铁链将其锁在高加索山岩的峭壁上,还派一只凶猛的鹰,每天啄其肝脏。普罗米修斯伤口愈合后,又不断地被鹰啄开,永远忍受着痛苦的煎熬。西西弗斯(Sisyphus)触犯了众神,被神贬入地狱,要求其将一块巨石推至山顶。沉重的石头每每还未到山顶就滚下山了。西西弗斯不得不断重复地做这一件无效又无望的工作。俄狄浦斯(Oedipus)在不停地抗争神对其命运的支配,命运却不断将其带回到可怕的神谕中。

在中国的神话中,与之相似的有夸父逐日、精卫填海和刑天复仇等故事。这些文化英雄同样有着旺盛的生命力。他们都为了人类的命运或某种正义,不惜牺牲自己,勇敢地挑战某种强大的、难以被摧毁的力量,但是他们都是失败的英雄,最终都承担了悲剧的命运。

作为"精神界的战士",鲁迅对"英雄的失败"与上述神话人物一样,有着强烈的心理体验。在社会中,鲁迅目睹那些"成功的英雄",往往不会像"失败的英雄"去反抗地狱,反抗独裁、强暴者,而是欺压比他们弱小者,他们专向比他们弱小的"孩子们瞪眼"①;他们像刽子手,受命于"指挥刀"。这些成功的英雄"靠侥幸,或靠狡滑,巧妙",站在社会舞台中央,占领话语权、舆论空间,而那些能够反抗强者的"失败的英雄"却被边缘化,悄无声息。如鲁迅在《摩罗诗力说》介绍《该隐》的诗剧时,说:"彼胜我故,名我曰恶,若我致胜,恶且在神,善恶易位耳。"②也就是说,上帝战胜了魔鬼,就说魔鬼恶;如果魔鬼战胜了,恶就在上帝了,善和恶的位置就颠倒过来了。可见,善与恶往往被权力话语所捆绑。魔鬼路西弗(Lucifer)是天国固有善恶观念的反叛者、挑战者,其是追求打破权力化的社会话语体系者。往往善与恶的较量,体现为权力的斗争与博弈。当这些"英雄"站在"指挥刀"的位置,俯瞰那些不入主流的英雄,在某种程度上,他们似乎是落后的、非革命的、失败的;如

---

① 鲁迅:《杂感》,《鲁迅全集》第三卷,第52页。
② 鲁迅:《摩罗诗力说》,《鲁迅全集》第一卷,第80页。

果这些"英雄"能够站在时代的旋涡之外,朝上仰望那些逆流抗争的英雄,会发现"失败的英雄"才是新的、革命的、进步的。

但丁和鲁迅在各自时代都面临着种种失败,这些失败有时候是被动的遭遇,但很多情况下是其主动的选择。对失败的选择,即是对其主流价值观的反叛。如但丁所处的年代,在文艺领域,口语被视为不入流、低俗的语言;推崇拉丁语则是正统的、高雅的。乔万尼·薄伽丘(Giovanni Boccaccio)就曾指出当时社会上层阶级推崇拉丁语有其特殊原因:"为了在神面前恭谨发言和庄严奉承,他们急需寻找一种高于所有平民或者公众的语言。此外,这些语言还必须能产生巨大的效力,字句可以按照韵律的节奏排列,消除掉刺耳沉闷的声音,使神听到的都是悦耳之声。很明显这种做法不能在俗语或者人们惯用的口语中完成,必须以一种艺术化的、高雅的新方式出现"[1]。

但丁如若使用拉丁语写作,他的作品在那个时代将会获得人们更多的关注,至少会获得更多的荣誉。当时,波罗格那大学有一位修辞学和诗歌教授,……他像历来的教授一样,讲究辞藻和修辞,而不大注重诗的效果。他给但丁写了一封信,寄来一首赞美诗,向但丁表示钦佩和敬意,并在谈到某一点时感慨道:"啊!假使您用拉丁语写作,而不用那种平民的粗鄙之言——俗语,该多好啊!倘若您在颂扬打败巴独发人的亢格郎时,或是慭佛罗伦斯黑党的于固切红时,使用了拉丁语,吾辈即能在波罗格那大学内,在学子们的喝彩声中,给您戴上诗人的桂冠。"[2]但丁却不为其所动,他仍坚持自己的选择。用俗语写作的边缘风格,对但丁来说,这意味着自己将面临文化界的批评和诟病,也意味着可能承担"失败者"的风险。因为那是他超前了所在时代一百五十年[3]。

但丁却做了可能成为"失败者"的选择,坚持用俗语表达拉丁语无法传达的思想,创造出属于自己的风格和时代。更重要的是,通过用平民的语言进行写作,但丁把自己的情感和思想传达给更多没有受过教育的普通民众。他化身为撒旦,反抗数千年来知识阶级对知识权力话语的统治霸权,弥补了知识与民众的裂隙。

直面失败,塑造了但丁鲜明的个性,让其在人类文化史上,成为一个独立的、富有创造力的诗人,并开启了一个新的诗歌传统。但丁身上不但具有失败

---

[1] 薄伽丘·布鲁尼:《但丁传》,第54页。
[2] 马里奥·托比诺:《但丁传》,第185页。
[3] 薄伽丘·布鲁尼:《但丁传》,第115页。

英雄的特性，而且他也敬仰失败的英雄。在其《神曲》中就频繁出现失败英雄，像法利那塔、佛朗切斯卡、卡帕纽斯和尤利西斯等等，这些高傲的反叛者身在地狱，面对自己的失败仍旧不妥协，他们对地狱表示极大的蔑视态度，仍坚持着自己失败的反抗。鲁迅与但丁的精神有深深的共鸣。鲁迅说："那《神曲》的《炼狱》里，就有我所爱的异端在；有些鬼魂还在把很重的石头，推上峻峭的岩壁去。这是极吃力的工作，但一松手，可就立刻压烂了自己。"①鲁迅的作品中也不乏这样的异端分子，如《狂人日记》中的狂人、魏连殳和眉尺间等等，他们就像《神曲》中地狱或者炼狱中的英雄一样，共同面临无法逃脱的失败的命运，可他们仍进行着悲剧性的反抗。

人在反抗中实现自己，"人的存在也永远是独立的，人有自己的独立意志。人的这种独立性，人的这种独立意志，也是人所无法摆脱的，也是人的自然的本能。这决定了人将永远反抗宇宙的意志，反抗大自然的威胁，这种反抗永远没有取得最终胜利的一天，这种反抗是无望的，是悲剧性的，但人却不能放弃这反抗。人在这反抗中才表现着自己的独立性，表现着自己的独立意志，表现着自己主体性的力量"②。

也许鲁迅和但丁都意识到"地狱是暴力的，而灵魂是自由……人的灵魂为了自由而与暴力作对，这在地狱中是正义的"③。他们不向地狱低头，不畏惧失败。假如地狱的痛楚是永恒的，那么，人们对地狱的反抗也是永恒的。人的力量和主体性，"只有在这没有最终胜利的希望但又永不妥协的奋斗中才表现得最充分"④。

但丁意识到自己的失败是某种未达成的理想，因此，他以高傲和尊严拒绝向权威低头，从而拒绝在"形式"上的返乡⑤，但是他内心中始终萦绕着一个梦，渴望终有一天可以魂归故里；而鲁迅意识到自己的失败就是失败本身，因为他很早就意识到自己所面临的失败无法摆脱，将与之共存亡。鲁迅在一次次返回故乡中，伴随的是一次次的失望。最终，他对其故乡的梦产生了幻灭感。他知道自己是个可以返回故乡，但却永远回不去的游荡者。失败的悲剧性是永

---

① 鲁迅：《陀思妥夫斯基的事——为日本三笠书房〈陀思妥夫斯基全集〉普及本作》，《鲁迅全集》第六卷，425页。
② 王富仁：《中国文化的守夜人》，人民文学出版社，2002，第285页。
③ 梅列日科夫斯基：《但丁传》，汪晓春译，第377页。
④ 王富仁：《中国文化的守夜人》，第285页。
⑤ 参见梅列日科夫斯基《但丁传》，汪晓春译，第204—205页。

恒的,生命对于鲁迅,就如同西西弗斯一样接受"此时此地的绝对性"[1],虽感觉不到现实希望,但又时时刻刻挣扎着反抗。

---

[1] 雅各布·布克哈特:《希腊人和希腊文明》,王大庆译,上海人民出版社,2012,第37页。

# "青年必读书"的议程设置与鲁迅的媒介批判

李怡　四川大学文学与新闻学院

这是中国现代文化史上一桩著名的公案,1925年2月,在孙伏园主持的《京报副刊》"青年必读书"征求活动中,鲁迅发出了引人注目的"少——或者竟不——看中国书,多看外国书"的论断,从而带出了一连串的质疑和讨论。鲁迅,这是新文化继续对决旧势力?还是激进派不满于"整理国故"之流弊?或者,就像青年学者的最新观察:是先生固守古今之变,与具有中外之辨的新的国际视野的青年学人产生了代际隔膜,最终出现了"错位"的冲突①。近百年前的争论,至今余波未止,值得我们再做探讨。

一

在我看来,所有的这些既有的研究都道出了鲁迅思想与时代环境相生相克的某些特征,但是,却几乎都将注意力集中在了鲁迅论断之于中国文化认知的真实性与合理性方面——换句话说也就是鲁迅表述的思想内容上,相反,鲁迅表述的独特形式似乎还没有得到认真的讨论:那种决绝、果断、不容置疑的判断语气究竟基于何种考虑?是什么样的问题情景在强化着这种态度的坚决甚至刻意的极端性?我们看到,这份激烈主要体现在回答《京报副刊》设计的统一

①邱焕星:《错位的批判:鲁迅与"青年必读书"论争》,《文学评论》2011年第3期。

表格中，反而到了后来被其他读者批评、质疑甚至挖苦讽刺的时候，鲁迅的态度倒是有了变化，虽然继续有幽默兼讽刺的回应，但明显多了平和的解释、说明，不再有更多的极端性宣判。

柯柏森祭出"卖国"的重罪，鲁迅的《聊答"……"》首先还是解释了自己表意的限定性："一则曰'若干'，再则曰'参考'，三则曰'或'，以见我并无指导一切青年之意。"①面对熊以谦"浅薄无知""糊闹""硬闯"的批评，也是耐着性子一一澄清误解，诸如"我说，'多看外国书'，你却推演为将来都说外国话，变成外国人了。你是熟读古书的，现在说话的时候都用古文，并且变了古人，不是中华民国国民了么？你也自己想想去。我希望你一想就通，这是只要常识就行的"②。

这说明，我们其实首先应当对鲁迅的这份答卷，这份奉命填写的问题有特别的观察，它的对话语境究竟有什么值得注意的地方？

很显然，鲁迅在这里首先要对话的并不是任何一个知识分子群体的思想——无论是守旧派、胡适的"整理国故派"，还是所谓的具有国际视野的年轻一辈，非常简单，这是在回答《京报副刊》设计好的问题，在配合一个现代媒体的文化活动。跳开这个基本的事实直接为鲁迅安排一些对话的对象虽然符合历史的大背景，但却模糊了思想言语的小语境，而对于现代传媒来说，这样的活动组织并不是没有目的的"思想公益"，是他们纯粹为各派思想出场义务搭建的舞台，媒体不是没有自我的社会服务生，竭力靠隐匿自我个性的顺从者姿态为思想的主人们提供完美的服务，相反，其实它们的每一次行动、每一次安排都是精心设计的带有强烈自我目的"议程设置"。所谓议程设置，是大众传播学的重要理论，最早见于美国传播学家M.E.麦库姆斯和唐纳德，指的是大众传播媒介影响社会的重要方式，具体来说就是这样一个基本的事实：大众传播往往不能决定人们对某一事件或意见的具体看法，但可以通过提供给信息和安排相关的议题来有效地左右人们关注哪些事实和意见及他们谈论的先后顺序，简单来说就是大众传播可能无法影响人们怎么想，却可以影响人们去想什么。总之媒体通过自己对问题的制造、提出和安排引导和决定了大众的兴趣、舆论，甚至思想的基本方向与路径，这其实就是现代媒介深刻地影响社会大众的基本方式。鲁迅"青年必读书"意见所引发的众说纷纭固然是中国社会思想

---

①鲁迅：《聊答"……"》，《京报副刊》1925年3月5日，第8版。
②鲁迅：《报〈奇哉所谓……〉》，《京报副刊》1925年3月8日，第6至8版。

分歧的必然，我们也尽可以置放在1920年代中期中国社会思潮的大背景上加以解剖和分析，但是，在展开所有这些进一步的历史挖掘之前，我们首先还是应该还原鲁迅发出这一判断的初衷：完成《京报副刊》的问卷，参与媒体所设置的"议程"。

《京报副刊》正式提出这一议题是在1925年1月4日，包括青年"爱读书"和"必读书"两大征求启事，作为"一九二五新年"隆重的活动宣告，其中，"爱读书"面向"全国青年"征求，明定1月25日截止，2月1日公布；"必读书"则由报社特邀"海内外名流学者"作答，明定2月5日截止，2月10日起陆续在副刊发布。鲁迅在副刊原定的发布当日即2月10日夜填写了问卷，2月21日，这份著名的答卷刊登于《京报副刊》第八版，标注是副刊收到的第10份作答。值得说明的，这"两大征求"都是由中国新式副刊的开创者孙伏园亲自策划、精心组织的，十分典型地体现了现代传媒"议程设置"的特殊意图与设计手段。

首先是议题传播的持续性、广泛性。两大读书征求活动从发布到截止，原本分别只有21天和36天，但实际却长达一个半月到三个多月，自然是为了极力拉长其影响效果。议题的传播分别出现了征文布告、标题广告、补充提示等丰富多彩的方式。征求布告在1月4日头版刊出，5日、6日又连续在第八版重复刊载，7日起改在第八版中缝以标题广告形式公告，从7至29日持续公告16日（其中23—29日因阴历新年休刊），超过了"爱读书"征求的原定截稿时间，29日复刊后当日又特别刊登启事，补充说明虽"爱读书"投票已经截止，但"外埠因受战事影响，寄递迟缓者，在二月十日以前仍一律收受"。"必读书"征求则再次催稿。此项延期收稿及催稿启示从1月29日一直刊登至2月20日，其时，原定和延迟的收稿期限都早已经结束，前后宣示、传播时间长达一个半月，几乎日日见报。"必读书"征求问卷于4月9日王良才作答为止全部刊载完毕，之前3月底，《京报副刊》推出了《京报副刊青年爱读书特刊》共三期，每期八版，共二十四版。按照组织者的总结，"发出的必读书票"有一百份，"爱读书票""有二十万余，收回刊登"必读书目"共七十八份，"爱读书目"三百〇八份（包括废票两份），全部活动持续三月有余，可能组织者还有不甚满意之处，但平心而论，除了名流学者外，其中应征的青年读者年龄从十三岁到四十五岁，地域则遍及当时的直隶、江苏、奉天、福建、广东及四川、贵州等二十一个行政区域，可谓是影响广泛了。

其次是有效地发挥了现代媒体对普通读者的"满足"与"引导"的双重功能。在《京报副刊》的创刊号上，孙伏园就清晰地道出了自己的媒介定位。一方面是对读者消闲娱乐的重视："日报附张的正当作用就是供给人以娱乐"，"日报到底是日报，日报的附张到底替代不了讲义和教科书的"，"一面要兼收并蓄，一面却要避去教科书或讲义式的艰深沉闷的弊病，所以此后我们对于各项学术，除了与日常生活有关的，引人研究之趣味的，或至少艰深的学术而能用平易有趣之笔表达的，一概从少登载"。但另一方面，也需要有"对于社会，对于学术，对于思想，对于文学艺术，对于出版书籍"的"批评"，"日报附张本就负有批评的责任"，"这类文字最容易引起人的兴味，但也最容易引起人的恶感。人们不善于做文章，每易说出露筋露骨的言语，多少无谓的争端都是从此引起的。这类争端，本刊虽然不能完全避免，也不求完全避免"。①从办刊的实际来看，"不求避免"的批评精神、传播思想的企图可能正是孙伏园所追求的媒体引导功能，日报副刊最终就是"参酌二者而折中"。两大读书征求可以说正是这双重功能的努力结合。面向普通读者的"青年爱读书"的征求是为普通大众的发声提供平台，这无疑可以最大程度地拉近副刊与大众的距离，在"满足"读者大众心理需要的过程中建构良性的编读关系；"青年必读书"一方面是进一步巩固副刊与精英知识分子的合作关系，同时也满足了普通读者对精英生活状态的好奇心，继而借助文化精英的思想对社会文化的发展施加影响，这也体现了现代传媒的"引导"价值。

第三是巧妙而有节奏的舆论氛围的营造，将"读书"之中的思想内涵由浅入深地揭示了出来。如前所述，孙伏园与《京报副刊》发起这场征求的目的当然不仅仅在于"书目"本身，孙伏园最初的解释是收集书目，以供将来的读书和教育参考："'青年必读书'，这个观念在无论哪一个教员的脑筋里大概都有吧，而且或者已经时时对他们的学生说过吧，现在我就想把他们各家的意见汇集起来，使全国的青年学子知道。'必读书'与'爱读书'，在从前旧教育制度之下，一定是冲突的。现在不知怎样。我所以同时征求，希望将来求得的结果，能给全国的教育家和青年们作一个参考。"②但这也可能只是表层的意图，在我看来，借助"读书分歧"展示当时社会思想的状况，引起不同思想观念的碰撞，践行一个现代传媒的文化导引作用，才是这位现代副刊创始人的执着的

---

① 孙伏园：《理想中的日报附张》，《京报副刊》1924年12月5日，第1至3版。
② 孙伏园：《复汪震》，《京报副刊》1925年1月6日，第8版。

理想，否则，我们就难以理解在书目发布的同时，副刊用了那么多的心思来营造思想讨论的氛围，又辟出那么多的版面来展示各种思想的论战，不遗余力，不厌其烦。但是，在大众传媒中，思想多方位展示和文化观念的传达本身却不是一件容易的事情，它对一个媒体的主持人提出来很高的"设计"要求。透过《京报副刊》，我们可以发现，在议程设置方面，主持人孙伏园不仅是"设置"高手，更是"设计"高手。他善于依据当时读者的思想状况，因势利导、循序渐进地将问题导向深入：先是一系列基本概念的辨析，什么是"青年"，有无具体的年龄限制？什么又叫"必读"，"必读"是不是也存在阶段性？征求启事1月4日才刚刚见报，1月6日就登载了汪震《二大征求的疑问》，以及孙伏园的回应，这显然是精心策划的产物，是烘托气氛的第一步，接着，关于征求的各种来信不断出现，继续深化着大众对"读书"问题的关切与兴趣，包括出现的视征求活动为"无聊"的言论以及其他读者对某些提问的批评其实都是在不同的方向上"制造热点"，吸引方方面面的注意力。待这些"预热"工作展开有日，真正的思想亮相——名流学者的答卷才正式登场。刊登"名流学者"的答卷看似"以收到先后为序"，实则张驰有度，激烈尖锐的表达与平和理性的意见相间出现，逐步将思想从简明导向复杂，由表层而入深邃，节奏感把握得十分得当，不能不说又存在某种巧妙的安排。

　　在七十八份的"必读书"应答中，大多数的回答在书目上虽然五花八门，但基本都还是理性严谨、小心翼翼，在中外知识系统中精挑细选，写下兼顾多方面知识需求的经典之作，只有鲁迅、江绍原、俞平伯等数位学人，基于自己特殊的考虑，不仅没有提出具体的书目，反过来对这一征求行为与背后的思想逻辑不以为然，出语激烈，颇具情绪性和争议性。唯其如此，也才形成了独特的传播效果，其冲击性、影响力都远远超过了那些中规中矩、四平八稳的经典书单，造成了这场活动中被读者反复讨论、争论不休的话题。江绍原在书目提出栏打了一个大大的×，还严正表态说："我不相信现在有哪十部左右的书能给中国青年'最低限度的必须智识'"①，俞平伯在书目一栏留下空白，旁批道："青年既非只一个人，亦非合用一个脾胃的；故可读的，应读的书虽多，却绝未发见任何书是大家必读的。"②尤其文学家鲁迅更提出了著名的"少读不读中国书"之说，可以说在某种程度上掀起了这一征求活动的最大的风波。我们注

---

① 刊于《京报副刊》1925年2月19日，第8版。
② 刊于《京报副刊》1925年2月29日，第8版。

意到，这些争论和风波丝毫也没有造成主持人孙伏园的困扰，相反，他自信地运行在思想风潮的波浪之上，游刃有余处理着种种的是非曲直，将平和的知识陈述与激烈的思想表达穿插处理，江绍原、鲁迅与俞平伯的另类答卷分别被列为第8号、第10号与第40号推出，前后都是一些老老实实的书目呈现，此时此刻的另类声音，恰到好处地激发着舆论的跌宕起伏，让平静的陈述成为和平接受的基础，在又在平静沦为平庸的时节适时推出一处激动人心的高潮；激起思想交锋的浪花，从而给这场有点冗长的讨论带来印象深刻的思想节点、情绪节点，此外，尚有多达五十余篇的论辩不断汇入思想波涛，也是智慧地安排在问卷调查的相对平静期：3月中旬、3月下旬以及进入尾声的4月上旬，发挥着恰当的氛围助推功能，还有其他的插曲，诸如对其他学者书单的异议与商榷，突然出现的"五四虚拟反对派""王敬轩"来信，①由鲁迅《咬文嚼字》引出的新的论争等等，它们共同构成了征求活动有序推进的深厚的背景交响，最后，活动虽然结束了，但是其中好几波回荡过的思想博弈的铿锵，却已成为漫长的余响，在读者大众中久久不息，这就是现代传媒的影响力。在《京报副刊》的策划中，所谓"以收到先后序"的节奏，更像是对自然秩序的人工模仿，其中体现的是现代媒介不留痕迹的"议程设置"的强大能力。

## 二

孙伏园及《京报副刊》所主导的这一次"读书"事件不过是现代中国传媒成长发展史上的正常故事，也是传媒与文学联姻的典型案例。晚清以后，经过梁启超以降几代人的持续努力，中国近现代传媒逐渐崛起，它直接介入了近代社会思想的启蒙过程，也直接推动和影响了现代文学的诞生和发展，正式报纸副刊的出现，才催生了中国第一批的职业作家，让"读书入仕"之路中断后的中国知识分子有了新的社会角色，也是这种面向社会大众和市场的写作方向演化出了全新的现代文学，特别是民国时代，可以说但凡有影响的文学家都同时

---

① 参见张学义《"青年必读书"征求中的"双簧"戏法》，《上海鲁迅研究》2007年第3期。1918年，钱玄同为了打破新文化倡导的沉闷局面，化名保守派"王敬轩"，猛烈抨击新文化运动，刘半农则以编者身份奉答，上演了一场著名的双簧戏。1925年2月22日，《京报副刊》上赫然再现署名"王敬轩"的来信，以前朝遗老口吻、宣统纪年的方式主动提出了十部陈旧的书目。"附中董鲁安"在致编辑的信中指认这就是当年《新青年》上的复辟派王敬轩。在这里，孙伏园与董鲁安共同策划，试图故伎重演、引发新旧论战的意图实在明显。

是现代媒介的熟稔的参与者、操作者。如果说孙伏园是媒介人兼文学家，那么鲁迅则可以说是文学家兼媒介人。

鲁迅一生的文学事业始于筹办《新生》，而直到去世前一天还在关心《译文》杂志的编辑工作，可谓终生与媒体相伴，他主编和参编的刊物就达二十多种，李长之也说过："当代文人中，恐怕再没有鲁迅那样留心各种报纸了吧。"①对于传媒代大众发声，同时作为现实权力的监督与批判作用，鲁迅有着清醒的体认和把握，他的媒体思想是近代以来启蒙主义文化的自觉展现。日本归来的鲁迅，为《越铎日报》撰写的办刊宗旨是"纤自由之言议，尽个人之天权，促共和之进行，尺政治之得失，发社会之蒙覆，振勇毅之精神。灌输真知，表扬方物"②。日报问世，"开首便骂军政府和那里面的人员；此后是骂都督，都督的亲戚，同乡，姨太太"③。以后，他所创办所支持的刊物也都以自由言说、思想批判为基本追求。《语丝》是"任意而谈，无所顾忌"④，《莽原》的创办是"希望中国的青年站出来，对于中国的社会、文明，都毫无忌惮地加以批评"⑤，左联时期，他支持和指导了一系列的刊物，目的也在于"应当利用一切机会，打破包围我们的黑暗和沉默"⑥。然而，就如同鲁迅的解剖刀不仅对准外部世界，同时也对准了他自己一样，他对现代传媒的批判功能重看的同时，从不忽略对传媒本身的警惕和批判，这种"媒介批判"的态度和立场不仅独特，而且在现代中国传媒发展史上还颇为超前。

在传媒业格外发达、以致日渐占据了社会舆论主导地位的西方世界，"媒介批判"已经成为当代思想的一个重要内容，法兰克福学派的"社会批判理论"及英美"文化研究"等都为此贡献多多。在早先的启蒙运动中作为大众意识表达的传媒如何沦为国家机器与资本集团进行意识形态教化的工具，发达的强势的资本帝国又如何借助媒体的力量向弱小的第三世界输送它们的观念，以"符号暴力"的形式实现跨国的思想奴役，这都是当今媒介批判的基本内容。在当代媒体的巨厦面前，这些"后现代"社会炮火汹汹，相对而言，晚清民国

---

① 李长之：《鲁迅批判》，北京出版社，2003，第8页。
② 鲁迅：《〈越铎〉出世辞》，《鲁迅全集》第八卷，人民文学出版社，2005，第42页。（本文所引《鲁迅全集》作品原文均出自同一版本。）
③ 鲁迅：《范爱农》，《鲁迅全集》第二卷，325页。
④ 鲁迅：《我和〈语丝〉的始终》，《鲁迅全集》第四卷，171页。
⑤ 鲁迅：《华盖集·题记》，《鲁迅全集》第三卷，第4页。
⑥ 李霁野：《编辑生涯忆鲁迅》，河北教育出版社，2002，第145页。

时期，中国的现代传媒才刚刚起步，可能基本的大众代言与社会启蒙功能还在探索与完善之中，这个时候，能够既肯定媒介的现实批判力量，又对媒介本身的"限定性"提出必要的警惕，显然就更加的不易了。早在留学日本的时代，在鲁迅刚刚试图接触传媒来自我表达的时候，他就对这一传自西方的大众工具怀有双重的观感。一方面，他深感报刊是"输入现代文明之利器"，"惊乎今之论议经营，无不胜于前古"，但是，随之而来的却是另外的担忧："唱者万千，和者亿兆，亦决不足破人界之荒凉"。换句话说，就是媒体的思想宣示与引导也可能形成新的思想的"一律"，个人的自由思想与主张依然得不到声张，媒体的大众代言最后沦为"一言"，媒体的启蒙思想最终只剩下了少数人的思想。真正理想社会应当是"不和众嚣，独具我见之士，洞瞩幽隐，评骘文明，弗与妄惑者同其是非，惟向所信是诣，举世誉之而不加劝，举世毁之而不加沮，有从者则任其来，假其投以笑骂使之孤立于世，亦无慭也"①。

对于鲁迅这种超前的"媒介批判"，历史学家孙隆基先生曾经不无疑问，在其《历史学家的经线》一书中，他指出："当时内地的开明士绅方才起步办报纸、开始着手启发民智，鲁迅就急于从事现代大众传媒的批判，是否过于早熟？"②其实，在我看来，鲁迅是独具慧眼地发现了与西方"后现代世界"所不相同的媒介危机。如果说，在文艺复兴—启蒙运动之后，西方世界搭建起了社会民主的基本框架，现代传媒是以"多数"的名义（民主的名义）形成了意识形态的话语霸权，又以这样的霸权覆盖了多样化的声音，或者以形式上的代表民主正义的国家强势为基础，实施对其他民族文化的压迫，那么中国却有所不同，我们虽然还处在争取民主反抗封建专制的"后发达"时代，但是少数精英知识分子自以为是的思想意识依然可能形成对广大的无法自由发声的民众的压抑和代替，最终偌大的中国还是只有少数的声音，依然是"无声的中国"，要改变这一切，如何"立人"，即如何启迪个人的思想自觉——鲁迅谓之"内曜""自识""自性"——也就成了关键。在这个意义上，鲁迅的媒介批判实际上具有同时面向西方与面向中国的双重思考、双重审视的意味，在接受西方的传媒文化的时刻，他已经开始警惕其中所包含的"众数崇拜""以众虐独""民主杀人"的隐忧，提出了"掊物质而张灵明，任个人而排众数"③救正，在肯定媒

---

① 鲁迅:《破恶声论》,《鲁迅全集》第八卷,第27页。
② 孙隆基:《历史学家的经线》,广西大学出版社,2004,第196页。
③ 鲁迅:《文化偏至论》,《鲁迅全集》第一卷,第47页。

介的现实作用的当下，则继续警惕媒介精英的思想操纵。因此，在更多的知识分子还迷信传媒的启蒙作用之时，鲁迅已经率先开始了自己的媒介批判，也就是对它们可能在"议程设置"中蒙蔽和遮蔽其他多样化思想的警戒。在鲁迅超越启蒙的选择中，新的媒介意识的产生是一个至关重要的方面。

在"青年必读书"事件中，面对孙伏园和《京报副刊》的精心策划，鲁迅的支持和警戒都存在。无论是对作为编者的学生孙伏园，还是对作为一份有理想的报纸副刊，鲁迅当然是支持的，否则不可能将自己大量的创作都交付副刊发表。但是，就像鲁迅天然地对任何事物都保留了一份特殊的敏感一样，他也随时警惕着生存世界中发生的一些有悖自身理想的细节，并对此产生不容忽视情绪的波动，例如孙伏园原本因为《晨报副刊》编辑擅自扣压鲁迅诗稿而愤然离职，这才有了后来受聘编辑《京报副刊》的现实，对于孙伏园的这段遭遇，鲁迅本来心怀歉疚，但是在《语丝》成功之后，他却从孙伏园偶然的"忘形"言辞里读出来一番异样来。1929年，四年前（1924年）的这一细节还被鲁迅铭记不忘：

> ……至于对于《晨报》的影响，我不知道，但似乎也颇受些打击，曾经和伏园来说和，伏园得意之余，忘其所以，曾以胜利者的笑容，笑着对我说道："真好，他们竟不料踏在炸药上了！"
>
> 这话对别人说是不算什么的。但对我说，却好像浇了一碗冷水，因为我即刻觉得这"炸药"是指我而言，用思索，做文章，都不过使自己为别人的一个小纠葛而粉身碎骨，心里就一面想：
>
> "真糟，我竟不料被埋在地下了！"[1]

重述这一故事，我们无意夸大鲁迅与孙伏园之间的裂隙，但是，我们的确可以从中看出，以鲁迅的人生经验而言，"被利用"的感受也是挥之不去的，是他一生中最容易耿耿于怀的记忆之一，鲁迅自称："从我这里只要能做出一点'炸药'来，就拿去做了罢，于是也就决定，还是照旧投稿了——虽然对于意外的被利用，心里也耿耿了好几天。"[2]作为人际关系的"被利用"的体验，是不是也很可能转化成对媒介行为的某种警惕，尽管在"青年必读书"应征

---

[1] 鲁迅：《我和〈语丝〉的始终》，《鲁迅全集》第四卷，第171—172页。
[2] 鲁迅：《我和〈语丝〉的始终》，《鲁迅全集》第四卷，第172页。

中，这很可能也是有意无意的一种本能，一种思维的习惯？对于一个现代媒体精心策划的活动，是完全顺应而为，配合演出，还是依然保持逆向思维，发现其中的漏洞和问题？后者不能说是鲁迅对编者和副刊的挑剔与不满，但的确可能是一种本能的"自性"的选择。

如果结合这场征求活动中已经存在的其他质疑，我们也能发现，对媒介操作的某些漏洞与不足的批评确实已经是部分知识分子与副刊读者的共识，即如前文所述，江绍原与俞平伯也交了白卷，原因便是副刊的问题设计以偏概全，并不符合阅读的实际，更不具备指导青年的价值。江绍原一针见血地指出："我不相信现在有哪十部左右的书能给中国青年'最低限度的必需智识'。""你们所征求到的不过是一些'海内外名流硕彦及中学大学教员'爱读书的书目而已。"①俞平伯则阐述了青年发展的个体性，明确提出这种不顾个体差异的"统一指导"并不可行："青年既非一个人，亦非合用一个脾胃的；故可读的，应可读的书虽多，却绝未发现任何书是大家必读的。"②这也如同鲁迅所说："但青年又何能一概而论？有醒着的，有昏着的，有躺着的，有玩着的，此外还自然也有要前进的。"③

除了上交白卷、拒绝作答的几位，其他奉命回复。提供"必读书目"的人们之中其实也有类似的疑问，一再陈述自己的书目如何勉强。

沈兼士提出来他所谓的"削足适履"的书目，表示："这个题目之下的文章很不容易做，本来打算不交卷的。"④

填完十部书目，易寅村声明："十部实在太少，限于条例，仅举此数。"⑤

顾颉刚提供了"有志研究中国史的青年可备闲览书十四种"，但又表示："我想，我们读书正如我们见人。我们看见的人，有因为天伦的关系而自然看见的，有因为学业和职务的关系而只得看见的，又有因为趣味的关系而自己情愿去看见的。倘要我自己开出一单，写上我必见的十人，简直无从写起。"⑥

邵元冲给出了十部"最流行最普通的书籍"，也感叹说："关于青年必读书

---

① 刊于《京报副刊》1925年2月19日，第8版。
② 刊于《京报副刊》1925年2月28日第8版。
③ 鲁迅：《导师》，《鲁迅全集》第三卷，第58页。
④ 刊于《京报副刊》1925年2月25日第8版。
⑤ 刊于《京报副刊》1925年2月26日第8版。
⑥ 刊于《京报副刊》1925年3月1日第8版。

征求的答案，太复杂了。"①

赵雪阳填写了书单，但也发来了比书单更长的信，对鲁迅在论争中的姿态表达支持："鲁迅先生交白卷，在我看来，实在比选十部书得的教训多，不想竟惹起非议。"②

至于普通读者在来函中对副刊活动的质疑与批评，也一直不断，副刊无意隐瞒，也时时披露，凡此种种，关心副刊发展的鲁迅想必也都有所知晓。

总之，作为现代传媒，《京报副刊》的议程设置用力明显，而阅读大众的各种疑问和批评同样有目共睹，对于鲁迅这样关注副刊发展又天然多疑多思的人而言，在表态之时有所疑忌，以致流露出源于本能又更为强烈的"媒介批判"意识，当是不难理解的。

## 三

鲁迅在"青年必读书"征求中的表态是一个持续演进的过程，它始于对《京报副刊》的征求活动的审视，又因为其他人的意见纷纭而不断回应，继续在不同的方向上延伸和推进自己的思想。有关于当时"国故整理"的学院派思潮的忧虑，有对新一代青年的文化观念的评判，有对个人体验的解释说明，从总体来看像是一个综合性的回应各方的思想系统。但"综合"并非就是应付各种意见的四面出击，或者是一些临时性意见的杂烩，其中浮动着一条贯穿始终的思想脉络，这就是基于中国现代媒体发展现实的媒介批判思想：一方面对现代传媒的"代言"和"引导"设计保持相当的警戒，另一方面也能够维护和支持它实施社会启蒙工程的善良愿望。

在我看来，1925年2月21日，《京报副刊》上刊出的鲁迅应答，既有对现代媒体自以为是的操作方式的不以为然，又有对作为自己学生和朋友的媒体人孙伏园可能出于善意所组织的活动最后负载文化信息的偏颇发出必要提醒，前者就是鲁迅于答案栏内填的那一句不太客气的话："从来没有留心过，所以现在说不出。"在后一方面，以鲁迅也就不愿意完全怼以抱怨与排斥，所以转而在"附注"栏内写下了篇幅更长的话："趁这机会，略说自己的经验，以供若干读者参考"。这是鲁迅诚恳的建言，是发自肺腑的读书心得，他是想借此提

---

①刊于《京报副刊》1925年3月2日第8版。
②刊于《京报副刊》1925年3月31日第8版。

醒作为朋友的媒体人,以他的经验推测,你们征求到的答案,很可能陷入"海内外名流学者"的各种具体的专业书籍当中,而在客观上将年轻人的未来带到了一个重"言"忘"行"或者说受制于现有知识结构而忽略了更大的创造性、批判性的境界:

> 我看中国书时,总觉得就沉静下去,与实人生离开;读外国书——但除了印度——时,往往就与人生接触,想做点事。
> 中国书虽有劝人入世的话,也多是僵尸的乐观;外国书即使是颓唐和厌世的,但却是活人的颓唐和厌世。
> 我以为要少——或者竟不——看中国书,多看外国书。

历来的争论过于集中在中国/外国的二元对立中,以致很容易落入民族主义的思维怪圈:你是中国人吗?是中国人怎么能够拒绝甚至贬低中国自己的文化呢?殊不知,着眼于媒介批判的鲁迅早已经从实际的"专业指导"的媒介议程中脱身了,他开始在更高的文化透视中观察比"专业指导"更为重要的东西——也就是对一代青年人生命成长产生更深刻影响的究竟是什么?在这种深度追问中,我们能够发现,所谓的生命的独立价值和创造能力无疑才是更大的意义所在,而"书"和"读书"都不过这一过程中的准备环节,仅仅是指一种简单的汲取知识、承袭传统的形式,生命如何从既有的现实生存中打破束缚,获得自我独立性,却是这些"海内外名流学者"的书目所不能回答的大问题。在发现和养成独立自我的方向上,我们习惯了的"书"(作为中国人,最习惯的知识系统当然就是"中国书")代表的就是一种业已成型的固定的知识,而"外国书"则代表了我们刚刚接触的不甚了解的新知识。我们习惯了的文化约束着我们,让我们堕入"沉静",逐渐丧失创造的活力,长期局限在熟悉的知识框架中将失去成长的助力,只有不断突破自我,汲取异样的文化("多看外国书"),接受各种新的人生挑战,才能焕发创造的活力,才能再现凤凰涅槃、自我更生。这是鲁迅的真切体会:"孔孟的书我读得最早,最熟,然而倒似乎和我不相干"①,"然而这些千篇一律的儒者们,倘是四方的大地,那是很知道的,但一到圆形的地球,却什么也不知道,于是和四书上并无记载的法兰西和

---

① 鲁迅:《写在〈坟〉后面》,《鲁迅全集》第一卷,第301页。

英吉利打仗而失败了"①。

这已经是不是一般的"读书指导"而是更为深刻的"生命谏言"了，它再次表达了鲁迅的意愿：较之于一般的知识性传输，他更看重来自生命深层的感染与交流，本质上属于一种深切的生命关怀，"少看中国书，其结果不能作文而已，但现在的青年最要紧的是'行'，不是'言'。只要是活人，不能作文算什么大不了的事"。"行动"是生命健康发展的一种直观的描述，鲁迅所关怀的生命更大的意义，它显然远远超越了报刊"征求"活动的这一狭小的要求。一年之后，忆起此事，鲁迅依然表示："去年我主张青年少读，或者简直不读中国书，乃是用许多苦痛换来的真话，决不是聊且快意，或什么玩笑、愤激之辞。"②

到这里，我们其实可以看出，鲁迅此时此刻的参与是一种特殊的媒介批判态度：有原则，也有温度。这种"特别"主要是基于现代媒体在中国这个"后发达"国家还在艰难起步的发展现实，所以，爱护和批评的双重态度都是必须的，尖锐的质疑是批评，有温度的个人经验的真诚交流就是爱护。可惜的是，这样一种特殊的批判视角在当时是如此的卓尔不群，难以融入一般接受者的语境，其超越具体事务的概括"高度"不易为人所察觉，其嬉笑怒骂中的内在的"温度"却往往引出另外的误读。一时间，鲁迅应答所收获的愕然、不解，甚至愤怒竟明显多于原本应该存在的珍视、领悟和认同。"署名和匿名的豪杰之士的骂信，收了一大捆"③，不仅原本需要"行动"的青年读者不太领情，在副刊和私人来信中继续坚持"读书"的执念，对鲁迅反唇相讥，就是受邀参加"必读书"活动的"名流学者"也未必了然，例如在鲁迅公布自己回答一周后发言的顾颉刚，特别地、有意无意地提出来一个国学书推荐的"盲从"与"盲骂"的问题来：

> 胡适之先生和梁任公先生先后开过两个国学书目，于是大家说，他们提倡国故了，趋时的青年就弃其课业而读古书，有志之士也就骂国故之足以亡国！我对这种盲从或盲骂，非常痛心；只因我向来不爱发议论，所以这种感慨一直藏在心里。④

---

① 鲁迅：《在现代中国的孔夫子》，《鲁迅全集》第三卷，第58页。
② 鲁迅：《写在〈坟〉后面》，《鲁迅全集》第一卷，第302页。
③ 鲁迅：《华盖集·题记》，《鲁迅全集》第三卷，第4页。
④ 刊于《京报副刊》1925年3月1日，第8版。

顾颉刚表述颇为平和，但"盲骂"所指自然是包括了鲁迅言论的，不仅如此，与鲁迅式言论的"高度"与"温度"形成鲜明对比的是，顾颉刚完全反其道而行之，提出了一个十分冷静的相当专门化的"中国史"治学书目，在普遍提交广义人生教育的书单之中，格外引人注目。他阐发的理由也似乎在刻意强化着某种针对性："现在中国提倡一点科学规范的研究，还是算国学，但已经激起了盲目的随从和盲目的反抗，这是如何的可悲呵！我以为要救这一个弊病，只有提倡'分工'。""分工"之路就是专门化、专业化的道路，作为一种单纯的学术训练，当然无可厚非，但是，一旦我们将之并置于鲁迅式的生命的关怀的逻辑面前，我们就能够深深地知道，作为媒介批判者的鲁迅与当时的学院派知识分子的思维存在着多么巨大的差异，我们虽然不能简单否定顾颉刚那样固守学术发言的合理性，但也更应该感叹鲁迅借媒介批判所袒露出来的对中国现代文化建设的深情关怀，不得不努力辨析那些包藏在偏至的语言表述之中的深刻的思想比喻，与大多数"名流学者"执着于本位知识的承袭根本不同，鲁迅的谏言直指人自我成长的生命本身，如果说这里存在什么样的"错位"的话，那可能首先还不是鲁迅与新一代青年的代际差异，或者说是鲁迅对新一代知识人的"知识视野"的盲视，而是鲁迅与大多数参与者——包括应答的名流学者，也包括其他"旁观"的青年读者——在思维方向、心态及最终意图上明显认知层次上的错位，这里并不存在太多的新知识新视野，不过就是一个人生成长的常识，用鲁迅回答熊以谦的话来说就是"这是只要常识就行的"，因为，他体验过，感受过，努力传达过，而更多的人漠视了，回避了，遗忘了，如此而已。当历史的发展至今也不能填补这种认知上的距离，这样诚挚的言辞依然被长久地置放在"偏激"的一端加以排斥的时候，鲁迅就难逃"两间余一卒，荷戟独彷徨"的命运，而现代中国的媒介批判也还有很长的路要走。

# "母胎"点燃"一粒星星之火"：
# 鲁迅与木刻青年吴渤新探

范芳明玥　凌孟华　重庆师范大学文学院

中国新兴木刻事业一直深受鲁迅关注，他积极参与1930年代中国新兴木刻运动，十分重视木刻青年，培养出了众多高水平的青年木刻家。鲁迅培育木刻青年之成就正在成为"书写'鲁迅史'不可或缺的组成部分"①，相继召开的鲁迅与青年木刻家纪念会昭示了二者之间的重要联系，如：2016年在上海鲁迅纪念馆隆重召开的"纪念鲁迅倡导新兴版画85周年暨张望诞辰100周年学术研讨会""明月在天·邵克萍诞辰100周年纪念"等等无一不是明证。学界有关鲁迅与青年木刻家的研究成果更是层出不穷，研究者或是敏锐地感受到鲁迅对于力群"非同一般的关爱"②；或是关注到黄新波是"革命初期众多的一代版画家中年龄最小的一位"，在鲁迅的鼓励和支持下，创作了情节生动、手法独特的木刻连续画《平凡的故事》③；抑或是从青年木刻家李桦1935年前后的艺术实践和鲁迅的批评入手，发现了"怪诞"在木刻中的独特价值与意义，借以重新审视中国版画"民族化"问题④。

鲁迅是中国新兴木刻运动的重要领导者和参与者，他组织举办了数场木刻讲习会、木刻画展，其间结识了众多青年木刻家。记者沙飞曾拍摄了一张鲁迅

---

① 卢军：《济文字之穷——鲁迅的美术出版历程及思想探究》，《社会科学辑刊》2016年第2期。
② 凡人：《鲁迅对木刻家力群作品的评论》，《鲁迅研究月刊》2010年第3期。
③ 沈雪晟：《黄新波和他"平凡的故事"》，《上海鲁迅研究》2015年第4期。
④ 吴雪杉：《Grotesque：鲁迅的批评与李桦早期木刻风格的形成》，《文艺理论与批评》2018年第4期。

与四位木刻青年座谈的照片,被评价为"鲁迅先生生前所拍摄的照片当中,最具神貌风采的一幅照片。这幅照片成为后来众多的画家、木刻家创作鲁迅题材作品时的最重要的蓝本之一"①,此图便是1936年10月8日下午,鲁迅在"第二回全国木刻流动展览会"上与木刻青年座谈时所拍,初刊于《生活星期刊》第1卷第22号,是"鲁迅葬仪"栏目十二张插图中唯一的鲁迅生前活动照。正如内山嘉吉所言:"鲁迅先生带着笑容的照片并不多见,除了这张之外恐怕很难找到其它的了"②,照片中的鲁迅透露着微笑,一改严肃之常态,其目光炯炯有神,眼神中流露着对木刻青年学徒的爱与关怀。该照片后收入《鲁迅在上海——活动旧址图集》(上海鲁迅纪念馆编,上海教育出版社1981年版)、《鲁迅生平史料汇编(第五辑上)》(薛绥之编,天津人民出版社1986年版)、《鲁迅的圈子》(陶方宣、桂严著,东方出版社2014年版)、《中国作家大辞典》(中国作家协会创作联络部编,中国社会出版社1993年版)等文献中,成为鲁迅参与木刻画展、培养木刻青年之珍贵图像史料。图中参与座谈的四位青年分别是林夫、曹白、吴渤、陈烟桥,其中已有三位得到了学界师友的精心研究。林夫"作为中国最早进入革命根据地的版画家之一",其作品与思想曾受到鲁迅的亲自指导。③曹白身为"鲁迅的得意弟子之一",经历了二十一岁与鲁迅通信、赤手空拳创办江南出版社、既当县委书记又当黄包车夫、无意写作而意外成名、解放战争时期排水救人的传奇一生。④陈烟桥发表了数量可观的纪念、研究鲁迅之论著,以及二十多件关于鲁迅题材的版画作品,实乃鲁迅纪念、鲁迅与木刻研究之典范。⑤然而目力所及,学界对四位青年中的吴渤关注度不高,相关研究成果寥寥无几。《鲁迅全集》(人民文学出版社1981年版)第十五卷之"人物注释"部分简要提及了鲁迅为吴渤校阅书稿,且委托其收集木刻作品参加国际展览。胡从经在《鲁迅与白危的〈木刻创作法〉》(《大地》1981年第5期)中梳理了此书的编辑出版过程,细致描述了封面、序言、末章、插图、后记等内容,并在《第一本讲说木刻的书——〈木刻创作法〉》⑥中对其他章节的内

---

① 蔡子谔:《沙飞为鲁迅拍摄生前最后一张照片的历史之谜》,《档案天地》2008年第2期。
② 内山嘉吉:《鲁迅和中国版画与我》,刘献彪、林治广编《鲁迅与中日文化交流》,湖南人民出版社,1981,第405页。
③ 安红艳:《版画之光——林夫》,《戏剧之家》2019年第18期。
④ 陈辽:《鲁迅弟子曹白的传奇人生》,《新文学史料》2011年第3期。
⑤ 王学振:《陈烟桥对鲁迅的纪念、研究》,《鲁迅研究月刊》2017年第9期。
⑥ 胡从经:《第一本讲说木刻的书——〈木刻创作法〉》,《柘园草》,湖南人民出版社,1982,第138页。

容梗概做出补充。丁言昭的《鲁迅和〈木刻创作法〉——我国第一本讲说木刻的书》(《江苏画刊》1981 年第 4 期)简单论及吴渤与鲁迅相识、《木刻创作法》出版之历程,并在 1985 年 1 月 14 日《人民日报》刊登的《想念白危伯伯》中回顾了吴渤请教鲁迅编译《木刻创作法》、到萧红住处做客、受到批判而笔耕不辍之经历。李允经的《鲁迅和木刻书刊》(黄仁沛编,《鲁迅研究文丛》第四辑,湖南人民出版社 1983 年版)仅简要论述了吴渤在鲁迅的帮助和指导下编译《木刻创作法》,鲁迅为其校阅作序之事。李允经、马蹄疾编著的《鲁迅木刻活动年谱》(上海人民美术出版社 1986 年版)从鲁迅日记、书信入手,以编年形式有条理地呈现了鲁迅与吴渤有关木刻书籍、木刻画展的讨论。倪墨炎的《白危编译的〈木刻创作法〉》①则结合鲁迅致吴渤书信,呈现了《木刻创作法》的成书经过。《木刻创作法》被评价为"中国版画史上第一本木刻讲义"②,鲁迅为吴渤译著作序被看作"中国新兴版画五十年大事"之一③,其重要地位与意义可见一斑。孙郁的《鲁迅藏画录》(花城出版社 2015 年版)简略论及鲁迅与吴渤的交游,着重于从鲁迅为《木刻创作法》所作之序品读其木刻批评观。陈其伟的《艺星璀璨——现当代广东兴宁籍著名画家解读》(岭南美术出版社 2017 年版)、李力夫的《民国杂书识小录》(上海远东出版社 2011 年版)对木刻青年吴渤的生平经历进行了梳理,但在一些细节史料上略有失实,对鲁迅与吴渤的交游、鲁迅对吴渤的影响、吴渤的"鲁迅纪念"也所言甚少。鲁迅与吴渤的交往不仅围绕木刻事业,还涉及小说创作、杂志出版、读经运动等多个方面以及吴渤回忆鲁迅、纪念鲁迅等多种角度,当前成果在系统整理二人交游史料方面显然存在不足,两者究竟如何产生联系、如何进行互动尚有晦暗不明之处。

鲁迅与吴渤的交游来往并不少,《鲁迅全集》(人民文学出版社 2005 年版)日记卷有二十五处提及"吴渤",其中显示吴渤来信至少有二十次;在《鲁迅全集》书信卷中,二人书信互动集中于 1933—1936 年间,鲁迅复吴渤信共计十三封,其中 1933 年六封,1934 年四封,1935 年二封,1936 年一封,基本涵盖了 20 世纪 30 年代中国新兴木刻运动的重要时段。在鲁迅逝世后,吴渤发表了至少十篇纪念文回忆与鲁迅生前的交往,涉及木刻讲义成稿、举办木刻展览、

---

① 倪墨炎:《白危的〈木刻创作法〉》,《现代文坛内外》,汉语大词典出版社,1998。
② 乐融:《永恒的缅怀——鲁迅逝世前后追踪》,上海文化出版社,2016,第 37 页。
③ 李树声整理:《中国新兴版画五十年大事记(一)》,《版画艺术》1981 年第 3 期。

介绍木刻作品出国、生活援助等多个方面，呈现了鲁迅与吴渤交游的丰富史料，凸显了鲁迅对吴渤学习木刻、为人处世方面产生的深刻影响，以及对木刻青年的深切关怀与悉心爱护。

## 一　以书相识

吴渤，原名吴钦宏，化名"吴德明""吴兼问""越危"等。1911年2月1日出生于广东省兴宁县宁中区佛子岭。1984年10月20日，在访问宁波地区途中，因突发脑溢血不幸离世。吴渤笔名"白危""吴皋原""渥波格"，[①]著有短篇小说集《夏征》《拓荒》《青年拖拉机手》，中篇小说《过关》，长篇小说《垦荒曲》《沙河坝风情》，报告文学《延安印象记》，特写《被围困的农庄主席》等。1926年吴渤就读于兴化县兴民中学，加入了由本校学生组织的青年改造社，后因参加学生运动而被开除学籍。由于家庭经济条件的限制，吴渤于1929年到上海，考入了"免费学校"上海东亚同文书院。当此之时，吴渤的同乡旧友陈烟桥、陈铁耕、黄新波、张望等正积极参加新兴木刻运动，为吴渤与鲁迅相识提供了契机。

1931年4月17日，鲁迅"往同文书院演讲一小时，题为《流氓与文学》"，由日本好友增田涉和镰田诚一陪同。[②]身为上海同文书院学生的吴渤有幸聆听了此次演讲，并在时隔十八年后以回忆文字记录了当时演说盛况[③]。此次演讲邀请是日本学生在左倾分子的影响下"自动提出"的，鲁迅采用日语进行演讲，针对日本学生的刁钻之问，他做出了一针见血的答复，强烈谴责日本帝国主义的恶劣行径和政府当局为虎作伥的虚伪冷血。这一场演讲给吴渤留下了深刻印象，但两人并未得到认识与交流的机会，正式相识尚且在后。

1931年"仿佛是在南京路上举行过'八一'反帝示威之后的某一天"[④]，吴渤受互济会委托前往法租界探监，在路上遇到了好友陈铁耕，陈转借昇曙梦所著的《新俄美术大观》给吴，委托其翻译书中的说明文字。当晚，吴渤留宿

---

[①] 丁国成、于丛杨、于胜：《中国作家笔名探源》，时代文艺出版社，2010，第32页。
[②] 鲁迅：《日记二十（一九三一年）》，《鲁迅全集》第十六卷，人民文学出版社，2005，第249页。（本文所引《鲁迅全集》作品均出自同一版本。）
[③] 白危：《回忆鲁迅先生二三事》，《大公报》1949年10月19日，第7版。
[④] 白危：《从一本书的诞生谈起——纪念鲁迅先生在中国木刻运动史上的启蒙作用》，鲁迅博物馆鲁迅研究室编《鲁迅诞辰百年纪念集》，湖南人民出版社，1981，第56页。

在法租界朋友家中,却意外被便衣"包打探"包围,主人被捕,吴渤被软禁一晚,《新俄美术大观》也被没收。陈铁耕写信告知吴渤该书原主是鲁迅,查鲁迅日记可知,此书于1925年3月25日购得①。吴渤写道,丢书事件发生时正值"'一八艺社暑期木刻讲习会'紧张阶段"②,鲁迅邀请了内山嘉吉于1931年8月17日—22日在"暑期木刻讲习会"讲授木刻知识。得知书被没收的鲁迅并未责怪吴渤,反倒担心是否有人因此牵连于官司之中。吴渤对丢书一事深感歉意,及时托人在日本代购此书,于半个月之后携书前往"一八艺社"向鲁迅赔罪。在陈铁耕的介绍下,吴渤与鲁迅正式见面,此时吴渤年仅二十岁。鲁迅当即鼓励吴渤翻译此书,并主动提供了参考资料,鲁迅与吴渤的交游来往自此逐渐深入展开。在鲁迅及众多友人的影响下,吴渤"对版画艺术便发生了特殊的感情"③,开始积极参观木刻展览会,收藏鲁迅及其他木刻团体编印的木刻集,着手翻译一些木刻书籍,成为20世纪30年代的木刻青年之一。

## 二 生前相知

吴渤在与鲁迅相识之后,积极加入了中国新兴木刻运动,先后与鲁迅交流的函件往返至少有三十三次,其中鲁迅致吴渤书信内容充实且情感丰富,是解读二人相知过程的重要文献。鲁迅与吴渤的来往书简围绕中国木刻事业展开,旁及文学创作、杂志出版、读经运动等多类话题,其间二人对彼此的认识不断加深,促成了一段宝贵的师生情谊。

(一)木刻书籍的编印与出版

在鲁迅致吴渤的十三封书信中,有五封(331109,331206,340119,340606,341016)明确提及《木刻创作法》修改与出版事宜,基本贯穿鲁迅与吴渤交游始末,可见该书一直是鲁迅心中深深的牵挂。1933年冬,具有较好日文基础的吴渤在鲁迅的鼓励和支持下,开始编译《木刻创作法》,此书主要根据日本旭正秀的《创作版画手法》、小泉癸巳男的《木刻雕法与刷法》《东洋版画片》《世界美术史纲》等写成。全书"概说"之后共分六节,分别为创作版

---

① 鲁迅:《日记十四(一九二五年)》,《鲁迅全集》第十四卷,第555页。
② 白危:《从一本书的诞生谈起——纪念鲁迅先生在中国木刻运动史上的启蒙作用》,鲁迅博物馆鲁迅研究室编《鲁迅诞辰百年纪念集》,第57页。
③ 白危:《从一本书的诞生谈起——纪念鲁迅先生在中国木刻运动史上的启蒙作用》,鲁迅博物馆鲁迅研究室编《鲁迅诞辰百年纪念集》,第58页。

画的意义、版画的种类、中国木刻史略、西洋木刻史略、木刻作法、介绍几种翻印和创作的木刻画。1933年11月9日下午，鲁迅"得吴渤信并《木刻创作法》稿子一本"①，并在当天晚上看完书稿后立即复信。信中提到了对几处字句的修正，并将"木目木刻"都改成了"木面木刻"。"木口木刻""木目木刻"是根据木材断面性质而区分的两种木刻作法，前者采用木材横断面，后者采用木材纵断面。鲁迅认为直译"木目木刻"发音不便且难懂，之所以翻印木刻理论与作品，正是想借木刻之通俗易懂以启蒙大众，故建议将其改为"木面木刻"，而这一翻译也为木刻界沿用至今，成为木刻艺术的常识之一。在安排木刻插图方面，吴渤原想从中国古代宋人的《耕织图》中选两幅以作参考，但由于"原画线条模糊"，鲁迅重新为其选入"与已选入者都不同的"两幅苏联木刻画。鲁迅还对吴渤所选的应洲、野夫之版画进行了点评，既考虑了版画的构图、光暗对比，同时也顾及到翻印效果与成本问题，其所虑之事可谓全面周到。在鲁迅看来，"版画的事情，说起来话长，最要紧的是绍介作品"②，因此十分强调此书目的在于为读者提供参考，所选画幅应清晰分明，刻法应多种多样，以达普及常识、拓宽视野、增加选择之效。当晚鲁迅还为吴渤的书稿写了序文，主要从好玩、简便、有用三个方面说明"创作木刻"的重要性与独特性，并简要却中肯地对《木刻创作法》进行了高度评价：此书虽然简略，但却是"第一本"讲说木刻的书，已绘出了一番木刻创作图景；虽然"不过一粒星星之火，但也够有历史上的意义了"③。鲁迅认为，若沿此发展，木刻创作的题材和技艺定会得到丰富和发展；若"加以中国旧日之所长"则会生发更多的优秀木刻作品，开辟出一条新的路径。由此可见，鲁迅对吴渤编译《木刻创作法》一书寄予厚望。此次复信和修改稿均"作一包"于1933年11月12日放于内山书店，待吴渤取回。三天后，鲁迅收到吴渤来信，信中大约是询问了采用何种纸张翻印版画的问题。鲁迅在16日信中回复纸张的选择应"当看看读者的需要"④，还结合自身翻印经历，不辞劳苦、细致体贴地多番比较了制铜版、玻璃版、珂罗版、中国纸、抄更纸的造价，且细心提醒吴渤在书籍出版时应注意代卖店不守约、不付款之恶劣行为。信末附有五种版画形式，而这五种形式的详细阐释正是吴渤在请教鲁迅后，鲁迅写信向日本友人内山嘉吉求助所

---

① 鲁迅：《日记廿二（一九三三年）》，《鲁迅全集》第十六卷，第407页。
② 鲁迅：《致曹白》，《鲁迅全集》第十四卷，第124页。
③ 鲁迅：《〈木刻创作法〉序》，《鲁迅全集》第四卷，第626页。
④ 鲁迅：《致吴渤》，《鲁迅全集》第十二卷，第497页。

得，①其爱护新人之义举与"打破砂锅问到底"之探索精神显露无遗。针对吴渤在来信中拜托为书稿寻找出版社一事，鲁迅在1933年12月6日的回信中婉言谢绝了这一请求，并非因为不想帮忙，而是担心因自己的敏感身份而导致书稿难以出版，甚至可能被没收，鲁迅先生为人处世之谨慎周到可见一斑。此信是鲁迅寄至陈铁耕处，由陈"转寄"给吴渤。②

《木刻创作法》的成书过程与鲁迅密切相关，在翻译过程中，若得知吴渤缺乏相关书籍，鲁迅便热情支援参考资料。面对吴渤的请教，鲁迅知无不言，若是遇到不能解决的专业名词、术语，则向外国木刻家写信求助。定稿之后，鲁迅时刻关注着此书的出版时机，几乎在每一封致吴渤信中都提到了此书一时难以出版，表达着"无法可出"的焦虑与"随时设法"的时时关切。遗憾的是，未及该书出版，鲁迅便猝然离去。直到1936年11月，在上海读书生活出版社总编辑艾思奇的帮助下，《木刻创作法》才得以付印，于1937年1月正式出版。此书固然是吴渤呕心沥血编译之成果，同时也离不开鲁迅的耳提面命、深切关注，书稿基本保留了鲁迅在信中反馈的意见，未尝不是鲁迅木刻研究之结晶。在培养木刻青年、发展中国新兴木刻运动方面，鲁迅所奉献的心血毋庸置疑，令人钦佩。

鲁迅与吴渤的书信来往除了谈论《木刻创作法》的修改、出版事宜，还多次提及了翻印木刻作品集、举办木刻作品展等计划。鲁迅在1933年12月6日致吴渤信中提到"现在开一个展览会颇不容易"，首先是要"设法商借"一个安全的地址，其次是苏联版画难以单独展览，而需"请人作陪"。相较于不易举办的木刻画展，鲁迅更认可翻印、出版木刻作品集，认为这更加有益于木刻研究者。鲁迅在同一封信中还披露了《引玉集》《木刻纪程》的大致编印流程，他在收集的八十多张苏联木刻作品中，经多番比较、挑选，组成《引玉集》，并精心选择在"制版术很好"的日本付印出版。而后又编印了被鲁迅视为"木刻的路程碑"③的《木刻纪程》，其中作品也是由鲁迅精心选定，且亲自购买了印刷纸张。从编选作品到购买印刷纸张、选择出版地点，鲁迅都亲力亲为，足见其对木刻事业的赤诚热爱与尽力建设。在鲁迅亲自撰写的《引玉集》后记及广告词、《〈木刻纪程〉出版告白》中，都未曾提及这一系列安排，致吴渤的

---

① 白危：《从一本书的诞生谈起——纪念鲁迅先生在中国木刻运动史上的启蒙作用》，鲁迅博物馆鲁迅研究室编《鲁迅诞辰百年纪念集》，第59页。
② 鲁迅：《致陈铁耕》，《鲁迅全集》第十二卷，第513页。
③ 鲁迅：《〈木刻纪程〉小引》，《鲁迅全集》第六卷，第50页。

书信作为一批珍贵的文献，弥补了鲁迅编印木刻集的细节史料缺憾。鲁迅与吴渤的书信交往既展示了鲁迅对木刻青年吴渤的悉心栽培，同时也反映着鲁迅肩负"导师""母胎"之责而从未止步，坚持从理论建设与借鉴国外木刻实践两方面，对中国木刻事业付出孜孜不倦之努力。

（二）征集木刻作品，参加国际展览

在鲁迅和一众木刻青年的踊跃参与下，1930年代中国新兴版画艺术获得长足发展，不仅在国内拥有了立足之地，还受到了国际艺术界的瞩目。1933年，法国期刊《Vu》记者绮达·谭丽德委托鲁迅收集一些中国左翼作家的绘画和木刻作品，适时将在巴黎、莫斯科展览。鲁迅为此做了大量工作，"前后与七八位友人通信二十来封"[1]，其中有五封是致吴渤的（331213，331219，340119，340717，341016）。1933年12月4日鲁迅写信给陈铁耕、陈烟桥，委托二人接洽办理[2]，与陈铁耕同住的吴渤得知此事后，也积极参与到作品征集活动中[3]。青年们主动联系木刻团体和个别作家，最终选出木刻一百余幅，但无一幅油画水彩。对于未能搜集到绘画作品的情况，鲁迅1933年12月13日给吴渤回信，宽慰"没有油画水彩，木刻也好。"鼓励"自然，现在的作品，是幼稚的，但他们决不会笑"，"我还想要求他们批评，则于此地的作者，非常有益"，他既清醒地看到中国新兴木刻艺术的不足之处，也怀着极大的热情，努力争取获得批评的机会和发展进步的空间。1933年12月16日，鲁迅收到了吴渤寄来的信和木刻一卷，三天之后复吴渤信，提及已收到信和木刻，以及未见到谭丽德，或将邮寄木刻作品的安排。1934年1月19日鲁迅致吴渤信中写道，由于一直未能与绮达·谭丽德会面，先前收集的木刻作品"已于前日"，即1934年1月17日寄往巴黎，并已致函苏联木刻家希仁斯基，委托其见后提出批评意见。然而半年之间，鲁迅并未收到任何来自国际的关于中国木刻作品出国展览之反馈。直至1934年7月17日，鲁迅才在信中告知吴渤，听闻中国木刻在巴黎、莫斯科展览"很成功"，只是谭丽德仍未来信。1934年10月16日，鲁迅致吴渤信中再次提及，木刻作品已在巴黎展出，并收到巴黎作家团体致中国作家的一封信，信中并无批评，多是鼓励，但因言论局势之紧张而未发表。中国木刻作品参加巴黎、莫斯科展一事到此算是画上圆满句号。

---

[1] 邵大箴：《鲁迅和三十年代新兴木刻运动》，《中国现代美术理论批评文丛·邵大箴卷》，人民美术出版社，2011，第351页。
[2] 鲁迅：《致陈铁耕》，《鲁迅全集》第十二卷，第508页。
[3] 白危：《中国木刻在巴黎、莫斯科展出前后》，《美苑》1981年第2期。

梳理鲁迅致吴渤书信，得以管窥1934年前后中国新兴木刻参加国际展览的大致历程，从鲁迅积极征集寄送中国木刻作品，到因迟迟未收到反馈而在与吴渤书信、自己日记中频频提起，都显示着他为中国新兴木刻运动争取国际认可和帮助可谓殚心竭力，令人感佩。鲁迅对中国木刻事业如何获得深远发展有着冷静深刻的思考，在竭力寻找发展中国绘画与木刻艺术的契机，带领着木刻青年走向世界。同时，吴渤这位木刻青年对中国木刻作品参与国际展览的热切关注也在来往书信中得到展现，木刻青年在这一过程中付出的努力同样不可忽视。国际力量的引入无疑是使中国新兴木刻事业获得了又一发展动力，"此为中国现代木刻与西欧人氏第一次的接触"①，"是我国进步的新美术首次出国展览"②，成为中国新兴木刻艺术走向国际的重要起点。

（三）"第二回全国木刻流动展览会"上的交谈

为了扩大新兴木刻运动的全国影响力，向木刻青年提供更好的学习交流平台，1930年代曾举办数场木刻展览会，其中颇有声誉的便是"全国木刻联合展览会"，此会始办于1935年元旦，由平津木刻研究会在北平承办，并在天津、济南、汉口、太原、上海等地巡回展览。这一流动展览的形式意味着中国新兴木刻运动得以在全国铺展开来，其影响范围、机构团体均得到极大扩充，意义非同小可。1936年7月5日—10日，广州现代版画研究会在广州中山图书馆组织举办了"第二回全国木刻流动展览会"，随后在杭州、上海、南京等地巡回展出。此次巡回展在上海举办的时间为10月6日—8日，举行前数天，吴渤曾致信邀请鲁迅参加此次展览会，鲁迅在收到来信的当天午后复信（19360928），提及大病数月，难以走动，不能参加木刻展览会，甚是抱歉。但是在1936年10月8日下午，展览会即将结束之时，病中的鲁迅却坚持前往八仙桥青年会，惊喜现身展览会场，与木刻青年进行了亲切交谈。这是鲁迅首次参观"全国木刻联合展览会"的现场，但也是生前最后一次出席公共活动。

1. 以"纪事"总结五年成就

吴渤为此次展会写有《木刻纪事——写给第二回全国木刻流动展览会》一文，发表于《生活星期刊》1936年10月11日第1卷第19号"双十特辑"，署名"白危"，主要讲述了中国古代木刻概况，以及近五年中国新兴木刻事业是如何在鲁迅的带领下发展起来的。先是邀请日本友人内山嘉吉在江湾"一八艺社"

---

① 曹白：《鲁迅先生和中国新兴的木刻》，夏征农编《珍贵的纪念》，陕西人民出版社，1981，第131页。
② 王观泉：《鲁迅与美术》，上海人民美术出版社，1979，第121页。

口授木刻创作法，随后举行展览会，各地相继成立木刻社团。吴渤感叹道，木刻青年们生存于异常艰难的环境之中，常因小小木刻而无辜下狱，但依然有人不辞劳苦为木刻事业奋斗，这个人便是鲁迅。在吴渤的眼中，"五年以来，既未派员出洋考察，又乏专家实地指导，而尚能不辞艰苦硬干这傻事的，几乎只有鲁迅先生一个。"①文章回顾了鲁迅组织领导新兴木刻运动的经过，总结其木刻事业成就，是目前所见吴渤最早使用"白危"笔名发表的文章。2019年出版的"鲁迅在上海资料丛书"之《鲁迅与左翼美术运动资料选编》收入此文，准确标注了原始出处，但在"直到十九世纪末写真制版术发明后，摄影代替了刻图，这样一落千丈，不复为艺术家所注目"②一句中，"这样"原文为"这才"，后者较前者更能与"直到"形成关联词搭配，读之更为通顺，可作补正。

2.详忆会上座谈之文——《记鲁迅》

关于鲁迅与四位木刻青年交谈的具体情形，与会者陈烟桥曾在笔记中以百字进行记录，谈及鲁迅对素描基础、阅历与洞察力以及真实性的强调。③曹白在《写在永恒的纪念中》④也对座谈内容有所回忆，但未进行整理归纳，且在打手掌心的老师究竟是供职鲁迅侄女所在的新亚学校，还是周海婴就读的大陆小学问题上，与吴渤所记略有出入。吴渤在1936年10月10日以两千余字详细披露了座谈会的全程经过，文章发表于1936年10月25日《生活星期刊》第1卷第21号，题名《记鲁迅》，署名"白危"。全文共三节，首先详细描绘了鲁迅的样貌和当天穿着，当天下午一点左右"身材短小，蓬头乱发"的鲁迅来到了会场，他身穿略微褪色的蓝色哔叽长衫，头上斜戴一顶咖啡色呢帽。接下来文章讲述了鲁迅与木刻青年的对话内容：其一，表达绝不休养之决心。鲁迅回答了近期身体状况，在过去的九个月中有六个月都害着病，在打了几次药针后略有好转，但终究难以康复。面对大家劝其休养之举动，鲁迅先生"坚决地否认这话对他有关系"。在"我是不能休养的""我怎么能够休养呢""像我这种人是无法休养的"三句不同表述中，"不能"表示直接否定，"怎么能够"则以反问形式较前者更具否定力量，"无法"是指毫无办法，强调必要性。鲁迅在"不能""怎么能够""无法"的连续强调与层层递进中，突出了自己绝不放下

---

① 白危：《木刻纪事——写给第二回全国木刻流动展览会》，《生活星期刊》第一卷第19号。
② 乔立华编著《鲁迅与左翼美术运动资料选编》，上海书店出版社，2019，第148页。
③ 陈烟桥：《鲁迅与木刻》，开明书店，1949，第31页。
④ 曹白：《写在永恒的纪念中》，鲁迅纪念委员会编《鲁迅先生纪念集（评论与记载）》之"悼文"第四辑，文化生活出版社，1937，第100页。

救世立人事业之决心。其二，探讨儿童教育问题。当此之时，周海婴已入学，鲁迅听闻学校老师会打学生掌心而颇有疑问，十分体谅孩子对这类刑罚的惧怕，由此表达了"对现行教育制度的弊病非常痛惜"。其三，谈论木刻翻印事业。鲁迅对木刻翻印尤感兴趣，提及此事便"现出稀有的快活"，鲁迅先是讲述自己翻印木刻画多有亏本的经历，随后简要回答了珂勒惠支、梅斐尔德两位外国木刻家的近况。在提到能否举办苏联木刻展览会时，还顺带想起了1933年冬在上海日本基督教青年会举行的俄法书籍展览会。鲁迅曾在致吴渤信中（331206）详细说明过这一画展的安排，由于当局的严厉镇压，举行木刻展览会实属不易，最终选择在日本基督教青年会举行"法国插画作陪客"的展览会。鲁迅对这次的精妙安排颇引以为傲，故回忆起来开怀大笑。其四，评价展览会上的作品。鲁迅认为木刻作品相较以前有了进步，但仍然存在缺点，其根源在于创作者阅历不深和缺乏细致的观察力。随后鲁迅以李桦的八十八幅连环画为例，提出了具体的木刻创作要领。首先，"连环画是无须这么多的"，数量维持在二三十幅为宜，短小精悍比洋洋大观更有力度，木刻作品应注意质量的精美而不是一味追求"多产"。其次，应注意刻画的真实性，刻人物应当刻得像中国人，"艺术是需要夸张的"，但不可过度追求。再者，创作木刻需要有良好的素描基础，取材要准确，要调和，而不必矫揉造作。《记鲁迅》一文还细致地描写了鲁迅先生在谈话时的动作神情，呈现了饱满立体的鲁迅形象。尽管病中的鲁迅脸色苍白，身体羸弱，但一提及木刻翻印之事便立即容光焕发，滔滔不绝，"说的那么多，那么快"，更甚被吴渤比喻为"话匣子"。伴随着鲁迅先生谈话的是一支支香烟，吴渤描绘了他掏香烟之举动，以"伸""抓""摸"等动词精准展现了整个流程。作者在描绘鲁迅笑容方面着墨不少：谈到翻印木刻一事，鲁迅立刻"笑得两眼眯成一条缝"，说话时"笑得连筋肉都牵动起来"；回想到1933年俄法书籍展览会的机智安排更是露出了"真实""恳切""露骨""无邪气"的傻笑；看到李桦所刻人物的额门都很低，生出"难道广东人的额门都这么低的么"的疑问，并望向几位广东木刻青年而发出"忽然大笑"。还有"肯定的眼光变为疑难的神色"，快说一气而呼吸急促的"病后残痕"之描绘都使得谈话中的鲁迅活灵活现。

吴渤的《记鲁迅》细写座谈经过，既进一步补充说明了"第二回全国木刻流动展览会"上座谈会详情，又细致入微地捕捉到鲁迅的神情姿态，从精细的刻画中展现了一个"真实""恳切""有力"的鲁迅，鲁迅形象在吴渤的文字中再次得到丰富，实乃不可忽视的书写鲁迅之佳作。遗憾的是，该文虽写于1936年10月10日，但正式发表已是10月25日，与世长辞的鲁迅并未看到吴渤笔下的自己，若是见到此文，或许两人来往书信会多添几封。此文对在世鲁迅的描绘与逝后纪念语境之间发生的多重互动更是使其成为一种特殊文献，值得引起重视。在记录鲁迅的文章中，多是以鲁迅逝世后的纪念文形式出现，而此文则是鲁迅在世时所写，逝世后才发表，不同语境中文章具有的感情基调是不同的，前者怀有的是对逝者的哀挽与怀念，而后者更多的是一种平淡叙述与温情记录。《半夏小集（鲁迅先生近作）》（青年书店1937年3月版）的"附录"收入了《记鲁迅》，保留了原文注释，将鲁迅"下巴也跳跃的更厉利"中的"厉利"改为"厉害"[1]，读之更为通畅，但未标明文献原始出处。《鲁迅先生的盖棺论定》（范诚编，上海全球书店1936年版）收入全文，虽标明了原文出处、保留了原文注释，却将文中"也还时常发热"中的"时"排印为"是"[2]，"你看他虽然大病了六个月"中的"你"误印作"他"[3]，可能缺乏依据。《青年导师鲁迅的一生》（上海北方书店1937年版）同样将"时常发热"改作"是常发热"，并且删除了鲁迅说明自己"差不多四个月没有到过内山书店"、向青年介绍珂勒惠支和梅斐尔德近况等情节，说话时"一支香烟刚好抽完第二支又接上"、说完后"大笑起来，笑声淹没了一切"等一系列重要动作描绘、对"那一次"俄法插图展览会的注释均被删去，也未对文献原始出处进行说明。《中国作家与鲁迅》（学习出版社编，学习出版社1942年版）保留了原始注释，但也将"还时常发热"写作"还是常发热"[4]，且未标明文献来源。

3. 记录座谈的另一版本——《难忘的会见》

1956年茅盾、巴金主编的《忆鲁迅》所收白危的《难忘的会见》一文，也对这场座谈会进行了回忆，文末附注"一九三六年十月十日记"，未标注原始出处。曾有论者指出了《难忘的会见》是"鲁迅病逝前的纪事""作于鲁迅病逝九天前"[5]，但也未论及最初发表于何处。实际上，其初刊版便是1936年10月25日刊登于《生活星期刊》第1卷第21号的《记鲁迅》。对读两文可见，除

---

[1] 白危:《记鲁迅》,《半夏小集·附录》,青年书店,1937,第224页。
[2] 范诚:《鲁迅先生的盖棺论定》,全球书店,1937,第47页。
[3] 范诚:《鲁迅先生的盖棺论定》,第49页。
[4] 学习出版社编《中国作家与鲁迅》,学习出版社,1942,第82页
[5] 张向天:《读〈鲁迅回忆录〉札记》,《鲁迅日记书信诗稿札记》,生活·读书·新知三联书店香港分店,1979,第148页。

标题从"记鲁迅"改为"难忘的会见"外,增加了"L""C""W""S"四条注释,分别指参加座谈的林夫、陈烟桥、吴渤、曹白四人,并且通过注释中"——作者"的批注可推测这些改动应是由吴渤本人操刀。《难忘的会见》在情节内容、语句表达方面也进行了较大删改,现以表格形式罗列如下:

### 白危《记鲁迅》与《难忘的会见》异文对校表

| 序号 | 异文对校 | | 类型 |
|---|---|---|---|
| | 《记鲁迅》 | 《难忘的会见》 | |
| 1 | 在热闹的会场中挤来了一位身材短小,蓬头乱发的老头子。 | 在热闹的会场中挤来了一位身材瘦弱,不大惹人注目的老头子。 | 改写 |
| 2 | 他穿了惯常穿着的蓝长衫。 | 他穿了惯常穿着的长衫。 | 删削 |
| 3 | 一顶咖啡色的呢帽,至少也用过十年以上,却还折叠得非常古怪,歪歪斜斜的戴在头上。 | 一顶咖啡色的呢帽,至少也用过十年以上,却还戴在头上。 | 删削 |
| 4 | 他把帽子除下,继续说道,坚决地否认这话对他有关系。 | 他把帽子除下,好像这话根本和他没有关系。 | 删削 |
| 5 | 到后来竟连香烟灰也弹在里面,这才惊奇起来;那红锡包的盒子那里去了呢? | 到后来竟连香烟灰也弹在里面。 | 删削 |
| 6 | "很久没有在内山书店碰过先生了。"有人插进来问。"是的,我也差不多四个多月没有到过内山书店了。"他又抽了两口香烟,默默地注视着展览地作品。 | 他抽了两口香烟,默默地注视着展览地作品。 | 删削 |
| 7 | 这时不知怎么一扯,却搭上他的孩子身上去。 | 这时不知怎么一扯却扯到他的孩子身上去。 | 删削,替换 |
| 8 | 在这语气中,他表示出对于现行教育制度的弊病表示非常痛惜。 | 在这简短的语气中,他对于现行教育制度的弊病表示极端不满。 | 增补,替换 |

| 序号 | 异文对校 《记鲁迅》 | 异文对校 《难忘的会见》 | 类型 |
|---|---|---|---|
| 9 | 笑的两眼变成一条缝。嘴巴却露出一列雪白而整洁的牙齿,下巴也跳跃的更厉利。 | 笑的两眼变成一条缝,下巴也颤抖得更厉害。 | 删削,改写,替换 |
| 10 | 他说时非常高兴 | 他非常兴奋 | 改写 |
| 11 | 她现在已返德国 | 她现在已经回国 | 改写 |
| 12 | 只要她安分守己的做一个贤妻良母 | 要她安分守己的做一个贤妻良母 | 删削 |
| 13 | 他有点惋惜,他说 | 他表示很惋惜,接着又说 | 改写 |
| 14 | 世界上的女作家只有她最前进,最值得我们介绍 | 世界上的女作家中她是很值得我们介绍的 | 改写 |
| 15 | ×××一定要和我捣蛋的 | 国民党一定要和我捣蛋的 | 替换 |
| 16 | 所以每每引起听的人的各式各样的哄笑,而他自己也一样无邪气的傻笑着。这时《中国呼声》的女记者魏璐诗走过来,她一看见鲁迅先生,就和小孩子一样高兴的了不得,紧握着他的手,并且说了满口中国式的套话。但即刻又沉默下来,大约她觉得自己是来选画,应该赶紧收场,便又忽忽地跑开了。谈话稍一间断,他总是出神地钉住壁上的图画,俨如天文学家观察星球变动。 | 所以每每引起听的人的各式各样的哄笑。谈话稍一间断,他总是出神地盯住墙壁上的木刻,俨如天文学家观察星球的变动。 | 删削,替换,增补 |
| 17 | 大家张着嘴巴往前慢慢挤,希望看见他一条胡须或者听听他的声音。但他生得那么矮小,围在他身边的每一个又都比他高,所以站在后边的就只好伸长了脖子。 | 大家慢慢往前挤,希望看见他或者听听他的声音 | 改写,删削 |

续表

| 序号 | 异文对校 《记鲁迅》 | 异文对校 《难忘的会见》 | 类型 |
|---|---|---|---|
| 18 | "真是奇怪得很,怎么他(指李桦)刻的人物通通都是额门那么低的?难道广东人的额门都是那么低的么?"<br>他抬起头来望了望我们,又大笑起来。 | 他眯起眼睛,指着李桦的连环画说:<br>"真是奇怪得很,怎么他刻的人物通通都是额门这么低的?难道广东人的额门都是那么低的么?"<br>他回过头来看了看我们,忽又大笑起来。 | 增补,删削,替换 |
| 19 | 鲁迅先生简单的唔了一声,跑开了。 | 鲁迅先生若无其事的唔了一声,走开了。 | 改写,替换 |

　　白危《记鲁迅》对鲁迅形象的细致描绘在《难忘的会见》中变得简单,甚至略显粗糙,原作营造的生动情境受到大大削弱,变得平铺直叙,缺少细节实感。由于入集过程中未对文献原始出处及此次大范围改动进行说明,使得《难忘的会见》常被误认作吴渤回忆鲁迅之最初文献而多加引用。相较于《难忘的会见》,《记鲁迅》一文距离历史现场更近,不论是细节描绘还是情节准确度,都更胜一筹。《1913—1983鲁迅研究学术论著资料汇编》第二卷(中国社会科学院文学研究所鲁迅研究室编,中国文联出版公司1990年版)"《鲁迅纪念集》之外的鲁迅逝世纪念文献资料选编"部分收入了《记鲁迅》,并标注"原载一九三六年十月二十五日《生活星期刊》(上海)第一卷第二十一期"[①],但经比较发现,无论是字句改动,还是注释增补,都与收入1956年茅盾、巴金所编《忆鲁迅》中的《难忘的会见》相同,因此该文实际辑录的是经过较大删改的《难忘的会见》。《回忆鲁迅在上海》(上海鲁迅纪念馆编,上海书店出版社2017年版)收入了《记鲁迅》一文,并准确标注"原载上海《生活星期刊》第1卷第21期,1936年10月25日"[②],但遗憾的是,该书辑录的依然是《难忘的会见》而非《记鲁迅》。由此可见,吴渤的《记鲁迅》在入集的过程中存在或多

---

① 中国社会科学院文学研究所鲁迅研究室编《1913—1983鲁迅研究学术论著资料汇编》第二卷,中国文联出版公司,1990,第511页。
② 上海鲁迅纪念馆编《回忆鲁迅在上海》,上海书店出版社,2017,第86页。

或少的改动,且大部分未注明原始出处,其间产生了文不对题、文献版本引用混乱等问题,在收录、引用鲁迅研究资料过程中,极有必要对相关文献来源进行仔细甄别、梳理。

(四)其他话题的讨论

鲁迅与吴渤的交游虽然紧紧围绕新兴木刻事业展开,但并不局限于此,文学也是谈论的话题之一,外国文学译本、国内小说创作是二人主要关注的对象。吴渤1933年11月15日在信中询问了鲁迅有无推荐之英文小说,次日鲁迅收到来信后,随即复信说明自己不会看英文,故而"小说无可介绍",且主动介绍了日本当局压迫之甚的近况,亦无较好的日本小说推荐。两人还在信中讨论了几部外国作品译本情况,1933年11月16日鲁迅在致吴渤信中,表达了对特列恰可夫的《怒吼罢,中国!》印发单行本的赞许和"难以公开发卖"的担忧,并简要介绍该作家曾在北京大学任教,曾用中文名是铁捷克。随后鲁迅又在1933年12月6日、13日写信告诉吴渤《城市与年》大约有英译、德译,无日译的情况。对于吴渤有关小说作品的提问,鲁迅常常会诚实回答道"我没有看过",尤可见其虽为人师,却谦虚诚恳之态度。在国内小说创作方面,二人讨论了茅盾的《子夜》,1933年12月11日吴渤致信鲁迅,虽未见所写详细内容,但从鲁迅12月13日复信中"诚然如来信所说,但现在也无更好的长篇作品","能够更永久的东西,我也举不出"等可以推测吴渤对《子夜》提出了一些批评,二人对当时的长篇小说多是作用于智识阶级、缺少长久生命力的文坛现状进行了反思。

由于《木刻创作法》迟迟未能出版,二人十分关注出版界动向,鲁迅对当时的出版生态并不看好,尤感文学界所受压迫十分厉害,杂志期刊"最多只能出到三期",有意义的文学书籍基本难以出版。在1935年2月14日致吴渤信中,他举出了《太白》《读书生活》《新生》这三本"尚可观,而压迫也最甚"的杂志,对于《人间世》则嗤之以"麻醉品",将其与"吸鸦片"等同,此处涉及到鲁迅与林语堂之论争,相关研究成果颇丰,此不赘述。

除了讨论文学、出版问题,鲁迅与吴渤对读经问题也有所关注,尽管未有详细的内容记录,但从鲁迅1935年3月4日的日记"得吴渤信并《经训读本》二本"[1]之记载,可以确定的是两人都关注到了1934年广东军阀命令全省复古读经,省教育厅编辑出版了十二册《经训读本》一事。鲁迅也十分关注青年们

---

[1] 鲁迅:《日记二十四(一九三五年)》,《鲁迅全集》第十六卷,第520页。

的思想动向和现实抉择，尤其担心单纯的青年受到邪恶势力利用，在1933年12月13日写给吴渤信中，他提及福建成立反蒋抗日新政府一事，真切地提醒"学木刻的几位，最好不要到那边去"，青年容易受党同伐异之利用，毕竟"忽然变脸"而"拿青年的血来洗自己的手"①的事情也未尝没有。除了提供学习方面的指导，鲁迅还很慷慨地向吴渤提供经济援助，鲁迅1935年9月20日在日记中记载"晚复吴渤信并假以泉十五元"②。金额虽然不大，但既是二人相互信任之见证，也是鲁迅关切木刻青年之体现。

不论是精心指导编译《木刻创作法》，还是征集寄送中国木刻作品出国展览，抑或是在国内木刻展览会上的亲切交谈，都展现了鲁迅在培养木刻青年上耗费的巨大心血。鲁迅生前与吴渤的交往基本贯穿了20世纪30年代中国新兴木刻运动，考释二人的书信往来，可为观照中国新兴木刻运动提供一条新的路径，再次呈现鲁迅为中国新兴木刻事业做出的贡献。而鲁迅与吴渤关于文学、出版生态、读经运动的讨论同样也是先生关心爱护木刻青年、竭力提供指导与帮助的又一明证。一日为师，终身为父，尽管鲁迅猝然离世，但鲁迅与吴渤的联系并未因此断裂，吴渤在鲁迅逝后几十年间先后撰写多篇文章，默默地长久地怀念着他，鲁迅对吴渤的影响可谓是终其一生，促成其日后在木刻界及文学界的继续坚守与奋斗。

## 三 逝后纪念

鲁迅逝世后，吴渤写有多篇回忆鲁迅的纪念文章，回顾了与鲁迅深切友好的交往经历，在文章中以真挚深情之字句，展现了鲁迅对中国新兴木刻事业做出的巨大贡献，对鲁迅的木刻成就给予高度肯定，成为丰富多样的纪念鲁迅话语中的一部分，为"鲁迅纪念"研究提供了翔实史料，拓展了相关言说空间。

（一）鲁迅逝世当年纪念

鲁迅逝世后，吴渤写有《鲁迅先生的病和死》一文，署名"白危"，发表于1936年11月8日《生活星期刊》第1卷第23号。该文结合自己与鲁迅最后一次会面的情景以及鹿地亘、许广平等人的回忆，详细描绘了鲁迅生命中的最后时刻。"十月十三四号"吴渤在北四川路长春路口遇见鲁迅，先生坚持声称近

---

① 鲁迅：《致吴渤》，《鲁迅全集》第十二卷，第516页。
② 鲁迅：《日记二十四（一九三五年）》，《鲁迅全集》第十六卷，第553页。

来身体有所好转，并且严词否认了生命将逝的说法。吴渤写道，"他常常否定他就要死"，总是觉得自己"不会那么快死"，许广平见到吴渤的第一句话也是"他什么也没有说"，"因为他没有想到自己会死"，因此鲁迅的突然离世对众人来说都略显意外，更倍感遗憾。吴渤还记录了鲁迅在10月17日去鹿地亘家进行的畅谈，在听闻《改造月刊》要求他多翻译自己的文章而不认同新近作家作品时，他"表示非常反对"，认为自己并不能代表中国，反而立即夸赞年轻作家前途无量，鲁迅对青年的呵护支持、为人的谦虚低调是一以贯之的。由于17日天气大寒，想必成为病中鲁迅的"致命伤"，18日鲁迅便开始咳嗽发热，晚上甚至陷入昏迷，最终诊断为"主疾，肺结核；支气管炎心脏衰弱"（原文为"气管支炎"，当有误植），尽管诸多医师竭力救治，但鲁迅终究还是与世长辞了。得知鲁迅离世消息后，吴渤于10月19日下午一时赶到鲁迅家中，环视了他不久前还生活于其中的居所环境，在文中写下"他要活，所以不得不斗争。他想不到休息，自然更想不到死"以及"没有忘记斗争，没有忘记生活"等精辟之语。关于鲁迅逝世前夕的记录并不少见，许广平的《最后的一天》、鹿地亘的《鲁迅和我》之"最后的会见"、内山完造的《悼鲁迅先生》等等皆在其列，但这些文章都是基于不同视角的只言片语之讲述，而吴渤的《鲁迅先生的病和死》则是在总结他人片段回忆的基础上，对鲁迅走向生命终点前的所作所为进行了整体观照和系统呈现。相较于曹靖华《生命中的第一声巨雷》、郭沫若《民族的杰作——纪念鲁迅先生》直抒得知鲁迅离世消息之震惊痛楚，吴渤的《鲁迅先生的病和死》行文冷静，笔法内敛，其悲痛之情感浸透在每一句回忆中。该文详细披露了鲁迅逝世前的最后经历、救治经过，在突然离世的消息中，这些细节描绘是对鲁迅生命终点的纪念，细枝末节的逐渐明晰似乎也是欲弥补其匆匆而逝，众人未见之遗憾。然而目力所及，该文现仅存目于《鲁迅先生纪念集》（鲁迅纪念委员会编，文化生活出版社1937年版）"附录"之二"刊载悼文的杂志细目"、《鲁迅研究资料编目》下辑（沈鹏年辑，上海文艺出版社1958年版）第二章第四节"报刊、杂志上的鲁迅研究资料"、高方英的《回忆鲁迅在上海资料概述》（《上海鲁迅研究》2017年第3期）。《鲁迅回忆录中鲁迅言论摘编》仅摘录"近来身体还好，饮酒一项，可说是戒绝……所以索性不管，拉倒"这段有关生平和生活的言论[①]，以及"要是医学上的任何条件我都可接受，惟有工作，却万不能停止，除非我病倒在床上连抽香烟都不能的时候"这一有

---

[①]复旦大学中文系资料室编《鲁迅回忆录中鲁迅言论摘编》，自印本，1978，第223页。

关思想的言论①。目前尚未有任何鲁迅纪念集、鲁迅研究资料汇编收入白危的《鲁迅先生的病和死》全文，实乃鲁迅研究资料整理工作之一大遗憾。

鲁迅一直牵挂的《木刻创作法》历经千辛万苦，终于在1937年1月即鲁迅逝世约三个月后正式出版。此书封面署"白危编译·鲁迅校阅"，下方为沙飞所拍鲁迅与四位木刻青年座谈图，开篇为鲁迅所作序文，文后有鲁迅1933年11月9日复吴渤信手迹一幅，随之是白危撰写的"编译经过"。此书末尾附有后记一篇，写于1936年10月22日"鲁迅先生出殡之夕"，文末署名"白危"。文章一方面总结木刻事业已取得长足进步，木刻社团已在多地成立，颇有兴盛之态；另一方面则表达了对鲁迅离世的深深惋惜与不舍。在吴渤看来，木刻事业尚在"漫漫长夜中，黑暗无天，前途缥缈"，而导师鲁迅的突然离去更是让中国新兴木刻运动的进一步发展愈发艰难。吴渤高度评价鲁迅是"中国新兴木刻的母胎"，是"我们的导师"，鲁迅在亲身参与新兴木刻运动的同时，不忘扶植后辈，通过自费翻印画册、开展览会等形式为身处困境的木刻青年提供力所能及的帮助。鲁迅的离世让木刻青年吴渤深刻地意识到接下来的路只能靠自己努力，他将永远牢记鲁迅"多学习，小心观察"的遗言，将新兴木刻事业坚持不懈地进行下去。文末提到如何处理鲁迅收藏的木刻画尚未有明确安排，但《木刻创作法》中半数以上的木刻作品是其生前指定选入，充分反映着鲁迅"以艺术的价值为取舍，或在构图，或在技巧"的评价标准。《木刻创作法》的出版经历了"整整三年"，鲁迅也为此牵挂了三年，此书的最终印行既是鲁迅推动新兴木刻运动之成果，亦不失为对鲁迅的一种纪念。吴渤此文语言简约而用情至深，加之"后记"与"纪念文"相结合的形式，既突出了鲁迅与木刻运动的紧密相连，也诉说了对鲁迅的深切怀念。

（二）鲁迅逝世、诞辰周年纪念

1939年1月8日，吴渤曾在西安写过一封信，后来发表于《鲁迅风》1939年第13期"乱离中的作家书简"栏目，署名"白危"，被省略为"××先生"的抬头收信人实际是金性尧，据金文男在《星屋杂忆》之《我的父亲（代前言）》中所写，父亲金性尧是《鲁迅风》第一期至第十九期的实际主编，发表了《乱离中的作家书简》十五篇，其中一封即为"白危的信"②。信中首先提到了吴渤离沪后的辗转经历，1937年秋，他因战事离开了上海，途经南京、西

---

① 复旦大学中文系资料室编《鲁迅回忆录中鲁迅言论摘编》，第231页。
② 金文男：《我的父亲（代前言）》，金性尧：《星屋杂忆》，上海辞书出版社，2008，第12页。

安，于1938年元旦达到甘肃兰州。接下来在中国共产党代表谢觉哉的带领下，吴渤参加了抗日救亡宣传工作，加入了王德谦兄妹剧团，与谢觉哉、丛德滋合办《战号》周刊，此刊名由毛泽东题写。①1938年夏吴渤应邀前往陕北，受到了毛泽东的接见，在逗留的五个月期间完成五十万字的报告文学《延安印象记》。7月末离开延安后，他在路途中遭遇抢劫，后因拍照被误以为是"汉奸"而受到扣押。1938年11月4日，被押送至汉中警备司令部军法处，以"政治犯"罪名关押至12月17日才得以保释，返回西安。其次，信中简述了延安遭受"轰炸五六次，死伤百余人"，"重要机关已陆续迁移"的近况，以及鲁迅学院的院系划分和领导成员。吴渤认为该学院在政治水准方面有所提高，生活也逐渐军事化，但其他方面并未取得明显成效，学院资源紧缺，尤其缺乏图书。信末询问了上海的情形，急切地关心到"鲁迅先生的墓地没有损害吧"？即便时局动荡不安，自己身处险境，但逝世后的鲁迅依然是吴渤心中无时无刻的牵挂。

每逢鲁迅逝世纪念日，文化界都会举行纪念会，如纪念鲁迅逝世三周年木刻展、1940年全国木刻十年展等都是在鲁迅逝世纪念日举办，相关报刊也会收集鲁迅纪念文，推出纪念特辑。1949年10月19日上海的《大公报》第七版专门设置了"鲁迅先生逝世十三周年纪念特辑"，收录了陈烟桥、吕德润、杨力等人的纪念文章，白危的《回忆鲁迅先生二三事》也位列其中。文章共四节，主要回忆了鲁迅1931年在上海同文书院演讲时怒斥帝国主义行径之勇毅、1931年至1933年间在国民党特务监视下冒险举办数场版画展览之不易以及带病经营版画事业之坚韧，指出政府"拿青年的血来洗自己的手"之尖锐犀利。吴渤写道，自己并未专门学过艺术，正是在鲁迅的极力鼓励与帮助之下，才得以将版画理论译入中国木刻界，鲁迅生前对其知遇之恩尚时时铭记于心中。人民美术出版社编《回忆鲁迅的美术活动》（人民美术出版社1979年版）照录原文，均无删改，并注明了原始出处。上海教育出版社编《回忆鲁迅资料辑录》（上海教育出版社1980年6月版）与马蹄疾著《鲁迅讲演考》（黑龙江人民出版社1981年版）的"在上海东亚同文书院"一节仅节录了吴渤回忆鲁迅演讲之片段，并标注文献来源。

身处变动之境的吴渤并未停止创作，反而在中华人民共和国成立后，发表了数篇小说，先是创作了"为国分忧的长篇巨著"《垦荒曲》，而后又成为20世

---

① 吴渤：《在谢老指导下的甘肃抗日救亡活动》，中共甘肃省委党史研究室、甘肃省党史纪念馆编《甘肃党史资料选编》第3辑，甘肃文化出版社，2015，第244页。

纪七八十年代进行"客家文学创作的先行者",创作了"文革"后第一部客家文学作品《沙河坝风情》。①他对鲁迅的纪念也从未停止,1961年9月19日白危在《人民日报》第四版发表了《不平常的展览会》,文章回忆了1933年鲁迅独力举办的两场木刻展会,首先是"德俄木刻展览会",1933年重阳节之后②,鲁迅写信给与吴渤同住的朋友③,让其带几位好友参观展览,吴渤也在受邀之列。为免引人注意,鲁迅在木刻展览会邀请信中署名"卢缄",且未说明地址。吴渤回忆称,与陈铁耕等一行人第二天到四川路内山书店询问,才得知展会地址在千爱里三号④。这个展览会设在"一个小小的客厅,大致能容四张八仙桌,四壁挂着木刻,约有五六十幅",地址在当时是"日本租界"的虹口,这神秘的选址是鲁迅为了"避免国民党特务捣乱"所做出的精心安排。另一场是1933年12月1日、2日在老靶子路日本基督教青年会举办的"俄法书籍展览会",此次选址仍然在"一间不大的客堂间里",但展会是公开的,作品数量、参观人数都大大增加。鲁迅为了展览会精心选址、巧借法国书籍插画作掩护的行为使吴渤印象深刻,精心选择反映苏联现实生活的木刻作品、对零碎之事亲力亲为、有时亲自担任解说员更是使吴渤感受到鲁迅对木刻事业的极大热情。人民美术出版社编《回忆鲁迅的美术活动》不仅照录《不平常的展览会》正文部分,且原封不动地保留了注释,注明了出处,值得肯定。

1981年鲁迅博物馆鲁迅研究室、《鲁迅诞辰百年纪念集》编写组曾"约请与鲁迅有过交往的人撰稿"⑤,吴渤为此写了《从一本书的诞生谈起——纪念鲁迅先生在中国木刻运动史上的启蒙作用》。文章首先详尽披露了两人的相识过程,具体情况已在前文介绍,不再赘述。其次,细数了鲁迅向其提供资料、校阅书籍、斟酌插图等无数帮助,经比较后发现,这一部分与二人书信内容多有相似之处,可看作两人交游经历之精练汇总。同时文章补充道,吴渤在为《木刻创作法》插图制版时,经历了因未嘱咐工人小心对待版画,而致使原作

---

① 谭元亨:《客家与华文文学论》,华南理工大学出版社,2014,第196页。
② 此处吴渤回忆有误,据鲁迅1933年10月14日日记,展览会于1933年10月14日、15日举行,是1933年重阳节(10月27日)之前。
③ 据吴渤在《中国木刻在巴黎、莫斯科展出前后》中提及与陈铁耕同住,故推测此人为陈铁耕,但未找到实质的书信证据。
④ 据《鲁迅全集》2005年版第十六卷第405页第7条注释,举办地点实际为"千爱里四十号空屋"。
⑤ 鲁迅博物馆鲁迅研究室、《鲁迅诞辰百年纪念集》编写组:《编辑说明》,《鲁迅诞辰百年纪念集》,第1页。

沾染油污、被做记号一事,对鲁迅爱护木刻之情深有了深刻体会,也对鲁迅培养木刻青年的苦心孤诣进行了细细体悟。此文不失为一篇回忆鲁迅、纪念鲁迅的佳作,上海鲁迅纪念馆编著的《回忆鲁迅在上海》(上海书店出版社2017年版)已准确照录全文,并清楚标示了文献来源。

1981年5月,吴渤在鲁迅美术学院主办的《美苑》1981年第2期上发表了《中国木刻在巴黎、莫斯科展出前后》,署名白危。吴文详细回忆了中国木刻界应国际之邀,从收集、挑选作品到邮寄作品、得知展览详情、获得反馈的全过程,并且对这次木刻作品收集范围过小进行了总结反思。若只从标题而言,似乎与鲁迅关系不大,细读之则发现讲述的是1933年末至1934年鲁迅征集中国新兴木刻作品,参加巴黎、莫斯科展览一事,呈现了鲁迅在向外国介绍中国木刻上耗费的不少心血。吴渤对鲁迅"打到世界上去,即于中国活动之有利"之用意的深刻领会;对其"寄以满腔的热情和希望"的努力收集、寻求反馈之描绘;对这位"捍卫新兴木刻艺术者"之挺身而出、奋不顾身的感怀;对其"百折不挠的战斗韧性、锲而不舍的治学精神、胸怀跌宕的宏伟气魄"之赞扬无一不是师生情谊深厚之见证。这篇文章被收入了中国版画年鉴编辑委员会编《中国版画年鉴》(辽宁美术出版社1983年版),但未标明原始出处,文献收录不够规范,极容易被误认为是一手文献。《"美联"与左翼美术运动》(乔丽华著,上海人民出版社2016年版)第四章"革命中国之新艺术——新兴版画"第140页引用吴渤此文,将"1981年第2期"误作为"1981年第4期",可略作补正。

1982年1月,广东鲁迅研究小组汇编了《诚挚的纪念》一书,其中收入了吴渤所写的《关于鲁迅先生和木刻运动二三事》,署名"白危",惜乎未见落款写作时间。文章共五节,主要讲述了鲁迅身担提倡新兴木刻之重任,敢于冲破束缚,大胆引进外国木刻;积极翻印作品和举办展览会,将自己收藏的版画化为木刻青年的学习资源;推动了一批勇于实践的木刻社团的形成;指导青年要注重观察事物的细节等贡献。吴渤所写之文既对鲁迅的木刻成就进行了条理清晰的总结,同时还对"中华全国木刻第二届联合流动展览会"上谈论的内容再次进行补充,从其看画、评画之过程强调了细节真实的重要性。鲁迅致木刻青年的书信也受到了吴渤的重视,正如他所说,"这些书信是肺腑之言,一字一句都凝结着先生的心血,像宝石一样晶莹,像泉水一样清澈,足以肝胆照人。"①鲁迅致诸多木刻青年的信函是宝贵的文献史料，为解读木刻运动提供了新的角度，值得引起重视。

1982年8月1日，《人民日报》第五版发表了吴渤的《关于新版〈鲁迅全集〉的一张图片》，署名白危。此文独特之处在于并非如前所见的抒情之作，而是一篇审慎考订鲁迅图片入集之注释问题的文章。图片摄于1931年8月22日，是鲁迅邀请内山嘉吉在"一八艺社"青年木刻讲习班讲授木刻时的集体合照。白危在文中罗列了《鲁迅全集》（人民文学出版社1981年版）、《鲁迅画传》（人民美术出版社1981年版）、《鲁迅（图片集）》（上海人民出版社1977年版）《鲁迅在上海——活动旧址图集》（上海教育出版社1981年版）四种鲁迅资料集对此图的注释说明，发现"这四种解释，互有出入"，经比较后，吴渤认为《鲁迅（图片集）》的注释最为清楚，涵盖了照片的内容性质、时间、地点、成员姓名，但也指出其将合照中的"邓启凡"误作"郑启凡"之瑕；而1981年新出版的《鲁迅全集》对此图解释"最含糊不清"，以"与'一八艺社'社员等合影"简而概之，使得鲁迅邀请内山嘉吉在木刻讲习班讲授木刻这一"奠定了中国新兴木刻运动的基础"的重要信息被隐去。吴渤提出了"在新版《鲁迅全集》重版时，加以更正"的建议，这既是出于对鲁迅的敬重爱戴，也是源于吴渤怀有强烈的还原历史面貌之意识。遗憾的是，白危之见在2005年新版《鲁迅全集》中并未实现，第四卷卷首第三张图片即为合照，图下标注"与暑期木刻讲习班学员合影（1931）"，不仅没有突出内山嘉吉应鲁迅之邀讲授木刻的特殊身份，极易将其误认作讲习班成员，甚至连"一八艺社"这一组织名称也被删去，图片信息更加模糊不清。吴渤的考订文字对当下鲁迅资料整理工作不无启示，或许在日后《鲁迅全集》重版之时，这一真诚建议应被纳入考虑范围，整理者应尽量完善《鲁迅全集》图片部分的注释说明，提供清晰准确的图片信息。

"鲁迅纪念"文章丰富多样，众声喧哗，在这一过程中鲁迅形象在不断地被丰富、充实，吴渤的几篇纪念文也许在层出不穷的"鲁迅纪念"中仅仅是极其微小的一部分，然而即便是这数量不多的几篇文章，却也是弥足珍贵的鲁迅研究资料，在情深意切的文字中进一步完善了鲁迅生平交游史料，丰富了鲁迅在众人心目中的形象。还令人感慨的是，"鲁迅纪念"在吴渤等在世较长的老

---

① 白危：《关于鲁迅先生和木刻运动二三事》，广东鲁迅研究小组编《诚挚的纪念》，内部参考资料，第116页。

先生的言说中获得了更多的可能。在时间的延展中，曾经受到鲁迅亲自培养的先生们在不断变化的时代语境中回望鲁迅，使"鲁迅纪念"生发出新的活力。即便眼前风云变幻，但总有一些鲁迅"遗产"在代代传承。

## 四 结语

中国的新兴木刻运动离不开鲁迅的大力推动和辛勤培育，从鲁迅与吴渤的往返信函梳理鲁迅与吴渤的交往历程，勾勒出鲁迅引领吴渤参与新兴木刻运动的历史线条，可以看到鲁迅为培植木刻青年所付出的诸多心血。无论是鼓励吴渤翻译木刻理论著作，还是抱病参加木刻展览会，与木刻青年亲切交谈都体现着鲁迅对新兴木刻的高度重视。吴渤的《木刻创作法》在"中国新兴运动母胎"和"导师"鲁迅的支持帮助下，成为中国新兴木刻运动的"一粒星星之火"，打开了木刻理论译介的大门，为中国木刻事业提供了理论资料与实践范例。《木刻纪事——写给第二回全国木刻流动展览会》系统总结了中国新兴木刻运动的早期发展历程，《记鲁迅》一文完整记录了第二届全国木刻联合流动展览会的座谈内容，逝世前所写而逝世后发表的语境变迁使此文具有独特意义。吴渤在鲁迅逝世当年撰写的《鲁迅先生的病和死》《〈木刻创作法〉后记》，在鲁迅逝世周年纪念上所写的《回忆鲁迅先生二三事》《不平常的展览会》《从一本书的诞生谈起——纪念鲁迅先生在中国木刻运动史上的启蒙作用》《中国木刻在巴黎、莫斯科展出前后》《关于鲁迅先生和木刻运动二三事》等纪念文更是生动展现了鲁迅救世立人之恒心，无疑是对鲁迅生活经历、鲁迅形象的再丰富和再充实。从以书相识，到以书信、书籍、画展相知，再到逝后无数次的纪念与怀想，鲁迅对1930年代木刻青年吴渤的影响是不言而喻的。

梳理探析鲁迅与吴渤的书信来往、吴渤纪念鲁迅的数篇文章不仅有利于推动鲁迅与木刻研究、"鲁迅史"书写研究及"鲁迅纪念"研究，也使我们进一步认识1930年代木刻界的又一热心青年：一位深刻领悟鲁迅锲而不舍百折不挠精神的木刻青年、一位怀有高度创作热情的作家。另一值得引起重视的是，由吴渤的"鲁迅纪念"切入鲁迅研究资料的整理工作，尚能发现资料汇编一些并不完善之处，如校对不精，未注明原始出处，版本张冠李戴等，提示着学界在辑录史料过程中应高度重视整理规范，必要时推出更理想的《鲁迅纪念全集》，或者组织力量开发一个全面的、可靠的"鲁迅纪念全编在线检索"①。研究者继续使用前文提及的相关鲁迅纪念资料时,更是须做必要的辨析。

---

① 凌孟华:《旧刊有声:中国现代文学佚文辑校与版本考释》,中国社会科学出版社,2020,第182页。

# 痛感的消失与恢复

## ——以《阿Q正传》为中心

刘彬　南京师范大学文学院

按照《〈呐喊〉自序》的说法，因为幻灯片事件的刺激，鲁迅决定弃医从文，人生追求由救治病人的疾苦转向改变国民的精神："凡是愚弱的国民，即使体格如何健全，如何茁壮，也只能做毫无意义的示众的材料和看客，病死多少是不必以为不幸的。所以我们的第一要著，是在改变他们的精神。"①在这个著名的表述中，"精神"压过甚至否定了"身体"，被赋予了决定性的意义。不过，虽然在鲁迅的弃从抉择中，"身体"的占位被"精神"取代，但它却并没有真正退出鲁迅的视野，而是始终如影随形地缠绕着"精神"，质疑并制约着"精神"先行或独自改变的可能，与之形成了一种结构性的紧张关系。本文拟从这一问题出发，以《阿Q正传》为中心，围绕鲁迅关于国民的精神与身体、启蒙与革命等相关问题的思考展开讨论，以期重新认识鲁迅前期的启蒙探索。

### 一　身体的失败与精神的胜利

精神胜利法的揭示与命名是《阿Q正传》最重要的艺术贡献之一。近百年来无数的研究论著致力于概括与分析精神胜利法的种种表现，不遗余力地批判

---

① 鲁迅：《〈呐喊〉自序》，《鲁迅全集》第一卷，人民文学出版社，2005，第439页。（本文所引《鲁迅全集》作品原文均出自同一版本。）

它所表征的国民性弱点,由此孕生的自省精神已经成为现代中国民族精神的组成要素之一。不过,研究的成果虽然相当可喜,不足却也很明显,尤其是对"精神"的剜刺未能在兼顾"身体"的视野中进行。正如汪晖所说:

> 当人们将注意力集中到"精神胜利法"上的时候,几乎忘却了鲁迅对于身体的关注,但"精神胜利法"对应的不正是身体的失败吗?阿Q的失败感首先来自打不过别人,甚至打不过他所瞧不起的王胡和小D,其次来源于他所身受的饥饿、寒冷和无法满足的性欲,最终来源于身体的死亡——"全身仿佛微尘似的迸散了。"换句话说,如果没有身体的视野,"精神胜利法"事实上是无从被诊断为病态的。①

这就提醒我们,仅仅停留在或满足于归纳和批判精神胜利法也即现象层面是不够的,只有进一步追问它产生的缘由并查考其效用,才能更深刻地理解它,进而理解鲁迅的相关思考。汪晖将身体视野引入(或者说引回)对阿Q的精神胜利法的观察之中,无疑是一种推进。从小说的描写来看,阿Q之所以会频繁启用精神胜利法,根源的确主要在于他不断地遭遇身体的失败。

在上述引文中汪晖已经总结了失败所体现的三个层面,但仍需进一步补充。阿Q的身体的失败首先见之于他的"瘦伶仃""黄辫子"以及"癞头疮"等,这些"体质上"的"缺点"暴露出他常年的饮食匮乏、营养不良。其次,不是汪晖所说的"打不过别人",而是经常被别人打,致使阿Q接连遭遇新的失败:被赵太爷打——"跳过去,给了他一个嘴巴";被撩拨他的闲人打——"揪住黄辫子,在壁上碰了四五个响头";被戏台下设局的赌徒们打——"身上有几处很似乎有些痛,似乎也挨了几拳几脚似的";被他看不上眼的王胡打——"扭住了辫子""一连给他碰了五下,又用力的一推";被假洋鬼子用"哭丧棒"在头上打——"拍!拍拍!";被秀才拿大竹杠追着打——"蓬的一声,头上着了很粗的一下";等等。再次,便是汪晖所说的"他所身受的饥饿、寒冷和无法满足的性欲"以及最终的"身体的死亡"。另外还有比身死更为严重的"断子绝孙"。阿Q害怕"断子绝孙","断子绝孙便没有人供一碗饭",而且"我的儿子会阔得多"的精神胜利也将因之而复归于失败。但被枪毙却使阿Q在死灭的同时,亲眼见证了他所忧惧的"断子绝孙":生命不能通过子孙延

---

① 汪晖:《阿Q生命中的六个瞬间》,华东师范大学出版社,2014,第71页。

续下去，自身的失败也无从在子孙身上翻转为胜利。对于阿Q来说，这无疑是身体最为彻底的失败。

以上诸种失败可以从内外两个层面概括：内在的生命的保存与延续的欲求（食色问题）不能满足，外在的常受各色人等尤其是强势者的暴力欺凌。两者合起来即是阿Q的"生存权"遭遇了严重危机。以往我们常苛责阿Q的苟活而不知抗争，但实际上两方面的失败都不是阿Q通过一身的奋争或反抗所能改变的。他的某些奋争如向吴妈求爱、反抗如想往革命等，甚至反而给他招致了更大的失败。因此，精神胜利法实质上是弱者对于其无力抗拒的身体的失败的救赎。虽然我们不能认可这种消极的或者说"奴隶式"的救赎，但也不能无视它与受了欺辱而毫无不平的"奴才式"的领受的不同：它毕竟保留了某种可以被激发或诱导的反抗的可能性。也正因此，当能够颠覆统治秩序的革命兴起并波及未庄时，阿Q才会近乎本能地被其吸引。

笔者无意为精神胜利法翻案，鲁迅描写它是为了否定它，这一点无可否认。但这并不意味着我们可以越过阿Q的"身体失败"而径直去批判其"精神胜利"。换句话说，如果不是故意无视阿Q所面临的严峻的生存问题，我们就很难苛责他的精神胜利法。对此，杨联芬曾有所论述：

> 我们不可能以旁观者的超越姿态嘲笑阿Q的健忘和他的精神胜利法。在一无所有的最屈辱的生存遭际中，在一点尊严都不被葆有的现实中，"先前阔多了""儿子打老子"之类的妄想，是多么可怜的自我安慰！它实在是人在生存和尊严的空间被挤压到接近零的时候，本能地掘开的一丝缝隙。《阿Q正传》对主人公精神胜利法的描写，在读者心灵中激起的反应，"哀其不幸"实在是大于"怒其不争"的——无亲无故，居无定所，自小就像野狗一样被抛弃在人世间，卑微到连姓名都没有的生命，你让阿Q如何去"争"、如何能"争"？他试图争，喝了酒之后说自己姓赵，结果如何？被赵太爷狠狠地打了嘴巴，再不敢说是赵太爷的本家了。……阿Q的生存困境，更多显示着等级社会对人性的扭曲。阿Q的精神胜利法，体现了作为社会最底层卑微的生命，为尊严（本能的）而作的徒劳的抗争。①

总而言之，"精神的胜利"是因"身体的失败"而生。如果阿Q们的"身

---

① 杨联芬：《晚清至五四：中国文学现代性的发生》，北京大学出版社，2003，第200页。

体的失败"不能被彻底终止,亦即包括食色与尊严在内的生存权不能充分实现,仅仅指斥其精神胜利法的可笑无济于事。正如对于《故乡》中的闰土来说,那些"苦得他像一个木偶人了"的"多子,饥荒,苛税,兵,匪,官,绅"等等都不是他所能克服的,因此他的"要香炉和烛台"即使反应了"他总是崇拜偶像,什么时候都不忘却",也不过是在"非常难"的生存境况下,无奈地寻求一点卑微的希望做寄托而已。尽管显得盲目和愚昧,却并不值得我们"暗地里笑他"①。究其实质,"乡民困苦的根源是社会外部原因造成的,并非知识分子看到的精神愚昧内因,乡民更需要的其实是经济翻身和政治解放"②。

## 二 鲁迅的启蒙困境

一面尖锐地揭刺着底层民众可笑可鄙的精神病态,一面又鲜明地表现着他们挣扎着生存的苦境;一面认为"第一要著,是在改变他们的精神",一面又发现"他们的精神"无法先于"身体"而被改变:在《故乡》与《阿Q正传》这两篇小说中所凸显的"身体思路"与"精神思路"的相互争执与牵制,显示出作为启蒙主义者的鲁迅意识到自己陷入了一种进退维谷的思想困境之中。

众所周知,鲁迅在留日时期逐渐形成了这样一种思路:拯救中国的根本之道不在"尚物质",而在"任个人",不在外在的改革制度,而在内在的改变精神;而能够被改变精神以担负起社会变革重任的主体,只能是处于奴隶地位的占绝对多数的"愚弱的国民",因为只有奴隶而非奴隶主才葆有根本颠覆现有秩序进而创造合理社会的动力与能量。但"愚弱的国民"很难自己觉醒,需要"精神界之战士"向他们"呐喊"以唤醒他们(同时,如果缺少"精神界之战士"的引导,"愚弱的国民"即使被迫起来反抗,也很可能只是沦入奴隶造反成为新的奴隶主这种"变而未变"的历史循环),而"呐喊"的最佳方式或媒介便是能够"撄人心"、促人"动作"的文学,所谓"动吭一呼,闻者兴起"③"自意振臂一呼,人必将靡然向之"④"振臂一呼应者云集"⑤等等,都是就此而言。弃医从文的发生与启蒙主义文学观的确立,就建立在这样的思

---

① 鲁迅:《故乡》,《鲁迅全集》第一卷,第508—510页。
② 邱焕星:《再造故乡:鲁迅小说启蒙叙事研究》,《中国现代文学研究丛刊》2018年第2期。
③ 鲁迅:《摩罗诗力说》,《鲁迅全集》第一卷,第68页。
④ 鲁迅:《摩罗诗力说》,《鲁迅全集》第一卷,第83页。
⑤ 鲁迅:《〈呐喊〉自序》,《鲁迅全集》第一卷,第439页。

路上。

但现实并没有向着鲁迅预期的方向发展,他先是意识到自己把目光放在底层和精神上并由此诉诸文艺的思路得不到广泛的认同与响应,即"叫喊于生人中,而生人并无反应,既非赞同,也无反对,如置身毫无边际的荒原,无可措手的了"①,也就是没有更多的"精神界之战士"闻风而动,相与战斗;接着又领悟到"愚弱的国民"的保守性远远大于他所预期的革命性,他们非但不能响应"精神界之战士"的"振臂一呼",反而会嘲讽、打压乃至迫害"精神界之战士"。他的小说之所以反复表达"孤独的精神的战士,虽然为民众战斗,却往往反为这'所为'而灭亡"②的主题,就是因为他太渴望看到民众的积极响应,而民众却并无响应或者只有相反的消极反应。他那些不时重现的失望或绝望的表述,反过来正可见出他的期望其实并没有根本断绝过。希望与绝望的反复拉锯固然痛苦,但鲁迅也由此逐渐意识到,剜刺民众的精神愚昧虽然痛切,却似乎有些失于权衡,对于身处专制社会底层的民众而言,相较于精神层面的"愚",生存层面的"弱"或许才是更为迫切的问题。在很大程度上,民众只是为了活着就已耗尽了生命力,更何况在生杀予夺的专制淫威之下,他们又不得不活得小心翼翼,以至在苟活中养成根深蒂固的奴隶性。由此,鲁迅发现自己陷入了思想困境之中:他无法撇开民众在身体上的"失败"(生存危机)而去奢求他们在精神上的"胜利"(思想觉醒),他艰难跋涉了一圈,但似乎并没有走离最初的起点。

"身体思路"与"精神思路"的悖反使鲁迅对启蒙主义产生了深刻的怀疑。意识到启蒙无法避开"身体"对"精神"的制约而取得成效,鲁迅的"呐喊"由是越来越弱。《故乡》中的"我"面对闰土和杨二嫂,已经不再拥有"狂人"痛斥乡民"立刻改了,从真心改起!"时所呈现的那种居高临下的启蒙自信和道义优势,而是陷入了"无话可说""说不出话"的失语之境。这一变化与其说反映了鲁迅绝望于乡民的愚昧麻木无药可救,不如说反映了他在身体视野的叠映下看到了单纯的精神批判的无力与隔膜,因而感到进退失据,茫然无措。

在《故乡》中,如果说"我"对先出场的杨二嫂的叙述尚多冷嘲之语,那么对后出场的中年闰土就几乎只有感慨与同情了。那段对中年闰土的外貌和衣着的速写,在先前的少年闰土光辉形象的对照下直击人心:

---

① 鲁迅:《〈呐喊〉自序》,《鲁迅全集》第一卷,第439页。
② 鲁迅:《这个与那个》,《鲁迅全集》第三卷,第150页。

他身材增加了一倍；先前的紫色的圆脸，已经变作灰黄，而且加上了很深的皱纹；眼睛也像他父亲一样，周围都肿得通红，这我知道，在海边种地的人，终日吹着海风，大抵是这样的。他头上是一顶破毡帽，身上只一件极薄的棉衣，浑身瑟索着；手里提着一个纸包和一支长烟管，那手也不是我说记得的红活圆实的手，却又粗又笨而且开裂，像是松树皮了。①

这种直观的"身体的失败"带给读者的震撼与刺痛，实在并不下于随后那一声恭敬的"老爷"。正是因为看到闰土从"小英雄"到"木偶人"的身体的失败，看到他"总是吃不够……又不太平……什么地方都要钱，没有定规……收成又坏。种出东西来，挑去卖，总要捐几回钱，折了本；不去卖，又只能烂掉……"②的巨大的生存压力，而这种失败与压力又是无论闰土抑或"我"都无力改变的，面对闰土一声又一声"老爷"所显示的精神愚昧，"我"才提不起嘲笑或批判的自信与勇气。我们由此发现，施之于杨二嫂的启蒙式嘲讽话语，在闰土身上却失了效。那么反过来，我们又怎能确认在杨二嫂的奸猾愚昧背后，没有和闰土相似的生存压力在作用于她的"精神病态"呢？她取巧地从"我"家里拿走手套、狗气杀等，不正反映了她的生存物质的匮乏吗？

在《故乡》的结尾，叙述人"我"显现了深刻的迷茫与无力。"我"对自己与闰土的隔绝深感气闷与悲哀，希望后辈的宏儿与水生能够不再"隔膜起来"，不愿意他们"都如我的辛苦辗转而生活，也不愿意他们都如闰土的辛苦麻木而生活，也不愿意都如别人的辛苦恣睢而生活。他们应该有新的生活，为我们所未经生活过的"。但这"新的生活"应该如何实现，"我"却不得而知，只能"想到希望"，却又"害怕起来"，因为明知这"所谓希望"不过是"我自己手制的偶像"罢了，而且又很"茫远"。然而除了这虚而不实的"希望"，"我"又别无他选，最后只能勉强寄托于"希望本是无所谓有，无所谓无的。这正如地上的路；其实地上本没有路，走的人多了，也便成了路"。③"我"的这些百转千回的心理纠结，可以说正是对启蒙道路失去自信后陷入迷茫的表现。我们不禁要问："我"卖掉老屋逃离故乡，难道不是一种启蒙溃败的隐喻

---

① 鲁迅：《故乡》，《鲁迅全集》第一卷，第506—507页。
② 鲁迅：《故乡》，《鲁迅全集》第一卷，第508页。
③ 鲁迅：《故乡》，《鲁迅全集》第一卷，第510页。

吗？

可以说，如果没有身体的失败这一维度的呈现，《故乡》的意味就不会如此复杂，闰土的形象也不会如此惹人同情。同样，离开了对身体失败的发现，阿Q的死恐怕也不会激起叙述人"我"的悲愤。对于"我"的态度变化，周作人曾说，"著者本意似乎想要把阿Q好好的骂一顿，做到临了却使人觉得在未庄里阿Q还是唯一可爱的人物，比别人还要正直些"，"他想撞倒阿Q，将注意力集中于他，却反将他扶了起来了，这或者可以说是著者失败的地方"①。但我认为，所谓"著者失败的地方"，其实正是显示了著者思想复杂的地方。鲁迅创作《阿Q正传》固然是想集中"暴露国民的弱点"②，但由于被选为"箭垛"的阿Q的身份是生活在未庄底层的失地农民，写在它之前的《故乡》所呈现的鲁迅关于农民生存问题的反思，自然会延续到这篇小说中，制约着小说的叙事走向单纯的"撞倒"。总之，在这两篇前后相续的小说中所蕴藏的"身体思路"与"精神思路"的悖反，显示出这一时期的鲁迅陷入了如前所述的思想困境中。或许是因为这一困境的无法破解，在《阿Q正传》之后的几篇小说中，鲁迅没有继续剔抉底层民众的精神病态，"呐喊"之声由此走低，并最终走向"彷徨"。

李长之在《鲁迅批判》中说："一九二六年假若他（指鲁迅——引者注）不出走，老住在北平，恐怕他不会和周作人的思想以及倾向有什么相违，他和南方的革命势力既无接触，恐怕也永久站在远处，取一个旁观、冷嘲的态度，是不会太向往，也不会太愤恨的。"③历史当然无法假设，但我以为即使1926年鲁迅没有南下，大概他在思想上也终将走近革命。既然他所面临的启蒙困境无法自解，并且随着"五四"的落潮而更陷彷徨，那么方兴未艾的国民革命及共产革命所昭示的另一条道路，无疑将会对他产生巨大的吸引力。启蒙救治不了民众"身体的失败"（经济困窘、地位卑微），也就无法期待民众"精神的胜利"（主体觉醒、精神更新）；革命直指"身体的失败"，因而有可能为实现"精神的胜利"铺平道路。启蒙诉诸个体的觉醒，而个体（启蒙者和被启蒙者）的力量有限，面对现实往往有心无力；革命诉诸集团或阶级的强力行动，足以改天换地。只要这种对比形成，鲁迅就难免会被自己寻求出路的内在动力推着

---

① 周作人：《鲁迅的青年时代》，北京十月文艺出版社，2013，第126页。
② 鲁迅：《再谈保留》，《鲁迅全集》第五卷，第154页。
③ 李长之：《鲁迅批判》，北京出版社，2009，第49页。

走出彷徨,走向革命。事实也正是如此。我们由此看到,被鲁迅在留日时期弃掉的"身体"不但始终阴魂不散,反而在1926年以后逐渐重新取代"精神",成为鲁迅面对民众的主要关注点(与此相映的是,留日时期弃绝政治走向文学的鲁迅,1926年后又带着文学回归了政治):这似乎是历史为鲁迅预定的宿命。

## 三 痛感的消失

阿Q的精神胜利法是否真的有效?这是一个向来被忽视了的问题。直到汪晖在他的《阿Q生命中的六个瞬间》一书中,为了寻找"阿Q身上的革命潜能"[①],以解决"阿Q是否真要做革命党,即使真做了革命党,在人格上是否似乎是两个"[②]的难题,才对此有所疑问,并因此发掘出精神胜利法失效的六个瞬间。汪晖的解读非常精彩,不过在我看来,即使在这六个瞬间之外,精神胜利法也只是在表面上起了作用,本质上并没能、也不能救赎身体的失败,它只不过是把阿Q的失败感从他的知觉中强行驱离了,但这些失败感并没有就此消逝,而是潜入到并累积在阿Q的意识深处。小说中的三个细节可以说明这一点。

第一个细节是阿Q经常喜欢唱《龙虎斗》的一句戏词"我手执钢鞭将你打",并且往往同时做出"将手一扬"的动作。这个细节暴露了阿Q的潜意识中对于自己经常被打是未能忘怀的,他其实渴望能够像别人打自己那样去打别人。第二个细节是阿Q对王胡的"复仇"。阿Q向来看不上王胡,曾经想打王胡却反被王胡所打,他觉得"这大约要算是生平第一件的屈辱",但随后对小尼姑的"胜利"却使他忘了屈辱而又飘飘然起来。然而从阿Q"中兴"后在未庄讲杀革命党时所做出的"四面一看,忽然扬起右手,照着伸长脖子听得出神的王胡的后颈窝上直劈下去道:'嚓!'"[③]这一系列动作来看,他并没有真的忘却当初的失败之辱,否则便不会在时隔半年后仍能伺机做出"复仇"举动。第三个细节是阿Q被人串谋夺去了赢来的赌钱后打自己嘴巴以消除"失败的苦痛"。该行为历来被视为阿Q的精神胜利法的一次具体展现,这固然不错,但如果我们注意到阿Q所谓的"胜利",最终是靠着将自己的行为经过复杂的心

---

① 汪晖:《阿Q生命中的六个瞬间》,第24页。
② 鲁迅:《〈阿Q正传〉的成因》,《鲁迅全集》第三卷,第394页。
③ 鲁迅:《阿Q正传》,《鲁迅全集》第一卷,第534页。

理逆转后,诠释为"自己打了别个"而完成的,就会再次意识到其潜意识中对于被别人打的耿耿和打别人的渴望。

也许还有别的细节可以深挖,不过以上三个细节以及汪晖所谓六个瞬间已经足以说明精神胜利法并非那么简单和有效,阿Q的精神事实上从未能真正胜利,现实的失败只能被其暂时掩盖或忘却,而不能被彻底根除。精神胜利法不过是对失败的拒绝或否认,在这种否认的背后隐藏着对胜利的渴望。一旦阿Q有机会或者自以为有机会获取现实的胜利,他是不会只安于或再安于精神胜利的(这也是阿Q并非无药可救的原因所在),而革命恰恰最大限度地提供了这样的机会,阿Q的趋向革命因此也就是理所当然的了。

究其实质,精神胜利法所克服的与其说是失败,不如说是失败所带来的痛感。痛感包括肉体的和精神的两方面,是愚弱的失败者不愿承受或不敢承受的,精神胜利法的作用就在于帮助压抑、转移或消除痛感。随着痛感的消失,失败也就从知觉层面被压入了潜意识层面,失败者于是得以暂时忘却失败而恬然苟活;而一个对自身缺乏痛感的人,自然也不会对他人的苦痛保有感受力与同情心。在这个意义上,《阿Q正传》可以说是一篇奴隶的痛感消失报告。1925年鲁迅在《春末闲谈》一文中以细腰蜂用毒针麻痹小青虫给幼蜂做食料为对照,揭示了中国的"圣君,贤臣,圣贤,圣贤之徒"(治人者)是如何用尽手段和心机来麻痹民众(治于人者)的知觉,企图使他们"甘心永远去做服役和战争的机器"[①]。《阿Q正传》可以和这篇文章结合起来阅读,它在《春末闲谈》之前和之外展示了"被治者"怎样自我麻痹痛感知觉,相较于被麻痹,这种自我麻痹更令鲁迅痛心。

精神胜利法最重要的两块基石是自欺和忘却,大多数时候阿Q正是通过自欺和忘却来麻痹自己的痛感。面对失败的耻辱,他往往先行自欺("我总算被儿子打了"),紧接着便是忘却("'忘却'这一件祖传的宝贝也发生了效力")。阿Q的善忘几乎到了令人难以置信的地步。小说中有这样一个情节:阿Q向吴妈求爱失败后被秀才用大竹杠追着打,先是"蓬的一声,头上着了很粗的一下",再是"拍的正打在指节上",但即使觉得"很有一些痛",并且对秀才骂他的"忘八蛋"感到"格外怕,而印象也格外深",他也还是立刻就忘却了此事,竟然反过来寻声去围观吴妈的哭闹,疑惑"这小孤孀不知道闹着什么玩意儿了",直到看见秀才手持大竹杠向他奔来,他才"猛然间悟到自己曾

---

① 鲁迅:《春末闲谈》,《鲁迅全集》第一卷,第215页。

经被打,和这一场热闹似乎有点相关"①。从这个夸张的情节中我们看到,阿Q对于痛感的忘却之易与快,俨然已是一种毫不费力的本能了。

鲁迅笔下处于奴隶地位的被侮辱与被损害者并非都像阿Q一样拥有一套精神胜利法,但同样都是善于忘却或没有记性的人,这是他们祖传的生存本领。对此,鲁迅曾说,"我们都不大有记性。这也无怪,人生苦痛的事太多了,尤其是在中国。记性好的,大概都被厚重的苦痛压死了;只有记性坏的,适者生存,还能欣然活着"②,"人们因为能忘却,所以自己能渐渐地脱离了受过的苦痛"③。善忘的后果便是痛感的消失,对自己和对别人在肉体和精神两方面都丧失了感知疼痛的能力,这是鲁迅笔下的庸众最突出的精神病征。鲁迅不厌其烦地揭示了这一点:《狂人日记》中的他们"也有给知县打枷过的,也有给绅士掌过嘴的,也有衙役占了他妻子的,也有老子娘被债主逼死的"④,但却没有不平的"脸色";《孔乙己》中的掌柜等人面对被打残的"已经不成样子"的孔乙己照样围观取笑;《药》中的华老栓拿着血淋淋的馒头却丝毫感觉不到眼前生命被杀的惨痛;《明天》里的老拱们只想在嘴上手上占单四嫂子的便宜,对她丧夫后又丧子的悲痛却视而不见……

1925年鲁迅在为俄译本《阿Q正传》所写的序言中说:"造化生人,已经非常巧妙,使一个人不会感到别人的肉体上的痛苦了,我们的圣人和圣人之徒却又补了造化之缺,并且使人们不会再感到别人的精神上的痛苦。"⑤同一时期所写的《灯下漫笔》中说,"因为古代传来而至今还在的许多差别,使人们各各分离,遂不能再感到别人的痛苦"⑥,而稍早的《娜拉走后怎样》中则举例说,"北京的羊肉铺前常有几个人张着嘴看剥羊,仿佛颇愉快,人的牺牲能给与他们的益处,也不过如此。而况事后走不几步,他们并这一点愉快也就忘却了"⑦。类似的表述在鲁迅笔下还有很多。可以说,鲁迅的文学正是因其对国民的痛感的消失的发现而诞生。被鲁迅确立为其文学道路起点的那张幻灯片,不正是显示了围观的中国人对于同胞"被日军砍下头颅"这一惨象的麻木无感

---

① 鲁迅:《阿Q正传》,《鲁迅全集》第一卷,第526—527页。
② 鲁迅:《导师》,《鲁迅全集》第三卷,第58—59页。
③ 鲁迅:《娜拉走后怎样》,《鲁迅全集》第一卷,第169页。
④ 鲁迅:《狂人日记》,《鲁迅全集》第一卷,第445—446页。
⑤ 鲁迅:《俄文译本〈阿Q正传〉序及著者自叙传略》,《鲁迅全集》第七卷,第83页。
⑥ 鲁迅:《灯下漫笔》,《鲁迅全集》第一卷,第229页。
⑦ 鲁迅:《娜拉走后怎样》,《鲁迅全集》第一卷,第170页。

吗？他的作品中反复出现的围观他人的痛苦而毫无痛感甚至反觉快乐的场景，不都是幻灯片画面的重写或改写吗？

对自身所受的苦难缺乏痛感，就不会有不平和反抗；对他人所受的苦难缺乏痛感，就不会有同情与援助。前者使人安于奴隶地位，后者则使人相互隔绝，专制统治因此得以稳固而久长。鲁迅在现实和历史中领悟到这一点，被之深深刺痛。他意识到，设法恢复国民消失了的痛感，是唤醒他们起来变革社会的首要之举和必经之路。也许只有持续受痛才能唤醒痛感，才能抵抗忘却，"只有不停地疼痛的东西，才能保留在记忆里"①。鲁迅因此特别用力于揭刺和嘲讽，他要使他的读者和他一起感到疼痛，和他一起"向着人间，发一声反狱的绝叫"②。我们读鲁迅的作品常常感到辛辣，不安，被刺痛，以至于"想做点事"③，而这正是鲁迅所追求的艺术效果。换句话说，鲁迅的文学是一种痛感文学，使人疼痛是它最宝贵的质素。

## 四 痛感的恢复

在生命的最后时刻，阿Q被装进囚车游街示众，接着拉去法场执行死刑。当阿Q终于省悟到"这岂不是去杀头么"时，"他一急，两眼发黑，耳朵里嗡的一声，似乎发昏了"。面对迫在眉睫的彻底的身体失败，以及围观的"喝采的人们"，"发出豺狼的嗥叫一般的声音来"，阿Q的精神胜利法再也无法奏效了。他感觉那些"张着嘴的看客"仿佛"豺狼"一般就要扑上来撕咬他：

> 这刹那中，他的思想又仿佛旋风似的在脑里一回旋了。四年之前，他曾在山脚下遇见一只饿狼，永是不近不远的跟定他，要吃他的肉。他那时吓得几乎要死，幸而手里有一柄斫柴刀，才得仗这壮了胆，支持到未庄；可是永远记得那狼眼睛，又凶又怯，闪闪的像两颗鬼火，似乎远远的来穿透了他的皮肉。而这回他又看见从来没有见过的更可怕的眼睛了，又钝又锋利，不但已经咀嚼了他的话，并且还要咀嚼他皮肉以外的东西，永是不远不近的跟他走。

---

① 阿莱达·阿斯曼：《回忆空间：文化记忆的形式和变迁》，潘璐译，北京大学出版社，2016，第279页。
② 鲁迅：《失掉的好地狱》，《鲁迅全集》第二卷，第204页。
③ 鲁迅：《青年必读书》，《鲁迅全集》第三卷，第12页。

这些眼睛们似乎连成一气,已经在那里咬他的灵魂。①

被饿狼吃掉的恐惧曾使阿Q的痛感回归过肉体,而对"张着嘴的看客"们的"又钝又锋利"的眼睛的恐惧则使他的"灵魂"回归了肉体。看客与饿狼化为一体,使阿Q"吓得几乎要死",在这一刻他本能地感知到自己是一个"人",就要被一群人形的狼吃掉。他终于无法逃避肉体与精神的双重剧痛,试图喊出一声绝望的"救命"。此时的阿Q不禁让人想起那个因为恐惧于"被吃"而在暗夜里"从顶上直冷到脚跟"的"狂人":他们都是在"被吃"的恐惧中恢复了痛感,省悟到自己是拥有"灵魂"的"人"。不同的是,阿Q终于没有喊出"救命"便"微尘似的迸散了",而"狂人"则在喊出"救救孩子……"后不久便"早愈,赴某地候补矣",亦即再次(主动)丧失了在月光下恢复的痛感——仿佛"四年之前"躲过了饿狼平安回到未庄的阿Q。

发生在阿Q与"狂人"身上的痛感的恢复,是"真的人"觉醒的昭示与基础。从阿Q与"狂人"感到疼痛并直面疼痛的那一刻起,新的历史就诞生了:"狂人"发现了人们已经习于"从来如此"地吃人与被人吃而毫无痛感,他由是呼唤"真的人"和"容不得吃人的人"的世界;当初作为看客直呼过瘾的阿Q现在已经直觉到"张着嘴的看客"是"豺狼"了,他恐怕再也不会觉得杀头"好看好看"了。某种程度上可以说,阿Q在领受自身的惨痛与绝望之时,已经获得感知他人苦痛的能力了——虽然他已没有机会感知。

不少研究者注意到,随着小说的推进,叙事人"我"对阿Q的情感由起初较为单纯的嘲讽逐渐转变为复杂的怜恨交加,逐渐超越了"痛恶阿Q这类人想淋漓尽致地将他的丑态形容一下"②的初衷而向阿Q贴近。在阿Q临刑时,叙事人甚至替他喊出了那声他没能喊出的"救命"。我们因此在看到阿Q恢复了他的痛感的同时,也强烈感受到了那个隐身的叙事人的痛感:他悲痛于阿Q的稀里糊涂的生与稀里糊涂的死,他悲痛于一个即将醒来的"人"的萌芽的夭折,他悲痛于人们彼此之间互不能感知他人苦痛的隔绝,他更悲痛于人们赏鉴他人之死的残忍。正是这种溢满纸面的痛感使叙事人从未庄超脱出来,获得了高于未庄一切人众的位置与反观未庄的能力,并驱使着他为阿Q招魂作传;也

---

① 鲁迅:《阿Q正传》,《鲁迅全集》第一卷,第551—552页。
② 苏雪林:《〈阿Q正传〉及鲁迅创作的艺术》,彭小苓等编《阿Q70年》,北京十月文艺出版,1993年,第95页。

正是这种痛感说明了他的本质：这是一个从传统中蜕变出来的现代主体。

正如刘禾所说："鲁迅的小说不仅创造了阿Q，也创造了一个有能力分析和否定阿Q的中国叙事人。"①与阿Q的无记性、善忘及无痛感相反，叙事人表现出突出的记性、深刻的反思能力以及敏锐的痛感。某种程度上可以说，叙事人是阿Q的对极，也是阿Q的背面。但"有能力分析"的叙事人却并非像刘禾所说的那样止于单纯地"否定阿Q"，我们可以清晰地看到，那些在阿Q临刑前咬嚼"他的灵魂"的"又钝又锋利"的"连成一气"的眼睛，也在一刻不停地咬嚼着叙事人的灵魂。阿Q生前未曾感受到的疼痛，叙事人在阿Q死后对他的追忆中全都加倍感受到了。叙事人在否定那个自欺而健忘的死去的阿Q的同时，也在为那个感到灵魂被咬嚼着的疼痛的阿Q招魂，相同的痛感使他们的灵魂相通。

在看到阿Q的痛感恢复之时，我们不能不同时看到（与未庄有着千丝万缕的联系的）叙事人的痛感的显现，因为后者不但同样显示了奴隶因为痛感而恢复为"人"的可能，而且正是后者使得对革命的拷问得以发生。"革命创造的制度性的和道德性的转变"②为叙事人提供了未庄以外的生存空间和反思立足点；但革命却不仅没能给"神往"革命的阿Q带来新生的机会，反而直接导致了他的丧生。如果说"革命是并非教人死而是教人活的"③，那么刺痛叙事人的就应是在看到革命使自己"活"的同时，也看到了想要活的阿Q却因革命而死，看到更多的人在革命之后依然苟活。这种痛感就是他所谓"思想里的鬼"。由痛感出发反思革命，以阿Q之死拷问革命的真义及其何以失落，就与国民性批判一道成为叙事人的叙事动机。读者所感到的阿Q"在人格上似乎是两个"④、著者反而扶起了他所要撞倒的阿Q等微妙的"分裂"或"矛盾"，根源就在于叙事动机的并不单一。这两种叙事动机是相互关联的，化用周作人的话说，叙事人要撞倒阿Q（国民性批判的叙事动机），是为了将他扶起来（拷问革命的叙事动机）。《阿Q正传》因此成为一个扭结着启蒙与革命两大问题，并将它们相互逼入各自视野的复杂文本。

---

① 刘禾：《跨语际实践：文学、民族文化与被译介的现代性》，宋伟杰等译，生活·读书·新知三联书店，2014，第88页。
② 汪晖：《阿Q生命中的六个瞬间》，第84页。
③ 鲁迅：《上海文艺之一瞥》，《鲁迅全集》第四卷，第304页。
④ 郑振铎：《〈呐喊〉》，李宗英、张梦阳编《六十年来鲁迅研究论文选（上）》，知识产权出版社，2010，第51页。

阿Q之所以用精神胜利法麻痹痛感，是为了避免被"厚重的苦痛压死"，而只有在死的威胁中，阿Q才能恢复他的痛感，一旦死的威胁解除（如躲过了饿狼的捕食），他的痛感立刻就会被"'忘却'这一件祖传的宝贝"①封闭起来；而死虽然极大地复活了他的痛感，却也使他的可能的新生彻底化为乌有，这仿佛是一个悖论。如何葆有痛感地走向"人"的新生，成了一个难解的结。

## 五　酷烈的沉默

让我们通过几个问答梳理一下鲁迅的相关思考：阿Q们的痛感为什么会丧失？为了能在残酷的专制社会使肉体苟活下去，只能麻痹了精神作为代价。鲁迅为什么想要恢复他们的痛感？为了使他们能以"人"的资格而非"奴隶"的资格生活。那么鲁迅岂不知个体恢复了痛感后去抗争"人"的资格，反而可能遭受更大的迫害乃至残杀吗？他当然知道，否则便不会在小说中写"狂人"的被关和夏瑜的被杀。那么鲁迅是主张宁为玉碎不为瓦全吗？显然也不是。首先，鲁迅向来珍视生命的价值，"人得要生存，这是他的基本观念"②。在《我们现在怎样做父亲》中他所开示的"一，要保存生命；二，要延续这生命；三，要发展这生命"的"道理"③，与在《忽然想到（六）》及《北京通信》中所主张的"一要生存，二要温饱，三要发展"的"目标"④，都是将保存生命视为第一要义，视为发展生命（精神）的前提；而在《兔和猫》中他因痛心于"小性命"在"人不知鬼不觉"中丧失而发出的"假使造物也可以责备，那么，我以为他实在将生命造得太滥，毁得太滥了"⑤的慨叹，更是显出他对作为个体的生命（尤其是弱者的生命）异乎寻常的敏感与重视。正是源于对鲁迅的生命观的熟悉与共鸣，周作人发现了《阿Q正传》"写中国人的缺乏求生意志，不尊重生命，尤为痛切"，并认为"这是中国的最大的病根"。⑥其次，从

---

①鲁迅：《阿Q正传》，《鲁迅全集》第一卷，第522页。
②李长之：《鲁迅批判》，第3页。
③鲁迅：《我们现在怎样做父亲》，《鲁迅全集》第一卷，第135页。
④鲁迅：《忽然想到（六）》，《鲁迅全集》第三卷，第47页；《北京通信》，《鲁迅全集》第三卷，第54页。
⑤鲁迅：《兔和猫》，《鲁迅全集》第一卷，第580—581页。
⑥周作人：《鲁迅的青年时代》，第126页。

鲁迅早年对于执行暗杀任务的犹豫①、后来的"主张'壕堑战'"②以及反对请愿并痛惜因此而导致的流血牺牲等言行来看，在实力悬殊的情况下，他并不赞成为了求得"人"的资格而牺牲生命去以卵击石，"这并非吝惜生命，乃是不肯虚掷生命"，"以血的洪流淹死一个敌人，以同胞的尸体填满一个缺陷，已经是陈腐的话了"③。

鲁迅既不愿看到阿Q们在麻木卑怯中苟活（"我之所谓生存，并不是苟活"④），也不愿看到他们因觉醒的抗争而被害致死⑤，那么他何以又要"使人练敏了感觉来更深切地感到自己的苦痛，叫起灵魂来目睹他自己的腐烂的尸骸"⑥呢？换句话说，如果少数的阿Q们恢复了痛感，却又无力变革现实，那么他们将何以自处呢？对此，鲁迅并没有给出明确的答案，思考到这一层，他陷入了困境，《〈呐喊〉自序》中那个著名的铁屋子譬喻就清晰地显示了他的迷茫："现在你大嚷起来，惊起了较为清醒的几个人，使这不幸的少数者来受无可挽救的临终的苦楚，你倒以为对得起他们么？"⑦

不过，鲁迅虽然深感迷茫，却也在努力寻找出路，保持着痛感在沉默中活下去似乎是他为奴隶们探索到的一条权宜之路。保持痛感，是为了对抗自欺与忘却，避免沉沦于奴隶地位"还万分欢喜"⑧，甚至变成无可救药的奴才。正如郜元宝所说，"记得这'身受'的历史，乃是对历史和身体本身的最起码的尊重，也是摆脱耻辱和悲惨的第一步"⑨。而沉默则是为了保全生命，积攒爆发的能量，等待或创造爆发的时势。

在鲁迅笔下有两种沉默，一种是导向死灭的奴隶式的沉默；另一种是导向新生的猛士式的沉默。《故乡》中的闰土所体现的便是奴隶式的沉默："他大约只是觉得苦，却又形容不出，沉默了片时，便拿起烟管来默默的吸烟了。"⑩猛

---

① 参见增田涉《鲁迅与"光复会"》，《鲁迅研究资料2》，文物出版社，1977，第340页。
② 鲁迅：《两地书·四》，《鲁迅全集》第十一卷，第21页。
③ 鲁迅：《空谈》，《鲁迅全集》第三卷，第298页。
④ 鲁迅：《北京通信》，《鲁迅全集》第三卷，第54页。
⑤ 《狂人日记》中狼子村村民打死的"大恶人"、《长明灯》中连各庄村民打死的"这种子孙"等，都可以看成是因觉醒抗争而被害致死的人。
⑥ 鲁迅：《娜拉走后怎样》，《鲁迅全集》第一卷，第167页。
⑦ 鲁迅：《〈呐喊〉自序》，《鲁迅全集》第一卷，第441页。
⑧ 鲁迅：《灯下漫笔》，《鲁迅全集》第一卷，第223页。
⑨ 郜元宝：《鲁迅六讲》，北京大学出版社，第190页。
⑩ 鲁迅：《故乡》，《鲁迅全集》第一卷，第508页。

士式的沉默见于鲁迅的呼吁："我们听到呻吟，叹息，哭泣，哀求，无须吃惊。见了酷烈的沉默，就应该留心了；见有什么像毒蛇似的在尸林中蜿蜒，怨鬼似的在黑暗中奔驰，就更应该留心了：这在豫告'真的愤怒'将要到来。"①鲁迅在中国的百姓身上只看到了奴隶式的沉默，他们"默默的生长，萎黄，枯死了，像压在大石底下的草一样，已经有四千年"②。借助《阿Q正传》"画出这样沉默的国民的魂灵来"的同时，鲁迅期望他们能由"麻木的沉默"转为"酷烈的沉默"："沉默而苦痛，然而新的生命就会在这苦痛的沉默里萌芽。"③同是沉默，差别有如天壤——"沉默呵，沉默呵！不在沉默中爆发，就在沉默中灭亡。"④

鲁迅希望处于奴隶地位的国民都能恢复痛感的现实考虑是，如果没有痛感的恢复在先，则当革命兴起时，他们就只能做出两种消极的反应。第一种是避之唯恐不及或冷漠旁观，甚至反过来帮助奴隶主迫害或剿杀革命者，这在《药》《头发的故事》等小说中已屡见不鲜。使鲁迅耿耿于怀的汉人的辫子问题，也鲜明地展现了痛感消失的恶果：清初汉人虽然对满人的剃发令做出了激烈的血的抵抗，但还是没能免掉拖辫子的命运。这本是惨痛的不幸，然而到了清末民初，虽有革命者的宣扬在先与新政府的命令在后，但大部分汉人尤其是底层民众却反不肯轻易剪去那条作为奴隶的标志和汉人的耻辱的辫子——他们早已忘了先前的疼痛，习惯为奴隶的处境了。⑤第二种是阿Q式的视革命为造反，企图借机翻身成为新的奴隶主："我要什么就是什么，我欢喜谁就是谁。"在《娜拉走后怎样》中鲁迅说：

> 人们因为能忘却，所以自己能渐渐地脱离了受过的苦痛，也因为能忘却，所以往往照样地再犯前人的错误。被虐待的儿媳做了婆婆，仍然虐待儿媳；嫌恶学生的官吏，每是先前痛骂官吏的学生；现在压迫子女的，有时也就是十年前的家庭革命论者。这也许与年龄和地位都有关系罢，但记

---

① 鲁迅:《杂感》,《鲁迅全集》第三卷, 第53页。
② 鲁迅:《俄文译本〈阿Q正传〉序及著者自叙传略》,《鲁迅全集》第七卷, 第84页。
③ 鲁迅:《忽然想到(十至十一)》,《鲁迅全集》第三卷, 第101页。
④ 鲁迅:《记念刘和珍君》,《鲁迅全集》第三卷, 第292页。
⑤ 参见鲁迅《且介亭杂文·病后杂谈之余》:"这辫子,是砍了我们古人的许多头,这才种定了的,到得我有知识的时候,大家早忘却了血史,反以为全留乃是长毛,全剃好像和尚,必须剃一点,留一点,才可以算是一个正经人了。"

性不佳也是一个很大的原因。①

被压迫者成为新的压迫者,原有的权力结构丝毫未变,这是最使鲁迅痛心的发现,《野草》中的《失掉的好地狱》就是对此现象的揭示。具体到民元革命,鲁迅也曾说,"我觉得革命以前,我是做奴隶;革命以后不多久,就受了奴隶的骗,变成他们的奴隶了"②。从上面的引文来看,鲁迅认为造成这种"变而未变"的原因之一是,被压迫者翻了身以后就忘了被压迫时所身受的苦痛,不能在自身终止压迫的发生,而是因着地位的改变而因袭惯例,将压迫顺势施加到后来者身上。因此,只有奴隶始终记得做奴隶的痛,拒绝成为新的奴隶主,主奴权力结构才有可能被打破,"人国"③才有可能实现。否则,革命就难免沦为不过是奴隶和奴隶主互换位置的造反而已——《阿Q正传》深刻地揭示了这一点。

茅盾曾说:"所谓'精神胜利'这法宝,从一方面看,固可作为被压迫者反抗失败后精神上不屈服的表征,然而亦未始不是麻痹了斗争意识的'奴隶哲学'。"④的确如此。正如上文所述,精神胜利法并不能真正消除失败感,它的作用是在消除失败所导致的痛感,它本质上是一种奴隶的苟活主义。阿Q靠着精神胜利法苟活,但更多更大的失败接踵而至,不断冲击他的精神胜利法,使他终于不能苟活。这正印证了鲁迅的观点:"苟活就是活不下去的初步,所以到后来,他就活不下去了。意图生存,而太卑怯,结果就得死亡。"⑤鲁迅希望于阿Q们的是恢复记性,恢复痛感,敢于打破对于自我的瞒和骗,"敢于直面惨淡的人生,敢于正视淋漓的鲜血"⑥。即使限于现实而不能奋起反抗,至少也要能保有一种酷烈的沉默。

1933年,鲁迅在《漫与》一文中说:

> 一个活人,当然是总想活下去的,就是真正老牌的奴隶,也还在打熬着要活下去。然而自己明知道是奴隶,打熬着,并且不平着,挣扎着,一

---

① 鲁迅:《娜拉走后怎样》,《鲁迅全集》第一卷,第169页。
② 鲁迅:《忽然想到(三)》,《鲁迅全集》第三卷,第16页。
③ 鲁迅:《文化偏至论》,《鲁迅全集》第一卷,第57页。
④ 茅盾:《关于〈呐喊〉和〈彷徨〉》,彭小苓等编《阿Q70年》,第110页。
⑤ 鲁迅:《北京通信》,《鲁迅全集》第三卷,第55页。
⑥ 鲁迅:《记念刘和珍君》,《鲁迅全集》第三卷,第290页。

面"意图"挣脱以至实行挣脱的,即使暂时失败,还是套上了镣铐罢,他却不过是单单的奴隶。如果从奴隶生活中寻出"美"来,赞叹,抚摩,陶醉,那可简直是万劫不复的奴才了,他使自己和别人永远安住于这生活。①

鲁迅晚年的这段话可以辅助说明我们的结论。没有痛感的恢复与保持,奴隶就会变成奴才,革命就会变质走形,人吃人的社会和文化就会永远延续。保持痛感,是避免万劫不复的底线。终其一生,鲁迅对于阿Q们的这一态度和希望都没有改变。

---

① 鲁迅:《漫与》,《鲁迅全集》第四卷,第604页。

# 鲁迅的古砖收藏及考释

刘璁　南开大学文学院

鲁迅对古代砖刻艺术一向抱有浓厚的兴趣，且于此道用功颇深，他除了购买古砖实物外，更广为搜求古砖拓本，并根据清人的金石学成果对自己收藏的拓片进行进一步考释和研究。这些成绩，集中反映在鲁迅自己编辑的《俟堂专文杂集》一书中。

"专文"即砖文，是指刻写在砖石上的文字，当然也含有图纹、纹样之意。

## 一

鲁迅开始研究古砖的文字记录，最早见于1915年7月2日的鲁迅日记。当天，客居北京的鲁迅收到了周作人自绍兴老家寄来的《千甓亭古砖图释》四册。《千甓亭古砖图释》是清代大藏书家陆心源辑录的一部古代砖刻图谱，著有陆氏收藏的自汉魏至宋元历代古砖拓片千余枚，基本出自乌程、武康、长兴等地（皆今浙江湖州）的古墓中，各有砖图及考释文字，光绪十七年（1891）以"泰西摄影法缩本石印"而成，全书共二十卷，装为四册，鲁迅在日记中又以"《千甓亭专图》"称之。这部《千甓亭古砖图释》堪称有清以来砖刻研究的集大成者，书中所录仅纪年砖就有六百余件，最多者为晋代太康（280—289）和元康（291—299）年间的砖刻。陆心源在每件砖拓旁都根据清代工部营造尺的规格，记录每件砖刻的长、厚尺寸，考证砖刻的烧制年代并及纪年砖时间的正误，又注述其出土地点、砖文内容、文字变异以及每件砖刻的形制特点。该书所收拓片纹样别致,保留着许多古代史地人文信息,加之图版清晰详尽,注释考证既精且细,因而具有极高的艺术价值和史料价值。陆心源的湖州同乡、清代学人凌霞在为此书作序时,便以"诚墨林中独树一帜"等语赞之。鲁迅在收藏、研究古砖拓本时,也将《千甓亭古砖图释》作为重要的参考书。

关于鲁迅所得古砖及拓本的来源,主要有如下几个渠道:

第一,是二弟周作人的帮助。实际上,早在绍兴时期,鲁迅、周作人兄弟俩就对金石之属抱有共同的兴趣,鲁迅更有计划辑录一部《越中砖录》,以保存绍兴地方的古砖、砖拓等文献资料。鲁迅到北京后,周作人仍不时将收得的古砖及拓片寄给鲁迅。兄弟之间的书信虽大多不存,但在鲁迅的日记里仍可一窥二人当年收集古砖的热情。

1915年6月22日,鲁迅"得二弟信并马卫将作砖拓本二枚"。7月28日,"晨得二弟信并'河平'专、'甘露'专文拓本各一枚"。8月13日,"下午得二弟信,附建宁专、长生未央瓦拓片各一"。9月6日,鲁迅在日记中记道:"夜李霞卿自越中至,交来二弟函,并'马卫将作'专一块,干菜一合。"11月21日,鲁迅"上午得二弟信并'永和'专拓本一枚"。同月24日,"夜得二弟信并梁专拓本二枚"。

1916年2月10日,"上午得二弟信并'永和'专拓本一枚"。2月12日,"上午得二弟所寄专拓片三枚"。2月14日,"上午得二弟信并专拓一枚"。2月27日,"得二弟信并专拓片二枚"。8月4日,"得三弟信,有二弟附言并张普先砖拓三枚"。10月5日,"上午得二弟信并专拓片三纸"。

1918年7月17日,鲁迅接到周作人的信及"专拓一包"。7月26日,"得二弟所寄书籍一本,译稿一篇,专拓四枚"。8月14日,"晨得二弟信并专拓一枚"。9月1日,"上午得二弟信,附专拓二枚。"

当然,鲁迅有时也会给周作人寄去拓片。例如1915年8月10日,鲁迅"上午寄二弟《秦汉瓦当文字》二册,《百专考》一册,古砖拓本五枚,共一包。"10月30日,鲁迅在寄给周作人的信中随附了"后宜子孙"砖拓两枚。

第二,是从古玩店或藏家处购入。古砖流传至民国,已成古董,即使是旧年砖拓也不易求,如果是名家所藏的砖石或砖拓,想要得到就更不容易,尤其是年代久远的古墓砖、古城砖、画像砖,非大力者不能致之。鲁迅对砖刻虽极为钟爱,但囿于财力,也只能购买一些价钱较为低廉的砖拓。在鲁迅的日记中经常可以发现鲁迅搜求古砖的行迹。

1915年8月6日下午,鲁迅在看完牙医后,"往留黎厂买古专拓本四枚,善业埿拓本二枚,共五角。"11月6日,鲁迅在琉璃厂花一元钱买"正光"砖拓本一枚。12月5日,"下午往留黎厂买高庆、高贞、高盛碑,《关胜颂德碑》,《比丘道造象记》拓本各一枚,共三元。又专拓片共十六枚,二元。"

1916年正月十二日(即公历2月14日),"汪书堂代买山东金石保存所臧石拓本全分来,计百十七枚,共直银十元",内有"汉建初残专一纸"。7月11日,鲁迅去访古斋"视拓本",买了各类石刻拓片十三枚,又花五角钱买了杂砖拓片十枚,然而"无一佳品,而其直七元,当戒",这一天的收获颇令鲁迅懊恼。8月12日,"下午往留黎厂,续收端氏所臧石刻小品拓片二十二种二十五枚,六元。又专拓片十一枚,一元。"

1917年3月25日,鲁迅"午后往留黎厂买画象拓本一枚,杂专拓本二十一枚,共银二元。"

1918年1月13日,"午后同二弟至留黎厂德古斋,偶检得《上尊号碑》额并他种专、石杂拓片共六枚,付泉一元。"4月21日,"午后往留黎厂德古斋,得画象砖拓片五枚,言是大吉山房所臧,又孙世明等造象五枚,共券四元,仍以重出拓本直推算。"4月28日,"午前往留黎厂买专拓九枚,二元,重本直易讫。"5月11日,鲁迅经陈师曾转介,"晚以师曾函往朱氏买专拓片,并见泉二,复云拓片未整理,泉收也。"5月13日又记"上午师曾交朱氏所卖专拓片来,凡六十枚,云皆王树枏所臧,拓甚恶,无一可取者。"可见,即使有陈师曾的介绍,购入的砖拓仍不令鲁迅满意,好在仅花了三块钱,损失不大。当天下午,鲁迅又去琉璃厂买了七枚杂砖拓片,花了一元钱。5月23日午后,鲁迅"往留黎厂德古斋买得恒农墓专拓片大小百枚,内重出二枚,二十四元。"9月7日,鲁迅"午后往留黎厂买汉专拓片三枚,杂造象拓片十枚,共券五元。"9月27日,鲁迅又"往留黎厂买专拓片二十枚,券二元。"

1919年2月12日,鲁迅花五十元买了一沓清代金石收藏家端方的古砖拓片,鲁迅在日记中写道:"午后往图书馆分馆,俟二弟至同游厂甸,在德古斋买端氏臧专拓片一包,计汉墓专三百八十,杂专十一,六朝墓专廿五,唐、宋、元墓专七,总四百廿三枚,券五十元。"这批拓片量虽不少,但在鲁迅收藏砖拓的过程中,像这样一掷五十元的情形也并不多见,堪称是豪举了。4月29日,鲁迅到琉璃厂买到《王氏残石》一枚,杂砖拓片八枚,共两元。10月

17日，鲁迅"午后往留黎厂买张俊妻墓专三枚，《王僧男墓志》并盖二枚，《刘猛进墓志》前后二枚，《彭城寺碑》并阴及碑坐画象总三枚，共券十二元。"12月14日，鲁迅"买专一枚，上端及左侧有字，下端二字曰'虞凯'，馀泐，泉五角。"不过，后来卖家反悔，于同月18日又将此砖要回，鲁迅当天日记写道："估人又取'虞凯'专去，言不欲售，遂返之。"12月31日午后，鲁迅到琉璃厂买墓志，"得墓志专四块，一曰'大原平陶郝厥'，一曰'苪安雍州刘武妻'，一曰'李臣妻'，一曰'□阿奴'，共见泉廿。又明器二事，一犬一鸳，出唐人墓中，共见泉二。专出定州，器出洛阳也。"有趣的是，几天后的1920年1月5日，鲁迅"又往留黎厂，因疑'郝厥'专是伪作，议易'赵向妻郭'专。"1月6日，"晚骨董肆人来易专去，今一块文曰'京上村赵向妻郭'。"

1921年1月5日，鲁迅又在琉璃厂买到杂砖拓片七枚，花费一元。1月26日，在德古斋买到杂砖拓片三枚，共五角。3月23日，鲁迅"午后往留黎厂买云峰山题刻零种三种四枚，杂专拓片三枚，共泉二元五角。"然而此后约有半年的时间，鲁迅忙于为周作人治病，常常处于借贷之中，兴致和财力均受影响，收集古砖拓片的记载便中断了。9月8日，鲁迅日记中再次出现了购买砖拓的记录，当日下午在琉璃厂"买专拓片二十六枚，三元"，包括城砖拓片六枚、杂砖拓片二十枚。10月13日午后，鲁迅去琉璃厂，买了一部分墓志拓片及七枚杂砖拓片，共花去银六元五角。

当然，有时遇见索价较高的砖拓，鲁迅也会视情形而定，如1923年2月28日，鲁迅"至庆云堂观簠斋臧专拓片，价贵而似新拓也。""簠斋"是大收藏家陈介祺的斋号，其金石拓本以精见长，当然价格不菲，鲁迅便没有购买。

第三，是友朋或店家赠送。鲁迅的友人知鲁迅有搜集砖拓的喜好，每多相助，这其中尤以陈师曾最为知之。

1915年10月27日，陈师曾赠以"后子孙吉"砖拓两枚，是出自姚茫父的收藏。1916年9月19日，"下午陈师曾赠古专拓片一束十八枚。"1917年5月31日，鲁迅收到友人杨莘士寄来的"拓本一束"，包括"专[拓]三枚"，均自山东金石保存所藏石拓得。10月5日，鲁迅好友许寿裳来访，将砖拓片一枚转赠，鲁迅在日记中记道"季市持来专拓片一枚，'龙凤'二字，云是仲书先生所赠，审为东魏物，字刻而非印，以泉百二十元得之也。"仲书先生即陈汉弟。1918年3月11日，"陈师曾与好大王陵专拓本一枚。又同往留黎厂买杂拓片三枚，一元。"1921年12月31日，鲁迅"午后往琉璃厂，德古斋赠专拓片三种，皆端氏物。"作为德古斋的常客和大主顾,鲁迅有时也能从店家处得到一些实惠,既是端方收藏的拓片,想来拓品不恶。

此后,鲁迅搜集砖石的兴趣转移到了其他方面,虽还有得到友朋馈赠的记录,但自己花钱购买则越来越少了。1924年6月24日,鲁迅收到教育部同事裘善元赠送的拓片,"裘子元赠永元十一年断砖拓片一枚,花砖拓片十枚,河南信阳州出,历史博物馆藏。"1936年5月20日上午,鲁迅又得到学生李秉中寄赠的"汉唐砖石刻画象拓片九枚"。

第四,是自己拓印。1918年7月14日晚,鲁迅在接待范云台、许诗荃来访后,又于深夜雷雨中"拓大同专二分。失眠。"1924年9月10日,鲁迅在教育部的同事兼好友齐寿山"为从肃宁人家觅得'君子'专一块,阙角不损自,未定直,姑持归,于下午打数本。"

同时,鲁迅也喜欢将自己收藏或拓印的砖拓分馈友好,1915年9月9日,鲁迅"以'马卫将[作]'专贻汪书堂。"1916年5月8日,"午后赠师曾家臧专拓一帖。"1918年8月14日,"寄徐以孙先生信并专拓片一束"。1923年1月10日,"晚朱逷先、张凤举、马幼渔、沈士远、尹默、叞士来,赠逷先以自臧专拓片一分。"上文提到的那方"君子"砖,鲁迅极为珍爱,1924年9月21日上午,鲁迅的好友、北京大学教授马幼渔来访,鲁迅便特意以"君子"砖拓本相赠。鲁迅在日记中记载:"上午幼渔来,赠以'君子'专杁本一分。"

## 二

鲁迅收集古砖拓片的目的并不仅仅是为了收藏,而是从砖、拓的文字图案着手,了解古代社会的风俗及文化变迁。因此,他会根据自己的收藏,对照相关参考书进行考订工作。1918年7月13日,鲁迅收到周作人寄来的一包古砖拓片,立即进行整理、粘贴,当天的日记这样写道:"午得二弟所寄专拓片一包,9日发。夜轻雷。粘专拓。"孑然一身,寄居会馆,夜深人静,在雷声隐隐中粘贴古砖的拓片,对于寂寞中的鲁迅,也算是一件愉快的事情。在整理、粘贴古砖拓本时,鲁迅还将这些拓本与陆心源的《千甓亭古砖图释》相比照,随时写下考释文字,如在《大明五年残砖》拓本上,鲁迅这样写道:

《千甓亭专录》卷十五有一枚,云:"长一尺,厚一寸三分。左侧文曰：宋大明五年太岁，以下不可辨。右侧泉文锭文，下端一虞字。虞氏墓砖也，出湖南。"今观此打本，则虞氏在上端也。华国七年七月十三日灯下记。

"华国"为中华民国之简称，即1918年7月13日。

这段考释文说明，鲁迅根据自己所藏拓本细加审视，就"虞"字在原砖所处的位置纠正了陆心源的一处失误。

有了陆心源的这部书打底，鲁迅得以随时补充、记录古砖拓本的有关信息。如《泰宁三年砖》拓片两枚，第一枚长九点〇厘米，宽五点五厘米，刻阳文"泰宁"二字，"宁"字下半部残泐；第二枚长十五点五厘米，宽五点五厘米，反刻阳文"九月卅日始"五字。鲁迅著录为：

> 太[泰]宁砖。高清工部尺一尺六分，厚一寸四分。文曰：泰宁三年八月廿日；下端文曰：九月卅日始。出乌程。见陆星[心]源《千甓亭古砖图释》卷十二。

由鲁迅的小注可见，这枚拓片所拓并不全，鲁迅通过与《千甓亭古砖图释》的比较，确定了第一枚拓片"泰宁"字以下缺拓了"三年八月廿日"等六字。

再如《元嘉七年残砖》，鲁迅得到的拓片长十六点五厘米，宽五点五厘米，阳文反刻"月十五日高"五字，鲁迅著录为：

> 上半五字曰：元嘉七年八。见《千甓亭专录》，出乌程。

此砖见载于《千甓亭古砖图释》卷十五，陆心源注为："宋元嘉砖。长九寸六分，厚一寸五分，文曰：元嘉七年八月十五日高。反文。上端花纹。出乌程。高氏墓砖也。"

这几则鲁迅撰写的有关古砖考释的文字，均未收入人民文学出版社2005年版《鲁迅全集》和天津人民出版社2018年版《鲁迅全集补遗》（增订本）中，应当考虑其作为鲁迅的佚文或集外文。

## 三

然而，鲁迅收集古砖及拓本的活动由于和周作人的失和而画上了句号。

1923年7月14日，鲁迅"是夜始改在自室吃饭，自具一肴，此可记也。"19日，"上午启孟自持信来，后邀欲问之，不至。"26日，鲁迅"上午往砖塔胡同看屋，下午收拾书籍入箱。"8月2日下午，鲁迅"携妇迁居砖塔胡同六十一号"，匆匆搬离了原来兄弟共住的八道湾寓所，原配朱安和母亲鲁瑞也随着鲁迅一同迁出。

近一年后的1924年6月11日，鲁迅回到八道湾，想要拿走之前未及带出的书和物件，这一举动惹怒了周作人夫妇，双方大吵一架。鲁迅在当天日记中写："下午往八道湾宅取书及什器，比进西厢，启孟及其妻突出骂詈殴打，又以电话招重久及张凤举、徐耀辰来，其妻向之述我罪状，多秽语，凡捏造未圆处，则启孟救正之，然终取书、器而出。"

1924年9月18日夜间，鲁迅开始对自己收藏的古砖拓片进行粗略整理。21日，鲁迅将自己手边的古砖拓本整理为四卷，定名《俟堂专文杂集》，并于本日写下了《题记》：

> 曩尝欲著《越中专录》，颇锐意蒐集乡邦专甓及拓本，而资力薄劣，俱不易致。以十余年之勤，所得仅古专二十余及打本少许而已。迁徙之后，忽遭寇劫，孑身逭遁，止携大同十一年者一枚出，余悉委盗窟中。日月除矣，意兴亦尽，纂述之事，渺焉何期？聊集燹余，以为永念哉！甲子八月廿三日，宴之敖者手记。

这是一篇短短百余字的小文，鲁迅在回顾自己搜集古砖及拓本过程的艰辛后，笔锋一转，将被迫搬出八道湾寓所一事称为"迁徙"，将周作人夫妇打骂呼作"寇劫"，视八道湾为被强占的"盗窟"。在这样一种尴尬而狼狈的情形下，鲁迅"孑身逭遁"，对旧日收藏已来不及细细择选，古砖实物也只带出一枚"大同十一年砖"而已，其余"二十余"古砖和多数拓本，都遗落在八道湾了。缺乏了最重要的资料，使得鲁迅想要辑录《越中砖录》的愿望成为幻影。面对这些残存的拓本，鲁迅只得退而求其次，就手边现有收藏编出一部《俟堂专文杂集》，作为对往日时光的纪念和告慰。"幸存"的"大同十一年砖"，是鲁迅的学生商契衡赠送的，鲁迅后来将此砖改为一方砚台，上下配以木托木盖，置于书房"老虎尾巴"的案头。

这篇手记的署名为"宴之敖者"，许多人都不解其意，深谙文字学的鲁迅曾对许广平解释说，"宴"字从"宀"、从"日"、从"女"，"敖"字从"出"、从"放"，即"我是被家里的日本女人逐出的。"从这一署名和鲁迅日后的解释，也可以想见鲁迅当年那种愤懑的心情。

# 文学评介的变迁与文艺政策的调整*

## ——以延安时期《阿Q正传》的评介为中心

刘飞　袁盛勇　陕西师范大学文学院

1941年5月27日，延安鲁迅研究会在《解放日报》上刊出一则启事，"本会拟于鲁迅先生五周年纪念前，出'阿Q论'一册。惟搜集到的文献甚少，为此谨向各界征求凡与'阿Q'有关的文献。（无论发表于杂志或单行本中者均可），如将原书寄下（抄毕即奉还），或能代抄一份附同原书（于六月底以前）寄下尤感。前者将来以'阿Q论'一册为酬；后者除'阿Q论'一册外，并以'研究丛刊'一册为酬"①。尽管其中提及的《阿Q论》最终未能印刷发行。但透过这则启事，我们还是能够体会到当时延安文化界对《阿Q正传》的重视，感受到人们对鲁迅及其文学作品的热爱与推崇。

任何延安文艺的研究者都不会忽略鲁迅在其中的特殊意义。正如袁盛勇所言，"'鲁迅'在延安政治文化的创构中具有无与伦比的符号性价值，而且，此种价值在延安政治文化场域中被不断予以营塑并最终形成了独具一格的传统"②。实际上不只是延安时期，纵览党领导文艺实践的征程，就会发现这种"鲁迅传统"是一以贯之、源远流长的，并且随着社会政治文化情势的变化而不断调整，历久弥新。对阿Q文献的征集正是延安"鲁迅传统"建构的重要举

---

\* 本文系中央高校基本科研业务费专项资金资助项目"延安文学中的通俗小说研究"（编号2019TS102）、国家社科基金重大项目"延安文艺与现代中国研究"（编号：18ZDA280）阶段性研究成果。

① 延安鲁迅研究会：《敬征关于讨论阿Q文献启事》，《解放日报》1941年5月27日。
② 袁盛勇：《当代鲁迅现象研究》，人民出版社，2018，第22页。

措。而梳理鲁迅作品在延安的传播过程就会发现,《阿Q正传》与延安文艺具有悠久而深刻的渊源。早在1937年的夏天,延安就公演了《阿Q正传》一剧在当时引起强烈反响①。1941年,《解放日报》刊发启事,征集阿Q相关文献,8月《阿Q论集》编成。这部论集将"二十年中关于阿Q底诸种论评收到了十几篇",在"延安的印刷和纸张如何地宝贵和艰难"的情况下仍列入出版计划中②。1943年徐懋庸注释的《阿Q正传》由华北书店出版发行。1949年陈涌发表《〈阿Q正传〉是怎样的作品——中国现代文学名著讲话之一》。由此可见,延安文化界对这部小说的讨论与研究是全面而充分的。更为关键的是,"在文艺整风以前的较长时间里,文学界更加倾向于把鲁迅的创作当作一个非常重要的参照系来加以看待"③,而《阿Q正传》亦在其中具有重要地位。1937年丁玲回顾苏区文艺运动时曾感叹:"苏区的文艺,到现在还没有产生过如同阿Q那样艺术成熟的作品"④。周扬认为:"中国新文学中可以称为不朽的典型的,只有鲁迅的阿Q。在这个可笑又可悯的人物身上,反映出了中国农民的软弱的黑暗的一面,因为中国的农民性和落后性,他又被视为中国国民性的代表者。"⑤萧军指出:"和西班牙的塞凡提斯所留下的吉诃德。沙士比亚留下的哈孟雷特一样,鲁迅先生却给我们留下了他的阿Q。"⑥比较本身就含有价值上的肯定,这表明延安文化界期待着以《阿Q正传》为代表的"鲁迅富有生命力的小说传统能够在以延安为中心的新的文学创作中得以充分体现出来"⑦。

韦勒克指出:"在20世纪,不仅有一股名副其实的批评的洪流向我们汹涌袭来,而且文学批评也已获得了一种新的自我意识,在公众心目中占有了比往昔高得多的地位。"⑧这启示我们,文学研究在回到文本内部的同时,也应重视文艺作品的介绍、批评、研究、注释等评介活动。它们可以更加全面真实地反映文艺发展的整体脉络、内部肌理及思潮变化。回顾延安时期对《阿Q正传》的评介变迁不难发现:伴随社会情势日新月异的发展,延安文化界对这部作品

---

① 参见田刚:《"鲁迅"在延安》,《延安大学学报》(社会科学版)2012年第3期。
②⑥ 萧军:《两本书底"前记"——鲁迅研究特刊第一辑〈阿Q论〉集》,《解放日报》1941年10月13日第4版。
③⑦ 袁盛勇:《当代鲁迅现象研究》,第27页。
④ 丁玲:《文艺在苏区》,《解放》1937年第一卷第3期。
⑤ 周扬:《新的现实与文学上的新任务》,《解放》1938年第三卷第41期。
⑧ R.韦勒克:《批评的诸种概念》,丁泓、余徽译,四川人民出版社,1988,第326页。

的认知和态度发生了明显的嬗变。以文艺整风和延安文艺座谈会为界，存在着两种相互关联却又各有侧重的阐释思路。文学评介传递着评介主体的立场观点和价值取向，其变化昭示着文艺批评标准与价值观念的转变，而这显然与当时文艺政策的调整相关。

## 一 延安文艺座谈会之前的《阿Q正传》评介

在延安较早论述《阿Q正传》的文章应该是1940年10月茅盾的《关于〈呐喊〉和〈彷徨〉》。文章以《阿Q正传》为例来说明"艺术家的杰作之特点是内容绝不单纯"，提倡用复杂的眼光去看待作品。寥寥几句却精准地点出阿Q形象的部分特征。如阶级属性的复杂，在其是"农民"还是"流氓无产阶级"中摇摆不定；对"精神胜利法"亦有辩证认识："从一方面看固可作为被压迫者反抗失败后精神上不屈服的表征，然而亦未始不是麻痹了斗争意识的'奴隶哲学'。"①虽然仅为只言片语，却燃起了延安文艺评介《阿Q正传》的星星之火。

1941年《中国文艺》发表了立波的《谈阿Q》一文，这是延安首次专门著文研究《阿Q正传》。作者将阿Q概括为"中国精神文明的化身""一种奇异而且复杂的心理现象"，着重揭露其身上表现出来的"半殖民地国家的国民性，带着浓厚色彩，要雕塑我们民族的典型，农民气质，是它不可分离的部分"。②从"精神胜利法"的荒谬中看到整个民族的自我麻痹和恃强凌弱；从阿Q糊涂和麻木的气质读出民族思想的愚昧、无知等。最后作者总结阿Q"有一个复杂而且矛盾的性格。他使人厌恶，也使人同情。他是好笑的，又是可哀的。他是半封建半殖民地中国的丑陋和苦难所构成的一种奇特（Grotesk）的精神现象的拟人化"③通过对具体情节的阐释，作者指出"鲁迅感受了他的时代特征，而且把他画成了一个生动的阿Q的肖像，和辛亥革命的一幅真实的图画"④。这种观点在当时的延安具有很强的代表性。

何干之写的《中国和中国人的镜子》就持有类似观点。他将鲁迅视为"中国的一面镜子"，认为"鲁迅的小说和杂文，把中国和中国人的嘴、脸惟肖惟

---

① 茅盾：《关于〈呐喊〉和〈彷徨〉》，《大众文艺》1940年第二卷第1期。
②③④ 立波：《谈阿Q》，《中国文艺》1941年第一卷第1期。

妙的描写了出来，或者说他戳破了中华古国的脸谱"①。利用《阿Q正传》的相关情节展示鲁迅思想中对民族痼疾的批判，如：排斥异端造成的故步自封、"精神胜利"暴露出的自欺欺人、文过饰非的虚荣以及冷漠的看客心理等，并真诚地期待"新中国在创造之中，国民性也在改变之中"②。这种以阿Q为例向广大群众阐释鲁迅思想、剖析民族劣根性的现象从另一个角度彰显出小说在延安社会的影响力。而将阿Q置于民族性的平台上解剖，也间接丰富了小说评介的思想内涵。

　　1941年10月13日，萧军为《阿Q论集》写的"前记"发表于《解放日报》。通过这篇文章不仅可以窥得论集的部分内容，同时也透露出主编者之一的萧军对阿Q的独特认识。或许是民族危机的影响，萧军注重对阿Q形象中反抗意识的鼓励和战斗精神期许。他将阿Q与哈姆雷特、唐吉珂德并列，认为"他们全是有着战斗意志的人物，而且也战斗过了——和自己和敌人——虽然他们是遭了失败！但这失败决不就是耻辱；可耻辱的，却是那些自诩为高超和聪明和不敢接近战斗的'真人'"③。

　　多篇《阿Q正传》的文学评介不仅扩大了作品的影响力，也进一步丰富了延安社会对这部经典小说的认知。总体来看，评介大多集中在对民族精神痼疾的暴露上，几乎所有文章都在这方面有着深刻的剖析和阐释。此外，尽管突出阿Q的反抗精神与现今的认知有所出入，但文学的天空本就丰富多彩，对阿Q反抗意识的发掘有其特殊的历史背景，也应视为特殊历史背景下文学评介的时代特色。整体来看，评介对民族性的强调和反抗精神的突出实质上与前期文艺政策在一定程度上形成了呼应。

　　目前学界对毛泽东《在延安文艺座谈会上的讲话》（简称《讲话》）之前的文艺政策认识较为模糊，存在一定争议。1941年毛泽东曾就文艺政策问题与萧军有过交流，并对萧军讲："哪有什么文艺政策，现在忙着打仗，种小米，还顾不上哪！"④这说明当时的延安确实不存在明确的文艺政策，缺乏专门的政策对文艺问题进行整体规划和引导。结合之后的历史发展也可看出毛泽东对当时延安文艺发展存在一些忧虑。可若据此说明文艺座谈会之前延安文艺政策不存在也是不够严谨的。彼时的延安文艺正处于快速发展时期，文

---

①②何干之:《中国和中国人的镜子》,《鲁迅研究丛刊》1941年第一辑。
③萧军:《两本书底"前记"——鲁迅研究特刊第一辑:〈阿Q论〉集》,《解放日报》1941年10月13日。
④王德芬:《萧军在延安》,《新文学史料》1987年第4期。

学作品、刊物、社团等如雨后春笋般出现,俨然已是当时中国文化中心之一。这样蒸蒸日上的发展态势没有党的有力领导,没有相关政策的推动是绝难实现的。实际上,早在1939年5月17日《中央关于宣传教育工作的指示》就提出:"估计到中国文化运动(文艺运动在内)在革命中重要性,各级宣传部必须经常注意对于文化运动的领导,积极参加各方面的文化运动,争取对于各种文化团体与机关的影响","应注意宣传鼓动工作的通俗化,大众化,民族化,力求各种宣传品的生动与活泼"。①这表明党在很早就意识到主动领导文艺运动的重要性并且有相应思路。在我看来,《讲话》之前的延安文艺政策是一种隐性的存在,并没有独立、公开的文件进行具体论述和规定,而是由一系列的相关文件、领导人讲话,以及具体革命工作的指示等构成的综合体。它提供了足够的指导性却缺乏必要的规范性和理论性,呈现一种较为宽松的状态,政策弹性较大。在民族危急存亡之秋,边区百废待兴之际,文艺问题很难居于主要地位。具体来说,当时的延安文艺政策经常夹杂在党对根据地宣传、教育等方面的具体工作指示当中。1941年6月《中央宣传部关于党的宣传鼓动工作提纲》规定:"我们党的宣传鼓动工作的任务,是在宣传党的马列主义的理论,党的纲领与主张,党的战略与策略,在思想意识上动员全民族与全国人民为革命在一定阶段内的彻底胜利而奋斗。"而"宣传鼓动是思想意识方面的活动,举凡一切理论、主张、教育、文化、文艺等等均属于宣传鼓动活动的范围",并强调"我党的宣传鼓动工作就是为着全民族与全国人民的利益而服务"②。1940年3月的《中央关于开展抗日民主地区的国民教育的指示》结合教育工作的需要对文艺提出具体要求:"大大发展农村中戏剧歌咏运动。但应注意于戏剧歌咏的通俗化,大众化,民族化,地方化,特别注意于利用旧形式,改造旧形式。"③诸如此类的文件大小有数十种④,多为对文艺活动进行具体指导,强调在马列主义理论和方法引导下突出文艺实践的大众性和民族性。这些指示涉及文艺政策的部分层面,但未能形成系统、全面的

---

① 中央书记处:《中央关于宣传教育工作的指示》,中央档案馆:《中共中央文件选集·第十二册》(1939—1940),中共中央党校出版社,1991,第71—72页。
② 中央宣传部:《中央宣传部关于党的宣传鼓动工作提纲》,中央档案馆:《中共中央文件选集·第十三册》(1941—1942),中共中央党校出版社,1991,第126—127页。
③ 中央书记处:《中央关于开展抗日民主地区的国民教育的指示》,中央档案馆:《中共中央文件选集·第十二册》(1939—1940),中共中央党校出版社,1991,第330页。
④ 参见赵卫东《1940年代延安"文艺政策"演化考论》,《中国现代文学研究丛刊》2010年第2期。

纲领性文件，具有操作性却缺乏理论深度。而文艺政策理论层面的内容责备囊括在"文化政策"内出现在相关领导人的论述中。1939年8月23日，张闻天在中央政治局会议上发表了《支持长期抗战的几个问题》的讲话，其中专门提及了"文化政策"。主要观点有：提倡"民族化、大众化的文艺"，"要求文艺工作者到民众中去锻炼"，"我们的文化在内容上是民主主义的（也是三民主义的），并且提倡进行马列主义的宣传"等。①亲历边区文协代表大会的师田手记载："洛甫同志像翻译一样，把中国自鸦片战争以来，尤其是现在抗战时期的文化上的重要问题，一一的提出详细的分析和解答。三个下午，他总是比代表们还到的早些，切切的完成了他'文化政策'的报告。"②这份报告指出："中华民族的新文化运动，服从于抗战建国的政治目的。这是抗战建国的一种重要的斗争武器。……其目的，是要在文化上、思想意识上动员全国人民为抗战建国而奋斗，建立独立、自由、幸福的新中国，建立中华民族的新文化，以最后巩固新中国。"并且强调"为抗战建国服务，以民族的、民主的、科学的与大众的因素作为自己内容的中华民族新文化的性质，基本上是民主主义的。以马列主义的社会主义文化，在新文化运动中起着最彻底的一翼的作用。"③也是在这次会上，毛泽东清晰全面地阐释了新民主主义文化的内容，即"民族的科学的大众的文化，就是人民大众反帝反封建的文化，就是新民主主义的文化，就是新三民主义的文化，就是中华民族的新文化"④。以上事实充分表明，受制于特殊的历史环境以及党对文艺工作认知的局限，延安前期并未形成完整、系统的文艺政策体系。前期文艺政策包含在"文化政策"之中，围绕其运转，在实践方面由具体的工作指示等文件来指导。其核心观念是文艺服务抗战，突出文艺的"民族性"与"大众性"。正如1939年《文艺突击》杂志中所描绘的："文艺界愈更（应为'来'——作者注）愈更与抗战有关，为着共同参加到抗战的工作中间，文艺界在全国的范围里空前广泛地团结起来，文艺界到前方和民众中去组织，文艺大众化的努力，旧形式的利用与新形式的探求，新的作家与新作品的产生，这一切的活动，都向着一个总的目标走去：为抗战，为建

---

① 参见张闻天《支持长期抗战的几个问题》，张闻天选集编辑组：《张闻天文集》第三卷，中央党史出版社，1991，第22页。
② 师田手：《记边区文协代表大会》，《中国文化》1940年第一卷第2期。
③ 洛甫：《抗战以来中华民族的新文化运动与今后任务》，《中国文化》1940年第一卷第2期。
④ 毛泽东：《新民主主义的政治与新民主主义的文化》，《中国文化》1940年创刊号。

国"①。同一时期《阿Q正传》的评介也基本与之相符合。这表明前期延安的文学评介活动与文艺政策之间具有一定关联性,基本上呈现一种互相支撑、互为表里的状态。

## 二 延安文艺座谈会之后的《阿Q正传》评介

1943年11月8日,中共中央宣传部发布《关于执行党的文艺政策的决定》。文件指出:"十月十九日解放日报发表的毛泽东同志在延安文艺座谈会的讲话规定了党对于现阶段中国文艺运动的基本方针。"②首次将《讲话》确立为文艺政策的纲领性文件,标志着延安文艺新时代的开启。而实际上伴随着之前整风运动的深入与文艺座谈会的召开,延安文艺政策早已悄然转变,文学评介也转向新的思路。与前期相比,新思路更为突出审美情感和经验在社会现实中的指导作用,文艺作品对人精神世界的塑造得到前所未有的重视,逐步显露出"党的文学"观念的部分特征。③徐懋庸对《阿Q正传》的注释本、何干之的《鲁迅思想研究》、陈涌的《〈阿Q正传〉是怎样的作品》等均对此有所呼应。

首先,新的评介突出文艺的政治功能。这一方面体现在评介者试图使用政治理论解释文艺作品。《讲话》提出,"马列主义是一切革命者都应该学习的科学,文艺工作者不能是例外",并强调"学习马列主义,不过是要我们用辩证唯物论和历史唯物论的观点去观察世界,观察社会,观察文学艺术"④。而徐懋庸也在其"注释本的声明"中强调:"鲁迅的思想体系,与马列主义是完全一致的(早年的个别论点例外);因此,在我的注释中,有时就直接引用马列主义的原理,但我希望这不至于弄成教条主义的乱套。"⑤沿着这种思路,我们不难寻到政治理论在小说评介中的显露。徐懋庸在解释鲁迅写阿Q"革命"的情节时指出:"据马列主义的研究,封建社会的一般农民,由于与最落后的经济形式——小生产相联系,所以有保守性,狭隘性和其他种种缺点。但又因他

---

① 本社(作者注:即《文艺突击》杂志社):《文艺界的精神总动员——代革新号创刊词》,《文艺突击》1939年新一卷第1期(总第五期)。
② 中共中央宣传部:《关于执行党的文艺政策的决定》,《解放日报》1943年11月8日。
③ 有关"党的文学"观点参见袁盛勇《抗战与延安文艺现代性》,中国社会科学出版社,2019。
④ 毛泽东:《在延安文艺座谈会上的讲话》,《解放日报》1943年10月19日。
⑤ 徐懋庸:《释鲁迅小说〈阿Q正传〉》,华北书店,1943年;中国社会科学院文学研究所鲁迅研究室:《1913—1983鲁迅研究学术论著资料汇编》第三卷,中国文联出版公司,1987,第1296—1297页。

们是参加劳动的,受剥削的,所以又有革命的可能性。尤其是阿Q这样的人,他是农村中的无产阶级,虽然农村生活使得他觉悟性、组织性都较差,但他的革命可能性是无限的。"①另一方面,文艺作品与具体革命工作的关联也在评介中凸显。1942年3月的《中共中央宣传部为改造党报的通知》指出"报纸的主要任务就是要宣传党的政策,贯彻党的政策,反映党的工作,反映群众生活"②。文艺媒介的变化必然会影响文艺生产的各个环节。《讲话》也强调,艺术应该"服从阶级与党的政治要求,服从一定革命时期的革命任务"③。政策的变动促使评介者尝试将革命现实与小说阐释相结合。徐懋庸表示:"我的注释中,有时常常联系到目前的现实,甚至想借鲁迅以整风。"④于是文艺解释生活、指导生活的功能开始被有意识地强化。徐懋庸用阶级压迫来解释阿Q受人欺侮与欺侮别人的情节,并借此指出:"目前在根据地,还有许多被压迫被剥削的农民,还不愿意联合起来进行减租减息的斗争,也是因为受了封建制度的多年压迫和愚化的缘故。"⑤面对阿Q腐朽而陈旧的思想,在1940年代陈涌疾呼:"阿Q式的思想——是近代中国封建统治阶级的民族失败主义思想的结晶,是腐朽了的古老封建大国在帝国主义侵略面前的必然的产物,它和我们民族向前发展所必需的科学的实事求是的精神和革命精神是背道而驰的。"⑥这些现象表明,文艺政策调整切实影响着评论者观察文艺作品的角度。文学评介与政治理论、革命工作的结合不仅出于革命的现实需要,同时也是党的文学观念的必然要求。

其次是评介中"阶级论"思想的盛行。《讲话》指出:"一切文化或文艺都是属于一定的阶级,一定的党,即一定的政治路线的。"同时强调文艺所服从的"政治"是"阶级的政治、群众的政治"⑦。受此影响,大量使用阶级分析的方法来阐释小说情节、解释文学现象的评介作品涌现。徐懋庸认为,鲁迅写《阿Q正传》的《序》是"借作传之原起,首先揭发出封建文化为封建统治服

---

① 徐懋庸:《释鲁迅小说〈阿Q正传〉》,中国社会科学院文学研究所鲁迅研究室:《1913—1983鲁迅研究学术论著资料汇编》第三卷,第1304页。
② 中宣部:《中共中央宣传部为改造党报的通知》,《解放日报》1942年4月1日。
③⑦ 毛泽东:《在延安文艺座谈会上的讲话》,《解放日报》1943年10月19日。
④ 徐懋庸:《释鲁迅小说〈阿Q正传〉》,中国社会科学院文学研究所鲁迅研究室:《1913—1983鲁迅研究学术论著资料汇编》第三卷,第1297页。
⑤ 徐懋庸:《释鲁迅小说〈阿Q正传〉》,中国社会科学院文学研究所鲁迅研究室:《1913—1983鲁迅研究学术论著资料汇编》第三卷,第1300页。
⑥ 陈涌:《〈阿Q正传〉是怎样的作品——中国现代文学名著讲话之一》,《中国青年》1949年第6期。

务的实质,并指出其中毒之深,为祸之烈,同时用一二现象,暴露了封建制度下的不平等,平民受压迫"①。与此同时,阶级教育的内容也开始在评介中出现。在徐懋庸看来,"阿Q和小D,同样是穷小子,同样是被压迫被剥削的不幸者。他们倘若认识了他们的不幸的原因,就应该同病相怜,而且联合起来,共同向压迫者、剥削者作斗争。然而,封建统治下的贫苦农民,倘不经革命的阶级的教育,是不会认识到这些的"②。这显然与之后《中央宣传部关于进行阶级教育问题的通知》的文件中提出的"应采取干部会议、小组讨论、群众大会、文字宣传、戏剧宣传、音乐、绘画种种方法"③进行阶级教育的要求相吻合。与前期相比,新的评介思路不再止步于反映阶级压迫的存在,更注重通过文学形象在现实社会中的一般性唤起读者的共鸣,转化为行动上对革命的支持。比如在阿Q阶级属性的问题上,有论者认为:"阿Q是一个被剥削的农村的无产者。"④这与前期茅盾的观点来比较,变化非常明显。

再次是对群众立场的强调。延安文艺座谈会之后"为群众"和"如何为群众的问题"成为文艺问题的中心。它要求文艺评介者的立场发生根本性转换,要从群众之外走向群众之内。这不仅体现在评介内容追求通俗易懂,同时也反映在"歌颂和暴露"的问题上。1946年,何干之的《鲁迅思想研究》出版。尽管第二章仍以《中国人和中国人的镜子》为主体,但作者却在序言中特意声明:"鲁迅的暴露中国社会里的病态,是要引起我们的觉悟,促成中国的改革。这是暴露的,批判的,又是反抗的,战斗的。但最值得注意的一点,还是鲁迅所指摘的意识形态,即压迫者社会的意识形态,他所批判的社会现象,原是旧的中国所固有的社会现象。"⑤这与《讲话》中"对于革命的文艺家,暴露的对象,只能是侵略者剥削者压迫者,而不能是人民大众"⑥的观点一脉相承。而随着立场的转变,对阿Q的形象分析也不可避免地沾染时代的浮尘。"阶级同

---

① 徐懋庸:《释鲁迅小说〈阿Q正传〉》,中国社会科学院文学研究所鲁迅研究室:《1913—1983鲁迅研究学术论著资料汇编》第三卷,第1297页。
② 徐懋庸:《释鲁迅小说〈阿Q正传〉》,中国社会科学院文学研究所鲁迅研究室:《1913—1983鲁迅研究学术论著资料汇编》第三卷,第1302页。
③ 中央宣传部:《中央宣传部关于进行阶级教育问题的通知》,中央档案馆:《中共中央文件选集·第十四册》(1943—1944),中共中央党校出版,1991,第105页。
④ 陈涌:《〈阿Q正传〉是怎样的作品——中国现代文学名著讲话之一》,《中国青年》1949年第6期。
⑤ 何干之:《鲁迅思想研究》,张家口新华书店,1946年;中国社会科学院文学研究所鲁迅研究室:《1913—1983鲁迅研究学术论著资料汇编》(第四卷),中国文联出版公司,1987,第120页。
⑥ 毛泽东:《在延安文艺座谈会上的讲话》,《解放日报》1943年10月19日。

情"的泛滥和阶级属性的简单划分导致阿Q的形象逐渐模糊。有别于之前对阿Q滑稽、愚昧的批判态度，这一时期的评介者对"无产者"阿Q的感情要热烈得多。有的评介者甚至从同情走向共情，为阿Q的某些丑陋行为辩解："阿Q是一个被剥削的农村的无产者，在冷漠无情的封建社会里，他是没有任何地位的……这样的经济地位决定阿Q有可能产生革命的思想。因此，当阿Q穷困到连生活也无以为继的时候，他也很自然的发生了偷窃一类'非分'的行动，乃至自然发生渺茫的对于革命的希望，并且从比较中朦胧地认识到革命既为赵太爷一类的封建势力所害怕，因而也许对穷苦人有利。"①而在徐懋庸看来，满身缺点的阿Q"在未庄式的社会里，他毕竟要算最富于反抗性的人物"，他"死得很冤枉，其实也很光荣——他是作为一个封建社会的叛逆者而牺牲的"②。甚至大胆推测"阿Q假如生在今日，完全是有成为一个真正先进的革命战士之可能的"③。短短几年，阿Q的形象就发生了天翻地覆的变化，从糟糕、好笑的小人物变成了封建环境下具有无限革命潜力的未来革命战士。朗西埃在论述"审美体制"时曾指出："一张轻纱的旋回，如何暗示宇宙的源起；一段加速的蒙太奇，如何表达共产主义的可感现实。这种种的转型，并非来自一些个人的凭空幻想，它们的逻辑，从属于一个认知、情感、思考的体制。"④阿Q形象的阐释性变迁清晰地反映出延安文化界对鲁迅小说的认识方式、情感态度、思考角度等已经同过去大相径庭。在新的文艺政策驱动下，延安文艺内部的审美体制、美学原则、价值标准等发生了重要变化。

"鲁迅的方向就是中华民族新文化前进的方向。"⑤这是1940年毛泽东在论述"新民主主义文化"时提出的重要观点。结合《阿Q正传》评介的变化可以看出：尽管"鲁迅的方向"引领延安文艺前进的原则始终未变，但与具体解释和实践方向密切相关的内在审美机制、美学原则、价值评价标准等已在文艺政策的调整中发生根本性转换。前后期评介思路的变迁呈现出的是延安文艺政策调整的具体过程。这不仅是对作品阐释思路的调整，同时也是对文艺创作进行

---

① 陈涌：《〈阿Q正传〉是怎样的作品——中国现代文学名著讲话之一》，《中国青年》1949年第6期。
② 徐懋庸：《释鲁迅小说〈阿Q正传〉》，中国社会科学院文学研究所鲁迅研究室：《1913—1983鲁迅研究学术论著资料汇编》第三卷，第1307页。
③ 徐懋庸：《释鲁迅小说〈阿Q正传〉》，中国社会科学院文学研究所鲁迅研究室：《1913—1983鲁迅研究学术论著资料汇编》第三卷，第1305页。
④ 雅克·朗西埃：《美感论：艺术审美体制的世纪场景》，赵子龙译，商务印书馆，2016，第4页。
⑤ 毛泽东：《新民主主义的政治与新民主主义的文化》，《中国文化》1940年创刊号。

导引促使其自我归化的有效途径。相较前期,新政策指导下的延安文化界更希望借助对鲁迅小说的评介活动将革命政策、观念和理想等逐步植入到鲁迅思想中,形成认识鲁迅的全新方式,进而影响社会生活。质言之,当时的延安不仅需要一个"新民主主义文化"的鲁迅,更需要一个符合党的文学观念的鲁迅来更好地引领延安文艺事业发展!后来的历史经验证明,正是经过文艺政策的合理调整促使延安文艺的发展更为契合时代的要求。后期的延安文学"已经贯彻了一种新的信念和信仰,因而它是一种意识形态化的文学,一种完整而真实的党的文学,也是一种基于信仰和趋向信仰的文学。"[1]它将坚定的革命信仰作为一种力量注入到延安文艺的精神内核中,通过艺术形象的分析、塑造、阐释等渗透到具体生活中去,产生基于信仰的文艺信念与精神认同。而信仰的坚定之于彼时战火纷飞的中国无疑是必要的,它有利于整个社会形成统一思想,生发出整体性的身份认同,推动全社会凝成一股服务于革命和战争的合力,从而为抗战胜利、民族解放、人民自由和革命成功奠定坚实基础。

## 三 结语

延安文艺是现代中国文艺的重要组成部分,其文艺实践经验也是百年以来党领导文艺发展的重要资源。延安文艺政策尽管以《讲话》为重要形成标志,但具体来看却是一个贯穿延安文艺发展始终、不断建构和调整的动态过程。两个时期的延安文艺政策相互关联又各有侧重、有所区分又互相影响,都是党根据不同阶段的具体需要,通过政策变化调节文艺实践的有益尝试。延安文艺的经验证明:科学的文艺政策对文艺作品评介具有良性引导作用。而符合政策的文艺评价活动能够具体展示文艺政策的意图,通过对内部审美机制、美学标准、作品价值认知等方面的调整,实现对文艺发展的指导,进而推动艺术生产与时代需求完美契合。文艺政策作为国家意志在文艺领域的具体体现,以社会的文艺领导权为基础,最终目的是使文艺创作成为推动社会进步和发展的积极力量,实现文化生产与整个社会生产的和谐统一,推动社会进步。从这个层面来看,延安时期文艺政策的调整是百年来中国共产党领导文艺发展的重要实践之一,对当代中国文艺的发展具有深刻影响,是留给后人的宝贵财富。当然,在对于鲁迅作品阐释的问题上,1943年,雷树勋就曾批评徐懋庸简单、片面解

---

[1] 袁盛勇:《抗战与延安文学现代性》,中国社会科学出版社,2019,第148页。

释《阿Q正传》的行为,认为"在注释里并没把幽默和'声泪俱下的鞭笞'这意思表达出来。因此不能使人生动的理解该书,没有激发人们的情感,从《阿Q正传》中获得更丰富的收获。"①同时希望"在华北文化文艺栏中让出一片小园地来,供大家交换意见"②。这也是很有意义的看法。

---

①②雷树勋:《关于〈阿Q正传〉注释的讨论》,中国社会科学院文学研究所鲁迅研究室:《1913—1983鲁迅研究学术论著资料汇编》第三卷,中国文联出版公司,1987,第1356—1357页。

# "北平狂飙运动"反覆*

## ——从北平《全民报》《北平日报》的"狂飙运动"副刊谈起

刘涛　河南大学文学院

　　狂飙社是中国现代文学史上的一个重要社团,其开展的狂飙运动对中国现代文学有较大影响。时间上,狂飙运动自1924年8月初兴起,至1930年春结束,历时五年半。在这五年时间内,由于开展地点的不同,狂飙运动被分为不同发展阶段。言行把狂飙运动分为太原时期、北京时期、上海时期。[①]廖久明把狂飙社发展分为太原《狂飙》月刊时期、北京前期、《莽原》时期、北京后期、上海前期、上海后期。[②]分法虽有不同,但有一点一致:1929年高长虹在上海开展的狂飙运动被认为是狂飙运动后期,就如言行所说:"长虹结束北平演剧回到上海后,面对狂飙运动衰落和解体的局面,他没有做任何挽救它的努力。他是一个极敏感的人,他知道大势已去,自己也无回天之力了。狂飙运动的解体,倒给了他一种解脱。"[③]学界一致的看法是:作为社团,"狂飙社于一九二九年底解体"[④]。上述对狂飙社和狂飙运动的看法,由于建立在现有史料基础上,无疑具有一定合理性。但是,这些看法其实并不符合历史史实。历史真实情况是:高长虹在1929年上海开展的狂飙运动失败后,还一度在北平开展

---

*本文为2021年度河南省高等学校哲学社会科学基础研究重大项目"民国报纸关于现代作家新闻报道文献整理与研究"(2021—JCZD—12)的阶段性成果。

[①]言行:《一生落寞,一生辉煌——高长虹评传》,百花文艺出版社,1996,第278—286页。

[②]廖久明:《一群被惊醒的人——狂飙社研究》,武汉出版社,2011。

[③]言行:《一生落寞,一生辉煌——高长虹评传》,第278页。

[④]董大中:《狂飙起兮太原》,《狂飙社纪事》,北岳文艺出版社,2017,第22页。

过狂飙运动。为了与此前"北京时期"的狂飙运动相区分,笔者姑且把它命名为"北平狂飙运动",时间大概在1929年年底至1930年7月,阵地是北平《全民报》"长虹周"副刊和《北平日报》"北平日报副刊"及"狂飙周"副刊。在这些刊物上,高长虹和其他狂飙社成员发表了不少文章,为"狂飙运动"发展和复兴进行过较大努力。虽然这些努力并没有真正挽救"狂飙运动",但作为狂飙运动的一部分,理应得到文学史研究者的关注与重视。

## 一 《全民报》"长虹周"副刊

《全民报》为创建于北平的民营报纸,据《新闻传播百科全书》介绍,该报于1928年8月在北平创刊,日刊,由韩宗孟等人主持。报纸主要报道国内政治、社会新闻,时事评论较为保守。1937年7月底北平沦陷后,被盗用为伪北平市政府的机关报。社长为日本人作野秀一,总编辑为叶秀谷,发行约4000份。1938年8月,该报被并入《新民报》后停刊。1947年6月16日复刊,1949年9月底停刊。①该报虽创刊于1928年8月,但笔者见到的最早一期为1928年10月24日。报纸共有八个版面,第4版为文艺副刊,计有"全民副刊""徐徐周刊""蘋蘩周刊""长虹周"等。这些副刊中,"徐徐周刊""蘋蘩周刊""长虹周"皆为个人创办、以个人命名且专门发表个人作品的刊物,这成为该报副刊的一大特色。其中,最值得重视的就是以高长虹名字命名的"长虹周"副刊。"长虹周"的"长虹"指的就是高长虹,"周"为"周刊"的简称。"长虹周"作为周刊,每周周一出版,位于该报第4版,占半个版面位置,共出七期。第1期出版于1930年1月6日,第7期出版于1930年2月17日。"长虹周"停刊后,高长虹又在该报"全民副刊"上发表了《邓肯在俄国》一文,连载于"全民副刊"第179期(《全民报》1930年3月26日第4版)、第185期(《全民报》1930年4月5日第4版)、第186期(《全民报》1930年4月6日第4版)。《邓肯在俄国》发表于"全民副刊"第179期无作者署名,但连载于该刊第185期、第186期时,皆署名"长虹",说明此文作者是高长虹。

《长虹周》第1期(《全民报》1930年1月6日第4版)打头文章为《本刊的降生和任务》,是该刊发刊词。这篇文章对我们了解《长虹周》的出版背景和办刊宗旨很重要,故整理如下:

---

① 参见邱沛篁等编著《新闻传播百科全书》,四川人民出版社,1998,第518页。

《长虹周》①今天出版了。读者诸君中，有看见过《长虹周刊》②的，也有没有看见过的，想来都会觉得这件事情很新奇吧！看见过的呢，是说，已经有过一个《长虹周刊》了，为什么又要来出《长虹周》？没有看见过的呢，又说，个人出刊物是个人主义的表现。今天同诸君在当时此地，是初次见面，所以我想先来做一次介绍，为《长虹周》写一点简明的解说，给诸君以正确的认识。

第一，《长虹周》是个人刊物，但不是个人主义的刊物。他的内容，精神，代表的是大众的大众，人类的全体。他的生命的意义是为中国民族的新兴而努力，为全人类的幸福而奋进。他的工作是，创造科学，艺术和人与人中间的新关系。

第二，《长虹周刊》和《长虹周》，是同心而异体的两个刊物。虽然也因为，《长虹周刊》，出到二十二期后，一时中断了，而此后又有改作月刊的进行。但是有《长虹周刊》，也不妨再有《长虹周》。此后的《长虹周》和《长虹周刊》或《长虹月刊》的分工，是后者多发表些论著，前者多发表些明快的谈话。

谈话既已开始了，便应该再详细点叙一叙：《长虹周》的出现，究竟有什么任务呢？

在一切创造中，科学的创造最重要。人同动物的最大区别之一是人能造机器。人怎么样才能够更懂得自然，更能够适应自然，以完成自己的生活，是靠着发见和发明。现代人类的进化和扰乱，一切新生的问题和困难，都是由科学造成而又须用科学去解决的。所以《长虹周》的第一任务，就是在可能的范围里想时常发表点关于科学的文字，常供给读者以一些科学的新兴趣和新志向。

在新兴的科学中，行为的科学是最新兴的，他所研究的不是关于人的，而是人的，他不是归于科学的，而他本身正是科学。《长虹周》的第二任务，就在多讲到一点这行为的科学的新端绪，新企图，怎么样由行为学而去建立行为的经济学，行为的两性学，教育学，艺术学和行为的逻

---

① 本文中《长虹周》书名号为笔者所加。
② 本文中《长虹周刊》书名号为笔者所加。

辑。

关于艺术方面的，诗歌，剧本，小说等创作，不用说是时常有。在中国少见的外国艺术家的传记和理论，有时也译述一些来发表。跳舞，唱歌，演剧，电影，是最行为的艺术，在中国却还很幼稚，《长虹周》的第三任务是想在这方面多出点力。

第四任务，《长虹周》想多发表一点科学界和艺术界的小通讯。目前的新闻纸都被政治事件占满了，被压迫的弱小民族"文化"挤在世界的极边去开辟鲁滨孙的新天地。

新的演剧取消了舞台，观众和演员合伙了，这是生活化的艺术。《长虹周》又来艺术化，以同读者多发表些问答作为他的第五任务。

谨以至诚感谢全民的主人为我印行《长虹周》的好意，并致敬于可爱可畏的现在和将来的读者，并预祝本刊的长生！

提及与高长虹有关的文学刊物，一般都要提及以"狂飙"命名的三个刊物：《狂飙》不定期刊、《狂飙》周刊与《狂飙》月刊。这三个刊物，高长虹虽是编辑，或主要撰稿人，但刊物名义上属于狂飙社，不是高长虹的个人刊物。与以上刊物不同，1928年10月13日创刊于上海的《长虹周刊》是高长虹个人刊物，正如该刊创刊号《我来为世界辟一条生路》一文所说："长虹周刊，只这个名字便把一切都说明了。第一，说明是一个周刊，第二，说明是我个人的刊物。在这里发表我所有的文字，与关于我的文字。"[①]《长虹周刊》共出了二十期，终刊于1929年6月15日。《长虹周刊》早已为学界所知，但名字与之相似的《长虹周》则很少为人所知。《长虹周》创刊于1930年1月6日，距《长虹周刊》终刊有半年之久，且同属高长虹个人刊物，说明《长虹周》是《长虹周刊》的复活和延续。《长虹周》与《长虹周刊》都以高长虹个人名字命名，属个人刊物，且刊物命名、刊期与性质相似，为防止读者对此产生疑问，在创刊词性质的《本刊的降生和任务》中，高长虹首先对此予以说明，强调个人刊物非"个人主义刊物"，其内容、精神代表的是大众的大众，人类的全体。"他的生命的意义是为中国民族的新兴而努力，为全人类的幸福而奋进。他的工作是，创造科学，艺术和人与人中间的新关系。"这是他的办刊宗旨。《长虹周刊》和《长虹周》，名字相似，是同心而异体的两个刊物。两刊各有分工，《长

---

[①] 高长虹：《我来为世界辟一条生路》，《高长虹全集》第三卷，中央编译出版社，2010，第214页。

虹周》多发表"明快的谈话",《长虹周刊》或《长虹月刊》则多发表些"论著"。由这篇创刊词可知,《长虹周刊》共出版二十二期,中断后又有"改作月刊的进行"。但现在所能见到的《长虹周刊》只有二十期,《长虹月刊》则已散失不见。

在办刊宗旨外,高长虹还具体提出《长虹周》的五个任务,第一,多发表科学方面的文字;第二,介绍行为科学方面的新进展;第三,着眼于"最行为的艺术"如跳舞、唱歌、演剧、电影的介绍;第四,发表有关科学界、艺术界的通讯;第五,发表与读者间的问答。这五项任务,显示高长虹对行为科学与行为艺术的高度重视。就《长虹周》已出版的七期内容看,高长虹尤为重视跳舞和演剧艺术,从第1期就开始连载他所翻译的天才舞蹈艺术家邓肯的自传《我的生活》,以《少年邓肯的创造》为题,一直持续到终刊,第7期则办起了"邓肯文件专号",专门刊发邓肯的演说、谈话和通信,有《对波士顿观众的演说》《与波士顿新闻记者的谈话》《与纽约新闻记者的谈话》《给巴黎的报纸》等。《长虹周》终刊后,高长虹又在该报"全民副刊"发表长文《邓肯在俄国》。

《长虹周》第4期为"艺术旅行团文件专号",刊发两篇讨论高长虹话剧《白蛇》和《火》演剧问题的文章。"艺术旅行团"是高长虹为发展演剧运动而成立的组织,学界往往把它和"狂飙演剧部"相混淆。董大中《狂飙社编年纪事》记载:"9月,高长虹带领王玉堂和太原女师学生郭森玉等人回到北平,同在北平的甄梦笔、陈楚樵、任××等人组成狂飙演剧队(一说叫"艺术旅行团",见《两年来中国话剧运动之进展》,载1930年1月10日《大公报》),在东方公寓排练高长虹作独幕剧《火》,由高长虹任导演……演出数场。"[①]董大中认为1929年9月高长虹组成"狂飙演剧队",此说是不准确的,应为"艺术旅行团"。这一点可由《长虹周》第4期得到证明。这一期为"艺术旅行团文件专号",是高长虹为宣传自己发起的演剧组织"艺术旅行团"而出版的,刊物出版时,"艺术旅行团文件专号"几个字被无意漏掉了,为此,高长虹在第5期醒目位置专门登载一则启事予以说明:"本刊上一期(即第4期)为'艺术旅行团文件专号'。'艺术旅行团文件专号'九字,被手民排落了。特此申明。"这说明他对此非常重视。另外,为避免读者把"艺术旅行团"误为此前成立的

---

[①] 董大中:《狂飙社编年纪事》,《高鲁冲突:鲁迅与高长虹论争始末》,中国工人出版社,2007,第194页。

"狂飙演剧部",他还在该期"出版界每周新闻"栏第五条特意加一则提示:"艺术旅行团不是狂飙演剧部"。高长虹为什么要一再突出"艺术旅行团"与"狂飙演剧部"间的不同呢?最直接的原因是为了突出"艺术旅行团"的私人性质,及自己对"艺术旅行团"的支配和领导地位。此前成立的狂飙演剧部的负责人为向培良,参加者有柯仲平、丁月秋、塞克、吴似鸿、沉樱、马彦祥、袁学易、赵特夫等人,其演剧活动持续时间不长,大概在1928年10月下旬至1929年6月之间。①而据《长虹周》"艺术旅行团文件专号"的内容看,其所讨论的,皆为高长虹个人创作的话剧,而所演之剧也纯属高长虹一人创作。这说明"艺术旅行团"纯属高长虹个人成立的话剧团体,其演剧活动带有高长虹个人的鲜明印记,有较强的个人宣传色彩,参加演剧活动的人员如王玉堂、郭生玉(又作"郭森玉")、陈楚樵、甄梦笔等人,也不属于狂飙演剧部成员。该期林迁《怎样去表演〈白蛇〉》有如下语句:"所以像高先生这种人生艺术化的人,在中国还不多见,虽然鲁迅也是过来人,但是他是老了,没有高先生的虹长了!总之,在我们青年里头,有这个艺术的先觉者高先生,作我们的向导,使我们这些有志于艺术,而且终身职于艺术的青年同志,有一个明确的方向,不致走入迷途,也就是我们的幸福,同时也是艺术的幸运了。"这一段极力贬低鲁迅而抬高高长虹,把高誉为艺术先觉和向导,明显有吹捧之嫌。而高长虹把此篇文章堂而皇之刊发出来,当然是为了作自我宣传。芜情《与长虹讨论〈火〉的演员问题》对《火》同样做了高度肯定,认为该剧是"理想的象征剧",演员非有天才不能揣摩到剧中人的个性和表情,因此也就很难扮演得惟妙惟肖、恰如其分,出于同样原因,"中国的观众,实在没有看这样剧的资格,他们看了一定不懂"。芜情认为《火》作为象征剧,观众无资格看懂,演员无能力演好,这种高度肯定由于带有对高长虹过多个人崇拜色彩和宣传意味,评价上难免就会失去分寸。

《长虹周》属高长虹个人刊物,除对邓肯的翻译和介绍外,《长虹周》每期较为固定的栏目有杂论、通信、出版界每周新闻。"杂论"与"出版界每周新闻"皆出自高长虹之手,第1期刊登的诗歌《一九三〇年第一个早上》的作者也是高长虹。作为个人刊物,高长虹也在该刊发表一些与他有关的文章,除第4期林迁《怎样去表演〈白蛇〉》和芜情的《与长虹讨论〈火〉的演员问题》外,第6期有高沐鸿给高长虹的通信。

---

①参见董大中《狂飙社纪事》,北岳文艺出版社,2017,第43—46页。

## 二 《北平日报》的两个副刊

《北平日报》的两个副刊指"北平日报副刊"和"狂飙周"副刊。高长虹与这两个副刊皆有密切关系,在这两个副刊上有大量作品发表。他在"北平日报副刊"上发表文章最早从1929年11月1日开始,该刊第128号开始连载其话剧《流亡者》,署名"长虹"。他最后一次在该刊出现是1930年7月3日,在该刊第224号发表杂文《宗法的余威》,署名"长虹"。"狂飙周"为北平日报周刊之一,共出版十三期,第1期出版于1930年2月11日,第13期出版于1930年5月6日。高长虹在上面共发表文章六篇。

"北平日报副刊",创刊初期系北平文学社团徒然社刊物。该副刊创刊于1929年2月20日,编辑最初为李自珍,至1929年8月2日第93号,因李自珍离开北平,改由张寿林编辑,至1930年5月13日第199号,编辑又改为吴光临,从1930年7月17日第230号起,编辑又换为方纪生。这几任编辑,除吴光临外,其他几位都是徒然社成员。高长虹与"北平日报副刊"的关系可划分为三阶段,第一阶段为徒然社主编的"北平日报副刊"时期,从1929年11月1日在该刊第128号连载其话剧《流亡者》,到1930年1月1日在该报第4版"北平日报元旦增刊"发表《评黑暗的势力》,此一时期"北平日报副刊"由徒然社成员主编。第二阶段为"狂飙周"时期,从1930年2月11日在"狂飙周"第1期发表诗歌《给》,到1930年5月6日在"狂飙周"第13期发表《每日评论》。"狂飙周"是高长虹为开展"狂飙运动"而创办的刊物,编辑"吴光临"为狂飙社成员,受高长虹指挥与操控,刊物从命名、内容到办刊方针,可明显看出高长虹的影响。第三个时期,为狂飙社主持下的"北平日报副刊"时期。"北平日报副刊"从第199号(1930年5月13日)起,改由吴光临编辑,一直到第230号(1930年7月17日)编辑换为方纪生,这段时期刊物虽名为"北平日报副刊",但由于编辑吴光临为狂飙社成员,其办刊方针为宣扬"狂飙运动",因此,这一时期的"北平日报副刊"其实是"狂飙周"的复活与延续。方纪生接手编辑后,办刊方针大变,高长虹及其他狂飙运动人员没有在上面继续露面,这也意味着高长虹在《北平日报》副刊上发起的"北平狂飙运动"的真正结束。

"北平日报副刊"最初处于徒然社控制时期,高长虹之所以能在上面发表作品，与他作为名人的影响分不开，同时其作品也比较契合该刊办刊思想。编辑李自珍在创刊号发表《致语》，申明刊物关注社会问题、学术论著和文艺创作三方面，社会问题方面，欢迎就切身的社会问题进行讨论，文艺方面，在小说、诗歌、戏剧外，"尤其欢迎杂感，盼望压积在心里有许多话要说的朋友，都把它们在本副刊上公开出来"①。高长虹此一时期发表于"北平日报副刊"的文章，除一篇话剧《流亡者》和一首诗歌《给》外，其他皆为以"每日评论"为题发表的社会评论和杂感。这些作品中，值得注意的是话剧《流亡者》和1929年12月23日发表于"北平日报副刊"第148号的《每日评论》，因为它们皆与鲁迅有关。《流亡者》中虚写的"中国独一无二的老作家楚先生"影射鲁迅，而"北平日报副刊"第148号的《每日评论》有一条则明确提到"景宋"和"鲁迅"：

> 报传景宋生子，如其不是误传，则第一证明景宋是女人，第二证明鲁迅同景宋恋爱不是人家造谣言。好像三年了，我只在等候她这一件新闻。
> 夏间在张家口遇王化民女士，问及景宋事，我说我同他们几年没往来，听说已同居。又觉同居不妥，但无更妥字。

据文后标注日期，这则短文写于1929年12月10日。这则短论对鲁迅和许广平语含讥刺，"同居"一词暗指鲁、许的婚姻关系非法，对"景宋生子"的"幸灾乐祸"态度，显示他对鲁、许成见颇深。由这则短论，可知其话剧《流亡者》中"中国独一无二的老作家楚先生"影射的就是鲁迅，甚至把鲁迅隐喻为"妓女"，进行侮辱和漫骂。更有意味的是，为配合话剧《流亡者》（1929年11月发表），三个月后，柯仲平又署名"仲平"发表话剧《几条交叉的文化曲线》，连载于《北平日报》"狂飙周"副刊第1期、第2期、第3期、第5期、第7期。

高长虹最初在"北平日报副刊"发文还只限于个人，属单打独斗，难免显得势单力薄，这距离他继续大规模推行狂飙运动的目标太远，于是就有"狂飙周"副刊的诞生。"狂飙周"第1期出版于1930年2月11日，首篇文章《为中国文化做全力的再造》为开场锣鼓："狂飙为中国新兴文艺的代表。一九二六至七年由上海光华书局印行的狂飙周刊，挟其无比的生力，风靡一世。……惜

---

① 《致语》，《北平日报》（北京）1929年2月20日，"北平日报副刊"第1号。

出十七期后，遽尔停刊，留为出版界的永久的遗憾。……狂飙周，以继续中断的工作，为中国文化，做全力的再造云。"文末标注："摘录自《长虹周》'出版界新闻'。"这段话出自《全民报》"长虹周"第3期（1930年1月20日）"出版界每周新闻"第四则：

> 《狂飙》为中国新兴文艺的代表。一九二六至七年由上海光华书局印行的《狂飙》周刊，挟其无比的生力，风靡一世。各地青年，以手执《狂周》一册为光荣。贫穷没有购买力的学生，更是辗转传诵，有一册竟经过二十多人之手，直到破烂不能再看为止。惜出十七期后，遽尔停刊，留为出版界的永久的遗憾。近已与《北平日报》商协妥当，先附出一周刊，便叫做《狂飙周》，以继续中断的工作。并拟再进行一便①叫做《狂飙日》的副刊，为中国文化，做全力的再造云。

这则新闻后没有标注具体日期，但据高长虹同期发表两篇文章的写作时间"1930年1月2日"与"1月7日"，可知这篇报道写作时间大致也是这个时间，这与"狂飙周"副刊第1期出版时期"1930年2月11日"，相距仅1月左右，时间上恰相吻合。"狂飙周"的按时出版，既证明高长虹"长虹周""出版界每周新闻"的报道属实，又说明"狂飙周"的出版与高长虹的奔走经营有关。这个副刊从其命名上，不由让人联想到《狂飙》周刊，让人想到它与高长虹的个人关系。确实，这个刊物虽不是高长虹的个人刊物，但确实是由高长虹在背后操纵着，是高长虹继续推行的狂飙运动的有机组成部分。

"狂飙周"虽经高长虹运作创刊，但他只在幕后进行操控，出面办刊、做具体编辑工作的是吴光临。吴光临应该是高长虹发展的后期狂飙社成员，在"狂飙周"上署名"光临"发表过话剧《裘夷》和《爱的角逐》。"狂飙周"创刊时，第1期头条位置刊登《为中国文化做全力的再造》一文，此文很短，摘自高长虹《出版界每周新闻》，第2期头条位置又刊登高长虹《狂飙运动》一文，大力呼吁狂飙运动。由于没有明确编辑是谁，上面两文刊发，使读者误以为高长虹就是"狂飙周"编辑。于是，为免除读者误解，该刊第9期（1930年4月8日）署名"狂飙周"的《复敏生君》一文，专门对读者"敏生"的疑问进行答复："狂飙周编辑是光临，不是长虹。"

---

① "便"字疑衍。

"狂飙周"出版13期,发表作品有话剧、诗歌、散文、杂感、出版新闻,还有少量翻译作品,作者除长虹、光临外,还有仲平、罗西、效洵、政平、祁雪芳、白涛、皎我、刘和帮、悲多(或多悲)等。仲平即"柯仲平",狂飙社主要成员。罗西即"欧阳山",狂飙社成员,1928年到上海,与高长虹相识,参与狂飙运动。高对其小说《玫瑰残了》评价甚高,认为可以跟俄国屠格涅夫相比。①他的短篇小说集《钟手》为广州文学会丛书,南京拔提书店1930年3月初版,该著署名"罗西",收短篇小说六篇,其中《家蓉姑娘》应该就是连载于"狂飙周"的《轻狂的家蓉姑娘》。"皎我"即"王皎我",开封人,狂飙社成员,1926年和周仿溪在《新中州报》主编"飞霞"三日刊。"效洵"即郑效洵,为狂飙社成员,主要从事文学翻译工作,1926年曾与高长虹、高歌合办《弦上》周刊。"白涛"即任白涛,狂飙社成员。其他作者如政平、祁雪芳(雪芳)、刘和帮、悲多(或多悲),其生平和创作待考,应该都是狂飙社成员。

"狂飙周"共出十三期,第13期出版时间为1930年5月6日。"狂飙周"终刊并不意味高长虹在《北平日报》上发起的狂飙运动的结束,因为在终刊一礼拜后的1930年5月13日,"狂飙周"编辑吴光临即接手编辑"北平日报副刊"第199号,该期开篇为大字标题的《本刊的往前发展》,内容为:"本刊从本期——第一九九期——起,由吴光临编辑。"这宣告了"北平日报副刊"编辑的变化。随即,"编者"在"北平日报副刊"第200号(1930年5月15日)发表《本刊的往前发展》一文,对该刊编辑方针进行明确宣告。发刊词作者应是吴光临,因前一期已宣告他是编辑。发刊词意气洋洋,洋溢着鲜明的狂飙气息,宣布该刊从第199号起由"狂飙运动者"编辑,而且从这一期起,"它才被吹入一些活气,马上抖擞起一种新精神来"!这种新精神就是"做起新艺术,新科学运动",也就是"狂飙运动"。艺术上,刊物重视中国人自己的创作,但必须是激进的、前向的、独特而有力的东西。也重视翻译,但必须是最进步的思想和作品。内容上刊物什么都有、什么都要:演剧、电影、音乐、跳舞、诗歌、小说、教育、经济、工业、农事、图画、雕刻、杂感、批评等,且更注意对于社会的、人事的批评。发刊词还宣告"我们不谈革命;可是我们底工作的本身就是革命"。这就是说,吴光临认为"北平日报副刊"进行的这场"狂飙运动"本身就是一场革命运动,具有强烈颠覆性和创新性。正是出于这种立场,吴光临才不满意此前该刊的编辑风格,认为"过去的本刊和未来的本刊,那应当划

---

① 董大中:《狂飙社纪事》,第42页。

开来说"。因而，两刊名字相同，而内容和风格则完全相异。

确实，正如编者发刊词所说，"北平日报副刊"从199号起，完全成为狂飙运动者的同人刊物，作者队伍、栏目设置与办刊方针完全为"狂飙周"的延续，高长虹为该刊灵魂人物，其作品只要刊发，多在刊物头条位置。其他作者有政平、高唱、效洵、悲多、贡戈、灵、田工等。不过，刊物仅延续三十期，到第229期就结束了。"北平日报副刊"第230号在刊尾登有《光临启事》："本报副刊自第一九九期起始由本人编辑兹因本人另有他事不克顾及截止第二二九期止谨谢去编辑职务此后本报副刊由方纪生君负责编辑此启。"从230号（1930年7月17日）起，编辑又换为方纪生，再次回归为徒然社同人刊物。

新发现材料显示，"北平狂飙运动"在收束之前还有过一些重新振兴计划，如"狂飙周"第4期（1930年3月4日）《出版界新闻》报道："狂飙运动者预备在上海自费出一周刊。正在积极进行中，创刊号拟在四月初间出版云。"这里的"四月"应为"1930年4月"，但这个周刊似乎没有出版。"狂飙周"第9期（1930年4月8日）署名"狂飙周"的《复敏生君》中提及"扩充篇幅，不久或可办得到"，而印行定期刊物和丛书的希望也有可能实现，"因为有几个朋友在筹办一个《行动》月刊了"。不过，这个《行动》月刊最终也没有下文。高长虹还组织过"北平行动演剧支部"，发起过戏剧方面的"行动演剧"运动，"北平日报副刊"第208号（1930年5月30日）刊登过《北平行动演剧支部广告》。这个广告在"北平日报副刊"上连续登载多次。《行动月刊》，"北平行动演剧支部"，都包含有"行动"一词，这无疑是为了凸显狂飙运动的"行动"内核。但正如高长虹在《狂飙运动》所说，狂飙运动是"科学运动，艺术运动，科学的艺术的劳动运动"[1]，但唯独不能是"政治运动"。在高长虹眼里，狂飙运动者所从事的科学运动与艺术运动本质上都是劳动运动而非政治运动，因而，"狂飙运动者：必须从事劳动运动；又不得以政治为生活"[2]。由于有此限定，所以高长虹虽然认识到"行动"的重要性，频繁强调"行动"的重要性，且有《行动月刊》和"行动演剧运动"的筹划，但他所谓的行动仅仅局限在科学与艺术的范畴内，从根本上排除了"政治行动"的可能性。他没有认识到在当时的中国，一切科学与艺术运动，其实既是劳动运动，又是政治运动，而能改变中国现状的，又非政治运动不可。这种对行动属性的限定，使他的行动的实践性、革命性与有效性大打折扣，最终也就难以付诸行动和落实。

---

[1][2] 长虹：《狂飙运动》，《北平日报》1930年2月18日，"狂飙周"副刊第2期。

## 三 高长虹、柯仲平对鲁迅的影射与批判

以上简要梳理北平《北平日报》《全民报》两报副刊的"北平狂飙运动"史料。由这些史料，研究者可进一步把握高长虹1929至1930年在北平所推行的"北平狂飙运动"的具体细节，澄清之前关于狂飙社和高长虹一些含混说法。这些史料中，比较有价值的当然是高长虹以及狂飙社其他成员如柯仲平、罗西（欧阳山）等人的作品，而其中最值得注意的则是高长虹和柯仲平的两部互相呼应、具有互文关系的话剧，即高长虹的《流亡者》和柯仲平的《几条交叉的文化曲线》。《流亡者》，刊登在北平《北平日报》的"北平日报副刊"第128号、第129号、第130号、第131号，时间分别为1929年11月1日、3日、4日、8日，署名"长虹"。《几条交叉的文化曲线》，连载于《北平日报》"狂飙周"副刊第1期（1930年2月11日）、第2期（1930年2月18日）、第3期（1930年2月25日）、第5期（1930年3月16日）、第7期（1930年3月25日），署名"仲平"。两部话剧发表时间相距仅三月左右，《流亡者》发表在前，《几条交叉的文化曲线》在后，后者在角色设置、情节上是对前者的承续和发展，从创作动机上讲，后者明显是为呼应、支持《流亡者》而创作的。

先看两剧角色设置和情节。《流亡者》设置四个角色，即"中国独一无二的老作家楚先生""流落的一个青年野风""妓女""一个新兴大书店的经理"。但"楚先生"没有上场，只是虚写，出场的为其他三个人物。话剧开场，青年野风与妓女双双出入于上海一酒店三楼豪华房间。青年与妓女幽会是假，其真实目的是谋财行凶。原来，在与妓女幽会前，青年已做好周密安排，打着"楚先生"招牌，约请上海某新兴大书店经理到酒店面谈。由于"楚先生"是"中国独一无二的老作家"，书店经理闻之即来。经理来到前，青年以不方便在人面前借钱为由，将妓女支开。而当经理到来，问到"楚先生"时，青年则谎称先生肚子不舒服，待在厕所。以等待"楚先生"为借口，青年引导经理到窗口看星星。趁经理探头向外，拔出刀猛刺之，抢走钱包后顺势将其掷出窗外。之后，青年拿走钱，置空皮夹于桌子后跳窗逃走。妓女见此一幕大惊，拿走空皮夹后亦旋即离开。

由以上简述可知，该剧情节简单，可归结为一句话：上海一落魄青年酒店设局，虐杀书店经理后抢钱逃走。该剧在艺术上无值得称道之处，但具有一定

史料价值。值得注意的是剧中未出场人物"楚先生",他被青年称为"中国独一无二的老作家"。这种称谓很容易让人联想到"鲁迅"。这里,"老作家"的"老"既指年龄,又指辈分。在该剧发表的1929年,中国现代文坛中,当得起"老作家"称谓的,可能只有周氏兄弟。高长虹1926年在与鲁迅发生冲突的同时,也与周作人发生过争吵,在《与岂明谈道》一文中曾有"然而岂明自谓老人,而无老人之宽大,乃有婢妾之嫉妒,对于我等青年创作,青年思想,则绝口不提,提则又出以言外的讥讽"①。在其他一些文章中,也以"老人"的称号讥讽周作人。这么说来,周作人在高长虹那里,似乎也当得起"老作家"称号了。那么,这里所谓的"中国独一无二的老作家",影射的是否是周作人呢?答案是否定的。因为被称为"中国独一无二的老作家"的"楚先生",其姓氏"楚",很容易让人联想到"鲁迅"的"鲁","楚""鲁"皆是春秋时期的诸侯国。这种影射手法,在编码技巧上,属于"类比"。②高长虹把"中国独一无二的老作家"命名为"楚先生",意图很明显,就是要让读者由"楚"连类而及,联想到"鲁",想到"鲁迅"。再加上"中国独一无二的老作家"的限定,其影射鲁迅的意图更是昭然若揭。另外,话剧所设定的故事发生地点"上海",恰与鲁迅此时生活地点相合,同样说明"中国独一无二的老作家"影射的是鲁迅,而非周作人。

当然,以上对"中国独一无二的老作家楚先生"影射鲁迅的证明,更多是一种逻辑推理,没有坚强有力的实际证据。柯仲平《几条交叉的文化曲线》的出现,此剧对《流亡者》内容的呼应与续写,进一步坐实了《流亡者》中"老作家"所指只能是鲁迅而非他人。该剧也设置三个登场人物,"老作家""少妇""流落的青年"。其中,"流落的青年"指的就是《流亡者》中的"流落青年",因为剧中该青年出场的介绍为:"前幕那个青年进,青年的西装已经脱扔了,右耳根有几点血迹。"这里"前幕"的说法很突兀,只依据该剧本身情节很难解释。因为该剧与《流亡者》一样,没有分幕,形式上是独幕剧。若结合《流亡者》,就可恍然大悟,原来这里的"前幕"指的就是《流亡者》,其情节、人物是承续《流亡者》而设置的。剧中青年自述所谓"梦里的故事",其实就是《流亡者》中发生的事情。故事如下:因为贫穷,青年在一条背静的弄堂,

---

① 高长虹:《走到出版界·与岂明谈道》,《高长虹全集》第二卷,第254页。
② 参见金宏宇《现代文学的史学化研究》,长江文艺出版社,2018,第280页。《现代文学的史学化研究》第12章《现代文学中的影射现象》对影射的特殊编码技巧有详细论述。

遇见一漂亮公子,拔刀威胁阔公子,剥下其西装,然后穿着这身不合体的西装勾引到一妓女,与这姑娘到酒楼约会。"他俩喝着酒,他假借,他抢了你先生的大名,请来一位书店大经理,全都假借你,借你去招摇撞骗,后来……结果是这么一刀!两刀!结果了,他将他抛出窗外!……他也从那窗外逃走了。他逃走,他把那染血的西装脱扔,他一直逃到先生这里来!"很明显,青年面对"老作家"所述的故事,其实就是《流亡者》的剧中情节。柯仲平是把高长虹《流亡者》作为第一幕,承续其人物、情节,创作了第二幕,即《几条交叉的文化曲线》。第二幕中,故事发生场景为上海"老作家"家中,时间为夜里九点。《流亡者》中虚写的"老作家"及他的妻子"二十七八的少妇"登场成为主要人物。话剧情节分为两阶段,第一阶段为老作家与少妇之间的对话,表现老作家为青年一代作家攻击而产生的悲愤心情;第二阶段为流落青年与老作家、少妇之间的对话,表现流落青年所代表的青年一代作家对老作家的感谢、质疑与批判。最后以青年离开、老作家深受震撼、泪流满面结束。

与《流亡者》不同,《几条交叉的文化曲线》中老作家、少妇直接登场,虽然是话剧,但柯仲平对他们年龄、生活、与青年作家的关系等各方面的细节呈现,具有较大真实性,可确证"老作家"影射鲁迅,"少妇"影射许广平。在年龄上,鲁迅大许广平十七岁,对两人"老"与"少"的限定明显是为了让读者联想到鲁迅与许广平。"少妇"年龄为"二十七八",1930年该话剧发表时许广平三十二岁,两者年龄上相差不大。一些生活细节也可从鲁迅个人生活和青年交往找到对应。如青年到老作家家中后,老作家给他一支烟,一碗盖碗茶。青年道:"想不到,仍然像在北京的,一来便抽先生的纸烟,喝先生的盖碗茶。"这种细节描写有生活真实性,可从高长虹对鲁迅回忆中得到印证:"烟,酒,茶三种习惯,鲁迅都有,而且很深。到鲁迅那里的朋友,一去就会碰见一只盖碗茶的。"① 青年回忆在北京"先生"家中的第一次见面:"在北方,第一次到先生家里,那是第一次谈话;先生一见我,立刻起来对我说,你那长歌我已看过了,下半部我看过两遍,气很旺!就不知能唱不能——""我立刻就当着先生唱了一段。唱罢了,我说,这是一大曲新的音乐,这音乐,在中国还没有两个人能够了解!我说罢了我抽烟。先生很快乐。"这里所说的青年对着先生唱歌的场景,也来自现实生活。据荆有麟回忆,柯仲平第一次拜访鲁迅时,带着大批诗稿,"先生因其系初访的生人,便接待于客厅。……略谈一会

---

① 高长虹:《一点回忆——关于鲁迅和我》,《高长虹全集》第四卷,第361页。

之后，仲平便拿出他的诗稿，向先生朗诵了，声音大而嘹亮，竟使周老太太——先生的母亲，大为吃惊，以为又是什么人来吵闹了"[1]。这里的"朗诵"更确切地说应该是"吟唱"加"表演"，带有较大夸张成分，不然，不可能惊动鲁母，让她产生误解。因此，话剧中"当着先生唱了一段"对当时情境的描述是很准确的。1925年至1926年柯仲平在北京时常去拜访鲁迅，《鲁迅日记》从1925年6月5日至1926年2月23日，共七次提到柯仲平。交往过程中，柯仲平曾把自己的作品拿去请教，鲁迅把他的作品发表在《语丝》等刊物上。[2]因之，剧中青年对老作家说："先生（向老作家），你从前为我发表过几篇诗歌，我曾真心地时常暗暗感激你！"这种感激之情是作者情感的真实表达。

以上所举的多种生活细节真实，说明柯仲平创作《几条交叉的文化曲线》时，是把自己作为原型，真实地、没有任何变形地放置到话剧中去了。剧中青年面对老作家和少妇所发表的看法，所表达的情感，是柯仲平思想情感的真实表达。

《几条交叉的文化曲线》的写实性与自传性进一步坐实两剧中所谓的"老作家"所指为鲁迅而非周作人或其他作家。这个问题解决，接着会产生另外问题：高长虹为什么要创作一部影射鲁迅的话剧《流亡者》？《流亡者》出版后，柯仲平为什么要对该剧加以续写，创作出第二幕或者说姊妹篇《几条交叉的文化曲线》？两部影射鲁迅的话剧，其对待鲁迅的态度是否有同异之处？两剧所显示的对待鲁迅的态度，对于鲁迅研究是否能带来一些启示或新的话题？

高长虹为什么要创作一部影射鲁迅的话剧《流亡者》？这个问题不难回答。高长虹创作这部话剧，其动机当然与高、鲁冲突有关。在高、鲁冲突所产生的文字中，《奔月》显得很特别。上文已经提及，这篇小说作为文学创作，"逢蒙"是虚构人物，此人物影射"高长虹"虽确属事实，但只可意会，不可言传，被影射者即使知道，也无法做出公开回应。此文发表于《莽原》半月刊第2卷第2期（1927年1月25日）时，不知高长虹是否意识到"逢蒙"影射自己。不过，高长虹即使意识到，也只能隐忍而已。而《流亡者》的创作证明，他对此应该是有所领悟的，于是，这才针锋相对，以牙还牙，以鲁迅用过的影射方式，同样创作出一部影射之作来，对鲁迅进行谩骂和还击。

第二个问题：《流亡者》刊出后，柯仲平为什么要创作《几条交叉的文化

---

[1] 荆有麟：《鲁迅回忆断片》，桂林上海杂志公司，1943，第5页。
[2] 王琳：《柯仲平传略》，《中国现代作家传略（上）》，四川人民出版社，1981，第513页。

曲线》? 这个问题稍微复杂一些。最浅层原因，柯的创作，明显是出于朋友道义和兄弟情谊。在高、鲁冲突中，柯仲平表现得比较理性、克制，没有马上跟随高歌、尚钺、向培良、黄鹏基等人去起哄。对于高长虹的批鲁，他还曾发表诗歌"长虹你张弓，钢箭落哪里"进行过委婉规劝。①但说"他作为'同伙'而没有被卷进去"②，则是不符合史实的。高长虹对柯仲平有知遇之恩，柯仲平的创作，高长虹曾给予高度评价和积极帮助。1929年上海狂飙运动时期，柯仲平是主要参与者。因此，柯仲平发表《几条交叉的文化曲线》，对高剧进行续写，在剧中表达了与高剧比较一致的思想立场、情感态度，这只能解释为出于兄弟情谊，出于对高长虹知遇之恩的报答，出于声援、支持高长虹的考虑。

朋友情谊之外，柯仲平对高长虹的声援，还出于彼此同为"流落青年"、境遇相同而产生的共鸣。"流落青年"，是狂飙社同人为自己所作的"自画像"，这幅自画像包含相当丰富的思想内涵。《流亡者》的主要角色为"流落的一个青年"，即话剧标题"流亡者"，《几条交叉的文化曲线》继续沿用"流落的青年"这个称谓。两部话剧皆使用"流落"来对"青年"这一角色进行界定和限定。"流落"含有"流浪""落败""落魄""游离""失败"等含义，形象概括了两部话剧的青年主人公的生活状态、生活方式和精神状态。两部话剧中，青年主人公皆为流浪人，经济困窘，居无定所，四处漂泊，到处为家，精神上处于不停寻找和追求的"在路上"状态。"流落青年"的形象，是狂飙社成员对自我形象的一种认同，这种认同通过其作品人物的形塑而得到完成和强化。高长虹自称"游离者"，自认处于文坛边缘。③柯仲平长篇诗剧《风火山》中的"流浪人"，带有自我写照的味道："他自己也成了书中的主要人物。那个装疯作邪地唱着曲子，到群众里和敌军中去作宣传鼓动的流浪人身上，就大有诗人自己的影子，连身世也是诗人自己的身世。"④柯仲平创作是从郭沫若那里承继下来的，具有比郭氏更为浓烈、狂野的浪漫主义色彩，但人物设置上又具有郁达夫小说的自传性特点，把自我身世和情感直接写入作品中，《风火山》中的"流浪人"与《几条交叉的文化曲线》中的"流落青年"属于一个系列。柯仲平之所以续写《流亡者》，应该是"流亡者"这一形象深深打动了他，引起了他的强烈共鸣。这种共鸣不但在柯仲平那里有，在其他有相似境遇的狂飙社成

---

① 王琳：《狂飙诗人·柯仲平传》，中国文联出版公司，1992，第102页。
② 杨绍军：《狂飙诗人——柯仲平》，云南人民出版社，2017，第30页。
③ 高长虹：《走到出版界·晴天的话》，《高长虹全集》第二卷，第248页。
④ 王琳：《狂飙诗人·柯仲平传》，第94页。

员那里,同样具有。

柯仲平对《流亡者》的续写,更深层的动因,则是出于对《流亡者》不良倾向的不满和矫正。

高、鲁冲突中,鲁迅的态度明显理性、节制一些。面对高的一再纠缠与辱骂,鲁迅仅发表《所谓"思想界先驱者"鲁迅启事》《〈阿Q正传〉的成因》《〈走到出版界〉的"战略"》《新的世故》《厦门通信(三)》等文予以公开回应,态度比较冷静和克制,有些论争文章有意不收入个人自编文集。这些文章外,《奔月》属于小说创作,虽然"逢蒙"影射高长虹,但不属于指名道姓的公开回应。其他的一些提及高长虹的文字,则是私人信件,同样不属于公开回应。与此相对照,作为冲突的发起者,高长虹的态度则显得偏执、激烈,尖酸刻薄,咄咄逼人。《疑威将军其亦鲁迅乎》的有些话已近于谩骂,如"此鲁迅之非狗明矣"①。有些语句属语言暴力,如"青年们将是狂暴地蔑弃老人,反抗老人"②。这种语言暴力在《流亡者》这部话剧中,则表现为"妓女"角色的有意设置。高长虹这样设置,是为了在"楚先生"与"妓女"间形成互为指涉关系,目的是侮辱、谩骂鲁迅。话剧中,青年野风打着"楚先生"招牌,成功把书店经理骗至酒店。当经理急切问到"楚先生"时,青年说他因肚痛到厕所去了。其实这时躲在厕所内的是"妓女"。这种情节设置的潜台词是:"楚先生"就是"妓女"。由于"楚先生"影射鲁迅,高长虹在"楚先生"与"妓女"间进行互为指涉的目的很明显,就是侮辱鲁迅。其实,妓女这一角色与话剧情节的关系是疏离的。没有妓女这一角色,青年同样可以达到诱骗经理并谋财害命的目的。青年想利用妓女作为自己的替罪羊,也经不起推敲。因为这样做漏洞太多。因此,妓女角色的设置明显多余。高长虹明知妓女角色多余还要设置,其目的很明显,就是为了侮辱、谩骂鲁迅。这种侮辱与谩骂,已近于泼妇骂街,显示出作者的近乎丧失理智,大大降低其人格,最终伤害的还是自身。

柯仲平与高长虹为好友,同处流落的境遇中,对经济窘困和书局压迫感同身受,《流亡者》对鲁迅的影射与批判,对"经济命定论"的反叛,当然会引起他深度共鸣。但共鸣并不等于完全认同。对于高长虹一些过于出格的举动,他持保留态度并提出过委婉规劝。《几条交叉的文化曲线》对《流亡者》的续

---

① 高长虹:《走到出版界·疑威将军其亦鲁迅乎》,《高长虹全集》第二卷,第294页。
② 高长虹:《走到出版界·再谈广州文学及其他》,《高长虹全集》第二卷,第214页。

写,某种程度上也是为了对高剧情节过于凶暴、近于泼妇骂街的不良倾向进行矫正和补救。在《几条交叉的文化曲线》中,青年作为闯入者,直接进入老作家家中,直接面对老作家,开始了青年与老人间的情感交流与精神对话。其中,有怀旧、感慨、感激和恳求,也有质疑、批判、剖析和告白,不同情绪纠缠一起,难解难分。有感激:"先生(向老作家),你从前为我发表过几篇诗歌,我曾真心地时常暗暗感激你!"有感慨:"烟和盖碗茶的气味比从前实在两样,就是先生的形容也比从前更憔悴,我底青年须也没有法子叫它慢些长——"有肯定:"这是先生的好精神!那第一夜会见先生,先生最令我亲爱也最是这个!"当然,对老作家的质疑、批判是主要的。其质疑和批判大致有以下几点:一、老作家对青年的冷笑与蔑视:"先生,你好冷笑我们!蔑视我们!"知识分子应精诚团结,"要是我们这样的一群也不能和衷共济地往前闯,世界还有光明的希望么?社会还有革新的一日么?这将使爱我们的少年,青年全失望!"二、认为无产阶级艺术的产生、发扬、存在必须要有作者的实际生活、真往那条路上走的实际生活做铁证。"假使我作大战歌,而我不去战,我的战歌必然怒笑我,毁灭我!两都化为乌有的。"青年认为老作家"在一定限度内自克着生活",没有参与到实际的战斗生活中而过着比较安逸的生活,言外之意是老作家不配作这时代的艺术创造者,"极端些,连先生这屋里占有的一切都应该烧毁了"!青年从无产阶级文学理论出发,从"战斗的生活才能产生战斗的文学"的生活决定论出发,所展开的对老作家的批判和质疑,虽然显得偏激,但这种批判力度和思想深度却是《流亡者》所没有的。"无产阶级艺术"的提出,对战斗生活的强调,说明柯仲平此时的思想已经左倾,从思想观念和行为上已经开始背叛高长虹,展开了自我反思与自我批评,所以,剧中才会有青年的自我批评:"不待谁批评,我先自己申诉,自己批评吧!"而这种从无产阶级艺术观念出发对狂飙艺术所做的反思与批评,是不可能得到固执己见的高长虹的理解与回应的,所以,青年又说:"我自己说出来了!大概我有的朋友一定因此愤恨我,甚至以为我是我们汉奸,我卖我的朋友了!"因此,可以说,在《流亡者》之后,柯仲平续写《几条交叉的文化曲线》,既出于他对老大哥高长虹道义上的支援和呼应,又出于他对狂飙运动的反思、检讨与告别。他对过往与老作家交游生活的回忆,对老作家提携青年的感激,代表了青年作家对"过去鲁迅"的致敬与凭吊;而站在无产阶级艺术角度对战斗生活的强调,由此而展开的对"老年鲁迅"的生活审视与思想批判,则代表当时"青年左翼"对"老年鲁迅"的审视、质疑与告别。这种批判虽有力度,但由于其对战斗生活理解过于拘执和浓厚的民粹倾向,就显得颇为偏激和偏执。

柯仲平续写《流亡者》,把自己创作的话剧作为第二幕,但却另起了一个名字:"几条交叉的文化曲线"。以上分析显示,柯仲平的命名大有深意。剧中"流落青年"站在无产阶级艺术立场对"老年鲁迅"的批判,对"狂飙运动"的反省,说明柯仲平作为狂飙社成员,此时观念不但与"老作家"不同,与高长虹所代表的狂飙社也大为不同,这样以来,"流落青年"与"老作家"和"狂飙社"之间,就形成至少三种不同的"文化曲线",话剧《几条不同的文化曲线》的命名应与此有关。

# 批评的审美性和科学性：
# 摘句批评的现代转换
## ——从朱光潜和鲁迅先生的论争说起

刘亚斌　浙江外国语学院中文学院

围绕朱光潜和鲁迅关于大历诗人钱起名句论争的学术研究持续至今，成果颇丰。史料挖掘、论辩策略、文学观念、批评方法、学派分歧、文化诗学和审美政治、意识形态性，甚至知识学与存在论的差异，以及朱光潜的回应和调整，都得到全面、细致而深入的研究。就文学批评角度而言，其争论源头是摘句批评，且双方数次论及摘句问题，实质上涉及现代文化语境下古典批评形式的龃龉和适应，有其顺应时代转换的必要性，然而学术界对这一问题却有所忽视，本文的写作目的基于此。

## 一　朱光潜、鲁迅摘句论争的错位

此次论争是由朱光潜发表在《中学生》杂志的文章《说"曲中人不见，江上数峰青"——答夏丏尊先生》（1935）引起的。该杂志由开明书店创办，主要负责者夏丏尊和叶圣陶都曾是朱光潜的同事，交情甚深。该文是回答夏丏尊的问题，即钱起《湘灵鼓瑟》末句"曲中人不见，江上数峰青"究竟好在何处，有什么理由可说。朱文开头盛赞"佳句"之美，[①]英国诗人济慈所说的爱

---

[①] 朱光潜：《朱光潜全集》第八卷，中华书局，2012，第35页。

人尚有"山穷水尽",而佳句意蕴则永远新鲜,带有神秘性。鲁迅《题未定草》(六、七)发表在《海燕》同一期上,反驳朱氏论述的第七节是沿着第六节内容而来的,其末尾说到认真读书者,不可倚仗选本和凭信标点,紧接着第七节开头就言"还有一样最能引读者入于迷途的,是'摘句'"①,并用引号标显,且说最易引入迷途,足见其批判的重要性。鲁文主张顾及全篇的文学批评。围绕文学批评的性质和功用,两篇论文可谓针锋相对,但"多少有些'错位'"②,显示出各自身份定位、学术路向和精神指向的差异性。

作为从小浸润于桐城派文学、香港大学读书四年和欧洲留学八载的学者来说,朱光潜接受欧美学界时兴的心理学的影响,将情感情趣看得比理智思考更重要。在对钱起名句的批评中,要求读者现场体验诗歌文本的内容,或成为旁观者、诗人自己,奏乐者跟随他的乐声已然离去,却有青峰相伴,后者与奏乐者、乐声发生际缘关联,此时读者或被转化为奏乐者,与青峰在同构基础上发生移情和内模仿,即景生情,因情生景,情是缠绵悱恻,景乃妩媚严肃,往复回流,与江峰成为伴侣而永恒,即与奏乐者及其乐声相伴而永在。用美感经验来阐明文艺创作、欣赏活动,沟通三者合为一体,其支撑就是"法国印象主义的批评"③。朱光潜明确反对乾嘉考据学派的做法,版本、本源和作者的生平等都是题外事,主张带有鉴赏创作式的审美批评,"欣赏大半是主观的、创造的",是在原作基础上重主体性表现的二度创作,与其在地性经验、知识学问和道德心性等相关联。与创作型学者相反,鲁迅是学者型作家,创作上以思想性和剖析性见长,学术上则受惠于乾嘉学派,与章太炎有师生情谊,具严谨、公正的校订和考据功夫;1906—1910年间,章氏在日本开办"国学讲习会",座下包括鲁迅在内的八位受业弟子④;早在1898年周氏兄弟进入江南水师学堂学习军事,鲁迅确立了科学看待社会现实和宇宙人生的观念;后来赴日学医,虽转而为文,但其科学训练的影响日益突出;回到国内,平时喜购藏旧书,其日记载其辑校、修订古籍之事甚多,数次校勘《嵇康集》等等,将科学观念和古籍整理、学术研究结合起来。在文中,鲁迅对钱起整首诗进行解读,联系其省试求取功名,将末两句的释读落实到题目"湘灵鼓瑟"上,说明其试帖性

---

① 鲁迅:《题未定草·七》《鲁迅全集》第六卷,人民文学出版社,2005,第439页。
② 高恒文:《鲁迅对朱光潜"静穆"说批评的意义及其反响》,《鲁迅研究月刊》1996年第11期。
③ 查屏球:《说理、说事、说梦——由一联唐诗的争论引出的学术思考》,《江苏行政学院学报》2004年第4期。
④ 许寿裳:《挚友的回忆:许寿裳忆鲁迅》,河北教育出版社,2002,第16页。

质，而其他诗歌也是牢骚愤怒，并非静穆般的圆转活脱，最后用批评当"知人论世"，否则近乎说梦来总结全文。

亚里士多德是诗学的开创者，研究史诗、悲喜剧和抒情诗等文艺作品的种类、功能、性质，但需"先从原理开头"①，诗学被认为是文学或诗整体内部原理的阐明，以分析和综合方法为主，是理论研究。概言之，"致力于从一个个具体的文本中抽象出具有普遍性的要素与程序，将其作为文学或特定文学类型的特征"②。以此观之，朱文与其说是批评文章，还不如是说诗学话语，更侧重于审美领域。具体到钱起诗句，启示了"一种哲学的意蕴"。前句表现消逝，后句则是永恒，奏乐者及其乐声都已然远逝，但青山巍然如旧，找到了永远的伴侣、托足的世界。朱光潜充分发挥其诗论的审美本质，将诗看作是借用有限的、常变的、转瞬的、陈腐的片断，经过时空的超越，达到完整的、理想的、生命的、普遍的世界，"诗的境界在刹那中见终古，在微尘中显大千，在有限中寓无限"③；奏乐者及其乐声无法完全消失，其缠绵悱恻已惊动山灵，同时亦受到青峰妩媚和严肃的深深影响，双方回环交流，情景交融，乐者、瑟声和青山因缘际会而永在，"诗是心感于物的结果。有见于物为意象，有感于心为情趣。非此意象不能生此情趣，有此意象就必生此情趣。诗的境界是一个情景交融的境界"④。换句话说，朱文经具体经验上升至普遍原理，是诗学的做法，而批评与诗学有异同关联。韦勒克认为近代兴起的批评观念从中世纪文法和修辞的禁锢中解放出来，摆脱其从属地位，又取代（或部分）了自古希腊亚里士多德以来的诗学观念，包含一种不断增长的怀疑主义，"对权威和陈规的不信任"⑤。过去被严格地限制在对古典作家进行词句批评，后来则逐渐扩展到对作家作品的解释、判断，甚至与知识、认知的理论相关联。鲁文与近代以来的批评观念联系密切，在对钱起诗歌做整体观照、解释的基础上判断其真实情感与意图，对个别词句、意象等做真实考证和义理还原，不进行印象衍生和主观发挥，避免为其美感假象所蒙蔽，"倘要论文，最好顾及全篇，并且顾及作者的全人，以及他所处的社会状态，这才较为确凿"，文学批评应该对文学作品、书写现象和艺术活动等进行科学的、客观的认知研究。

---

① 亚里士多德：《诗学》，罗念生译，人民文学出版社，1984，第3页。
② 曹丹红：《当代法国文学批评中的诗学途径》，《文艺争鸣》2017年第12期。
③ 朱光潜：《朱光潜全集》第五卷，第47页。
④ 朱光潜：《朱光潜全集》第五卷，第374页。
⑤ 韦勒克：《批评的诸种概念》，丁泓等译，四川文艺出版社，1988，第33页。

朱文引用华兹华斯《独刈女》中的诗句来印证超越时空的哲理，用"字音传出歌声的曼长清脆的意味"，再次强化诗歌、音乐、青峰与消逝、永恒的辩证关系，对自然的、感性的、直接的情绪（情感）与艺术的、理性的、回味的情趣做了区别，引申出文学作品之伟大风格。"感受情绪是实际人生的事，回味情绪才是艺术的事"，那种生糙自然、起于在地性、无法为意识所掌控的情绪，包含着悲伤和惬意、痛苦和欢乐、狂躁和宁静，只有将其作为观照对象予以欣赏与回味，才能被意识所明确反映，连同所由生起的具体情境，经过不断地体悟、过滤、升华和超越，形成"短暂与不朽"合一的、"'交感'的世界"的现代性美学①，造就静穆的理想风格，"陶潜浑身是'静穆'，所以他伟大"，最终传达出情景交融的诗境，这才是审美创造活动，乃一种美的追求。鲁文则认为，摘句只是衣裳撕下的绣花，经过吹嘘或附会，把陶潜仅说成飘飘然，使读者迷离惝恍，推崇钱起名句是诗美的极致，却未免割裂为美，并阐明之所以如此就在于人生诸多矛盾、痛苦和孤寂需要抚慰，其良药就是静穆。古希腊文学并非只有静穆风格，还有雄大活泼、明白热烈的作品。即便古希腊雕塑的静穆也多半是久经风雨、埋于土壤而失去锋棱光泽的结果，想当时也是崭新雪白、发亮热烈的。朱光潜坚持审美距离说，超越功利的审美化人生，是京派的文艺思想，而鲁迅主张左翼的革命运动，当然审美的说梦未尝不可，"经过'时间'间隔化喊声的'距离'美恰恰也是真实的"②，但美学距离可能遮蔽事物的本相，脱离苦难的现实人生。面对绝境的陷入，只能虚悬极境，靠漂亮的摘句来挽救，并用极美的两句踢开全篇，概括全人，冤屈、牺牲和打杀其他著名诗人，垫高自己的审美学说。"现在之所以往往被尊为'静穆'，是因为他被选文家和摘句家所缩小，凌迟了"，因此，文学批评并非哲学美蕴的艺术，而是近于真相的研究，是求真的，也是务实的。

## 二 朱光潜摘句批评的学科转换

受桐城派文论影响的朱光潜应该很熟悉作为传统形式的摘句批评，事实上亦曾多次摘录古典诗文句子来表达自己的理论主张，如用陶潜名句"采菊东篱

---

① 卡林内斯库：《现代性的五副面孔》，顾爱彬等译，商务印书馆，2002，第62页。
② 宛小平、朱亚坤：《功利与超功利——基于朱光潜和鲁迅的一场争辩》，《社会科学辑刊》2015年第5期。

下，悠然见南山"论证其静穆（Serenity）之风格与精神。拿钱起名句来说，早在浙江上虞春晖中学任教时，朱光潜发表首篇美学论文《无言之美》（1924）就已摘录，用于说明语言的超越性，"没有说出诗人的心绪，然而一种凄凉惜别的神情自然流露于言语之外"①，文中还有陶渊明《时运》《读〈山海经〉》《归园田居》、陈子昂《幽州台怀古》、李白《怨情》、杜甫《后出塞》、白居易《琵琶行》等诗歌例示，有的是全文录用，有的则摘句而行，可见其对摘句批评的有意、暗合和广泛的巧用。1932年，作为"《文艺心理学》的通俗本《谈美》"②由开明书店出版，在第十一节《"超以象外，得其环中"——创造与情感》中又摘录钱起名句，"曲终人杳虽然与江上峰青绝不相干，但是这两个意象都可传出一种凄清冷静的情感，所以它们可以调和"，如果只具其一，则"意味便索然了"③，引申与印证诗歌创造的情感和意象整一的原理。与此同时，摘录的其他诗词有王昌龄《长信怨》、古诗《采莲曲》、陈子昂《登幽州台》、李白《长相思》、温庭筠《菩萨蛮》、秦观《踏莎行》和《诗经》等。某种程度上说，引起鲁迅批评的这篇专文是朱光潜学术心路历程的结果，也是其摘句批评逐渐升华的产物，体现出中西文化汇合下古典传统的现代转换。

  从时间上说，摘句批评是传统诗歌批评的表现形式，滥觞于先秦时期各诸侯国使臣在外交场合的赋《诗》、引《诗》行为，用于表达自己的观点或愿望，往往是断章取义，不察整体，以明己志，非审美赏析。魏晋时代文学走向自觉，摘句赏析与批评之风兴起。《世说新语》载，谢安与弟子聚会问《毛诗》何句最佳，谢玄说是"昔我往矣，杨柳依依；今我来思，雨雪霏霏"；谢安则是"訏谟定命，远猷辰告"，认为其有"偏有雅人深致"，虽不免人物品藻，但抽取佳句进行赏析，"称得上是真正意义的摘句批评"④。诗人常作情景交融之佳句，引发诗评家常以是否有佳句作为考析和评价诗文的标准，提出"摘句褒贬"的批评形式，从此创作中的佳句追求和阅读中的摘句批评相互促进，共同营造出古典性诗歌结构和文化氛围。唐代诗评追求风格界定，于其综述后，往往摘录警策语以例示，篇什佳句与诗文风格互证，摘句以证诗法、诗忌、诗格和诗美的亦不遑多让，甚至出现集佳句作范本，以供诗人感发兴起、激其灵感之创作引子，摘句批评以句图形式出现，即所谓'摘句为法'和'摘句为图'

---

① 朱光潜：《朱光潜全集》第一卷，第67—68页。
② 王攸欣：《朱光潜学术思想评传》，北京图书馆出版社，1999，第265页。
③ 朱光潜：《朱光潜全集》第三卷，第71页。
④ 曹文彪：《论诗歌摘句批评》，《文学评论》1998年第1期。

两种形式"①。宋代倡导求实尚理之风,诗话繁兴,强化摘句批评的理论色彩,句法辨析细致入微,揭其师承关系,诗学命题和诗意阐释多所举证。到了元明清时代,诗歌历史源远流长,有丰富的文本以资借鉴,集中摘句为例众多,各种诗歌史的分析亦联系摘句批评的例证效果为要,同时继续摘句批评的细部论说,探讨诗歌创作和欣赏的内部特征,标举文学原理及其本体性质。特别是清代,还出现以诗论诗中的摘句形式,如摘句论诗,论诗注解摘句,集句论诗之诗等,这些不同形式的摘句批评已扩展到其他领域,涉及文学批评、研究的诸多面向,蔚然大观。

摘句批评首先就是有句可摘,其"本身就意味着独立、凸现""形象的完整独立",而可以"不顾它与作者的关系","甚至不必考虑与作品的其余部分的关系",且很多摘句批评,"往往不注明句子的作者或篇名","却无碍于人们对这一联句本身的声音、意象、节奏、句法、韵律、叙述技巧等作分析"②,牵涉到诗歌摘句的体验、赏析和评价,诗歌整体的例示、理解和阐发,以及诗学命题的引申、疏解与印证等。依此观之,朱光潜对钱起诗作的摘句批评则具有典范性意义,不仅有其审美情趣的阐发和追求,具有传统批评的合理性,还与其他摘句来共同疏通、构建、印证诗学命题与文学观念,最重要的是具有古典批评形式现代转换的学术价值。

其一,朱光潜学贯中西,对古典诗文句法、白话文和英文写作都有深入的思考和实践。他生于桐城,对其家乡学派浸润颇深,习得其诗文句法,并善用古文写作而颇受好评。在多年后的回忆文《从我怎样学国文说起》中仍坦承"八股文也有它的趣味",到香港和欧洲留学后学习英文写作,并思考新文化运动,"经过一番剧烈的内心冲突,我终于受了它的洗礼",放弃古诗文,改用白话文,但还坚持认为,"白话文必须继承文言的遗产,才可丰富,才可以着土生根";后来用英文撰写博士论文而获得学位,也主张适宜程度的欧化,但不认同过度的欧化倾向,"生吞活剥地模仿西文语文组织",反对"鲁迅先生的直译主义","堆砌形容词和形容子句,把一句话拖得冗长臃肿"③;还称赞过周作人《雨天的书》,说其语言绝少欧化的痕迹。可以说多种语言的写作训练,使其白话文写作逻辑清晰,灵活严谨,层层推进,不断地深入拓展,加以科学

---

① 胡建次:《中国古代诗歌摘句批评的发展及其特征》,《齐鲁学刊》2005年第5期。
② 张伯伟:《摘句论》,《文学评论》1990年第3期。
③ 朱光潜:《朱光潜全集》第六卷,第111—115页。

的论证和义理的阐释,使摘句批评从随性自由、短小精悍、感性体悟的古典形式中解放出来,完成讲究组织架构的、绵密周详的、长篇论述的现代学术范型的转换;就此而言,其审美批评绝非简单的、感性化的印象主义批评。

其二,中西文化一直是朱光潜学术研究的有力支撑,在中西比较诗学中相互阐释、印证和发现。胡晓明认为朱氏所论受传统诗学的局限,如其对钱起摘句批评中强调的"消逝之美"和"永恒之美",人的情感和自然的美有机交织渗透而构成的大美,人的活动及其短暂性使美感经验中静穆比热烈更高,与温柔敦厚的诗教、宋人论韵相当,即一种诗化的人生信仰,以及相反相成的美感经验,或为"阅读中国诗的常识",或"完全不出中国诗的传统美学范围",或"似更得中国艺文传统的真相"[①];从对钱起名句的批评来看,朱光潜不断地挖掘其内蕴,从早期心理感悟、情感把握,中期所论之情感与意象关系的整一,晚期哲学意蕴、审美救赎的悟道,最后落脚到诗歌本质问题,都离不开西学的文化背景,西学为其摘句批评和诗学理论注入源源不断的活力,在钱起名句的具体阐述中随处可见同构说、移情论和内模仿理论、直觉话语等欧洲近现代心理美学的痕迹;就其对陶潜诗作的静穆评价,亦是明显地来自古希腊文化及其研究的熟知、承袭与改造,不仅沿其思路和观点来阐发对陶潜诗文的认同,还批评屈原、阮籍等中国伟大诗人都不免金刚怒目、愤愤不平,而只有前者能泯化一切忧喜,体会人生苦难和无可奈何而终至超脱,达到静穆的诗化人生之境。

其三,朱光潜在《文艺心理学》出版时写过《作者自白》(1936),里面谈到自己的学习经验和科目喜好,其兴趣中心依次是文学、心理学和哲学,前者是朱氏研究文学批评的标准、艺术与人生、艺术与自然、内容与形式、语文与思想等问题;心理学是研究想象和情感关系、创造与欣赏的心理活动、趣味的差异性;哲学则逼其研究康德、黑格尔和克罗齐等人的哲学思想,而"美学便成为我所欢喜的几种学问的联络线索了"[②];金绍先曾回忆朱光潜对鲁迅批评的回应(1941),钱起名句是公认性的,说明审美的共同性,当然也有审美的差异性,重要的是"研究为什么会存在",即"这不是一个审美差异性的问题,而是是否属于审美的问题",强调审美是"超功利的纯粹的感性活动",文学艺

---

① 胡晓明:《真诗的现代性:七十年前朱光潜与鲁迅关于"曲中人不见"的争论及其余响》,《江海学刊》2006年第3期。
② 朱光潜:《朱光潜全集》第三卷,第113页。

术是"审美创造的活动"①,不应卷入社会人生的纷繁矛盾和冲突中,对人事关系的考究则是功利性的、实用性的,注定是与审美创造绝缘的。其明确的学科意识是摘句批评现代转换的标志,不同学科知识及其论题被贯穿到钱起名句的阐发与探讨中,从而得出相应的结论,其中包括创造与欣赏的心理描述、意象与情感的关系、艺术与自然的移情和内模仿、哲理与诗境的追求、艺术对人生的审美距离及其救赎等,最终抵达作为美学学科的形而上知识,即是否以及何谓审美的根本问题,从而拉开了与古典摘句批评的距离,构建其现代摘句批评的以美学为基础的跨学科体系。

## 三 鲁迅批评引发的问题

到底是佳句赏析,还是摘句弊端,似乎是传统诗话和现代学术的分歧。鲁迅在撰写与朱光潜商榷的论文后,不久便溘然去世,无法再做探讨,但此文以摘句为始,摘句家为终,摘句成为批评朱光潜文艺思想的核心视角,可见其严肃性和重要性;朱光潜随后有两处论及摘句问题,《与梁实秋先生论"文学的美"》列举梁文论述的三个要点后说道,"'摘句'不是妥当的办法,你提出很多的例证说明你的基本主张,要完全明白你的意思,自然要读你的原文全貌。不过我希望在这个提要里我没有误解你的学说"②,该文发表于鲁迅去世之后,像鲁文一样加上引号标示,兴许是"态度流露","有几句'小声嘟囔'","暗里是一种对鲁迅批评的不服"③,但也同意鲁迅的说法,摘句批评难免以偏概全,并表示希望没有误解梁氏的文学道德论。

1941年,金绍先拜访朱光潜问及鲁迅的摘句批评,朱氏的答复不仅涉及审美批评及其学科立场,还说到好诗不可能也不应该句句都佳,而是有起伏回旋的,名句流传于口,"不等于割裂诗的全篇",而是在其烘托下产生的,它是"金字塔的尖顶",自然引起更多注意,但对静穆说做了自我批评,认为陶诗却有金刚怒目之态,自己的判断是不准确的;但要说鲁迅认为其伟大正在于金刚怒目,"恐怕又是出于一种特殊的利害判断了",静穆贯穿其大多数篇章,而金刚怒目只是罕见变奏;再者文学艺术是一种审美创造活动,不应该"直接卷入

---

① 金绍先:《曲终人不见 江上数峰青——议朱光潜与鲁迅的一次分歧》,《文史杂志》1993年第3期。
② 朱光潜:《朱光潜全集》第八卷,第69页。
③ 李雪莲:《重审"静穆"说——从鲁迅与朱光潜的"希腊"论争说起》,《文学评论》2019年第4期。

社会人生中的纷繁矛盾冲突之中"①,反映出朱、鲁二人文艺观和人生态度的差异。然而,正是在四川乐山武汉大学任教期间,朱光潜致力于陶渊明研究,写出长文《陶渊明》,对陶潜的身世、交游、阅读、思想、情感生活、人格和风格等作了全面深入的研究,不得不说是对鲁迅批评的理解、回应和某种认同,至少是有其潜在的动机。

张隆溪先生曾将朱光潜博士论文《悲剧心理学》译成中文,在论及此次论争时说鲁迅并非公允,并且"恰好犯了'摘句'的毛病",当然不是"摘取诗人的文句,而是突出陶潜像一个'勇士'而能'战斗',有所选择地摘取朱光潜的文字,未免有断章取义之嫌",认为朱氏论陶潜"摘引大量不同内容、表现诗人思想情感不同方面的文本例证",很有说服力,问题不在于摘句,而在于"摘句呈现出的诗人及其形象,是否接近真实而非偏枯和歪曲"②,且不说朱光潜深入研究陶潜的"回应"是鲁迅先生逝世后所作的;就摘句本身而言,到底有没有问题,鲁迅批评朱光潜摘句作法,张隆溪又反过来指责鲁迅批评也是摘句,并扩展到学术研究的片面化弊端,古典诗学中的摘句批评成为现代批评甚至学术研究难以回避的关键问题。

如果说朱光潜是从学科知识角度来转化摘句批评的话,那么鲁迅在批评摘句的基础上作出研究示范,从科学考证角度对钱起诗作进行分析。

首先,钱起名句被放至全篇予以考量,从其题目"便明白'曲终'者结'鼓瑟','人不见'者点'灵'字,'江上数峰青'者做'湘'字",将词句与篇章互联互证互释,形成阐释学的闭环,对诗句切近真实的理解和把握,防止过度阐释以至于误读的产生。朱光潜将文学批评作为审美批评,强调批评者的审美的、独立的创造,阐释者有权利大胆怀疑,并以此展开想象性写作,符合古代摘句批评独立观照、自我发挥的诗话特性。艾柯(Umberto Eco)认为,过度阐释的根源可追溯到古老的神秘论(Hermeticism),为"从巫术到科学的大部分现代文化提供营养"③,依赖于事物之间的相似性,但其标准却过于宽泛灵活,甚至带有某种妄想狂,这便是鲁迅所批评的"说梦";从文学批评的科学性而言,必须将阐释限定在某种范围或标准内;艾柯提出"文本意图",而非"作者意图"或"读者意图"作为阐释问题的答案;钱起诗作"题上明说是

---

① 金绍先:《曲终人不见　江上数峰青——议朱光潜与鲁迅的一次分歧》,《文史杂志》1993年第3期。
② 张隆溪:《论中国学者诗学建构的努力——从朱光潜、钱锺书说起》,《中国社会科学评价》2020年第4期。
③ 艾柯等:《阐释与过度阐释》,王宇根译,生活·读书·新知三联书店,2005,第36页。

'省试'","不失为唐人的好试帖","也并不怎么神奇了",鲁迅对其进行祛魅化处理,同时展现出阐释循环的文本认同,某种程度上折射出现代以来文学批评的共同指向。

其次,鲁迅强调钱起其他文本的互证性,说《省试湘灵鼓瑟》有静穆或淳朴的意味,对全篇来说实在是"不宜称引的",中间四联近于"衰飒"之风;而在其诗《下第题长安客舍》也"不免有些愤愤不平"。丹纳(H.A.Taine)早在19世纪就已提出,"一件艺术品"应该"属于一个总体",即"属于作者的全部作品",每位艺术家都有自己的风格,"见之于他所有的作品"①;要考察诗人及其作品的风格、特点,就必须观照其全部作品,从中概括其主要属性,并处理其次要属性,甚至矛盾属性的关系,而非仅依赖部分作品来做出判断;因此,鲁迅认为,朱氏对陶渊明和古希腊文艺静穆风格的判定是以偏概全的结果,即主观偏见的产物;而朱光潜此后用实际研究的回应,以及张隆溪的同义反批评,都印证了现代批评客观求真的科学精神。

最后,丹纳由某部作品出发,不断扩大到作家全部作品,进而到其所隶属的艺术宗派或艺术家族,并最终走向社会风俗习惯和时代精神,即著名的种族、环境和时代等三要素的文学社会学体系;鲁迅可能没有像丹纳那样明确的、周详的方法论意识,也可能逛旧书店恰巧淘到清代乔亿评选的选集《大历诗略》,便顺手选取钱起其他诗篇加以印证;在此,重要的是联系作家事迹和社会现实来阐释,即由钱起省试、试帖和落第的人生经历及其情感所决定,并辅之以屈原和椒兰事例,带点调侃讽刺强化论证。如果沿着丹纳科学求真的思路,可能还需要扩展到作家作品所处的文学史和国际文化交流史的角度,方能从更大时空予以更准确、更翔实、更客观的论证。

对于朱光潜来说,摘句批评不仅是个人体验、欣赏和创造的表达,更是跨学科诗学观念和普遍原则的探寻,甚至是人类现实矛盾和困境的审美救赎之道,其实质就是审美批评。鲁迅则认为摘句成为学术上见木不见林的偏见体现,六经注我式的主观发挥,违背了科学求真的现代学术精神,而所谓的审美救赎则丧失了社会现实的切身体验和斗争追求,因此要给予批评对象全面、系统的、详细的以及作家式的贴近社会现实和情感人生的探究,强调一种求真务实的科学批评。两种批评展示出不同的学术维度,亦有现代转换的各自问题。

某种程度上说,朱、鲁二人围绕摘句批评而展开论争,体现出中西文化时

---

① 丹纳:《艺术哲学》,傅雷译,人民文学出版社,1981,第4页。

空的交错和转变。桐城派文论到底给朱光潜以何种影响。王攸欣认为其主要表现在,其一是姚鼐的文章风格论的阳刚、阴柔两分法;其二是强调文章和诗歌声音、节奏的吟味和气势、神韵的揣摩[①];查屏球则说朱光潜更多的是"取其义理和词章之学",重视文章内在逻辑力量,其所读之中学为吴汝纶创立,吴氏深感将西人之学理和儒家义理结合思考的必要性,并由此上溯到宋明理学;而鲁迅深受乾嘉考据学派和西方科学训练的影响,亦可追至两汉儒学。质言之,朱、鲁之争是传统学术宋学和汉学的现代分歧。朱光潜所论"发挥过多,于学理难通","西方诗学观念与本土诗学思想糅合并非易事",义理也是论事的目的,"离开了追梦与思理,实证的价值也是有限的"[②],体现出中西文化背景下古典传统批评现代转换的龃龉与矛盾。

换言之,朱光潜的问题在于全然不顾诗篇、诗人整体的事实,揪其某处加以发挥,于理不合,中西诗学观念难以融汇,更重要的是杂糅各种学科知识用以摘句批评,反而使诗歌本身处于尴尬之地,容易成为其他学科观念的印证;尽管有其体悟感发作基础,但观念的强势和逻辑的演绎,往往将批评理论化,甚至构造抽象体系,无视作品自身逻辑,没有作品的客观态度,让某种理论先行并得以阐发,却非作品整体意义的解读和评价。于鲁迅而言,作为一门学科的文学自有其审美属性作为其存在的前提和条件,作品本身的体验感受和审美认知,并将其提升到义理高度,既是作品本身的追求,也是批评家的本领。文本的真实、科学的实证与作品的义理、审美的提升相结合,前者是基础,后者是目的。因此,审美性和科学性相统一,这才是摘句批评现代转换的关键,也是现代批评的未来坦途。

## 四 结语

总体上说,朱光潜的摘句批评和鲁迅对摘句批评的批评,存在着各种艺术观、批评观和人生观等方面的错位,其所接受的文化影响亦有差异,既有传统批评的传承,又有西方文化的影响,表现出中西文化交流背景下文学批评的不同属性,前者将文学批评看作是鉴赏和创造的艺术,而后者则将其认定为理智

---

① 王攸欣:《朱光潜传》,人民出版社,2011,第19页。
② 查屏球:《说理、说事、说梦——由一联唐诗的争论引出的学术思考》,《江苏行政学院学报》2004年第4期。

和认知的科学。

在文学批评发展史上,围绕其性质和定位争论不休。一方面,延续18—19世纪重视个体阅读经验、表现个性趣味和感受评价的批评传统,将批评当作文学创作,是一种独特的艺术形式,但存在主观化偏见、感性化的肤浅和趣味化的随意之误;随着科学认知和实证观念对社会和知识的渗透,对作家作品搜罗材料、系统编纂和详细勘校的基础上加以阐释和说明,已是文学批评科学化研究的必由之路,却有着只顾实证不求义理、事实说明与理论阐发脱离的弊端。另一方面,接续亚里士多德的诗学观念,从文学现象、个别作品和独特创作中抽取文学原理、类型和范式,并加以科学性的体系构建,往往借其由头,敷衍成体,忽视整体现象、作品和创作的把握,根基不牢;至于由假设原点出发,经概念设定、逻辑推演和层层论证,最终形成某种结论,塑造以文学批评自身为基础的、具有独立价值的学科知识和理论话语,则更可能将文学作为体系表述,甚至是其他学科话语的印证事例,无视文本自身的逻辑和应有的客观态度。

因此,强调批评的审美性和科学性的统一,既要客观地面对作品本身,也要真实地对待自我感受,由感性体验上升到理性思考、个人趣味上升到审美原则、模糊的阅读印象上升到清晰的话语阐述,实证与义理、事实根据与逻辑推导的相结合。对科学性来说,要尊重文学的整体客观状况及其真实的感受、体验和趣味,重视理论阐发的逻辑性、证据充分、推导严谨;于审美性而言,要在个性经验、阅读趣味和感悟评价的基础上寻找扎实的事实根据,并上升到理论高度,挖掘文学原则、原理和重要命题,构建话语体系。一句话,以文学及其审美本质为本位,辅之以科学化手段,推动文学批评的发展。由此,朱光潜、鲁迅围绕钱起名句的论争才有意义。

# 论爱姑的"被"离婚

## ——鲁迅小说《离婚》中的女性形象研究

刘玉凯　河北大学文学院

清人谭献在《复堂词录序》中的一句话"作者之用心未必然,而读者之用心未必不然"开启了中国文学评论的自由度。这种自觉的文学批评理论,与西方乔治·布莱的理论异曲同工。他说:"作家的经验是在创作过程中逐渐实现和丰富的,批评家的经验也是在阅读和阐释过程中逐渐实现和丰富的。"[①]一部文学作品创作成功以后,不同层次、不同人群,在阅读和评论时,应该有一个无法控制、也无必要控制的自由空间,这样说是有道理的。但是解释的科学就在于要遵守思维的逻辑、自然的逻辑,解读文学也不能成为任意猜测的游戏,也不能将联想和借题发挥的结论当成文学研究。我这样说,是发现许多文章名为研究鲁迅小说,实际却是拿鲁迅作品里的材料作自己的论文,我想反对这种脱离文本的臆想式批评。

鲁迅小说《离婚》创作于1925年11月6日,刊于11月23日的《语丝》周刊第54期上。无论从作者的创作构思,到实际上读者的反响看,无疑是当时一篇很独特的作品,长期以来,解读者很多,意见并不一致。也许正是文本的丰富性和多义性,才产生评论者蜂起的现象。本文研究各家观点,并提出:回到现场,回到人物,回到文学,从故事的形成到人物行为的逻辑重新研究,从而更好地发现并且阐释作者的创作逻辑和原初意图。

---

[①] 乔治·布莱:《批评意识》,郭宏安译,百花洲文艺出版社,1993。

## 一　小说是写人物的

百年来，研究鲁迅对爱姑的评价，概括起来有两种意见：一种是肯定她的反抗，却从敬仰鲁迅的心理出发，称颂得过高，不但称她为"辛亥的女儿"，还认为她"是一位具有现代自我意识的妇女"似乎只有这样说才对得起鲁迅这样的"旗手"；另一种意见就是全面解构爱姑的反抗，理论大概是不能根本改变地位和命运的反抗是没有价值的，甚至说，爱姑不过在守护旧礼教，"闹的实质是为了不离"，闹来闹去，也改变不了奴隶命运，并且认为"爱姑的拼死反抗是出于无奈。她倔强反抗的目的还是为了维护封建纲常伦理，维护以'父母之命，媒妁之言'为纽带的形同虚设的婚姻家庭关系，甘愿做稳封建家庭的奴隶，所以说'中国人极容易变成奴隶，而且变了之后，还万分欢喜'。可见，爱姑和祥林嫂是同样受封建礼教毒害，而且这种毒害已深入骨髓。爱姑虽然有了作为强者的条件，却还是摆脱不了弱者的意识。统治者掌握着妇女的意志，妇女对统治者抱有极大的幻想，还没有足够的力量去克服根深蒂固的心理沉淀。所以，从目标上来说，爱姑首先争取的并不是有些评论者所谓的'做人的权利'，而是去争得一个暂时做稳了奴隶的地位"[①]。

我在20世纪80年代讲《离婚》也曾经不假思考地用过这后一种观点，认为这是站得很高的批评，是最现代、最锐利的见解。可是，这种观点恰恰离开了文本而空谈理论。这种理论的特点在于，对爱姑求全责备，你既然想反抗就得有清醒的意识、明确的目标、完备的策略、万全的方法，不然就不配当个反抗者。有论者认为："在小说中我们清楚地看到爱姑是一个反抗意识多么强烈的女子，但是她的反抗行为却是以失败告终的，而且是惨败在七大人的一个将打未打的喷嚏上。从这里我们可以看出，爱姑是有一定的反抗意志，但是爱姑却没有明确的反抗目标，在某种程度上对自己的将来没有清醒的规划，只是属于某种程度上的报复心态，在本质上看也就是一个戴着镣铐的前进者，凭着意识的勇气前进，一旦碰到了顽固的对手和幻想这个自身的天敌，她就轻而易举地失败了。所以爱姑要是想真正地取得胜利，就必须理清自己的处境和出路，不是凭着义气前进，这是她需要首先面对的自身的囹圄。其次，爱姑斗争的方式也是不合理的，她对于自己的对手缺乏清醒的认识，这都是她取得解放的重

---

[①]雷娟：《反抗中的被迫性：论爱姑的精神转变》，《名作欣赏》2011年第6期。

要障碍。爱姑可以不把那些所谓的庞庄的慰老爷,还有那些家里的老畜生和小畜生当作对手,但是她没有看到这些人身后还站着城里的七大人,甚至七大人后还有县老爷,县老爷后面还有府衙等,这些都成了一个相互关联的利益群体。"①

以上两种思维,其实是犯了一个小错误,把鲁迅的小说当成论文、杂文,其实,鲁迅的作品,不同的体裁是担负不同的任务的,并不能混为一谈。小说就是小说,散文诗就是散文诗,杂文就是杂文。各种文体间有互文,却不同一。

如果回到文学,回到文本,我们有理由说,鲁迅是在写文学形象,不是在作论文;鲁迅笔下的人物,绝对不是、也没有必要塑造成一位彻底的革命者,而小说却是再现活生生乡间小城镇的妇女精神面貌,如果认为一切没有周密设计、未必能够改变命运的反抗都没有意义,那请问,人类历史上有几次革命和反抗值得肯定?历史上的农民起义、辛亥革命、巴黎公社起义,能说它们因为没有成功而失去意义吗?古老的希腊,奴隶的消极怠工反抗有意义吗?厉以宁先生说:"较为常见的形式是消极怠工。如果在采矿场、采石场、大型建筑工程工地上奴隶采取消极怠工这种反抗形式,被主人或监工发现后,就会遭到各种处罚,甚至被毒打致死。而在小手工作坊和家庭中,一般很少发生消极怠工的情况,因为这里的劳动条件和奴隶的生活状况稍好一些。"②这样的反抗算不算反抗?中国夏朝末年,阶级矛盾更加尖锐。夏朝最后国君桀,统治残暴。《史记·夏本纪》记载:"桀不务德而武伤百姓,百姓弗堪。"他经常强迫人民去打仗,抢掠残害周围部落,激起广大奴隶和各方国部落的痛恨。人民咒骂桀说:"时日曷丧,予及汝皆亡。"(《尚书·汤誓》)敢于骂那么几句,算不算反抗?古今中外的事实都可以证明,奴隶的反抗,是不必挑剔手段的。古希腊《伊索寓言》中有一则《卖木象的人》讲的是一个人做了一个赫尔墨斯木像,拿到市场出卖。他大声喊道,这里有"招财赐福"的神出卖,谁想要?旁人对他说,既然能"招财赐福",你自己应该留着,为什么卖掉呢?这是说明神在奴隶的眼里是没有什么权威的。在《打破神象的人》中,借供神的人之口,说出了奴隶的哲学:神是不识抬举的东西,尊敬他的时候,一点利益都不给我,

---

① 张敏:《从〈离婚〉中"爱姑"形象分析鲁迅的妇女观》,《文学界》(理论版)2012年第6期。
② 厉以宁:《厉以宁经济史文集》第一卷,《希腊古代经济史》上,商务印书馆,2015,第370页。

可是打了他,却能够得到许多好东西。不崇拜偶像也是反抗。

这就是奴隶反神权、反天命的革命世界观。奴隶的反抗是他们的天性所在,奴隶的反抗行为是他们的狂欢。

鲁迅笔下的女性闹的目的为了不离,论者没有读到爱姑对八三说的话吗?"我倒并不贪图回到那边去,……我是赌气。……我倒要说说我这几年的艰难。"她在闹之前已经想好了结果,不可能再回到丈夫那边,想到了即使闹个天翻地覆,也不可能维持婚姻,但也得闹。她的闹,既不计后果,也不怕丢脸。传统观念中,女人被人遗弃是很没面子的,爱姑不怕。似乎想闹得越大越好,不是自己丢脸,而是让老畜生、小畜生无地自容。这一层,我们是应该看清楚的。鲁迅是不同意学生上街、赤手空拳地游行示威的,但是,他没有反对"三一八"事件中的女师大学生,在《记念刘和珍君》中说:"这一回在弹雨中互相救助,虽殒身不恤的事实,则更足为中国女子的勇毅,虽遭阴谋密计,压抑至数千年,而终于没有消亡的明证了。"[①]我们也可以说,从爱姑的抗争表现中,我们也看到了女性的自我反抗的本性可以作为"没有消亡的明证了"。

## 二 《离婚》故事的形成

考察鲁迅《离婚》这篇小说,首先得说明,书中的离婚案是如何发生的,它的起因与结局的设计有什么特别的构思,从而可以考证离婚的情节的形成过程及表达意义。按离婚一词,在中国古代,不是两造认可的概念。所谓离婚,在施家提出来的是"休妻";对于庄家的爱姑来说,应该是"被离婚",就是"被遗弃",而不是现代意义上的"离婚案"。

照常说来,中国历史上的休妻总是表面平静无波的,应该叫沉默的悲剧:一种强力话语权统治下,一方可以支配结局,另一方只能承受结果,就好像形似辩论,而其实是大批判一样。从鲁迅作品的文本叙事来看,离婚冲突好像是由庄爱姑一方挑起的,几件确定的事实是施家制造出来的。爱姑不择地点,也不择对象地骂世,施家不但敢于抗争说理,也敢打、敢闹,甚至械斗、拆灶、到处找人讲理,相信天下有理可说,有一种胜券在手的胜利期待。似乎是正义在胸,百战百胜。当爱姑不得不接受慰老爷、七大人"走散好"的强力逼迫之后,她只讨回了九十元的补偿。也许这算不上胜利。我倒认为即使只得到一元

---

① 鲁迅:《记念刘和珍君》,《鲁迅全集》第三卷,人民文学出版社,2005,第289页。

钱补偿，也算新事件。这是女性争取自我权利艰难的第一步，虽然并没有改变命运。

故事开始时间安排在清末民初江南一个小镇里（鲁迅没有说是鲁镇或者S城，这一点需注意）。主人公庄爱姑与父亲庄木三一同乘船参加乡绅慰老爷家的新年会亲，听说七大人也受到了邀请，爱姑认为是自己解决纠缠已久的"被离婚"问题的一个绝好机会，因此兴奋不已，就想将几年来在施姓婆家受气、遭家暴，甚至遭丈夫遗弃的委屈说给"知书识礼""最明白"的七大人，让他给做主、评个理。别人也许认为女人没有说理的地方，她偏偏不信邪，出门上船一路上就抑制不住满腹不平，向船上的乡人叙述事情经过，想赢得舆论，旁若无人地演习了一遍又一遍：爱姑三年来一直本分规矩，丈夫因与某寡妇关系暧昧，要同爱姑离婚。庄家为抗争，初不接受屈辱的遗弃，也不听慰老爷调解，一怒发起了械斗，拆了施家的灶台，出了口恶气。但是，来到慰老爷的客厅，爱姑没有实现自己的愿望。经七大人参与和慰老爷的沟通谋划，扮演调解。爱姑虽然被迫接受了"分开的好"的结论意见，分手费再加十元，为九十元。爱姑在孤立无援中对七大人也不得不失望了。她本来可以继续申辩，但七大人的一声"来兮"，爱姑突然间感到冰冷的惧怕，以为情况不妙，连忙修改初心，承认自己有错，不得不听从了七大人的斡旋，"离婚"就此成立。爱姑实际上仍然是"被遗弃"，世人仍然可以嘲笑她的被赶出家门，但是她却得到了比较体面的离婚。事件到此中止，这个结局不但不是读者期待的，也肯定不会是爱姑期待的。"比较体面"是说，爱姑到底还是在补偿中离开的，而不是被"来兮"乱棍打出。

一切离婚事实的构成，历代法律是有限制的，历代风俗也有民判。但是文学作品的陈述，不是一个离婚事件的过程与结果的报道，是要揭示法律的限制、民俗的俗判有没有人道价值，怎样的离婚才是人道的结果。在离婚问题上怎样才是合于人性的。这是鲁迅写小说的目的所在。

现代法律意义上的"离婚"应该是夫妻双方的共同意愿下的和平分手，就是两个人都不愿意在一起过下去，才叫离婚。在旧时代夫权社会里，说离婚，不过是丈夫遗弃妻子，一般不是女子遗弃丈夫。鲁迅写的离婚事件，源于书中的丈夫依了老例，没有经过妻子同意而策划娶妾，同时驱走结发妻子；爱姑的被"遗弃"，而叫"离婚"，只因为爱姑主动参与，并接受了这一场"离婚案"。这就是鲁迅写这一篇小说的一个独特视角。

茅盾先生曾指出："《离婚》中的女主角爱姑是乡下女人，被损害后要求报复，是一个倔强的女人。丈夫有了外遇，翁姑袒护自己的儿子，如果爱姑本人懦弱而她的父亲又是好说话的，那么，离婚这一幕是不会发生的，而可能发生的，不是爱姑的被折磨死，便是她像一头猪似的被夫家卖掉。但因爱姑本人'泼辣'，而她的父亲又是'沿海的居民对他都有几分怕惧的人'，于是夫家只能要求离婚了，而双方的争执又自然落到男家赔偿女家的损失费之多寡，男家找乡绅出面'调解'，故事就从这里开始"①。

这样说，启发我们认识故事冲突的发生机制是源于一种时代气氛，似乎是男女间的婚姻关系发生了崭新的变动。历史上婚姻关系中，一向是夫家为主动者，女人嫁到夫家，就成了男方的财产，可以保存、使用，当然也可以随便卖掉、典当、送人，甚至也可以在不喜欢的时候处死她。当夫家仍然按此老例处理爱姑时，现在就"没么容易"了，遇到了阻止和抗争。都因为爱姑"泼辣"和父亲的"不好说话"。（按："不好说话"，就是遇事不大好商量。）注意，因此，迫使夫家将旧式的"休妻"变成了新式的"离婚"，不得不愿意加补偿以期了结。就结局来说，施家并未取得完全胜利，也不能说爱姑是彻底的失败。这样的结果是：双方都未必愿意接受，但又不得不接受调节。迹象表明：夫权的铁律终于遇到了挑战，事情出现了位置松动。即使不能算大捷，并不值得让爱姑开个胜利庆祝会，但是施家也丢了点面子，并不开心，损失也不小。小说的妙处在于引发人们思考，并不在于是不是大团圆。鲁迅写的鲁镇，多是旧时代的故事，而这里的"江南小镇"却不一样了。

## 三　爱姑与祥林嫂的形象比较

作为文学的小说是应该是写人、写人性的；而写人物是通过写环境来实现的，人物离不开环境，人物性格，不是根据概念来塑造，如狄德罗所说的："人物的性格要根据他们的处境来决定。"②左拉也曾说过："假如实验的方法可以引导人们去认识物质生活，那么，实验方法也可以引导人们去认识感情和精神的生活。"他认为："小说的妙趣不在于新鲜奇怪的故事，相反，故事愈是普

---

① 茅盾：《论鲁迅的小说》，《茅盾全集》第二十四卷，人民文学出版社，2014，第435页。
② 狄德罗：《论戏剧艺术》，陆达成、徐继会译，《文艺理论译丛》1958年第1期。

通一般，便愈有典型性。"①只有重视现象，采取实验的方法，才能达到对人的真实科学认识。这就要求作家通过现实生活的观察，集取一些关于人物的资料，将人物放到各种环境中，实验和体察人物情感在自然法则下的活动。"使真实的人物在真实的环境里活动，给读者提供人类生活的一个片段"。虽然自然主义和现实主义都强调反映自然，但是现实主义通过典型化手法所反映的是具有内在必然性的真实的自然，而自然主义所反映的则是随便观察到的平常的、庸俗的自然。自然主义者反对将普遍的现实生活进行典型的概括，鲁迅笔下的爱姑是鲁迅运用实验主义的手法创作出来的活人和活生活，确实有点重视现象的自然主义特点。

为了解开小说创作的秘密，我们可以先研究爱姑是怎样的一个形象。写过《祝福》、成功塑造了祥林嫂之后，鲁迅再度关注女性生活，会写出怎样的一个崭新形象。在女性生命考察的问题上鲁迅想告诉我们什么。

《彷徨》中有两篇写乡间女性的小说《祝福》与《离婚》，塑造的两个女性祥林嫂、爱姑，二者确有不同的观察视角。这是鲁迅创作的个性追求，他一向是无新意即不动笔的性格。《祝福》从司空见惯的日常生活中发现的是"几乎无事的悲剧"，是写古老社会常态下的女性习以为常、却极端不幸的命运。鲁迅的批判哲学是一种历史审判："从来如此便对吗？"于是他写一个无名的女性"祥林嫂"，受尽了旧时女性可能遭遇到的各种不幸命运的故事。小说情节的集中性设计有点像中国古老戏曲，让一个女人身上降临许多的苦难，唤起人们的感同身受。为写小说而堆积女性的不幸，很容易落得平淡因循，了无新意。鲁迅一向不喜欢这样处理素材，因此，鲁迅的高妙之处在于要选择一个新视角：写尽了一个封建时代的女性精神世界的悲剧，让她在生不能生、死也不能死的命运中无声地崩溃、死去。有人想考证主人公到底怎么死的，这就叫刻画"浑沌"。有人研究出来，祥林嫂是"自杀"。自以为是发现，其实是多事，给鲁迅添乱。庄子曰："北海之帝为忽，中央之帝为浑沌。悠与忽时相与遇于浑沌之地，浑沌待之甚善。悠与忽谋报浑沌之德，曰：'人皆有七窍以视听食息，此独无有，尝试凿之。'日凿一窍，七日而浑沌死。"我们因为不理解作者的用意而让主人公如"尘芥"死于不明不白，为什么一定要破解她怎么死的呢？

---

① 参见项晓敏《使真实人物在真实环境里活动——左拉自然主义及其"真实论"之我见》，《杭州师范大学学报》（社会科学版），1994年第4期。

到了写《离婚》，这是鲁迅以现实为题材的小说里写得最晚的一篇，必须有能力让它别开生面。于是鲁迅是代女性立言，努力发现了中国女性最应该有的那种原始的、最有人性意味的自我意识与抗争的素质，让故事显示一种浪漫情节，让女性"虽遭阴谋秘计，压抑至数千年，而终于没有消亡的明证了"。鲁迅在《记念刘和珍君》中说的话是多么痛心！所以《离婚》是鲁迅自己比较满意的作品。

鲁迅曾将《呐喊》《彷徨》相比，自评道：《呐喊》是"遵命文学"，是遵奉"革命的前驱者的命令，也是我自己愿意遵奉的命令"。这是鲁迅跟随新思潮而发出的呐喊，是深思熟虑的选择。《呐喊》"表现的深切和格式的特别"，"颇激动了一部分读者的心"。《彷徨》"技术虽然比先前好一些，思路也似乎较无拘束，而战斗的意气却冷得不少"①。《彷徨》"技巧稍为圆熟，刻画也稍加深切，如《肥皂》《离婚》等，但一面也减少了热情，不为读者们所注意了"②。

茅盾曾经称赞鲁迅的小说风格多样而且也盛赞《离婚》等作品都比《呐喊》里的小说优秀。在《论鲁迅的小说》一文主要论述鲁迅小说从《呐喊》到《彷徨》的发展："从《狂人日记》到《离婚》（从一九一八年到一九二五年），不但表示了鲁迅思想发展的道路，也表示了他的艺术成熟的阶段。《祝福》、《伤逝》、《离婚》等篇，所达到的艺术的高峰，我以为是超过了《阿Q正传》的。"这是当时的"的评"。茅盾还就作品进行了比较："如果把《药》和《离婚》比较研究，无论是就形象的生动而多言，人物的典型性结构的有机性，乃至对话的如闻其声，我觉得《离婚》更胜于《药》。"茅盾还指出："在《呐喊》集中，幽默情调较居主要的作品似乎更胜于沉痛的作品……在《彷徨》集中，我却以为沉痛的作品在艺术上比《呐喊》集中的同类作品达到了更高的阶段……若就艺术的成熟一般而论，鲁迅的小说后期尤胜于前期者，这说法大体上我相信是不错的。"③鲁迅的两部小说，在艺术形式上为中国的现代小说树立了榜样，如茅盾所说："在中国新文坛上，鲁迅君常常是创造'新形式'的先锋；《呐喊》里的十多篇小说几乎一篇又一篇新形式，而这些新形式又莫不给青年作者以极大的影响，必然有多数人跟上去试验。"④这些论述是

---

① 鲁迅：《南腔北调集·自选集·自序》，《鲁迅全集》第四卷，第469页。
② 鲁迅：《中国新文学大系小说二集·序》，《鲁迅全集》，第六卷，第247页。
③ 茅盾：《论鲁迅的小说》，《茅盾全集》，第437页。
④ 茅盾：《读〈呐喊〉》，《茅盾全集》，第398页。

很值得我们参考的。

在以往的研究中,我们有些研究者对鲁迅的自我交代理解得不够准确。鲁迅先生几次解释自己的创作,只是想比较客观地说明《呐喊》与《彷徨》的创作背景和当时的追求,以及思想意义。二者有所不同,并不是在比较两本小说的优劣。我们切不能理解为后一本小说的思想价值就低于《呐喊》,这样的推论仅仅是"以鲁解鲁",肯定是有问题的。小说创作固然需要热情,其实更应该靠冷静的深思。我认为,从小说结构的完整性和思想的深刻性来看,《彷徨》比《呐喊》的思维更深入、构思更艺术、整体更经典。强调小说的政治性意义可以让小说获得时代的认可与当下读者阅读的认同感,但是也可能束缚作家。好的艺术家是不愿意被任何外来因素捆住手脚的。时代因素,用得好,应该能够激发创作;用得过分,可能会束缚创作思维。法国作家路易·阿拉贡认为,艺术创作就是为了让自己凝固起来的思想和作品献给不断变化的读者人群,追求永恒。他说过:"对我来说,关键是吸引他们的注意,深入他们的脑海,用种种手段创造不能破坏的语言整体,使它能把我的思想送到永远变化着的人们那里,因为科学为人们提示的认识领域在变化着,因为社会不顾一切禁令在变化着,须知不止一个艺术领域才有禁区。"①鲁迅的小说创作起步于遵奉"前驱的命令",转型于自由地写自己精心构思的篇章。米兰·昆德拉说:"小说的精神是复杂性。每部小说都在告诉读者'事情要比你想象的复杂'。这是小说永恒的真理。但在那些先于问题并排除问题的简单而快捷的回答的喧闹中,这一真理越来越让人无法听到。对我们的时代精神来说,或者安娜是对的,或者卡列宁是对的,而塞万提斯告诉我们的有关认知的困难性以及真理的不可把握性的古老智慧,在时代精神看来是多余的,无用的。"②从而可以说,即使是鲁迅"遵奉前驱者的命令"所写的小说,也不能仅仅从时代精神的视角进行简单的分析,因为它是文学;更不用说,"五四"退潮后的《彷徨》本身具有小说的更多复杂性。

所以,我们完全可以说,后一本《彷徨》是比前一种《呐喊》更成熟、更艺术了。仅以收入《彷徨》的两篇写女性的小说《祝福》《离婚》来说,都是思想上"表现深切",艺术上"技巧稍为圆熟"的。《祝福》一篇是从题材到写

---

① 路易·阿拉贡:《是什么,就叫什么》,《法国作家论文学》,王忠琪译,生活·读书·新知三联书店,1984,第463页。
② 米兰·昆德拉:《小说的艺术》,董强译,上海译文出版社,2004,第24页。

法都比较传统、民族化的写法。鲁迅强调《离婚》，显然是自己比较满意而有新意的作品。至少我们可以说，这两篇都是比《明天》写得更好的作品。

## 四　奴隶反抗是他们的狂欢　抗争是奴隶的永恒哲学

比利时批评家乔治·布莱在论述波德莱尔时说："人们知道巴尔扎克描写他如何与街上的行人认同的这句话：'听着这些人说话，我可以亲历全心全意的生活，仿佛自己就穿着他们褴褛的衣衫，脚上就是他们那满是窟窿的鞋子；他们的欲望，他们的需求，都深入了我的心灵，我的心灵与他们的心灵融为一体。'"①比利时批评家乔治·布莱在论职加斯东·巴什拉时概括："实际上，批评之所为若非承受他人之想象，并在借以产生自己的形象的行为之中将其据为己有，又能是什么呢？而这种替代，一个主体替代另一个主体，一个自我替代另一个自我，一种'我思'替代另一种'我思'，文学批评如若进行，只能在他所研究的想象世界引起的赞叹中，在一种与最慷慨的热情无异的一致的运动中无保留地和这想象世界及其创造者认同。一切都开始于诗的热情，一切都结束于（一切又都重新开始于）批评思维的热情。首先要赞叹，永远要赞叹。"②文学创作不是一种社会批评，文学批评也不是从作品中寻找社会批评资料，从而进行无限的演义。这是理解鲁迅小说时应该特别注意的。

判断一个事件的性质有一个最简便的方法，就是将情事反转来看。试想，如果爱姑从始至终高高兴兴地接受这一场休妻，那种大悲剧是好的吗？或者问：那种悲剧是有意义的吗？

所以在分析《离婚》思想问题时，我们应该引进一个概念：抗争是对正义的保护，抗争是奴隶的永恒哲学。

就像我们评论一个好人的善良一样，应该首先肯定任何正义都属于美好的品质。即使抗争与善良都不一定能够得到必然期待的好结果，我们也不能倒过去责问、怀疑抗争与善良。永远不能否定抗争与善良的正面价值。

有人说，你说鲁迅是以肯定爱姑的形象来创作的，可是鲁迅喜欢爱姑吗？进一步问，你这样说，你作为论者，喜欢爱姑吗？回答是简单的：自己喜欢与不喜欢，与文章是不是可以这样写其实是两回事。就像鲁迅也不会喜欢阿Q的

---

① 乔治·布莱：《批评意识》，郭宏安译，第18页。
② 郭宏安：《波德莱尔诗论及其他》，同济大学出版社，2006，第396页。

革命,但是他也只能那样写;鲁迅也不一定喜欢殷夫的诗,但是他也加以称赞,文学批评的原则与标准不是自我的,而不能不是时代性的。

所以也许我可以说,鲁迅不会喜欢爱姑这样的人,但是这不影响照样应该肯定性格。就好像我们同样可以问:鲁迅喜欢子君吗?也许同样是不喜欢。我想先认定爱姑形象是鲁迅以同情和肯定的态度来写她的;甚至可以说是鲁迅没理由不肯定爱姑才这样写的。小说创作的初心并不是亮出爱姑的缺点和错处来提供一个评判的靶子。研究鲁迅的人们,在认定了鲁迅是三个"家"之后总是想象他什么时候都在大批判,什么时候都是站在高处骂世,其实是不恰当的。我希望,我们的研究重视逻辑,发现文心,回到本文。

爱姑是一个有别于祥林嫂的崭新形象,一来她不是下层妇女,二来她个性泼辣,三来能言善辩。我们大概没有注意到,小说中的爱姑,是没有眼泪的;既没有悲痛的眼泪,也没有抗争的眼泪。在以往鲁迅的笔下大多是"老中国的儿女",是沉默的下等人。爱姑却是刚强执拗的一个。她出生在比较富有的人家,个性意识显然要强一些,显然的事实是她已经不怕离婚,不但敢于抗拒夫家,而且敢于给自己做主。她的丈夫看上了一个小寡妇,就想休弃爱姑。这在过去是并不难、也不奇怪的,如果按旧的礼教行事,以一纸休书,把爱姑赶出家门就算拉倒。但是,爱姑认为,丈夫和公公这样做就是不讲人情的"畜生"行为。骂人为"畜生",就是对他们人性的极度贬损,也是对他们做法的全面否定。于是大骂丈夫和公公是"老畜生""小畜生"。实在是骂得痛快淋漓!

这时的爱姑,真有点"得理不让人"的劲头,她说:让我走,没那么容易。自己是"三茶六礼"明媒正娶的媳妇,不是祥林嫂那种是被抢来的;再有,进门后"低头进、低头出,一礼不缺";还有"老畜生""小畜生"一直是欺凌她,遗弃她是虐待的继续。爱姑"记丑而博":那年的黄鼠狼咬死了那匹大公鸡,并不是她没有关好鸡橱门,是"那只杀头癞皮狗偷吃糠拌饭,拱开了鸡橱门";"小畜生"却不分青红皂白,就夹脸给了爱姑一个嘴巴。随便打人不是畜生是什么?按鲁迅的定义,这话也不算骂,因为这是说出了一个真实。鲁迅说"假如指着一个人,说道:这是婊子!如果她是良家,那就是漫骂;倘使她实在是做卖笑生涯的,就并不是漫骂,倒是说了真实。"①另外,这几年自己给这个家也做出了贡献,她得说说这几年的艰难持家的功劳,不受奖赏,反被

---

①鲁迅:《漫骂》,《鲁迅全集》第五卷,第431页。

畜生殴打。难道爱姑可以忍受吗？

鲁迅从来主张："世上如果还有真要活下去的人们，就先该敢说，敢笑，敢哭，敢怒，敢骂，敢打，在这可诅咒的地方击退了可诅咒的时代！"①爱姑的行为值得称赞的是，她的抗争，不仅是口头敢骂，而且也真敢打。她不但组织自己的亲属到夫家说理，甚至父亲庄木三带儿子们去老畜生家械斗，"拆平了他家的灶"。灶是家的象征，等于是毁家；所以，爱姑口口声声地说让她丈夫"家破人亡"，让"'老畜生''小畜生'走投无路"，并不是空话。

更值得注意的是，作为一个将被遗弃的女人爱姑，并不以"被离婚"为耻，而也不怕别人耻笑她，她甚至"并不想回去"，可以答应离婚，但是为从离婚中找回自己的经济补偿和精神补偿，要公开同对方讲讲理，如果不能让对方"家破人亡"，也让他们威信扫地。她要向有地位的人把自己的屈辱事说个明明白白，让别人都知道她"这几年的艰难"，从而讨出个公道。这是何等大胆而果敢的人生态度。在家丑不可外扬的社会里，敢于说出自己的屈辱要有多大的勇气！

爱姑的抗争，是豁出了面子的，表现出是暴力的、执着的、不择手段的，是穷追猛打的。她没有得到世界的全般，至少得到一角。

传统社会的女人，一旦被休，就没脸见人。中国古代《诗经·我行其野》写道："我行其野，蔽芾其樗。昏姻之故，言就尔居。尔不我畜，复我邦家//我行其野，言采其蓫。昏姻之故，言就尔宿。尔不我畜，言归斯复。//我行其野，言采其葍。不思旧姻，求尔新特。成不以富，亦祇以异。"意思是：我在郊野漫步，到处茂盛樗树；因为婚姻缘故，才到你家来住；岂料你遗弃我，只好回我故土。我在郊野漫步，采羊蹄菜味道很苦；因为婚姻缘故，才到你家来住；岂料你遗弃我，只好重踏来路。我在郊野漫步，采摘旋花凄楚；你不念往日情，把你新欢来逐；不因她人富有，是你心花厌旧。这首歌，题材反映弃妇命运，我怀疑是男人代女人作的诗，不过也很逼真地唱出了弃妇之苦闷无助。袁宏道的《妾薄命》却写得别有情感："落花去故条，尚有根可依。妇人失夫心，含情欲告谁？灯光不到明，宠极心还变。只此双蛾眉，供得几回盼。看多自成故，未必真衰老。辟彼数开花，不若初生草。织发为君衣，君看不如纸。割腹为君餐，君咽不如水。旧人百宛顺，不若新人骂。死若可回君，待君以长夜。"旧人怎么顺从他也不被承认，新人怎么骂他，他也百依百顺。说出了男子喜新

---

① 鲁迅：《忽然想到·五》，《鲁迅全集》第三卷，第431页。

厌旧和弃妇的心苦及丈夫变态心理。李金发写的《弃妇》也如诗经一样，虽然也是男人说女人话，却直写孤独的弃妇内心之苦。可惜都不是抗争之词。即以鲁迅的小说来对比，《明天》里的寡妇单四嫂子，被流氓欺辱，她敢出来告诉别人吗？

张爱玲在小说《十八春》中，描写弃妇顾曼璐，丈夫祝鸿才经常不回家，在外边玩花惹草，顾曼璐为了留住丈夫的心，设计了小圈套：让丈夫奸污曼璐的妹妹，并生下孩子。这大概只有张爱玲会告诉我们，这算不算反抗。

爱姑的可爱处在于，她不怕遭到别人嘲笑，更不怕家丑外扬。有点门面的家，谁愿意听到外边有骂声？她也不给对方留面子，什么细节都敢说出来。逢人便大声讲，简直是目中无人；在家里说，在路上嚷，跟亲人们讲，在船上讲，也跟有身份的人讲。她认为，这不是我自己丢人，是让夫家丢尽人拉倒。她那个气势让人觉得：这世界不是我的了，与其得不到，那就毁掉它！何等的大胆、果敢和自信！这一手，爱姑给夫家制造了极大的压力。气得那个小畜生丈夫连话都不会说了：当爱姑在七大人的客厅里面对七大人，无所畏惧地慷慨陈辞时，"小畜生"忍不住插了一段话："七大人看看……她在大人面前还是这样。那在家里，简直闹得六畜不安。叫我爹是'老畜生'，叫我是口口声声'小畜生'，'逃生子'。"一个"六畜不安"，真是神来之笔啊！就说明了，施家实在不仅有两个畜生，简直是一群"畜生"。

爱姑自己说得很好，她明知道自己跟丈夫不可能再合好，也不想再合好。世界不是我的了，那就彻底破坏它。与其好不了，那就大吵大闹，直想让他们家破人亡。这是非常女人最狠的一招。我们必须看懂"家破人亡"的含义。这里指的就是具有象征"毁家"意义的"拆灶"。拆灶是旧时绍兴等地农村的一种风俗，来历应该很古老，象征灭火、毁家。意义相当于北方乡间的"砸锅"。当民间发生纠纷时，一方将对方的锅灶拆掉，认为这是给对方很大的侮辱。周作人说："拆灶"是一种械斗，"浩浩荡荡地直奔敌人家去，走到厨下。用大竹杠通入灶门，多人用力向上抬，那灶便即坍坏，他们也就退去了。"①虽然谈不是有什么效果，到底也是污辱。爱姑到处骂阵、群起拆灶，都不能挽回局面。最后一着就是找明白人说理，殊不知，这是最不管用的一着。找明白人讲理，也许是一条路，殊不知她认为最能情达理的人可能是最昏的人。慰老爷让他们"走散好"；而"同知县大老爷换过帖"的七大人还真是"不说人话"，似乎也

---

① 周遐寿：《鲁迅小说里的人物·拆灶》，人民文学出版社，1957，第141页。

用不着说话。旧时朋友相契,结为异姓兄弟,各人将姓名、生辰、籍贯、家世等项写在帖子上,彼此交换保存,称为换帖。帖子,相当于契约。七大人以他自己的身份和地位,能和知县成为"把兄弟",还能说什么人话呢?这一切,对爱姑就产生了一种莫名其妙的压力。使她立刻降服了。

总而言之,爱姑的反抗从一开始就没有用"精神胜利法"。这不仅是由于性格,也基于社会地位。庄家应该是有点小影响的中产阶层人家,"老人家是高门大户都走得进的,脚步开阔,怕他们甚的!"不然也不会应邀请参加慰老爷的新年会,也不可能见到七大人。

我们不必说爱姑的抗争幼稚,更不要批评她可笑。因为鲁迅一向认为奴隶的反抗是一种天然应该有的素质,即便是阿Q到了死亡临近时不是也"省悟"了而且大呼救命吗?鲁迅在《论"他妈的!"》一文中说:"'下等人'还未暴发之先,自然大抵有许多'他妈的'在嘴上,但一遇机会,偶窃一位,略识几字,便即文雅起来:雅号也有了;身分也高了;家谱也修了,还要寻一个始祖,不是名儒便是名臣。从此化为'上等人',也如上等前辈一样,言行都很温文尔雅。然而愚民究竟也有聪明的,早已看穿了这鬼把戏,所以又有俗谚,说:'口上仁义礼智,心里男盗女娼!'他们是很明白的。于是他们反抗了,曰:'他妈的!'"[①]

这篇文章写于1925年7月19日,也就是说在《离婚》写作前的一百一十天,鲁迅写了《论"他妈的!"》中已经说出了一个并不难领会的人生道理:虽然是卑劣的反抗,也是可贵的。正如鲁迅说:"假如出一个'学而时习之'的试题,叫遗少和车夫来做八股,那做法就决定不一样。自然,车夫的文章可以说是不通、是胡说,但这不通或胡说,就打破了遗少们的一统天下。"[②]

革命和反抗,是奴隶的狂欢节日。

鲁迅在这篇并不很长的短篇小说里,给爱姑设计了两个专场狂欢,让她尽情说话,让她痛快地表演,甚至让她把几千年来中国妇女所受的压抑,趁此机会来个大释放,大歌唱。这本身似乎就是对现实中无话语权的下等女性特别的关照。她不是用歌颂的笔墨写爱姑形象的,而以自由的意识放纵爱姑们的民主抒情。除了在作品里能够让奴隶大胆地狂骂一下,现实中能有这种狂放抒情的机会吗?所以,我们有理由说:爱姑是敢于向一个封建社会旧礼教挑战的泼辣

---

① 鲁迅:《论"他妈的!"》,《鲁迅全集》第一卷,第248页。
② 鲁迅:《准风月谈·前记》,《鲁迅全集》第五卷,第199页。

妇女形象。

鲁迅写这样的女性也是时代的必然。周作人在《北河沿通信》里阐述过他的女性观："我固然不喜欢像古代教徒之说女人是恶魔，但尤不喜欢有些女性崇拜家，硬颂扬女性是圣母，这实在与老流氓之要求贞女有同样和可恶，我所赞同的是混和说……"他说："我们要知道，人生有一点恶魔性，这才使生活有些意味。正如有一点神性之同样地重要。"①他对灵与肉的统一论是："兽性+神性＝人性。"鲁迅也说过："野牛成为家牛，野猪成为猪，狼成为狗，野性是消失了，但只是使牧人喜欢，于本身并无好处。人不过是人，不再夹杂着别的东西，当然再好没有了。倘不得已，我以为还不如带些兽性。"②这种兽性其实就是桀骜不驯的个性，就是自尊自立的人性。

其实早在1922年欧阳予倩已经写出了《泼妇》，在那个短剧中歌颂的就是一名泼妇，既然你们"不说人话"，爱姑为什么不可以撒野、咒骂？要反抗压迫，顾不得泼野还是谦恭、粗俗还是和气了！《泼妇》一剧写的是三十岁的银行副经理陈慎之瞒着妻子纳妾，得到他的父母赞同，但原配妻子于素心绝不接受，一面要送那个女孩接受教育，一面坚决与丈夫离婚并且带走儿子。在陈家父母亲戚的目瞪口呆中，于素心离家出走。该剧情节中最激动人心的也是于素心的一段抗争斥责，八个反问，让全场的人目瞪口呆：

> 你放心，没人难为你！（向陈慎之）你从前对我是怎么说的？你向来对我是怎么说的？你方才对我是怎么说的？你不是反对一夫多妻制的吗？你不是主张神圣恋爱的吗？你不是自命为主张女子解放的中坚分子吗？你不是绝对以真实不欺为信条的吗？你不是主张"废娼说"，不忍拿金钱去压迫那无辜的女子吗？你始终不能不取掉你那正义人道的假面，到了今天，你证明自己从头至尾全是诈伪！（见陈慎之窘笑）你不要得意，笑，哭，都不能掩饰你的诈伪。我一生受了你的骗，也只怪我自己从前跟你相交的时候，没有看出你的弱点。你骗人骗得得意了，所以丢了我又去骗别人，现在也没有别的多话，第一步，你先把她退了，把卖身纸还她，使她自由，再另外送她两千块钱让她自活。③

---

① 周作人：《谈虎集》下，北新书局，1928，第430页、第434页。
② 鲁迅：《略论中国人的脸》，《鲁迅全集》第三卷，第431页。
③ 欧阳予倩：《泼妇》，《欧阳予倩全集》第一卷，上海文艺出版社，1990，第51页。

被压迫的人们，就需要这样的反抗！这是奴隶的哲学。鲁迅说："人类的血战前行的历史，正如煤的形成，当时用大量的木材，结果却只是一小块。"①

中国女性获得生命自由的路是漫长的，但是，总有一段路是我们的"爱姑"给铺出来的。也就是鲁迅给铺出来的。

## 五　爱姑抗争的法律依据

鲁迅作品中写到爱姑执意于引用"三茶六礼"的历史依据自救，有很多读者认为，这是"想做奴隶而不得"的卑怯抗争。我不那么认为。因为爱姑的反抗并不是无理的，其中是有法律依据的。而这些依据是鲁迅给找到的，鲁迅特别批准她到作品中来闹一下。

这"三茶六礼"，是连爱姑也懂得的"明媒正娶"。三茶六礼指旧时正式结婚的全礼仪，经过了"三茶六礼"，是履行了婚礼的光明正大的结婚。我国旧时习俗，娶妻多用茶为聘礼，所以女子受聘称为受茶。"三茶礼"流行于江南汉族地区，通常是指订婚时的"下茶"、结婚时的"定茶"和同房时的"合茶"。其理取自民间相信茶树移植后不复生的性情。象征婚姻双方"山盟海誓""白头偕老"，一生不离不弃。据明代陈耀文的《天中记》卷四十四说："凡种茶树必下子，移植则不复生，故俗聘妇必以茶为礼，义固有所取也。""六礼"，据《仪礼·士昏礼》（昏，今作婚），即纳采、问名、纳吉、纳征、请期、亲迎六种仪式。可见，这里还有点文化。那时，丈夫对老婆如果不满意是可以随意给一个罪名休掉的，所谓"七出"就是准备好的礼法。只要丈夫休妻，妻没有不走的，更没有妻子"休丈夫"的。女人被丈夫休了，让你走就立刻走人，一般不能附加别的条件。

没错，旧式的婚姻，是男权主义的。《诗经·南山》中有："蓺麻如之何？衡从其亩。取妻如之何？必告父母。既曰告止，曷又鞠止？//析薪如之何？匪斧不克。取妻如之何？匪媒不得。既曰得止，曷又极止？"娶妻还是全由父母亲当家，而且要有媒人。《孟子·滕文公章句下》说："不待父母之命，媒妁之言，钻穴隙相窥，逾墙相从，则父母国人皆贱之。"按"父母之命，媒妁之

---

①鲁迅:《记念刘和珍君》,《鲁迅全集》,第三卷,第293页。

言",男女才能成婚。

至于离婚,其实就是丈夫遗弃妻子的理由,自古有七出三不出。所谓"七出",《大戴礼记·本命》云:"妇有七出:不顺父母,去;无子,去;淫,去;妒,去;有恶疾,去;口多言,去;窃盗,去。不顺父母为逆德也,无子为其绝世也,淫为乱其族也,妒为乱其家也,有恶疾为其不可共粢盛也,口多言为其离亲也,窃盗为其反义也。""七出"诸条中以"淫"为最重。因为失贞是为社会所不能容忍的大错,是婚姻中的最大不忠诚,又恐乱宗。妇女如果在夫家有七件事出了错就可以被丈夫放逐。七出的许多规定,是没有道理的,有了病、多说话、不生子云云,就赶出门,不但不讲道理,也很无情。

我们要注意一个事实,旧的婚姻关系中,不但要家长做主,也没有爱情之说的。至于"义绝"——早有《唐律疏议》称:"夫妻义和,义绝则离。违而不离,合得一年徒罪。""即妻妾擅去者,徒二年,因而改嫁者,加二等(一等是六个月)。"就是两方有人失了信义,比如男子将自己的妻许给了别人,或者典给了别人,或者妻自己逃跑不归了,不但要追回来,还得打一百板,再让丈夫把她卖给别人;如果自己私下里嫁给了别人,就得遭到监禁。"不相和谐"指双方情义不合,不同于义绝,"听其离耳,妻止归宗",协议离婚,女子应该回到母亲那里就行了①。

但是,我们也应该注意,中国古代法律是有对妇女保护条文的。《大戴礼》还有"三不去"。云:"妇有三不去:有所受无所归,不去;曾经三年丧,不去;前贫贱,后富贵,不去。"何休又云:"丧妇长女,不娶,无教戒;世有恶疾,不娶,弃于天;世有刑人,不娶,弃于人;乱家女,不娶,类不正;逆家女,不娶,废人伦也。"按《周易·同人·六二》郑注云"天子诸侯后夫人,无子不出",那就还剩下"六出"了。其天子之后虽失礼,亦不出,有证,《鼎卦 初六》郑注云:"嫁于天子,虽失礼,无出道,废远而已。若其无子,不废,远之。后尊,如其犯六出,则废之。"尽管,天子与诸侯可以特别商量外,"三不去",应该是自古以来就有的"礼"的规范。也就是说给女人留下了一点讲理的空白机会。可以说,魔鬼的手掌也有漏光的缝隙。

按读书人的理解,在法律面前,女子若有"三不去"的理由,夫家就不能随便休弃,这是可以讲理的,会讲理与不会讲理,那是你自己的事,别怨别人。这三条是:一、曾以公婆服丧,不出;比如父母死后守孝三年度过,在父

---

① 周建人:《中国离婚法上的三绝》,《妇女杂志》第八卷,1932年第4期。

母坟前，搭一个茅草屋，不能喝酒吃肉，不能生火做饭，只能吃冷食，披麻戴孝，而且不能有娱乐活动，如果老婆陪丈夫坚持下来了，丈夫是不能休妻子的；二、有所娶无所归，不出。因为娘家没人了，休掉媳妇，她也没地方可去，这也不能休；三、娶来时夫家贫，后来家富足了，这可以算女人有功于此家，"糟糠之妻不下堂"，也不能出。一直到清朝，法律上也保留了"三不去"的规范。

在清朝的《大清律例》里还有，如果一方是官方，要求离异，必须是当事人至少犯了九条中的一款：一、重婚者；二、妻与人通奸者；三、夫因奸非罪被处刑者；四、彼造谋杀害自己者；五、受彼造不堪同居之虐待与重大之污辱者；六、妻虐待夫之直系尊属虐待或重大之污辱者；七、受夫之直系尊属虐待或重大之污辱者；八、夫妻之一造以恶意遗弃被告者；九、夫妻一造达三年以上生死不明者。这九条法律，在鲁迅写《离婚》时是还有很大的影响。但是在《现行民律草案》中的离婚法，"男女地位纵使不平等，但已由'妾'而变为妇人也有向夫提出离异的权利了。不能不说是一个很大的进步"①。

细说起来，在封建社会，"三不去"应该算对出嫁的女人人生权益的形式上的保护。这是制定法律时给女人留下的一点面子上的权益。对此，我们切不可论定为虚伪。因为我们不可以将法律的制定与执行混为一谈。如果说事实上妇女极少能够在这方面受到法律保护，于是我们就怀疑法律，这种思维方法是不对的。就好像法律上规定卤水有供需性，不能点豆腐，而社会上仍然不守规矩，那就不能怨法律不对。也好像，在马路上行车，已经明确地规定了不许闯红灯，因为有人闯了红灯出了车祸，那不能说"红灯停、绿灯行"的规定是虚伪的。这就是：以不良之果逆追法律之责，是不讲理的论证。

在中国古代，妇女主动离婚改嫁的事也不少。《列女传》中就有："夫妇之道，有义则合，无义则去。"东汉有《焦仲卿妻》，刘兰芝被休后，媒人接连不断，甚至求聘的都比前夫门第高，人才也好，"先嫁得府吏，后嫁得郎君，否泰如天地，足以荣汝身"。唐宋期间，离婚改嫁、再娶之事多有，韩愈的女儿也是先嫁给父亲的门人李汉，后改嫁给了樊仲懿。清人钱泳说："宋以前不以改嫁为耻，宋以后则以改嫁为耻。"②

民国以来，法律上已经有新规定：女方也可以向男方正式提出离婚。新法

---

①乔峰：《中国的离婚法》，《妇女杂志》第八卷，1932年第4期。
②钱泳：《履园丛话》二三。

律规定，离婚分协议离婚、呈诉离婚两种。前者指"夫妻不和谐、两方情愿离婚，女人可以改嫁"，被批准离婚的九条件：一、重婚者，二、妻与人通奸，三、夫因奸处刑，四、被谋杀，五、家暴，六、妻虐夫及亲属，七、受夫及亲属虐待侮辱，八、一方恶意遗弃另一方，九、一方生死不明达三年以上。这几条中我们注意到七与八，是有利于女方的，如果妻子并没有错处而公婆加以虐待，妻也可以提出离婚。男方恶意遗弃女方，都可以离婚，但是男方是应该受到惩罚的。也就是说财产的侵害上可能会照顾到女方的利益。

　　以上也只是从字面上而言，在中国字面上的东西虽然不能当真，但是，毕竟是有这些法。那些写在典籍上的许多条文堂而皇之地流传几千年，你可以不相信它能够不折不扣全面实行，但是它却真的存在。鲁迅在这篇小说中仿佛做了爱姑的辩护律师，其中的创作心理大可以好好研究。

　　在男权社会里，一切法律对男子是有利的，礼教与法度从来对男人没有要求，连"贞节"这个词也没有用过，所以，一直到清代，男人还可以纳妾，妻子不能因为丈夫纳妾或者奸通而申述离婚，不仅不能反对，也不许嫉妒。在一般的认识上，男人纳妾的做法并不失德，女人的嫉妒却是失德败德，法律袒护男性的不合理机制是"从来如此"，不能说"从来如此，便对吗"。

　　但是，在鲁迅的小说中，异样的声音终于出现了，终于有了爱姑不能接受丈夫纳妾："'小畜生'姘上了小寡妇，就不要我，事情有这么容易的？'老畜生'只知道帮儿子，也不要我。"这是问题的关键。风俗总是跟着权势走的，那些歧视女性的规范和偏见，正如瘟疫，在民间普及到家喻户晓，也莫名其妙地被社会承认。所以，爱姑要找人申辩说理也得先主动申述说自己"从我嫁过去，真是低头进，低头出，一礼不缺"。就是说按着"七出""三不出"的原则，自己也没有大错误。爱姑有这么大的胆子敢向"老畜生"和"小畜生"挑战，原来并不仅仅因为她性格的泼辣、嘴不让人，还有法律的某些条文可以利用。

　　请注意：如果一切归于爱姑性格乖戾，等于承认她胡搅蛮缠，"无理搅三分"，其实她顶多算"得理不让人"的形象。她没有恶行，也没有失节；她低头进低头出，一礼不缺；她同丈夫一起度过了几年的艰难，是有功于家的；她不断地遭到家暴；她受到的是恶意的遗弃。仅从这些方面来说，她应该是无过错的。她可以说理，找回自己的尊严；而且鲁迅在这里可能就是想塑造一个敢于说理的下等人形象，把她铸成一个偶像提示我们给她一点支持。

## 六　爱姑是一个活人

《离婚》是一篇有讽刺意味的短篇小说。但是讽刺的对象是施家父子、慰老爷、七大人之流，不是爱姑。男性的小说家鲁迅，在自己的小说里从来都不讽刺女性，她们虽然也是奴隶，但是她们生活在社会最底层，不好责备她们。

《离婚》全篇本文只用"船上"与"厅中"两个场景展现出爱姑对"被离婚"的情节和爱姑惊世骇俗的抗争，以及无烟无火的结局。女人在社会上没有话语权，鲁迅偏偏让出两个空间，允许女人发点牢骚，其中的人道主义，应该得到理解。在文学作品中，这叫咏叹唱段。给沉默的人物以说话的空间，正是作品的"不亦快哉"之处。

构成故事的船上的情节，几乎用全部字句写了爱姑毫无顾忌的揭露和骂詈，她的敢骂敢说，一定要出现激起一船人惊愕的效果，这是对丈夫一家的民间道义宣判，尽力张扬丈夫休弃她的蛮横无理是历史性的抗争，从而正好说明爱姑做人做事的堂堂正正，有充足理由同丈夫拼搏讲理；再加上他们已经到丈夫家拆灶、械斗过，文的武的都来，可以走遍天下，"七大人""八大人"，也没有什么可怕的，"拼个你死我活"拉倒。这种姿态让我们可以相信她有胜利把握。而到了七大人客厅中她再次演习，准备好了全部讼词。她也敢于审判"老畜生"和"小畜生"，甚至敢于当众指责自己的父亲是个没用的老财迷，"看得赔贴的钱有点头昏眼热了"。但读者不会想到，爱姑的抗争却在偶然间如春山的积雪，崩塌了。爱姑忽然间变得柔顺而温和，不但"全听七大人吩咐"，而且似乎交了朋友一样，带上九十元的补偿钱，"心满意足"地退却了。既然他们来请七大人给评理，就只好听他吩咐了。在一种情境中她是强健如斗士，另一种情境下却绵软如羔羊。鲁迅小说用情境对比的独特手法来写人。鲁迅这样写到底是为什么？

有几种解释：

第一种："时代代表"论。认为爱姑是"辛亥的女儿"，早在20世纪40年代初，就有人称爱姑是"辛亥的女儿"。这种说法见于须旅的论文《辛亥的女儿——一九二五年的〈离婚〉》，文章说，爱姑是"辛亥的女儿"，"是一位具有现代自我意识的妇女"，她的斗争是"为了争得自己做人的权利"。《离婚》

中的冲突，是"体现民主主义思想萌芽的爱姑和以七大人为首的地主集团的封建主义思想的矛盾。"①

这种论述问题的逻辑似乎是：鲁迅是革命家，因此鲁迅小说写的全是革命内容；鲁迅是支持辛亥革命的，所以，爱姑便是一个革命者，所以她是资产阶级人权的代表。如果胜利了就是辛亥革命的胜利，失败了就是辛亥革命的局限性。这样可以机械地印证"推翻封建主义的历史重任必须由新的阶级领导的新的革命来完成"，这种解释依托了当时流行的革命理论，却牺牲了鲁迅的创作初心。《离婚》跟辛亥革命有什么关系。

这里还有个简单的分析：爱姑形象，到底是作为革命者表现出的抗争，还是发自天然的抗争辩理？鲁迅小说是从理论出发，还是从形象出发塑造人物？

第二种观点："就水和泥"论。就是对问题不加分析，就水和泥，将作品中的情节平列出几点，叫作"深层解读"。于是简单地称爱姑"反抗的强烈性"，"反抗的自发性"，"反抗的盲目性"，"反抗的软弱性"。于是，认为"爱姑的悲剧也是小生产者反抗封建压迫的悲剧，爱姑有反抗封建礼教的诉求，也有反抗的意志和反抗的行动，但由于小生产者的地位所给予她的认识上的局限，她并没有真正地觉醒"②。这样的责备，大而无当。离开了本文的逻辑，用千篇一律的政治词语，给文学作品中的情境下结论。这种"万能结论"，对于任何不成功的反抗都可以用这把尺子。试想，爱姑这样的普通民众即使参加了辛亥革命，自己也必须成为孙中山那样的理论家吗？

第三种观点："愚昧思想"论。这是对《离婚》故事结局的最简单分析。因为没法解释爱姑的前后变化，于是运用僵化的"一分为二"理论，极为懒惰地分析：爱姑的反抗是革命的，值得肯定的；后来的表现说明她软弱、愚昧，不能肯定。因为"在爱姑身上，我们不但看不到驯良的妻性，甚至也看不到慈爱的母性和温柔的女儿性。她的性格中的粗野、横暴、浅陋、歹毒的一面实际上是鲁迅竭力抨击国民劣根性的表现，对此，鲁迅是不能不感到厌恶的。鲁迅在其行为（将两只钩刀样的脚正对着八三摆成一个'八'字）和粗俗语言的白描中，流露的正是这样一种情感。这两种情感的交融决定了鲁迅对爱姑的同情是有限的"。这样的分析就未读懂鲁迅作品中的写人的特点。鲁迅作品中对人物的描写，不是从"五四"文学革命的先驱者的语汇中寻找语言，而是从此在

---

① 鲁迅：《鲁迅研究丛刊》第一辑，鲁迅文化出版社，1941。
② 康宏东：《鲁迅笔下农村妇女形象的深层解读》，《语文教学通讯》2019年第1期。

的情境中选择语言。鲁迅在论述自己的《准风月谈》时说:

> 假如出一个"学而时习之"的试题,叫遗少和车夫来做八股,那做法就决定不一样。自然,车夫做的文章可以说是不通,是胡说,但这不通或胡说,就打破了遗少们的一统天下。古话里也有过:柳下惠看见糖水,说"可以养老",盗跖见了,却道可以粘门闩。他们是弟兄,所见的又是同一的东西,想到的用法却有这么天差地远。"月白风清,如此良夜何?"好的,风雅之至,举手赞成。但同是涉及风月的"月黑杀人夜,风高放火天"呢,这不明明是一联古诗么?①

在生活中,不但不同身份的人作同一篇文章一定会做出不一样的结果;相同目的的人做同一件事情也应该会做得不甚相同。所以狂人的革命语言便是"从来如此,便对吗"?阿Q的革命语言却是"革这伙妈妈的命,……投降革命党"。爱姑也只能说,"闹得他们家败人亡","'老畜生''小畜生'走投无路"。鲁迅说,面对压迫,我们只有一个态度:"我们能够大叫,是黄莺便黄莺般叫,是鸱鸮便鸱鸮般叫,我们不必学那才从私窝子里跨出脚,便说'中国道德第一'的人的声音"。对于奴隶的反抗,鲁迅只能这样写,难道一定要说出"思想革命""改造国民性",或者反过来称赞失败时的爱姑才算彬彬有礼、和气可人?那才算标准的上流人吗?这样要求爱姑,难道不是很可笑吗?

那么,就爱姑来说,为什么同是一个人会有两个侧面的表现呢?当然,最简单的所谓"辩证法"会说,人性格是有两重性的。有时候积极,有时候消极;有时候激奋,有时候衰萎。那为什么会这样呢?有人又会拿出"外因"与"内因"的关系来机械地分析说:"爱姑生活在辛亥革命以后,而且较之辛亥前的妇女也有了某种外形上的变化,但是这种外形的变化并没有引起相应的内质的变化,因此,在她身上与辛亥前的妇女相比并没有任何质的区别性特征。"②如此说来,她的一切抗争,只是一种"外形"的表现。那一番泼辣的骂詈只是疯狂的表演,最后的衰萎才是真实面目,终于再回到了疲软和温顺;种种狂态是不正常的爱姑、作伪的爱姑,愚昧保守似乎倒是爱姑的本我素质。如果真是这样,爱姑也就是一个疯子一样的笑料。我觉得,这话正好说反了。因为"泼

---

① 鲁迅:《准风月谈·前记》,《鲁迅全集》第五卷,第199页。
② 鲁迅:《鲁迅笔下农村妇女形象的深层解读》,《语文教学通讯》2019年第1期。

辣",是个性的张扬,应有爱姑的本色。

第四种观点:"复杂"意识说:记得蓝棣之先生有文章认为鲁迅写出《离婚》的创作意识有些难以理解:"爱姑的婚姻是封建包办婚姻,解除这种既不人道又很脆弱的婚姻,是历史的进步。怎么能够设想,一个具有现代意识并期在国外生活的青年,一位中国新文化的伟大旗手,一位反对旧文化、旧道德,提倡新文化、新道德的反封建的勇猛战士,一位对封建礼教恨之入骨的五四运动的先驱者,竟然在20年代中还未写一篇赞扬放肆、粗卤的妇女为维持封建包办婚姻而展开殊死斗争的作品!"因此,蓝先生认为"作者对爱姑离婚案的态度是有些复杂的"。蓝先生说,"我相信他没有必要去写一篇批评'滥婊子'的小说","他倒是应该写一篇与此相反的作品"。①联系鲁迅自己婚姻体验而进行敏锐而细致的解读,启发我们从个人生活的视角对作品进行研究。这是一个令人深思的私人生活视角。就是说,究竟是因为有爱姑这样的人,才有了《离婚》,还是有鲁迅自身的婚姻问题才出现了《离婚》小说。照常理,鲁迅不会批评那个虽然是旧式婚姻、却明媒正娶的爱姑,倒应该给爱姑写一篇肯定她人权的作品。我认为,也许,这正是鲁迅伟大的人道主义的婚姻观,正是他一直保护朱安而并不遗弃她的原因。许广平进入鲁迅的爱情生活,他正在苦恼于传统包办婚姻的无爱可说;但那是旧制度形成的恶果,朱安"本来也没有罪",是应该同情的。鲁迅说:"我们既然自觉着人类的道德,良心上不肯犯他们少的老的的罪,又不能责备异性,也只好陪着做一世牺牲,完结了四千年的旧账。"②这个视角的意义重大,笔者将有文章继续深入研究。

现在,我们先讨论两个问题:

一、鲁迅小说中如何写女性,鲁迅笔下的女性形象有什么特点。

二、造成爱姑神情衰变的原因是什么,这种衰变现实逻辑是什么?

首先,鲁迅说他的作品中写的是"上流社会的堕落和下层社会的不幸"③,而且非常重视批判国民性的弱点。他说:"中国人的不敢正视各方面,用瞒和骗,造出奇妙的逃路来,而自以为正路。在这路上,就证明着国民性的怯弱,懒惰,而又巧滑。一天一天的满足着,即一天一天的堕落着,但却又觉得日见其光荣。"④他写过了一系列男性和女性,但是他发掘人性弱点时,主要写一群

---

①③蓝棣之:《论鲁迅小说创作的无意识趋向》,《鲁迅研究动态》1987年第8期。
②秦林芳:《重读鲁迅的〈离婚〉》,《中国现代文学研究丛刊》1994年第4期。
④鲁迅:《英译本〈短篇小说选集〉自序》,《鲁迅全集》第七卷,第381页。

男人，而并不将矛头对准女性人群；就好像他学医时对女性的身体不肯下手一样，他的人道主义思想让他太同情女性在中国历史上的被奴役的地位。所以从来不把揭露女性的缺点当作主题，她们的愚昧和苟且虽然也显而易见，但是责任并不在她们，而是在礼教社会和奴役制度。他写的粗笨的单四嫂子失去唯一的儿子的痛苦。就只写一个"单"身的女性之苦。只称她的粗笨，不然痛苦会更多得多。《祝福》里不但不批评祥林嫂，也没有揭露四婶。其实祥林嫂信神鬼、信命运、信轮回，是愚昧、被动地承受奴隶命运的，但是鲁迅并没有过分地强调本人的责任。他写"老中国的儿女"如此，写新生代的女性也一样，《伤逝》也没有过分责备子君，相反他肯定了子君的勇敢、热情和热爱生活。在《离婚》中爱姑是毫无疑问地被鲁迅赋予反抗性格的女性，那种勇敢和无畏甚至让我们想到了女师大的女学生的英雄气概。如果鲁迅花了那么多的笔墨写抗争，其目的只为讽刺地批判她的无畏是没有意义的唐吉诃德行为，怎么也说不过去。

其次的问题就是我们必须圆满地解释造成爱姑神情衰变的原因是什么，这种衰变现实逻辑何在。我的分析，主张应该还原一个真实的爱姑，一个生活中可见的爱姑。于是找遍《离婚》，只发现爱姑神情衰变的原因是令人感到可笑的"阿唷"和"屁塞"。

我认为作者在小说开始到船上写的是爱姑的天性素质，应该说她这个人有桀骜不驯的性格。后面的表现却是严重变形的软弱和屈辱。屈辱软弱的爱姑并不是真实的爱姑。鲁迅让我们思考：在任一种无理的压迫之下，谁能够保持自我个性呢？屈辱，不是奴隶的错，而是她的不幸。可是我们的研究者几乎都在责备爱姑的软弱和愚昧。鲁迅的描写没有那么简单。

爱姑来到七大人客厅，其实不是特别惧怕七大人的，应该说她对未出现的七大人有充分的胜利期待。但是，七大人只在那里考察那个"屁塞"，是一群假行家在那里装模作样地研究出土文物，那只是古人大殓时塞在屁眼里的小石头，这些人不懂装懂地听七大人胡说。鲁迅借以讽刺一些无聊的考古假学者。据说在古代人死后常用小型的玉、石等塞在死者身体的开口处，如口、耳、鼻、肛门等处，相信可以保持尸体长久不烂。塞在肛门的叫"屁塞"。殉葬的金、玉等物，经后人发掘，其出土不久的叫"新坑"，出土年代久远的叫"旧坑"，又古人大殓时，常用水银粉涂在尸体上，以保持长久不烂；出土的殉葬的金、玉等物，浸染了水银的斑点，叫"水银浸"。为考古而考古，说得头头是道，津津有味，如痴如醉，原来就为一个屁塞。相信玉石能让尸体不会腐烂，其实全不靠谱；不但不可能，也没有意义。将他们漫画化，厅中就是这样一个画面：围了一圈的光头人在品味欣赏一个小小的屁塞，还拿到脸上摩一下，真是令人作呕了。这些人醉心于在那里欣赏屁塞，并没有人对爱姑滔滔不绝的申辩有什么兴趣。

可是，爱姑却感觉自己终于找到了可以说理的地方。她相信七大人，理由是"知书识礼的人什么都明白"，"七大人是知书识礼，顶明白的……不像我们乡下人。我是有冤无处诉，倒正要找七大人讲讲。自从我嫁过去，真是低头进，低头出，一礼不缺。他们就是专和我作对，一个个都像个'气杀钟馗'。那年的黄鼠狼咬死了那匹大公鸡，哪里是我没有关好吗？那是那只杀头癞皮狗偷吃糠拌饭，拱开了鸡厨门。那'小畜生'不分青红皂白，就夹脸一嘴……"这一段讲的是自己无错，但备受虐待、丈夫施暴。下一段再说"他就是着了那滥婊子的迷，要赶我出去"云云，是申明自己是明媒正娶的妻子，花轿抬进来的，不怕打官司，到县里府里也不怕——"那我就拼出一条命，大家家败人亡。"

可惜的是说了这么多话，七大人一句也听不进去，只是官司打到哪里也是一样。没有人给她做主。爱姑还要说下去。七大人已经听不下去了。他并不尊重爱姑的什么意见，只是拿出威胁的话吓唬爱姑，说到哪里也一样，即是到上海、北京、外洋，也一样。七大人给她加了十元钱的赔款，劝她"和气点"。这时候用得上"和为贵"了。

细长胡子围着的嘴里同时发出一种高大摇曳的声音来："来兮！"让爱姑感到有异样的威严。顿时吓得魂飞魄散。为什么会有这样的魔力？因为也许他们在旧戏中听见领教过，一旦有当官的，叫一声"来人啊"，肯定是呼唤差役们带着水火棍上来，对告状者"用刑伺候"。"来兮"比"来人啊"更神秘可怕。这让我们想起，阿Q向吴妈求爱后挨了打，倒没有那么害怕，秀才骂他一句"忘八蛋"，却让阿Q感到"格外怕"，他恐怖了。只因为"这话是未庄的乡下人从来不用，专是见过官府的阔人用的"。鲁迅用不着让七大人施威，却在无意中用了一个鼻烟壶，吓坏了爱姑，"呃啾"一个喷嚏，不战而捷，万事大吉。爱姑立即消失了抗争的锐气，连忙说："我本来是专听七大人吩咐……"鲁迅在这里尽情地讽刺了大人老爷们，也为爱姑的表现感到无奈。甚至说，鲁迅多么想继续写爱姑的愤怒，甚至抡圆了手臂狠狠地给那秃头一个大巴掌！

可是，那样写是不行的；爱姑不敢，即使敢，后果更严重。于是下面只能忍痛地写她立即接受了原先慰老爷的处理方案，并且立即决定算清了账早点走开，防止夜长梦多。到现在，我们大概明白了人性惨遭蹂躏后的情态。七大人莫名其妙的一个"来兮"，比什么武器都厉害。

对没有见过大世面的乡下人来说，她感觉"心脏一停，接着便突突乱跳，似乎大势已去，局面都变了"。在全客厅"鸦雀无声"的氛围中，七大人虽然形如"屁塞"，但是，"权势"和"淫威"可以杀人，发挥了震慑人的作用，爱姑原要在七大人面前与丈夫和公公"对簿公堂"的一肚子话立刻无影无踪，自封"粗人"的爱姑，声音也变得"微细的如丝"。

我们应该对这位神秘的七大人来个鉴定。他既非官，也非匪，他为什么有如此高的威慑力。他到底算个"老几"呢？其实也就是个乡绅，与一般的乡绅不同的是，他有"和知县大老爷换帖"的身份。在民间，身为乡绅，已经能让人敬而远之了，与官府里的人结成"把兄弟"，说明了既有钱，也有权。周作人在解释《离婚》的文章中说了背景："七大人是一个土豪劣绅，不必有一定的模型。""小说里所写的十足的官派。固然说是他，但是关于玩汉玉的一节却是属于别人"，那个人叫章采彰。①显然是鲁迅愿意加了"十足的官派"的一个特别的依据；因为富人一旦同官僚勾结，就带上政治色彩了，也就容易成为有恃无恐的特别人物，成为压迫人的特别阶层里的特别人物。

总而言之，鲁迅的作品是写爱姑的自卫反抗。离婚失败原因在于她没有政治地位。而没有政治地位的人，就必然没有话语权，没有话语权的人，即使有理在手，也没人听你说话，更没人为你做主。比如，她即使拿出"三不出"的理由，也没有人支持她。在这里，爱姑好像一只野性的豹子被一种无形的绳索捆住了。绳索就是整个宗法社会对女性的欺凌和威压。爱姑那滔滔不绝、并不软弱的抗争，怎么能够抵得过"屁塞"呢？鲁迅笔下的小说，社会气氛的强调，人物在场的强调，比人物的存在更重要。无论爱姑走到哪里，都有黑云压顶、被恶势力包围。在七大人轻松神秘的背后，有一个巨大的势力在支持他，无边的黑暗与轻松的场面形成对比。

一场关乎人的生存权利的斗争被"屁塞"这毫无意义的东西完结了，"屁塞"产生了奇妙的作用，"屁塞"这个道具的使用，妙不可言！故事里的老畜生、小畜生、七大人、八大人、慰老爷、安老爷为代表的那一群滥人、烂人，

---

①周遐寿：《鲁迅小说里的人物·离婚》，第140页。

应该用一个屁塞堵住他们的嘴，让他们别乱放屁。

所以我们说，爱姑的悲剧在某程度上比祥林嫂的悲剧有更强烈的震撼：在那个风雨如磐的沉沉黑暗中，奴隶是没有任何出路的。如祥林嫂俯首帖耳、尽心尽力地想做奴隶，做不成，甚至活不成；可是不愿意做奴隶的人们，不想忍受欺凌的人们也身心受辱，却告诉无门。这是一层悲哀。进一步说，奴隶们不知抗争是受苦难；而感觉到了抗争，却不知道向谁抗争、为什么抗争、抗争之后应该得到什么，是更大的受难悲剧。爱姑的反抗面对的是老畜生、小畜生、慰老爷、七大人，就构成了一面无法冲破的封建主义高墙，无论如何也越不过去。这让我们想起来鲁迅在《狂人日记》中借狂人之口向社会喊话："从来如此，便对吗？"《长明灯》中的疯子疯疯癫癫，他就是要把庙里的长明灯打灭，他说："我放火。"他终于被他的叔伯长辈锁在庙里的厢房中，也没有改变社会。爱姑并没有被当成疯子，可是她却在大人老爷们的威势下吓得魂飞魄散了。一个激情满满、不可一世的爱姑立即变成了温顺可爱的小猫。

试想，作者是用多大的忍耐来表现这一个性格上大起大落的人物啊！鲁迅回顾历史，能够想象到许多桀骜不驯的反抗者，如果不是被杀死，最后则都变成了"专听吩咐"的人物，这是怎样的悲剧呢？

总而言之，鲁迅通过《离婚》事件，在艰难中肯定了恒久不变的奴隶反抗哲学，而且对爱姑是"有待"的。所以，所有的描写都是对上流社会的贬斥、鞭挞和嘲讽。鲁迅的这种冷嘲，是无情的，是恶辣的。用笔也是强有力，将社会的荒诞写到了极致。正如许先生所言："这里的爱姑，本来也富有反抗性，是能够斗几下的；可是和《伤逝》里的子君那样，还没有长大，就被黑暗社会的恶势力压坏了。"①没有长大，我们就帮助她长大，不应该扼死她。显然，鲁迅并不想批判，或者挑剔女性的反抗，只是期待她们更加成熟，因为反抗永远是正面的、有希望的情节。我们必须看到，那些滑稽的场面背后，有怎样的黑幕。社会的腐败，政治的混乱，官绅结合起来的上流社会腐败堕落，肆无忌惮地欺凌女性，滥施威风，草菅人命，你怎么想象都不过分。在这样的背景下生活着的普通人，即使像爱姑家的中产阶级家庭出身也一样无法苟活。

---

① 许钦文：《祝福》，《鲁迅日记中的我》，浙江人民出版社，1979，第73页。

# 再谈《鲁迅全集》的修订

刘运峰　南开大学

2001年6月12日至18日，中宣部、国家新闻出版总署召开了"《鲁迅全集》修订座谈会"，笔者在会上宣读了《浅谈〈鲁迅全集〉的修订》的论文（见《鲁迅研究月刊》2001年第7期），从佚文、校勘、注释、编排等方面对1981年版《鲁迅全集》的修订提出了一些建议。2005年11月30日，人民文学出版社在人民大会堂浙江厅举行"新版《鲁迅全集》新书发布会"，为人们提供了一个更加完备的版本。如今，2005年版《鲁迅全集》（以下简称"2005版"）已经成为中国现代文学和鲁迅研究界学者的案头必备，有着广泛的影响。正因为如此，人们对这个版本也就格外重视，也格外挑剔，同时，也对它的修订和完善寄予了很大的希望。

总体而言，2005版的质量大大超过了1981年版《鲁迅全集》（以下简称"1981版"），本着"修订错讹，增补不足"的原则，2005版内容收录更齐全了，文本校勘更准确了，条目注释更完整了。尽管此后又出版了多种形式的"鲁迅全集"，但2005版依然具有不可撼动的权威性，人们平时查原文、搞研究，也主要依赖2005版。

但是，这并不意味着2005版就尽善尽美，无可挑剔，由于当时编委会不成文地奉行"在原有基础上增补、不想大动"的保守理念，加之采取分卷负责、各自为战的修订方式，从修订工作启动到全书付印，期间虽然召开了几次专题座谈会，但仍缺少集中讨论和关键的统稿环节，因此也留下了不少缺憾。十几年来，不少学者在《鲁迅研究月刊》《上海鲁迅研究》《绍兴鲁迅研究》《中华读书报》等报刊发表了许多有关2005版的研究成果,大家在肯定它的同时,也希望能够对它进行必要的修订。现结合大家的批评建议以及自己平时阅读和使用2005版的一些体会,稍加整理,略陈管见。

## 一 编辑理念上的保守性所导致的内容收录的不完整

2005版《出版说明》中说:"作者翻译的外国作品和校勘的中国文史古籍,以及早期编著的《中国矿产志》(与顾琅合编)和生理课程讲义《人生象斅》等,分别编为《鲁迅译文集》(十卷)、《鲁迅辑校古籍丛编》(四卷)和《鲁迅自然科学论著》(一卷),另行出版。"

这段话的意思是在向读者说明,《鲁迅全集》不包括上述内容,是一部狭义上的《鲁迅全集》。

《鲁迅译文集》(十卷)是1958年由人民文学出版社出版的,目的是和1956—1958年版的《鲁迅全集》(十卷)(以下简称"1958版")配套。除了1959年加印了一千七百部大开本外,就再也没有重印。2001年6月"《鲁迅全集》修订座谈会"期间,当时的人民文学出版社领导也决定同时启动《鲁迅译文集》的校勘增补工作,并确定由王世家、赵淑英、张杰、张铁荣、刘运峰各自负责其中两卷的校勘、增补工作。遗憾的是,十五年过去了,参与校勘、增补工作的赵淑英、王世家两位先生已经去世,此书的出版仍遥遥无期。

《鲁迅辑校古籍丛编》(四卷)是1999年出版的,印了五千部,之后未再版。

2014年1月,在2005版出版将近十年之后,人民文学出版社出版了陈漱渝编的《鲁迅科学论著集》(和原定书名有明显差异),该书所收录的是《中国矿产志》和《人生象斅》,并将《生理实验术要略》作为附录。

这就涉及《鲁迅全集》的编辑体例和内容收录问题。既然可以断定是鲁迅论著,就没有必要将其排除在《鲁迅全集》之外。因为,无论是哪一个版本的《鲁迅全集》,所收录的也不全是鲁迅的文学作品,事实上,第一卷《坟》中的《人之历史》《科学史教篇》,第七卷《集外集》中的《说注:此字左边为金字旁,右边为"日"字,请造字》,第八卷《集外集拾遗补编》中的《中国地质略论》等都可以纳入科学论著。这就造成了一方面把本已收入1981版的《生理实验术要略》剔除,一方面又保留原来的科学论著,而且又把《〈中国矿产志）征求资料广告》收入《集外集拾遗补编》，与《鲁迅科学论著集》所收内容重复，难以自圆其说。

将鲁迅的译文和辑校古籍单独编集，与《鲁迅全集》并列是可以的，但要把已经确定的鲁迅论著还要单独编集，就无此必要。而且将《生理实验术要略》作为附录编入《鲁迅科学论著集》，还带来一个问题，由于《中国矿产志》和《人生象敩》两部著作的正文只有少量注释，为了体例的统一，《生理实验术要略》干脆就不要注释；而收录在1981版中的这篇文字包括题解，有十七条注释。试想，如果去掉了注释，即使从事医学的专业人员，也未必读得懂这篇附录。比如其中的"沛普敦"（即消化蛋白质）、"重土水"（即钡盐）、"以脱"（即乙醚）、"格里舍林"（即甘油）等，假如没有注释，岂不如对天书？

编辑体例上的保守还反映在对鲁迅作品的命名上。由于过度依赖以前的版本，对于有些作品的书名、篇名就没有仔细推敲，使得原有的不够准确之处就延续了下来。

如《汉文学史纲要》，是根据鲁迅在厦门大学的讲义首次收录1938年版《鲁迅全集》（以下简称"1938版"），但以《汉文学史纲要》命名显然不够妥当，因为鲁迅当时所授课程为"中国文学史"。1926年9月14日，鲁迅在致许广平的信中说："我的功课，大约每周有六小时，……两点是中国文学史，须编讲义。看看这里旧存的讲义，则我随便讲讲就够了，但我还想认真一点，编成一本较好的文学史。"在9月22日的信中又说："其中只有文学史须编讲义，大约每星期四五千字即可。……但感林玉堂的好意，我还想好好的编一编，功罪在所不计。"9月25日的信中说："如果再没有什么麻烦事，我想开手编《中国文学史略》了。"9月30日的信中说："从昨天起，已开手编中国文学史讲义，今天编好了第一章"；"我的功课现在有五小时了，只有两小时须编讲义，然而颇费事，因为文学史的范围太大了。"10月4日的信中说："我对于编文学史讲义，不愿草率，现已有两章付印了，可惜此地藏书不多，编起来很不便。"在一个学期当中，鲁迅共编写了自上古至西汉部分。讲义的手稿本是"中国文学史略"。根据手稿刻写油印的讲义第一篇至第三篇中缝所标注的也是"中国文学史略"，只是从第四篇开始到第十篇，中缝处才刻印为"汉文学史纲要"。这种命名，不排除是鲁迅本人的意思，因为第四和第五篇为上古到汉代的过渡，自第六篇之后全是有关汉代文学的内容。但是，在收录《鲁迅全集》时，就不能以部分代替全部，而应该恢复为《中国文学史略》，尽管它是一部不完整的文学史著作。如果为了准确,可以在书名后括注"上古至西汉"。

再有一个突出的例子是鲁迅旧体诗的命名。

收在《集外集》中的鲁迅旧体诗,有两首的题目是"无题",这是经鲁迅同意的。但是,在《集外集拾遗》中,"无题"者竟有七首之多。这是采取了许广平当时的做法,把一时难以确定题目的一律定为"无题"。其实,对照鲁迅的手迹和写作背景,这些诗大多是可以确定题目的。关于这个问题,有学者曾写过专门的文章,在此不加赘述。

由于编辑理念的保守,使得一些本来可以收录2005版的鲁迅著作篇目仍游离在《鲁迅全集》之外。举几个例子:

比如,鲁迅1904年到日本仙台医学专门学校就读的《入学志愿书》和《学业履历书》,1912年补绘的《於越三不朽图》之后所写的附记,1913年所写请人拓印汉画像的说明,1915年所作《明刻本〈嵇中散集〉题记》,1921年所作《文澜阁本〈嵇中散集〉校记》《丛书堂本〈嵇康集〉抄本附记》,1922年所作《汪士贤校刊本〈嵇康集〉校记》,1927年所作《书司马相如〈大人赋〉》题记》,1930年所作《题〈海婴百日照〉》《题〈你的姊妹〉》,1931年所作《题〈元庆的画〉》,1932年所作《古燕瓦拓片题记》,1932年所作《谷中安规〈少年画集〉题记》,1934年所作《题〈唐宋传奇集〉赠增田涉》等,均为鲁迅亲笔书写,内容完整,理应收入《鲁迅全集》。

再如,鲁迅1919年3月26日所写、连同小说《孔乙己》一起发表在《新青年》第六卷第四号上的附记,1920年2月25日所写、发表在《新青年》第七卷第五号上的《〈一个青年的梦〉正误》,1924年2月28日所写、连同《幸福的家庭》一起发表在《妇女杂志》第十卷第三号上的附记,写于1924年11月3日、连同《论雷峰塔的倒掉》发表在《语丝》(周刊)第一期的附记,写于1925年1月5日、连同《忽然想到》一起发表在《京报副刊》第三十九号的附记,写于1926年1月25日、连同《学界的三魂》发表于《语丝》(周刊)第六十四期的附记等,这些文字,可以看作是对正文的说明和补充,而且有的长达上千字,称得上一篇完整的文章,但在当初编集时被舍弃了。自1958版开始,这些文字被收录于题注之中,但这种处理方式有欠妥当,因此,要么附在正文之下,要么独立成篇,而不能再任其湮没于注释之中。

与此相类似的还有《坟·未有天才之前》的第一条注释:"同年12月27日《京报副刊》第二十一号转载时,前面有一段作者的小引:'伏园兄:今天看看正月间在师大附中的演讲,其生命似乎尚在,所以校正寄奉,以备转载。二十二日夜,迅上。'"这里所说的"小引",实际是一封写于1924年12月22日的完整的书信,这封信由于进入了注释,就没有收入《鲁迅全集》的"书信"卷,这种做法也是欠妥的。

编辑理念的保守还体现在对于鲁迅集外作品的编排方式上。

鲁迅生前,由杨霁云编了《集外集》,但在送审时被抽去了一些篇目;鲁迅去世后,许广平编了《集外集拾遗》,将被抽去的文字补了进去;1946年和1952年,唐弢分别编了《鲁迅全集补遗》和《鲁迅全集补遗续编》。1958版将这几本书中的篇目进行了调整,统一编为《集外集》和《集外集拾遗》,其篇幅相当于其他卷的一倍。1981版在此基础上又编了《集外集拾遗补编》,作为第八卷。2005版延续了这个体例,对《集外集拾遗补编》又进行了增补,这就造成了鲁迅集外作品的次序混乱、叠床架屋。比如,鲁迅的诗歌本来数量不多,但却分散于《集外集》《集外集拾遗》和《集外集拾遗补编》,查找、翻检极为不便。因此,不妨按照先分类、后编年的方式,对鲁迅的集外作品进行集中编排,形成一个眉目清晰、使用方便的本子。关于杨霁云、许广平、唐弢等人所做的工作,可以在书前的出版说明中做专门的介绍。

## 二 校勘工作仍旧存在缺失

修订《鲁迅全集》最大的意义在于为研究者和广大读者提供一个完整、准确的文本。文本是否可靠,关键在于校勘。经过修订者的努力,2005版在校勘方面取得了明显的进步,但也不是没有问题。突出表现在两个方面:

(一)1981版错,2005版仍错

如《华盖集续编·马上支日记》"他似乎很相信Smith的《ChineseCharacteristics》",其中"Characteristics"1981版错拼成了"Characteristies",2005版也同样没有更正。

再如,《三闲集·鲁迅译著书目》,其中有一句"我所译著的书,景宋曾经给我开过一个目录,《关于鲁迅及其著作》里,但是并不完全的。这回因载在为开手编集杂感,打开了装着和我有关的书籍的书箱,就顺便另抄了一张书目,如上。"仔细读这段话,就会感到很不通顺甚至读不下去。查1981版,也是这样排的。再查1958版,才发现这句话原来是"我所译著的书,景宋曾经给我开过一个目录,载在《关于鲁迅及其著作》里,但是并不完全的。这回因为开手编集杂感,打开了装着和我有关的书籍的书箱,就顺便另抄了一张书目,如上。"再查1938版和《三闲集》初版本,也依然如此,这就说明,1981版出现了排版失误,编辑和校对没有改过来,2005版也同样没有纠正。

再如,1981版第三卷第155页在《华盖集·并非闲话(三)》关于陀思妥耶夫斯基的注释中说:"《罪与罚》是他的长篇小说,一八八六年出版。"2005版第三卷第165页的这条注释只是将表示年代的汉字改成了阿拉伯数字。实际上,"1886"当为"1866"之误,因为陀思妥耶夫斯基在1881年去世,《罪与罚》是在他生前出版的。这个年代,1958年所注是对的,在1981版中出现了误排。

再比如,1981版第三卷第452页关于"《闲话》"的注释中说:"陈西滢发表在《现代评论》'闲话'专栏文章的结集,名为《西滢闲话》,一九二八年三月上海新月书店出版。"2005版在"结集"后增加了"收文七十八篇",将年月改为阿拉伯数字。其实,"1928年3月"当为"1928年6月"之误。笔者藏有这本书的影印本,版权页明确写着"一九二八年六月初版"字样。

再比如,收在《二心集》中的《〈夏娃日记〉小引》中有一句话:"因为这一点点的反抗,就使现在新土地里的儿童,还笑道:玛克·土温是我们的。"对于"新土地",1981版第四卷第334页注释为:"指当时的苏联。"2005版依然如此。对此,已有学者指出,鲁迅文章中的"新土地"就是指美国(即 new-land),与苏联无关。从鲁迅的文章中,也的确找不到马克·吐温和苏联相关的内容。出现差错的原因,可能和1958版有关,该版对这句话的注释是"指苏联的儿童",这是由当时的注释者理解失误造成的。遗憾的是,后来的注释者依然没有对本文进行推敲。

再举一例,1981版第四卷第419页关于"梁实秋"的注释为:"梁实秋当时任青岛大学教授,并主编天津《益世报》的《文学副刊》。"2005版在"教授"后添加了"外文学主任"。这就出现了两处失误,首先,根据山东大学校史记载,青岛大学已经在1932年经国民政府行政院议决,更名为"国立山东大学";其次,"外文学"应是"外文系"之误,梁实秋当时担任的是外国文学系(简称"外文系")主任。同样,2005版第五卷第193页有关梁实秋的注释也需要将"青岛大学"改为"国立山东大学"。

再举一例。1981版第五卷第491页鲁迅《倒提》译文所引林默(廖沫沙)

的《论"花边文学"》,其中"因为翻来复去,都成了道理"一句中的"翻来复去",在《花边文学》初版本和1938版中均为"翻来覆去",只是在1958版中排成了"翻来复去",1981版和2005版都没有更正过来。其实,"覆"和"复"虽然意思相近,有时也通用,但是作为成语的"翻来覆去"是不能随便改动的。

(二) 1981版不错,2005版反错

如2005版第三卷第315页《华盖集续编·再来一次》中,鲁迅通篇引了《"两个桃子杀了三个读书人"》,按照引文的规范,每段的首行当缩进四个字,其中有一段话:"钞书太讨厌。总而言之,后来那二士自愧不如古冶子,自杀了;古冶子不愿独生,也自杀了:于是乎就成了'二桃杀三士'。"这段话是鲁迅所引文章中的话,1981版没有排错,但2005版却将这段话按首行缩进两字排列,这就形同正文,变成了鲁迅的话,由此而产生了歧义。

再如,1981版第五卷第237页关于苏武的注释,其中有"他啮雪吞毡,得以不死。后又被送到北海(今苏联贝加尔湖)无人处去牧羊,他仍艰苦卓绝,始终不屈。"2005版第250页照抄这条注释,但就出现了明显的失误。因为,1981年的时候,苏联还没有解体,到了1991年,苏联就不存在了;2005年《鲁迅全集》出版的时候,苏联早已成为历史。因此,应在"北海"后括注"今俄罗斯贝加尔湖"。另外,说苏武"啮雪吞毡"也是沿用了过去的说法,"吞毡"当为"吞膻","毡"是羊毛碾轧成的类似呢子或毯子的东西,是无法吞食的。"膻"是指羊肉的气味,作为汉民的苏武肯定不习惯,但为了生存,也只好接受膻味。

再比如,1981版第六卷第368页关于植树节的注释为:"一九三〇年,国民党政府规定每年三月十二日(孙中山逝世纪念日)为植树节。"2005版第六卷第380页的这条注释却把"三月十二日"改成了"3月20日",显然是错了。

再如,《集外集拾遗·诗歌之敌》开篇一句话:"大大前天第十次会见'诗孩',谈话之间,说到我可以对于《文学周刊》投一点什么稿子。"(第七卷第245页)在通常用语中,可以说昨天、前天、大前天,而没有"大大前天"的说法;会见的次数,如果不是可以做专门记录,超过三次可能就记不准确了。查1981版,这句话是"大前天第一次会见'诗孩',谈话之间,说到我可以对于《文学周刊》投一点什么稿子。"1958版也是这样排的。这是怎么回事呢?原来,1938版和《集外集拾遗》初版本均排成了"大大前天第十次会见",而

"诗孩"孙席珍在1958年致信《鲁迅全集》编委会,特意指出:"文章第一句'大大前天第十次会见"诗孩"',多了一个'大'字,错了一个'十'字('第十次'应为'第一次'),系手工排印之误,这是我记得很清楚的;编入集中以后,各种版本均未及将这两个字校出,这次希望加以更正,以存其真。"①孙席珍的建议得到了采纳,于是1958版就更正了过来,1981版也不存在问题。但到了2005版,由于修订者不了解这个情况,又过于相信手稿,便又改成了"大大前天第十次会见'诗孩'",并在注释中说明"现据鲁迅重抄稿校订。"实际上,这份手稿不是鲁迅的重抄稿,而是许广平据1925年1月17日《京报》副刊《文学周刊》第五期抄录,患病中的鲁迅没有校阅修改,只是在抄稿末尾署了一个日期,因此就形成了这个明显的差错。

(三)未能对照原刊本进行校勘

一般而言,原刊本是根据手稿排印的,对手稿的忠实度最高,编辑、校对也是根据手稿进行编校的,因此出错的概率较小。而初版本、再版本则大多是根据原刊本付印的,在编校过程中,就往往会由于字形相近等而出现失误。所以说,在修订《鲁迅全集》过程中,就需要有一个汇校的过程。由于鲁迅的很多文章都没有保存原稿,那么初刊本就具有很重要的参考价值。但是,由于资料的缺乏,检索的不便,这一工作因人而异,并没有统一起来。

2016年1月,上海书店出版社出版了由上海鲁迅纪念馆编的《鲁迅小说散文初刊集》,给鲁迅著作的校勘带来了很大的方便。对照这个本子,就会发现,鲁迅的一些小说、散文在收入《呐喊》《彷徨》《故事新编》《野草》《朝花夕拾》时,有过明显的改动,有些改动较初刊更为完善,但有些改动有可能是排版造成的失误(所谓"手民之误")。这些失误一直带到了2005版。

例如:第二卷第201页《死火》中"我低头一看,死火已经燃烧,烧穿了我的衣裳,流在冰地上了"。从《野草》的单行本到各个版本的《鲁迅全集》,全是这样排印的。但是,看这篇文字的初刊本,就会发现"衣裳"是"衣袋"。再看这篇散文诗,这句话的前面有"我拾起死火,正要细看,那冷气已使我的指头焦灼;但是,我还熬着,将他塞入衣袋中间"。这就说明,死火是烧穿了"衣袋"也就是口袋,而不是"衣裳"。但由于"袋"和"裳"字形相近,因此就没有被校出来。

再如,第二卷第204页《失掉的好地狱》中"——那时不足为奇的,因为

---

① 孙席珍:《悠悠往事》,百花文艺出版社,1992,第31页。

地上曾经大被焚烧,自然失了他的肥沃"。在初刊本中,"地上"作"地土",根据上下文推断,"地土"更准确可靠。"地土"就是"土地",和"地上""地下"是不同的概念,"自然失了他的肥沃"中的"他"也是对"地土"而言,而非指"地上"。

如果对照这本《初刊集》进行仔细校勘,还会发现一些问题,这就有待今后修订《鲁迅全集》的参考了。

## 三 统稿环节的缺失造成的前后矛盾

如前所述,2005版式对1981版的修订,采取的是"分卷负责,各自为战"的方式,这样做的好处是责任明确,效率较高,不利的地方是缺乏商讨,标准不一。

(一)缺乏前后对照造成不统一和失误

如《坟·题记》注释中关于"三一八惨案"中伤亡数字,1981版为"当场死、伤二百余人",2005版则修改为"当场死四十七人,伤二百余人"。照此理解,死伤加在一起当在二百五十人上下,和"二百余人"有很大的差距。而在《华盖集续编·无花的蔷薇之二》注释涉及"三一八惨案"的伤亡数字时,则是"当场和事后因重伤而死者四十七人,伤者一百五十余人"。关于死亡"四十七人"的说法,依据的是鲁迅《空谈》一文中的"四十七个男女青年的生命,完全是被骗去的,简直是诱杀"这句话,鲁迅所依据的,也是当时的报道。究竟有没有出入呢?为此,倪墨炎等学者根据当时的新闻报道和统计数字进行了重新核定,认为死亡人数应为四十一人。我们当然不能删改鲁迅的文章,但可以在注释中进行必要的说明,而且应该统一说法。

再如,1981版第三卷第13页就《青年必读书》做了一个很长的题注,2005版在这个题注的基础上补充了一段话:"作者在1933年写的《答兼士》(收入《准风月谈》)中谈及本文的写作背景及主旨,亦可参看。"但是,收在《准风月谈》中的这篇文章题目却是《答"兼示"》,可以说是出现了一处明显的失误。也许注释者或编辑将"兼示"当作了鲁迅好友沈兼士的名字了。

再举一例,在《鲁迅全集》的注释中,易培基曾出现了五次,其中在2005版第三卷第287页第一次出现时的生卒年是"1880—1973",而第八卷第230页、第十二卷第132页、第十七卷第14页所注其卒年均为1937年。现在,已经有足够的史料证明，易培基在1931年辞去北京师范大学校长专任故宫博物院院长之后，1933年因卷入"故宫盗宝案"被当局起诉，遂藏匿于天津日租界，1936年转遁上海，1937年9月因病去世。可见"1973"为"1937"之误。

再举一例，2005版第三卷第7页《华盖集·题记》在注释《莽原周刊》时，有一句"参看本卷第296页注〔4〕"。实际上，该卷的296页为《空谈》正文，有关《莽原》的注释在该书第294页，有可能是排版所致，也可能是最后调整版式时出现前后不一。

再比如，2005版第五卷第108页注释中提到了蒋介石1933年4月10日在南昌对国民党将领发表的"攘外必先安内"的演讲，所引演讲词为："抗日必先剿匪。征之历代兴亡，安内始能攘外，在匪未剿清之先，绝对不能言抗日，违者即予最严厉处罚。"而在同一卷的第129页的注释所引述的这段话就变成了"抗日必先剿共，安内始能攘外，在匪未剿清前，绝对不能言抗日，违者即予严厉处罚"。意思虽然是一样的，但究竟以哪一个为准呢？这就需要在统稿时核对蒋介石演讲的原文，予以统一。

再比如，鲁迅杂文《〈出关〉的"关"》一文，2005版编者就"破坏'联合战线'之罪"增加了一条注释，其中提到"作者在1935年4月23日致曹靖华信中谈到此事说：'这里在弄作家协会，……我鉴于往日之给我的伤，拟不加入，但必将又成一大罪状，听之而已。'5月3日致曹靖华信又说：'此间莲姐家（按指左联）已散，化为傅、郑所主持的大家族（按指文艺家协会），旧人颇有往者，对我大肆攻击，以为意在破坏'，'令喽罗加以破坏统一的罪名'"。这条注释很有必要，但由于没有认真核对鲁迅致曹靖华信的原文，因此出现了几处失误。首先，鲁迅致曹靖华的这两封信不是写于1935年，而是1936年；其次，"但必将又成一大罪状"应为"但此必将又成一大罪状"；第三，"此间莲姐家"当为"此间莲姊家"；第三，"化为傅、郑所主持的大家族"之后还有"实则藉此支持《文学》而已，毛姑似亦在内"一句，如不全引，可加省略号；第四，"令喽罗加以破坏统一的罪名"当为"令喽罗加以破坏统一之罪名"。

(二) 标点用法不统一造成自乱体例

在鲁迅的作品中，曾出现过不少以拉丁字母拼写的书名，如《坟·科学史教篇》中"柏拉图（Platon）之《谛妙斯篇》（Timaeus.）"；《坟·摩罗诗力说》中"于是有艾伦德（E.M.Arndt）者出，著《时代精神篇》（GeistderZeit）"，"英诗人弥耳敦（J.Milton），尝取其事作《失乐园》（TheParadiseLost）"；如

178

《坟·娜拉走后怎样》中"《娜拉》一名EinPuppenheim，中国译作《傀儡家庭》"，"或者说伊孛生自己有解答，就是DieFrauvomMeer，《海的女人》，中国有人译作《海上夫人》的"。这些篇目所涉及的外国书名，未加任何标点，这样处理未尝不可，因为后面有带有书名号的译本名称。

但是，在其他篇目中，则出现了格式不统一的问题。如《坟·从胡须说到牙齿》中"假使我有VictorHugo先生的文才，也许因此可以写出一部《LesMiserables》的续集"；《华盖集续编·马上支日记之二》中"日本有一本《伊凡和马理》（《IvanandMaria》）"，等等。本来，在1938版和1958版中，这些书名也未加书名号，但从1981版开始，却为《坟》之外的外国书名均加上了书名号。这种做法也许是出于好心，也许是为了规范。但如果讲求规范的话，那就要：第一，各卷统一格式；第二，所有的外文书名都应该变为斜体，不加书名号，不能在同一部《鲁迅全集》中前后不一。

## 四 注释的有待完善之处

鲁迅是百科全书式的作家、学者，他的著作涉及众多的国家、民族、人物、事件、书籍、作品、报纸、刊物、团体、流派、机构、掌故、引语、名物等方方面面。因此，注释是《鲁迅全集》的亮点，也是难点和重点。注释的要求是全面、简明、准确、客观，而且能够吸收最新的研究成果。

在注释方面，2005版有了很明显的进步，把有些人物、事件、书籍、作品、掌故注释得更详细、更准确、更客观了。但是，也还有一些不够完善甚至错误之处。

如收在第四卷中的《辱骂和恐吓决不是战斗》一文是鲁迅致周扬（起应）的一封公开信，发表于1932年12月15日《文学月报》第一卷第五、六号合刊。在鲁迅的公开信之后，有一段周扬的按语："应按：鲁迅先生的这封信指示了对于敌人的一切逆袭，我们应该在'论争'上给以决定的打击，单是加以'辱骂'和'恐吓'，是不能'使敌人受伤或致死'的，我以为这是尊贵的指示，我们应该很深刻地来理解的。"这段话，反映了周扬等人对于这封公开信的态度，有助于对鲁迅观点的理解，因此可以补入到题注之中。

再比如关于托洛茨基的注释，1981版第六卷第589页是这样说的："早年参加过俄国革命运动，十月革命中和苏俄初期曾参加领导机关。一九二七年因反对苏维埃政权被联共（布）开除出党，一九二九年被驱逐出国，一九四〇年死于墨西哥。"2005版第611页的注释中修改为："曾参与领导十月革命，担任过革命军事委员会主席等职。列宁逝世后他成为联共（布）党内反对派的领袖，1927年被开除出党，1929年被驱逐出国，1940年被刺杀于墨西哥。"与1981版相比，这条注释更为准确、完整、客观，最为突出的是肯定了托洛茨基在十月革命中和列宁逝世后他所发挥的作用，但是"被刺杀于墨西哥"就有些语焉不详。被谁刺杀的呢？随着苏联档案的解密，真相已经大白于天下，刺杀托洛茨基就是苏联克格勃策划和实施的一个周密计划。因此，可以在"刺杀"前加上"苏联克格勃"五个字。

鲁迅日记中涉及的一些人物在1981版中有许多"未详"之处，2005版解决了一部分，是一大进步，但是，也有一些不够准确的地方，如1932年12月29日曾向鲁迅求过字的邹梦禅，1981版注释为："邹梦禅一九〇九年生，浙江永嘉人。工书法。"2005版注释为："邹梦禅（1905—1968）名敬枨，字今适，号梦禅，浙江瑞安人。杭州西泠印社社员，工书法篆刻。时在中华书局参加《辞海》编纂。"这一注释较1981版详细多了，但却有一处注错了，那就是邹梦禅的卒年不是1968年，而是1986年。原因是邹梦禅被错划为"右派"后，即被下放至甘肃山丹，1968年后便和江浙一带的亲友中断了联系，因此误传为邹梦禅死于1968年。1978年，邹梦禅获得平反，回到杭州定居，1986年逝世。

类似这样的例子还可以举出不少，限于篇幅，就此打住。

最后回到主题，2005版出版十六年了，已经到了重新进行修订的时候了。其必要性体现在：第一，可以将《中国矿产志》《人生象敩》等科学论著补充进去；第二，可以把前面提到的篇目以及《〈木刻纪程〉出版告白》《〈珂勒惠支版画选集〉广告》等佚文收入进来；第三，可以把新发现的鲁迅致郁达夫信、致郦荔丞信等收录进来；第四，对《鲁迅全集》中的全部作品进行校勘，形成一个可靠的版本；第五，修订、补充注释；第六，改正排版中的失误，如将"骈体文"排为"骈作文"，将"江苏宜兴"排为"江苏宣兴"等；第七，最为关键的一点，是解放思想，突破前几个版本的局限，编辑出版一部体例科学、格式统一的新的《鲁迅全集》。

# 论《伤逝》中涓生子君爱情悲剧的原因

卢富清　绍兴文理学院人文学院

《伤逝》作为鲁迅的名篇，是他于1925年创作的一部以爱情为题材反映"五四"时期知识分子命运的短篇小说。对于涓生与子君爱情悲剧原因，历来有多种解读。从写作时间和主旨上看，《伤逝》与《娜拉走后怎样》十分接近，若从这一角度研究，涓生与子君的爱情悲剧当以经济因素为根本原因。

与《娜拉走后怎样》中提到的娜拉不同，在《伤逝》中子君实际上有两次出走：一次是主动、坚决地同旧家庭决裂；另一次是在爱情失败后无奈、痛苦地从本该幸福的新家庭中出走，被迫再次回到曾经决裂的旧家庭中。这验证了鲁迅在《娜拉走后怎样》中提到的娜拉走后的命运：不是堕落，就是回来。子君实际上经历了堕落：由新女性变为被家庭所束缚的家庭主妇，无暇读书、无暇思考，整日为家庭琐事所困扰；也被迫回来：新家庭破灭后无奈地回到旧家庭。

《娜拉走后怎样》中的娜拉想要挣脱的是来自丈夫和家庭的束缚，而子君怀揣着希望想要挣脱的是旧家庭的束缚，不再做长辈手中的傀儡。经过奋力抗争，子君和涓生终于生活在了一起。按照童话的写法，下面应该是"他们从此过上了幸福的生活"。而在鲁迅笔下，两人面临着巨大的经济压力：为了租房和置办家具，涓生花去了筹款的大半，还卖掉了子君唯一的金戒指和耳环；因为局长儿子赌友的谣言，涓生的工作丢了，新工作一时难以找到；此外，邻里矛盾以及因经济的困难而带来的两人之间的矛盾也接踵而至。

在《娜拉走后怎样》，鲁迅给出了女性不做傀儡的建议：女性要有工作，获得经济权。但很显然，子君并没有工作，而成了一名家庭主妇，每日在处理家务时消耗了大量的精力和时间，因此也没有空去读书，两人的交流便日渐减少。"贫贱夫妻百事哀"，因为经济的困难，涓生逐渐认为子君是自己的负担。在涓生的各种冷暴力的摧残下，以及最后真实心迹的表露——这成为压垮子君的最后一根稻草，子君无奈之下再次选择了出走——走出所谓的"新家庭"，又回到昔日决裂的"旧家庭"。

鲁迅在《娜拉走后怎样》说道，"钱是要紧的"，"自由固不是钱所能买到的，但能够为钱而卖掉"。在《伤逝》中，他借涓生之口点明了主题："人必生活着，爱才有附丽。"仔细分析文本，造成涓生子君爱情悲剧的根本原因即是鲁迅口中所讲的"钱"。

# 鲁迅《呐喊》新解

卢健红　绍兴文理学院人文学院

对鲁迅《呐喊》的"国民性"问题研究历来备受关注。目前该问题产生原因更多归结于封建制度、传统文化等社会层面。但，瞒和骗、看客心理等"国民性"问题背后还蕴藏着更深层的自我认知层面的因素。基于此，本文主要从认识自我角度切入，从认识身份、认识价值和认识命运三个方面，对《呐喊》中"国民性"问题产生原因进行自我认知层面的解读。

身份主要是指人的出身和社会地位。在传统中国，国人普遍的价值观是身份生存重于个人生理生存，身份荣辱重于其他荣辱。这种价值观左右着人的自我认知。孔乙己的悲剧主要就是基于他对自我身份认知的偏差：他认为自己是读书人，但实际他只是无可能中秀才的穷读书人。无中秀才可能的孔乙己已经失去了正常读书人身份背后升官发财的价值可能，也就难以拥有读书人的社会地位，反而成为人们嘲笑的对象。虽然他感受到了理想与现实的巨大落差，但是已根深蒂固的读书高贵思想让他无从怀疑自己，因此他只能瞒骗自己，坚守着自以为的读书人身份。阿Q体现的则是身份认知中的无身份问题。没有姓、没有籍贯的阿Q，始终是无身份的。无身份带来无地位，而面对无身份地位的生存困境，鄙陋的阿Q选择以他人的标准拾取、抢夺可暂存于己的身份，选择"精神胜利法"来提升自己的地位，进行着空无主体的生存。

对人存在价值的判断，影响着一个人的生存状态，更决定着一个人自我认知的基础。一般来说，人的存在价值应是物质、情感、精神三个层面价值的统一。而《风波》反映出人们仅认识到人物质层面的价值，使得人与人之间的关系物质化、功利化，这也成为"看客心理"形成的重要思想基础。《呐喊》里民众、亲人对夏瑜等革命者的不理解反映出人们价值认识的错位。多数民众只认识到人价值的物质、情感层面，而革命者还认识到人价值的精神层面。如此价值认识的差距是革命者不被民众所理解、支持的重要原因。

　　正确认识自身现处阶段可能迎来的命运，会对自身之后命运的改变产生影响，继而影响着一个人自我认知的变化趋势。《狂人日记》揭示的是吃人环境里无人能逃脱吃人和被吃的命运。狂人对自我这一命运的正确认识使得他与这个环境决裂。《头发的故事》中，符号化的头发反映出鲁迅对传统的形式主义革命无法成功的命运认识。这一认识促使他提出根植于现实来唤醒民众，也推动革命者找到革命的正确方向。《故乡》中作为启蒙者的"我"，未对母亲吩咐客人闰土自己做饭的行为感到不妥，深刻揭示了启蒙者难以逃脱的命运。启蒙者可能并未甚至无法消灭自身潜意识里烙印的传统遗毒，警醒启蒙者要更为频繁、谨慎地省视自身。

　　总言之，《呐喊》潜藏着鲁迅"认识自我"的哲学思想，揭示了"国民性"问题背后存在的个人认知层面的因素。我们只有直面"国民性"问题根源中包含着的自我认知层面的因素，才能最终真正解决"国民性"问题，实现"立人"。

# 鲁迅"五四"时期倡导民主的两个特点

鲁兰洲　鲁迅文化基金会绍兴分会

"民主"和"科学",这是"五四"思想解放运动的两面大旗。鲁迅是高举这两面旗帜站在时代最前列的伟大战士。

在倡导"民主"的斗争中,鲁迅不仅异常勇敢、坚定,而且把这种斗争与对当时社会现实的批判结合起来。他不是停留在名词与概念的解释上,不是从一般的原则和定义出发,抽象地谈论"民主"的问题,也并没有给人们设计种种民主共和的体制和方案,而是从中国当时的社会现状出发,大声疾呼中国人民首先应当挣脱封建专制制度的枷锁与镣铐,才能争取民主的实现。

一、鲁迅用他的洋溢着战斗热情的杂文和小说,把争取民主同反对封建专制制度最紧密地结合起来。他以反对封建制度"吃人"的等级和特权,以及它全部的意识形态作为争取民主的前提,而把争得做"人"的资格,作为实现民主的起码的要求。这正是鲁迅在"五四"时期为民主而斗争的基本特点。

"五四"时期的鲁迅是站在彻底的民主主义立场上反对封建专制制度的,他始终是把反对封建专制主义作为争取民主的前提的。鲁迅对于中国思想史的一个重大贡献,就是他指出了在封建主义"仁义道德"假面具的掩盖下,几千年来的中国社会不过是一个"吃人"的场所,这是对于封建专制主义最深刻的总结。他在五四运动中发出来的第一声划破长夜的战叫——《狂人日记》,就道破了这个重大的发现。他在谈及狂人日记时曾这样说:"后以偶阅通鉴,乃悟中国人尚是食人民族,因成此篇,此种发现,关系也甚大,而知者尚寥寥也。"(1918年8月20日致许寿裳信)鲁迅的发现确实是异常杰出的。在铁屋似的旧中国,这个发现就像远古时代的人们发现火似的,一下子把浓重的黑暗照透了。鲁迅后来又多次阐述了这一发现,最著名的是在《灯下漫笔》中所提出的精辟论断:"所谓中国的文明者,其实不过是安排给阔人享用的人肉的筵宴。所谓中国者,其实不过是安排这人肉筵宴的厨房。"

鲁迅的这个发现,是对旧中国最清醒和最深刻的认识。针对着这个"吃人"的中国社会,他提出了最独特、最尖锐而又最切合实际的"民主"的要求,这就是,必须首先争取到不被"吃掉"的做"人"的资格。在人肉筵宴似的旧中国,政治制度残酷和腐败到了极点,社会黑暗和堕落到了极点,人民痛苦和悲惨到了极点。鲁迅把饱受一切苦难的中国人民的悲惨境遇,概括成这样一句话:"中国人向来就没有争到过'人'的价格。"(《灯下漫笔》)在残暴的封建专制制度底下,中国人民"至多不过是奴隶",甚至还"下于奴隶",用中国人民的血汗养肥自己的封建专制暴君们,"'将人不当人',不但不当人,还不及牛马,不算什么东西"。(《灯下漫笔》)鲁迅沉痛地告诉人们,在我国历史上,人民常常只是充当"一个一定的主子"的"牛马",至多是由"牛马"升为"奴隶"。因此在动乱之际,就成了"想做奴隶而不得的时代"。而所谓"太平盛世"亦只是暂时坐稳了奴隶而已。中国人民的这种悲惨状况和无权地位,在世界历史上也是罕见的。很多人正是在封建专制制度长期的压榨和毒害下,变得十分麻木和愚昧,甚至不能感觉到自己被奴役的地位,以充当"牛马"和"奴隶"为满足。几千年来的封建专制度把中国人民折磨和蹂躏到了这样的地步,使他们连做人的权利也不敢奢望,根本就不可能想到自己要做社会的主人,要有民主的权利。这种十分悲惨的情况如果不加以改变,中国能有什么希望?人民能有什么前途?因此在鲁迅看来,应该把变得麻木和愚昧的人们从睡梦中惊醒,让他们认识自己被奴役和被吃"的悲惨境遇,启发他们争取做一个"人"的觉悟,这就是争取民主的第一步。鲁迅这些深刻见解所产生的伟大启蒙作用,就在于告诉人们知道:在灾难深重的地狱般的旧中国,要争取民主,首先就要争得做"人"的权利。如果连做"人"的资格都没有,民主不过是空谈而已。而要争得做"人"的权利,就应该以全部的力量来反对封建专制主义的"吃人"的特权。

鲁迅进一步解剖了整个封建社会的基本结构。他深刻地指出,这个社会产生"吃人"现象的重要原因,是由于存在着等级和特权的制度,每一层等级里掌握着特权的人,就是在封建君主底下的大大小小的专制统治者。鲁迅怀着深切的同情,用浸透着沉痛和愤怒的笔墨,控诉了中国的妇女和儿童分外悲惨和苦难的命运。他不仅希望那些"奴隶"和"牛马"从地狱中挣脱出来，而且希望他们的妻子和儿女从更深的地狱中挣脱出来。

鲁迅在这里揭露的封建等级特权制度，是一种极端黑暗的"吃人"的制度，而被称为"中国固有的精神文明"的封建道德，却在美化和赞颂着这种"吃人"的封建等级特权制度，这就不能不使人民群众在肉体和精神上都受尽折磨和蹂躏，一点儿也"动弹"不得，他们的生命就这样枯萎和干涸下去，直到通向各自的坟墓。列宁说："在奴隶社会和封建社会中，阶级的差别也是用居民的等级划分而固定下来的，同时还为每个阶级确定了在国家中的特殊法律地位。"（《俄国社会民主党的土地纲领》）鲁迅对封建等级特权制度的无情的抨击，跟列宁这个经典性的定义，在精神上是完全一致的，这充分显示了他的民主主义的思想。

鲁迅所作的《阿Q正传》《祝福》等著名小说，其深刻之处就在于真实地揭露了这种现实的生活：中国的劳动人民不被反动统治阶级当作"人"，他们辛劳、挣扎、奔走、苦斗，却始终争不到做"人"的权利。鲁迅带着难以抑制的悲痛和伟大的同情心，描写了人民群众的苦难。无论是阿Q，或者是祥林嫂，他们都没有得到最起码的"'人'的价格"。特别是在《祝福》中，鲁迅用深沉的笔触，将人生的有价值的东西毁灭给人看，写出像祥林嫂这样勤劳、健壮和善良的劳动妇女，尽管在生活中根本就没有什么更多的企求，但是残暴而又伪善的封建社会，仍剥夺了她最起码的生存权利，冷酷地吞噬了她的生命；而且当她离开这个阴森森、血淋淋的人间囚牢时，还有一个据说是将要给她报应的充满恐怖的未知的地狱正在那里等着她！她哪里有过"'人'的价格"，她哪里有过真正的人的生活！

正是由于把反封建专制主义作为争取民主的前提和把争得做"人"的资格作为实现民主的起码的要求这一基本特点，鲁迅在为争取民主而进行思想启蒙的时候，就表现出十分强烈的战斗性。他这样呼呼："我们目下的当务之急，是：一要生存，二要温饱，三要发展。苟有阻碍这前途者，无论是古是今，是人是鬼，是《三坟》《五典》，百宋千元，天球河图，金人玉佛，祖传丸散，秘制膏丹，全都踏倒他。"（《忽然想到（六）》）他还这样大声疾呼："扫荡这些食人者，掀掉这筵席，毁坏这厨房，则是现在的青年的使命！"（《灯下漫笔》）在新与旧、光明与黑暗，民主与专制的剧烈搏斗的时代中，鲁迅这种反封建的战斗的呐喊，为中国共产党所领导的新民主主义革命运动做出了卓越的贡献。

二、鲁迅把争取民主的斗争明显地与人道主义的要求联系在一起，即与争取"真正的人道"联系在一起。这就构成了鲁迅在"五四"时期倡导"民主"的又一个特点。

鲁迅在当时争取民主的斗争中，把人道主义作为正面的要求，是十分容易理解的。上面已经说过，"五四"时期的中国，还是处于严酷和暴虐到极点的封建专制统治之下。封建主义的意识形态与人道主义是背道而驰的，反动统治者的所作所为完全是专横野蛮的"兽道"，甚至是"极人间之奇观，达兽道之极致"。（1918年8月20日致许寿裳信）在这样乌烟瘴气的封建专制制度下，用人道主义来加以抗争，无疑是一种巨大的进步。它对中国人民认识封建专制统治的血腥本质，认识自己"没有争到过'人'的价格"的奴隶地位，是有很大的启蒙作用的。所以，当时鲁迅热烈追求"人道的光明"，满腔热情地鼓吹用人道主义来取代封建专制的兽道主义。他说："东方发白，人类向各民族所要的是'人'。"（《随感录四十》）人们要走向光明，就要冲突封建的枷锁，求得"人"的解放。而当时的中国，"简直是将几十世纪缩在一时"，"自'食肉寝皮'的吃人思想以至人道主义""都摩肩擦踵的存在"，鲁迅认为这样的"二重思想"是不行的，应该"连根的拔去"，否则在这个世界上"是终竟寻不出位置的"。（《随感录五十四》）要想跟上世界的潮流，鲁迅在当时认为应该走人道主义的路。他这样说，"人类尚未长成，人道自然也尚未长成，但总在那里发荣滋长。我们如果问问良心，觉得一样滋长，便什么都不必忧愁，将来总要走同一的路"，"能够载着不自满的人类向人道前进"。（《随感录六十一·不满》）他坚信随着社会的前进，人道主义一定会实现。他说："无论什么黑暗来防范思潮，什么悲惨来袭击社会，什么罪恶来亵渎人道，人类的渴仰完全的潜力，总是踏了这些铁蒺藜向前进。"（《随感录六十六·生命的路》）

鲁迅认为："人道是要各人竭力挣来，培植，保养的，不是别人布施，捐助的"，说这才是"真正的人道"。（《随感录六十一·不满》）鲁迅当时的这一思想特点是十分宝贵的。他反对恩赐，主张自己去争取，因此他的这种人道主义思想，既包含着极深沉的对人民群众的热爱，又包含着对剥削和压迫人民的封建势力极深沉的憎恨。1925年，鲁迅在论"费厄泼赖"应当缓行》一文中，对"勿报复"，"仁恕"、"勿以恶抗恶"这些思想的批判，正是他"真正的人道"思想的合理的发展。因此说鲁迅一开始讲人道主义时，就与他主张战斗的思想联系在一起，这是符合实际情况的。如果说鲁迅从来不讲人道主义，与人道主义一贯无缘，甚至说鲁迅在"五四"时期就批判了人道主义，显然是不符合历史事实的。

鲁迅主张的这种"真正的人道"，归根结底是为了争取实现"'人'的价格"，因此它与资产阶级人道主义的概念基本上是一致的，无疑还是属于资产阶级思想的范畴，这种思想在"五四"时期的反封建斗争中是能够起到重大的进步作用的。同时，鲁迅所主张的这种"真正的人道"，又与被压迫被剥削的人民群众的斗争紧密联系在一起，所以它又在一定程度上超越了资产阶级的人道主义，而带有革命人道主义的性质。1935年，鲁迅在《〈草鞋脚〉小引》一文中，回顾"五四"以来文化新军所经历的思想道路时，作了精辟的论述："最初，文学革命者的要求是人性的解放，他们以为只要扫荡了旧的成法，剩下来的便是后来的人，好的社会了，于是就遇到保守家们的压迫和陷害。大约十年之后，阶级意识觉醒了起来，前进的作家，就都成了革命文学者。"这里，鲁迅所概括的我国现代文学作家所走过的道路，其中自然也包括了他自己的思想历程。这就是说，鲁迅在"五四"时期对于改造社会的认识是：通过"人性的解放"达到社会的解放，变成"好的社会"。等到他接受了马克思主义，才知道这是一条行不通的路。在他的后期思想阶段，他已经充分了解经济基础决定上层建筑这个历史唯物主义的基本原理，他对改造社会的看法也倒转了过来，了解到只有从根本上改变旧的生产关系，达到被压迫阶级的解放，最后才能达到社会的解放，达到消灭阶级，真正实现"人性的解放"。鲁迅所走过的这条道路，就是从启蒙思想家发展成为马克思列宁主义者的艰巨的思想历程。

总之，主张斗争是鲁迅一贯的思想，但是在前期，他这种斗争的要求是与启蒙主义的思想结合在一起的。他要求"人性的解放"，要求争取实现"'人'的价格"，要求"真正的人道"。这些口号无疑是彻底的反封建的，是他民主主义的思想的表现。这些主张尽管还是属于资产阶级的思想范畴，然而由于它充分体现了历史的要求，因而所起到的作用是十分巨大的。在当时的历史条件下，一个彻底的反帝反封建的资产阶级民主革命，是时代的需要，是包括工农劳动人民在内的广大人民群众的需要，它符合遭受压迫最深重的工农群众翻身解放的切身利益。这正如列宁所说："在某种意义上说来，资产阶级革命对无产阶级要比对资产阶级更加有利"，"资产阶级革命的民主改革愈彻底，这个革命就愈少局限在仅仅有利于资产阶级的范围"，"资产阶级革命进行得愈充分，愈坚决,愈彻底,无产阶级反对资产阶级争取社会主义的斗争就愈有保证"。(《社会民主党在民主革命中的两个策略》)按照毛泽东同志的说法,在整个民主革命时期的中国,"是多了一个外国的帝国主义和一个本国的封建主义,而不是多了一个本国的资本主义",就思想领域而言,正是"民族压迫和封建压迫残酷的束缚着中国人民的个性发展"。(《论联合政府》)帝国主义的侵略和封建专制主义的思想束缚对于中国社会的破坏和障碍,是极其严重的。鲁迅在"五四"时期为争取民主而提出的战斗要求,以及他那反封建专制制度的坚定性和从当时实际出发进行斗争的精神,不仅在当时起过巨大的历史作用,为我国新民主主义革命做出了重大的贡献,就是在我们今天继续肃清封建残余,为建设一个富强、文明、民主、和谐、美丽的社会主义强国而斗争的时候,也能够产生鼓舞我们前进的作用。

# 新时期以来鲁、郭、茅负面评价的理论反思

**鲁雪莉　绍兴文理学院鲁迅研究院**

自20世纪80年代"重写文学史"以来,一批重要现代作家被重估、重评,解构经典形象及经典作品的负面评价成为主潮。最显著者,莫过于对鲁迅、郭沫若、茅盾(以下简称鲁、郭、茅)的重评。以往对三位作家的评说,大抵将其定位为超一流作家,研究者的关注度之高、研究领域之拓展、研究成果之丰硕,非其他作家可比拟。重评中,对三大家的评价随之发生重大变化:对鲁迅的评述曾多次泛起否定性的非鲁思潮,茅盾跌出20世纪十大小说家排名,郭沫若被列为中国新诗人第三十名之后,已远非原先作家的定位。笔者以为,对鲁、郭、茅的评价,不只是对单个作家的价值评定,实则已关涉多种理论话题,而对中国现代文学领军人物做出苛评或轻率否定,也不利于文学史经验的总结,实有认真辨析的必要。

## 一　鲁、郭、茅负面评价的理论误区

综观新时期以来重评视域中的鲁、郭、茅研究,已造成了对作家作品的种种误读,涉及多方面的理论话题。笔者以为,下述三种颇具代表性。

(一)对现实主义文学观的片面否定

重评中,现实主义成为一个焦点话题,在于三位作家与现实主义不同程度

的关联：鲁迅和茅盾是典型的现实主义作家，郭沫若虽游走于浪漫主义与现实主义之间，但后期确信强调现实主义。对现实主义创作模式的质疑，以对茅盾的评价尤甚。王一川认为，茅盾"高位的获得很大程度上依赖于学术偏见：似乎'现实主义''史诗式'作品就高于其他"①。蓝棣之则强调，《子夜》"追求革命现实主义，导致了主体性大大削弱"，因而是一部"主题先行"的"宣传品"，"一次不足为训的文学尝试"②。徐循华也在《重读〈子夜〉》中认为，茅盾坚持文艺为人生，念念不忘"文艺家的任务不仅在分析现实、描写现实，而尤重在分析现实、描写现实中指示了未来的途径"，因而使作品有"传声筒"③嫌疑。鲁迅的现实主义重在启蒙，他主张文学创作"为人生""改良人生"，旨在犀利指出人们的精神痼疾。但此种"最清醒的现实主义"也在重评中被斥为"愿意听将令，写将令文学"。葛红兵在《为二十世纪中国文学写一份悼词》中认为，鲁迅的文学"思想的价值大于审美的价值"④。对于郭沫若在"四一二"反革命政变后服从政治斗争需要，大量抒写了汇入现实主义诗潮的政治抒情诗，许多研究者认为，郭沫若后期诗歌艺术不如前期，正在于他"片面否定浪漫主义，片面强调现实主义"，并认为这也同样体现在其戏剧创作中，"铺张扬厉到声色俱厉，可却掩不住骨子里的单薄虚弱。这就是主题先行之弊了，不存在任何独创性，文学的丰富性完全被抹杀"⑤，也归咎于其剧作与现实政治的呼应。

（二）对文学思想和审美的偏至认知

对现实主义文学观的排斥，从深层透视出重评论者对文学"思想性/审美性""政治性/艺术性"两难困境的偏至认知，这在重评中成为一个重要症候。葛红兵评价鲁迅，认为鲁迅"开始了中国新文学一个不好的历史就是偏重于思想、偏重于直接的社会功利"，"而不是把文学当作一个自身具有意义的工作"；"鲁迅压抑了自己的审美感受在写作品，他的作品比较干巴、干涩，比较阴暗"，后来的作家服膺于政治标准第一、艺术标准第二，"可能跟他们潜意识中有鲁迅这个大师有关"⑥。张闳认为鲁迅因拘泥于"国民性批判"观念，致使

---

① 王一川：《我选二十世纪中国小说大师》，《文学自由谈》1994年第4期。
② 蓝棣之：《一份高级形式的社会文件——重评〈子夜〉》，《上海文论》1989年第3期。
③ 徐循华：《诱惑与困境——重读〈子夜〉》，《中国现代文学研究丛刊》1989年第1期。
④ 葛红兵：《为二十世纪中国文学写一份悼词》，《芙蓉》1996年第6期。
⑤ 逍遥容与：《说说"鲁郭茅巴老"》，http://blog.sina.com.cn/s/blog_4b61a077010152yn.html
⑥ 葛红兵：《鲁迅：被误读的大师》，《芙蓉》1999年第5期。

其小说的艺术空间极其狭隘，主题和表现手段也过于单调呆板①。李振声评价郭沫若，认为因趋附政治而"主体性主动摒弃"，"限制、妨碍、遮蔽了郭沫若'自我'感受的真实性"②。唐晓渡认为《女神》"宣泄式的大叫大嚷"，埋藏着新生后来遭受毁灭性命运的种子，郭沫若应对50—70年代流于标语化、口号化的恶劣风尚负责。由此，中国新诗逐步被意识形态与权力美学所支配，贫弱的"自性"沦为"他者"③。黎焕颐批评郭沫若的"双重政治人格"，认为其"一旦置身庙堂和政治强力合而一，就必然会失去思想的个性独立和人格的道德力量"④，在"政治需要"与"艺术审美"之间，郭沫若选择前者，摒弃后者，失却了一位诗人必备的思想和审美情愫，历史与自我、理性与情感无法平衡。王晓明在《一个引人深思的矛盾——论茅盾的小说创作》一文中认为存在着政治家和文学家"彼此对立"的两个茅盾，因其"没有建立起皈依文学的诚心，轻漫了文学"而"遭到艺术女神的拒绝"⑤。徐循华阐释"子夜"模式，认为《子夜》"主题是正确无误的，但一旦有了这么一个明确的政治性目标，'为人生'就自然而然地变异成为'为政治了'"，"为政治"而非"为人生"文艺观这种"重大的缺陷"使得《子夜》成为一部失败的作品，也在很大程度上影响了中国现当代文学的创作。⑥

（三）以断裂的历史意识估定价值

对鲁、郭、茅的批评，通常也蕴含着代际之间的断裂。其中体现的历史意识，不啻是普遍性、知识性的理论话语的演绎，而并非是在具体的历史时空中应对具体的历史问题。如新生代作家朱文批评鲁迅的"断裂答卷"。当代青年作家韩东、述平等认为，"对于今天的写作而言，鲁迅毫无教育意义"，"没有任何一位思想权威对当代中国文学有指导意义，包括鲁迅"。诗人于坚甚至认为，鲁迅是"乌烟瘴气乌导师，误人子弟"⑦。1985年《杂文报》和《青海湖》引发的论争中，一些观点认为鲁迅的作品瑕瑜互见，"有泛泛之作与充数之篇"，《狂人日记》只停留在"模仿"程度，"而不是创新"；《阿Q正传》"在中

---

①张闳：《走不近的鲁迅》，《橄榄树文学月刊》2000年第2期。
②李振声：《历史与自我：深隐在〈女神〉诗境中的一种困难》，《上海文论》1989年第5期。
③唐晓渡：《郭沫若与新诗的现代性》，《文艺争鸣》1997年第1期。
④黎焕颐：《一道畸形的文化风景线》，《随笔》1998年第2期。
⑤王晓明：《一个引人深思的矛盾——论茅盾的小说创作》，《中国现代文学研究丛刊》1988年第1期。
⑥徐循华：《对中国现当代长篇小说的一个形式考查——关于〈子夜〉模式》，《上海文论》1989年第3期。
⑦朱文：《断裂：一份问卷和五十六份答卷》，《北京文学》1998年第10期。

国现代文学史上开创了一个危险的先例,即以所谓的本质代替形象,把'典型化'变成了'脸谱化'"①。散文诗集《野草》是"二流作品"。《故事新编》"艺术价值不高"②。朱光灿评价郭沫若的两篇文章中,对"《女神》是中国的第一部新诗集,奠定了我国新诗的基础,开一代诗风"等说法提出质疑,认为拔高了《女神》在中国新诗史上的地位,"开一代诗风"有违史实,还可能导致"人们对我国新诗开创期现象认识的模糊"③,引发对郭沫若在中国新诗史地位与贡献的论争。此外,对早期和晚期郭沫若进行割裂式对比,也有把作家从历史语境中剥离之嫌。茅盾研究中,出现如王一川重排现代文学大师座次,将茅盾剔除前十排位等文学现象。这些否定性评价都是以断裂的方式将历史价值判断简单化。

## 二 负面评价的逻辑偏差

探究负面评价的逻辑偏差,可以做出多种理论概括。但笔者以为,造成此种现象的主要缘由在于"去政治化"与"去历史化"两种偏向形成的理论误导,值得引起研究者的高度关注。

(一) 二元结构中的"去政治化"倾向

在"政治/艺术""思想/审美"二元坐标系中,"政治"常被简单地转喻为"功利",而"审美"也被简单地转喻为"非功利"。当评说一个作家政治色彩过于浓厚,实则意指其艺术蕴含不足。反之亦然:当一个作家淡泊政治,专注"纯文学""纯艺术"的追求,也似乎表征了其艺术价值较高。这种对政治与艺术关系的简单理解,当然并非对文艺问题的正确阐释,其理论根源,正是在于"去政治化"偏至。通过"审美"构建的"主体""试图更为干净地撇清其与国家/社会等社会组织形态之间的关系",④而此种惯性思维,在鲁、郭、茅的重评中却有突出表征。

对现实主义认知的迷误,甚至常常把它看成是文学"政治化"的一种手段,就有对茅盾创作的误读。众所周知,茅盾的创作推崇社会科学理论指导,

---

① 邢孔荣:《论鲁迅的创作生涯》,《青海湖》1985年第8期。
② 李不识:《何必言必称鲁迅》,《杂文报》1985年8月6日。
③ 朱光灿:《应当正确评价〈女神〉》,《齐鲁学刊》1981年第2期。
④ 贺桂梅:《人文学的想象力——中国当代思想文化与文学问题》,河南大学出版社,2005年,第98页。

主张张扬文学的社会功能与现实要求，甚至直言其创作总是"从一个社会科学命题开始的"，而其"社会科学命题"又都坚持马克思主义的科学观，这在许多人看来太过"政治化"，理所当然成为批评对象。其实，茅盾所坚持的都是现实主义文学的一种主张，并无特别"出格"之处；特别是在"红色30年代"的国际背景和国内浓厚变革风气的社会背景下，作家们用被压迫者的语言来抗议和拒绝社会，反映强烈的政治制度变革要求，是他们切入现实关怀的途径。文学的"社会化"思潮异常浓厚，文学与社会变革的联系达到前所未有的紧密程度。在此背景下，茅盾创作对社会现实的书写，显然契合了这一时代主潮。许多评论者批评茅盾产生于这一时期的《子夜》等作品，甚至将其升格为"茅盾创作模式"的批评，就难以避免评价的失误。如果对茅盾的"创作模式"作全面评价，还应当涉及其艺术思维的严谨性、将创造形象置于"第一位"等艺术要素的揭示，但可惜在"政治化"的命题下，这一些都无足轻重，他们认为一个注重"社会化"的作家就不可能有对"艺术化"的重视，而茅盾的创作恰恰是经得起"艺术分析"的，于是这一位在文学史上产生重要影响的作家就被轻而易举否定了。在茅盾身上，"二元性"对立的操作与弊害，表现得淋漓尽致。

对鲁迅的评价，也存在此种"二元性"现象。在王朔看来，鲁迅"当杂文写的小说"《阿Q正传》用的都是"现成的概念"，而"概念形成的人物当作认识的武器，针对社会陋习自有他便于发扬火力指哪儿打哪儿的好处，但作为文学作品中的审美对象他能激起读者的情感反应就极为有限了"[1]。张闳认为"被视为鲁迅最高文学成就的代表之作的《阿Q正传》，是他最有影响的作品，却未必是最好的作品"。理由之一就是"过于明显、直露的观念化的痕迹，在风格上也极不协调"[2]。如何看待这些评价？毋庸置疑，这篇小说在思想上的深刻之处，正是鲁迅洞察了中华民族长期以来深受专制暴政的压榨和践踏，从而在小说中剖析了在等级特权统治下禁锢而成的浸透着奴性主义的国民性，他愤懑而激烈地呼号冲破专制统治的牢笼，实现人性的解放。而深邃的思想，是否阻碍了小说的艺术性，却并不尽然。小说中的阿Q形象塑造极为成功，阿Q既是一个具有极大普遍性、进行了高度理性抽象的精神典型，又是融合了感情具象的个性鲜明的"这一个"，正如鲁迅所说的，没沾染游手之徒的狡猾就

---

[1] 王朔：《我看鲁迅》，《收获》2000年第2期。
[2] 张闳：《走不近的鲁迅》，《橄榄树文学月刊》2000年第2期。

是阿Q，但流氓气多了也不是阿Q；戴瓜皮帽而不是戴毡帽就不是阿Q，上刑场时乘摩托而不是坐大车的也不是阿Q。鲁迅赋予了"国民性"概念以独特的文学演绎。因而，《阿Q正传》同样兼了思想性与艺术性。

审视20世纪中国文化语境，文学与政治结缘，作家倾向不同程度的政治化，或承担多种社会角色，正是特定历史语境中中国作家的独特所在。鲁、郭、茅基于对历史与现实的深切审视，有其对政治的独特参与方式，介入政治必能获得对现实的独到体认，"去政治化"恰是取消其特色与优势所在，显然并不可取。政治文化因其交织着现实、历史、民族、社会、政治、经济等诸多因素的复杂性，往往使人们呈现对复杂状况认知的差异。鲁、郭、茅创作的政治文化蕴含也会有不同表征，重要的是将其置于特定语境中，分析其以独特的政治文化视角阐释政治的方式，从而对其文学创作与思想的政治文化蕴含做出恰如其分的评估。

（二）价值重估中的"去历史化"偏颇

以"断裂"的话语方式和实践方式参与现代经典作家作品的价值重估，其深层的历史观念，即新历史主义所主张的"一切历史都是当代史"。无论是新生代作家批评鲁迅的"断裂答卷"；葛红兵对于鲁迅作品语言问题的苛责，还是蓝棣之讨论茅盾《子夜》，其共同点均在忽视历史事件所独具的主体和语境，而单纯以想象中的当代性立场对之进行颠覆式批判，其本质即"去历史化"。

"去历史化"尤见于对郭沫若的负面评价，除了不同意识形态、不同立场、态度的对立之外，还来自研究者的时空错位。郭沫若的《女神》鲜明地体现"五四"的时代特色，标志了新诗初创期的最高成就。但较多的评论者往往偏重个人或行时的审美趣味，并不顾及历史链条，从中寻找价值所在，确定其历史地位。《女神》的主要价值，是以暴躁凌厉的诗歌风格引领时代精神的凌厉之"气"，它为"五四"时代宣泄压抑的社会心理开启了痛快的情绪宣泄通道，激发了青年们渴求个性解放的能量。温儒敏曾说，"五四时期的读者审美需求是有各种层次的，那时的人们需要深刻冷峻（如鲁迅的小说），需要伤感愤激（如郁达夫、庐隐的作品），需要天真纯情（如冰心的诗和小品），更需郭沫若式的暴躁凌厉"[1]。从造就新的时代审美追求而言，郭沫若的《女神》堪称一流。大变动的"五四"时期，反精美、反中庸、反优雅，追求新异、叛逆的审美趣味，故《女神》中《天狗》《晨安》这类稍嫌粗放的诗作更能获取读者

---

[1] 温儒敏：《浅议有关郭沫若的两极阅读现象》，《中国文化研究》2001年第1期。

的青睐。对《女神》这类时代性、现实性强的经典评价不高，正是割裂了郭沫若与特定社会历史的关联，恰显示出作家评价中一种粗暴地进入历史的方式。

正如雷蒙·威廉斯所提醒的，"任何一种形式的分析都必须建立在对历史形态分析"的基础上，因此，对于经典作品这一"形式"（理论）的分析，也必须置于具体的历史形态（思潮或者事件）之中，这样才可能更为接近历史的"现场"，发现"这些文本与历史场景有着深厚及共谋性的关联"[①]对鲁、郭、茅的断裂式批评，以当代性取代历史性，是对"一切历史都是当代史"的狭隘理解，显然靠不住。"去历史化"的本质必将遮蔽文学现象的历史本相，带给文学的不是历史的多元与丰富，而是单一和遗忘。

## 三 反思与启示

对鲁、郭、茅经典的重评，与20世纪80年代"重写文学史"审美原则的确立和叙事体式的转变密切相关。从某种意义上讲，这意味着一次学统重建。以往的评价，被概括为"仅仅以庸俗社会学和狭隘的而非广义的政治标准来衡量一切文学现象，并以此来代替或排斥艺术审美评价"[②]；而提倡所谓新的文学研究，"它的出发点不再是特定的政治理论，而更是文学史家对作家作品的艺术感受，它的分析方法也自然不再是那种单纯的政治和阶级分析的方法，而是要深入运用各种不同的方法，尤其是审美的分析方法"[③]。这里的"艺术感性"和"审美的分析方法"，既指"对作品的情感体验"及具有"强烈个人性"[④]的主观描述，又指"情绪性的心理的层次，表现为各种模糊的'政治无意识'，存在于人的各种情绪和下意识冲动，包括人的审美情绪当中"[⑤]。在"重写""重评"的许多表述中，"艺术感性"和"审美的分析方法"常常以"纯文学"概念一言蔽之。"纯文学"是鲁、郭、茅负面评价的逻辑出发点。

以"纯文学"为立足点梳理重评，从中可以发现"重写文学史"知识范型的一个本质特点，正是基于一种二元对立的问题意识和知识理念。在重评论者

---

① 薇思瓦纳珊:《权力、政治与文化——萨义德访谈录》，单德兴译，生活·读书·新知三联书店，2006，第36页。
② 陈思和:《主持人的话》，《上海文论》1989第5期。
③ 王晓明:《主持人的话》，《上海文论》1989第6期。
④ 王晓明:《重写文学史》，《中国现代文学研究丛刊》1989年第1期。
⑤ 王晓明:《刺丛里的求索》，上海远东出版社，1995，第264页。

看来，文学的"审美性/政治性""艺术性/思想性""形式语言/思想内容""客观/主观""集体/个人""理性/情感"是相互排斥，不可共存的。而与"审美"相对的"政治"概念既然指的是与"革命""功利"相关的写作模式，那么它就并不能被视为一种对等的文艺观念，而被视为压抑和控制"文学（审美）"的渊薮。因此，重评要"去政治化"，也包括要剥离与"政治"相关的"现实主义"方法论。在"去历史化"前提下，他们所提倡的是西方后现代思潮中各种新兴、热门的新批评方法：后殖民理论、新历史主义批评、解构主义、宗教哲学等。一些重评文章单纯以某种西方理论去印证作家的思想与创作，很大程度上也造成了对事实真相的巨大盲视。

对鲁、郭、茅的负面评价中，确有许多问题值得反思。从文学批评的角度，或可得出如下几点启示。

启示一：摒弃二元论思维，寻求解构中的建构。重评中，对"纯艺术"的强调固然有其合理性，对"审美"的强调是"回到文学自身"所需要的，但三大家创作的经典并非经不起审美分析，这只要不持偏见不难认知。文学作为一种审美的意识形态，强调美学标准而虚化意识形态，甚至主张"去政治化"，则是不可能也是行不通的。思想立场与艺术审美并非决然对立的两个概念。对立笼统地否定文学的政治性，或者人为地鼓励文学的非政治化，就有使文学创作与批评走向非公共化，丧失参与社会文化、回应现实生活中重大问题的能力。在"政治"与"审美"的二元框架中否认鲁、郭、茅的艺术成就，进而否认作家现实主义选择的积极意义，无疑极端。三位作家之所以被标举为中国现代文学的旗帜性人物，正是在于他们选择了作家的历史担当与社会责任。他们的现实主义选择既是基于"现实"需求，又是严肃审慎的理论自觉。重新评价鲁、郭、茅，必须摒弃"政治/审美"的二元论思维，寻求建构文学积极参与现实的精神内核。

启示二：把握动态系统中的恒定因素。作家评价的历时性差异，受制于人们审视文学问题采取不同的评判标准。随着时代、环境、文学观念的变迁而变迁，对鲁、郭、茅等现代作家作科学的历史评价，应将之置于中国20世纪历史文化的复杂场域中。在文学评价的动态系统中，坚持历史主义，回到历史现场，研究的分析方法与价值取向在特定的社会文化语境中具体地形成，考量作家在"历史的具体性"中是如何把握历史的前进方向实现自己的价值，审察作家受制于特定历史时期的社会环境、意识形态、文化观念等至关重要。对复杂理论问题的解答，尤需坚持历史性与当代性的统一。唯如此，方能准确估量作家实现价值的可能性和未及性，对作家的评价才更具历史合理性。同时，在动态评价系统中，还应具有相对恒定的评价因素，这个评价因素，或可落实于"人的文学"标准。对鲁、郭、茅的价值评定，最终也应落实于他们对"人的文学"的贡献上。

启示三：在反思中探求一种沟通中西方不同价值的批评空间。运用西方新批评方法，从学理角度对以往被确定的鲁、郭、茅经典形象提出另一种视角的分析，完全可以。然而，唯西方方法论，简单搬用新潮批评方法，力求寻找作家"传记事实"的"外部证据"与文本"内部证据"之间的差异和裂缝，欠缺作家"内部证据"的搜寻以探究复杂、隐秘的内心世界，甚至以"外部证据"颠覆"内部证据"，必出现评价的迷津。且不论西方新批评话语存在与公共经验疏离，以自律隔绝的眼光关注文艺自身以及"形式崇拜""反教化论""自我中心"等流弊，更应该看到中国作家的创作，既受中西文化综合影响，又自足本民族的现实土壤，批评需以中国自身的文艺实践与文艺经验为基础。寻求沟通中西方不同价值的批评空间，重返"知人论世"的传统方法论或是可取途径。理论与方法的中外融合和自觉自省尤为重要，无论现代主义以来的新兴文学批评方式方法已走得多远，有多丰富，"知人论世"或许仍是有效阐释文本、评判作家价值的方法之途。

# 鲁迅方言俚语下的浙东风情

潘文娟　绍兴文理学院鲁迅研究院

地域文化作为一种集体无意识对作家的文学创作影响深远。而方言作为地方文化的载体，在展现地方民风民俗的同时，也凸显着因地域特质而长期形成的心理意识、思维方式与情感态度。鲁迅的语言简短犀利，朴实内敛。这种语言特色不仅源于他深厚的文学功底，更在于他善从方言土语中汲取极富表现力的词汇，即"炼话"。他认为这些方言土语中的"炼话"恰如文言的用典，能将语法和词汇更加提炼，使其发达专化，而"这于文学，是很有益处的"。鲁迅作品中的方言不仅创设了未庄的典型环境，塑造出阿Q、狂人、祥林嫂等经典形象，而且方言中的乡野粗话、俗语谚语也体现着特质鲜明的浙东风情。

在人物形象塑造中，鲁迅善用方言动词表现人的行为动态。《阿Q正传》中，鲁迅以"拗断""批几个嘴巴""壁进去"等方言动词短语，写出了阿Q面对小D与钱府时截然不同的状态，以此凸显阿Q的欺软怕硬。此外，同样是方言动词"轮"，却在不同的语境中产生了截然不同的艺术效果。如《阿Q正传》中以"肚里一轮"形容赵老太爷。据《越谚》记载："肚里头侖一侖"的"侖"即"轮，思也。"一个"轮"字形象生动地展现出赵太爷初知革命党时的满腹心机与城府。而《祝福》以"眼珠子间或一轮"形容祥林嫂。这里的"轮"指"眼珠子偶然转动一下"，写出祥林嫂精神上遭受巨大打击后行尸走肉般的生存状态。

乡野粗话又称詈词，即粗野或恶意地侮辱人的话，多数表达人的情绪情感，因而能够反映当地人的地域性格特质。鲁迅在小说的人物语言中汇入了不少詈词方言，通过这些质朴而带有地域心理特质的乡野粗话，鲜明地呈现出浙东人所特有的刚性文化性格特征。《离婚》中爱姑面对丈夫、公公的不公，大庭广众之下"小畜生""老畜生""气杀钟馗""杀头癞皮狗偷吃糠拌饭"等一连串乡野粗话脱口而出。《风波》中的七斤嫂以"死尸""囚徒""恨棒打人"等词辱骂丈夫七斤，反嘲八斤嫂。这些语言虽然粗鄙，但却鲜明呈现了浙东乡村妇女个性爽辣、刚性直率的地域性格特质。

鲁迅一直以来对越地民俗文化表现出浓郁的兴趣。作品中出现了大量与地方民俗有关的方言名词、俗语谚语。正是这些地方语言向读者展现出了多姿多彩的浙东民俗。如鲁迅的《社戏》中涉及绍兴大班剧目《游园吊打》，《祝福》中繁琐细致的"祝福"节日，《五倡会》中热闹非凡的"五通神"出游场景。这些浙东习俗或为故事背景，或为文章的情节线索，或为故事矛盾的中心，将地域特色与故事叙事非常巧妙地结合起来，为读者勾勒出一幅幅独具特色的风俗画。此外，一些方言俚语也体现了绍兴迷信的风俗禁忌。如祥林嫂因改嫁被称为"回头人"；《离婚》中爱姑用以证明自己正妻身份的"三茶六礼"之说；祥林嫂用以逃脱地狱分尸的"捐门槛"行为；长妈妈所说的"吃福橘"等等。

语言作为对一个地区文化心理、思维方式等集体无意识的一种表现，使鲁迅有意识地将绍兴方言融入文学创作中。为作品创设特定的情境，塑造人物形象，反映地域的风俗人情，凸显越地深厚的地域文化起到了很大作用，也显示了鲁迅与越文化的深层联系。

# 《帮忙文学与帮闲文学》讲演的记录与修改

——兼论鲁迅提出"帮闲文学"的因由

乔丽华　上海鲁迅纪念馆

## 一　从演讲记录稿到改定稿

　　1932年11月鲁迅回北京探望母亲期间，应邀在北京的几所大学做了公开演讲，即著名的"北平五讲"。《帮忙文学与帮闲文学》是11月22日鲁迅在北平大学二院所作的演讲，这次演讲有以下两份演讲记录：

　　《〈帮忙文学与帮闲文学〉——鲁迅昨日在北大之讲演》，载1932年11月23日北平《世界日报》；

　　《鲁迅的素描——北大讲演记录　帮忙与帮闲文学》，载1932年12月17日天津《电影与文艺》。

　　1933年1月1日上海出版的《论语》第8期转载了《电影与文艺》的记录稿，标题改为《帮忙文学与帮闲文学——鲁迅先生北大讲演纪录》，并删去了最后第七自然段，即记录者对鲁迅的"素描"文字。（笔者比对了《电影与文艺》与《论语》转载的演讲正文，除排版格式有差别，个别字误排，如"消化"误排为"消北"，两份记录稿基本一致。）

　　鲁迅对于采用发表在报刊上的演讲记录稿一向很慎重，除非发表前经他本人修订过（如《今春的两种感想》），否则收入文集前都要认真加以修订，若是离本意太远就索性弃用。从1934年底1935年初鲁迅致杨霁云的数封通信可知，鲁迅手头有《世界日报》上登载的《今春的两种感想》《帮忙文学与帮闲文学》《革命文学与遵命文学》三篇演讲记录稿，但他对后两篇记录稿不满意，决定不收入《集外集》。后杨霁云找来了《论语》转载的《帮忙文学与帮闲文学》讲演记录稿，鲁迅直接在这份刊印稿上面做了修订。但《帮忙文学与帮闲文学》等十篇文章送交当局审查时被抽去，故未能收入《集外集》。此后鲁迅曾打算自己编辑《集外集外集》，请杨霁云寄回了《帮忙文学与帮闲文学》的修改稿。1939年许广平编辑出版《集外集拾遗》，其中收入《帮忙文学与帮闲文学》，就是由鲁迅修订过的稿件。

这份有鲁迅修改手迹的改正稿，已收入文物出版社《鲁迅手稿全集》文稿第8册，从这份改稿可以看到，鲁迅删去了开头说明此次演讲背景的三个自然段，以及最后四个自然段，仅保留演讲正文。正文有多处修改，并删去了后半部分。笔者据这份改正稿、《电影与文艺》初刊稿、1939年5月鲁迅全集出版社出版的《集外集拾遗》初版本与人民文学出版社《鲁迅全集》1981年版和2005年所收录的内容做了汇校。为清晰说明鲁迅对记录稿做了哪些修改，以及与后来版本的细微差别，特列出《〈帮忙文学与帮闲文学〉修改前后对照表》（见本书第202—206页对照表）。

从这个表格中列出的二十九处修改可以看到，由于这是他人的记录稿，所以鲁迅在修改时主要是对演讲记录稿中口语化的、不够严密的表达，做了补充或更正。这可分为如下几种情况：

1.添加实词，加以补充或限定说明，如序号3，11，14，15，16，18，21，23，28这几处，添写或改写后意思显然更加明晰。

2.更换或增删虚词，如序号4，5，8，9，13，19，23，25，28，29这几处，对副词、连词等虚词做了增删修改。已有研究者指出："鲁迅先生不仅注意修改自己手稿中的某些形容词、动词之类，而且很注意修改那些看似很不起眼的副词。"而他更换或增删副词的修辞目的，"一是为使句子语气表达得更确切，二是为使句子语气得到加强，使语感更为突出，三是为使句子的关系更加明确、语气更加连贯。"[①]

3.改正个别误字，如序号6，"廊庙"改为"廊庙"。

4.将原本比较随意的口语改得较为正规，如序号2，10，20，23，26这几处。

又，出于多种考虑，鲁迅对演讲记录稿做了较多的删改，大致可分为两种情况：

---

[①] 李济中：《鲁迅手稿中副词修改举隅》，《当代修辞学》1985年第1期。

## 《帮忙文学与帮闲文学》修改前后对照表

| 序号 | 页/行（2005版） | 初刊稿 | 改正稿 | 初版（1939年版） | 全集（1981版、2005版） |
|---|---|---|---|---|---|
| 1 | 标题 | 原为《帮忙与帮闲文学——北大讲演记录》《论语》转载时改为《帮忙文学与帮闲文学——鲁迅先生北大演讲纪录》 | 副标题涂去"鲁迅先生"，并手写添加"在"，标题改为：《帮忙文学与帮闲文学——在北大讲演纪录》 | 帮忙文学与帮闲文学——在北大讲演纪录 | 帮忙文学与帮闲文学——十一月二十二日在北京大学第二院讲（1981版与2005版相同） |
| 2 | 第404页第4行 | 这当什么讲？ | 涂去"什"，改作"怎" | 这当怎么讲？ | 同改正稿、初版 |
| 3 | 第404页第6—7行 | 但依我们看起来， | "我们"后面手写添加"中国的老眼睛" | 但依我们中国的老眼睛看起来， | 同改正稿、初版 |
| 4 | 第404页倒数第7行 | 小说就做篾片的职务 | "做"后手写添加"着"字 | 小说就做着篾片的职务 | 同改正稿、初版 |
| 5 | 第404页倒数第5行 | 至于反对皇帝是为卢布 | 涂去"至于"，改为"倘说他"，"为"后面添加"了" | 倘说他反对皇帝是为了卢布 | 同改正稿、初版 |
| 6 | 第405页第2行 | 廓庙文学 | 改"廓"为"廊" | 廊庙文学 | 同改正稿、初版 |
| 7 | 第405页第6行 | 身在山林，而"心实在朝"。故一出山林即入廊庙 | "身在山林"前手写添加"但"，涂去"实在朝"，改为"存魏阙"；涂去"故一出山林即入廊庙" | 但身在山林，而"心存魏阙" | 同改正稿、初版 |

续表

| 序号 | 页/行(2005版) | 初刊稿 | 改正稿 | 初版(1939年版) | 全集(1981版、2005版) |
|---|---|---|---|---|---|
| 8 | 第405页第6—7行 | 不能帮忙不能帮闲的时候 | 原句上手写添加"果""又",涂去"的时候",改为:"果不能帮忙,又不能帮闲" | 如果既不能帮忙,又不能帮闲 | 同初版 |
| 9 | 第405页第7行 | 心里甚是悲哀了 | 手写添加"那么""就" | 那么,心里就甚是悲哀了 | 同改正稿、初版 |
| 10 | 第405页第8行 | 中国隐士和官僚最接近 | 相应位置手写添加"是""的" | 中国是隐士和官僚最接近的 | 同改正稿、初版 |
| 11 | 第405页第8—9行 | 这时谓之征君 | "这时"前手写添加"那时很有被聘的希望,一被聘";"这时"涂去,改为"即" | 那时很有被聘的希望,一被聘,即谓之征君 | 同改正稿、初版 |
| 12 | 第405页第9行 | 开当铺卖糖葫芦是不会做官的。如我教授没得做,只好玩玩 | 在"当铺"后手写添加",";将"做官"改为"被征";删去"如我教授没得做,只好玩玩。" | 开当铺,卖糖葫芦是不会被征的 | 同改正稿、初版 |

续表

| 序号 | 页/行<br>(2005版) | 初刊稿 | 改正稿 | 初版<br>(1939年版) | 全集<br>(1981版、2005版) |
| --- | --- | --- | --- | --- | --- |
| 13 | 第405页<br>第9—10行 | 我前回听说有人做世界文学史 | 将"前回"改为"曾经" | 我曾经听说有人做世界文学史 | 同改正稿、初版 |
| 14 | 第405页<br>第10—11行 | 看起来实在是 | 将"是"改为"也不错" | 看起来实在也不错 | 同改正稿、初版 |
| 15 | 第405页<br>第11行 | 一方面固然由于文学难 | 将"学"改为"字" | 一方面固然由于文字难 | 同改正稿、初版 |
| 16 | 第405页<br>第11行 | 教育少不能做文章 | 在"教育"前手写添加"一般人受";在"不能"前加"," | 一般人受教育少,不能做文章 | 同改正稿、初版 |
| 17 | 第405页<br>第12行 | 中国文学和官僚实在接近 | "官僚"后手写添加"也" | 中国文学和官僚也实在接近 | 同改正稿、初版 |
| 18 | 第405页<br>第15行 | 因为当时是向"文以载道"革命的 | 涂去"革命",改为"说进攻" | 因为当时是向"文以载道"说进攻的 | 同改正稿、初版 |
| 19 | 第405页<br>倒数第9行 | 但是现在连反抗性都没有了 | 在"现在"后手写添加"却" | 但是现在却连反抗性都没有了 | 同改正稿、初版 |
| 20 | 第405页<br>倒数第5行 | 这如现代评论派 | 将"这"改为"例"。全句改为:"例如现代评论派" | 则如现代评论派 | 1981版同初版<br>2005版同改正稿 |

续表

| 序号 | 页/行(2005版) | 初刊稿 | 改正稿 | 初版(1939年版) | 全集(1981版、2005版) |
|---|---|---|---|---|---|
| 21 | 第405页倒数第4—3行 | 所以他们的任务是刽子手 | 涂去"所以",手写添加"他们骂骂人的人,正如杀杀人的一样——";删掉"的任务" | 他们骂骂人的人,正如杀杀人的一样——他们是刽子手 | 同改正稿、初版 |
| 22 | 第405页倒数第2行 | 这种帮忙和帮闲的趋势是长久的 | 涂去"趋势",改为"情形" | 这种帮忙和帮闲的情形是长久的 | 同改正稿、初版 |
| 23 | 第405页倒数第2—1行 | 我不劝人立刻把中国文物都抛了 | 在相应位置手写添加"并""的""弃"。全句改为:"我并不劝人立刻把中国的文物都抛弃了" | 我并不劝人立刻把中国的文物都抛弃了 | 同改正稿、初版 |
| 24 | 第405页倒数第2—1行 | 不看就没有东西看,不过如果以我的意思不错,对照着这个意思看起来,就可以明瞭多了 | 在"不看"的前后,分别手写添加"因为"和"这些;删去"不过如果以我的意思不错,对照着这个意思看起来,就可以明瞭多了" | 因为不看这些,就没有东西看 | 同改正稿、初版 |

续表

| 序号 | 页/行<br>(2005版) | 初刊稿 | 改正稿 | 初版<br>(1939年版) | 全集<br>(1981版、2005版) |
|---|---|---|---|---|---|
| 25 | 第406页<br>第1行 | 不帮忙也不帮闲的文学不会多 | 涂去"不会",改为"真也太不" | 不帮忙也不帮闲的文学真也太不多 | 同改正稿、初版 |
| 26 | 第406页<br>第1—2行 | 现在做文章的人都是帮闲帮忙的人 | 在"都是"前,手写添加"们几乎";将句末的"人"改为"人物" | 现在做文章的人们几乎都是帮闲帮忙的人物 | 同改正稿、初版 |
| 27 | 第406页<br>第2—3行 | 我不相信与吃饭问题无关。我肚饿了我要去借债去 | 在"我"后,手写添加"却";涂去"我肚饿了我要去借债去" | 我却不相信与吃饭问题无关 | 同改正稿、初版 |
| 28 | 第406页<br>第3行 | 我以为文学与吃饭问题有关 | 在相应位置手写添加"不过,""又""也不打紧" | 不过,我又以为文学与吃饭问题有关也不打紧 | 同改正稿、初版 |
| 29 | 第406页<br>第3—4行 | 能不帮忙不帮闲就行 | 将"能"改为"只要能比较的";涂去"行",改为"好" | 只要能比较的不帮忙不帮闲就好 | 同改正稿、初版 |

注:

1. 本表中第二列"页/行",指人民文学出版社2005版《鲁迅全集》第7卷的页码和行数。
2. 本表中第三列"初刊稿",指1932年12月17日天津《电影与文艺》上的刊稿。
3. 本表中第四列"改正稿",指鲁迅在《论语》转载稿上直接修改的改正稿。
4. 本表中第五列"初版",指1939年5月鲁迅全集出版社出版的《集外集拾遗》。
5. 本表中第六列"全集",指人民文学出版社1981年和2005年版的《鲁迅全集》。

1.删去了鲁迅演讲中谈到自己、调侃自己的语句,如序号12,"如我教授没得做,只好玩玩。"序号27,"我肚饿了我要去借债去。"这两句玩笑话也是实情,鲁迅到上海后不再教书,经济来源主要靠稿费。这两句话在现场能够得到师生的理解,但作为文章发表时,如没有进一步说明就显得有点突兀。另外,时过境迁,鲁迅或许也不想再提起这个话题。

2.删去了记录稿中语义含混的句子,如序号7,原为"身在山林,而心实在朝。故一出山林即入廊庙"。鲁迅删去了"故一出山林即入廊庙"。从修改稿可以看到,他原本想对这句话做解释说明,在这一句旁添写了"最得意的是","或一出廊庙便无山林"。但可能感觉这样还是无法说清自己本来的意思,就又把修改的笔迹涂去了,并删去了记录稿中这一句。

时隔两年后修改这篇演讲稿,当时演讲的有些内容已经淡忘,所以不如删去。鲁迅删去了记录稿正文的最后两节,也是出于这样的原因。原记录者在这篇讲演记录稿后面有一段话称:"二十三号的世界日报曾把他这次演词写了些下来,不过马裕藻当天在班上说:'错的太利害了。'我不信我不会错,但自信不会太多。他的绍兴话的官调我还懂。"但鲁迅不以为然,在给杨霁云的信里写道:"别一篇《帮忙文学……》,并不如记者所自言之可靠,到后半,简直连我自己也不懂了,因此删去,只留较好的上半篇,可以收入集里,有这一点,已足说明题目了。"鲁迅删去的后半篇原文如下:

> 我是中国人,但我很恨中国文字。一个一个方的,非到大学中学毕业不能运用。大学中学毕业,必是小资产阶级,这些人做起文章来就是假装普罗也是没有办法的。他们做起文章不是帮忙就是帮闲,帮忙是帮闲全弄成饭吃。小资产阶级意识也许可以消灭一些,帮闲帮忙关之也许可以减些。如前三四年,革命文学讲得很利害,这也革命,那个也革命,革命文学家多极了,政府怕起来,捉了几个,杀了几个,革命文学就少了。这就因为他们本来是帮帮闲帮帮忙的。因为革命文学方面忙不过来,所以过来帮帮,但旧的影响,并未脱掉。社会那方面看起来,这里面一定有卢布,因为没有卢布怎么会有革命文学。所以做文学史,如从社会方面看起来,应该是这人何以变化,那边拿了钱的。
> 
> 文学不在这两范畴内的,也拿得出来。若以现在眼光看起来,固然没有什么,但用历史的眼光看起来是会有的。不用历史的眼光,则一切失了

价值。有人做一篇文章讥笑诗经时代女人嫖男人是用钱的,这好像说庄子老子不懂唯物史观。无产阶级文学不在这两个范围中。要脱去掉这两个范围,在知识阶级应从理想,应以为社会如此下去,非改革不成,故也会倾向无产阶级文学。但与无产阶级的苦心总是不同的。中国批评家国(因)帮忙帮闲也失了权威。这些批评家于中国历史不甚了解,他们不知道不能一个斛(筋)斗就翻得下来的。由旧文学变转过小资产阶级文学是不可能的,因为中国没有模型。北京有几位文学家说:"我是没落,就没落好了。"何必自暴自弃至于此地(。)但批评的人也不要太过分,手段还是应该向他人学的。文学是叫人看得下去,如战斗时,没有兵器,口咬必要时,也应该咬他一口的,以为狗用口咬,我便不咬,大可不必。如因其为帮闲文学,便不消北(化);就像我吃了牛肉就要变成牛似的。

经过这样的删改,如鲁迅所言,所保留下的内容"已足说明题目了"。但是,就演讲本身而言,则是一个丢失的过程。首先是失去了演讲的现场感。如前所述,鲁迅在修改时对演讲记录稿中口语化的、不够严密的表达,做了补充或更正。原本演讲是口语化的,记录稿也多少保存了口语的感觉,经过修改后变得书面语化,如"身在山林,而心实在朝",改为"但身在山林,而心存魏阙",意思不变,但行文变得古奥。包括虚词的修改,也起着同样的书面语化的作用。此外,鲁迅删去了演讲中即兴的玩笑话,例如他谈到自身经济状况、自我调侃的语句:"如我教授没得做,只好玩玩。""我肚饿了我要去借债去。"这两句话在演讲中起到活跃气氛的作用,想必此处会有笑声。又如被删去的最后一节,末尾的比喻非常幽默:"以为狗用口咬,我便不咬,大可不必。如因其为帮闲文学,便不消化;就像我吃了牛肉就要变成牛似的。"鲁迅当时在北大的演讲就是在这个有趣的比喻中结束的。可以说,原记录稿更多地保留了现场的气氛。

另外还有内容的丢失。鲁迅删去的内容,是他在现场演讲中提到过的,尽管可能记录不准确或有违原意。例如最后两节,尽管记录得不够准确,确实有很多读不通的地方,但通过这个记录稿还是能了解鲁迅当初演讲的大致内容,从中可以知道他后面还谈到上海的普罗文学,指出有些革命文学家也是帮忙或帮闲的。此外还探讨了是否有不在帮闲文学和帮忙文学范畴内的文学,指出应该用历史的眼光来看。显然,鲁迅这篇演讲的后半部分,进一步针对现实,谈到了上海的革命文学形势，批评了上海某些投机的革命作家，也批评了甘于没落的北京的几位文学家；也试图回答什么样的文学既不是帮忙文学也不是帮闲文学，现在的文学家应该如何面对现实去创作和战斗。所以，删去这最后一部分内容，此次演讲显然是不完整的。毋庸置疑鲁迅的修订使行文更紧凑严谨，但原记录稿相对完整地保留了演讲的内容，故也有其独立存在的价值。

## 二 鲁迅提出"帮闲文学"的因由

"帮闲"（"帮闲文学"）是鲁迅后期杂文中一个重要的概念。"帮闲"一词并不是鲁迅的发明，原是明清小说和戏曲中大量存在的一类人物，特指用各种手段侍奉寄主，主要陪寄主消费、消闲或取乐，并且从中获得一定好处的无业游民或文人，又称为"篾片""清客""闲人"等。宋元明清以来的小说里，"帮闲"的身影比比皆是："尤其是在以'三言'、'二拍'、《豆棚闲话》为代表的拟话本小说和以《金瓶梅》为代表的世情小说中，帮闲更是随处可见。在小说语境中，帮闲又常常出没于青楼舞馆、勾栏瓦舍或富家豪门。其中，不论是出入西门庆家的应伯爵，还是在端王府内的高俅；不论是徘徊在谭绍闻家前厅后门的夏逢若，还是应对于贾府的单聘仁、卜固修；不论是《快心编》中的白子相，还是《绿野仙踪》中的苗秃子，都是名副其实的帮闲。晚清狭邪小说中帮闲人物之多甚至达到泛滥的程度……"[①]

在我们熟悉的古典名著如《水浒传》《金瓶梅》《红楼梦》《儒林外史》里，都有"帮闲""清客""篾片"一类的人物，其中描写"帮闲"最入木三分的是《金瓶梅》，小说第一回就介绍西门庆结交的"十兄弟"，都是些"帮闲抹嘴"：

> 结识的朋友，也都是些帮闲抹嘴，不守本分的人。第一个最相契的，姓应名伯爵，表字光侯，原是开绸缎铺应员外的第二个儿子，落了本钱，跌落下来，专在本司三院帮嫖贴食，因此人都起他一个浑名叫做应花子。又会一腿好气球，双陆棋子，件件皆通。第二个姓谢名希大，字子纯，乃清河卫千户官儿应袭子孙，自幼父母双亡，游手好闲，把前程丢了，亦是帮闲勤儿，会一手好琵琶。自这两个与西门庆甚合得来。其余还有几个，都是些破落户，没名器的……（中略）说这一干共十数人，见西门庆手里

---

[①] 张世飞：《明清小说中的"帮闲"形象研究》，硕士学位论文，2009年。

有钱,又撒漫肯使,所以都乱撮哄着他耍钱饮酒,嫖赌齐行。①

鲁迅在《中国小说史略》等著作中对以上小说都有专门介绍,在介绍《金瓶梅》的故事内容时也提到"《金瓶梅》全书假《水浒传》之西门庆为线索,谓庆号四泉,清河人,'不甚读书,终日闲游浪荡,'有一妻三妾,又交'帮闲抹嘴不守本分的人',结为十兄弟……"虽然他对《金瓶梅》等古典小说里的"帮闲"没有特别评说,但他对这一群体并不陌生,这是可以确定的。当然,《金瓶梅》中的"帮闲"主要指在豪富人家专事巧言奉承、插科打诨、揩油捞钱的人。鲁迅笔下的"帮闲"则主要指在富贵场中帮闲凑趣的知识分子,即所谓"学得文武艺,货与帝王家"。可以说,明清文学里大量形形色色的"帮闲"形象给了他启发,于是信手拈来,用"帮闲"一词给近现代的某一类文人雅士贴上标签,指出他们也不过是给主人捧场凑趣的角色。

"帮闲"这一概念的提出无疑体现了鲁迅杂文的现实性和战斗性:当时文坛上充斥着在官场商场上帮闲凑趣的知识分子,如鲁迅讲演中提到的"现代评论派"、投机钻营的"革命作家",以及"第三种人""海派文人""幽默闲适派"等。基于这样一种现实,鲁迅后期杂文、书信中频繁出现"帮闲"一词,还写作了《二丑艺术》《帮闲法发隐》《从帮忙到扯淡》《"京派"和"海派"》等文章,揭露帮闲们的伎俩,痛斥不少知识分子已沦落为官商乃至大众的帮忙帮闲。

综上,鲁迅杂文中使用的"帮闲"一词,源于宋元明清以来文学中的"帮闲"形象,同时基于当时特定的现实背景。此外,一些迹象表明,他在1932年11月北上的这次讲演中首次提出"帮闲文学"这一概念,可能还有特别的指向,或与周作人有关。在这篇讲演之前,鲁迅没有用过"帮闲"这个词,仅在1926年发表的《有趣的消息》一文里提到"篾片",即豪门帮闲的俗称。反而是周作人,早在1921年就在《天足》这篇文章里提到"帮闲":"评头品足,本是中国恶少的恶习,只有帮闲文人像李笠翁那样的人,才将买女人时怎样看脚的法门,写到《闲情偶寄》里去。"②1921年正是"兄弟怡怡"的时期,周作人此文称李笠翁(李渔)为"帮闲文人",鲁迅应该是了解的。但鲁迅此次回到北平的第一场演讲大谈特谈"帮闲文学",则可能有暗讽周作人之意。

---

① 兰陵笑笑生著、王汝梅校注:《金瓶梅》(上),吉林大学出版社,1994,第13页。
② 周作人:《天足》,原载1921年7月29日刊《晨报》,署名子严,后收入《谈虎集》。

鲁迅此次回到北平，是为了探望生病的母亲。关于这次母亲生病的事，周作人1932年11月的日记里有如下几条记载：

六日……晚九时半西三条来叫，云母亲急病，信子催汽车去招今村诊，云系脑贫血，十一时半回来。

七日……往看母亲，午返。下午信子芳子又去。

八日……夜二时西三条来电话，令招医，信子去看，五时回家。

九日晨为大嫂发电报致上海，上午十一时往看母亲，上午盐泽来诊病状，尚佳，四时返。

此后十日、十一日、十二日均有"往看母亲的记载"。①

11月13日鲁迅回到北平西三条家中，28日返回上海，这期间周作人一次也没有来西三条看望母亲，自然也就没有跟鲁迅见面。北大国文系的旧友邀请鲁迅，周作人自然也不会出席。总之，他尽可能地回避与鲁迅碰面，丝毫没有与兄长缓和关系的意愿。

对此鲁迅显然感到不快。在11月20日给许广平的信里提到周作人："周启明颇昏，不知外事，废名是他荐为大学讲师的，所以无怪攻击我，狗能不为其主人吠乎？刘复之笑话不少，大家都和他不对，因为他捧住李石曾之后，早不理大家了。"又写道："现在是夜九点半，我从幼渔家吃饭回来了，同席还是昨天那些人，所讲的无非是笑话。现在这里是'现代'派拜帅了，刘博士已投入其麾下，闻彼一做校长，其夫人即不理二太太，因二老爷不过为一教员而已云。"二老爷指周作人，二太太指羽太信子。这次鲁迅回京探母，原本是兄弟二人改善关系的好机会，结果却是裂隙欲深。

鲁迅信中提到废名攻击一事，即1930年5月废名在《骆驼草》周刊第1期发表短评《"中国自由运动大同盟宣言"》，攻击鲁迅、郁达夫等人，署名丁武。此文开头写："新近得见由郁达夫、鲁迅领衔的《中国自由运动大同盟宣

---

① 周作人：《周作人日记》（下），大象出版社，1996，第330—332页。

言》,真是不图诸位之丧心病狂一至于此。"在抄了一段"宣言"后,他又用两个故事来讽刺鲁迅:

> 我现在也记起了一段故事:
> 据说武则天女皇帝看了骆宾王讨她的檄文,叹息道:"天下有如此人材不用,宰相之过也。"
> 只可惜封建时代已经过去了,现在连这一位"明主"也不遇了。
> "坚决为自由而斗争!"
> 然而放心,秀才从来是不造反的,所以秦皇帝下逐客令。然而李斯有谏逐之书,文士立功,也由来久矣。

《骆驼草》第3期(1930年5月26日),这个丁武又发表了一篇《闲话》,文中坦言前文是刺鲁迅的:"不愉快的事,因了郁达夫鲁迅的《中国自由运动大同盟宣言》,我刺了鲁迅先生一下。"在此文中他肯定《呐喊》《彷徨》"这两个短篇小说集是足以代表辛亥革命这个时代的",以此对"趋时"的鲁迅表示惋惜和劝诫:

> "阿Q时代已经过去了",大家都这样喊,那自然是最好不过的,但这没有关系,只是,"前驱"与"落伍"如果都成了群众给你的一个"楮冠",一则要戴,一则不乐意,那你的生命跑到那里去了?即是你丢掉了自己!这自然也算不了什么,但我总觉得是很可惋惜似的。《坟》这个杂文集,里面也有很好的文章,我一想起这个书名字我就很惆怅。凉风起天末,君子意如何?

这一个"争"非同小可,是少数渐渐加入多数的一个原因,就是所谓利害的关系,不然,明若观火的事,一是一,二是二,何致于贤者都变成了愚人呢?做人须得要谨慎,有所戒惧。

鲁迅1930年5月24日致章廷谦的信里就指出"丁武"即"丙文":"《骆驼草》已见过,丁武当系丙文无疑,但那一篇短评,实在晦涩不过。以全体而论,也没有《语丝》开始时候那么活泼。"废名,原名冯文炳,故鲁迅用"丙文"来指称。但当时他未必清楚废名与周作人的关系。这次鲁迅来北平,与诸多旧友会面后，知道了废名和周作人之间特殊的关系，很自然地想到丁武那篇攻击文章其实表达的是周作人的想法，背后有周作人的授意。丁武短评里的"两个故事"，一是骆宾王作讨武则天檄文，一是李斯作《谏逐客书》打动了秦王嬴政，都是暗讽文人参与政治，奚落鲁迅参加中国自由运动大同盟这样的组织是图官职名利，失了文人的立场和本分。对丁武的观点（确切地说是周作人的观点），鲁迅是不赞同的。而以鲁迅的个性，也是必定要做出反击的。两天后在北京大学国文系的演讲可以说是一个绝佳的机会，虽然他的攻击也跟丁武的文章一样，用了颇为晦涩的表述。

鲁迅在这篇讲演中对"帮闲文学"做了溯源和定义，认为中国文人的传统归根结底就是帮忙或帮闲。他把中国文学分为两大类：一是廊庙文学，二是山林文学，但这两类文学没有实质不同，区别只是"在朝"和"下野"，二者都是帮忙帮闲或预备着帮忙帮闲。鲁迅特别讽刺后一种人，标榜自己是"隐士"，其实只是"暂时无忙可帮，无闲可帮"，他们"身在山林，而'心存魏阙'"，渴望着出山为主子效劳。鲁迅在讲演里还特意指出："中国是隐士和官僚最接近的。""隐士"一词，在鲁迅后期的文章里也经常出现，通常就是特指以周作人为代表的那一类知识分子，他们挂上"隐士"的招牌，只不过是一时没有帮闲帮忙的机会。对他们来说隐士是一种资本，做隐士容易出名，出名之后容易得到重用，求得官职和饭碗。

鲁迅后来还写了《隐士》一文，尖锐地指出，"归隐，也是啖饭之道。""肩出'隐士'的招牌来，挂在'城市山林'里，这就正是所谓'隐'，也就是啖饭之道。"隐士们平日自诩清高、淡泊、隐逸，对于世间疾苦不闻不问，一涉及自身利益，自卫起来却格外用力："虽'隐'，也仍然要啖饭，所以招牌还是要油漆，要保护的。泰山崩，黄河溢，隐士们目无见，耳无闻，但苟有议及自己们或他的一伙的，则虽千里之外，半句之微，他便耳聪目明，奋袂而起，好像事件之大，远胜于宇宙之灭亡者，也就为了这缘故。"[①]如此，鲁迅的意思也很明确了：隐士们自命超然，其实是放弃了反抗、呐喊，真正沦为了帮闲——他们有什么资格来嘲讽积极参与政治的骆宾王、李斯呢？

11月22日下午鲁迅应邀在北京大学国文系第二讲堂做了题为"帮忙文学与帮闲文学"的讲演，而根据周作人日记，那天他"上午八时在北大上课，午

---

①鲁迅《隐士》，收入《且介亭杂文二集》。

返。……下午信子为理发,入浴,咽痛,咳嗽"。①这天的讲演他自然是不会参加的,但第二天北平《世界日报》的报道,以及当时北平报纸上关于鲁迅演讲的热烈报道,周作人应该能看到,起码事后也会有所耳闻。鲁迅这次讲演的言外之意,他当比旁人体会得深。

---

① 周作人:《周作人日记》(下),第338页。

# 鲁迅与北京星星文学社《文学周刊》
## ——以周灵均《删诗》为线索

秋吉收　日本九州大学

## 一　鲁迅《"说不出"》与周灵均《删诗》

鲁迅在执笔散文诗集《野草》同年的1924年，在刊载了《野草》诸篇的杂志《语丝》的创刊号上，以《"说不出"》为题，写了以下这段话：

> 我以为批评家最平稳的是不要兼做创作。假如提起一支屠城的笔，扫荡了文坛上一切野草，那自然是快意的。但扫荡之后，倘以为天下已没有诗，就动手来创作，便每不免做出这样的东西来：
> 宇宙之广大呀，我说不出；
> 父母之恩呀，我说不出；
> 爱人的爱呀，我说不出。
> 阿呀阿呀，我说不出！
> 这样的诗，当然是好的，——倘就批评家的创作而言。[①]

鲁迅在此处所写的"扫荡了文坛上一切野草，……倘就批评家的创作而言"，笔者认为也许是有意识针对成仿吾的。1924年5月19日刊行的《创造周报》52号（最终号）上成仿吾以《批评与批评家》为题写道："真的文艺批评

---
[①] 1924年11月17日北京《语丝》周刊第1期。

家,他是在做文艺的活动。他把自己表现出来,就成为可以完全信用的文艺批评,这便是他的文艺作品。"从这段话中可以强烈感受到他自恃"批评家"身份下的自负。再者,该杂志也在最终号上刊载了成仿吾写的《一年的回顾》,提到《创造周报》最初发刊的想法是"内容注重翻译与批评。……我誓要扫荡新诗坛上的妖魔,写几篇批评近日的新诗的文字"。

且《创造周报》的创刊号上,确实刊载了对胡适、周作人,以及文学研究会诗人进行了彻底攻击的成仿吾的《诗之防御战》,其中有如下内容:

现在试把我们目下的诗的王宫一瞥,看它的近情如何了。……现在呀,王宫内外遍地都生了野草了,可悲的王宫啊!

空言不足信,我现在把这些野草,随便指出几个来说说。

一、胡适的《尝试集》……这简直不知道是什么东西。……

二、康白情的《草儿》……我把它抄下来,几乎把肠都笑断了。……

三、俞平伯的《冬夜》……这是什么东西?滚滚滚你的!……

四、周作人……这不说是诗,只能说是所见,……

五、徐玉诺的《将来之花园》……这样的文字在小说里面都要说是拙劣极了。(中略)

我现在手写痛了,头也痛了!读者看了这许多名诗,也许已经觉得眼花头痛,我要在这里变更计划,不再把野草一个个拿来洗剥了。

至于前面的那些野草们,我们应当对于它们更为及时的防御战。(中略)这样的文字可以称诗,我不知我们的诗坛终将堕落到什么样子。我们要起而守护诗的王宫,我愿与我们的青年诗人共起而为这诗之防御战!

在这里,成仿吾将创造社视为仇敌的文学研究会的代表诗人及胡适、周作人等文坛泰斗彻底地"斩尽杀绝"。尽管迎来了终刊,创刊号上刊载的《诗之防御战》的"意气风发"始终不曾衰减。

《创造周报》走向衰落以至停刊之后不久,同年11月《语丝》创刊并活跃起来,在创刊号上登载了鲁迅的文章——《"说不出"》,这里鲁迅将"批评家"成仿吾在《周报》终刊以及《诗之防御战》中"扫荡……""野草"等词,直接用于反击对方,可见对成仿吾的辛辣讽刺之意。第三号开始连载鲁迅的新诗《野草》系列。"野草"之名正是回应了一年前《创造周报》（创刊号）上刊载的《诗之防御战》中成仿吾对新诗的侮蔑嘲讽。

然而，《鲁迅全集》《"说不出"》的注释中，附着如下仔细的说明：

> 本篇最初发表于1924年11月17日北京《语丝》周刊第一期。1923年12月8日北京星星文学社《文学周刊》第十七号发表周灵均《删诗》一文，把胡适《尝试集》、郭沫若《女神》、康白情《草儿》、俞平伯《冬夜》、徐玉诺《将来的花园》、朱自清、叶绍钧《雪朝》、汪静之《蕙的风》、陆志韦《渡河》八部新诗，都用"不佳"、"不是诗"、"未成熟的作品"等语加以否定。后来他在同年12月15日《晨报副刊》发表《寄语母亲》一诗，其中多是"写不出"一类语句："我想写几句话，寄给我的母亲，刚拿起笔儿却又放下了，写不出爱，写不出母亲的爱呵。""母亲呵，母亲的爱的心呵，我拿起笔儿却又写不出了。"本篇就是讽刺这种倾向的。①

此处被引用的北京星星文学社《文学周刊》是怎样的一本杂志呢？鲁迅究竟是带着怎样的意图写了《"说不出"》？周灵均的《删诗》是怎样的一篇文章呢？遗憾的是，目前为止似乎完全没有详细的调查。

## 二 周灵均、张友鸾、成仿吾

据《中文期刊大词典》（2000年北京大学出版社）②的解释，（北京）星星文学社编《文学周刊》从1923年6月至1924年1月刊印，发行了约半年，全部出版了21号。北京大学图书馆藏本中，缺失了第15号和第20号（缺失状态下

---

① 鲁迅：《鲁迅全集》第七卷，人民文学出版社，2005，第42页。（本文所引《鲁迅全集》作品原文均出自同一版本。）
② 《中文期刊大词典》第1673页。且同名杂志《文学周刊》中，有1924年12月至1925年11月发行的《〈京报〉附设之第六种周刊》。在此杂志上刊载了鲁迅的《诗歌之敌》等，而且周灵均也为此杂志供稿。张友鸾主编。同名的这两本杂志总是被搞混。特别是，本稿所提到的北京星星文学社《文学周刊》为稀缺本。

合为一册)①。

依照《鲁迅全集》《"说不出"》的"注释"所指引,翻开1923年12月8日的《文学周刊》第17号,上面果然登载着周灵均的《删诗》。然而样子有一些奇怪。虽然若是依据"注释",是能读到第17号上全篇刊载的《删诗》的,但实际的第17号(12月8日)杂志页面上的《删诗》,是突然从《(五)将来之花园》开始的。仔细调查前后号的话,12月1日发行的第16号上也刊载了周灵均的《删诗》,此号上《(三)草儿(康白情)》与《(四)冬夜(俞平伯)》被作为攻击对象,上述的12月8日的第17号《(五)将来之花园(徐玉诺)》《(六)雪朝》《(七)蕙之风(汪静之)》《(八)渡河(陆志韦)》成为其靶子。且以下的表内所举的其中《(六)雪朝》篇是列举了八位诗人。由此推测,这之前的第15号(11月24日)中也仍应该是刊载了《删诗》,此中登场的诗人无疑是《(一)尝试集(胡适)?》《(二)女神(郭沫若)?》。然而十分遗憾,在北大藏本中,"第15号"为欠本②。

且删诗的内容也如"注释"所言,的确是"都用'不佳''不是诗','未成熟的作品'等语加以否定"。周灵均虽然在1925年11月28日《现代评论》2卷51期上发表了《海边的梦》,在1926年5月31日《语丝》81期上发表了《私语》,在1927年2月1日《创造月刊》1卷6期上发表了《送君珠海之边》等诗;然而他自身的诗本是平平无奇的,因而无论如何也无法认可他有能够将他人的诗全部"删"的资格。周灵均明显是在不自量力地发出"攻击"。这样的论调与成仿吾的《诗之防御战》十分相似(严格来说,更辛辣)。

将周灵均的《删诗》从头到尾大概调查结束之后,再从《文学周刊》的最初开始翻阅,便使人注意到的是一篇《评论》,这是如周灵均的《删诗》以及成仿吾的《诗之防御战》一样的一枚"炸弹"。这篇文章便是张友鸾的《新诗

---

①根据原本,"第一号"的题字是"星星文学社定期刊出第一种"。《文学周刊》(每星期六出版)"通信处北京后门二道桥二号"。栏外可以看见"投稿望寄至北京后门二道桥二号 星星文学社 周灵均收"的字样。住所虽然有过变更,但直至21号投稿地址依然是周灵均的住所,这是没有变的。从中可以看到周灵均在这本期刊上的角色。

②1926年5月31日《语丝》81期刊载的周灵均的诗《私语》中附上了《编者后记》,署名为"启明"即周作人,说周灵均的这首诗表现了广西地方民俗,是十分有意思的内容。事实上,周灵均的《删诗》中也彻底批判了周作人的诗:"他是负盛名,……'两个扫雪的人',这不是诗"这样的评价。周作人大概是知道此批评的吧,但还是"绅士"的对待他。

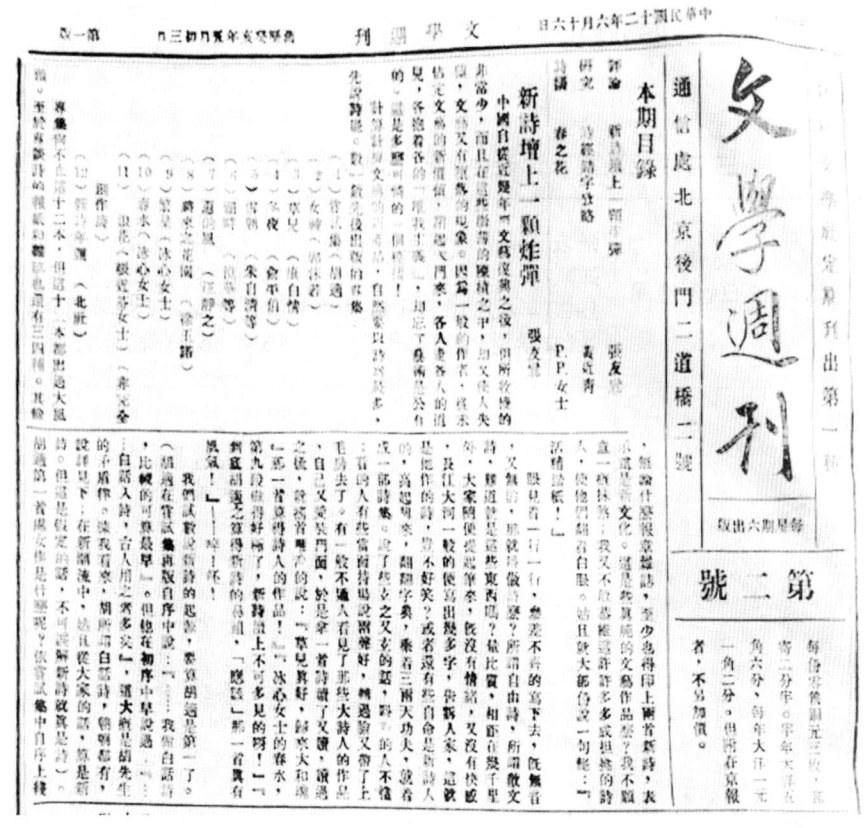

《文学周刊》刊载《新诗坛上一颗炸弹》

坛上一颗炸弹》,刊载于1923年6月16日的《文学周刊》第2号,这仅仅是在成仿吾《诗之防御战》发表的一个月之后、周灵均《删诗》发表的半年前。

张友鸾的《新诗坛上的一颗炸弹》其意向与《诗之防御战》《删诗》是完全一样的,都是不容分说地将文坛代表诗(人)一概否定。"现在无量数的诗人,统统是如此啊,不禁为诗的前途一哭!大家停滞不前,你望着我,我望着你,诗的生命真尽了。"如此论调使读者仿佛看到了成仿吾的影子,并且"哈哈"等嘲笑语也与成仿吾以及周灵均很相似。若是定要说出张友鸾的特征的话,便是他常引用古诗。事实上,张友鸾曾在《文学周刊》第16号(12月1日)发表过《中国的一个散文家陶潜》,在1927年6月《小说月报》17卷号外《中国文学研究特辑》上发表过《西厢的批评与考证》等文章。可见其原本在古典文学上的造诣是很深的。

以下是成仿吾、张友鸾、周灵均三名"批评家"评论文中所论及诗人及作品对比表。

**三名"批评家"评论中所论及诗人、作品对比表**

| 成仿吾《诗之防御战》1923年5月13日《创造周报》创刊号 | 张友鸾《新诗坛上一颗炸弹》1923年6月16日星星文学社《文学周刊》第2号 | 周灵均《删诗》1923年11月24日,12月1日,12月8日星星文学社《文学周刊》第15号、第16号、第17号 |
|---|---|---|
| 1 <u>胡适的尝试集</u><br>2 <u>康白情的草儿</u><br>3 <u>俞平伯的冬夜</u><br>　（及雪朝第三集）<br>4 周作人<br>　（雪朝第二集）<br>5 <u>徐玉诺的将来之花园</u> | 1 <u>尝试集（胡适）</u><br>2 女神（郭沫若）<br>3 <u>草儿（康白情）</u><br>4 <u>冬夜（俞平伯）</u><br>5 雪朝（朱自清等）<br>6 漠华等（湖畔）<br>7 蕙的风（汪静之）<br>8 <u>将来之花园（徐玉诺）</u><br>9 繁星（冰心女士）<br>10 春水（冰心女士）<br>11 浪花（张近芬女士）<br>12 新诗年选（北社） | 1 <u>尝试集（胡适）</u><br>2 　女神（郭沫若）<br>*1-2可能在1月24日出版的第15号上有记载。（第15号欠缺,没法确认）？<br><br>3 <u>草儿（康白情）</u><br>4 <u>冬夜（俞平伯）</u><br>*3-4刊于12月1日出版的第16号上有记载。<br><br>5 <u>将来之花园（徐玉诺）</u><br>6 雪朝<br>　A 朱自清<br>　B 周作人<br>　C 俞平伯<br>　D 徐玉诺<br>　E 郭绍虞<br>　F 叶绍钧<br>　G 刘延陵<br>　H 郑振铎<br>7 蕙的风（汪静之）<br>8 渡河（陆志韦）<br>*5-8刊于12月8日出版的第17号上有记载。 |

注：下引线为引用者所加。

我们可以明显看到成仿吾的《诗之防御战》与张友鸾，周灵均的文章之间是有着很深的联系的。成仿吾所举的攻击对象的五人中，除去周作人与张友鸾，所举顺序上是大体一致的。

若再次仔细地把目光集中到最后发表的周灵均的《删诗》，可以注意到一些颇有意思的事。比如，周灵均所举的"3草儿（康白情）"的部分中，有如下文字：

> 《别北京大学同学》，不是诗。……《律已九铭》，不是诗。……《西湖杂诗十九首》，……诸首，都不是诗，其余也无取。（中略）
> 《一朝气》，不是诗。《江南》，《诗坛炸弹》文里已评过。

在此周灵均所举的《别北京大学同学》《律已九铭》《西湖杂诗十九首》正是成仿吾的《诗之防御战》中作为例子所举的诗，其次"《诗坛炸弹》文里已评过"，也正是在特意说明张友鸾《新诗坛上一颗炸弹》中已经批评过了这件事。因此，不光是外在的相似，也可以看出三者是同仇敌忾，站在同一条战线上的。成仿吾的《诗之防御战》发表的一个月之后，张友鸾利用自己古典文学的知识，进一步加强了成仿吾的论断，在这半年之后，这次周灵均边参考张友鸾，以比自身更为激进的论调将成仿吾的《诗之防御战》推进至一个更为彻底的讨论。张友鸾的"炸弹"同周灵均一起，成为成仿吾"诗之防御战"的援军。然而这项工作有些许轻率，之后也受到了鲁迅的冷笑。

周灵均的生卒年月等详细的消息似乎不太清楚。不过他在创造社中相当活跃。比如1926年12月1日刊载于《洪水周年增刊》的《创造社理事名录》中在主席郭沫若、常务理事成仿吾之下，与作为理事的郁达夫、张资平等人一同被列名登记[①]。这里，我想先以新发现的张友鸾为中心，稍微整理一下其与周灵均的关系。这里主要参考的是张恬的《张友鸾早期文学活动——兼及一些珍贵的文学史料》（《新文学史料》1990年3期）以及张振群《一缕清香，从历史深处走来——张友鸾与郁达夫的文学友谊》（《纵横》2008年6期）等。

张友鸾（1904—1990）（小成仿吾七岁）安徽省安庆出生。1922年入学于私立北京平民大学新闻系（平民大学新闻系主任是创办了《京报》的十分著名且堪称"新闻全才"的邵飘萍）。且同级生中有周灵均。两人携手共同创立了

---

①《创造社资料》，福建人民出版社，1985，第395页。

星星文学社并创办了《文学周刊》。他虽并不是创造社的直接成员，但也有不浅的联系。在他入学平民大学的前一年，即1921年，偶然认识了正在安庆法政专门学校执教的郁达夫，并与之结为文学上的师弟关系。此后，他的处女作小说《坟墓》由郁达夫介绍给了时任《创造周刊》主编的成仿吾，并被1923年3月发行的第1卷第4号（与成仿吾的《创造社与文学研究会》刊载同号）采用，此后便正式以作家身份开始活动。

若没有创造社，张友鸾和周灵均的活动是不会存在的。正是在这样的背景下，初出茅庐的这两人才会如此毫不避讳地应和创造社核心人物成仿吾的"诗之防御战"。

那么，话题回到鲁迅的《"说不出"》（1921年11月《语丝》创刊号刊载）。根据《鲁迅全集》"注释"，这篇文章，是为了讽刺目前为止看到的周灵均的《删诗》以及周灵均1923年12月15日在《晨报副刊》刊载的诗《寄语母亲》而写的。看一下当时刊载这首诗的《晨报副刊》的版面：

**周灵均寄语母亲**
我想写几句话
寄给我的母亲，
……（中略）
写不出母亲的爱呵。
……（中略）
母亲的爱的心呵，
我拿起笔儿却又写不出了。
十二，十一，夜，白雪飞舞时。

周先生（是今日文坛上初露头角的一位有神怪的魄力的批评家）他在《删诗》一文里把《尝试集》以次如《女神》，《草儿》，《冬夜》，《将来之花园》，《雪朝》，《蕙的风》，《渡河》等八部诗集，用"不佳"，"不是诗"，"未成熟的作品"等几个考语，将所有五六百首诗统统删了。……（中略）但尤以未读周君自己的佳作为憾。现在既承周君将近作寄给本刊，记者特为郑重登载出来，以慰读者之渴望。

（记者）

这里虽然的确可以肯定鲁迅的《"说不出"》对应的是周灵均的"写不出"，但周灵均的《寄语母亲》中实际上附着记者的"后记"，其中这位记者①不必等鲁迅，就已经向周灵均的《删诗》发出了强烈的嘲讽。鲁迅写《"说不出"》来揶揄周灵均的诗的同时，可见只不过是对此处附着的记者的发言的进一步补充。然而，鲁迅的真意真的是和记者的讽刺停留在同一水平线吗？难道要讽刺这个在创造社根本不起眼的周灵均"一炒又炒冷饭"式的《删诗》，真的是鲁迅的真意吗？恐怕不是。鲁迅以《"说不出"》表面上看是讽刺周灵均，但真实的目标其实是别的。真正对象当然是周灵均所追随的成仿吾，以及他的《诗之防御战》。鲁迅不是单单为了讽刺周灵均以及其《删诗》的。实际上鲁迅暗暗辛辣地讽刺着以《〈呐喊〉的评论》一文将鲁迅的文学彻底批判而成为鲁迅一直以来的仇敌成仿吾。这是极其充满鲁迅手法的"讽刺"。

在1924年11月《语丝》创刊上鲁迅发表了虽然完全没有出现成仿吾的名字，但是以"我以为批评家最平稳的是不要兼做创作。假如提起一支屠城的笔，扫荡了文坛上一切野草，那自然是快意的"这一段话既隐晦但又明显将《诗之防御战》揶揄了一番的《"说不出"》。随后，鲁迅从《语丝》第三期（1924年12月1日）开始连载了其自身初次的真正的连续的新诗创作即《野草》。

《鲁迅全集》（2005版）《"说不出"》的"注释"，似乎有点暧昧不清的地方。现再引用一次从"注释"开始的关联部分。

> 1923年12月8日北京星星文学社《文学周刊》第十七号发表周灵均《删诗》一文，把胡适《尝试集》、郭沫若《女神》、康白情《草儿》、俞平伯《冬夜》、徐玉诺《将来的花园》、朱自清、叶绍钧《雪朝》、汪静之《蕙的风》、陆志韦《渡河》八部新诗，都用"不佳"、"不是诗"、"未成熟的作品"等语加以否定。

此文和上文提到的1923年12月15日《晨报副刊》上刊载的诗《寄语母亲》的"记者后记"比较一下的话，两者是极其相似的。那么哪一位是借鉴来的呢？答案当然是"注释"这一方。尽管"记者后记"正确地传达了《文学周

---
①当时《晨报副刊》的编辑是鲁迅的学生孙伏园，那么"记者"是孙吗？此后，他因1924年10月鲁迅《野草》中收录的诗《我的失恋》的刊载问题从《晨报副刊》辞职，为支持鲁迅创立了新的杂志《语丝》。《说不出》正是在《语丝》的创刊号上刊载了。

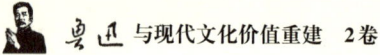

刊》的实际的版面，但《鲁迅全集》中《"说不出"》的"注释"的著者也许没有真正看过《文学周刊》的原本，间接引用了这一段"记者后记"。因此把实际上从第15号到第17号的连载误解成了只刊载在了第17号。

# 坠入"困顿"后的鲁迅家靠什么维持生计？

裘士雄　绍兴鲁迅纪念馆

鲁迅说过："听人说，在我幼小时候，家里还有四五十亩水田，并不很愁生计"，"但到我十三岁时，我家忽而遭了一场很大的变故，几乎什么也没有了"。也就是说，鲁迅家"从小康而坠入困顿"，事实果真如此吗？"坠入困顿"后的鲁迅家靠什么维持生计呢？笔者分析，鲁迅家"坠入困顿"境地始于1893年秋祖父周福清科场案发，到1911年前后周氏三兄弟相继在学校担任教职，有了稳定的收入后经济困境得以缓解，甚至可摘掉困难户的帽子了。那么，在这近二十年"坠入困顿"的岁月是怎样度过呢？我们不妨逐一分析鲁迅家庭成员对大家庭经济收支的正负贡献情况。

曾祖母戴氏（1814—1893），她于清"光绪壬辰十二月三十日"（1893年2月16日）去世。戴氏本身系一介家庭妇女，至多是操持家务，但她的后事料理势必耗费一笔钱财，亲友们循礼会送一些吊礼（俗称"白包"），可抵消部分。戴氏去世后，原先雇用专事服侍照顾曾祖母的名叫宝姑的少女（俗称"白吃饭"）即可辞退，亦可省却一些费用。

祖父周福清（1838—1904），热衷于走读书—应试—取仕的"正路"。起初，他的仕途还算坦荡，系"同治丁卯并补行甲子科举人"（第八十六名）、"辛未科进士"（会试中式第一百九十九名贡士，殿式入二甲第三十九名进士），钦点翰林院庶吉士。翰林虽有地位、名声，但这种朝廷文官没有什么权势和油水。等到翰林院散馆考试，方可放官。周福清考了二等第三十五名，能奉旨以知县用，于1874年正月赴江西金溪县任知县。按知情者说，他在任内"既不贪赃，尤不枉法，……对胥吏衙役，防范周密，驾驭甚严，不容有少些隙漏为其所乘"。周福清生性过于直爽，也许不懂官场上的游戏规则，不会趋炎附势和谄媚权贵，得罪上司，丢了七品芝麻官，改选教职。他力图东山再起，据说是卖掉祖遗田地，于1879年遵例捐升内阁中书。是年9月"委署侍读，截取同知，历充方略馆誊录官、校对官，会典馆校对官、协修官"等职，直至1893年2月丁忧回家。其族侄周冠五说他"居官清廉，持正不阿，既不贪赃，尤不枉法"。显然，光靠清政府的薪俸是不能维持他的开销的。别的姑且不论，只说两点：一、他要纳妾，除了明媒正娶原配孙月仙（1833—1864）、继配蒋菊花（1842—1910）外，先后纳妾三房：薛氏（1857—1881）、章秀菊（1861—1887）和潘大凤（1868—?）。清光绪十三年（1887），绍兴籍监察御史李慈铭纳娶年仅二十岁的姨太太王氏，破费一百八十两银子，我们从中可资参考。二、周福清还要花钱买官。清光绪十九年（1893），周家五位亲友请托周福清向浙江乡试主考官殷如璋行贿，以每位举人两千两银子计算，共送去一万两银票。周福清买"内阁中书"官职，恐怕要几千两银子。这样一分析，周福清在经济上是不可能对周家有多大帮助的。周福清似乎从来没有钱汇寄给家里，顶多请托同乡捎带果脯之类的北京特产孝敬娘亲，这使戴氏很不高兴。小孩们能尝尝，享受口福，好不开心。而戴氏却丢下一句冷冰冰的话："要这些东西做什么？谁要吃喝这种东西！"周福清是鲁迅家这个大家庭的顶梁柱，最主要的男主人，主要的家庭经济来源。戴氏这一言辞表现也充分说明：她对周福清是相当失望的，是责怪他没有承担家庭主心骨的职责。1893年秋周福清科场案发，被清廷当作一个典型科场舞弊案例加以整治处理，其中他被判处"斩监候"。上上下下都要打点，特别是每年快要秋审的时候，鲁迅家都要卖田卖地，当掉首饰等物，以营救周福清的生命。这是致使鲁迅家庭从小康坠入困顿最主要的原因。他1893年到1901年关押在杭州府狱，实际上享受普通囚犯不可能有的待遇，有小妾潘大凤，幼子周伯升或次孙周作人侍奉左右，这几个人近十年的开支也不是一个小数。所以，从对大家庭经济的贡献来看，周福清应该是负面的。

鲁迅的父亲周伯宜（1861—1896），一介文弱书生，好不容易考取秀才后，屡应乡试不中，却在周福清科场贿赂案发后遭受致命打击，卧病多年，刚过了本寿就病逝。鲁迅说"他不会赚钱"，其实在他身上反而耗费了大量的财力和精力。周伯宜作为周家的当家，于大家庭经济也没有什么补益。这是显而易见的。

周福清、周伯宜父子作为鲁迅大家庭的男主人，均"不会赚钱"，而周福清的幼子周伯升比鲁迅还小一岁。光绪二十三年（1897），周伯升赴南京就读无须学费的江南水师学堂，在校期间和毕业后刚服役的几年，他因较会花钱，又要结婚组建家庭，也不可能在经济上支持鲁迅的大家庭。这样鲁迅的大家庭就剩下了一班女主人。

先说继祖母蒋菊花（1842—1910），她屈配周福清做填房后，生养过一个女儿周康。周康在1894年死于产褥热，这对她精神打击很大。周福清在外纳了三房姨太太，却很少关爱蒋菊花，造成两夫妻关系不睦。她虽然饱受委曲、误解和打击，但为鲁迅大家庭操持了一辈子家务，鲁迅兄弟对她留有深刻而美好的印象。

庶祖母薛氏（1857—1881）、章秀菊（1861—1887）、潘大凤（1868—？）三位周福清的姨太太有几个共同的特点：一是被周福清出资纳妾时年纪都很轻，分别比他小十九岁、二十三岁和三十岁，其中小妾潘氏年龄与幼女周康相同；二是出身穷苦，做了周福清的姨太太后，除了侍奉周福清外，都享受官太太的生活，所有费用来自周福清的薪俸，或者卖掉祖遗不动产所得。其中潘大凤将章秀菊所生的周伯升抚养成人，周福清被羁押在杭州府狱，她携周伯升前去服侍。出狱回家后，恪守妇道，尽心照顾风烛残年的周福清至死。周福清死时，潘大凤年仅三十六七岁，周氏族人中有人将周家发生的"变故"和不幸总是归罪于她，这位失去周福清靠山的弱女子在大家庭到了无法容身的地步，跟了她已有私情的年轻光棍离家出走。出走前，主母蒋菊花与潘大凤恐口说无凭，双方还立有契据。

### 蒋菊花笔据

主母蒋谕妾潘氏，顷因汝嫌吾家清苦，情愿投靠亲戚，并非虚言；嗣后远离家乡，听汝自便，决不根究，汝可放心。即以此谕作凭可也。

宣统元年十二月初八日

主母蒋谕

代笔周子珩

## 潘大凤笔据

立笔据妾潘大凤,顷因情愿外出度日,无论景况如何,终身不入周家之门,决无异言。此据。

宣统元年十二月初八日<br>
立笔据潘氏<br>
代笔周芹侯(押)

清宣统元年十二月初八日,即公元1910年1月18日潘大凤立下笔据后不久,就随那光棍出走了。她恪守诺言,从此"不入周家之门",也杳无音讯了。两份笔据说到潘大凤不堪周家的"清苦"生活,是她出走的原因。

母亲鲁瑞(1858—1943),是乡下安桥头人,以自学获得可以阅读文学作品的能力。她的一生走完孝女、贤慧的妻子和媳妇、慈母和仁慈的长者这一人生之路,口碑甚好。嫁到周家后,挑起了家务重担,一方面侍奉曾祖母戴氏、祖父母周福清和蒋菊花,另一方面,她相夫教子,竭尽全力,去暖和周伯宜那颗在仕途和生活道路以及与病魔的抗争中日益冷却了的心;并鼓励孩子"穷出山",养育了鲁迅、周作人、周建人这三位彪炳中国史册的著名学者、专家。鲁瑞在周福清、周伯宜男主人相继辞世后,勇挑了料理全家生活的重担,持家精打细算,使周家安然度过"困顿"岁月。显然,这些女主人在当时的社会是不可能挣钱给鲁迅的大家庭的。

综上所述,鲁迅的大家庭在1893至1911年前后的近二十年的时间里,男女主人们均"不会挣钱",只有一笔笔的支出。道墟鲁迅姑婆家章家、吴融鲁迅大姑母马家、东关鲁迅小姑母金家、啸唫鲁迅大姨母阮家、广宁桥鲁迅二姨母郦家,甚至鲁墟鲁迅继祖母的母家蒋家等亲友可能有经济上的帮助,但这里用得上绍兴人的一句老话:"只能救急,不能救穷。"周福清科场案发生后、周伯宜重病期间,至爱亲朋会伸出援手,但对他家日常生活是不可能提供经常性资助的。听东关周康之女的后人说,他也是听上辈口碑传说,鲁迅东渡赴日留学前,曾启齿向金氏借钱,结果希望是落了空的,便是一例。这个鲁迅大家庭仍有周福清(1904年去世)、蒋氏祖母(1910年去世)、潘氏庶祖母(1910年1月后出走)、叔父周伯升、鲁瑞、鲁迅、周作人、周建人等十来个家庭成员,外加佣工王鹤照(1901年4月开始帮佣)、保姆长妈妈(1899年去世)、忙月章福庆、章运水父子等需支付工钱。那么鲁迅大家庭是靠什么维持生计的呢?

1.上当铺质钱。鲁迅在《呐喊·自序》中，对这段辛酸的生活回忆说："我有四年多，曾经常常，——几乎是每天，出入于质铺和药店里，年纪可是忘却了，总之是药店的柜台正和我一样高，质铺的是比我高一倍，我从一倍高的柜台外送上衣服或首饰去，在侮蔑里接了钱。"此处的"质铺"，就是人们常说的当铺。当铺都是官僚、富商和豪绅开办的，如与福彭家周氏有姻亲的著名盐商鲍芗谷在水澄巷开"润德当"，曾在台湾任过知府的孙绍棠在南街开"衣德当"，福彭桥周氏始祖周绍鹏在友人支持下在清道桥开过"尊德当"，在福彭桥西塊周家老台门开过"崇德当"，但这位七世祖万万想不到十四世裔孙鲁迅成了"恒济当"等当铺的常客。旧时，上当铺除了像鲁迅家那样的破落的官宦人家外，也有极少数盗贼、赌棍急于典当换钱的，但绝大多数当户是破产的手工业工人、农民和城乡其他劳动人民。穷苦百姓常是夏当棉被，冬当单衣薄衫。年尾岁首，冬夏两季，上当铺的人尤多。鲁迅说"有四年多""几乎是每天，出入于质铺"，笔者以为这有夸张之嫌，鲁迅家就算一天当去一件衣服、首饰的话，"四年多"时间至少当掉一千五百件以上。这不是一个小数，鲁迅家不可能有这么多家当流进当铺的。遗憾的是，迄今为止，没有发现鲁迅他们上当铺的实物佐证。

2.向亲友和其他人借贷。当衣服、首饰等当得差不多的时候，势必是向人借钱过日子。绍兴鲁迅纪念馆陈列着一件周伯宜立票据画押的《借约》，全文如下：

### 借 约

今将己户拱字印契一纸，内载坐落廿亩头田五亩正，浼（疑为"挽"——引者）慰农家兄向

高姓押借英洋二百元整。面议八对月，借洋还洋，利计每月一分二厘，起息按月支送。恐后无凭，立此为据。

附拱字田契一纸。

光绪十三年三月十五日
立票人周伯宜（画押）
中人周慰农（画押）
周子传（画押）
亲笔（周伯宜画押）

清光绪十三年三月十五日，即公元1887年4月8日《借约》中的"廿亩头"是地名，今属城南街道，"廿亩头"的名称犹存，但早已不是田野，而是居民住宅区。周家的这份唯一尚存的《借约》说明：周伯宜为了向高姓大户借贷二百元大洋，除了挽亲托眷，请托族叔周子传、族兄周慰农做中人外，把廿亩头的五亩己田抵押给高姓，还要支付"每月一分二厘"的高利息。也就是说，每年需付二十八点八元银圆的重利。据分析，周伯宜借这笔钱为汇到北京让周福清去花的可能性最大。我们由此也可以想见，自1893年秋鲁迅家发生重大的"变故""坠入困顿"后，周家向钱庄、向亲友借钱更多了。只是这方面的现有资料甚为稀缺，但亦有一些。如现存的《周作人日记》虽很不完整，但亦有一些零星的记载，举例如下：

接道墟函并洋三十元。（1898年农历三月初四，道墟，指姑丈章介千家，下同）

接绍函，云借钱二十元。（1898年农历三月廿六日，指周福清在杭州狱中急需用钱，时周作人在杭陪祖父）

接道墟函并洋二十元。（1898年农历三月三十日）

往皋埠借洋，热甚。（1899年农历六月八日，此处皋埠，疑指在小皋埠借住的大舅父鲁怡堂或其岳家秦秋伊、秦少渔父子家）
……

从上述几则周作人的当时记载分析，周福清陷入杭州囹圄已经多年，仍讲究排场，维持官老爷的生活，仍要绍兴家人四处告借或他自己向亲友商借。这也不是他日常生活开支，很可能为保住自己的脑袋或早点恢复自由而用于通关节。

卖房卖田地等不动产。这方面有两件珍贵的文物文献现存于绍兴鲁迅纪念馆。一是有鲁迅（豫才）亲自画押的周氏与朱阆仙买卖新台门房地产的《绝卖屋契》，时在"中华民国七年阴历九月"，鲁迅将卖房子所得之款换购北平内四区新街口八道湾十一号住房（请参阅拙著《鲁迅与绍兴》，上海社会科学院出版社，2010年9月出版）。鲁迅家卖掉绍兴老家房子已离本文主题，恕不探讨了。二是亦有鲁迅（豫才）亲自画押、参与卖田的《公同议单》（参阅《鲁迅与绍兴》）。时在1911年3月7日，鲁迅正在绍兴府中学堂担任监学兼博物教员，已有工资收入养家。而周作人约在1911年9月携妻羽太信子回国，1912年6月曾到浙江军政府教育司任职，时间不长，"领过一次薪水，是大洋九十元"。到1913年3月他被聘为绍兴省立第五中学英语教员，才有了稳定的收入。倒是老三周建人，比两位兄长更早为鲁迅大家庭挣钱，1906年，靠自学，靠自身努力，周建人当上了绍兴僧立小学校长兼教师，他把第一次拿到的八元工资执意交给母亲维持家庭生计和孝敬祖母。应该说，1911年3月7日周氏析分田产时，鲁迅大家庭已开始摆脱"困顿"生活。但是，这是覆盆桥致中和三房周氏族人共同商定卖掉大部分"智公祭田"的。周氏从六世祖开始发迹，到十一世的百余年里，是它的黄金时期。可是1861年太平天国运动直接打击了周氏家族，损失甚巨，各房族多致一蹶不振。民族危机日益严重，势必危及各地，也造成周氏"子孙无业居多"，好多人还养成恶习，游惰成性，挥霍成风，没日没夜地做"街楦头""夜游虫"，男女抽水旱烟，甚至抽鸦片烟麻醉自己。像其他败落的家族、家庭一样，处理家产有一公式：先卖金银首饰等浮财，再卖田地产，最后卖房产，而卖田地产，则先卖一家一户所有的"己田"，再卖若干族亲或整个家族共有的"公田"。可以想见，"宣统三年正月"析分"智公祭田"前，覆盆桥周氏各房已把"己田"卖得差不多了。阅一八九九年十一月初八《周作人日记》，周作人与周子恒、周仲庠两位族叔一起前往南门周鹤鸣处结账，即卖掉五亩田，得款二百二十五元银洋。第二天他为此事写信给周福清做了说明。

像这样的"公田"，覆盆桥周氏肯定还有，如祠堂田、各房始祖和对家族贡献重大的祖宗祭田、办义塾和义学的义田等，无非是迄今未曾发现像"智公祭田"有一份《公同议单》而已。

代表致派智字兴房参与共同商定的是正在绍兴工作和生活的豫才（鲁迅）、乔峰（周建人），两兄弟均有画押。这次析分"智公祭田"，单是中派恕房贴补鲁迅大家庭兴房有九亩田，还有从致派公议分得的七十二亩田中再可分得至少十亩田地。这笔收入是相当可观的。

3.靠祖遗田产的租金。鲁迅有言："听人说，我幼小时候，家里还有四五十亩水田,并不很愁生计。"笔者以为,在人多地少的绍兴,有四五十亩水田已是相当富裕的人家,这在1949年后绍兴的土改运动中,评地主成分是够格的。就是在鲁迅十八岁那年赴南京求学后,我们从同期的残缺不全的《周作人日记》里仍可以找到这位"收租老相公"有关收租的记载:

一八九八年十一月廿七日　夜检田契,作杭信。

卅日　小雨,往城(疑脱"东"字——笔者注)收租。午晴,六和庄午餐,收谷廿五袋、(托荇舫叔收劳家封三户)谷八袋。

十二月初一日　阴。往后丁、昌安收租,佃户孟德裕处午餐,食野鸭。

初三日　小南山佃户高秉华送租来(二袋)。

一八九九年十一月初三日　阴。上午同剑青(即渭叔)、仲庠二叔往南门写契。

初八日　晴。上午与周子恒、仲庠二叔往南门周鹤鸣处结账,田五亩,洋二百二十五元正。

初九日　发杭信,说卖田事。

十四日　阴。上午遣老庆往南门外约租(约廿一二去收)。

十九日　雨。母亲生辰。上午小南山佃高秉祥来。……楼下陈佃亦来(程七斤),说稻天雨难打,求宽期。可笑。

二十日　明日征租,约仲庠叔同去。

二十一日　阴。黎明早餐,同仲翔叔下舟至诸家湾收租,吃点心,租水九分二。……又至六禾庄，午餐，尝新谷。两共收二十袋，下午放舟回家。

二十二日　晨。大雨，往五云门外收租，先至后丁（佃户甚劣，颇费气力，至上午始收讫）。又至昌安，午餐食鸟肉……（共收租二十五袋另），至家已晚。

二十七日　夜渭叔处抄租薄。

十二月初九日　晴。上午往山阴完粮，洋十七元（本不用许多，因有积谷捐，每亩八十，真奇闻也。）会稽因洋不够不完。

一九〇一年五月廿五日　下午楼下陈佃说被灾。

廿七日　下午六禾庄佃四人来。

廿八日　午后山佃四人来说田被水淹。

十三日　偕章庆完粮米，共洋十八元。

……

从上述《周作人日记》来看，鲁迅"幼小时候，家里还有四五十亩水田"，在1893年发生很大"变故"后，并没有全部卖掉，或是像1911年3月7日析分"智公祭田"那样又分得了田地，鲁迅大家庭看样子是主要靠这些田租维持日常生计的。在19世纪末20世纪初，鲁迅家在劳家弄、后丁、昌安、小南山头、楼下陈、诸家湾、六禾庄、五云门外等处还有一些田产，有名有姓的佃户有孟德裕、高秉华、程七斤等。即使在1919年12月专程回绍把家迁居北京后，仍有极少量田地出租，并委托信得过的族亲代理。翌年1月3日以周树人、周建人名义给族叔周心梅写信感谢对他家的照拂，也谈及委托他代为收租的事。该信全文如下：

心梅老叔大人尊右：谨启者，在越首途不遑走辞，而既劳大驾，又承德厚惠，感歉俱集。自杭至宁一路幸托福荫，旅况俱适，当日渡江，廿九日午抵北京。自家母以下，并皆安善堪舒。绮注在绍时曾告南山头佃户二太娘来城立认票，讵知游约不至，只得请吾叔收租时再催促。寄存之物，兹开单附上。单系临发时所记录，仓猝间恐有错误，请老叔暇中费心一查对可也。专此布达。
　　敬请
　　崇安！

侄树人建人拜启<br>一月三日

　　此信似为周建人执笔，透露了他家在绍兴（小）南山头还有田租给一个名叫"二太娘"的佃户的事实。

　　当然，此时少量田租收入不是用于维持生计，而且用到修缮祖坟等方面去了。

　　据周冠五等周氏族亲和王鹤照等周家佣工、忙月的回忆，周家新台门后面的百草园上半年种植蔬菜，秋后则平整一下土地，用来翻晒从佃户收来的稻谷。1899年农历十二月十五日《周作人日记》里就有"望晴。晒谷"的记载，鲁迅小时候也看到过章福庆他们晒谷的情景。否则，鲁迅家直接用钱到台门前的"傅澄记"等米店买大米好了。另据周作人回忆，当时将稻谷加工成大米全靠手工，有牵砻、舂米等工序，多有"阿Q"式人物谢阿桂和忙月章福庆等人来干。显然，辛亥革命前鲁迅大家庭主要靠祖遗的田产收租来维持生计的，这是不争的事实，也没有必要回避。鲁迅于1911年4月12日致挚友许寿裳信中说："此款今可不必见还，近方售尽土地，尚有数文在手。倘一思将来，足以寒心"。失去了家庭主要稳定的经济收入，难怪他也要"足以寒心"了。

# 鲁迅早期创作中的闲适趣味及其意义蜕变

邵宁宁　杭州师范大学人文学院

在现代中国的革命文化氛围中，对闲适文化的批判几乎是一贯性的东西。鲁迅也是这种文化的批判者，然而，他又是长期浸淫于这种文化的人。1927年革命文学论争中，成仿吾批判文学中的"趣味主义"，公然将编纂《小说旧闻钞》的鲁迅归于这种文学的代表之一，称其"所矜持着的是闲暇，闲暇，第三个闲暇"，引致鲁迅在编订1927—1929年的杂文集时反讽性地以《三闲集》命名。1933—1934年，鲁迅与郑振铎编印出版《北平笺谱》《十竹斋笺谱》，引来周作人在《十竹斋的小摆设》中的讽刺，矛头所向隐然也在其中存在的闲适趣味。暂不论该如何评价鲁迅的生活中所体现中的这一切，这里要说的是，从鲁迅早期创造看，这种闲适与趣味性，的确曾构成了有关他的思想艺术发展认知中极紧要的东西。而了解他如何从这种文化中脱出，也是研究其早期诗文很可注意的东西。

唐诗人白居易晚年分自己的诗为讽喻诗、闲适诗、感伤诗和杂律诗。其中讽喻诗最得今人青睐，因为其体现的思想最合今天的文学观念，但如果从作品数量看，在整个集子中所占比例却并不大（一百七十三首）。在白居易两千七百多首的存诗中，闲适诗占了百分之七十之多。被归入感伤诗的作品，虽然数量也不算特别多，但其中就包括了《长恨歌》《琵琶行》这样影响后世至为巨大深远的名作，如果再考虑到收入闲适诗的许多作品，其中也包含了浓郁的感伤情味，则对问题的看法就会分明。闲适与感伤，正是中国传统文人趣味的两大端绪。有关鲁迅早期诗作中的感伤，我已在《鲁迅的"十八岁出门远行"》

做出过分析,本篇着重分析其闲适趣味。

## 一 饮食趣味:从生活情趣到文化批判

《戛剑生杂记》的第二、三、四则,都是有关"吃食"的记述。

生鲈鱼与新粳米炊熟,鱼须砍小方块,去骨,加秋油,谓之鲈鱼饭。味甚鲜美,名极雅饬,可入林洪《山家清供》。

夷人呼茶为梯,闽语也。闽人始贩茶至夷,故夷人效其语也。

试烧酒法,以缸一只猛注酒于中,视其上面浮花,顷刻迸散净尽者为活酒,味佳,花浮水面不动者为死酒,味减。

中国文人的闲适趣味中,有很重要的一项,就是他们的饮食趣味。这一点同样表现在鲁迅早期的写作中。中国文人以饮食为记述对象不知究竟起于何时,但这类记述,自鲁迅提到的宋人林洪的《山家清供》等作以来,的确代有所作,其著者如清李渔《闲情偶寄》中的"饮馔部"和袁枚的《随园食单》等,到现代,则有周作人、梁实秋、汪曾祺等次第撰作的数量不菲的小品文。后来的鲁迅,显然并不喜欢这样的文字。不过,偶有涉笔,仍有诱人食指的描写,如众所周知的《孔乙己》中的盐煮笋、茴香豆,《在酒楼上》中的油豆腐、辣酱、绍酒等,就连《风波》中那一句"女人端出乌黑的蒸干菜和松花黄的米饭,热蓬蓬冒烟",也要惹得汪曾祺叹赏不已。最精彩的,当然是《论雷锋塔的倒掉》里关于螃蟹的那一段描写:

秋高稻熟时节,吴越间所多的是螃蟹,煮到通红之后,无论取哪一只,揭开背壳来,里面就有黄,有膏;倘是雌的,就有石榴子一般鲜红的子。先将这些吃完,即一定露出一个圆锥形的薄膜,再用小刀小心地沿着锥底切下,取出,翻转,使里面向外,只要不破,便变成一个罗汉模样的东西,有头脸,身子,是坐着的……

文章写及这段话的本意，原是要说白娘子故事中的法海的下落，以见民间对于这类人物的憎恨。但关于吃蟹一节的细致描写，真可谓鲜明生动，曲尽其妙，在古今有关美食的描写中，无疑也属妙笔。然而，说到底，这样的描写多不过是情节的需要，或别有寄寓，而非有意地欣赏品鉴。唯一的几次例外都在私人信件里，如1929年5月22日从北京写给许广平信里的"云南腿已将吃完，很好，肉多，油也足，可惜这里的做法千篇一律，总是蒸"。不过，更有趣的还是1927年8月在广东时写给江绍原的信里最后顺带说到广州荔枝：

青梅酒长久不喝了。荔支已过，杨桃上市，此物初吃似不佳，惯则甚好，食后如［已］用肥皂水洗口，极爽。秋时尚有，如来此，不可不吃，特先为介绍。

寥寥数笔，颇有魏文帝《与吴监书（葡萄）》、刘峻《送橘启》一类小品的余韵，亦近于明清小品，但却绝非有意为文地营造闲适情致的结果。关于鲁迅的饮馔，近来颇有学者找出一些证据，证明他不是一个不懂得生活享受的人，这大体是不错的，但享受美食与欣赏甚或醉心美食还是有所不同的。中国文人对美味的享受，一向并不看重珍馐，而更看重其中隐藏的生活滋味。《朝花夕拾·小引》里说："我有一时，曾经屡次忆起儿时在故乡所吃的蔬果：菱角，罗汉豆，茭白，香瓜。凡这些，都是极其鲜美可口的；都曾是使我思乡的蛊惑。"

在鲁迅后来的文章中，比较集中地谈到他对中国的饮食文化的态度的，是《马上支日记》中的七月五日一节。这篇日记一开始就从查找收在清人顾嗣立辑《闾邱辨囿》里的唐杨煜著《膳夫经手录》说起，为的是驳正日本人安冈秀夫《从小说来看的支那民族性》中讲到中国的肴馔时的一些误闻。虽然说"我于此道向来不留心"，但顺便说到的"所见过的旧记"，就分明地指示出了中国饮食文化的源流，从《礼记》里记述的"八珍"，到《酉阳杂俎》里的御赐菜账、清人袁枚的《随园食单》、元朝和斯辉的《饮馔正要》，以及收在《闾邱辨囿》里的唐人杨煜的《膳夫经手录》等等，几乎是对中国历史上这类笔记文学的一次最系统的梳理。不过由之引起的，却并不是"本国人和外国人颂扬中国菜"所说的"怎样可口，怎样卫生，世界上第一，宇宙间第n"，而是中国社会不同人群、不同阶层，饮食内容和饮食文化的巨大差异。与古往今来一切颂扬、品鉴中国饮食文化的人不同的是，鲁迅所注意的，首先是："我实在不知道怎样的是中国菜。我们有几处是嚼葱蒜和杂合面饼，有几处是用醋，辣椒，腌菜下饭；还有许多人是只能舐黑盐，还有许多人是连黑盐也没得舐。"

不过，这一节文章的中心所在，却在对安冈氏所引威廉士著《中国》中《耽享乐而淫风炽盛》一篇有关中国菜与性欲关系传言的驳正。其中引用的安冈氏的文字说：

> 这好色的国民，便在寻求食物的原料时，也大概以所想象的性欲底效能为目的。从国外输入的特殊产物的最多数，就是认为含有这种效能的东西。……在大宴会中，许多菜单的最大部分，即是想象为含有或种特殊的强壮剂底性质的奇妙的原料所做。……

对此，鲁迅是很不以为然的。他说"我对于外国人的指摘本国的缺失，是不很发生反感的，但看到这里却不能不失笑。筵席上的中国菜诚然大抵浓厚，然而并非国民的常食；中国的阔人诚然很多淫昏，但还不至于将肴馔和壮阳药并合。'纣虽不善，不如是之甚也。'研究中国的外国人，想得太深，感得太敏，便常常得到这样——比'支那人'更有性底敏感——的结果"。接下去便举到了安冈氏所说的"笋"与"虾"。对于将自己自幼吃了十多年的"笋"与"色欲"联系起来，鲁迅是大不以为然的。对于这一点，不知今天的研究者会怎么看，然而看看今天隐然流行于一些地方的某种食文化——如对韭菜、羊肉一类食物的微妙态度，他还是有点低估了部分国人的"性底敏感"。不过，这篇文章中最精彩，也最能见出鲁迅精神的却是他有关"醉虾"的那一段精彩议论。

> 我没有恭逢过奉陪"大宴会"的光荣，只是经历了几回中宴会，吃些燕窝鱼翅。现在回想，宴中宴后，倒也并不特别发生好色之心。但至今觉得奇怪的，是在燉，蒸，煨的烂熟的肴馔中间，夹着一盘活活的醉虾。据安冈氏说，虾也是与性欲有关系的；不但从他，我在中国也听到过这类话。然而我所以为奇怪的，是在这两极端的错杂，宛如文明烂熟的社会里，忽然分明现出茹毛饮血的蛮风来。而这蛮风，又并非将由蛮野进向文明，乃是已由文明落向蛮野，假如比前者为白纸，将由此开始写字，则后

者便是涂满了字的黑纸罢。一面制礼作乐，尊孔读经，"四千年声明文物之邦"，真是火候恰到好处了，而一面又坦然地放火杀人，奸淫掳掠，做着虽蛮人对于同族也还不肯做的事……全个中国，就是这样的一席大宴会！

接下来的结论是：

我以为中国人的食物，应该去掉煮得烂熟，萎靡不振的；也去掉全生，或全活的。应该吃些虽然熟，然而还有些生的带着鲜血的肉类……。

一段有关食材、食法的议论，出乎意料然而又非常自然地转到了有关中国文化建设及国民性改造的宏大话题上，其与近、现代浪漫主义、现代主义文化的关系，更足引人联想。众所周知的是，有关"醉虾"，鲁迅后来还有更深刻、犀利的比喻，那就是将它看作国民境遇的一种表现。《答有恒先生》："中国的筵席上有一种'醉虾'，虾越鲜活，吃的人便越高兴，越畅快。我就是做这醉虾的帮手，弄清了老实而不幸的青年的脑子和弄敏了他的感觉，使他万一遭灾时来尝加倍的苦痛，同时给憎恶他的人们赏玩这较灵的苦痛，得到格外的享乐。"这样的文字，虽然从有关饮食文化的分析出发，但其意义之超出那种趣味主义的描写早已不可以道里计，然而，不可否认的是，这一切，又的确是与鲁迅在其生活创作早期就已显示出对传统饮食文化的某种审美式的关注分不开的。

## 二　花鸟虫鱼：从闲适文化到科学认知

对花鸟草木的喜爱，也是中国文人一贯的趣味之一。这或肇端于孔子对《诗经》的解释。孔子要儿子学《诗》，说到其中的好处之一便是"多识鸟兽草木之名"，有明显的知识意图，但后来的同类追求，却都更将真正的注意力放到了审美和趣味上。这才有了后来那么多的如《毛诗草木鸟兽虫鱼疏》《毛诗品物图考》一类的著作。它们和各种《本草》一类的书看上去很接近，但实质却有很大的不同。《本草》编纂的本来意图，在博物知识的汇集，不过到后来，其文化意义渐趋突出，科学意味反倒隐晦了。《毛诗草木鸟兽虫鱼疏》一类的书,则近乎《尔雅》意义的演变——本来是厘清概念的读物,到后来的阅读接受中,却除了满足语义阐释的需要之外,更被当作一种博物/清玩趣味的载体。

鲁迅少年时曾经很喜欢花草,还读过像《花镜》《毛诗草木鸟兽虫鱼疏》《尔雅音图》《毛诗品物图考》《南方草木状》《释草小记》《广群芳谱》一类的博物书籍。后来学了新的知识,一段时期对植物学也有兴趣。南京读书期间和1901年,还曾多次批校《花镜》,把它分订成三册①。从他和周作人的诗中,都可以看到他在家养花的记录。如周作人为思念亡弟而作的《长短句》中提及的"忆当年,远甓砌花篱,携锄栽桃树",以及鲁迅《和仲弟送别元韵并跋》中的"抱瓮何时共养花"。《周作人日记》1901年正月19日还记有:"晴。下午同大哥往厅房芟剪罗汉松及山茶枯枝冗干。"②可知鲁迅这一时期的爱花,也不仅仅停留在读书上。不过,随着鲁迅进入江南水师堂后接受的新的知识,他对这一切的态度,似乎也发生了变化。约作于这一年的《莳花杂志》,文体仍像旧式笔记,但就观察的细腻和注意的重心已颇有不同:

> 晚香玉本名土秘螺斯,出塞外,叶阔似吉祥草,花生穗间,每穗四五球,每球四五朵,色白,至夜尤香,形如喇叭,长寸余,瓣五六七不等,都中最盛。昔圣祖仁皇帝因其名俗,改赐今名。

> 里低母斯,苔类也,取其汁为水,可染蓝色纸,遇酸水则变为红,遇硷水又复为蓝。其色变换不定,西人每以之试验化学。

可注意的是,这里除了对花草形态的描写,更多了一种科学观察意味,而后一节甚至已有了明确的有关科学实验的介绍。

对于草木虫鱼的书写,从《诗经》《楚辞》起就有两种不同的意味。一种是知识的、趣味的,即所谓"多识鸟兽草木之名"③。另一种生命的、象征的,如《离骚》所云:"惟草木之零落兮,哀美人之迟暮。"现代文人的草木虫鸟书

---

① 鲁迅博物馆、鲁迅研究室:《鲁迅年谱长编》第1册,河南文艺出版社,2012,第30页。
② 周作人:《周作人日记》(影印本),大象出版社,1996,第196页。
③ 鲁迅后来又将这种知识性的趣味,"经学家对于《毛诗》上的鸟兽草木虫鱼,小学家对于《尔雅》上的释草释木之类,医学家对于《本草》上的许多动植,一向就终于注释不明白,虽然大家也七手八脚写下了许多书。我想,将来如果有专心的生物学家,单是对于名目,除采取可用的旧名之外,还须博访各处的俗名,择其较通行而合用者,定为正名,不足,又益以新制"。《动植物译名小记》。

写颇有一些令人印象深刻的，较早的如周作人，晚近的如汪曾祺。所写虽或不无借题发挥，别有寄托的，如周作人《看云集·草木虫鱼》篇《小引》所云：因为"此刻还觉得有许多事不想说，或是不好说，只可挑选一下再说，现在便姑且儿择定了草木虫鱼"。①但更多的时候，还是一种闲适趣味的流露。当然，还有流入科普和民俗的，如钟敬文、叶灵凤、贾祖璋、邓云乡等的撰作。鲁迅文章中，不是没有这样的趣味。从上引《莳花杂志》看，从早年起，对于这两者，他都是深有会心的。即便到后来，作为一种习惯，其写作中也还是不时会流露出这样的内容。一个人尽皆知的例证，或是《孔乙己》中有关"茴香豆"的"茴"字的四种写法的叙述，虽然是讽刺笔墨，但抑或见他对早年这类文化兴趣的反思的痕迹。1927年译完《小约翰》后写的《动植物译名小记》虽是补充解释译名的，但从中也可看出作者对名物的认真和浓厚的兴趣。但愈到后来，愈偏向后者。不过，这在他早年的创作中，同样已露出了端倪。（还可注意的，有这里的"昔圣祖仁皇帝"这个称谓看，从这里看，至少到这时为止，他还没有接受任何民族主义思想的影响。）

晚年的周建人在忆及自己生物学趣味的发生时，便说一开始即缘于那时在日本的鲁迅的鼓励："因为他说，学习的别的科学，都需要一定的实验设备，自觉是比较困难的。植物随处都有，可以自己采集标本，进行分类研究。"并说当时鲁迅寄给他四本书："一本是德国Strusborger等四人合著的《植物学》……；另一本是英国人（著者名字已忘了）写的《野花时节》……；第三本是Jackson编的《植物学辞典》；第四本是《植物的故事》"；此外，还有架解剖显微镜②。

鲁迅对花鸟草木审美的这种趣味，虽不大出于后来的文章，但偶尔也会流露在他的创作、书信中，如《夏三虫》《狗·猫·鼠》《春末闲谈》等文中的有关描写。1935年1月17日《致山本初枝》中云：

> 中国诗中，病雁难得见到，病鹤倒不少。《清六家诗钞》中一定也有的。鹤是人饲养的，病了便知道；雁则为野生，病了也没人知道。棠棣花是中国传去的名词，《诗经》中即已出现。至于那是怎样的花，说法颇多。

---

① 止庵编《周作人自编文集·看云集》，北京十月文艺出版社，2011，第15页。
② 周建人：《达尔文进化论是怎样吸引着我的？——早年学科学追忆》，《周建人文选》，中国文史出版社，1988，第370页。

普通所谓棠棣花，即现在叫作"郁李"的；日本名字不详，总之是像李一样的东西。开花期与花形也跟李一样，花为白色，只是略小而已。果实犹如小樱桃，孩子们是吃的，但一般不认为是水果。然而也有人说棠棣花就是棣棠花。

虽然是为外国友人解疑释难，但从中也可看到他对于辨识名物，始终都没有失去兴趣。当然，这一切，更可流露在了后来他对北京笺谱一类艺术的喜爱上。

### 三 民俗与博物：从审美游戏到学术研究

中国现代作家对草木虫鱼的兴趣，除了传统趣味，还受到影响现代民俗学兴起的影响。论及中国现代民俗学的兴起，人们多追溯至"五四"时期以周作人、顾颉刚、钟敬文等为代表的歌谣征集活动，以及与赫尔德为代表的欧洲民俗学运动的关系，而较少强调，这其实也是中国传统地理博物趣味的一种延续。中国知识人对博物的兴趣，从一开始就和民俗有很大的关系。早在现代民俗运动兴起之前，中国文人对民俗的趣味，就体现在从《禹贡》《山海经》《汉书·地理志》到《华阳国志》《水经注》《荆楚岁时记》一类的地理杂著里。这些书，在传统的分类体系中，或归之杂史，或归之小说。正是鲁迅早年所爱读的"杂书"。不过，这中间究竟有多少是知识的，有多少是趣味的，仍然是一个值得进一步探索的问题。

写于1901年2月11日的《庚子送灶即事》，仍然署名戛剑生。不过，所表现的不再离愁别绪，而是日常生活的另一面，即节日文化。"只鸡胶牙糖，典衣供瓣香。家中无长物，岂独少黄羊！"所谓"祭灶"，大概是人类最古老的信仰活动之一。家乡的祭灶的风俗，给鲁迅留下了很深的印象。以致在他后来的小说《祝福》和散文《祭灶日漫笔》中便都再次提到了这件事。就这首诗本身来看，其中虽或透露出了周家家境的中落，但未尝不也是旧诗文常见的"嗟贫"习气的一种表现，若就其诙谐幽默的一面看，同样也是文人闲情的一种表现方式。

有着同样意味的还有同年2月18日的《祭书神文》。这与其说是一篇礼仪文，不如说更是一篇幽默小品。初看颇让人想到韩愈《送穷文》一类的诙谐滑稽，但整篇文风，更趋近于屈骚韵致。文章以祭神的形式出现，然而所祭之神并非多么有名的人物。书神长恩之名，最早见于宋吴淑《密阁闲话》，其文曰："司书鬼曰长恩，除夕呼其名而祭之；鼠不敢啮，蠹鱼不生。"其后又数见于宋元以来笔记，如欧阳玄《睽车志》、伊世珍《琅嬛记》、张岱《夜航船》、无名氏《致虚阁杂俎》以及小说《镜花缘》等书[1]，但其地位、声名都不算有多显赫。比起为更多的读书人所崇奉的文昌帝君，它更像是一个出自小说家言的趣味人物。

鲁迅之所以祭拜它，与其说是出自信仰，不如说是更出自一种游戏趣味。对这位至今声名不显的"神"，他之所以能想起它，或许是因为读了《镜花缘》或《夜航船》一类的书。而祭文的内容，与其说是祈福，不如说是言志，甚至只为显扬辞华之妙。这正如许多年后，他在《中国小说史略》所论："幻设为文，晋世固已盛，……然咸以寓言为本，文词为末，……传奇者流，源盖出于志怪，然施之藻绘，扩其波澜，故所成就乃特异，其间虽抑或托讽喻以纾牢愁，谈祸福以寓惩劝，而大归则究在文采与意想，与昔之传鬼神明因果而外无他意者，甚异其趣矣。"这样的论述，也正可用来说明他早年所写《祭书神文》一类的游戏文字。

值得注意的还有这篇文章的结句："他年芹茂而樨香兮，购异籍以相酬"，这当然还不能说已可看出作者"别求新声于异域"心志的萌动，但"购异籍以相酬"一语所透露的抱负，却的确可以看出鲁迅后来生活趣味中的许多东西，正如众所周知，鲁迅一生，都酷好购书，但他从来都不是传统意义上的藏书家，为他所喜爱的"异籍"，也非新旧藏书家们所耽爱的珍本秘籍，而更是带来新的文化信息、新的艺术趣味的那些中外文图书。

作于1901年1—2月间的《重订〈徐霞客游记〉目录及跋》，看上去只是一项古籍整理的准备。在晚明的山水文章中，《徐霞客游记》是最为独特的作品。这独特，首先就表现在其境界与格局的博大；其次，表现在它所体现的探究趣味的科学潜质；第三，还表现在它文风的沉实质朴。这三点，都有异于一般的"晚明小品"，而与鲁迅成熟期表现出审美倾向比较一致。鲁迅1898年10月由考入江南陆师学堂附设的矿路学堂，所学习的主要内容是开矿，自然对地质、地理知识格外感兴趣，然而他之喜欢《徐霞客游记》，究竟是偏于知识的探讨，还是审美的愉悦，现在已不可确知。但趣味的因素，显然也是存在的，譬如

---

[1] 胡松涛：《中国的"书神"》，《中华读书报》2019年第24期。

"重订"以"独鹤与飞"为序,就是沿袭了传统文人的风雅旧习。而对出自《二十四诗品》"冲淡"条的这个"轻""逸"为特征的意象的青睐,也是在他后来的审美趣味中很少见到的。

鲁迅在南京矿路学堂,学的是开矿。学过的让他感觉"非常新鲜"的课,有"格致,地学,金石学……就是现在之所谓地质学和矿物学",并未提到有植物学。虽然到东京后还曾写过《中国地质略》《中国矿产志》(与顾琅合著)等著作,但从后来看,对矿物的兴趣始终都停留在科学上,而未能像对植物一样生出一种审美的兴味。日本时期购买的德文书,有相当一大部分都是生物学或矿物学的。

还要说到的是鲁迅早年对博物知识的趣味,一段时期内(特别是民国初年那一段时期),一度也延伸到传统金石学的领域。所谓金石学,是一种中国特色的艺术考古学。在知识与趣味之间。中国文人的博物趣味,到宋代达到极致。王国维《宋代之金石学》:

> 金石之学创自宋代,不及百年已达完成之域。原其进步所以如是速者,缘宋自仁宗以后,海内无事,士大夫政事之暇,得以肆力学问。其时哲学、科学、史学、美术,各有相当之进步;士大夫亦各有相当之素养,赏鉴之趣味与研究之趣味,思古之情与求新之念,互相错综。此种精神于当时之代表人物苏(轼)、沈(括)、黄(庭坚)、黄(伯思)诸人著述中,在在可以遇之。其对古金石之兴味,亦如其对书画之兴味,一面赏鉴的,一面研究的也。汉唐元明时人之于古器物,绝不能有宋人之兴味,故宋代之金石学宋人于金石书画之学乃陵跨百代。近世金石之学复兴,然于著录、考订皆本宋人成法,而于宋人多方面之兴味,反有所不逮。故虽谓金石学为有宋一代之学,无不可也。①

"赏鉴之趣味与研究之趣味,思古之情与求新之念,互相错综。"王国维这几句话,可谓道出了中国文人对金石之学态度的秘密。虽然真正将金石学转变成现代意义上的艺术考古,是近代以来的事,但清人(如阮元、吴大澂、罗振玉、叶昌炽)在这方面的成就,也是显而易见的。

博物学在现代中国,在三种意义上获得了新生。一是转向科学;包括自然

---

① 方麟选编《王国维文存》,江苏人民出版社,2014,第752—753页。

科学和历史科学；前者如植物学家与农学家、医药学家的研究；后者如王国维、罗振玉、郭沫若等对甲骨文的研究。二是转向艺术（如鲁迅、张大千）。三是转向文化，特别是民间文化（如陈梦家、王世襄）。但值得注意的是，无论是哪种转向，转向之后仍然残留着某些属于博物趣味的东西。鲁迅对博物趣味的转化，同样与这样三种方向有关。

鲁迅对昔日以古董为名的这些事物的态度，是批判的。《华盖集·忽然想到（五至六）》中那一段有关"《三坟》《五典》，百宋千元，天球河图，金人玉佛，祖传丸散，秘制膏丹，全都踏倒他"的话，当然是尽人皆知的。《小品文的危机》中对"小摆设"的批评，同样影响深远。而所有的动机归结起来，当然都主要在，一个身处民族危急时刻的知识分子对于"一要生存，二要温饱，三要发展"的焦虑。"这'小摆设'原也不是什么重要的物品。在方寸的象牙版上刻一篇《兰亭序》，至今还有'艺术品'之称，但倘将这挂在万里长城的墙头，或供在云冈的丈八佛像的足下，它就渺小得看不见了，即使热心者竭力指点，也不过令观者生一种滑稽之感。何况在风沙扑面，狼虎成群的时候，谁还有这许多闲工夫，来赏玩琥珀扇坠、翡翠戒指呢。他们即使要悦目，所要的也是耸立于风沙中的大建筑，要坚固而伟大，不必怎样精；即使要满意，所要的也是匕首和投枪，要锋利而切实，用不着什么雅。"关于这种态度的复杂之处，十多年前我曾写过一篇《重新思考民族生存与民族文化的关系——从〈怀念振铎〉论及巴金晚年有关民族文化的反思》，做出过初步的讨论，这里不再赘述。

要说的只是，虽然有过这样的批判，他自己在实际却也一直保持着很浓的这种文化趣味。早年的他，即喜欢汉画、砖、瓦当。所谓"抄古碑"问题正从这里产生。到后来，对中国版画的热忱同样与此一脉相承。（有关鲁迅与金石、书画、藏书文化的关系，还可以有更多的讨论。这里不及展开。）

对鲁迅的刻印《十竹斋笺谱》，当时即有很多不同看法。今人则多从对中国传统艺术保护的角度着眼。但这里的确有文人性情的东西在。陈丹青谈论鲁迅的美术趣味，曾很感慨于历来的人们"总要强调、夸张鲁迅战斗的一面，决裂的一面，苦恼愤恨的一面，无视他闲适的一面，游戏的一面，怡然自喜的一面。"[1]然而，不可忽视的是，对这闲适的一面、游戏的一面、怡然自喜的一面的忽视或掩蔽，其实也是鲁迅自己的选择，虽然作为一种"积习"，这一切在

---

[1] 陈丹青：《笑谈大先生》，广西师范大学出版社，2011，第153页。

后来仍有显露，但在意识的层面，涉及公共文化生活的层面，他又的确始终对这种来自传统的闲适、游戏、感伤诱惑保持着高度的警惕和抵制态度。这也是认识鲁迅之作为现代知识分子的非常重要的一点。

# 《祝福》：旁观者之"恶"及根源探析

邵可心　绍兴文理学院人文学院

## 一　"恶"的表现

在《祝福》一书中，旁观者的恶意是推动祥林嫂一步步走向死亡渊薮的致命原因之一。

（一）冷血的围观

"恶"的表现首先体现在旁观者的冷漠之中。在祥林嫂被婆婆绑架时，人们在围观；祥林嫂被迫改嫁，以死明志时，人们在围观；祥林嫂失去丈夫，失去孩子，重回鲁镇街头哭诉时，人们依旧只是围观。在她的身边，充斥着旁观者的冷漠与恶意，以及人们的"眼泪"和转瞬即逝的"同情"，鲁镇大街上的老女人在祥林嫂"说到呜咽"之时，"他们也就一齐流下那停在眼角上的眼泪"，"叹息""满足""纷纷评论"。然而不久，这"悲惨的故事"大家就"听的纯熟了"，便是"最慈悲的念佛的老太太"，"眼里也不再有一点泪的痕迹"。直到祥林嫂在除夕夜里寂然死去，人们早已将她彻底忘却，甚至带着一种鄙夷和厌倦。

（二）冷酷的恐吓

其次是表现在他们会从祥林嫂身上寻找新的乐趣。书中典型便是"柳妈"这一角色，她对穷追猛打地询问祥林嫂洞房细节，又将其散布于鲁镇的男女间，使得他们又"发生了新趣味"。而柳妈最大的暴力则是她对祥林嫂赤裸裸的恐吓，直到最后在鲁镇街头乞讨，祥林嫂都没能摆脱柳妈"阎罗大王锯割两半"的心理阴影。

## 二 "恶"的根源

（一）生活苦难之重

所谓仓廪实而知礼节，衣食足而知荣辱。贫穷和挣扎的状态，让底层社会趋于麻木，对上流社会羡慕、仇恨，又无力反抗，于是产生了恶意的根源。底层社会的人们不断被施暴，反而更崇尚暴力，对比自己更苦难的人毫无同情，进而滋生底层之间的互相暴力。而当生活之重到达一种自身无法排解的高度时，底层社会百姓往往选择用生活中琐碎的小事来缓解这种痛苦，用看客的轻松与幸运来建立在"不幸者"面前的心理平衡。甚至弱小生命的消亡，也成了这些人寻找刺激、排解压抑的触发点。鲁镇人正是用这样的智慧，消解着苦难生活中的无聊、贫困和悲哀。

（二）个体罪恶隐藏

祥林嫂的死亡直到最后都是道不清原因的，现场没有凶手也没有目击者，鲁镇的新年在祝福的鞭炮声中过去，人们对于一个生命的逝去感受不到丝毫惋惜与罪孽。这是因为当集体犯罪时，个体会在集体中消减内心的罪恶感。鲁四老爷一家，卫老婆子和柳妈，鲁镇街上的行人，他们其实都对祥林嫂的死负有一定的责任，他们在集体的无知觉中谋害了一个又一个的祥林嫂。然而他们的罪恶都被隐藏在集体中，不会受到个人的惩罚。

# 鲁迅与中国歌剧文化的建构

盛梅　澳门大学人文学院

鲁迅一般不大看好中国戏曲，对外来的话剧也存有戒心，可非常欣赏歌剧。他高度评价歌剧中传达的人文精神和诗学品质，曾高度评价歌剧的艺术形式，甚至表达过创作歌剧的愿望。因此，在中国歌剧文化的建设与发展过程中，文化伟人鲁迅是其中非常重要的关键环节，应该予以学术上的重视。

## 一　鲁迅在众多剧类中独赞歌剧

鲁迅对中国传统戏曲的腻烦心理非常明显，而且表述非常明确。小说《社戏》即传达对于传统戏曲演出的腻烦心理，说是"我在倒数上去的二十年中，只看过两回中国戏，前十年是绝不看，因为没有看戏的意思和机会，那两回全在后十年，然而都没有看出什么来就走了。"散文《无常》中描写过目连戏的喧闹，但更多的内容是充满着无稽之谈，对于这类戏的态度基本上与《社戏》中所描写的少年时候相仿，仍然是厌烦。杂文《论照相之类》更是讽刺梅兰芳的演出："我们中国的最伟大最永久的艺术是男人扮女人。……因为从两性看来，都近于异性，男人看见'扮女人'，女人看见'男人扮'。"

对于西方引进的话剧，鲁迅也保持谨慎的态度，甚至带有某种警惕。他认为话剧是散文剧，也就是说，并不是他最欣赏的诗剧。他在1920年代后期都觉得中国的话剧（那时候还没有正式使用"话剧"的名称）还没有达到"真的文学"的地位与层次，因而借用日本温煦批评家青木正儿的话提出这样的观察：

"要建设西洋式的新剧,要高扬戏剧到真的文学底地位,要以白话来兴散文剧。"①正因如此,当有人想将《阿Q正传》搬上舞台和银幕的时候,鲁迅断然拒绝:以为《阿Q正传》,实无改编剧本及电影的要素,因为一上演台,将只剩了滑稽,而我之作此篇,实不以滑稽或哀怜为目的,其中情景,恐中国此刻的'明星'是无法表现的"②。实际上对当时的话剧或电影的表现能力,以及对演员的演技作派都表达了不信任的情绪。

在所有的演出形式中,特别是在"西洋式的新剧"中,鲁迅对歌剧应该说情有独钟。他于1922年4月4日曾陪同俄国盲人诗人爱罗先珂前往第一舞台观看俄国歌剧团演出的歌剧《游牧情》。他一面称赞歌剧是"美妙的艺术",而俄罗斯歌剧团的这场表演更是"美妙的而且真诚的,而且勇猛的";另一方面,也为中国观众对歌剧的冷落以及对演出的无礼态度表示愤慨,甚至认同了北京犹如沙漠般的寂寞的说法,认为此刻的北京,此时的剧场就像是"沙漠","没有花,没有诗,没有光,没有热",没有艺术,没有趣味,甚至没有好奇心,显示出的是"比沙漠更可怕的人世"。两相比较,鲁迅十分同情背井离乡来北京演出的歌剧团,感叹他们"何以要离开他的故乡,以这美妙的艺术到中国来博一点茶水喝"。鲁迅还对歌剧团中的"歌人"表现出非常真诚的同情心,他将自己想象为寂寞的"歌人",在这种没有鲜花和诗歌,没有光和热的演出环境中,"倘使我是一个歌人,我怕要收藏了我的竖琴,沉默了我的歌声罢。倘不然,我就要唱我的反抗之歌"③。只有在鲁迅的表述中,俄国歌剧团以及这场美妙而真诚的歌剧演出,连同弹起竖琴的歌人,有了花,有了诗,有了光,有了热。这是鲁迅献给歌剧的满腔热忱。

这一历史故事说明,鲁迅对俄国歌剧团的演出是赞赏的,对歌剧艺术也是认同的,正因为认同,他才会"设身处地"地将自己也想象为演出活动中的"歌人",他完全同情了歌剧的演唱者。鲁迅从未用"美妙的艺术"或之类的形容词去评价别的戏剧类型。他对于歌剧中的"歌人"的想象是非常投入的,他悲壮而浪漫地想象自己会"收藏了"一直在拨弄的"竖琴",或者猛烈地弹奏竖琴,唱起反抗之歌。

---

① 鲁迅:《〈奔流〉编校后记(3)》,《鲁迅全集》第七卷,人民文学出版社,2005,第171页。(本文所引《鲁迅全集》作品原文均出自同一版本。)
② 鲁迅:《致王乔南》,《鲁迅全集》第十二卷,第7页。
③ 鲁迅:《为"俄国歌剧团"》,《鲁迅全集》第一卷,第403—404页。

鲁迅非常喜欢"竖琴",他在1933年将自己编译的"为人生的文学——俄国文学"作品集命名为"竖琴"①就是明证。在鲁迅的心目中,竖琴总是轩昂地树立着,雄浑地奏鸣着,那气势非常豪迈,适合于演奏反抗之歌。于是,他在述说德国诗人台陀开纳(Theodor Korner,通译为泰奥多·柯尔纳)辞去维也纳国立剧场诗人之职,参加德国义勇军,为德国而战,并且作《琴与剑》一集时,将通译为《琴与剑》(Leier and Schwert)的诗作翻译为《竖琴长剑》②。标题中的琴德文是Leier,原指手摇风琴,是有手柄的乐器,但鲁迅坚持将它翻译成"竖琴",而"竖琴"在德语中的通常表述是Harfe。可见他对"竖琴"一词的偏爱。手摇风琴虽然也是欧洲古老的乐器,但它的发声原理与小提琴相似,因此在正式的歌剧演出中已经被取代,而竖琴一直是歌剧演出中最醒目也最为受到倚重的当家乐器。鲁迅对竖琴的偏爱应该与他对歌剧艺术的欣赏有明显的关联。

## 二 鲁迅发现歌剧"撄人心"的效果

鲁迅非常重视诗歌,他早期的重要论文《摩罗诗力说》就是从诗歌的力量谈论反抗与文学革命的。不过在鲁迅早期的论文中可以看到,他将歌剧是当作诗剧理解的,而他论述的诗剧又常常当作诗。在那时候的文学和艺术理论中,鲁迅常常将歌剧作品与诗歌联系在一起。在这篇宏论以及在他同时期的其他重要论述中,鲁迅都常常这样理解宽泛的诗歌,将一些经典的歌剧作品当作诗。这样的理解在鲁迅所欣赏的德国作家柯尔纳身上体现得很明显,柯尔纳最擅长的应该是歌剧和诗剧,因为他参加义勇军之前是维也纳国立剧场诗人,其实就是歌剧作家。鲁迅对于他自己非常欣赏的波兰诗人密茨凯维支(Adam Mickiewicz,鲁迅译为密克威支)也同样是这样理解。密茨凯维支的《先人祭》(鲁迅翻译成《死人之祭》)应该是歌剧,一般标为诗剧,鲁迅还是在诗歌的文化类型中去论述这个作品,但他的论述又特别强调这部歌剧在演出和歌唱时的剧场效果和音乐效果。鲁迅认为这部剧作传达的是长期处在"彼歌声反响之中"的作家核实人的音乐感,这音乐感具有宏大的剧场效应:"正如密克威支所为诗,有今昔国人之声,寄于是焉。诸凡诗中之声,清澈宏厉,万感悉至,直至

---

① 鲁迅:《〈竖琴〉前记》,《鲁迅全集》第四卷,第443页。
② 鲁迅:《摩罗诗力说》,《鲁迅全集》第一卷,第72页。

波澜一角之天，悉满歌声，虽至今日，而影响于波阑人之心者，力犹无限。"①这里"万感悉至"的"清澈弘厉"，以及"一角之天，悉满歌声"的情景，都是歌剧院的演唱效果的描述。鲁迅在《摩罗诗力说》中表达的精神就是要用艺术感动人心，他从密茨凯维支这样的剧作中感受到了诗剧也就是歌剧不仅通过诗意，而且也能通过歌唱的声音达到感动的"国人之声"的效果。

在《摩罗诗力说》这样的长篇大论中，鲁迅一定要提到许多杰出的诗人，这些提到的诗人中，他表明自己的兴趣主要在诗剧和歌剧作者身上。开篇不久，他就提到了歌德，说"日耳曼诗宗瞿提（W.von Goethe），至崇为两间之绝唱。降及种人失力，而文事亦共零夷，至大之声，渐不生于彼国民之灵府，流转异域，如亡人也"②。他这里所说的"两间之绝唱"，按照上文的意思是传奇与抒情，这正是歌德不朽歌剧和诗剧《浮士德》的特性，因为鲁迅将歌德的《浮士德》直接称为"传奇"，说"瞿提之传奇《法斯忒》（Faust）"③。抒情性的传奇其实也是鲁迅心目中的歌剧经常具有的特性。

在鲁迅撰著《摩罗诗力说》的那个时期，歌剧还没有成为通行的名词，鲁迅将歌剧连同其他戏剧统称为"传奇"，这当然是走的中国传统戏曲称呼的老路。鲁迅认为拜伦（鲁迅译为裴伦）有三部"传奇"最为伟大，一部是《曼弗列特》（Manfred），第二部是《该隐》（Cain，鲁迅译为《凯因》），第三部是《天与地》（Heaven and Earth，鲁迅在文中译为《天地》），这是三个带有宗教神秘倾向的连续性剧作。鲁迅称为最伟大的三部"传奇"显然是剧作，而且具有明显的歌剧特性，因为研究者发现这些剧作有"在必要时安排一些歌队合唱"④的演出模式。鲁迅确实有将"传奇"与诗剧以及诗歌联系起来论述的习惯，但偏偏在论述拜伦的这些剧作的时候明确无误地确认这三部作品是"传奇"。倒是后来的读者和研究者往往没有弄清楚，竟然把拜伦的《曼弗列特》说成是"长诗"："《小说月报》发表了拜伦百年祭专号，傅东华在这次专号上发表了首度翻译的拜伦长诗《曼弗雷特》。"⑤鲁迅有时候会把长诗当作诗剧或者歌剧，但对这部作品他却有非常明确的"传奇"定性，不知道"发表""拜伦百年祭专号"的《小说月报》怎么会不承认这是剧本哪怕是诗剧剧本而说成

---

① 鲁迅：《摩罗诗力说》，《鲁迅全集》第一卷，第95页。
② 鲁迅：《摩罗诗力说》，《鲁迅全集》第一卷，第65—66页。
③ 鲁迅：《摩罗诗力说》，《鲁迅全集》第一卷，第79页。
④ 倪正芳：《悲壮的复兴者——拜伦诗剧创作价值论》，《戏剧文学》2013年第1期。
⑤ 祝茵：《傅东华对〈曼弗雷特〉中超自然元素的翻译》，《云南大学学报》2013年第1期。

是"长诗"。

与拜伦齐名的雪莱（Percy Bysshe Shelley，鲁迅在《摩罗诗力说》中译为修黎），也是鲁迅重视推荐的对象，而推荐他的主要作品正是"剧诗"。鲁迅认为，雪莱与拜伦一样，"至其杰作，尤在剧诗；尤伟者二，一曰《解放之普洛美迢斯》（PrometheusUnbound），一曰《黏希》（The Cenci）"。这些剧作内容有些叛逆，"论者或谓之不伦"，但"上述二篇，诗人悉出以全力，尝自言曰，吾诗为众而作，读者将多。又曰，此可登诸剧场者"①。这是雪莱对于自己剧本的自信，也是鲁迅对于这两部剧作的肯定。"可登诸剧场"，当然是诗歌转为歌剧演出的最关键的步骤。鲁迅赞赏的，也是雪莱期盼的，正是诗剧成为歌剧院演出的本子。

鲁迅在差不多同时期的《文化偏至论》中也非常习惯于用歌剧作品阐述诗人的成就和影响力。在谈到欧洲文化史上"理想之人格"的体现时，他列举到了德国诗人和剧作家席勒，鲁迅在《文化偏至论》中译为希籁。他指出："而希籁（Fr.Schiller）氏者，乃谓必知感两性，圆满无间，然后谓之全人。十九世纪垂终，理想为之一变。"变成什么样的情况呢？就是"偏至"："古人所设具足调协之人，决不能得之今世。"②要知道席勒的创作充满了格局文学传统，他的诗歌作品《欢乐颂》（Andie Freude）被贝多芬谱曲而成为世界名曲，他的《强盗》《唐·卡洛》和《威廉·退尔》等都是西方歌剧的重要资源和经典作品。

## 三 鲁迅珍视歌剧文艺

鲁迅理想中的艺术境界是具有革命精神和反抗内涵的慷慨悲歌，那是一种歌剧的情境。在《摩罗诗力说》中，鲁迅对歌唱充满敬重与向往，他表述道："今试履中国之大衢，当有见军人蹀躞而过市者，张口作军歌，痛斥印度波阑之奴性；有漫为国歌者亦然。"③在通行的大路上如能有军人蹀躞过市，张口唱歌，反思印度、波兰亡国的教训，就像张之洞所做的《军歌》和《学堂歌》所唱的那样："请看印度国土并非小，为奴为马不得脱牢笼"，"波兰灭，印度亡，

---

① 鲁迅：《摩罗诗力说》，《鲁迅全集》第一卷，第86—87页。
② 鲁迅：《文化偏至论》，《鲁迅全集》第一卷，第55—56页。
③ 鲁迅：《摩罗诗力说》，《鲁迅全集》第一卷，第67页。

犹太遗民散四方",这样的歌唱对于促进民众的民族自觉,激发"国民精神之发扬",具有积极的意义。这是鲁迅从革命和反抗的意义重视歌剧文化的思想基础。

当然鲁迅也有抨击歌剧演出的记载。那是1934年4月20日,鲁迅看到《时轮金刚法会募捐缘起》,特别是中央社的一则通报:"时轮金刚法会将于本月二十八日在杭州启建,并决定邀梅兰芳,徐来,胡蝶,在会期内表演歌剧五天。"便予以讽刺嘲弄:"昔者我佛说法,曾有天女散花,现在杭州启会,我佛大概未必亲临,则恭请梅郎权扮天女,自然尚无不可。但与摩登女郎们又有什么关系呢?"鲁迅进一步讽刺道:"班禅大师只'印可'开会而不唱《毛毛雨》,原是很合佛旨的,可不料同时也唱起歌剧来了。"①原来,并不是真正的歌剧演出让鲁迅觉得不爽,而是宗教法会硬是扯起歌剧的幌子令鲁迅反胃。歌剧在鲁迅心目中一直是"美妙的艺术",分量感很强的形式,这种不伦不类的"歌剧"演出自然很令人难堪。鲁迅一向不喜欢的梅兰芳唱的是旧戏曲,勉强可以算是"剧",而徐来、胡蝶这些电影演员唱的当然就是歌曲,原来他们所说的歌剧竟然是歌唱与戏剧的联称。这很自然地让鲁迅觉得俗不可耐,而鲁迅更不允许这样的俗不可耐与他赞许的歌剧相提并论。因此,这一场对"歌剧"的讽刺正体现了鲁迅对歌剧的珍惜与尊重。

鲁迅对于歌剧的尊重和重视,可从他生命的最后一段时间还传说表达过撰著歌剧《红楼梦》的心愿可见一斑。据研究者从著名音乐家贺绿汀等人的回忆中整理的资料,贺绿汀早已与俄国歌剧家齐尔品策划过请鲁迅为他们设计、制作的歌剧《红楼梦》写剧本的事情。齐尔品,原名亚历山大·切列普宁,杰出的美籍俄罗斯作曲家、钢琴家。1899年生于圣彼得堡,1934—1937年间,齐尔品在中国和日本生活了近三年,旅居上海时受萧友梅之邀担任国立音乐专科学校名誉教授,进行作曲与钢琴教学。因征集风钢琴优秀音乐作品与当时的音乐青年贺绿汀相识。1936年10月8日,鲁迅抱病前往参观第二届全国木刻联合流动展览会,早已筹划在胸的青年贺绿汀与鲁迅有了接触,但未敢贸然当面向鲁迅提出请求,而是在此次见面的后两天,贺绿汀将齐尔品亲笔写给鲁迅的请求信交由内山书店老板转交给鲁迅,鲁迅很快回了信,"欣然、爽快的答应"撰著歌剧《红楼梦》。当然,应该在此回信之后的不足一周时间,伟大的鲁迅与世长辞,给齐尔品,给贺绿汀,也给中国乃至世界歌剧界留下了永恒的遗憾。

---

① 鲁迅:《法会和歌剧》,《鲁迅全集》第五卷,第475—476页。

对这样一件在中国歌剧文化发展史上非常重要的事件，学术界存有争议。质疑的意见以高信为代表。他在《鲁迅和夭折的歌剧〈红楼梦〉——夜读记疑二》一文中，质疑上述主要由贺绿汀提供的资料和故实的真实性，其理由是，第一，鲁迅书信和日记中均未记录有关歌剧《红楼梦》的这一番通信；第二，鲁迅与内山书店在最后一段时间的交往记录中也未出现这封信；第三，鲁迅在这一段时间从未在与别人的通信中提到过歌剧《红楼梦》一事。这样的质疑很有道理，当然也可以解释，因为鲁迅在生命的最后一段时间，事情庞杂，心绪不免繁乱，在相关书信、日记中未提及此事，在与内山书店的往来中也无此信的记录，都有可能，并不能据此推断此事一定不存在。至于质疑者还提出鲁迅自认"不知道剧本作法"，说鲁迅创作过各种体裁的作品，"独独对戏剧没有染指"①，以此否定应允创作歌剧《红楼梦》，则更不能采信，因为对戏剧"毫无研究"显然是鲁迅的谦词，而鲁迅由《野草》中的名篇《过客》到《半夏小集》之类的小品，都显示出他对戏剧体式的写作有相当的兴趣。鲁迅对歌剧的兴趣，对歌剧的重视，以及通过《〈绛花洞主〉小引》等显示出来的对《红楼梦》改编成戏剧的关注，他在一定的情形下表达愿意撰著歌剧《红楼梦》的心愿，还真不能轻易否定。

倒是有些细节需要辨析：鲁迅在生命的最后几天那么快地给齐尔品回信，并且"欣然、爽快的答应"这么大的一件事，多少有些令人疑惑。王尔龄先生注意到"《鲁迅日记》一九三六年五月二十八日条下，曾记：'得C·cherepnine信'。这封信所谈何事？《鲁迅全集》一九八一年版作了注释，注明写信人G·cherepnine于'一九三六年再次来华时拟创作以《红楼梦》为题材的歌剧，写信商请鲁迅撰写剧本'。这条注文，注出了以前鲜为人知的内容。有关故实，是著名作曲家、上海音乐学院名誉院长贺绿汀同志提供的"②。这倒是值得关注的资料。如果将齐尔品请求鲁迅编写歌剧《红楼梦》的信函放在五月份而不是离鲁迅去世只有几天的时间内，可信度应该会更大。鲁迅可能会"漫应之曰，那是可以的"，而不会那么快速，那么"欣然"和"爽快"地答应。

鲁迅应允齐尔品编著歌剧《红楼梦》的可能性还在于，鲁迅对俄罗斯歌剧已经有很好的印象，而且对处在流亡状态的俄国歌剧家有深深的同情，最关键的是，鲁迅内心中充满着对歌剧艺术的重视和欣赏。鲁迅虽然没有能写出歌剧

---

① 高信：《鲁迅和夭折的歌剧〈红楼梦〉——夜读记疑二》，《中国图书评论》1995年第2期。
② 王尔龄：《鲁迅与外国作曲家齐尔品》，《鲁迅研究月刊》1986年第5期。

《红楼梦》，甚至连如何允诺撰写这样的歌剧剧本都充满疑点，但鲁迅重视歌剧，欣赏歌剧，关注歌剧的事实相当明确，中国现代歌剧文化因为鲁迅的态度而拥有了更加厚重与丰富的内容。鲁迅的作品如《伤逝》《药》《祝福》等都被改编为多个版本的歌剧，甚至这样的改编延伸到澳大利亚等外国地界，这些也构成了中国歌剧文化的鲁迅因素，而中国歌剧文化因为有了鲁迅因素便显得弥足珍贵。

# 《野草》"然而"的转笔艺术探析

施文　绍兴文理学院鲁迅研究院

　　鲁迅的语言以复杂性和多义性著称,"转笔"作为传统的文体的章法结构,使文章层层递进隐晦,表达难以言传的深刻思考,"给写文章的人提供一个从无话可说到有话可说的文本内容结构的思维操作模型"。对《野草》中"然而"的承继和使用的分析,能够折射出鲁迅质疑和反思的思维特性、相反相对的话语方式,看出以越文化为主的中国传统文化对其精神气质的渗透。

　　传统的转笔技法为处于动荡局势下的鲁迅提供迂回又生动的书写心声的方式。转笔的目的是为下文造势,意在转出"新境界"。具体从"转"的方向上考察,首先是"相应",也即"正转"、更进一层。如来自灵魂深处的影子和形体分离告别,连用五个"然而"的转折,层层推进、气势磅礴地发出独立而坚决的声音:不屈服形体的束缚,不苟同明暗。由此看出从越文化中走出来的鲁迅,言语中都透出浙东人的刚硬,所以有"鲁迅的骨头是最硬的"这一经典论断。《野草》中"然而"转笔的第二个方向是"相避",要求转笔对前文内容的回避。如精神界战士投掷的标枪刺中的仅是一件外套,是虚无。破折号后的"然而"看似一笔消解了矛盾;但是从后文看却是欲扬先抑,此刻处于痛苦心境的战士已经认清了敌人真实的伪饰,辨认出了被他们遮掩起来的看不见的价值,最后还是"举起了标枪"。"然而"一词可见硬骨头战士鲁迅的另一面,即阴郁中混合着痛苦的思索,正如朱文斌指出:"悲观、绝望、怀疑一切及虚无主义这些实际上成了鲁迅内面性的构成要素。"这无疑也和越文化的另一面相关,即越民的堕落、沉沦和扭曲。第三个转的方向是"反转",指"然而"的后文完全颠覆前文铺垫，从与它相反相悖的角度，另起新的想象维度。比如，野草不漂亮，生存本领也不强，但是"然而"转笔之后，鲁迅从精神高度，突出和赞扬野草依靠自己顽强的生命力，攫取一切资源活了下来，这无疑和越文化传统的"土性"衍生出的坚硬如铁的文化品性一脉相通，末句鲁迅再写人人剥夺它们的生存，更流露出对野草的同情。

"文似看山不喜平"一语道出文贵起伏的特质，转笔的本质正在于制造波澜，避免平庸化。形式各样的"然而"转笔无一不显示出鲁迅思想的深刻、迂回和缠绕，而这些都和越文化深厚传统密不可分。以越文化精神为内驱力，鲁迅把转笔内化为一种文章写作的思路，实现了文本内部空间和时间的跨越、文章层次和立意的提高，从而形成《野草》独特的转笔艺术。

# 论鲁迅《伤逝》的戏剧改编

苏冉　河南大学文学院

《伤逝》作为鲁迅唯——部以男女婚姻爱情为题材的小说，自诞生以来便受到各界专家学者们的广泛关注。据相关学者统计，根据《伤逝》改编而成的影视戏剧作品约有十七部，涉及戏剧、电影、连环画等多个领域。其中改编得最多、传播最广的艺术形式当属戏剧。根据《伤逝》改编而成的戏剧作品共有八部，分别是话剧《无常·女吊》、话剧《子君》、话剧《伤逝》、话剧《祝福之夜》、歌剧《伤逝》、歌剧《紫藤花》、昆曲《伤逝》以及豫剧《伤逝》。这些《伤逝》戏剧改编作品均立足于鲁迅原著小说中的故事与情节，在对原著进行部分"誊写"的同时也对原著小说有所创造——按照一定逻辑将原著小说进行重组。改编后的《伤逝》戏剧作品既不是对原著的简单模仿，也不是大刀阔斧改编后的面目全非，改编者们根据不同剧种的戏剧特点，创造出了别样的戏曲《伤逝》。

## 一　立足原著：《伤逝》戏剧改编的"誊写"特质

改编是戏剧创作的主要方法之一，也是一种媒介向另一种媒介转化的有效途径。虽然改编后的作品不可能与原著完全相同，但不可否认的是，改编作品一定是根据原著的故事与情节进行再创作的。立足原著是改编的前提与基础，无论是鲜少台词的歌剧《伤逝》，还是极具先锋实验性的话剧《无常·女吊》，抑或是充满典雅唱词的昆曲《伤逝》……这些戏剧改编作品都离不开鲁迅原著的滋养。可以说，对原著的"部分誊写"是《伤逝》戏剧改编作品的特点之一。

首先在情节结构方面,在《伤逝》小说中,子君与涓生的爱情从第一年的"暮春"开始,经历了"夏"(感情升温)、"秋"(出现危机)、"冬"(感情破裂),最终以子君在第二年暮春的死亡为结束。歌剧《伤逝》也继承了原著中的情节发展模式,大胆采用西方歌剧中的"四季"结构布局,与原著在"内容结构上有着高度的一致性"①。春天万物复苏,在明媚的春光中,涓生想起了他死去的爱人——"如果我能够,我要写下我的悔恨和悲哀,为子君,为自己"②。歌剧《伤逝》开篇通过《沉重的往事涌上心头》这一唱段,诉说着涓生对曾经美好爱情的追忆。夏天,充满着青春的活力,子君与涓生的爱情也渐入佳境。涓生的咏叹调《她夺走了我的心》道出了他对子君的爱意,而子君的咏叹调《一抹夕阳》则表现出子君对美好爱情的向往与走出封建家庭的决心。子君与涓生在"夏"这一部分明确了心意,完成了他们情感的奠基。秋天本应是硕果累累的季节,但是子君与涓生的爱情却颗粒无收。在"双十节的前一晚",涓生接到了局子里的辞退信,这无疑让本就不富裕的小家庭雪上加霜。歌剧《伤逝》通过《金色的秋光》和《风萧瑟》两个唱段来表现子君内心情感的突变和命运的转折——面对怒号的秋风和纷飞的落叶,子君孤独地诉说着自己的苦闷:"秋风啊请你告诉我在人生的长河里,为什么尽是风急浪险的旋涡,落叶啊请你告诉我,在生活的枝头,为什么结下的尽是苦果。"这一唱段形象地塑造出了一个充满悲剧色彩的子君形象,与前面那个天真、幸福的子君形成鲜明的对比。严冬将至,两人的感情似乎也将要走到尽头。在思考后,涓生决定放弃子君——"人的生活的第一着是求生,向着这求生的道路,是必须携手同行,或奋身孤往的了,倘使只知道捶着一个人的衣角,那便是虽战士也难于战斗,只得一同灭亡。"③歌剧选曲《不幸的人生》是歌剧《伤逝》中最后一个篇章的主要唱段之一,也是子君在这部歌剧中的最后一首咏叹调,它"以低沉、呻吟、叹息的旋律为主来表现子君经过一番抗争后,对生活和爱情极度悲观绝望,这段咏叹调既是子君对爱情生活的总结,也是整部歌剧的总结"④。歌剧《伤逝》中的"四季结构",保持了原作情节的时间顺序,将子君与涓生

---

① ④ 王永慧:《艺术形象从客体到主体的转换和升华——解读小说〈伤逝〉到歌剧〈伤逝〉的重塑模式》,《四川戏剧》2011年第3期。
② 鲁迅:《彷徨·伤逝》,《鲁迅全集》第二卷,人民文学出版社,2005,第113页。(本文所引《鲁迅全集》作品原文均出自同一版本。)
③ 鲁迅:《彷徨·伤逝》,《鲁迅全集》第二卷,第126页。

从相识到热恋，从不顾世俗反对毅然结合再到婚姻归于平淡，最终分手的爱情历程生动地展现出来。另外，郑小瑛的歌剧《紫藤花》也同样重视对原著情节结构的"誊写"。不同于歌剧《伤逝》的"春""夏""秋""冬"的四季布局，郑小瑛将《紫藤花》的高潮锁定在子君被抛弃之后，以热恋—寒潮—不幸三幕来表现涓生与子君从相识相恋到婚姻爱情破裂的全过程。

其次，在情绪的渲染方面，《伤逝》小说开篇便奠定了它落寞、怅惘的感情基调，正如有学者评价的那样——"读《伤逝》的时候，总是惊叹于作者那种极度肃杀、哀婉的情调。"①从小说到戏剧，虽然艺术形式发生了改变，但原著那忧郁哀伤的情绪都得以保留。昆曲《伤逝》的开场便是涓生的故地重游，身着长衫的涓生以一曲典雅的昆曲唱词凭吊他与子君逝去的爱情："昔时烟柳，又故地重游，怎堪回首。爱日情多，别时恨远，从来好梦难留。这紫藤分明依旧，只是伊人去久。重看也，叹伤心人逝，断肠人留。"②开篇古典的唱词不仅充分还原了原著那种忧郁、哀伤的氛围，同时又奠定了该剧的感情基调。当涓生与子君渐行渐远时，他们对待感情的想法也出现了严重的分歧——

【锦渔灯】（君）这的是天崩地陷灭不了的情，（涓）却早已是觅向心头无处寻。（君）这的是百折千磨舍不下的拼，（涓）也争不过一粥一饭一瓢饮。

（合唱）【锦上花】（君）但留着那真切切的情，（涓）说什么虚荡荡的情。（合）这生活担儿重千斤，（君）须凭着这一个情，（涓）再装不得这一个情。（君隐）（涓）只待我说破这真情，眼儿前蓦现出一线光明。③

子君满心以为只要夫妻二人同心就一定可以克服眼前的困难，而涓生却将子君视为负担，认为只有放弃子君才能有一线光明。此时子君与涓生的内心已经生出了"隔膜"，观众不由要为无知的子君而感到悲哀——"士之耽兮犹可说也，女之耽兮不可说也"！典雅富丽且文学性极强的昆曲唱词，十分擅长"虚空"和"隔膜"，将原著那种忧郁情绪渲染得淋漓尽致。豫剧《伤逝》则通过对子君被抛弃后细节的描写，营造哀伤忧郁的氛围。当涓生对子君说出"我已经不爱你了"的谎言后，失去爱情的子君呆滞地给花儿浇水并向它们道歉：

---

① 孙郁：《鲁迅与周作人》，辽宁人民出版社，2007，第137页。
②③ 张静：昆曲《伤逝》剧本，《曲学》2014年第1期。

"你叫君子兰哪,你叫微冬青……都怪我粗心哪,冷落了二精英……您是他的爱呀,您中他的情;我把您慢待呀,得罪了我先生……求二位多多原谅,发发慈悲,打打精神,挺挺腰杆,返也么返返青——我向您三鞠躬……"①子君的唱段唱出了她失去爱情、失去信仰的无助、失落和迷茫,与戏剧开头那个勇敢的子君形成鲜明对比——当时多么无畏,如今就多么令人唏嘘。

《伤逝》原著以涓生第一人称"我"的叙述方式展开,通过涓生忏悔式的自白讲述他与子君的婚姻爱情悲剧。在《伤逝》的戏剧改编作品中,话剧《无常·女吊》和话剧《伤逝》都继承了这一叙述模式。在话剧《无常·女吊》中,涓生作为叙述主体,以追忆的形式回首他和子君的故事——在与子君相知、相识、相恋后又狠心抛弃子君,放任子君死在了这无爱的人间。子君的故事告一段落,但涓生的故事并没有结束,他为自己的小兄弟迁坟、与掘墓人讨论头发的意义、在咸亨酒店讨论"回"字的写法……在小说中作为叙述者贯穿全文的涓生,在话剧《无常·女吊》中也扮演着同样的角色。在话剧《伤逝》中,舞台灯亮,率先出现在舞台的就是身着长衫的"涓生",在他或唱或说的介绍中交代了故事背景,这种进入方式,十分契合小说中倒叙的叙述风格。此外,涓生作为叙述者也在一定程度上推动了话剧《伤逝》情节的发展——每到一个故事节点,涓生便跳出戏剧与观众对话,这种"串场"方式使得原著中许多经典的旁白得以呈现。

总而言之,虽然戏剧编者们出于不同的目的改编《伤逝》——有的是为了实现戏剧与文学经典的双赢,有的是为了纪念和传播鲁迅,有的则是为了推陈出新,展现人生百态。但这些作品都保留了原著小说中的部分叙事元素,在一定程度上完成了对原著小说的"誊写"。

## 二 整合原著:《伤逝》戏剧改编作品的"复合"特质

"复合"原指某些事物因某种原因结合起来,这里指的是《伤逝》戏剧改编者们按照一定的逻辑关系将多篇风格相近或相似的鲁迅作品组合、嫁接在一起。话剧《无常·女吊》和《祝福之夜》均是鲁迅小说《伤逝》与其他作品"复合"的产物。

首先,在人物与情节方面,话剧《无常·女吊》以涓生为叙述主体,将吕

---

① 孟华:豫剧《伤逝》剧本,《东方艺术》2008年第2期。

纬甫、N先生、魏连殳等人与涓生嫁接，通过融合众多作品中的人物性格与情节，塑造出了不断"变化"的涓生形象。话剧以《伤逝》的故事为开场，涓生与子君在吉兆胡同定居，但没过多久涓生便被局里辞退，两人的生活入不敷出，最终涓生抛下子君，使得子君早逝。《伤逝》中的涓生到这里就结束了，取而代之的是带有"吕纬甫"影子的涓生。在失去子君，终日空虚的日子里，涓生想起了母亲的嘱托——为自己早逝的小兄弟迁坟。他不再是《伤逝》里的涓生，而是摇身一变，成了《在酒楼上》的吕纬甫、《头发的故事》中的N先生，他在迁坟过程中与掘墓人讨论头发的意义："人身上最无关痛痒的头发，人生常为它大倒其霉呀……但愿我们性灵的解放，就是由这头发开始的，爱长则长，爱短则短。"在咸亨酒店喝酒时，涓生与酒保讨论"回"字的四种写法，也想起了自己这次回来还有一件事要做——给长富的女儿阿顺送绒花，可惜阿顺出家当了尼姑，早已没有了头发。涓生回到吉兆胡同，在饥寒交迫中吃掉了阿随，也抛弃了自己作为一个"人"最后的良知——他接受了杜大人的邀请去给其当秘书，这里的涓生又与《孤独者》中的魏连殳成功对接。终于，在生活的重压下，涓生成为了自己曾经嗤之以鼻，最讨厌的模样——一个贪污腐败、压榨底层人民的官大人。不同于《无常·女吊》将人物与情节融合在一个角色之中，话剧《祝福之夜》中的人物则显得更为独立。该剧将鲁迅作品中一些饱受压迫的底层人民聚集在同一舞台，根据原著中的人物关系塑造出全新的情节与人物形象。子君和涓生还是恋人，但二人的形象却与原著大相径庭——涓生每个月靠着父亲的补贴过活，子君也不再是那个为了爱情放弃一切的天真少女，而是与涓生得过且过。华老栓夫妇仍深沉地爱着自己的儿子，但他们也不停地压榨在城里做妓的女儿。阿Q在赵府做工，但却踏踏实实，一心只想把日子过得好一点……《祝福之夜》就像"铁屋子"上的窗，台下的观众可以在这部戏中看到社会底层人们的生活百态——每天"为了'过得更好'或者说'不要过得更差'"而"殚精竭虑，步步为营"。①

再次，在结构方面，通常传统戏剧的戏剧线索较为单一，主要突出一条叙述主线，通常以主要矛盾为主，次要矛盾为辅来展开叙事。但是由鲁迅多部作品杂糅而成的话剧《祝福之夜》和《无常·女吊》则是以多条线索来推进戏剧发展的。话剧《祝福之夜》共十四场，由多条线索交错推进发展。全剧的时间线索是赵府策划大型文艺演出"祝福之夜"，故事在此背景下发展，也在"祝

---

① 陶融：《祝福之夜：打开戏剧的铁屋子》，《今日中国》（中文版）2014年第8期。

福之夜"的文艺汇演当晚达到高潮。《伤逝》的子君与涓生、《药》的华老栓一家，以及老七与阿Q是该剧的另外三条线索，并分别与赵七太太（赵老太爷的七姨太）相关联，进而形成了该剧整体性的串联。子君与涓生是租住在华老栓酒店中的一对青年，涓生幼稚而天真，因不愿向社会妥协而与社会格格不入，他不愿和那些他人眼中的"成功人士""搅和在一起"，认为自己已经"没法再像当年那样傻乎乎地受人摆布"①了。而子君则是赵七太太见不得光的私生女，一面幻想着和涓生能有一个自己的小院子，一面又不得不为两人的生计发愁。为了让女儿下半辈子不为金钱烦心，赵七太太与求她办事的华老栓夫妇"一拍即合"——用咸亨酒店换取华小栓出国的机会。华老栓夫妇是一对重男轻女的老夫妻，大儿子不争气进了监狱，小儿子华小栓则满脑子的留学梦，整天幻想过上等人的生活。为了让华小栓能够顺利出国留学，这对老夫妻不得不向赵七太太求助。老七则是华老栓夫妇在会所做妓的大女儿，父母的偏心逼得她不得不早早地出来赚钱，虽然她对父母重男轻女的行为也有埋怨，但终究割舍不掉亲情的羁绊。老七与同样穷苦出身的阿Q间产生了真挚的爱情，成为推进该剧剧情发展的第三条线索。这些平行展开的线索在戏剧的发展过程中互相渗透，从不同角度推动戏剧的演进。在话剧《无常·女吊》中，涓生与子君所处的现实世界以及生活在鬼域中的"无常"和"女吊"也形成了两个平行且对立的空间结构。每当涓生在"现实世界"中饱受压力与无奈时，无常和女吊总会出现，以插科打诨的方式将舞台上的严肃消解。如果说该剧中"现实世界"的故事所要表达的主题是"直面惨淡的人生"，那么热情洋溢的"鬼魂世界"则要我们积极追求人生的理想。导演与编剧有意识地营造这样两个明显对立的空间，不仅塑造出两种截然相反的氛围，同时也深化了戏剧的原有主题，使整部戏呈现出更为丰富的审美体验。

在思想方面，"复合"后的《伤逝》戏剧改编作品融入了更多改编者自己对鲁迅精神的理解。《无常·女吊》的导演王延松曾表示："我要把《无常·女吊》做成荒诞喜剧，这是因为只有荒诞喜剧的形式更接近鲁迅的精神"——"把人放在阴冷的环境中来找寻人性中火热的东西。"②《祝福之夜》的导演兼编剧董夏青青也说："对于这出戏的理解，缘自'最是自己'的鲁迅的影响。"台上的每个角色都是现实生活中普通人的缩影，"当观众们走进剧场，看

---

① 董夏青青:《祝福之夜》话剧剧本,《西部·新文学》2014年4期。
② 王延松:《我,在荒诞中寻找美好——〈无常·女吊〉导演手记》,《中国戏剧》2001年第11期。

着台上的角色，会在某个瞬间感觉到，自己就是他们"①。总的来说，《无常·女吊》和《祝福之夜》在《伤逝》文本的基础上，不同程度地融合了鲁迅其他作品中的人物与情节，创造出了一个全新的戏剧文本。这种"复合"形式的戏剧剧本是编剧在新的历史文化语境中对鲁迅作品的当代解读，不仅推动了鲁迅文学作品在当代社会中的传播，同时也在一定程度上提高了鲁迅文学作品的社会影响力。

### 三 戏剧与小说的结合：《伤逝》戏剧改编作品的"实验"特质

《伤逝》的戏剧改编作品是改编者们在部分"誊写"原著的基础上结合不同戏剧的不同特点对《伤逝》的再解读，也是接轨传统与现代的试水之作。根据《伤逝》改编而成的同名歌剧、昆曲以及豫剧都是戏剧与经典名著有机结合后的产物，因而带有较强的实验性。

首先是歌剧《伤逝》，歌剧《伤逝》被公认为是施光南在歌剧创作领域的一次成功探索——该剧在遵循原著的基础上向西洋歌剧学习并融合了民族歌剧的风格特点，为中国歌剧今后的发展引领了方向。在西洋歌剧最初被引入中国时，中国的歌剧创作呈现出一种"话剧"加"插曲"的表演模式，整体以民族音乐为主，颇有"中学为体，西学为用"的意味。但不得不承认，这样的演出形式是一种狭隘的艺术偏见，中国歌剧的发展需要融合西洋歌剧的技法，走多元融合的道路。歌剧《伤逝》正是施光南大胆借鉴西洋歌剧音乐表现手法的优秀代表作品。在音乐结构方面，施光南采用奏鸣曲式的音乐表现原则，巧妙地设计出了一种四季轮回结构，即从"春"开始经历"夏""秋""冬"最后再回到"春"的结构（"春""夏"为呈示部，表现子君与涓生二人情感逐渐升温的过程，"秋""冬"为展开部，是二人情感出现危机，婚姻摇摇欲坠的舞台呈现，而后通过双人舞进行过渡，最后回到"春"，作为再现部）。这种"四季"布局结构不仅符合该剧音乐发展的逻辑，同时也更加贴合原著情节的发展——"四季"结构正是子君与涓生爱情过程的真实写照。无论是在小说抑或是歌剧中，子君与涓生的爱情都在一年中经历了萌芽到死亡的过程。在音乐表现形式方面，施光南采用大量宣叙调、咏叹调等音乐形式演绎中国歌剧，通过多种体裁展现人物的心理活动，营造出浓厚的抒情氛围。在歌剧《伤逝》的四十五段

---

① 陶融：《祝福之夜：打开戏剧的铁屋子》，《今日中国》2014年第8期。

音乐中，咏叹调、宣叙调、重唱、对唱、合唱等有三十七曲，其中，女主人公子君的唱段七首，男主人公涓生的唱段七首，二重唱或二人宣叙调十六首，几乎所有的故事情节均由纯音乐的形式呈现，仅夹杂了少量的旁白，具有鲜明的西方歌剧特征。因而有学者评价歌剧《伤逝》，"是中国歌剧史上第一部完全借鉴西洋歌剧形式抒写中国情怀的艺术作品"①。在演唱风格方面，歌剧《伤逝》也更倾向于西洋美声的风格与特征，演唱者主要通过美声演唱技法进行演绎——重视呼吸、强调共鸣、声音集中且音域宽广，体现了歌剧《伤逝》对西洋美声唱法的借鉴。总而言之，作为我国歌剧史上第一部抒情歌剧，也是第一部由文学作品改编而成的歌剧，歌剧《伤逝》可谓是一部里程碑式的歌剧改编作品。

其次是昆曲《伤逝》，昆曲《伤逝》的"实验性"体现在题材、舞台布景、昆曲唱词等多个方面。在题材方面，昆曲《伤逝》可以看作是对传统昆曲才子佳人戏的新解——以才子佳人戏反才子佳人。涓生与子君作为"五四"时期接受过新思想启蒙的青年，本不是传统戏曲剧本中的才子佳人，但昆曲《伤逝》究其本质却仍是一个"痴情女子负心汉"的故事。剧中的子君与闻琴私奔的卓文君何其相似，在卓文君当垆卖酒时，司马相如也应该和涓生一样心生"隔膜"了吧。昆剧《伤逝》以现代故事，现代语境演绎传统"才子佳人"的故事，是一部融现代元素入传统题材的"试水"之作。但该剧不似传统才子佳人题材戏剧"都是皆大欢喜，花好月圆的喜剧结局"，它更倾向于让观众产生"情感的悲恸"，而非"让观众得到心理的满足"。②这种对才子佳人题材的反叛可以为今后昆曲现代戏的发展提供有益借鉴。在舞台布景方面，传统昆曲采用写意虚拟的手法来表现时空关系，即以演员的唱、念、做、打等具体表演来表现，通常在舞台上只设置一桌二椅，随着演员上场的表演将舞台时空规定下来。但这种传统舞美已经无法满足现代观众的审美，因此，昆曲《伤逝》在不失昆曲舞台写意性的前提下，融入了一些现代因素：街边昏黄的路灯、小官太太家的楼梯、桌上的煤油灯以及吉兆胡同家中孤零零的窗户……该剧通过从各个场面中抽取一些可共用的元素，组成了一个概括性的舞台布景，再通过隐喻和象征来表现剧作的思想内涵，不仅升华了剧作的主题，同时也给观众带来了不一样的审美体验。在昆曲唱词方面，昆曲《伤逝》承袭了传统昆曲的典雅唱

---

① 陈媛媛：《试从歌剧〈伤逝〉看中国歌剧的未来发展趋势》，《北方音乐》2011年第8期。
② 邱慧：《试论中国古典戏剧中的才子佳人戏》，《四川戏剧》，1991年第6期。

词,将原著小说中的抒情风格最大程度地发挥了出来——当涓生故地重游时,他唱道:"爱日情多,别时恨远,从来好梦难留"①;当涓生陷入热恋时,他唱道:"天若有情天也羡。租一间静幽幽小馆,与你厮守缠绵"②;当涓生心生不满时,他唱道:"也曾是小窗下耳磨厮鬓,到如今相对无言冷冷清清……难道是苦时光磨灭了情,把昔时热都翻作了冰"③;当涓生抛下子君,自己走向前路时,他又唱道:"夜冷寒生,独对街灯,谁似我伶仃……"④昆曲《伤逝》将文雅的昆曲唱词与男女主人公口语化的道白相结合,在沿袭古典美的同时又引入现代元素,实现了古典与现代的有机结合。

最后,豫剧《伤逝》是继昆曲《伤逝》之后,用传统戏曲演绎《伤逝》文本的又一探索之作。剧中子君的扮演者卢君女士根据豫剧剧种的特点并结合自己对《伤逝》的理解,在多方面都做出了调整。在细节呈现方面,卢君充分发挥艺术想象力,巧妙地设计了一些体现人物性格特点的细节动作:比如在子君上场时,卢君为表现情人相见的热切,她先轻快地跑了两步,又将双手放在胸前,胸口起伏,神情娇羞,以此来表现年轻的子君对爱情的憧憬与向往。在对程式的运用方面,卢君借鉴其他豫剧作品的程式表演,并根据子君的身份与性格做出一些相应调整。在"买小狗"这一出戏中,卢君先上前几步站定,再根据生活中小狗会向人围过来并转圈这一特点,优雅转身、转圈并后退几步,形象地虚拟出小狗在身边围着转的场景,做到了对程式的活用。在唱腔方面,为了更好地感染观众,引起观众的共鸣,卢君层层推进,将子君被抛弃后的心理变化通过戏腔的转变生动地表现了出来——古筝声起,卢君先是对两盆花清唱"你叫君子兰啊……",表现子君此时内心的孤苦,在唱到"好狠的二精英"时,卢君则提高声音,将剧中子君的满腔愤懑宣泄出来。接着在"三鞠躬"部分又用常派宽音、腹腔式的气息,演绎子君由绝望转向崩溃的过程。除演员外,该剧的作曲家汤其河也做出了自己的努力,豫剧《伤逝》的音乐和唱腔一方面继承了豫剧的传统曲调,另一方面又吸收了江南小调、民歌与歌剧的元素,充分凸显了两位表演者的声音特点。正如有学者评价的那样:"从编剧到导演、作曲和表演,《伤逝》都突破了豫剧传统和传统豫剧。"⑤

总的来说,从1981年歌剧《伤逝》诞生至2014年《祝福之夜》问世,《伤逝》的戏剧改编已有约三十年的历史,这期间的《伤逝》戏剧改编作品数量众

---

①②③④ 张静:昆曲《伤逝》剧本,《曲学》2014年。
⑤ 郭晨子:《豫剧小剧场〈伤逝〉——小剧场豫剧〈伤逝〉观后》,《文汇报》2017年12月28日,第10版。

多、种类丰富，在业界均取得了一定的认可。通过梳理这些《伤逝》戏剧改编作品可知，这些戏剧改编作品都立足原著，对原著故事进行了部分的"眷写"。同时，也有部分改编者推陈出新，将鲁迅多部作品中的情节和人物整合在一起，"复合"成一部全新的戏剧作品，试图在"新的历史文化氛围中重新理解和阐释鲁迅作品的当代价值"[①]。除此之外，《伤逝》的戏剧改编作品也具有极强的"实验"性质，是小说与戏剧的有机结合，"许多普通观众，通过戏剧这种表演形式，了解了《伤逝》，了解了鲁迅，同时也有更多年轻观众，通过《伤逝》，走进了传统戏剧，古老的剧种因为《伤逝》这部作品而焕发出青春的色彩"[②]。

---

[①] 苏冉，卓光平：《论话剧〈无常·女吊〉对鲁迅作品的"复合式"改编》，《大舞台》2021年第1期。
[②] 苏冉，卓光平：《传统与现代的融合：论〈伤逝〉的"眷写式"戏曲改编》，《文化与传播》2020年第6期。

# "辛亥革命与其挫折"的隐性书写

## ——重读《范爱农》

孙海军　绍兴文理学院鲁迅研究院

虽然鲁迅晚年认为《范爱农》的"写法较差"①，但在编自选集时又从《朝花夕拾》中选中这篇文字，那么如何来理解这种看似矛盾的行为呢？既然在鲁迅眼中《范爱农》技术上并无优势可言，只能是内容上仍有可取之处了。《范爱农》的可取之处何在，学界也莫衷一是，现有研究或重在对人物形象的解读②，或重在对写作动机的探讨③，或重在对史料价值的发掘④，均未能从较长时段来把握《范爱农》之于鲁迅文学乃至鲁迅思想转向的重要意义。竹内好曾从《朝花夕拾》的内在逻辑出发，认为其中存在着"一种通过回顾自己存在的根本而确定现在所处位置的欲望"⑤，并明确指出，"鲁迅在自我完成的最后举出范爱农来是意味深长的"⑥。由此凸显出《范爱农》在整部《朝花夕拾》中的重要地位。遗憾的是，竹内好并未言明鲁迅的"自我完成"究竟何指？《范爱农》在其中又有着怎样的深长意味？本文将《范爱农》放置在鲁迅写作《朝花夕拾》前后的话语脉络与思想语境中加以勘察，由此探寻鲁迅是在何种语境、何种心境下写作该文的？他想借助这篇文字传达怎样的创作意图？回答

---

① 鲁迅：《341202致增田涉》，《鲁迅全集》第十四卷，人民文学出版社，2005，第328页。（本文所引《鲁迅全集》作品原文均出自同一版本。）
② 钱理群：《"白眼看鸡虫"：鲁迅笔下的"畸人"范爱农》，《语文建设》2010年第2期。
③ 陈方竞：《鲁迅与光复会——〈范爱农〉解读》，《名作欣赏》2010年第10期。
④ 陕庆：《作为"信史"的文学——重读〈范爱农〉》，《宁波大学学报》（人文科学版）2018年第4期。
⑤ 竹内好：《从"绝望"开始》，靳丛林编译，生活·读书·新知三联书店，2013，第132页。
⑥ 竹内好：《从"绝望"开始》，靳丛林编译，第135页。

这个问题，我们首先要清楚鲁迅在写作《范爱农》时，这一人物形象对他来说究竟意味着什么。

## 一 范爱农是谁？

1926年11月18日鲁迅完成了作为"旧事重提"系列散文压轴之作的《范爱农》的写作。值得追问的是，置身厦门的鲁迅写作《范爱农》仅仅是为了追怀一位昔日的友人吗，还是另有深意存焉？这些又与他当时所处的现实语境有着怎样的关联？有研究者从历时性角度指出，鲁迅在《范爱农》中写到范爱农的四个不同时期，这四个片段综合起来才是一个完整的范爱农形象。①其实，不同时期也就表现出范爱农的不同侧面，只有将这些不同面向组合起来，才能还原出鲁迅心目中的范爱农形象。从文本看，鲁迅对于范爱农的人物定位，确实存在着一个主体性视野投射下的运思过程。

《范爱农》从留日学生生活写起，"在东京的客店里，我们大抵一起来就看报。学生所看的多是《朝日新闻》和《读卖新闻》，专爱打听社会上琐事的就看《二六新闻》"②。可见，鲁迅首先是将范爱农作为晚清留日学生群体中的一员来加以叙述的。从《琐记》开始，鲁迅回忆的触须逐渐伸入其留日生涯，很明显，《范爱农》开篇对留日生活的叙写是沿着《藤野先生》的逻辑顺序下来的。其实，写作《范爱农》前，鲁迅已在《杂忆》、《补白》（二）、《论"费厄泼赖"应该缓行》等文中多次提到留日生活及其间日益高涨的革命思潮。陈方竞曾指出，鲁迅1926年前后大量提及留日生涯，明显跟他与欧美派论争的现实语境相关。在中国现代史上，留日派和欧美派两大学生群体均留下了不可磨灭的历史印记，但"辛亥革命在以胡适为代表的英美派知识分子人生经历中的缺失"，导致他们"自觉不自觉地把中国社会从清末到五四的发展看成是一个顺其自然的过程"。③因此，鲁迅不断回忆留日生涯中带给他强烈震撼的革命人物和革命事件，一方面固然是在为自己跟欧美派知识分子的论争寻找可资凭依的精神资源，另一方面也潜隐着为辛亥革命乃至中华民国正名的意味。

---

① 参见郑家建、赖建玲：《〈朝花夕拾〉："回忆"的叙述学分析——谨以此文纪念鲁迅诞辰一百三十周年》，《中国现代文学研究丛刊》2012年第9期。
② 鲁迅：《范爱农》，《鲁迅全集》第二卷，第321页。
③ 陈方竞：《鲁迅与光复会——〈范爱农〉解读》，《名作欣赏》2010年第10期。

然而，对鲁迅来说，范爱农并非一个普通的留日学生，他跟鲁迅还有着同乡之谊。乡谊在20世纪初的留日学生群体中仍是一种十分重要的情感纽带，这从留日学生创办的各种以省域地名命名的刊物即可见出。回国前鲁迅与范爱农的两次见面均出于乡谊。第一次鲁迅是应友人陈子英之邀"到横滨去接新来的同乡"，范爱农即是"一大堆"同乡中的一个，并未给鲁迅留下深刻的印象。第二次会面则出现在"浙江留日学生同乡会"为凭吊徐锡麟、秋瑾而特意召开的一次会议上，二人围绕是否应给清政府打电报，"痛斥满政府的无人道问题"发生严重分歧：

> 我是主张发电的，但当我说出之后，即有一种钝滞的声音跟着起来："杀的杀掉了，死的死掉了，还发什么屁电报呢。"

鲁迅这里显然用了小说笔法。据周作人回忆，鲁迅同样怀有强烈的反满意识，断然不会主张给清政府发电报，主张发电报的是提倡君主立宪的蒋智由等人[1]。但经此番遭遇，鲁迅对范爱农这个原本印象模糊的同乡却有了更深的了解。文章从徐锡麟、秋瑾相继就义的新闻引出范爱农，在"吊烈士，骂满洲"的革命氛围中逐渐点明他与徐锡麟的师生关系，"认识的人告诉我说：他叫范爱农，是徐伯荪的学生"，后追随乃师留学日本，又在徐的感召下加入光复会。徐案发生后，两江总督端方以"有通逆谋乱确据"为由，要求驻日使臣杨枢"密拿"范爱农。[2]清政府当局的这一举动从反面确认了范爱农的革命者身份，但鲁迅并未止步于此，在追忆与范爱农初次见面时，又将范爱农放置在革命先烈的序列中加以描述：

> 岂但他呢，说起来也惭愧，这一群里，还有后来在安徽战死的陈伯平烈士，被害的马宗汉烈士；被囚在黑狱里，到革命后才见天日而身上永带着匪刑的伤痕的也还有一两人。而我都茫无所知，摇着头将他们一并运上东京了。

徐锡麟、秋瑾、陈伯平、马宗汉等革命烈士不仅构成范爱农活动的历史背

---

[1] 周作人：《范爱农》《鲁迅小说里的人物》，河北教育出版社，2002，第272页。
[2] 薛绥之主编《鲁迅生平史料汇编》第一辑，天津人民出版社，1981，第303—304页。

景，而且鲁迅在此前后对于辛亥烈士尤其是光复会成员的不断追忆，已经在心中形成了一个革命的谱系。鲁迅这里通过追溯革命脉络的方式将范爱农嵌入其中，表明在鲁迅心目中，同属光复会①的范爱农原本就是辛亥烈士谱系中的一分子。虽然范爱农在这个革命谱系中不算耀眼，但对于幸存者鲁迅来说，却有着比之于其他烈士更加重要的意义。因为范爱农不仅经历过前革命时代的种种艰辛，还见证了辛亥革命的发生与其挫折。可以说，范爱农是辛亥革命这一事件的亲历者与见证者，某种意义上他在辛亥革命前后的个人遭遇也就成为辛亥革命的一个缩影。至此，鲁迅不仅完成了对于范爱农身份的厘定，也由此奠定了这篇文章的基调。

## 二 重写范爱农之死的话语脉络

周作人说："鲁迅的朋友中间不幸屈死的人也并不少，但是对于范爱农却特别不能忘记，时隔多年还专写文章来纪念他。"②确实如此，《范爱农》中，鲁迅在厘清了范爱农作为革命者的身份后，又着重写到了范爱农之死。我们知道，范爱农之死曾带给鲁迅十分强烈的心灵震撼。1912年7月19日鲁迅在得到范爱农死讯后，就在日记中表达了难以遏制的愤慨："晨得二弟信，十二日绍兴发，云范爱农以十日水死。悲夫悲夫，君子无终，越之不幸也，于是何几仲辈为群大蠹。"③值得注意的是，鲁迅在为范爱农之死倍感惋惜的同时，明确将批判的矛头指向何几仲等复辟人物。三天后鲁迅在参加完送别蔡元培的晚宴后更是写出了《哀范君三章》如此悲凉、沉郁的诗句，"奈何三月别，竟尔失畸躬"抒发着痛失友人的无比悲愤，"狐狸方去穴，桃偶已登场"则将范爱农之死隐约归咎于绍兴地方政治生态。在次日寄出稿件时，鲁迅的情绪依然没有平复，又加一"附记"再次表达了强烈的悲愤之情："我于爱农之死为之不怡累日，至今未能释然。昨忽成诗三章，随手写之，而忽将鸡虫做入，真是奇妙绝妙，辟历一声，群小之大狼狈。"④鲁迅之所以为无意中将"鸡虫"写入诗歌而兴奋不已，是因为"鸡虫"为"几仲"之谐音，鲁迅借"鸡虫"再次批判了以

---

① 倪墨炎：《鲁迅的社会活动》，上海人民出版社，2006，第57页。倪墨炎经过仔细考辨，不仅肯定鲁迅是光复会会员，而且明确提出了鲁迅加入光复会的时间，"鲁迅是1904年12月加入光复会的，是光复会东京部成立后的第一批会员"。
②④周作人：《鲁迅与范爱农》，《鲁迅的青年时代》，河北教育出版社，2002，第83页。
③鲁迅：《壬子日记》，《鲁迅全集》第十五卷，第11页。

何几仲为代表的绍兴复辟势力对革命成果的篡夺。

范爱农之死引发的悲愤一直萦绕在鲁迅心头,这种情绪还通过其创作表现出来。周作人曾指出,小说《孤独者》"写魏连殳后半生的事情","这主人公的性格,多少也有点与范爱农相像"①。其实,不仅魏连殳性格上"与范爱农相像",小说的诸多细节也源自范爱农,比如魏连殳同样是由祖母抚养成人、魏连殳也曾请"我"为他寻觅工作等等。有研究者甚至认为,鲁迅文学中始终存在着"范爱农的影子",范爱农之死对于鲁迅来说,"是一种根本无法化解、太深的情结":

> ……"范爱农的影子"几乎贯穿了鲁迅"彷徨"期的创作,较为明显的就有《在酒楼上》《铸剑》,尤其是那篇《孤独者》,这同时贯穿了他的杂文和散文,直到1927年,那篇与范爱农难有干系的《魏晋风度及文章与药及酒之关系》,仍然可以从"晋朝人都是脾气很坏,高傲,发狂,性暴如火的""阮年青时,对于访他的人有加以青眼和白眼的分别。白眼大概是全然看不见眸子的,恐怕要练习很久才能够"等话语中,读出"范爱农的影子"。②

但总的看来,鲁迅在范爱农离世之初书写范爱农之死,主要是为了抒发失去友人的悲痛,并由此控诉造成范爱农之死的绍兴地方复辟势力,这种指责虽然严厉,但其意义指向却相对明显。换言之,1912年鲁迅对范爱农之死的书写是一种基于个体经验的以抒发情绪为目的的即时性书写,此后弥漫在文学创作中的"范爱农的影子"固然寓有讽世意味,其实质也是一种悼亡书写。但是1926年身处厦门的鲁迅重提范爱农之死,无论是个人心境还是政治境遇均不复当年,这就造成了这一文本在意义指向上的复杂性。

人到中年的鲁迅对于生死已相对坦然,文章在写到范爱农之死时,也早已失去了当年的愤慨,叙述节制而舒缓,"不久,忽然从同乡那里得到一个消息,说他已经掉在水里,淹死了"。即是说,时隔十四年后,鲁迅重写范爱农之死,固然有着《朝花夕拾》内在的文本逻辑,但显然鲁迅并不仅是为了悼念亡友,在其平静的文字之下潜藏着更加隐秘的写作动机,正如有论者指出:

---

① 周作人:《孤独者》《鲁迅小说里的人物》,河北教育出版社,2002,第225页。
② 陈方竞:《鲁迅与光复会——〈范爱农〉解读》,《名作欣赏》2010年第10期。

而十四年后的鲁迅再写范爱农,虽然也将范爱农的死因归结于出于自我意志选择的不愿苟活,但已经用起了国族叙事的框架:个体性的恶、异党的打压已经不再是他所关注的对象,对自我、对同一阵营的革命者,乃至对革命本身的反思开始进入他的视野……①

可见,1926年鲁迅在"国族叙事的框架"中重写范爱农之死,明显表现出迥异于1912年的意义指向。值得指出的是,这一叙事框架并非是在《范爱农》中生成的,事实上,鲁迅在写作《范爱农》前已经形成了关于辛亥叙事的基本思路与叙事框架,鲁迅重写范爱农之死所展现的叙事框架的变化正是由此而来。进言之,鲁迅对于范爱农之死的重写,必须放置在他1925年前后对辛亥烈士展开系列书写的叙事脉络中加以理解。在此之前,鲁迅已经系统回顾并实现了对于孙中山、邹容、徐锡麟、秋瑾、陶成章、王金发等辛亥烈士,尤其是光复会系统的辛亥人物的书写,在表达追思的同时更表现出重构民国前史的努力。可以说,鲁迅对于范爱农的书写是在这一逐渐成形的叙事脉络中进行的,因此,此时鲁迅心目中的范爱农之死已经具有了超越个体生命消亡的意义,而被他自觉编织进书写辛亥"故事"的肌理当中。

## 三 "自杀""暗暗的死"与"民国的建国史"

关于范爱农的死因,学界主要存在三种说法:一、失足落水;二、谋杀;三、自杀。第一种说法较为通行,尽管各方对细节的描述稍有出入,但溺水身亡却是基本公认的事实。谋杀之说主要来自范爱农的舅父汪梅峰,他在《吊范爱农诔文》中认为范爱农系被人谋杀②,但早有研究者指出了汪文的逻辑误区③。而自杀一说则主要出于鲁迅。许寿裳回忆说鲁迅在获悉范爱农死讯的第一时间便提出质疑:"有一天大概是七月底罢,大风雨凄黯之极,他张了伞走

---

① 仲济强:《民元记忆与伦理再造:〈范爱农〉与鲁迅的政治时刻》,《西南民族大学学报》(人文社会科学版)2019年第11期。
② 汪国泰:《关于范爱农生平的一件新史料——汪梅峰〈吊范爱农诔文〉的发现》,《绍兴师专学报》1982年第1期。
③ 祝肖因:《〈范爱农之死考〉质疑》,《上海鲁迅研究》1996年第1期。

来，对我们说:'爱农死了。据说是淹死的,但是我疑心他是自杀。'"①直到写作《范爱农》时,鲁迅对于范爱农的死因心中仍存疑虑:"我至今不明白他究竟是失足还是自杀。"鲁迅怀疑范爱农之死系自杀,原因有二:其一,源于日常生活经验的判断,鲁迅深信"他是浮水的好手,不容易淹死的",因此怀疑范爱农是自杀;其二,则是源于范爱农在1912年3月27日写给鲁迅的一封信,信中说:"听说南京一切措施与杭绍鲁卫,如此世界,实何生为,盖吾辈生成傲骨,未能随波逐流,惟死而已,端无生理。"②这句话无疑透露出范爱农对辛亥革命后政治生态的彻底失望,实属愤激之辞,但却不能由此坐实范爱农是自杀。值得深究的是,鲁迅为何会在十四年后依然坚持这种怀疑?

鲁迅晚年曾感概说:"这几天才悟到,暗暗的死,在一个人是极其惨苦的事。""我每当朋友或学生的死,倘不知时日,不知地点,不知死法,总比知道的更悲哀和不安。"③正如前文所言,鲁迅一直是将范爱农放置在革命先烈的序列中加以叙述的,但范爱农并未能像徐锡麟、秋瑾等革命者一样为革命献身,反而在"受着轻蔑,排斥,迫害"之后"掉在水里,淹死了"。这样平淡无奇的人生结局,对于热衷革命向往新世界的范爱农来说无疑是寂寞的,"暗暗的死"某种意义上是对其并不彰显的革命者形象的一种消解乃至反讽。鲁迅深知在革命进程中这种"暗暗的死"以及由此引发的被国人遗忘的命运是在所难免的,所以,在写作《范爱农》前后,他多次为清末革命中献身的烈士发声。1922年在《即小见大》中写道:"三贝子花园里面,有谋刺良弼和袁世凯而死的四烈士坟,其中有三块墓碑,何以直到民国十一年还没有人去刻一个字。"④1925年前后又多次提及"以革命为事"⑤却"不久就遭人暗杀了"的陶焕卿⑥,"被袁世凯的走狗枪决了"的王金发,"死于告密"的秋瑾⑦,"死在西牢里"的"革命军马前卒邹容"⑧以及"被挖了心,给恩铭的亲兵炒食净尽"的徐锡麟⑨

---

① 许寿裳:《我所认识的鲁迅·怀旧》,鲁迅博物馆等选编《鲁迅回忆录·专著》上册,北京出版社,1999,第472页。
② 周作人:《鲁迅与范爱农》,《鲁迅的青年时代》,第78页。
③ 鲁迅:《写于深夜里》,《鲁迅全集》第六卷,第519—520页。
④ 鲁迅:《即小见大》,《鲁迅全集》第一卷,第429页。
⑤ 鲁迅:《为半农题〈何典〉后,作》,《鲁迅全集》第三卷,第322页。
⑥ 鲁迅:《补白》,《鲁迅全集》第三卷,第109页。
⑦ 鲁迅:《论"费厄泼赖"应该缓行》,《鲁迅全集》第一卷,第289页。
⑧ 鲁迅:《"革命军马前卒"和"落伍者"》,《鲁迅全集》第四卷,第131页。
⑨ 鲁迅:《范爱农》,《鲁迅全集》第二卷,第321页。

等辛亥革命人物。

范爱农死于非命的人生遭遇,某种意义上与上述革命者"暗暗的死"若合符节,革命者的非正常死亡为鲁迅阐释范爱农之死,提供了潜在语境,提示鲁迅"暗暗的死"与对革命价值的坚守并不冲突。而在"五代"①式的民国政治中,革命的正统价值日趋模糊,国父孙中山逝世后尚且引发群小议论,鲁迅忍不住写下《战士和苍蝇》一文,强调指出:"有缺点的战士终竟是战士,完美的苍蝇也终竟不过是苍蝇。"②在此背景下,鲁迅将对范爱农之死的书写纳入其辛亥烈士谱系建构之中,不仅能够赋予范爱农之死超越个体肉身的革命价值,同时也融入了其正在书写的"民国的建国史"中,至此鲁迅个人情感的抒发与中华民国前史的书写二者汇入同一条写作之路。

其实,当年范爱农对于个体命运的理解某种意义上也暗合了鲁迅对他的解读。在前引范爱农写给鲁迅的信中,他已经自觉将个体肉身的存亡嵌入了辛亥以降的政治走向中。在他看来,正是政治生态的恶化挤压甚至剥夺了自我生存的空间。范爱农对自我命运的理解方式,无形中为鲁迅解读其死提供了一种思维框架。换言之,鲁迅之所以怀疑范爱农系自杀,正是因为他将范爱农这一个体生命看成了辛亥革命/中华民国之前途的某种象征。正如丸山升所指出的:"范爱农这样的人物不得不死,而同时,何几仲之流胸佩银质桃形的自由党党员徽章,正讴歌着自己时代的春天……甚至可以认为,范爱农的死,对于鲁迅在某种意义上,预示着'中华民国'的前途。"③的确,1926年鲁迅对范爱农的追怀绝非出于个人情感的抒发,相反,纵观鲁迅在写作《范爱农》前后对辛亥革命先烈的追叙,可以看出鲁迅对范爱农的怀念是在其对中华民国及其缔造者的不断追叙中抵达的。这一时期频繁出现在鲁迅笔下的孙中山、徐锡麟、秋瑾、陶成章、王金发等革命者形象构成了追忆范爱农的思想背景与叙述起点,所以说鲁迅不肯接受范爱农落水身亡的事实,彰显的依然是其对辛亥革命之"革命"价值基点的坚守。

这也从侧面表达出他对民国政治现状的不满,"我觉得仿佛久没有所谓中

---

① 鲁迅:《忽然想到》,《鲁迅全集》第三卷,第17页。"试将记五代,南宋,明末的事情的,和现今的状况一比较,就当惊心动魄于何其相似之甚,仿佛时间的流驶,独与我们中国无关。现在的中华民国也还是五代,是宋末,是明季。"

② 鲁迅:《战士和苍蝇》,《鲁迅全集》第三卷,第40页。

③ 丸山升:《鲁迅·革命·历史——丸山升现代中国文学论集》,王俊文译,北京大学出版社,2005,第34页。

华民国"。①他尤其担心人们会因为失望于民国的现状而逐渐遗忘了"民国的来源"。②1925年,鲁迅在为刘半农校点的《何典》作序时,发出过类似的感慨:"现在的中华民国虽由革命造成,但许多中华民国国民,都仍以那时的革命者为乱党,是明明白白的"③。基于此,鲁迅才"觉得许多烈士的血都被人们踏灭了,然而又不是故意的。"④因此,他"希望有人好好地做一部民国的建国史给少年看"⑤。可以说,正是书写"民国的建国史"的冲动,激发起鲁迅通过讲述革命"故事"从而为革命者"正名"的一系列创作,也由此奠定了《范爱农》的写作思路与意义指向。鲁迅一方面不能忘怀于"民国元年前后殉国而反受奴才们讥笑糟蹋的先烈"⑥,另一方面又不满于贫血的官方意识形态对辛亥革命人物的书写,因此他试图以带着个人温度的书写来介入历史,在追溯"民国的来源"的同时,激励自我坚守革命的价值立场。在此意义上,范爱农已经不再是个体生命意义上的范爱农,而成为鲁迅书写"民国的建国史"中不可或缺的一页。

## 四 "辛亥革命与其挫折"的肉身承担

对于辛亥革命的反思一直是鲁迅文学的重要主题,除多篇小说涉及这一主题外,在大量杂文、散文以及私人通信中同样闪烁着此类思考,可以说对于"辛亥革命与其挫折"⑦的思考一直萦绕在鲁迅心中。在国民革命的背景下,1925年前后鲁迅对于辛亥革命的反思愈发集中,写作《范爱农》时,置身厦门的鲁迅更是近距离感受到了国民革命的现实氛围。在北伐节节胜利的映照下,辛亥革命与其挫折便更加自然地显现出来。与此同时,在鲁迅私人语境的辛亥人物谱系中,范爱农不同于徐锡麟、秋瑾等直接为革命献身的先烈,他是在切身感受到革命的挫折并在复辟势力的攻击下怀抱失望离去的,因此范爱农之死也就具有了不同于其他革命先烈的特殊意义。换言之,从范爱农切入辛亥革命,能够更好地展现这场革命的全貌尤其是后革命时代的挫折,在此意义上,范爱农成为表征这场革命与其挫折的最佳符码。可以说,鲁迅此时对范爱农的

---

①④鲁迅:《忽然想到》,《鲁迅全集》第三卷,第16页。
②⑤鲁迅:《忽然想到》,《鲁迅全集》第三卷,第17页。
③鲁迅:《为半农题记〈何典〉后,作》,《鲁迅全集》第三卷,第322页。
⑥鲁迅:《这是这么一个意思》,《鲁迅全集》第七卷,第275页。
⑦本文"辛亥革命与其挫折"的表述受到丸山升先生同名文章的启发,特此致谢。

书写不仅有着追溯"民国的来源"的初衷,更夹杂着他对于辛亥革命之挫折的沉痛反思。

青年范爱农在徐锡麟影响下加入革命活动,徐案发生后,范爱农受到牵连,加之失去叔父的资助,只好悄然回国。据周建人说,范爱农在日本就读的是一间私立学校,"这是一个不容易升级和毕业的学校,然而回到中国,资格却不及别的有些学校;因为是私立的,又没有大学、专门等字样。就这一端,可以知道他的行为和中国的势利的社会习惯不相合"①。由此可见范爱农个性之狷介,更能想见其回国后的艰难,"回到故乡之后,又受着轻蔑,排斥,迫害,几乎无地可容"。但范爱农对革命却充满了热望,绍兴光复之际,他怀着无比的欣喜,积极参加了欢迎革命军进城等光复绍兴的实际斗争。

可是辛亥革命开始便埋下了"挫折"的隐忧,鲁迅在《阿Q正传》中曾借助未庄人的视角表达出他对这场革命的失望:"据传来的消息,知道革命党虽然进了城,倒还没有什么大异样。知县大老爷还是原官,不过改称了什么,而且举人老爷也做了什么——这些名目,未庄人都说不明白——官,带兵的也还是先前的老把总。"②其实,未庄人眼中的辛亥经历,正是鲁迅和范爱农所亲历的场景。"我们便到街上去走了一通,满眼是白旗。然而貌虽如此,内骨子是依旧的,因为还是几个旧乡绅所组织的军政府,什么铁路股东是行政司长,钱店掌柜是军械司长……"范爱农、鲁迅眼前的这一幕,跟他们对于革命的期待无疑形成强烈反差,可以说这是范爱农感受到的革命挫折之第一步。

尽管王金发抵绍后推翻了章介眉、程赞卿等组织起来的绍兴军政府,但是新成立的军政府不仅留用程赞卿当民事长,王金发不久也"被许多闲汉和新进的革命党所包围,大做王都督","结果是渐渐变成老官僚一样,动手刮地皮"③,逐渐丧失了革命性。其中最具象征性的事件便是章介眉一案。起初王金发为了给秋瑾报仇,将杀害她的谋主章介眉逮捕入狱,最终却在章氏"毁家纾难"后,以"已经成了民国,大家不应该再修旧怨"④为由,将其释放。面对王金发政府的妥协与腐败,鲁迅等支持青年学生创办《越铎日报》,试图以

---

① 周建人:《鲁迅任绍兴师范校长的一年》,《年少沧桑——兄弟忆鲁迅(一)》,河北教育出版社,2002,第265页。
② 鲁迅:《阿Q正传》,《鲁迅全集》第一卷,第542页。
③ 鲁迅:《这个与那个》,《鲁迅全集》第三卷,第151页。
④ 鲁迅:《论"费厄泼赖"应该缓行》,《鲁迅全集》第一卷,第289页。

此来"促共和之进行,尺政治之得失"①。但不久这份报纸却在威逼利诱下开始分化,宋紫佩、马可兴等愤而退出该报,"由王文灏继续编辑出版"的《越铎日报》"政治上转向支持政府当局,向封建势力妥协了"②。在此过程中,范爱农切身感受了来自革命阵营内部的分化。③可以说,王金发政府对地方守旧势力的妥协以及《越铎日报》的分化,便是范爱农感受到的辛亥革命之挫折的第二步。而第三步则是何几仲、傅励臣为首的复辟势力对他的打压,这直接导致了他对于辛亥革命的彻底失望,并由此萌发了轻生的念头。

王金发主政绍兴后,鲁迅出任山会师范学堂监督,范爱农任监学,"爱农做监学,还是那件布袍子,但不大喝酒了,也很少有工夫谈闲天。他办事,兼教书,实在勤快得可以"。但不久绍兴政局就如整个中国一样急剧逆转。鲁迅辞职后,范爱农也被何几仲等人排挤出师范学校。"弟之监学则为二年级诸生所斥逐,亦于本月一号午后出校。此事起因虽为饭菜,实由傅励臣处置不宜……所致。弟本早料必生事端,惟不料祸之及己。推原及己之由,现悉统系何几仲一人所主使,唯几仲与弟结如是不解冤,弟实无从深悉。"④范爱农在写给鲁迅的信中还将自己的被逐看作个人恩怨,并试图加以理解,殊不知这绝非私人恩怨,而是复辟势力向革命力量反扑的征兆。

其实,范爱农的个人遭遇只是广义的"辛亥革命与其挫折"的一个写照。孙伏园曾通过一个形象的比较指出当年革命与反革命势力的消长:"继任鲁迅先生作校长的,正如继任孙中山先生作总统的;这个对比,全国各地,无论上下,都极普遍。"⑤事实上,此时绍兴的反动势力已经在对王金发的革命政府施加压力,身处北京的鲁迅同样感受到辛亥革命的挫折。锡金先生认为鲁迅之所以在收到范爱农死讯后"为之不怡者累日",这跟他其时所处的政治境遇不无关系,"他在这几天中,心情都是落寞的,沉痛的,不仅仅是为了范爱农个人的不幸的遭遇,同时也是和辛亥革命以后的当时的整个的局势联系着的"⑥。

---

①鲁迅:《〈越铎〉出世辞》,《鲁迅全集》第八卷,第42页。
②薛绥之主编《鲁迅生平史料汇编》第一辑,第324页。
③薛绥之主编《鲁迅生平史料汇编》第一辑,第307页。"该报指斥三黄缪点,黄介卿愿以二千金为该报寿,先交纳二百金。其时范君爱农,正在该报任外编辑,一闻此信,即驰告该报,请严词拒绝,而张心斋等利令智昏,力主收纳,及收纳之后,对于三黄评论,即欲力示和平,爱农等又深以为不可。"
④薛绥之主编《鲁迅生平史料汇编》第一辑,第318页。
⑤孙伏园:《鲁迅先生二三事》,薛绥之主编《鲁迅生平史料汇编》第一辑,第246页。
⑥锡金:《范爱农其人和〈哀范君三章〉——〈鲁迅诗直寻〉之一》,《东北师大学报》1981年第5期。

在绍兴，范爱农死后二十天，王金发迫于袁世凯的势力而解散了绍兴军政府，辛亥革命带来的崭新局面最终在绍兴落幕。

## 五　结语

总而言之，范爱农在辛亥前后的个人遭遇，与辛亥革命在绍兴地区的兴起与挫折基本同步，范爱农不仅是这场革命的参与者、见证者，同时也是革命之挫折的直接受害者。鲁迅通过范爱农的个人视角折射出这场革命的全貌，在此意义上，范爱农成为鲁迅居厦门时期抒发辛亥记忆的一个重要视点，寄予了他对于辛亥革命与其挫折的深沉思考。竹内好曾指出：鲁迅通过《范爱农》的写作获得了所谓的"本质上的契机"①，那么，何谓"本质上的契机"？

我以为正是《范爱农》所触发的辛亥记忆与革命叙事，使得鲁迅在对辛亥革命的反顾中获得了某种前瞻性体认。一方面，鲁迅通过《范爱农》的写作，系统回顾了私人语境中的辛亥"故事"，在完善辛亥人物谱系建构的同时，践行了民国史书写的历史使命。同时，这种有意味的回顾也延续了鲁迅文学对于辛亥革命的反思，这一反思不仅指向辛亥革命的不彻底性，同时也指向了对于"思想革命"的质疑②，为作为革命幸存者的自我走向现实政治提供了可能。另一方面，对鲁迅来说，革命不仅是辛亥记忆不可或缺的组成部分，更是正在进行着的大事件。以"再造民国"为宗旨的国民革命，某种意义可视作辛亥革命未竟使命的继续，写作《范爱农》时，置身厦门的鲁迅不仅时刻留心着北伐的最近消息，而且关注着"革命策源地"广州的政治派系之争，并最终接受了改组后的中山大学的聘书。在此情形下，鲁迅对于辛亥记忆的书写就不仅仅是对既往革命事实的回味，也凝聚着他对于当下革命形势的观察与思考，"这一文本与其说是对辛亥时期范爱农的真实写照，毋宁说是鲁迅又一次辛亥即国民革命的心声吐露"③。正是在此意义上，不远处响起的"火与剑"④再次点燃了鲁

---

① 竹内好：《从"绝望"开始》，第132页。"对于他的回心之轴来说,本质上的契机难道不是由于写了《范爱农》才获得了满足吗？"
② 参见邱焕星：《当思想革命遭遇国民革命——中期鲁迅与"文学政治"传统的创造》，《中国现代文学研究丛刊》2018年第11期。
③ 张武军：《作家南下与国家革命》，《文学评论》2019年第4期。
④ 鲁迅：《两地书·十》，《鲁迅全集》第十一卷，第40页。"但改革最快的还是火与剑,孙中山奔波一世,而中国还是如此者,最大原因还在他没有党军,因此不能不迁就有武力的别人。"

迅对于革命的向往，进而试图以投身其中的方式来克服曾经的革命的挫折，为"民国"正名的同时也借此缓释自我内心的负罪感。

# 鲁迅小说中的背景与中国戏曲的关系研究

孙淑芳　云南师范大学

鲁迅曾在《我怎么做起小说来》一文中说:"我力避行文的唠叨,只要觉得够将意思传给别人了,就宁可什么陪衬拖带也没有。中国旧戏上,没有背景,新年卖给孩子看的花纸上,只有主要的几个人(但现在的花纸却多有背景了),我深信对于我的目的,这方法是适宜的,所以我不去描写风月,对话也决不说到一大篇。"[①]从鲁迅的这一段话,我们可以看出,鲁迅是自觉地借鉴了戏剧艺术手法的,他将中国戏曲舞台以人为核心的艺术追求和表演理念有意识地融注到小说创作中。鲁迅言简意赅传达思想的小说创作目的,决定了其对中国旧戏这一方法的选择。鲁迅虽然说过"不去描写风月",但在其小说中并非没有"风月"这样的自然背景,只是将背景简单化了而已,鲁迅所追求的是像中国旧戏背景那样单纯朴素简洁的风格,以及由此而产生的艺术表现魅力。综观鲁迅小说背景,其对写意性和动态展现的戏曲背景方法借鉴是十分突出的,简洁而具有强大的隐喻功能,并始终以"人"为核心在叙事中发挥举足轻重的作用。

## 一　戏曲与小说中背景的所指与设置特点

鲁迅在《我怎么做起小说来》一文中所说的"背景"是指中国旧戏舞台上

---

[①] 鲁迅:《我怎么做起小说来》,《鲁迅全集》第四卷,人民文学出版社,2005,第526页。(本文所引《鲁迅全集》作品原文均出自同一版本。)

的布景。"中国旧戏上,没有背景"的说法是符合中国传统戏曲舞台特点的,中央戏剧学院戏剧文学系教授马琦指出:"至于布景,中国的旧戏曲就没有布景"①。由此可见,鲁迅对中国旧戏是颇为熟悉的。

中国传统戏曲舞台的根本特点是"虚",是"空"。就物质原因而言,中国传统戏曲舞台流行的是三面观的民俗戏台建筑。这种舞台是排斥布景的,因为无论从哪个方向设置布景,都会妨碍一个方向观众的视线,总是美中不足,所以干脆不要布景,从而使传统的戏曲表演形成"空台艺术"。"空台艺术"即是通过虚拟的景物、象征性的道具,加上示意性的人物动作,使观众在想象中借用他们的生活经验,来感知并参与建构整个舞台布景。即使舞台上有一些摆设,也常常并不具备具体的意义,只是一种"符号"罢了。中国戏曲中有些情节如《梁祝·十八相送》的"场景",似乎只有靠电影的"蒙太奇"才能连接,舞台上摆设任何布景都是不合适的。

就哲学基础和美学传统而言,这种"空台艺术"在其发展的长期的历史过程中,所接受的正是中国传统哲学的启迪。老子说:"道生一,一生二,二生三,三生万物。"(《道德经》)又说:"天下万物生于有,有生于无。"(《老子》)《淮南子》卷一《原道训》发挥了老子的这种"道"论,认为:"有生于无,实出于虚。"在这样一种哲学思想的支配下,中华古人毫不怀疑在这空无所有的虚空的舞台上,能扮演出古往今来一切的一切。中国传统戏曲要实现无穷的创造,依靠的不是小小的有限的舞台上的布景与陈设,所要遵循的法则是中华传统之"道"。中华古人为戏之"道",最根本的一点是"重人",这导源于中国古代哲学"天人合一"的宇宙系统论。中国哲学史上,无论是儒家还是道家,都以论证"天人合一"为主题,在人与天之间找到了统一的关系。中国传统哲学与西方哲学不同,它并不偏重于对外界世界的追求,而偏重于对人自身内在价值的探求。中国传统戏曲舞台即是这一哲学思想的实践,符合于"天人合一"的中华传统文化思维模式,它对人的因素的强调,一方面是要人都成为真善美的理想的人,一方面则是要努力表现人的创造力,以此再现天地造化之伟大功力。传统戏曲正是通过"人"来体现"道"的,有了"人",也就有了舞台上的一切,这就是中华戏曲之"道"。

中国戏曲舞台虽说贯彻重人的原则,但戏曲舞台上还是有一定的景物造型的,不过,和人物造型相比,景物造型就显得简单多了。尽管简单却依然要求

---

① 马琦:《编剧概论》,陕西人民出版社,1981,第4页。

充分发挥其表演效能。戏曲舞台上最常见的景物造型是使用的各种道具。梨园行习称为"砌末"。除了演员手里拿的身上带的小道具外,戏曲舞台上还有可以表示环境的砌末,如山片、布城、门帐、布帐、灵帐等。这类砌末在多数场合已成为"符号",可以指代多种舞台环境。戏曲舞台上使用最多的摆设,莫过于"一桌二椅",它们有着通用的表演功能,如桌子可以是饭桌,可以是茶几,可以是书桌,可以是龙案,还可以作楼,作山,作台等,桌椅的不同摆法,可以表示不同的环境。传统戏曲舞台上最简略的就是"布景"了,除了符号式的门帐、山片之类,写实的布景几乎等于零。所以说,中国传统戏曲的背景采用的是虚拟性手法,讲究写意。关于"写意",欧阳周等主编的《简明艺术辞典》中是这样注释的:"写意又称'粗笔'。与'工笔'对称。指中国画中用粗放、简练的笔墨,酣畅淋漓地描绘物象的形态神韵,来表达作者的意境的技法。"①戏剧在西方历来是以写实为主的,但在中国,古代戏剧作家及理论家却强调戏剧首先要表现作者对现实生活的感受,即"意境",而不是简单地模仿生活。由此看来,中国传统戏曲背景是写意性的,它有意识运用虚拟性手法,以简单的符号式的景物造型来表达一种意趣或情趣,具有象征意义。

戏剧背景是指舞台上的布景和道具系统。在小说中,背景指的是环境,是刻画人物、制造氛围必不可少的艺术手段。总的来说,环境包括社会环境和自然环境两部分,即通常所说的风俗画和风景画。不论社会环境还是自然环境,都是表达主题、塑造人物的有机部分。正如房文斋所说的那样:"人物不能离开周围的环境而生活在真空之中。他总要在一定的、具体的社会或自然环境中活动。这个特定的环境就是人物活动的舞台。"②社会环境是指作家所描写的某一特定时期、特定地点的社会制度、生产关系、人际关系、文化教育、风土人情等方面。而自然环境是指人物活动于其间和故事发生的地点及其周围的情形。如山水、气候、植物、建筑、鸟兽、虫鱼、家具器皿,装潢、陈设等。茅盾把社会环境称为"广义的环境",而把自然环境称为"狭义的环境"和"氛围描写"。

在该文中所论述的小说背景是指人物活动、故事进展的物理环境,即自然环境,以方便探讨与戏剧背景在艺术表现上的共通之处。物理环境描写,对于渲染气氛,交代背景,刻画人物,深化主题都有着重大的、不可忽视的作用,

---

① 欧阳周、顾建华、曹治国主编《简明艺术辞典》,中国和平出版社,1993,第245页。
② 房文斋:《小说艺术技巧》,吉林大学出版社,1991,第161页。

是小说的重要因素之一。因为小说在环境表现手段上具有其他叙事文学无可比拟的优越性，所以环境描写常常被大写特写，特别在小说写景方面，这种现象经常碰到。不过，中西方小说在环境描写方面的创作经验和审美习惯有很大的差别。西方小说更注重客观环境的描写，尤其是西方19世纪现实主义小说，往往不惜浓墨重彩地描绘风景。但我们不能由此认为，环境描写愈多愈好。巴尔扎克对伏盖公寓内外环境进行精描细画，雨果在《悲惨世界》中，为了说明随军小贩恶棍德纳弟捞外快，竟花了六十多页的篇幅，考古学般细致地描写了滑铁卢大战。从局部看，这些描写精妙绝伦，极为杰出。但从全局看，则不能不说是作品结构上的一个赘疣。

中国早期古典小说的环境描写是极为简练的，但随着小说发展的成熟，环境景物描写也逐渐增多，到了清末，环境景物描写的修饰之风更盛。鲁迅在《中国小说史略》中曾指出晚清谴责小说的这一通病："亲炙者久，描写当能近实，而形容时复过度，亦失自然，盖尚增饰而贱白描，当日之作风固如此矣。"[①]诚如鲁迅所论，中国旧小说描写自然风景或人物的生活环境时也跟描写人物相貌一样，总是绘声绘色，如刘鹗、苏曼殊，总是比古典小说写得多，写得复杂，却又常与主人公的行动和内心感受没有多大关系。为了创造一定的气氛和引起读者的联想，它少不得采用传统的诗词，而且流入俗套。不是"有诗为证"，就是"但见……"接下去的韵文铺陈，往往既空泛又缺乏灵性。我们看到大部分谴责小说都是这样做的。这显示了中国旧小说要综合利用古文和古诗成果的倾向。只有到了鲁迅的作品里，那种借诗词起兴的做法才最终被作者用普通文字叙述所取代了。

根据以上中西方小说环境描写的特点来看，鲁迅既没有借鉴西方小说长于写实环境描写的艺术手段，也没有延续中国古典小说借用古诗词描写环境的传统，而是大胆地向中国旧戏背景设置的审美规范学习。鲁迅认为"中国旧戏上，没有背景"的"方法"，对于他的"够将意思传给别人"，不要"陪衬拖带"的小说创作目的是适宜的，这说明鲁迅的艺术主张是力求精练、简洁，在小说的背景上充分借鉴了中国旧戏的艺术方法。无怪乎有研究者误认为鲁迅小说"缺乏写景"，"缺乏全面展开的整体画幅"，"没有意识表现一个时代的社会的历史或生活的企图"。如果根据鲁迅熟读外国小说的习惯来看，鲁迅小说确实不具有外国小说在背景描写上精细、阔大的特点，缺乏巴尔扎克《人间喜

---

[①] 鲁迅：《中国小说史略·第二十八篇清末之谴责小说》，《鲁迅全集》第九卷，第300页。

剧》那样精致的描写，可见鲁迅在小说背景的表现上有他自己的艺术方法和独创的艺术特征。他继承和发扬了中国传统戏曲艺术的特长，在小说的环境描写上笔墨经济，极为简练。这"方法"，并不等于说鲁迅小说就缺乏典型环境的描写，而是把"没有背景"的典型环境的概括描写凝缩在以写人为主的情节中加以展现，体现了鲁迅重人的创作原则。鲁迅小说中的背景虽然简单，但是却为人物的活动提供了特定而典型的生活环境，集中而深刻地反映了那个历史时代和社会现实的本质特征。塞米利安曾经指出："如果堆积了太多的布景和道具，就会使故事失去它那子弹飞驰般的冲击力。"①鲁迅小说往往把布景和道具限制到最小限度，背景的简单化使人物的思想性格、行为习性、生存状态和命运，以及故事情节的发展和主题思想的呈现具有"子弹飞驰般的冲击力"，成为鲁迅着力引发读者关注的对象。

## 二　鲁迅小说背景与中国戏曲背景的写意方法

中国传统戏曲表演的"空台艺术"深深地影响了鲁迅的小说创作。鲁迅主张采用中国传统戏曲"无背景"的方法，但又不是完全不写景，反过来说积极地写景又不至于扩大篇幅，从而使其小说中自然环境的描写相当精练与简洁，亦比中西方小说来得自然生动。鲁迅小说中的自然环境描写，就像戏曲舞台上的布景和道具，虽然简单，但与人物的活动密切相关，完全服从于以"人"为核心的原则，充分发挥着表演的效能。鲁迅对自然环境景物描写的节制，并非否定景物的功能作用，而是为了更好地发挥这一作用。鲁迅在小说中不仅写出了人与环境景物的物质联系，更重要的是写出了它们之间的另外一种联系，使环境景物描写为刻画人物形象服务。具体来说环境景物在鲁迅小说中的机制作用除了作为故事发展的依据外，主要用作人物性格塑造的手段和主题意蕴的昭示，而这些作用都最终来自对人的命运与生存状态的关注。鲁迅小说中的自然环境主要包括三个方面：自然景物、道具与室内外陈设，下面我们就围绕这三个方面来具体分析鲁迅小说自然环境所呈现出来的与中国传统戏曲舞台背景类似的审美特点及审美效果。

众所周知，在现实生活中，人总是生活在一定的自然环境中的，因此反映人的生活的小说，便离不开对自然环境的描写，以使人物的行动更加令人信

---

① 塞米利安：《现代小说美学》，宋协立译，陕西人民出版社，1987，第28页。

服。鲁迅小说中描写风月、描写自然景物的笔墨不多，但都十分出色，显示了作者善于描写景物的极高的艺术修养。关键是，鲁迅并非为写自然景物而写自然景物，而是把自然景物的描写和刻画人物形象、塑造人物性格、揭示主题思想、真实地反映生活结合起来的。关于鲁迅小说故事发生的自然环境中的特定地点，在《呐喊》《彷徨》里，除特别标明的"京城"（《一件小事》）、"北京"（《鸭的喜剧》《伤逝》）、"北京首善学校"（《端午节》）、"首善之区"（《示众》），以及没有明确写出地点的，如《弟兄》《幸福的家庭》《兔和猫》（实际背景是北京）等，经常出现的地名就是鲁镇、未庄、S城，而作者又常常以第一人称的目击者和叙述者出现，这就不能不使人想到他的故乡绍兴，想到他深情眷恋的外祖家的故居——绍兴安桥头和小皋埠的水乡。况且，鲁迅自己也曾说过"我是绍兴人，所写的背景又是绍兴的居多"[①]，因此我们从他的笔下不难看出小说中具有浓重乡土气息的江南水乡的自然生活环境。如《社戏》中典型的江南水乡风景画，《风波》中临河土场的傍晚的剪影，《故乡》中海边夜晚神异的图画和"我"坐船离开故乡时的山水景色，《在酒楼上》中废园里老梅和山茶傲霜斗雪的图景，《离婚》中从木莲桥头到庞庄一路上船头激水的潺潺声等。当然，自然景物的描写也不局限于江南水乡的绍兴。但是，对于这些富有特征的自然景物，鲁迅都运用了白描，简洁而恰到好处，既写实又写意，以精简的笔墨发挥了自然景物最大的功用。在鲁迅小说中自然环境的描写很像戏剧布景一样，但是弥漫着浓重的社会环境的气氛。中国戏曲的舞台布景一般讲求简洁明快，景物常以写意为主，景物之中的"意"除了代表着景物，更代表着戏曲之中叙事的含义，在鲁迅小说中，我们可以发现，这种叙事的写意化表现得都是很充分的。

鲁迅小说可以说把环境描写缩小到了最低限度，人物活动的自然背景只是点到为止。在《狂人日记》第一、二节的开头，照记日记的惯例本应写的是人物活动或事件发生的时间、地点等具体背景，但鲁迅却极为简省地写道："今天晚上，很好的月光。""今天全没月光。"如此简单的布景只能靠读者的想象去构建整个背景。鲁迅小说即使有些环境景物描写也是写意性白描。鲁迅唯一的一部中篇小说《阿Q正传》，对于自然景物的描写可谓是相当"吝啬"，只有寥寥数笔的四处。我们先来看前面的两处。一处是对未庄村外水田的描写："村外多是水田，满眼是新秧的嫩绿，夹着几个圆形的活动的黑点，便是耕田

---

[①]鲁迅:《答〈戏〉周刊编者信》,《鲁迅全集》第六卷,第149页。

的农夫。"另一处是对静修庵菜园的描写:"里面真是郁郁葱葱","靠西墙是竹丛,下面许多笋,只可惜都是并未煮熟的,还有油菜早经结子,芥菜已将开花,小白菜也很老了"。这里自然景物的描写并非是为了展示它自身的美感,为小说增添艺术情趣和审美效果,因为再美好的自然风景也与忧心忡忡的穷人无关,与他们的"求食"之道十分遥远。对于阿Q也同样如此,他并不鉴赏这田家乐。鲁迅紧紧把握住人物的身份、地位、心理、生理等特点,对这两处农村自然风光的描写颇为精简,给人物的活动提供了极为简单的自然背景,但是这一简单的背景却发挥了非常重要的景物机制作用与效能。它不仅有助于故事获得真实性,只用几笔素描就为人物生活在江南水乡的未庄提供了依据,增添了可信性,更为重要的是,这一简单的自然背景影响了人物思想性格的发展,成为推进人物行动的重要力量,对人物的命运产生了重大的影响。从这两处自然景物的描写,我们可以看出故事发生的时间是在青黄不接的春夏之交,水田里还是嫩绿的新秧,菜园里也没有什么可吃的东西。因调戏吴妈而被剥夺了谋生饭碗的阿Q,此时就是到田地里偷抢也无可偷抢的食物,况且还有那只又肥又大的黑狗的追咬,这才逼迫他决意离开未庄进城谋生。而进城谋生成为阿Q人生命运的一大转折,"见多识广"使他的思想性格发生改变,产生自发革命的意识,这又推动并促进了阿Q后来人生命运的发展,直至阿Q被枪毙。当然,阿Q之所以走向悲剧的尽头,自然有其社会历史原因和思想性格根源,但是以上两处的特殊景物不能说不是他思想变化的一种直接触酶。

另外,《阿Q正传》中后半部分还有两处看似偶然闪现在笔端的自然景物描写,一处是对举人老爷的船摇进未庄的环境描写:"三更四点,有一只大乌篷船到了赵府上的河埠头。这船从黑魆魆中荡来。"另一处是赵家遭抢时的环境描写:"这一夜没有月,未庄在黑暗里很寂静,寂静到像羲皇时候一般太平。"这两处简洁朴素颇具写意性的环境描写,并非停留在提供一个背景上,而是与人物一起,共同构成一个独特的艺术境界,在刻画人物形象和推动情节发展中发挥了积极的作用。黑夜,具有掩饰、遮蔽的作用,正好给举人老爷、"革命党"的罪恶活动提供了方便有利的自然环境。从这一方面来看,自然景物与其中活动的人物相互协调:黑暗、沉寂的夜色,反动、罪恶的勾当,阴森、恐惧的心理和谐统一。从另一方面来看,如此黑暗、沉寂的无月之夜也与正在沉睡、麻木无觉、沉溺太平的未庄人相互协调。就是这种和谐统一构成了一个独特的艺术境界。由此可见社会的黑暗与未庄的闭塞、愚昧与落后。在这黑暗的世界中，如同阿Q一样麻木愚昧的人，又有哪一个不会在这寂静太平的假象中走完被侮辱、被毒害、被杀戮的悲剧人生？这漆黑的夜，将所有黑暗笼罩着每一个人，并置以太平的欺瞒，从而使罪恶更猖獗，使愚昧更顽固。于是，沉睡于其中的人们就只能被活活闷死，阿Q也注定要走向人生悲剧的坟墓。从这里，我们不难看出，鲁迅十分钟情于写意性的环境景物描写，他以精练的笔触勾勒了暗夜的环境，隐喻着黑暗、罪恶与愚昧，对反动势力和广大民众起到了十分恰切的衬染作用。

这两处自然景物描写的妙用并不局限于此，它们还具有推动情节发展，影响人物命运的作用。第一处作者只以黑夜中驶来一条船的简单布景就传达出未庄往日的平静将被打破，辛亥革命已经波及未庄的信息。这就直接推进了此后故事情节的发展，使小说第七章以后的内容主要围绕着阿Q与革命相关的思想与行动展开，阿Q的命运自此和革命挂上了钩。第二处写寂静的无月之夜也是简单的粗笔，极富讽刺力量。在黑幕的掩盖下，赵家遭抢的动静其实并不小，阿Q在逃中转了几转跑了几气还可以听到嚷嚷声，但是鲁迅除了写惯于夜游的小D、阿Q狂逃之外，却没有写其他的未庄人有任何行动，只用一句话勾勒了此时的夜景——漆黑中一片死寂，仿佛回到了远古时期的理想社会，景的描写具有暗示的作用。这就意味着辛亥革命的彻底失败。革命被投机者窃取，阿Q的革命梦想破碎，整个未庄还是处于太平的假象中，预示着命运暂时看似太平的阿Q将遭受太平假象背后投机者的必然迫害。

在鲁迅小说中，阴冷昏暗的背景描写俯拾皆是。要么是黑漆漆的暗夜，要么是阴沉沉的冬日，最关键的词语就是寂寥与昏暗，从里到外都透着森森的寒意，让人惊悚甚至不寒而栗。这些风景描写无一例外都指向鲁迅生活的故乡——越地绍兴，封闭而落后的中国封建旧社会的缩影，不仅是黑暗恐怖的社会环境的象征，也是鲁迅阴郁悲观情绪的象征。鲁迅小说里还出现有动物、鸟类、昆虫，它们看似微不足道，仿佛偶然的点缀，实际上也是小说背景的重要组成部分，有着丰富的内涵和重要的功用。

鲁迅小说中的背景除了写意性的自然景物描写之外，还匠心独运地广泛运用了具有道具性质的写意性描写对象。道具的写意是中国传统戏曲常用的方法之一，戏曲家都十分重视道具的运用。鲁迅正是灵活地运用了道具的写意化手法，将戏曲中道具的作用移植到他的小说之中，从而使叙述错落有致，内容深刻隽永。鲁迅小说对于道具的运用都是具体而又不是随便的，有着重要的功用，可以分为以下几类：第一类道具是作为小说的情节因素偶尔出现的，但可以起到强化人物形象和渲染作品气氛的作用，如《离婚》中"屁塞"，《明天》中三次出现"纺车"，《端午节》中四次出现的《尝试集》书；第二类道具是作为贯通全文的线索和故事叙述的中心出现的，如《肥皂》中的"肥皂"、《风波》中的"辫子"；第三类道具具有很强的意指功能，如《药》中的"人血馒头"，《长明灯》中的"长明灯"，《故乡》中闰土要的"烛台""香炉"等。鲁迅小说对于道具的广泛运用，从总体上来看，不但起着强化气氛、连缀情节的作用，还具有较强的象征色彩，蕴含着深刻的思想内容。鲁迅在小说里根据具体情景而专门严格安排的具体物件所起的作用，也是中国文学中前所未有的。作者借助了这类物件塑造了令人难忘的人物形象，并在不知不觉之中把读者引到了作者所需要的结论。在晚清谴责小说中倘若删掉作者直接评论的话语，那么要了解作家对所写对象的态度就相当困难。而在鲁迅小说中，即使我们做同样的删减，我们仍旧可以看出作品的总倾向，因为那里记叙的一切，直至细微末节统统都是为这个总倾向服务的。如，鲁迅小说《肥皂》中的"肥皂"这一道具看似不起眼，却是贯穿全文的线索，它不仅对情节的发展起着不可替代的作用，还有助于更好地揭示道学家的猥琐的心理。

鲁迅小说对室内外陈设的描写同样运用了虚拟手法，具有写意性。如，在《祝福》的开篇，鲁迅专门描写了鲁四老爷书房的摆设："壁上挂着的朱拓的大'壽'字，陈抟老祖写的"，对联的一边已经脱落，被松松地卷着放在长桌上，另一边还在，上面写着："事理通达心气和平"。窗下的案头上，"一堆似乎未必完全的《康熙字典》，一部《近思录集注》和一部《四书衬》"。我们可以看到，书房里的家具摆设并未得以完全而细致地展示，鲁迅的描写只是几笔白描而已，但却抓住了景物的神态，投射了鲁四老爷的性格侧影，对塑造鲁四老爷的形象起到了言简而意丰的作用。一个朱拓大"壽"字和写有"事理通达心气和平"的半幅对联，勾勒出鲁四老爷这一土乡绅的人生追求，但是他的人生追求却存在着深刻的矛盾，他信奉禁欲主义的理学却又有着执着地追求幸福长寿的物质欲望，由此可见他性格的复杂性。案头上的古书，《康熙字典》已残破不全，《近思录集注》和《四书衬》是宣扬理学之著，它们都散发出一股迂腐守旧之气，进一步说明鲁四老爷虽然是个知书识礼的人，但却亲近的是旧书，笃信的是理学。这样，鲁迅就通过极简省的布景刻画出一个抱残守缺、性格矛盾的封建遗老形象。正是这样一个形象在小说接下来的叙事中不由自主地充当了杀害祥林嫂的刽子手,由此揭露了濡浸在书房摆设中鲁四老爷所信仰的思想体系的残酷性。所以,对书房富有特征的写意性白描不仅有助于塑造人物形象,而且昭示了主题思想。

由以上论述可见,鲁迅小说背景充分借鉴了中国戏曲的虚拟手法,具有写意性。简洁而传神的背景,不仅为人物的活动提供了一个具体可感的依托,使活动于其中的人物更生动更逼真,而且,环境景物参与到人的思想感情、行为动作之中,推动了人物性格的发展,直接影响到人物的前途命运,成为富有力量的环境景物描写。更为重要的是,写意性的背景可以引发读者的想象力,使其参与整个背景的积极建构,从而获得审美欣赏的快感。

## 三 鲁迅小说背景与中国戏曲背景的动态展现

统观鲁迅小说中的背景描写,鲁迅均采取了动态的展现。根据鲁迅所处的时期——19世纪末20世纪初和鲁迅所受到的西方文学的深刻影响,如果将鲁迅小说与西方小说相比较的话,我们就可以发现,鲁迅小说背景与西方19世纪文学中浪漫主义和现实主义小说背景的表现方法迥异。西方传统小说的背景表现大多运用静态描述法,通过全知全能的叙述者来进行精细的描摹。极端的例子便是巴尔扎克对伏盖公寓的描写,屠格涅夫对田园风景的描写等等。这些景物描写都十分准确细腻,动辄几页甚至十几页,虽然它们在塑造人物形象和表达主题思想上有一定的作用,但因其太实太满,就使读者的记忆难以招架,不仅打破了印象的完整,也使想象的自由感丧失殆尽,审美欣赏的快感也便随之受到腐蚀。因此,过长的静态景物描写会显得琐碎、冗长,成为作品的累赘,从而影响小说对于人的命运能够产生"冲击力"的表现。周氏兄弟所翻译的《域外小说集》中作品里的背景描写也可窥视到这一现象。如鲁迅所翻译的俄国作家安特来夫的短篇小说《默》,其中就有相当多的关于背景的静态描写。伊格纳季神甫来到女儿薇拉墓地的那一部分环境景物描写的篇幅远远超过了鲁迅在《坟》中对于墓地环境的描写。可以说,西方19世纪的小说家们是以自然和社会的驭手姿态来处理背景描写的。由此可见,鲁迅在小说创作上虽然深受西方小说的影响,但是在小说背景的展现上,鲁迅不仅借鉴了西方小说长于写景的手法,而且更积极借鉴了中国戏曲背景的表现方法,把背景描写的负累转给小说人物,即像中国戏曲那样,通过人物的眼睛、嘴巴和虚拟的动作表现出来，由于人物在表演中不断活动，背景的展现也就自然灵动起来。所以，鲁迅小说中虽不乏背景描写，但又不是篇幅较长的静态描写，而是恰到好处，更富魅力的动态展现。

就舞台时空而言，中国戏曲与西方戏剧迥然有别。西方戏剧的舞台时空是以实物布景来确定的，而中国戏曲的舞台时空则是通过演员的唱、念、做、打等具体表演来确定的。在中国戏曲舞台上，当幕布拉开后，通常只设置一桌二椅，这一桌二椅在剧中人物上场之前是不表示任何时间与地点的，只是随着上场人物的唱、念、做、打，才将舞台上的时空规定下来。如《牡丹亭·游园惊梦》这场戏的舞台空间，就是通过杜丽娘和春香的表演——或唱，或念，或做，从杜丽娘所住的闺房转移到了后花园。就这样，在同一场戏中，通过剧中人物的唱、念、做、打，舞台的时空可以自由转换，戏曲的背景和人物活动的物理环境也就得以灵动地展现出来。鲁迅小说明显地借鉴了戏曲背景的这一表现方法，鲁迅小说中没有大段的静态景物描写，环境景物描写往往夹杂在叙述中，总是在人物的运动过程之中和揭示主人公的心理活动过程中写进去的。鲁迅十分善于通过作品中人物的所见所闻所想所感来描写环境景物，从而使人物活动故事进展的物理环境的展现自然而灵动。

《故乡》中开篇的自然景物描写是通过"我"的眼睛表现出来的："从蓬隙向外一望，苍黄的天底下，远近横着几个萧索的荒村，没有一些活气。"少年闰土在海边瓜地英勇刺猹的神异图画是在"我"的脑海里闪现出来的。少年闰土生活的自然环境都是通过他的嘴里表现出来的：雪天里各种各样的鸟雀，夏天里一望无际的大海，五彩缤纷的贝壳，沙地里会跳的跳鱼儿，碧绿的瓜田，偷吃西瓜的小动物。小说的结尾，"我"和母亲、宏儿坐船离开故乡时，夹杂在叙述中的自然景物描写都是通过"我"的所见所闻所想表现出来的。如，船行时，"我"和宏儿靠着船窗同看外面的风景；当故乡的山水远离了"我"，"我"躺着听船底潺潺的水声；当"我"冥想时，在朦胧中眼前展现出一幅美丽的图画：海边一大片碧绿的沙地，上面是深蓝的天空，天空中还挂着一轮金黄的圆月。其实，《故乡》中人物活动的自然背景是很丰富的，但并不让人感到空泛、枯燥、冗赘，这正是因为鲁迅采用了戏曲化手法，把大块生硬的背景描写打碎，零星散开，揉进人物的活动过程之中，使背景得以动态展现的结果。《社戏》中自然风景描写主要体现在一群少年月夜开船到邻村看社戏的来回路上，这里的写景，应该说是鲁迅小说中最为集中、篇幅较长的写景了，但是我们读起来却丝毫不觉得沉闷，也不觉得是可有可无的闲笔，而会感到妙趣横生，清新鲜活，富于诗情画意。这不仅仅因为作者是通过人物的所见所闻所想所感来展现月夜美景的，还因为作者设置了"航船"这一十分重要的布景，从而将自然景色生物化、动态化了。如，航船的前行，使群山如"踊跃的铁的兽脊似的，都远远地向船尾跑去"；返航中，"那航船，就像一条大白鱼背着一群孩子在浪花里蹿"，这些有趣、独特的景物描写反衬了行舟的神速，它们分别是通过"我"的所见所感和老渔父们的所见所感展现出来的。《故事新编》中也不乏物理环境的描写，并同样运用了中国戏曲背景动态展现的方法，通过小说中人物的行动逐步展现出来的。

由以上论述可见，鲁迅小说虽然简练，但也十分注重环境景物的描写，不过，鲁迅积极借鉴了中国戏曲背景表现的经验，把人物活动的背景描写转给小说中的人物，将其自然灵活地表现出来，避免了集中静态的描写所造成的叙述者的负累和读者阅读兴趣的受挫。鲁迅总在人物活动过程中巧妙地展现自然环境，善于通过作品中人物的眼光、心情来描写环境景物，其目的就在于寄托胸怀，抒发情思，对塑造人物、表现主题起到事半功倍的效果。这与中国戏曲背景的表现方法所产生的效果是一样的。

西方戏剧的舞台布景是用物质手段来展现的，所以剧中人物与景物之间具有相对的独立性。但是中国戏曲的舞台时空是通过剧中人物的唱、念、做、打表现出来的，经过剧中人物眼睛所见、大脑过滤后反馈出来的景物，已融入了剧中人物的主观感情，人物与景物两者可谓是浑然一体，景物已不再是纯客观的景物了。由此，中国戏曲亦被称为"剧诗"，它长于采用写意的舞台时空表现手法，创造具有像诗词一样意味隽永的"意境"。所以，中国戏曲选定"空舞台"的表演方法，通过剧中人物的唱、念、做、打来表现人物活动的特定背景，从而使舞台上符号化的简单布景获得具体的内涵，其根本宗旨就在于体现"天人合一"的价值观。

戏曲舞台的空间是随着角色的行动而转换的，即所谓"景随人移，人走景动"，环境背景都要靠人物表演出来，环境背景也必须以有利于表现人物为目的，也就是说，环境背景都要为人物的表演服务。鲁迅小说背景由于借鉴了戏曲背景的表现方法，环境景物的描写与人物的情感态度、心理活动、思想性格都密切相关。《故乡》开篇对于深冬景色的描绘，是通过返乡的游子——"我"的眼睛表现出来的，那么，故乡的景无疑会浸透着"我"的主观感情。深冬时节，阴晦的天气，呜呜吹叫的冷风，苍黄的天空，萧索的荒村，此时此景引发了游子"悲凉"的心绪。然而，如此之景本来也就源于游子的主观感情。因为"我这次回乡，本没有什么好心绪"，"我"回到分别了二十多年的故乡，不是为了探望它，而是为了彻底地别它而来，是要将自己在故乡的"根"挖走。所以"我"眼中的故乡之景也必然是苍凉萧索的，景之色彩也必然是单调晦暗的。由此看来，鲁迅开篇写景，不仅是为人物活动和故事发展提供依据，形象地反映那个时代中国农村日益凋敝、破产的景象，而且是为了表达游子"我"将要永别老屋，远离故土的悲凉心境。就在这怅然若失的情愫里，在这苍茫阴晦的色调中，当母亲提起闰土时，"我"脑中闪现的那幅神异的风景画就显得格外鲜亮、明丽，作品开端的怅惘和哀愁为之一扫，希望随之点燃，美丽的故乡在"我"的记忆中复苏了。在这童话般的神奇绚丽的背景中，少年闰土就是美丽故乡的象征，生气勃勃、机智勇敢的那个"小英雄"就是故乡充满"活气"的种子。而当"我"满怀企盼地见到闰土时，一声"老爷"把我们隔成了两个世界的人，艰难的生活不仅改变了记忆中闰土的外形，而且将他变成了一个"木偶人"。"我"既然与闰土产生了无法逾越的隔膜，故乡也就显得黯然失色，无所留恋了，离开故乡时"我"透过船窗所看到的风景是那么晦暗而模糊。此时，"我"失望，气闷，也悲哀。但是在小说的结尾，"我"的眼前还是再次展现出了那幅美丽的故乡风景图，一反开头"悲凉"的心情，寄意深远，透露出"我"决心脚踏实地地寻找希望之路的信念。从《故乡》的景物描写中，我们可以清晰地看到主人公思想感情发展的脉络：失望——希望——更大的失望——更顽强的希望，景与情水乳交融在一起，相得益彰。不仅如此，明暗两种色调的景物描写对比强烈，形成鲜明的反差，有力地凸显了小说的主题。

环境景物描写在鲁迅小说中绝非衬景，鲁迅十分善于运用环境景物的动态描写来揭示人物的思想性格，这在《高老夫子》中表现得尤为明显，具有强烈的讽刺效果。高老夫子下课后的活动环境——贤良女校植物园，是通过高老夫子自己的行动和眼睛展现出来："跨进植物园"，"脑壳上突然遭了什么东西的一击。他倒退两步，定睛看时，一枝夭斜的树枝横在他面前，已被他的头撞得树叶都微微发抖。他赶紧弯腰去拾书本，书旁边竖着一块木牌，上面写道：桑桑科"此处的景物描写看似信手拈来，实为鲁迅的匠心所在，巧妙地揭示出了高老夫子的思想性格。这个所谓的植物园，不过是只有四五株树的"一小片空地"而已，心绪正常的人是不会撞到树上去的。而不学无术、道貌岸然、卑污下流的高老夫子在课堂上故作威严，遭到女学生们的窃笑，弄得心慌意乱，于是匆忙提前下课，他在笑声的幻觉中惘惘然跨进植物园，才一头撞上了树枝。此处高老夫子眼中的自然景物描写，实际上是其丑恶灵魂的自我暴露。由此可见，鲁迅十分善于把自然景物的描写和刻画人物性格结合起来，互相映衬，更好地表现人物的个性特征。

在鲁迅小说中，环境景物描写并非像中国旧小说一样与主人公的行动和内心活动没有多大关系，常常借用古诗词创造一定的气氛和引发读者联想，展现作者的才情，而是像中国戏曲背景一样都要参与人物的表演，为充分表现人物服务。中国传统戏曲中的背景简单、写意，与人物的表演融为一体，舞台上的布景和道具绝无闲置，都必须直接参与表演，成为动作有力的一方。契诃夫曾经说过，如果一个剧本，第一幕的布景里墙上挂了一管枪，那么到最后一幕就得开枪，不然那管枪就是多余的，一开始就不该挂在那里[①]。具体到小说中，即使景物描写再美好、再细腻，倘若与人物的行动、内心感受没有必然联系，仍没有多少艺术价值。鲁迅在小说中充分发挥了景物描写的作用，就连一个不起眼的道具都具有丰富的内涵，对塑造人物性格、表达主题思想起着十分重要的作用。如，《离婚》中七大人拿在手里把玩的"屁塞"，单四嫂子给宝儿收敛时放入的他平日喜欢的玩意儿——一个泥人，两个小木碗，两个玻璃瓶，等等。

综上所述，鲁迅在小说背景的表现上，有意识地借鉴了中国戏曲空台艺术的表演方法和审美经验。一方面，鲁迅小说背景借鉴了中国戏曲背景表现的写意方法。中国传统戏曲的背景道具历来单纯简化，甚至一桌两椅便可演出大戏。鲁迅小说的背景描写都极为简练，只是点到为止。人物活动的背景被作者处理为一幅幅写意图画，突出线条轮廓而无意于精细的工笔，景象朦胧而大意仅存，使读者能在想象的自由中参与整个背景的共同建构。另一方面，鲁迅小说背景借鉴了中国戏曲背景的动态展现方法。如同中国戏曲通过剧中人物的唱、念、做、打来表现人物活动的具体背景一样，鲁迅小说善于通过人物的行动及所见所闻所想所感来展现人物活动的物理环境。这种表现方法不仅使鲁迅小说背景得以自然灵动地展现出来，还使背景的描写渗透着人物的主观感情，成为塑造人物形象的有力的艺术手段。既避免了西方19世纪小说因热衷于背景

---

[①] 契诃夫：《契诃夫论文学》，汝龙译，人民文学出版社，1958，第421页。

的静态描写所带来的审美欣赏快感的腐蚀，又与中国旧小说的背景描写游离于人物内心活动之外相区别。所以，鲁迅小说背景的表现方法是在借鉴中国戏曲"无背景"方法基础上的创造。鲁迅小说中的背景虽然简单，但是鲁迅却将小说中背景的功能发挥到极致，始终以表现人物为核心，开创了中国现代小说背景描写的崭新的审美倾向。

# 《伤逝》：鲁迅爱情心理纠结的曲折表述

田刚　陕西师范大学文学院

在鲁迅的小说中，《伤逝》是最不具备传统"小说"特质的。它故事性不强，人物性格不鲜明，也没有多少典型环境的描写。它重"抒情"而轻"叙事"，重"表现"而轻"再现"，整个作品都被笼罩在一种浓得化不开的写意抒情的氛围之中。如果要以"典型环境中的典型人物"这一现实主义的文学圭臬来尺度《伤逝》，其结论一定是不令人满意的。但历史的吊诡却在于，历来对于《伤逝》的阐释，却恰恰是以"现实主义"的观照视角，以其所突显的社会历史内涵来评价其价值内涵的。这种以"写实"笔法观照《伤逝》的研究思路，固然亦有其价值，并且也取得了令人可观的研究成果；但我觉得其结论诸多都不入作品的"腠理"，甚至还有"过度阐释"的嫌疑。本文试图采用一种新的"写意"笔法来切入《伤逝》文本，重在扫除荡涤笼罩在其中的不当解说，如周作人的"兄弟失和"说，然后在新的史料基础上对作品的深潜主题进行挖掘和呈现。

## 一　"镜与灯"：解读《伤逝》的两种方式

在鲁迅的小说创作中，《伤逝》是鲁迅最具"私人性"的作品之一。它写于1925年10月，但小说写出后，鲁迅并没有把它拿出来发表，直到1926年8月才收入由北京北新书局出版的小说集《彷徨》中。《伤逝》也是鲁迅所写的唯一以"爱情"为内容的小说。也可能正由于此吧，《伤逝》最初发表之后，就曾有人猜测过这篇小说和鲁迅的婚恋生活可能不无关系。但鲁迅当时便予以否认，他在致韦素园的信中说："我还听到一种传说，说《伤逝》是我自己的事，因为没有经验，是写不出这样的小说的。哈哈，做人真愈做愈难了。"①鲁迅这样一否认，研究者的思路也就不再往这方面驰骋和想象了。

1949年以后，由于鲁迅在中国特殊地位和形象，研究者的重点都在开掘其作品的思想政治内涵，对于涉及鲁迅隐私的婚恋生活也就讳莫如深，不大关注了。大家对于《伤逝》的认识，基本上都是把它当作一篇"写实"的小说来看待的。人们普遍认为《伤逝》描写的是一对青年男女的爱情悲剧，它主要通过主人公涓生的内心独白和忏悔表达了"人必生活着，爱才有所附丽"这样一个生活真理。《伤逝》是鲁迅对青年个性解放和妇女解放问题的反思和批判，是他对"娜拉出走之后"这一思想命题的形象化表述。由此出发，研究者的视角主要聚焦于导致涓生和子君爱情悲剧的原因以及鲁迅所表现的主题意向：有的把这个爱情悲剧归之于失业贫困等外界压力，有的归之于子君逐渐滋长起来的庸俗倾向，有的归之于涓生对子君的自私而卑怯的态度；有的认为《伤逝》全面反映了鲁迅对半封建半殖民地社会的彻底否定，对资产阶级个性解放思想的深刻批判，以及对真理的坚信和始终不渝的追求"；也有的认为鲁迅借涓生表现了自己"先前重精神追求到后来重物质、生命的思想历程"，更有的认为《伤逝》的主题内核是"对生命终极意义的追求"，林林总总，不一而足。总之，上述这种对于《伤逝》的"写实"化的解读，按照美国学者艾布拉姆斯（M.H.Abrams）《镜与灯：浪漫主义文论及批评传统》（以下简称《镜与灯》）（The Mirror and the Lamp）一书对文学批评的比喻式分类，应该属于写实再现的镜子般的观照文学的方式。②它是从小说的现实层面上出发，来揭示鲁迅对社会现实尤其是爱情问题的深刻思考的。这是因为鲁迅是一个社会责任感极强的作家，"改造国民性"是他创作小说的一个主要目的，他的许多作品也确实是充满着历史和现实的文化批判气息，因此，从社会文化的写实层面来分析考

---

① 鲁迅：《书信·261229·致韦素园》，《鲁迅全集》第十一卷，人民文学出版社，1981，第520页。
② 《镜与灯》发表于1953年，作者在《序言》中曾这样解释书名："本书的书名把两个常见而相对的用来形容心灵的隐喻放到了一起：一个把心灵比作外界事物的反映者，另一个则把心灵比作一种发光体，认为心灵也是它所感知的事物的一部分。前者概括了从柏拉图到18世纪的主要思维特征；后者则代表了浪漫主义关于诗人心灵的主导观念。这两个隐喻以及其他各种隐喻不论是用于文学批评，还是用于诗歌创作，我都试图予以同样认真的对待，因为不管是在批评中还是在诗歌中，使用隐喻的目的尽管不同，其作用却是基本一致的。"参见M.H.艾布拉姆斯：《镜与灯——浪漫主义文论及批评传统·序言》，郦稚牛、张照进、童庆生译，北京大学出版社，2004。

察《伤逝》描写的爱情故事，也不失为一种独特的观察视角和可行的阐释方法。

但自从20世纪80年代，尤其是90年代后，随着人们对鲁迅认识的深入，研究者已不太满足于对于《伤逝》的"写实"化解读了。因为，比之于鲁迅的其他小说，《伤逝》的下列特殊性却是上述"镜子论"的阐释方式难以深微透视的：

第一，《彷徨》中所收小说大都在写成后发表在当时的报刊上，唯有其中的《孤独者》《伤逝》两篇，是在1926年8月由北京北新书局结集出版时首次面世。鲁迅为什么没有将这两篇小说及时在报刊发表？这其中的"顾虑"和"难言之隐"是什么呢？

第二，《伤逝》是鲁迅小说中唯一一篇叙写爱情的小说，它表面上看来写的是一对青年男女的爱情悲剧，但绝不是传统小说"始乱终弃"爱情故事的简单复制，它肯定是有"深意存焉"或"另有所指"的。那么，它的"深意"何在？它"另有所指"的是什么呢？

第三，《伤逝》完稿于1925年10月21日，而这一时间正是鲁迅与许广平的爱情刚刚确立之后不久[①]。鲁迅在热恋期间，写出了唯一一篇表述"爱情"的小说，难道是偶然的吗？这篇小说与被爱情所激荡的作者之间到底有没有必然的联系？

更可令人关注的是，第四，《伤逝》采用的是"手记"的笔法，这篇所谓的"手记"，叙事杂乱而缺少衔接，句式突兀而充满歧义，人物形象模糊而不鲜明，一点也不像我们"期待视阈"中的"小说"的样子。这一特异的语言和文体，让读者的关注焦点已经不是语言符号的"所指"即对象世界，而是语言符号的"能指"即语言符号本身了。这种探寻"能指"符号自身意义的研究思路正好与上述艾布拉姆斯《镜与灯》的理论思路暗合。在该书中他曾引述哈兹里特的话说："如果仅仅描写自然事物，或者仅仅叙述自然情感，那么无论这

---

[①] 关于鲁迅与许广平"定情"的时间，研究者根据不同的史料做出不同的推断，说始于1925年6月者有之，说始于同年8月者亦有之，各有各的道理。但许广平生前亲口对准备在银幕上扮演她的形象的于蓝说，她跟鲁迅感情的这种质变发生在1925年10月，其最明确的证言就是许广平于1925年10月12日以"平林"为笔名发表在鲁迅主编的《国民新报》副刊乙刊的《同行者》一文，以及作于同一时期的未刊稿《风子是我的爱……》。这两篇文章应该被认为是许广平跟鲁迅确立爱情关系的忠实记录。参见《许广平遗作三篇》及陈漱渝《血的蒸气，真的声音——许广平三篇遗稿读后》，《鲁迅研究动态》1985年第1期。

描述如何清晰有力，都不足以构成诗的最终目的和宗旨……诗的光线不仅直照，还能折射，它一边为我们照亮事物，一边还将闪耀的光芒照射在周围的一切之上……"①。就《伤逝》本身而言，"重要的不是涓生所要叙述的故事（也即他与子君的恋爱与离异故事）'本文'，而是涓生的自省，即涓生在叙述'本文'过程中所显示的情感、心理以及他的思考"②。这就把眼光专注于作家主体，也就是鲁迅的现实遭遇和内心世界来探讨《伤逝》的意义指向。

## 二 "哀悼兄弟恩情断绝"：周作人的"臆测"

在有关《伤逝》的"寓意"探讨中，影响最大、流行最广的就是周作人的"兄弟失和"说了。

周作人先是在20世纪50年代初期说："《伤逝》这篇小说大概全是写的空想，因为事实与人物我一点都找不出什么模型或依据。"③到了1958年1月20日，周作人致曹聚仁的信中又进一步"猜想是在伤悼弟兄的丧失"，云："《彷徨》中《弟兄》前面有一篇《伤逝》，作意不易明了，说是借了失恋说人生固然也可以，我因了所说背景是会馆这一'孤证'，猜想是在伤悼弟兄的丧失，这猜想基础不固，在《小说里的人物》中未敢提出，但对先生私下不妨一说，不知尊见以为有一二分可取否？"④这是周作人第一次提出"兄弟失和"说。但这只是周的"猜想"，连他自己都说"这猜想基础不固"。

20世纪60年代初期，周作人写作《知堂回想录》（写于1960年12月至1962年11月），又进一步对"兄弟失和"说加以"坐实"：

> 《伤逝》这篇小说很是难懂，但如果把这和《兄弟》合起来看时，后者有十分之九以上是"真实"，而《伤逝》乃是全个是"诗"。诗的成分是空灵的，鲁迅照例喜欢用《离骚》的手法来写诗，这里又用的不是温李的辞藻，而是安特来也夫一派的句子，所以结果更似乎很是晦涩了。《伤逝》不是普通恋爱小说，乃是假借了男女的死亡来哀悼兄弟恩情的断绝的，我

---

① M.H.艾布拉姆斯：《镜与灯——浪漫主义文论及批评传统》，郦稚牛、张照进、童庆生译，北京大学出版社，2004，第59页。
② 钱理群、王得后：《鲁迅小说全编·序言》，鲁迅：《鲁迅小说全编》，浙江文艺出版社，1991。
③ 周遐寿：《鲁迅小说里的人物》，上海出版公司，1954，第193～194页。
④ 周作人、曹聚仁：《周曹通信集》，南天书业公司，1973，第45页。

这样说，或者世人都要以我为妄吧，但是我有我的感觉，深信这是不大会错的。①

周作人开始对《伤逝》还认为是"空想"，"一点都找不出什么模型或依据"。随后又"猜想是在伤悼弟兄的丧失"，因为自感"这猜想基础不固"，所以只敢在给朋友的私信里表述一下。最后竟然大胆地提出"《伤逝》不是普通恋爱小说，乃是假借了男女的死亡来哀悼兄弟恩情的断绝的"这一定论。但提出这一"定论"后，他似乎又感觉到有点心虚，才又补充说"我这样说，或者世人都要以我为妄吧，但是我有我的感觉，深信这是不大会错的"。总之，周作人对于《伤逝》"寓意"的认识，始终都处于不确定的"猜想"之中。

周作人何以有此"猜想"呢？这大概与他于1925年10月12日在《京报副刊》发表的同题译诗《伤逝》有关。1925年10月12日《京报副刊》第295号，刊登出周作人署名"丙丁"翻译的古罗马诗人喀都路死（Catullus 今译"卡图路斯"）"悼其兄弟之作"的译诗《伤逝》和"译后记"：

> 我走尽迢递的长途，
> 渡过苍茫的大海，
> 兄弟呵，我来到你的墓前，
> 献给你一些祭品，
> 作最后的供献，
> 对你沉默的灰土，
> 作徒然的话别，
> 因为她那运命的女神，
> 忽而给与又忽而收回，
> 已经把你带走了，
> 我照了古旧的遗风，
> 将这些悲哀的祭品，
> 来陈列在你的墓上：
> 兄弟，你收了这些东西吧，
> 都沁透了我的眼泪，

---

① 周作人：《知堂回想录》，三育图书有限公司，1980，第426—427页。

从此永隔冥明,兄弟,
只嘱咐你一声珍重!

这是罗马诗人"喀都路死"的第百一首诗,现经某君参照几种译本说给我听,由我自由地笔述下来的。"琵亚词侣"①画有一幅插图,今转载于后。一个人举起右手,上题"哀尾哀忒该乏勒"三字,大约即系表示致声珍重的意思。据说这是诗人悼其兄弟之作,所以添写了这样一个题目。《晨报》副刊模写琵君此画作为篇首图案,大约只取其图样。有一个《晶报》式的滑稽家说,这恐怕是表示逼死别的副刊再掐死自己副刊的意思,倒也想得很有趣,不过未必是编辑先生的原意罢。②

琵亚词侣(Aubrey Beardsley)《伤逝》插图。1925年10月12日《京报副刊》第295号

值得注意的是,鲁迅写讫《伤逝》的时间,是在1925年10月21日,恰恰是在周作人同题译诗《伤逝》发表的九天之后。二者如此"巧合",可能并非偶然。为此,陈漱渝先生推测:"鲁迅选择'伤逝'二字作为篇名,的确蕴含着他某种情感的瞬间波动";甚至"鲁迅创作《伤逝》时仅仅在某一瞬间产生过'哀悼兄弟恩情的断绝'的潜意识"。③也就是说,很可能是周作人的《伤逝》译诗激发了鲁迅的灵感,触发了其情感的悸动。无怪乎周作人读了小说《伤逝》之后,会觉得这篇小说"乃是借了男女的死亡来哀悼兄弟恩情的断绝的"。

尽管周作人的同题译诗《伤逝》可能对鲁迅创作小说《伤逝》有所启发,甚至可能引发鲁迅"伤逝"情感的"瞬间波动",但这并不意味着鲁迅创作小说《伤逝》的主题或意旨就

---

① 琵亚词侣(Aubrey Beardsley),今译为"奥伯利·比亚兹莱",19世纪末英国著名的插图艺术家。
② 原载1925年10月12日《京报副刊》第295号,署名丙丁;转引自钟叔河编《周作人文类编 8·希腊之余光》,湖南文艺出版社,1998,第618—619页。
③ 陈漱渝:《东有启明、西有长庚——鲁迅与周作人失和前后》,《齐齐哈尔师范学院学报》(齐齐哈尔)1986年第1期。

是周作人所云的"乃是借了男女的死亡来哀悼兄弟恩情的断绝的"。因为在实际上，即使从《伤逝》的内在情感看来，也看不出来一点所谓的"哀悼兄弟恩情断绝"的迹象。《伤逝》除了表现涓生与子君之间这样一个"始乱终弃"的爱情故事之外，其核心内容乃是涓生内心复杂情绪的独白式表述。小说一开头就是一段略显"突兀"的"个人独白"：

> 如果我能够，我要写下我的悔恨和悲哀，为子君，为自己。

既然是为子君的死而"悔恨和悲哀"，那为什么还要"为自己"呢？小说开头即以这充满悖论的句式，让读者感到这不仅仅是在为自己的行为而"忏悔"，而是主人公在下意识里在为自己辩解并请求解脱。而事实上，小说在整体上确实是被以上这两种相互交织的情绪所笼罩：一方面，我们见到的确实是涓生真诚地忏悔，那是因为子君的死确实与自己"始乱终弃"有关。而这"始乱终弃"恰恰是自己向她说出了真话——"我没有负着虚伪的重担的勇气，却将真实的重担卸给她了。她爱我之后，就要负了这重担，在严威和冷眼中走着所谓人生的路"。这"残酷的真实"，既把子君最终推向了"死地"，同时又可以把自己所担负的"虚伪的重担"卸掉。而且小说的叙述中，有三次写到"我想到子君的死"，且都是在"免得一同灭亡""新的生路""新的希望"这种解脱与新生的情况下，"想"到子君的死，仿佛子君的死成了"我"的新生的先决条件一样。这就让人不能不怀疑涓生这种"忏悔"的真诚性了。但问题并没有这么简单，在另一方面，涓生将负担卸却的代价却是又把自己抛向"虚空"——他说出真话后带给自己的深重的道德负担。因此，即使涓生无意识地为自己"开脱"，但这种"开脱"不但没有解脱自己，反而把自己推向更深的罪孽之中。这真是米兰·昆德拉所谓的"生命中不能承受之轻"——整个《伤逝》，流贯的就是这样一种情绪：因"真实"而"负罪"，又因"负罪"而解脱，但解脱后又把自己抛向"虚空"的无穷循环，把涓生推入到了一种不能自拔的旋涡之中。也许正因为此，《伤逝》的开头和结尾才出现了那种曲折繁复的句式，同时也灌注进了一股火山喷涌般的郁勃之气。

如果按照周作人的"兄弟失和"说，鲁迅在《伤逝》中借着涓生的手记抒发的应该是"牺牲者的被弃和愤怒"才对，但涓生的"被弃感"何在？"愤怒感"又何在？而且涓生向子君说出"真话"而带来的地狱般的道德压力又如何解释？因此可见，周作人所谓的《伤逝》是鲁迅"假借了男女的死亡来哀悼兄弟恩情的断绝"这样一种纯属"猜测"的臆想，在情感和内容上是根本站不住脚的。

## 三 "虚空于新的生路"：鲁迅爱情心理纠结的曲折表述

既然周作人有关《伤逝》寓意的"兄弟失和"说不成立，那么，《伤逝》的"寓意"到底是什么呢？早在20世纪80年代初，日本学者尾崎秀树先生又"旧事重提"，认为：《伤逝》中的一些话，比如："如果我能够，我要写下我的悔恨和悲哀"，又如："我要向着新的生路跨进第一步去，我要将真实深深地藏在心的创伤中，默默地前行，用遗忘和说谎做我的前导……"等等，是和"鲁迅在旧式婚姻上所受的创伤有关"。但尾崎秀树仅仅提到《伤逝》与鲁迅的"旧式婚姻"有关也只是"推测"而已，他并不想把个人的推测看作定论，他很希望听到别人的见解和看法。①

事实上，倒是鲁迅自己在后来与增田涉的谈话中，间接地揭破了《伤逝》的这层"秘密"。1931年3月，为翻译鲁迅著作的日本学者增田涉（1903—1977）带着鲁迅友人——佐藤春夫的介绍信到达上海。他在近一年的时间里频繁地出入鲁迅家中，由鲁迅亲自进行相关作品的讲读指导。鲁迅除给增田涉讲解《中国小说史略》中的有关疑难问题之外，又讲解了《呐喊》《彷徨》这两本小说②。在讲解到《孤独者》时，小说中的一句话引起了增田涉的注意："你看，有一个愿意我活几天的，那力量就这么大。然而现在是没有了，连这一个

---

① 尾崎秀树在1960年5月号岩波书店《文学》上发表了《虚构的爱人们》一文，后来稍加修改收入1962年11月南北社出版的《和鲁迅的谈话》一书中。参见程广林：《日本人关于鲁迅旧式婚姻问题的探讨》，《中国现代文学研究丛刊》1980年第3期。

② 增田涉逝世后，得到他的遗属们的深切理解，他的藏书全部委托给关西大学管理，关西大学图书馆将增田旧藏书约15000册作为"增田涉文库"特别保管，并对外公开。中文版《鲁迅·增田涉师弟答问集》（伊藤漱平、中岛利郎编，杨国华译）于1989年6月华东师范大学出版社出版。但记录有增田涉笔记的增田旧藏《呐喊》《彷徨》也是增田涉文库的一部分，可惜未译成中文。在这两册书籍中，所据版本分别是上海北新书局刊14版、乌合丛书1930年7月刊的《呐喊》和上海北新书局刊8版、乌合丛书1930年1月刊的《彷徨》，每页都有多处用铅笔所写的日语笔记。我们认为受到鲁迅"一对一"亲自指导而形成的增田涉笔记是弥足珍贵的资料。参见林敏洁：《增田涉注译本〈呐喊〉〈彷徨〉研究新路径——兼论〈伤逝〉与〈孤独者〉的关系》，《中国现代文学研究丛刊》2013年第11期。

也没有了。"他就问鲁迅:"'愿意我活几天的……这人'是谁?"现在我们看到的是,在增田涉笔记的第164页第5行开头,"一个(愿意我活几天的)"这句话的"一个"两个字旁,能看到一条线,和一个极有力度的"lover"的说明笔迹。现在虽还不能断定这"lover"的说明笔迹是鲁迅的还是增田涉的,但可以肯定的是:这一阐发一定是出自鲁迅的回答。也就是说,鲁迅所谓的"一个〔愿意我活几天的〕"的"lover(恋人)",即魏连殳的"lover(恋人)"是有所指的。在鲁迅的小说中,《孤独者》与《伤逝》是关联最为紧密的两篇小说:一是这两篇小说在收入《彷徨》小说集前未在报刊上发表过;二是这两篇小说几乎是同一时段写作的,《孤独者》完成于1925年10月17日,《伤逝》写毕于1925年10月21日,相隔只有短短四天;三是这两篇小说几乎是鲁迅作品中最具"私密性"和个人自传色彩的。鲁迅晚年曾向胡风坦承:《孤独者》里的魏连殳,"其实,那是写我自己的……"①。基于此,已有研究者将《伤逝》和《孤独者》进行了并置阅读,认为:

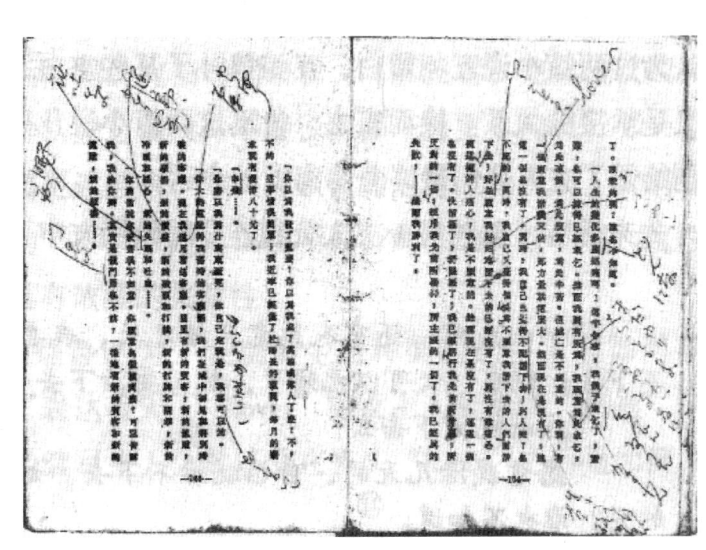

本资料出自关西大学增田涉文库,增田涉旧藏《彷徨》(上海北新书局刊八版、乌合丛书1930年1月刊),南京师范大学林敏洁教授摄影并提供。

"就创作动机而言,《伤逝》和《孤独者》更为接近"②。这两篇小说可谓是鲁迅指向自我的"孤独者的伤逝"③。也就是说,这里的"lover"就是子君。"丧失了'lover'的男主人公成为孤独者,在《孤独者》中由于'lover'的伤逝,

---

① 胡风:《鲁迅先生》,《胡风全集》第七卷,湖北人民出版社,1999,第65页。
② 王晓明:《无法直面的人生——鲁迅传》,上海文艺出版社,2001,第108页。
③ 安文军:《病、爱、生计及其他》,《中国现代文学研究丛刊》2008年第6期。

最终主人公在'胜利'与'失败'的纠结中，在寂寞与孤独的痛苦中离开人世。这就是涓生和魏连殳式的主人公在失去'lover'之后的共同命运"。联系到1925年10月鲁迅与许广平相爱相聚，鲁迅在热恋中有了告别人生孤独，告别旧我的感受，在《孤独者》《伤逝》分别特地写下了极为特别的"毕"文字。但却并未将这两篇好作品直接公诸于世，而是直接收入了《彷徨》，这其中蕴含着新的"lover"的力量。《孤独者》和《伤逝》是鲁迅为描写丧失了"lover"又走向孤独寂寞，而最终走向连没命运的女主人公、男主人公们而创作的两篇小说。①

证之于具体的史实，《伤逝》的创作确实是与鲁迅和许广平在这一时期"确立"爱情关系有着密切的联系。我们知道，《伤逝》这篇小说完成于1925年10月21日。在此之前，也就是1925年10月初，鲁迅与许广平的师生之谊已经"升级"为爱情关系。如果我们以许广平于1925年10月12日以"平林"为笔名发表在鲁迅主编的《国民新报》副刊乙刊的《同行者》一文以及作于同一时期的未刊稿《风子是我的爱……》作为鲁迅与许广平确立"爱情关系"的确证的话，那么，《伤逝》这篇小说写作时间正是他们确立关系后的"热恋"时期。许广平突然"闯入"鲁迅的感情生活，必然在鲁迅那里引起比较痛苦的抉择：如何面对和原配妻子朱安的关系。鲁迅与朱安之间那种原本无爱的婚姻，众人皆知。鲁迅之于朱安，虽无爱情，也只得从人道精神出发，好好供养，以礼相待。可是，无爱的空虚和相处的无聊，毕竟是长久起作用的因素，它使鲁迅深深感到背负着"虚伪的重担"而又长期不得解脱，陷入了一种进退两难，动辄得咎的境地。实际上，在鲁迅的心灵深处，肯定有想将朱安休掉的潜在意识。据这一时期曾与鲁迅夫妇同住在砖塔胡同同一个院子里的俞芳回忆，朱安曾与她袒露过心扉，说1923年鲁迅兄弟失和后，鲁迅要搬离八道湾，临行前曾有过"遗弃"朱安的打算：

> 她（案：指朱安）告诉我，大先生要撤离八道湾前，曾向她说：自己决定搬到砖塔胡同暂住，并问大师母的打算，留在八道湾，还是回绍兴朱家？又说如果回绍兴他将按月寄钱供应她的生活。大师母接着对我说：我想了一想回答他，八道湾我不能住，因为你搬出去，娘娘（案：太师母，

---

① 林敏洁:《增田涉注译本〈呐喊〉〈彷徨〉研究新路径——兼论〈伤逝〉与〈孤独者〉的关系》,《中国现代文学研究丛刊》2013年第11期。

即鲁迅母亲鲁瑞）迟早也要跟你去的，我独个人跟着叔婶侄儿侄女过，算什么呢？再说婶婶是日本人（案：指周作人的妻子羽太信子），话都听不懂，日子不好过呵。绍兴朱家我也不想去。你搬到砖塔胡同，横竖总要人替你烧饭、缝补、洗衣、扫地的，这些事我可以做，我想和你一起搬出去。①

朱安的话，使鲁迅如梦方醒！富有巨大的人道精神的他，是很难将朱安"甩掉"的。但现在，许广平的热烈的爱情，却将鲁迅冰封的心灵融化了。但现实的局面却变得既复杂而又棘手了：该以什么样的方式与朱安告别并与许广平携手同行？但朱安能承受这沉重的一击吗？与许广平一起奔向"新的生活"，会遇到什么样的困难？……总之，追求自身生的权利和爱的权利的"个人主义"和兼顾朱安生存的"人道主义"思想，在鲁迅的内心深处消长起伏，深广的爱与沉重的忧患彼此纠缠，使他心事重重，思虑万千。

1960年11月2日，许广平在回答第三次来访的《鲁迅传》创作组成员时曾说："《伤逝》有他（按：指鲁迅）本人性格上的忧郁感，指婚姻上的忧郁。"②因此可以断定，《伤逝》，是鲁迅在确立"爱情关系"后心灵纠结的结果。具体而言，在小说中"鲁迅先是把他和许广平热恋的一些深切感受熔铸在涓生和子君的相思相恋之中，后是把他同朱安原本无爱而有难以离散的痛苦心态，投射给必将分离的涓生和子君，而在这先后两种投影和折光中，后者又占据着主要的地位。因此如果说在涓生的身上有着鲁迅婚恋生活的明显的折光，那么，子君这个形象，则是鲁迅依据他和许广平热烈相爱以及和朱安痛苦相处的深切感受，再加以艺术的虚构塑造而成的"，是鲁迅"婚恋生活的投影和折光"。

而进一步透视《伤逝》的文本，其中所呈现的情感的悖论更可以见出作者鲁迅内心的纠结。如前所述，流贯《伤逝》是这样一种心结：因"真实"而"负罪"，又因"负罪"而解脱，但解脱后又把自己抛向"虚空"的无穷循环，把涓生推入到了一种不能自拔的旋涡之中。具体而言，这一"真实"就是：接受许广平，就必须抛弃朱安。抛弃了朱安，自己就要付出道德的代价，堕入心

---

① 俞芳：《我记忆中的鲁迅先生》，浙江人民出版社，1981，第139—140页。
② 葛涛：《揭秘许广平与电影〈鲁迅传〉的创作——兼谈许广平的三则佚文》，《新文学史料》2017年第4期。

灵的地狱之中:"独自负着虚空的重担,在灰白的长路上前行,而又即刻消失在周围的严威和冷眼里了"。小说是这样描述涓生因"负罪"而遭受的"地狱之苦"的:

> 我愿意真有所谓鬼魂,真有所谓地狱,那么,即使在孽风怒吼之中,我也将寻觅子君,当面说出我的悔恨和悲哀,祈求她的饶恕;否则,地狱的毒焰将围绕我,猛烈地烧尽我的悔恨和悲哀。
>
> 我将在孽风和毒焰中拥抱子君,乞她宽容,或者使她快意……。

这里,现实的心灵纠结已经升华为一种拷问灵魂的诗化哲学。进一步而言,这是鲁迅在接受许广平的"爱情"之后,面对没有"爱情"的妻子朱安的真实心灵境况,也是他生命哲学的诗意表述和凝结。但即使如此,"新的生路"——与许广平的爱情总是令人神往的,"我活着,我总得向着新的生路跨过去","我要向着新的生路跨进第一步去,我要将真实深深地藏在心的创伤中,默默地前行,用遗忘和说谎做我的向导……"。而正是有了"新的生路",才促使鲁迅进一步去思考未来如何生活的问题。"人必生活着,爱才有所附丽",就是鲁迅因自己的爱情而引起的思想结果。可以设想,鲁迅在与许广平热恋之际,一定要考虑以后他们的生活问题。在北京阜城门的"老虎尾巴"寓所与许广平和朱安一起生活吗?这显然不妥;租房买房吗?钱在哪里?!经济的压力使鲁迅进一步思考了"人生的要义"到底是什么这样一个问题。是爱情吗?不!是生活,有了生活,才谈得上所谓的爱情。因此,鲁迅才在《伤逝》中借着涓生的口说出了"人必生活着,爱才有所附丽"这样的至理名言。而小说的构思,也就是以涓生的被革职为标志,向着悲剧的结局演进和发展的。"失业"之后所导致的经济的困顿,乃是造成涓生和子君爱情悲剧结局的初因。

由上所述,我们说《伤逝》是鲁迅热恋之后精神陷入巨大危机的产物,是他在"婚"与"恋"之间思想矛盾、纠结、冲突的心灵写照。一句话,是他爱情心理纠结的曲折表述。

或许有人会问,既然《伤逝》是鲁迅爱情心理纠结的曲折表述,那鲁迅为什么还要在给韦素园的书信里矢口否认呢?我想,这其中原因可能有二:一是因为鲁迅当时出于顾忌还不愿意向社会公开他和许广平的恋爱关系;二是因为《伤逝》尽管是鲁迅爱情心理的投影,但毕竟是经过艺术虚构而创作的一篇小说，所以鲁迅否定这种猜测也不是没有道理。因此，《伤逝》一经创作出来，就成为一个独立的艺术整体。其中的涓生，也不能说是鲁迅；其中的子君，也不能说就是许广平或朱安。许广平就不曾有过子君的脆弱，朱安也没有子君凄然而死的结局，子君一经被塑造，就成为一个独立的小说人物了。生活的真实和艺术的真实是不能简单地画等号的。

# 越文化底蕴:鲁迅文学精神生成的重要"内源性"机制*

王嘉良  浙江师范大学人文学院  江南文化研究中心

鲁迅文学精神的生成,涉及多种路径探求。大而言之,取精用弘接受世界文化新潮的因素不能低估,但对其产生重要作用的最初文化接受源头——越文化的深刻影响,同样不可或缺。严家炎先生曾以鲁迅为例,阐释中国新文学作家的文化接受渊源:"20世纪中国新文学是在西方近代文学的启迪下兴起的。但就具体作家而言,往往同时也接受着包括区域文化在内的中国传统文化的影响——有时是潜移默化的濡染,有时则是相当自觉的追求";而鲁迅"身为越人,未忘斯义",其文化实践活动随处"可见越文化对他精神气质渗透之深"[①]。由是,透过这位中国新文学开创者的范例,探讨鲁迅文学精神中的越文化底蕴,不独能求得对鲁迅文学精神生成意义的深入理解,同时也能体认:越文化作为中国文学在近现代发生根本变革的一个重要"内源性"机制,它对于中国文学的现代转型的确有不同寻常的意义。

---

*本文系2017年国家社会科学基金重点项目《越文化与中国文学的现代转型》(17AZW019)阶段性成果。

[①]严家炎:《20世纪中国文学与区域文化丛书·总序》,转引吴福辉:《都市漩流中的海派小说》,湖南教育出版社,1995,第3—4页。

## 一 越文化底蕴：鲁迅自觉的"传统内"文化承传

我国的新文学主要是通过对世界文学新潮的自觉认同及其自身蕴有浓烈的反叛旧传统的精神来确证其现代性的。新兴文学思潮的形成，既来自吸纳西方文学思潮的"外援"性因素，亦与"内源"性自觉密切相关，而且正因有"内源"性的策应作为前提，遂使外来思潮的接受成为可能。正如有学者指出的："在现代中国，国外鼓动的革新仍必须作为'传统内的变化'而出现。因为即使与传统最惊人的决裂，仍然是在继承下来的中国方式和环境的日常连续统一体中发生的"①。而一个作家"继承下来"的"传统内"的东西，便有生于斯长于斯的地域文化积累，且其作为最初的文化接受源，常常能产生深邃影响。鲁迅对地域文化的承传，是基于一种自觉的传统接受意识。其在早年写出的《文化偏至论》中就表述过：匡救中国的"明哲之士"，应是"外之既不后于世界之思潮，内之仍弗失固有之血脉"。这"固有之血脉"包涵整个中国的优秀文化传统，自然也包括越文化的"血脉"。

鲁迅对越文化始终有着不可名状的亲和力与感召力，其意识深处总是有无可抹去的"乡前贤"思想的印痕。论说越文化传统，可以推衍到"远传统"：古越文化有久远的历史，越人自古以来就不乏自强不息、耻为人后的精神。大禹的躬身实践、为民请命，勾践的生聚教训、报仇雪耻，历来成为越人的表率与骄傲。对此鲁迅就有精当的概括："于越故称无敌于天下，海岳精液，善生俊异，后先络绎，展其殊才"②。于是在他走出越中以前，便有校辑《会稽郡故书杂集》之举，"集资刊越先正著述"，旨在"用遗邦人，庶几供其景行，不忘于故"③。在早期"乡前贤"中，他最为推崇的是"非汤武而薄周孔"的嵇康，为整理、校勘《嵇康集》历时二十三年之久（1913—1935）。由此也就有其后念念不忘的对"乡前贤"明末思想家王思任的推崇，并将其名言"会稽乃报仇雪耻之乡，非藏污纳垢之地"一直引为光荣。应该说，体现"远传统"的越文化精神，不但已积淀为本地域的思想文化资源，也深潜于鲁迅积累丰厚的文化库藏，呈现在其后的文化实践活动中。

---

① 费正清编《剑桥中华民国史》（上卷），中国社会科学出版社，1993，第10页。
② 鲁迅：《〈越铎〉出世辞》，《鲁迅全集》第八卷，人民文学出版社，1981，第39页。（本文所引《鲁迅全集》作品原文均出自同一版本。）
③ 鲁迅：《〈会稽郡故书杂集〉序》，《鲁迅全集》第十卷，第32页。

然而，对于鲁迅而言，越地"近传统"赋予其文化人格、文学思想的现代内涵，更值得关注。固然，古越文化中"锐兵任死"的"越之常性"已积淀在越人的文化心理结构中，以至于使鲁迅也有"身为越人，不忘斯义"的感兴；但作为文人知识分子，鲁迅更多的是从思想文化层面，诸如理想信念、伦理道德、行为模式等接受传统的影响，并非只是单纯的"报仇雪耻"之类文化命题，因而浙东"文人"楷模提供的精神范式对于鲁迅有着更为直接的借鉴意义是不言而喻的。宋明以来越地叛逆封建道统的人文主义思潮，曾在中国文化思想史上写下过辉煌篇章。由南宋开启的"浙东学派"创事功学与心学两大体系，确立近代理性所需的务实精神和张扬人的精神主体性的哲学理念，构成对汉儒经典的冲击，开启中国近代思想文化启蒙之先河；至明清之际，集心学之大成的王阳明哲学与以黄宗羲为代表的浙东史学，促成事功学与心学的合流，抨击压抑人性的经学与理学，使这里成为当时新思想、新思潮的主要启蒙地区。梁启超就认为，出于浙东的"残明遗献思想"已处在当时的"文化中心"地位，其影响所及已促成近代"思想界的变迁"的"最初的原动力"①。如此浓烈的思想文化氛围，必然使置身其地的越人后学深受其惠，它对鲁迅更具亲和力也可谓顺理成章。文化的传承更多是无形的、精神上的，一个地域积淀的历史文化传统总是以"集体记忆"的方式为后世留传。20世纪初从越地走出的新一代学人鲁迅等，在日本留学期间创刊《浙江潮》，便有如此激昂的发问："浙江省文明之中心点也，吾浙人其果能担任其此言乎，抑将力不能胜任，徒为历史羞乎？"②这里显示的正是以鲁迅为代表的新一代越人，试图承续前贤力担文化建设重任的豪迈气概，显露出鲁迅从近代越地人文主义思潮中得益更多。

由越文化圈走出的鲁迅，其文化人格中有最鲜明的浙东人的"硬气"，由此可以演绎出"鲁迅的骨头是最硬的"经典性论断。这缘于古越文化精神的感召，当然更缘于晚近的浙东人文传统中勇于对抗旧传统的叛逆精神的承传，包含了更多的时代性和现代性内涵。此种精神的承传，可以在鲁迅与"乡先贤"的精神交流中——找到对应。鲁迅对为反抗民族压迫而作殊死抗争的王思任、朱舜水等的景仰与推崇，有大量的文字可证；而浙东作为中国近代民族民主革命高涨的地域，鲁迅不独介入其中占得文化先机，还对此地涌现的思想文化先

---

① 梁启超：《中国近三百年学术史》，《梁启超论清学史二种》，复旦大学出版社，1987，第123页。
② 公猛：《浙江文明之概观》，《浙江潮》1905年第1期。

驱和革命志士章太炎、秋瑾、徐锡麟等,多以深情笔墨赞赏之,他们无疑也为这位浙东"后学"提供了可以参照的精神范式。鲁迅从越文化的"近传统"中受益,以承续先贤、超越先贤的姿态成为现代中国最卓著的反封建思想革命斗士,其与越文化的精神联系更为鲜明昭著。

综观鲁迅自觉的"传统内"文化承传,在一些重要关节点上显出越文化在中国文化/文学发展进程及其现代转型中的意义。首先是越文化对于中国新文学的"发生学"意义。这里的关键是在于:越文化内质蕴含着充满张力的反叛旧传统的变革因素,而鲁迅就成为"变革力量"的引领者。美国学者费正清认为中国文化有两个传统,其文化变革走势是,"作为小传统的面海的中国",形成对"大陆腹地"占着"支配地位"的以儒家文化为正宗的"大传统"的有力冲击,其变革力量的日渐积累终至产生颠覆"大传统"之势,从而显示出中国文化中有一种同儒家传统相对的同样也是"强而有力"的充满"内在的张力"的传统①。此说虽是从一个方面阐释中国文化的发展路径,但在与"大传统"构成异质性与叛逆性的越文化身上倒是得到了有力印证。越文化的异质性与叛逆性有其深厚的精神渊源,其日渐由边缘向中心位移,直至取得"文化中心"地位,是经由文化的累积,同时也是有识见的文化人不失时机寻求突破的必然结果。鲁迅便是越地文学领域寻求突破、创新的典型代表。曾有学者指出,当年鲁迅与越地新文学作家集聚"S会馆"(北京绍兴会馆),由鲁迅发出中国新文学的第一声呐喊,实质是指一种独特的区域文化场,即"越文化侨寓在北国的一个精神穴巢",其能量足以"形成一种指向整个大文化圈的高能辐射",由此推动了五四新文学的发生。②这也是从一个侧面探讨新文学发生意义,但从越文化的变革走势中不难发现此说的合理性。其次是越文化的"人文因素"对于中国新文学现代性意义的呈示。"地域对文学的影响是一种综合性的影响,绝不仅止于地形、气候等自然条件,更包括历史形成的人文环境种种因素","而且越到后来,人文因素所起的作用也越大"。③尤其是文化发展到"现代期",地理阻隔相对减弱,人文因素所起作用尤大。作为江南文化母文化之一的越文化,源远流长而又独具区域文化个性,其面海的特征彰显工商文化和自由浪漫的个体文化特征,引领了中国文化的近代走向,在中国文学现代转型中

---

① 费正清:《剑桥中华民国史》(上卷),第10—32页。
② 彭晓丰、舒建华:《"S会馆"与五四新文学的起源》,湖南教育出版社,1995。
③ 严家炎:《20世纪中国文学与区域文化丛书》"总序",转引吴福辉《都市漩流中的海派小说》,第3—4页。

发挥建构性作用。鲁迅与其前辈在精神上的相遇、相通，正在于"人文因素"的勾连上，这已与其"乡前贤"在思想、理念、情感上的交流中得到印证；而将鲁迅的文学精神与越文化的"人文因素"连接起来，正可以透视出富有活力的文化催生了一种颇具典型性特征的地域文学，文学的现代性特质又印证了越文化独具的魅力。

## 二 越地文化精神：鲁迅新文学思想建构之源

鲁迅文学精神的现代特质，首先表现在新文学思想的建构。中国近代文化思潮大裂变，构成对具有超稳定结构的古老传统文学以有力冲击，使原本就已江河日下的"古代文学"逐渐失去生存空间，这必促成中国文学逐渐由旧向新嬗变，文学观念的转换是首当其冲。这当然有赖于一大批新文学创建者的不懈探索，鲁迅无疑是其中的重要开拓者、引领者。鲁迅的新文学思想建构，在很大程度上是基于越文化精神的深厚积淀，这是以往研究者很少注意到的。越文化对于鲁迅新文学观生成的促进作用，至少体现在下述三个方面：

首先，越地启蒙氛围与鲁迅启蒙文学思想的建构。中国近代文艺思潮的重要特色之一是"革弊启蒙，务实重用"①，思想启蒙是主潮；"五四"新文学精神中，启蒙文学思潮也十分突出，鲁迅是这股思潮的领衔者。把这两者联系起来，不难看出地域文化精神对鲁迅新文学思想建构产生的深刻影响力。中国晚近启蒙文化思潮的"源头"，可以推衍到16世纪明中叶资本主义开始萌芽时，作为"小传统"地域的江南尤其是浙东地区可谓得风气之先。"浙东学派"的理论鼓吹，已见出鲜明的启蒙精神；至晚清，浙人先贤开启了更完善的启蒙工程，龚自珍无疑是近代启蒙文化思潮的集大成者，"语近世思想自由之向导，必数定庵"②。后来者如章太炎对龚氏思想和章学诚"六经皆史"的推崇，清晰可见越地启蒙思潮的香火不绝。正是在这样的背景上，遂有以鲁迅为代表的一代越地新文学作家接过先贤的启蒙之棒，进行不懈的启蒙探索。鲁迅在登上新文坛前，曾有两段文学史上著名的启蒙言说前奏：一是与其同乡许寿裳关于改造国民性问题的讨论，二是与其另一同乡钱玄同在"S会馆"所作的一番关于"打破铁屋子"的对话，这两段启蒙言说一直被视为是推动鲁迅投入新文学

---

① 叶易：《中国近代文艺思潮史》，高等教育出版社，1990，第11页。
② 梁启超：《论中国学术思想变迁之大势》，《梁启超全集》第三卷，北京出版社，1999，第615页。

创作的直接动因。由此显见的是，越地后学对启蒙的集体关注，很大成分是地域文化风尚所致，"集体记忆"唤起他们看到文化更新的重要发力点，遂有其专注于此的不懈努力。鲁迅自然是其中最杰出的代表，新文学建设中做一以贯之的思想启蒙工作，乃是其文学思想的最显著特色。他在早年写出的《文化偏至论》《摩罗诗力说》等文中，就把文学革命的重点放在"国人灵魂"的改造上，其弃医从文的动机也在于意识到改变国民精神是"第一要著"，可见其早期文学思想就有启蒙意识的自觉。在"五四"新文学中，鲁迅无疑是这股思潮最典型、最杰出的代表，其所表述的一系列启蒙主义思想，及其创作显示鲜明的改造国民性主题，堪称是中国新文学中最典型的启蒙主义作家。思想启蒙是20世纪中国知识分子的普遍心态，中国新文学作家最初是从思想启蒙层面切入新文学建设，但像鲁迅那样对思想启蒙与文学的关系做出如此清晰的描述，像鲁迅那样以毕生精力用文学实现改造国民性的途径，恐怕没有第二人。鲁迅是在"思想启蒙"目的下有对于文学启蒙的自觉选择，因而在理论阐发和创作实践两个方面都有所重。其自述开手文学创作是受到"十多年前的'启蒙主义'"的驱动①，提供了"五四文学"中典型的启蒙现实主义范式，作品的启蒙意义尤为显豁。正如其所说：小说要描绘出"现在的我们国人的魂灵"；谈到杂文创作时说："'中国的大众的灵魂'，现在是反映在我的杂文里了。"②将改造国民性思想融化在创作中，于是就有典型的启蒙文学产生；由于鲁迅的杰出创造，无形中浓化了"五四"文学的启蒙氛围，提升了整个"五四"文学的价值。

其次，"乡先贤"的"人学"理论与鲁迅"人的意识"自觉。与启蒙意识在同一层面上展开的，还有人本主义思想。启蒙意识和"人"的观念总是形影相随，密不可分，唯其有启蒙思想的灌注，方才有"人的发现""人的觉醒"这类最具魅力的声音发出。越地早期启蒙主义思想家所关注的根本问题，是确立人的近现代理性，使人摆脱封建思想观念和思维方式的束缚，获得个体精神的自由和人性的释放，必然是人本主义思想的坚定鼓吹者。浙东学派所鼓吹的启蒙思想，敢于同天道抗衡，充分肯定人的自我意识和人的精神主体性，便包涵有针对长期经学统治造就的忽视人的现实存在和自身发展的弊端。龚自珍作为近代"人"的觉醒与精神解放的文化先驱，高唱"人"的赞歌："天地，人

---

① 鲁迅：《我怎么做起小说来》，《鲁迅全集》第四卷，第512页。
② 鲁迅：《准风月谈·后记》，《鲁迅全集》第四卷，第403页。

所造，众人自造，非圣人所造"；"众人之宰，非道非极，自名曰'我'"①，张扬人"自我"对命运的主宰，对"天人关系"这一古老的哲学命题做了全新的阐释，在当时可谓振聋发聩。反观鲁迅，也正是在"人学"命题上做出了承续前贤又超越前贤的探索。"五四"新文学观念的核心，是确立"人的文学"观念，因此执着于"辟人荒"的工作，谋求"人的觉醒和解放"，便成为新文学先驱的共识。这也以越地新文学作家为最甚，中国新文学中"人的文学"观念的主要"发轫者"便是周作人，其对此的系统阐释在文学史上显出重要意义。值得注意的是，鲁迅作为启蒙文学大师，其功绩不亚于乃弟，亦领先于乃弟。早在新文学诞生前夜，鲁迅就已提出系统的"人学"理论，体现了最显著的"人的意识"的自觉。他提出"立人"思想："人立而后凡事举，若其道求，乃必尊个性而张精神"，进而提出"二十世纪之新精神"就在于崇尚"人类之价值""个性之尊严"（《文化偏至论》）。这种强烈要求个性解放、精神解放的思想，既是"人"的意识的自觉，也是"国人"个体的民主、民族意识的自觉，实开其后"五四"新文化思潮之先声。鲁迅的创作就其基本形态说，是在"人的文学"层面上，其启蒙主义小说创作和注重文明批评、社会批评的杂文创作，最重要的使命要求是重铸民族灵魂，体现了最显著的"立人"意识，这都显示出其建构"五四"启蒙文学的首创精神。

再次，地域文化的变革精神与鲁迅新文学观的首创者之功。越地自宋、明以来，文化思想十分活跃，许多有识之士高举文化变革旗帜，与墨守成规的"大传统"文化构成尖锐的对立，显出与传统的"惊人的决裂"，这必使其在文学新变中有所作为。周作人在《中国新文学源流》中探索新文学源头将其追溯到晚明，认为"民国以来的这次文学革命运动"是"明末的新文学运动"的重演，举证便有浙籍启蒙文学先驱，甚至认为其绍兴同乡张岱"集公安、竟陵两派之大成"，对推动明末文学潮流贡献最大②。以这样的思路去看取20世纪初中国新文学变革的渐次形成，确有"传统内"文学潮流积淀的因素，而越地新文学作家群体承续前贤的文化变革精神尤不能忽视，鲁迅则是此中的翘楚者。至少在下述两个方面显出其对于"新文学"变革、催生的首创者之功。一是基于其对文化新潮的敏锐感知，在20世纪初就已为"新文学"的诞生做出急切、热烈的呼唤。他以坚实、深厚的新的思想文化储备，看出了19世纪末以来缓慢前

---

① 龚自珍：《壬癸之际胎观第一》，《龚自珍全集》，上海人民出版社，1975，第12页。
② 周作人：《中国新文学的源流》，华东师范大学出版社，1995，第28页。

行的"文学改良"之不彻底性,痛感"呼维新既二十年,而新声迄不起于中国",主张以更开阔的视野接受世界文化新潮,断言"第二维新之声,亦将再举"①,这实际上已在殷切期盼一场新的文化、文学革命早早到来,在当时可谓空谷足音。二是在新文学诞生"前夜",就已开始向文学的"现代"方向发起强有力的冲击。他是从中国旧文学的衰微中,看到了它急需"新生"而有志于"新文学"建设者甚少,因而在日本留学期间就开始了对文学改革和建设的直接介入。拟议创办专"治文学和美术"的《新生》杂志,是基于此种考虑②;"别求新声于异邦",翻译、出版《域外小说集》,"异域文术新宗,自此始入华土"③,则是付诸实施的行动。而在文学理论上的建树,则见出他于"新文学"建设早有预设性思考,如提出较全面的"纯文学观",揭示文学的功能是在"涵养人之神思,即文章之职与用也","既为教示,斯益人生",强调了文学启迪人生的作用,初步确立了为"五四"新文学时期新文学作家所普遍认同的既重"文学之意义"又重文学之"使命"的新文学观(《摩罗诗力说》)。鲁迅作为中国新文学的奠基人,其更重要的业绩是在"五四"以后,然而其在"前夜"期对文学革命的深邃思考同样引人注目。这说明,作为崛起于越地的中国文化新军的典型代表,鲁迅的文化思想、文学观念与其前辈相比,明显已达到一个新的高度。在此基础上再跨前一步,并将个体的精英文化思想扩展为普遍的社会思潮,必促成中国文学向"现代"的全面转型。

## 三 鲁迅对"越学"的推崇:中国文化与文学的重要驱动力

文学转型的显在表征,是文学形态的转换,即包括文体形式、文本内涵、文风变异等诸种要素的文学形态由旧向新嬗变与置换的意义。鲁迅对中国新文学形成做出的重要建树,是其文学创作、文本形式为中国新文学提供了诸多新鲜创造,从而为中国文学的现代转型提供了范例。个中经验值得深入总结,联系鲁迅的各类文学创作,不难从新文体创造、文学创作特色、刚韧劲直文风等层面加以细致缕述,而仅就地域文化孕育作家而言,鲁迅受到越文化精神驱动而产生新文学创造精神也有多方面呈现。这应该是鲁迅重视推崇"越学"的重

---

① 鲁迅:《文化偏至论》,《鲁迅全集》第一卷,第51页、第56页。
② 鲁迅在《呐喊·自序》中谈到拟办《新生》杂志的原因之一是,"在东京的留学生很有学法政理工以至警察工作的,但没有人治文学和美术"。
③ 鲁迅:《域外小说集·序言》,《鲁迅全集》第十卷,第155页。

要驱动力和理论源头。

宋明以来越地叛逆封建道统的人文主义思潮,曾在中国文化思想史上写下过辉煌篇章。由南宋开启的"浙东学派"创事功学与心学两大体系,确立近代理性所需的务实精神和张扬人的精神主体性的哲学理念,构成对汉儒经典的冲击,开启中国近代思想文化启蒙之先河;至明清之际,集心学之大成的王阳明哲学与以黄宗羲为代表的浙东史学,促成事功学与心学的合流,抨击压抑人性的经学与理学,使这里成为当时新思想、新思潮的主要启蒙地区。梁启超就认为,出于浙东的"残明遗献思想"已处在当时的"文化中心"地位,其影响所及已促成近代"思想界的变迁"的"最初的原动力"①。如此浓烈的思想文化氛围,必然使置身其地的越人后学深受其惠,它对鲁迅更具亲和力也可谓顺理成章。文化的传承更多是无形的、精神上的,一个地域积淀的历史文化传统总是以"集体记忆"的方式为后世留传。20世纪初从越地走出的新一代学人鲁迅等,在日本留学期间创刊《浙江潮》,便有如此激昂的发问:"浙江省文明之中心点也,吾浙人其果能担任其此言乎,抑将力不能胜任,徒为历史羞乎?"②这里显示的正是以鲁迅为代表的新一代越人,试图承续前贤力担文化建设重任的豪迈气概,显露出鲁迅从近代越地人文主义思潮中得益更多。在世界文化大潮中的鲁迅,便有对地域文化精神的推崇与传承。

基于如此明确的地域文化接受意识,鲁迅透过对世界文化新潮的认知,意识到在批判落后的国民性同时,还需开掘地方文化精粹,以利于全面建设中国的新文化。他从留学日本回国后,做的一项重要工作,就是参与组建"越社"、担负《越铎日报》编辑工作,整理越文化典籍,投入"越学"整理工作,辑轶越地古籍《会稽郡故书杂集》即是其一种,从中可以概见其纯熟运用"越学"资源阐释人学思想。他认为:"会籍古称沃衍,珍宝所聚,海岳精液,善生俊异";而越地又"远于京夏,厥美弗彰",致使珍贵史料多有散轶,他做这一项工作力求将乡先贤的言说收齐收全,目的是使"后贤为之纲纪",乃至"用遗邦人,庶几供其景行,不忘于故"③。这本古书杂集便记载范蠡、文种、王充、嵇康、谢承等多达七十二人的先贤事迹,其中在谢承《后汉书》中对王充的记述,揭示王充曾受到"乡里先辈务欲矜夸"的事实,表现出对这位唯物主义思

---

① 梁启超:《中国近三百年学术史》,《梁启超论清学史二种》,第123页。
② 公猛:《浙江文明之概观》,《浙江潮》1905年第1期。
③ 鲁迅:《〈会稽郡故书杂集〉序》,《鲁迅全集》第十卷,第32页。

想家的推崇，便含有汲取"人学"思想的意义。他为编纂《嵇康集》历时二十三年（1913—1935）之久，不唯在于嵇康也有会稽的血脉："取稽字之上，志其本也"①，更看重的是这位先贤"越名教而任自然""非汤武而薄周孔"的精神，其对于人性、品格的推崇已溢于言表。他还有更宏大的"开拓越学"的计划，曾向好友许寿裳发出了共同进行"越学"研究的吁请："惟奠大山川，必巨斧凿，……故特驰书，乞临此校，开拓越学，俾其曼衍，至于无疆"②。他决心施以"巨斧凿"完成"越学"的编纂，涉及越地经史文化的系统阐释，已见出于"越学"的开拓与建构做出了不懈的努力。透过对越学的深入探究，当能对鲁迅汲取越地文化资源以确立其"人学"思想会有更清晰的认知。

探究鲁迅注重文化精粹的发掘，主要有两层考量。一是透过文化精粹的传承，以此激励本地域人们，并以此惠及国人。鲁迅对地域文化的承传，是基于一种自觉的传统接受意识。正如其早年写的《文化偏至论》就表述过的：匡救中国的"明哲之士"，应是"外之既不后于世界之思潮，内之仍弗失固有之血脉"，这"固有之血脉"当然包涵整个中国的优秀文化传统，自然也包括越文化的"血脉"。由此不难看出，鲁迅是以其深厚的文化、艺术积淀走进中国新文学阵营的，于此就有其学术思想"用遗邦人，庶几供其景行"之功。二是通过对"越学"的传承，明确中国文化的革新，是在继承下来的"中国方式和环境的日常连续统一体中发生的"，就能收中国文化更新的实质性成效。正如有学者指出的：国外鼓动的革新，仍必须作为"中国'传统内的变化'而出现"，而一个作家"继承下来"的"传统内"的东西，便有生于斯长于斯的地域文化积累，且其作为最初的文化接受源，常常能产生深邃的影响。鲁迅所阐释的"越学"（或称"浙学"），就有非常丰富的内涵，涉及诸如：启蒙文化思潮与启蒙文学的现代延续，人本主义思潮与新文学"人学"理论建构，"经世致用"思潮与新文学经世文风等，这些都对中国新文学的生成与发展产生了直接效应。但颇具讽刺意味的是，"浙学"概念的提出者恰是程朱理学的创始人朱熹，他并非是对"浙学"的褒扬而是贬抑。其有言云："江西之学只是禅。浙学却专是功利。禅学，后来学者摸索一上，无可摸索，自会转去；若功利，则学者习之，便可见效，此意甚可忧。"原由就在于：自浙东学派理论出，几乎都与

---

① 鲁迅：《〈嵇康集〉著录考》，《鲁迅全集》第十卷，第51页。
② 鲁迅：《鲁迅致许寿裳信》，《鲁迅全集》第十一卷，第329页。

宋明理学反一调，自此发展下去，"将有破坏朱氏全部哲学之势"①，这当然是使朱熹"甚可忧"的。由此亦足证"浙学"的叛逆道统已动摇了程朱理学的根基，从反面印证了越地启蒙文化思潮的强大影响力。

就改革传统文风而言，即如"鲁迅风"的生成，以其充满义愤和理性的色彩，深刻、犀利的思想锋芒，显出受惠于地域文风的显著特色。其深刻的意义是在于：它打破了中国传统文学中"怨而不怒、哀而不伤"和讲究节制、中和的审美模式，开创一种以大胆坦诚为表征的刚劲文风，从而为中国新文学新的审美范式的建构提供了表率。

---

①周予同：《周予同经学史论著选集》，上海人民出版社，1983，第178—179页。

# 废名与"鲁迅研究"*

王晓冬　西南大学文学院

1956年废名在《鲁迅先生给我的教育》中总结自己与鲁迅"相遇"的过程,从"五四"时期热心政治,关切《呐喊》的出版,到"受了欧洲资产阶级文学观点的影响",丢弃"中国的宝贵的现实主义传统",从而对《彷徨》淡漠、不解,直到中华人民共和国成立后,受到时事的教育,重新"体会现实主义的意义",才真正懂得了鲁迅"爱国者的形象"。[①]那么,废名对鲁迅的认识究竟经过了怎样的一种演变?其演变背后的原因是否与废名晚年描述得一致呢?是一种怎样的历史际遇,使得废名在中华人民共和国成立后将大量时间与精力投入到"鲁迅研究"中去?从"鲁迅研究"中又可以看出废名思想上有哪些继承与转变呢?这些即是论文将要讨论的主要问题。

## 一　讲废名与鲁迅,却从周作人说起

1949年之前,不管在文学观念还是人生态度上,对废名影响最大的都是周作人。人们通常把废名看成是周作人的弟子,但在实际的交往中,他们的关系更像朋友。废名的几本小说集都是周作人写的序言,而废名也为《周作人散文钞》写过序,还专门写过《知堂先生》的文章,推崇周作人的文章与德行。

在《竹林的故事》序中,废名毫不掩饰对周作人的师承,"我在这里祝福

---

*本文系教育部青年基金项目"学术方法与双重认同:英语世界的'中国小说文体研究'"(项目号:20YJC751031)的阶段性成果。

[①] 废名:《鲁迅先生给我的教育》,王风编《废名集》,北京大学出版社,2009,第2796—2797页。

周作人先生,我自己的园地,是由周先生的走来。"①周作人一告之《现代日本小说集》出版,废名马上去购买,其中的《乡愁》《金鱼》都成为废名钟爱的作品。说到周作人的《小河》,废名称赞其将"新鲜气息","平平实实,疏疏朗朗的写在这些诗行里了"。②说到周作人的学识,废名称赞:"岂明先生讲欧洲文明必溯到希腊,对于希伯来,日本,印度,中国的儒家与老庄,都能以艺术的态度去理解它,其融会贯通之处见于文章。"③所以废名《桥》中对希腊小说的引用,《莫须有先生坐飞机以后》对儒家与佛学的思考,都受到周作人的影响。

除了文学上的影响,更重要的是人生态度上的钦慕。在《莫须有先生坐飞机以后》废名说他少年时"因循苟且,便是懒惰,同时却爱说大话",正因为在北平遇到周作人,才懂得如何"作事不苟且","有一个有益于事的心"。④即使听闻周作人可能在北平做了汉奸,废名仍然坚持相信他"是民族主义者","是第一个爱国的人",是"求有益于国家民族"的"求生者"。⑤在《我怎样读论语》中,废名几乎将周作人看成了现代的"圣人",说他是"一位道德家,一位推己及人的君子",坚守"信"与"仁"的"大雅君子",即便抗战胜利后,因为投敌罪名而入狱,也是周作人躬行国家法律的"有礼",且"忍辱"而完成自身的德行。废名感慨"我生平与知堂先生亲近,关于做人的方面常常觉得学如不及",于是要以"知堂先生大德为师了"。⑥

在思想的根底上,废名和周作人一样,在1949年前对于革命和阶级是较为隔膜甚至有隐忧的。废名非常推崇周作人的《小河》,在《谈新诗》中重点介绍了这首诗,还在小说《长日》的结尾安排主人公"回到房里,打开周作人的《小河》诗反复读了几遍才睡"。周作人曾经在《〈小河〉与新村运动》里说,这首诗写的是"忧与惧",周作人解释说:"古人云,民犹水也,水能载舟,亦能覆舟。"隐隐流露的恰是对"大洪水"将来的忧虑。⑦废名在小说《李教授》中写到"打倒智识阶级"的运动,又在《墓》中说"有杀身以成仁,无求生以

---

① 废名:《竹林的故事·序》,王风编《废名集》,第12页。
② 废名:《读新诗·小河及其他》,王风编《废名集》,第1696页。
③ 废名:《〈〈周作人散文钞〉〉废名序》,王风编《废名集》,第1279页。
④ 废名:《莫须有先生坐飞机以后·工作》,王风编《废名集》,第857—858页。
⑤ 废名:《莫须有先生坐飞机以后·一天的事情》,王风编《废名集》,第972页。
⑥ 废名:《我怎样读论语》,王风编《废名集》,第1474页。
⑦ 周作人:《〈小河〉与"新村"中》,《周作人散文全集》第十三卷,广西师范大学出版社,2009,第567。

害人,为何想到这一句话?今之世其乱世乎"①?可见废名和周作人一样,对群众运动以及群众运动所带来的某些动荡与冲击感到害怕。于是在《桥》的《蚌壳》一章,废名写到他为鸡鸣寺的方丈留下一盏灯,想到"野火烧不尽,春风吹又生"的诗句,觉得"野火""烧起来便不可向迩了",还是"灯光的自然,最合乎自然,是一颗文明。天上的星又何尝不像人间的灯呢?它没有一点破坏性,我昨夜真觉得天上星的美丽"②。这里的"火"与周作人的"水"异曲同工,蔓延而去是破坏,节制有度才是福祉。

所以,废名的文学观念不是真正突入当下的现实主义,而是一种"反观的"现实主义,即相隔一段距离给予冷静观察的现实主义。而废名描写的对象,也不是广阔的社会生活,而是通过"我"主体折射出的大千世界。这就可以明白,为什么废名会将波德莱尔的《窗》作为"我创作时的最好的说明",波德莱尔说:"一个人穿过开着的窗而看,决不如那对着闭着的窗看出来的东西那么多。……我们在日光下所能见到的一切,永不及那窗玻璃后见到的有趣。"作家主体的心灵就是他看出去的那扇窗,所以世间的一切莫不是投在他心上的折影。所以"孤儿寡妇"的乡村生活一隅也可以是烦扰世间本相,"于是我睡,自足于在他人的身上生活过,担受过了"。所以真实本质就是作家个人"自己的园地","我以外的真实有什么关系呢,只要他帮助我过活,觉到有我,和我是什么"?③

## 二 温柔敦厚与哀而不伤

因为追求"灯"与"星"一样克制而冷静的距离感,文学成为关照世界最好的方式,艺术成为隔绝"洪水"和"野火"最好的保护壳,也成全了艺术本身一种含蓄、精致的风格。在这种观念的统摄之下,废名的美学观点更接近古典文学中"温柔敦厚""哀而不伤"的传统。鲁迅早期思想深受尼采影响,欣赏超拔独立的精神意志,具体到文学中,小说和杂文都以反语为特色,废名也曾提及"鲁迅他本来是一个cynic"④,追求一种深刻、犀利的风格,自然与废名有云泥之别。

---
① 废名:《墓》,王风编《废名集》,第292页。
② 废名:《桥·蚌壳》,王风编《废名集》,654页。
③ 废名:《竹林的故事·窗》,王风编《废名集》,第10—11页。
④ 废名:《〈〈周作人散文钞〉〉废名序》,王风编《废名集》,第1280页。

也许看具体作品更能说明这种区别。同样是写潜在的性心理,《肥皂》对四铭先生的讽刺尖锐而无情,《张先生与张太太》则写出了小人物的尴尬和仓皇无措。同样是失去丈夫、孩子,依靠自己劳动求生,却最终受到周围舆论的冷眼与非议,《祝福》中的祥林嫂是被欺侮与损害的"牺牲",《浣衣母》中的李妈则显得平和而无奈;同样是不断倾诉自己的故事,《祝福》中阿毛悲剧成为咀嚼后被厌弃的渣滓,《桥》中却有琴耐心听尼姑讲完所有耳熟能详的细节,报以宽慰的笑容。同样是写被安排的婚姻,《在酒楼上》阿顺因为一句戏言病死,《桥》里的小林和琴却琴瑟和谐,《柚子》里妻与我"襁褓中"便"把婚约"定了,连姨妈不幸的婚姻生活,也带有一种宿命的顺从。这也就可以解释,为什么在《呐喊》集中,废名最喜欢的是《孔乙己》,因为它少了一点鲁迅"刺笑的笔锋"。①

废名说他很欣赏周作人"知命"的态度,"不能说悲观,亦不能说乐观",②只是一种朴实达观、顺其自然的明澈。这种态度过滤掉很多情绪化的激越,其实正与传统诗教的"温柔敦厚"不谋而合。陈祚明解《古诗十九首》曾这样解释古典诗歌表情的典正、雅致:"……古诗之佳,全在语有含蓄,若究其本指,则别离必无会时,捐弃定已绝决,怀抱实足贵重,而君不我知,此怨极切;……言情不尽,其情乃长,此风雅温柔敦厚之遗。就其言而反思之,乃穷本旨,所谓怨而不怒。浅夫尽言,索然无余味矣。"③

引典正的"诗教"传统入现代小说创作,废名可以说是首创。而此"温柔敦厚"之风与鲁迅那种直面现实、逼迫自身,在不断反身诘问中抵抗"绝望"的精神恰恰异途。韩南曾认为中国古典小说中没有真正的"反语",是到了鲁迅的小说,才真正有了言近旨远、别具深意的反语。韩南甚而认为这种"反语"是现代小说出现的标志。④而废名引古典"诗学"入小说,则说明,同样是"妙在全不出正意",不但有鲁迅深刻的"反语",还有废名"愈淋漓,愈含蓄"⑤的"思无邪"。

---

① 废名:《"呐喊"》,王风编《废名集》,第1143页。
② 废名:《〈〈周作人散文钞〉〉废名序》,王风编《废名集》,第1276页。
③ 隋树森:《古诗十九首集释》,中华书局,2018,第34页。
④ 韩南:《鲁迅小说的技巧》,王秋桂等译,《韩南中国小说论集》,北京大学出版社,2008。
⑤ 隋树森:《古诗十九首集释》,第41页。

## 三 绅士与流氓，又和周作人相关

可正像鲁迅在《小品文的危机》中说的，在"风沙扑面，狼虎成群的时候"①，追求所谓的"雍容"和"风雅"，不过是"幻梦"罢了。废名赞赏周作人身上"绅士鬼"与"流氓鬼"的结合，其实又何尝不是夫子自道。②废名曾在文章中写道："我的哥哥了解我。我有一回在家里发脾气，他问我：'我看你做文章非常温和，而性情非常急燥。'"③他还在《寄友人J.T》和《作战》里生动记录了年少时听说武昌革命成功，意气风发"决议要贡献我们的小头颅"的往事。所以追求"温柔敦厚"的废名和他欣赏的陶渊明一样，营造平和肃穆的艺术空间，到底"金刚怒目"时免不了露出"流氓鬼"的马脚。

从这个角度可以理解，废名叙说"五四"初期自己对鲁迅的敬慕、推重之情并非后来的夸饰，他确实在一开始创作的《讲究的信封》中写到了学生请愿，在给旭生先生的信中坦言："我们既不要替什么鸟政府上条陈，也无需为青年来编讲义，……我们要的是健全的思想同男子汉气概，……大家来洒一点血，呼一点新鲜空气……"④还曾不无偏激地说："我只痛恨我们当时没有'携带手枪'。"⑤研究者常引废名在《"偏见"》的话——"凡为周作人先生所恭维的一切都是行，反之，凡为他所斥驳的一切都是不行"⑥——来说明废名对周作人的仰慕，却很少注意，废名同样表达了对鲁迅强烈的喜爱与崇敬，比如：

"鲁迅先生，你知道吗？在这里有一个人时常念你！"

"有两个人，我想我们的趣味并不怎样相同，然而我时常念他。一是盲诗人爱罗先珂，一边是鲁迅先生。……"⑦

"我日来所写的都是太平天下的故事，而他玩笑似的赤着脚在这荆棘道上踏。又莫名其妙的这样想：倘若他枪毙了，我一定去看护他的尸首而枪毙。"⑧

有些研究者认为废名是因为周氏兄弟的失和而与鲁迅产生隔膜，甚而至于

---

① 鲁迅：《小品文的危机》，《鲁迅全集》第四卷，人民文学出版社，2005，第590页。
② 废名：《知堂先生》，王风编《废名集》，第1299页。
③ 废名：《忘记了的日记》，王风编《废名集》，第1150页。
④ 废名：《通讯》，王风编《废名集》，第1144—1145页。
⑤ 废名：《狗记者》，王风编《废名集》，第1190页。
⑥ 废名：《"偏见"》，王风编《废名集》，第1177页。
⑦ 废名：《从牙齿念到胡须》，王风编《废名集》，第1173页。
⑧ 废名：《忘记了的日记》，王风编《废名集》，第1148页。

在《中国自由运动大同盟宣言》一文中讽刺鲁迅"丧心病狂"。①其实,1923年周氏兄弟已经失和,但其后,在对"现代评论派"的论争中,废名一直对所谓"东吉祥胡同"诸君子有所嘲讽,而站在鲁迅的一边。②所以后来废名对鲁迅由崇拜转为怀疑,其思想根源不在于周氏兄弟的私人恩怨,更多还是前面提及,在文学观念和人生观念方面,废名与鲁迅的截然不同,而对"革命"与"群众"的隐忧使废名对20世纪30年代向着"革命"方向转向的鲁迅有了更多的批评,甚至反感。

## 四 集团与个人,被废名质疑的鲁迅

周作人曾经在《中国新文学的源流》中,将中国的文学分为"载道"与"言志"两条线索,其实背后真正划分"载道"与"言志"的是"集团"与"个人"。在《〈冰雪小品选〉序》中,周作人这样解释"集团"艺术与"个人"艺术的区别:"我想古今文艺的变迁曾有两个大时期,一是集团的,一是个人的,……在未脱离集团的精神之时代,硬想要打破它的传统,又不能建立个性,其结果往往青黄不接,呈出丑态,固然不好,……但如颠倒过来叫个人的艺术复归于集团的,也不是很对的事。"又说:"集团的美术之根据最初在于民族性的嗜好,随后变为师门的传授,遂由硬化而生停滞,其价值几乎只存在技术一点上了。文学则更为不幸,授业的师傅让位于护法的君师,于是集团的'文以载道'与个人的'诗言志'两种口号成了敌对,在文学进了后期以后,这新旧势力还永远相搏,酿成了过去的许多五花八门的文学运动。"在这种观念的影响之下,"小品文"就不再是鲁迅笔下的"小摆设"与附庸风雅,而成为"王纲解纽"时代里"个人文学之尖端",它的"碰壁"不是因为它的"短命",却恰恰在于它站在了时代的"前头"。③

"集团"与"个人"的文学思路可以说是周作人30年代的文学宣言,他两次为沈启无选的散文集子做序言,也可看成是以"选"定"篇",为自己现代文学中的性灵一派树立旗帜。后来周作人在《中国新文学大系散文一集》的导言中,又再次引用《〈冰雪小品选〉序》中有关"集团"与"个人"的那段

---

① 废名:《"中国自由运动大同盟宣言"》,王风编《废名集》,第1200页。
② 废名曾在小说《四火》中讽刺了唐有壬,还多次以"吾家太炎"的话讽刺了章士钊,还在《卜居》中讽刺了徐志摩,在《桥》的序中讽刺了陶孟和等等。涉及的这些人都属于"现代评论派"。
③ 周作人:《〈冰雪小品选〉序》,《周作人散文全集》第五卷,第694—695页。

话,并在文章中厘清了从古典言志散文到"五四"现代散文发展的脉络与资源。

废名作为周作人私淑弟子,虽然以小说而知名,但也可以看成是此一派的中坚。比较有意思的是,为了将此现代文学的性灵一派明晰,废名与周作人都做了努力。从周作人一方说,他将废名"文体之简洁或奇僻生辣",看成是对早期白话文学过于直白、流丽风格的纠偏,"现代的文学悉本于'诗言志'的主张,所谓'信腕信口皆成律度'的标准原是一样,但庸熟之极不能不趋于变,简洁生辣的文章之兴起,正是当然的事"。①而且将废名的小说选入《中国新文学大系散文一集》,使废名名正言顺成为"小品文"一派。而废名也在创作中突破小说传统,特别是到了20世纪40年代,直接在《莫须有先生坐飞机以后》,说明自己的创作不是小说,而是散文,并"微露其偏袒散文之意"②。

由此机缘与思路,就较容易理解废名对鲁迅30年代"革命"转向的怀疑甚至反感了。废名说"鲁迅先生有他的明智,但还是感情的成分多,有时还流于意气"③,又说"鲁迅其实是很孤独的,可惜在于爱名誉,也便是要人恭维了"④。因为过于爱惜名誉,流于意气,于是容易出名,却也容易成为新的"偶像"。《莫须有先生传》就写到"乡间青年《鲁迅文选》《冰心文选》人手一册,都不知是那里翻印的,也不知从那里传来的空气,只知它同自来水笔一样普遍","新文学亦徒为有势力的文学而已耳,并不能令人心悦诚服"。⑤人们不懂鲁迅却盲目崇拜鲁迅,"流弊甚大"。⑥这种盲目崇拜还容易被利用成为"集团"的工具,让新文学丧失个性的灵气,再次沦为新式的八股。废名感慨道:"鲁迅先生的小说差不多都是目及辛亥革命因而对于民族深有所感,干脆的说他是不相信群众的,结果却好像与群众为一伙。"⑦废名甚而怀疑,塑造新的偶像,不过是"普罗"作家,"努力想列于名士之阶级"的手段。⑧所以废名觉得自己对鲁迅的指摘"于人无私怨,故是公愤"⑨。

---

① 废名:《枣和桥的序》,王风编《废名集》,第3410—3411页。
② 废名:《莫须有先生坐飞机以后·上回的事情有没有讲完》,王风编《废名集》,第907—908页。
③ 废名:《〈〈周作人散文钞〉废名序〉》,王风编《废名集》,第1279页。
④⑥ 废名:《莫须有先生坐飞机以后·上回的事情没有讲完》,王风编《废名集》,第906页。
⑤⑨ 废名:《莫须有先生坐飞机以后·莫须有先生教国语》,王风编《废名集》,第880页。
⑦ 废名:《〈〈周作人散文钞〉废名序〉》,王风编《废名集》,第1280页。
⑧ 废名:《斗方夜谭》,王风编《废名集》,第1261页。

## 五 鲁迅研究,延续抑或是改变

如果单看1949年之前废名对鲁迅的质疑,那么1949年后废名在系列"鲁迅研究"①中对鲁迅的肯定与尊崇一定是异常突兀的彻底转变。但如果我们把1949年前废名对鲁迅的质疑放入周作人"集团"与"个人"相对立的文学理念中去看,就需要把1949年后废名对鲁迅的崇敬放入毛泽东《新民主主义论》对"鲁迅的方向,就是中国民族新文化的方向"这个体系中去理解。

在系列"鲁迅研究"之前,废名写了《一个中国人民读了新民主主义论后欢喜的话》一文,基本上阐明自己与毛泽东在《新民主主义论》中观点的契合。废名20世纪40年代曾在湖北黄梅乡间生活多年,在抗战中经历了与真正乡村农民的相处,对待"群众"与"农民"已经有了根本性的改变。正像废名自己在《莫须有先生坐飞机以后》中说的那样,"五四"时期他带着启蒙的观点看农民,认为他们身上凝结着国民的劣根性,并认为这种观察民众的角度恰是在鲁迅的启发下形成的,这种居高临下的"启蒙"观,不仅是他自己,也是"五四"一代人对底层农民的基本态度。但抗战的现实教育了废名,他认为中国真正的力量存在于农村。而正是这种生生不息的力量,支持着中国走过艰苦的抗战阶段,在共产党的带领之下最终取得民族的独立。

但20世纪40年代废名对阶级斗争还持保留态度,在他看来,保存并发扬底层普通农民力量的并非阶级斗争,而是家族制度。带着对"革命"和"阶级"历来的隐忧,废名觉得阶级斗争宣扬"一切本是斗争",认为"历史上的圣贤都不足信",②无法解决中国的问题。在孔孟"圣人"之"仁"与"信"体系下保存家族制度,顺应农民自然发展才是良策。他还专门举了女共产党员民国十六年(1927)火烧五祖真身的事,说明"阶级斗争"的盲目。而《一个中国人民读了新民主主义论后欢喜的话》最大的转折即是全面接受了"阶级斗争"观念:

"我们佩服中国共产党。共产党给中国人一个革命的意识,即阶级意识;

---

① 指废名1949年后写的一系列与鲁迅有关的研究文章或著作,包括《跟青年谈鲁迅》《读"论阿Q"》《"阿Q正传"》《关于"阿Q正传"研究》《鲁迅的小说》《鲁迅研究》等。
② 废名:《莫须有先生坐飞机以后·莫须有先生教英语》,王风编《废名集》,第1052页。

给中国人以一个革命方法,即阶级争斗。"①

一旦接受了"阶级斗争"观念,废名对农民的推崇就与毛泽东《新民主主义论》中对农民的认识高度契合起来。废名在《鲁迅研究》序言中写道:"这一部《鲁迅研究》,是从根据《新民主主义论》的精神来研究鲁迅的愿望出发的。"②一旦膺服于这个思想体系的定位,全面用阶级观念来审视鲁迅,自然就会得出与之前截然不同的结论。最有代表性的是废名对鲁迅所提出"国民性"的重新定位。废名这样写道:"他痛恨'国民性',早期他还不知道他所痛恨的这个东西正是半封建半殖民地中国的统治阶级的阶级性。"③还说鲁迅看到统治阶级的腐败,"他最初从爱国主义的感情出发,把这种腐败叫作'国民性',……显然不是劳动人民的事,是中国的统治阶级的阶级性。"④废名的思路即是认同毛泽东确立的鲁迅崇高地位,在此基础上重新回观鲁迅思想的发展,将阶级性以一种后视者的眼光放入鲁迅的思想体系中去。

即使全面肯定鲁迅的阶级思想,废名仍然有所保留,即他坚持认为早期鲁迅"没有认识无产阶级,没有成为共产主义者"⑤,他后来是在不断发展的现实教育中,逐渐向着一位无产阶级战士发展转变的。"国民性"中的"阶级性"是后来研究者发现的,鲁迅没有明确的意识,却出于本能践行了这种"阶级性"。所以废名在《鲁迅先生给我的教育》中说"鲁迅先生给我的教育,不是鲁迅先生生前给我的,是鲁迅先生死后,是中国已经解放了,有一天我感得我受了鲁迅先生很大的教育。"⑥这其实是非常婉转的说明,他所赞扬的鲁迅是中华人民共和国成立后被阐释与被回望的鲁迅。

1949年前废名敬周作人为师,延续他的文艺思想观念,质疑鲁迅的"革命"转向,1949年后,废名以毛泽东文艺观念为标准,转为表达对鲁迅从精神到文艺创作上的认同甚至歌颂。虽然有关"群众"与"农民"问题,与废名切身感受相关联,体现废名自我的思考与选择,但从"艺术"的现实到"阶级

---

① 废名:《一个中国人民读了新民主主义论后欢喜的话·新中国的教育》,王风编《废名集》,第1984页。
② 废名:《鲁迅研究·引言》,王风编《废名集》,第2518页。
③ 废名:《杜甫论·难得的杜甫的歌颂人民》,王风编《废名集》,第2046页。
④ 废名:《杜甫论·难得的杜甫的歌颂人民》,王风编《废名集》,第2048页。
⑤ 废名:《杜甫论·难得的杜甫的歌颂人民》,王风编《废名集》,第2046页。
⑥ 废名:《鲁迅先生给我的教育》,王风编《废名集》,第2796页。

论"的分析，多少让人感觉"以今日之我非昨日之我"的突兀和跟风。不过，1949年后废名一直认为鲁迅早期并非自觉的无产阶级战士，这一观点被庐湘批评为"否认了进步世界观，马克思主义世界观对作者创作的指导意义。"[1]而废名抛弃"文艺"作为"窗"更有价值的观点，投入到批判统治阶级腐朽的现实主义传统中去，也被指摘与胡风当时提倡的"现实主义"有关联。由此，这种突兀转变背后，是否也还是延续了废名最早读《小河》时的隐忧，就不得而知了。

最后引孙犁的一段话做结语，这段话中涉及的人物是废名非常喜欢的"东方朔"，废名曾在作品中多次引过东方朔的典故：

"我有时也想，恐怕还是东方朔说得对吧，人之一生，一龙一蛇。或者准声而歌，投迹而行，会减少一点危险吧？"[2]

---

[1] 废名:《关于"阿Q正传"研究》，王风编《废名集》，第2437页。
[2] 孙犁:《晚华集·文字生涯》，《孙犁全集》第五卷，人民文学出版社，2004，第67页。

# 为何莫言对鲁迅《铸剑》情有独钟？*

王洪岳　余凡　浙江师范大学人文学院

## 一　从莫言选编《锁孔里的房间》谈起

莫言从创作伊始到寻找到建构自己文学王国的过程表明，他的创作经过了"出走"与"回归"的曲线形历程。最早他"用耳朵阅读"，因为在远离县城的三县交界处的高密东北乡根本看不到多少经典名著，尤其是西方经典著作，他能够接触和阅读到的除了20世纪五六十年代的红色经典如"三红一创"以及《青春之歌》《苦菜花》《三家巷》等，古典小说《封神演义》《隋唐演义》之类，还有就是从爷爷、奶奶等长辈和集市上听来的类似于《聊斋志异》那样的民间鬼神奇异故事。这些小说和故事带有很浓厚的传奇色彩，注重故事情节，注重悬念的预设和照应，培养了莫言基本的道德观念、美学品位和认识世界、认识人生社会的方式方法。他最早的创作就是对这些听来的故事和主张人情美人性美的当代红色小说的模仿和翻版。但在考入军艺后，莫言的创作发生了巨大的变化，如同鲁迅那样，他开始了对西方精密短篇小说的模仿和学习。1999年，莫言编选出版了《锁孔里的房间——影响我的10部短篇小说》①，其选目中九篇是外国作品，只有一部中国作家作品即鲁迅的《铸剑》。"莫学"专家张志忠"曾经做过一个不完全统计，从1985年莫言发表《透明的胡萝卜》开始，在其后的三十年间，莫言至少有六次在创作谈中以相当的篇幅谈到对鲁迅《铸

---

\*本文系国家社科基金后期资助项目"元现代文论研究"（19FZWB039）阶段性成果。
①莫言编选《锁孔里的房间——影响我的10部短篇小说》，新世界出版社，1999。

剑》的高度赞扬和向往之情,称之为'鲁迅最好的小说,也是中国最好的小说'"①。这是值得深究的创作学、接受美学问题。

## 二 《铸剑》的艺术特点

《铸剑》风格怪诞恐怖、充满悖论又有游戏精神,是鲁迅根据干宝《搜神记·三王墓》改写而成的。

（一）小说氛围和情节的怪诞恐怖

剑有雌雄,自己锻造的宝剑是隐形的,却成了"第一个用血来饲"这把剑的人;人的眉间竟有一尺长（眉间尺）;人名叫"宴之敖者"。原来,眉间尺的父亲是个世上无二的铸剑名工。他不得已接了王妃因抱着铁柱受孕而诞下的铁块。大王逼他以这块铁铸成宝剑。这位不幸的父亲历经艰辛铸成了两把上好的雌雄宝剑。他将母剑献给了王,而自己藏起了雄剑。由于大王疑心太重,怕他日后再造出新剑,便将其杀害。眉间尺长到十六岁,其母告诉了他父亲被害过程及其原因。于是眉间尺决心报仇雪恨。可他又是一个弱男孩。在报仇的路上遇到了黑色人宴之敖者。黑色人要眉间尺的头颅,眉间尺毅然决然自刎,眉间尺扑倒前将宝剑递给黑色人。

黑色人宴之敖者进城的路上,遇到了饿狼群,他用青剑斩杀了扑过来的大狼。其他饿狼瞬间便把这死狼吞吃并舔舐掉所有的血痕。于是,"狼们""耸着肩,伸着舌头,咻咻地喘着,放着绿的眼光看他扬长地走"。黑色人唱起歌来,歌词咿咿呀呀的,声音尖利,语意模糊,但又喻示了即将到来的荒诞而血腥的复仇场景。黑色人顺利进到王宫。王正无聊,宫中的任何游戏已不能引起他的兴趣。宴之敖者正好利用这个机会,来为王表演顶好玩的把戏。宫中准备好够煮牛用的大金鼎,烧沸了水,放进眉间尺的头颅。孩子的头颅随着沸水上下起舞,"人们还可以隐约看见他玩得高兴的笑容"。随着宴之敖者的歌声,孩子的头颅也唱起歌来,歌词含混不清,似有所指。孩子头颅在鼎底作舞蹈状。国王看不见,黑色人便顺势要求王到近旁观看。在眉间尺头颅与王四目对视时,黑色人抽出那把青色剑,"只一挥,闪电般从后颈窝直劈下去,扑通一声,王的头就落在鼎里了"。在沸腾的鼎里,眉间尺和王的头颅互相啮咬、搏杀。黑色人宴之敖者也随即自刎,头颅落到鼎里,直奔王头,咬住王的鼻子。他和眉间

---

①张志忠:《莫言文学世界研究》,作家出版社,2021,第240页。

尺协作，前后逼咬住王头。于是王的头颅没有了声息，沉到鼎底。"黑色人和眉间尺的头也慢慢地住了嘴，离开了王头，沿鼎壁游了一匝，看他可是装死还是真死。待到知道了王头确已断气，便四目相视，微微一笑，随即合上眼睛，仰面向天，沉到水底里去了。"①待惊魂未定的宫中人们意识到王头还在鼎底，于是急忙打捞上来，已经分不清三个头颅到底是谁的了。

（二）小说中的游戏笔墨和喜剧色彩

《铸剑》可谓想象力旺盛的传奇小说。小说故事有着一丝历史的影子，但基本上靠作者丰富的想象力来构成。严肃、紧张、令人窒息的报仇主题，却掺了不少的游戏、戏拟、反讽的笔墨。小说以一只令人讨厌的老鼠开场。眉间尺不忍心这只硕鼠速速死去，而当它死了，又隐隐地可怜它，"仿佛自己作了大恶似的"。黑衣人所唱歌曲以一种隐约、怪诞、恐怖、惊悚的方式，扩展为官与民平等的意识。平等却是在大悖论、大悲剧中完成的。眉间尺、宴之敖者和王最终趋于平等是以无法区分三只头颅来体现的。在葬礼上，那卑微的眉间尺的头颅、大侠宴之敖者的头颅和高贵的大王的头颅，被一起摆放进精致华丽的棺椁里。这一场景产生出悖谬、怪诞的审美意味。小说中的游戏笔墨还表现在作为"玩把戏的"宴之敖者和为父报仇的眉间尺吟唱的含混不清的歌词上，其中前两首宴之敖者所唱，后一首眉间尺所唱。第一首：

> 哈哈爱兮爱乎爱乎！
> 爱青剑兮一个仇人自屠。
> 夥颐连翩兮多少一夫。
> 一夫爱青剑兮呜呼不孤。
> 头换头兮两个仇人自屠。
> 一夫则无兮爱乎呜呼！
> 爱乎呜呼兮呜呼阿呼，
> 阿呼呜呼兮呜呼呜呼！

诗中的情感通过两次"爱青剑"（两个复仇者与独夫民贼国王）而被赋予了悖论式的丰富意蕴。周振甫认为"两个仇人自屠"指的是"楚王的仇人眉间

---

① 鲁迅：《铸剑》，莫言编选《锁孔里的房间——影响我的10部短篇小说》，第265页。

尺和宴之敖者都自杀了"。①笔者基本上认同这一解读。高远东认为，该歌"杂糅着悲凉和嘲讽两种不同美学因素的感叹句与诗的正文构成了一种反抗性的呼应，诗歌成为一个理性内容与情感表现相互抵牾的反讽张力场"。其情感主要靠一、七、八句的拟声词组成的感叹句和衬句来承担，而且体现了"宴之敖者内心的激越、慷慨和悲凉，而且可以发现隐蔽在'哈哈爱兮爱乎爱乎'背后的对于复仇行为本身的超脱调侃和虚无感"。而整部作品则显示出鲁迅通过宴之敖者帮助眉间尺完成复仇的故事，讴歌了"以直报怨"的复仇精神在火与剑中成长和高扬的尼采式的意志力量。②高远东凝练地提出了这首歌的"反讽张力"和"虚无"特征。宴之敖者在吟唱的两首歌中，以他者眼光来看待发生在自己生死关头的事件。这是鲁迅致力为之的多重诗歌表达和诗学建构。

　　第二首："哈哈爱兮爱乎爱乎！/爱兮血兮兮谁乎独无。/民萌冥行兮一夫壶卢。/彼用百头颅，千头颅兮用万头颅！/我用一头颅兮而无万夫。/爱一头颅兮血乎呜呼！/血乎呜呼兮呜呼阿呼，/阿呼呜呼兮呜呼呜呼！"这次是宴之敖者面对国王，伸着双手，"眼光向着无物，舞蹈着，忽地发出尖利的声音"而唱的歌。屈正平先生认为："这歌子也是由'爱'唱起的，由'爱'引起'血'。'爱'和'血'意味着幸福和生命。"③也是宴之敖者"为人民报仇雪恨"④。这里，"血"既表征了屈正平所指出的"生命"维度，也有着"献祭"、牺牲、复仇等多重意思。为了自由，就像裴多菲的诗所言，这爱和生命都可以抛弃。"那头即随水上上下下，转着圈子，一面又滴溜溜自己翻筋斗，人们还可以隐约看见他玩得高兴的笑容。"⑤这段描写简直有石破天惊之效。这个高傲、残忍的国王，"他常常要发怒，一发怒，便按着青剑，总想寻点小错处，杀掉几个人"。这是即将到来的报仇雪恨机会让眉间尺高兴，也是他刚刚从宴之敖者学来的超越性认识的自喜。"民萌"同"民氓"，指百姓。"一夫壶卢"，指独夫喉咙里发出的"壶卢"（呼噜）的噪音狂笑。⑥百姓生活在专制恐怖中，暴君却恣意享乐，得意张狂。第三首是眉间尺的歌，亦是以扑朔迷离的语词和

---

① 周振甫：《鲁迅诗歌注》，浙江人民出版社，1962，第59页。
②⑥ 高远东：《歌吟中的复仇哲学——〈铸剑〉与〈哈哈爱兮歌〉的相互关系读解》，《鲁迅研究月刊》1992年第7期。
③ 屈正平：《宴之敖者的复仇》，《论鲁迅小说中的人物》，内蒙古人民出版社，1984，第152页。
④ 屈正平：《宴之敖者的复仇》，《论鲁迅小说中的人物》，第154页。
⑤ 鲁迅：《铸剑》，《鲁迅全集》第二卷，人民文学出版社，2005，第445页。（本文所引《鲁迅全集》作品原文均出自同一版本。）

格调来表达。它在通过歌颂国王威势和宇宙般"万寿无疆"、光芒四射伟力的掩饰下，隐约传达出那隐藏着的阴冷的"青其光"雌雄宝剑分离两处，今天得以汇合一堂；同时也昭示着高贵堂皇的国王将身首异处，死在富丽堂皇的宫殿。异常惨烈而怪诞的玩把戏和复仇行动，掺杂着怪异的欢快、暧昧和猥亵，就使得小说故事叙述次第有序、丰富多彩。鲁迅解释道："第三首歌，确是伟丽雄壮，但'堂哉皇哉兮嗳嗳唷'中的'嗳嗳唷'，是用在猥亵小调的声音。"①眉间尺最后的唱词既照应了前两首（"爱""血""头颅"等意象和感叹句），又用宴之敖者刚刚唱过的歌词"我用一头颅兮而无万夫"而在精神气势上压倒了暴虐嗜血、不可一世的国王，完成了对自身狭隘复仇观念的超越，同时为小说结构上的收束做好了准备。眉间尺的性格由优柔寡断到断然自刎，再到在金鼎沸水里"高兴的笑容"，眼珠也"十分秀媚"，这笑容和秀眼再也不是那个柔弱的少年，而是充满了实现夙愿的快意。最后他和宴之敖者联合，咬杀了暴君，完成了为父报仇和替万民报仇的双重大任。同时，这又提醒读者注意《故事新编》不重在"故事"，而重在"新编"，即围绕小说美学思想而在艺术想象力的发挥和叙述力的营造上。

在力量不对等的情况下，宴之敖者采取了"玉石俱碎"策略，而声张了正义。在金鼎沸水里，国王被咬得"眼歪鼻塌，满脸鳞伤"，最后和眉间尺、宴之敖者的头颅都变得仅剩颅骨，已经分不清彼此了，可谓审美类型、内涵的巨大跨越，小说尾部，宫廷里王妃老臣、太监侏儒，均被这一突发事件搞得"面面相觑"，只好召开"王公大臣会议"，两个复仇者的"尸骨'理应'碎为齑粉，但却弄得宫廷上下，一筹莫展，不得不将他们的头骨和国王合葬，同时受到隆重的落葬祭礼"。②刺杀这个"独夫民贼"，不仅关乎眉间尺一人一家之爱恨情仇，而且是关乎社会正义、个人自由的大问题。

这些歌词，按照鲁迅自己的说法，均语意含混不明③。除了鲁迅自己解释的原因，还有一个重要原因是严酷的社会现实和即将展开的奇异、惊悚、怪诞的复仇斩杀场景，而这个场景是宴之敖者所想象到的，也是正在发生的。略带游戏的语调、唱腔，实际上是复仇者宴之敖者乐观主义和崇高信念的体现。实

---

① 鲁迅：《360328 致增田涉》，《鲁迅全集》第十四卷，第386页。
② 屈正平：《宴之敖者的复仇》，《论鲁迅小说中的人物》，第154页。
③ 参见《鲁迅全集》第二卷，第452—453页注释[11]。1936年3月28日鲁迅给日本增田涉的信中曾说："在《铸剑》里，我以为没有什么难懂的地方。但要注意的，是那里面的歌，意思都不明显，因为是奇怪的人和头颅唱出来的歌，我们这种普通人是难以理解的。"

现的前提包括了这两个报仇者的牺牲。小说还有几处叙述语言还透出某种反讽意味,如小宦官向王报告发现了黑瘦的、乞丐似的男子,说此人会玩把戏,"一见之后,便即解烦释闷,天下太平"。"天下太平"正和王朝标榜的"正大光明"一样,自带反讽气息,且不无喜剧色彩。

(三)小说充满了悖论和张力

小说的细节描写无不显出作者强大的艺术能力,真实、逼肖,但是,两个复仇者的复仇方式,特别是在沸水鼎里三个头颅的啮咬、搏杀的场景,就突出了鲁迅高冷的想象力和荒诞美学的构造力。其荒诞的表现主义色彩浓郁,就像卡夫卡的小说《变形记》那般。《铸剑》的这种悖论性,有着"热烈与冷酷的互转,真情与荒诞的并存"所构成的强烈艺术张力[1]。《铸剑》除了描写三只头颅搏杀的激烈、峻急、怪诞、恐怖的场景,还运用了调侃、游戏、反讽的歌诗来增加作品的审美意蕴。小说开头就大肆地描写了"一匹很大的老鼠"落在了水瓮里,因为存水不多,老鼠在内壁乱跑乱抓;而且叙述者用了很多闲笔来描写这只硕鼠,"他近来很有点不大喜欢红鼻子的人。但这回见了这尖尖的小红鼻子,却忽然觉得它可怜了,就又用那芦柴,伸到它的肚子下,老鼠抓着,歇了一回力,便沿着芦干爬了上来"。可是接下来,眉间尺还是极度讨厌这红鼻子硕鼠,就又把它摔进瓮中,捣它沉到水里。又可怜它,弄它上来。如是反复数次,这只老鼠就被折腾得鼻子出血,大概死掉了。这是一处不但溢出小说铸剑或报仇故事的逸笔,带着某种自我厌弃的意味,因为眉间尺名红鼻,况且他似乎手无缚鸡之力,他自己是不能为他那被楚王斩杀的铸剑师父亲报仇的了。

然而正是这个看似柔弱的男孩,异常慷慨地把自己的头颅用那把父亲打制的雄剑削下来了,并在扑倒之前将宝剑交给黑色人。柔弱瞬间转为刚强。黑色人宴之敖者似乎来历不明,但他是代表了鲁迅心目中那种脊梁式的人物,为了某种公义,为了全民摆脱无耻暴君的滥杀无辜、残酷统治,而以自己决绝的自刎,并在沸腾的鼎里与王展开搏杀,最终同归于尽。虽然,王死后的世界会否变得清明,小说并无交代,但是黑色人宴之敖者的坚毅神态和形象却赫然纸上。这和晚清针对王公大臣的暗杀潮,亦有某种隐秘的联系吧。高贵或卑微,报仇与自刎,正义与邪恶,生与死……种种对立两极的存在与意识因素,都被叙述者的这个恐怖又怪诞的故事所消解了。

---

[1] 王洪岳等:《精灵与鲸鱼:莫言与现代主义文学的中国化研究》,山东大学出版社,2020,第48页。

## 三 莫言对《铸剑》情有独钟

　　《铸剑》属于志怪、传奇小说传统的继承者。这一传统绵延不绝，经蒲松龄《聊斋志异》而至近代。最后蜕变为鲁迅以至莫言创作的一种底色和精神基因。鲁迅和莫言都对古代一部中国志怪小说集《聊斋志异》有研究。无论是荒诞/怪诞叙述，还是动物叙述、人间冥界的轮回叙述，莫言"大踏步撤退"后的小说创作都尽量从中国传统文化和小说艺术中汲取营养，培养和训练了自己带有东方色彩的天马行空的想象力。对于恐怖、自戕、酷刑的描写，几乎贯穿莫言创作的全过程，体现在比如《红高粱》（1986）[①]、《你的行为使我们感到恐惧》（1989）、《酒国》（1992）、《拇指铐》（1998）、《檀香刑》（2001）、《月光斩》（2004）、《生死疲劳》（2006）等小说中。这些小说无不传达出某种游戏笔墨，绝非一味展示恐怖之作。《红高粱》中那个喊着"司令，我的头没了"的王文义，罗汉大叔那个被割下的耳朵活蹦乱跳地掉到地上的场景，都是神来之笔，体现了一种丰富和深广的艺术家情怀。《你的行为使我们感到恐惧》里把自己的生殖器阉割了的歌唱家吕乐之（驴骡子），《酒国》里的小红孩率领众待宰的幼儿与屠宰加工场成人们的斗智斗勇以及众食客面对驴子雌雄生殖器大快朵颐，《拇指铐》中的阿义大概由于偶然见到了偷情男女而被铐在一棵大树上，这些情节和描写本身就充满了自我解构性。《檀香刑》塑造了一个为了正义而试图杀掉奸佞袁世凯的英雄钱雄飞。他被老奸巨猾而残暴嗜血的袁世凯识破而被处以凌迟之刑。这个形象和鲁迅的《铸剑》中的宴之敖者不无共性，即为公义而牺牲自己；而小说中的袁世凯，以及侧面描写的慈禧太后等清朝王公大臣和《铸剑》中喜怒无常、滥杀无辜的楚王有些类似；除了种种酷刑描写还有滑稽的猫腔戏演出，有的人身上的虎性、狗性等显露无遗，而这猫腔戏和《铸剑》中含混不清的歌曲则有异曲同工之妙，以喜剧的外形传达了悲壮的意蕴。《月光斩》写一个县委副书记被吊在一棵树，原来是其塑料模型而其真人又在电视上现身。《生死疲劳》写大善人、地主西门闹竟莫名其妙地被自己的雇工黄瞳枪毙于村庄的桥头，他在阎王爷那里喊冤，阎王就让他重返人世，经过驴牛猪狗猴及大头儿蓝千岁，历经艰难而轮回为人。小说也有许多滑稽、笑剧、

---

[①] 括号内数字指作品的发表或出版年份。下同。

游戏之笔，尤其是对县城里来搞社教的"红卫兵""大叫驴"演讲场景的描写充满了平民的谐趣和深刻的幽默，正当大叫驴声嘶力竭对着大喇叭喊叫之时，被我（"莫言"）在柴油发电机传送带上撒了一泡尿而戛然停止。更有甚者，在大叫驴讲话时，天空飞来的一群大雁竟然被那大叫驴似的嗓音震下来好多只，社员们都跑去争抢天上掉下来的大雁，没人再听大叫驴的喊叫，结果挤压而死伤十余人。这类悲喜剧场景在这部莫言代表作中可谓比比皆是。

莫言少年时代就读到了鲁迅《铸剑》这部小说，他自述道："那冷如钢铁的黑衣人形象，今生大概难以忘怀"，"许多年后，还难忘记这篇奇特的作品对于一个'文学少年'的心灵产生的巨大震撼"。①两位作家的精神结构和审美取向是基本一致的。莫言和鲁迅一样，都是在小时候就体验到了社会和人性的黑暗。鲁迅从大家族的衰落、历史的叙事和国家民族的衰败中体验到了这种黑暗，《呐喊·自序》那句名言"有谁从小康坠入困顿的么？"即是明证。他还有多篇杂文、散文、诗歌、日记等所表达的对社会、人性的深刻认识。因此，可以说《铸剑》是他的小说艺术的至高结晶。而莫言从孩童时期的饥饿、孤独、恐怖、羞辱中体验到了这种黑暗和丰富。宴之敖者的形象是以黑为主色调的，青色的衣，黑色的人，黑须黑眼睛，叙述者称其为"黑色（衣）人"。这也是个有些厌恶自己的人物，"你的就是我的；他也就是我。我的魂灵上是有这么多的，人我所加的伤，我已经憎恶了我自己"！"他"是黑色人似指眉间尺的父亲，宴之敖者自比为造出宝剑而被暴君杀害的铸剑师。这和眉间尺的憎恶自己有异曲同工之处，但也有不同。眉间尺仅仅是要报杀父之仇，属于血亲复仇，而宴之敖者的报仇行为超越了具体的仇恨，是对自己作为顺民、奴隶地位的厌弃，对自身的厌恶，最后导致他的复仇行为升华到一个充满悖论而又崇高的境界。这相当于秋瑾、徐锡麟等刺杀清王公大臣的高尚行为。宴之敖者是个积淀了诸多苦难、屈辱、恐怖、黑暗，向往光明和自由而不得，进而又自我厌弃的复杂人物。他既是要为眉间尺报仇，也是为自己的重生自刎，同时又是为某种隐而不现的公义雪恨。在写作就是站在弱者立场来实行公义上，莫言和鲁迅是非常接近的。莫言认为，鲁迅的复仇者与普通的复仇者不同，他"只不过要给你报仇"，这种报仇意识源于黑色人内心被压抑的忧愤和超越狭隘的一己之私，而宁愿牺牲自己来完成这一任务。三十六岁的莫言写道："经过像铸剑一样的锻炼，达到'青光中，看去好像一无所有'了。"②《铸剑》中的头颅、青剑象

---

①②莫言：《谁是复仇者？——〈铸剑〉解读》，《中国现代文学研究丛刊》1991年第3期。

征着什么？莫言解读道："他们既是头又不是头，既是剑又不是剑，既是人又不是人。是一种黑色的冷冰的精神。是一种冷得发烫，或热得像寒冰一样的精神！这是一篇冷得发烫的小说。""冷得发烫"与鲁迅《野草》集中的《火的冰》《死火》等意象非常接近，它们以扭结的、冲撞的方式纠合在一起。这是生命的奔腾、自由、宣泄突遭遏制、打压、扼杀而导致的后果，因而它们非常奇特、怪诞。莫言还认为，现实中的鲁迅就是复仇者；而且，鲁迅曾用"宴之敖者"作笔名，虽然仅用过一次①。从中可看出，宴之敖者就是鲁迅在小说中的化身。莫言在创作《天堂蒜薹之歌》《檀香刑》《生死疲劳》等作品时，那些处于历史和现实困境、苦难中的主人公们，难道没有莫言自己的面影吗？

另外，《铸剑》透出严肃中掺杂着游戏的心态，而莫言由于齐文化和民间文化的滋养，其心理结构中就有了与鲁文化和儒家文化不同的游戏、滑稽、幽默及鬼神等基因。这种文化氛围既与鲁文化、儒家文化构成对照，同时又构成张力，从而增强了莫言对于世界、对小说艺术的认知和表达能力。除此，莫言还探讨了中国古代武侠小说及传奇小说"最宝贵的素质：寓言性"，但港台武侠小说糟蹋了古代传奇小说的迷人因素，不能单靠悬念来吸引读者。好的历史传奇小说包括武侠小说本身应该具有强力性和超常性。②眉间尺为报杀父之仇、宴之敖者为公义而慷慨赴义，他们的头颅一起同王头进行搏杀，均是超常的行为。

莫言在四十一岁时写过一篇关于鲁迅的文章，透露出两个作家精神上的联系。七八岁时，因长期生病在家，就看大哥留下的课本，其中有鲁迅《狂人日记》，那"吃"人的描写使他联想起发生在村庄内外那些惊悚故事。稍大一点，他读过鲁迅的《故事新编》，惊讶于里面"那些又黑又冷的幽默"，"尤其是那篇《铸剑》，其瑰丽的风格和丰沛的意象，令我浮想联翩，众生受益"③。莫言后来谈到，由于发表了小说《欢乐》(1987)而受到猛烈的抨击，感到苦闷和委屈，便通读起《鲁迅全集》，这对后来莫言的创作影响深远，其直接结果是摹仿鲁迅杂文，写了篇《猫事荟萃》，带有鲁迅杂文《狗·猫·鼠》的意味，后来选编《锁孔里的房间》，间接的结果就是莫言的整个精神结构、思维方式、艺术观念、创作原则、叙述手法等发生了很多深刻的变化。甚至到2017年，他

---

① 参见《鲁迅全集》第二卷，第453页注释[13]。宴之敖者，是作者虚拟的人名。1924年9月，鲁迅辑成《俟堂砖文杂集》一书，题记后即以此为笔名，但以后未再用。
② 莫言：《谁是复仇者？——〈铸剑〉解读》，《中国现代文学研究丛刊》1991年第3期。
③ 莫言：《读鲁迅杂感》(1996)，莫言：《会唱歌的墙》，作家出版社2012，第120页。

在《人民文学》发表题为《天下太平》的短篇小说[1]，后编入小说集《晚熟的人》[2]。"天下太平"一语在鲁迅《铸剑》除了前面提及的一句，还有一处文字："他们（指宫廷中的各色人等）都愿意这把戏玩得解愁释闷，天下太平。"国王只是为了一己之私、之欢，而莫言这篇小说，从名称到审美寓意和《铸剑》之间的隐秘联系又增加了一层意思，均不乏反讽意味。另外，莫言的戏剧《我们的荆轲》以及诸多的创作谈和演讲词等，都浸透着《铸剑》的深刻影响。总括来说，这是自新文学诞生以来，到至今的当代文学发展史上堪称重要的精神传承事件。从鲁迅到莫言，从中国新文学之源，到新文学之流，穿越百年历史，其艺术与美学品格大致保持了一种较高水准。这是难能可贵的，是值得中国当代作家、文学研究者、文论从业者欣慰和自豪的重要事件。

---

[1] 莫言：《天下太平》，《人民文学》2017年第11期。
[2] 莫言：《晚熟的人》，人民文学出版社2020年7月。

# 鲁迅与现代文化价值重建

## 纪念鲁迅140周年诞辰国际学术会议暨第六届绍兴文化峰会论文选集 ③

绍兴市社会科学界联合会
绍兴文理学院鲁迅研究院
乐山师范学院四川郭沫若研究中心
———— 编 ————

山西出版传媒集团　北岳文艺出版社

·太原·

# 目录 第3卷

《自由谈》"腰斩"张资平引发"倒鲁"事件考论
　　……………………………… 巫小黎　佛山科学技术学院　001
"抒情传统"中的鲁迅研究
　　——关于"文学鲁迅"问题的思考
　　……………………………… 席建彬　江苏第二师范学院文学院　012
鲁迅对哈姆生的接受与疏离
　　…………………… 徐晓红　中国海洋大学文学与新闻传播学院　023
"人"的问题和周氏兄弟的思考
　　………………………………… 徐旭敏　台州学院人文学院　034
论鲁迅散文《范爱农》中的"小说笔法"
　　……………………………… 徐依楠　绍兴文理学院人文学院　044
鲁迅"中间物"意识的超克与其文学的关系
　　………………………………… 许江　辽宁师范大学文学院　046
鲁迅孤独寂寞的生活方式与其经验知识的生动性
　　………………………………… 许祖华　汉口学院　华中师范大学　058

丑角、看客与孤独者的悲喜剧
　　——鲁迅与穆时英笔下的丑角形象之比较
　　　　………………………… 杨程　河北省社会科学院　068

从与现代评论派的论战看鲁迅的青年观
　　　　………………… 杨惠钰　傅红英　绍兴文理学院人文学院　079

"紧接上去的战斗号角"
　　——论鲁迅小说《长明灯》的插图阐释
　　　　………………………… 杨剑龙　上海师范大学　081

鲁迅外婆家安桥头村鲁氏家史口述史拾遗与考辨
　　　　………………………… 杨晔城　绍兴市文旅集团　094

窃书不能算偷
　　——基于形象思维的文本细节解读
　　　　………………………… 姚晓龙　江西宜春学院　102

《花边文学》初刊本与初版本中的时局与语言问题
　　　　………………… 叶吉娜　陈国恩　武汉大学文学院　115

论鲁迅的噪音书写
　　　　………………………… 叶奕杉　西南大学　126

鲁迅对《天演论》之扬弃
　　　　………………………… 俞兆平　厦门大学中文系　128

重铸民族魂
　　——论红柯创作中的鲁迅影响
　　　　………………………… 喻雪玲　陕西师范大学文学院　146

"经典"的生成：鲁迅《故乡》与现代"乡愁"
　　　　………………………… 袁红涛　上海社会科学院文学研究所　157

《狂人日记》与20世纪小说疯癫叙事模式的诞生
　　　　………………………… 袁伟平　云南师范大学　164

柔石译《浮士德与城》与鲁迅对卢那察尔斯基的接受
...................... 瞿猛　天津师范大学文学院　168

"五四"新文化方向与鲁迅思想的精神指向
...................... 张福贵　吉林大学文学院　179

鲁迅、章太炎与法家文化关系之反思
...................... 张克　深圳职业技术学院　194

"荒原狼"的象征意义：鲁迅小说《孤独者》与黑塞小说《荒原狼》之比较
...................... 张勐　浙江工业大学人文学院　208

《阿Q正传》与现代文化价值重建
............张梦阳　中国社会科学院文学研究所
　　　　　　　　　　绍兴文理学院鲁迅研究院　217

鲁迅小说中的舆论结构
...................... 张全之　上海交通大学　231

新华作家对鲁迅经典的重写
...................... 张森林　新跃社科大学　240

对话的伦理与新文化生产的道德规范建构：以"五四"新、旧思潮论战为中心
...................... 张先飞　河南大学学报　252

启蒙：艰难的里程
　　——《艰难的里程：从鲁迅到丁玲·自序》
...................... 张永泉　河北省社科院　263

徐玉诺与周氏兄弟交往关系考辨
...................... 赵焕亭　平顶山学院　271

《三闲集》校勘札记
...................... 赵坤　天津师范大学文学院　283

再论鲁迅对托洛茨基思想的接受及其转变
...................... 钟诚　山东大学政治学与公共管理学院　291

鲁迅与中国现代文学的学术传统

　　………………………… 朱寿桐　澳门大学中文系　307

鲁迅日记手稿还有没有错？

　　——书帐部分"误字"校勘

　　………………………… 朱文健　山东师范大学　320

论周氏兄弟文学传统对20世纪40年代海派女性文学的影响

　　………… 左怀建　毛慧敏　浙江工业大学人文学院　334

# 《自由谈》"腰斩"张资平引发"倒鲁"事件考论

巫小黎　佛山科学技术学院

1933年5月9日，上海出版的《社会新闻》第三卷第十三期登出一篇署名"粹公"的文章，题为《张资平挤出〈自由谈〉》。……此文后来被鲁迅录入1933年7月写成的《伪自由书·后记》。作者或有为1933年沪上文坛"立此存照"，以供后人研究的意思。然而，仔细想想，其意义恐怕又远不止于此。留待后面讨论。

由于"粹公"的文章写于八十多年前，有特定的写作语境和受众，而《鲁迅全集》里，作者"录以备考"的文字，一般也不加注释。如今即便是治中国现代文学史的人，多数未必明了上文所说的那些人与事。那么，进一步解开鲁迅录入这篇劳什子文章的用意，势必更加不知所措。欲知其详，先要上溯到始于1932年秋冬之间《申报·自由谈》的革新与改版。

## 一　《自由谈》换帅，黎烈文替下周瘦鹃

创刊于1872年的《申报》，是中国新闻出版史上最早的一份老牌报纸，《自由谈》是它的副刊，1911年创办，每天随日报发行。这是一个文化休闲专刊，主要刊登言论、散文、随笔、小说等，以思想性、文艺性和休闲性见长，是现代市民社会的产物，也是大众表达思想和传播舆论的公共文化空间，受众群体

异常庞大。

民国时期的上海，历经半个多世纪的开发和建设，到20世纪30年代，工商业飞速发展，市场活跃，经济增长迅猛，文化产业高度繁荣，尤其是流行文化所宣扬的物质主义的颓废思想和享乐意识，以时尚的外壳做掩饰，恣肆泛滥，无孔不入，人的存在完全以物欲满足为鹄的，主体意识从根本上被消蚀，民族文化的价值内涵被抽空、解构，都市人醉生梦死、及时行乐的生活方式，成了大众流行文化追求的新潮流、新时尚。

革新前的《自由谈》，基本延续晚清民初的消费文化思潮，所发表的作品，十有八九是卿卿我我，哀哀唧唧的文字，品位和格调与"鸳鸯蝴蝶派""礼拜六派"同属一路，面目酷似1921年前未改版的《小说月报》，尤喜缠绵悱恻、吟风弄月的篇什。这些，即是当今被称之为文化休闲的软性读物。尽管其思想贫乏，内容空洞，却深得《自由谈》的喜爱。主笔政的周瘦鹃，号称"礼拜六派"的巨子，陶醉其间，执迷不悟。文学革命兴起后，新文学家们对"鸳鸯蝴蝶派""礼拜六派"掌控的《自由谈》颇有微词，一直想给其注入新鲜的空气，一洗其陈腐霉烂的气息。而且，从时代氛围而言，1930年代，恰逢其时。新文学由草创时期的贫瘠走向繁荣和兴旺。再者，沐浴着"五四"新思潮成长起来的文化消费群体，其人生价值的追求，迥异于科举制下故作风雅、偏爱吟风弄月、惯于无病呻吟的旧式文人。这一新的社会群体，大都以改造社会、创造新生活为人生鹄的，社会责任和历史担当的现代意识空前高涨。因而，阅读的旨趣、文化消费的趋向，随之转换。民国初年的期刊，不少已经脱胎换骨，探索新生。譬如，由商务印书馆出版的《小说月报》，创刊比《自由谈》稍早，原先也是"鸳鸯蝴蝶派"的地盘，1921年经过革新改版，由茅盾担主编之责，成了发表新文学创作、评论和翻译、介绍西方文学及文学理论的最重要刊物之一，颇受读者欢迎。而附属《申报》的《自由谈》却仍在唱着几十年不变的老调子，继续沉迷在暮气沉沉、蜂飞蝶舞的陈腐氛围中。

思想新潮的《申报》老板史量才，是一个富有文化理想的民族实业家、中国报业大亨，酝酿《自由谈》改版的事已有多时，他期待有个能量大、思想前卫的青年才俊给《自由谈》注入新文化、新思想的酵母，使之融入时代洪流，参与新文化的建构。但他又不愿因此失去品位不高、趣味守旧而数量可观的老派读者，心里反复掂量的是怎样才能将他的"以老品牌稳住老顾客，以新文艺吸纳新读者"的办报策略成功落地，实现商业竞卖与创造新文化共赢，经济效益和社会效益兼容。

上海文坛盘根错节，十分复杂。20年代初期文学研究会与创造社的公开对垒，1928年关于"革命文学"的论争等，引起的人事纷争，留下的恩恩怨怨至今仍在发酵。作为一个靠文化市场赢利的报人，史量才无意介入思想文化界和文坛形形色色五花八门的党派、社团、主义的明争暗斗，更不想因此去讨好或得罪任何一方，给自己招惹麻烦。彻底地说，作为出版商，保持生意人的立场，坚守新闻出版面向社会开放的公共性和大众性，于他而言才最为重要。故此，稳健而精明的史量才一直在寻找机会，物色一个合适、放心，且各方都能接受的人来接替周瘦鹃的位置。

1932年，一位名叫黎烈文的湖南青年，从法国留学回来，想在上海求一份职业，机缘巧合，就和史量才搭上了线。《自由谈》的革新与改版，拉开序幕。黎烈文（1904—1972），湖南湘潭人，又名黎六曾。黎烈文本来留学日本，一年后转到法国巴黎大学，1931年获得文学硕士学位，1932年春回到上海。受巴黎大学的老师推荐，黎氏回到上海后，即被法国哈瓦斯通讯社上海分社聘为法文编译。

说到黎烈文与《自由谈》，不能不扯出黎氏的干娘黄松。福建泉州人黄松[①]，生于书香世家，从小聪颖好学，擅长琴棋书画。她的丈夫黎桐生是黎烈文的族叔。黄松嫁与黎桐生后，生有两个女儿，不久，做了寡妇。因为没有亲生儿子，遂认黎烈文做干儿子。迫于生计，黄松带着两个女儿从泉州来上海定居，以教琴卖画为业，交游十分广泛，不骄不馁，文雅庄重，周旋于珠光宝气花团锦簇之间。沪上豪门巨富的太太们、少奶奶们无不乐于和她结交。[②]黄松与史量才的二太太沈秋水成为无话不说的密友后，也跟着进入史量才的视野，黄松的女婿黄子健，也成了靠《申报》馆谋生的人。沈秋水与史量才结婚多年，却没生下半男一女，深感身世凄凉，遂认黄松的女儿做干女儿。[③]于此可见，黄松与史公馆的关系非同一般。

黎烈文回国后，黄松原本就有利用自己与史公馆的交谊，为其在报馆谋个职位的想法。获知史量才有撤换《自由谈》主编周瘦鹃的意思，更不想错过这个机会。

---

[①] 黄松1982年以95岁高龄逝世于福建泉州。
[②] 康咏秋：《黎烈文评传》，湖南人民出版社，1985，第36页。
[③] 庞荣棣：《史量才：现代报业巨子》，上海教育出版社，1999，第112页。

出国前，黎烈文曾经在商务印书馆编译所做过勤杂工和助理编辑。郑贞文任厦门大学校长时，黎是校长室的秘书。曾出版过小说集《舟中》，在国内《学艺》《文学周报》《一般》等刊物上也发表过数量不少的翻译和创作。留法期间曾受聘为《申报》特约撰稿人。这些业绩，显示了黎烈文的实力，并成为他主《自由谈》笔政的基础。史量才还看重黎烈文留法刚刚回国，没有参加任何党派，未曾介入国内文坛的各种是非纷争。1930年代的上海报界，实力雄厚如《申报》这样的文化企业，选用人才也要考察其教育背景和学衔、身份和政治面貌之类。似乎由此也可得到印证。

1946年黎烈文赴台。1972年11月在台湾逝世。1997年学林出版社出了他的一本集子《天才与环境——黎烈文艺文谈片》。该书《卷首语》引用巴金的话评价黎氏，说他"埋头写作，不求闻达，'不多取一分不属于自己的东西'"。显然，黎烈文值得后人的尊敬。

史老板决定把《自由谈》交给文学新人黎烈文去经营，下狠心换掉了《自由谈》的资深编辑周瘦鹃。带着希望和憧憬的黎烈文，很快走马上任，接受《自由谈》主编的职务。雄心勃勃留欧归国的文学硕士，也觉得这是施展才干、实现个人理想和抱负的大好时机，自然满心欢喜，期待借《申报》作为事业平台，一展才干，在文坛弄出一点动静。

实话说，能得史量才的赏识和器重，并非易事。史氏不仅是《申报》的老板，而且，他同时还拥有上海几个老牌大报如《时事新报》《新闻报》的大部分股份，是1930年代名副其实的报业大佬。黎烈文当然知道肩上担子的分量，十分珍惜这个机会。《申报》创刊至1930年代，已有六十年的历史，是上海滩的名报名刊，影响甚广，有一批稳定的受众。况且，西化、洋派的上海，市民有自己的读报趣味，而且还比较独特和挑剔，如今要革新《自由谈》，风险之大，可想而知。弄不好，不但主编的意愿化为水月镜花，报纸的销路也将受到重大影响。那样的话，别说理想抱负，恐怕连饭碗都不保，甚至身败名裂的可能性都随时存在，不能不十分慎重。上海文学界的情势，黎烈文虽有一定了解，但谈不上熟悉，更加摸不准深浅。他首先按照个人的思路，创建朋友圈、集聚作者群。

## 二 黎烈文约稿，张资平走进《自由谈》

1932年11月间，黎烈文开始忙碌起来，为《自由谈》改版频繁活动，寻找稿源。以当面约稿、朋友介绍、书信联系等各种方式邀请张资平、郁达夫、叶圣陶、林语堂、施蛰存、谢冰莹等①沪上文坛的知名作家写稿，恳求支持《自由谈》的革故鼎新。风华正茂的黎烈文，当然想网罗一批新文学的重要人物和富有实力的新锐，倚重《申报》的社会影响力，以空前强大的新人阵容，掀起一股新的文化风潮，冲击《申报》保守势力，以图革新社会观念，刺激新的思想市场的发育和生长，拓出新的文化空间。

居于上海的鲁迅，由于其名气大，位置非同一般，黎烈文不敢贸然约稿，便托郁达夫请鲁迅惠赐大作。写给茅盾的约稿信，则由开明书店老板转交。茅盾因为忙于别的事情，一时顾不过来，没有及时回应。事实上，茅盾一向谨慎、稳重，而且，他深知上海图书、报纸出版界的底细，一般不轻易答应陌生人的约稿。经过一段时间的观望，到是年12月下旬，改版后的《自由谈》已经出到第27期，他才给《自由谈》写了第一篇稿子，即是1932年12月27日以笔名"玄"发表的《"自杀"与"被杀"》。

上海文坛，一如竞争激烈的生意场，关系错综复杂，政治的、经济的、党派社团的各种利益纠结交缠，卖文为生的著作人，遭人暗算的风险随时都在，稍不留神就踩到人家故意设好的陷阱里去了。基于经验，鲁迅向来不喜欢挤进历史久远、背景复杂的老牌大报上发文章凑热闹，以免招惹是非。黎烈文这个人，他也未曾听闻。据他个人推测，既是通过郁达夫来约稿，那么，大概也是有着"一副'创造'脸"的"才子"吧。"我一向很回避创造社里的人物"②，现在又何必与他们发生关系呢？再者，史量才态度的转变，是真是假还有待观察，便没有立即应允，而是想看看风向再说。③然而，倘有余暇也就留心《自由谈》上面登载的文章。一段时日后，鲁迅渐渐对《自由谈》产生了一点好感。接着，他又从报上获悉，黎烈文因忙于《自由谈》编务，竟至于无暇照看

---

① 茅盾：《我走过的道路》（中），人民文学出版社，1984，第172页。
② 鲁迅：《伪自由书·前记》，《鲁迅全集》第五卷，人民文学出版社，1981，第3—4页。（本文所引《鲁迅全集》作品原文均出自同一版本。）
③ 茅盾：《我走过的道路》（中），第180页。

生产的妻子，致黎妻严冰之以产褥热死于庸医之手。①再有，黎氏悼念亡妻的《写给一个在另一世界的人》一文，②鲁迅读后，很受感动，因之，慢慢对黎烈文接编后的《自由谈》有了一些些的好感，便开始动笔给《自由谈》写稿。③

鲁迅发表在《自由谈》上面的第一篇杂文《"逃"的合理化》，具体日期是1933年1月30日。现在通行的《鲁迅全集·伪自由书》，本篇改名为《逃的辩护》。④因怕引起人们的过度关注，谨慎的鲁迅，取"何家干"做了新的笔名。而编者黎烈文却在当天的报上，为此专门发表启事一则，云："编者为使本刊内容更为充实起见，近来约了两位文坛老将何家干先生和玄先生为本刊撰稿，希望读者不要因为名字生疏的缘故，错过'奇文共赏'的机会！"⑤"何家干"后来就成了鲁迅在《自由谈》上发表文章时用得最多的一个笔名。那时，瞿秋白偶尔也用鲁迅的笔名在《自由谈》上发表文章，譬如《〈子夜〉和国货年》⑥就是一例。这倒需要今天的读者特别留意。

话说回来。按预定计划，新版《自由谈》正式与读者见面的时间是1932年12月1日。这一天，《自由谈》登了五篇文章，依次是谢六逸《汤饼会》、叶圣陶《"今天天气好呵"》、冰莹《新生的自由谈》、星子《写于杯盘狼藉之后》和张资平的长篇小说连载《时代与爱的歧路》（一），⑦另外还有一篇译自法国作家P.Merimee的作品《托勒得的珍珠》，译者为"冰之"，即黎烈文之妻严冰之。从第一天亮相的作者名单看，张资平是《自由谈》改版的积极支持者，并走在了前列。

黎烈文为办好这个名气很大的副刊，的确没少费力气，且显示出他的才干。若由《自由谈》作者名单看，他并不偏向某党某派，或某个文人集团，"人们第一个印象，往往为它的五光十色、绚丽多彩而惊叹。杂感之外，散文、随笔、速写、游记、读书记、小考证、文艺评论、科学小品、短篇翻译等等应有尽有。"⑧

或许读者业已留意到，名家云集的新版《自由谈》，锐气凛凛，作风泼辣。

---

① 《自由谈·启事》1933年1月24日。
② 《申报·自由谈》1933年1月25日。
③ 鲁迅：《伪自由书·前记》，《鲁迅全集》第五卷，第4页。
④ 参见鲁迅《逃的辩护》，《鲁迅全集》第五卷，第9页。
⑤ 茅盾：《我走过的道路》（中），第179—180页。
⑥ 唐弢：《申报自由谈目录·序》，上海鲁迅纪念馆编，1981，第7页。
⑦ 这篇小说后来改名为《青年的爱》单独出版。
⑧ 唐弢：《申报自由谈目录·序》，第5页。

不过，大多数作者只用笔名在上面发表文章。以常用名为《自由谈》写稿者，自称"坐不改姓，行不改名"的新文学作家张资平，是为数不多的一位著名小说家。他携长篇小说《时代与爱的歧路》款款步入《自由谈》，其前卫、先锋的姿态，更因他显赫的声名备受关注。

《时代与爱的歧路》的中心人物是一个叫作林海泉的青年大学生。故事讲述他与恋人刘佩珠及包括林海泉老师的姨太太鹤子夫人、同乡之妻华秋英、大学同学卓淑华等在内的几位女性淫靡混乱的感情纠葛、情色关系。全书共四十一节，十多万字。《自由谈》改版的第一天，即1932年12月1日开始连载，每天一个片段，多则一千多字，少则几百字。

## 三 张资平出局，小《晶报》"围观"大作家

到了1933年4月22日，《时代与爱的歧路》登完第三十五节，《自由谈·编辑室》忽然登出启事，说次日起停止连载张资平的长篇创作，"至希读者诸君注意为幸"。①

停止一篇小说的连载，本来就不算什么大事，报纸开天窗的事，早都见怪不怪。再说，《时代与爱的歧路》也并非了不得的佳构鸿篇，不过是张资平数量庞大的言情小说之一种。新闻出版高度市场化的20世纪30年代，主编、编辑选用稿件自主性、独立性很强，副刊更是如此，且不说牛气哄哄的《申报》，新闻出版行业，大都循此惯例。

意想不到的是，4月27日，上海坊间闻名的《晶报》②却以《〈自由谈〉腰斩张资平》为题蓄意放大，不怀好意地，以极煽情的言语公开挑衅，有意播弄是非，制造事端。请看全文：

> 腰斩，是封建时代的野蛮刑罚，民国哪有此事？张资平先生是新体小说描写三角恋爱的好手，哪里会受此酷刑？到现在还用此等名词，真是落伍。
> 
> 可是我也要抄袭新体小说的术语"事实告诉我们是这样的"，前天的

---

① 《申报·自由谈》1933年4月22日。
② 当时上海滩闻名的小报。1919年3月3日创刊，主编余大雄。据称，《晶报》发行量在当时上海报界居第四位，仅次于《申报》《新闻报》和《时报》。该报与《福尔摩斯报》《金刚钻报》和《罗宾汉》并称小报"四大金刚"。

《自由谈》编辑室,明明说道:"本刊登载张资平先生之长篇创作《时代与爱的歧路》业已数月,近来时接读者来信,表示倦意。本刊为尊重读者意见起见,自明日起将《时代与爱的歧路》停止刊载,改登近代世界文学名著法人作《红萝卜须》"。①

从前《自由谈》登的小说,如《人间地狱》等种,常常连载一年二年,不算稀奇,读者也并不"表示倦意",张先生谈恋爱谈得起劲,我们方且觉得津津有味,突然的被编辑先生施出辣手,轻轻地加上一个读者表示倦意的罪名(倦有厌意,常言说厌倦。难道说十块钱一千字的小说,还是讨人厌吗?)把张先生的杰作腰斩了。资平先生啊,我看表示倦意,要编辑先生拿出六七万封信件才算公允。譬如《申报》读者是十万人,尊重多数,当然要六七万,要不然,岂不是黎烈文先生弄的玄虚?②

《伪自由书·后记》里,鲁迅说被小报轰传一时的"腰斩张资平"案,指的即是此事。③

《〈自由谈〉腰斩张资平》虽然只有几百字,然而,行文一如绍兴师爷,刀笔吏的神气活灵活现,跃然纸上。不熟悉小报文风和笔法的读者,实在可以借机补上一课。该文腾挪躲闪,张弛有度,值得细细玩味。劈头俩字"腰斩",就将编辑室掐断一部连载小说的日常编务,演绎成编者施之于作者的酷刑。起因于文章的事,被八卦成文人间的恩怨,编创双方的仇恨种子,悄然播下。末了一段,更其阴险,说什么"资平先生啊,我看表示倦意,要编辑先生拿出六七万封信件才算公允。譬如《申报》读者是十万人,尊重多数,当然要六七万,要不然,岂不是黎烈文先生弄的玄虚"?这话,其实可作多重理解。其一,似乎替"资平先生"鸣不平;其次,又像是在羞辱之,暗示张资平应该站出来理论一番,给对手一个有力的回敬,而不是一个人独吃哑巴亏;最后发现,《晶报》真正的意图是搅浑水,点燃张资平与黎烈文之间的怨愤之火。总之,《自由谈》革新以后,顺风顺水无波无浪,有人感到无趣无聊了。此时,恰是引来"同好"围观的绝妙时机。

据笔者详查,《自由谈》中断连载小说《时代与爱的歧路》,最初发生在

---

① 《自由谈》发表时,原夹有外文,即"法人 Jules Renard 作《红萝卜须》(Poilde Carotte)。"
② 署名"行云"。
③ 参见鲁迅《伪自由书·后记》,《鲁迅全集》第五卷,第174页。

1933年2月15日至3月17日,共三十一天。因何中断,又为何续上,缘由不详,未能考其实。但这次不同,编者却是郑重其事做了说明。据称,黎烈文停止连载该长篇小说前,私下对张资平曾有交代。①因之,张资平尽管心里不舒服,反应却是比较平静。况且,不善于打笔仗的他,性情内向、憨厚,不想花过多的时间、精力和人家去理论,仅在《中华日报》上发了一篇小文章,弱弱地咕哝几句,发泄一下怨气,既为求得心理上的平衡,也为自己在圈子里挽回一点面子,便算完事。

不料,由执政当局操控的《社会新闻》,本来就以捕风捉影、造谣生事为乐。此时,更是兴奋不已、意犹未尽,非使《晶报》恶意炮制的"腰斩"案,发酵成一宗人尽皆知的"文化事件"决不收手。于是,《晶报》"围观"大作家张资平的关键时刻,"粹公"的文章适逢其时,拽出"资平先生",当作射向《自由谈》的箭与弹。

## 四 鲁迅替《自由谈》背了黑锅

"粹公"借《自由谈》停止连载张资平长篇小说《时代与爱的歧路》为由头,俨然摆出主持公道伸张正义的架势,其腔调与《晶报》如出一辙,异曲同工。虚晃一块假招牌,貌似替张资平喊冤叫屈,目标所指是鲁迅、曹聚仁、郁达夫、茅盾和黎烈文,以及新版《自由谈》的支持者和左翼作家。

毫无疑问,首当其冲的是黎烈文。"粹公"的文章,公开谴责黎氏借职务之便,拿自己的译稿代替张资平的长篇创作连载,赤裸裸地兜售私货,变公共话语空间为他家的"自留地"。以事实斥责黎烈文出尔反尔,约稿而弃之不用,违背职业操守。但凡要搞臭一个人,拿道德与职场规则说事,再便利不过。深谙此道的《社会新闻》,公开拷问黎烈文的个人品质,其实就是质疑他的从业资格,势必对其职业前景造成重大威胁。不管其是否摸清了黎烈文的背景,只要是在市场成熟,产业化程度极高的上海新闻出版界,媒体从业者就无不靠市场吃饭,个人信誉和口碑,是其安身立命的本钱,对于像黎烈文这样刚入职场的新人,更是如此。

其次,"沈雁冰新组成的文艺观摩团,将大批移殖到《自由谈》来",等于说茅盾正在组织力量、策划规模化的行动,准备利用革新后的《自由谈》图谋

---

① 康咏秋:《黎烈文评传》,湖南人民出版社,1985,第98页。

起事，差不多等于公开检举《申报》有政治企图。于是，伤不起的就不仅是《自由谈》和黎烈文，更有《申报》及其老板史量才。

然而，经过一番指冬瓜画葫芦的闪烁其词后，《社会新闻》嫁祸鲁迅的居心终于大白天下，正是"项庄舞剑"的玩法。本来，此前鲁迅就给张资平戴过一顶"三角恋爱小说家"的帽子。① 而今将其逐出《自由谈》的罪责，栽到鲁迅头上，声称是鲁迅为"扫清地盘"垄断《自由谈》而使出的损招，因有前科铺垫，要想未了解实情者不予采信，恐怕还真不容易。

果不其然，张资平的确就信以为真了，认定是鲁迅存心和他过不去，满肚子委屈无处发泄的时候，受曾今可等人拉拢、鼓捣，并与之纠合在一起，很快摆开阵势，准备向鲁迅宣战。1933年6月6日《社会新闻》的消息《曾今可准备反攻》，② 又把曾今可树为鲁迅的靶子。兹录如下：

> 曾今可之为鲁迅等攻击也，实至体无完肤，固无时不想反攻，特以力薄能鲜，难于如愿耳！且知鲁迅等有左联作背景，人多手众，此呼彼应，非孤军抗战所能抵御，因亦着手拉拢，凡曾受鲁迅等侮辱者更所欢迎。近已拉得张资平，胡怀琛，张凤，龙榆生等十余人，组织一文艺漫谈会，假新时代书店为地盘，计划一专门对付左翼作家之半月刊，本月中旬即能出版。

此文仿佛聚焦曾今可，挑唆曾与鲁的积怨。这实际上等于给鲁迅挖了陷阱，引诱其往里跳，又像是招来一批打手，大声吆喝、起哄，逼着鲁迅非出来干一仗不可。列在其首的便是张资平。然而，根据鲁迅《伪自由书·后记》云：

> "腰斩张资平"，却的确不是我的意见。这位作家的大作，我自己是不要看的，理由很简单：我脑子里不要三角四角的这许多角。倘有青年来问我可看与否，我是劝他不必看的，理由也很简单：他的脑子里也不必有三角四角的那许多角。若夫他自在投稿取费，出版卖钱，即使无须养活老婆

---

① 1930年鲁迅曾撰《张资平氏的"小说学"》一文，把张资平的"小说学"概括为"△"，并引起一场笔战。
② 《曾今可准备反攻》，《社会新闻》第3卷第22期，1933年6月6日出版。

儿子,我也满不管,理由也很简单:我是从不想到他那些三角四角的角不完的许多角的。

然而多角之辈,竟谓我策动"腰斩张资平"。既谓矣,我乃简直以X光照其五脏六腑了。

《自由谈》革新,是《申报》应对思想、文化市场的内部调适。停载张资平小说,大概也没有什么人暗中特别授意。《社会新闻》有意围观、起哄,并使之发酵成为一起"倒鲁"事件,其伎俩之狡猾、目的之阴险、手段之狠毒,不难察见。不幸躺枪的鲁迅,被指控为革新《自由谈》的幕后操盘手,替《申报》老板背黑锅,虽说荒谬,却又有其内在的合理性。

事实上,执政当局视鲁迅为心腹之患由来已久,必欲除之而后快。所以,随时随地有人躲在阴暗的角落里,放他的暗箭;随时随地有人在他前面掘了陷阱,等着看他跌个粉身碎骨。总是"被黑"的鲁迅,照录"粹公"的文章,留存《曾今可准备反攻》等"檄文",其意无须多言。后来,他在给黎烈文的信中说:"我与中国新文人相周旋者十余年,颇觉得以古怪者为多,而漂聚于上海者,实尤为古怪,造谣生事,害人卖友,几乎视若当然,而最可怕的是动辄要你生命。"[1]言语之中,溢满痛苦而悲凉的人生况味,再次体验深陷"无物之阵"的悲催,荒诞之感难以言说!

---

[1] 鲁迅:《330708 致黎烈文》,《鲁迅全集》第十二卷,第194页。

# "抒情传统"中的鲁迅研究
## ——关于"文学鲁迅"问题的思考

席建彬　江苏第二师范学院文学院

多年来，鲁迅研究一直存在着政治性、思想性超越于文学性的倾向，确证了鲁迅作为思想、文化"巨匠"，"不懂得鲁迅就不懂得中国"，"重要性更甚于文学"等价值意义。被"轻视"的文学性反映了鲁迅研究的大致格局，既折射出"非文学的世纪"、文学边缘化的历史境遇与精神趋势，也表明了研究存在的政治化、思想化"趣味"。在此背景上，掩蔽其中的"文学鲁迅"问题也未能形成对于"抒情性基因"的"全面开垦耕耘"，包含着审美研究上的欠缺[①]。由此，将鲁迅文学纳入"抒情传统"加以观照，不仅是"完备"鲁迅形象的客观需要，也是对于"政治鲁迅""思想鲁迅"的某种"去蔽"，从文学性的角度去寻求研究上的某些变化乃至"突破"。目前，鲁迅研究有着"和谐化"的倾向，随着一批研究成果的逐步"经典化"，创新愈加艰难，而史料的"搬运"与挖掘也几乎"穷尽"，再次面临"语境化"的问题。作为中国文学研究的重要范式之一，"抒情传统"牵涉着百年中国文学的诗性特质等问题，从鲁迅文学抒情个性的流变，到与20世纪中国纯文学传统之间的暌携关联，观念与方法的调整与转变，有助于揭示审美精神在鲁迅文学及其形象建构中的地位与价值，提升诗性批评的学术品格。

---

[①] 孙仁歌:《鲁迅小说抒情传统及历史散文笔法研究》，《鲁迅研究月刊》2014年第7期。

## 一 "抒情传统"中的鲁迅研究

"中国抒情传统"论题,凸显了中西比较视野下的中国文学特质的考察,"中国文学传统从整体而言就是一个抒情传统"①。随着这一观念的播散,现当代文学中的"抒情传统"问题也受到了关注,方锡德等人的研究成果集中体现了这一影响②。"传统"意味着"绵延不绝","抒情传统"将现当代抒情文学置于传统"抒情诗"的技艺与审美关怀"精魂"的"嬗递变形"中加以辨识,对其"文化归属及其意义的省思""效用非常显著",展现出"相当巨大的开拓潜力"③。就此而言,鲁迅研究却承泽不多,以鲁迅为主题词(关键词)去检索知网④,迄今全部期刊发文多达47966(7830)篇,核心以上文章15195(2287)篇,但在147篇以"抒情传统"为题的文章中,关于"鲁迅"的仅有1篇,另有2篇是关于周作人这一现代抒情文学的另一始创者的。这三篇文章主要是对鲁迅小说叙事的抒情性以及周作人的抒情文学观念的辨识,指出了周氏兄弟文学的精神资源与抒情特征⑤。而"诗性传统"等相近概念的检索,基本与鲁迅无关,如以"诗性传统"为题的9篇文章,无一以鲁迅为题,也几乎看不到"鲁迅抒情""鲁迅诗性"等方面的文章。关于"鲁迅审美"的文章共有6篇,多是思想、价值的探讨;论及鲁迅文学"诗化"风格的文章要相对多一些,有18篇,不过多是相关性征的归理与阐释,同样缺乏"抒情传统"的旨向。

在普遍意义上,鲁迅文学的抒情性虽为研究所指认,但主要是作为一种现代文体与文学风格,揭示出抒情转向下的鲁迅小说的某些现代性征。与既往相对外在的、关注鲁迅文学的社会、思想蕴涵的研究有所不同,这一类成果多为文体学、叙事学、类型学等"形式角度"的综合把握,偏重于诗学、美学层面的考察与辨析。比如,陈平原将鲁迅小说看作是现代小说关注"情调与风格"

---

① 陈世骧、张晖:《中国文学的抒情传统》,生活·读书·三联书店,2015,第6页。
② 主要有方锡德《中国现代小说与文学传统》(北京大学出版社,1992)、王德威《抒情传统与中国现代性》(生活·读书·三联书店,2010)等。
③ 陈国球、王德威编《抒情之现代性:"抒情传统"论述与中国文学研究》,生活·读书·三联书店,2014,第31页。
④ 相关检索时间截止到2021年8月26日。
⑤ 三文分别为孙仁歌的《鲁迅小说抒情传统及历史散文笔法研究》(《鲁迅研究月刊》2014年第7期)、徐从辉的《有"情"的文学:周作人与抒情传统》(《文艺争鸣》2015年第2期)、杨经建的《周作人的"言志"文学观与中国文学的抒情传统》(《长江学术》2020年第2期)。

的开端，认为《社戏》等小说的"情调与意境""对清新诗趣的追求"是对传统叙事情节的突破，"实现中国小说结构重心的转移"①；杨联芬提出了抒情化是"小说向诗倾斜"的观点，并将周氏兄弟的《域外小说集》看作"超前的""由于夭折而未能实现的审美追求"的"潜文本"，一个明显特征就是"常常以意境的诗化与语言，表达个体生命的体验"②；等等。相当程度上，在近、现代转型中审视鲁迅文学的抒情品格，突出了鲁迅之于现代抒情文学的发生意义，对于文学内、外部研究的沟通，使得小说史、文学史等方面的论断更显出文学性。一方面，对于具体文本审美特征与价值的指认与辨识，确立了鲁迅文学尤其是小说的诗性品格，为现代文学的抒情转向与纯文学追求提供了一种本体论的阐析思路；另一方面，在以"五四"为中心的时间"断代"中，梳理抒情文学大致脉络与走向中的鲁迅文学的节点意义，浸透着不同程度的历史意识。然而，这类相关性突出的往往是鲁迅文学的开创意义，未能深入个体抒情"小传统"的具体流变③，也缺少现当代文学"大传统"方面的着力，与鲁迅研究还有着主体与视域上的错置或差异。"抒情传统"的方法论特征主要在于审美诗学与历史意识的"兼容并蓄"，既需要对抒情个性做深入、系统的考察，也需要结合互文性、整体性的文学流变，揭显其间的精神关联，强化历史意识，如此，方有可能呈现鲁迅文学"抒情基因"的复杂性与丰富性。

不妨指出，"抒情传统"在鲁迅研究中还缺乏实质性的"共鸣"。究其原因，鲁迅形象自身近乎"无限"的思想、文化张力自然是主因之一，相关内容孕育了众多可能，却也导致了文学性多服务于立人、国民性批判等思想的倾重，被"覆盖"的本体性妨碍了抒情文学的学术提升。此外，文化语境的局限、研究方法上的错位也是比较重要的因素。首先，对文学审美课题缺乏兴趣，已成为当下纯文学研究趋于式微的普遍境遇。现代抒情文学的研究还相对小众化、边缘化。比如说，诗化小说研究近年来虽然成果看似不少，但收获并不明显。表现之一就是钱理群先生曾寄以厚望的《诗化小说研究书系》，在张箭飞的《鲁迅诗化小说研究》（2004）、吴晓东的《镜花水月的世界——废名〈桥〉的诗学研读》（2003）以及刘洪涛的《〈边城〉：牧歌与中国形象》

---

① 陈平原：《中国小说叙事模式的转变》，北京大学出版社，2003，第122—124页。
② 杨联芬：《晚清至五四：中国文学现代性的发生》，北京师范大学出版社，2003，第143—149页。
③ 比如李泽厚在《略论鲁迅思想的发展》一文中，曾指出过鲁迅文学抒情风格的前后变化问题，注意到了文学发展的"具体阶段性"，主要是较为简约的阶段区分和风貌列举，意义并不突出（参见《中国思想史论（中）》，安徽文艺出版社，1999，第787—790页）。

(2003)等寥寥几著之后,就"难以为继"。在交代"诗化小说研究书系"迟迟不能交稿的原因时,钱先生曾说过,"约定的作者中的大部分人在世纪末的中国思想文化与文学的变化、动荡中,又有了自己的新的兴奋点,在观念、心态上,都有了一些变化,这样的文学形式的审美课题似乎已经失去原有的吸引力,变成一个虽并未忘怀、一时却难以接近的越来越遥远的梦了"①。诗化小说研究的境遇表明了审美回归的当下困境,在一个尊奉消费性的时代,抒情已融入世俗化的精神自由、个体欲望的"洪流",相对纯粹的审美已很难唤起人们的兴趣,缺乏现实文化的主体召唤与精神推动。

其次,批评方法的印象化则是一种更深层次的问题,"不善于借助令人信服的批评语言对领略到的印象做出进一步的分析,也不能将探得结论的过程展示出来"②,存在着方法论上的偏失与局限。现代文学的抒情转向是学术界的一种共识,且一直受到关注,但围绕抒情小说的研究基本上还停留在1980—1990年代抒情诗学视野中,多年来并没有取得多少进展。诸如意象、意境、象征等方面的研究往往是"小说向诗倾斜"这一观念的展开与深化,以传统诗学为基本理论资源,与1980年代以来学界对于抒情小说诗化特征的论断密切相关。受凌宇、方锡德等关于"意境"成为现代小说家的"自觉的创造"和现代小说"重要范畴""审美追求目标"等论述的影响③,意境说、诗性说等已近乎"规范"。相关研究往往偏于艺术感悟、敏感与直觉力,固然有其"跨文体"的阐释效力,有利于呈现文学的诗意美感与张力,但个性化的阅读体验也容易导致主观情绪的泛化,削弱研究的客观性与实证性。"印象自身的体验性和艺术感知的不确定性,使得相关阅读与传播往往成为某种追寻飘渺和高蹈之境的'艰难的感悟',……也多少表明这一研究理论资源的某种局限。"④印象化的批评缺乏面向抒情文学的持续有效性,所倚重的感性体察,并不长于内部纠缠与话语缝隙的辨析,以及理性意义上的系统理清,对于鲁迅文学的诗化质感的展现,很难进入深层次的语义运思,揭示诗性表达的精神内在与诗学肌理,乃至于与近现代以来文学进程、思潮运动等之间的交互关系。由此,陷入顿滞也就

---

① 钱理群:《文学本体与本性的召唤——〈诗化小说研究书系〉总序》,刘洪涛:《〈边城〉:牧歌与中国形象》,广西教育出版社,2003,第4页。
② 王先霈:《文学批评原理》,华中师范大学出版社,1999,第87页。
③ 参见凌宇《从边城走向世界》(岳麓书社,2006)、方锡德《中国现代小说与文学传统》(北京大学出版社,1992)。
④ 席建彬:《论现代小说抒情转向中的叙事建构》,《文艺理论与批评》2012年第3期。

在情理之中。

## 二 鲁迅文学中的"抒情传统"

鲁迅的小说、散文与诗歌之中嵌合着跨文体性的抒情"基因",形成一种在审美取向、文体坚持、风格沿变上标显一致性的话语表达。在此基础上,突出鲁迅文学研究中的"抒情传统"问题,不仅是对象序列与精神空间的拓展,也是研究视域的系统与深化,有助于改变既往基于少数文本、相对单纯的抒情风格、现象的描述与阐释,彰显鲁迅文学的整体建构。鲁迅的文学风格是不断发展、变化的,过程性的意义流动、侧重与交缠,决定了文学身份的自我生成。在多年的鲁迅研究中,经典文本的思想蕴涵一直属于重点,整体性的审美观照则多简约,系统性不够,并不看重文学风格的诗性转化,以及抒情风格的本体地位,关于"伟大文学家"的定位基本没有脱离社会学、政治学等思想、文化的"窠臼",制约了文学意义的开掘。

"抒情传统"是一种多文体的话语实践,对于鲁迅而言,首先是围绕着诗化小说文体的尝试与实践而展开的。早在《域外小说集》时期,鲁迅就以美感为艺术之"本质","皆在使观听之人,为之兴感怡悦"①,而作为周氏兄弟人道主义情怀"不合时宜"的"早产儿",《域外小说集》的一个显著特征就在于生命体验和抽象人性的诗化书写,情节淡化,叙述"前卫","所体现的对心灵世界的关注,以及象征、隐喻、诗化叙事等表现方式,不但超越了晚清,即便在当时的西方文学中,也是前卫的"。②《晚间的来客》《月夜》等小说多由思绪漫漶而成,写景状物,意味悠远,渲染出诗意的场景与氛围。虽只是译作,但作为现代中国小说"诗化叙事的范本和先例"③,在开启现代诗化小说传统的同时也标志了鲁迅小说中"抒情传统"的发端。或许,"弃医从文"的鲁迅有着过多功利性的现实考量,但并不应就此忽视鲁迅文学的审美缘起,恰恰相反,从诗化风格的《域外小说集》开始,审美选择在小说创作中得到了长期沿续,即便伴随着国民性批判等理性意识的强化,抒情诗的意味仍得以不同程度地留存,有时甚至超越启蒙意识,成为推动叙事的重要力量。《故乡》是一次

---

① 鲁迅:《摩罗诗力说》,《鲁迅全集》第一卷,人民文学出版社,2005,第73页。(本文所引《鲁迅全集》作品原文均出自同一版本。)
② 杨联芬:《晚清至五四:中国文学现代性的发生》,第143页。
③ 杨联芬:《晚清至五四:中国文学现代性的发生》,第156页。

对童年诗意、故人往事乃至个人境遇的回视与展望，突出了过去与当下、现实与理想的错异，将"今不如昔"的生命感怀与知识分子的落寞、感伤渲染成叙事的基调；《社戏》中的未庄记忆，与成年后无趣、乏味的看戏经历有着本真区别，在差异性的看戏体验中透出生命境界的原初念想。生命意趣在鲁迅早期小说创作中就占据重要地位，奠定了诗化的基调。从《域外小说集》《故乡》《社戏》到《伤逝》《在酒楼上》《孤独者》等小说也就构筑出一条"抒情传统"的脉络，如果说早期小说还相对单纯，那么随着诗性精神的沿异，"抒情基因"又将投射在社会性的文化伦理与叙事背景上，生命的愉悦与痛苦、审美超越与时代情绪、社会情怀的交织、融汇，表现出"此消彼长"的变异、开放倾向，进一步突出了鲁迅小说的审美发展与建构。

关于《伤逝》《在酒楼上》《孤独者》等小说的抒情性，以往"多倾向于现代知识分子社会情怀的通联，侧重社会文化伦理意义的探讨"[①]，事实上，这些作品也有其"明显"诗化的一面，只是由于对文化与现实意识的习惯性偏重，研究者似乎并不愿意突出这一存在。《伤逝》固然关联着作者对于时代青年情感和命运的出路问题的思考，然而真正触碰人心的仍在于生命的愉悦、波折以至凋零，无所归依的肉体与灵魂，又是共性、抽象的生存困境的形象演绎与谕示。一定意义上，这正是成就经典性的一种底色，张弛的情绪应和着生存的浮沉、起落，感伤中透出深沉与节制，昭示出审美精神与时代话题的矛盾性纠织。《在酒楼上》《孤独者》中的吕纬甫、魏连殳，社会性的幻灭与颓废折射着个体性的创伤记忆，一代知识分子的精神绝境似乎只有在旧时的记忆或短暂的生活、自然感念中获得某些"瞬时"的慰藉，吕纬甫的"废园"与"梦的痕迹"散发出业已远隐的乡土与过去的气息，"和怀旧的心绪联结起来"，魏连殳的童年记忆与世俗化的孩童也折射着生命的异化，"惨伤里夹杂着愤怒与悲哀"，理性的生存意识和诗意的"偶在"闪现构成了一种比照关系，编织出叙述的冷峻氛围。"五四"抒情小说的诗化品格并不单纯，沈从文所说的"清淡朴讷的文字，原始的单纯，素描的美"[②]包含着理想主义者的素朴审美，然而过于乐观与理想化的诗性表达往往缺乏成就经典的"误读"张力，也有悖于"五四"作家布满"创伤性记忆"的精神结构。社会、文化意义掩映着诗情的

---

① 席建彬：《诗情的"蛊惑"——鲁迅诗化小说的叙事读解》，《鲁迅研究月刊》2014年第11期。
② 沈从文：《论冯文炳》，吴福辉编《二十世纪中国小说理论资料》第三卷，北京大学出版社，1997，第242页。

浮沉，鲁迅小说的这一沿变，或许更能体现现代审美话语的真实轨迹与形态。

现代小说的抒情性源于"向诗倾斜"的文体融合，"诗化"不仅指向文学情感的诗性意涵，也表明形式上确切的诗学特征。在鲁迅小说中，开放性的语义空间打破了线性时序的"固化"做法，极大地拓殖了叙述的表情达意功能，"提供了一个开放空间"，"所依据的完全是一种心理逻辑"①。显然，这是诗化抒情的基础，意境化、氛围气等特征的凸显，也就与此攸关，而沿变中的鲁迅小说也表现出了自我的转化与建树。大致而言，《域外小说集》等早期小说的诗化程度较高，漫漶的生命体验突出了意境化的张力，"而更接近诗"②；《社戏》《故乡》等小说中的记忆构成现实的否定，形成语义空间的切割与对立，在比照性的联想中沟通生命境界；而《伤逝》《在酒楼上》等中的诗意"掩蔽"在无边的感伤与失落之中，成为一抹短暂"闪回"，精神上的"抗辩"，阻滞、延缓了语义空间的下滑。"美总是随着关系而产生，而增长，而变化，而衰退，而消失"③；诗化的这一趋向，意味着扩张的理性意识对于诗情的限制，抒情风格也渐从单纯，转入分裂直至冷峻理性的"统一"，由显而微的持续转化，表明诗化表达的本体地位。

相当意义上，鲁迅不同文体、风格的文学创作都含此"基因"，有着不同程度的流露与表现。《阿Q正传》中的未庄，固然散发着封建礼教与小农经济的僵朽，但阿Q穿行的乡土田间、小桥流水仍然透出某种故乡的情愫；《风波》乡场上的"农家乐"，《鸭的喜剧》《兔和猫》的一抹童趣生机和日常写意，以至于《采薇》中"新叶嫩绿，土地金黄"的首阳山，等等，也不乏诗意的隐微气息。而作为鲁迅文学重要组成的散文与诗歌④，也有着跨文体的诗化表现，完善、佐证了"抒情传统"的生成。《朝花夕拾》与《野草》代表了散文的诗化。《朝花夕拾》是"从记忆中抄出来的"⑤，率性、灵活的文体更易于回忆诗学的"挥洒"，追忆儿时童趣，臧否人物文化，彰显自由度。诗化也是一种"文体内部占支配性规范的移位"⑥；传统散文以言事、说理为主，并不看重景

---

① 格非：《小说叙事研究》，清华大学出版社，2002，第48页。
② 杨联芬：《晚清至五四：中国文学现代性的发生》，第139页。
③ 狄德罗：《狄德罗美学论文选》，张冠尧、桂裕芳等译，人民文学出版社，1984，第29页。
④ 作为"匕首"与"投枪"的鲁迅杂文有其明显的非文学色彩，虽说也不乏诗意笔触，但并不突出，故未纳入分析。
⑤ 鲁迅：《朝花夕拾·小引》，《鲁迅全集》第二卷，第236页。
⑥ 陶东风：《文体演变及其文化意味》，云南人民出版社，1994，第15—17页。

语、情语的作用,《朝花夕拾》中的文章却多以景物描写、生活趣味以及生存感悟为主,面向后者的转变,表明抒情功能的强化。散文诗《野草》更是一个"情思世界",躁动、孤独的灵魂,"虚妄与希望"间的存在追问,随处可见的意象、隐喻、象征,凝聚着鲁迅"一生的哲学",处于诗化的"高点"位置。鲁迅的诗化散文与"五四"以来的美文有其景语化、情语化等"一脉相承"之处,然而从回忆诗学到存在追问、生命哲学的精神个性,更显强度与力度,也更见"格式的特别",显示出自身的系统性。至于诗歌,诗化正是其本然之处。《梦》《爱之神》《桃花》《他们的花园》等新诗,大量运用隐喻、象征,境界深远,不拘一格,给"五四"诗坛注入清新气息。朱自清认为,"只有鲁迅氏兄弟全然摆脱了旧镣铐"①,才是真正的新诗。因此,与其小说、散文一样,进入了"抒情传统";不过鲁迅对于诗歌并不看重,"打打边鼓,凑些热闹"②,且对新诗有所偏见,这一类诗作占比不多。

诗化表明了现代文学的抒情转向,揭示出鲁迅文学的审美质地;在普遍意义上,这也是现代抒情文学的共性。如果说"诗情画意"是这一脉流的"主攻",那么鲁迅开拓性的诗化表达,不仅指向风格的多样建构,也意味着纯文学传统的跨文体开示,以及现代文学的成功转型,标示出自身的独特意义。

## 三 "抒情传统"的方法与意义

"抒情传统"是一种系统、历史的文学存在,多样的话语关系,有机的文学整体,孕育着研究的"活力"。如前所述,传统社会学、文化学等方法有其非文学化的倾向,而印象化的批评也存在理性认知等方面的局限,不足以应对抒情诗学内在、复杂的语义运思以及互文性、过程性的话语活动。由此,从整体出发,突出抒情转向的本体意义,谋求方法的调整,就将带来鲁迅文学研究的某些变化。就此而言,约略有三。

首先,文本尤其是诗化小说的阅读或可能获得进一步的"深耕"。近年来,鲁迅小说解读的一个重要收获是诸如"看/被看"、"离去与归来"、复调叙事等结构模式的提出,突破了印象化批评的笼统、模糊一面,给鲁迅文学研究带来了一股"新意";然而随着"热度"的消退,一切又恢复常态,虽说文化诗学

---

① 朱自清:《导言》,朱自清选编《中国新文学大系》诗集,上海文艺出版社,2003年影印本,第3页。
② 鲁迅:《集外集·序言》,《鲁迅全集》第七卷,第4页。

也表现出一定程度的拓展，但多是一些特征、意蕴或者相关比较上的论述和结论，方法论意义并不明显。在此背景上，关于诗化批评的结构主义思路，也就不失为一种可行路径，在结构逻辑中"落实"美感张力，实证性的强化与完善，有助于破除印象化批评的不足。当下鲁迅研究已成"庞然大物"，几乎所有方法都被尝试过了，但回归文学本身，最贴合的方法仍在于审美研究。如果说印象感悟"提示"了诗化抒情的隐幽，那么实证性的结构辨析则意味着这一世界的"洞开"，终将让我们"窥见"审美运思的迹痕与脉络。文学风格的生成是过程性的，文本往往只是整体网络上的节点，只有置于历史性的标志之中才能彰显出个性化的自身；"抒情传统"指向这一文学整体性，不仅提供了进入文本"生动"内在的结构路径，也展现了不同文本、叙述之间的有机关联，在鲁迅小说的细读上有其独特之处。比如，《故乡》《社戏》中叙事空间的明显分割与对立形态，《在酒楼上》《孤独者》等小说中理性与诗意之间"此消彼长"的转化现象，等等，在一定意义上都可以归结为一种理想/现实、童年/成年、过去/当下、超越/沉沦等之间的二元对立或多元对立结构，诗化构成语义矛盾与冲突的功能性调适，终而影响了诗学效果的生成。这一结构不仅可以解释鲁迅小说甚至其他各类创作的诗化问题，也可以对鲁迅文学与其社会文化思想的矛盾、错位以及对接等问题做出澄清，"理顺"鲁迅精神的审美属性。诗化是一种复杂的风格构成，对于鲁迅而言，理性意志和审美意识之间的"辩证法"，反映了生命体悟的历时性变化与纠缠，或显或隐的诗性意味，正是主体开放人格的形象演绎。在文学史中看待鲁迅，一切似乎仍要从文学出发，多年来的思想、政治趣味与惯性，有意无意地弱化这一基本，非文学化的"尴尬"显而易见。

其次，鲁迅文学的"抒情基因"包含着纯文学传统的发源，或许只有置于"抒情传统"之中，审美缘起的现代意义，才能得以进一步揭示。在百年文学的漫长跨度内，诗性精神的赓续汇聚出了"蔚然大观"的文学传统。小说上从鲁迅到郁达夫、废名、沈从文、萧红、师陀、孙犁直至当代的茹志鹃、汪曾祺、贾平凹、莫言、张承志、北村、史铁生、刘绍棠、张炜、迟子建、何立伟，等等，包涵众多；散文上从鲁迅的诗化散文到"五四"美文、京派散文直至学者散文、文化散文，等等，有着多方的涉入；至于诗歌更是诗化的"母体"，自不待言。"谱系"中的作家诗人，往往小说、散文、诗三栖，且各有所长，然而却又很难与鲁迅"相提并论"。相对而言，鲁迅文学更具生命质感，社会、文化表达更显精神的开放与深度,数量、篇幅虽不占优,却富超越性。鲁迅文学的抒情性多源于一己性的经验与感受,情感记忆、生命体悟的背后是"孤独的个体"的心灵悸动,明显的个体设限,真切的个人主义色泽意味着文学人格的高度"独立",与宏大的文化"他者"保持了明显的距离。这类"自洽性"是"人的觉醒"先驱者的基本特征,由个性记忆与生存体验所凝聚的心灵诗学,一度构成"一时代"知识分子心路历程的"写照",不过随着诗意"聚焦"的文化转向,"谱系"中的作家作品却在疏离这一"丰富的痛苦",显示出审美泛化的倾向。郁达夫、废名等人的个体意识总是与家国、社会政治等"难舍难分",郁达夫从"颓废的气息""人性的优美"到"一点社会主义的色彩"的转变,废名"寻找中国民族和知识分子的出路"[①]的乡土世界,沈从文的"湘西世界"对民族文化的"重造",贾平凹"体验、研究、分析、解剖中国农村"[②]的"商州系列";而史铁生、张承志以及一些"新生代"作家,或高蹈、神性的探问,或"私人经验的呈现、挖掘"[③],又多为宗教文化、生命文化等意义的"超现实"思考,等等。凡此,表明了审美表达中的文化吁求,不乏乌托邦色彩的"本质对象化",掩映着文化的多元与抽象,寄寓了这一脉作家的生命与社会理想,构成了原发性生命感知的消解。"抒情传统"的具体风貌取决于生命美感与时代"问题意识"的诗学融合,二者之间的结构性起伏包含着个性精神的衰减,这对于厘清鲁迅文学自我身份的生成,以及纯文学传统在历史语境中的某些背离与异化,是很有助益的。

再次,"抒情传统"的整合,是对"文学鲁迅"的一种建构。多年来,以"立人"、国民性批判以及生命哲学为理论背景的思想建构,是"文学鲁迅"问题的基本内容,诗学上则多为相对分散的经典文本、文体的观照,偏于体式范畴的辨析与比较。这一状况的问题主要在于对文学整体性一定程度的切割,导致了深度的思想性与文学本体性的"倒挂",文学似乎"降级"为传谕观念的某种工具,不大看重文学本身的语义机制、风格沿变、话语生产等方面的问题。相当意义上,众多围绕《阿Q正传》《故事新编》的"说不尽的"文化批判、《伤逝》《孤独者》的生存忧思以及《野草》的怀疑哲学的成果也就说明了这一点。一直以来,过重的理性设限,限制了人们对于"抒情性"的关注,毕

---

① 钱理群编《二十世纪中国小说理论资料》第四卷,北京大学出版社,1997,第8页。
② 贾平凹:《在商州山地——〈小月前本〉跋》,《君子赠言重金石——贾平凹散文·序跋》卷六,江西教育出版社,2011,第207页。
③ 吴义勤:《自由与局限——中国"新生代"小说家论》,《文学评论》2007年第5期。

竟，在鲁迅文学中有那么多文化蕴涵有待深入，而且"侨寓文学"、知识分子主题等写作的"原型"意义也似乎足以支撑起"文学家"的价值定位，以至于这还是"鲁迅研究尤其鲁迅小说研究中又一新的课题"和"一片新天地"。①"抒情传统"展现了一种系统性的深入，突出的不仅是"抒情性"在鲁迅文学中的本体地位，也是与现代审美话语的深切、内在关联；"整合"体现了结构诗学、历史意识、互文性观照等角度上的方法论融合，也有助于转变抒情诗学研究的印象化与理想化倾向。整体性也是鲁迅文学研究的"出发点"，面对一位"恐怕是最和中国历史、文学和文化错综复杂连络在一起的人"②，这意味着复杂性的"还原"。"抒情传统"深入了鲁迅文学发生、衍变的基底，如果说终究摆脱不了理性意识的制约与主导，那么这一切显然是在抒情"基因"的影响下、共同建构起来的，展露出诗化的文学"原色"。综之，在中国现代文学"艺术水准最高"的抒情（或诗性）文学谱系上，作为"精神战士""民族魂"的鲁迅，将一直是最为独特、丰富的那"一个人"；"抒情传统"为此提供了"切入点"，意义是多方面的。③

---

① 孙仁歌：《鲁迅小说抒情传统及历史散文笔法研究》，《鲁迅研究月刊》2014年第7期。
② 史沫特莱：《论鲁迅》，黄源译，《刀与笔》月刊1939年12月1日创刊号。
③ 钱理群：《文学本体与本性的召唤》，《涪陵师范学院学报》2001年第4期。

# 鲁迅对哈姆生的接受与疏离*

徐晓红　中国海洋大学文学与新闻传播学院

1931年12月27日，鲁迅在《答北斗杂志社问——创作要怎样才会好》中，他结合自己做过二十来篇短篇小说，写下了八条"自己所经验的琐事"，有一条写道："看外国的短篇小说，几乎全是东欧及北欧作品，也看日本作品"。①可能他说的"北欧作品"囊括了挪威比昂松及哈姆生的小说。众所周知，鲁迅留日期间开始关注挪威文学，在《域外小说集》中打算译出比昂松的短篇小说《父》等，虽然最终未能实现，但他在小说创作中很有可能从中受到一些启迪。②

鲁迅回国后，提携未名社、朝花社社员从事北欧文学翻译，尤其对易卜生颇为欣赏，《朝花》《奔流》上译载出多篇评论易卜生的长篇论文，《娜拉走后怎样》《伤逝》也可视为鲁迅与易卜生对话的产物。除了易卜生以外，鲁迅很少触及其他挪威作家，但哈姆生是个例外，他在讲演等中多次言及哈姆生自传体小说《饿》，③他还对哈姆生的恋爱小说颇为关注，计划译出《维多利亚》，

---

*基金项目：国家社科基金一般项目"挪威文学经典在中国的翻译、传播与影响研究：1919—1949"（批准号19BZW148）（本书在收录时有删节）。

① 鲁迅《答北斗杂志社问》，《北斗》1932年1月第二卷第1期。该文后被《新文化》1945年10月创刊号"鲁迅先生纪念特辑"、《书报精华》1946年4月第16期转载。

② 朱自清在《鲁迅〈药〉指导大概》中，列举外国同题材小说与鲁迅的小说进行分析和比较，在分析描写"亲子之爱"的《明天》《药》时，与比昂松的《父亲》做了对照分析。参见朱自清、叶圣陶编"四川教育科学馆国文教学丛刊之一"《精读指导举隅》，商务印书馆，1942。

③ 参见徐晓红：《鲁迅对哈姆生的评价——以〈哈谟生的几句话〉为中心》，"鲁迅与中国新文学的社团时代"学术研讨会论文，2021年6月。

并在《朝花》周刊上刊出哈姆生短篇小说《戒指》和《生命之呼声》。鲁迅与哈姆生均受过尼采的影响,都罹患过肺结核,多少都有一些神经过敏的性格特质。有研究者指出鲁迅与哈姆生在思想与创作上不乏共鸣和相似之处,①但具体有哪些共鸣和相似之处值得探究。本文对鲁迅拟译哈姆生恋爱小说《维多利亚》之始末做一梳理,聚焦朝花社对《生命之呼声》的翻译及评价,可见鲁迅对哈姆生的接受是由认同渐渐走向疏离,这也是中国现代作家对哈姆生接受的缩影。

## 一 鲁迅拟译《维多利亚》之始末

鲁迅颇早开始涉猎哈姆生文学,留日期间购入过哈姆生的游记《在童话国里》,北京藏书中有日译本《饿》,他留意到《饿》的独特文体,在《哈谟生的几句话》中,用"拙涩"的译笔摘译过哈姆生长篇小说《神秘》。鲁迅从哈姆生文学中受到了滋养,他还曾计划翻译哈姆生的《饿》和《维多利亚》,均因种种原因不了了之。《维多利亚》被视为世界爱情小说经典,脱胎于哈姆生早年完成的小说 Bjorger,是写农家孤儿与一个为他殉情的小姑娘的故事。1898年,哈姆生在新婚不久写下了《维多利亚》,小说描写了磨坊主儿子约翰与庄园主女儿维多利亚的悲恋故事。约翰与维多利亚相互倾心,但囿于阶级差距,约翰不敢向维多利亚示爱。维多利亚被贪恋钱财的父亲许嫁给伯爵华佗。约翰也已成为小有名气的诗人,仍然爱着维多利亚。维多利亚为约翰介绍贵族女子甘茉莉,甘茉莉爱上了约翰。后来华佗意外身亡,甘茉莉又移情别恋。两人恢复了自由身,但维多利亚患上了肺病,留下了给约翰饱含深情的情书后,郁郁而终。

据鲁迅日记,在1928年2月7日他从内山书店购入 Victoria 的日译本《愛の物語》②,即《维多利亚》。在这之前鲁迅为了翻译《饿》,曾向郁达夫借来《饿》的德译本,③可能将翻译《愛の物語》的想法又告诉了郁达夫,2月12日,郁达夫借给他 Molo 译的 Knut Hamsun's Novollen。④ Molo 即德国翻译家 Walter

---

① 李春林:《鲁迅与汉姆生——谨以此文纪念作为"现代派文学之父"的汉姆生诞辰150周年》,《山东师范大学学报》2009年第五十四卷第6期。
②《愛の物語》是新潮社"海外文学新选"丛书之一种,哈姆生著、宫原晃一郎译,1924。
③ 参见鲁迅《鲁迅全集》第十六卷,人民文学出版社,2005,第69页。
④ 参见胡从经主编《郁达夫日记集》,陕西人民出版社,1984,第92页。

von Molo，他翻译哈姆生小说的原题是 Hamsun's Erzählungen，①郁达夫在日记中，是使用英文记录了小说题名。约一年半后，1929年9月，在朝花社编译"近代世界短篇小说集"之二《在沙漠上及其他》的"朝花出版书籍"广告中，刊出了"北欧文艺丛书"第一种《维多利亚》（一名《爱的故事》——中篇小说）"即出"的消息，译者鲁迅。鲁迅所用的《维多利亚》译名是据德文版 Victoria 译名进行的音译。在括号中标注的另一译名《爱的故事》，是从宫原译本《愛の物語》进行的直译，虽然未见鲁迅译《维多利亚》问世，但这一译名却传播开来。邱韵铎翻译了《维多利亚》，使用《魏都丽姑娘》的题名，在现代书局出版，②左翼文学刊物《拓荒》创刊号"新书广告"宣传中，也标注了《魏都丽姑娘》又名《爱的故事》。

另外，水沫书店发行、施蛰存主编的《新文艺》第一卷第2号上，刊登了署名"雪"的《国内文坛消息杂话》，在"中译哈姆生名作三部"中，介绍了"《魏都丽姑娘》已由邱韵铎先生译出，在现代书局出版，并闻鲁迅先生亦将译出，由朝花社印行"。就在这一时期前后，1929年1月，冯雪峰牵头联络鲁迅与水沫社同人策划出版"科学的艺术论丛书"，鲁迅担任丛书主编和策划人，旨在介绍和宣传马克思主义文艺理论。《新文艺》是水沫社发行的刊物，鲁迅与水沫社联络密切，互通声气，《新文艺》上登出鲁迅有意翻译《维多利亚》的消息有一定的可信度。

另据鲁迅1929年4月20日致李霁野信，谈及"上海出版界糟极了，许多人大嚷革命文学，而无一好作，大家仍大印吊膀子小说骗钱，这样下去，文艺只有堕落，所以绍介些别国的好著作，实是最要紧的事。"③信中透露了鲁迅对引介外国著作的迫切态度，当时他手头上已有《维多利亚》的日、德两种译本，具备转译的条件，他做出翻译《维多利亚》的计划，合乎情理。巧合的是郁达夫在与王映霞恋爱期间也在耽读《维多利亚》，日记中多次提及了阅读 Victoria 的情景，读完德译本后还不满足，又购入了英译本，④并打算进行翻译。

---

① 1917年由慕尼黑 Albert Langen 出版社出版，即比昂松女婿创办的专门出版挪威文学的出版社。
② 作为"展望丛书第七种"1929年4月20日由上海现代书局出版。
③ 鲁迅：《鲁迅书信集》(上)，人民文学出版社，1976，第217—218页。
④ 郁达夫在1927年3月11日的日记中写道："路上经过江西路，到德国书店去买了一本 Hamsun's Erzählungen，里边有 Victoria 一篇，打算于空的时候，翻它出来。"1927年4月6日，"又上书铺去看了一回，买了一本英译的 Knut Hamsun's Victoria。"4月7日，"读 Knut Hamsun's Victoria 至午后二点多钟，总算把它读完了，倒是一本好书。"参见胡从经主编《郁达夫日记集》，第92页、第115页。

结合当时中国语境，不难发现《维多利亚》描写了阶级差异酿成的婚姻悲剧，维多利亚不忍心违背父命，与不爱的伯爵订了婚，牺牲了自己爱情，又搭上了性命，可以说这是一种未觉悟的女性形象。汪倜然在《魏都丽姑娘》的书评中指出，"故事陈腐不必说，幻想的色彩到底太浓厚了"①，并对哈姆生文学做出了分析，"在他的作品里，我们除了看见一个面目清晰的哈姆生之外，还看见他对于幻想的憧憬，和对于大自然的恋慕。这三者是哈姆生作品最触目的特点"。的确，哈姆生对社会问题的讨论不感兴趣，他批评易卜生的戏剧只注重社会问题，笔下的人物仅仅是性格化身和人的类型。②《维多利亚》中透露出浓厚的抒情色彩，并没有从社会性角度描写爱情悲剧。小说的恋爱悲剧与其说是因阶级差异导致的，不如说是由扭曲的性格导致的悲剧。哈姆生着力刻画出男女恋爱中的激烈内心冲突，约翰沉溺于爱而不得的痛苦中，将恋爱中的焦虑、丧失感化为了创作灵感的来源。③当故事发展到甘茉莉移情别恋和华佗死去，这一切应该说已经为有情人终成眷属扫除了障碍，但哈姆生却安排了维多利亚患上了急症，这也是小说的特别之处。民国作家大多经历的是包办婚姻，饱受婚姻不自由的痛苦，胡梦华将《维多利亚》定位为"问题小说"，评论道"细译其书则演婚姻不能自由之痛苦固一问题小说也；惟作者手段高妙，故不露痕迹耳"。④这体现出国人结合现实所需，对哈姆生小说社会性因素做出的"放大化"解读。

鲁迅受《维多利亚》吸引，想翻译但又放弃了，大致可推测有以下几个原因。

其一，手头上亟待翻译的内容过多，无暇进行翻译。

鲁迅的阅读范围非常广泛，他通过内山书店、国外友人，购置了大量图书，不同时期择取的翻译对象也在不断发生变化。1929到1930年是鲁迅集中

---

① 《申报》1930年1月10日第20版"新书月评"栏。
② 哈姆生在《论易卜生》中写道："易卜生笔下的人物几乎都是些机器，它们在舞台上表现的仅仅是一些概念和思想。"参见高中甫编选《易卜生评论集》，外语教学与研究出版社，1982，第66页。
③ 例如，"我的灵魂饱受了感情以后，便在忐忑不停，于是我就动笔写"，邱韵铎译《魏都丽姑娘》，现代书局，1929，第62页。"有时他正在进行着他的著作的时候，无端地会有一种意想，一双眼睛，一句旧话来打搅他，而且立刻打消了他的感兴。接着他就站起来，开始在四壁之中踱来踱去……为了著作的缘故，种种的力把我镇静了，再过几小时后，我恐怕又要快乐了……"参见克努特·汉姆生《魏都丽姑娘》，邱韵铎译，现代书局，1929，第162页。
④ 胡梦华：《哈姆生的〈维多利亚〉》，《进展月刊》1932年1月第一卷第4期。胡梦华也曾译出《什么是爱》，《人民评论》1932年6月6日第23期。

翻译苏联文学理论著作的两年，1929年4月，译完卢那察尔斯基《艺术论》，同月出版了片上伸的《现代新兴文学的诸问题》。1929年7月，《春潮》月刊第一卷第7期上刊出了鲁迅从藏原惟人的日译本转译的普列汉诺夫的《艺术论》。同年10月，出版了鲁迅从日译本转译的《文艺与批评》，收录了卢那察尔斯基的六篇论文，此书为水沫社"科学的艺术论丛书"之六，书后署"1929年8月16日于上海的风雨，啼哭，欢笑声中记"。1929年上半年，鲁迅从事如此高密度的翻译，很难想象他还有余暇从事《维多利亚》的翻译。

其二，受普列汉诺夫对哈姆生剧作的酷评影响，便不再翻译。

1929年1月，鲁迅参与策划出版"科学的艺术论丛书"，开始研读并翻译俄国马克思主义文艺理论。其中有俄国马克思主义理论家普列汉诺夫的《艺术论》《艺术与社会生活》①。普列汉诺夫运用马克思主义唯物史观，剖析文艺的社会作用，在中国颇受瞩目。普列汉诺夫1912年在巴黎等地的演讲汇编《艺术与社会生活》中，曾谈到了他在《Doctor斯特曼的儿子》中对哈姆生剧作《在圣门之旁》提出尖锐的批评，指出这是"被根本思想的虚伪所伤害的艺术作品"②。在讲演中，他再次强调了《在圣门之旁》存在严重的艺术缺陷，批评戏剧的主人公伊华尔·加莱诺"小鸟一般的自由的思想"，并对哈姆生仇恨工人阶级，反对工人阶级的斗争做出了批评。③《艺术与社会生活》是冯雪峰据藏原惟人的日译本《芸術と社会生活》进行的转译，他在北京大学旁听过日语，后跟刘呐鸥学过一段时间的日语，在翻译过程中曾求教于鲁迅，可以说鲁迅对该书的内容是较为熟悉的。普列汉诺夫对哈姆生剧作的批评还被转引，④鲁迅有可能受到影响，暂时搁置对《维多利亚》的翻译。

其三，邱韵铎早一步完成了翻译，鲁迅便不再重译。

鲁迅还在南方教书期间，1927年6月18日邱韵铎译出了《维多荔姑娘致他的情人约翰的遗书》，发表于杭州《野火》第6期。据译者附言，该书已完译。之后邱韵铎使用了新的译名，用"魏都丽"替代了"维多荔"，1929年4月在现代书局出版了《魏都丽姑娘》。据1929年5月26日《申报》第3版现代书局

---

① 蒲力汗诺夫：《艺术与社会生活》，冯雪峰译，水沫书店，1929。
② 参见曹葆华译《斯多克芒医生的儿子》，《普列汉诺夫哲学著作选集》第五卷，生活·读书·新知三联书店，1984，第836页。
③ 参见蒲力汗诺夫《艺术与社会生活》，冯雪峰译，第71页。
④ 史晚青援引蒲列哈诺夫对《圣门之旁》的批评，指出该剧"只是一个与现实社会完全矛盾的怪胎"，参见史晚青：《文学之社会的意义》，《读书月刊》1931年第二卷。

"新书广告",共十种小说,列入第一册的即邱韵铎译《魏都丽姑娘》,价格六角,位置非常醒目。宣传语写道"上列的是本局最新出版的新书。材料丰富,描写深刻,很适合青年的脾胃。特地把它贡献给大众"。

朝花社的书刊出版广告也频繁见于《申报》,鲁迅可能留意到《魏都丽姑娘》的出版,或有人告诉他《维多利亚》已由邱韵铎译出了,他便不再翻译。还有一种可能,鲁迅购读过《魏都丽姑娘》,对译文不甚满意,还是想推出自己的译本,所以《在沙漠上及其他》中刊出了《维多利亚》"既出"的消息,这种推测也合乎情理。

## 二 《生命之呼声》:未亡人对不平等婚姻的反抗与报复

1929年正值哈姆生七十岁寿辰,哈姆生收到了来自多个国家知名作家的祝福,国内出现了几则对哈姆生寿辰的报道,介绍了德国新出版的哈姆生传记,鲁迅可能也有所留意。3月14日,鲁迅在《朝花》周刊第11期发表了《哈谟生的几句话》,对哈姆生长篇小说《神秘》片段做了试译,即主人公那该尔对易卜生、托尔斯泰发起猛烈抨击的内容。鲁迅颇为欣赏不惧权威、敢于发表尖锐言论的哈姆生,对他的观点表示赞同,但并不认同他对比昂松的褒扬,指出比昂松的短篇小说"并没有看哈谟生作品那样的深的感印"。"哈谟生作品",自然包括鲁迅在《哈谟生的几句话》的开头所提到的《朝花》第6期上的哈姆生小说《生命之呼声》,留给他"深的感印"的到底是什么,以下结合朝花同人以及其他译者的评论,综合做一分析。

哈姆生反抗传统的思想和艺术,蔑视一切因袭的规律和道德,其小说常常出现赤裸裸的性欲,[①]他的旨意并不在于倡导男女平等或女性解放,而是他观察人性、揭露内面世界的一种方式。《生命之呼声》给鲁迅留下"深的感印",日本德国文学研究者也是哈姆生小说的译者西泽富则认为该小说"充分反映了哈姆生的面貌"[②],中日两国对此篇评价颇高,而在挪威却遭到了取缔,比昂

---

① 魏尔(Josef Wiebr)对哈姆生小说评价道:"他的小说常多赤裸裸的描写性欲,差不多他所写的女主人公大半是色情狂。"参见赵景深:《哈姆生七十岁纪念》,《小说月报》1929年12月第三十卷第12号。
② 西泽富则:《ハムズンの〈幽霊〉邦訳付記》《哈姆生〈幽灵〉邦译附记》,《龙南》1921年12月第180期。

松指责此小说"纯粹是淫秽作品""令人作呕"。①这种接受的差异性颇值得探究。小说是由叙事者"我"披露了与未亡人爱伦共度一晚的奇妙经历。"我"深夜外出散步,邂逅了一个戴黑纱的女子,搭讪后送她回家,并受到她主动索吻,与她缠绵一夜。次日,"我"看到了隔壁房间的老男人死尸,惊惧不已,但临别前还是答应了与爱伦后天的约会。之后"我"从晨报讣告中得知,死尸是她前日刚死去的丈夫,顿时对爱伦按捺不住的情欲有所释然。

结合中国当时的现实语境,不难发现读者从小说中看到了对不平等婚姻的抨击,以及对酿成"老夫少妻"这一婚姻悲剧背后社会问题的揭露,爱伦与大她三十多岁、有病的老男人的婚姻是违反人性的,她在不平等婚姻中做出了很大的牺牲,她受到的性压抑是令人同情的。例如,译者梅川将爱伦追求性爱的行为,理解为挣脱枷锁、追求幸福的一种举动,并结合中国的未亡人境遇进行了观照。在他看来,年轻的爱伦嫁给大自己三十多岁的老男人,类似中国的"红颜白发"这种不平等的婚姻,这对女性而言是非常的不公。爱伦有勇气去追求性爱,这点可谓与中国妇女形成了对比。

另一个重译本的译者吴咸评论道:"《爱伦》(《生命之呼声》——笔者注)一篇,叙述一青年的妇女,嫁给一位年老而多病的丈夫,一种痛苦情形,是和我国达官贵人所讨的小老婆一样,可是目前国内一般的婢妾,竟处之淡然而不知觉悟,极可叹息!但这篇小说,叙述新寡少妇夜行淫奔的行为,在情在理,荒唐已极,可是小说家只得如此写,才能引起下文"。②吴咸也将爱伦的境遇与中国的"小老婆""婢妾"现象做了对比,对爱伦在无性婚姻中的痛苦深表同情,并视爱伦是"觉悟"了的妇女。但他还是从伦理角度做出了评价,认为爱伦在死尸旁边发生性行为虽然"在情在理",但又"荒唐已极",并结合作家写作技巧、读者接受层面,对这一情节设置做出了解读,颇有新意。另有译者杨绚霄也做出了点评,在《生命的呐喊》③"译者附志"中介绍道"哈姆生的小说素以词句简洁,结构奇特,情节紧张,想象丰富见称",亦是从技巧层

---

① 刊登该小说的杂志《够了》(Basta),是比昂松女婿阿尔贝特·朗根在德国创办的讽刺杂志《低能者》(Simplicissimus)的挪威版,杂志上刊登了《生命之呼声》,封面图片上出现了小说中的未亡人与年轻男子以及老男人的棺材,比昂松得知后非常愤怒,指责朗根既出卖了他自己的荣誉,又出卖了比昂松的荣誉。挪威作家联合会原本提议向哈姆生发放1200克朗的政府津贴,但因该小说遭到检察局局长的取缔,津贴发放被取消。参见 IngarKolloen:《汉姆生传记》,王义国译,人民出版社,2011,第120页、第127页。
② 吴咸编《北欧集·自序》,撷英文艺社,1933,第2—3页。
③ 杨绚霄:《生命的呐喊》,《永安月刊》1944年第65期。

面对哈姆生小说做出了点评。

在中国传统文化中,"性",是禁忌的,不洁的,"发乎情止乎礼"成为女性贞操压迫女性的精神枷锁,未亡人守节的悲剧非常多见。"五四"时期呼吁女性解放,很多作家借助对未亡人惨淡境遇的描摹,对封建礼教摧残人性做出了批判。例如,杨振声《贞女》、俞平伯《狗和褒章》、冯沅君《贞妇》,刻画出逆来顺受、屈从于封建伦理,为了守节甘愿成为封建礼教与旧道德的牺牲品的未亡人形象。如鲁迅在《中国新文学大系·小说二集》导言对《新潮》上的小说做出的评价,"他们每作一篇,都是'有所为'而发,是在用改革社会的器械"。但这些描写未亡人的小说,是被视为批判社会的"器械",缺乏从女性身体、心理层面对女性的生理欲望进行观照,未能将笔触伸向她们的性压抑等情感内面。这也是当时短篇小说创作的局限性。相比民国作家对爱伦情欲的描写,哈姆生可谓做出了很大的突破……鲁迅他们选译《生命之呼声》,看重的是爱伦身上体现出女性的不幸,这在中国社会中有一定现实意义,该小说也是切合了中国现实的特定需求。

《生命之呼声》在《朝花》周刊上刊出首译本后,各地多种刊物出现了重译本,还有译者还将小说改题为《爱伦》《邂逅》等,收录进多种作品集中,被视为哈姆生的代表作,在民国时期广为传播。哈姆生描写的未亡人形象,为民国时期女性解放、新的性意识的形成起到了一定的催化作用,这也是其他国家的译品所不具有的特征。

## 三 鲁迅对哈姆生的疏离

朝花社解散后,鲁迅仍热衷介绍北欧文学。1929年6月25日,《奔流》刊出了哈尔滨灿星社张逢汉就孙用的世界语译诗提出商榷的来信,鲁迅做出了回复,并谈到重译所带来的局限性,同时介绍到:"但我们因为想介绍些名家所不屑道的东欧和北欧文学"。①1929年11月20日,鲁迅在《奔流》"编校后记"中再次提及北欧文学,"东欧的文艺经七手八脚弄得糊七八遭了之际,北欧的文艺恐怕先要使读书界觉得新鲜,在事实上,也渐渐看见了作品的介绍和翻译,虽然因为近年诺贝尔奖屡屡为北欧作者所得,于是不胜佩服之至,也是一

---

① 鲁迅:《通讯〈复张逢汉〉》,《奔流》1929年9月20日第二卷第3期。

种原因。"①鲁迅透露了之所以热衷北欧文学的翻译，是为了"使读书界觉得新鲜"，相比俄德法英等国家的文学，国内对北欧文学的译介还是少数，读者会觉得新鲜。还有就是1928年的诺贝尔文学奖由挪威女作家温塞特摘得，这是挪威作家第三次获得诺贝尔文学奖，挪威文学受诺贝尔文学奖光环的加持，鲁迅他们认为挪威文学在世界文学中还是有重要地位的，值得引介。

鲁迅在向国人介绍挪威文学的过程中，渐渐超越了挪威、北欧这一框架，将目光投向了整个欧洲国家。比如说《域外小说集》"略例"中，写道"先取文潮最盛的北欧"，实际上仅有一篇芬兰作家哀禾的小说；鲁迅创办朝花社，旨在"绍介东欧和北欧的文学"，而《朝花》刊出的翻译小说中，北欧文学仅占四分之一左右。鲁迅多次提及的北欧文学翻译意欲，其实也是一种策略的运用，主要是为了引导国人对这一小国文学给予关注，想让读者借助对挪威文学的阅读，逐渐扩大对其他欧洲文学的涉猎范围，从而形成"欧洲文学""世界文学"的观念。鲁迅对挪威文学译介的积极倡导，在国人形成世界文学观的过程中起到了一定的作用。

鲁迅对《维多利亚》的拟译与搁置，大致与其文艺观发生转变的时期相重叠。20年代初期，鲁迅受厨川白村文学观的影响较深，1924年、1925年翻译了《苦闷的象征》《出了象牙之塔》，1927年定居上海后，陆续购齐《厨川白村全集》，他赞同厨川的文艺观——"生命力受了压抑而生的苦恼乃是文艺的根柢"。鲁迅对哈姆生自传体小说《饿》的评价颇高，推测也有受厨川文学观影响的因素。1929年前后，鲁迅接触了俄国马克思主义文艺理论，对现实问题的认识视角发生了转变，开始注重从社会和阶级层面理解文学，他对厨川白村的文学观产生了不同的看法。在《上海文艺之一瞥》中，鲁迅针对厨川白村所说的作家可通过"体察"弥补"自己体验"不足，做出了质疑，并举出"无产阶级的情形和人物"等例子以佐证，②这与普列汉诺夫对哈姆生《在圣门之旁》"阶级论"的批评非常相似。也可以认为鲁迅在接受了普列汉诺夫的文艺理论后，重新对厨川白村的文学观做出了审视，在他思想产生转变的过程中，对

---

① 鲁迅、郁达夫主编《奔流》第二卷第5期，1929年11月20日，"编校后记"。
② 参见鲁迅《上海文艺之一瞥》，《文艺新闻》1931年7月27日第20期，8月3日第21期。"厨川白村曾经提出过一个问题，说：'作家之所描写，必得是自己经验过的么？'他自答道，不必，因为他能够体察。所以要写偷，他不必亲去做贼，要写通奸，他不必亲自去私通。但我以为这是因为作家生长在旧社会里，熟悉了旧社会的情形，看惯了旧社会的人物的缘故，所以他能够体察；对于和他向来没有关系的无产阶级的情形和人物，他就会无能，或者弄成错误的描写了。"

《维多利亚》也有了新的理解。在20世纪30年代左翼文学蓬勃发展时期,左翼作家大多贯彻"为我所用"的策略择取翻译文本。哈姆生恋爱小说的社会意识非常弱,并未体现出男女平等意识,与中国社会现实需求有很大的偏离,鲁迅的翻译取向渐渐向马克思文艺理论倾斜,他认识到了哈姆生小说并不是当下中国所急需的,对哈姆生小说做出的疏离是必然的。

值得注意的是,民国时期读者的挪威作家形象并不是依靠阅读译作形成的,而是通过国内外译者及研究者的评论建立起来的,也就是说当时对挪威文学的接受,译作仅起第二位的作用,评论发挥决定性作用。这种接受模式也体现在鲁迅对哈姆生的接受上。哈姆生一生共创作小说、戏剧、游记、诗歌等近三十种,鲁迅仅读过三种,即小说两种《饿》《维多利亚》和游记《在童话国里》,出现中译本的长篇小说仅有《饿》《魏都丽姑娘》《恋爱三昧》(又名《牧羊神》),代表哈姆生最高水平的文学未被译介进来,这也会影响鲁迅对哈姆生文学的整体认知。鲁迅对哈姆生文学重要的了解渠道是借助于国外的评论,他"不相信中国的所谓'批评家'之类的话,而看可靠的外国批评家的评论",[①]他对"外国评论家的评论"是非常信赖的。俄国、德国对哈姆生的作品翻译得非常及时,有专门的哈姆生研究者,出现了很多精到的批评,鲁迅借助于日语,及时跟进国外的哈姆生评论,并随时更新他对哈姆生的评价,《哈谟生的几句话》中已充分体现出鲁迅的这一批评模式。

当时国内的批评家水平确实不高,与外国批评家有相当大的距离,以哈姆生评论为例,自1920年哈姆生被介绍到中国,最引人关注的是他农民出身、自学成才的苦难经历,在国人看来其不甘屈服厄运的精神富有励志色彩。鲁迅借助片山正雄的哈姆生评论,发现了哈姆生《神秘》中的精辟言论,以此立论,指出哈姆生"倒是左翼底罢,并不全在他曾经做过各种的苦工",这在引导国人重新认识哈姆生上起到了非常重要的作用。

国外评论固然能让人开阔思维,但仅从作品评论中接触作品,而非基于对作品的阅读而形成的评论,不能不说这种评论也是有限度的。郁达夫指出:"日本有一本西书译出来的时候,不消半个月工夫,中国也马上把那一本书译出来,译者究竟有没有见过那一本原书,译者究竟能不能念欧文的字母的,却是一个疑问"。[②]此问题也体现在国人对哈姆生文论的接受上,例如,冯雪峰翻

---

[①] 鲁迅:《答北斗杂志社问》,《北斗》1932年1月第二卷第1期。
[②] 郁达夫:《夕阳楼日记》,《创造》季刊第一卷第2期,1922年8月25日。

译的普列汉诺夫《艺术与社会生活》,其中对哈姆生戏剧《在圣门之旁》做出了批评,当时该剧并未出现中译本,但这种批评还是被原封不动地接受了进来,而不是基于原作的阅读而做出的附和。

## 四 结语

民国时期在引入的挪威文学中,最为典型的是易卜生戏剧以及易卜生主义,其影响长久存在,成了一种社会改革的思想资源,对鲁迅等作家产生了深远的影响。哈姆生在中国的影响力远不如易卜生那般深远,中译本仅出现了三种,即邱韵铎译《魏都丽姑娘》,由水沫书店出版了章铁民译的《饿》,还有叶树芳编译的通俗本《饥饿》,最后一种是Pan的两种译本,施蛰存译《恋爱三昧》和顾一樵译《牧羊神》。顾一樵为工程学博士,并非职业作家,他的译本并非全译本,也未见他做出评论。施蛰存也不是大张旗鼓地进行哈姆生恋爱小说的翻译,哈姆生对心理分析的探究,比较契合施蛰存的文学趣味,他在试图走一条小说创作"新路径"的过程中,选译了该小说。在他看来《维多利亚》与《恋爱三昧》是"充满着北欧所特有的情调的浪漫主义的小品",尤其值得称赞的是"朴讷的风格、独特的修辞和北国的伤感",①从此评价中可见施蛰存触及了哈姆生文学的本质。

毫无疑问,对挪威作家的翻译选择面之大小、译介取向等,均受当时社会的思想意识形态的影响。20世纪二三十年代翻译界生态环境尚不健全,小语种学习者匮乏、译者群体不稳定等,也是导致挪威文学翻译难以有长足发展的原因。挪威文学这一边缘性存在,在中国文学现代性的建构中,为中国现代文学的发展提供了哪些滋养,尚待我们继续探究。

---

① 克努特·汉姆生:《恋爱三昧》,施蛰存译,大光书局,1933,"译者序"。

# "人"的问题和周氏兄弟的思考

徐旭敏　台州学院人文学院

## 一　"人"的差异性理解和新文学的内部分化

"五四"新文学发生，着眼于启蒙，就从思想变革层面强调了新文学的责任即"有用"性。同时，因人道主义精神和"立人"的要求，新文学又强调在文学中凸显人的主体性。人的主体性是以肯定个体的独立性为前提的，自由地表达个体之"真"，也即思想情感之"真"，即成为新文学的应有之义。这就要求新文学不仅要摆脱传统"载道"之政治教化功能，也要摆脱"有用无用"之功利性思考，因为若新文学具有此悬于个体之上之普遍性要求，即会产生压抑个体之可能性。所以新文学的价值要求在发生之初就埋藏着矛盾和分化之线索。文学研究会和创造社的文学活动就体现了此种内部分化。文学研究会以文艺为"人生很切要的一种工作"①，强调以对社会的责任和使命意识来从事文学工作，并寻求文学活动与社会运动之有机关联。周作人这时期主张"新村"运动正是一个典型。在周作人的思考中，"新村"以人类互助合作的形式进行劳动，一方面尽人类应尽的义务，一方面又是发展自我的手段，正是一种理想的生活方式；而学术文艺同体力劳动一起，构成此定义下的"劳动"的两方面，以达成对自我"灵肉"的改造。②而作为日本"新村"实验发起者的武者小路实笃，同时是"白桦派"文学的代表作家，正好提供文学理想和社会活动

---

① 周作人：《文学研究会宣言》，钟叔河编《周作人文类编·3》，湖南文艺出版社，1998，第50—51页。
② 参见周作人阐述"新村"运动的文章，比如《日本的新村》《访日本新村记》《新村的精神》等。

合一的典范。若从新文学"立人"的主张看,文学研究会成员们,是一批有着社会责任感、希望参与到社会改革中的能动性较强的作家,他们的文学观也表现出使命意识,认为文学要为人生的表现,体现了作家的主体性,顺应了"立人"精神。相比而言,初期的创造社被认为是"为艺术而艺术",个人主义立场更加突出。这本质上源自对"自我"的理解的不同:比起文学研究会主张的具有社会责任感的自我形象,创造社更多表现出"现代人的苦闷"和"感伤的自我",其理解的自我形象是一种"具有早熟的性格和富有灵感的'敏锐感觉',从而能先于一般群众而敏感到时代的苦闷的先进人物"[①]。文学创作上,创造社成员认为真正的"真实",不是"再现"客观世界,而是表现此种敏锐和感性的自我的内心世界。持有此种浪漫主义的态度,主张纯粹的自我表现,创造社自然反对文学研究会的文学观,并引发两派之间的论争。

"为人生"和"为艺术"的差异,实质上源于对现代理念中的"人"的理解的差异。文学研究会所肯定的"人",是具有社会责任感、积极参与社会事业的能动性的人;创造社理想的则是"敏感的时代先觉者",是具有"天才"的艺术家,孤立于社会的消极的抵抗者。对应此种理解而产生的文学观念,对于文学研究会和创造社而言,都是从本心出发,显示自我的主体意志的"新"文学理念。

文学研究会和创作社为代表的新文学观念之间的矛盾和论争,促使他们就文学是"为人生"还是"为艺术",以及相关的启蒙和个人主义等问题进行更深入的思考。随着"新村"理想的破灭,将文学活动和社会运动有机关联的设想,在周作人心中发生动摇,最终令他的文学观发生转变,而这种幻灭感也是其他文学研究会作家感受到的[②]。创造社经历了从"艺术的先觉者"到"革命的先觉者"的自我形象转换,初期的"为艺术"的文学观被自己否定,作为"先觉者"的自我意识还延续着,并以激烈的自我宣言和对他人的批判造成压抑其他作家主体性的可能性,引起鲁迅等作家的论争和反对,不过此是后话。

"五四"新文学发生时肩负思想启蒙和现代思想文化构建之使命,并伴随着各种矛盾和思考,如对文学是否真能承担此历史使命之怀疑和反思,文学实

---

[①] 伊藤虎丸:《创造社和日本文学》,孙猛、徐江、李冬木译,《鲁迅、创造社与日本文学》,北京大学出版社,1995,第210页。

[②] 叶圣陶就是一例。小说《苦菜》写主人公想通过种地实验,达成劳动和精神的和谐一致,但碰到现实的各种困难最终破灭了。这个幻灭的过程实际上也是作者内心的真实体现。参见姜涛《公寓里的塔:1920年代中国的文学与青年》,北京大学出版社,2015,第49—51页。

验过程中的失败造成的幻灭感,以及幻灭后新文学之真正意义和价值究竟何在等等。种种时代语境生成之复杂问题,造成作家们在新文学道路的摸索和思考中普遍的尝试和怀疑心态,并在探索过程中不断做出观念上的调整。其根本,源于对新文学和"人"的问题如何发生关联的思考。

## 二 周氏兄弟的差异性思考

中国现代文学的形成主要指向对"人"的问题的思考,即近代以来的"人"和以前的人相比的"新质"是什么。无论从时间、广度和深度来说,周氏兄弟在这个问题上的思考都十分超前、丰富和深刻,可以说是奠定了新文学的基调。新文学基本沿着"立人"精神发展,接受"五四"思想的新文学作家,他们的思想形成都多少得到周氏兄弟的启示。

(一)扎根于民族的"人"之精神根柢

有关"人"的问题思考,离不开西方文明的影响,但必不离开对本土精神根柢的思考和判断。鲁迅和周作人在这个问题上各有其独特的态度。鲁迅在日本留学时期,取诸异邦文明发展和反抗的历史,提炼出以"反抗"为根柢的"摩罗"精神,作为振兴国民精神之外来资源。同时,鲁迅并不抹杀中国民族的根柢,并认为此种精神"根柢"产生在文明以前的历史,凝聚于远古先民精神中。《破恶声论》中,鲁迅提出"伪士当去,迷信可存","伪士"乃"无所信"而标榜科学、斥责民众之"迷信"以显权威的知识分子。人心"不安物质之生活,则自必有形上之需求"①,故宗教诞生实出于人本心之需要,乃"神思"之产物。"神思"产生于人的能动精神和勃发之想象力。而中国民众之信仰与西方宗教思想相比,实乃一种泛神思想,是中国文化"以普崇万物为文化本根,敬天礼地,实与法式"②的特质下凝成的。此种泛神思想之优点,是没有一固定之信仰对象,故不易生阶级,而博爱宏大,"虽一卉木竹石,视之均函有神秘性灵,玄义在中,不同凡品,其所崇爱之溥博,世未见其匹也"③。此种博大之"神思",鲁迅认为,已经随着历史而湮灭,"乃仅能见诸古人之记录,与气禀未失之农人;求之于士大夫,戛戛乎难得矣"④。在此,鲁迅整个

---

①②鲁迅:《破恶声论》,《鲁迅全集》第八卷,人民文学出版社,2005,第29页。(本文所引《鲁迅全集》作品原文均出自同一版本。)

③④鲁迅:《破恶声论》,《鲁迅全集》第八卷,第30页。

排斥出去的，是中国千年以儒家为代表的正统思想，以及在此思想熏染下已失先民气禀的知识分子。这样，鲁迅就跳过诸子以来的文明历史，追溯到在此以前远古之民的"神思"，将之作为沟通异邦"新声"的民族"根柢"性的东西。鲁迅将这种精神形象化为女娲、大禹等远古人物，加之以现代理想人格，进行文学再创作。1922年创作的《补天》，以神话时代为背景，女娲形象正是远古先民之"神思"创造出来的，又凝结着现代之能动性和创造力的人格形象。《理水》创作于1935年，鲁迅的思想基调已经从进化论转为马克思主义，故而大禹既是勇猛进取、具有牺牲精神的伟大先民，又象征着劳苦而沉默的劳动人民，也令人想起《破恶声论》中所说保留着民族向上之精神的"气禀未失之农人"。与大禹形象作对比的学者、官员，他们用以迫压民众的是传统的君权体制和与之配套的、由知识阶层掌握和阐释的正统思想，以及作为文饰基础的"言"和"文"，这些是受到鲁迅猛烈批判的东西。

周作人在思考"人"的问题时，同样致力于从中国人的固有精神根柢出发。经过数年思考，周作人从正面积极的角度，将中国人人生观之根本，归纳为"生之意志"这一点，并以儒家精神做代表。在整体回顾自己学养的《我的杂学》中，周作人做出概括性阐述：

> 我从古今中外各方面都受到各样影响，分析起来，大旨如上边说过，在知与情两面分别承受西洋与日本的影响为多，意的方面则纯是中国的，不但未受外来感化而发生变动，还一直以此为标准，去酌量容纳异国的影响。这个我向来称之曰儒家精神，虽然似乎有点笼统，与汉以后尤其是宋以后的儒教显有不同，但为得表示中国人所有的以生之意志为根本的那种人生观，利用这个名称殆无不可。我想神农大禹的传说就从这里发生，积极方面有墨子与商韩两路，消极方面有庄杨一路，孔孟站在中间，想要适宜的进行，这平凡而难实现的理想我觉得很有意思，以前屡次自号儒家者即由于此。①

周作人也讲大禹，将中国人之精神溯源到神农、大禹这样的远古先民领袖，而以"生之意志"来描述其本质。通过大禹等远古之民探索积极有力的生

---

① 周作人：《我的杂学（二十）》，止庵校订《苦口甘口》（周作人自编文集），河北教育出版社，2002，第96页。文中所引"周作人自编文集"丛书都为此版本，之后不再标注。

命意志，这一点显示周氏兄弟思考的相通处。但鲁迅跳过几千年以儒家为正统的文人历史，将大禹追溯为比"文"和"言"更久远以前的"气禀未失之农人"之精神代表。周作人则不然，他以"生之意志"为桥梁，沟通了大禹和先秦儒家精神，虽然排斥了汉以后的"儒教"，但依然将大禹纳入儒家文化的整体谱系中："我说儒家总是从大禹讲起，即因为他实行道义之事功化，是实现儒家理想的人。"①周作人将大禹的担负精神和实践精神，视为先秦儒家精神的典范，将汉以后成为驭民工具的"儒教"与儒家分离开，目的是要"唤回"先秦儒家精神，令其除垢再生，成为"现代化的中国固有精神"②。这就与鲁迅的思想有根本的相异处。鲁迅以其"峻急"和激烈的态度，反感自诸子以来的整个传统思想，其中尤其以儒家为代表，从孔子这一源头上就反感和排斥③。故而鲁迅鲜明地强调以大禹为代表的远古先民精神和自诸子思想以来的文化思想的不同，以便整个排斥掉后者，直接将国民精神新生之可能性与远古先民精神沟通。周作人在这一点上的文化选择，恰与鲁迅的思想相反。

周作人说的"生之意志"，突出中国人在历史所反映的艰苦生活中一直表现着的强烈生存意志。此种求生意志，若流于卑下则成为苟活；但从积极方面看，思考如何努力地在人世间生活，却正是民族自立之基。从这点出发，周作人不仅将大禹和儒家沟通，还认为诸子学说都受此"生之意志"引领，在他们所处的政治和文化环境中做出对人的生存问题的思考，差异性只在面对问题的积极或消极的态度上。本着自己的性情，周作人选择了"站在中间"的儒家。……

（二）"人道主义"和"个人主义"的矛盾

人道主义和个人主义是"五四"人性解放思潮下的重要思想。周作人在《人的文学》里将人道主义定义为"个人主义的人间本位主义"。这就与宗教性

---

① 周作人：《我的杂学（二十）》，《苦口甘口》，第97页。
② 周作人：《〈药味集〉序》，《药味集》，第1页。
③ 引证几个鲁迅提到孔子的例子：(1)鲁迅认为"孔丘先生"在巫鬼势力旺盛的时代不肯随俗谈鬼神，但"祭如在祭神如神在"，两个"如"字显示他的聪明，是"深通世故的老先生"，不做明目张胆的破坏者，所以能够成为中国的圣人（《再论雷峰塔的倒掉》，1925）；(2)鲁迅提到孔子"瞰亡往拜""出疆载质"，都是些"最巧玩意儿"，符合孔子"圣之时者也"的称号，孔子"之徒"也都是机巧的聪明人（《十四年的"读经"》，1925）；(3)鲁迅认为子路因为"吾闻君子死冠不免"于是"结缨而死"，"实在是上了仲尼先生的当"，"仲尼先生自己'厄于陈蔡'，却并不饿死，真是滑得可观"（《两地书》，1925）。鲁迅对孔子的评价可看出他近乎从性情上发生的反感情绪，所以后来自言虽然孔孟的书读得最早，最熟，"然而倒似乎和我不相干"（《写在〈坟〉后面》，1926）。

的博爱相区别，个人主义的人间本位主义是以"自立"为前提下的"立人"，即首先承认自我作为独立个体的价值，并以自我的能动性去追求一种合乎人性的理想生活。这样周作人思考的"人道主义"就同时包含了"个人主义"的精神，并尝试将两者间的矛盾加以调和。不过人是矛盾的个体，"立人"和"自立"、"他人"和"自我"之间可能存在的矛盾并不能如此圆满解决。在具体的现实中，如何在建立自我人格的同时，不因自我之膨胀而挤压人道精神的发展，构成新文学作家的思想矛盾。

鲁迅自言思想里含有许多矛盾，其中之一就是"人道主义与个人主义这两种思想的消长起伏"①。刘半农赠过鲁迅一副对联："托尼学说，魏晋文章"。其中，托，指托尔斯泰；尼，指尼采，分别代表鲁迅思想中的人道主义和个人主义。鲁迅讲古人时说"譬如墨子兼爱，杨子为我"②，是在传统思想中寻找类似的对应。鲁迅认为欧洲近代文明重物质的"偏至"性产生出反抗现实的重"个性"和"精神"的"天才"（超人），这样的思考接受了尼采的"超人"思想，重视其反抗精神和强力意志，呼唤在古老中国诞生此种能够反抗和行动的"精神界战士"，这是鲁迅个人主义思想内核。这指向少数先觉者，而视"多数"为压迫而与之对抗，容易产生否定他人之人格和主体的可能性。所以鲁迅后来调整思想，以进化论为依据形成历史"中间物"意识。以自己作为必将在历史过渡中消失的"中间物"，而立志为下一代肩负"黑暗闸门"的奉献意识，可视为鲁迅个性色彩浓厚的人道精神。但个人主义和人道主义的矛盾并未在鲁迅思想中得到调和，毋宁说，正是它的显著存在，鲁迅才不得不全力做出回应，而在两极间摇摆和挣扎的痕迹也就时时流露在文字间。鲁迅说自己"忽而爱人，忽而憎人"③；有时得了他人的布施，反要咒诅布施者的灭亡（《过客》）；自认下笔时时留余地，不把内心全部剖露，只因还想生活在人群里，但有时也想"就此驱除旁人，到那时还不唾弃我的，即使是枭蛇鬼怪，也是我的朋友，这才真是我的朋友。倘使并这个也没有，则就是我一个人也行"④。鲁迅时时反顾内心，体会此种矛盾之贯穿的生命本质状态，并由此激发某种对抗性的能量，这表现为鲁迅热烈和斗争的"战士"精神。某种程度上，鲁迅在此矛盾的生命状态中显露出一种自觉——可能认识到这是产生于自身性情中的

---

① 鲁迅：《两地书》，《鲁迅全集》第十一卷，第81页。
② 鲁迅：《魏晋风度及文章与药及酒之关系》，《鲁迅全集》第三卷，第538页。
③ 鲁迅：《两地书》，《鲁迅全集》第十一卷，第81页。
④ 鲁迅：《写在〈坟〉后面》，《鲁迅全集》第一卷，第300页。

某种根性的东西，而无意去求得它的调和。

和鲁迅不同，周作人试图在人道主义和个人主义之间求得调和。《人的文学》中将人道主义定义为"个人主义的人间本位主义"，将尊重个人作为人道主义的前提，奠定"五四"人道主义和个人主义密不可分的理论基础。但人道主义和个人主义究竟应该如何整合？相比鲁迅两极间挣扎的矛盾状态，周作人更着力于解决自我思想中的矛盾，维护思想的一元性，以抵御外界对自我的干扰，保持一种"冷静"的自主状态。不同于鲁迅对传统思想坚决的批判态度，周作人一贯保持以现代精神更新中国传统思想的平和态度。在人道主义和个人主义问题上，周作人把中国传统的人文精神，用西方的科学和理性态度加以调剂，其思考带有明显的个性特质。比如，传统儒家思想以"性善论"为依据，于"知行合一"的修养中寻求人性向上的超越，追求"人道"与"天道"合一。这本是对人格力量之尊重，认为人具有超越自我达到理想之境界的可能性。然而此"圣贤"思想，过于强调人的超越性，忽视乃至压抑人的自然本能，造成"名实分离"之虚伪风气。对此，周作人调和以西方的科学和理性精神。蔼理斯的性心理学对周作人影响很大，其中表达的健康的人欲观，为周作人所赞同。在此影响下，周作人提出人性乃"兽性与神性"的结合，以"灵肉一致"为现代人道观的本质，纠正传统思想中过分注重"灵"的偏狭，同时保留了传统思想中重视实践修养的知行观，结合现代的进化论，肯定人的内面生活在自我修养中能够逐渐与动物相远，向上达到"高上和平的境地"①。

对尼采的"超人"思想，周作人的理解也和鲁迅不同。在《贵族的与平民的》一文中，周作人将尼采思想解释为一种"贵族精神"，以"求胜意志"为特点，与以"求生意志"为特点的"平民精神"形成对照关系。在这篇文章中，周作人用"贵族精神"和"平民精神"形容文艺中两种普遍的人生态度：平民因在人世得不到生活的快乐，于是羡慕功名妻妾的贵族生活，平民文学的思想因而注重现世和功利，没有超越的精神；贵族阶级因在世间已得到享受，没有欣羡和留恋，于是引起一种超越的追求，中国诗歌中的隐逸神仙思想即是代表。于是，周作人取两方面之优点而提出"平民的贵族化"，即以平民精神为基调，加以向上超越的"贵族精神"洗礼，周作人又将其称为"凡人的超人

---

① 参见周作人《人的文学》，胡适选编《中国新文学大系·建设理论集》，上海文艺出版社，2003年影印本。

化"①。"平民精神"和"贵族精神"以及所对应的"求生意志"和"求胜意志",将概念二元式地提出然后加以统合成一元,这是周作人擅长的思考方式,由此"超人"精神也被调和并纳入平和的理性分析中,结论是无论"平民精神"还是"贵族精神",都是人性在"平民"或"贵族"的生活中发展而产生的自然结果。这样,通过将"超人"精神转译为"求胜意志",周作人就淡化了尼采思想排斥"庸众"的激烈性和反抗特质,将其纳入到他所能接受的人性论层面加以定义。鲁迅在欧洲近代个人主义思潮中接受尼采思想,呼唤具有与"多数"对立之勇气的"天才"(超人),一种"精神界战士"的出现;周作人的表达温和得多,"凡人的超人化"将尼采思想落实为一种自我修养的途径,而推广到一般人。两种理解和接受代表着两人的个性差异和观念态度上的分歧。

应该说,以尼采精神为主要来源的"五四"个人主义思想在不同的个体那里有个性化的接受和表达,鲁迅、周作人以及创造社作家的个人主义思想就各不相同。"五四"作家对人道主义的看法则基本相通,不产生显著的矛盾冲突,无论具体表现为基督教的博爱、托尔斯泰的人道观,还是墨子的兼爱思想。然而,相对个人主义思想的具体性,这种博爱的人道思想则更加难于落实到人与人之间的具体关系中,容易产生理想和实践之间的矛盾。此种矛盾在最终得到解决前,在周作人思想中也有过冲突和徘徊。此思想过渡时期集中表现在1921年周作人养病时期所写的文章以及同时期的新诗里。《山中杂信》里周作人说:"我近来的思想动摇与混乱,可谓已至其极了,托尔斯泰的无我爱与尼采的超人,共产主义与善种学,耶佛孔老的教训与科学的例证,我都一样地喜欢尊重,却又不能调和统一起来,造成一条可以实行的大路。"②这之前周作人写过一首新诗《爱与憎》,自言"虽然不全憎,也不能尽爱"③的苦恼。"自我"对于"他人"不应该憎恶,但终究也不能贯彻宗教的博爱精神,成为周作人心中的矛盾。不仅从理智上,更是从自我情感出发感受到这一点,于是这种苦恼显得更加真切。《山中杂信》记录了周作人西山养病时期在山中看到的种种人与人不合理的相处,感到人性中时时夹杂兽性,同时想到佛经里的断灭嗔恨,又佩服小林一茶对苍蝇、虱子也能抱着人道之爱,承认自己对它们总是除灭的心

---

① 参见周作人《贵族的与平民的》,钟叔河编订《周作人散文全集》(第二卷),广西师范大学出版社,2009,第518—520页。
② 周作人:《山中杂信》,《雨天的书》,河北教育出版社,2002,第133页。
③ 周作人:《爱与憎》,《过去的生命》,河北教育出版社,2002,第11页。

情占上风①。文字的絮阔和矛盾处,正是周作人复杂心境的外显。其中包含的人世关怀,可以说已经显露宗教式的抽象思考不适合周作人,后来渐趋转向儒家精神,关注现实人情,在这时期已经显露其必然性。"爱与憎"这样的表达也令人联想到鲁迅。不过,即使同样是处于矛盾中,两人的状态还是有微妙的差别:鲁迅在"忽而……忽而……"状态中的两极摇摆,是排除有"中间"状态存在的坚定表达,也体现着自觉于不可调和的决绝感;而周作人的"不全憎,也不尽爱",表现的是"爱"和"憎"都不能彻底的中间状态,和在当时无法调和这一矛盾的焦虑感。所以相较鲁迅始终伴随这种冲突的热烈和孤绝,周作人是要朝着解决矛盾的方向走去,以达到平和稳定的状态。

《山中杂信》之后,周作人在新诗《小孩》里,坦然承认自己的爱不会是无差别的博爱,而是发自人伦天性的亲亲之爱和它的延伸:

> 我真是偏私的人呵。
> 我为了自己的儿女才爱小孩,
> 为了自己的妻才爱女人,
> 为了自己才爱人。
> 但是我觉得没有别的道路了。②

这种表露显示周作人的思想开始找到方向而渐趋稳定。在乌托邦式的"新村"以及宗教思考都失败后,周作人认知到宗教或乌托邦不能安放身心,而回归到中国人所熟悉的人伦天性之爱,开始转向儒家思想。儒家的"推己及人"精神,在后来加上人情物理的学理内涵,从自我出发进而肯定作为个体的"他人",成为周作人思想中相对稳定的面向。《焦里堂的笔记》(1945)里,周作人引用焦里堂笔记中的一段,大意是从"生生"意志的角度肯定"饮食男女"

---

① 《山中杂信》里引用小林一茶写苍蝇和虱子的俳句,赞叹诗人心境宽大平和,而差不多同时期周作人写了一首新诗《苍蝇》(收入《过去的生命》),诗中称自己终爱不了苍蝇,反而对此"美和生命的破坏者",要发出诅咒它们全灭的声音。可见这时周作人已经自觉无法做到宗教徒的博爱,对自己有差别的爱与憎也坦诚接受,已显示思想转变的态势。
② 周作人:《小孩》,《过去的生命》,第35页。

之欲的合理性,并从"我之所生生"而肯定"人之所生生"①,这样"人"就在周作人思考里以具足自然本性之"人"的含义确定下来。周作人选定了儒家学说后,就逐渐远离早期个人主义和人道主义式的说法,而将这些"主义"的内核经过儒家思想转译后融入儒者式的言论中,这成为他展开文化思考的稳定的表达形式。

---

① 参见周作人《焦里堂的笔记》,《过去的工作》,河北教育出版社,2002,第42页。周作人引用的原文为:"先君子尝曰,人生不过饮食男女,非饮食无以生,非男女无以生生。惟我欲生,人亦欲生,我欲生生,人亦欲生生,孟子好货好色之说尽之矣。不必屏去我之所生,我之所生生,但不可忘人之所生,人之所生生。循学《易》三十年,乃知先人此言圣人不易。"

# 论鲁迅散文《范爱农》中的"小说笔法"

徐依楠 绍兴文理学院人文学院

作为《朝花夕拾》中最后一篇散文,《范爱农》一文在随笔韵致之外也明显运用了许多小说的笔法。不过,截至目前,学术界虽也有一些文章提及了此文中的小说笔法,但缺乏一个完整、系统的梳理。《范爱农》这篇文章中小说笔法的运用主要体现在以细节描写、抑扬的情节来塑造人物形象;矛盾冲突构建典型情节;铺陈、渲染刻画典型环境。也正因如此,《范爱农》虽然是一篇散文,但其在生动性和深刻性方面却并不逊色于鲁迅的小说。

## 一 细节描写与典型人物的塑造

《范爱农》对范爱农这一典型人物的形象塑造是极其成功的,这主要归功于鲁迅在文中使用了细节描写和抑扬的小说笔法。细节描写主要体现在对人物肖像、神态及语言的描写上。其中肖像和神态的刻画主要采用白描手法,而对范爱农的语言描写则选取能充分反映人物性格的个性化语言。白描勾勒出了范爱农的神韵,个性化的语言使范爱农变得典型,最后又通过抑扬加深了读者对范爱农的认识和印象。正是得益于细节描写与抑扬的结合才使得范爱农这一典型形象栩栩如生、跃然纸上。

## 二 矛盾冲突与典型情节的构建

除了在典型人物的塑造上借鉴了小说笔法,鲁迅在构建情节时也采用小说笔法中的冲突制造。这里的冲突包括人物自身的冲突,即范爱农内心的矛盾冲突;人物与他人之间的冲突,即范爱农与"我"之间的矛盾冲突;人物与环境之间的冲突,即范爱农与黑暗的社会环境之间的矛盾冲突。这些矛盾冲突使得文章情节更加紧张生动,引人入胜。

## 三 铺陈、渲染与典型环境的刻画

在刻画典型环境时,鲁迅又通过铺陈、渲染的方式使其更加生动。铺陈体现在他花了大量的笔墨来叙述事件的背景信息,如发电报一事的背景信息和报馆案一事的背景信息。而渲染则主要体现他运用夸张和反复的修辞手法来强化社会环境的黑暗,如通过对时间的夸张化处理凸显报馆案事发时危急的形势,通过反复描写与环境密切相关的范爱农的喝酒行为强化当时社会环境的黑暗。

# 鲁迅"中间物"意识的超克与其文学的关系

许江 辽宁师范大学文学院

1926年11月11日夜,鲁迅在厦门大学图书馆顶楼为即将出版的一本杂文集写"后记",这就是著名的《写在〈坟〉后面》一文,其中有下面的话:

> 苦于背了这些古老的鬼魂,摆脱不开,时常感到一种使人气闷的沉重。就是思想上,也何尝不中些庄周韩非的毒,时而很随便,时而很峻急。孔孟的书我读得最早,最熟,然而倒似乎和我不相干。大半也因为懒惰罢,往往自己宽解,以为一切事物,在转变中,是总有多少中间物的。动植之间,无脊椎和脊椎动物之间,都有中间物;或者简直可以说,在进化的链子上,一切都是中间物。[①]

1980年代末,汪晖在《反抗绝望》中抓住这句话中的新概念、新说法——中间物,进行了深刻而极具启发性的阐释与论述,将中间物"作为鲁迅的核心意识,从而为中国的鲁迅研究开辟了一个全新的境界"[②]。《反抗绝望》一书后来又出过两个版本,关于"中间物"的章节几乎没有变化,影响甚为深远,所谓"中间物"意识已成为后来者理解鲁迅特别是鲁迅思想的一个无法忽视的依据,一个基本的、常用的视角和方法。

1925年至1927年是鲁迅人生和思想发生重要变化的一个关键时期,是他

---
[①] 鲁迅:《写在〈坟〉后面》,《鲁迅全集》第一卷,人民文学出版社,2005,第301—302页。(本文所引《鲁迅全集》作品原文均出自同一版本。)
[②] 王富仁:《中国鲁迅研究的历史与现状》,福建教育出版社,2006,第197页。

以新的内在自我结构面向外在世界的整体的关键时刻,而"中间物"意识毫无疑问与这一转变密切相关。在此基础之上,多年以来我们在反复面对鲁迅的中间转变这个重要问题时,应该首先对"中间物"及其研究思路的形成与演化进行一番新的审视和考察,或如福柯所言去探寻问题的历史、问题的谱系,这样才能对这个重要问题及其背后的那个重要的现代主体产生更加准确的理解。

## 一 确立或超克:"中间物"与危险的思想

汪晖的鲁迅研究将"中间物"作为一种伟大的思想的确立:"无论就对社会的认识还是对自我的认识,'中间物'意识的产生都是鲁迅思想的一种深化和前进"①;"作为一种基本的人生观念,鲁迅的使命感和责任感、悲剧感和乐观主义都是'中间物'的历史地位和基本态度所决定的"②。"中间物"在汪晖那里成为鲁迅思想复杂性、独特性和深刻性的最佳能指,作为一个现代主体的鲁迅不仅是中/西、古/今之间的历史的中间物,而且在内部还包含着"与强烈的悲剧感相伴随的自我反观和自我否定"③,"对'死'(代表着过去、绝望和衰亡的世界)'生'(代表着未来、希望和觉醒的世界)的人生命题的关注"④,"建立在人类社会无穷进化的历史信念基础上的否定'黄金时代',或者说是一种以乐观主义为根本的'悲观主义'认识"⑤。由此,鲁迅形成了一种"在"而"不属于"的精神结构,创造了一个阴暗而又明亮的文学世界,成为一个灵魂发生内在分裂的、反抗绝望的"真的人"。

笔者认为,从《写在〈坟〉后面》一文提取的"中间物"意识,与鲁迅作为一个思想史主体的关系不是确立和形成的问题,而是超越和克服的问题,这不是一个名词和概念的替换,更不是带有后现代主义解构色彩的语言策略,而是我们怎样更加准确地理解鲁迅思想史及其表达习惯的问题。由此而言,我们必须首先明确,"中间物"意识不是一种伟大的而是一种危险的思想,鲁迅对它有所留恋,这与他的性格、气质有关,但鲁迅始终与它保持距离,并最终选择了远离和超克。

---

① 汪晖:《反抗绝望——鲁迅的精神结构与〈呐喊〉〈彷徨〉研究》,上海人民出版社,1991,第138页。
② 汪晖:《反抗绝望——鲁迅的精神结构与〈呐喊〉〈彷徨〉研究》,第138—139页。
③ 汪晖:《反抗绝望——鲁迅的精神结构与〈呐喊〉〈彷徨〉研究》,第141页。
④ 汪晖:《反抗绝望——鲁迅的精神结构与〈呐喊〉〈彷徨〉研究》,第143页。
⑤ 汪晖:《反抗绝望——鲁迅的精神结构与〈呐喊〉〈彷徨〉研究》,第145页。

"中间物"作为一种思想内核不是与生俱来的，因此它的形成和确立在因果律的理性视野当中是一个必然的问题。那么若论形成，早在1919年乃至1909年，鲁迅便已形成、确立了这样一种被夹困在中间的思想意识、自我认同。1919年鲁迅作《我们现在怎样做父亲》一文，其中写道："自己背着因袭的重担，肩住了黑暗的闸门，放他们到宽阔光明的地方去"①。这个肩住黑暗闸门的父亲形象得到了包括汪晖在内的很多研究者的重视，被视为"中间物"意识的一种赋形。时间再向上推至1909年，这一年鲁迅从日本回国，在浙江两级师范学堂任教，编辑生理学讲义《人生象斅》时便使用了"中间物"这个名词，虽然此中间物非彼中间物，但从科学到文学一向是鲁迅认识自我与世界的一种方法，作为危险思想的中间物如幽灵鬼影一般萌生了。可以说，从1909年到1919年，"中间物"意识在鲁迅的思想谱系中已经表现出来，鲁迅已经意识到内面自我的混乱与暧昧，并产生了深深的难以克服的自我否定与自食的精神趋向及结构，此后是一个潜伏（困守会馆抄古碑）、暴露（"呐喊"）、压制（"彷徨"）与不断反抗的时期，到创作《野草》《坟》中部分作品的时期，"中间物"意识的内在分裂性到达顶峰而无法继续耐受，鲁迅开始寻求超克的路径与方法，《写在〈坟〉后面》等文章便是基于这样的内在分裂而试图并实现超克的一份自白和忏悔。

　　意识到"铁屋子"的存在就会立即寻求方式破毁它，这便是形成即毁灭，确立即完结，亦即超克的开始。铁屋子里的先知先觉者不想成为一个"历史的中间物"这样的精神界怪物，更不想在这种意识世界中延宕，而是要迅速地超克。"中间物"意识的确立就是超克这种现代性动作的开始，鲁迅从未在其中品味中间物的深刻与独特，而是迅疾地走向它的反面，连一点"淡淡的哀愁"都不要、都不放过。这是一种独特而坚定的、自我否定式的精神结构，能指在所指的链条上滑动、转换，时间感完全让位于空间感，由此创生了一个难以磨灭、价值无限的现代主体。从这个意义上说，鲁迅的"中间物"意识是不可复制的历史个案。汪晖把"中间物"意识与鲁迅思想史的关系处理成确立的关系是误读，把汪晖的确立理解成鲁迅的确立则是误读的误读。如果说"超克"这个词语是一个得自翻译的、具有后现代色彩的新词，不能要求汪晖在三十年前去创造、使用这样的词语，但这原不是本文写作的用意，本文的目标无外乎澄清上述误读，而且这样的误读至今普遍存在于研究界，这才是重要和必要的。

---

① 鲁迅：《我们现在怎样做父亲》，《鲁迅全集》第一卷，第135页。

中间物的内涵是自我否定，通过自我否定而否定与自我相关的社会、文化和历史，汪晖的研究强调了自我否定，但把这种立意在超克的自我否定的思想表述成确立、建立则是不妥当、不合逻辑的，从鲁迅内面主体的角度而言，将其定义为确立就是没有真正理解鲁迅的痛苦和恐惧。

通过下面的两个比较可以更好地理解何谓"危险"。首先，在世界文学史上，与鲁迅文学中的"中间物"最为接近的是但丁《神曲》中的"黑暗森林"。其次，在历史哲学的层面，"中间物"意识与本雅明的救赎哲学亦有相通之处。作为对照之物，但丁的"黑暗森林"与本雅明的"天使"都是在断裂（历史的/精神内面的）中产生的主体理论，它们进一步说明"中间物"意味着灾难、危险与断裂。我们往往十分看重伟大思想的确立，这种确立更是文化政治所喜闻乐见的，孔孟之教、老庄之道、朱熹的理学、王阳明的心学等等，却不愿意面对危险思想的自白与自我超克，鲁迅的思想在我们的文化政治传统中不是主流，甚至是反主流的，因为遇到了王纲解纽的时代，千年未有之大变局的时代，方才体现出广为认可的意义与价值。中国从来就缺少危险的思想，伟大的危险思想更少，鲁迅的幸运隐喻着我们的不幸，鲁迅的危险反照出我们的平庸，鲁迅的伟大彰显出我们的渺小。

## 二 觉醒即超克："中间物"与日本鲁迅学

汪晖由"中间物"意识的确立而提出鲁迅思想发展的"第二次觉醒"，"鲁迅的'中间物'意识的确定，即第二次觉醒，从总体上改变了早期鲁迅浪漫主义的文艺观，并成为他的'清醒的现实主义'文学创作的起点"①。在汪晖的视野中，"中间物"意识的确立等同于第二次觉醒，它使鲁迅从前期走向后期，其思想史因而发生了重大变化。这次觉醒的发现实际上打破、超越了从进化论到阶级论的固有谱系，展现出鲁迅思想发展更为复杂的深层面貌。

笔者认为，鲁迅主观上对"中间物"意识的超越、克服使他觉醒，而不是此前七八年就形成并逐渐强烈的过程使他觉醒，觉醒是骤然间发生的，是灵感爆发性的，有如获得神启一般；与"中间物"意识的不断积累直至难以承受相比，所谓"觉醒"更是所指获得能指、量变转为质变的结果，时间大致在1926年前后。汪晖将两者混为一谈，将"中间物"意识的发展过程等同于第二次觉

---

① 汪晖：《反抗绝望——鲁迅的精神结构与〈呐喊〉〈彷徨〉研究》，第138页。

醒，将一个瞬间拉长为一个十年的过程，这是误读。将觉醒视为确立，在理论或者现实的层面上，都是难以成立的。而据此明确地划分出一个思想史的中期亦无必要，一方面所谓前后期的简单逻辑实际上早已被打破，另一方面因为鲁迅的觉醒和转变是极为迅速的，从《野草》的象征与诗意、《朝花夕拾》的怀旧与温情中重返真实、严酷、忽明忽暗的现实（主义），从"坟""鬼"和历史的灰烬中重新感受现实的火热和生动，由此实现对"中间物"意识及其自我否定式的恐惧的超克。

汪晖对"中间物"的发现及其阐释与日本鲁迅学存在多方面的联系，不仅是从那里得到了启发，而且几乎构成了对日本鲁迅学的一次整合式的借用。汪晖对鲁迅思想中的"抵抗性"亦即反抗绝望的深入阐释，与竹内好有相近之处；在作为"中间物"意识内核的"罪的自觉"中，汪晖的观点与竹内好、伊藤虎丸的相关研究可谓关联密切；后来对于鲁迅精神结构中"鬼"的意义的阐释，则与木山英雄、丸尾常喜的有关论说多有共鸣；对日本鲁迅学的另一巨匠丸山升，汪晖同样甚至更加心怀敬意。《反抗绝望》一书的出版与流传，《学人》集刊对于日本"中国学"的译介和宣传，可以说，在彼时的中国现代文学研究界掀起了一股新的学术潮流，在向西看的主流视角之外增加了一个向东看的重要视角。

2008年夏，汪晖邀请日本学者尾崎文昭在清华大学中文系做"战后日本鲁迅研究"的系列讲座，对国内鲁迅研究的发展亦产生了不容忽视的影响。尾崎文昭提出：率先注意到鲁迅1926年前后思想变化的学者是竹内好。"1944年时，竹内好说只有一次'回心'，但他后来修正说，1926年前后鲁迅的变化相当大。这也是现在以木山英雄和丸尾常喜为代表的日本鲁迅思想研究的共识，1926年前后的变化也是根本性的变化，这一变化决定了之后的鲁迅。《写在〈坟〉后面》的关键在于'中间物'意识，其实竹内好在1948年已经开始谈了，他没有用'中间物'这个词，但已经涉及到了，并且谈得不错。"①

竹内好的回心论向来是鲁迅研究界的一个热门话题，有人奉若经典，有人不以为然。"任何人在他的一生当中，都会以某种方式遇到某个决定性时机，这个时机形成在他终生都绕不出去的一根回归轴上，各种要素不再以作为要素的形式发挥机能，而且一般来说，也总有对别人讲不清的地方。"②把这个回心

---

① 尾崎文昭、薛羽：《战后日本鲁迅研究——尾崎文昭教授访谈录》，《现代中文学刊》2011年第3期。
② 竹内好：《近代的超克》，李冬木、赵京华、孙歌译，生活·读书·新知三联书店，2016，第120页。

论与他对鲁迅1926年前后思想变化的讨论结合起来，便很容易推导出所谓"第二次觉醒"这样的结论，这个逻辑是清楚而且可信的。竹内好还将回心论放在近现代东亚思想史的背景中予以进一步的考察，他提出，现代中国革命的轨迹是"回心—抵抗"，回心以抵抗为媒介，这与日本的情况有明显的不同。在这里，所谓"回心"显然已不只是对鲁迅思想史的一种描述。伊藤虎丸对此有更加清晰的解读，他认为："这个'回心'并未成为他人，而是成了'更高意义上的自我'，总之是'自我回复'。依此，则是'西欧的冲击'为契机，达到了'国粹的复兴'。"①这里的某些表述是中国现代文学研究界主流观点所忌讳的，但它的核心观点实质上与鲁迅所言之进化链条上的中间物亦即思想文化史上的"中间物"意识是一致的，这便是以鲁迅为代表的一群人、一代人在应对"西欧冲击"时采取的深层策略，即在超克基础上的民族自我意识的形成。据此，伊藤虎丸又返回到鲁迅那里，提出：鲁迅的觉醒"意味着通过与'启示'，即某种超越的、外在的价值观相接触而发生的内心的'自我否定'的经验，从而被获得'自我回复'乃至'自我发现'，这也就是'回心'的意义吧。"②

竹内—伊藤的"回心—抵抗"论给了汪晖灵感和指引。竹内常为后人引用的"决定性时机"在汪晖这里被具体化为"中间物"意识的建立，即第二次觉醒，于是，从竹内好那里去理解，"中间物"意识可以是鲁迅对自己内心说不清的鬼魅般的空虚和"无"及其恐惧和耻辱感的一种"回心"的行为。对于鲁迅来说，它是具有强大的破坏性、毁灭性、腐蚀性的力量，对它——一种极端危险的思想——超克不可能不是关键性的时刻，从而使鲁迅进入更加自由、自觉的精神境界之中。"莫非这就是一点'世界苦恼'么？我有时想。然而大约又不是的，这不过是'淡淡的哀愁'。"③当鲁迅这样描述自我时，意味着他已经实现了对精神危机的超克。"我所思考的鲁迅的回心，如果表述为言语的话，似乎也只能是这么种东西。绝望之为虚妄，正与希望相同。人可以说明'绝望'和'希望'，却无法说明获得了自觉的人。"④所谓"中间物"意识不就是这样的一种"自觉"（即觉醒）么？

需要格外注意的是，竹内好的鲁迅研究包含在他的近代日本研究之中，后者具有一股自我毁灭的、光荣死亡的气息，源自无法超克的永远的、无止境的

---

①②伊藤虎丸：《鲁迅、创造社与日本文学：中日近现代比较文学初探》，孙猛、徐江、李冬木译，北京大学出版社，1995，第58页。
③鲁迅：《怎么写》，《鲁迅全集》第四卷，第19页。
④竹内好：《近代的超克》，第153页。

战败者难以完成的历史与自我救赎,从更加深广的层面上说是整个东亚被半殖民、被侮辱、被踩在脚底下还在自欺欺人(精神胜利法)的历史梦魇的无法超克,这种梦魇对于战后竹内好这样的日本"浪漫派"文人来说更加难以超克,他需要的是复仇,死不瞑目式的复仇,一代一代传下去的复仇,向一切该死未死、死灰复燃,更加邪恶和倒退的新生事物的复仇,这种对死亡的迷恋式批判,对复仇的自我内面化和历史化,在鲁迅那里出人意料地找到了灵感和共鸣。日本鲁迅学与他们的东亚屈辱史观密不可分,前者构成了后者的一部分,汪晖甚至在这个链条上继承了日本现代思想史研究的思路,从竹内好到汪晖,抵抗意识泛化、历史化同时也是内面化,但日本的问题与中国不同,这不同比竹内好阐释到的还要多而深,不能忽略其中的异质性,拿来式的借用必须注意分辨和批判。

从思路和逻辑上看,汪晖的鲁迅研究与日本鲁迅学之间存在着诸多联系,两者实际上具有极其相似的精神气质,尽管两者在方法上有所不同,但汪晖基于对中间物的发现与阐释的鲁迅研究乃至其后来的现代思想史研究都应该被置于这种关系和背景中予以考察。

## 三 超克的限制:"中间物"与鲁迅的文学

在研究鲁迅"中间物"意识的超克时,应该关注一篇并未受到充分关注的文章——《怎么写》,这篇文章与《写在〈坟〉后面》两文写作时间相距不足一年,应被视为鲁迅思想变化的一个整体。"坟"埋葬的究竟是什么?"坟"/《坟》代表着死亡、过去和告别,写在"坟"/《坟》后面则是对死亡的超克,它是面向希望和新生的,它势必会涉及"怎么写"的问题。

首先,这两篇文章中有一段极为相似的风景描写。在《写在〈坟〉后面》中,鲁迅开篇写道:

> 今夜周围是这么寂静,屋后面的山脚下腾起野烧的微光;南普陀寺还在做牵丝傀儡戏,时时传来锣鼓声,每一间隔中,就更加显得寂静。电灯自然是辉煌着,但不知怎地忽有淡淡的哀愁来袭击我的心,我似乎有些后悔印行我的杂文了。①

---

① 鲁迅:《写在〈坟〉后面》,《鲁迅全集》第一卷,第298页。

在《怎么写》一文中，这幅迷人的风景写得更加详细而深邃：

> 寂静浓到如酒，令人微醺。望后窗外骨立的乱山中许多白点，是丛冢；一粒深黄色火，是南普陀寺的琉璃灯。前面则海天微茫，黑絮一般的夜色简直似乎要扑到心坎里。我靠了石栏远眺，听得自己的心音，四远还仿佛有无量悲哀，苦恼，零落，死灭，都杂入这寂静中，使它变成药酒，加色，加味，加香。这时，我曾经想要写，但是不能写，无从写。①

"'风景的发现'也即是'历史的发现'。"②这幅风景对鲁迅而言，究竟意味着什么呢？孤身一人初到厦门，离开熟悉的环境和所爱之人，面对黑夜之中陌生的山海微茫，鲁迅感到一种寂静和哀愁。随着时间的冲洗，这幅风景不仅没有淡薄反而越发浓郁，由写实转为象征，在奔赴上海的"决定性时机"，鲁迅再一次更加清晰地看到了这幅风景，实际上正是这幅风景使他摆脱了"不能写、无从写"的垂死状态。鲁迅接着写道，这"不能写、无从写"的状态便是所谓"当我沉默着的时候，我觉得充实；我将开口，同时感到空虚"③，而这种空虚并非什么"世界苦恼"，"不过是淡淡的哀愁，中间还带些愉快。我想接近它，但我愈想，它却愈渺茫了，几乎就要发见仅只我独自倚着石栏，此外一无所有。必须待到我忘了努力，才又感到淡淡的哀愁"④。鲁迅写得非常富有诗意，是他所有创作中最令人回味的文字之一；鲁迅又写得十分含蓄、克制，把个人内心翻滚的波涛几乎化于无形。这样既有诗意又含蓄内敛的文字在鲁迅的杂文里是十分罕见的，这里实际上是鲁迅对变化期思想的一个回溯与反思、超越与克服，因其思想空间过于博大而将一切化于无形和静谧。野草时期的空虚充满了死亡的意味，鬼气森森，而经过北京—厦门—广州—上海这段时期由耻辱到恢复、由沉默到开口的转变，鲁迅精神世界中的超克发生了。

文章继续写道，在这样向下消沉的档口，鲁迅突然在书店发现了一本书，这本书与他本人有些关系，而这关系却是谣传，必须予以澄清，可澄清起来便不免牵带出很多其他的人事，但也顾不上那许多了。正是这样令人不胜烦扰同

---

① 鲁迅：《怎么写》，《鲁迅全集》第四卷，第18页。
② 柄谷行人：《日本现代文学的起源》，生活·读书·新知三联书店，2019，第43页。
③ 鲁迅：《〈野草〉题辞》，《鲁迅全集》第二卷，第163页。
④ 鲁迅：《怎么写》，《鲁迅全集》第四卷，第19页。

时难以撒开、剪不断理还乱的现实使鲁迅真正地重新开始写作,从死亡的召唤一般的风景转而为淡淡的哀愁再转而为错综复杂、轰轰烈烈的现实纠葛,鲁迅的思路毫无阻碍地一路向前,乐在其中,我们不仅要怀疑前面那个在风景中徘徊的人和现在这个在现实中一往无前的人真是一个人吗?还有谁在这样一篇小文章中便实现了这样的转变吗?这种转变便是鲁迅对于中间物的超克,正是这种超克使他更加明确地投入现实,思想变化完成而趋于稳定。"写什么是一个问题,怎么写又是一个问题。"①《怎么写》是这样开篇的,但下面其实将两个问题都否定了,对于鲁迅而言,它们曾经是问题,但现在都不成其为问题了。

从《写在〈坟〉后面》到《怎么写》,这是鲁迅思想发展的一个关键时期,它基本上走出了"中间物"意识的限制,实现了对这种危险思想的超克即觉醒。从《写在〈坟〉后面》开始,他决心从"坟"中走出来,弃暗投明,返回现实,这其实是他放弃文学"创作"——鲁迅自言的五种创作——而彻底转向杂文写作的内在动力。但这个过程直到鲁迅逝世也没有完成,不是动力不够,而是鲁迅对"坟"/鬼的世界过于迷恋,浸淫太深太久,难以一刀两断。周作人常说心里住着两个鬼,绅士和叛徒,他同时是对立的两者,而鲁迅的"中间物"意识则是,他双方两边都不是,他是中间的那种"无"的状态,"两间余一卒,荷戟独彷徨",他不仅面对着无物之阵,他本身便是"无",这种状态是不需要也是无法建立的,它必须被超越和克服。这便是"我想接近它,但我愈想,它却愈渺茫了……必须待到我忘了努力,才又感到淡淡的哀愁";这也便是那幅风景所以令人难忘的原因。同时,这句话是对"我将开口,同时感到空虚"的同义反复,鲁迅再次回到《野草》那种绝望与希望并存的、光明而又阴暗的境界之中,他深深地意识到他的超克没有、难以彻底完成,而且时时反顾,鬼一样地纠缠着不愿离去。中间物其实就是鬼、无常的转喻,生死之间的接引,一切事物在转变中总有多少中间物。"怎么写"是试图对这种纠缠和循环的超克,是一个对自我同时对世界发出的巨大、内面、历史的疑问。

其次,危险的"中间物"意识并没有督促、推进伟大的鲁迅走向现实,而是阻碍、拖拽着他,使他不能无所顾忌地返回现实。否则,后期的鲁迅应不是现在的历史形象,鲁迅思想是不彻底的,这种根性始终没有被超克,当然也无须超克,它是一个现代主体最真实、最深刻的方面。

在1933年出版的一本"自选集"中,鲁迅讲道:"可以勉强称为创作的,

---

①鲁迅:《怎么写》,《鲁迅全集》第四卷,第18页。

在我至今只有这五种"①，这五种便是《呐喊》《彷徨》《野草》《朝花夕拾》《故事新编》，从时间上看，对五种创作的告别几乎与中间物的超克同时发生，这就不能不令人将二者联系起来发出一个疑问，鲁迅为什么自认为告别了"创作"？对于鲁迅的这种说法已有不少相关的考察，不管结论如何，从鲁迅本人的角度而言，他对自己的写作是有清醒的认识的，我们不能不承认，鲁迅的写作发生了巨大的转变，某些能力蜕化了或者说被放弃了，而另一些能力却得到了强化。下面把《明天》和《阿金》两篇作品放在一起比较来说明这个问题。

《阿金》被不少研究者看作小说，这是合理而有见地的。李冬木认为，"'阿金'是一个想象的产物，是一个虚构的人物"，"《阿金》是一篇创作"，"熔铸着鲁迅自留学以来人生阅历的许多要素，或者说这篇作品是在他漫长而丰富的人生阅历的支撑下成就的，这种情形或许和做《阿Q正传》……的酝酿过程很相像"。②尽管如此，《阿金》在描写上几乎简略到了不像小说，彼时的鲁迅似乎已经没有了深描细写的耐心，这不是才能的退化而是一种近于主动的放弃，鲁迅对这种属于小说人物刻画功夫的笔调已经没有兴趣了。这种笔调在早期的小说《明天》中却表现得十分充分，鲁迅耐心而细致地描写了单四嫂子失去幼子前后的言行特别是心理活动，单四嫂子怀念孩子还在的生活时，小说写道："那时候，真是连纺出的棉纱，也仿佛寸寸都有意思，寸寸都活着。"③这样的富有表现力的笔调和描写在《阿金》中是没有的。在《阿金》中，我们只能看到一个富有理性精神的作者、叙述者的视角和心态，"近几时我最讨厌阿金"④，"我的讨厌她是因为不消几日，她就动摇了我三十年来的信念和主张"⑤，阿金完全是作为被看的对象而被描述着的。同样是描写普通到不能再普通的底层妇女，两部小说在这方面的差别是巨大的，正是从这个角度上说，"中间物"意识的超克是鲁迅停止"创作"的内在动力或曰障碍，文学是一种暧昧、朦胧、不确定的状态，一旦走进现实界，即当能指与所指一一对应，文学便消失或即将消失，剩下的是思想与意义。"文学文学，是最不中用的，没有力量的人讲的"⑥，"为革命起见，要有'革命人'，'革命文学'倒无须急

---

① 鲁迅:《〈自选集〉自序》,《鲁迅全集》第四卷,第469页。
② 李冬木:《鲁迅怎样"看"到的"阿金"?》,《鲁迅研究月刊》2007年第7期。
③ 鲁迅:《明天》,《鲁迅全集》第一卷,第478页。
④ 鲁迅:《阿金》,《鲁迅全集》第六卷,第205页。
⑤ 鲁迅:《阿金》,《鲁迅全集》第六卷,第208页。
⑥ 鲁迅:《革命时代的文学——四月八日《黄埔军官学校讲》,《鲁迅全集》第三卷,第436页。

急,革命人做出东西来,才是革命文学"。①这些常常为人引述的言论确实表明了鲁迅对文学的看法已经出现了新的变化,但据此认为鲁迅否定了文学是不对的,准确地讲,鲁迅否定的是文学的文学("创作")而非政治的文学,恰恰相反,鲁迅在这里是坚定地肯定着文学的政治功用,也是在暗示着自己的方向。

不再写小说("创作")是鲁迅超克"中间物"意识的后果,这不是唯一的后果,在艺术观念上,鲁迅也发生了与此相关的深刻的变化。"中间物"意识的确立使主体的问题一下子突显出来,压力大到无法想象,焦虑和恐惧使他没有了细节描述的耐心和虔诚,尤其使他不愿、无暇深入对象体的内部,如狂人的恐惧、单四嫂子的悲哀、阿Q的幻想、涓生的懊悔、自我的审视等等,这些小说笔调、创作手法在此后的写作中再没有出现过,在被当作小说的后期作品《阿金》中,内在视角的缺失便是一个鲜明的表征,《故事新编》的沉入历史在描述上亦显得仓促、油滑,这些是早有公认的,它们都表现出"中间物"意识超克之后,鲁迅"创作"兴趣的消失。在《怎么写》中,鲁迅否定了"世界性痛苦"而认定其为"淡淡的哀愁",是否定了自我的普遍性而越发认识到自我的独特性,这使他觉得更加寂寞和孤独,加强了恐惧和反抗的态度,匕首投枪式的杂文成为他应对自我精神危机的最终选择。

## 四 结语

总结本文的观点如下,当鲁迅在《写在〈坟〉后面》一文中明确提出"中间物"时,这已不是这种意识、观念的确立,而是对它的超越与克服,"中间物"意识的超克是"第二次觉醒"的鲁迅,或后期鲁迅坚定地选择返回现实的最根本的思想动力,也是他停止小说等"创作"、选择以杂文作为武器批判现实、完成自我的最根本的思想动力。在这个意义上,完结就是开始。然而,"中间物"意识并非鲁迅从前期到后期、从象征界返回现实界的推进力而是一种牵扯力、撕裂之力,它使鲁迅不能无所顾忌地、彻底地实现回返,所谓"中间物"不是伟大的思想的确立,而是一种危险、魅惑思想的自白与自觉;其内面的建立于自我否定、自我复仇观念之上的超克精神在日本鲁迅学那里得到了最初的揭示与阐释。这种超克对于鲁迅而言是一个反复的、痛苦的过程,或曰

---

① 鲁迅:《革命时代的文学》,《鲁迅全集》第三卷,第437页。

鲁迅作为一个极端复杂的现代主体是难以完成超克这一历史行动的，鲁迅的深刻与丰富即源自这样一种无法完成的超克。归根结底，"中间物"是现代主体的本质内涵，是主体得以确立的必由之路，在人类思想史上永远放射着阴暗而又明亮的、惑人的光。

# 鲁迅孤独寂寞的生活方式与其经验知识的生动性*

许祖华　汉口学院　华中师范大学

鲁迅的情感深厚、丰富而又复杂，而在他深厚、丰富而又复杂的情感构成中，孤独与寂寞的情感不仅是他体验最充分的情感，也不仅是他情感世界中最丰富、最深厚、最复杂的内容，也是意义最为深远并伴随他一生的情感内容。而作为鲁迅孤独与寂寞的情感内容形成的生活及其方式，也具有与之完全吻合的形态与性质。正是这种个性化的孤独与寂寞的生活及其方式，赋予了鲁迅经验知识，尤其是关于生活的经验知识的生动性。本文将基于鲁迅的杂文、书信所提供的"事实"展开论述。

## 一　鲁迅孤寂的生活状况

关于鲁迅孤独与寂寞的生活及其方式，我们既可以从鲁迅在社会、群体中的生活及其方式的层面来论述，也可以从鲁迅个人生活状态的层面来论述。

就鲁迅在社会、群体中的生活来看，"孤独""寂寞"，可以说是他基本的生活方式与状态。当代学者黄健先生曾经指出："鲁迅始终是孤独的，如同爱因斯坦的自我表白一样，他从来就是一个'孤独者'，一个'陌生人'，一生都

---

*本文为国家社科基金项目"鲁迅的知识结构及信念的个性特征研究"（批准号：14BZW106）的阶段性研究成果。作者简介：许祖华（1955—），男，湖北仙桃人。华中师范大学文学院教授、博士生导师，汉口学院文法学院教授、院长。主要从事中国现代文学的教学与研究。

在'陌生人'中间孤独地旅行,而不属于任何一块土地,也不属于任何一方。"①鲁迅自己在生命的青年时代、中年时代和晚年也有相应的自许与自述。在青年时代,鲁迅在收入自己第一本杂文集《坟》中的《文化偏至论》一文里就曾引尼采的话以自许:"吾行太远,孑然失其侣……吾见放于父母之邦矣!聊可望者,独苗裔耳。"②在中年时代的1926年,他也在杂文《不是信》中曾经自述:"说起来惭愧煞人,我不赴宴会,很少往来,也不奔走,也不结什么文艺学术的社团"③,这虽然是为了驳斥有人指责鲁迅捏造事实和传播流言而发表的"声明",但所描述的则正是鲁迅在社交等社会生活中的一种"孤独"的方式。到生命晚年的1934年,鲁迅在给别人回信中也仍然如此直率地说:"我交际少,病中更不与人往来了。"④即使在最"热闹"的与同时代人的"笔战"中,他同样是孤独、寂寞的,因为,每次"笔战"的过程虽然十分热闹,但结果却是没有一个人是他的对手,他似乎胜利了,但却让他仿佛陷入"无物之阵"似的更为孤独与寂寞境地,即如他所提出的"立人"观及关于"众数""庸众"等的观念,不仅在中国这样一个"民本"思想传统极其浓厚的国度里显得非常突兀,而且在以西方人文主义传统为参照的中国新文化倡导时期也显得卓尔不群。朱寿桐先生曾经对此下过如此的判断:"鲁迅的这种既不符合旧传统也有悖于新传统主流话语的英哲文化观,使得他在现代文化史上取得了一种'前不见古人,后不见来者'、缺少对话者及缺少承传的孤绝地位。"⑤

至于进入"左联"这一文学团体后,鲁迅也仍然没有摆脱孤独与寂寞的生活状态。朱寿桐先生又有过这样的描述:"在'左联'成立的大会上,鲁迅发表了《对于左翼作家联盟的意见》。这篇经典的演说记载着鲁迅一生中也许最受尊重、最没有孤绝寂寞之感的心理状态:当他在侃侃而谈的时候,所有的与会者都全神贯注地,甚至带有某种紧张地注视着他,其中不乏一些曾经批判他、嘲笑他和攻击他的文坛老将和新锐。鲁迅演讲完了当然一定博得了热烈的掌声,同时他也会微笑着深深吁一口气,以为自己身陷孤绝的时代开始结束,

---

① 黄健:《论鲁迅"独异"的文化性格》,谭桂林、朱晓进、杨洪承主编《文化经典和精神象征——"鲁迅与20世纪中国"国际学术研讨会论文集》,南京师范大学出版社,2013,第536页。
② 鲁迅:《文化偏至论》,《鲁迅全集》第一卷,人民文学出版社,2005,第50页。(本文所引《鲁迅全集》作品原文均出自同一版本。)
③ 鲁迅:《不是信》,《鲁迅全集》第三卷,第237页。
④ 鲁迅:《致王志之》,《鲁迅全集》第十三卷,第97页。
⑤ 朱寿桐:《孤绝的旗帜——论鲁迅传统及其资源意义》,文化艺术出版社,2005,第4页。

自己将融入这些同道中人。然而在并不漫长的停顿和孤寂过后，鲁迅发现自己终还是孤身一人，依旧领略这孤绝的情怀。没有人再邀请他去演讲，没有人来向他征询意见，相反还用假名变着嗓音骂他。鲁迅虽然深以为苦、深以为怪，但他毕竟已经习惯了这样的生存。"①朱寿桐先生的此段叙述与议论，虽不乏"猜测"甚至"想象"的成分，如"鲁迅演讲完了当然一定博得了热烈的掌声，同时他也会微笑着深深吁一口气，以为自己身陷孤绝的时代开始结束，自己将融入这些同道中"，就是"猜测"加"想象"得出的判断，既没有什么文献做支撑，更没有已经验证了的事实做依据，但对于鲁迅在"左联"中及整个"左联"时期的孤独与寂寞生存状况的叙述与判定，还是较为中肯的，也是能经受得起相关事实检验的，特别是对鲁迅"习惯"了这种孤独与寂寞的生存与生活状态的判定，不仅经受得起检验，而且也是"实获我心"的，也当然是我所赞成的。

就鲁迅个人的生活状况来看，孤独与寂寞也是如影随形的。"鲁迅在其有生之年的人生状态的孤绝实际上很容易被人们认知和把握：寂寞的童年；在家道中落乃至于陷入困顿时所承担的炎凉世态；外出求学遭遇的冷眼；在日本留学领略的孤寂；在北京的会馆里冷漠地抄古碑；在故乡的教室里遭到学童的戏弄；在自己的家中遭受侮辱和驱赶；在教授职场中遭受排挤与嫉恨；在文学领域里常常运交华盖。如此等等，几乎在任何人生阶段，在任何地理空间，鲁迅都充分领受着人生的孤绝。"②鲁迅自己也曾自述在厦门的时候："寂静浓到如酒，令人微醺。望后窗外骨立的乱山中许多白点，是丛冢；一粒深黄色火，是南普陀寺的琉璃灯。前面则海天微茫，黑絮一般的夜色简直似乎要扑到心坎里。我靠了石栏远眺，听得自己的心音，四远还仿佛有无量悲哀，苦恼，零落，死灭，都杂入这寂静中，使它变成药酒，加色，加味，加香。"③其孤独与寂寞力透纸背。即使在创作领域，也是如此，如鲁迅在谈自己创作《阿Q正传》的状况时就曾指出："我虽然竭力想摸索人们的魂灵，但时时总自憾有些隔膜。在将来，围在高墙里面的一切人众，该会自己觉醒，走出，都来开口的罢，而现在还少见，所以我也只得依了自己的觉察，孤寂地姑且将这些写出，作为在我的眼里所经过的中国的人生。"④不仅如此，在阐释自己第一本小说集

---

① 朱寿桐：《孤绝的旗帜——论鲁迅传统及其资源意义》，第300页。
② 朱寿桐：《孤绝的旗帜——论鲁迅传统及其资源意义》，第299页。
③ 鲁迅：《怎么写——夜记之一》，《鲁迅全集》第四卷，第18页。
④ 鲁迅：《俄文译本〈阿Q正传〉序及著者自叙传略》，《鲁迅全集》第七卷，第84页。

《呐喊》创造的缘由及相关问题的《呐喊·自序》一文中，短短的三千多字里，竟然十五次使用了"寂寞"与"悲哀"这两个词语。这当然不是一种单纯的词语使用的问题，也不仅是鲁迅对自己小说所要抒发的情感内容的一种有意识的暗示，甚至也不仅是鲁迅对自己的情感状态，包括创作《呐喊》中的这些小说时候的情感状态的一种表达，而是对自己生活方式的一种描写与表达。也正是这种习惯的生活方式，给予了鲁迅关于生活的信念及其经验知识以丰富而值得分析的内容。

## 二 原型信念[①]的生动性与其经验知识的生动性

不错，就鲁迅呈现自己关于生活的信念及其经验知识的文字来看，既不生动，也似乎没有什么象征性或者所谓的"寓意"，完全是直白的表露。如，鲁迅在杂文《这也是生活》一文中所呈现的自己关于生活的信念及其经验知识的一段文字：

> 有了转机之后四五天的夜里，我醒来了，喊醒了广平。
> "给我喝一点水。并且去开开电灯，给我看来看去的看一下。"
> "为什么？……"她的声音有些惊慌，大约是以为我在讲昏话。
> "因为我要过活。你懂得么？这也是生活呀。我要看来看去的看一下。"
> "哦……"她走起来，给我喝了几口茶，徘徊了一下，又轻轻的躺下了，不去开电灯。
> 我知道她没有懂得我的话。
> 街灯的光穿窗而入，屋子里显出微明，我大略一看，熟识的墙壁，壁端的棱线，熟识的书堆，堆边的未订的画集，外面的进行着的夜，无穷的远方，无数的人们，都和我有关。我存在着，我在生活，我将生活下去，我开始觉得自己更切实了，我有动作的欲望——但不久我又坠入了睡眠。[②]

---

[①] 关于"原型信念"等知识学的概念，参见许祖华：《论鲁迅的信念系统与知识系统》，《山东师范大学学报》2016年第1期。

[②] 鲁迅：《"这也是生活"……》，《鲁迅全集》第六卷，第623—624页。

这段文字记录的是鲁迅与许广平的一个生活片断，从手法与文字的角度来看，的确不生动，因为，完全是直白，没有形容、比喻，也没有什么华丽的辞藻，甚至几乎不带抒情性，但从"事实"来看，却又的确是生动的，不仅生动，还由于其中反映了鲁迅孤独与寂寞的生活方式而使鲁迅关于生活的信念与经验知识具有了"唯鲁"的独特性。

从支撑鲁迅"看来看去的看一下""这也是生活"的原型信念的事实来看，这些事实也确乎没有什么特别之处，因为，这些事实所包含的情景与物件，不仅对鲁迅来说是平常或"熟识"的，即使对于一般的人，包括一般的读书人或大众来说，也是司空见惯的，并没有什么新颖性或特别性。但是，就是这些生活的情景与"熟识"的物件等构成的事实，不仅对于鲁迅来说是很有意义的（否则，鲁迅也不会用文字将自己如此的生活情景与熟识的物件等构成的事实呈现出来，他将这样的事实呈现出来本身就说明，这样的事实对他来说是很重要的，也是很有意义的），而且，对于我们研究鲁迅关于生活的原型信念和经验知识以及他孤独、寂寞的生活方式，也是有意义的。

鲁迅"看来看去的看一下""这也是生活"的原型信念是怎么来的呢？从其上下文来看，就是来自鲁迅呈现的生活情景及"熟识"的物件等构成的事实。也就是说，鲁迅呈现的生活情景及熟识的物件等构成的事实，尤其是鲁迅熟识的物件及情景所构成的事实，对于鲁迅最直接的意义之一就是为鲁迅形成自己"看来看去的看一下""这也是生活"的原型信念提供了直接的依据，也为鲁迅用行动来验证这一信念提供了"习惯"的支持。或者，换一句话来说，正是这样的生活情景及熟识的物件等构成的事实，直接帮助鲁迅形成了这样一个极为朴实、极为具体而又极为感人的原型信念，也正是这样的事实，帮助鲁迅"习惯"性地采用了"看"的行动来验证这一信念，而使这一信念具有了经验知识的属性。休谟在谈信念的来源时曾经指出："信念的根源就是习惯。我们习惯于把两个印象结合在一起，并且从一个印象的出现迅速转移到另一个印象的观念。产生信念的过程除了习惯在起作用外，先前印象的存在也是绝对必要的。"①在休谟看来，信念的形成需要两个必要条件，一个是习惯，一个则是"先前印象的存在"，而这两个条件都无一例外地与"熟识"这种认知状态有密切的关系，甚至就是由"熟识"这种认知状态所导致或构成的。

---

① 休谟:《人性论》，张晖编译，北京出版社，2007，第35页。

所谓"先前印象的存在",从认知规律来看,很明显,它不是认知的起点,而是认知的结果,这个结果不是别的认知状态,正是对对象"熟识"的认知状态,因为,如果认知者对曾经见过,或听说过,或感知过的对象不熟识,那么就不会形成"印象",也就根本不会有所谓"先前印象的存在"。所谓习惯,按照金岳霖先生的观点,"习惯有行为方面的与思想方面的",但不管是哪一方面的"习惯",都有四种成分,即:"重复成分,照旧成分,符号成分,类型成分。"①在这四个成分中,"重复成分"是最为重要的,"因为它是习惯底必要条件,无此条件也无所谓习惯。""行动不重复,我们不会有行动上的习惯。"②推而广之,思想不重复,我们也不会有思想方面的习惯。而无论是行动上的重复,还是思想上的重复,重复的结果,在认知的层面不是别的,就是对对象或问题的"熟识"。从绝对的意义上讲,正是因为鲁迅对曾经伴随过自己生活,或者说本身就是自己生活中的内容的物件,如"书堆"等,太熟悉了,不仅使他对这些对象本身有了深刻的"先前印象",而且,还由此使他形成了一种生活的"习惯",并且是包含着浓厚的眷念之情的习惯,所以,当他要回答"生活是什么"的时候,他不仅在思想上"习惯"性地从自己熟识的事实出发,得出了"看来看去的看一下""这也是生活"的信念并认可了这样的信念,而且,还在行动上"习惯"性地验证了自己这样的信念。反过来说,如果鲁迅不是对自己身边的这些物件或情景如此熟识,他自然在思想上也难以认可"这也是生活",更不可能如此决绝,甚至是执拗地通过自己"看"的行为,来验证自己所认可的这样的原型信念。这正是这些事实对鲁迅原型信念形成的重要意义。

不仅如此,这些事实还有一个意义,这就是使鲁迅所形成的关于生活的原型信念具有了生动性。一般说来,原型信念的生动性由两个方面的因素导致,一个方面是逻辑上的"类似关系";另一个方面则是心理上的"印象"。休谟在回答"是什么赋予观念(信念)的活泼性"时曾经指出:"我要在人性科学中确立一个一般的原则:当任何印象呈现于我们面前的时候,可以把心灵转移到与其相关的观念(信念)上,同时把印象的一部分活泼性传给观念(信念)。"③也就是说,休谟认为,信念的生动性(活泼性),是由印象的生动性"传"予的。他又说:"我们可以说是类似关系使观念(信念)带有了活跃

---

①②金岳霖:《知识论》上册,商务印书馆,2003,第190页。
③休谟:《人性论》,张晖编译,第34页。

性。"①而无论是要形成印象，还是要在对象之间构建"类似关系"，一个最基本的条件就是必须"熟悉"对象，因为，如果对对象不熟悉，或者说熟悉的程度不够，那么，从心理学上讲，就无法留下"印象"，也自然在逻辑上无法构成"类似关系"。而鲁迅关于"这是生活"的原型信念的构成，不仅是在"先前印象的存在"基础上形成的，而且这些"先前印象"也是他所熟悉的，甚至是十分熟悉的，而且，鲁迅关于生活的这样的信念，还是在鲁迅自己"先前印象的存在"（即对自己熟识的墙壁、书堆等的印象）与现在（即鲁迅大病初愈之时）所见的事实（仍然是熟识的墙壁、书堆等）构成的"类似关系"的框架中形成的，也就是在先前自己熟悉的事实与眼前同样的事实"两者的类似关系"中形成的，这就不仅在"事实上"保证了自己原型信念的"真性"或可信性，而且，也直接地保证了自己原型信念的生动性。

### 三 原型信念的生动性与事实本身的生动性及个性

当然，我这里认为鲁迅这种关于生活的原型信念的生动性与休谟从哲学的层面所谈论的原型信念的生动性，是有区别的，这种区别就在于，休谟是从纯粹认识论的层面展开论述并形成相应判断的，他只关注了认知主体最初的认知结果"印象"的生动性与认知主体原型信念生动性之间的"类似关系"，并由此推导出了"印象的生动性"赋予了原型信念以生动性的结论，基本上忽视了"事实"本身的生动性。而我这里所认为的鲁迅关于生活的原型信念的生动性，则不仅基于"印象的生动性"，也不仅基于"印象"与"现实"的"类似关系"，更主要的是基于鲁迅在《这也是生活》这篇杂文中提供的"事实"本身的生动性而得出的。

那么，鲁迅呈现的由自己"熟识"的物件及情景构成的事实的生动性表现在哪里呢？如果进行概括，则可以用一句话：鲁迅用文字呈现的自己生活的一个"横断面"的这一事实，不仅再现了鲁迅"现在"生活的孤独与寂寞的状况，也不仅从一个特殊的方面反射出了鲁迅既往生活的孤独与寂寞的状况，而且，还是用不同的生动的事实展示的。这应该是这一事实的又一个意义。

具体分析鲁迅在杂文中用文字呈现的鲁迅生活的这一事实我们会发现，这一事实实际上包括了两种不同类型的事实，一种类型的事实是在特定的时间、

---

① 休谟：《人性论》，张晖编译，第34页。

特定的空间与特定的情景中呈现的事实，即，鲁迅大病初醒叫起许广平，让许广平打开灯，自己要"看来看去的看一下"，而许广平没有理解，更没有按鲁迅的要求做的事实，这一类事实是只具有"这一次"属性的事实，因为，它受特定的时间、空间及情景的制约无法重复或再来；另一种类型的事实是由鲁迅"熟识"的物件及情景构成的事实，这一类型的事实是已经被鲁迅自己重复过了的事实。这两种不同类型的事实，它们在展示鲁迅孤独与寂寞的生活状态的过程中，所发挥的功能是各不相同的。就前一类事实来看，它具有直接展示鲁迅孤独与寂寞的生活方式的功能，即，通过展示鲁迅自己的一个再平常不过的愿望没有被自己心爱的女人理解，更没有实现的事实本身，来显示鲁迅在日常的家庭生活中孤独与寂寞的生活状况；就后一类事实来看，则具有间接展示的功能，即，通过鲁迅"熟识"的物件及情景构成的事实来展示鲁迅孤独与寂寞的生活状态。这也就决定了，虽然它们都具有展示鲁迅孤独与寂寞的生活状态的功能，也都具有生动性，但生动性的"个性"却是不一样的，这也正从一个特殊的方面彰显了鲁迅的原型信念不仅具有一般原型信念生动的属性，更具有"唯鲁"的个性。

第一类事实的生动性就在于它本身就具有艺术性，或者更客观地说，这一类事实呈现的虽然是一个生活的片断，但构成的却是一个艺术的片断。之所以如此说，是因为，在这个生活的片断中，艺术，如叙事艺术小说，所需要的各种要素，可以说一应俱全，不仅叙事艺术所需要的时间、地点等基本要素一应俱全，即使属于内容方面的题材、人物和属于艺术形式的艺术手法等也一应俱全。从题材看，该片断的题材属性十分分明——典型的日常生活的题材。从人物来看，该片断有两个人物，所塑造的这两个人物，不仅人物的对话、人物的行动栩栩如生，即使人物的心理活动也明了可辨；不仅人物对话的内容指向分明，而且还曲折有致；不仅人物行动的过程井然有序而完整，而且人物行动的结果也交代清晰，甚至两个人物不同的性格也昭然若揭。从艺术手法上看，在这类事实所构成的艺术片断中，不仅采用了鲜明的艺术手法，而且，这种艺术手法还是鲁迅一向倾心的"白描"的艺术手法。这就告诉我们，这一类事实虽然呈现的是鲁迅真实的生活状态或片断，其中的人物"我"、许广平也都是实有的人物，几乎完全排除了艺术应有的虚构性，但是，却由于这类事实不是由理性或逻辑呈现的，而是通过活生生的"画面"呈现的，完全具备了艺术所需要的各种重要的因素，并且是优秀的艺术所需要的因素，如人物塑造等，因此,对于这类事实,我们完全可以当作一个审美的对象或一个艺术的片断来进行欣赏,这也正是此类事实生动性的直接体现。

这一类事实的"唯鲁"的个性则表现在,它所展示的不是鲁迅那种由形单影只所构成的孤独与寂寞的生活状况,而是由亲人间无法"心有灵犀一点通"的思想、认知的错位或隔膜所构成的鲁迅孤独与寂寞的生活状况,即,所展示的不是鲁迅物质性的孤独与寂寞的生活状态,而是鲁迅精神性的孤独与寂寞的生活状况,体现了鲁迅一贯的注重人(也当然包括他自己)的精神生活与精神状态的思想特点。

正是因为如此,所以,这样的结论应该是经受得起推敲的,即鲁迅建立在这类事实基础上的原型信念,即"看来看去的看一下""这也是生活",就不仅具有一般原型信念生动的属性,而且具有"唯鲁"的个性;他关于生活的原型信念也就不仅因为能被验证并被他自己验证了而具有了经验知识的属性,而且他的此类经验知识本身还具有了审美性。或者说,他的此类经验知识,不仅呈现了生活事实本身的生动性,而且揭示了生活事实本身所具有的美的属性,这也就使他的此类经验知识不仅具有认知的价值,而且也具有了审美的价值。这也许就是学界认为鲁迅的杂文,至少是此类杂文是艺术的知识学的依据之一。

第二类事实的生动性则不仅表现在其具有艺术的各种要素方面,更表现在以鲁迅"现在"的生活事实展示鲁迅既往生活情状的功能方面,也就是"想象"的功能方面。

鲁迅孤独与寂寞的生活状态,在第一类事实中虽然已经得到了显现,但很明显,由于第一类的事实只具有"这一次"性,在功能上,它也就只能显示"这一个时间段",即鲁迅在大病后的一个夜晚,孤独与寂寞的生活状态,却无法让人透视鲁迅既往的生活状态。而鲁迅呈现的第二类事实却正弥补了这一方面的缺憾,而这第二类事实能弥补这一方面的缺憾,就在于它给人由此及彼的"想象"提供了依据,这个依据就在于"熟识"一词的所指。

我们知道,任何物件及情景,如果它们被冠于"熟识"一词,也就表明了两个事实,一个是,它们在时间的不可逆中虽然总会有一些变化,但它们本身的存在形态、构成方式等却没有根本性的变化,还是既往的样子;一个是它们已不是第一次出现在认知者的感觉或认知中,而是至少又一次出现或又一次被认知者感知了。在这种情况之下,它们的存在虽然是客观的,但当它们被认知者"熟识"之后,它们也就不再是纯客观的存在物了,而是烙印上了认知者经验知识痕迹的对象了，这也就直接地决定了由熟识的物件及情景所构成的事实本身，尽管是客观的，但却总不可避免地刻录着认知主体既往的经验知识，否则，它们也就不可能成为认知主体"熟识"的对象。对鲁迅来说也是如此。他既然给自己大病初愈后眼见的墙壁、书堆等物件以及"外面行进的夜"冠于"熟识"的字样，那么也就表明，这些物件及情景，不仅没有什么变化，而且他也不是第一次看见它们，它们虽然依旧如此，但由它们所构成的事实中却已经刻录了鲁迅既往的经验知识。既然如此，那么，我们从鲁迅熟识的物件及情景所构成的事实中当然也就能"想象"鲁迅既往的生活状况是一种什么状况：他总是在相同的墙壁与书堆等物件构成的空间里活动，总是在夜深人静的时间段做他要做的事情。因为，如果鲁迅不是"总是"或反复地在这样的空间里与时间段活动或做事，他也就不可能对具有空间性的墙壁、书堆等物件和具有时间性的"外面行进的夜"形成"熟识"的感觉与认知，更不可能形成它们都"与我有关"的对生活的"通透感"以及相应的原型信念与经验知识。这也正是这一类事实生动性的一个具体方面，它能激发人的想象，并且是合乎逻辑与情理的想象本身就已经证明了自己的生动性。

# 丑角、看客与孤独者的悲喜剧

——鲁迅与穆时英笔下的丑角形象之比较

杨程　河北省社会科学院

　　鲁迅和新感觉派作家同在上海文坛，虽然道不同不相为谋，但并非没有交集。刘呐鸥、施蛰存等创办的水沫书店出版过六本经鲁迅审定的《科学的艺术论丛书》，施蛰存主编《现代》期间，为鲁迅的"北平五讲"开辟过专栏，还冒险发表了《为了忘却的纪念》。但后来，因为"青年必读书"问题，鲁迅与施蛰存发生了激烈的论争。此后，鲁迅又接连就"京海之争"和"第三种人"等与新感觉派有关的问题发表过多篇杂文。总的来说，鲁迅对新感觉派其人、其文都颇为不屑，特别是反对他们为艺术而艺术、消极避世以及将文学娱乐化的倾向。新感觉派的奇巧轻薄与鲁迅的深邃厚重可谓天壤之别，抛开流派之争，迥异的生命意识与创作观是导致这种区别的重要原因；而丑角形象和表演人格则可作为一个窗口，从中窥见二者的不同。

　　鲁迅对中国人普遍擅长"做戏"的劣根性十分反感，在杂文中多次批判了"戏场小天地，天地大戏场"的人生观。但只要身处社会关系之中，每个人都免不了依照自己的身份地位做出恰如其分的表演。社会做戏的大环境造就了中国现代小说中普遍的表演者。以穆时英为代表的新感觉派作家选择扮演丑角，也让他们笔下的人物扮演丑角，展现了现代资本主义都市中人和人之间的冷漠、疏离和人的异化。鲁迅小说中也不乏或自觉或被迫的丑角形象，但鲁迅绝不等同于他所塑造的形象，他始终以清醒的局外人视角揭露中国人的"瞒和骗"，批判拿他人的苦做赏玩、做慰安的看客。

## 一 自觉与非自觉——丑角表演的心理动机

小丑的特点是可以让其他人都不拿他当真，并引以为乐，不断要求小丑做出更多滑稽表演，这说明小丑形象本身有着独特的功能："他们有着独具的特点和权利，就是在这个世界上做外人，不同这个世界上任何一种相应的人生处境发生联系"。①习惯了小丑玩闹、戏谑的行为模式，周围人对其真正的人格特质也就不再深究。这一方面能让小丑逃脱周围人的责难，拒人于千里之外；另一方面又使小丑彻底沦为了社会上的边缘人、零余者，不为世俗所容。而就丑角扮演的心理动机而言，则可分为两种情况：一种表演者有扮演小丑的自觉，以小丑身份为面具，来掩盖自己的孤独、脆弱与恐惧，扮丑满足了他们的主观心理需求；一种表演者则是严肃、认真乃至教条地践行着自己的人生理念，却因其与周遭环境格格不入，被周围人当作小丑、疯子等异类，遭受着欺凌、排挤、侮辱和嘲笑，如狂人、孔乙己、祥林嫂等。前者我们可称之为自觉的小丑，后者则是非自觉的小丑。

穆时英《PIERROT》（法语：小丑）的主人公潘鹤龄先生就是自觉的丑角的代表。《PIERROT》描写了潘鹤龄不断追寻与不断失望，不断做梦又不断梦醒，最终彻底沦为小丑的过程。总是嘻嘻地笑着的潘鹤龄先生，在灵魂上却是寂寞的。为了摆脱寂寞，他追求文学，可他身边的同道都是些庸俗无聊的文人。他追求爱情，爱上了日本人琉璃子，然而，琉璃子背着他与菲律宾乐师幽会。潘鹤龄希望在父母的怀抱中得到慰藉，可是他晚上听到的却是父母这样的对话："生儿子有什么用呢？每年不寄钱回来，还从家里拿出去用，害了病倒知道回到家里来的。"②他转而追求革命，幻想被无数群众爱戴着，直到被捕时还在想着："好吧！群众会知道我的。"但他受尽酷刑，终于出狱之后，曾经的同志以为他投降了，群众也彻底将他遗忘。潘鹤龄所有的梦都破灭了，他只能永远在求而不得的痛苦中彳亍，像"一个白痴似的，嘻嘻地笑了起来"。成为在悲哀的脸上戴了快乐面具的"Pierrot"。

面对友人、情人、父母、民众的不理解或背叛，潘鹤龄均以瞒和骗来解

---

① 钱中文主编《巴赫金全集》第三卷，河北教育出版社，2009，第348页。
② 穆时英：《PIERROT——寄呈望舒》，严家炎、李今编《穆时英全集》第二卷，十月文艺出版社，2008，第113页。（本文中书名简写为《PIERROT》）。

决，不是欺瞒别人，而是自欺欺人。他带上丑角面具，阻止他人看透自己的内心，同时也让自己不必再正视社会和人生的现实。自觉的小丑与其说将他人外在于自己，不如说是让自己外在于世界。潘鹤龄把自己与世界隔绝开来，这样便不至于被外界的虚伪所伤。《PIERROT》其实是潘鹤龄一步步用丑角面具隔离自己与朋友、自己与情人、自己与父母、自己与群众的过程。在小说结尾，潘鹤龄委屈地发现自己成了孤家寡人，所有人都背叛了自己，然而这只是丑角面具带来的必然结果而已。

与穆时英笔下自觉的小丑不同，鲁迅笔下的丑角大多是不自觉的，他们起初都真诚地怀抱着改良人生、认真生活的希望，然而却屡被庸众视为异端，他们不可理喻的行为与思想在庸众眼中成为引人发笑的滑稽表演，这也就是鲁迅小说的核心主题之一——人与人的隔膜，庸众对独异个人的围剿。

《狂人日记》中的狂人时时担心，处处害怕，从狂人眼中看去围观的人都是"青面獠牙的一伙人"①，而在看客的眼中，狂人就是小丑，其惊惧癫狂的表现令人发笑。在《孔乙己》中，孔乙己几乎是"我"唯一的生活调剂，对于其他酒客而言也是如此："孔乙己一到店，所有喝酒的人便都看着他笑。"②连孔乙己的名字本身也是带有丑角特征的绰号。《祝福》中被视为"谬种"的祥林嫂反复叙说着痛失阿毛的悲惨故事，直到围观的看客全都收起了眼泪，"她未必知道她的悲哀经大家咀嚼鉴赏了许多天，早已成为渣滓，只值得烦厌和唾弃"。③后来鲁镇的人们从柳妈口中得知了祥林嫂额上伤疤的新笑料，产生了新趣味，又来嘲笑她。

祥林嫂的悲哀不耐咀嚼，但她的掌故和孔乙己的笑料却可以一而再再而三地被酒客提起，同一出悲剧反复上演让人厌烦，同一出喜剧却总能荡起笑的涟漪。观众喜欢的是轻松、热闹，不具侵略性的丑角符号本身，在奚落小丑的过程中，还能证明自身的优越，至于他们看到的小丑是面具还是真容，或者说表演者是真小丑还是扮小丑都不重要，只要观众认可其丑角身份与丑角表演即可。丑角表演成功与否除了演员本身演技之外，观众的接受与自我暗示都尤为关键，当观众还沉浸在表演氛围中时，丑角就很难单方面终止表演，即便他摘下了丑角面具，观众仍会认为这是表演的一部分。"戏场里失了火。丑角站在

---

① 鲁迅:《狂人日记》,《鲁迅全集》第一卷,人民文学出版社,2005,第446页。(本文所引《鲁迅全集》作品原文均出自同一版本。)
② 鲁迅:《孔乙己》,《鲁迅全集》第一卷,第458页。
③ 鲁迅:《祝福》,《鲁迅全集》第二卷,第18页。

戏台前,来通知了看客。大家以为这是丑角的笑话,喝采了。丑角又通知说是火灾。但大家越加哄笑,喝采了。"①当对丑角表演习以为常后,观众其实难以辨别丑角话语的真假,难以区分丑角的表演状态与非表演状态,在他们眼中,丑角一向如此,正所谓假作真时真亦假,无为有处有还无。诚如鲁迅的名言:"悲剧将人生的有价值的东西毁灭给人看,喜剧将那无价值的撕破给人看。讥讽又不过是喜剧的变简的一支流。"②与其观赏有价值的毁灭,观众更希望反复观看的是对无价值的撕破,有时甚至无须撕破,单是无价值本身就能引人发笑。而所谓价值本身,又因人而异,对某人有价值之物对他人而言却毫无意义,对某人价值的毁灭在旁人看来就是对无价值的撕破,个人的悲剧正好当作他人的笑料。

同样面对着隔膜,孔乙己不停争辩,祥林嫂报以沉默,然而,不论争辩还是沉默,并不想做丑角的他们却总是遭到他人变本加厉的嘲笑,成为事实上的小丑。潘鹤龄则选择滑稽的自嘲式表演,最大限度地减少了来自他人的冷嘲热讽,与其被他人嘲讽,不如抢先自嘲,这未尝不是一种避免尴尬与伤害的自保之策。不幸的是潘鹤龄高估了小丑表演的价值,他以为总会有人记得他、需要他、离不开他,然而没有他,别人也便这么过。小丑是生活的调剂,而非必需,所以没有小丑,别人也照样生活。孔乙己、祥林嫂、潘鹤龄,不论是生是死,一旦从看客视线中消失,就会被迅速遗忘。

## 二 骄傲与玩世不恭——丑角表演的姿态

鲁迅一针见血地指出:"醒的时候要免去若干苦痛,中国的老法子是'骄傲'与'玩世不恭'"③。而丑角表演的动机也正在于免苦,于是骄傲与玩世不恭便成了丑角表演的两种姿态。前者的代表是鲁迅《故事新编》中的许多"英雄""先贤",后者的代表是穆时英笔下的潘鹤龄等人以及《孤独者》中的魏连殳、《在酒楼上》的吕纬甫。

《故事新编》油滑的语言本身具有反讽性,虽然它的主角都是古时圣贤,但在小说中却被还原为了凡人,其中伯夷、叔齐、老子、庄子等甚至具有了丑

---

① 鲁迅:《帮闲法发隐》,《鲁迅全集》第五卷,第289页。
② 鲁迅:《再论雷峰塔的倒掉》,《鲁迅全集》第一卷,第203页。
③ 鲁迅:《两地书》,《鲁迅全集》第十一卷,第15页。

角特征,他们通体都是矛盾,且不自知,甚至洋洋自得、以此为傲,最终却毁在了自以为是的丑角表演中。《采薇》中的伯夷、叔齐历来被儒家奉为楷模,然而鲁迅却以油滑的笔调揭示了其内心的虚伪和行为的滑稽。伯夷迂腐自私,既怕苦又怕累,叔齐看似忠厚,却总是在心底里抱怨,他们的不食周粟和兄友弟恭带有十足的表演性质。他们以为自己扮演了抱志守节、垂范天下的贤士,但在村民们看来他们不过是老而无用的滑稽小丑。《起死》的庄子妄诞不羁,满嘴是东拼西凑的胡话。他请司命大神复活了早已死去的汉子,但又不能解决汉子切实的困难,反被汉子纠缠不休,最后只能灰溜溜地逃跑。庄子的行径正如司命所言:"你是肚子还没饱就找闲事做。认真不像认真,玩耍又不像玩耍。"①其语言和行为都小丑气十足。《故事新编》中英雄先贤的丑角本质是在周围群众的观察评说或与群众的互动中暴露的,看客的围剿有时让人不得不带上丑角面具,但有时也撕下了伪英雄、伪先贤的假面,让其原形毕露。包括小丙君和阿金在内的首阳山村民衬出了伯夷、叔齐充满矛盾的表演;汉子的纠缠凸显了庄子的无能;当文化山上的学者说禹是虫时,一位乡下人站出来用粗浅的道理说明禹其实是人;关尹喜充满讽刺意味的解说让老子"以柔退走"的出关显得无能和软弱。

自以为是者用骄傲免苦,被尖锐现实刺伤的清醒者则靠"玩世不恭"的表演麻醉自己——通过谐谑滑稽的表演使他人欢喜,也使自己欢喜,再也不去正视现实。《PIERROT》中的潘鹤龄对所有问题都敷衍了事,而且愿意对外表演其乐观:"潘鹤龄先生有一种喜欢人家赞颂他的乐观性的癖性。"其玩世不恭突出表现在自嘲式的"装疯卖傻",故意用低俗之事消解严肃话题或打破严肃环境,"这些人物不仅自己在笑,别人也笑他们"②。

鲁迅《孤独者》中的魏连殳与《在酒楼上》中的吕纬甫同样也是"敷敷衍衍""模模糊糊""随随便便"的代表。魏连殳因为种种近乎异端的行为被周围人排挤、仇视,为了活下去,他不得不"躬行我先前所憎恶,所反对的一切,拒斥我先前所崇仰,所主张的一切了。我已经真的失败。——然而我胜利了"③。他发疯似的挥霍着、糟蹋着生命,完全活成了之前自我的反面:先前叫大良的祖母"老太太",后来叫她"老东西";先前低声下气地逗着两个孩子

---

① 鲁迅:《起死》,《鲁迅全集》第二卷,第487页。
② 钱中文主编《巴赫金全集》第三卷,第349页。
③ 鲁迅:《孤独者》,《鲁迅全集》第二卷,第103页。

玩，后来给孩子们买东西就叫他们装狗叫、磕响头。在旁人看来魏连殳，"就是胡闹，不想办一点正经事"。全无正经的胡闹是丑角的特权之一——在前后台之间来去自如，不仅能掩藏自己，而且其插科打诨、放诞不羁的属性在暴露虚伪的人性、撕掉其他人的假面上具有特殊意义："它们给了人们权利，可以不理解，可以糊涂，能够耍弄人，能够夸张生活；可以讽刺模拟地说话，可以表里不一，可以在戏剧舞台的时空体里过生活，可以把生活描绘成喜剧，把人当成演员；能够撕去别人的假面，能够以严厉的（几乎是宗教的）诅咒骂人；最后可以有权公开个人生活及其一切最秘密的隐私。"①魏连殳"发迹"后的种种做法就是在夸张生活、耍弄人、表里不一、咒骂别人，带有复仇的意味。然而对他自己而言，这复仇本身指向别人也指向自己，他以比庸众更变本加厉的方式成为庸众中的一员，将包括自己在内的一切俗陋都消解掉了，这无异于自伤和自戕。他撕去了别人的假面，让自己的身前事和身后事都成为一场闹剧，将庸众们丑恶的灵魂暴露出来。"当个体并不相信自己的表演，也不在乎观众是否相信时，我们可以将之称为'玩世不恭者'（cynical）"，"玩世不恭者由于他可以不顾及职业牵累，因而就能够从他的伪装中获得非职业性的乐趣，他能随意戏弄那些观众自然要认真对待的事情，并从中体验到一种令人兴奋的精神性侵犯"②。魏连殳在毁灭性的复仇中既胜利了，也失败了，他扮演小丑并不为让观众发笑，而是引逗观众跟他一起进行滑稽表演，进而冷嘲这庸众和世界，同时也在毫不留情地嘲笑着自己。

《在酒楼上》的吕纬甫，年轻时曾与"我"到城隍庙拔神像的胡子，议论改革中国的方法。然而再见时他早已"衰瘦""颓唐"，竟然教起了《诗经》《孟子》《女儿经》，"但我现在就是这样了，敷敷衍衍，模模胡胡"③。"从不相信到相信的变化系列也可以朝另一个方向运行，即从坚信或不稳固的抱负开始，而以玩世不恭的态度告终。被公众以类似宗教敬畏之心看待的那些职业经常会使其新加入的成员沿着这一方向发展。"④潘鹤龄、吕纬甫、魏连殳最初对爱情、亲情、革命都抱有理想，特别是对改造社会抱着"类似宗教"的敬畏之心，但其抱负还远未达到坚定的程度，在生活的消耗中，在不断地碰壁中，在走投无路的折磨中，他们逐渐成了优秀的"表演艺术家"，以模糊随便、玩世

---

① 钱中文主编《巴赫金全集》第三卷，第352页。
② 欧文·戈夫曼：《日常生活中的自我呈现》，冯钢译，北京大学出版社，2008，第16页。
③ 鲁迅：《在酒楼上》，《鲁迅全集》第二卷，第29页。
④ 欧文·戈夫曼：《日常生活中的自我呈现》，第17—18页。

不恭的姿态避免进一步受伤，或者干脆变本加厉地自我摧毁。潘鹤龄、吕纬甫、魏连殳，逐渐从心怀希望蜕变为怀疑一切、模糊一切、毁灭一切的虚无主义者。"'个人的无政府主义者'……这一类人物的运命，在现在——也许虽在将来——是要救群众，而反被群众所迫害，终至于成了单身，忿激之余，一转而仇视一切，无论对谁都开枪，自己也归于毁灭。"①潘鹤龄和魏连殳正是这样的"无政府主义者"。潘鹤龄是将"忿激"这种毁灭性的力量转化为丑角的消解性的力量，在嘻嘻发笑中消解别人、消解自己，最终陷入虚无；魏连殳则仇视一切，报复一切，最终自己也归于毁灭。

## 三 拥抱与拒斥——对丑角表演的态度

穆时英从个体角度出发，写出了都市人在悲哀的脸上戴了快乐面具的无奈，对丑角扮演持接受和拥抱的姿态，作者与笔下人物高度统一。鲁迅则从批判国民性的宏观角度出发，敏锐地意识到了丑角表演背后的隐忧，对其持拒斥的姿态。

穆时英曾宣称自己"就是在我的小说里的社会中生活着的人"②他曾这样写道：

> 在我们的社会里，有被生活压扁了的人；也有被生活挤出来的人，可是那些人并不一定，或是说，并不必然地要显出反抗，悲愤，仇恨之类的脸来；他们可以在悲哀的脸上戴了快乐的面具的。③

这是他丑角扮演的宣言，而"嘻嘻笑着"的"没落的pierrot"更是他对自己和杜衡、戴望舒等友人及所属同人团体的自况，《PIERROT》的副标题即为——"寄呈望舒"。穆时英及其同人团体丑角扮演的心理动因，在他自己所写的《戴望舒简论》中分析得很清楚：

> 这样的二重人格的对立使人家很容易地对他发生错误的认识。他在实

---

① 鲁迅：《两地书》，《鲁迅全集》第十一卷，第20页。
② 穆时英：《公墓·自序》，严家炎、李今编《穆时英全集》第一卷，第234页。
③ 穆时英：《公墓·自序》，第234页。

生活上做的那些无聊的，不严肃的事被当作严肃地做了些事，他对于生活或是事物所偶然地泄漏出来的严肃态度，做出来的举动却往往相反地被认为滑稽，被认为儿戏。他竭力避免着这样的误解，因为这样的误解深深地刺痛着甚至伤害着他的灵魂，所以，他越发把灵魂严密地收藏起来，不肯给人家触到。可是他的灵魂收藏得严密，他的二重人格也越发对立得尖锐，而他也越发容易被人家看作滑稽的，谑画化的存在。①

这段文字虽然是穆时英用来形容戴望舒的，但放在自己身上同样极为贴切。穆时英多重人格的本质是极端的自信与自恋，虽然他们的表层人格从生活中"倒毙""跌落"，被世界所抛弃，但是其底层人格却对自己抱有坚定的自信。小丑面具下的真容既是悲哀与恐惧的，更是骄矜与自恋的。

小丑的特点是表里不一，这实质上也是一种欺骗，这就要求小丑能灵活驾驭不同的人格特征，并能切换自如。当纤细的灵魂每当被人误解、伤害，便将自己的真面目包裹起来，以面具示人。自己被世界伤害，却仍然在悲哀的脸上带上快乐面具，不断逗人发笑、服务于人，世人的狡诈、虚伪正映衬了自己的纯洁无瑕。扮演小丑不仅是穆时英的自我保护手段，也是他选择的自我升华的路径。这也是潘鹤龄参与革命的内在驱动力——为了自我满足，他只是将革命与罢工视为更大的表演舞台而已，他在严刑拷打下的不屈并不是对革命理想的坚守，而是对自我牺牲、自我升华的陶醉。

穆时英生长在当时中国唯一的资本主义大都会——被誉为"东方巴黎"的上海，父亲是金融资本家。穆时英从小锦衣玉食，未曾尝过人生的苦味，然而在穆时英十五岁这年，父亲开的金子交易所破产，穆家家道中落，"生活的列车那么迅速地在我面前奔驰着，我是黯然地咀嚼着人生的苦味在命运前面低下了脑袋。"②导致穆家破败的缘由，按穆时英的母亲的说法是："全怪你爹做人太好，太相信人家，现在可给人家卖了！"③虽然穆家并没有彻底败落，依然有余力供穆时英去光华大学读书，但人与人之间的冷漠与背叛无疑给了穆时英精神上极大的刺激，在他心中埋下了难以信任他人的种子。

穆时英丑角精神形成的客观因素是家道中落，资本主义都市陌生人社会的

---

① 穆时英：《戴望舒简论》，刘涛辑校：《穆时英佚文两篇》，《中国现代文学研究丛刊》2009年第2期。
② 穆时英：《烟》，严家炎、李今编《穆时英全集》第二卷，第153页。
③ 穆时英：《旧宅》，严家炎、李今编《穆时英全集》第二卷，第33页。

特质所导致的人与人之间的隔膜与冷漠；主观因素则是自身纤细敏感的性格，以自我为中心的多重人格。穆时英的丑角精神是现代都市人主观的生命体验，是个体化的，穆时英也是从个人角度出发拥抱丑角精神。但如果将丑角精神放大到宏观视角，则成了社会上普遍的瞒和骗，这也是鲁迅对丑角表演持拒斥和批判态度的原因。

鲁迅在描写丑角时采用了既非观众，也非演员的局外人视角，时而跳脱出去，以上帝视角对笔下的小丑和看客进行辛辣的讽刺。这也就是《故事新编》中的"油滑"，其落脚点是在批判现实。"油滑"是指在鲁迅小说中设置穿插性的影射现实的喜剧人物或类似戏剧中的丑角人物，从而体现出来的喜剧性质或插科打诨的性质，具有揭批和嘲讽的艺术效果，它是鲁迅用以揭露、讽刺、批评、抨击社会现状的特殊手段，是与黑暗、丑恶战斗的一种有效力量。

如果说新感觉派的丑角形象塑造指向的是个体生命的底色，那么鲁迅的丑角形象塑造指向的则是对群体国民性的批判和对个体生命价值的悲悯与张扬。就丑角表演而言，穆时英是戏中人，而鲁迅始终站在戏外，因而能更清醒地看到扮丑与做戏的危害。就观看丑角表演的看客而言，鲁迅尖锐地指出："暴君的臣民，只愿暴政暴在他人的头上，他却看着高兴，拿'残酷'做娱乐，拿'他人的苦'做赏玩，做慰安。"①即便庸众明知演员在"做戏"，自己在看戏，他们仍旧可以看得津津有味，"但看客虽然明知是戏，只要做得像，也仍然能够为它悲喜，于是这出戏就做下去了；有谁来揭穿的，他们反以为扫兴"②。要看清丑角表演的实质，"需要有一种站在戏场外的视点，即一种边沿性的视点，就需要有一种超越性的眼光"③。这也正是新感觉派作家所欠缺的，他们沉溺于自怨自艾的丑角表演中，难以看清其本质。

就表演者而言，丑角扮演作为瞒和骗的艺术的一种表现形式，麻醉了人民，使任何严肃的社会问题最终都沦为了滑稽的玩笑，看似传播欢乐的小丑则成了手不沾血的帮凶：

> 假如有一个人，认真的在告警，于凶手当然是有害的，只要大家还没有僵死。但这时他就又以丑角身份而出现了，仍用打诨，从旁装着鬼脸，

---

① 鲁迅:《随感录六十五 暴君的臣民》,《鲁迅全集》第一卷,第384页。
② 鲁迅:《马上支日记》,《鲁迅全集》第三卷,第345页。
③ 郑家建:《被照亮的世界:〈故事新编〉诗学研究》,人民文学出版社,2015,第243页。

使告警者在大家的眼里也化为丑角,使他的警告在大家的耳边都化为笑话。①

丑角表演消解了重大的社会问题,麻痹了群众,鲁迅对此极为警醒,他曾批评叶灵凤和穆时英编辑的《文艺画报》在插图选择上存在疏忽和错误,并将他们讥讽为"中国第一流作家""大材小用"。鲁迅从琐细的错误入手,其目的是反对《文艺画报》开卷的《编者随笔》中的声明——"只是每期供给一点并不怎样沉重的文字和图画,使对于文艺有兴趣的读者能醒一醒被其他严重的问题所疲倦了的眼睛,或者破颜一笑,只是如此而已。"②在鲁迅看来,叶灵凤和穆时英为博读者"破颜一笑"的"献技的苦心",就是丑角表演,让严肃的话题减少力量。"早在30年代初,鲁迅已转向左翼现实主义。对大师而言,象征主义伪饰人生问题,逃避真正的解决之道,因此绝不可取。鲁迅以迂回的逻辑,把梅兰芳(不无谬误的)定义的象征主义攀连到上海新感觉派做倡导的象征主义身上。他暗示这两种形式的象征主义都十分危险,因为他们搅乱了人们的判断能力,更糟的是,它们误导了革命艺术的真谛。"③

鲁迅所期盼的是告别假面,让作家正视人生,而新感觉派的现代主义特质在鲁迅看来无疑是将瞒和骗的文艺继续下去,而且逐渐从帮闲走向帮凶。新感觉派作家心里难免委屈,他们一再强调与内容相比自己更看重技巧上的革新,强调为艺术而艺术,只关心"应该怎么写"的问题。④但在当时的社会环境下,其流派主张其实是不切实际的。抗战爆发后,穆时英与刘呐鸥都迅速卷入了政治斗争中,先后被暗杀,命丧黄泉。⑤从结局来看,不得不说鲁迅当年的批评确有预见性。

在一个富足、发达的现代社会里,本该有多样的文学和多样的文学观,不

---

① 鲁迅:《帮闲法发隐》,《鲁迅全集》第五卷,第290页。
② 鲁迅:《奇怪(三)》,《鲁迅全集》第五卷,第607页。
③ 王德威:《粉墨中国——性别、表演与国族认同》上,王晓珏译,《励耘学刊》文学卷,2007年02期。
④ 穆时英:《南北极·改订本题记》,严家炎、李今编《穆时英全集》第一卷,第97页。
⑤ 穆时英的死至今仍是悬案,他是中统卧底、被军统误杀的说法流传甚广,首见于1978年香港昭明出版社出版的司马长风的《中国新文学史》。近年来亦有若干研究论文认为穆时英确系汉奸,或认为穆时英是"客串卧底"等等。参见孔刘辉:《谍影重重——穆时英之死新探》,《新文学史料》2015年04期;解志熙:《"穆时英的最后"——关于他的附逆或牺牲问题之考辨》,《文学评论》2016年03期。但所有猜测都没有确凿的史料证实,穆时英之死的真相依然在迷雾之中。

论散淡的小品文、犀利的杂文还是新奇的现代派小说都应百花齐放；不论为艺术的文学还是为人生的文学都应并行不悖，不论外国文学名著还是《庄子》《文选》都可以随意阅读。然而在20世纪30年代的中国，这样的社会条件并不具备。上海作为当时中国唯一的大都会实属个例，浸淫在都会文明中的新感觉派作家身上已经孕育出了"发达资本主义诗人"的气质，但这种气质在当时普遍贫弱、面临着内忧外患的中国却如此地不合时宜。现代诗人的孤独、寂寞与自嘲作为个体选择来说无可厚非，但放到时代大环境下来考量则显得矫情和不负责任。没有能脱离时空限制的文学，这也是鲁迅先生批评施蛰存建议青年读《庄子》《文选》，批评叶灵凤与穆时英主编《文艺画报》，批评林语堂小品文的用意所在。

# 从与现代评论派的论战看鲁迅的青年观

杨惠钰　傅红英　绍兴文理学院人文学院

"五四"时期，深受"幼者本位"及进化论思想影响的鲁迅，常将青年启蒙摆在阐扬"立人"思想的首要位置。但"五四"启蒙思潮式微后，青年在新文化阵营分化与复古潮流的反扑中易踏上歧途。从与现代评论派的论战中看鲁迅的青年观，他不断反思"五四"启蒙的不足，不再坚持进化论思想，并认为无论是被冠以"思想界之权威者"的自己，还是现代评论派人士，都不能自诩为"青年导师"；青年的自我觉醒以及在抗争中不缺位的理性，尤为重要。

## 一　不奉权威为圭臬

（一）拒作权威，抛掉"尊敬"的流毒。

陈西滢暗指鲁迅等浙籍学者挑起"女师大风潮"，并因剽窃抄袭案多次称其为"思想界的权威"。鲁迅对此颇为憎恶，"尊敬"带来的流毒使他个人意志受限，而"权威"者的称呼让他担着教错青年的重责。拒做权威，不以自身言行要求青年，不以自己的准则设限青年，切身从"立己"中为青年人负责，这是论战中的鲁迅首要遵行的青年观原则。

（二）揭露披着绅士皮的"青年导师"。

鲁迅揭露陈西滢等现代评论派作为"青年导师"的实质，就是以"公理"及教授头衔行"言行不符，名实不副"的事，凭着自认的公允和流言展示闲话，这是对青年的不负责，因此不应成为青年跟随的导师。

## 二　当于寻路时自启

（一）逆复古潮流进行自我启蒙。

鲁陈论战期间，复古潮流盛行，为避免青年在胡适、陈西滢、章士钊等人提倡下钻进故纸堆，他就"白话与古书"这一问题与陈西滢多有争论。鲁迅在此意识到青年还未从"他者启蒙"转向"自我启蒙"，难以独立分析、判断复古逆潮的利弊，于是跟随他人"读古书"的主张。青年只有确立主体性原则，逆复古潮流前行，才能实现自我启蒙。

（二）于理性中踏入斗争的行列。

鲁迅与现代评论派在反对学潮上看法一致，但两者有着根本区别。现代评论派要求青年保持理性、避免战斗；鲁迅希望青年于理性中踏入斗争的行列。陈西滢在"三一八"惨案中认为请愿不应让孩童参与，鲁迅则意识到请愿这一斗争方式的错误。理性缺位导致青年放大激进情感，在外部民族存亡的推动下，青年为政治诉求而流血牺牲。鲁迅关心投身革命、勇于斗争的进步青年，但也提醒青年应斗争有道，在保全自我中理性战斗，于个体独立、思想自由的前提下谋求个人、社会的发展，这是他在论战中对前进青年的具体期许。

# "紧接上去的战斗号角"

## ——论鲁迅小说《长明灯》的插图阐释

杨剑龙　上海师范大学

鲁迅的短篇小说《长明灯》完稿于1925年3月1日，分四次连载于1925年3月5—8日的《民国日报》副刊，后收入1926年8月北新书局出版的小说集《彷徨》。1925年，李大钊读了鲁迅的小说《长明灯》以后说："鲁迅先生发表小说《长明灯》，我看这是他要'灭神灯'，'要放火'的表示，这是他在《狂人日记》中喊了'救救孩子'之后紧接上去的战斗号角。"[①]周作人也说"《长明灯》也是一篇写狂人的小说……"[②]鲁迅的小说《长明灯》是一篇紧接《狂人日记》写狂人的战斗号角。

小说《长明灯》以主人公疯子要吹熄吉光屯从梁武帝时就点燃的长明灯为主事，以茶馆、社庙门外、四爷的客厅、社庙四个场景，呈现吉光屯的人们对于疯子吹灯的阻挠和关押，以封建传统长明灯的象征意味中，在遭到百般阻挠和迫害中，疯子叫嚷的"我放火"成为大义凛然的战斗号角。鲁迅的小说成为众多画家以图释文的文本，鲁迅大多数小说被改编为连环画，诸多画家为鲁迅小说绘插图，成为解读和传播鲁迅作品的重要途径。画家张怀江、赵延年、范曾、丁聪、郝志国、裘沙与王伟君、吴永良等，先后为小说《长明灯》绘插图，画家们以不同的方式和视角为小说人物造像、绘境，成为以图释文解读作品的另一种风景。

---

[①] 刘弄潮：《李大钊和鲁迅的战斗友谊》，西北大学鲁迅研究室《鲁迅研究年刊》1979年号，陕西人民出版社，1980，第54页。

[②] 周作人：《长明灯》，《鲁迅小说中的人物》，上海出版公司，1954，第179页。

## 一

学者高信在谈到鲁迅作品木刻插图时说:"到30年代初,鲁迅首倡新兴木刻运动,木刻插图应运而生成为历史的必然;先由木刻插图开路,后边是渐次而起的其他形式的插图大军。半个世纪以来,文学作品的插图蔚为大观,源头就在30年代初期的新兴木刻运功,而鲁迅就是木刻运动和新的插图艺术的开拓者和导师。"[①]鲁迅先生是中国木刻运动和插图艺术的开拓者和导师,在鲁迅的引导下成长了一批从事插图艺术的艺术家,后起的艺术家也大多受到鲁迅思想的影响和艺术的熏陶。

出生于1922年的张怀江,虽然鲁迅逝世时他只有十四岁,但是却得到鲁迅"木刻当以黑白为正宗"的深刻影响。他说:"鲁迅先生在大力扶植版画新生力量时极其重视版画的技术修养问题,是确有卓见的,它的深远影响所及也是不可估量的。至少它教使我愿在黑、白、刀、木之间去探求'现代社会的魂魄'者……"[②]张怀江创作中有鲁迅形象的作品有:《鲁迅刻像》《鲁迅与方志敏组图》《一九三六年的一个秋夜》《黑白分明》《素然一身》等,涉及鲁迅作品的创作有:木刻连环画《狂人日记》、插图《弟兄》《长明灯》等。1963年,张怀江创作了鲁迅小说《长明灯》插图一幅。插图选择了疯子被关押在社庙的场景:黑漆漆的背景中有粗大的木栅栏,被粗大的铁链和一把大锁锁住,木栅栏上端有一张蛛网,显示出久未有人气。被关押在栅栏里的疯子,穿着黑色的衣裳,圆睁着一双有神的眼睛,"浓眉底下的大而且长的眼睛中","总含着悲愤疑惧的神

张怀江《长明灯》插图

情",直挺的鼻梁下有些许胡须,紧闭的双唇呈现出坚定与执拗,他那双粗大的双手紧紧握住木栅栏,好像要将挣开囚禁的牢笼。张怀江的插图勾画出一位向封建传统抗争的勇士形象。著名画家杨可扬评价说:"张怀江在作品里总是

---

① 高信:《鲁迅作品木刻插图选·编选前言》,高信编《鲁迅作品木刻插图选》,广西美术出版社,2000,第2页。
② 张怀江:《鲁迅教我握正刻刀》,中国版画年鉴编辑委员会编《敬献导师的花环——版画家纪念鲁迅先生逝世五十周年》,辽宁美术出版社,1986,第44页。

倾注着自己真挚的感情，抒发生活的感受，以简洁明快的黑与白，造成铿锵激越或委婉动人的画幅，予人以赏心悦目的美的享受。"①

著名版画家赵延年说："从1940年开始受到鲁迅先生的影响学习木刻，走了一辈子，虽然没有见过鲁迅本人，但是间接得到了鲁迅的教导。"②赵延年一生创作了与鲁迅有关的版画作品近200幅③。赵延年1977年创作的《长明灯》版画插图，遴选了疯子不听劝阻执意要吹熄长明灯，甚至提出"我放火"的一段文字：

"他们站定了，各人都互看着别个的脸。"

"喂！"阔亭生气了，"你不是这里的人么？你一定要我们大家变泥鳅么？回去！你推不开的，你没有法子开的！吹不熄的！还是回去好！"

"我不回去，我要吹熄他！"

"不成！你没法开！"

"……"

"那么，就用别的法子来。"他转脸向他们一瞥，沉静地说。

"哼，看你有什么别的法。"

"我放火。"

赵延年《长明灯》插图

赵延年的木刻版画插图描画伫立在社庙门口的疯子，浓眉大眼，表情坚定，穿着长衫，左手背在身后，右手握拳，其长衫的下摆在风中飘动，他站在庙门前的台阶上，怒目注视着台阶下劝说他的阔亭、方头等人。画家特意将疯子置于高处，让阔亭、方头等人龟缩在下方，使疯子呈现出一种决战到底的凛然之气。庙门雕花砖墙与远处依稀的田畴村舍，衬托出吉光屯的保守与古朴。赵延年在插图旁写道："要吹灭长明灯的他，是比其他人清醒的勇士，但却是那个时代的叛逆。他挺立在庙门前，显得无比高大。一切封建迷信的东西，最

---

① 杨可扬：《张怀江的木刻艺术》，《新美术》1988年第2期。
② 参见谢礼恒：《把鲁迅刻在时代里的儒雅刀客走了》，《成都商报》2014年10月28日。
③ 李允经：《〈赵延年木刻鲁迅作品图鉴〉序》，《出版史料》2006年第1期。

终将被真正的人抛弃。"①显然，赵延年将疯子作为"清醒的勇士""时代的叛逆"刻画的，因此特意将他塑造得无比高大。

范曾是中国当代著名画家，他在《鲁迅小说插图集·后记》中说："鲁迅先生小说中的人物活在我心头已很多年了，我深知为鲁迅先生小说作插图是一件极严肃艰难的事，但我塑造这些活生生人物的愿望却历久弥新，日见强烈。"②范曾为鲁迅的小说集《呐喊》《彷徨》中每篇作品都绘了插图，共计绘图三十八幅。范曾绘于1977年的《长明灯》线描插图，摘引了小说中疯子在社庙前说"我放火"的几句：

"哼，看你有什么别的法。"
……
"看你有什么别的法！"
"我放火。"③

范曾的线描插图中，穿着长衫的疯子伫立在社庙前，瘦削的脸上十分正经俨然，左手握拳靠在胸口，右手手掌撑起向天，呈现出一种大义凛然坚定执拗的神色。与赵延年刻画的疯子伫立高处不同，范曾将疯子置于众人的簇拥围攻之中，在古色古香的社庙门前，三个穿长衫马褂者在声讨疯子，三人都长须冉冉怒目圆睁，前二者向疯子挥动着拳头，后一者甚至举起了龙头拐棍准备向疯子砸去，插图下方还绘了一个梳牛角辫孩子的背影，显然她在凑热闹。范曾绘的向疯子宣战的三人，应该是小说中的阔亭、方头、庄七光，鲁迅在小说中将他们定为

范曾《长明灯》插图

"几个以豁达自居的青年人"，范曾却将他们绘成了一群封建遗老，显然与小说有一定的距离了。

---

① 赵延年：《画说鲁迅：赵延年鲁迅作品木刻集》，福建教育出版社，2002年，第45页。
② 范曾：《鲁迅小说插图集·后记》，彭小苓、韩蔼丽编选《阿Q70年》，十月文艺出版社，1993，第669页。
③ 《范曾插图鲁迅经典小说》，文化艺术出版社，2011，第214页。

## 三

丁聪是中国著名漫画家,1944年刊载在《华西晚报》副刊的《〈阿Q正传〉插画》,是其图像阐释鲁迅作品的力作,茅盾褒奖为"打算表现《阿Q正传》的整个气氛来的"①。1978年11月,人民美术出版社出版了丁聪的《鲁迅小说插图》,由茅盾题写书名,收入丁聪绘的《呐喊》《彷徨》《故事新编》插图三十三幅。李一氓先生评价说,"这三十三幅插图,是三十三篇小说插图的标本","每个小说人物的要害,都被他捉着了"。②画家黄蒙田谈及丁聪插图的特点:"作为创作的丁聪插图风格

丁聪《长明灯》插图

特点是,用笔不多而主次交代明确,线条优美肯定,形象结构简洁中显得细致,画面总是令人感到干净明快,这种极具特色的艺术风格是为了用一种艺术形式更好地为表现原著人物典型服务。"③

丁聪1977年10月绘的《长明灯》插图,选择了疯子被关进社庙的一段文字:

"我放火!"

孩子们都吃惊,立时记起他来,一齐注视西厢房,又看见一只手扳着木栅,一只手撕着木皮,其间有两只眼睛闪闪地发亮。④

丁聪细致研读小说《长明灯》后,巧妙地设计了疯子被关在西厢房叫嚷、孩子们惊诧地望着的场景:从社庙西厢房粗大的木栅栏里,露出疯子的额头一角和一缕头发,右手紧握住木栅栏,左手半握拳伸出栅栏外。画家精心描画西厢房外孩子们惊诧的神情,是被关押的疯子"我放火"的喊声惊动了在社庙玩耍的孩子们,前面一个赤膊男孩手持一根苇子,吃惊地望着西厢房的窗口,中间一个梳辫子的女孩惊讶地张大了嘴瞪大了双眼,右手自然地掩在颐上,后面

---

① 茅盾:《阿Q正传插画·序一》,丁聪绘、胥叔平刻:《阿Q正传插画》,群益出版社,1945,第4页。
② 金隐铭编、丁聪绘《鲁迅小说全编·出版说明》(插图本),漓江出版社,1996,第1页。
③ 黄蒙田:《小丁的插图》,丁聪:《丁聪插图集》,上海科学技术文献出版社,2000,第9页。
④ 丁聪:《鲁迅小说插图》,人民美术出版社,1978,第19页。

一个剪了马桶头发型穿背心颈戴长命锁的男孩,抬头张嘴惊讶地望着疯子发出呐喊声的窗棂,他们身后是社庙的正殿和院子里的一个香炉。丁聪将疯子形象半隐匿了,以孩子们惊诧的表情,绘出疯子叫喊"我放火"的执着与决绝。

郝志国1945年出生于山西繁峙县,是自学成才的中国当代著名画家,擅长版画和中国画,曾任大同大学美术教授、云冈画院副院长,为国家一级美术师、中国优秀版画家鲁迅奖获得者,曾获得全国工业画展金奖、全国石油画展一等奖、中国现代书画优秀奖等,部分作品被美术馆、博物馆收藏。用画笔体现中国传统文化内涵,从而让人领悟中国文化的精髓,是郝志国一生的追求。付秀宏说:"'高古可鉴'四个字是对郝志国画风很好的总结,他以沉浑、厚朴的绘画语言和文化修养,传达出对东方美感的磅礴写照,称得上'妙得神情'。"①郝志国曾为鲁迅小说《长明灯》绘插图一幅。

郝志国绘的《长明灯》插图,选择了在四爷客厅讨论应对疯子的一段文字:

> "的确,该死的。"阔亭抬起头来了,"去年。连各庄就打死一个:这种子孙。大家一口咬定,说是同时同刻,大家一齐动手,分不出打第一下的是谁,后来什么事也没有。"

画家采取了独特的构图,画幅上如同从窗外观看客厅讨论的情景,四边的菱形图案勾勒出窗棂的样式,画家采用了汉画像式的版画方式,以类似于凸面阴线刻的方式,勾勒应对疯子吹熄长明灯的密谋,整个画面呈现出朴拙凝重的金石味。画幅左上方是"年高德韶的郭老娃"的正面,画家以阴线刻画出"皱得如风干的香橙"的脸,他用手捋着下颏上的白胡须。画幅左前方是有鲇鱼须四爷的背影,画家除了勾画出他长长的鲇鱼须外,刻意勾画他的肥硕,他

郝志国《长明灯》插图

---

① 付秀宏:《解读画家郝志国》,《天工》2016年第5期。

背后颈项上的肥肉堆了起来，形成了一条条肉线。画幅右下方是正在道出大家一起动手打死他阴毒想法阔亭的侧脸，画家以诡谲的线条刻画其阴毒，眉眼间的不屑一顾、嘴角显露的傲慢。画幅右上方是率直戏谑的方头，他没有阔亭的阴毒，他提出"倒不如姑且将他关起来"的想法，画幅上的方头，瞪着犹疑的眼神听阔亭说话。郝志国绘的插图，以汉画像式的独特构图，刻画了人物的个性、呈现出四爷客厅里的一场密谋。

裘沙、王伟君是以图像阐释鲁迅思想用力最多时间最久作品最多的画家，裘沙先生曾在病沉时拟了自己的墓志铭为："这是一个用自己的一生，真正认识到鲁迅意义，将自己毕生精力献给鲁迅事业的人。"[1]他们夫妇俩为鲁迅的小说集、散文集、散文诗集、杂文集等，都分别绘制了插图，创作了《阿Q正传二百图》，他们创作的与鲁迅相关的美术作品超过两千余幅。日本学者野田宏在谈到裘沙、王伟君的鲁迅画集时说："裘沙先生和王伟君先生，把那黑色、那白色、那变化万千的白点、黑点，线和面加以立体的构思，刻意追寻、体味鲁迅的创作意图，把握了这与天空一样广阔的与大地一样深沉的文学精神和革命精神……"[2]

裘沙、王伟君以炭笔为《长明灯》绘制了四幅插图，他们顺着小说情节分别遴选文字，在适当精简中构成插图脚本。

第一幅遴选的文字为：

春阴的下午，吉光屯唯一的茶馆子里的空气又有些紧张了。

插图以吉光屯灰五婶的茶馆为背景，画幅左手绘站立着的茶馆"主人兼工人"的灰五婶，她右手提着茶壶、挥动左手，向坐在八仙桌旁的茶客们说着什么。坐在八仙桌旁应该是被称为"豁达自居的年轻人"三角脸、方头、阔亭、庄七光，他们都一起望着灰五婶，听着灰五婶讲述疯子发疯和受骗，虽然该画幅的描绘有过于简略之感，但茶客们或侧坐聆听、或托颐沉思、或握着茶盅，都可以窥见一二，画幅前还绘了一条小狗，为画幅增加了生气，该插图总体上绘出了茶馆里议论疯子要吹熄长明灯的紧张空气。

---

[1] 张楠：《魂系鲁迅的裘沙夫妇》，《炎黄春秋》1992年第1期。
[2] 野田宏：《鲁迅的文学精神》，裘沙、王伟君：《裘沙画集》，四川美术出版社，1987，第4页。

第二幅插图遴选的文字为：

"我叫老黑开门，就因为那一盏灯必须吹熄。"

该插图以几个"豁达自居的年轻人"到社庙门口去看一看的场景，画幅上古旧的社庙门口，在社庙的石台阶上，是身穿黑色长衫疯子的身影，他侧脸对着社庙，以左拳敲击庙门。他的身后是三个看热闹的孩子，其中有一个赤膊的孩子，孩子们的身后，有一位穿长衫马褂者伸出手指斥疯子，显然是说着"你推不开的，你没有法子开的"的阔亭，阔亭身后还有其他人的身影，插图绘出了社庙前疯子的决绝和执拗，绘出了吉光屯人们对于疯子的诱骗与围剿。

裘沙、王伟君《长明灯》插图之二

第三幅插图遴选的文字为：

"我放火！"他扳着木栅，两只眼睛闪闪地发亮。

裘沙、王伟君《长明灯》插图之三

该插图以疯子被关押进社庙为场景，以特写的方式描绘喊着"我放火"的疯子的形象，画家精心描画被称为疯子形象的刚正不阿坚定执拗，尤其描画"其间有两只眼睛闪闪地发亮"，紧皱的双眉下是清澈明亮的眼睛，蕴含着某种坚定与忧郁的神情，右手紧紧握住木栅栏，左手撕着木栅栏上的木皮，张开的嘴唇叫出振聋发聩"我放火"的吼声。画家通过特写塑造了清醒而执拗的反抗者的形象。

第四幅图遴选的文字为：

> 暮色下来,绿莹莹的长明灯更其分明。

该插图以小说尾声中吉光屯仍然亮着的长明灯为场景,以吉光屯夜晚高悬的长明灯为主,在暮色深沉的瓦屋屋脊上,是七星北斗和高高悬挂着仍然亮着的长明灯。画家特意以略带夸张的方式突显长明灯,从而蕴含着疯子反抗的无力和悲哀。裘沙、王伟君的《长明灯》炭笔插图总体上带有草图的意味,时有逸笔草草的遗憾。

吴永良教授擅长线描人物与指墨画,是浙派人物画代表画家之一,传承了以线为主的中国画传统,将素描艺术与水墨技巧结合,提出并实践其提出的"意笔线描"观念,其代表作有《蔡元培》《民族魂》《鲁迅在故乡》《于无声处听惊雷》等人物画。2016年浙江人民美术出版社出版了吴永良的《鲁迅小说人物百图》、插图本鲁迅小说集《呐喊》《彷徨》《故事新编》。杨成寅教授在序言中说:"……每幅画面上的一笔一墨都体现着永良对鲁迅小说的深刻精准的理解,百余个人物形象各异、毫不类同,神情的生动刻画和环境景物的简洁描绘,凝聚成鲁迅笔下旧中国的社会状貌和时代气息……"①吴永良为《长明灯》绘水墨彩绘插图六幅。

第一幅的标题:"《长明灯》之三角脸、方头等人",遴选的文字:

> 阔亭和庄七光也跟着出去了。三角脸走在最后,将到门口,回过头来说道:
> "这回就记了我的账!"

吴永良《长明灯》之三角脸、方头等人

该插图绘了走出茶馆去社庙的"几个以豁达自居的青年人",画家设

---

① 杨成寅:《纯真的品性 精湛的艺术——吴永良新作〈鲁迅小说人物百图〉序》,吴永良:《鲁迅小说人物百图》,浙江人民美术出版社,2016,第1页。

计的大多为短衣帮,走在最前面的方头双手背在身后,抬头阔步,趾高气扬,"轩昂地出了门";在其右首的阔亭低眉垂眼,右手插衣兜里、左手挥动着,好像在与方头说什么;走在后面的庄七光戴帽子穿长衫,两手下垂紧跟着;走在最后的是三角脸,转过头去用手指指着自己,对茶馆主灰五婶说:"这回就记了我的账!"画家在简约的笔墨中,注重人物的外形与个性。

第二幅的标题:"《长明灯》之灰五婶",遴选的文字:

> 灰五婶答应着,走到东墙下拾起一块木炭来,就在墙上画有一个小三角形和一串短短的细线的下面,划添了两条线。

该插图绘灰五婶记下三角脸的欠账场景,画家画笔下的灰五婶梳着发髻、略显肥胖,她弓着背手里捏着一块木炭,在窗棂边墙上一个三角形下面"划添了两条线"。左边的墙上爬满了藤蔓,瓦屋顶上杂草丛生处有一只黑猫爬过,为画幅增添了几分生气。

第三幅的标题:"《长明灯》之他",遴选的文字:

> 他也还如平常一样,黄的方脸和蓝布破大衫,只在浓眉底下的大而且长的眼睛中,略带些异样的光闪,看人就许多工夫不眨眼,并且总含着悲愤疑惧的神情。

吴永良《长明灯》之他

该插图绘疯子站在社庙门口的场景,"几个以豁达自居的青年人"来到社庙前,"本来对了庙门立着的他,也转过脸来对他们看"。插图上的疯子,身穿长衫,头发稀疏杂乱,国字脸上浓眉大眼,挺直的鼻梁下有着倔强的嘴唇,他有纤长手指的两手交织,转过脸对着他们,眼光里流露出"悲愤疑惧的神情",回答三角脸们的诘问。三角脸面对着疯子,脸上显露出不屑一顾的表情,戴帽子穿长衫的庄七光面对三角脸,伸着右手指点着疯子,画幅右下角绘着两个看热闹的孩子。

第四幅的标题:"《长明灯》之四爷和他的客厅",遴选的文字:

  四爷也捋着上唇的花白的鲇鱼须,却悠悠然,仿佛全不在意模样。

  该插图绘坐在客厅里的四爷,作为疯子的伯父,却参与了迫害摧残侄子的计划,与众人一起合谋将侄子关进社庙。插图上的四爷,长衫马褂正襟危坐在太师椅上,白发苍苍,低眉垂眼,左手扶在太师椅扶

吴永良《长明灯》之四爷和他的客厅

手,右手捋着长长的花白鲇鱼须,道貌岸然,闲逸悠然。画家绘出了吉光屯权势者的颐指气使。
  第五幅的标题:"《长明灯》之年高德劭的郭老娃",遴选的文字:

  坐在首座上的是年高德劭的郭老娃,脸上已经皱得如风干的香橙,还要用手捋着下颏上的白胡须,似乎想将它们拔下。

  该插图绘坐在八仙桌前的郭老娃,作为吉光屯里年高德劭的权势者,画家绘其穿着长衫、长须冉冉。老态龙钟的他已谢顶,眉眼间皱纹纵横,左手扶着桌上青花瓷的茶杯,右手捋着下颌长长的白须,一副运筹帷幄之态。
  第六幅的标题:"《长明灯》之孩子们牵手在庙外合唱",遴选的文字:

  孩子们跑出庙外也就立定,牵着手,慢慢地向自己的家走去,都笑吟吟地,合唱着随口编排的歌。

  该插图绘小说尾声中孩子们唱歌回家的场景:在写有"南无阿弥陀佛"的庙墙前,一些孩子们手拉手在社庙的空地上"合唱着随口编排的歌",在一左一右两株森森的古柏空隙里,可以看到社庙瓦屋顶上的那盘圆月,社庙的西厢房里还关押着执意想吹熄长明灯的疯子,插图在孩子们欢乐的歌声里,却衬托出反抗者的悲哀和凄惨。

## 四

鲁迅小说《长明灯》虽然没有像《阿Q正传》《祝福》《孔乙己》《药》等作品被改编为连环画，但是画家们以插图形式表现出的于小说的解读和阐释也拓展了作品的内涵与接受，成为作品以图释文的另一种副文本。

胡心怡在谈到小说插图时指出："小说插图相对来讲比较写实，它通过可视的绘画形象来辅助实现文字的叙事功能，同时在忠于小说原作的基础上实现插图的艺术性。"①在小说《长明灯》的插图中，基本上采用了写实性插图的方式，画家们分别在仔细阅读文本的基础上，选择插图脚本、绘制插图场景、为小说人物造型，努力在忠于原作基础上呈现插图的艺术性。张怀江以木刻版画形式，关注疯子被囚禁社庙的场景；赵延年以木刻版画形式，塑造社庙前疯子"清醒的勇士"形象；范曾用线描插图，描画疯子宣告"我放火"的大义凛然；丁聪用漫画插图，勾勒孩子们遭到疯子的惊吓；郝志国以汉画像式的版画，呈现四爷客厅里的一场密谋；裘沙和王伟君以炭笔素描，呈现茶馆、社庙门口、社庙厢房、吉光屯暮色中疯子的反抗与遭际；吴永良以水墨彩绘，描画茶馆、社庙、四爷家客厅、庙墙前疯子的抗争与悲哀，呈现出画家们各自对于作品阐释的努力，也具有各自插图独特的艺术性。

郑大弓在谈到现代插图时说："现代意义上的插图不只是简单地把书籍中的文字或信息传达的内容进行视觉形象的阐述，并且还要将文字中所表达的情感准确、直接地通过画面传达给读者。……因此，我们也可以说，现代插图的意义已不仅仅是附属于书籍和文字，而且在主动地、独立地以个性化的方式把信息传达出来。一幅好的插图，也同时可以成为一件优秀的艺术作品。"②在小说《长明灯》的插图中，张怀江以被囚禁社庙中疯子的木刻造像，探求"现代社会的魂魄者"。赵延年的版画，以社庙前疯子形象的高大与"几个以豁达自居的青年人"的猥琐形成对比，凸显"清醒的勇士"与"时代的叛逆"。范曾的线描，将疯子置于众人的簇拥围攻之中，呈现出疯子反抗的无奈与无力。丁聪的漫画，在颇带戏谑的线条中，描画孩子们的惊吓与惊讶。郝志国的版画，以类似于汉画像凸面阴线刻的方式，勾勒客厅里的密谋与人物性格。裘沙、王

---

① 胡心怡：《插图设计》，江西美术出版社，2006，第2页。
② 郑大弓编著《插图设计与创意》，辽宁美术出版社，2007，第9页。

伟君的炭笔画，在素描式的描画中，呈现庸众的愚昧、疯子的执拗。吴永良的水墨彩绘画，在简约的线条、传神的勾勒中，呈现吉光屯的众生相、疯子的执着与悲哀。在这些插图中，有的就是一幅优秀的艺术作品。

鲁迅先生曾经谈到书籍的插图说："书籍的插画，原意是在装饰书籍，增加读者的兴趣的，但那力量，能补助文字之所不及，所以也是一种宣传画。"[①]在鲁迅小说《长明灯》的出版和阅读过程中，插图在装饰书籍中，不仅增加了读者的兴趣，同时补助文字之所不及。在《长明灯》的插图中，我们也发现了某些不足与缺憾：张怀江刻画的疯子缺乏书卷气，呈现出普通雇工的色彩；赵延年刻刀下的疯子站在高台上，或许受到了"三突出"观念的影响；范曾的线描插图，将"以豁达自居的青年人"描绘成封建遗老，缺乏对于文本的细读；丁聪的漫画插图，以孩子为刻画对象，疯子的形象并未显露；郝志国的版画，朴拙有余而细腻不足；裘沙和王伟君的炭笔插图，常常逸笔草草成为速写，缺乏对于人物神韵的呈现；吴永良的水墨彩绘插图，"意笔线描"中线条常常过于简约，疏于环境背景的勾画。在整体上，《长明灯》的插图大多以传统写实为主，缺乏抽象意味和现代色彩。

---

① 鲁迅：《"连环图画"辩护》，姜维朴编《鲁迅论连环画》，人民美术出版社，1956，第2页。

# 鲁迅外婆家安桥头村鲁氏家史口述史拾遗与考辨

杨晔城　绍兴市文旅集团

相对鲁迅家世，绍兴孙端安桥头村鲁迅外婆家鲁氏家史的史料则非常有限。一方面，安桥头老台门中只有朝北台门因与鲁迅关系密切得以保留下来，其他如鲁氏宗祠、鲁氏家祠、鲁氏族谱这些第一手的实证实物在20世纪60年代作为"四旧"均已被销毁。另一方面，由于年代久远，多数当事人和知情人已过世。70年代以来有关部门虽对安桥头鲁氏家史和村落文化开展过普查，但目前相关史料尚处完善之中。

近期笔者通过寻访鲁瑞曾孙辈的鲁振东、鲁振权等鲁氏后人，结合鲁迅文化的田野考古，对新发现的鲁氏家史进行整理和辨析，以期抛砖引玉，引起学者对鲁迅外婆家鲁氏家史更多的关注。

## 一　鲁氏起源：一村双姓，鲁丁同亲

鲁振东老人收藏着其父鲁元松20世纪80年代历时五年写成的《绍兴安桥头村鲁氏家史》（简称《鲁氏家史》）手稿和鲁元松手绘的《安桥头地域位置图》。鲁元松继承祖父董事之职管理宗祠二十余年，"曾亦查看过家谱甚详"[①]。《鲁氏家史》全文约三万字，多用毛笔小楷，仿王羲之《十七贴》行书，字体

---

① 鲁元松1985年致二子鲁振中的回信。

清俊洒脱，全文未加断句，有些地方使用繁体字和方言文，是一份较为珍贵的家史资料。

总揽《鲁氏家史》，既有讲述始祖迁徙、会稽止步、驿站奇遇、路救难童、家族发迹、定居安桥、发族建村、一村两姓、建祠修谱、鲁丁同亲、地籍演变、安桥兴衰等一桩桩家史往事，也有记录保家卫国、婚丧嫁娶、耕读传家、艰苦创业、忠孝节义、断嗣承继等一代代传奇故事，从北宋末年到民国初年，读之洋洋大观，如品三国越千年。

有关安桥鲁氏起源，开篇如下（断句笔者加）：

鲁氏第一世祖蘭谷公，原籍山东省，学历进士，能舞剑，略识拳术，在州衙为书吏，及县丞等职，至四十余岁，始升任为山东沂水一带，为县令，北宋末期，金兵进犯，城池失陷，带百姓数百人，退过长江，曾逗留在海盐县候职，后转至杭州，而久未起用，为生活所迫，拟走避宁波，因门客丁嵩（字仁泰）原系宁波人，闻海口亦多游弋，故至皋埠镇乃止。翌年春季，为解忧闷，而偕嵩公游皋埠南山，即会稽山脉腰鼓山，风景秀丽，乐而忘返，投宿农家，该村四十余农户，皆小康人家，但全是文盲，亦愁小孩们无法读书为忧，经村人相邀，全家迁居山中，赁屋设帐启蒙，从此舌耕十年左右。蘭谷公为县令，有十余年之久，而秉心廉洁，避难一路而来，只有千斤书箱，两袖清风，在山虽如过隐士自由生活，但家人众多，平时全靠刺绣、织布、卖书画度日，后承村人鼎力帮助，开荒种地，始成耕读传家。公生有三子一女，一女出嫁海盐张氏，公落户十余年后，在山病逝，夫人是州官之女，亦善诗词，经离乱后疾病缠身，故同年亦逝世弃养，夫妻同庚，享年均六十四岁，葬腰鼓山。公长子（名忘）是文弱书生，博学未仕，继父业教书到老，列代子孙称其谓山里大太公，因事亲至孝，后世亦称孝太公。直系子孙，列代农业为主，大多数小康人家，也有数户中民之家，一户大贾，亦曾出仕三人，皆七、八品之官，只有一人归族，家谱上有士人出仕栏内记载，先后两代有两人游宦未回，一房挂线多子孙，一房挂线空白，大概远游无从查究，有百数户，住三、四村，三十余世未建祠堂。二太公（名亦忘），至小皋埠，亦教书为业，子孙传农商，苦乐不匀，出大贾二人，均迁走，列代出仕文武五人，游宦四方，亦只多一人还族，两房下落不明，两房迁山阴，在清朝始建祠堂，产业也不多。三太公名澂端,有特别的乳名,惜已忘,蘭谷公在世时,已由仁泰公共同挑盐,贩运经营,以维持家庭,因起路一日难到山家,故在安桥营设站头,三间草屋,作为转运之所,蘭公去世后,就安家于安桥……

以上信息告诉我们:安桥鲁氏始祖鲁蘭谷北宋末年因兵燹由山东辗转来到绍兴,先到皋埠。次年迁居皋埠南面的腰鼓山。蘭谷公有三个儿子,长子、次子教书为业,长子随父定居腰鼓山,次子小皋埠,三子鲁澂端和门客丁嵩结伙贩盐为生,因到腰鼓山一天无法来回,便在安桥头临时搭了几间草屋,"作为转运之所"。鲁蘭谷去世后,鲁、丁两公就定居在安桥头。

由此推断,安桥头开发的历史最早可以追溯到南宋初年,距今约九百年。尤其是最初"贩运盐货起家"这段并不光彩的历史,须知古代食盐由政府统一管理,严禁私盐贩卖,但巨大的利润空间还是让不少人铤而走险。绍兴就有俗语:"一分本事一分钿,十分本事卖私盐。"侧面也是绍兴盐业发展史一个见证。如距安桥头不远的镇塘殿位于曹娥江畔,对岸是南汇盐场,1901年5月16日《周作人日记》就有去镇塘殿"看盐舍烧盐"的记载。

关于安桥头村当时的地理环境,《鲁氏家史》记载:"南宋以前豆疆村落北①为塊头村。村后是泥塘。上有放水闸,闸好造屋,而称闸绞楼,出水过碧波潭横江,过吴融南江,约于南宋四五十年时淘汰此闸改称为闸交头。此塘东由青山来,过孙端南一横到马山,向马鞍山、头蓬一带去接萧山塘,现在之安桥村即那时此塘之北一大片海沙地,近塘落北,有东西横向小丘小塘,其时塊头村北,许家埭、乐巷及东首碧波潭村、赵暮村、吴融村已属高地,已有渔牧民少数人口之村落。"可见当时安桥头还是一片茫茫海涂,并不适合居住,这块海沙地最初是两人挑盐途中"随遇而安"的歇脚之地,鲁澂端和丁嵩是"岛"上第一代的原住民,安桥头一村两姓由此而来。值得一提的是,附近高地却散布着不少小村落,给安桥头的地域发展带来了一定的社会经济保障。笔者认为,无论是相互通婚还是货物流通、人口流动都起到了积极作用。推断也是鲁、丁两公当初选择定居安桥头的主要因素之一。

在鲁元松手绘的《安桥头地域位置图》里,安桥头和镇塘殿两村相邻,紧靠曹娥江,正如鲁迅小说《社戏》中所描写的确是"一个离海边不远,极偏僻的,临河的小村庄"。周近分布着马山、碧波潭、吴融、塊头、赵暮、王老湾、

―――――
①落北:以前。绍兴方言。

皇甫庄、寺东等十余个村镇，在随图附文里，还有地域位置、相互距离、村庄特色等解读。如赵暮村主要为安桥头提供做酒缸酒坛的补坛沙，为安桥鲁氏做酒经商提供了佐证。

门客丁嵩是《鲁氏家史》中一个重要人物。《鲁氏家史》有关丁嵩的生平介绍颇为详尽。他是蘭谷公父亲逸太爷机缘巧合收留的一名难童。比鲁澂端小两岁。两人自幼同师读书，胜如同胞，非常和睦。"寄养后既不作义子，亦不为奴仆，只以伯侄称呼，并因事成在泰山脚下，故赐名为丁仁泰。"也就是说，鲁家人一开始就平等相待，连赐名也不改其姓，最终成为蘭谷公创业和治家的"黄金搭档"。蘭公习文，嵩公习武，家史上记载鲁丁两姓三代同家，丁嵩四次救主、惊心动魄忠孝节义的事迹。有"修身励志、律己守德、忠勤事业、孝亲睦邻，礼族人血缘有序，待丁姓情同手足"鲁氏族训为证。丁仁泰也是安桥丁氏的始祖，如《鲁氏家史》载"八世孙在明前期为四品武官，建造丁大房台门"，至今安桥头村仍有不少丁姓族人。

靠贩运私盐毕竟非长久之计，鲁、丁两公还是安桥头这块"北大荒"的拓荒者。《鲁氏家史》载："丁嵩、澂端二公到安桥落户，挑卖海盐度日。并向县承包开荒一大片，计一千一百余亩。"

南宋奖励耕织，鼓励围垦海涂，造好湖税减免，对于安桥头"这样的年轻高地，政府已允许百姓承板划圈，领官契开荒，三年后纳粮，永远业权为己产。"但这是项浩大的工程，没有贩运私盐一夜暴富来得容易，附近村庄虽然也有人开荒，却不到一半的土地可以种植，鲁、丁两公投资兴修水利，同时贡献治沙良策，带头与大自然开展艰苦卓绝的斗争，"经过八年苦工，全畈皆能耕种"。相关内容在《鲁氏家史》中有详介。

关于安桥头村名的来历，《鲁氏家史》中有"说起安桥本宅从草屋发展瓦屋乌记台门。即原草屋基。门前约距六丈即是板桥头。当时修塘筑丘所掘大横沟，直到里赵西溇底，由竹板桥改造为单眼木桥，取名为安桥。表示从此得以安居乐业"。可见，"安居乐业"是安桥头村村名本义所在。

据安桥头鲁氏宗谱记载，安桥鲁氏的源头可追溯至公元前256年的战国时代，秦昭襄王五十一年鲁被楚所灭，姬姓国君流放莒地。为纪念故国，姬姓子孙及部分异姓公侯、大夫被赐国号为姓，世代相传，鲁氏族人则尊奉周公姬旦为得姓始祖。鲁姓有"复兴"的意义，不排除鲁迅在安桥头看到听到过相关内容，而心有戚戚，在1918年5月发表《狂人日记》时作为笔名的依据之一。

另据《鲁氏家史》，在官方土地册籍中，安桥村被编为会稽七都四图，地名岳墅镇。曾有一岳姓官商来安桥开设埠头，运盐米至浙东上八府，"安桥即是货运会集之所"，后造"岳氏之别墅"。正门额上大书岳墅两字，是"端公长子手笔"。又如"安桥多拳师，遐迩有名，故盗窃绝迹方圆之境内""拳场设在朝北台门东首。鲁丁两姓爱武成风"等等，可见安桥习武之风古已有之，《鲁氏家史》很多内容鲜为人知，具有丰厚的文化价值和独特的教育作用。

## 二 世系寻根：两个台门，一脉相承

寻访中新发现两份《绍兴安桥头鲁氏世系表》（简称《世系表》）手稿，记录第二十七世到三十六世最近十代安桥头鲁氏的延续情况。前者1989年由鲁元松回忆整理，每世有姓名、子女、功名、从业、生卒等人物生平简介，内容相对繁冗。后者2003年由鲁振东根据其父鲁元松手稿修补完善，从二十七世到三十四世对应增加了"廷字辈""兆字辈""思字辈""安字辈""嘉字辈""占字辈""寿字辈""振字辈"等族人所属辈分，功名、从业等人物生平多数从略，内容简明扼要。因1949年后移风易俗，鲁氏后人不再严格按辈分取名，故第三十五世和三十六世辈分空白。两份《世系表》经过父子两代人的修订，化繁为简，流传有序，相互呼应。为便陈述，以下分称"89版鲁氏世系表"和"03版鲁氏世系表"。

《世系表》反映了鲁氏两个相近房族的亲缘谱系。一个是以鲁迅外祖父鲁晴轩为代表的朝北台门一脉；一个是以鲁迅小说《祝福》鲁四老爷人物原型鲁安玖为代表的宝记台门一脉，有鲁氏后人寻访考辨和宝记台门原址为证。

鲁安玖与鲁迅外祖父鲁安馀（又名"晴轩"）同属鲁氏三十世"安字辈"。两个房族在二十六世时还是一个祖宗，在二十七世时才有兄弟分开，到三十一世鲁迅母亲鲁瑞时，尚属传统"五服之内"的宗亲。照《世系表》辈分排，鲁迅先生要称鲁安玖为"四外公"。

"89版鲁氏世系表"这样记述鲁安玖的生平："安玖公，字连宝，私塾数年，公系思源公第四子，过继思明公为子，在家种田酿酒，生育一子三女，不留祭田，后由锡坤公补祭二十亩，享年□"。"03版鲁氏世系表"注明鲁安玖生于清道光二十七年，即1847年。与鲁思明建造宝记台门同年。而朝北台门由鲁思清建造于清道光二十三年，比宝记台门早几年。

鲁振东、鲁振权是鲁安玖的四世孙。鲁振权至今仍留守在祖居宝记台门残存的建筑遗址上。这是利用老台门东西两侧厢房改造的一片平房，中间一条笔直宽阔的中轴线通道，鲁振权夫妇住在靠近台门口东西的几间小屋里，门前铺着青石板，过道屋顶有楼板相接。据介绍，这里原是台门进来总堂，本来都通，直接到河头，方便取水和船运。宝记台门原先大门就有八扇，还有雕花门楼，四进后面带花园。当时安桥头乌记、羊记、洪记、宝记和朝北五座台门中，宝记台门最大。在鲁元松1989年手绘的一份《安桥头老宅分布图》上：乌记、洪记、羊记三座老台门在最上面一字排开，中间是朝北台门，下面祖居位置是原宝记台门，前面有块道地。笔者现场目测，宝记台门仅现存侧厢的建筑规模就远远超过了朝北台门，朝北台门不仅矮小而且只有两进，不带门楼。

鲁安玖在宝记台门先是开作坊做老酒，发家致富后，又在孙端镇上和绍兴城里开起老字号鲁永盛酒店、鲁永盛酱园、杭州瑞泰祥绸庄等实业，成为安桥头村的大户人家。当地习俗，把上了一定年纪读过书或做过官且家境殷实的人加上姓氏和排行后称为"某某老爷"，鲁安玖排行老四，读过私塾又富甲一方，在乡人中，"鲁四老爷"的称呼由此而来。

逢年过节"祝福""请菩萨""迎神赛会"这些鲁镇民间传统习俗是宝记台门必做的。但和小户人家比，规格礼数要高得多，如盛放"五牲"的礼器用的是全铜，粗大的蜡烛台需要几个人抬得动，主楼旁还有三间偏房专门用来堆放龙角铳、仪旗、专用衣服这些祭祀用品。

鲁振权儿时去看电影《祝福》，回来讲给爷爷鲁仲和听，鲁仲和说这部电影就放的是自己家，还告诉他祥林嫂是一个叫赵婉珍的女佣。在朝北台门展厅一块"抢亲"的展块上，有"鲁迅在《祝福》中祥林嫂被婆家所抢的场景就有他在安桥头所亲见的翠姑被抢的素材为根据而创作的"文字说明。赵婉珍是否翠姑，经历了怎样的悲惨人生，是否与鲁迅见过面，她的后人何在，这些有待进一步考证，但可以肯定，鲁迅童年随母亲到过宝记台门，见过鲁四老爷家"祝福"的排场，留下了深刻印象，在小说《祝福》中有了生动的描述。

鲁迅小说《祝福》中说鲁四老爷"他是我的本家，比我长一辈，应该称之曰'四叔'"，显然是鲁迅经过艺术加工的人物形象。小说写于1924年2月，描写作者在家乡流离失所后暂寓在亲友鲁四老爷家发生的故事。其实鲁迅1919年12月返乡处理完周家新台门售后事宜就再没回去。在人物原型的基础上加以艺术虚构，符合鲁迅在《我怎么做起小说来》所说的："所写的事迹，大抵有一点见过或听到过的缘由,但决不全用这事实,只是采取一端,加以改造,或生发开去,到足以几乎完全发表我的意思为止。"值得注意的是,《祝福》描写的无论祝福场景、鲁四老爷、祥林嫂等,还是鲁四老爷的家——文中并未出现的宝记台门,又确有其人其事,使得作品本身具备了纪实类散文的一些特点。可见,这是一篇小说散文类的鲁迅作品。以真实的鲁氏家史为背景,然后加以生发,还可以看作是一部生动的"鲁氏家史演义"。

### 三 十代质疑:田野考古,同音异义

有关多年来涉及安桥头鲁氏家世的一些学术观点,如《绍兴村落文化全书(孙端卷)》其中《鲁迅外公家世简述》(下称《简述》)一文里 "据老农反映……祠堂虽早已毁圮,但十代歌'定绍世恩嘉佩德达旺祖'流传至今,鲁迅的外太公鲁世卿属第三世(世字辈)"等,鲁振东提出了质疑。

鲁振东表示,安桥鲁氏第二十九世祖公中,有思慎、思清、思源、思明、思吾、思身、思广等,唯独没有鲁世卿,还整整少了二十六世。

据介绍,安桥村的鲁氏宗祠是第十四世祖宣龄公州官任上告老还乡后于明正德元年(1506)出资牵头建造,并组织族内多人内查外调,续遗补缺,历时九年才完成安桥鲁氏宗谱的编纂。内按各代子房、名讳、学历、功名、职业、娶续、嫁醮、赘婿、招子、生育、品德、贫富、寿享、丧葬及大事记等,记录详细,排列有序。宗谱开篇"百代歌诀",从清乾隆三十年(1765)开始,第二十七代到三十六代的歌诀为"廷兆思安嘉佩德达光祖",凡鲁氏子孙取名,中间一字即为辈分。也就是说,较《简述》"十代歌"有五个辈分"音同字异"。即"定绍世恩旺"依次对应为"廷兆思安光"。破析第二十九世鲁迅外太公是"思字辈"还是"世字辈",起到关键作用。

由于无法利用鲁氏宗祠、鲁氏宗谱等一手资料还原史实,得知安桥头村党支部原书记鲁月明是鲁振东"佩字辈"的族公,还保存着曾祖父思广公的墓碑,而碑记是家族的历史记录,能为还原家谱提供精确的史料,是"思字辈"还是"世字辈",鲁思清还是鲁世卿,只有见到此碑才能真相大白。笔者再次赴安桥头寻访。

沿着往镇塘殿的一条泥泞的小道,在朝北台门西北方向一块田畈上,笔者见到安桥头老坟集体迁移后合葬在此处的一处公墓。裸露的草皮下面尚能看出

一座座石棺，只有几座石棺封土前竖着墓碑。在最里面的一个封土前，笔者找到这块近二米长、半米多阔的石碑，与多数墓碑采用直碑不同，这是一块横碑。历经百年风雨，碑文漫漶不清。

经过技术处理，碑文从右到左、从上到下竖排，"民国""魯氏""考思廣公""妣徐孺人""男安□□孙□□□"（□字不清）等几个字依次显露出来。"安"字应是指墓主的"安字辈"后人，"孙"字应为墓主的直孙。由此推断，这是一块民国年代的夫妻合葬碑，墓主为鲁思广和徐孺人夫妇，由"安字辈"鲁氏后代子孙所立。

鲁思广的墓碑坐实"思字辈"而非"世字辈"的事实，为鲁氏宗谱"十代歌"提供了有力的依据，同样表明鲁迅外太公是鲁思清而非鲁世卿，推断"卿""清"也属同音之误，鲁思清是安桥头第二十九代始祖。鲁迅先生是安桥头鲁氏"佩字辈"的表亲。

基于鲁氏家族历史久远一手史料欠缺，也提醒学界，利用家族墓碑碑记这一"无声的族谱"，相对不易引人注目、免遭人为破坏的物证，验证鲁迅家史结论是否真实可靠，相关的二手实物或史料如本文中鲁元松所撰的《鲁氏家史》）手稿等，同样值得重视。由此延伸，仍需发现其他年代更早的鲁氏先人墓碑或其他实物，为鲁氏"百代歌诀"和《鲁氏家史》提供实物史料。另外这类物证本身也要引起重视，日常妥加保护。如鲁思广这块墓碑或作碑拓存档或新旧替换收藏保管，等等。

值得一提的是，在寻访过程中最好直接和熟悉家史的鲁氏后人面谈，并且当场校对口述记录稿，避免文化、方言、发音等引起的遗憾。

另外鲁振东还解释了宝记台门和朝北台门在安玖公后不照宗谱排辈的原因。原来鲁思清在京做官，未经族长同意娶了个小妾返乡过年祭祖，被拒宗祠门外，最后族里公议，按族规，擅自纳妾、目无尊长裁定"安"字以后其后代不准到家谱去排辈分，当时堂兄鲁思明表示同情受到牵累。"鲁思清赌气要面子，就在鲁氏宗祠西首建造五架小屋一间，辟为朝北台门一系的家祠，俗称'小祠堂'的鲁氏家祠，在'文革'中与宗祠同时被毁。"这是"03版鲁氏世系表"十代歌"廷兆思安嘉占寿振□□"的来历。

谨以本文纪念鲁迅先生一百四十周年诞辰。

# 窃书不能算偷

## ——基于形象思维的文本细节解读

姚晓龙　江西宜春学院

《孔乙己》是鲁迅先生加入《新青年》阵营，继《狂人日记》之后创作的第二篇白话短篇小说。作品完成于1918年冬，最初发表于1919年4月《新青年》第六卷第四号，1923年收入鲁迅小说集《呐喊》。

王富仁先生在其《鲁迅小说的叙事艺术》一文中将咸亨酒店的格局（中国社会的缩影）区分为三个部分（意指中国社会由"三个世界"构成）：商业的世界（柜里面）、劳动的世界（短衣帮）和权力的世界（长衫帮）。这三个世界各有自己的价值观念、生活方式和思维方式。孔乙己出现在咸亨酒店里，他不属于这三个世界里的任何一个，这三个世界以自己的价值观念、生活方式和思维方式来衡量孔乙己都不可能给予他肯定性的评价。王富仁先生指出：孔乙己以"偷"的形式进行的情感性发泄，获得的只是一点内在隐秘心理的满足。孔乙己的偷自然是发自于向社会权威挑战的隐秘心理。[①]基于此，笔者继续追问：这种隐秘心理究竟是什么？进入对这个具体问题的追问，过去我们的研究者多半不约而同选择了抽象思维或理论阐释，深刻中伴着迷失，实有舍近求远绕道迂回之嫌。此番追问，笔者决心尝试回到作品文本那里去！回到文学的形象思维，回到那个特定的时间空间，看看孔乙己是在什么样的情境下，以一种什么样的心理状态，以什么样的表情，说出"窃书不能算偷"的？

---

① 王富仁：《中国文化的守夜人——鲁迅》，人民文学出版社，2002，第208—224页。

一

作品第四自然段片段：

> 孔乙己一到店，所有喝酒的人便都看着他笑，有的叫道："孔乙己，你脸上又添上新伤疤了！"他不回答，对柜里说："温两碗酒，要一碟茴香豆。"便排出九文大钱。他们又故意的高声嚷道，"你一定又偷了人家的东西了！"孔乙己睁大眼睛说："你怎么这样凭空污人清白……""什么清白？我前天亲眼见你偷了何家的书，吊着打。"孔乙己便涨红了脸，额上的青筋条条绽出，争辩道："窃书不能算偷……窃书！……读书人的事，能算偷么？"接连便是难懂的话，什么"君子固穷"，什么"者乎"之类，引得众人都哄笑起来：店内外充满了快活的空气。

这一段文字，就是"事发现场"。作者通过小伙计这个"目击者"记录下来当时所发生的事实，其中留给了我们一些不容忽视的"破案线索"。就在这一段文字当中，至少有七处文本细节值得我们关注。作品中看似没有直接的现成的答案，但是，将这一系列间接的文本细节联系在一起，已经形成完整的"证据锁链"，这些"证据"具有非常明确的共同的指向性，聚焦于一个新的结论：窃书不能算偷。

文本细节之一：窃书！

"窃书"二字的后面是一个惊叹号。在这个极易被忽视的细节，作者用最小的载体表达了十分丰富的内容，用最简洁的方式极高明地刻画出了那一瞬间孔乙己的思想状态和外貌表情。《孔乙己》创作于1918年，中国人写文章采用西式标点才刚刚开始不久，惊叹号最原始最主要最直接的用法是"表达强烈的感情"。这一刻小伙计看到什么？感到了什么？假设有一位孔乙己的扮演者，要忠实于原著来演这一场戏，请问他应该是什么样的表情？紧扣文本内容，通过形象思维还原现场：当孔乙己口中吐出"窃书"二字时，联系上下文，他的外貌表情是"涨红了脸""额上的青筋条条绽出"，此前他是"睁大眼睛说"，这一刻，小伙计看到的他的眼睛应该是横的，他已经红了眼，这一双眼睛在冒火，怒火中烧，他呼吸急促，他的胸膛在急剧起伏；这一刻，他的头不是低着的，他的眼神不是躲闪的，这种"强烈的感情"表明他丝毫没有做贼心虚的意思，不是死要面子，也不存在理屈词穷的感觉。他说"窃书"二字的时候是咬牙切齿、掷地有声的——这一个惊叹号告诉读者，在孔乙己的内心世界里，他觉得自己做"窃书"这件事理直气壮光明正大。这一个标点符号其实还同时泄露了"天机"——作者不屑于隐瞒自己的立场和观点，它直接表明了鲁迅先生和谁站在了一边。

关于这个文本细节，我们可以集中注意力"观察"孔乙己的那一双眼睛。小伙计也许不知道，可读者研究者应该感到似曾相识的。比如《史记·项羽本纪》关于鸿门宴的这一段曾经描写樊哙的那一双眼睛："哙遂入，披帷西向立，瞋目视项王，头发上指，目眦尽裂。"还有《廉颇蔺相如列传》中"相如持其璧睨柱，欲以击柱"。那都是生死置之度外，不惜血溅三尺以命相搏的阵仗。这一刻，孔乙己的眼睛里应该有同样的内容。

"孔乙己一到店"是一出好戏，戏名：《逼上梁山》。长篇小说《水浒传》里，林冲本来有一百个理由不当英雄好汉，然而终于被逼上梁山，他的上梁山之路经历了"豹子头误入白虎堂""林教头刺配沧州道　鲁智深大闹野猪林""林教头风雪山神庙"等几个章节的铺陈演进，而短篇小说《孔乙己》仅仅用了短短几行文字就完成了主人公被逼上梁山的心路历程。"孔乙己，你脸上又添上新伤疤了""你一定又偷了人家的东西了""什么清白，我前天亲眼见你偷了何家的书，吊着打"，咸亨酒店里喝酒的人三句话，风刀霜剑严相逼，顷刻之间就把孔乙己从白虎堂逼到野猪林再逼到风雪山神庙，把他逼进死角逼入绝境。此时此刻，孔乙己若不想认怂，就只能做另一个林冲，忍无可忍，绝地反击。《水浒传》第九回《林教头风雪山神庙　陆虞候火烧草料场》中，林冲打开山神庙庙门之际作品中没有进行外貌描写，我们不妨尝试拿《孔乙己》的这一段描写"代入"，就会发现其实十分贴切，堪称天衣无缝：

> 林冲听那三个人时……只觉得全身的血"嗡"的一下全部涌到了头上，他便涨红了脸，额上的青筋条条绽出……轻轻把石头掇开，挺着花枪，左手拽开庙门，大喝一声……

这是一种独特的阅读体验，跨越数百年的两个作品中的文本细节打通了，彼此过渡、相互说明。当全身的血"嗡"的一下全部涌到了头上，孔乙己就是林冲，林冲就是孔乙己。这一刻不在沉默中爆发就在沉默中死亡。

如果作品中仅有这一个文本细节指向新的结论，孤立的间接证据是不足为据的。可这仅仅是开始，也许到最后我们将不得不折服于鲁迅先生，这个标点符号堪称神来之笔。

文本细节之二：何家的书。

为什么孔乙己觉得自己做了"窃书"这件事理直气壮？他的底气何来？难道是因为他发生了精神错乱，如华老栓茶馆里的人们的一致看法："发了疯了"。当然不是。

王富仁先生在《鲁迅小说的叙事艺术》一文中敏锐捕捉到了孔乙己这一刻的心理状态："孔乙己在下意识中大概就觉得这一切实际是应该属于他的"。[①] 其实不仅仅是"下意识"，也不仅仅是"大概"。

什么清白？我前天亲眼见你偷了何家的书，吊着打。

在这一句咸亨酒店里喝酒的人说的话当中隐藏着解读"窃书不能算偷"的一把钥匙——作者借此埋下了一个双关语"何家的书"作为伏笔。我们知道鲁迅先生给自己笔下的人物命名常常煞费苦心，在这里他不写赵家钱家孙家李家，单写了一个何家，一语双关。"何家的书"在咸亨酒店里的人们的思想观念和话语体系当中，是一个陈述句，自然认定书是姓何的人家里的，毋庸置疑。可是在孔乙己看来，呵呵！可不正是"何家的书"吗？在孔乙己的思维空间和话语体系中，"何家的书"不是陈述句而是疑问句，意为："谁家的书？"这就是追问前提：书是属于谁的？追问前提的结果将直接决定窃书能不能算偷。

书是属于谁的？在《孔乙己》当中也许没有直接正面回答。但是，将《孔乙己》与它的上一篇《狂人日记》和下一篇《药》两个作品联系起来，就有了清晰的答案。鲁迅先生在《呐喊自序》里说："我终于答应他也做文章了，这便是最初的一篇《狂人日记》。自此以后，便一发而不可收……。"可见《狂人日记》与紧随其后的几个作品是一气呵成浑然一体的。出师未捷身先死的夏瑜留下一句话：这大清的天下是我们大家的！夏瑜这话"很危险"。华老栓茶馆里的人们不明白：这大清的天下明明是人家皇上的（或者说是爱新觉罗家的），

---

[①] 王富仁：《中国文化的守夜人——鲁迅》，第219页。

天经地义本来如此，夏家孩子大逆不道罪该万死。等到几年以后辛亥革命推翻清朝建立民国了才知道，这大清的天下真的可以是我们大家的。有的人先知先觉，有的人后知后觉。有的人因为相信而看到，有的人因为看到而相信。咸亨酒店里的人们认为书是人家老何家的，天经地义。狂人不这么认为，狂人的名言是：从来如此，便对么？狂人的话"很危险"，争天拒俗颠倒乾坤振聋发聩。追问前提，辛亥革命合法性的法理依据就在于夏瑜的这一句话："这大清的天下是我们大家的"；孔乙己"窃书"合法性的法理依据依此类推，原来"窃书不能算偷"的前面还有一句潜台词："书是属于我们读书人的。"（鲁迅先生一定是怕我们的联想和想象达不到这个要求，所以"赶紧"让夏瑜为孔乙己补上了这一句潜台词，启而发之。）知行合一，孔乙己的"窃书"行为正是建立在这样的认识前提之上，"窃书"是拿回原本属于我们的东西，就是光复旧物。所以他的内心理直气壮光明正大。

原来，孔乙己是光复会的。

文本细节之三：争辩。

鲁迅先生对于不觉悟的国民是哀其不幸怒其不争的。长期以来我们也将"哀其不幸怒其不争"这八个字套用在孔乙己的身上，其实并不适用。因为孔乙己"不幸"是实，"不争"却不是事实。他明明是"争"了"辩"了。

"孔乙己便涨红了脸，额上的青筋条条绽出，争辩道……"

孔乙己之争其实超出了我们的一般性想象，他是充满血性的豁出去以命相搏，宁为玉碎不为瓦全，宁可站着死也不愿跪着生，不惜一切代价背水一战式的。实际上他在那一刻冲动了，感情战胜了理智，过早暴露了自己的底牌，他明明知道自己嘴里并没有毒牙，却偏偏要在额头上帖起蝮蛇两个大字，引乞丐来打杀。……

关于孔乙己之争，需要进一步联系作品中另一处文本细节，那是在第十一自然段，孔乙己被打折了腿之后，最后一次来到咸亨酒店：

> 掌柜仍然同平常一样，笑着对他说，"孔乙己，你又偷了东西了！"但他这回却不十分分辩……

"但他这回却不十分分辩"一共十个字，十个字之内饱含重要信息。反向观照，由此可见，除了这一回，此前的每一回，孔乙己都是必定要"十分分辩"的，分辩就是争。只要涉及"偷"这个问题，每一回他都针锋相对寸土不让。争，才是孔乙己性格的第一属性。可是这一回，不一样，他不争了——这是他最后一次来到咸亨酒店，他已经被打折了腿，他终于不再是"站着"而是"在柜台下对着门槛坐着"……请问孔乙己是什么时候死去的？作品的最后似乎留下了一个悬念；其实真正的孔乙己早已死去，就是在这一刻——"但他这回却不十分分辩"的这一刻。争即是孔乙己，不争，孔乙己就不复存在了。哀莫大于心死，这已经是另一出戏，戏名为：霸王别姬。纵有万般无奈万般牵挂万般不舍，怎奈吾命休矣！狂人候补去了，夏瑜到古轩亭口了，吕纬甫凡事模糊敷衍了，魏连殳死了，孔乙己的故事到这里已经讲完了，此后的"孔乙己"已经不是孔乙己了，那个像唐吉诃德一样的悲情英雄终于倒下了。这是《孔乙己》全篇的冰点，是作者情绪的最低点。（可惜这个句子在过去也没有引起读者研究者的足够重视。）在笔者的想象之中，当鲁迅先生手中的笔写下这个句子的时候，应该有一次停顿，搁笔，哈气，搓手，或者点燃一支烟，因为他一定感到手指冰凉，浑身战栗，情不自禁，因为寒意袭人悲从中来。

文本细节之四：窃书不能算偷。

如前所述，除了最后一回，之前的每一回孔乙己都据理力争。那么他争什么？一言以蔽之，窃书不能算偷。这是他咬定青山不放松拼死坚守的阵地，是他的"上甘岭"。从作品中可知，孔乙己并不是什么都争的，有的时候他"不回答"，有的时候他"显出不屑置辩的神气"，但这一个问题，在他看来是兵家必争之地，是充满火药味的战场，正所谓"国之大事，死生之地，存亡之道，不可不察也"。当这个"偷"字出现的时候，他从不妥协，毫不含糊，必然打起十分精神争辩。"窃书不能算偷"这六个字在作品中直接出现虽然只有一次，但实际上间接存在远远不止一次，孔乙己的每一回争辩都是围绕着这六个字的，这是孔乙己之争的唯一主题。

窃书是一个不争的事实，孔乙己不曾在事实层面争辩过，在"窃书不能算偷"这六个字当中他要争的是第五个字："算"。他争的是价值判断，不是事实判断。他所争的是窃书这一行为的正当性，是清白还是不清白，用口语表达就是："算什么？"

事实判断之争往往导向动词之争。有的读者研究者习惯性陷入动词之争，想象孔乙己强行割裂"窃"与"偷"，做文字游戏，企图证明"窃是窃，偷是偷，窃不是偷"，以此来"理解"孔乙己的"窃书不能算偷"，思路不对。或钻入牛角尖，或发现此路不通。发现此路不通者于是又得出孔乙己强词夺理、理屈词穷、迂腐矜持可怜可笑的结论，其实这根本不是孔乙己的想法，倒是有几分短衣帮的思维特征。

孔乙己是从名词之争入手以求解决价值判断问题。名词之争是大前提之争，孔夫子谓之"正名。"子曰："必也正名乎……名不正则言不顺，言不顺则事不成。……"名词就是大前提，就是通常情况下我们认为天经地义毋庸置疑，众所周知无须赘述的。"窃书不能算偷"这六个字当中的名词是"书"。孔乙己之争始于"书"这个大前提层面：书与读书人的关系，书的归属问题等等；他就是要在我们普遍认为"天经地义毋庸置疑，众所周知无须赘述"的层面撕开缺口，打破成见。不同的人对大前提的不同看法将最终决定价值判断的不同的结论。孔乙己之争是名词之争，大前提之争，价值判断之争。孔乙己之争只有一个指向：窃书不能算偷。笔者阅读《孔乙己》至"但他这回却不十分分辩"之时，除了自然产生与作者一样感同身受的悲凉，同时又有了一种"昨夜西风凋碧树"的触动，孔乙己终于原谅自己了，接受命运了，不是还有读者在吗？可有捡起"孔乙己之争"接力棒继续"分辩"下去的？孔乙己之争远未结束，孔乙己之争也不应该止于孔乙己。

文本细节之五：读书人的事。

孔乙己说窃书是"读书人的事"。过去我们认为这是孔乙己的负隅顽抗，酸味和矜持，是纸糊的盾牌，不堪一击一笑而过。其实，孔乙己是认真的，他的胸怀与短衣帮不可同日而语。

为什么说窃书是读书人的事？"窃书"二字是动宾词组，"光复旧物"四字也是动宾词组，工整对应，窃是光复，书是旧物，窃书就是光复旧物。光复旧物不是塞翁失马失而复得那样的蕞尔小事，是陈胜所言"举大计"之类。光复指恢复，收回；旧物指旧日的典章制度或事业；光复旧物即收回失去的国土，恢复旧有的基业。辛弃疾在《美芹十论》中写道："臣愿陛下姑以光复旧物而自期。"毛泽东同志在《论反对日本帝国主义的侵略》一文中说："我们中华民族有同自己的敌人血战到底的气概，有在自力更生的基础上光复旧物的决心，有自立于世界民族之林的能力。"明末清初，郑成功把台湾从荷兰人手中夺回来，史称光复旧物；岳飞志在"还我河山"，如果实现了可以称之为光复旧物。光复会的命名和它的政治纲领"光复汉族，还我山河……"表达了对"光复"二字最准确的定义。鲁迅先生1918年11月15日在《新青年》发表《热风·随感录三十五》，其中写道："（前清末年）志士说保存国粹，是光复旧物的意思。"这个时间节点与创作《孔乙己》的时间节点是十分接近的。孔乙己是一个志士。

为什么要窃书？书是旧物。书对于读书人具有特殊的价值与意义。有的人先知先觉如孔乙己。孔乙己思考：中国读书人的悲剧不是取决于考得上考不上，也不是取决于有没有钱，是因为读书人失去了安身立命的依靠——书，如同幼儿失去了父母。人世间的悲剧多半源于此。正如，迈克尔·乔丹失去了篮球，马拉多纳失去了足球；正如在咸亨酒店里头，掌柜手中的金钱失去了，短衣帮的劳动力丧失了，长衫帮手中的权力被剥夺了。一旦陷入这样的境地，不论是谁，其悲剧命运必然像咸亨酒店里的孔乙己一样。春江水暖鸭先知，水里的鱼不是先知，天上的鸟不是先知，只有身体的一半在水里一半不在水里的鸭最先知道水温的变化。孔乙己是站着喝酒而穿长衫的唯一的人，短衣帮事不关己如天上的鸟，不思考这样的问题；长衫帮如鱼得水，不识庐山真面目只缘身在此"水"中；孔乙己以切肤之痛思考族群命运，他的思考切中肯綮穿越时空，他的行动（窃书）筚路蓝缕以启山林。1963年，一个美国黑人在林肯纪念堂前发表演讲《我有一个梦想》，他叫马丁路德金，与孔乙己正是同道中人。孔乙己原是一位先知先行者，他也有一个梦想，这个梦想就是"读书人的事"。

为什么是窃？知行合一，孔乙己是一位先驱者。就像1911年之前的辛亥革命的先驱者一样。兴中会、华兴会、光复会和同盟会结盟前后的革命党人，都是只能以地下党秘密行动的方式存在，造炸弹（蔡元培先生亲自动手造炸弹）、搞暗杀（汪兆铭刺杀摄政王失败被捕、徐锡麟刺杀恩铭以身殉国）、举行武装起义（黄兴直接指挥广州起义、秋瑾策划浙江起义等等），这些原本光明正大大义凛然的事情在当时哪一件开始时不是偷偷摸摸进行的？这些在咸亨酒店喝酒的人的话语体系中就是"偷"了。

"窃书不能算偷"的成立是有条件限制的，简而言之必须是"读书人的事"。具体分析必须同时满足三个条件：第一，窃的只能是书，别的东西不行；第二，省略的主语很重要——是我孔乙己。是我去窃书，因为我是读书人；如果换一个不是读书人的角色去做这个事，不行；第三，窃书必须是读书人的事，是为了一个族群的利益，不是为了我孔乙己个人；倘若窃书是为了孔乙己一己私利，不行。正如孙中山先生领导的辛亥革命，追求的是"驱除鞑虏恢复中华"，不是哪一个革命党人个人的一己私利。如果不能完全满足以上条件，

"窃书不能算偷"就不能成立。

文本细节之六：君子固穷。

"接连便是难懂的话，什么'君子固穷'……"

难懂难在哪儿？难在对其中的"穷"字极易产生误解。《孔乙己》作品中在第四自然段结尾和第五自然段开头接连出现了两个"穷"字，一个是"君子固穷"，另一个是"愈过愈穷，弄到将要讨饭了"，后面出现的"穷"字是指经济困难，它对前面出现的"穷"字产生了误导，让读者研究者误以为这两个"穷"字的意思差不多，其实不然。

孔乙己在经济上很困难吗？过去读者研究者大都认为是这样的。其实不然。

我们先来分析作品的第五自然段：

> 听人家背地里谈论，孔乙己原来也读过书，但终于没有进学，又不会营生；于是愈过愈穷，弄到将要讨饭了。幸而写得一笔好字，便替人家钞钞书，换一碗饭吃。可惜他又有一样坏脾气，便是好喝懒做。坐不到几天，便连人和书籍纸张笔砚，一齐失踪。如是几次，叫他钞书的人也没有了。孔乙己没有法，便免不了偶然做些偷窃的事。但他在我们店里，品行却比别人都好，就是从不拖欠；虽然间或没有现钱，暂时记在粉板上，但不出一月，定然还清，从粉板上拭去了孔乙己的名字。

这里面出现了三个"但"，可见这个人的故事一波三折，起起落落。然而，最重要的是三个"但"中中间的那一个，那一个"但"字把这一段内容切分为前后两部分，前半部分是小伙计听来的，后半部分是小伙计自己看到的，前后之间这个"但"字表达了转折的意思，也就是说，小伙计已经发现自己听来的与看到的并不一致，其中有矛盾有冲突。听说他"愈过愈穷，弄到将要讨饭了"，看到的是"从不拖欠"；听说他"有一样坏脾气""好喝懒做""做些偷窃的事"，看到的是他的"品行却比别人都好"；听说他"没有法，便免不了偶然做些偷窃的事"，看到的是"就是从不拖欠；虽然间或没有现钱，暂时记在粉板上，但不出一月，定然还清"。关于孔乙己的经济状况如何，常言道：耳听为虚眼见为实。"从不拖欠"是常态，"间或没有现钱"是特例，倘若果然如小伙计听来的那样"弄到将要讨饭了"，孔乙己不可能做到"从不拖欠"，也不可能保证在"间或没有现钱"的情况下"不出一月,定然还清"。我们对小伙计"听人家背地里谈论"的那一部分内容应该保持审视的态度,不可以照单全收,因为我们不是咸亨酒店里的喝酒的人,也不是小伙计,我们是读者,是鲁迅先生寄予期望的读者。

……

"君子固穷"语出《论语·卫灵公》"子曰:'君子固穷,小人穷斯滥矣。'"君子固穷的意思其实在《论语》当中不止一次出现。《论语·学而》第一则开门见山:"人不知而不愠,不亦君子乎?"意思是人们不理解自己然而不生气,这不就是君子吗?看来,成为君子需满足两个条件,一是"人不知",二是"不愠"。"人不知"是一个前提条件,要想成为君子便先要做好"人不知"的思想准备,因为君子本来就是孤独寂寞的,简而言之即君子固穷。屈原说"世溷浊而莫余知兮,吾方高驰而不顾",李白说"古来圣贤皆寂寞",表达了同样的思想感情。为什么"有朋自远方来不亦乐乎"?因为"远方"所对应的是"这里"和"身边",身边的人都不理解我,我在"这里"处于"人不知""莫余知"的状态,远方来的人能不能知我当然是一个未知数,"朋"其实是期待是呼唤,"有"还是"没有"其实未可知。但是我在这里的处境是已知的,绝望的,所以寄希望于远方,类似于今天的人们那种"拆快递时的期待"体验,"远方"因未知而值得期待,这两个字也就被赋予了梦幻一般的色彩。孔夫子的"远方"二字过了一千多年在陶渊明的笔下就成了"桃花源"三字,又过了一千多年在鲁迅先生的笔下,就成了《孔乙己》当中同样出现在开宗明义第一句话里的两个字:别处。"鲁镇的酒店的格局,是和别处不同的。"这个句子是小伙计说出来的话,如果换成鲁迅先生自己说的话,就是:"别处,是和鲁镇的酒店的格局不同的。"孔乙己生活在"这里","这里"是鲁镇咸亨酒店,不是"别处"。所以他说"君子固穷"。

何谓"君子固穷"?在学术界稍有争议,争议点有二:一是"固"字可理解为固守,也可理解为本来;二是"穷"字主要指物质世界遇到的困难抑或精神世界遇到的困难?笔者结合《孔乙己》作品的语境,认为孔乙己之谓"君子固穷"想要表达的意思是:"君子本来就是孤独寂寞的,然而穷且益坚不坠青云之志。"也就是保留了"固"字的两种理解在内,而"穷"字取精神世界里的困境而非物质世界的困境之意,即孤独、寂寞、无人理解、人不知、莫余知。孔乙己在这里应该表达了以下几层意思:一是自己在咸亨酒店中感受到巨大的精神痛苦：孤独寂寞绝望无人能懂；二是对于这种痛苦自己早有思想准备，并不感到意外；三是他以君子自期自许，我可以被打败但是永远不认输。

在鲁迅先生笔下，有一个"孤独者谱系"。这个谱系中的人物和形象可以开列出一个长长的名单：狂人、孔乙己、夏瑜、吕纬甫、《长明灯》里的疯子、魏连殳、子君与涓生、女娲、后羿、大禹、宴之敖、墨子、《复仇（其二）》里的耶稣、过客、傻子、枣树、范爱农……这个谱系当中的人物（形象），彼此之间没有血缘关系，却似乎有共同的遗传基因：特立独行、遗世独立、"无不刚健不挠，抱诚守真；不取媚于群，以随顺旧俗；发为雄声，以起其国人之新生，而大其国于天下"①。鲁迅先生的文学创作一向并不是以丰富见长而是以深刻为著，他对"孤独者"形象的深入发掘达到了前不见古人后不见来者的惊人的程度。在鲁迅先生笔下，不断重复出现的一个场景是个体与群体的对峙。个体形象是铁屋子里面较为清醒的不幸的少数者，孤独寂寞无人理解的悲情英雄，他们身陷俗众群体的包围之中，而群体形象——"这一类无主名无意识的杀人团里，古来不晓得死了多少人物"②。

此之谓君子固穷。

文本细节之七："者乎"之类。

"者乎"是古代文献中经常出现的语气词连用，常用于疑问句的句尾。语气词连用是为了加重语气，也就是为了强化这个句子所表达的思想和感情。在使用西式标点之前，"者乎"二字可以想象它在一定程度上起了后来出现的"问号加惊叹号"的作用。

孔乙己在这里说的是："者乎"之类。说明他所说的不止一个"者乎"，而是多个。那么他说的是哪些"者乎"呢？他想要强化表达的是怎样的思想和感情？

"安能以身之察察，受物之汶汶者乎？"这个"者乎"是屈原说的。出于《战国·渔父》。译成现代汉语即：怎么能让我这干干净净的身体来接受这个肮脏的世界呢？！假如孔乙己引用的是这个"者乎"，那么，他就是把自己当作了另一个屈原了。天生丽质难自弃，质本洁来还洁去。之前孔乙己说过"凭空污人清白"这样的话，"身之察察"正是"清白"的意思。后来鲁迅先生创作

---

① 鲁迅：《摩罗诗力说》，《鲁迅全集》第一卷，人民文学出版社，1981，第99页。（本文所引《鲁迅全集》作品原文均出同一版本。）
② 鲁迅：《我之节烈观》，《鲁迅全集》第一卷，第124页。

《铸剑》,其中黑色人自我介绍"臣名叫宴之敖者,生长汶汶乡"。在鲁迅先生笔下,鲁镇、未庄、咸亨酒店、吉光屯、汶汶乡等等都是一个意象——那是一间绝无窗户而万难破毁的铁屋子。这种"身之察察"与"物之汶汶"的冲突,或许就是夏志清之所谓"孔乙己的精神世界与外在世界的不对称性"和他"对某种价值观念的恪守"。

"此非孟德之困于周郎者乎?"这个"者乎"是苏轼说的。出于《前赤壁赋》。苏轼被贬黄州,与朋友泛舟江上,游于赤壁之下,感叹:"这里不正是曹孟德被周瑜打败的地方吗?!"赤壁之战前夕,曹操破荆州,下江陵,舳舻千里,旌旗蔽空,酾酒临江,横槊赋诗,固一世之雄也。没想到,时来天地皆同力,运去英雄不自由。赤壁一战,樯橹灰飞烟灭,曹操一统天下的梦想破灭。赤壁是曹孟德的噩梦,滑铁卢是拿破仑的伤心之地,赤壁和滑铁卢在人类历史上早已不仅仅是作为地名存在,而变成了某种具有特殊意味的专有名词,或可称之"赤壁之困""滑铁卢之困"。苏轼面对赤壁发出感叹,斗转星移物是人非但人同此心心同此理,八百年前曹孟德遭遇"赤壁之困",今天是我苏轼困在这里。假如孔乙己引用的是这个"者乎",那么,他就是把自己当作了另一个曹孟德另一个苏轼了。此非老孔之困于咸亨者乎?!假如换了短衣帮想要表达这样的意思,大概说的是"龙游浅水遭虾戏,虎落平阳被犬欺"之类——可孔乙己是一定不会这样说的,因为这应该是他和短衣帮之间最大的区别所在。

"呜呼!孰知赋敛之毒有甚是蛇者乎?!"这个"者乎"是柳宗元说的。出于《捕蛇者说》。唉呀,谁知道横征暴敛的狠毒比那条毒蛇还更厉害呢?!永州之野产异蛇,触草木尽死。假如孔乙己引用的是这个"者乎",那么,他就是把咸亨酒店的可怕跟永州之野的毒蛇进行了比较。呜呼!孰知咸亨之毒有甚是蛇者乎?!

"有一言而可以终身行之者乎?!"这个"者乎"是孔夫子的学生子贡问老师的问题。出于《论语·卫灵公》。有一句话可以一辈子践行不移的吗?孔夫子回答:大概是"恕"吧,自己不想要的,不要施加到别人身上。假如孔乙己引用的是这个"者乎",那么,他有可能想要表达君子一言驷马难追,"读书人的事"就是我孔乙己可以终身行之的事业;也有可能是想要表达对咸亨酒店里的人们的悲悯教诲——己所不欲,勿施于人。

1907年,鲁迅先生以文言创作《摩罗诗力说》:"今索诸中国,为精神界之战士者安在?有作至诚之声,致吾人于善美刚健者乎?有作温煦之声,援吾人出于荒寒者乎?"①

这其中有两个"者乎"之问,可谓锥心之痛泣血之求。假使孔乙己在咸亨酒店之中,正当"仰天椎心而泣血"之时,问之以两个"者乎"如上,那么,可见孔乙己的胸膛里跳动的是鲁迅的心。

所谓"者乎"之类,还有一种可能,就是发音接近于"者乎"而不是"者乎"的两个字,那也应该可以归入"之类"的范畴。发音接近于"者乎"的两个字,最容易联想到的是"种乎"。在距今两千二百多年前,在令人窒息的处境(铁屋子?)中的陈胜吴广揭竿而起,陈胜发出追问前提的呐喊:"王侯将相宁有种乎?!"假如孔乙己说的是这一句,也不奇怪。说"窃书不能算偷"的这个人,跟说"从来如此,便对么?""这大清的天下是我们大家的"的人是一伙的。说"王侯将相宁有种乎"的陈胜是他们的老祖宗。这样一些话都是"很危险"的,公然"反了"的,都有一种"于一切眼中看见无所有"的腔调。孔乙己是有资格说这话的,他是读书人里面的陈胜吴广。

通过对作品第四自然段这一段文字当中的七个细节的重新发掘清理,我们对"窃书不能算偷"这句话和孔乙己这个人物形象有了新的认识。在这一段文字之外,作品之中还有若干文本细节值得发掘,同样具有非常明确的共同的指向性,聚焦于新的结论。

……

如果说《狂人日记》的问世是基于鲁迅先生一个惊人的发现(关于《狂人日记》,鲁迅先生自己说过"偶阅《通鉴》,乃悟中国人尚是食人民族,因成此篇","此种发见,关系亦甚大,而知之者尚寥寥也"),那么《孔乙己》的创作是否可能同样基于鲁迅先生的又一个惊人的发现?综上所述,答案是肯定的。"窃书不能算偷"就是鲁迅先生继"吃人"之后的又一惊人发现,是作品主人公孔乙己留给这个世界的最强音,是短篇小说《孔乙己》的主题。

---

① 鲁迅:《摩罗诗力说》,《鲁迅全集》第一卷,第100页。

# 《花边文学》初刊本与初版本中的时局与语言问题

叶吉娜　陈国恩　武汉大学文学院

文学作品的版本差异往往隐藏着重要的政治和文化信息，尤其是像鲁迅这样深刻地影响了20世纪中国历史和文化发展的重要作家，他作品的版本差异，不少就是文化史、文学史乃至时局变化的体现。从版本差异中折射出来的时局变化，有时比作品背后的时局本身有意味得多。这方面，《花边文学》就是很好的例子。《花边文学》收录作品共计61篇，从1934年1月至11月发表于刊物上的初刊本，到1936年鲁迅亲手编辑的初版本，约两年时间，前后变动明显，主要是1936年编初版本时，鲁迅把此前在刊物上发表时被书报检查官或总编辑删除的内容以着重号加黑的形式补全。一删一增背后，是时局变动的影响，当然也有语言规范方面的考虑。《花边文学》的作品从发表到后来结集出版，时间隔得不长，前后差异却很大，这即使在鲁迅的创作中也是少见的。

## 一　一删一增中的政治问题

与"五四"时期各种文化思潮自由竞争有所不同，20世纪二三十年代之交的中国，政治对文学的干涉大大地加强了。1927年，国民党在南京建立政权，政治上实行专制统治，在文化界实行严密的思想管控，阻止进步言论的传播和大众民主意识的觉醒。1928年至1930年，《著作权法》《新闻法》《出版法》等相继推出，当局对舆论实行严密的控制。对鲁迅《花边文学》中的作品影响最大、最为直接的是1934年国民党当局开始加紧对文化界的围剿。1934年2月，国民党中央宣传部查封上海出版的149种文艺图书和76种杂志。1934年5月25日，"国民党中央宣传委员会图书杂志审查委员会"成立，该机构大量查封有进步倾向的文化作品，对进步团体的成员以及编辑、作家进行恐吓。

此时的鲁迅在反国民党文化围剿中，已经成为左翼文学运动的一位精神领袖，一面思想的旗帜。他在面对"同一营垒里的青年战友"的干扰的同时，主要面临着南京政府"文化围剿"的巨大压力，就像他自己说的："向一种日报上的副刊去投稿罢，副刊编辑先抽去几根骨头，总编辑又抽去几根骨头，检察官又抽去几根骨头，剩下来还有什么呢？"①鲁迅甚至嘲讽自己的投稿会给刊物和编辑带来麻烦——1934年5月《自由谈》主编黎烈文被迫辞去职务，1935年1月鲁迅投稿的《中华日报·动向》停刊，《太白》也不出了，他在给友人的信中难禁愤懑："中国的事情，说起来真是一言难尽。从明年起，我想不再在期刊上投稿了。……大约凡是主张改革的文章，现在几乎不能发表，甚至于还带累刊物。……今年设立的书报检查处，很有些'文学家'在那里面做官，他们虽然不会做文章，却会禁文章，真禁得什么话也不能说。"②

《花边文学》收录的文章中，在刊物上发表时被删减的有三篇。1936年出版《花边文学》时，鲁迅将被删减的文章做了还原补充并以黑点为记，"一以作黑暗和挣扎的纪念，二是特意给留下'党老爷的蹄痕'"。③

看第一篇《过年》（《花边文学》，1936年上海联华书局，第24页、第25页）：

> 中国的可哀的纪念太多了，这照例至少应该沉默；可喜的纪念也不算少，然而又怕"有反动分子乘机捣乱"，所以大家的高兴也不能发扬。
> ……
> 叫人整年的悲愤，劳作的英雄们，一定是自己毫不知道悲愤，劳作的人物。在实际上，悲愤者和劳作者，是时时需要休息和高兴的。古埃及的奴隶们，有时也会冷然一笑。这是蔑视一切的笑。不懂得这笑的意义者，

---

① 鲁迅：《序言》，《花边文学》，上海联华书局，1936，第4—5页。
② 鲁迅：《341231 致刘炜明》，《鲁迅全集》第十三卷，人民文学出版社，2005，第324—325页。
③ 转引自林贤治《鲁迅的最后十年》，复旦大学出版社，2011，第104页。

只有主子和自安于奴才生活，而劳作较少，并且失了悲愤的奴才。

《过年》，1934年2月17日发表于上海《申报·自由谈》，内容是借着过年说"过年"，表达对现实的尖锐批判态度。其中"有反动分子乘机捣乱"，被删改为"有人乘机捣乱"，说明"反动分子"的字眼让检查官不舒服。为什么？因为鲁迅此处的"反动分子"是对当局立场的戏仿：进步人士说些话，在当局看来就是"反动分子"。一句"反动分子"，就揭穿了官民对立的事实。书报检查老爷生怕这个生猛的"反动分子"字眼引来更多读者对当局正实行着的文化围剿的关注，加剧民众与当局的对立情绪，所以大笔一挥，删了。明明在实行着文化围剿，却又害怕民众关注，想竭力掩盖，说明这些书报检查官的虚伪。他们的虚伪，秉承着当局的意旨，又正说明了当局的虚伪。

特别有意思的是，五百余字符的一篇短文《过年》，检查老爷竟然删掉长长的一段："古埃及的奴隶们，有时也会冷然一笑。这是蔑视一切的笑。不懂得这笑的意义者，只有主子和自安于奴才生活，而劳作较少，并且失了悲愤的奴才。"足足六十五个字符，占全文八分之一，足见其"心狠手辣"。但心狠手辣中又透着心虚，因为他们非常忌讳"主子""奴才"这样的字眼，哪怕说的是古埃及，离中国几万里，距今六七千年。道理同样是因为"主子"与"奴才"的尴尬关系强烈地影射着国民党当局统治下的中国：看不到眼前的危机的，只有"主子"与"自安于奴才生活，而劳作较少，并且失了悲愤的奴才"。主子，做着当稳皇帝的美梦，而那些真的奴才又愚蠢透顶，以为现在是安稳的世界。可是鲁迅说："古埃及的奴隶们，有时也会冷然一笑。这是蔑视一切的笑。"这是在宣告，"主子"与"奴才"心目中的安稳，不过是一个梦幻；中国危机四伏，地火运行，变局就在眼前。鲁迅在这里表达的是对现实的强烈否定，对当局的高度蔑视以及他激烈的战斗情怀。对这样的檄文，国民党的书报检查官怎么能不痛下杀手？

再看第二篇《迎神与咬人》（《花边文学》，1936年上海联华书局，第106页）：

> 这是妄信，但是也有根据的。《精忠说岳全传》说张俊陷害忠良，终被众人咬死，人心为之大快。因此乡间就向来有一个传说，谓咬死了人，皇帝必赦，因为怨恨而至于咬，则被咬者之恶，也就可想而知了。我不知道法律，但大约民国以前的律文中，恐怕也未必有这样的规定罢。

《迎人与咬人》，1934年8月22日发表于上海《申报·自由谈》，写到余姚的某乡，农民因为旱荒，迎神求雨，凡看客有戴帽的，便用刀棒一顿乱打。又说报载一个六十多岁的"老党员"劝阻迎神，结果被打死，还被咬断喉管。文章的主题是批评农民的迷信和愚昧的，如文中所写："自从由帝国成为民国以来，上层的改变是不少了，无教育的农民，却还未得到一点什么新的有益的东西，依然是旧日的迷信，旧日的讹传，在拼命的救死和逃死中自速其死。"鲁迅为说明这样的迷信由来已久，特举例说汉先儒董仲舒就有类似乱七八糟的祈雨法，《精忠说岳全传》中的张俊也是被人咬死的。

批判国民的劣根性，是鲁迅"五四"时期创作的主题。到了1934年，他一篇批评农民迷信的短文，怎么反而引起书报检查老爷的警惕，要把其中"因为怨恨而至于咬，则被咬者之恶，也就可想而知了"这一句删除？这句话不过是把文章所显示的意思，即农民因为迷信，把劝阻他们迎神的一个六十多岁的"老党员"打死这件事做了个解释，强调从其被咬断喉管可以想见他的遭人怨恨之深。或许问题正出在这里，因为这句话从文章的启蒙主题引申出了阶级冲突的深层次意义，强调民怨累积到一个节点，是会发生咬断喉管这样的事的，而被咬死的原因则全在于"被咬者之恶"。鲁迅说的是《精忠说岳全传》中的事，但像"张俊陷害忠良，终被人咬死"，却是一个古往今来不断重复的伦理冲突模型，带有普遍的意义，它让国民党当局的书报检查官们心虚了。站在统治者立场上，他们要把社会越来越激烈的阶级仇恨掩盖起来，就像鲁迅在发表这篇文章当日所作的附记中说的："他们的意思，大约是以为乡下人的意思——虽然是妄信——还不如不给大家知道，要不然，怕会发生流弊，有许多喉管也要危险的。"鲁迅还是没有明说，但他的意思非常清楚，是影射了国民党当局与底层民众之间一触即发的尖锐矛盾。统治者害怕民众觉醒，害怕任何进步的文字激起国民的反抗意识，动摇专制统治，于是将此处斧削。

再看第三篇《论秦理斋夫人事》（《花边文学》，1936年上海联华书局，第54页）：

> 人固然应该生存，但为的是进化；也不妨受苦，但为的是解除将来的一切苦；更应该战斗，但为的是改革。责别人的自杀者，一面责人，一面正也应该向驱人于自杀之途的环境挑战，进攻。倘使对于黑暗的主力，不

置一辞，不发一矢，而但向"弱者"唠叨不已，则纵使他如何义形于色，我也不能不说——我真也忍不住了——他其实乃是杀人者的帮凶而已。

《论秦理斋夫人事》，1934年6月1日发表于上海《申报·自由谈》，主旨是批判封建礼教的压迫和一些文人的无耻帮闲。文中提到的秦理斋夫人，在其丈夫逝后因儿女在沪读书，滞留上海，但被公公以礼教名义逼迫其回无锡的家乡。绝望中，她携一个女儿和两个儿子一起自杀。此事经报道，引起不小的反响，鲁迅的文章在表达同情之余，着重对一些人提出了尖锐的批评。这些人把悲剧归因于自杀者个人，他写道："评论家说——社会虽然黑暗，但人生的第一责任是生存，倘自杀，便是失职，第二责任是受苦，倘自杀，便是偷安。进步的评论家则说人生是战斗，自杀者就是逃兵，虽死也不足以蔽其罪。"用今天民间的俗话说，这些文人纯粹是站着说话不腰痛，冷酷无情。

鲁迅因此才在文末写道："人固然应该生存，但为的是进化；也不妨受苦，但为的是解除将来的一切苦；更应该战斗，但为的是改革。责别人的自杀者，一面责人，一面正也应该向驱人于自杀之途的环境挑战，进攻。"他反对把悲剧归因于个人，强调这是一个社会问题，正义的人们"应该向驱人于自杀之途的环境挑战"。紧接着，就是被删掉的最后几句："倘使对于黑暗的主力，不置一辞，不发一矢，而但向'弱者'唠叨不已，则纵使他如何义形于色，我也不能不说——我真也忍不住了——他其实乃是杀人者的帮凶而已。"这被删掉的几句，关键在于"杀人者的帮凶"，这几个字直刺那些只会对弱者"唠叨不已"的虚伪冷酷的帮闲文人。鲁迅在《花边文学》的序中说"是申报馆的总编辑删的"[①]。他的判断是对的，因为被删的这几句与政治关系不大，主要是其"匕首与投枪"的风格让一些文人的脸有点挂不住了；哪怕是为报纸争取更多的读者，也有理由将这几句刺眼的话删掉的。这是不是又说明，这个时候与"五四"时期的情形大不相同了？在"五四"时期会引来读者强烈共鸣的话，到了1934年，有人却以为要得罪读者，影响报纸的销路。此正鲁迅所谓的"这里都显着他们不同的心思"[②]。

从被删掉的文字中读出"不同的心思"，正是版本差异的意味要超过这些文章涉及的政治或者道德事件本身的方面。

---

①②鲁迅：《序言》，《花边文学》，第5页。

## 二 删与增背后的时局变化

1934年被删的内容，到1936年补上了，主要反映了这前后时局发生了变化。这包含几方面意思：

一是文化围剿激起了强烈的反弹，左翼方面进行了坚决而巧妙的斗争，让当局意识到书报检查的效果是相反的，所以到了1936年，书报检查制度实际上有所松动。

南京政府倡导"国民道德"，比如蒋介石发起的新生活运动推崇四维（礼义廉耻）、八德（忠孝仁爱信义和平），其实本质还是封建统治者那一套，"君君，臣臣，父父，子子"的封建阶级秩序谓之"礼"，"臣罪当诛，天王圣明"谓之"忠"，都是为了掩盖当时官民对立的现实，极力安抚、欺瞒底层人民。此外，当局还严厉查封传播进步思想的报纸杂志，同时阻挠、解散国内进步文化社团、政治团体，许多进步活动被破坏、中断。上海《申报》经理史量才因副刊《自由谈》发表过反对国民党不抵抗政策的文章，受到人身伤害。鲁迅等左翼作家也受到监控管制。这就是《花边文学》初刊时被删减的政治文化背景。

20世纪30年代，国内的民主运动不断高涨，国共两党的政治斗争进入了新阶段。中国自由大同盟和中国民权保障同盟分别在1930年2月13日和1931年12月29日在上海成立，宗旨都是为争取言论、出版、结社、集会等民主自由。1933年9月30日远东反战大会也在上海召开，大会通过了《反对帝国主义战争反法西斯的决议宣言》《反对白色恐怖的决议》《反对帝国主义国民党对苏区红军的五次"围剿"的抗议书》等决议。1935年，争取言论自由的火烧得更旺了。1月至7月，北平、天津、南京、上海等地的数十家新闻团体致电国民党中央，要求开放舆论。知识分子从越来越多的渠道发表对文化围剿的愤懑和抗议。

同时在中国共产党领导下，大批文艺工作者组成了中国左翼作家联盟、中国左翼文化界总同盟等左翼文化团体。他们知道自己手里的笔杆子的力量，以此为战斗武器，积极投入到文化反"围剿"运动中。左翼阵营以革命现代性向文学提出要求，"由此确立起一套左翼文学的规范，对左翼作家产生了重大的影响"，左翼文学结合马克思主义文艺思想与中国革命实践，主张文学为革命服务，"题材上注重觉醒的无产阶级向剥削阶级的斗争。而为了适合劳动者的阅读，革命文学要采取大众化的语言，以艺术形象激发底层民众的阶级觉悟"。①左翼阵营出版了各种宣传无产阶级文化思想的刊物如《大众文艺》月刊、《前哨》等，同时也逐步打入国民党管控的党政报刊以及和国民党联系紧密的民办刊物如《晨报》副刊、《民报》副刊，此外还打入不受国民党管控的外资报刊等，占领和扩大宣传阵地。"当时全国报刊言论正确的约占25%，失常的约占15%，其中以共产党刊物最多。其他刊物，如国家主义派占总数约5%，第三党、社会民主党约占3%，国家社会党和无政府党各占3%"。②纸媒时代，得报刊者不说得天下，但确实是极大的砝码，对于掌握舆论高地至关重要，左翼阵营的文化反"围剿"可以说是相当成功的。国民党当局迫于各方面压力，在1935年12月2日召开的国民党五届一中全会上通过了"请政府通令全国切实保障正当舆论"的决议。

二是国民党统治秩序有所巩固，因而其书报检查暂时有所放松。

二次北伐后，东北易帜，1930年的"中原大战"，蒋介石平定了"冯""阎"等军阀，从形式上统一了中国。1936年两广事变和平解决，割据五年之久的两广归顺南京国民政府，蒋介石的政治权力接近顶峰。另一边，面对红军势力，蒋介石吸取了前四次"围剿"红军失败的教训，聘请德国军事顾问，采用新式装备，强化军队力量，而中国共产党内部受到"左"倾路线的严重干扰，使第五次反"围剿"的战斗严重失利，被迫长征，从而使蒋介石集团的统治暂时得到加强，国民党当局调整了统治策略，书报检查暂时有所放松，以图争取国内民众的认同。

三是日本帝国主义加紧对中国的侵略，民族矛盾激化，书报检查的重点和方式有所变化。

日本军国主义势力发动九一八事变，占领中国的东三省。此后又发动一·二八事变，扶持"伪满洲国"，策动华北五省自治运动，其野心充分暴露，民族矛盾空前激烈。1935年8月共产国际第七次代表大会发表《八一宣言》，号召停止内战，抗日救国。12月爆发的一二·九运动，揭露了日本帝国主义的侵华阴谋，广泛宣传"停止内战，一致抗日"的主张。面对日本不断的侵略和国内高涨的民主运动，国民党的内外政策有所调整。蒋介石在1935年11月国民

---

① 陈国恩：《革命现代性与中国左翼文学》，《广东社会科学》2019年第5期。
② 江沛：《南京国民政府时期舆论管理评析》，《近代史研究》1995年第3期。

党五次全国代表大会上发表报告:"苟国际演变不斩绝我国家生存民族复兴之路,吾人应以整个的国家与民族之利害为主要对象,一切枝叶问题,当为最大之忍耐,复以不侵犯主权为限度,谋各友邦之政治协调,以互惠平等为原则,谋各友邦之经济合作……"①而西安事变的和平解决,直接促成国共的第二次合作,抗日民族统一战线形成。政治形势发生变化,文艺界也开始出现新的动向,抗战主题的作品大量涌现,新闻报道也更加集中在反映民族矛盾上。在这样的背景下,当局的书报审查有所松动,方式也较以前的直接暴力有所不同,或者说变得更为隐蔽了。这,就是鲁迅能够把两年前被书报检查官删除的内容,在编成著作出版时直接补齐,并以黑点符号标出,"一以作黑暗和挣扎的纪念,二是特意给留下'党老爷的蹄痕'"的主要背景。

此外,还有一点也不能忽视,即在杂志上发表文章与出书有所不同。发表在杂志上的文章影响更大,更直接。出书,作者的自主权更大些,只要书店不干涉,像《论秦理斋夫人事》这样被申报总编辑删掉的内容,鲁迅出书时把它们补上,以鲁迅的地位,书店老板一般也不便再加干涉。

### 三 追求语言的规范和准确

《花边文学》出版时,鲁迅对早先发表的文章进行修改,有相当一部分是因为追求语言的准确和精当。现代汉语,是以北京语音为标准音,以北方方言为基础方言,以典范的现代白话文著作为语法规范的现代汉民族共同语。现代文学语言对于形成汉民族共同语起了非常重大的作用,但它自身从白话文运动开始也有一个不断规范和完善的过程。1917年1月国语研究会成立,公布了《中华民国国语研究会暂定章程》,其中明确提出:"同一领土之语言皆国语也。然有无量数之国语较之统一之国语孰便,则必曰统一为便;鄙俗不堪书写之语言,较之明白近文,字字可写之语言孰便,则必曰近文可写者为便。然则语言之必须统一,统一之必须近文,断然无疑矣。"②胡适在1920年代初提出"文学的国语"与"国语的文学",意思是两者相互促进,才能推动"国语"的发展和成熟,他说:"中国将来的新文学用的白话,就是将来中国的标准国语。造

---

① 转引自黄黎:《同仇敌忾 共赴国难:国共合作与抗日战争的伟大胜利》,福建教育出版社,2017,第27页。
② 国语研究会:《中华民国国语研究会暂定章程》,《新青年》1917年3月第三卷第1号。

将来中国白话文学的人,就是制定标准国语的人"。①在这一过程中,问题非常复杂,涉及民间俚俗语言和外来词汇的吸纳和使用,涉及标点符号的规范化,更涉及汉语语法对于西方语言,特别是英语语法的借鉴与吸收,而借鉴与吸收的目的只能是保持并且强化汉语语法的自身特点。为实现此一目的,文学革命的先驱者做出了艰苦的努力,但努力并非一蹴而就,就像鲁迅所说:"胡适先生登在《新青年》上的《易卜生主义》,比起近时的有些文艺论文来,的确容易懂,但我们不觉得它却又粗浅,笼统吗?"②"中国人'话总是会说的',一点不错,但要前进,全照老样却不够。"③鲁迅这样说别人,也同样要求自己。他对于《花边文学》各篇的修改,一个重要的方面,就是为了使语言更合乎规范,更生动。

比如《骂杀与捧杀》(《花边文学》,1936年上海联华书局,第134页):

人近而事古的,我记起了泰戈尔。他到中国来了,开坛讲演,人给他摆出一张琴,烧上一炉香,左有林长民,右有徐志摩,各各头戴印度帽。徐诗人开始绍介了:"唵!叽里咕噜,白云清风,银磬……当!"说得他好像活神仙一样,于是我们的地上的青年们失望,离开了。

《骂杀与捧杀》,1934年11月23日发表于上海《中华日报·动向》。1936年初收入《花边文学》时,在"当"后面加了"!"。"!"源自拉丁语io,意思是喜悦的表达,主要用在感叹句,表达强烈的感情。鲁迅1909年在《域外小说集·略例》中提出四种新式标点符号,其中就有"!",表示"大声"。1919年国语统一筹备会在我国原有标点符号的基础上,参考各国通用标点符号,制定了标点符号方案,由北洋政府教育部颁布全国,其中就将"!"定名为"惊叹号"。《花边文学》中的这一篇,在拟声词"当"后使用"!",显然是为了加强语气,更合乎现代汉语规范。

又如《一思而行》(《花边文学》,第47页):

看郑板桥《道情》一遍,谈幽默十天,买袁中郎尺牍半本,作小品一卷。

---

① 胡适:《建设的文学革命论》,《新青年》1918年4月第四卷第4号。
② 鲁迅:《玩笑只当它玩笑(上)》,《花边文学》,第84—85页。
③ 鲁迅:《康伯度答文公直》,《花边文学》,第88页。

《点句的难》(《花边文学》,第125页),收入《花边文学》时,鲁迅分别为"道情"和"四书"加上了书名号。

下面几例的修改,则涉及句法。

> 前清时代,一个塾师能够不查他的秘本,空手点完了《四书》,在乡下就要算一位大学者,这似乎有些可笑,但是很有道理的。

《玩笑只当它玩笑(上)》(《花边文学》,第82—83页),这是把初刊本的过于口语化的介词结构"当……的档儿"改作规范的现代汉语"在……之前"。

> 我因此记起的是别一件事,是在现在的白话将被"扬弃"或"唾弃"之前,他早是一位对于那时的白话,尤其是欧化式的白话的伟大的"迎头痛击"者。

《知了世界》(《花边文学》,第77页),1936年收入《花边文学》时,将文言味较强的副词"必"改成现代词汇"一定",使文章更加具有现代语感:

> 中国的学者们,多以为各种智识,一定出于圣贤,或者至少是学者之口……

《刀"式"辩》(《花边文学》,第42页),鲁迅将"全部相像"改为"相像",去掉了全称程度副词"全部",措辞更为严谨。

> 本月六日的《动向》上,登有一篇阿芷先生指明杨昌溪先生的大作《鸭绿江畔》,是和法捷耶夫的《毁灭》相像的文章,其中还举着例证。

《读书忌》(《花边文学》,第135页),鲁迅将转折连词"然"改作现代白话"但"。

> 但是否真实,却无从知道,因为我从未听见有人实验过。

《骂杀与捧杀》(《花边文学》,第134页),鲁迅将定语"我们"改作"我们的",增加结构助词"的",更具有现代汉语的语感。

大约他到中国来的时候,决不至于还胡涂,如果我们的诗人诸公不将他制成一个活神仙,青年们对于他是不至于如此隔膜的。

还有一种修改,则是为了表达更准确,比如《汉字和拉丁化》(《花边文学》,第113页),鲁迅将定语"我那里的"改作"我们那里的",表达无疑更为准确了。

据我个人的经验,我们那里的土话,和苏州很不同,但一部《海上花列传》,却教我"足不出户"的懂了苏白。

# 论鲁迅的噪音书写

叶奕杉　西南大学

鲁迅的噪音书写，既是表征其社会变革诉求的文学装置，也是对可能的新的政治与文化秩序的宣示。考察鲁迅的噪音书写，需要追问发出噪音的声源，存在的空间、时段，透视噪音的拾取路径，探查噪音构设文本空间的机制和功能。他对噪音的书写能够映射出主体体验时间或空间的方式，感知自我与他人的关系以及与物质对象的互动。作者在向作品开放自己的同时，也能保持与文本之间的距离，这是因为文学对声源和接受主体双声道的展示。当然，读者将自己纳入文本的感知主体时，也能自觉取道鲁迅所设置的路径，通往文本的观念和精神指向。在不同身份、精神体验之间的转换和跨越，是鲁迅噪音的书写提供给读者的直接体验。在这一转换的主题之下，发现了承载信息的声音在传递和沟通功能上的强大能量和超越、跨界的破坏力。

按照这一逻辑，噪音的书写有着极强的扩展性和包容性。女性生产的噪音指向对女性启蒙、解放和革命以及作家写作自发性消逝的思考，并导出对民族整体精神出路的审视与寻找。鲁迅的噪音书写呈现出对声音背后潜藏的意识形态、政治权力、消费观念的深刻洞察，并树立起都市现代的听觉图景。在噪音集中的夜间时段，鲁迅的噪音书写路径可以被归纳为：随着声源的向内发掘，所持续的时间不断延长，向外传播的强度逐渐减弱，而对于主体的精神和行动的影响则不断加强。而处于噪声包围之中的主体，都会因为噪声的刺激而发生蜕变。对异化的主体而言，噪音不仅是一种区分的界标，更预示着人物精神的向内投射。与此同时对噪音的书写更起到沟通文本内部各空间和联动其他感官的功能，最终产生了一种听觉的书面共振的情形。

  这种书写与他扩展汉语言说空间的努力密不可分，既是他追求开创文学新体式的实绩，也是他精神内省的证明。鲁迅通过噪音书写达到的，正是对外部政治变动的敏锐讽谏、对内部现代听觉体验的异质性、异乡感的表达。有着多重意蕴、意味的噪音正是鲁迅发掘出政治视角的重要保障，政治的眼光又反过来时时审视声音图景，不断扩充观照和聆察的范围，甚至将"非人"纳入其中，两者相互配合，取得鲁迅作品中丰富灿烂的噪音景致。考察鲁迅这一再造声音图景的自觉，不仅是透视其努力变革文学观念、语言习惯的一个维度，也对我们重审感官体验、政治态度、文学观念三者间的暧昧关系开启了新的视域。

# 鲁迅对《天演论》之扬弃

俞兆平　厦门大学中文系

## 引言

关于鲁迅与进化论的研究，仍值得国内外学界更进一步地探索。其中重要的原因在于严复所译的《天演论》只是意译，在赫胥黎的原著上添加了不少自己的悟解，特别是他的"案语"，让人甚至感到他只是在借赫胥黎这只酒杯来斟斯宾塞及严复自己的酒，所以称之为"译著"更为合理些。这只要把它和科学出版社1971年版，由"《进化论与伦理学》翻译组"所译的《进化论与伦理学》一书对照，即可明了。

所以，从赫胥黎到严复，从严复到鲁迅，再加上严复与章太炎在翻译《斯宾塞文集》上的分歧，而鲁迅在日本留学时又曾师从章太炎，所以此间存在着极其错综复杂的关系与变数，也就是说，进化理论在中国的传播与承接上存在着不少错位的现象。若由此角度切入，可以发现，鲁迅对严复译著《天演论》中的观点，既有接纳，也有调整，他继承和发扬了其内部积极、合理的因素，抛弃和否定其消极、偏执的成分，即采取了哲学上所说的"扬弃"的立场。因此，把鲁迅有关进化论的论述与《天演论》尽可能地加以相互印证与比对，将有助于对这一课题纵向研究的推进与深化。本文拟从天行与人治、进化与退化、立群与立人三个方面展开论析。

## 一　天行与人治

大体看来，对作为解释自然界的纯粹科学意义上的万物进化论，鲁迅是遵从的；对弱小的国家、民族宣扬斯宾塞的"天行""自强保种"，他是赞同的；而对按斯宾塞的"丛林法则"而弱肉强食的"兽性爱国"者，则站在赫胥黎的"人治"立场上，予以猛烈的抨击。

（一）遵从自然科学范畴的万物进化论。

对来自《天演论》中属于自然科学范畴的进化理论，鲁迅一般均予以接纳，这在他最早撰写的论文《人之历史》中尤为明显。

严复《天演论》"导言二广义"的案语概述了天演论之内涵：

斯宾塞尔之天演界说曰："天演者，翕以聚质，辟以散力。方其用事也，物由纯而之杂，由流而之凝，由浑而之画，质力杂糅，相剂为变者也。"①

严复所概括的这些"天演"（亦为"天行"）要义，在鲁迅的著作中，特别是在《人之历史》中多可见到对其悟解及运用。

论及动物、植物及人类的演变，鲁迅写道："凡此有生，皆自古代联绵继续而来，起于无官，结构至简，继随地球之转变，以渐即于高等，如今日也。"生命是由远古时代传承延续而来，其始于无器官的细胞，生命体的结构极为简单，而后随着地球的变化，才逐渐演进为像今日这样的高级的生命体。此为严复归纳出的"由纯而之杂"，即由简单到繁杂之律。

论及斯宾塞的宇宙中恒久运行的"力"，鲁迅写道："盖世所谓生，仅力学的现象而已。动植诸物，与人类同，无不能诠解以自然之律。"

生命由气状聚力合而为质，由具质之物散发出力，所以生命体从根本上看，只是力的运动演化出来的现象，这是从动植物直到人类所依循的客观自然规律。此为对严复所概括的天演之根本动力——"翕以聚质，辟以散力"，亦即"天行"的认可。

对天演论中的"人择"原理，鲁迅写道："举其要旨，首为人择，设有人立一定之仪的，择动物之与相近者育之，既得苗裔，则又育其子之近似，历年既永，宜者遂传。"他举例说，像放牧的人，为着不使羊跳栏而逃，就选腿短的留种，最后就剩下短腿羊留传下来，此为严复"由流而之凝"之律的阐发，

---

① 赫胥黎：《天演论》，严复译，商务印书馆，1981，第6页。

而严复在《天演论》"导言六人择"中对此也有详细的阐释。

对于新的科技动向，鲁迅写道："近者法有学人，能以质力之变，转非官品为植物，又有以毒鸩金属杀之，易其导电传热之性者。故有生无生二界，且日益近接，终不能分，无生物之转有生，是成不易之真理"。①随着人类的进化，新的科技发明不断涌现，有的能使无生命的变为植物类生命体，有的能以化学方法改变金属导电性能等，此为鲁迅运用严复"质力杂糅，相剂为变"之律，对生物体和非生物体互变相生现象的解释。

写于1907年的《人之历史》一文，相对集中展现了鲁迅对严复《天演论》中属于自然科学范畴进化论的接纳。除此之外，与之相关的还散见在全集各处。

（二）肯定弱小民族"自强保种"的现实需求。

严复翻译的《天演论》虽然来自赫胥黎，但出于中国当年救国强种的现实需求，他更倾向于被赫胥黎批评的斯宾塞的"天行"理论，即遵循宇宙中永恒之力，以"任天为治"的原则用于自然界及人类社会。这种张扬"天行"之力，在对自然和社会的现象解说中强化了物竞天择、适者生存的法则。这一法则，从正向看，它可激发弱小者奋发而起，力求自强；从负向看，它又成了一种弱肉强食的"丛林法则"，成了"社会达尔文主义"。

严复描绘出一幅惊心动魄、保群进化之图景，使那些具有"洞识知微"的学识、关心国事的思想前驱者们茅塞顿开，也给那些抱残守缺、泥古不化的封建顽固派以猛烈的冲击。转化为社会性的推动力量的《天演论》也由此风行全国，几近经典之地位。他所强化的斯宾塞的"天行"原则，适时投合了晚清爱国者们救亡图存的心理需求，在中国思想界激起了巨大的波澜。

青年的鲁迅亦卷入其中，1908年，他发表了《摩罗诗力说》，全文充溢着"天行"的强力意志，激荡着"立意在反抗"的"摩罗"精神。②

面对国家、民族的衰弱积贫，国人不可避免地处在悲观的氛围之中，鲁迅认为，此时人们更要振作起来，调整自己旧有的观念，不必去惧怕传说中的"摩罗"（魔鬼）一派，反而要崇尚这类"雄桀伟美者"。因为他们"立意在反抗，指归在动作"，国人由此可得到力量，拓展前行，上升到所能达到的最高

---

① 以上四段，均引自鲁迅《科学史教篇》，《鲁迅全集》第一卷，人民文学出版社，2005，分别引自第12页、第12页、第13页、第17页。（本文所引《鲁迅全集》中作品原文均出自同一版本。）
② 鲁迅：《摩罗诗力说》，《鲁迅全集》第一卷，第68页。

境界。

这是鲁迅在进化论的导引下,强化了斯宾塞的宇宙进程的"力"的功能,甚至在特殊的状况下,可以求助于"魔鬼"(摩罗)之力。由此,方可理解鲁迅为何淡薄卢梭,而偏爱尼采,因为尼采主张,人类的上升,文明的新生,可以从原始野蛮的本性中获得武健勇烈之力。鲁迅承接这种强力的主张,力倡张扬此力以争天拒俗,"创为理想之邦"。因为此时的中国,"家国荒矣",萧瑟衰弱,外力一来,社会立将崩塌。

为此,鲁迅呼吁:"今索诸中国,为精神界之战士者安在?有作至诚之声,致吾人于善美刚健者乎?有作温煦之声,援吾人出于荒寒者乎?"[①]他渴望着有像拜伦、裴多菲那样的"摩罗诗人"出现在中国,"动吭一呼,闻者兴起",以诗的强力之声,振奋国人,引领大众向善美刚健的人格,向温煦丰裕的国度进发。

标举"天行"之力,在鲁迅当年的思想中是一种去弱求强、奋起自立的方略,不但是暂处于衰微中的中华民族,而且世界上各个弱小的民族也急切地需要它,所以在《摩罗诗力说》中,鲁迅列出的八位"摩罗诗人"中,除英国的拜伦、雪莱外,其余六位皆来自日渐衰落的国度,他们能超脱陈规旧俗,坦诚抒发信念,以"刚健抗拒破坏挑战"之"诗力",唤醒民众,激起伟力,拯救国族于危亡之际。

(三)抨击陷于"丛林法则"的"兽性爱国"。

但鲁迅不是一味地强化"天行"之力,因为他发现,若从负向的角度看,它有可能恶性膨胀,使人类社会陷入"丛林法则",退回到弱肉强食的动物性的状态。警惕"社会达尔文主义",在这一点上他比严复来得清醒。

严复出于强种保国的现实需求,在《天演论》"导言一"即以斯宾塞之语为结:"斯宾塞曰:'天择者,存其最宜者也。'夫物既争存矣,而天又从其争之后而择之,一争一择,而变化之事出矣。"对物竞天择这一宇宙进程的运行法则,严复知道它来自达尔文的《物种由来》一书,属自然界的动植物的进化论,但他仍赞同斯宾塞的理论延展:"天演之义,所苞如此,斯宾塞氏至推之农商工兵语言文学之间,皆可以天演明其消息所以然之故,苟善悟者深思而自得之,亦一乐也。"原本论析自然生物的进化论,被斯宾塞推演至人类社会,不但农工商兵的实践界域,甚至语言文学的精神领域,均都适用之。严复虽然

---

① 鲁迅:《摩罗诗力说》,《鲁迅全集》第一卷,第102页。

看到了"物竞"之惨烈,却仍在社会界域着力推崇斯宾塞的"天行"法则:

> 人欲图存,必用其才力心思,以与是妨生者为斗。负者日退,而胜者日昌,胜者非他,智德力三者皆大是耳。①

人若想生存,势必与妨碍自我生命发展的另一方搏斗,以胜者进、败者退为结。他似乎有意地忽略了赫胥黎对斯宾塞漠视"伦理进程"的批评,未能一分为二地把握进化原则,由此,也在刚向西方世界睁开眼的中国思想界留下了隐患。

这一隐患,即是鲁迅在《破恶声论》中所批判的"兽性爱国"思潮。19世纪末,德皇威廉二世曾散布"黄祸"之说,意指中国、日本等黄种民族将威胁西方世界,构成祸害。其出发点是为西方列强侵略东方制造舆论,而当时中国的一些思想激进者却为之所惑,援引此说来鼓动所谓的"民气",实则已有鲁迅后来所贬抑的"阿Q精神"之端倪。此类人,鲁迅斥之:

> 旧性失,同情漓,灵台之中,满以势利,因迷谬亡识而为此与!……吾尝一二见于诗歌,其大旨在援德皇威廉二世黄祸之说以自豪,厉声而嗥,欲毁伦敦而覆罗马;巴黎一地,则以供淫游焉。②

鲁迅进而从理论上论析:

> 是故嗜杀戮攻夺,思廓其国威于天下者,兽性之爱国也,人欲超禽虫,则不当慕其思。……盖兽性爱国之士,必生于强大之邦,势力盛强,咸足以凌天下,则孤尊自国,蔑视异方,执进化留良之言,攻小弱以逞欲,非混一寰宇,异种悉为其臣仆不慊也。③

此类兽性爱国之徒,从根本上说是错误地理解了进化的理论。鲁迅不否认人类是由"虫蛆虎豹猿狖"进化来的,肯定人性中潜伏着"嗜杀戮侵略"的兽

---

① 赫胥黎:《天演论》,严复译,第3页、第8页、第37页。
② 鲁迅:《破恶声论》,《鲁迅全集》第八卷,第36页。
③ 鲁迅:《破恶声论》,《鲁迅全集》第八卷,第34页。

性成分,但他指出:人之所以为人,在于"人欲超禽虫",欲战胜动物性的成分;而不能"执进化留良之言,攻小弱以逞欲",误读"物竞天择,适者生存"之说,盲从"丛林法则",对弱小者攻击、杀戮,甚至到了不把全世界其他种族均凌辱于脚下而不满足的程度。

由此看来,鲁迅比严复清醒许多,他不像严复那样,天平向斯宾塞一方倾斜,而是以赫胥黎的人性"自我约束"这一伦理导向来寻求"人治",来提升文明层次。

## 二 进化与退化

对纯粹科学意义上的万物进化论,鲁迅是遵从的,但他又是一位以启蒙主义为宗旨的作家,不可能孤立地仅在自然界域论之,势必要把进化理论运用于社会现实的分析,在鲁迅著作中时时可发现这一踪影。

(一)"进化的途中总须新陈代谢"。

为着启蒙宗旨,为着唤醒民众,鲁迅自然地把进化论从自然科学推进到社会科学范畴。如写于1919年的《我们现在怎样做父亲》:

> 既是生物,第一要紧的自然是生命。因为生物之所以为生物,全在有这生命,否则失了生物的意义。……食欲是保存自己,保存现在生命的事;性欲是保存后裔,保存永久生命的事。……生命何以必需继续呢?就是因为要发展,要进化。个体既然免不了死亡,进化又毫无止境,所以只能延续着,在这进化的路上走。走这路须有一种内在的努力,有如单细胞动物有内的努力,积久才会繁复,无脊椎动物有内的努力,积久才会发生脊椎。所以后起的生命,总比以前的更有意义,更近完全,因此也更有价值,更可宝贵;前者的生命,应该牺牲于他。[①]

这是鲁迅在运用白话文写作后,较为集中地论述进化论的一段话。他把自然界的进化学说推进到社会界域,用以论析社会家庭结构中的父与子关系,亦即老年与青年、旧有与后起、衰老与新生等关系。从上引一段话看,鲁迅对自然科学范畴的进化论仍是心领神会的,所论生命的进程基本上沿用了达尔文的

---

① 鲁迅:《我们现在怎样做父亲》,《鲁迅全集》第一卷,第135、136页。

生物进化论。而这一理论的启蒙、发端仍是来自《天演论》。

像严复在"察变"一节的译后案语,就介绍了达尔文进化学说在欧美的影响力,及其为考古成果所实证。他进而点明了"进化"之规律:

> 由纯之杂者,万物皆始于简易,终于错综。日局始乃一气,地球本为流质,动植类胚胎萌芽,分官最简。……其演弥浅,其质点弥纯,至于深演之秋,官物大备,则事莫有同,而互相为用焉。①

由纯至杂、由简至繁的规律,以及考古上发现的虫鱼至兽人的演进等,这些要义均在上引鲁迅的文字中呈现。

又如,鲁迅写于同一年的《随感录四十九》:

> 凡有高等动物,倘没有遇着意外的变故,总是从幼到壮,从壮到老,从老到死。……我想种族的延长,——便是生命的连续,——的确是生物界事业里的一大部分。何以要延长呢?不消说是想进化了。但进化的途中总须新陈代谢。所以新的应该欢天喜地的向前走去,这便是壮,旧的也应该欢天喜地的向前走去,这便是死;各各如此走去,便是进化的路。②

这里所呈现的鲁迅的思路,可能有如周作人所说的,是到日本全面接受进化论学说后的悟解,但严复《天演论》中的最基本原理没有变,其特点之三:"由浑而之画"指的便是这。"浑"为芜乱,"画"为定体,使界域分明:"物至于画,则由壮入老,进极而将退矣。"事物演变的规律都是从幼到壮,从壮到老,从老到死,这是种族延长、生命连续的必然。严复在《天演论》"导言"的最后,进而断言:

> 吾党生于今日,所可知者,世道必进,后胜于今而已。③

此语像是深印在鲁迅的脑海里,鲁迅所说的"进化的途中总须新陈代谢"

---

① 赫胥黎:《天演论》,严复译,第7页。
② 鲁迅:《随感录四十九》,《鲁迅全集》第一卷,第354页。
③ 赫胥黎:《天演论》,严复译,第7页,第47页。

"后起的生命,总比以前的更有意义""将来必胜于过去,青年必胜于老年"等,与严复的"世道必进,后胜于今",在脉理上的延续贯通是显而易见的。

(二)对"倒走了进化的路"的警觉与批判。

鲁迅相信进化论,甚至愿意以牺牲自我来为新生的一代拓展前行的道路;但他又是警觉的,同时也看到人类在进化途中的差异:"夫人历进化之道途,其度则大有差等,或留蛆虫性,或猿狙性,纵越万祀,不能大同。"①即有的人已进化为"人",有的却还停留在动物性阶段,即使再过万年,也还是这样。不仅如此,鲁迅还清醒地看到了社会进化过程中的另一路向:

> 因为社会不良,恶现象便很多,势不能一一顺应;倘都顺应了,又违反了合理的生活,倒走了进化的路。所以根本方法,只有改良社会。②

社会的恶现象引发了他的反向思维——对"倒走了进化的路",即退化的思考。关于鲁迅与进化论的研究,学界对于进化,即优化、进步这一路向关注较多,但对进化的悖论——退化像是触及较少,值得拓展。

赫胥黎在《进化论与伦理学》中对"进化"一词有过论析:

> 就其通俗的意义来说,它表示前进的发展,即从一种比较单一的情况逐渐演化到一种比较复杂的情况;但其含义已被扩大到包括倒退蜕变的现象,即从一种比较复杂的情况进展到一种比较单一的情况的现象。③

进化一词中即包括着退化。但不知为何,这段论述在严复所译的《天演论》中像是找不到。但退化的内容在《天演论》仍然存在,只是被成为"显学"的进化一说所遮掩、覆盖而已。严复在"导言二广义"案语写道:"斯宾塞之天演界说曰:'天演者,翕以聚质,辟以散力。'"④翕为聚集,辟为发散,发散即包含着退化,这是斯宾塞进化论的逻辑起点。

物质从分散到凝聚,再到均衡,终于解体、分散,天演之行,无法干预。严复也看到了这一点:

---

① 鲁迅:《破恶声论》,《鲁迅全集》第八卷,第34页。
② 鲁迅:《我们现在怎样做父亲》,《鲁迅全集》第一卷,第143页。
③ 赫胥黎:《进化论与伦理学》,《进化论与伦理学》翻译组译,科学出版社,1971,第4页。
④ 赫胥黎:《天演论》,严复译,第6页。

> 形气内事，皆抛物线也。至于其极，不得不反，反则大宇之间，又为天行之事。人治以渐，退归无权，我曹何必取京垓世劫以外事，忧海水之少，而以泪益之也哉。①

对此，他不由自主地发出感慨：

> 宇宙究竟与其元始，同于不可思议。不可思议云者，谓不可以名理论证也。吾党生于今日，所可知者，世道必进，后胜于今而已。至极盛之秋，当见何象，千世之后，有能言者，犹旦暮遇之也。②

宇宙之始，不可以名理论证，"世道必进，后胜于今"！他说出了让鲁迅牢记半生的名言。但万物进化至极盛之后势必退化，此终末之景象却未能言之，如若能言，就像清晨与黄昏相遇合那样荒谬。"不可知论"的悲凉也于严复的笔下渗透出来。那么，生命存在于世间的价值与意义何在呢？这是每个接触到退化观念的人都不能不思索的问题。

由此，鲁迅前期思想中一些谜题，似乎增添了一种解答的可能性。

其一，"鬼气"问题。

1924年，鲁迅在《致李秉中》信中谈及：

> 我自己总觉得我的灵魂里有毒气和鬼气，我极憎恶他，想除去他，而不能。我虽然竭力遮蔽着，总还恐怕传染给别人，我之所以对于和我往来较多的人有时不免觉到悲哀者以此。③

但似乎不仅是如此，虚无、影子、尸体、游魂、待死，在1925年前后鲁迅的作品与信件中是经常出现的意象，它所携带的幻灭感，自然是一种"鬼气"。在主体的灵魂深处的"鬼气"，难道会没有《天演论》中"退化"观念的渗透吗？请陈衡恪刻的印章为"俟堂"——待死堂，坦然地等待、迎候死的来临，

---

① 赫胥黎：《天演论》，严复译，第45页。
② 赫胥黎：《天演论》，严复译，第47页。
③ 鲁迅：《致李秉中》，《鲁迅全集》第十一卷，第453页。

难道就没有对万物盛极而衰的"解体和分散"这一生命必然的了悟？在《影的告别》中，我彷徨于明暗之间，若是黄昏，黑夜自会沉没我；若是黎明，光亮自会消失我，所以我献出的只有黑暗与虚空。难道会没有个体生命只是进化路途上的"中间物"的感慨？只有这样，我们才会真正理解，在《呐喊》"自序"中，鲁迅何以会写道：

> 希望是在于将来，决不能以我之必无的证明，来折服了他之所谓可有。①

"我之必无"乃是"实有"，而希望却是不确定的。进化论中的"无"与"有"的哲学理念，如一柄双刃匕首，鲁迅既用来"与黑暗捣乱""作绝望的抗战"，同时又把自身伤得血迹斑斑。

其二，"一代不如一代"问题。

严复在《天演论》"论十四矫性"的案语论及民性之退化问题：

> 然而前之民也。内虽不足于治，而种常以强。其后之民，则卷娄濡需，黠诈惰窳，易于驯伏矣，然而无耻尚利，贪生守雌，不幸而遇外仇，驱而縻之，犹羊豕耳。②

严复描述的退化之民性，跟鲁迅笔下所批判的国民性几可重叠。所以，学界以往把鲁迅关于国民性的思考，仅仅溯源至受亚瑟·斯密思的《中国人气质》日译本的影响，是否过于偏窄些？严复《天演论》中"民性退化"的视角，以及而后章太炎的"俱分进化论"之说等是否应考虑重点纳入。

鲁迅言及退化，最有感性意味的就是小说《风波》中九斤老太的口头禅："这真是一代不如一代！"曾孙女生下重六斤，比她曾祖少三斤，比她爸爸七斤又少了一斤，一代不如一代仿佛成了一条颠扑不破的实例。别以为这只是鲁迅在创作时随手而来漫画式的笔法，其实退化的理念在鲁迅心中是一道深深的隐痛。

中国社会延续到明清时期，汉唐的雄健阔大、自信沉稳的气派全见不到

---

① 鲁迅：《呐喊·自序》，《鲁迅全集》第一卷，第441页。
② 赫胥黎：《天演论》，严复译，第87页。

了，国民性已退化到如此惨状：

> 中国的社会里，吃人，劫掠，残杀，人身卖买，生殖器崇拜，灵学，一夫多妻，凡有所谓国粹，没一件不与蛮人的文化（？）恰合。拖大辫，吸鸦片，也正与土人的奇形怪状的编发及吃印度麻一样。至于缠足，更要算在土人的装饰法中，第一等的新发明了。

种种丑陋的行径怵目惊心、令人骇然，却又美之名曰"国粹"，这些远离文明的恶习实则和未开化的野蛮部落、土著民族处在同一级次。特别是中国妇女的"缠足"，比"土人"耳朵剜空嵌上木塞，下唇剜孔插上兽骨有过之而无不及，更是人类肢体上的退化，鲁迅怒斥道："世上有如此不知肉体上的苦痛的女人，以及如此以残酷为乐，丑恶为美的男子，真是奇事怪事。"①

社会如此，那么国人呢？对上述种种社会丑恶的现象，国人应生发出无畏的批判勇气，但他们退缩了、回避了：

> 中国人的不敢正视各方面，用瞒和骗，造出奇妙的逃路来，而自以为正路。在这路上，就证明着国民性的怯弱，懒惰，而又巧滑。一天一天的满足着，即一天一天的堕落着，但却又觉得日见其光荣。②

鲁迅都用入木三分之笔力为他们留下了画像，写出了国民从身体到灵魂的退化，与上述严复的描述几可叠合。

更有甚者，国人中还有用他人的鲜血谋取私欲的。《药》中的华老栓求取蘸有烈士鲜血的馒头给儿子治痨病，蒙昧之举，尚有可原；而1927年春那场腥风血雨中，有的青年却踩着他人的鲜血、尸体而往上爬，那就罪不可赦了。"我在广东，就目睹了同是青年，而分成两大阵营，或则投书告密，或则助官捕人的事实！我的思路因此轰毁，后来便时常用了怀疑的眼光去看青年，不再无条件的敬畏了。"③此类青年，人性退化，道德沦丧，让鲁迅原本信奉的"将来必胜于过去，青年必胜于老年"的进化论原则，彻底因之轰毁，这类青年的

---

① 鲁迅：《随感录》，《鲁迅全集》第一卷，第343页。
② 鲁迅：《论睁了眼看》，《鲁迅全集》第一卷，第254页。
③ 鲁迅：《三闲集·序言》，《鲁迅全集》第四卷，第5页。

"退化"现象轰毁了他那源自严复的"世道必进,后胜于今",即斯宾塞乐观主义的进化思路,促使他开始探索新的路向。

其三,"黄金世界"问题。

鲁迅对预设的所谓希望、远景,或各种学说所言及渺远的"黄金世界",一直持有疑虑与观望的态度,也因此得到"鲁迅多疑"的评说,这当然和他所崇奉的尼采学说有关……但我们也不能忘记,对鲁迅来说,其间还可能有严复这条线的影响。

严复译著《天演论》中既有斯宾塞的直线进化的乐观主义,也有赫胥黎忧虑人类困境的悲观主义,内存矛盾张力。在"导言十八新反"的案语中,他写道:

> 吾不知可乐之外,所谓美者果何状也。然其谓郅治如远切线,可近不可交,则至精之譬。①

严复虽然重斯宾塞而轻赫胥黎,但对后者的一些看法还是认同的。像社会的"郅治",即人类进化至大治、完美社会的到来,赫胥黎认为就像"远切线",就像地平线一样,可以趋近但不可以真实触及,所以真正的理想性的社会实现还是虚幻缥缈的。这和鲁迅对宣传中的"黄金世界"一直持有疑虑像是有着内在脉理关联。

1923年底,鲁迅在北京女子高等师范学校做了《娜拉走后怎样》的演讲,谈到了"黄金世界"的问题:

> 但是,万不可做将来的梦。阿尔志跋绥夫曾经借了他所做的小说,质问过梦想将来的黄金世界的理想家,因为要造那世界,先唤起许多人们来受苦。他说,"你们将黄金世界预约给他们的子孙了,可是有什么给他们自己呢?"有是有的,就是将来的希望。但代价也太大了,为了这希望,要使人练敏了感觉来更深切地感到自己的苦痛,叫起灵魂来目睹他自己的腐烂的尸骸。②

---

① 赫胥黎:《天演论》,严复译,第46页。
② 鲁迅:《娜拉走后怎样》,《鲁迅全集》第一卷,第167页。

在《头发的故事》里,他也对预约给子孙的黄金时代提出质疑。在《影的告别》他更明确地宣告:"有我所不乐意的在天堂里,我不愿去;有我所不乐意的在地狱里,我不愿去;有我所不乐意的在你们将来的黄金世界里,我不愿去。"①在《春末杂谈》,他从细腰蜂的毒针也谈到了圣君、贤臣们构想的"黄金世界"的恶毒与虚幻。

一直到20年代末,在和冯雪峰的谈话中,他还在深思这一问题:"真的只看将来的黄金世界的么?这么早,这么容易将黄金世界预约给人们,可仍旧有些不确实,在我看来,就不免有些空虚,还是不太可靠!……我是以为要更看重现在;无论现在怎么黑暗,却不想离开。我向来承认进化论,以为推翻了黑暗的现状,改革现在,将来总会比现在好。将来就没有黑暗了么?"②……

鲁迅精神值得尊崇,原点之一就在于他"更看重现在",从不轻信"乌托邦"式的幻象。如上述严复所言:"郅治如远切线,可近不可交";当然也有其师章太炎"善亦进化,恶亦进化"论说的影响,即使是"黄金世界"也避免不了"恶"的存在。革命前所许诺的自由、幸福,革命前所想象的美丽、光明,即那些人所描绘的"黄金世界",在革命成功后轰然倒塌,成了泡影。于此,你能说鲁迅是生性多疑吗?不,这种怀疑论值得肯定,进化论中的退化理念带来的痛感,使鲁迅有了如哲学家式的醒觉和史学家式的透视。

## 三 立群与立人

鲁迅对严复译著《天演论》的扬弃,还表现为在进化路程上,对人类社会的建构究竟是侧重于"立群",还是侧重"立人"的思考。在这一问题上,鲁迅与严复存在着较大的分歧。

严复的《天演论》虽然译自赫胥黎,却塞进了大量他所心仪的斯宾塞的理论,在"论十五演恶"案语中,他写道:

> 斯宾塞所谓民群任天演之自然,则必日进善不日趋恶,而郅治必有时臻者,其竖义至坚,殆难破也。③

---

① 鲁迅:《影的告别》,《鲁迅全集》第二卷,第169页。
② 冯雪峰:《冯雪峰忆鲁迅》,河北教育出版社,2002,第11—13页。
③ 赫胥黎:《天演论》,严复译,第89页。

斯宾塞的进化学说是以乐观主义为主调的，他认为，从整体角度考察，国民群体只需按天演法则自然地"任天为治"，即放任自流，就会每天向善进化，而不会趋向于恶，一段时日之后，必然可以发展、演变达到"郅治"——完善的社会。严复对此终极虽然带有些赫胥黎的疑虑，却仍然赞之立义牢实，几乎难以破穿。因为在严复的心目中，"郅治"虽然如"远切线"般可望而不可即，但向着这一目标努力，并日益趋近它，却是不可动摇的信念。

为此，严复引述斯宾塞所立的"保种三大例"，其曰：

一，民未成丁，功食为反比例率，二，民已成丁，功食为正比例率，三，群己并重，则舍己为群。①

第一、二例，讲的是族群中的未成年人与成年人，未成年时，他为群奉献与耗费之比为反；成年人时，他为群奉献与耗费之比为正，即哺养幼者，为群之责。但若到族群与个体必二者取其一之际，就要"舍己为群"。

熟读并而后译过约翰·密尔《群己权界论》的严复，虽然明白"小己"不能受制于"国群"，"国群"不能压抑"小己"的自由这一道理，但他更看重"故曰人得自繇，而必以他人之自繇为界"②的原则，并在《天演论》中三次提及。虽然他也主张对个体的"放任主义"，提倡个人主义，但为着"郅治"这一终点仍要服从群体，这是他内在矛盾之处。在他的心目中，由能"以他人的自由为界"的"小己"组成的"国群"，可以构成合理的社会合体，特别是在这国难危机的紧迫关头，更应"两害相权，己轻群重""屈己为群""抑己苦而后人乐"，③在"立群"与"立人"两者的取舍中，严复取"立群"为重，当二者对立时，必须"舍己为群"。

鲁迅的"群己"概念虽然来自严复，但对其取舍却与严复恰恰相反：

处现实之世，使不若是，每至舍己从人，沉溺逝波，莫知所届，文明真髓，顷刻荡然；惟有刚毅不挠，虽遇外物而弗为移，始足作社会桢

---

① 赫胥黎：《天演论》，严复译，第90页。
② 严复：《译凡例》，约翰·穆勒：《群己权界论》，严复译，商务印书馆，1981，第VIII页。
③ 赫胥黎：《天演论》，严复译，第44—46页。

干。①

……鲁迅几乎是完全背对严复:从"舍己为群",转换为切不可"舍己从人"!因为:

> 盖惟声发自心,朕归于我,而人始自有己;人各有己,而群之大觉近矣。……烛幽暗以天光,发国人之内曜,人各有己,不随风波,而中国亦以立。②

鲁迅还以欧美国家何以强盛为例予以论析:"然欧美之强,莫不以是炫天下者,则根柢在人,而此特现象之末,本原深而难见,荣华昭而易识也。是故将生存两间,角逐列国是务,其首在立人,人立而后凡事举;若其道术,乃必尊个性而张精神。"③观欧美列国,没有不是以强盛而炫耀于天下,而此现象的根本原因在于他们国家多由个性独立、精神自觉的人组成的。所以一个国族若要角逐于世界之林,若要在各民族竞争中得以生存,其首要的任务就在于"立人",只有个人屹立,百事皆可兴盛,故必定得"尊个性而张精神"。这里,鲁迅所偏重的、立的"人",是约翰·密尔《群己权界论》中的"小己",即有自我"个性"、有独立"精神"的"人"。

鲁迅所立之"人",具体说来应有什么样的精神、品格呢?这在《破恶声论》中述及:

> 故今之所贵所望,在有不和众嚣,独具我见之士,洞瞩幽隐,评骘文明,弗与妄惑者同其是非,惟向所信是诣,举世誉之而不加劝,举世毁之而不加沮,有从者则任其来,假其投以笑傌,使之孤立于世,亦无慑也。则庶几烛幽暗以天光,发国人之内曜,人各有己,不随风波,而中国亦以立。④

这也就是《摩罗诗力说》中所推崇的"立意在反抗,指归在动作"的精神

---

① 鲁迅:《文化偏至论》,《鲁迅全集》第一卷,第56页。
② 鲁迅:《破恶声论》,《鲁迅全集》第八卷,第26页。
③ 鲁迅:《文化偏至论》,《鲁迅全集》第一卷,第58页。
④ 鲁迅:《破恶声论》,《鲁迅全集》第八卷,第27页。

界战士。有如此之"个人",像流沙堆积般的国度方可转为"人国";有如此之"个人",由其所聚成的中国方可屹立于世界之林。只有具备这样精神、品格的英哲、志士,才是鲁迅所瞩望之"人",所欲立之"人"!

那么,如何"立人"呢?就当时中国现状来说,鲁迅认为,第一是要破除"同是者是,独是者非"这种"众数"的"偏至",确立"任个人而排众数"的原则。

> 且社会民主之倾向,势亦大张,凡个人者,即社会之一分子,夷隆实陷,是为指归,使天下人人归于一致,社会之内,荡无高卑。此其为理想诚美矣,顾于个人殊特之性,视之蔑如,既不加之别分,且欲致之灭绝。更举黮暗,则流弊所至,将使文化之纯粹者,精神益趋于固陋,颓波日逝,纤屑靡存焉。①

这种带着所谓社会民主倾向的"众治",即所谓"公意",表面上使天下人归于一致,全社会无高低贵卑之分。若作为"理想"的设置,是"诚美"的;但也不乏乌托邦式之空想,因为它实际上常为"众意"所淹没,给社会个体,特别是精英们带来的则是"夷隆实陷",削去其明察卓见的"特殊之性",实则"致之灭绝"。这种趋势终将使一个国家、民族的纯粹文化精神"固陋"、停滞,如颓波日渐逝去,纤毫无存。因此,严复所强调的"群",即"众数",在鲁迅这里是作为批判的对象而存在。

欲"立人",鲁迅提出的第二条原则是:

> 明哲之士,必洞达世界之大势,权衡校量,去其偏颇,得其神明,施之国中,翕合无间。外之既不后于世界之思潮,内之仍弗失固有之血脉,取今复古,别立新宗,人生意义,致之深邃,则国人之自觉至,个性张,沙聚之邦,由是转为人国。人国既建,乃始雄厉无前,屹然独见于天下,更何有于肤浅凡庸之事物哉?②

如果第一条是对外破除"众数"之偏至,那么第二条则是对内的"个人"

---

① 鲁迅:《文化偏至论》,《鲁迅全集》第一卷,第51—52页。
② 鲁迅:《文化偏至论》,《鲁迅全集》第一卷,第57页。

自身观念建构的问题。立人，所立之人，即明哲之士，他必须洞悉世界大势，权衡校量，去掉偏颇之处，得其精髓，施行于中国，使之协调一致。这样，对外不落后于世界先进思潮，对内不丧失固有的血脉传统，汲取古今精义，建构新的观念体系。由此，人生的意义日渐深邃，国人自觉意识由之增强，个性意志得以弘扬，一盘散沙般的中国，必然转变为由觉醒者奠立的"人国"。这样的国家将以从所未见的猛烈势头，屹然巍立于世界之林。这是鲁迅为构建他理想中的"人国"而提交于世人的第二方略，但仍是以"明哲之士"——"己""个人"作为主体，而非严复之"群"。

先"立人"，方有"人国"，而非先有"群""人国"，方才"立人"，这就是鲁迅和严复不同之处。那么，为何会产生这样的错位呢？这和他们在思考这一问题时，所取的理论倾向有关，严复取的是斯宾塞，而鲁迅取的是约翰·密尔。

1930年，鲁迅为周建人辑译的《进化和退化》写下"小引"，他从自然环境的逆转谈起："最要紧的是末两篇。沙漠之逐渐南徙，营养之已难支持，都是中国人极重要，极切身的问题，倘不解决，所得的将是一个灭亡的结局。"说明他对进化的悖论——退化说，并不陌生。但他关注点更在于社会，在"小引"之末，他指出："接着这自然科学所论的事实之后，更进一步地来加以解决的，则有社会科学在。"① 自然科学所难以解决的，应该转换到社会科学来探讨，鲁迅已开始探索新的路向了。

经历了1927年春那场精神上血的洗礼后，从进化论中醒悟过来的鲁迅，在和友人的谈话时点明了问题的症结所在：

> 我看，达尔文这人，也留心社会的，就只没有看出社会的阶级对立和斗争。他是生物学家，从自然界的进化进而推知人类的进化。倘自然界也是进行阶级斗争，那他也早就知道了罢。但这是在不同的人类社会，所以就只有让学经济的马克思来发见了。②

这在他为普列哈诺夫《艺术论》所写的"译本序"中说得更为明确了："于是就须'从生物学到社会学去'，须从达尔文的领域的那将人类作为'物

---

① 鲁迅：《〈进化和退化〉小引》，《鲁迅全集》第四卷，第255—256页。
② 冯雪峰：《冯雪峰忆鲁迅》，第20页。

种'的研究,到这物种的历史底运命的研究去。"①属于自然科学范畴的进化论有它合理性,而将它全盘推演至社会学、政治学,乃至美学、艺术学的范畴,可能就失之偏误,陷于困境。1930年左右的鲁迅,以马克思主义的社会历史观及其经济学说、阶级斗争学说,来取代严复译著《天演论》的义理,已成势在必行的趋向了。

---

① 鲁迅:《〈艺术论〉译本序》,《鲁迅全集》第四卷,第268页。

# 重铸民族魂

## ——论红柯创作中的鲁迅影响

喻雪玲　陕西师范大学文学院

红柯以清新浪漫的诗性风格立于当代文坛，然其精神特质内蕴着"鲁迅"式的批判精神。红柯内心深处有着深重的"鲁迅情结"，他曾在散文《获救之路》中写到鲁迅对自己的救赎意义，小说《永远的春天》后半部分重写《阿Q正传》展现了其思想深处蕴含的鲁迅思想因子，他亦常在作品中引用、化用鲁迅作品中的语言、情节和意象，还多次在创作中直接论及鲁迅，散文集《龙脉》提及鲁迅多达二十二次。本文从文学精神血脉、国民性批判和小说文体三个层面探析红柯与鲁迅思想艺术之关联，以期深化当代鲁迅影响研究和增进对红柯思想价值的再认识。

### 一　"立人"到"巨人"：鲁迅精神血脉的延承

鲁迅"立人"思想对红柯具有精神血脉式的影响，尤其是其中反抗绝望的精神对红柯的生命哲学、文学观和创作风格产生重要影响。红柯将鲁迅"立人"思想所追求的理想人性，创造性地转化为笔下具有现实抗争精神的"巨人"形象。通过深读鲁迅，他认识到文学不只为抒发个人情感，也应反映并呼吁改变现实。同时，红柯还吸纳鲁迅崇高审美倾向并熔铸形成具有鲜活生命意识和刚健壮美的独特美学风格。

"立人"思想是鲁迅早年形成并持守一生的思想体系，其中反抗绝望的精神在鲁迅的思想和创作中体现得最为显著。作为"精神界之战士",鲁迅面对现实世界的抗争、死亡威胁、内心孤独、虚妄的存在以及自我与周边环境的悲剧性对立之时,并不因几近无望的悲哀和随之而来的焦虑、挣扎、不安、恐惧陷入颓唐。经过激烈的心灵挣扎之后,他重树抗争的生命姿态,"得到苦的涤除,而上了苏生的路"[①]。创作方面,鲁迅艺术"似乎有一种罕见的品性,他能够把一股强烈的生命气息灌注到作品描绘的那些独特而真实的性格和情境中,使他们超越了自身的现实状况而达到一种形而上的境界"[②]。他借助意象或细节描写,巧妙地将社会现实转换成深入的人生思考,作品具有隐喻特质。即使形式各异的《野草》《呐喊》《彷徨》,均体现出"挣扎"或"抗争"绝望的细节描写。尤其是《野草》,刻画出鲁迅作为"历史中间物"内心备受煎熬、不断抗争萦绕周身的"鬼气"与"毒气"、深陷无物之阵和做出牺牲不被理解反被抛弃之时仍不断燃起希望的战士心路历程,淋漓尽致地体现了其反抗绝望的生命哲学。

红柯抗争现实的勇气与鲁迅反抗绝望的生命哲学相合。有着英雄情结并期望除恶扬善、伸张正义的红柯,通过创作抗争社会不良现实。1985年红柯大学毕业留校工作,一年后西行至新疆奎屯,"一边感受伊塔阿大沙漠的壮美,一边读突厥学者的经典与鲁迅。我在现实中抗争愤怒,只能在鲁迅的书中燃烧自己。"[③]身居沙漠的红柯开始阅读鲁迅,血性与正义使他常在抗争现实中愤怒,"只能在鲁迅中燃烧自己"。鲁迅充满力量的激扬文字不断深入红柯心灵,促使他在鲁迅的文字中点燃激情并释放生命之光。这在创作中表现为一个明显现象:红柯常塑造一类形象高大、具有神力,或者具有血性生命力"巨人"形象,他们与鲁迅笔下的拜伦、雪莱、易卜生、路德等精神界勇士相近。当面对物质诱惑、敌对势力阻挠、内心孤独苦闷甚至面临死亡威胁之时,"巨人"形象们饱受煎熬,通过反抗拼搏最终度过困难,体现出一种反抗绝望的精神气质。如《乌尔禾》中海力布多年孑然一身忍受身心孤独,仅凭一些美好回忆相伴,这种在孤独绝望中寻找并建立意义、设法抵制孤独的做法与鲁迅反抗绝望精神具有同质。《西去的骑手》中马仲英面临盛世才和后援部队的联合绞杀时,虽无力抗拒但英勇抗战、殊死拼搏,彰显出一种反抗精神。红柯塑造的"巨

---

[①] 鲁迅:《〈穷人〉小引》,《鲁迅全集》第七卷,人民文学出版社,2005,第107页。(本文所引《鲁迅全集》作品原文均出自同一版本。)
[②] 汪晖:《"反抗绝望"的人生哲学与鲁迅小说的精神特征(上)》,《鲁迅研究动态》1988年第9期。
[③] 红柯:《获救之路》,《龙脉——红柯散文随笔自选集》,陕西师范大学出版总社,2017,第123页。

人"形象，不仅与鲁迅反抗绝望的生命哲学具有深刻的精神相通性，还成为与鲁迅建立精神血脉联系的一种深刻隐喻。可以说，"巨人"形象是红柯在现代化困境中对鲁迅精神资源的创造性继承与创新，一定程度上体现了鲁迅"立人"精神所追求的理想人性。

鲁迅具有抗争意识的文学观更新了红柯对文学的认识。鲁迅将创作视为揭露现实、改良社会的武器，创作小说"不过想利用他的力量，来改良社会"①并"揭出病苦，引起疗救的注意"②，写作杂文"是在对于有害的事物，立刻给以反响或抗争"③，小品文应该"是匕首，是投枪，能和读者一同杀出一条生存的血路"④。在鲁迅看来，文学创作应及时锥刺黑暗现实以引起人们注意进而改变社会现实，这对红柯产生重要影响。他曾在散文《获救之路》中谈及阅读鲁迅的体验："大学不看正统的书，把鲁迅也撂一边了。参加工作后，我补了这一课，现实生活让我重新理解鲁迅，反复咀嚼这干瘦的老头子"⑤，同时有所思考："先生要一种什么文学？那就是投枪匕首，是一种强悍的生命意识和血性，是一种未曾屈服过的纯净的国民精神。"⑥红柯认为鲁迅所追求的投枪匕首式文学具有强悍的生命意识和血性，认同并接受鲁迅抗争的文学观。自20世纪80年代中期红柯开始由诗歌转向小说创作，由此关注现实并及时反映社会问题，接连创作出《永远的春天》《好人难做》《太阳深处的火焰》等小说对当下社会现实进行批判、反思及探讨。在他看来，"小说尤其是长篇小说，表达的是作者对世界的看法，你怎么看这个世界"⑦。红柯意欲通过文学创作表达对现实世界的看法，与鲁迅通过文学针砭现实以引起人们的疗救、促进社会进步具有相同目的。

红柯还追随鲁迅崇高的审美品格，注重富有张力的壮美之景和意象。"崇高，这是事物和现象所固有的客观的审美特性，这些事物和现象具有广泛的、积极的社会意义，它们将影响到所有的民族或全人类的生活"⑧，鲁迅的创作呈现出崇高的审美特性。他常以寓热于冷的方式表现矛盾，或于平静叙述中蕴

---

① 鲁迅：《我怎么做起小说来》，《鲁迅全集》第四卷，第525页。
② 鲁迅：《我怎么做起小说来》，《鲁迅全集》第四卷，第526页。
③ 鲁迅：《〈且介亭杂文〉序言》，《鲁迅全集》第六卷，第3页。
④ 鲁迅：《小品文的危机》，《鲁迅全集》第四卷，第593页。
⑤ 红柯：《获救之路》，《龙脉——红柯散文随笔选集》，第121页。
⑥ 红柯：《鲁迅西北行》，《龙脉——红柯散文随笔自选集》，第51页。
⑦ 王德领、红柯：《日常生活的诗意表达——关于红柯近期小说的对话》，《小说界》2008年第4期。
⑧ 鲍列夫：《美学》，乔修业、常谢枫译，中国文联出版公司，1986，第88页。

含奔突的张力,或通过营造广阔且具有反差的奇幻美学空间,展示生命与死亡的抗争,体现出一种斗争之美。这种审美反差,使人在强烈的美感冲突之后感到不适应,但结合上下文语境又觉合理,令人产生一种崇高的审美体验。鲁迅追求具有强悍生命韧力的生命美学,喜欢富有原始、壮美之生命力的秦腔、女吊、社戏等不经过文人化改造的地方戏曲,试图通过对强悍生命力的呼唤,唤醒民众反抗现实压迫,尽早实现个人的道德救赎以及社会启蒙。追求美,也是红柯创作的毕生理想,他离陕入疆真正感受到大美,感叹"西域是一个让人异想天开的地方,让人不断地心血来潮的地方","大戈壁、大沙漠、大草原,必然产生生命的大气象,绝域产生大美"[1],新疆茫茫戈壁却生长出芨芨草、红柳、胡杨、地精、洋芋、梭梭等具有新疆地域特色的植物,还生活着燕子、鹰、野骆驼、羊、骏马、牛、野兔、乌龟等动物,如此荒凉却又不失生机。这些动植物在承受孤寂的同时拼命挣扎以克服恶劣的环境,其生命本身即是一种不屈与顽强生命活力的体现,尤其是劲健的骏马奔驰在广阔大地、高大的骆驼驰骋于茫茫沙海、纯洁的雪莲独自绽放于绝境雪线之上的独特景致,彰显出斗争的生命之美与崇高。红柯将此壮阔场景纳入笔下,使其创作呈现出一种酣畅淋漓的西部精神和波澜壮阔的生命气势,而这种刚健壮美与鲁迅所追求的天马行空的审美精神正相契合。他还常借用、化用"地火""影""坟"等鲁迅作品中的独特意象,尤其是"地火"形象。小说《太阳深处的火焰》中,红柯七次引用鲁迅关于"地火"奔突的语句,借助火意象诠释崇高是"人的本质力量在经过巨大的异己力量的压抑、排斥、震撼之后,最终通过人生实践尤其是审美实践活动而得到全面的高扬和完整的体现"[2]。除外,红柯也喜爱秦腔、新疆花儿、剪纸、十二木卡姆等西北民间文化,这些是展现西北人面对生存困境不屈服并以自娱自乐的形式抗争命运的载体,体现出生命的崇高与壮美。虽然红柯的美学思想建构还未趋于完善,但他始终以饱满的情感尽情书写原始生命力,表现出独特的审美追求。

红柯将鲁迅"立人"思想所追求的理想人性创造性地转化成他笔下具有反抗绝望的血性生命力的"巨人"形象,继续诠释鲁迅反抗绝望的生命哲学。鲁迅不仅形塑了红柯对文学的认识,还对其整个人生发挥根底性影响,可以说,鲁迅对红柯有着精神血脉式的影响。由此,红柯沿着鲁迅的现实批判之路继续

---

[1] 红柯:《我与〈西去的骑手〉》,《龙脉——红柯散文随笔自选集》,第179—180页。
[2] 朱立元:《美学》,高等教育出版社,2006,第195页。

行进，对国民性问题进行了探讨。

## 二 呼唤诚与爱和血：国民性批判传统的赓续

鲁迅关于中国国民性问题思考得最为深刻，并对其后的现当代文学史上的作家产生重要影响。红柯也关注国民性问题，并结合当下现实和自身西行经历在鲁迅国民性思想的基础上继续思考探索，指出当代国民不仅缺乏血性，还缺乏诚与爱。

国民性问题，是鲁迅早在留日时期就思索的问题："一、怎样才是最理想的人性？二、中国国民性中最缺乏的是什么？三、它的病根何在？他对这三大问题的研究，毕生孜孜不懈"①。关于问题一鲁迅并未明言，但在其创作中有所谈及。论到问题二，鲁迅认为我们的民族最缺乏诚与爱，他创作的《阿Q正传》《孔乙己》《故乡》《在酒楼上》等一系列经典文本，旨在揭示国民性问题并进行探讨。谈及问题三，鲁迅从社会批评和文明批判进行思考。在国民性思考的相关作品中，《阿Q正传》影响最为深远，鲁迅通过刻画阿Q形象生动地揭露了中国人自欺欺人、卑怯、虚伪、滑巧等根性特点，借此引起疗救的注意。鲁迅的国民性思想不仅对叶绍钧、张天翼、老舍、萧红、路翎等现代作家产生不同程度的影响，而且也继续影响着余华、张承志、莫言、张炜等当代作家，张天翼曾说"现代中国的作品里有许多都是在重写着《阿Q正传》"②，不仅现代作家如此，当代作家也在重写阿Q的故事。

红柯《永远的春天》（后改名《胡杨泪》）通过重写当代阿Q故事，与《阿Q正传》形成互文探讨国民性问题。中篇小说《永远的春天》中，主人公王根以其父王从善为原型创作了《阿Q新传》，讨论阿Q的当代境遇。将王从善和阿Q连接的情节设置"是一种吸引读者注意力的文学手法，不但将其吸引到所读的文本，而且也吸引到被模仿或者说被重写的文本。当读者阅读时，就会产生一种含混性，他会想：这是当前的文本、当代的文本，但另一方面，它又是早先文本的回声"③。这种互文关系，形象地表现在阿Q身份、结局以及小D形象三方面。首先，红柯继承鲁迅通过阿Q探讨当下国民性问题。发迹后

---

① 许寿裳：《亡友鲁迅印象记》，岳麓书社，2011，第18页。
② 张天翼：《张天翼创作论》，作家出版社，1982，第30页。
③ 生安锋：《文学的重写、经典重构与文化参与——杜威·佛克马教授访谈录》，《文艺研究》2006年第5期。

的阿Q有了赵姓，成为另一个"赵老爷"，衣食无忧、欺软怕硬、趋炎附势，还学会玩空、投机取巧与耍心眼，为个人利益不惜损害他人利益。表明中国人的国民性并无根本性翻新，陈旧的传统积习和国民性问题依旧存在。其次，阿Q的结局发生了变化。当代阿Q没有死去，反而被评选为自治区劳模，在群众的欢呼声中走向自治区领奖。这是一个充满讽刺意味的结局，红柯通过反讽手法揭示了阿Q所代表的当下国民性存在的社会问题。再次，小D形象发生变化，红柯与鲁迅都对小D形象充满期待，期望国民性有所改变。小D由原先弱者变得勤奋努力、靠技术有名。在鲁迅看来，小D"大起来，和阿Q一样"[1]，小D是阿Q生命的缩影。但鲁迅对小D改变怀有希望，在阿Q与小D打架情节处留下伏线——让原本是弱者的小D最后成为胜利者，表明他希望小D能强于阿Q，愿一代能比一代好。关于此，许广平也曾提到"鲁迅先生特意留下这一伏线，据他自己说'阿Q正传还可以续写，就是从小D身上发展，但他不像阿Q'"[2]，所以，小D形象的塑造将成为《阿Q正传》的关键。红柯《阿Q新传》恰是沿着小D发生改变作为突破口进行改写，表明他怀揣对国民性有所改变的期望，也彰显其将继承鲁迅探索国民性传统的决心与勇气。

红柯继承鲁迅国民性批判传统继续呼唤诚与爱。鲁迅认为"中国人的不敢正视各方面，用瞒和骗，造出奇妙的逃路来，而自以为正路。在这路上，就证明着国民性的怯弱，懒惰，而又巧滑。一天一天的满足着，即一天一天的堕落着，但却又觉得日见其光荣。"[3]基于对人性中的缺乏同情和贪婪势力深恶痛绝，故鲁迅提出"诚与爱"，认为"我们的作家取下假面，真诚地，深入地，大胆地看取人生并且写出他的血和肉来的时候早到了；早就应该有一片崭新的文场，早就应该有几个凶猛的闯将！"[4]红柯通过"显示出灵魂的深"[5]来表现"诚与爱"，一方面运用美丑对照原则，对比突出对瞒与骗的批驳和对诚与爱的提倡。如他笔下的人物分为阴险狡诈和真诚善良两种类型，鲜明的形象对比突出当代国民性缺乏诚与爱的现实。另一方面，红柯注重通过意象揭露瞒与骗、提倡诚与爱。他借助"皮影""碎善狗子客""被窝猫"等意象，反映当代人阴险狡诈、冷漠缺爱的现象，并对此加以批判。如《永远的春天》中当代阿Q和

---

[1] 鲁迅：《寄〈戏〉周刊编者信》，《鲁迅全集》第六卷，第154页。
[2] 景宋：《阿Q正传上演》，《中华》(上海)1939年第81期。
[3] 鲁迅：《论睁了眼看》，《鲁迅全集》第一卷，第254页。
[4] 鲁迅：《论睁了眼看》，《鲁迅全集》第一卷，第255页。
[5] 鲁迅：《〈穷人〉小引》，《鲁迅全集》第七卷，第106页。

赵太爷因惧怕能干的王胡对自己造成威胁，合谋陷害王胡使其事业受损，这种舍人为己的行为体现了爱的缺乏；再如《太阳深处的火焰》中"碎善狗子客"意象，这类人自己不求发展进步也见不得别人变好，年纪轻轻成为"帮闲者"。红柯通过书写国民性中的平庸之恶对国人精神带来的摧残与伤害，集中反映当代国民性现状。也说明鲁迅时代出现的国民性问题在近百年后的今天依旧存在，正应了鲁迅当年所言"但我还恐怕我所看见的并非现代的前身，而是其后，或者竟是二三十年之后"①，红柯追随着鲁迅的步伐继续探讨之。

除了呼唤诚与爱，红柯还认为当代国民性中缺乏血性。随着现代化进程加快，人们遭遇新的物质精神奴役，现代人的生命血性逐渐缺失。红柯认为国民性中缺乏血性，既受到鲁迅崇尚生命血性的影响，又与他的西行体验有关。红柯认为鲁迅"一生都在鞭挞奴性，弘扬血性。先生把他的文字称为投枪匕首，就是一种强悍的剑的精神。先生所崇尚的汉唐雄风就是铁血与剑。"②在他看来，中华民族存亡时刻，鲁迅通过借助尼采的强人精神鼓舞国民像日耳曼人一样在外来入侵中崛起，持守中华民族曾经有过的汉唐雄风中血性刚毅等宝贵的民族品质。受此影响，红柯试图通过创作继续弘扬血性，鼓励当代人重拾血性精神，继续保持中国国民性中的优良传统。他塑造了吴丽梅、金花婶婶、燕子等充满生命力的形象，以引起当代人反思，还通过反讽手法创作《阿斗》反思当代社会生命血性缺失的问题。同时，西行经历所提供的文化他者视角，帮助他认识到国民性缺乏血性。红柯西行至新疆接触多元文化，体验边地人真诚善良、热情淳朴的人性品质，促使他以他者眼光重新审视中原传统文化。萨义德认为，一个人离自己的文化家园越远越容易对其做出判断，乐黛云也曾言："不同文化中文学的接触必然是一个取长补短的过程"③。从陕西到新疆，在内地和边地两种文明冲击下，红柯认识到边地少数民族地区文明由于现代化进程相对缓慢，反而保留了中华民族原有的血性与刚毅，他们所具有的野性与血性，正是当下商品社会中国民性格严重缺失的，他认为"除过牺牲与爱国激情以外，生命所应有的剽悍与野性我们太少了。我们的剽悍与野性，全都体现为市井无赖对同胞的践踏；在民族整体的生命意识里，却没有一种精神。那是须眉男子的一种原始血性"④。红柯借此反思中原文明缺乏血性的问题，并提倡

---

① 鲁迅：《〈阿Q正传〉的成因》，《鲁迅全集》第三卷，第397页。
② 红柯：《鲁迅西北行》，《龙脉——红柯散文随笔自选集》，第50页。
③ 乐黛云：《跨文化之桥》，北京大学出版社，2002，第14页。
④ 红柯：《一个剽悍民族的文学世界》，《龙脉——红柯散文随笔自选集》，第253页。

将边地文化中的鲜活生命意识作为火种,引入中原文化来激活传统文化。

"文艺是国民精神所发的火光,同时也是引导国民精神的前途的灯火"[①],红柯承续鲁迅关于国民性缺乏诚与爱的思想继续反思当代社会,并尝试在中国丰富多元的民族文化资源中寻找希望与出路,无疑为鲁迅提出的国民性改造问题的一种新的延续和思考。红柯结合自己的边地体验和西北丰富多元的民族文化资源,对当代中国文化进行思考并提出新的"拿来主义"。由于时代历史原因,鲁迅更多提倡吸收域外精华以助力中国国民性改造,而红柯重新发掘中华民族内部多元的民族文化因子,提倡从内部文化沟通与融合的角度促成国民性改造。红柯通过创作实践重新发掘文化丝绸之路,对改造国民性的意义具有重要意义。

## 三 想象和反讽：小说文体的遥响

红柯不仅在思想层面与鲁迅建立精神血脉式的承继关系,在小说文体创构方面也深受其影响。20世纪80年代中期,红柯甫一入疆在创作数十首诗歌后开始创作小说,从富有表现力和浪漫诗性的诗歌文体转向更具现实表现功能的小说文体,无形间契合鲁迅当初为"揭出病苦,引起疗救的注意"而从事小说创作的文体转向。这种改变主要表现在文体结构和文体语调两个层次,对鲁迅文体和语体的借鉴与再创造,促使红柯形成独特的文体风格并有助于寄托其重塑国民性的愿望。

鲁迅较早将神话运用至现代文学实现文体创新。《故事新编》是鲁迅历时十三年创作的具有"古今杂糅"特点的历史小说,他通过油滑、荒诞、夸张等手法对上古神话及民间传说进行日常化处理,实现了小说文体的又一次改造,这也是鲁迅将神话作为重要题材运用到现代文学中的一次集中体现。如《故事新编》既有"古衣冠小丈夫"、鸟头先生、小丙君、老婆子、考察大员等现代人物形象,也有女娲、大禹、老子、孔子、庄子、嫦娥、后羿等上古神话传说。鲁迅不仅对神话的起源、概念、内容提出自己的见解,而且将神话看作是了解民族历史、文化的途径,强调神话在民族文化发展史上的重要意义。鲁迅借助对神话传说、史实故事的新编,激活了历史事件,这种寓今于古的方式对之后的小说创作产生重要影响。

---

① 鲁迅:《论睁了眼看》,《鲁迅全集》第一卷,第254页。

红柯受鲁迅文体创新技法的启发，注重将神话元素运用到小说文体中。红柯同鲁迅一样，注重小说文体的形式创新并不断作出新尝试。如《永远的春天》中采用故事嵌套故事的形式，将新时期人物王从善与阿Q进行互文塑造，丰富了小说的叙事形式；《太阳深处的火焰》中，他将丰富的文化知识融入小说，创造出"新疆—关中"两地叙事模式；《西去的骑手》中，他以民歌结构整部小说，形成回环往复的文体形式效果。红柯小说文体中的鲁迅痕迹，最突出的表现即是对神话元素的运用。红柯注意到鲁迅重述神话：

> 鲁迅先生在"五四"那个大时代，先高声《呐喊》，然后陷入孤独的《彷徨》，最后只能在先秦那个大时代重述神话——《故事新编》。笔者受此启发，西上天山十年，居宝鸡十年，迁西安十年，三十年间沿天山——祁连山——秦岭古丝绸之路奔波。笔者的天山——关中丝路文学系列中的六部长篇都有神话故事。①

由此，红柯开始关注神话，不仅身体力行奔走于天山——祁连山——秦岭这条被他称为神话之路的古丝绸之路，还承续鲁迅天马行空的神话想象将更多神话元素引入小说创作中。在选择神话题材方面，红柯倾向选择民族英雄或正义化身式形象，如女娲、夸父、玛纳斯等彪悍、勇敢、富有生命力的刚健壮美形象，这与鲁迅倾向选择女娲、大禹、墨子等具有优秀精神品质的英雄先祖相通。红柯自1998年以来的主要作品都有神话元素，长篇《西去的骑手》写马和英雄，《乌尔禾》中写永生羊与少年，《大河》写女人与北极熊，《生命树》中神龟与生命树，《少女萨吾尔登》写天鹅、雪莲还有夸父逐日，《喀拉布风暴》写野骆驼与地精，中篇小说《金色的阿尔泰》中夸父逐日与成吉思汗，以及《复活的玛纳斯》写柯尔克孜族英雄玛纳斯，《太阳深处的火焰》写女娲造人等神话传说，都体现出强悍、顽强的生命力。神话是原始初民丰富的想象力和饱满生命力的体现，"人们之所以不厌其烦地反复重奏这些祖先们创造的远古旋律，正是因为其中饱含着与人们生存和发展息息相关的情感因素和价值诉求"②。神话作为一种重要的文化资源，蕴含丰富的文化内涵和意义。鲁迅认为神话是人类文化得以发展和更新的基础，还是人类社会和文明前进和变革思

---

① 红柯：《丝绸之路：人类的大地之歌》，《龙脉——红柯散文随笔自选集》，第113页。
② 张岩：《鲁迅神话题材小说的"去神化"》，《中国现代文学研究丛刊》2018年第9期。

想动力，他高度肯定神话价值，还曾期望神话事业的重建。红柯自觉继承鲁迅重视神话元素的传统，可以看作是对鲁迅重建、激活神话传统的未竟之业的赓续与深化。除此，红柯还如鲁迅一般热情赞扬和引用介绍各民族优秀神话，借此丰富中国传统神话文明和增加国民血性生命力，以更好地应对现代文明冲击。

在语调方面，鲁迅反讽式的语言风格深深吸引着红柯。鲁迅独特的思维方式，决定反讽是其创作中经常使用的手法。他常运用言语反讽、情境反讽等手法，对描写对象进行夸张描写以达致讽刺效果，如《阿Q正传》《肥皂》《故乡》《药》等都使用到反讽手法。尤其是《故事新编》，鲁迅借助寓庄重于诙谐的油滑手法展开夸张式描写以引起读者注意，制造出深入人心的反讽效果。红柯继承鲁迅的反讽语体，运用言语反讽、情境反讽对当代社会进行深刻揭露。首先，针对当下社会的负面现实，红柯通过言语并置形成反讽效果。小说《阿斗》中，阿斗直白质朴的天真语言与三国英雄表里不一的巧言形成鲜明对比，反讽现代人道貌岸然、私欲作祟的虚伪面向。《永远的春天》结尾部分，红柯使用言语反讽对阿Q没有技术却能被评为劳模走向领奖台的情节进行狂欢式描写，讽刺当下不合理的社会现状。其次，红柯运用情境反讽手法批判当代社会问题，揭露当下社会利欲熏心、物欲横世的沉醉现象。在《太阳深处的火焰》中，他通过对高校、基层、企业等多情境生活做了具体描写，反映社会各界存在的问题，讽刺批判当代社会人与人之间虚伪冷漠的关系，引起人们的反思。这种言语反讽、情境反讽手法，丰富了当代小说讽刺艺术的表现技法。尽管红柯在反讽语体运用过程中偶尔出现情感浓烈、直白，甚至有些突兀，但这并不影响他饱满的激情与诗性表达的艺术展现。

总的来看，红柯不断在文体思想上趋近鲁迅，也在小说结构艺术上与鲁迅形成遥响。神话想象的加入，有助于为当代文学引入远古初民刚健的生命力，进而促进国民性血性生命力的复归。反讽语体的运用，更有力地揭露社会乱象，有助引起人们疗救的注意。

## 四 结语

综上，鲁迅作为中国现代文学的重要精神资源，他深刻的思想、韧性战斗的精神以及成熟的艺术手法时时影响着后来者。当代作家红柯从精神血脉、国民性传统和小说文体方面延承鲁迅精神，不但将鲁迅"立人"思想具化为赋有理想人性的"巨人"形象表现出反抗绝望的生命血性，而且赓续鲁迅国民性批判传统继续呼唤诚与爱和血，还效仿鲁迅小说文体的结构与语体，注重神话元素和反讽语体的运用。"经典化地理解鲁迅的思想意义，是当下社会的现实需要，也是实现鲁迅思想价值的有效方式。"①红柯从鲁迅处接过坚守民族传统、改造国民性的如椽大笔，继续弘扬诚与爱和血性生命力，期望中华民族可以在新的诱惑与危难面前保持纯良品行继续强大与发展。作为一名有着独立思想和卓越艺术追求的"未完成"的作家，尽管红柯小说不免存在叙述语言冗余、叙事模式类型化等问题，但他独特的创作风格在当代文学中独树一帜，值得继续关注。

---

①张福贵：《鲁迅研究的三种范式与当下的价值选择》，《中国社会科学》2013年第11期。

# "经典"的生成：鲁迅《故乡》与现代"乡愁"

袁红涛　上海社会科学院文学研究所

研究者日益深入地认识到鲁迅短篇小说《故乡》对于现代乡愁书写的"开端"和"起源"的意义。在叙事模式上，它创造了"离乡—返乡—再离乡"的结构，揭示了"故乡"的丧失和现代人"无家可归"的处境；第二，因为故乡成为他者，成为一面镜像，个人借此开始探询自我的身份与归属问题，"乡愁书写由此成为现代个体和集体通过书写表达自我、寻求意义、建构(情感和精神)家园的话语实践"[1]。这一认识自有其洞见，但是，把"现代"和"全球化"作为立论的前提，可能会遮蔽鲁迅的个人体验、小说创作与现代"乡愁"生成之间更具体的联系。设若将《故乡》的创作和阅读，将小说作者和读者，置于中国近现代转型的历史视野中考察，可能呈现现代"乡愁"之复杂况味，更可以由此认识其广泛传播的机制。

小说中的"我"之所以无可奈何地发现将永远失去故乡，不仅仅是因为"我"离乡太久，已有二十多年，而是因为这二十多年适逢中国的转型时代。有思想史家指出："所谓转型时代，是指1895年—1920年初前后大约二十五年的时间，这是中国思想文化由传统过渡到现代、承先启后的关键时代。在这个时代，无论是思想知识的传播媒介或者是思想的内容均有突破性的巨变。"[2]

---

[1] 参见卢建红《乡愁与认同——现代中国作家的故乡书写》，生活·读书·新知三联书店，2013。
[2] 张灏：《中国近代思想史的转型时代》，《二十一世纪》1999年4月号。

"我"在转型时代的经历和体验,空前地改变了"我"和故乡的关系。"我"与时代变革的叠合,使我只能告别故乡,怀着一种新的乡愁,孑然向前。

## 一 "回不去的故乡"

小说中最令人难忘的当是"我"与闰土再见的场景:

> 他站住了,脸上现出欢喜和凄凉的神情;动着嘴唇,却没有作声。他的态度终于恭敬起来了,分明的叫道:
> "老爷!……"
> 我似乎打了一个寒噤;我就知道,我们之间已经隔了一层可悲的厚障壁了。我也说不出话。

关于"我"与闰土之间这层"厚障壁",评论界有诸多角度的阐释。笔者曾指出,这不仅因为闰土的变化,更因为"我"身份的转换。之所以此刻"我"却不由得打了一个寒噤,不仅是因为记忆中二人平等相处的少年情谊瞬间失落;更因为在闰土面前,在故乡社会面前,让"我"反过来意识到自己身份发生的裂变,那就是从士绅之家走出,现在获得了知识分子阶层身份和自我认同。①不同于士大夫文学中的悯农恤下,所谓闰土的麻木和苦难,都是从现代知识人的立场看到的。

士绅是一种社会等级身份,士绅阶层与传承千年的科举制度尤其是明清时期的社会制度紧密结合在一起。而知识分子作为一个相对独立的社会阶层,是伴随着近代学堂和近代教育制度的创建而产生,并在五四运动前后才初步形成。两者的世界图景是不一样的,人与人之间的关系结构也是不一样的。但是故乡却基本没有改变,包括这里的社会形态。闰土按照本有的社会等级喊迅哥儿"老爷",只是这一声对"迅哥儿"不啻于惊雷,一下子使他意识到不仅是自己和闰土的距离,最主要的是意识到自身所发生的裂变。不仅是闰土变木呆了,而且是"迅哥儿"变"现代"了。基于旧时社会结构的称谓与"迅哥儿"此时身份认同反差太大,一下子具体而剧烈地意识到一种断裂,"我似乎打了

---

① 袁红涛:《士绅阶层的近代蜕变——试论〈呐喊〉〈彷徨〉的一个重要主题》,《宁夏大学学报》2012年第1期。

一个寒噤"……在过去面前,惊觉了自己的现实处境,无可奈何地确认了自己身份的裂变。"我"已经不是当年的"迅哥儿",已经不可能真正回到曾经的故乡了。

## 二 "异路"与"正路"

中国知识阶层在这一时期由士绅而蜕变、转型为现代知识分子,是转型时代最核心的变化之一。小说《故乡》中"我"身份的裂变或转型,既是个人选择和经历的结果,也是转型时代的具体呈现。它或可以追溯到小说集《呐喊》的作者二十多年前"走异路,逃异地"的无奈选择,而转型时代最终使得当年的"异路"成为"正路","异地"与家乡的关系也经历重要调整,它们共同构成"我"此番还乡的背景,也是"我"最终只能永别故乡的缘由。

此番还乡是因为当年的离乡:

> 我要到N进K学堂了,仿佛是想走异路,逃异地,去寻求别样的人们。我的母亲没有法,办了八元的川资,说是由我的自便;然而伊哭了,这正是情理中的事,因为那时读书应试是正路,所谓学洋务,社会上便以为是一种走投无路的人,只得将灵魂卖给鬼子,要加倍的奚落而且排斥的,而况伊又看不见自己的儿子了。(鲁迅:《〈呐喊〉自序》)

学洋务,进入新式学堂,之所以是"异路",因为"那时读书应试是正路"。作者当年的离乡,不仅是远离家乡,而且是远离了参加科举考试的正途。对于出身于绍兴"新台门"周家的作者来说,其间的痛楚绝不只于他人的"奚落与排斥"。绍兴覆盆桥周氏,是一个士大夫家族,宅院被称为"台门"。周作人回忆,"乡下所谓台门意思是说邸第,是士大夫阶级的住宅,与一般里弄的房屋不同,因此这里边的人,无论贫富老少,称为台门货,也与普通人有点不同"。[①]覆盆桥周氏自从第一世祖周逸斋迁往绍兴后四百余年,曾出过三个举人,一个进士和不计其数的秀才,这其中的进士就是鲁迅的祖父周福清。"台门"地位的维持,士绅家族的延续,最重要的在于子弟相继参加科举考试,不时取得功名。鲁迅当年走上异路之始,既是个人对士绅传统的弃绝,也是远离

---

[①] 周遐寿:《鲁迅的故家》,人民文学出版社,1957,第103页。

了家族的期许。

而等"我"此番还乡,二十余年间,最重要的变化之一就是,当年的"异路"后来成为正途——科举制度废除了,而新学教育成为主流。士绅阶层失去了延续发展的制度基础,而新教育制度培养则是现代知识人。作为《故乡》的作者,其特质不在于早年即逃离当时的正路,率先走上异路,从而成为第一代"知识分子";而在于以一身经历了"正路"与"异路"的转型,亲历了这一转型过程。以一身而横跨两个时代,除了探索新路的艰辛,还有身处两个时代之间的撕裂。还乡之时,不仅是抚今追昔,大概还有天地翻覆、命运曲折之叹。身份转型及其背后制度巨变的背景,由此带来新旧的分裂与共存,奠定了小说的基调,已不同于往日文学。小说开篇,即满眼萧索之景,不仅因为这次回家"本没有什么好心绪",也因为作为新的知识人,已远离了"衣锦还乡""光宗耀祖"的传统故事。但是,家乡还是"士绅社会"的延续。比如杨二嫂对于"我"在外人生的想象:"啊呀呀,你放了道台了,还说不阔?你现在有三房姨太太;出门便是八抬的大轿,还说不阔?"学而优则仕,乃是科举制度的设计。新教育改变了这一模式,着力于培养的是立足于各个职业岗位的有知识的现代"国民",已和选官制度脱钩。但这又是"我"无法给杨二嫂解释的,所以"我"只能无语。

记忆的难以追回,面对杨二嫂的无语,带来的内心感受只能是故乡回不去了。这是确认新的自我的过程,却也是自我撕裂的过程:今日之我只能告别昨日之我。在士大夫文学中,通过还乡原本期待建立昨日之我与今日之我的连续。而新旧学制的转换,使得士大夫与现代知识分子的人生模式截然不同,永久性地改变了中国的乡愁书写模式。不同于往日"怀旧",故乡由此成为他者,"还乡"则成为新一代知识人建构新的自我认同的必由之路。

## 三 "异地"与故乡

"我"此番回乡卖掉祖屋,最终离乡,再次去往"异地",还因为"异地"与家乡的关系已经不同于往日。

当年是"逃"向异地的N市;现在的N市以及此番归来的北方城市,与家乡却处于城/乡社会结构之两端。在一个新的隐隐成形的空间格局中,一边是现在应该去往的都市,一边是应该离开或者"逃离"的乡镇。"逃"的方向反转,除了因为初步工业化和商业化拉开了传统中国城乡差距之外,在这一时期新旧学制变迁对此同样影响至深。

以科举考试为核心的旧学制度,也是传统社会的一种整合与凝聚机制。如费正清指出,中国直到近代,"上流社会人士仍力图维持一个接近自然状态的农村基础。在乡村,小传统并没有使价值观和城市上流社会的大传统产生明显分离"[1]。这是因为,所谓的"上流社会人士"主要指士绅阶层,学而优则仕与落叶归根相联系,在朝为官与身居地方掌握绅权随时转换,城乡文化都受这一阶层的支配。而在新旧学制变迁过程中,制度安排的重心无论是从新式学堂的地理分布,还是新学堂的教学内容,抑或是各专业学堂的比例来看,新学教育在很大程度上,都远远疏离了乡村社会。其城市化和工业化的方向性显然。[2]新教育改变了人才循环流动的模式,叶落归根不再是当然选择,城市成为不断向上求学之地,也成为求职和终老之地。由此在原有文化体系下城乡的地理差异渐渐开始呈现为城乡二元化结构。

《故乡》中"我"的此番还乡与离乡,也许只是这一趋势的初露端倪,然而它体现的方向是明确的:"我"将永别了故乡,"搬家到我谋食的异地去"。"异地"与家乡原本的地理距离,现在逐渐形成为城乡二元化结构,现代/传统,先进/落后,启蒙/愚昧,诸多对立关系都与这一新的空间格局相叠合与叠加。从此知识人"进城",告别的不仅是地理上的家乡,也包括乡土文化空间。知识人的怀乡之思,不再是在同一个文化体系中的回味,而总隐含着城市文化对乡土文化的打量和审视。这一空间格局还只是隐现于《故乡》背后,但是它改变了还乡叙事的传统,特别是直接影响和改变着它的读者。

## 四 "最稳定的教材"

新的学制及其推动的城/乡空间格局,是隐藏在《故乡》背后的巨变,可谓是现代乡愁书写背后的机制。这一机制不单是产生《故乡》的背景,更持续地推动了《故乡》的传播和阅读。

日本学者藤井省三从阅读史视角分析了《故乡》的读者群体。1921年初,鲁迅创作完成短篇小说《故乡》,于本年5月号《新青年》杂志发表。《新青年》

---

[1] 费正清:《剑桥中华民国史》,中国社会科学出版社,1993,第33页。
[2] 参见郝锦花《新旧学制更易与乡村社会变迁》,人民出版社,2009,第57页。

杂志的阅读者主要是这一时期在北京初步形成的知识阶层，如大学师生、政府官吏等，约一万余人。收入这篇小说的鲁迅第一本小说集《呐喊》于1923年8月出版，小说集的畅销为其带来了更多的读者。至鲁迅逝世后的1937年，这部小说集发行超过十万册。几乎与单行本出版同时，这篇小说已经被收入其时各种中学教科书中，第一种教材甚至比小说单行本的出版还略早，1923年7月，上海世界书局新编《中学国语文读本》推出，收入《故乡》；8月，商务印书馆出版《新学制国语教科书》，《故乡》被收入第五册。①由此开始，《故乡》成为超稳定的教材选文，被一代代中小学生阅读、朗诵。

　　研究者由此入手着力于分析不同时期在中学课堂上如何讲解《故乡》，笔者则更关注于这种讲授行为本身。正如研究者所追溯的，教科书这种形式随新学（西学）在中国的传播而出现；随着新式教育大获全胜，教科书也成为新教育的标志。新学与旧学的转型构成《故乡》的重要背景，而在新教育的课堂上，对于《故乡》的讲授和阅读，另有一种效应：收入了《故乡》的教科书不但在课堂上以文章本身感染着学生，以教科书为标志的新教育还在以自身机制不断培养着可以与《故乡》产生共鸣的新一代知识者——在这个意义上，《故乡》之进入新教育的课堂，可以说是现代"乡愁"的再生产。

　　通过《新青年》杂志或小说集《呐喊》来阅读《故乡》的读者，大多当是新兴的知识阶层的一员，他们可以与文本内外的"乡愁"相共鸣，不过这一群体最初是有限的。而坐在中学课堂上、在中学课本上阅读《故乡》的学生，还不能称为"知识分子"。但是，经过新教育的课堂，他们在观念和知识体系方面将逐渐成长为新一代知识者，同时由小学而中学而大学，相应地由乡村而县城，由县城而省城而都市进行迁移，蓦然回望故乡，已渐行渐远，其间横隔着城乡两个世界。回味中学课堂上阅读《故乡》的体验，也许当时只有朦朦胧胧的感受，而随着离乡进城的迁移，逐渐明晰而强烈。由此《故乡》就不只是一篇中学时代的课文，由最初的感染，到逐渐的唤醒，再到深深的共鸣，回首当初的阅读仿佛是对一个现代知识者一生的预言——与杂志和单行本不同，教科书不但传播着《故乡》，其依托的新教育体制同时也在生产现代"乡愁"。

　　不仅是因为《故乡》本身的"经典性"，才进入中学语文教科书；也不仅是因为进入了教科书，所以《故乡》才逐渐成为"经典"。新文学的语言形式、情感内容与新教育机制本身，另有一种共振效应——以转型视野重读《故乡》，

---

① 藤井省三：《鲁迅〈故乡〉阅读史——现代中国的文学空间》，董炳月译，南京大学出版社，2013。

即可触摸这一点。

身份转型,制度巨变,空间分立,凝练于一篇《故乡》之内;而通过教科书,新文学与新教育相呼应,新教育的内容与形式相共振。文本内外沟通,创造与再生产相叠加,当是短篇小说《故乡》成为现代乡愁"经典"的多重内涵。这是一篇转型时代的文本,只要转型时代还在延续,它将日日流传,直至成为一个时代的标记。

# 《狂人日记》与20世纪小说疯癫叙事模式的诞生

袁伟平  云南师范大学

经过十年的沉寂，1918年5月鲁迅携《狂人日记》重回文坛，开启了20世纪小说的疯癫叙事的先河，发出了新世纪的"恶声"。与"五四"早期作品相比，《狂人日记》别具一格的形式和成熟的思想显得格外耀眼，引起整个文坛极大震动与共鸣。其中茅盾的反应极具代表性："这奇文中冷隽的句子，挺峭的文调，对照着那含蓄半吐的意义，和淡淡的象征主义的色彩，便构成了异样的风格，使人一见就感着不可言喻的悲哀的愉快。这种快感正像爱吃辣的人所感到的'愈辣愈爽快'的感觉。"[①]《狂人日记》发表后的一百多年中，从疯癫叙事角度对其进行深入探讨和研究逐渐增多，但这些研究大多数从狂人形象入手探讨疯癫的文化意蕴，发掘狂人形象的来源、思想内涵和社会影响，但整体来说对《狂人日记》在现代疯癫叙事模式确立方面的重大价值关注不够。实际上，《狂人日记》采取的疯癫叙事方式，不仅在内容上使用了现代疯癫内涵，同时在形式上建立了具有强烈现代意味的疯癫叙事模式。这种内容和形式上的高度契合，使《狂人日记》不仅具有了现代疯癫叙事的发轫价值，而且成为中国20世纪疯癫叙事基本模式，被后来者相继学习借鉴。

---

[①] 沈雁冰（茅盾）：《读〈呐喊〉》，《时事新报》副刊《文学》，1923年10月8日第91期。

## 一 疯癫现代隐喻的表征

在人类文明历史中，疯癫的内涵具有矛盾性、分裂型和反讽性的多重特征，如福柯所言，我们认识疯癫"要在结构中把握疯癫，在结构织成的空间中把握疯癫，要从疯癫的他者，从理性的视角把握疯癫"。①中国20世纪文学疯癫叙事的产生根源于当时独特的现代化进入历程，是中华民族现代转型的产物，对其把握应在中华民族现代转型的动态语境进行。

1840年鸦片战争爆发，西方以侵略的方式迫使中国进入世界的版图，西方高度发达的现代文明成为中国难以抵御的"他者"。在民族国家生存焦虑的驱使下，中国先觉者抱着无可奈何的痛切心情认识到：要抗拒西方，首先要学习西方，将"旧社会之制度破坏无余"②。反叛旧文明、旧道德和旧文化，建立新文明、新道德和新文化成为历史之必须。然而"中国人的性情是总喜欢调和折中的，譬如你说，这屋子太暗，须在这里开一个窗，大家一定不允许的。但如果你主张拆掉屋顶他们就来调和，愿意开窗了"③。面对现代性的强大压力，为了使中华民族"避免从'世界人'中挤出"④，先觉者们认为先要唤醒沉睡的国民共同完成中国现代性的转换，如李大钊所说"新文明之诞生……新文艺之勃兴，必赖有一二人犯世之趑……为自我觉醒之绝叫，而后当时之沉梦，赖以惊破"⑤。疯癫在此成为挑战旧文明、建立新文明的象征，狂人成为时代的呼唤。鲁迅、瞿秋白、钱玄同、郭沫若、林语堂等人或自认为"匪"或自称"疯子"，金满城则在1925年的《京报副刊》开办了"畸人语"专栏，借畸人口吻恣议社会问题。

可见在20世纪初中华民族现代转型的语境里，"疯癫"以及同义语词不断地发出声音，形成了宏大的潮流，在这个潮流中疯癫被赋予了正面的形象，成为中国先觉者反对旧的价值话语系统、建立新的价值话语系统重要手段，是对沉滞的古中国进行猛的刺激的强烈的形式。《狂人日记》顺应时代以狂人之口

---

① 汪民安：《福柯的界线》，中国社会科学出版社，2002，第33页。
② 陈独秀：《法兰西人与近世文明》，《新青年》1915年9月15日第一卷第1号。
③ 鲁迅：《无声的中国》，《鲁迅全集》第四卷，人民文学出版社，2005，第14页。(本文所引《鲁迅全集》作品原文均出自同一版本。)
④ 鲁迅：《通讯三十六》，《鲁迅全集》第一卷，第323页。
⑤ 李大钊：《〈晨钟〉之使命》，《甲寅》月刊1917年4月。

对封建家族制度进行批判，文本中采用的疯癫立场、狂人内外呈现以及促其疯癫的原因具有强烈的现代特质，是时代及处于时代旋涡中知识分子内心焦虑的表征。

## 二 疯癫叙事现代形式的建构

《狂人日记》的成熟体现在内容和形式的高度一致性，对于疯癫叙事的使用，鲁迅不仅在内容上充分呈现了疯癫的现代隐喻，更是率先在文本上建构了疯癫叙事的现代形式。《狂人日记》外在形式最明显的特征是同一文本采取了不同的语言形式，小序使用的是文言文，作为正文的日记使用的是白话文。对语言价值的发掘是中国社会现代转型最重大的发现之一，正是因为现代知识分子充分认识到了语言在意义建构过程中的作用，"五四"文学革命才会以白话文运动为开端，而鲁迅对此是有非常透彻的看法的，所以他才会在《二十四孝图》中对反对白话文者发出了"最黑，最黑，最黑的咒文"①，对《二十四孝图》建构的封建价值系统进行了毫不留情的批判。正是基于这样的认识，鲁迅才会在白话文运动刚刚发生之时，立即在文本中以不同的语言建构了不同的意义系统，以语言的形式表征了疯癫产生的内在逻辑，以文本外在的分裂象征着内在意义的分裂。因此在文本中始终有两种价值逻辑在运行——常人的逻辑及狂人的逻辑，而在白话文语言系统中常人的逻辑呈现出荒谬性，狂人逻辑的合理性。而以语言来建构不同的价值系统，并充分运用语言符号价值来表征意义，也实际上证明了鲁迅在文本中采取了现代文本形式，采取了象征主义的艺术方法。

## 三 《狂人日记》对20世纪疯癫叙事的影响

以《狂人日记》为起点，鲁迅在其小说世纪建构了一个以"狂人家族"为中心的叙事模式。在这个模式中包括了两种类型。一种是：疯癫是相对于旧的价值话语系统真理性更强的体系。因疯癫僭越了固有话语系统的界线，而被精神病学的医学功能进行了镇压，试图将疯癫叙述的意义消解为"精神病患者"（对叙事者采取禁止的手段）的"疯言疯语"；同时将僭越了界线的"疯人"／

---

① 鲁迅：《二十四孝图》，《鲁迅文集》第二卷，第258页。

"狂人"(对作品中的人物进行围困)指认为"精神病患者"。此类作品中的"疯子"/"狂人"发出的语言与动作和作者发出反叛旧价值话语系统的语言,共同建构了疯癫叙述的意义。另一种类型是通过疯癫叙述将那些被病态社会扭曲灵魂呈现在读者面前。这些扭曲的灵魂是"病态社会的毒疮上的脓头"[①]、时代的"畸儿"、真正的"精神病患者",他们发出的语言和动作是无意义的。在这里,鲁迅对疯癫从表面上采取了旧的价值话语系统相同的语义模式,成为被否定的一面。但它采取了全新的衡量标准和观察角度,将"常态"社会放在新的价值话语系统中进行观照,映照出常态社会的疯癫。

鲁迅的《狂人日记》不仅影响了20世纪20年代小说疯癫叙事模式,并贯穿整个20世纪,从乡土小说、路翎到余华、残雪。鲁迅的疯癫叙事价值以象征化的方式向我们展示了新旧价值的对立,体现了他重估一切价值的勇气和构筑新的价值话语系统的强烈渴求。这种强烈渴求在路翎身上转化为对民主、个人意义追求的使命感,为此他不断掀起灵魂世界的惊涛骇浪;在残雪的疯狂世界里,体现为超越的灵魂世界对丑陋的世俗生活的致命飞跃。在余华笔下,疯癫卸下了历史的重负,以自在的方式存在。

---

① 茅盾:《再谈疯子》,《茅盾全集》第十一卷,人民文学出版社,1986,第321页。

# 柔石译《浮士德与城》与鲁迅对卢那察尔斯基的接受

翟猛　天津师范大学文学院

1929年，朝花社成员柔石根据英译本将卢那察尔斯基的戏剧《浮士德与城》转译为中文，作为《现代文艺丛书》之一种由上海神州国光出版社出版。作为丛书编者，鲁迅为之作了《〈浮士德与城〉后记》（以下简称《后记》）。基于英译本的"导言"，鲁迅认同《浮士德与城》是"俄国革命程序的预想"的看法，甚至认为该剧是"作者的世界革命的程序的预想"。[1]鲁迅还指出，卢氏的《艺术论》《艺术之社会的基础》《文艺与批评》等理论著作，"其中所说，可作含在这《浮士德与城》里的思想的印证之处，是随时可以得到的"[2]。换言之，鲁迅认为卢那察尔斯基革命思想与马克思主义文艺思想都体现在戏剧《浮士德与城》中，由此可见该剧的重要价值。然而，对于柔石的译本，既有研究相对较少。本文将对柔石所依据的英译本做简要介绍，并结合戏剧《浮士德与城》的文本，探究卢那察尔斯基在创作该剧时的复杂思想，进而尝试指出鲁迅对该剧的误读及其原因。

---

[1] 鲁迅：《〈浮士德与城〉后记》，《鲁迅全集》第七卷，人民文学出版社，2005，第372页。（本文所引《鲁迅全集》作品原文均出自同一版本。）
[2] 鲁迅：《鲁迅全集》第七卷，第374页。

一

《浮士德与城：一篇为读者的剧本》初稿完成于1908年，1916年定稿，1918年在彼得格勒（今圣彼得堡）出版，内有插画家谢尔盖·切洪宁所作插画两幅。①鲁迅藏书中有此初版本。该剧与另一部神话剧《麦奇》（又译《东方三博士》）完成时间相近，后与《贤人华西里》共同收入英文戏剧集《卢那察尔斯基戏剧三种》，于1923年在英国伦敦出版，译者为马格努斯与瓦尔特。②在1918年初版本的《浮士德与城》中，卢氏在戏剧正文前的"代序言"中说明了该剧所涉及的主要问题是"天才，一方面会导致开明专制，另一方面则会导向民主"。③

《浮士德与城》是一部包括"序幕"在内的十二幕戏剧。戏剧写到浮士德公爵带领人民建立托洛志堡城，他成为该城唯一的统治者。然而就在此时，在恶魔梅菲斯托男爵的怂恿下，浮士德的儿子浮士都拉绑架了泥水匠华哈夫的女儿、汉斯的妹妹奥德鲁达。当工人领袖加伯列与斯各忒陪同华哈夫、汉斯等人前来向浮士德指认浮士都拉为绑架奥德鲁达的凶手时，浮士都拉矢口否认，而浮士德则试图通过法律的方式来解决这一问题，并表示裁判官会秉公执法。梅菲斯托看出浮士德有向平民妥协让步的可能，转而试图说服浮士都拉取而代之。梅菲斯托巧舌如簧，他在浮士都拉面前历数浮士德的诸多缺点，并鼓吹浮士都拉高贵的血统与杰出的才能。就在他们密谋宫廷政变的时候，工人武装暴动发生了，并与浮士都拉的军队发生了冲突，解救出了奥德鲁达，而汉斯却被浮士都拉枪杀。怒不可遏的暴动力量夺取了托洛志堡的几处主要阵地，激进的斯各忒与谦和的加伯列被推举为护民官。经过曲折的谈判，他们最终说服了浮士德退位，还政于民，而在梅菲斯托的支持下，浮士都拉却拒绝了父亲的决

---

① 鲁迅对《浮士德与城》中的插画十分喜爱。据1930年6月18日的《鲁迅日记》，"下午往春阳馆照插画一枚"，即为《浮士德与城》的插画专门去照相馆照相。1930年6月22日，《鲁迅日记》记有"取《浮士德与城》插画之照片，即赠内山、雪峰、柔石及吴君各一枚"。参见《鲁迅全集》第十六卷，第201页。

② Anatoly Vasilievich Lunacharsky, Three plays of A. V. Lunacharsky. trans. Lenonard Magnus, K. Walter, London: G. Routledge & Sons, 1923.

③ 原载于"Vmesto Predisloviia" Faust igorod (1918)，转引自 A. L. Tait. "Lunacharsky: Nietzschean Marxist?", Nietzsche in Russia, Bernice Glatzer Rosenthal, New Jersey: Princeton University Press, 1986, p. 281.

定，试图做最后的反抗。梅菲斯托四处联络大主教、大法官、商人群体，试图借他们之手推翻立足未稳的民主政权，却都失败了。最终，梅菲斯托拉着浮士都拉等人共赴地狱。浮士德退位后化名明西尔·达福过着独居生活，内心趋于平静，并发明了他梦寐以求的永动机以取代人的劳动。面对梅菲斯托的一再劝说与蛊惑，浮士德认清了梅菲斯托的魔鬼面目，不再执着于追求权力与名誉，而甘愿做托洛志堡的普通公民。在戏剧的最后，加伯列说服斯各忒一起辞去了护民官的职位，让人民重新选举新的护民官，打消了其他人对他们二人是否独裁的顾虑。浮士德真正认识到了人民与民主的力量，并收获了托洛志堡人民的爱戴，最终在加伯列的怀中去世。

卢那察尔斯基在这部戏剧中所塑造的浮士德是一个开明君主形象，面对武装暴动时，为了顾全托洛志堡城的利益选择向人民交出权力。在美国学者戴安德看来，卢那察尔斯基在《浮士德与城》中所描绘的浮士德有内心冲突，"浮士德究竟是一个尼采式的被启蒙了的个体的人物，还是一个为社会价值牺牲自身利益的英雄？最终浮士德为了城邦的幸福，放弃了自己的君主利益，以社会主义英雄的面貌出现。由此，卢那察尔斯基以戏剧的方式，探索了一个天才领导的自相矛盾：浮士德一方面当了专制政治性的支配者，但另一方面又有启蒙的智识，而他的政治理想趋向于民主政治。"①戴安德对《浮士德与城》思想的阐释与前述卢氏在"代序言"中的"夫子自道"完全吻合。同时，需要注意的是，卢氏对工人运动领袖加伯列的塑造也颇费笔墨。加伯列能在革命成功之后，功成身退，在放弃个人权力的同时也铲除了托洛志堡城滋生寡头政治的可能性，成为真正的民主主义者。如果从推翻君主制、建立人民民主政权的阶级革命角度审视《浮士德与城》，则该剧中最引人注目的角色应该是工人领袖加伯列而非浮士德。

显而易见，创作于20世纪初期的《浮士德与城》体现了卢那察尔斯基对即将到来的俄国革命的思考与期待。如前所述，在为柔石译《浮士德与城》所写的《后记》中，鲁迅指出："这剧本，英译者以为是'俄国革命程序的预想'，是的确的。但也是作者的世界革命的程序的预想。"②其根据为，英译者在"导言"中逐一介绍了卢那察尔斯基的剧本，在介绍《浮士德与城》时写道：

---

① 戴安德：《鲁迅外文藏书提要（一则）：〈浮士德与城：一部为读者的剧本〉》，《鲁迅研究月刊》2012年第3期。
② 鲁迅：《〈浮士德与城〉后记》，《鲁迅全集》第七卷，第372页。

"Next came Faust and the City, a remarkable forecast of the course of the Russian Revolution, finally recast in 1916, but written in 1908."①鲁迅所引用的是署名"开时"对该"导言"的摘译,即"其次为'浮士德与城',是俄国革命程序的预想,终在1916年改定,初稿则成于1908年。"②实际上,英译者的这一观点来自于卢氏自己的表述。在英译本"导言"之后的"作者自序"(Author's Preface)中,卢那察尔斯基介绍了《浮士德与城》的创作背景及其与歌德《浮士德》第二部分的关联性,并指出,"有些朋友认为我的作品展现了俄国革命的生动画面。无论如何,我认为最好声明,从1916年12月以来,这部作品未经任何改动"。(Some friends acquainted with my production think it represents a lively picture of the Russian Revolution. In any case I think it advisable to state that from December, 1916, there has not been the slightest modification of the text.)③显然,卢氏也认为《浮士德与城》是对俄国革命的表现或"预想"。

不过,卢氏在该剧中所表现出的对革命的"预想"却与俄国革命的现实情形大相径庭。在戏剧中,浮士德的形象并非简单的独裁君主,而是思想开明、体恤人民、具有潜在民主意识的君王。正如工人领袖加伯列所说:"假如没有旁的可选择,什么都比君主政体好,但是这位浮士德不仅是君主,不仅头上有王冠;他是一切人里面的最伟大的最开化的人,而且是爱我们的。这里的王冠不过是一个障碍物。他底权力——这是天才底权力。现在,我触到这个问题上了:我们不要这种权力,因为我们要求自由。自由是比浮士德更伟大。"④严格来说,在整部戏剧中,浮士德并未犯下任何大的过错。托洛志堡城的工人暴动的起因是魔鬼梅菲斯托与浮士德之子浮士都拉绑架民女事件。在暴动的过程中,以加伯列与斯各忒为代表的工人群体也并未对浮士德怀有恨意。恰恰相反,革命结束后,托洛志堡城仍然将浮士德视为崇敬的伟人与该城的开创者,并刻石碑以为纪念,以拉丁文题写着"Vrbl Favstae Favstoqve Vrbano"⑤(大意为"浮士德之城")。因此,托洛志堡城的工人暴动并非起源于封建独裁君主

---

①Lunacharski. Three Plays of A. V. Lunacharski, L. A. Magnus and K. Walter, trans, London: Geogre Routledge & Sons LTD, 1923, p.viii.

②鲁迅:《〈浮士德与城〉后记》,《鲁迅全集》第七卷,第371页。

③Lunacharski. Three Plays of A. V. Lunacharski, L. A. Magnus and K. Walter, trans, London: Geogre Routledge & Sons LTD, 1923, p.xi.

④A. V. 卢那察尔斯基:《浮士德与城》,柔石译,神州国光出版社,1930,第86页。

⑤A. V. 卢那察尔斯基:《浮士德与城》,柔石译,第218页。

与平民劳工阶级之间的矛盾,而是另有原因。

阅读剧本可知,正是魔鬼梅菲斯托对极端个人主义或尼采式"超人"的执着,与平民阶层的反超人、求民主的愿望之间的冲突导致了托洛志堡城无产阶级革命的爆发。在"序幕"中,梅菲斯托一面称赞浮士德为圣人,另一面却将其称为"目空一切的无头脑的矮子"。①因为在梅菲斯托看来,世界上生命的存在大多缺乏理性,更缺乏生存的价值,他们是"堕落的,无用的渣滓,地球上的寄生虫"②。只有将浮士德说服,使其被真正的"理性"所支配,才能统治庸庸众生。梅菲斯托称自己是一个理想主义者,"在破坏中他创造着",其目的就是"破坏底创造",③说服并操纵浮士德的最终目的也就是实现这种"破坏底创造"。实际上,在梅菲斯托的认识中,拥有至高理性的他自己才是真正的超人,包括浮士德在内的其他人只不过是他实现目的的工具和手段而已。当他发现浮士德并非施行专制独裁的最佳人选时,梅菲斯托转而蛊惑浮士都拉,并怂恿其绑架民女,从而制造了人民与浮士德之间的矛盾,而妄图趁机扶持浮士都拉成为新独裁者的梅菲斯托最终失败。

不难发现,在《浮士德与城》中,梅菲斯托与浮士德身上透露出浓重的尼采"超人"哲学的气息。对此,已有西方学者详细讨论了尼采对卢那察尔斯基的影响,并认为至少在十月革命之前,卢氏可以被认为是一位"尼采式的马克思主义者"(Nietzschean Marxists)。④全面论述卢那察尔斯基与尼采的关系并非本文主旨,也并非本文能力所及。但是,为了准确理解《浮士德与城》的主旨思想,仍有必要简述卢氏思想的形成历程及其与尼采思想之间的关联。

## 二

1875年,卢那察尔斯基生于沙俄乌克兰基辅。在他的青少年时期,马克思主义在俄国知识界逐渐流行开来,而民粹主义思想却逐渐没落。受普列汉诺夫的影响,卢那察尔斯基的思想很早便倾向于马克思主义。⑤1892年,卢那察尔

---

① A. V. 卢那察尔斯基:《浮士德与城》,柔石译,第4页。
② A. V. 卢那察尔斯基:《浮士德与城》,柔石译,第4页。
③ A. V. 卢那察尔斯基:《浮士德与城》,柔石译,第5页。
④ 最早提出这一看法的是George L. Kline,此后RaimundSesterhenn与A.L.Tait也同意这一观点。本文将在接下来的论述中主要借鉴他们的研究。
⑤ 帕夫洛夫斯基:《卢那察尔斯基》,陈日山、李钟铭译,黑龙江人民出版社,1984,第6页。

斯基加入了马克思主义政党俄国社会民主党。但是,马克思主义并非青年卢那察尔斯基思想的唯一来源。1894年至1895年,卢那察尔斯基在瑞士苏黎世大学学习哲学,并深受德国哲学家理查德·阿芬那留斯(1843—1896)的经验批判主义哲学的影响。1900年,卢那察尔斯基在莫斯科发表题为《作为道德主义者的亨利克·易卜生》的演讲时第一次提到了尼采,以论述世纪末时期社会道德规范的不稳定性。①1915年至1917年,卢那察尔斯基暂居瑞士,他与瑞士诗人、1919年诺贝尔文学奖得主卡尔·施皮特勒(1845—1924)过从甚密,而后者深受尼采的影响。卢那察尔斯基曾将施皮特勒的诗作译为俄文,并在1916年完成了一篇名为《卡尔·施皮特勒》的文章,同意施皮特勒将个人主义与社会主义相综合的观点。②卢那察尔斯基对尼采的兴趣正体现了19世纪末20世纪初期俄国社会思想界的一个普遍现象。

从1890年代开始,尼采对俄国知识界的影响越来越大。1892年,关于尼采研究的第一篇俄语论文在莫斯科的刊物《哲学与心理学问题》发表,此后几年,有关尼采思想的研究如雨后春笋般涌现。同时,尼采的著作也不断被译为俄文。1900年,十卷本《尼采选集》俄文版出版。从1908年开始,俄文版《尼采全集》陆续问世。尼采思想对青年知识分子的影响尤为显著。有研究指出,在世纪转折时期,很多年轻的俄国知识分子既被马克思主义吸引,同时也被尼采主义吸引。③1903年前后,"尼采式马克思主义"(Nietzschean Marxism)在俄国出现,主要代表人物是沃尔斯基(Stanislav Volski)、卢那察尔斯基、波格丹诺夫、巴扎罗夫。与其他受到尼采与马克思双重影响的青年思想家一样,困扰卢那察尔斯基等人的一个关键问题就是个人与集体的关系问题。其中,青年卢那察尔斯基推崇个人主义胜过集体主义。另外,尼采对卢那察尔斯基的影响主要集中在伦理与社会理论方面。有研究者认为,卢那察尔斯基的伦理与社会理论,在本质上是尼采式的、反康德主义的。④例如,在十月革命之前,卢那察尔斯基在许多问题上与当时的马克思主义者(如普列汉诺夫)存在分歧,

---

① A. L. Tait. "Lunacharsky: Nietzschean Marxist?", Nietzsche in Russia, Bernice Glatzer Rosenthal, New Jersey: Princeton University Press, 1986, p.278.
② A. L. Tait. "Lunacharsky: Nietzschean Marxist?", Nietzsche in Russia, Bernice Glatzer Rosenthal, p.286.
③ George L. Kline. "Nietzschean Marxism" in Russia. Demythologizing Marxism. Ed. Frederick J. Adelmann, S.J.. The Hague: Martinus Nijhoff. 1969. p. 168.
④ George L. Kline. "Nietzschean Marxism" in Russia. Demythologizing Marxism, p.175.

并曾反驳了普列汉诺夫坚持的经济决定论（economic determinism）。有研究者甚至认为，十月革命之前的卢那察尔斯基的思想是马克思、阿芬那留斯、尼采三人思想的一种综合。①

显然，马克思与尼采之间的思想鸿沟是巨大的，其中一个重要分歧正是如何理解个体与集体的关系。马克思强调群众对历史进步的推动作用，而尼采则强调个体，二者南辕北辙。对此，卢那察尔斯基试图进行某种调和，以解决个体与集体，或知识分子与无产阶级之间的矛盾，并在1909年提出了"超-个人主义者"（ultra-individualist）这一概念。按照他的揭示，"超-个人主义者"需要具有以下品性："对任何将自己提升到最高层次的力量表示深切的同情和钦佩；有时会沉迷于未来人类之美、兄弟情谊之美、工作延续之美；具有一种建设永恒文化大厦的动力，因为创造宏大事物的乐趣超越了在个人能力极限范围内完成一件小事情的乐趣"。②可以看出，卢氏所谓的"超-个人主义者"既有尼采"超人"的影子，也有集体主义的色彩。有研究者分析到，卢那察尔斯基的"超-个人主义者"概念的思想来源是"作为文化理想但适应了社会主义目的尼采式'超人'；高尔基的'大写的人'（1909年时，卢那察尔斯基与高尔基都住在意大利的卡普里岛）；以及作为自然科学家的恩斯特·马赫对酒神狄奥尼索斯的思索"③。换言之，卢氏提出的"超-个人主义者"的概念是将英雄个体或精英的自我实现融入到集体或社会主义的事业之中，使二者相得益彰，相互成全。

《浮士德与城》恰恰就创作于卢那察尔斯基提出"超-个人主义者"概念前后。对于这位才华横溢的艺术家与政治家来说，戏剧是表现思想的一种艺术形式。卢那察尔斯基一生创作了超过七十部戏剧，并对德国剧作家理查德·瓦格纳的戏剧情有独钟。④1933年适逢瓦格纳去世五十周年，卢那察尔斯基曾撰文纪念，并称赞瓦格纳是"哲人音乐家（philosopher-musician）、哲学家诗人

---

① A. L. Tait. "Lunacharsky: Nietzschean Marxist?", Nietzsche in Russia, Bernice Glatzer Rosenthal, p.279.

② Lunacharsky. "Meshchanstov i individualism"（1909）. 转引自 A. L. Tait. "Lunacharsky: Nietzschean Marxist?". Nietzsche in Russia. Ed. Bernice Glatzer Rosenthal. New Jersey: Princeton University Press, 1986. p.281.

③ A. L. Tait. "Lunacharsky: Nietzschean Marxist?", Nietzsche in Russia, BerniceGlatzer Rosenthal, p.281.

④ 有趣的是，对卢那察尔斯基影响颇大的哲学家阿芬那留斯的母亲是瓦格纳的继妹，瓦格纳是阿芬那留斯的教父。

(philosopher-poet），以及实现了音乐与文学最高融合的剧作家"，并进而批评当时的苏维埃音乐家与剧作家的成果不彰。①以戏剧这种艺术形式表达自己的思想，是卢氏所擅长且经常采用的方式。从《浮士德与城》中，读者可以清晰地辨识出卢氏的折中主义或调和主义思想。梅菲斯托所代表的极端个人主义与加伯列所代表的集体主义、民主主义的冲突是《浮士德与城》中思想冲突的实质；浮士德是这两种思想折冲、较量、拉扯的对象；浮士德的退位标志着集体主义与民主的胜利，而他在戏剧结尾时被重新推上神坛，则充满个人主义"复辟"的意味，即在戏剧中，浮士德先"退位"后"封圣"是集体主义与个人主义较量的一种折中结果。

## 三

鲁迅与柔石并未对《浮士德与城》中卢那察尔斯基的"超-个人主义"思想或他在马克思与尼采之间的折中思想做特别阐释。究其原因，主要有两个方面：一方面是受限于相对有限的资料，鲁迅对卢氏早期思想的理解尚不全面；另一方面则是1930年代的文学接受环境使然。

首先，虽然卢那察尔斯基是被鲁迅论述最多的俄苏文艺理论家之一，②而且鲁迅在《〈浮士德与城〉后记》中也提到"Lunacharski的文字，在中国，翻译要算比较地多的了"③。但是实际上，鲁迅所接触到的关于卢氏早期（十月革命之前）生平与思想的介绍或研究材料相对较少，主要有以下三种。第一种为柔石译《浮士德与城》的正文前附有日本学者尾濑敬止（OseKeishi，1889—1952）的《作者小传》（鲁迅译，1930年）。实际上，此文还曾以《作者传略》为名，出现在易嘉（瞿秋白）翻译另一部卢氏戏剧《解放了的董·吉诃德》的正文之前。作为鲁迅所编"文艺连丛"之一种，易嘉的译作于1934年由上海联华书局出版，比柔石的译作晚出四年。由此可见，在这四年中，鲁迅并未接触到比尾濑敬止的文章更好的卢氏生平介绍，故而沿用旧文。第二种为尾濑敬止的《为批评家的卢那卡尔斯基》（鲁迅译），此文收入鲁迅翻译的卢那察尔斯基文艺论集《文艺与批评》（1929年）。鲁迅在《文艺与批评·译者附记》中说明

---

① A. L. Tait. "Lunacharsky: Nietzschean Marxist？". Nietzsche in Russia. Ed. Bernice Glatzer Rosenthal. New Jersey: Princeton University Press, 1986. p. 289.
② 李春林：《角色同一与角色分裂——鲁迅与卢那察尔斯基》，《鲁迅研究月刊》2011年第1期。
③ 鲁迅：《〈浮士德与城〉后记》，《鲁迅全集》第七卷，第374页。

道:"在一本书之前,有一篇序文,略述作者的生涯,思想,主张,或本书中所含的要义,一定于读者便益得多。但这种工作在我是力所不及的,因为只读过这位作者所著述的极小部分。现在从尾濑敬止的《革命露西亚的艺术》中,译一篇短文放在前面,其实也并非精良坚实之作,——我恐怕他只依据了一本《研求》,——不过可以略知大概,聊胜于无罢了。"①可见,在尽可能的范围内,鲁迅并未找到一种对卢氏生平与思想做相对完善介绍的著作,只好以尾濑敬止的文章做"聊胜于无"的补充。已有研究者对鲁迅译《为批评家的卢那卡尔斯基》的底本进行了考证,即鲁迅译文的底本为尾濑敬止的文章《評論家としてのルナチャスキィー》,收入尾濑敬止著《革命ロシャの芸術》(即《革命俄国的艺术》,实业之日本社,东京,1925年)。②这两篇文章的重点都是介绍卢氏与无产阶级革命与艺术的关系,对他早年思想中的非马克思主义因素鲜有涉及。第三种是1923年出版的英文版《卢那察尔斯基戏剧三种》中的英译者所撰写的"导言"(Introduction)。这一"导言"的重点是介绍卢氏的戏剧成就,虽然对他早年的求学生涯有所介绍,提及他与阿芬那留斯等人的交往,却也并未对他复杂多元的早期思想做更细致的分析,而是简而言之"他原先便是一个布尔塞维克,那就是说,他是属于俄罗斯社会民主党的马克斯派的"③。英文原文为:From the first he was a Bolshevik; that is to say he joined the Marxian section of the Russian Social Democrats.④由上可见,鲁迅在当时所获得的有关卢氏传记的材料均把他当作苏俄马克思主义文艺理论家,而对他十月革命之前思想的多元复杂性(尤其是其中的尼采元素)未加关注,这在一定程度上影响了鲁迅对卢氏的认识。

其次,在鲁迅翻译卢氏的《艺术论》(1929)与《文艺与批评》(1929)、蒲力汉诺夫的《艺术论》(1930)以及柔石在翻译《浮士德与城》(1930)时,恰逢革命文学论争以及左联成立前后,特别是创造社后期成员冯乃超等人站在阶级革命立场上对他所做的意识形态批判言犹在耳。对此,鲁迅在《三闲集·序言》中表示"我有一件事要感谢创造社的,是他们'挤'我看了几种科学底

---

① 鲁迅:《文艺与批评·译者附记》,《鲁迅全集》第十卷,第328页。
② 芦田肇:《鲁迅、冯雪峰对马克思主义文艺理论的接受(一)——水沫版、光华版〈科学的艺术论丛书〉版本、材源考》,张欣译,《中国现代文学研究丛刊》1993年第2期。
③ 鲁迅:《〈浮士德与城〉后记》,《鲁迅全集》第七卷,第369页。
④ Lunacharski. Three Plays of A. V. Lunacharski, L. A. Magnus and K. Walter, trans, London: Geoge Routledge & Sons LTD, 1923, p.v.

文议论,明白了先前的文学史家们说了一大堆,还是纠缠不清的疑问。并因此译了一本蒲力汉诺夫的《艺术论》,以救正我——还因我而及于别人——的只信进化论的偏颇。"①因此,1929年前后的鲁迅在阅读卢那察尔斯基等苏俄文艺理论家的理论著作以及文艺作品时,他所关注的重点是无产阶级革命以及无产阶级文艺问题,而非这些理论家的思想形成历程。对于鲁迅来说,无论是卢那察尔斯基或是蒲力汉诺夫,最重要的是他们同为马克思主义文艺理论家,而至于他们之间的差异,尤其是他们的文艺思想在形成过程中所汲取的差异化思想资源,则不是鲁迅的重要关切。因此,对于卢那察尔斯基在十月革命之前的思想,尤其是他青年时期对尼采思想的吸收,鲁迅并未多做考察,实属受历史条件所限。

## 四

在众多苏俄马克思主义文论著作中,鲁迅最早自己动手翻译的专著是卢那察尔斯基的《艺术论》与《文艺与批评》。因此,卢那察尔斯基对鲁迅左翼文艺思想的影响值得特别关注,相关研究也取得了可观的成果。②但是,对于柔石翻译的卢氏戏剧《浮士德与城》的研究却并不充分。如前所述,该剧体现了1908年前后卢那察尔斯基试图综合尼采与马克思的努力。尤为值得注意的是,他所提出的"超-个人主义"正与鲁迅在1930年前后的思想存在一定的契合。在探究鲁迅与尼采学说之间的关系时,学者张钊贻曾指出,"从正统马克思主

---

① 鲁迅:《三闲集·序言》,《鲁迅全集》第四卷,第6页。
② 李春林:《角色同一与角色分裂——鲁迅与卢那察尔斯基》,《鲁迅研究月刊》2011年第1期。李春林在文中对鲁迅与卢那察尔斯基在文艺观上的相似与差异进行了详细论述,阐述了卢氏对鲁迅在唯物史观、具体文艺观点等方面的影响,但并未追索鲁迅选择接受卢氏文艺思想的思想根源。阮芸妍的论文《"实际指导者"视野的引入——鲁迅译卢那察尔斯基〈艺术论〉〈文艺与批评〉》(《文艺理论与批评》2020年第5期)指出,鲁迅重视卢那察尔斯基作为苏联文艺的"实际指导者"这一角色,希望借由对其著作的选择有助于读者对苏联文艺政策制定与实施过程的认识。张亮的论文《〈起死〉的浅文本:与卢那察尔斯基〈解放了的董·吉诃德〉的对读》(《中国现代文学研究丛刊》2019年第1期)认为鲁迅创作的最后一篇小说《起死》与卢氏的戏剧《解放了的董·吉诃德》存在内在关联性,后者在小说的构思与创作方面直接影响了鲁迅。此外,张直心对鲁迅与卢那察尔斯基、普列汉诺夫在文艺思想上的异同进行了辨析,指出相比较于普列汉诺夫,鲁迅与卢氏更强调文艺创作上的主观主义,且二人的思想与气质也更为契合。(《客观主义还是"阶级主观主义"?——鲁迅与普列汉诺夫、卢那察尔斯基文艺思想再思辨》,《中国现代文学研究丛刊》2016年第9期)

义的角度看，鲁迅充满尼采色彩的文艺运动，是与共产主义截然对立的；但从不是那么正统的马克思主义角度看，即使鲁迅是个马克思主义者，两者仍在五个方面可以找到共同点"，即"浪漫主义""人的解放""进化论""反传统和反资本主义""精英思想"。①不妨借用张钊贻的观点，鲁迅是中国"温和"的尼采，而卢那察尔斯基则可被视为俄国"温和"的尼采。②因此，通过对柔石译《浮士德与城》的阅读，认识到鲁迅对该剧主旨的一处"误读"，以及他与卢那察尔斯基在思想上的一个联结点——尼采，这或许对于完整把握鲁迅与卢那察尔斯基的关系有所帮助。

---

① 张钊贻：《鲁迅：中国"温和"的尼采》，北京大学出版社，2011，第297—299页。
② 张钊贻在研究中指出了俄国马克思主义团体"前进"的成员，包括卢那察尔斯基、波格达诺夫、高尔基等人都是试图将尼采与马克思主义相融合的俄国思想家。参见张钊贻：《鲁迅：中国"温和的尼采"》，第300页。

# "五四"新文化方向与鲁迅思想的精神指向\*

张福贵　吉林大学文学院

鲁迅思想的发展过程是中国现代社会思想文化转化的历史印记和理想路标，其思想境界是考量中华民族精神状态的价值尺度。中国历史时代的转折点往往都是始于或终于某个重大的政治事件。这既是由中国社会发展中的政治伦理本位意识决定的，也是文化与文学的思想实践和艺术实践本身展现的实际过程。所以，无论是中国文学的分期还是作家思想的转化，都与此休戚相关密不可分。一百多年前的五四新文化运动无疑是中国社会、文化和思想的转折点，它不仅是中国社会现代化的起点，而且是思想文化史中一个始终被关注和讨论的焦点问题。正如陈平原所说："不管你持什么立场，是左还是右，是激进还是保守，都必须不断地跟'五四'对话。"①这个焦点问题对于中国社会发展和思想文化转型的重要性达到了这样一种程度：百年中国思想文化历史评价的纷争由此而起，未来发展路向构想的某些分歧也由此而生。而要从思想史和社会史的角度很好地解释和解决这一纷争，鲁迅是最合适不过的历史标本和当下范例。在21世纪之初，我曾经提出将鲁迅研究从"学鲁迅"转向"鲁迅学"②，

---

\*本文系国家社科基金重大项目"鲁迅的文化选择对百年中国新文学的影响"阶段性研究成果。项目批准号：19ZDA267。
①陈平原：《作为一种"思想操练"的"五四"》，《探索与争鸣》2015年第7期。
②张福贵、王玉玲：《从"鲁迅学"到"学鲁迅"——建国以来东北学人鲁迅研究的历史评价》，《社会科学战线》2009年第10期。

意谓回归学术本体。但是，时至今日，我倒有些新的想法：是否还有必要从"鲁迅学"返回"学鲁迅"？因为我发现，民族思想文化的健康程度和我们与鲁迅思想主体的远近亲疏往往成正比。当下社会复古主义波涛汹涌，不乏个别沉渣泛起，甚至"英语起源于湖南英县""印第安就是殷地安否"之类的荒唐言论都畅通无阻。每当此时我就想，鲁迅的思想是检验社会和个人思想状态的精神指标，鲁迅活着将会怎样？

## 一 "五四"新文化传统与"鲁迅文化"的确立

在五四新文化运动发生一个多世纪之后再来重新评价新文化的价值与意义，本应较当时更具有时间上的优势。但是，从当下学界与社会对于五四新文化运动的基本结论来看，我们的思想文化发展似乎并不符合一般的线性历史观，也许线性历史观本身也不总是体现在历史的进程中。其实，对于五四新文化运动的评价并非评价其自身的是非得失，而是如何评价历史和构想未来。百年岁月，波峰浪谷，漫长的时间会让我们忘却许多记忆，但是"五四"对我们的影响从未减弱，一代又一代人承受着这种历史的恩惠。在"百年未有之大变局"的当下，中国在某种程度上又一次面临鲁迅在20世纪初所言的"进向'大时代'的时代"①。虽说在"大时代"之中，我们要有充分的自信来完成中华民族伟大复兴的梦想，但在这"大时代"里，我们更需要有一种危机意识。危机意识对于国家和民族来说，实在是一种幸事而非憾事，至少表明了对现实的正视和对发展的渴望。危机感可以促成中国思想文化的反思与变革，推动中国传统思想文化进行现代性转型。当然，完成这一过程的前提首先是要确立变革的价值取向。如果从思想文化的角度来理解这一问题，我觉得毛泽东早在1940年代鲁迅去世不久就做出的那个伟大的判断——"鲁迅的方向，就是中华民族新文化的方向"②——是一个具有长久性的最佳答案。也许，这个似乎应该在半个多世纪前就得到解决的历史课题，今天在各种思想力量的作用下，其答案却越来越模糊。我一直在想这样一个问题：在历史与未来之间，在这样一个大时代里，我们究竟应该如何理解鲁迅的方向与百年新文学传统的文化属性问

---

① 鲁迅：《〈尘影〉题辞》，《鲁迅全集》第三卷，人民文学出版社，2005，第571页。（本文所引《鲁迅全集》作品原文均出自同一版本。）
② 毛泽东：《新民主主义论》，《毛泽东选集》第二卷，人民出版社，1991，第698页。

题？这不只是一个历史问题，更是一个现实问题。

虽说"中华民族新文化的方向"已经是一个教科书级的固有名词，好像已经成为一个无须证伪的常识。但是，要回答鲁迅对于"大时代"的分析与中国百年新文学传统的关系问题，首先需要进一步明确和理解"中华民族新文化的方向"的内涵。中华民族新文化的方向和中国新民主主义革命的方向是一致的，新民主主义革命的目标不仅是要完成中国社会的政治变革，也要实现中国文化的变革。前者表现为"政治救亡"，后者表现为"思想启蒙"。二者不是对立取舍关系，而是互为表里相辅相成的。这不单纯是一种理论的逻辑关系，更是一种历史发展和思想变革的实践关系。无论是从逻辑来说，还是从历史实践来看，启蒙与救亡都是一种思想的变革和人的解放。思想启蒙是政治救亡的逻辑起点，政治救亡是思想启蒙的实践结果。因为没有思想上的觉悟，也不会有政治上的行动。所以，对于五四新文化运动中以"科学"与"民主"为核心的思想启蒙主张，必须给予充分的肯定和高度的赞扬。1942年毛泽东在《反对党八股》一文中，把"五四"精神概括为科学和民主的精神："五四运动时期，一班新人物反对文言文，提倡白话文，反对旧教条，提倡科学和民主，这些都是很对的。在那时，这个运动是生动活泼的、前进的、革命的。那时的统治阶级都拿孔夫子的道理教学生，把孔夫子的一套当作宗教教条一样强迫人民信奉，做文章的人都用文言文。总之，那时统治阶级及其帮闲者们的文章和教育，不论它的内容和形式，都是八股式的，教条式的。这就是老八股、老教条。揭穿这种老八股、老教条的丑态给人民看，号召人民起来反对老八股、老教条，这就是五四运动时期的一个极大的功绩。"当然，作为谙熟唯物辩证法和精通中国政治实践的政治家，毛泽东指出了"五四"新文化和五四运动存在的历史局限与不足："但五四运动本身也是有缺点的。那时的许多领导人物，还没有马克思主义的批判精神，他们使用的方法，一般地还是资产阶级的方法，即形式主义的方法。他们反对旧八股、旧教条，主张科学和民主，是很对的。但是他们对于现状，对于历史，对于外国事物，没有历史唯物主义的批判精神，所谓坏就是绝对的坏，一切皆坏；所谓好就是绝对的好，一切皆好。这种形式主义地看问题的方法，就影响了后来这个运动的发展。"[①] 十分明显，毛泽东反对老八股和老教条主义是着眼于国家和人民的自由独立大方向的："如果'五四'时期不反对老八股和老教条主义，中国人民的思想就不能从老八股

---

① 毛泽东：《反对党八股》，《毛泽东选集》第三卷，第831—832页。

和老教条主义的束缚下面获得解放,中国就不会有自由独立的希望。"①在具体阐释中,毛泽东不仅着眼于"五四"新文化的基本属性的评价,而且也对其彻底和极端的思维方式进行了反思,成为教科书经典结论的思想来源,并且影响了当下的历史评价。

在进向"大时代"的时刻,20世纪初中国社会的变革是一个全方位的变革,"中华民族新文化的方向"是一个多元而丰富的文化选择。从政治层面来看,是反帝反封建的政治革命与民族革命,这就是"五四"新文化与新文学的总口号和总主题。从文化层面来看,"人的解放"是反传统的最终目的。而鲁迅作为新文化、新文学的奠基者和代表作家,他的作品和思想最好地诠释了"五四"的时代精神。"五四"时代是一个青春时代,也是一个思想时代。无论怎样评价,"五四"百年已经形成了一种中国近现代历史中特有的"五四文化",即使是对"五四文化"割断传统的指责实质上也是对"五四"新文化属性的一种确认。历史的评价和性质判断,往往并非仅在肯定立场上单方面做出的,有时候更是在否定立场上来确认的。对于否定"五四"新文化的这种反向评价,我们往往仅从负面的角度匆匆一瞥而忽视了其思想可能具有的历史功能。就"五四"新文化而言,其反传统的属性确认是有新文化运动伊始对立面的指责和反驳在里面的。因此,"五四文化"概念的内涵就明显大于"五四"新文化,包含有新文化本身以及围绕着新文化的评价在内。"五四文化"是以"五四"新文化精神为中心逐渐放大的一串历史波纹,是在挑战、应对、冲突、融合的过程中形成的。而从这一逻辑出发,选择鲁迅作为"五四文化"的表征和样本是最为贴切的。鲁迅,成为一个对象,也成为一个标准。

由于"五四文化"既包含"五四"新文化本身,也包含对于"五四"新文化的评价,因此,"五四文化"不单单是一个历史性概念,而且是一个动态的当下性概念,体现出百年来人们对于"五四"价值的阐释。落实到鲁迅与"中华民族新文化的方向"的关系上,那可能就是"鲁迅与21世纪中国""鲁迅与21世纪世界"的思想文化关系问题。因为任何历史研究都要追求当下意义,不具当代意义或者回避当代意义的历史研究都是一种"博物馆文化"。即使是史料也是活的,也要说当代人的话,只有这样历史才是有活力、有价值的。从这个意义上讲,鲁迅思想、鲁迅性格、鲁迅文学及其阐释也就要看作是当下文化转化建构的精神资源,要成为一种特殊的文化价值形态——"鲁迅文化"。"鲁

---

① 毛泽东:《反对党八股》,《毛泽东选集》第三卷,第832页。

迅文化"包含有丰富的内涵，从文化价值取向到文化批评实践，从"非人"历史批判到"立人"理想诉求，是现代文化的完整结构。像"五四文化"一样，"鲁迅文化"也在内容和逻辑上具有历史性和当下性共存的特点。具体一点说，"历史的鲁迅"和"活着的鲁迅"就是"鲁迅文化"的形象阐释。历史上鲁迅思想的构成与当下性鲁迅思想的影响，形成了一个生生不息的"鲁迅文化"谱系。"鲁迅文化"谱系的具体内涵包括鲁迅的精神思想、性格特征、文化价值取向、文化实践过程、文化人格构成、文化传播影响等方面。这是一种思想形态，也是一个实践过程。

在确认"鲁迅文化"的构成与价值的同时，我们还必须注意到"鲁迅文化"及"五四"新文化的传统文化属性问题。在长期的学术史评价中，鲁迅所代表的新文化的价值一直处于一种被广泛质疑乃至否定的境遇之中，认为其对于传统文化的批判中断了中国传统文化，而要接续传统必须纠正和批判这种激进主义文化价值观。如果从否定之否定的历史发展观出发，这种思考无疑具有形式的合逻辑性。但是，这里需要注意两点：第一，鲁迅及"五四"新文化所批判的不是整个传统文化，而是"非人"的封建礼教；第二，"鲁迅文化"及"五四"新文化百年发展已经成为中国传统文化的组成部分，而且是十分值得珍视的部分。它已经不在传统之外而在传统之内，不是传统中的异己成分而是传统中的新生动力。因此，"鲁迅文化"不仅具有历史的价值，也有当下的意义。

当下人类社会的思想文化处于一个努力趋同而又极度分裂的状态，大到国家冲突、历史评价，小到社会新闻、明星婚变之类的事件，经过网络推动都能立刻将族群和社会撕裂，"退群"、对立屡见不鲜，甚至对鲁迅形象和思想的理解评价本身也存在着明显的分歧。这不是价值观的多元化，而是价值观的分裂。这种分裂往往来自文明与愚昧、变革与保守的冲突。思想的进步与时代的发展并不是相辅相成的，有时候时间对于一种思想的发展或者一类人群的成长似乎毫无意义。说到底，是两种文化时代的矛盾。在这样一种复杂、困惑和严峻的思想环境下，如何在丰富的"鲁迅文化"中找到可用的思想资源，已经成为我们当代思想文化建构的一个有力的支点。不管人们怎么评价，鲁迅思想及其价值评价是一个绕不过去的节点。如果从单纯的学理逻辑来说，回顾历史、总结经验并不难，因为我们不是身在其中，而是站在历史风平浪静之后的湖畔，可以比较清晰地看清历史的身影。不一定人人都有参与历史的机会，但却都有评价历史的权利,因为历史总是后人写的,而畅想未来,也是可以展开无数想象的。于是,对于历史我们往往可以相对轻松地得出结论。然而,有时候人们并不一定能够恰当地使用这种历史权利。这种状况在鲁迅研究和社会评价中时有体现。人类社会和思想文化都是从过去走向未来的,对于未来的追求和期待是人类社会发展的最高境界。然而,不可忽略的是二者之间的艰难过程,一切关键都在于中间环节,在于当下过程。历史与未来之间的关键是执着于现在,传统中国与现代世界之间的关键是树立和实践"人类命运共同体"意识。对于鲁迅而言,前者表现为"中间物"①意识,后者表现为"世界人"②意识。历史与未来之间的桥梁是当下,当下决定着未来的走向,鲁迅文化为当下确立了一个路标。鲁迅研究界有一种共识:只有理解了中国社会才能读懂鲁迅,而只有读懂了鲁迅才能理解中国社会。鲁迅永远活在当下,鲁迅文化的本质精神是他对于中国社会、文化和中国人的深刻理解。鲁迅与中国就是这样一种解不开的纠葛,他为中国历史和文化增加了热度和深度,而其思想的丰富性和超前性也使后人对其思想的理解增加了难度。其实,对于鲁迅思想的理解可以大大地简化,只要知道他一生批判和挑战的不是哪一个个人,而是中国的一种文化传统、一种民族根性、一种社会状态,他没有家仇只有公愤,你就可以把握其思想的本质。鲁迅的尖刻与激烈都是对于国家和民众的关切,容不得鲁迅存在的时代一定不是一个清醒自信的时代。

鲁迅在历史与未来之间执着于现在,主要体现为深刻的忧患意识和批判精神。这种忧患意识和批判精神继承了中国儒家思想流脉中的士大夫济世精神,这是毋庸置疑的事实。但是如果仅仅停留于这一层面的理解,就等于将鲁迅独异的思想与先锋的意识和传统精神混淆起来,如此鲁迅也就与传统士大夫并无二致,"鲁迅文化"也就不成其为"鲁迅文化"了。鲁迅的思想来源和思想属性是与传统迥异的,也是与众不同的。他不像晚明时期李贽及公安派诸人那样,凭借原儒思想及生命力量在传统中反传统,而是以一种个性主义与人道主义来批判封建传统文化及其营造的"庸众"。但是,这并不影响鲁迅对于中国思想文化和社会发展所做出的巨大贡献。相反,这种贡献是独一无二、极其宝贵的。推动社会前进的有两种力量:肯定的力量与否定的力量。肯定是对于社会善行的歌唱,否定是对社会恶行的批判,这两种力量都是正能量。我们都认

---

① 鲁迅:《写在〈坟〉后面》,《鲁迅全集》第一卷,第302页。
② 鲁迅:《随感录三十六》,《鲁迅全集》第一卷,第323页。

为鲁迅终生的使命是破坏与批判，其实不破不立，这本身就是一种建设。对假恶丑的批判本身就表明对真善美理想的坚守。鲁迅的文化批判主要是来自于他对真善美的社会的追求，甚至表现出一种理想主义价值追求。最彻底的悲观主义者往往是最高的理想主义者，因为每遇一事一人便用这理想主义的标准去衡量，便每每大觉失望，于是便成为悲观主义者。鲁迅的悲观和绝望的反抗就表明了这种最高的人生理想、政治理想、社会理想和文化理想。鲁迅的真实让恶人作恶变得困难，特别是让伪善者暴露出恶的本质。对于现实的认识程度决定着未来的正确程度，鲁迅的许多思想整整超前了一个世纪，其昔日所指正是今日所在。他一生中提出了许多攸关民族、社会和文化发展的重大命题，这些命题不只是指向当下的，也是指向未来的，成为"中华民族新文化"的宝贵资源。有的命题我们理解了也实现了，有的命题我们理解了但是并没有实现，有的命题我们不仅没有实现甚至也没有理解。这不只是由于鲁迅思想的深刻与超前，也是由于我们与鲁迅思想存在的时差与异质。鲁迅是常读常新的，他已经成为一个世纪性和世界性的话题，我们花费了半个多世纪的时光阅读鲁迅，理解鲁迅。当我们如梦初醒理解了某个思想难题时，发现鲁迅早已站在那里，静静地接受我们的敬意。千年历史，百年风云，在跌宕起伏的文化演进中，我们庆幸有过鲁迅。鲁迅思想的超前和深刻作为中国文化发展的一种精神资源，应该值得我们百倍的珍惜，让鲁迅活在当下。

鲁迅的思想是超越的，"鲁迅文化"从一种文化"异类"成为一种文化新传统，已经进入民族思想文化传统中的现代谱系。"鲁迅文化"的存在，为民族文化增加了转化和发展的新动力并延续了文化传统。鲁迅的思考提升了民族思想的质量，也丰富了人类思想的容量，推动了社会时代思想的进步。这应该成为我们对"中华民族新文化的方向"内涵最深刻的理解。鲁迅文化已经成为我们文化选择和人生选择的一种价值尺度，鲁迅研究也成为理解历史与未来、传统中国与现代世界的一种话语权利和言说方式。任何历史研究都是追寻当代意义的，任何个体研究都不只是认识个人，而是认识社会。在这样一种理解之上，有感于当下人类社会的思想倾向，我们强调鲁迅研究的当下性和社会性，就是从鲁迅思想本体出发，把鲁迅作为一种话语方式，言说我们自己和我们的时代。我们需要"普及鲁迅"，构建和阐释"鲁迅文化"，这是对鲁迅历史价值和当代意义的扩大和增值。只有这样，我们才能很好地回答"鲁迅在今天有什么意义"的世纪之问。

## 二 悲观与激烈：鲁迅思想逻辑的一致性

无论是经典的文学史教科书还是一般的鲁迅研究都认为，从五四新文化运动开始，鲁迅的精神世界就存在着一个精神蜕变过程：从悲观到激烈。毫无疑问，这是一种矛盾的思想性格，我过去认为这种矛盾体现了鲁迅精神世界的丰富性，可能除此之外，里面也包含了"五四"文化的某种文化品格。但是有一点需要注意，那就是悲观与激烈在鲁迅的精神世界中，不是一个先后发生的时代性的思想差异，而是一个几乎同时存在的心理反应过程。悲观与激烈从心理机制上是一个刺激—反应的完整过程，二者之间具有现实和思想的关联性。而这其中的现实起因之一就是来自对"庸众"的精神状态的判断和理解，一种"哀其不幸，怒其不争"的思想情绪。

庸众是历史形成的，或者说是被传统的思想文化环境制造出来的。对于庸众的批判实质上是一种对于封建专制文化的批判，这是近代以来许多中国知识分子共同的使命。严复指出，中国的"民力""民智""民德"三者皆缺："民力已堕，民智已卑，民德已薄"，"未有三者备而民生不优，亦未有三者备而国威不奋者也"，否则"以将涣之群，而与鸷悍多智、爱国保种之民遇，小则房辱，大则灭亡"。① 梁启超认为庸众在专制统治下成为奴隶，纵使"举全国聪明才智之士，悉辏集于政界，而社会方面空无人焉，则江河日下，又何足怪。"② "五四"新文化先驱者也大多持有这样一种判断。陈独秀认为国民愚弱、抵抗力薄弱是中国颓败根本原因："吾国衰亡之现象，何止一端？而抵抗力之薄弱，为最深最大之病根。退缩苟安，铸为民性，腾笑万国，东邻尤肆其恶评。"③ 胡适对于传统中国社会的国民性做了深刻的批判："明明是男盗女娼的社会，我们偏说是圣贤礼仪之邦；明明是赃官污吏的社会，我们偏要歌功颂德。明明是不可救药的大病，我们偏说一点病都没有！"④ 为唤醒民众，陈独秀于1919年6月11日在北京新世界商场散发传单《北京市民宣言》，因此被捕。一个月后，毛泽东在《湘江评论》创刊号上发表《陈独秀之被捕及营救》一文，从舆论上对其进行支持与营救。文章中对陈独秀及其思想做了极高的评价："我们对于

---

① 胡伟希选注：《严复集》，沈阳人民出版社，1994，第25页。
② 梁启超：《吾今后所以报国者》，《饮冰室合集》，中华书局，1989，第53—54页。
③ 陈独秀：《抵抗力》，《新青年》1915年第一卷3号。
④ 胡适：《易卜生主义》，欧阳哲生编《胡适文集》第二卷，北京大学出版社，1998，第476页。

陈君，认他为思想界的明星""现在的中国，可谓危险极了……危险在全国人民思想界空虚腐败到十二分。中国的四万万人，差不多有三万万九千万是迷信家。迷信鬼神，迷信物象，迷信运命，迷信强权。全然不认有个人，不认有自己，不认有真理。这是科学思想不发达的结果。中国名为共和，实则专制，愈弄愈糟，甲仆乙代，这是群众心里没有民主的影子，不晓民主究竟是甚么的结果。陈君平日所标揭的，就是这两样。他曾说，我们所以得罪于社会，无非是为着赛因斯和克莫克拉西。陈君为这两件东西得罪了社会，社会居然就把逮捕和禁锢报给他。也可算是罪罚相敌了！""陈君之被捕，决不能损及陈君的毫末，并且是留着大大的一个纪念于新思潮，使他越发光辉远大。"①毛泽东通过对于陈独秀的评价，指出人民思想的落后才是中国落后的根本原因。

这种庸众构成了鲁迅所言的"无物之阵"的思想环境，导致了觉醒者处于一种孤独与悲愤的精神状态。"他走进无物之阵，所遇见的都对他一式点头。他知道这点头就是敌人的武器，是杀人不见血的武器，许多战士都在此灭亡，正如炮弹一般，使猛士无所用其力。那些头上有各种旗帜，绣出各样好名称：慈善家，学者，文士，长者，青年，雅人，君子头下有各样外套，绣出各式好花样：问，道德，国粹，民意，逻辑，公义，东方文明……但他举起了投枪。"②鲁迅，就是"这样的战士。"而陈独秀、胡适、李大钊、钱玄同等人最初也都怀有这种悲观与激烈交织的思想情绪。引人注意的是，如何理解作为"中华民族新文化的方向"的鲁迅，在五四新文化运动初起时的悲观和其后发展中的激烈，可能是认识鲁迅文化和"五四"文化精神及其思想逻辑关系的一个路径。或者说，作为五四新文化运动的后来者，甚至在新文化运动之中表现出悲观和彷徨的鲁迅，如何能够代表新文化的方向？从悲观到激烈两种并不和谐的思想性格，几乎同时存在于五四新文化运动中鲁迅的精神世界和社会实践之中。对于鲁迅的悲观与彷徨状态的分析正是"五四"新文化评价中较为薄弱的一环，理解了鲁迅的这种精神状态，才能更好地理解狂飙突进与苦闷困顿的"五四"新文化思想的深刻性和完整性。说到底，鲁迅的悲观与激烈不是一种思想矛盾，而是一种理想与坚定的意志表现。不是复杂和对立，而是丰富与深刻。其实，最难能可贵的是，一般觉醒者获得自我意识独立之后，必然陷入"无物之阵"或"群起攻击"的孤立境地。而觉醒者为了摆脱这种局面也往往

---

①毛泽东：《毛泽东早期文稿》，湖南人民出版社，1990，第305页。
②鲁迅：《这样的战士》，《鲁迅全集》第一卷，第219页。

放弃自己独立的意识,重回传统思想文化和社会关系之中。而鲁迅不是这样。他在悲观之后不是放弃而是更为激烈地反抗,即使知道这反抗是徒劳无益的,他仍然在困顿中前行:"我憎恨他们,我不回转去!"①于是,他一次次地"举起了投枪"。

毫无疑问,鲁迅并不是新文化运动最早的先驱者,他甚至在五四新文化运动刚刚发生时还苦闷沉寂了一段时间:"我那时对于'文学革命',其实并没有怎样的热情。见过辛亥革命,见过二次革命,见过袁世凯称帝,张勋复辟,看来看去,就看得怀疑起来,于是失望,颓唐得很了。"②最后,是经钱玄同、刘半农等数十次动员被拉进新文化阵营的。我们过去往往由此得出鲁迅早期思想的局限性的结论。其实,这里不是因为鲁迅的思想落后于时代,而更可能是超前于时代。鲁迅最终因为"决不能以我之必无的证明,来折服了他之所谓可有",因此决定"有时候仍不免呐喊几声,聊以慰藉那在寂寞里奔驰的猛士,使他们不惮于前驱"③。苦闷和沉寂并不等于平庸和浑噩,其实进入20世纪之后,鲁迅始终是清醒的。他在日本发表的有关文艺、文化、历史、宗教和科学等方面的文言论文,不管有多少是自己的创见与发现,有多少是借用别人的思想和观点,其思想的先锋性和深刻性是远远走在新思潮前沿的。

鲁迅早期思想中引人注目而又让人费解的是他对当时在中国尚未实现的议会政体"众治"的明确否定。1907年,也就是辛亥革命发生前四年,鲁迅在文言论文《文化偏至论》中针对当时流行的议会民主理念,进行了激烈的批评。鲁迅明确指出"托言众治,压制乃尤烈于暴君",因为"见异己者兴,必借众以陵寡"。认为这是人们"姑拾他人之绪余,思鸠大群以抗御"④,从而对近代以来维新人士和革命党的政治理想一并做了一个否定判断,并给后人留下一个辨析鲁迅早期文化选择与时代关系的难题。其实,鲁迅与时代的关系主要表现为一种思想对现实的超越。如果把鲁迅早期文化选择的价值判断置于20世纪中国社会的思想环境之中,就会发现鲁迅对"众治"的批判超越了当时一般的政治见解。鲁迅对当时反对专制、要求政治变革的时事批判者作了大胆的思想批判。而就思想批判而言,表明了二者之间在同一时间内、同一问题上的不同"时代"的思想差异,表明了鲁迅在思想上的超前性。"众治"作为代议制政体

---

① 鲁迅:《过客》,《鲁迅全集》第二卷,第196页。
②③ 鲁迅:《自序》,《鲁迅全集》第一卷,第437页。
④ 鲁迅:《文化偏至论》,《鲁迅全集》第一卷,第46页。

是西方近代经验理性的产物，是历史的一种积累结果。然而，鲁迅等人则从历史行为之中寻找到了否定的口实：形式的合理性下掩盖着实质的不合理性。当时中国一般"识时之士"为适应反对封建帝制政体的现实需要，以西方18、19世纪立宪政治学说和科学理性主义为中国社会和文化变革的思想武器，以西方现代社会政治、经济和文化发展的实际状态为社会楷模来设计中国未来的政治架构和社会模式。议会政治作为"西体"在中国的倡议，始于1883年进士崔国因的一份奏折，他认为设立上下议院，"因势利导，而为自强之关键也"①。经何启、胡礼垣、郑观应、张树声等人的继续倡导，至康梁维新派大力宣传、筹划，逐渐成为20世纪初中国社会变革的热点与难点。而鲁迅"不合众嚣""力抗时俗"，表现出与时代潮流不一致的政治思想倾向。其中值得注意的是，康有为、梁启超后期的政治主张也同样反对议会民主，但是鲁迅与其具有完全不同的价值取向。梁启超反对共和，主张立宪，由"开民智""兴民权"最后走向"开官智"和"保吾皇"，虽然其中包含了对于光绪皇帝封建宗法"知遇之恩"等道德性因素，但主要反对依据还是政治文化的判断。他认为，"今日中国国民非有可以为共和国民之资格"②，不仅不能建立民主共和，而且连君主立宪亦难："今日欲强中国，宜莫亟于复议院？曰：未也。凡国必风气已开，文学已盛，民智已成，乃可设议院。今日而开议院，取乱之道也。"③意即当时中国民众的政治意识与文化素质不高，不具备实行民主政治的社会基础。这种轻视民众权利主体性的"后置"判断具有很广泛的认同和很长久的优势。

鲁迅是与一般"识时之士"不同的独异者即先觉者，他对于议会民主的反对不同于梁启超的"后置"判断，而是来自于超前判断。与梁启超的制度为上人为下的非主体认识不同，鲁迅将人的个性价值和主体地位置于制度之上。他的政治学诉求已经超越了议会民主，认为其是对于人的个性发展的制度制约，最终会影响人类思想的发展。由此可见，梁启超将议会民主视为中国社会制度未来发展的理想形态，而鲁迅则看到议会民主实施之后对于人类思想发展的制约。因为鲁迅所使用的思想武器来自于另外一个思想时代——20世纪人本主义生命哲学和个性主义启蒙的思想时代。这里既有人类思想潮流的影响，也有鲁迅自我思考的结果。

---

① 鲁迅：《文化偏至论》，《鲁迅全集》第一卷，第53页。
② 崔国因：《枭实子存稿》，转引自熊月之《中国近代民主思想史》，上海人民出版，1986，第129页。
③ 梁启超：《古议院考》，《时务报》1896年11月5日第10期。

正如在辛亥革命前超越立宪派和革命党而否定尚未实现的"众治"一样，鲁迅的人学思想也是大大超前的。鲁迅在启蒙主义方兴未艾之际预感到其在中国的未来命运，他意识到中国旧文化的历史惯性与氛围犹如一种"无物之阵"，最终"无物之物则是胜者"①。无论文化先驱者怎样地反抗和呼吁，到头来也只能是"两间余一卒，荷戟独彷徨"②，最终"梦醒了无路可以走"③。他不无悲哀地认为，"中国太难改变了，即使搬动一张桌子，改装一个火炉，几乎也要血；而且即使有了血，也未必一定能搬动，能改装。"④"像一只黑色的染缸，无论加进什么新东西去，都变成漆黑。"⑤从批判中国尚未实现的民主政体，到怀疑新文化运动和社会人心，看破的阴影笼罩了鲁迅的精神世界。但这并不简单地表现为鲁迅思想的悲观和绝望，而是其思想的超前和深刻，超前的思想之光最终要冲破当下的黑暗。

鲁迅是人不是神，也具有一些常人都有的性格甚至人格的弱点。例如，鲁迅是多疑的，而多疑来自于受骗过多，受骗是因为善良单纯：童年的经历、兄弟失和、同志和学生的背叛，都是其多疑的人生经验来源。我们指出鲁迅的悲观与多疑并不是要说明其思想的落伍和精神的颓唐，而是要从中抽象出鲁迅特有的一种思维方式，即整体性的思维方式：由非此即彼到亦此亦彼，把别人思考的终点作为自己思考的起点，别人思考到第一步，鲁迅则要思考到第二步。因此我们把这叫作"第二步思维"。这种抽象不是后天人为的剥离，而是来自于鲁迅思想的实践。相对于郭沫若等人在五四新文化运动和大革命高潮中的热烈乐观的表现，鲁迅无疑是低沉悲观的。在我们的教科书中常常以此作对比，认为是鲁迅早期思想的局限。但是，这恰恰是鲁迅基于与众不同的思维方式和历史洞察力所作出的深刻判断。1927年大革命高潮中，鲁迅到了广州之后，看到高潮背后的隐忧，与众不同地发出警示："坚苦的进击者向前进行，遗下广大的已经革命的地方，使我们可以放心歌呼，也显出革命者的色彩，其实是和革命毫不相干。这样的人们一多，革命的精神反而会从浮滑，稀薄，以至于消亡，再下去是复旧。广东是革命的策源地，因此也先成为革命的后方，因此也

---

① 鲁迅：《这样的战士》，《鲁迅全集》第一卷，第220页。
② 鲁迅：《题〈彷徨〉》，《鲁迅全集》第七卷，第156页。
③ 鲁迅：《娜拉走后怎样》，《鲁迅全集》第一卷，第166页。
④ 鲁迅：《娜拉走后怎样》，《鲁迅全集》第一卷，第171页。
⑤ 鲁迅：《两地书》，《鲁迅全集》第十一卷，第20页。

先有上面所说的危机。""黑暗的区域里,反革命者的工作也在默默的进行。"①不幸的是,两个月后广州事变证明了鲁迅的判断。对于鲁迅的悲观不能仅从思想内容去理解,也应该从思想逻辑上去理解。鲁迅在第二步思维的作用下,"于浩歌狂热之际中寒,于天上看见深渊,于一切眼中看见无所有,于无所希望中得救。"②大革命高潮中,郭沫若等人看到了革命高潮的即将到来,而鲁迅则看到了高潮到来之后的退潮。所以说,这种思维方式使鲁迅的思想性格沉稳而深刻,执着而坚定。高潮之中冷静清醒,低潮之中坚毅沉着。其实,最大的悲观主义者往往就是最彻底的理想主义者。因为只有使用"完美"的理想标准去判断一切,才觉得一切都不完美,所以才有大的悲观失望。我们判断人的思想不能简单地将当下的精神形态作为唯一的依据,而应该更加深入地分析形成这种精神形态的思想动因,这也是考察一个人思想能力的有效方式。正是由于鲁迅具有了先人一步的思想能力,才使得他的精神形态有了另外一种意义和价值。

当然,即使是先人一步的深刻思想而造成的悲观失望也是悲观失望,但是悲观失望可能使人颓唐,也可能使人愤激。颓唐是弱者的表现,最终自我消沉和毁灭;而愤激则是不甘于失望,进而起身反抗。鲁迅自称有过"颓唐",然而其思想是完整的。由"失望"到"颓唐"并不是他思想的终点,他的悲观是前面所说的深刻与远见,而激烈是因为在绝望之中"反抗绝望";"即是虽然明知前路是坟而偏要走,就是反抗绝望"③。由于"希望"而反抗,是对于反抗结果的珍视,也包括对于自己的珍视;由于"绝望"而反抗,缺少了反抗结果的考量,肯定不是最理想的反抗状态,因为有一种"索性如此""不顾一切"的决绝和悲壮。但是,从"绝望"到"反抗"在鲁迅的生命中不是一种"分裂",而是一种思想与行为的连续,最终结果必然是"激烈":"因为我以为绝望而反抗者难,比因希望而战斗者更勇猛,更悲壮。"④鲁迅的这种激烈的思想性格和战斗精神,既为新文化运动狂飙突进的激情时代增加了情绪的强度,也增加了思想的深度。他与胡适、刘半农等人一起,以知识理性与思想逻辑为"五四"新文化的转化和深化提供了最重要的精神动力,也成为五四新文化运动最重要的思想成就。

---

①鲁迅:《庆祝沪宁克复的那一边》,《鲁迅全集》第八卷,第196页。
②鲁迅:《墓碣文》,《鲁迅全集》第二卷,第207页。
③鲁迅:《致赵其文》,《鲁迅全集》第十一卷,第477页。
④鲁迅:《致赵其文》,《鲁迅全集》第十一卷,第477页。

我们过去比较关注"五四"新文化与鲁迅"彻底反传统"的激进主义文化精神，但是相对忽视其背后蕴含的启蒙思想中的理性主义文化精神，后者睿智而深刻，甚至有些像杜甫的诗一样沉郁顿挫。"五四"百年历史影响和评价始终处于社会思想的波峰浪谷之中，其中评价比较一致的，就是新文化运动中存在着文化激进主义流脉，而每每有人将鲁迅视为其代表者之一。鲁迅的思想性格的确是尖刻激烈的，"不若用庸众为牺牲，以冀一二天才之出世"①，"中国人向来就没有挣到过'人'的价格，至多不过是奴隶"②，"群众，——尤其是中国的——永远是戏剧的看客"③，"中国人尚是食人民族"④，"知道在硬化的社会里，不妨妄行……惟一的疗救，是在另开药方：酸性剂，或者简直是强酸剂"⑤，"所谓中国的文明者，其实不过是安排给阔人享用的人肉的筵宴。所谓中国者，其实不过是安排这人肉宴筵的厨房"⑥，"我以为要少——或者竟不——看中国书"⑦，"让他们怨恨去，我也一个都不宽恕"⑧等过激言论比比皆是，足见其思想性格的激烈甚至偏激。我以为，尖刻来自于认识的深刻，激烈来自于意志的坚定，来自于不妥协的态度。鲁迅的激烈是来自于反抗对象的强势和广大。他反抗和对抗的主要对象有两个：反抗偶像或者威权——"上等人""名流""正人君子"、军阀当局；对抗社会——"庸众""看客""无物之阵"。前者强势，后者广大，觉醒者与其相比，力量悬殊。虽说鲁迅对于两者的情感和立场是不同的，但是"威权"和"庸众"对于先驱者和觉醒者来说，都是对立面。正像《狂人日记》中狂人所处的环境一样，要吃自己的人有统治者，也有被统治者，甚至包括觉醒前的自己。面对这样的对立面，觉醒者不发狂岂非怪事？被迫害者发狂就是绝望的反抗，而这反抗也因为对立面的强大而变得更加激烈。表面上看，绝望的反抗是一种"不正常"，但正是这种"不正常"的存在才使社会有了走向正常的可能。所以，说到底，绝望的反抗来自于一种难以实现的希望。

20世纪之初，鲁迅借评价英国诗人拜伦所处的时代状况而慨叹："愤世俗

---

① 鲁迅：《文化偏至论》，《鲁迅全集》第一卷，第53页
② 鲁迅：《灯下漫笔》，《鲁迅全集》第一卷，第224页。
③ 鲁迅：《娜拉走后怎样》，《鲁迅全集》第一卷，第170页。
④ 鲁迅：《19180820致许寿裳》，《鲁迅全集》第十一卷，第365页。
⑤ 鲁迅：《十四年的"读经"》，《鲁迅全集》第3卷，第139页。
⑥ 鲁迅：《灯下漫笔》，《鲁迅全集》第一卷，第228页。
⑦ 鲁迅：《青年必读书》，《鲁迅全集》第一卷，第160页。
⑧ 鲁迅：《死》，《鲁迅全集》第六卷，第635页。

之昏迷,悲真理之匿耀"①,"虚伪满于社会,以虚文缛礼为真道德,有秉自由思想而深究者,世辄谓之恶人"②。其意亦在中国,而这也是鲁迅当时的思想处境。在个人与威权和社会进行激烈的反抗中,鲁迅知道"我决不是一个振臂一呼应者云集的英雄"。但是他的精神是清醒的,思想是明确的,意志是坚定的,情绪是激烈的。而其中更不能忽略的是道德的高尚:"勇者愤怒,抽刃向更强者;怯者愤怒,却抽刃向更弱者。"③这高尚一方面表现在鲁迅对于传统的"威权"毫无顾忌不留后路的决绝反抗:"无论是古是今,是人是鬼,是三坟五典,百宋千元,天球河图,金人玉佛,祖传丸散,秘制膏丹,全都踏倒他。"④另一方面表现为面对"庸众"时的"衷悲所以哀其不幸,疾视所以怒其不争"⑤的同情与批判。爱之深而痛之切,模糊不会产生尖刻,犹豫不会形成激烈。进入鲁迅的精神世界中,我们发现从悲观到激烈、从同情到批判,那么复杂的思想和情感却如此清晰而一致地存在其中。

"无流血于众之目前者,其群祸矣;虽有而众不之视,或且进而杀之,斯其为群,乃愈益祸而不可救也。"⑥面对这种思想环境,鲁迅内心是极其清醒而极其痛苦的。纵观鲁迅一生,他的伟大就在于这种清醒和痛苦:清醒是因为"梦醒了";而痛苦是因为"无路可以走"。"无路可以走"是对于人生和社会出路的反复探索和艰难选择,其中包含着思想和实践的理性。无论是清醒还是痛苦,都共同昭示出鲁迅思想的深刻性和独异性。这也使我们更加珍视鲁迅留下的这份精神遗产。

---

① 鲁迅:《摩罗诗力说》,《鲁迅全集》第一卷,第81页。
② 鲁迅:《摩罗诗力说》,《鲁迅全集》第一卷,第84页。
③ 鲁迅:《杂感》,《鲁迅全集》第三卷,第52页。
④ 鲁迅:《忽然想到六》,《鲁迅全集》第三卷,第47页。
⑤ 鲁迅:《摩罗诗力说》,《鲁迅全集》第一卷,第82页。
⑥ 鲁迅:《摩罗诗力说》,《鲁迅全集》第一卷,第102页。

# 鲁迅、章太炎与法家文化关系之反思

张克　深圳职业技术学院

笔者关于"鲁迅、章太炎与法家文化的关系"这一命题的研究已有一段时间，现对其中的"关系"略作反思，大旨有三：

## 一　"重生命"与"撄人心"

章太炎、鲁迅师弟，在与法家文化的关系上，在远渊近源两个方面都真能称得上深入骨髓、参稽变通，非一般文士的虚浮荒怠所能望其项背，他们殚精竭虑，为中华民族的现代精神的振拔与更生提供了丰富的经验。二人能如此卓越，时代机遇外，与他们特定的性格、禀赋、使命感均有关。鲁迅在生前最后的岁月里写就的《关于太炎先生二三事》一文，追慕的是先生历经磨难"革命之志，终不屈服"的精神，称"这才是先哲的精神，后生的楷模"。①章太炎、鲁迅身上，既有犀利的法眼，更有热烈的生命和庄重的德性。章太炎流亡东京受到中国留学生热烈欢迎，发表演说时鼓动大家"第一要在感情"②，有了情感才能"用国粹激动种性，增进爱国的热肠"，因为"若他晓得，我想就是全

---

① 鲁迅：《关于太炎先生二三事》，《鲁迅全集》第六卷，人民文学出版社，2005，第567页。（本文所引《鲁迅全集》作品原文均出自同一版本。）近来有学者对鲁迅此文及其他表述对如何看待章太炎思想、历史形象的影响有所检讨，参见林少阳《鼎革以文：清季革命与章太炎"复古"的新文化运动》、陈学然《再造中华：章太炎与"五四"一代》两书，均为上海人民出版社，2018。

② 章太炎：《东京留学生欢迎会演说辞》，汤志钧编《章太炎政论选集》，中华书局，1977，第271—272页。

无心肝的人，那爱国爱种的心，必定风发泉涌，不可遏抑的。"[1]有意思的是，正是这炽热情感的内在驱动才使得发现了"魏晋文章"和五朝法律。"魏晋文章"多有学人论及，无须赘述。章太炎对五朝法律的推崇原因是："五朝之法，信美者有数端，一曰重生命，二曰恤无告，三曰平吏民，四曰抑富人。"[2] "重生命"位列其首，章太炎还对五朝之法重生命之法的具体法条做了研究。可以说，章太炎不同于常规的犀利眼光的内驱力恰恰是他这种"重生命"的人道之心。相类的情况也出现在鲁迅身上，和乃师章太炎一样，他也是既冷静又激越的。章太炎在东京向留学生演讲呼唤情感、呼唤知耻、重厚、耿介、贞信的革命道德时[3]，当时在日求学的鲁迅也在《摩罗诗力说》一文里指斥道家老子的问题正是他的不动情，"不撄人心"，他呼唤的则是把"撄人心"作为自己职责的"诗人"，尤其是那些指归在反抗、能大声疾呼、振拔精神的摩罗诗人。[4]

法家的代表人物，似乎大多都有融激越与理性于一身的特点，众所周知，政治家商鞅是这样，思想家韩非更是这样。《商君书》里记载的那些商鞅与秦国当权大臣的辩论，每每商鞅都激烈到甚至都不顾及对方为手握实权的当涂之人了，言辞极为激烈、迅捷乃至失礼、失态；韩非子则是在孤愤、焦虑的情绪下提出自己的思想学说的，他对游说君王、权贵时自己情感的压抑有着异常深切的体会：

"凡说之务，在知饰所说之所矜而灭其所耻。彼有私急也，必以公义示而强之。其意有下也，然而不能已，说者因为之饰其美而少其不为也。"（《难言》）

"凡说之难：非吾知之有以说之之难也，又非吾辩之能明吾意之难也，又非吾敢横失而能尽之难也。凡说之难：在知所说之心，可以吾说当之。（《难言》）

"故有爱于主，则智当而加亲；有憎于主，则智不当，见罪而加疏。故谏说谈论之士，不可不察爱憎之主而后说焉。"（《难言》）

---

[1]章太炎：《东京留学生欢迎会演说辞》，汤志钧编《章太炎政论选集》，第271—276页。
[2]章太炎：《五朝法律索隐》，《太炎文录初编》，上海人民出版社，2014，第73页。
[3]章太炎：《革命之道德》，汤志钧编：《章太炎政论选集》，第320—323页。
[4]鲁迅：《摩罗诗力说》，《鲁迅全集》第一卷，第70页。

"夫事以密成，语以泄败。未必其身泄之也，而语及所匿之事，如此者身危。彼显有所出事，而乃以成他故，说者不徒知所出而已矣，又知其所以为，如此者身危。"（《难言》）

一方面是对游说对象的深刻理性把握和小心翼翼的情思揣摩，一方面是对自己的言辞、发言情态的精心设计。韩非子清醒地意识到，"度量虽正，未必听也；义理虽全，未必用也"（《难言》），理性分析并不能包打一切，更艰难的是游说对象的情感、意志这些更内在的因由。韩非子有着"凡治天下，必因人情"的深刻认知（《韩非子八经》），章太炎、鲁迅师弟可谓这一传统的杰出传人，师弟二人就诸多具体话题的发言每每既期中肯綮，又情挚动人，他们的发言乍看常有对抗世俗的横战之意，章太炎自称"疯子""神经"，鲁迅不避"刀笔吏"的指控，但道德的真诚、自我立场的坦率铸就了他们发言的力量，结果是，他们的发言有了强烈的在场感和见证性，在情与理的激荡中更易激发了我们的思考、反省和投入。

在这个意义上，我们常常对章太炎的"依自不依他""自贵其心、不依他力"①、鲁迅的"我自爱我的野草，但我憎恶这以野草装饰的地面"②一类的表述里体现出的自我的坚定、决绝又充满承担感的生命哲学多抱有真诚的感佩，为他们以自己的血肉之躯担当时代精神的举动无比感动。这自然是我们研究鲁迅、章太炎与法家文化的关系时需要继承的异常重要的精神遗产。事实上，章太炎、鲁迅对"自性""个体"的极度关注和张扬，使其能深切感受到法家文化里极为阴森残酷、缺乏人道的面相。这使得他们的思考和简单以法家的权力运作思想来实现政治治理转型的形形色色、或弱或强的国家主义者有了本质的区别。也正因此原因他们在公共事务议题的发言，常有着内在的人道情怀和社会正义感，这恰恰是传统法家思想里几乎要泯灭掉的对个体生命尊严的尊重。中国古代法家文化的代表人物，无论是思想者还是政治家，他们自身往往是在自己最绝望的时候才意识到自己存在的个体价值，他们的个体价值往往是和对权力的极度恐惧相伴生的。他们设想的权力高度整合的"势"的结构里并没有包括自己在内的个体的位置，也没有个体的内在价值的自觉，个体只能作为整

---

① 章太炎：《答铁铮》，《章太炎全集》（太炎文录初编），上海人民出版社，2014，第386—387页。
② 鲁迅：《〈野草〉题辞》，《鲁迅全集》第二卷，第163页。

个权力结构的某个工具存在,这是顾准所说的法家以"君主主义"为出发点所导致的严重后果。

章太炎、鲁迅对"自性""个体"的发挥,对打破法家文化偏计算、理性乃至谋略、冷酷的刻板印象及偏至做派不无裨益,可以说是对法家文化的现代更生与改造。法家文化在社会公共领域,尤其是在权力结构、权力运作的揭示上,在对人处于某种权力格局的自利性选择的敏感和经验上,的确有着犀利且系统的思考,对中国社会、政治治理的影响是深湛的。但其缺陷也是明显的,它只见"法、术、势"不见"人",它构筑的等级森严的运转机制是以普通臣子的牺牲来做润滑的,它只有工具理性刻意回避价值理性,试图将社会生活的道德维度挤压至无。事实上,真正有生命力的思想学说,深度的理性思考无不是在情感的浸润、意志的磨砺中生成的,三者不可偏废。法家学说的代表人物的个人遭际和命运,已经一再清楚地验证了这一点,他们个个身上那种激越又冷静的特质是触目的,章太炎、鲁迅在传统中国向现代中国转型时刻把与法家文化的纠缠、法家文化内在的断裂感都真切地展示了出来。章太炎、鲁迅对"自性""个体"的发挥,涉及如何处理"自利"乃至"自私"的问题,放大点说就是在中国社会如何建立起适应现代社会的人性论、道德论论述。①章太炎的《俱分进化论》一文表明,他是以发展的、动态的、辩证的思维看待人性、善恶问题的;而鲁迅在《我之节烈观》的"道德这事,必须普遍,人人应做,人人能行,又于自他两利,才有存在的价值"②的思路,表明他对传统如"节烈"一类的压迫性的道德论是不满的。尤其是,他提出的思虑周密的道德论述,是很具现代意识的。这一点或许和康德在《实践理性批判》中提出的"心中的道德律"相对照会更清楚,康德提出纯粹理性的基本法则是:"要这样行动,使得你的意志的准则任何时候都能同时被看作一个普遍立法的原则。"③在《道德形而上学奠基》里的相类表述则是:"你要仅仅按照你同时也能够愿意它

---

① 参见朱维铮《走出中世纪》(增订本),复旦大学出版社,2007,第358页。章太炎和鲁迅自然有不同之处,朱维铮认为:"他和当时的鲁迅都认为根本问题在于国民性。但同鲁迅的主张相反,他认为当务之急是把失落的优秀本性找回来,那办法便是研究历史,而经典便是最古的历史,……但他将目光投向过去,投向他理想的文化传统,与鲁迅将目光投向未来,投向'五四'青年追求的从反传统中创造新传统,二者则大相径庭。'……那种怀着文化失落感,忧伤地注视着传统在消解的意见,有时比创新者否定传统的意见,在学术上更深刻。'"
② 鲁迅:《我之节烈观》,《鲁迅全集》第一卷,第124页。
③ 康德:《纯粹理性批判》,邓晓芒译,人民出版社,2003,第39页。

成为一条普遍原则的那个准则去行动。"①康德对道德律的表述里，原则的普遍性、能够与愿意的递进，个体和他人的统一都是和鲁迅的思考高度契合的。可以说，鲁迅用朴素然而周密的语言说出的，正是康德的"心中的道德律"的精义。何以能如此呢？这与法家文化的浸润又有何关联呢？

## 二 "自利"与"私欲中心"

在中国传统的思想资源里，法家尤其《韩非子》里有不少人性自利自然论的内容，譬如"人皆挟自为心""好利恶害，夫人之所有也""夫安利者就之，危害者去之，此人之情也"等。对韩非子来说，"凡治天下，必因人情"，他并不像儒家那样在道德善恶的两极对立中思考问题。他的"人情"，更多是以利益来考虑的，他以理性乃至冷漠的眼光看待人的"自利"，把它当作人之常情，他更有兴趣的是如何"顺性因情"，以"因循"之法达成治理的效果。有时这种以利益的眼光来评估一切社会生活领域的做派不免显得残忍。如果说社会公共生活里"人之熙熙皆为利来，人之攘攘皆为利往"还不足为奇，②那么诸如"产男则相贺，产女则杀之"的认识，就是把赤裸裸的利益的考虑引入到家庭生活里的亲子关系里了："父母之于子也，产男则相贺，产女则杀之。此俱出父母之怀衽，然男子受贺，女子杀之者，虑其后便，计之长利也。故父母之于子也，犹用计算之心以相待也，而况无父子之泽乎？"（《韩非子·六反》）韩非子如此把利益原则贯彻到人类社会生活各个领域的做法并非没有缺陷。

法家理想中的治理秩序是"因道全法"（《韩非子·大体》），但严格说起来，它的"道"却不具备自洽性。法家认定人人趋利避害，"夫安利者就之，危害者去之，此人之情也"（《韩非子·奸劫弑臣》）。以此逻辑，君王与臣民之间也只能有利害关系，结论只能是："君臣异心，君以计畜臣，臣以计事君，君臣之交，计也。害身而利国，臣弗为也；害国而利臣，君不为也"。（《韩非

---

① 康德：《道德形而上学奠基》，杨云飞译，人民出版社，2013，第52页。
② 韩非子以利益审视社会生活各个方面的表述不胜枚举，还常刻意在人伦、亲子等关系上点明他的利益的犀利眼光，譬如"故王良爱马，越王勾践爱人，为战与驰。医善吮人之伤，含人之血，非骨肉之亲也，利所加也。故舆人成舆，则欲人之富贵；匠人成棺，则欲人之夭死也。非舆人仁而匠人贼也，人不贵，则舆不售；人不死，则棺不买。情非憎人也，利在人之死也。故后妃、夫人太子之党成而欲君之死也，君不死，则势不重。情非憎君也，利在君之死也"（《韩非子·备内》）又譬如"此其养功力，有父子之泽矣，而心调于用者，皆挟自为心也。故人行事施予，以利之为心，则越人易和；以害之为心，则父子离且怨。"（《韩非子·备内》）

子·饰邪》）"君臣之利异，故人臣莫忠，故臣利立而主利灭"。（《韩非子·内储说下六微》）即使法家思想及实践者本身，与君主之间的利益关系也无法得到疏解。《韩非子》既陈说人人逐利避害，君臣异心异利；又希冀君主重用忠臣，并且自许"不忍向贪鄙之为，不敢伤仁智之行"。（《韩非子·问田》）法家呈现出自身关于人性的论述和自我的政治行动之间相互矛盾的困局。

韩非子以权力、利益的单一视角看待世界，驱逐了仁爱和道德。当然，表面上是因为道德治理的成效不够立竿见影，"舜救败，期年已一过，三年已三过。舜有尽，寿有尽，天下过无已者；以有尽逐无已，所止者寡矣。"（《韩非子·难一》）其结果是一方面，他的社会控制与治理的手段也就非常单一了，对于君主来说，"明主之国，令者，言最贵者也；法者，事最适者也。言无二贵，法不两适，故言行而不轨于法令者必禁。"（《韩非子·问辩》）对于臣民来讲，"顺上之为，从主之法，虚心以待令，有口不私言。"（《韩非子·有度》）如此这样的话，世界就是遵循一种单一原则，"法"的原则的世界了。实际上，法家"利益""权力"视角本身有其合理之处，正如顾准指出的那样，这种眼光和思维的方式既可以和君主主义相结合，也可以和民主主义相结合。法家的问题在于，这一视角的单一性和排他性。韩非子缺乏较系统、周密且具生长性的思维方式，这才是问题关键。

人类生活在各个领域的分界是必要的，黑格尔在《法哲学》里曾把人类社会划分为三个领域，家庭、市民社会和国家，家庭的原则是爱，市民社会的原则是交易，国家的原则则是荣誉。黑格尔的做法既留意到各个社会领域的独特原则、又强调后来领域对前一领域的超越，使三个领域呈现出递进、生长的态势。韩非子将单一原则贯彻到底的做法，有普遍性却无生长性，很难说是一种动态的、生长性的、发展性的思想。正是这一生长性、发展性思想的缺乏，使韩非子的思致呈现出单薄、偏至的特点。对照韩非子，可以看出，有着"均分进化"思想的章太炎，有着"文化偏至论"思维的鲁迅身上则有着极为自觉的发展性的思考方式和自我诘问的反省精神。章太炎一生"始则转俗成真、终乃回真向俗"，鲁迅由"呐喊""彷徨"走到"故事新编"，师弟二人在精神的发展性、成长性上是高度类似的。

的确，如何看待，转化这一自利、私欲，建立适应现代社会的人性论述，是一个大的挑战。

中国的人性论，大体有性善、性恶及人性自然三家。《孟子·告子》篇里记载，孟子的门生公都子听见自己的同学告子（告不害）聊起人性话题时，一会儿主张"性无善，性无不善"，一会儿又说"性可以为善，可以为不善"，就赶紧到孟子那里打了个小报告。这也难怪，告子的言论确实有悖于孟夫子的性善说，可以想见公都子从思想深处其实是反驳不了同学的说辞的，这才求助于老师解惑。孟子的回应，凭依的依然是儒家"恻隐""羞恶""恭敬""是非"等先验性质的道德直觉，强调的是"仁、义、礼、智"的"非由外铄""我固有之"，认定人的种种不堪的道德败象只是因为"弗思耳矣"。

笔者此处不想苛责孟夫子的论理逻辑。自法家立场对他们的攻击已经足够有力。老实说，若是在当下中国社会里做一调查，结果大概是，像孟子那样强悍地主张性善论的人一定凤毛麟角，性恶论恐怕才是市井都邑的主流，当然如果碍于过分的思想赤裸会招致自己公共形象的损失，告子的主张无疑是绝佳的选择，这其实也是法家的人性论立场。笔者也无意对此选择倾向表达所谓道德的义愤，就本课题的研究而言，想讨论的是，面对着法家如此单一的人性论述，"当下中国社会"是否还有讨论人性的更深入切实的讨论方式？某种虚高的天使式的道德倡导在法家的利益利剑下是否还能奏效？

先说何谓"当下中国社会"？可以一言以蔽之，它是从古典社会向现代市民社会的转型形态。那么，当下中国是否需要建立起适应现代工商社会形态的人性论言述，这种人性论言述与古典社会有关美德的价值秩序是否完全不相容呢？如何接纳传统的美德？笔者以为，17世纪苏格兰启蒙思想家休谟及他的好友亚当·斯密的相关论述可助益于我们的思考。休谟与亚当·斯密身处的时代，正是英格兰、苏格兰社会走向现代工商社会的关键时期。休谟的《人性论》，亚当·斯密的《道德情操论》等著作正是因应这一时代巨变的思想精华。

相比之下，亚当·斯密的《道德情操论》更显保守一些，或者说它对古典社会的美德秩序的继承更多一些。《道德情操论》全书开篇把人全部的道德奠基于简单的"同情"感之上，这和孟子性善说的论证起点——"人皆有不忍人之心"其实是一致的。美德的论证，不求助于此类简单的道德直觉，转而求助于功利主义的理性计算，诸如19世纪道德功利主义思想家约翰·穆勒的"最大幸福原理"之类，恰恰是现代社会的病灶。和法家一样，将美德之维抹杀，以为现代市场经济只讲法权、消极的自由足矣，这种"薄的自由主义"思想更是贻害不浅。

休谟的《人性论》对建立起适应现代市民社会的人性言述可谓殚精竭虑，

但有意思的是其思想又显得似乎朴实无华。休谟的人性论论述大体可分三个方面：1.资源是有限的。2.人是自利的。3.人是可以有限慷慨的。第一点可视为休谟讨论人性论的前提，但意义远非如此。休谟将资源的有限性引入人性问题的讨论，正是对现代工商社会在资源分置的正义问题上的回应。事实上，现代社会的道德倡导，如果脱离了对分配正义的关切，都会显得虚伪和不合时宜。第二点更好理解，人的自利是指个体趋利避害的理性计算。这其实无可厚非，在资源有限的情况下，人的自利性是无可指责的。它应当得到现代法权制度的落实与保护，而非用"自私"的名义加以污蔑。第三点则体现对美德的审慎希冀与呼求。任何社会的道德不外乎三个层次：1."无限慷慨"的天使式道德，雷锋高尚的"有限的生命投入到无限的为人民服务"一类即是。2.底线道德，譬如人禽之辨，按孟子的想法，见了小孩子快掉进井里而不救，了无"恻隐"之心，人就突破了为人的底线，沦为了禽兽。3."有限慷慨"的社会美德。它够不上那么高尚，但却切实，它同时努力接纳美德，不愿沉沦到底线以下。黑格尔在《法哲学》一书里把现代市民社会的最高原则定为"交易"，它既区别于家庭伦理的"爱"的原则，也区别于国家伦理的"荣誉"原则。"有限慷慨"的社会美德，正是一种在信奉"交易"原则的利益世界里要生长出来的现代道德，这无疑是当下中国社会要直面的迫切问题。

从以上对斯密及休谟人性论的简单借鉴即可看出，法家对人性讨论时的"自利"本身并无问题，相反以此视角解开儒家伦理关系下掩藏的权力、利益关系，对儒家道德的建设并非没有帮助。这在中国古代是这样，在中国现代也是如此。一些学者对章太炎、鲁迅尤其对鲁迅的研究正是从这个方面考虑的。他们认为鲁迅批判国民性的思想原点就是从"私欲中心"入手的。当然，这些思考有传统法家文化的资源，也有着来自西方的思想资源的提醒。兹举一位学者的研究做一验证。

有学者在研究、确认"私欲中心"为鲁迅国民性批判的逻辑原点时可以说曾克服了重重困难。首要的就是鲁迅本人那种作为一个作家的"体验——本质直观——例证"[①]的言述方式。他对国民性的描写呈现出散点透视的特点，他的笔下诸如卑怯、奴性、自欺欺人、退守、惰性、麻木、健忘、巧滑、无特操、看客、做戏等用丰富的用词构成了具有"家族类似"形态的庞大话语谱系，并不有利于做严密的逻辑归纳。这位学者在确立"私欲中心"为鲁迅国民

---

① 汪卫东：《现代转型之痛苦"肉身"：鲁迅思想与文化新论》，北京大学出版社，2013，第58页。

性批判的逻辑原点时，看上去重点是在中国文化的"文化根源"上诊断国民劣根性，也即是在中国的文化传统脉络里回答"中国国民性中最缺乏的是什么""它的病根何在"等问题。但发现问题是因为有了参照，评定优劣则需要标准，这些思想资源、评估"私欲中心"的最终依据，常常并不来自中国的历史文化。譬如以下这位学者对私欲中心的界定："'私欲中心'，即中国人的个人感性欲望中心，它的另一面即无特操，即唯独缺少超越个人感性存在及其欲求的精神上的原则和信念、执著和坚韧，精神上无特定追求和操守即无精神，与黑格尔老人所诊断之中国'无宗教——无精神'同。"①这番话从字面上即显示出了，"私欲中心"沉溺于"感性欲望""无特操"的缺陷确认有着黑格尔历史哲学的镜鉴，至于"中国'无宗教——无精神'"的论断更是触目得很。若大而言之，认定学者的做法仍是以西方文化传统的某种内在精神烛照中国的幽暗文化传统，应该不算谬见吧！

当然，法家文化的影响也是内在的。以"私欲中心"为例，在某种意义上，以韩非子为代表的法家传统提供的思想资源在深度和广度上，甚至超出西方思想史传统中的马基雅维利、霍布斯等的著述，至少也是不遑多让。当然对鲁迅国民性批判命题的讨论并非是仅仅回到中国传统思想资源的内部、煽动些虚浮的民族主义情绪即可完成的事。中西思想资源只有在深切的对话中方能实现活力的激发，才会达成"理想"的效果，因此为对话建立引导性的、意向性的"理想"方向是极为关键的。在鲁迅的国民性批判命题的讨论中，茅盾、王瑶诸前贤都点出过"怎样才是最理想的人性"这一问题的重要性。徐麟先生更是赋予其无与伦比的优先地位和创造性价值。在他看来，"'理想人性'的问题一旦被提出，它就潜在了一个巨大的意向性空间，无论它当时是一个模糊的概念，一个朦胧的意象，还是一种理想主义的直觉和期望，它都远远穿透了家族的盛衰，国家的命运，或者民族的历史等等可能意识到的范围，而指示着某种无法言说的生命意向。"②徐麟在此强调的是"理想的人性"对于现实的民族主义语境的超越，这启发我们，鲁迅的国民性批判需要在更具普遍性的中西人性论的对照背景下才能得以深入研究。徐麟还提出了以"人格"为纽落实鲁迅"国民性批判"的思路，"在鲁迅那里，'国民性'当然是一个抽象的整体概念，但作为启蒙主义的对象时，它的实际含义是'国民人格，则是一个个体概念'

---

① 汪卫东：《现代转型之痛苦"肉身"：鲁迅思想与文化新论》，第63页。
② 徐麟：《鲁迅中期思想研究》，湖南师范大学出版社，1997，第4页。

……在鲁迅看来,所谓改造'国民性',就是把一个由'国民性'控制的盲目的民族群体,改变成由独立的个体人格组成的现代社会集体[①]。这是将"理想的人性"坐实到现代的个体性的"国民人格"上,就笔者所见从这一思路着眼的还并不多见。

意向性的"理想的人性"需落实到现实的国民个体的现代人格上,的确是鲁迅国民性批判棘手的践履问题。毕竟,中国文化的人性论中并无此个体性的"人格"意识,有的是所谓的"名格"而已。"人格"概念在西方自有其渊源,现代以降西方关于人格的各种论述看上去不胜枚举,显示出"人格"意识的高涨本身也应是现代性自我确认的结果。就笔者阅读所见,直到康德那里,"人格中的人性"这一命题方真正出现,这就是康德在关于道德定律的一种表述中提出的,"你要这样行动,把不论是你的人格中的人性,还是任何其他人的人格中的人性,任何时候都同时用作目的,而绝不只是用作手段"[②]。"人格中的人性",可谓西方现代人性论的内在结构。

对诸如"自欺欺人"背后的现代人格、"人格中的人性"等西方精神思想资源的汲取必将有助于对鲁迅国民性批判命题的深入理解。"自欺",正是西方人格论的核心问题。存在主义哲人萨特更是把自欺当作人类意识的内部分裂——"在它的存在中是其所不是又是其所是"这一悖谬的表征——"自欺希望成为的正是这种分裂"[③]。康德则把自欺当作人最严重的"蓄意的罪",视它为"人的本性的根本恶",且认定从自欺到欺人有着内在的逻辑,"这种自我欺骗的以及阻碍在我们心中建立真正的道德意念的不诚实,还向外扩张成为虚伪和欺骗他人"[④]。"私欲中心"确为中国社会、文化的晦暗之处,法家文化可谓这一面相最坦率也最具毒性的表达,基于"理想的人性"对其的批判应是鲁迅国民性批判的艰巨任务;而且,笔者虽未暇细论但犹可提醒的是,如果我们同样以"私欲中心"审视欧洲社会自中世纪到现代社会的转型过程,同样不难发现相类的自我反省与批判——诟病本民族的历史文化、质疑传统德性、信仰的不可靠,激辩人的自私自利、痛心人性的沉沦等等,"私欲中心"也是可以作为对欧洲社会转型观察的重要基点的。我们熟知的马基雅维里、霍布斯等思想家冷静到冷酷、理性至有毒的著述里均有着对人性里存在着"私欲中心"的预

---

① 徐麟:《言说语生存的边缘》,山东文艺出版社,1997,第17页。
② 康德:《道德形而上学的奠基》,杨云飞译,第64页。
③ 萨特:《存在与虚无》,陈宣良等译,生活·读书·新知三联书店,1997,第109页。
④ 康德:《单纯理性限度内的宗教》,李秋零译,中国人民大学出版社,2003,第25页。

设和推衍。欧洲社会走向现代化的道路中,诸如康德的"人格中的人性"等思想更接近"理想的人性"上的思考,在根柢上正是为了因应、化解"私欲中心"的毒性,谋求建立适应现代社会的人性论、道德论。

## 三 德性与秩序

对法家以权力、利益的单一原则诠释社会的偏颇,历来就有批评。汉代学者王充在《论衡》的《非韩》篇说:"治国之道,所养有二:一曰养德,二曰养力。养德者,养名高之人,以示能敬贤;养力者,养气力之士,以明能用兵。此所谓文武张设,德力具足者也。事或可以德怀,或可以力摧。外以德自立,内以力自备。"①德性与力量两者不可偏废,其实,就法家自己而言,虽然它极力抨击儒家的德教,压缩道德的作用,但其自身也并不能真正回避道德的问题,只不过它的德的来源不同,法家主张"德生于刑"而非人内在的道德自觉,它的道德标示从"德"变成了"信"而已。

"信"是法家思想里的一个重要概念,商鞅变法启动时"立木取信"的故事为公众所熟知。"立木取信"的故事说明,"信"是法家政策推行的前提,是国家与君主权威被承认的真正基础。"取信"实则是君主与民众的一种"契约"订立的展示和证明过程,证明君王是可以按照公布的规则兑现自己承诺的。当然,严格地说,"立木取信"里的"信"并非是双向的,臣民并没有多少讨价还价的可能,这和现代社会以民主主义为出发点,人民与统治者的契约、委托情形不同。在君主主义为权力运行起点的权力格局中,法家的"信"单向的。君王公开对臣民的承诺,依据规则兑现,"取信于民",使权力成为被承认的权力,如韩非所言,"小信成则大信立,故明主积于信"(《韩非子·外储说左上》)

"信"的含义,在法家无非是"不欺"。韩非子有,"信,所以不欺民也"(《韩非子·难一》),管子有"教在百姓,论在不挠,赏在信诚,体之以君臣,其诚也以守战"(《管子·君臣上》)。这是因为任何组织,均需要恒定的运行规则,"赏罚不信,故士民不死也"。(《韩非子·初见秦》)欺骗则意味着社会规则普遍性、恒定性的丧失,最终会导致组织战斗力的丧失,这是君王作为某生存竞争单位的总负责人不能容忍的。从这个意义上,君王、百姓和国

---

① 王充:《论衡校注》,张宗祥校注,上海古籍出版社,2010,第199—200页。

家有其利益一致的地方，这也是法家的"信"可以成立的内在原因。"信"的执行需要国家暴力的保障，也需要建立起对是否"信"的社会辨识系统。所以，法家的社会治理对名实一致原则的贯彻是不遗余力的，对名实分离的防备和惩罚也是异常严厉的。这些方面法家累积了不少行之有效的经验，诸如管子的"循名而督实，按实而定名。……名实当则治，不当则乱"（《管子·九守》），韩非的"不信者有罪，事有功者必赏，则群臣莫敢饰言以憎主"（《韩非子·南面》）、"有道之主，听言，督其用，课其功，功课而赏罚生焉，故无用之辩不留朝"（《韩非子·八经》）之类的表述林林总总，构成法家丰富的统治术。可以说，"信"在实质上就是作为现实的政治运作手段使用的。这一"信"的真正实施不仅是因为臣民因"信"得益的基础之上，君的独断与民的信赏配合，还得建立在臣民不得不"信"的基础之上，如商鞅所言，"权制独断于君则威，民信赏则事功成，信其刑则奸无端。惟明主爱权重信，而不以私害法"（《商君书·修权》）。不同于儒家致力于唤醒人内在德性的做法，法家对人的德性、对人向善的可能性均不抱期望，社会治理的出发点不可能放在人性的良善和道德的自觉上。法家不追求"信"与人的内在情感的联结，也不期待"信"可以内化为道德的自觉。"信"在法家那里，是一种"他律"而非"自律"的要求，就是一种外在的、公共领域运行的规范性的社会规则。

法家的"信"与现代社会的"契约"意识有其相类的一面，这也是近代以降不少文人学士礼赞法家与现代社会相契合的原因，把韩非子与西方社会契约论的肇始者霍布斯相类比也并不鲜见。法家的问题在于，如果说它把"权力""利益"的原则贯彻到理解社会运行的方方面面的话，同样的它需要把"信"贯彻到底。法家并非没有这样的意识。《商君书》里有"信者，君臣所共立也"（《商君书·修权》）。法家理想中的社会是一个权力与"信"高度匹配，运行高效、规则清晰的有机体。但这一有机器的命门有两个，第一，君王本身。从整个有机体的运行来说，君王作为整个有机体的人格化，需要具备卓越的个人素质。法家把维护君主利益作为最高目标，认同君主具有超越法律的至高无上权力。法家思想家花了很大的心力对君王担当职责的危险做了细致、绵密的分析和劝导，希冀君王能切实执行好自己的职责，然而这在现实社会里是可遇不可求的。法家在君王作为政治有机体利益人格代表和他自己作为具体肉身的个人利益之间存在着不一致性这一问题缺乏足够的清醒，或者说即使意识到了也无能为力，这是从君主主义为出发点，君主拥有着超越规则、法治的权力、主尊臣卑的权力格局设置的死穴,这也是法家学说对法家思想家及实践者反噬的头号因由。法治原则、"信"的原则均无非做到真正的普遍性。围绕着人类社会的这一难解的问题,有着种种的言说和努力,这也是中外政治神学、政治哲学的核心难题。西方思想史上,马基雅维利、霍布斯同样面临着相类的问题。略而言之,西方大体试图以"社会契约论"建立起适应现代的权力运行机制,其核心是,从制度设计层面上,基于人类社会的权力、利益的纷争需建立契约性的运行机制,且需客观力量予以保障;从内在价值塑造上看,契约制需要获得内在的价值支撑,应成为社会共识具备德性的感召力。也就是说,契约论也需要在秩序与德性之间建立起深层的共生关系。

法家以利益的视角考虑问题,在建立秩序的问题上,注意到了"信"的建立,需要君主与民众的利益上的双赢,也需要客观的强大力量做保障、还需要对不"信"建立识别和惩罚机制,"信赏罚以尽民能"(《韩非子·八经》)。法家的问题在于,他无法提供关于这一切制度设计的内在价值根基。中国传统社会有所谓"儒表法里"的说法,这一见识一方面表明,儒家那种学随术变的虚浮性、易变质的特点,皇权权力运行的真正秘密是法家支撑的这一真相;但另一方面,反过来说,也可以论证得出,法家内在价值根基的缺乏,德性上的亏欠。按儒家的理解,政统、道统、学统的结合方是国家治理的正途,法家反道德又"以吏为师"取消学统,使其思想的偏至显得异常触目。法家的问题还与人理性的有限性有关,再严密的制度设计,与纷繁复杂的社会生活相比也存在着滞后、思虑不周等问题。法家的高度权力垄断性使得政策的适用性、灵活性等方面都存在着不可避免的问题。韩非就曾批评商鞅的奖赏规定不当,"商君之法曰:'斩一首者爵一级,欲为官者为五十石之官;斩二首者爵二级,欲为官者为百石之官。'"(《韩非子·定法》)斩首和为官是两类不同性质的事项,商鞅把杀敌和做官用一个标准衡量,自然不妥当。在具体量刑的制度设计上也难免出现轻重不够妥帖的问题,不同时期严刑峻法的适用性、"以刑去刑"(《商君书·靳令》)、"治民者,刑胜,治之首也"(《韩非子·心度》)、"禁奸止过,莫若重刑"(《商君书·赏刑》)一类严刑峻法思路的负面影响都对社会"信"的系统建设有着重要的影响。

这导致一个吊诡的矛盾,法家的"信"实质上是建立在"不信"的基础上,韩非的"人主之患在于信人,信人则制于人"(《韩非子·备内》)说出了真相,法家对"信"的识别和赏罚的精密设计是建立在人的有限理性基础之上的，实际上也难以做到周全，漏洞百出反倒是现实状况。法家没有内在的价值根基，对统治者的理性过分自信，又从根本上否认人们的道德自觉能力，要求社会建立起"信"的制度，其结果只能是一方面在做"立信""取信"的展示，一方面却以严刑峻法建立起识别、赏罚"信"的体系。法家这种无法超越利益链条，对"信"的社会机制做出客观、超越性的判断的困局，在中外有着不同的应对方式，大体上或者以宗教的超越维度，或者以君主的"独断"做这种"信"的最后保障。如果说西方在中世纪之前大都选择了前者，法家则是选择了后者。西方自霍布斯以降的社会契约论，实则是在宗教力量退却后，重建社会共识和社会秩序的德性基础的努力。

  章太炎、鲁迅对法家文化的汲取，是在近代中国内忧外患的历史处境中发生的。面对民族的危机，他们对力量的看重是很自然的事，这是他们有意识地汲取法家智慧的内在原因。但章太炎、鲁迅又非法家一脉所能限定。在他们那里，法家关于社会权力运作的独到见解，尤其权力运行的客观规律，对社会秩序的建设是有重要意义的。但法家将德性完全排斥在社会运行之外，"信"也建立在现实功利之上，最终将陷入"自利"欲望的泥沼中。这又是他们要超越的。他们对中外德性资源的开掘、思辨使得他们对法家的局限有了批判的眼光。以中国的文化传统来看，章太炎、鲁迅从佛家的平等，从道家尤其庄子《齐物论》的不齐而齐，从禹墨精神等各类中华民族的思想资源里都汲取了更具人道的"德性"资源。如何在德性与秩序之间建立适应现代社会生活、又深契中国社会、文化传统的新的平衡，至今仍是一个挑战。

# "荒原狼"的象征意义：鲁迅小说《孤独者》与黑塞小说《荒原狼》之比较

张勍　浙江工业大学人文学院

20世纪初，几乎在同一时间，两颗耀眼的孤星划破东方与西方的上空，绽现出奇异光芒——鲁迅的《孤独者》(1925)、赫尔曼·黑塞的《荒原狼》(1927)问世之初悄无声息，如同它们的名字一样孤寂，却在随后的数十年里如沉钟不时激起读者的情感涟漪。"孤独者"的魅影映入我们的内心，挥之不去，以至于一个世纪翻过，当"嘉年华"艳丽恢宏的群体交响开始在世界范围回荡，却兀然重现一个个"孤独者"的幽灵，在边缘抑或内心深处时隐时显，如影随形。跨越时空的坐标，两部小说低沉地呼应着：鲁迅的《孤独者》，处处穿越着"荒原狼"的意象；黑塞的《荒原狼》，处处折射着"孤独者"的投影。有鉴于两位作者均未谈及其创作曾受过对方影响，本文尝试运用平行研究的方法，令其互为反光镜，折射并照亮二作在思想主题、精神意象、哲学蕴涵诸方面的暗角。

## 一　"荒原"：孤独者的命定绝境

夜幕降临，荒原上便难觅生的气息，狼的身影出现在荒原上。它仰天长嗥，阵阵"恶声"撕破静寂的荒原持久地回旋激荡。长嗥里凝聚着悲的共鸣，投射出反抗、惨伤、激愤、哀痛以及一切人类的语词难以言表的悲元素——在此,"狼"超越了生物学范畴中的野兽所指,而化身为一个诗性的精灵。这个精灵负载着孤独者的灵魂,它那非人非兽的"无词的言语"仿佛能掠过此岸的世俗喧嚣,直指彼岸的预设绝境,凸现出孤独个体在面对绝望时仍蕴含着强悍的野性生命。胆怯、心悸、恐惧、战栗——一切屠弱意志的代名词在它的面前四散迸裂,野性的生命力冲出躯体外化为低沉有力、不息不止的长嗥。在《孤独者》中,这种"无词的言语"联系着魏连殳与叙述者"我",他们在不同的时间亲历死亡的现场,欲从一种沉重的氛围中挣扎出,终于都失声"像一匹受伤的狼,当深夜在旷野中嗥叫,惨伤里夹杂着愤怒和悲哀"[①]——一首一尾,两声长嗥遥相呼应,即此一次便已然昭示出"我"和魏连殳的内心相通、灵魂相契,泯灭了以往因话不投机曾浮现出的"两类人"表象。在《荒原狼》里,当哈里起身告辞教授,即喻示着他向"道德世界、学识世界、市民世界的最终告别"——哈里独自负担着绝望,"幸灾乐祸的荒原狼高声嚎叫",他知道"荒原狼完全胜利了",在这个人流熙攘的世界里他再也找不到第二个灵魂一起感同身受。他幽灵般地在小镇来回游荡,短暂的时间里闪过万千个念头,与其说哈里在理性上矛盾重重,不如说被绝望激起的野性的生命力在他的体内左冲右突,"我逃脱不了这个魔影",它扎根在"我"的内心——"荒原狼"是两篇小说迭现始终的精神意象,是野性生命力的诗性外化。

倘若说"荒原狼"蕴藉着天生难以汇入群体的孤独气质;那么"孤独者"身上也流淌着一种与"群体"气息迥然相异的孤独血液。"你实在亲手造了独头茧,将自己裹在里面了","也许如此罢"——面对"我"的判断,魏连殳不置可否,他的内心想法无从得知,因为孤独者的言语并非是内在的心声,如同卢卡其所言"绝对孤独的人的语言是诗性的、充满抒情的,而在对话中,他过多负载了言语交锋中的明晰和犀利并因此将它们淹没了"[②]。然而纵观魏连殳的一生,我们不难寻出答案。葬礼的哭声如此的有别于众人;想要亲近孩子和青年却始终未能得到他们的真诚的"喜欢";最终与群体会聚一堂、喧闹嬉戏,却是自我心性的背反呈现——面对孤独是亲手造了独头茧的假设,魏连殳其实用自己的一生做出了否定的回答:并非如此,孤独是他的宿命,是迥异于群

---

[①] 鲁迅:《孤独者》,《鲁迅全集》第二卷,人民文学出版社,1981,第88页。(本文所引《鲁迅全集》作品原文均出自同一版本。)
[②] 卢卡奇:《卢卡奇早期文选》,张亮、吴勇立译,南京大学出版社,2004,第20页。

体、血肉里弃之不去的魔障,除非全身换血,剔筋换骨。篇末,魏连殳将肉身抛入群体的众声聒噪中,透过"我"的恍惚的幻觉,魏连殳的灵魂分明在咻咻冷笑,"冷笑着这可笑的"肉身;冷笑这个不孤独的肉身包裹下的深切的孤独。不同于《孤独者》叙述者的悖反式断言,《荒原狼》直接点出哈里身上挥之不去的孤独宿命:"他自觉的把这种孤独看作他的命运",哈里身上流淌着与中产阶级、市民阶层的异质的血液,他并非自闭式的疏离群体,却是在一次次地试图亲近、试图融入中放大了自身与"群体"的差异。奉承客套、功利算计、单纯的感官享受,一次次地备受煎熬让哈里意识到体内的"人性"与"狼性"并非旗鼓相当,而是"荒原狼完全胜利了"。造成哈里和魏连殳孤独宿命的根源是什么呢?

## 二 真实:孤独者的灵魂相契

或许纯粹的真实已然与人类的内心绝缘,世间的每一个角落都沾染了虚伪的气息,然而终会有魏连殳与哈里这样的一类人,他们嫉伪如仇,站在真实的旷野上,向着虚伪的深渊发出近乎绝望的真诚呼唤;抑或他们自身就是虚伪深渊里的稀零的火苗,在漫漫黑夜中微弱却又倔强地闪烁跳跃。在《孤独者》中,参加祖母葬礼的"在场"的人们可被视作是"虚假群体"的一次显形,"其次是拜;其次是哭,凡女人们都念念有词。其次入棺;其次又是拜;又是哭,直到钉好了棺盖"[①]。鲁迅寥寥数语,将哭的虚伪勾勒得让人恐怖:这是一种哭的姿态,先前"竭力欺凌她的人们"在陪着落泪,装着惨然;这是一次情绪感应,一些原本落不下泪的人们,在群体的情绪感染中自欺式的哭泣;这是一次为死者伤心的表证,不哭会引来众人的"惊异和不满";这是一次遵循理性的仪式,几时哭、几时止、几时再哭,时间、次序井井有条,哭声、哭态极其类似——它们仿佛是一栋栋高矮不一的现代建筑,在真实阳光的照耀下,投影出或多或少的虚伪的阴影。魏连殳的哭却是一个不沾阴影的平面,他沉浸在回忆祖母的恍惚中,全然忘却时间与空间的维度;哭是属于他的事,无须作为悲痛的证明,也无须汇入哭的合唱;他将祖母孤独的一身缩在眼前,于是痛彻心肺的感觉瞬间在他的灵魂深处肆无忌惮起来,他发出了"老例上没有的"灵魂的真切哭嚎,也印证了隐藏在魏连殳与群体背后的真与伪的深层隔膜。倘

---
[①]鲁迅:《孤独者》,《鲁迅全集》第二卷,第88页。

若将目光移向鲁迅另一部写作时间仅相隔四天的小说《伤逝》，不难发觉这层关系其实已经借涓生的口道出："我要将真实深深地藏在心的创伤中，默默地前行，用遗忘和说谎做我的前导"①——鲁迅参透了"真实"在虚伪的旷野中的孱弱与无力，深知要在旷野中生存、前行，渴求真实的个体不得不惨笑着违背心性，拾起"说谎"的长矛。同样是与群体的比照，《荒原狼》中的教授表征着整个"学识群体"，他的虚伪如同暴风雨骤降前的铅云，层层叠叠，在哈里的内心越积越厚。客厅里的容光焕发的歌德画像终于闪电般划开了不快的缺口，哈里叫喊出压抑已久的真实的心声，道出了对歌德的独特的理解。他借此超越了整个"学识群体"的虚伪，他的超越并非因为他的理解更接近"真实"的歌德，而在于哈里对内心的真实声音的珍视，以及极力挣脱虚伪画像羁绊的挣扎。倘若认同马尔库塞的理论，将意识形态理解为一种与"真实"不相符，却能在一定的范畴里诠释意义，且不同程度地为社会群体所接受的思想观念，那么教授家的歌德画像恰可看作是中产阶级意识形态的一个物象：调和四方、中规中矩——"在无数的极端和对立面中寻求中庸之道"，画像歌德的神情里"神采奕奕"与"孤独"共存，"庄严"与"凄楚"同歌，无数的不同内心倾向的个体画师，在中产阶级意识形态的羁绊下，有意无意地扭曲心声，画出如出一辙的作品，真实的心灵在类似的"绘画复制"中渐行渐远。

## 三 镜像：孤独者的复调思想

鲁迅曾毫不讳言，写魏连殳"就是写我自己"——"短小瘦削的人，长方脸，蓬松的头发和浓黑的须眉占了一脸的小半，只见两眼在黑气里发光"，不仅外形酷似，他更将思想、性情移入其中。还有一句话鲁迅没有明言，《孤独者》中的叙述者"我"也是写鲁迅自己，鲁迅小说众多的第一人称叙述者中，这个"我"有着最多的鲁迅的成分——魏连殳和"我"恰似两面变形的镜子，在复调的对话中映现出鲁迅灵魂的深度。类似于《孤独者》，《荒原狼》有着更多的镜像，然而不同于魏连殳和"我"几近对等的叙述比重，赫尔米娜、帕勃罗、莫扎特、歌德——这些亦幻亦真的镜像以哈里为圆心悠然起舞，如同教堂殿顶斑斓各异的彩色玻璃，映照出一张张哈里变形后的面孔。魏连殳与"我"是两个血肉丰沛的镜像，他们如同活在人世的影子，擦肩而过的瞬间鼓荡起读

---

①鲁迅：《伤逝》，《鲁迅全集》第二卷，第130页。

者层层的情感波澜;赫尔米娜、帕勃罗、莫扎特、歌德是种种变形后的抽象理念的肉身,他们就像是低沉磁性的彼岸的声音,幽幽冥冥之中低诉着一句句无意识的魔语。两组镜像的背后是一座现代虚无主义的磁山,在无数磁力线的发散与叠合中,镜像们或多或少地吸纳着,并化合为各自的异质元素。

《孤独者》中的"我"体现着鲁迅身上更为深邃冷静的一面,他与魏连殳争辩时的态度其实如同"吃素谈禅一样"。"我因为闲着无事……佛理自然是并不懂得的,但竟也不自检点,一味任意地说"①,这段话有钱理群指出的"自嘲"意味,但更多的是一种对争辩意义的消解,内蕴着"我"也并不确信驳斥魏连殳的话,重要的不是要魏连殳接受"我"的观点,而是要打破他的确信姿态,让他在认定中国的希望都在孩子上的"浩歌狂热之际""中寒",在看透一切人情虚假的"无所希望中""得救"。在对话中,"我"时常立场相对、观点相反,看似内心充斥矛盾,其实"我"的心思并未停留在矛盾的争斗与纠葛中。"我"深知诸如"孩子的本性"之类的问题有着超出个体经验外的思辨范畴,对于这样的范畴,"必无"与"可有"式的争辩终将陷入折服不能的窘境。于是,"我"的全部用心皆在划出思维的一个领域,保留怀疑,并试图将这样的精神传递给魏连殳。与其说这是"叙述者矛盾心理的显现",不如说它是叙述者洞穿一切的怀疑思维的闪光。"我"的"怀疑"的触角既指向世界的和谐也深入世界的荒诞,是对和谐与荒诞的双重的不确信。

倘若借用刘小枫的界说,将现代虚无主义概括为"生活世界由荒诞构成","任何价值信念都无法勾销荒诞的事实;荒诞既来自人,也来自世界,荒诞正是这两者之间的唯一联系"②,不难看出,现代虚无主义者并非否定怀疑一切,荒诞组成了他们的全部信仰。然而"我"却极难归入"他们"的行列,因为"我"对荒诞也保留怀疑。对于"我"而言,无地彷徨是必然的,而心灵诗意的栖居地是虚无的。不同于"我"的冷静与深邃,魏连殳恰似一个在和谐与荒诞的精神大地上游走栖居的流浪者:做顾问之前,魏连殳的肉体孤立于这个世界,然而房东的孩子、落魄青年以及愿意他活下去的人共同组成了他的精神上的安定,对这些人的确信汇合成精神大地的和谐。做顾问之后,魏连殳的肉体融入这个世界,然而愿意他好好活下去的人荡然无存,世界的全部荒诞出现在他的面前,他用一切违背心性的举措印证荒诞。可以说,魏连殳从信

---

① 鲁迅:《孤独者》,《鲁迅全集》第二卷,第91页。
② 刘小枫:《拯救与逍遥》,生活·读书·新知三联书店,2001,第356页。

仰的原点走向虚无的终点，从和谐确信走向荒诞确信，然而他的情感最终无法接受这个荒诞的世界，于是心灵在与荒诞的猛烈撞击中走向毁灭。魏连殳以灵魂的全部热切去探求"确信"、探求精神的栖居地，最终在这个过程中炽烈地燃尽自己。"我"可以生存在没有确信的冷峭中，魏连殳只能生存在有所确信的热度里。冷峭的深邃与热切的苦痛映照出鲁迅灵魂中的两极。"我在小小的灯火光中，闭目枯坐……雪罗汉的眼睛是用两块小炭嵌出来的，颜色很黑，这一闪动，便变了连殳的眼睛"①——这是两个镜像间最深切的一次无语的对视，鲁迅灵魂的两极在这个瞬间同时显现，体现出冷峭中的火焰色。在那个万物枯寂的雪夜，燃烧的火焰烛照出作者灵魂两极的共性：用生命的至诚看重这个世界，却反被世界看轻、离弃。

如果说"我"与魏连殳只是轻萦着现代虚无主义的磁力线，那么《荒原狼》中的莫扎特、歌德、帕勃罗则被它紧紧缠裹，甚至自身也带上了它的磁性。他们对荒诞充满信仰：蛰伏在劣质扬声器里的神圣音乐，通俗与高雅曲调交汇的现代舞厅，穿着希望外衣的怀疑与焦虑——荒诞气息甚嚣尘上地聒噪着，它的噪音让哈里痛苦地捂住耳朵，却让前者泰然处之，因为在他们的信仰里世界的本质即为荒诞，也恰恰是这些荒诞现象，构成对荒诞世界的真实揭露。于是，迥异于《孤独者》中"我"的怀疑荒诞与魏连殳的情感上不认同荒诞，莫扎特、歌德、帕勃罗对荒诞理念与情感上双重认同。由此，他们可以摆脱附着在前者身上的生命重压，轻盈地飘起来。除去现代虚无主义的缠裹，他们的言论中分明还透露着别样的声音——取消意义和填平深度。倘若暂且承认它们是"后现代"的表征，那么莫扎特们的思想确实在现代虚无主义的枝干上嫁接了后现代，于幽微的思辨光线中能够瞥见两者的区别：前者是对意义与深度的怀疑，但意义与深度的"存在"仍是现代虚无主义者怀疑时的先验；后者进一步地颠覆了"意义"和"深度"的"存在根基"，他们不认为意义和深度先验的存在，借用前者"虚无"的掘土机，他们在"意义和深度"的狭小土地上直钻入底——透过莫扎特们喧闹聒噪、无所用心的语言表层，一个叫作"游戏"的词语逐渐从内底浮现，将"取消意义"和"填平深度"的层层关节豁然连通。这里的"游戏"体现着该词的一般含义，意味着无穷的变幻莫测和偶然，没有一次过程会全然相同。游戏就其自身而言是永无止尽的，它的每一次结束都意味着新一次的开始，周而复始直至无穷，游戏者的失败和胜利也因着

---

① 鲁迅：《孤独者》，《鲁迅全集》第二卷，第99页。

这种循环交替而意义尽失。倘若将游戏态度移至人生，那么后者的一切意义和深度也将随之消失。莫扎特们的"魔剧院"就是这种人生游戏态度的象征，它如同一个斑斓的太空舱，让置身其间的每一个个体体验姿态万千的人生五味，且一次次地让体验者回到原点，重新来过。在某种意义上，魔剧院也是尼采笔下"永劫轮回世界"的显形，世界的一切意义在一次次地永劫轮回中消逝，于是，爱情、嫉妒、杀人、死刑——一切具有沉甸甸分量的元素突然发觉自己在魔剧院的"意义真空"中失去了所有重力，似羽毛般轻舞飞扬起来，成为看重意义的哈里的永恒梦魇。人生意义的有无构成了哈里和莫扎特们的最大分歧。在对话中，莫扎特们看似在以智者的身份循循善诱，其实他们的立场似滑动电车般游移不定，他们借此成为最高明的诡辩家，所有用心皆在试图将哈里带离"看重意义"的轨道，而滑入"取消意义"的终点。哈里的所有愤怒和不能承受都出于这一点。在对意义的看重上，哈里在莫扎特一类的镜像中照不出一丝踪迹，却在赫尔米娜的镜像中获得全部的显形："我们身处同一国度"。他们果然是一类人，赫尔米娜是"言说"着的哈里，哈里情绪中的绝望与紊乱在她那里有了清晰的语言传达；哈里是"本质"上的赫尔米娜，赫尔米娜看似冷静而安逸的生活表象在他那里闪现出所有的绝望与无奈。哈里和赫尔米娜的差异只是思想与它的外化语言、"静默"与"言说"间的差异。

倘若将两组镜像统而观之，在复调思想的范畴里，他们形成了心态等级的金字塔。莫扎特们占据金字塔的顶尖，他们在情感上完全认同自身的信仰理念，在现代和后现代虚无主义的柔絮和风中轻歌曼舞，羽化登仙；《孤独者》中的"我"和赫尔米娜紧随其后，前者怀疑一切、无所信仰，后者有信仰却难以实现，他们用冷静和忍耐冰镇内心的痛苦；哈里和后阶段的魏连殳处于心态金字塔的底层，他们的性格字典里没有忍耐的词语，他们终不能如同前者那样的超脱，只得浩歌狂热地向着这个荒诞的世界发出了近乎绝望的反抗呼喊。

## 四　反抗：孤独者选择生存

随着情节的深入，魏连殳与哈里同样身陷绝境，这一看似偶然的结局其实揭示了某种必然：两位"孤独者"因着类似的性情和社会处境，必定落入绝望的罗网。他们共同成了《荒原狼》定义中的"自杀者"："自杀是他们最为可能的死亡方式"①。是的，希望的光芒在魏连殳与哈里的绝望世界里幽微渺茫，然而两位最可能自杀的人却全都摒弃自杀，选择生存。在此，两颗孤独者的心灵再次擦亮交汇的轨迹，一个深邃的形而上命题在闪光处油然浮现："自杀者"缘何选择生存？毋庸置疑，自杀并不意味着了无意义，海明威、杰克·伦敦、王国维、川端康成……艺术家的自杀恰似闪电划过黑夜的雨幕，短暂瞬间绽现出耀眼的"形而上"光芒。然而置身魏连殳和哈里的绝境，不由发觉他们自杀时的处境绝不似前者：仇视魏连殳的人落井下石，剥夺了他生存的物质根基，那些同样的"不幸者"疏而远之，抽空他的精神慰藉，魏连殳实在是被名为"众人合力"的强势一步步地逼入绝境；市民世界与学识世界以它的虚伪和媚俗将哈里放逐，哈里在无所依附的情感真空中陷入绝境——对于魏连殳和哈里来说，自杀是最没有力量的，面对荒诞世界的无情，自杀是一种生命委顿，是一种灵魂屈从，仿佛湖泊中一粒灰尘的落入，不会激起任何波澜。

因此，从某种意义上说，生存是哈里和魏连殳别无选择的选择。他们仿佛站在地狱与混沌的分水岭上，地狱那边是决然清晰的了无意义，他们只得跨向另一边，尽管它的意义尚且幽明难辨。他们就这样开始了"走"的历程，魏连殳把肉身抛入热闹的群体喧哗中，让它和精神背反，于是，一股荒诞的反讽气息弥散在"走"的每一步中。哈里同样背离从前的自我，纵乐于舞厅的喧嚣欢畅中，他不无悲哀地发觉，即便是玛丽亚带来的真实的感官快乐也不能带给自己全部幸福，通向幸福的道路被再一次地印证封闭，于是荒诞气息在魔剧院永劫轮回的体验中无尽彰显——对于魏连殳绝境中的反抗姿态，汪晖把它视作是一种对"权势者和不幸者的双重复仇"。然而，倘若细加分析，成为权势者的一分子无异于助纣为虐，决然不能对他们进行任何复仇；对不幸者的嘲弄和戏耍也只能加重他们屈从权势的奴性，同样毫无意义，魏连殳绝境中的反抗似乎因此被等同于一种孤愤情绪的发泄。他的反抗其实是对准整个世界的，正如前文指出，一股"众人合力"的风将魏连殳逼入绝境。这股风来自世界，它包括权势者、不幸者以及两者以外的"他力量"，它并非这些力简单叠加后的物理反应，而是他们凝聚渗透后的化学合成。这个"力的在场"仿佛是《复仇》中的"看的在场"；后者是众人目光化合成的"赏玩显微镜"，旷野复仇者的每一个细微动作都将在"赏玩显微镜"中无限地断裂、放大、变形，直至丧尽它的原初意义。于是复仇者只能以不动对抗"看的在场"——正如魏连殳只能以全

---

① 黑塞：《荒原狼》，李世隆译、刘泽珪译，漓江出版社，1987，第42页。

然的"反意识"行动来对抗"力的在场"。他的行动不指向任何的具体群体，而是指向抽象合力，试图让自身脱离合力的愿望轨迹。魏连殳肉身与灵魂、行动与意识的二律背反构成极端的反讽与荒诞，他形成了荒诞确信，却在情感上不能接受世界的荒诞本质，这种"确信"与情感上的不信在《荒原狼》的结尾里表达得同样触目："我总有一天会更好地学会玩这人生游戏。我总有一天会学会笑。帕勃罗在等着我，莫扎特在等着我。"①这段话译文序中将它理解为哈里向往莫扎特们的"笑"，渴求"净化自己的灵魂"，"求得心灵的和谐"，从而走向莫扎特。这样的理解忽视了莫扎特并非真实意义上的莫扎特，而是变形过的镜像；也忽视了哈里与镜像们的信仰的迥然相异。对于哈里而言，莫扎特们取消意义式的人生游戏正如他自己的话，是一个让人"战栗"的"内心的地狱"，因此"玩"这样的人生游戏恰是在地狱里的无止境的心灵苦役。结尾的话语是一个反讽结构，表层充满着学会"玩"和"笑"、走向莫扎特的期待，里层是一种永远不可能学会、永远无法走向的深切的痛苦与绝望。然而哈里决心绝望而痛苦地"走"下去，永劫轮回，直至轮回的轮回。哈里"穷尽人生"的姿态连通了加缪笔下的西西弗，"穷尽"是他们共同的"心语"。然而西西弗是幸福的，他在情感上接受荒诞；哈里是痛苦的，他在情感上无所依托：在滚石上坡的每一步的"走"中，西西弗感受着属于他的"心人一体"的快乐；在穷尽生存的每一步的"走"中，哈里却体验着属于他的撕裂般的痛苦。

哈里和魏连殳的悲怆命运最终也未能在反抗中解脱，灵魂的痛苦图景似"受难十字"哽在那里，久久不落，残酷在这个瞬间疯狂肆虐，一个旁观者的目光稍作停留也会不忍何况是将自身血肉移注其中的作者！于是，一边是疾病送终，一边是魔幻轮回，魏连殳和哈里的言语戛然而止，只剩下鲁迅和黑塞静默地伫立在文本外的孤独中长久"无语"。他们几乎同时踏进一片名为"个体孤独"的空谷，留下各自的脚印，隔着层层密布的野树林，或许没有听见彼此的足音。直至一个世纪翻过，当一切阻隔被清夷，才发觉空谷中的两对不同脚印，近在咫尺，赫然醒目，正向着"在场"的每一个人"无语"且无尽地言说着。

---

① 黑塞：《荒原狼》，第206页。

# 《阿Q正传》与现代文化价值重建

张梦阳　中国社会科学院文学研究所　绍兴文理学院鲁迅研究院

今年是鲁迅一百四十周年诞辰暨《阿Q正传》发表一百周年纪念。《阿Q正传》是鲁迅最重要的作品,是鲁迅之所以伟大,成为"民族魂"的主要支点。《阿Q正传》有两条线索:一条是提出了"精神上的胜利法"的命名,以阿Q为反面典型表现了人类特别是中国人易于以自我为中心把现实的失败化为假想的胜利的普遍弱点;另一条是以阿Q的"革命"为视点,提出了怎样实现政治的文明化、结束改朝换代恶性循环的历史哲学问题。这两点都是现代文化价值重建的根本基点。而鲁研界一直缺乏系统、深入的研究。本文试为提高这项重要课题的视域、充实其内容尽自己的绵薄之力。

著名作家毕飞宇在论阿Q的文章中说:"阿Q这个人有一个最大的性格特征,或者说特异功能,那就是'精神胜利法'。这是鲁迅先生对中国文学所做出的无与伦比的贡献。""老实说,鲁迅的伟大是他完成了'精神胜利法'的命名"。[1]我认为毕飞宇的这段话,是百年来阿Q研究史上最敏锐、精准的对于鲁迅和《阿Q正传》的评价。具有灵气和创作实践经验的作家,往往比书斋里的学者判断更为灵敏准确。

所谓精神胜利法,实质上就是一种以自我为中心的主观唯心主义精神状态。明明自己处于最弱势的被奴役境地,却唯我独尊,谁都看不起:"阿Q又很自尊,所有未庄的居民,全不在他眼睛里,甚而至于对于两位'文童'也有以为不值一笑的神情。夫文童者,将来恐怕要变秀才者也;赵太爷钱太爷大受

---

[1] 毕飞宇:《沿着圆圈的内侧,从胜利走向胜利——读〈阿Q正传〉》,《文学评论》2017年第4期。

居民的尊敬，除有钱之外，就因为都是文童的爹爹，而阿Q在精神上独不表格外的崇奉，他想：我的儿子会阔得多啦！加以进了几回城，阿Q自然更自负，然而他又很鄙薄城里人，譬如用三尺三寸宽的木板做成的凳子，未庄人叫'长凳'，他也叫'长凳'，城里人却叫'条凳'，他想：这是错的，可笑！油煎大头鱼，未庄都加上半寸长的葱叶，城里却加上切细的葱丝，他想：这也是错的，可笑！然而未庄人真是不见世面的可笑的乡下人呵，他们没有见过城里的煎鱼！"

精神上这般自尊，目空一切，但在实际上却地位最低，常遭别人欺侮。被人揪住黄辫子，在壁上碰了四五个响头，闲人这才心满意足地得胜地走了，阿Q站了一刻，心里想，"我总算被儿子打了，现在的世界真不像样……"，于是也心满意足地得胜地走了。

阿Q想在心里的，后来每每说出口来，所以凡是和阿Q玩笑的人们，几乎全知道他有这一种精神上的胜利法，此后每逢揪住他黄辫子的时候，人就先一着对他说：

"阿Q，这不是儿子打老子，是人打畜生。自己说：人打畜生！"

阿Q两只手都捏住了自己的辫根，歪着头，说道：

"打虫豸，好不好？我是虫豸——还不放么？"

但虽然是虫豸，闲人也并不放，仍旧在就近什么地方给他碰了五六个响头，这才心满意足地得胜地走了，他以为阿Q这回可遭了瘟。然而不到十秒钟，阿Q也心满意足地得胜地走了，他觉得他是第一个能够自轻自贱的人，除了"自轻自贱"不算外，余下的就是"第一个"。状元不也是"第一个"吗？"你算是什么东西"呢?！①

这种以自我为中心的主观唯心主义精神状态，不仅可以自高自大、唯我独尊，而且可以用各种思路把现实中的失败转化为假想的"精神上的胜利"。甚至在绑去杀头的时候，也似乎觉得人生天地间，大约本来有时未免要杀头的。永远处于奴隶地位而不自觉。

鲁迅发现并概括出精神胜利法的命名，绝对不是创作《阿Q正传》时的灵机一动，而是经过长期思考和研究的。他留日弃医从文时，就在早期论文《文化偏至论》中道出了中国易于出现精神胜利法的原因："屹然出中央而无校雠，

---

① 鲁迅：《阿Q正传》，《鲁迅全集》第一卷，人民文学出版社，2005，第516—517页。(本文所引《鲁迅全集》作品原文均出自同一版本。)

则其益自尊大，宝自有而傲睨万物"；四外国家"其蠢蠢于四方者，胥蕞尔小蛮夷耳，厥种之所创成，无一足为中国法"。①这种唯我独尊、鄙夷四方的观念在中国人头脑中充斥了几千年，降至近代，鸦片战争一声炮响，帝国主义列强用大炮打开了中国的大门。正如马克思在《中国革命和欧洲革命》一文中所指出的："清王朝的声威……扫地以尽，天朝帝国万世长存的迷信受到了致命的打击。"然而在致命的打击面前，中国封建统治阶级却拒绝正视现实，承认失败，以总结教训，重振国风，反而文过饰非，"用瞒和骗，造出奇妙的逃路来，而自以为正路"②。靠虚假的精神胜利来麻醉自己和国民的灵魂。于是，精神胜利法就成为近代中国一个普遍的精神现象。正如许多研究家都引证过的那样，近代中国充满精神胜利法的实例：1841年，第一次鸦片战争失败后，清朝的将军奕山向英军卑屈求降，对朝廷却诳报打了胜仗，说"焚击痛剿，大挫其锋"，说英人"穷蹙乞抚"。道光皇帝居然也就这样说："该夷性等犬羊，不值与之计较。况既经惩创，已示兵威。现经城内居民纷纷递禀，又据奏称该夷免冠作礼，吁求转奏乞恩。朕谅汝等不得已之苦衷，准命通商。"英国侵略军于虎门攻坚不克，窜入没有严密设防的北方沿海，进入天津大肆骚扰时，在道光皇帝的"圣谕"中，却白日说梦似的大讲什么"该夷因浙闽疆臣未能代为呈诉冤抑，始赴天津投递呈词，颇觉恭顺"。分明是穷凶极恶地入侵，却说成是"投递呈词"，"呈诉冤抑"；分明是烧杀掳掠，却说成是"颇觉恭顺"；分明是在帝国主义侵略面前遭到惨败，签订丧权辱国的条约，屈膝求和，大批赔款割地，在有关的"圣谕"中却还装得趾高气扬，说成是"妥为招抚"和"入城瞻仰"等鬼话。像这样的"精神上的胜利法"，比起阿Q来实在是有过之而无不及。

到辛亥革命之后，精神胜利法还很盛行。《新青年》第四卷第四号上发表过林损的一首诗，开头两行是："乐他们不过，同他们比苦！美他们不过，同他们比丑！"由此可见，当时的中国已经陷于闭着眼睛求圆满的"瞒和骗"的大泽中不能自拔，精神愈益沦落了！因此，这一时期对中国人来说，至关重要的就是如佛教所主张的来个"狮子吼"，大喝一声，使之猛醒，实现精神的自觉。

鲁迅所扮演的历史角色，正是承担起这样的重任。

缺乏认知能力，始终不能正确地认识自己，认识世界以及自己在世界上的位置，浑浑噩噩，糊里糊涂，以自我为中心，瞧不起城里人，也看不起未庄

---

① 鲁迅：《文化偏至论》，《鲁迅全集》第一卷，第45页。
② 鲁迅：《论睁了眼看》，《鲁迅全集》第一卷，第254页。

人。得意时趾高气扬,欺侮弱者;失败时又靠精神胜利法,化失败为胜利,在"瞒和骗"中寻求圆满。阿Q的这种性格是世界非文明时代人类荒谬性的象征。塞万提斯通过堂·吉诃德这一不朽形象表现了人类易于脱离客观物质世界的发展变化、陷入主观主义误区的普遍弱点。鲁迅则通过阿Q这一活生生的艺术形象,表现了当时中国的一种昏聩颠顶、自欺欺人的精神现象,同时也反映了人类易于逃避现实、退入内心、寻求精神胜利的精神机制和普遍弱点。《阿Q正传》实质是鲁迅这位思想家型的文学家创作的哲学小说。阿Q是一位与世界文学中堂·吉诃德、哈姆雷特、奥勃洛摩夫等典型形象相通的着重表现人类精神机制的特异型的艺术典型,可以简称为"精神典型"。以这些典型人物为镜子,人们可以看到自身的精神弱点,"由此开出反省的道路"①。

这种精神反省实质上是建设新文化的哲学基础。只有正确地认识自己、认识世界,端正自己的哲学路线,才可能建设新文化。

《阿Q正传》除了给人类贡献了阿Q精神胜利法这一精神反思的镜像之外,另一重要内容是写了阿Q的"革命"。有些研究者认为精神胜利法应该否定,阿Q的"革命"却是应当肯定的。但经过百年来切身体验,很多学者意识到阿Q的精神胜利法必须深入批判,阿Q的"革命"更需要认清其本质。

阿Q是处于最底层的受压迫者,鲁迅对他哀其不幸,怒其不争,充满同情。所以当辛亥革命来到时,便写阿Q要革命了。这是合乎人性的。

但阿Q想象中的革命竟是这样的——

> 造反?有趣,……来了一阵白盔白甲的革命党,都拿着板刀,钢鞭,炸弹,洋炮,三尖两刃刀,钩镰枪,走过土谷祠,叫道,'阿Q!同去同去!'于是一同去。……

> 这时未庄的一伙鸟男女才好笑哩,跪下叫道'阿Q,饶命!'谁听他!第一个该死的是小D和赵太爷,还有秀才,还有假洋鬼子,……留几条么?王胡本来还可留,但也不要了。……

> 东西,……直走进去打开箱子来。元宝,洋钱,洋纱衫,……秀才娘子的一张宁式床先搬到土谷祠,此外便摆了钱家的桌椅,——或者也就用

---

① 鲁迅:《答〈戏〉周刊编者信》,《鲁迅全集》第六卷,第150页。

赵家的罢。自己是不动手的了,叫小D来搬,要搬得快,搬得不快打嘴巴。……

赵司晨的妹子真丑。邹七嫂的女儿过几年再说。假洋鬼子的老婆会和没有辫子的男人睡觉,吓,不是好东西!秀才的老婆是眼胞上有疤的。……吴妈长久不见了,不知道在那里,——可惜脚太大。①

我认为这段描写是鲁迅在《阿Q正传》,甚至在他全部著作中最深刻、最精彩的文字。《阿Q正传》最为深刻的地方并不是歌颂农民的造反,恰恰是对农民起义负面性的极为深刻的批判。正是由于这一点——鲁迅才称其为鲁迅,才成为中国历史以至整个人类历史上最为深刻的思想家型的大文学家。

因此,我禁不住反复回味陶东风先生的诤言——

这样一种阿Q式"革命"根本就不可能与精神胜利法形成真正意义上的对抗,因为它们不过是专制主义与奴性文化的不同表现形式而已。作为专制社会的官方意识形态,精神胜利法的确是与以自由、民主、个性解放、人民主权等为价值诉求的现代革命无法共存的,因为后者是一种全新的现代价值和现代现象。但问题在于:阿Q式的"革命"——身体造反、感官享乐、想干什么就干什么——却绝非现代意义上的革命,阿Q式的"革命"和阿Q的精神胜利法一样,都是"现实法则"与"官方正史"规训的产物。②

也禁不住重复支克坚先生生前的话——

不能做阿Q式的"革命家"!不能像阿Q那样"革命"!③

其实,鲁迅在前期杂文《随感录五十九"圣武"》中就对历史上这样的"起义"或"造反"有过深入的思考——

---

① 鲁迅:《阿Q正传》,《鲁迅全集》第一卷,第540页。
② 陶东风:《本能、革命、精神胜利法——评汪晖〈阿Q生命中的六个瞬间〉》,京师书院BigData,2016年3月16日,https://mp.weixin.qq.com/s/7gcYU8Ho2DGQAv—ywaNBAg。
③ 支克坚:《关于阿Q的"革命"问题》,《文学评论丛刊》1979年10月第四辑。

> 古时候,秦始皇帝很阔气,刘邦和项羽都看见了;邦说:"嗟乎!大丈夫当如此也!"羽说:"彼可取而代也!"羽要"取"什么呢?便是取邦所说的"如此"。"如此"的程度,虽有不同,可是谁也想取;被取的是"彼",取的是"丈夫"。所有"彼"与"丈夫"的心中,便都是这"圣武"的产生所,受纳所。①

这里的"彼可取而代也!"就是:他的皇帝之位可以取而代之。如在《上海文坛之一瞥》所说:"至今为止的统治阶级的革命,不过是争夺一把旧椅子。去推的时候,好像这椅子很可恨,一夺到手,就又觉得是宝贝了,而同时也自觉了自己正和这'旧的'一气。""奴才做了主人,是决不肯废去'老爷'的称呼的,他的摆架子,恐怕比他的主人还十足,还可笑。这正如上海的工人赚了几文钱,开起小小的工厂来,对付工人反而凶到绝顶一样。"

鲁迅在这篇文章中还说过一句关于革命的名言:"革命是并非教人死而是教人活的。"②革命是否合理,应以"教人死"还是"教人活"为准,不能唯革命方的穷富为据。阿Q是上无片瓦、下无寸地的最穷的人,他的思想却"颇合圣经贤传":特别憎恨异端思想,非常讲究"男女之大防"……是典型的"身为下贱、心比天高",极其认同统治者核心价值观的奴才。革命尚在幻想中,就已制订了杀虐、称霸计划。

中国历史上一些贫贱出身的皇帝也跟阿Q相似。朱元璋出身贫农家庭。他在位三十一年间,却杀戮功臣、打击富民、推出海禁、永废相位、设置直属皇权的锦衣卫等情报机构,实行中国古代王朝最为暴虐的专制制度。这种所谓"革命",使我联想起"荆轲刺秦王"的故事,是从高二语文课本上知晓的。给我印象极深的不是荆轲"风萧萧兮易水寒,壮士一去兮不复还"的豪歌,而是燕太子丹置酒华阳之台,宴请荆轲。酒中,太子出美人能琴者为之抚琴。荆轲说:"好手琴者!"太子即进之。荆轲道:"只爱其手耳。"太子即断抚琴女的手,盛以玉盘奉之。

看到这里,我不禁毛骨悚然,眼前立时浮现出盛在玉盘里的抚琴女那双冷去的玉手,已无血色,僵硬,恐怖……她被断手的那一刻是多么悲惨,裂腑剧

---

① 鲁迅:《随感录五十九"圣武"》,《鲁迅全集》第一卷,第540页。
② 鲁迅:《上海文坛之一瞥》,《鲁迅全集》第四卷,第309、304页。

痛，鲜血喷溅，很快死去，还是勉强活下来，过着无手的日子？生活不能自理，生不如死，终于被抛弃街头，沦为乞丐，惨死荒野……一个活灵灵的才艺色三绝的美女，就这样令人心颤地离开了人间。她家在哪里？身世如何？无从查考。不过，是一个毫无人的价值的任人蹂躏、宰杀的女奴，则确定无疑。

这刹那间的闪念，很快又被荆轲的壮行压倒了。我还是被荆轲的豪壮之气所感染，佩服他视死如归的气概，甚至想作一首长诗予以颂扬，并写出了开头几句：萧萧的北风呵，寒彻的易水，不复还的壮士迎风而去……

但随着尘海苍茫中的风霜打磨，阅尽种种失去人性的卑鄙行径，我逐渐对荆轲的所为疑惑，反思，厌恶，以至憎恶了。

秦王是有他的暴烈行为，但还有统一中国的积极的一面。如无秦王，就不会有书同文、车同轨的景象，中国可能至今还处于分裂、争斗之中。当然，对秦始皇积极性一面的肯定，并不意味着应该歌颂他。秦王的霸道、专制是永远要反对的，在历史上也不会长久。这里只是说：燕太子丹以同样残忍的方式，不惜一切代价收买荆轲去刺秦王，恰恰是为了一己私利去阻挡秦王积极的一面。到头来只能是螳臂当车，彻底失败，被自己的故国——燕绑给秦王诛杀。

太子丹为了达到刺杀秦王的目的，是不讲任何道德的，竟然剁断抚琴女那十指纤纤的玉手以满足荆轲极其病态的要求。荒唐暴虐，有悖人性到了极致。这等惨无人道的虐行，与俄国民粹主义者涅恰耶夫的"革命"教条不谋而合："要冷酷对待自己，更要冷酷对待别人"；"应实施歼灭行动，不应有任何恻隐之心，包括对亲人、朋友、爱人"；"革命者应把自己伪装起来，无孔不入，渗透到社会各阶层"；"应拟定一个暗杀、处死的名单、顺序，排名先后，不是按其罪行，而是根据革命的需要"；"革命者要与残忍的强盗团伙相结合，他们是真正的革命者"；"革命组织应想方设法全力促进社会的灾难与罪恶的加深，最终逼迫人民失去耐性而起来暴动"。总之，只要目标高尚，手段可以忽略不计，以恶易恶，以暴易暴，革命者言行无须道德底线。

出于这种宗旨，选人也是以生性残虐为准，燕国有勇士秦舞阳，年十三，杀人，人不敢忤视。乃令秦舞阳为副。然而，这种杀人成性者，自己正是怕死的。刚到秦王陛下，就色变震恐，坏了荆轲的大事。

其实，荆轲的行动即使成功了，刺死了秦王，也阻挡不住秦国统一中国的大势。相反，可能使秦更加凶狠，灭燕国和其他诸国更为疾猛。退一万步说，荆轲胜利了，坐上了帝王或权臣的宝座，从他要抚琴女玉手的病态心理和绝无道德底线的人性来看，肯定是一个暴虐无比的杀人魔王，不知有多少像抚琴女一样的美丽少女会惨遭蹂躏、残杀，多少百姓会陷于水深火热之中。因为一个为人民谋利益的掌权者，首先应该珍惜人的生命、尊重人的价值，那种不能将心比心、设身处地为别人着想、一心满足自己病态欲求的暴徒，不把人当人、不以人为本的毫无人性、极端自私自利的嗜血者，掌权之后，肯定是暴君或贪官，绝对不会体恤民情，给老百姓带来好处。所以，荆轲刺秦王的举动，无论是从道德来查，还是就策略来看，都一无可取，用现在的话来说，是地地道道的"左倾盲动"，"极端主义者的自杀性爆炸"，应该彻底否定、批判。

但是，对这种所谓的"革命"，中国知识界的认识却是很有阻力的。历史上一直有文人墨客极力赞美荆轲。淡泊如陶渊明者，也写过金刚怒目式的《咏荆轲》，塑造了一个除暴勇士的形象。其中云"君子死知己，提剑出燕京……心知去不归，且有后世名……其人虽已没，千载有余情"，陶公对荆轲刺秦未成是觉得遗憾的，说"惜哉剑术疏，奇功竟不成"！陶公生活在晋王朝没落的年代，由晋入宋，叛乱相继，杀伐不已，出于对荆轲的误读，他向往荆轲那样的江湖侠骨来铲灭以强凌弱的暴乱政治，倒也思之有因。这一思想，不断在后世显现。初唐骆宾王《于易水送人》咏道："此地别燕丹，壮士发冲冠。昔时人已没，而今水犹寒"，和陶公的《咏荆轲》一脉相承。清末大诗人龚自珍《杂诗》其一说："陶潜诗喜说荆轲，想见'停云'发浩歌。吟到恩仇心事涌，江湖侠骨恐无多。"定庵生活的时代同样是鸡鸣不已，难免对荆轲怀着欣赏和惋惜的心情。直到20世纪40年代，郭沫若在历史剧中依然歌颂荆轲、高渐离等刺客，与鲁迅相比，就显现出这位文化大师思想的浮浅，以及人类对这种所谓"革命"的认识的艰难！

鲁迅先生在晚年杂文《病后杂谈》《病后杂谈之余》中说他早就憎恨农民起义领袖张献忠丧尽人性的残忍，后来又认识到明朝永乐皇帝的凶残，远在张献忠之上，于是又将这憎恨移到永乐身上去了。明初，永乐硬做皇帝，惨杀建文帝的忠臣，景清剥皮，铁铉油炸，他们及其属下的妻女发付教坊，叫她们做婊子，还要她们"转营"，每座兵营里去几天，使她们为多数男性所凌辱，生出"小龟子"和"淫贱材儿"来！茅大芳妻张氏年五十六，送教坊司。张氏病故，教坊司安政于奉天门奏。奉圣旨："分付上元县抬出门去，着狗吃了！钦此！"

鲁迅怒斥道："君臣之间的问答，竟是这等口吻，不见旧记，恐怕是万想不到的罢。但其实，这也仅仅是一时的一例。自有历史以来，中国人是一向被同族和异族屠戮,奴隶,敲掠,刑辱,压迫下来的,非人类所能忍受的楚毒,也都身受过,每一考查,真教人觉得不像活在人间。"①但是,中国历代的士大夫却竭力掩饰这残酷的事实,编造出铁铉女儿献诗而配了士子的故事。鲁迅一针见血地指出:"倘使铁铉真的并无女儿,或有而实已自杀,则由这虚构的故事,也可以窥见社会心理之一斑。就是:在受难者家族中,无女不如其有之有趣,自杀又不如其落教坊之有趣;但铁铉究竟是忠臣,使其女永沦教坊,终觉于心不安,所以还是和寻常女子不同,因献诗而配了士子。这和小生落难,下狱挨打,到底中了状元的公式,完全是一致的。"②鲁迅晚年真是深刻得令人战栗!他的《病后杂谈》《病后杂谈之余》,乃是中国历史甚至人类历史上最为深刻的文章,窥透了中国乃至人类"社会心理之一斑"。③可惜学界至今对此注意得很不够。

必须特别强调的是鲁迅所企望的政治的文明化,绝对不是西方的所谓民主化,他早在1908年发表的《文化偏至论》中,就已反对当时盛行的"立宪国会之说",认为这必然会"借众以陵寡,托言众治,压制乃尤烈于暴君"。鲁迅这一观点,长期被视为"反民主",是所谓局限性。其实,一百多年的历史证明,这恰恰是鲁迅懂得中国的英明之处。各国有各国不同的国情,在已有两千多年帝制习惯、又地域浩茫、人口众多、民族簇立、地方霸势的中国,绝对不能实行西方所谓民主。文明化就是符合国情化,怎么使中国统一,人民安康,怎么办。在这一点上,一旦松口,必定天下大乱,不堪收拾,人民的安康何以堪言。"文革"中林彪有一"名言":"群众运动是天然合理的。"但历史的事实恰恰相反:"群众运动是天然不合理的。"无论什么事情一旦成为群众运动,就必然走向反面,变成极坏的事,造成祸国殃民的动乱。恰恰是反文明的。只有在中国共产党统一领导下,才能克服困难,祛除腐败,逐步使社会政治文明化,使阿Q式的"革命""造反"失去市场。

鲁迅先生毕其一生,竭诚奋斗的就是让中国人争得人的价值,结束争夺"一把旧椅子""以剥皮始,以剥皮终"的历史恶性循环,进入人的社会。如他在1919年11月在《新青年》第六卷第六号发表的《我们现在怎样做父亲》中前后两次强调的:"中国觉醒的人,为想随顺长者解放幼者,便须一面清结旧

---

① 鲁迅:《病后杂谈之余》,《鲁迅全集》第六卷,第186页。
② 鲁迅:《病后杂谈之余》,《鲁迅全集》第六卷,第197页。
③ 鲁迅:《病后杂谈之余》,《鲁迅全集》第六卷,第187页。

账,一面开辟新路。就是开首所说的'自己背着因袭的重担,肩住了黑暗的闸门,放他们到宽阔光明的地方去;此后幸福的度日,合理的做人。'"。①鲁迅先生的革命是从爱出发的,他不但对人类的生命,尊重爱护,宁愿牺牲自己,也要幼者和别人"幸福的度日,合理的做人"。推而至于渺小的动物亦然。从这一点就可以看出鲁迅伟大的心!他后来决心学医以及弃医而学文学,都是由此出发的。鲁迅的小说《兔和猫》:白兔这两条小生命失踪了,生物史上不着一点痕迹,推论开去,说到槐树下的鸽子毛呀,路上轧死的小狗呀,夏夜苍蝇的吱吱的叫声呀,于是归结到造物实在将生命造得太滥,毁得太滥了。他1927年后转向左倾,很大的原因是在《答有恒先生》中所说的:看到那时的当权者"对于别个的不能再造的生命和青春,更无顾惜"。悲天悯人,换境思考,爱世上一切灵物,一切生命,将心比心,思灵之痛,是鲁迅也是所有称得上文学家和革命家的出发点和本性。不热爱、悲悯生命,无论怎样聪明,都不可能成为真正的文学家和革命者,甚至连"真的人"都成不了!

共产主义之所以在20世纪30年代吸引了纪德、罗曼·罗兰等一大批左翼知识分子投入其运动,就在于共产主义从原理上是主张消灭剥削制度,结束人压迫人、人剥削人的现象,不仅解放无产阶级,而且解放全人类,建设一个平等、合理、幸福的社会,不再改朝换代地恶性循环。苏联的解体,东欧的失败,恰恰证明他们没有实行这个原则。

鲁迅也是这样的,如他在《答国际文学社问》中所说:

> 先前,旧社会的腐败,我是觉到了的,我希望着新的社会的起来,但不知道这"新的"该是什么;而且也不知道"新的"起来以后,是否一定就好。待到十月革命后,我才知道这"新的"社会的创造者是无产阶级,但因为资本主义各国的反宣传,对于十月革命还有些冷淡,并且怀疑。现在苏联的存在和成功,使我确切的相信无阶级社会一定要出现,不但完全扫除了怀疑,而且增加许多勇气了。②

纵然苏联的解体,暴露了与鲁迅当时所认识的情况不一样的问题,但是他对平等、合理、幸福的"无阶级社会"的向往还是对的,合乎人性的。人类社

---

① 鲁迅:《我们现在怎样做父亲》,《鲁迅全集》第一卷,第135、145页。
② 鲁迅:《答国际文学社问》,《鲁迅全集》第六卷,第19页。

会不应该是从赵太爷王朝到阿Q王朝的替换，而应是越来越走向合理和幸福。鲁迅之所以这样写阿Q式的"革命"，也正从反面显示了他对合理社会的向往，和对幸福生活的追求，企盼政治的文明化。而实现这一目标，首先是"立人"。"人立而后凡事举"，所有的人，包括革命者也必须"改革国民性"。人文明了，政治才能文明。如林兴宅在《论阿Q的性格系统》一文中所说："阿Q性格是'人类"前史时代"世界荒谬性的象征'"。①这种荒谬性格的人是不可能使政治文明化的。当然，鲁迅并非政治家。他不可能，也不能要求他提出改革国民性和政治文明化的具体实施方案，在文学中表现这一向往就已经很了不起了。实施的任务，只能由中国共产党承担。纵然出现了许多曲折和腐败现象，但只要有党的坚强领导，一切困难都会克服。如果没有党的领导，偌大中国会分崩离析，不堪设想。这一点，应是所有头脑正常的人意识到的。

鲁迅对所有残无人性者，无论是造反者，还是统治者，都是憎恨的。而主要将憎恨集中在统治者方面。因为社会失去人性，关键在权力者那一面。但也告诫被压迫者不可以恶易恶，以暴易暴。无论是哪一方，首先都需具有人与人性的意识，珍惜和尊重人的生命和价值。因为这是作为一个人的底线，突破这一底线，就不是人了。如他的名言所说："革命是并非教人死而是教人活的。"革命的最终目的是使大多数人活得更好，更有尊严，绝对不是走向贫困和死亡。到了21世纪的今天，再也不能人云亦云，在陈旧而有害的思维轨道上习惯性地跑马了，需换个思路去反思与内省，强化人与人性的意识，不被表面的豪壮之气和美妙说辞所迷惑，深入考虑一下荆轲这种"教人死"也教自己死的举动的目的如何，后果如何，依据的道德底线究竟如何？……

有人会反驳道："鲁迅不是反对'费厄泼赖'，主张'打落水狗'吗？这不也是不讲宽容吗？"

其实，鲁迅在《写在〈坟〉后面》中早就回答了这个问题："最末的'费厄泼赖'这一篇，也许可供参考罢，因为这虽然不是我的血所写，却是见了我的同辈和比我年幼的青年们的血而写成的。"鲁迅在这里正是强调汲取历史经验和血的教训，警惕主张暴力的人反过手来对革命者施以屠杀！所谓"打落水狗"也并不是施以暴力，而是以法治予以制裁，避免历史的反复，使政治不再重复历来的以恶报恶、以暴还暴的恶性重复，走向文明化。实现既没有奴隶也没有奴隶主的"第三样时代"。

---

①林兴宅：《论阿Q性格系统》，《鲁迅研究》(双月刊)1984年2月第1期。

当代思想界、文学界随着思想解放运动的开展,对荆轲这种"革命"有所觉醒了。在莫言的话剧《我们的荆轲》中,有这样一段对话————

燕姬:你和我有仇吗?

荆轲:没有。

燕姬:你和我有冤吗?

荆轲:没有。

燕姬:那你为什么杀我?

荆轲:我为天下百姓杀你。

燕姬:你到底为什么杀我?

荆轲:我为侠士的荣誉杀你。

燕姬:你们这些侠士,不过是一群没有是非没有灵魂,仗匹夫之勇沽名钓誉的可怜虫!

——在话剧《我们的荆轲》中,莫言借荆轲的形象,表达了他眼中所见、心中所感的名利对人的限制和这种所谓"革命"的本质。

其实,鲁迅早就对这种"革命"的本质有很深的认识。据许广平回忆,早在留日时期,鲁迅就颇有自知之明:"革命者叫你去做,你只得遵命,不许问的。我却要问,要估量这事的价值,所以我不能够做革命者。"而且,鲁迅深知革命者并不纯粹,虽然革命的动机大抵一致,但终极目的极为歧异:"或者为社会,或者为小集团,或者为一个爱人,或者为自己,或者简直为了自杀。"概而言之,鲁迅早就对于革命的复杂性了然于心,同时他也不认可一般人所界定的"革命者"内涵。他留日期间,革命党派他回国搞谋杀,被他拒绝。有些年轻学者以此为据,攻击鲁迅。其实鲁迅的拒绝是对的。1930年5月7日晚,李立三约谈鲁迅,请鲁迅支持他组织的大游行。遭到鲁迅的拒绝,因为鲁迅一贯反对赤膊上阵,"左"倾盲动,阻止学生的"请愿",反对"叫喊""断指""晕倒"等偏激行为,主张"韧战""壕堑战"。他比当时的"左"倾领导人,懂得中国和中国革命。他老练得多,也绝不拿所谓"黄金世界"诱惑革命者,而预言:"将来的黄金世界里,也会有将叛徒处死刑"。告诫青年:"革命是痛苦,其中也必然混有污秽和血,决不是如诗人所想象的那般有趣,那般完美;革命尤其是现实的事,需要各种卑贱的,麻烦的工作,决不如诗人所想象的那般浪漫。"自己也甘做"桥梁中的一木一石",绝不做什么"导师"。

罗曼·罗兰说:"世界上只有一种真正的英雄主义,就是认清生活后,还依然热爱它。"鲁迅的"反抗绝望"正与此言相通,"明知前路是坟而偏要走"。因为因"绝望而反抗者难,比因希望而战斗者更勇猛,更悲壮"。

随着思想的解放和人性的自觉,中国人对阿Q式的"革命"认识越来越清醒了。中国语言大学教授于小植谈到组织学生讨论《阿Q正传》时的一段对话:阿Q成了革命领袖,未庄人民生活会好吗?同学们发言踊跃,达成共识:女人、财产、生命、劳动力被任意剥夺,比较恐怖。课后本人作顺口溜曰:"阿桂革命成了功,未庄女人抱怀中。财产、男人随便用,看他威风不威风。"

鲁迅研究专家、北京大学教授高远东,继王得后从鲁迅著作中提炼出"立人"思想后,提出了"相互主体性"说[①]:认为鲁迅是中国现代触及"个"的觉醒最深处的思想家——其对"人"的问题的理解,其对中国旧文明之"吃人"病理的揭示……都受这个思想基本点的制约,但植根于这个思想基本点的现代性逻辑是存在问题的,也就是说,单向度的"立人"或主体性确立课题,必须进入相互关系的领域去展开,否则并不能导致所设想的"人"的局面的出现。以现代思想所致力的主奴关系克服而言,单向度的人之为人、主体之为主体并不能消灭主奴关系,因为在主奴关系中也存在一个主人,而另一个却是奴隶。只有把这一命题延伸到社会性的相互关系领域,主体才能成为"相互主体",社会才能成为人人为人的社会,真正消灭了主奴关系的现代主体化的新文明才可能出现。

笔者认为高远东的见解是深刻,真正深入到本质的。也是未来鲁迅学应该施力的焦点,鲁迅思想的基础;并是鲁迅研究之所以能够升华为鲁迅学成为一门学科的原因;是鲁迅研究在史料挖掘、整理和哲理思考诸方面远远高于其他人物研究的本因。

总而言之,1908年2、3月,青年周树人在《摩罗诗力说》中呼唤"精神界之战士";8月又在《文化偏至论》中提出"立人"思想。经过十年对于人的精神机制的思考和研究,1918年5月,思想文化意义上的鲁迅诞生了,发出了第一篇文学宣言《狂人日记》,从史册字缝里发现"吃人"二字,慨叹"难见真的人"!"吃人"实质就是人对人的奴役,是主奴关系的象征。"吃人"意象是《狂人日记》的核心。离开了这个核心,从其他地方入手,论得再好也不可

---

[①] 高远东:《鲁迅"相互主体性"意识的当代意义》,《探索与争鸣》2016年第7期。

能理解《狂人日记》。1921年12月4日至1922年2月12日连载完毕《阿Q正传》，从反面给人们塑造了阿Q这个精神反思的镜像。按照一贯的逆反思维，以阿Q这个"末人"反衬"真的人"，用"精神上的胜利法"这种本能、颠顸的人类的普通弱点反照"真的人"自觉、理性、科学的精神；也用阿Q式的"革命"反讽动物性的造反，呼唤文明的政治。精神胜利法和阿Q式的"革命"表现形态不同，其实本质是一样的，都是源自主奴关系，根系人压迫人的专制制度，是《阿Q正传》批判的核心。离开了这个核心，从其他地方入手，论得再好也不可能理解《阿Q正传》。看不透精神胜利法和阿Q式"革命"的共同实质，就不会真正理解鲁迅的本意。从《狂人日记》到《阿Q正传》，是鲁迅文学道路的一条主线。《阿Q正传》问世，标志着鲁迅初步从文学上实现了"立人"的夙愿。

鲁迅晚年读明代野史，对张献忠和永乐皇帝残酷、粗俗的批判和"大明一朝，以剥皮始，以剥皮终，可谓始终不变"的判断，对如何改变依靠暴力改朝换代历史恶性循环的思考，是沿着"立人"主线朝着"相互主体性"的深化。"告别革命"的提法不够准确，就在于对革命的概念未能阐释明晰：号称"革命"的事情是多种多样，不以人的意志为转移的，想发生就发生，想告别就告别。必须深入思考的是：究竟什么样的革命应该告别？什么样的革命应该坚持？阿Q式的"教人死"的所谓"革命"不仅要告别，而且要坚决反对。"教人活"的文明化的革命则要欢迎，并要努力促进。凡提口号，必先需弄清概念，然后再提做法。概念不弄清楚，就会走进误区而不自觉。中国人缺乏逻辑训练，有很多概念是模糊以至错误的。很需要学习逻辑，把很多概念辨析到位。

直到辞世，鲁迅都在为真正实现这个目标——克服人类前史时代的荒谬性，为人性的觉醒与政治的文明化而苦斗。

然而觉醒与文明何其难尔！虽然亚里士多德说："人生的最终价值在于觉醒和思考的能力，而不只在于生存。"哈佛大学胡佛研究所做了一张幸福因子排名表，把"觉醒"排在了第一位。但是在"做戏的虚无党"作祟的界域里，在"铁屋子"里企图唤起人们觉醒的启蒙者总处于劣势。要求真正地革命，实现政治文明化、合理化的"真的人"，往往吃到的是相反的苦果。现实屡屡使鲁迅绝望，但他坚韧地"反抗绝望"，骨头最硬，从不妥协，成为民族的灵魂。正是源于这样的因由，中华民族赋予他"民族魂"的称号！也把鲁迅当作建设中国新文化的思想资源。

# 鲁迅小说中的舆论结构

张全之　上海交通大学

"舆论"一词在中国古代典籍中多有出现,但今天我们使用的"舆论"一词,其含义主要来自西方。大约在1908年,中国人用"舆论"一词对译英文的public pinion,就形成了今天"舆论"一词的含义。[①]跟舆论一词相近的还有流言、谣言。从含义上来说三个词是交叉关系,而且含义各有侧重,对此有人做了分析:

> 舆论是比较合理的,谣言是不合理的,舆论是群众意见的组合,多少是理智的;谣言只是一种心意的流传,没有经过讨论与组合,当然是不合理的。但是舆论产生于公众或群众之中,代表公众或群众之比较积极方面的意见;谣言也是产生于公众或群众之中,它所表示的是公众或群众之比较消极方面的意见。在心理的基础上说,舆论与谣言并无大的差异,不过其可靠的程度上有其差异而已。[②]

至于"流言"跟"谣言"的关系,《辞海》对"流言"的解释是:"散布没有根据的话","亦指谣言"。[③]故而有研究者认为:"无论从今之谣言、流言之意,还是从古之谣言、流言之义,对谣言和流言进行严格区分是没有必要的。"[④]也有人认为:"相比于谣言,流言发生的情景要更为微观、具体、切近

---

[①] 段然:《"舆论/public opinion":一个概念的历史溯源》,《新闻传播研究》2019年第11期。
[②] 陈定闳:《舆论与谣言》,《创进》1948年第一卷第18期。
[③] 夏征农、陈至立主编《辞海》第2分册,上海辞书出版社,2009,第1423页。
[④] 程中兴:《谣言、流言研究——以话语为中心的社会互动分析》,博士学位论文,上海大学,2007,第5页。

和实在。"①这说明舆论、流言、谣言三个词含义相近,但在具体的使用过程中,界限也是很清楚的。从传播形式上来说,舆论比流言和谣言更为公开,更具有群众性,规模更大,影响自然也大。从舆论或流言的角度解读鲁迅作品,是一个非常重要的维度,但到目前为止,相关研究还很不充分。本文主要从舆论入手切入鲁迅作品,探讨鲁迅小说中舆论的叙事结构及其意义。

鲁迅一生饱受舆论和流言伤害之苦,他自己说:"我一生中,给我大的损害的并非书贾,并非兵匪,更不是旗帜鲜明的小人:乃是所谓流言。"②在他小的时候,衍太太制造谣言,说他将家里的东西偷出去卖了,让他惶恐不安;成年以后,尤其在他成名以后,种种舆论、流言和谣言从未在他身边断绝过。即使到今天,仍有他的流言在网络上流传,让很多不明就里的人信以为真。他一直坚持写杂文,与舆论和流言有很大关系。这种生存处境和人生体验自然会表现在他的作品中。他最早的小说《怀旧》就是一个关于谣言的故事,谣言澄清了,小说也就结束了。在他后来的小说中,舆论、流言不时出现,成为其小说叙事的重要组成部分。

从结构上说,舆论分为三个部分:一是作为公众的舆论主体(说者);二是作为舆论对象的舆论客体(被说者);三是作为舆论内容的舆论本体(说什么)。在鲁迅小说中,舆论的这三个方面都有自己的特点。

就舆论的主体而言,他们大多都是匿名的,如咸亨酒店里那些嘲笑孔乙己的人,他们统称为"短衣帮",是作为一个群体出现的。在《药》中的茶馆里和《风波》的土场上,《祝福》中在祥林嫂的周围和《狂人日记》中的街道上,都有一群没有名字的人参与了舆论的发酵与传播。这个群体的匿名性,反映了鲁迅对中国舆论生态的总体判断:正是这么一群无名、无姓的人,构成了中国底层社会的主体。鲁迅在杂文中称他们为"无主名无意识的杀人团"③。面对着强者他们无声无息,面对着弱者时他们盛气凌人。看别人的热闹(看/被看)、传播别人的是非(说/被说)是他们日常生活中快乐与幸福的重要来源。我们习惯称之为"沉默的大多数",其实他们并不沉默:当他们面对丧夫失子的祥林嫂的时候、当他们听说夏瑜因造反而被杀头的时候、当他们面对走向刑

---

① 李智:《谣言、流言和传说——人类意义生产的三种非常信息传播形态》,《北京行政学院学报》2011年第2期。
② 鲁迅:《并非闲话(三)》,《鲁迅全集》第三卷,人民文学出版社,2005,第161页。(本文所引鲁迅作品原文均出自同一版本。)
③ 鲁迅:《我之节烈观》,《鲁迅全集》第一卷,第129页。

场的阿Q的时候、当他们听说七斤要掉脑袋的时候，他们的骄傲、满足和义愤都是生动而丰富的。有人在分析中国为什么没有舆论的时候指出："外国社会是成人之美，是坦白爽直，中国社会都是充塞着忌妒阴郁的气象，稍微不留神，就会被社会挤倒，这是中国社会事业不能大成功的真原因。因为外国社会是捧人的，中国社会是毁人的，所以社会上只有交相破坏的心理，而无同情互助的精神。"①这话虽然未必全对，但与鲁迅所揭示的中国的舆论气候是吻合的。

鲁迅在写这一匿名群体的时候，似乎有意暴露他们的年纪。《药》写茶馆里发表议论的人，鲁迅特别提到了两个：一个是"二十多岁的人"，一个是"花白胡子"，一老一少，观念完全相同；《狂人日记》中除了成年人以外，还特别强调了小孩的参与。从老人到年轻人再到小孩，鲁迅有意将舆论主体的年龄分布暴露出来，证明中国的问题不仅是老年人的保守世故，就是年轻人、小孩也都跟老年人站在了同一个思想基点上，他们之间没有代际差异。狂人看到孩子也在议论自己时，很受刺激。他能理解赵贵翁等人约好了同他作冤对，是因为廿年前他把古久先生的陈年流水簿子踹了一脚，"但是小孩子呢？那时候，他们还没有出世，何以今天也睁着怪眼睛，似乎怕我，似乎想害我。这真教我怕，教我纳罕而且伤心"②。在狂人的日记里，"伤心"一词共出现两次，这是其中一次，另一次是写他的妹妹被吃，可见狂人对被孩子们议论一事感受之痛切。在舆论的传播过程中，"意见领袖"往往发挥着重要作用，鲁迅在写舆论主体的时候，有时会安插一位读书人来扮演意见领袖的角色。《风波》中的赵七爷，一出场就成为土场上的中心，他一番添油加醋的解释，使土场上的人对皇帝坐龙廷、要辫子的消息深信不疑。他虽然知道"黄忠表字汉升和马超表字孟起"，但他的见识与土场上的人们没有差别，甚至比土场上的人还要邪恶。在《采薇》中，首阳村沸腾的舆论引出了"第一等高人"小丙君，他要跟伯夷、叔齐谈谈诗歌。谈过之后，他对两位贤人十分不满：他们不仅穷，不配谈诗歌，还要在诗歌中"有所为""发议论"，失了诗歌的温柔敦厚。他回到家后很气愤，说："'普天之下，莫非王土'，你们吃的薇菜，难道不是我们圣上的吗！"后来他家的婢女阿金跑到山上去，把这句话抛给了两位隐者，直接导致两人饿死。从中不难看出，小丙君对两位贤人毫不理解，其思想境界与首阳村

---

① 胡政之：《中国为什么没有舆论》，《国闻周报》1934年第十一卷第2期。
② 鲁迅：《狂人日记》，《鲁迅全集》第一卷，第445页。

那些看热闹的村民并无差别。鲁迅致力于杂文创作，常常遭受舆论的攻击，他的杂文集被某些人称为"骂人文选"。鲁迅在写小丙君的时候，顺带讽刺了那些所谓"为艺术而艺术"的流言家。

从舆论本体看，鲁迅小说中的舆论有着惊人的相似之处，主要表现在三个方面：第一，唯势力是从，有权势的人说的就是对的。在鲁迅最早的一篇小说《怀旧》中，"长毛且至"的谣言造成了很大的恐慌，导致人们纷纷逃难："予窥道上，人多于蚁阵，而人人悉函惧意，惘然而行……中多何墟人，来奔芜市；而芜市居民，则争走何墟"。谣言传到私塾后，秃先生是不相信的，但耀宗说，消息来自于何墟的三大人，秃先生便急忙改口说："三大人耶？……则得自府尊者矣。是亦不可不防。"因为这位仰圣先生（秃先生）"之仰三大人也，甚于圣"。府尊，就是知府，从中看出秃先生对权力的崇拜。不只是读书人如此，下层民众也是如此。阿Q说自己姓赵，被赵太爷打了嘴巴之后，出现了这样的舆论："知道的人都说阿Q太荒唐，自己去招打；他大约未必姓赵，即使真姓赵，有赵太爷在这里，也不该如此胡说的。"这种"懂事""讲规矩"的舆论，是公众奴才性的典型体现。阿Q被杀之后，"至于舆论，在未庄是无异议，自然都说阿Q坏，被枪毙便是他的坏的证据：不坏又何至于被枪毙呢"？这种由果倒因的舆论逻辑，潜藏着对权力的迷信和驯服，他们都是权力统治下的顺民，不会对官府做的事提出任何质疑。在《药》中，康大叔得意洋洋地讲夏瑜的故事，俨然成为舆论领袖或新闻发言人。坐客们津津有味地听着，不时插话。舆论完全站在官府一边，对夏瑜充满了鄙夷和愤恨，称夏瑜为"贱骨头""这种东西"。正如鲁迅所言："民众的罚恶之心，并不下于学者和军阀"。①这就是中国式舆论，没有是非观念和价值判断，习惯性屈从于有权势的个人或官府。这种舆论的产生，不只是舆论主体为了趋利避害，更重要的是一种习性。马克思深刻指出："任何一个时代的统治思想始终都不过是统治阶级的思想。"②在鲁迅笔下，这一状况更为显著：无论是读过书的秃先生，还是出苦力的短衣帮，在思想意识上都是权力结构的支持者和拥护者，凡是像夏瑜一样起来反抗体制的人，都被他们看作是疯子，或"贱骨头"。李普曼在论述舆论时特别提醒研究者注意拟态环境对舆论主体的影响，他指出："（研究者）必须格外注意一个共同因素的存在，那就是人与其所处的环境之间存在的那个

---

① 鲁迅：《答有恒先生》，《鲁迅全集》第三卷，第477页。
② 马克思、恩格斯：《共产党宣言》，人民出版社，2018，第48页。

拟态环境。人的所有行为都是针对这一拟态环境做出的。"①所谓拟态环境，就是指舆论主体根据自己所接受的信息想象或虚构出来的一个世界，它常常被用来取代身边客观的物理世界，作为行为判断的依据。鲁迅笔下的这些舆论主体，他们就生活在一个他们自己想象出来的拟态环境之中，而且这个拟态环境已经凝固，横亘在他们与真实的世界之间，所以无论外面的世界如何变化，他们都会心安理得地生活在拟态环境之中，成为名副其实的"装在套子里的人"。我们过去在分析鲁迅小说中"看/被看"的关系时，主要从文化角度，分析看客们的麻木、愚昧，认为这都是传统文化决定的。事实上，所谓的文化传统对那些目不识丁的短衣帮来说，其影响力是有限的。这些底层民众依靠本能趋利避害地活着，能直接影响他们活下去的最重要的力量就是权力，所以他们本能地对权力产生恐惧和崇拜，便养成了这种乐意仰权势者鼻息的病态人格。也就是说真正毒化中国广大民众人格的不是儒家文化，而是与民众息息相关的权势和体制。舆论场屈服于权力场，每一个场中人害怕被孤立，会主动放弃与众不同的想法和看法，形成了"沉默的螺旋"，久而久之，公众就变成了权力的附属物。文化只是权力运作的一种手段，文化对人的影响是靠权力的支撑来实现的。中国文人一直有一个虚幻的图景：道统高于政统，其实道统不过是君主手里的一面旗子，随时可以把它当成抹布，所以说权力宰治理性，道统附于政统，士人贤才"降为犬马和器具"②，遑论普通民众。

民众不论是非，只求好看、好玩，从别人的痛苦甚至是鲜血中寻找着乐趣，舆论正是"好玩"的产物。所以中国民间舆论场是一个消遣场、娱乐场，舆论主体在"说"的过程中体会着自身幸免的幸福与快乐，鲁迅称之为"暴君的臣民"："暴君的臣民，只愿暴政暴在他人的头上，他却看着高兴，拿'残酷'做娱乐，拿'他人的苦'做赏玩，做慰安。自己的本领只是'幸免'。从'幸免'里又选出牺牲，供给暴君治下的臣民的渴血的欲望，但谁也不明白。死的说'阿呀'，活的高兴着。"③阿Q被枪杀之后，未庄的舆论认为阿Q坏，"而城里的舆论却不佳，他们多半不满足，以为枪毙并无杀头这般好看；而且那是怎样的一个可笑的死囚呵，游了那么久的街，竟没有唱一句戏：他们白跟一趟了。"至于阿Q因何被杀，是否合理合法，是不在他们考虑范围的。《风

---

① 沃尔特·李普曼：《舆论》，常江等译，北京大学出版社，2018，第14页。
② 葛荃：《权力宰治理性——士人、传统政治文化与中国社会》，南开大学出版社，2003，第139页。
③ 鲁迅：《暴君的臣民》，《鲁迅全集》第一卷，第384页。

波》中,土场上的人们从赵七爷的解释中认定七斤是要被杀头的,这时村民的反应是:

> 村人们呆呆站着,心里计算,都觉得自己确乎抵不住张翼德,因此也决定七斤便要没有性命。七斤既然犯了皇法,想起他往常对人谈论城中的新闻的时候,就不该含着长烟管显出那般骄傲模样,所以对七斤的犯法,也觉得有些畅快。他们也仿佛想发些议论,却又觉得没有什么议论可发。嗡嗡的一阵乱嚷,蚊子都撞过赤膊身子,闯到乌桕树下去做市;他们也就慢慢地走散回家,关上门去睡觉。①

七斤犯了皇法,自然是该死的,土场上的人没有疑义,但他们想到七斤平时传播新闻时的骄傲模样,心有不满,对七斤将被杀头"觉得有些畅快"。七斤如果真的被杀头,那将成为土场上的节日,人们会在他的死刑中获得的就不只是"畅快",而是更大的快乐了。

《采薇》虽然取材于远古时期,但其中的舆论描写跟现实题材的小说如出一辙。伯夷和叔齐隐居首阳山后,伯夷变得话多了,结果暴露了自己的身份,引起舆论哗然,吸引了很多人到山上来看他们,"有的当他们怪物,有的当他们古董。甚至于跟着看怎样采,围着看怎样吃,指手画脚,问长问短,令人头昏。""不过舆论还是好的方面多。后来连小姐太太,也有几个人来看了,回家去都摇头,说是'不好看',上了一个大当。"这段描写跟《阿Q正传》的结尾何其相似,虽然题材相隔三千年,鲁迅写下了相似的舆论细节,这不只是幽默,还有苦涩和辛酸。

从舆论的客体来看,舆论关注的一般都是与公共利益有关或有重要影响的事件或人物。在鲁迅小说中,作为舆论客体的人物、事件主要有两类,一类是地方的小人物以及围绕他们发生的私人事件,如孔乙己偷书、祥林嫂丧夫失子、阿Q向吴妈求爱和最后被杀等,这些人或事,在当地具有舆论效应,但多是小人物的事情,无关大局,人们传播或议论这类事件只是把他们当作谈资;另一类是一些重要事件,或是与众人利益密切相关的事件,如夏瑜被杀、举人老爷的乌篷船到了赵家河埠头(《阿Q正传》)、"长毛且至"(怀旧)、张勋复辟、辛亥革命、伯夷叔齐隐居首阳山等,这类事件包含着丰富的政治、思想和

---

① 鲁迅:《风波》,《鲁迅全集》,第三卷,第497页。

文化信息，但当这些事件在引发舆论时，我们就会发现无论是鲁镇还是未庄，似乎有一张过滤网，将这些事件包含的所有信息进行了过滤，剩下的只是供日常谈论的趣闻或逸事。也就是说，这两类舆论客体所引发的舆论，没有什么区别。其原因是当地的舆论主体深陷"刻板印象"（stereotype）之中。李普曼认为，我们生活在世界一隅，经验和见识都是有限的，"然而，在实践、空间和数量上，我们的见解又必然覆盖比我们所直接观察得到的事物更为广阔的范围，这部分见解便是由他人的报道和我们自己的想象拼凑出来的"[①]，我们"拼凑"的基础除了外界提供的信息外，就是我们已有的观念和习性，这就是很难改变的"刻板印象"，"它在很大程度上决定了我们能看到什么，以及从什么角度看"[②]。鲁迅笔下的舆论主体就深受"刻板印象"的影响，所以舆论客体本身的真实性及其包含的有思想价值的信息，都被"刻板印象"过滤或扭曲，由此一来，夏瑜被杀和阿Q被枪毙最大的区别就是枪毙没有杀头好看；辛亥革命和张勋复辟的差异就在于前者使阿Q盘起了辫子，后者让没有辫子的七斤掉脑袋。鲁迅通过不同的舆论客体最终被同一化的问题，揭示了中国闭塞乡间舆论的可悲、可笑而又荒唐之状。

除了舆论之外，鲁迅小说中还写了大量与流言或谣言有关的情节。《伤逝》中涓生被单位辞退，是"雪花膏""添些谣言，设法报告的"结果。《在酒楼上》的顺姑是因为听信流言导致病疴沉重，终至殒命；《孤独者》中的魏连殳落魄时时常遭受谣言攻击，后来"发达"了，又成为舆论恭维的对象。《采薇》《理水》《奔月》中夹杂了大量的来自现实的流言、谣言，使小说在结构上裂变为双重文本：一方面，小说按照古代流传下来的故事框架在往前发展，一切都是顺理成章的；另一方面，让主人公时常说出非常现代的话，尤其是很多都是有据可靠的流言和谣言，这就构成了小说背后的另一个叙事结构。就以《奔月》来说，后羿跟嫦娥、逢蒙的故事构成了小说的显性文本，而高长虹对鲁迅的攻击构成了潜文本，这两个文本在逢蒙剪径的情节中相交：弟子背叛老师。所以我们读这一篇小说，思考的确是两个故事：第一个故事有古籍可考；第二个故事有现实依据，小说中的流言足以拼凑出一个现代版的"逢蒙剪径"的故事。这是《故事新编》巧妙利用流言结构文本的成功试验。其他几篇都可以如是读。由此不难看出，流言或者谣言跟舆论一样，在鲁迅小说中承载着重要的艺术功能。

---

[①][②]沃尔特·李普曼：《舆论》，常江等译，第65页。

鲁迅与现代文化价值重建 3卷

鲁迅在小说中写人物或事件的时候，特别关注民众的反映，也就是关注舆论，这在现在作家中是很少见的。《阿Q正传》和《采薇》两篇小说，均以对舆论的描写结束，并不是偶然的。如果说传统文化是中国走向现代的心理羁绊，那么"腐败的舆论"（鲁迅语）则是中国社会进步的绊脚石。鲁迅在杂文中说：

> 凡知道一点北京掌故的，该还记得袁世凯做皇帝时候的事罢。要看日报，包围者连报纸都会特印了给他看，民意全部拥戴，舆论一致赞成。直要待到蔡松坡云南起义，这才阿呀一声，连一连吃了二十多个馒头都自己不知道。但这一出戏也就闭幕，袁公的龙驭上宾于天了。
>
> 包围者便离开了这一株已倒的大树，去寻求别一个新猛人。
>
> 我曾经想做过一篇《包围新论》，先述包围之方法，次论中国之所以永是走老路，原因即在包围，因为猛人虽有起仆兴亡，而包围者永是这一伙。次更论猛人倘能脱离包围，中国就有五成得救。结末是包围脱离法。——然而终于想不出好的方法来，所以这新论也还没有敢动笔。①

这段文字批判的对象不是袁世凯，而是那些包围袁世凯的人，也就是那些制造舆论怂恿袁氏称帝的人。中国要想得救，就必须让"猛人"脱离包围，但鲁迅最终也没有想出好的方法来，那就意味着这种包围无法破解，中国还要"永是走老路"。依此反观鲁迅小说就会发现，在未庄、鲁镇或是吉光屯等地方，也有那么一伙人，他们虽然不会或者没有机会围着某一权贵获取利益，但他们热衷于传播谣言、流言，参与舆论的传播与发酵，并从中获得乐趣。可见，无论是通都大邑，还是穷乡僻壤，中国的舆论气候都是十分糟糕的："中国的人们，遇见带有会使自己不安的朕兆的人物，向来就用两样法：将他压下去，或者将他捧起来。""压下去就用旧习惯和旧道德，或者凭官力，所以孤独的精神战士，虽然为民众战斗，却往往反为这'所为'而灭亡。到这样，他们这才安心了。压不下时，则于是乎捧，以为抬之使高，扊之使足，便可以于己稍稍无害，得以安心。"② 无论"压"还是"捧"，手段主要是舆论，目的只有两个字"安心"，与什么民族国家命运和社会发展没有丝毫关系，与是非对

---

① 鲁迅：《扣丝杂感》，《鲁迅全集》第三卷，第509页。
② 鲁迅：《这个与那个》，《鲁迅全集》第三卷，第150页。

错也无关系。如果说1912年中华民国成立，在形式上建立了共和体制，那么，舆论就应该在民主政体中发挥应有的作用，但事实并非如此。舆论不仅没有给这一虚弱的民国体制带来力量，相反，在此后一系列历史丑剧和闹剧中都能见到舆论的助推，导致人们对舆论的厌恶乃至绝望。与之形成对比的是，当欧洲国家从封建主义向资本主义过渡的时候，资产阶级公共领域发挥了重要作用。根据哈贝马斯的研究，这种公共领域"说到底就是公众舆论领域，它和公共权力机关直接抗衡"[1]。在18世纪的沙龙、咖啡馆和宴会上，众多文人汇聚，形成了文学公共领域，之后从中产生了政治公共领域，"它以公共舆论为媒介，对国家和社会的需求加以调节"[2]。但在中国，尽管形式上的共和已经实现，但以公共舆论为主体的公共领域始终没有形成，上层的政治革命和社会变革没有深入到民间，更没有渗透到日常生活层面。列斐伏尔指出："一场革命如果没有生产出新的空间，那么它就没有充分释放它的潜能；如果它没有改变生活本身，只是改变了意识形态结构和政治体制，它也是失败的。一场真正的社会变革，必须在日常生活层面表现出创造性的作用，尤其对语言和空间的影响。尽管这种影响不一定以同一速度或同等力度发生在每个领域。"[3]没有以现代知识为主体的公共舆论，没有产生出文学公共空间和政治公共空间，中国社会的现代转型就只能是一句空话，复辟的闹剧会一再出现，当然不一定都像袁世凯或张勋一样明目张胆，但可能会迂回曲折地走上那条熟悉的老路。至于舆论，只要"猛人"需要，随时都会加持，一切都会变得"民意全部拥戴，舆论一致赞成"。如果民众还是那样的民众，舆论还是那样的舆论，这样的闹剧就不会结束，鲁迅对此十分清楚，自然也是深表忧虑的。

---

[1] 哈贝马斯:《公共领域的结构转型》,曹卫东等译,学林出版社,1999,第2页。
[2] 哈贝马斯:《公共领域的结构转型》,曹卫东等译,第35页。
[3] Henri Lefebvre, The Production of Space, trans. Donald Nicholson-Smith, Oxford: Blackwell, 1991, p.54.

# 新华作家对鲁迅经典的重写

张森林　新跃社科大学

## 一　鲁迅经典作品的生命力

1976年，新华作家狄原概括出鲁迅在新马多个领域的影响力和重要性："鲁迅是对马华文艺影响最大、最深、最广的中国现代文学家。作为一位伟大的革命家、思想家，鲁迅对于马华文艺的影响，不仅是文艺创作，而且也遍及文艺路线、文艺工作者的世界观的改造等各个方面。不仅是马华文学工作者深受鲁迅的影响，就是马华的美术、戏剧、音乐工作者，长期以来也深受鲁迅的影响。不仅是在文学艺术领域，就是在星马社会运动的各条战线，鲁迅的影响也是巨大和深远的。长期以来，确切地说，自鲁迅逝世后的四十年，鲁迅的高大形象，一直鼓舞着人民为正义的事业而奋斗。鲁迅一直是本地文艺工作者、知识分子学习的光辉典范。我们找不到第二个中国作家，在马来亚享有像鲁迅那样崇高的威信。"[①]

从已故南来作家丘康（张天白）称鲁迅为"伟大的民族英雄"和"中国文坛之父"，已故文学史家方修尊鲁迅为"青年导师"和"新中国的圣人"等称谓看来，鲁迅作为现代中国文学的开山鼻祖和一面大旗，他对新马华文学的影响不言而喻。

章翰也曾指出："在五六十年代的马来亚，左翼思潮蓬勃，学潮与工运此

---

[①] 狄原：《鲁迅对马华文艺的影响（1930—1948）》，狄原等编著《俯首集——鲁迅逝世四十周年纪念文辑》，新加坡：洪炉文化企业公司，1976，第1页。

起彼伏,政党权力角逐趋向白热化,现实主义在马华文坛一支独大,在此形势下,鲁迅的影响尤为强势。"①

由于鲁迅在其作品中对人民性与群众性的一再强调,对鲁迅作品和新马华文学钻研颇深的新华学者王润华指出,以马来亚共产党为首的新加坡左翼政治运动在二战后"要以鲁迅来左右群众的思想行为,更进一步用他来鼓动群众,以实际行动来与英国殖民主义与资本主义战斗"②,从而延续他们在二战前通过动员广大群众参加鲁迅纪念会之举,"把鲁迅崇拜转变成以新马为重心的战斗精神,要利用鲁迅来实现本地的政治目标:推翻英殖民地"③。王润华的这番话语,为1970年代新加坡出版的《俯首集——鲁迅逝世四十周年纪念文辑》中众多评论者的"拥鲁、奉鲁"观点做出了注脚。

王润华也指出:"从1950年到今天,鲁迅的作品所建立的经典还是具有生命力的,新马的作家,多多少少都曾经向他学习过。吐虹的《'美是大'阿Q别传》,作于1957年,模仿《阿Q正传》,讽刺曾担任南洋大学校长的林语堂(小说中叫凌雨唐)。孟毅(黄孟文)的《再见惠兰的时候》作于1968年,它跟鲁迅的《故乡》有许多相似的地方。林万菁在1985年写的《阿Q后传》,又是一篇读了《阿Q正传》的再创作。"④

学者张松建在王润华的研究基础上,总结出1920年代至21世纪,"鲁迅经典是刺激新马华文作家之创造力的源头活水,他们不断从鲁迅那里寻获灵感,加以程度不等的转化与改写,各取所需,为我所用"⑤;他并举出数实例加以证明:"《阿Q正传》曾被丁翼、絮絮、吐虹、林万菁、李龙一再重写,云里风的《梦呓集》向鲁迅的《野草》致敬的痕迹一望而知,黄孟文的《再见惠兰的时候》在多方面受益于《故乡》的启示,英培安的《一个像我这样的男人》呼应着《伤逝》的思想主题而又推进了对本土问题的思考,瞿桓的《疯人日记》、姚紫的《新狂人日记》与梁文福的《镜,有此事》显而易见是对《狂人

---

① 章翰:《鲁迅与马华新文学》,新加坡:风华出版社,1977,第4—5页。
② 王润华:《鲁迅与新马后殖民文学》,《华文后殖民文学——中国、东南亚的个案研究》,学林出版社,2001,第60页。
③ 王润华:《鲁迅与新马后殖民文学》,《华文后殖民文学——中国、东南亚的个案研究》,第61页。
④ 王润华:《鲁迅与新马后殖民文学》,《华文后殖民文学——中国、东南亚的个案研究》,第69页。
⑤ 张松建:《国民性、个人主义与社会性别:新马华文作家对鲁迅经典的重写》,《文心的异同:新马华文文学与中国现代文学论集》,中国社会科学出版社,2013,第5页。

日记》的仿作和重写。"①

## 二 姚紫的三篇鲁迅经典仿作

已故新华作家姚紫是众多在文学创作上深受鲁迅影响,并对鲁迅经典"重写作"的其中一位。姚紫和鲁迅有一个共同之处,那就是鲁迅是以中国文艺战线上的战士自居,而姚紫是以新马文艺战士自居。已故马华作家韦晕曾指出姚紫性格上的特点:"姚紫的个性与情况与晚唐的罗隐相似,所以他编的《文艺报》里曾以冷讽嘲热的文章在讽刺那些大人先生——尤其是一个女作家之当时以案上的红墨水怒掷她所任职的那家报纸主编时,姚紫为该女作家抱不平,在《文艺报》里以杂文方式讽嘲该主编。"②尽管性格上有一点狂狷,但姚紫对新华文学的发展却是高度重视的,孑然一身的他,1982年1月临终前委托好友们在自己谢世后适时变卖股票以设立文艺基金,从而鼓励本地文学创作。

姚紫生前在鲁迅的《狂人日记》所建立的中国新文学革命现实主义传统的基础上,于新加坡建国前写下了《新狂人日记》《老子日记》和《小D反黄记》这三篇短篇小说。

《新狂人日记》是以一个"狂人"的视角来审视周遭人物的言行,小说中的主人公"我"自从耳边像阿Q最后听到的"嚓的一响"失去知觉后,醒来就被医生和律师证实是"发疯的人",被禁闭在山上的别墅内。"我"的所见所闻都不可思议,其中最匪夷所思的一件事,就是在一天中午睡午觉时梦见中学时期的同学杨旭,"他指着我看,脚上带着断了的锁链,头上乱发蓬蓬,仿佛刚从疯人监狱里逃出来,脸颊满是铁丝网划破的血痕。突然,他扯开衬衣的襟口,露出瘦骨嶙峋的胸部,胸前有一个大窟窿,一颗血红红的心在跳颤着,跳得拍拍作响……"③。

在《老子日记》这篇以七则日记构成的小说中,生前在报社从事文字工作的姚紫更展现了泼辣刁钻的文风,以杂文的笔锋来嘲弄和书写社会乱象,并毫不讳言地搬出鲁迅的名号。小说的第一则日记是这样写的:

---

① 张松建:《国民性、个人主义与社会性别:新马华文作家对鲁迅经典的重写》,《文心的异同:新马华文文学与中国现代文学论集》,第5页。
② 韦晕:《狂侠与向禅》,刘笔农主编《姚紫研究专集》,新加坡:新加坡文艺协会,1997,第85页。
③ 姚紫:《新狂人日记》,《木桶鸭》,新加坡:长河书局,1987,第90页。

×月×日

下午到××卢去,贵老又恭维我的文字泼辣犀利,骂得那些混帐不敢回口,我微笑不答,其实,这个守财奴懂得什么!

鲁迅说:"横眉冷对千夫指,俯首甘为孺子牛",我现在正是处在这种情境下,独擎一支笔,横扫十万军,比当年的鲁迅,毫无逊色,社中那些元老派,冷眼旁观,大有等着瞧我垮台而后心甘的样子,他妈的,瞧吧![1]

1953年10月12日,就读于小坡密驼路圣安东尼女校的十六岁女生庄玉珍被奸杀,弃尸于距警察总部不远处的珍珠山脚。此事件引爆了两周后由中正中学分校学生举办座谈会,在会上他们申讨、批判当时泛滥街市的色情文化,拉开了新马反黄运动的帷幕。这是姚紫创作《小D反黄记》的背景,作者在小说中以一个中学生的视角和口吻,挞伐那个特定时代不良的社会风气,显示了正义之气与邪恶风气正在较量着。

小说在开头中就把时空背景从清末民初的中国搬到1950年前、中期的新加坡:"我应该郑重声明:我和阿Q是同乡,但我绝对不是沽名钓誉的人,阿Q还让鲁迅作过'正传',我却不稀罕这个,虽然许多人都代我抱不平,如果阿Q值得一'传',我小D更值得大'传'特'传',当年我和阿Q在钱府的草场'龙虎斗'的时候,他扭住我的发辫,我也扭住他的发辫,他进三步,我退三步,这是我自甘退让,不屑学'个人主义'的英雄作风。后来,旁观的群众都代我不平,王胡第一个嚷了出来:'他妈的,小D,有种的就反攻!'"[2]。

《老子日记》和《小D反黄记》都收入姚紫短篇小说集《新加坡传奇》中。鲁迅在《狂人日记》中大声疾呼"救救孩子",表现了彻底批判封建礼教的勇气,而姚紫在《新加坡传奇》中则巧妙地把鲁迅"救救孩子"转变成"救救小职员、小人物";鲁迅的批判对象是封建礼教,而姚紫的批判对象则很明显是殖民地政府。在殖民地时代,掌权的殖民地政府所做的任何决策都是以自身利益为最大考量,小职员、小人物成为受压迫的一群,又怎能轻易被解救出来?

1955年,任宁所写的微型小说《阿Q和小D》中,阿Q摇身一变,成了一个有着搞政治经验的人,参加了立法议院的大选,他和另一个参选人小D在选

---

[1] 姚紫:《老子日记》,《新加坡传奇》,新加坡:陈龙玉,1985,第116页。
[2] 姚紫:《小D反黄记》,《新加坡传奇》,第113页。

前扬言一定能得到百分之八十的选票,然而,出乎意料之外,选举的结果两人都惨败了,并在互相怄气之余大打出手,大放肆言。①可惜的是,这篇微型小说创意不足,所要表达的基本上还是鲁迅那一套"精神胜利法",而且故事背景没有明确交代,一会儿是新加坡立法议院,一会儿又转换成中国未庄,时空模糊,格局所限,并没有引起太大注意。

### 三 絮絮和丁翼的鲁迅经典重写之对比

新马华作家首先重写《阿Q正传》者,张松建认为是在二战结束后写下短篇小说《阿O传》的絮絮。②当阿Q莫名其妙地被枪毙后,他的弟弟"阿O"做了漏网之鱼,逃到南洋来。阿O青出于蓝而胜于蓝,他不但不至于像乃兄阿Q那样成为枉死鬼,反而在海外发了迹。工于心计的阿O先是以情欲网罩住老板的情妇,接着主导一出老板暴卒的剧目,然后顺理成章地接收老板的店铺产业和情妇。追逐名利的阿O后来还成为名扬一方的侨领和投机于教育事业的校董,名片上印满了各种华社头衔:××同乡会会长、××俱乐部主席、××互助会主席、××学校董事长、××公司总经理等等,显见他对名利与权杖的追逐。尽管阿O走私唐山米、大发国难财的行径后来东窗事发,但胆大心细的他仍然可以通过金蝉脱壳之计而逃之夭夭。

评论者南治国把絮絮笔下的阿O形容为"不拘一格邀名利"的阿Q众相之一③。张松建在分析《阿O传》时指出,虽然叙述者有时跳出故事情节,大发议论,说教气息浓厚,但是小说的笔墨简练传神,情节紧凑生动,取材于四五十年代的南洋社会,不乏严肃的批判意识。④与同时期的其他现实主义作家相比,丘絮絮不仅对当时社会生活进行单纯的艺术加工,同时也表达了一种兼具同情与批评的社会关怀,即一种根植于对二战后社会文化深层感知与反思的文

---

① 任宁:《阿Q和小D》,《在路上》,新加坡:生活出版社,1956,第50—51页。
② 张松建:《国民性、个人主义与社会性别:新马华文作家对鲁迅经典的重写》,《文心的异同:新马华文文学与中国现代文学论集》,第7页。
③ 南治国:《旅行的阿Q——新马华文文学中的阿Q形象谈》,《华文文学》第58期(2003年2月),转引自南治国:《旅行的阿Q——新马华文文学中的阿Q》,2013年4月,《佛光大学网》,http://www.fgu.edu.tw/~wclrc/drafts/Singapore/nan/nan-02.htm。
④ 张松建:《国民性、个人主义与社会性别:新马华文作家对鲁迅经典的重写》,《文心的异同:新马华文文学与中国现代文学论集》,第8页。

化表达。①《阿Q传》不啻是絮絮这种文化深层感知与文化反思的具体呈现。

丁翼的中篇小说《阿O外传》中的主人公阿O是死了半个世纪的阿Q的孽种，不过，与只在未庄和土谷祠中讨生活的阿Q不同，阿O从乡下的土窑子窜到十里洋场的上海，再由上海漂洋过海到纸醉金迷的新加坡，人生际遇充满了传奇色彩。南治国把丁翼笔下的阿O形容为"聪明总被聪明误"的阿Q众相之一②，他认为尽管阿O有超群的文才、色胆和骗术，他在新加坡的境遇却说不上好，虽然聪明绝顶，竟也失了业，接着是连住的地方也没有了，最后锒铛入狱，这其间的缘由是阿O百思不得其解的。

张松建把絮絮的《阿Q传》和丁翼的《阿O外传》作一对比，评断后者的主题和艺术性明显逊色许多。他分析说，丁翼有就职报馆的经历，洞悉其中的内幕，由此窥见了殖民地社会的黑暗一角，但是叙事者在接连"爆料"之外，却没有寄予严肃深刻的批判精神，反倒流露出游戏笔墨的姿态和自娱娱人的语气，这就与《阿Q正传》拉开了距离。丁翼只从滑稽荒诞方面去简单模仿《阿Q正传》，甚至将其任意放大、不计其余，忽略了本书在滑稽荒诞之外的严肃和悲悯，结果堕入了肤浅和恶趣。鲁迅致力于揭示愚弱国民的精神胜利法，所见者大，所思者深，而丁翼这部小说的失败——形式结构上的散漫拉杂以及思想主题的无深度——显然与他对《阿Q正传》的理解水平有关。是故，他重写的人物彻头彻尾地沦为一个猥琐的流氓胚子，毫无人性的闪光点，小说走向了传奇化、黑帮化、情色化、庸俗化。③张松建的这番论述，深入且有力地批判了某些重写鲁迅经典的新马华作品的媚俗与不足之处。

需要强调的是，新华文学具有在萌芽阶段就朝独立自主的方向发展的特征，以上所举的姚紫、任宁、絮絮和丁翼诸篇小说只是受到鲁迅小说创作技法的启示，基本上这些小说的内容还是以新加坡和马来亚/马来西亚的人物和事物为主的。关于这一点，方修曾做出重要的澄清："马华新文学一开始就是马来亚华族社会的一种教育工具，是反映星马各民族人民的思想感情，生活愿望，包括政治要求的一种语言艺术。……早在马华新文学萌芽时期，很多作品

---

① 景欣悦：《试论新加坡华文作家丘絮絮短篇小说文化表达的艺术张力》，《青年文学家》2011年第9期，转引自景欣悦：《试论新加坡华文作家丘絮絮短篇小说文化表达的艺术张力》，2013年4月，《论文网》，http://www.xzbu.com/5/view—2027925.htm。
② 南治国：《旅行的阿Q——新马华文学中的阿Q》，2013年4月《佛光大学网》。
③ 参见张松建《国民性、个人主义与社会性别：新马华作家对鲁迅经典的重写》，《文心的异同：新马华文文学与中国现代文学论集》，第8—10页。

已经是取材于星马的社会现实，如猪仔的贩卖，店员、厂工、人力车夫的悲惨的生活，青年男女学生的反抗封建势力的斗争等等。"①方修还指出，新马华现代文学在1929年和1930年风行以后，不但一般作品的南洋色彩愈见浓郁，在描写上还深入到现实的本质，新马华文学自立运动的正确的理论与方向，也在这个时候奠定了。

## 四　李龙召唤族群文化良知的《再世阿Q》

2004年，李龙在厦门大学举行的东南亚华文文学研讨会上毫不讳言地表达了他对新华文学继承自中国文学传统的观点和立场："在国家认同上，我们与祖籍国是两个国家，我们一定须对居住国有归属感，必须对我们出生的国家，成长的国家认同、效忠。但是，我们在文化上对中华文化的脐带关系、牵连关系是分不开的，这就是文化的根，是民族的认同感，不是国家的认同感。同一样文字，同一种语言，继承同一种母体文化遗产是没有所谓断奶的，文化脐带也断不了，否则，我们只能是裹着黄色唐衣的怪胎罢了。"②但李龙同时也承认："从新华文学史的发展来看，处处表现了新加坡华文文学在母体文学的基础上，形成了本土的文学思维和风格，并扎根于新加坡土地上。"③李龙作于1989年的短篇小说《再世阿Q》，便是在手法上继承自中国现代文学传统，呼应并延续着鲁迅的主题，但在内容上扎根于新加坡本土的典型之一。

在《再世阿Q》中，李龙塑造了一个"再世阿Q"的形象：投胎转世于新加坡，在英文学校念书，取了个教名"Stephen Q"，是一个不折不扣的拜金主义者。媚外媚俗的再世阿Q身穿舶来名牌衣物，出入卡拉OK酒廊和夜总会。他对华文极为厌恶，竭力否定传统文化，攻击新加坡自1979年开展的推广华语运动，多次扬言要移民海外；他数典忘祖，好爱面子，最忌讳别人问及他的籍贯和族徽。南治国把李龙笔下的再世阿Q形容为"拜金崇洋不认祖"的阿Q众相之一④，他机关算尽，怕输心理非常强烈，崇洋心理彻底反映在日常的言谈

---

① 方修：《马华新文学简说》，转引自李向：《马华文艺走过的道路——读方修先生的〈马华文艺思潮的演变〉》，《苍蝇集》，新加坡：万里文化企业公司，1972，第139页。
② 李龙：《新华文学与母体文学的脐带关系》，《李龙文学言说集》，新加坡：新加坡文艺协会，2007，第39页。
③ 李龙：《新华文学与母体文学的脐带关系》，《李龙文学言说集》，第37页。
④ 南治国：《旅行的阿Q——新马华文文学中的阿Q》，2013年4月《佛光大学网》。

举止之中：

> 什么传统文化，什么母语，值得多少钱？现在我们讲的是钱，不能赚钱的东西我们要来做什么？①

小说结尾时，再世阿Q和D先生在狂欢买醉之中，突然口吐白沫，倒在地上了：

> 再世阿Q抽搐着、抽搐着，忽然觉得全身飘飘然地飞了起来，正撞向围拢来的D先生。但说也奇怪，怎么撞到D先生，而他一点感觉也没有。他回头一看，更使他惊吓起来，他看到他的躯体，仍然躺在地上，一动不动。他忽觉得背上有一条东西在鞭打着他，他用手往后一抓，拉前来一看，原来前世阿Q的辫子又回到他头上来了，他顿觉得有一种莫名的失落感。②

中国学者啸湖（徐啸虎）认为，李龙对鲁迅作品的酷爱、借鉴与钻研，使其作品的思想含蕴更显得深厚与宽广。啸湖把《再世阿Q》形容为讽时骂世的游戏之作，他指出，再世后的阿Q虽然没有失去固有的文化心理特征，但随着社会与时代的巨变，他所体现的国民性已经发生本质的变化，他的精神风貌与性格内涵已经和前世阿Q截然相反了。魂离坟土，转世南洋的阿Q，只有那根辫子联系着他的前生和今世，表明他的精神文化渊源和心理积淀，其余的一切都发生了翻天覆地的变化。③

张松建高度认同《再世阿Q》在社会批判层面上所具有的典型性和普遍性："再世的阿Q竭力想摆脱'华人'的族裔认同（小说中的'辫子'就是一个隐喻），然而得不到他人的'承认'，于是他的失落感于焉而生了。这个再世阿Q无疑是一部分狮城华人的象征，在这个假洋鬼子型的阿Q身上，见出作者对社会现实的批判：独立以来的新加坡，'西风'劲吹，崇洋媚外盛行，华人

---

① 李龙：《再世阿Q》，寒川主编《华实串串——华中华初文艺纪念集》，新加坡：华中校友会，1993，第403页。
② 李龙：《再世阿Q》，寒川主编《华实串串——华中华初文艺纪念集》，第404页。
③ 啸湖：《人生世相妙态纷呈——读李龙的〈截流〉与〈困惑〉》，《新加坡文艺》2005年6月第90期。

的历史记忆断绝了。"①张松建同时也指出《再世阿Q》在精神层面上偏离鲁迅书写《阿Q正传》的意图:"李龙对《阿Q正传》的重写,超越了鲁迅国民性论述的'民族—国家'框架而带有跨国离散和本土改造的成分,达到了一种波浪式前进和螺旋式上升:阿Q不再是'中国人'的写照而是海外'华人'的象征,小说的批判矛头绕过了封建礼教而指向了南洋本土的政治实践,并且有凝聚族裔、召唤传统的良苦用心,这又背离了鲁迅的全面反传统主义的写作意图。"②可以这么说,《再世阿Q》在召唤着族群文化良知的同时,也凸现了陈瑞献所指出的崇洋媚外的新加坡华人的伪西方价值观。

## 五 梁文福充满文化隐喻的《獍,有此事》

新马学者游俊豪曾一针见血地指出新加坡三种官方语言被边缘化的事实:"新加坡独立后50年的发展,英文高踞为政府机构、教学机构、商业公司的首要语言,华文、马来文、淡米尔文虽然各别代表三大种族,但实际上几乎沦为外语。"③2006年7月,新华作家石君在一个座谈会上的悲叹令我印象深刻:"新加坡华人有人不读母语……我还没听说过有哪一个国家的人民那么怨恨学习母语的。"④因认为"华语难学"而"怨恨华语",或视学习母语为梦魇,或在应付考试后以焚烧华文书而后快,或以"不会华语"作为移居外国的"经典借口",这种种把母语"魔障化"的借口不仅是对华语冠以莫须有罪名,更是对母语本身的一种粗暴对待。对于这种文化暴力,2010年度新加坡文化奖得主梁文福很早便有了深刻的体会,并在2004年发表了充满文化隐喻的短篇小说《獍,有此事》。这篇用笔辛辣,用心良苦的小说,以荒诞的象征笔法进行人性写生,把那些抛弃母语的人比喻为古代食母的兽——"獍"。本篇是梁文福个人比较满意的小说之一,也是新华伤痕文学中艺术纯度甚高的文化脊梁式作品之一。

獍是传说中一种外形类似虎豹的凶猛野兽,它一生下来就会吃掉亲生母亲。梁文福通过《獍,有此事》这篇现代寓言式小说,以"獍"精心营造一个"以獍喻人,人獍难辨"的场域:

---

①②张松建:《国民性、个人主义与社会性别:新马华文作家对鲁迅经典的重写》,《文心的异同:新马华文文学与中国现代文学论集》,第18页。
③游俊豪:《渊源、场域、系统:新华文学史的结构性写作》,《台北大学中文学报》2013年3月第13期。
④石君:《仰望华文文学的无限蓝天》,《热带学报》2006年10月第11期。

父亲摇头说，你是进化了的猿，虽然是人，终归在体内留存着猿的因子。进化了的猿不会一生下来就吃掉自己的母亲，但凡是猿，就难免有一天会这么做。

父亲继续说，为了这个缘故，我决定将你和母亲隔离。这是为了保护你的母亲，也是保护你——我不想你吃掉自己的母亲呀。①

张松建从梁文福对鲁迅经典重写的角度指出，从人物、情节、文体、技巧来看，《猿，有此事》这篇"带有强烈的魔幻现实主义、意识流小说的色彩"的小说，是对《狂人日记》的有意的（甚至是才气横溢的）正面模仿；而从主题思想看，无疑是一种"反仿"，因为它不像鲁迅那样揭露封建礼教的吃人本性，而是悲悼华族文化传统的整体意义上的失落。梁文福有意把一位少年取名为"猿"，意在向华族历史文化致敬，而在深层语义上则是对这种文化的招魂。……虽然"吃人"在鲁迅和梁文福那里都是一种"本体象征"，但在后者那里仅仅体现为社会现实的讽喻，"吃人"是猿的主动行为，他最后由兽性向人性的觉醒纯粹是出于血缘论。②

新华学者陈志锐曾在探索新华文学中的文化认同与离散意识时指出："时代的更替和制度的修订后，我们极可能又面临另一族新遗民（此遗又易为遗忘之义）：遗忘华语和华族文化（其实甚至包括其他母语）的新新人类。这批于现代社会中成长的一代人（通常以新加坡独立后出生为划分），百分之九十在英文为第一语文的双语教育制度下成长。虽然身处多种语言的环境（特别是包括中文和方言），然而他们主要大量吸收以西方为主的流行通俗文化（甚至与早期的英校遗民所接受的正统帝国教育大相径庭），对于中文和中华文化，大概是开始遗忘或者更可悲的是，从来未曾好好记得。"③陈志锐所做的这个新加坡年轻一代"忘却母语和母族文化"的结论，是对《猿，有此事》的写作背景的最佳参照。

《猿，有此事》不断出现反讽的景象与对白，下面这段关于"吃母亲的舌

---

① 梁文福：《猿，有此事》，《联合早报·文艺城》2004年4月8日。
② 张松建：《国民性、个人主义与社会性别：新马华作家对鲁迅经典的重写》，《文心的异同：新马华文文学与中国现代文学论集》，第26页。
③ 陈志锐：《新加坡另类的"新三民主义"——试探新华文学中的文化认同与离散意识》，《出人意料入文艺中——文学艺术中的另类现象学》，新加坡：八方文化创作室，2009，第123页。

头"的陌生化对白,其反讽意味便颇值得反思与再三玩味:

> 有一天,和"母亲"一起吃饭的时候,我心不在焉,厨房里端出来一盘菜肴,我望了一眼,是卤舌头。
>
> 我夹了一片舌头,尝了一口,口感很好。漫不经心地问,这是什么舌头?婵婵笑着说,这是你母亲的舌头,好不好吃?
>
> 我恶心地将整片舌头吐了出来。开什么玩笑?母亲很不安地低下了头。婵婵问,怎么啦,你不是最喜欢吃鸭舌头吗?你母亲一片心意做给你吃,别这么对她。
>
> 原来是我听错了。我望了望父亲,父亲板起了脸。我只好将那片"母亲的舌头"从饭桌上重新夹起来,索然无味地塞进自己的嘴巴里。①

针对上述看似虚幻的隐喻情景,张松建如此表述,"母语"的英文是"mother tongue",直译成中文就是"母亲的舌头","我"对"母语之舌"的索然无味的感觉,暗示了(年轻一辈的)华人对华文文化的疏离。这里在虚实交织的魔幻气氛中重写了《狂人日记》,揭示新加坡华人社群中的文化认同危机。小说第十节还提到,"父亲"责怪"母亲"受到儿子冷落是咎由自取,因为她的形象刻板,不会变出新花样讨人欢心。这反讽的是新加坡的华文教育现状:教师们使用花样百出的教学改革、试图激发起学生的学习兴趣来。②

从艺术技巧而言,《猄,有此事》取得了"陌生化"(defamiliarization)的文学效果。俄国形式主义(Russian Formalism)理论家什克洛夫斯基(Viktor Shklovsky)最先提出"陌生化"理论,根据他的观点,文学艺术的作用在于刺痛、刺醒人们对于日常生活规律的麻木神经,而其手法就是"陌生化",就是

---

① 梁文福:《猄,有此事》,《联合早报·文艺城》2004年4月8日。
② 张松建:《国民性、个人主义与社会性别:新马华文作家对鲁迅经典的重写》,《文心的异同:新马华文文学与中国现代文学论集》,第27—28页。张松建也在同一篇论文中阐述,在新华作家梁钺的笔下,鱼尾狮暧昧的"杂交"身份讲述的是新加坡的"民族寓言";而梁文福敷衍的"猄"的故事也构成另一种关乎文化身份的"寓言",区别在于:鱼尾狮是整个国家的身份象征,"猄"则是族裔和国家的双重寓言。《猄,有此事》小说中所谓精英分子指的就是这群黄皮肤、白面具的年轻华人,作者利用"猄"与"精"的谐音,讲述了南洋版的《狂人日记》,指出了"社会精英"在一个极端意义上,无非是正常人类的退化和变种,一个人面兽心的"猄"而已。梁文福的才华不仅在于他把神话诗学和日记形式转化为超现实主义小说,并对人物和主题做了象征化、寓言化和反讽的处理,而且在于他有力地戳穿了"进化论"神话。

使原本熟悉的对象变得陌生起来,以增加读者感受的难度、拉长感知的时间。传说中的"猰"对于大部分读者而言是陌生的,梁文福把母语的消蚀归因为"猰"性发作的人类的本能行为,由此进行寓言式的反讽,这是他的独到之处。①

人类脱掉了华丽的外衣之后,赤裸呈现出来的是一颗血红的人心还是一颗吃母的"猰"心?梁文福的《猰,有此事》创作态度严谨,艺术造诣高超,作者以极富创意的写作手法,为读者讲述一个新加坡华人再熟悉不过的文化故事,隐喻新加坡的华文教育事业最终将一点一滴地毁在华族子弟的手中,脊梁凸显,骨气凛然。"这地方究竟还有多少像我这样的猰呢?"这声悲鸣,是梁文福对新加坡华族文化断根现象的一记拷问。②

从二战结束后絮絮所写的《阿Q传》开始,直至2004年梁文福创作充满文化隐喻的短篇小说《猰,有此事》,在这数十年中,实际参与鲁迅经典重写的新华作家不在少数,可见鲁迅对新华文学的影响一直都是存在的。从内容题旨上来看,新华作家对鲁迅经典的重写,从最初的个人的行为举止和嬉笑怒骂,发展到后来的华文教育和华族文化层面,甚至上升到"族裔和国家的双重寓言"(张松建语);而在艺术追求上,鲁迅经典重写也有精进的表现,从最初的略嫌粗糙提升到后来的精心布局甚至匠心独运,取得"陌生化"文学效果的《猰,有此事》就是一例。

---

①②张森林:《文化慷慨悲歌,人性颠簸行走——读〈新加坡当代华文文学作品选·小说卷〉》,《新世纪学刊》2012年10月第12期。

# 对话的伦理与新文化生产的道德规范建构：以"五四"新、旧思潮论战为中心

张先飞  河南大学学报

自五四新文化运动以来，现代中国在思想文化领域取得巨大进步，广泛开展的思想讨论与观念交锋等在其中起到了至关重要的推动作用，而出现于新文化运动之后的"新思想报刊"成为这些活动得以开展的主要载体。于是，各个历史时期的思想文化精英都必须郑重思考如何运用报刊这一新兴媒介工具推动对话交流活动，以及在报刊中展开的对话交流应遵循怎样的活动原则。在五四新文化运动时期，以"新青年"派为代表的新思想领袖率先建构起"新思想报刊"在新思想文化的对话交流活动中应当遵循的路径与原则，为现代中国思想文化发展开创了一种新传统。"五四"新思想领袖能够完成这样的新开拓，不仅是"新思想报刊"自身发展的必然结果，同时也包含了他们对自戊戌维新到民初以来近代新兴报刊在思想文化活动中的行为模式、遵循原则的继承与强烈反思。而引发新思想领袖反思既往并开始自觉开创新的路径与原则的历史契机，正是1918年下半年至1919年春发生的新、旧思潮论争。[①]

在第一次世界大战结束前后，一些得时代风气之先的中国知识分子对如何

---

[①] 1918年下半年至1919年春发生的新、旧思潮论争，是以上海《新申报》、北京《公言报》、天津《大公报》、北京《晨报》、上海《神州日报》等为阵地的林纾、张厚载师弟等与以"新思想报刊"为阵地的新思想、新文学阵营之间的一场大鏖战，其中也包括了旧戏论争等小型论战。这是新文化运动时期唯一形成较大规模并引发社会广泛关注，同时吸引各类社会力量、政治力量深度介入的新、旧两个思想与文学阵营之间的争战。

彻底解决中国问题得出了新的思考结论,他们不再执着于追逐欧美、日本式的资本主义强国之路,其思想领地逐渐被新近崛起的世界范围内的新理想主义、和平主义等社会革新思潮所占据,观念发生了根本转移,他们开始成长为集革新家、舆论家、宣传家于一身的新思想领袖并以群落形态聚集,这标志着中国变革之路的根本性转向。[①]新思想领袖群落在此巨大的思想变局中直接铸造出"新思想报刊",以《新青年》为起点的"新思想报刊"与戊戌维新以来的思想宣传媒介呈现出巨大差异,它的功能定位已变成对理想主义世界改造运动的理论宣传与实践鼓动,承载着新时代簇新的社会理想。与此相关,"新思想报刊"的舆论活动方式,以及应遵循的对话的交流方式与伦理原则也自然会发生质变。新文化运动发生之初,由于"新思想报刊"刚刚出现,影响力小,基本没有开展成规模的舆论宣传活动,更遑论思想的交锋,因此,关于"新思想报刊"的舆论活动方式,以及应遵循的对话的交流方式与伦理原则问题,尚未得到新思想领袖们的特别关注。直到第一次大规模的思想讨论与交锋——新、旧思潮论争,以及与之相伴随的舆论攻防战的展开,才促发新思想领袖们正视两个时代之间报刊媒介的舆论活动方式、舆论手段(Opinion means)的本质差异,并申明"新思想报刊"的舆论活动应坚守的对话的伦理,这可以视作他们自觉建构新文化生产的道德规范的开端。本文拟从对话的伦理与新文化生产的道德规范建构这一新视角出发,重新挖掘与阐释这一历史过程的真实内涵,彰明其作为现代中国社会发展中一个重要起点的历史坐标。

## 一 晚清、民初报刊舆论习气与"双簧信"、林纾师弟的搏战

若要清楚解析新文化运动时期最重要、亦最富标志性的一场论战——林纾、张厚载师弟等与"新青年"派的大鏖战,就必须从晚清、民初报刊媒介所蕴育、发展出的舆论风气和舆论活动的惯例等谈起。林纾、张厚载师弟等与

---

[①] "新青年"派核心成员胡适、周作人最早借《新青年》杂志向中国思想界郑重介绍崭新的世界思想改造潮流,胡适推崇实证主义,周作人宣扬现代人道主义社会改造观。此后在俄国十月革命(1917年11月7日)与协约国战胜(1918年11月11日)背景下,李大钊等更多知识分子的观念也发生转移。而随着"五四"运动爆发(1919年5月),尤其新文化运动旗手、"新青年"派领袖陈独秀被捕事件(1919年6月11日)的出现,促使"新青年"派核心成员真正集结于一处,在1919年底向现代人道主义集体转向,为世界大同与中国更生提出系统思想方案。同时,"新青年"派核心成员大力践行新的社会改造理念,成效卓著地鼓动起全社会要求"全面改造"与"根本解决"的舆论风向。

"新青年"派之争的主因是钱玄同、刘半农所共同导演的"双簧信"事件。1918年3月15日《新青年》第四卷第3号以《文学革命之反响》为题,刊载了关于新、旧文学家相互论辩的两封信,首先,由钱玄同化名王敬轩,模仿旧派人士口吻,致信《新青年》编辑部,质问"新青年"派为何意欲颠覆传统中国的思想观念、伦理原则与文学主张;随后,刘半农以杂志记者的名义,自居"新青年"派代表,撰文逐条批驳,所用言语略显轻薄,措辞也不免有些粗蛮、强横,其中还有大段篇幅直指近二十年来影响巨大的林纾,严厉批判并否定林纾文学翻译活动的价值等。这样一场由"新青年"派几位核心成员精心策划的报刊媒体的舆论活动引起了较大的社会反响。正是这一公开的激烈挑衅行为激起曾担任京师大学堂、北京大学要职,与政府首脑、要员交从甚密,而且俨然以旧派文坛宗师及卫道领袖自居的林纾的愤怒,他以卫教和爱护北京大学声誉的名义站到社会舆论的聚光灯下,姿态儒雅却难掩其逼人的气势,公开与"新青年"派论理。①

首先需要说明,在"双簧信"事件的多数知情者看来,钱玄同、刘半农的做法并不光彩,如以胡适为代表的"新青年"派同仁和许多新旧知识分子多批评此举失之轻薄、草率,而且"凭空闭户造出一个王敬轩"、②以化名攻击敌手的手段亦显卑劣。概言之,他们无法认同钱玄同、刘半农的舆论活动手段,因为钱玄同、刘半农所采用的正是胡适等极为不齿的民初旧派报人的不良手法。应该说,借助新兴的报刊媒介以不正常或不正当的特殊手段攻讦、打击对手的做法在晚清报刊界已颇为盛行,且多集中于革命派、维新派、立宪派等改革势力之间,以及他们与清政府等旧派政治势力的争斗当中,尽管革命派、维新派、立宪派等所采用的不良手段与其欲实现的高远理想目标实不相融,但由于他们所做的一切大都是为了国家民族的改革大业,因此,在手段上暂时从权也可以谅解。然而,到了民国建立、共和目标初步达成之际,在晚清报刊中所盛行的以不道德、无底线的手段煽动舆论、攻击对手的做法却依然被完整承袭,并渗透到逐步败坏的政治、社会生活当中。大批报刊与报人自甘堕落,一方

---

① 陈平原对林纾在京师大学堂和北京大学任职、去职的情况做出过细致考证,参见《林纾与北京大学的离合悲欢》,《文艺争鸣》2016年第1期。
② 1919年2月20日胡适致钱玄同信,《胡适来往书信选·上册》,中华书局,1979,第25页。关于"新青年"派同仁对于"双簧信"事件的态度,参见朱正:《回忆文的可信程度(外二题)》,《读书文摘(上半月)》2005年第1期。李哲在《"骂"与〈新青年〉批评话语的建构》中介绍了钱基博、胡先骕、任鸿隽等社会名流对于"双簧信"事件的看法,山东文艺出版社,2015,第123页。

面,他们宁为无良政治、肮脏社会活动的前驱,最开始他们沦陷于民初毫无节操、底线的污糟的党派政治中,紧接着在袁氏当国之际又彻底沦为袁氏政权打击政敌的舆论大棒。在每次政治丑行中都穿梭着堕落报人的繁忙身影,他们公开展示着造谣、诬蔑、蛊惑、栽赃、勒索等恶德丑行,颠倒黑白、指鹿为马……在此之后,这种不良传统并未随着袁世凯弃世而消歇,反而被固定下来并成为报刊舆论活动的惯例。另一方面,大批报刊与报人在不良的政治、社会环境中浑水摸鱼并推波助澜,居然将此类活动变为牟利工具。具体到社会文化方面,他们创造出黑幕文学、影射文艺、泼秽水的批评、捧角戏评等文艺形态并建构起了巨大的产业链条。同时,民初这些堕落的旧派报人在不良的政治生态和舆论活动中发展出多种类型的纯熟的构陷、攻讦等手段。总之,经过一个较长的历史时段,这些普遍存在的堕落的报刊舆论活动方式产生后果严重的不良影响,不仅导致社会整体环境加速败坏,更可怕的是令普通大众,乃至知识界人士逐渐淡漠了对于社会基本道德原则的坚守,反而对报刊舆论活动超越底线的行事方式视若无睹,认为报刊舆论活动的运行本应如此,甚至一些知识界人士都在有意识地学习、模仿,并能够纯熟运用。这些知识界人士当中就包括"新青年"集团的两位中坚分子——钱玄同与刘半农,尤其是刘半农在进入《新青年》作者行列之前长期混迹于海上文坛与报纸出版行业,并惯作日报文字,对这些行业手段极为熟稔,因此,迫于社会大众与报界同业始终不认可《新青年》的生存压力,钱玄同、刘半农便萌生出要采取民初报人所惯常使用的非常规手段来实现突围的想法,两人一拍即合,很快加以实施。

  钱玄同、刘半农作为新思想文化领袖中的代表性人物,他们首先设计出一位论敌,即作为旧派一方思想代表的虚拟人物王敬轩,而且他们依照旧派文人的思维特点及对新旧思想、文学等问题的关注点,有针对性地精准设置论题,有意放大王敬轩的负面形象,将其设计得极端冬烘迂腐,与当时旧派文人的实际情况并不完全符合;而钱玄同、刘半农在面对自己所虚拟建构出来的论敌进行答复时,也做出了精心设计,故意采用一种极具刺激性的表述方式,如肆意抛出爆炸性的论点与挑衅性的言语,嘲讽羞辱对方,态度极为轻薄,嬉笑怒骂,无所不用其极。[①]正是通过专门策划与精心设计,钱玄同、刘半农制造出了一个社会舆论热点,并借助这一时期并不正常的报刊舆论的话语场域,极其

---

[①] 参见《通信·讨论学理之自由权》中"崇拜王敬轩先生者"致陈独秀信,1918年4月20日作,《新青年》第四卷第6号,1918年6月15日。

有效地鼓动起巨大的社会舆论。果不其然，按照民初报刊舆论界的固定套路，这场"双簧信"事件取得的效果颇佳，甚至超过了钱玄同、刘半农两人的预期。此后，林纾的翻译、古文，以及文艺观念不断遭到"新青年"派成员的批判，不过这些都是通过《新青年》《每周评论》等"新思想报刊"进行的正当讨论，与"双簧信"的做法不同。

林纾与弟子张厚载合作，奋起搏战，他们的反击方式仍然不脱民初报刊活动的固定套路，同样取得了不凡效果，与"双簧信"的表演成效不相伯仲。当然林纾在这场主要通过报刊媒介进行的舆论搏战中也并非没有采用过正当的做法，比如他紧随胡适1917年1月1日在《新青年》第二卷第5号发表的《文学改良刍议》，2月1日在天津《大公报》"特别记载"栏发表《论古文之不宜废》，引起了胡适、陈独秀、钱玄同、余颂华等的讨论；他还在1919年3月18日北京《公言报》公开发表《致蔡鹤卿太史书》，质问北京大学校长蔡元培为何纵容教师倡导"覆孔孟、铲伦常"、废古书，兴土语等。但同时，林纾借助上海《新申报》、北京《公言报》、上海《神州日报》等旧派思想文化阵地和各类庸俗小报发起舆论攻伐战，大肆运用了民初舆论活动中最为卑下、低劣的手段。1919年2、3月间，林纾在上海《新申报》为自己所设的专栏"蠡叟丛谭"中发表影射小说《荆生》（1919年2月17—18日连载）、《妖梦》（1919年3月19—23日连载），公开侮辱、诽谤并恶言诅咒蔡元培、胡适、陈独秀、钱玄同等"新青年"派的新思想领袖，甚至大声疾呼武人来维持礼教、消灭言论，对这些"名教罪人"恨不得食肉寝皮。①其行事之丑恶、卑劣与当时其他的无行文人、堕落报人毫无二致，同样引发舆论大哗。不过，客观而言，林纾的这种做法和钱玄同、刘半农生造出一个王敬轩的行为本质接近，明显深受民初舆论活动中不良习气的影响。不仅如此，林纾与张厚载师弟还采用了更为恶劣的手段，他们积极游说北京政府的各派力量，伙同安福系，与军方、警方、特务机构和国会中的反新文化势力暗相勾结、密切磋商；②为与这些活动配合，他们借助各类烂污小报、小册子、专栏等，如张厚载在上海《神州日报》主持的不

---

① 十山（周作人）：《蠡叟与荆生》，《亦报》1951年3月10日。
② 1918年3月10日段祺瑞、徐树铮组织安福俱乐部，操纵第二届国会议员选举，故该届国会称为安福国会，1920年8月，安福国会解散，安福俱乐部随之消散。参见张旭、车树昇编著《林纾年谱长编（1852—1924）》，福建教育出版社，2014，第292页。该书对于林纾与"新青年"派等的争斗情况的史料搜集相当完备。

定期栏目"半谷通信",故意制造谣言并煽动舆论,①意欲引发政治力量干涉,进而掀动社会大众恐慌,借此达到从组织到人员消灭新文化群体的企图。

刚开始的社会舆论走向果然符合林纾、张厚载师弟等的预期,他们借助不正常的报刊舆论的话语场域,充分利用谣言在公共话语、政治生态中的传播、煽动与破坏力量,使本来仅局限于思想文化领域的新、旧之争发酵成为一个重大的社会、政治事件。一时之间北京谣言四起并迅速传遍全国各地的报刊舆论界,远至广州、成都等地都在散播与讨论此事。②谣言风传北京政府中的各派力量,包括总统府、总理府、国会、安福系,以及军方、警方、特务机构等将对以北京大学为中心的新思想文化群体,尤其是推动新文化运动并为之保驾护航的北京大学校长蔡元培和"新青年"派主要领袖,施以重手打击,如谣传将处罚或取缔北京大学,以及逮捕或驱逐革新派首领蔡元培、陈独秀、胡适、李大钊等,这引起了社会的极大恐慌。同时,小道消息不胫而走,据称参议院有人准备提出议案查办蔡元培、弹劾教育总长傅增湘等云云。③林纾与张厚载师弟自以为得计,确信倾覆新思想、新文化势力只在旦夕之间。当然,由于林纾、张厚载师弟旧文人的积习甚重,④且长期受到晚清、民初不良舆论风气的熏染,⑤因此,在他们看来,自己采用这些手段无可厚非,因为他们只是按照当时舆论活动的通行惯例行事罢了。

## 二 新、旧思潮论战与"新思想报刊"对话伦理的确立

从一定意义上讲,林纾与张厚载师弟确实是时代的落伍者,思想与视野的局限使他们无法洞悉整个时代观念的遽变,未能及时感受到整个社会对报刊舆论界的要求和定位正发生着质的转变。当然,这一转变的出现离不开蔡元培与"新青年"派思想领袖的有意引导,更是当时大批进步报人力图一扫报刊舆论界恶劣习气的主动作为的结果。于是,整个社会惊异地发现,当谣言四起之际,却是新思想文化力量和进步报刊、报人高歌猛进之时,他们非但未被流言

---

① 张旭、车树昇编著《林纾年谱长编(1852—1924)》,第314页。
②③ 傅斯年:《〈新潮〉之回顾与前瞻》,《新潮》第二卷第1号,1919年10月30日。
④ 十山(周作人)在《蠢叟与荆生》中评价林纾写作《荆生》《妖梦》的行为,认为这是"旧文人的习惯,为了私怨编造小说出气",《亦报》1951年3月10日。
⑤ 胡适评价张厚载深受"多做日报文字"的流毒损害,参见1919年2月20日胡适致钱玄同信,《胡适来往书信选·上册》,中华书局,1979,第24页。

吓倒，还不约而同地向旧派力量发出集体讨伐。

关于新派的反击和林纾师弟的辩驳，并非笔者集中思考的重点，笔者所关注的，乃是新思想文化势力和进步报刊、进步报人如何通过"五四"新、旧思潮论战活动扭转民初无道德底线的报刊舆论活动的风气，以及如何重新为报刊舆论活动确立新标准，树立新风气。蔡元培、胡适、陈独秀等新思想领袖和其他参与论辩的新思想文化运动的同路人、进步报人等慎重审视这首场真正意义上的思想交锋，反复阐释、陈说着同一个命题，即以报刊媒介为舆论平台的思想讨论、文学批评等应遵循怎样的道德标准与伦理原则。事实上，他们都已清醒认识到目前报刊舆论活动乱局形成的症结所在，同感只有尽快扫清长期盘旋的污浊风气，才能建构合乎新时代要求的健康的媒体舆论平台，以公正、自由的讨论机制保障知识生产、真知探求的有效进行。于是他们借此时机集中倡导新标准、新风气，不仅希望启迪报刊界以及广大报人自觉改造报刊的舆论活动方式，而且期待彻底改变普通民众与知识界人士扭曲已久的思维方式、行为准则。

新思想文化力量和进步报刊、报人为确立新的标准、树立新的风气，着重申说了报刊舆论活动的道德、法律与思想底线问题，他们首先强调必须坚守与维护中华民国的资产阶级宪法所规定的思想自由原则。全国教育界、进步报人虽然不明流言真伪，而且对新、旧思想文化之争各怀己见，但他们面临现政权有可能再度承袭袁世凯对中华民国宪法原则公然破坏的巨大威胁时，立刻同仇敌忾，群起抗争，对以暴力压迫思想自由的行为严厉批判，并揭露某些黑暗的政治势力企图破坏宪法的险恶用心。《每周评论》第13号就专门在《对于新旧思潮的舆论》的"特别附录"中，将北京、上海、四川等地十余家报纸上谴责林纾、维护思想自由的报道与专论等加以摘要汇录。①

与此同时，蔡元培和"新青年"派核心领袖从各自角度阐释了新的报刊舆论活动应遵循的道德标准与伦理原则。蔡元培在此次新、旧思想争端中做出重要表述，核心观点集中于回复林纾的公开信《答林君琴南函》中，蔡元培所预设的受众群体显然并不以林纾为主，而是整个中国社会，因此，蔡元培坚持将争论的全部真实情况放置于公共的舆论媒介平台上，郑重其事地将自己的回信与林纾的《致蔡鹤卿太史书》同刊于1919年3月21日《北京大学日刊》，向整个社会展示。当我们细致考察蔡元培回信的历史文本时，会发现一个有趣的现

---

① 张俊才：《林纾评传》，南开大学出版社，1992，第253页。

象，即蔡元培对于林纾所提出的卫教、白话文等核心问题始终避重就轻，极少正面应答。究其原因，在于这些问题不是他的话题重心所在，蔡元培撰构此文的立意和基本逻辑思路是为阐明"思想自由"原则和"兼容并包"主义，以及教员校外政治言动与学校无涉的现代大学理念，乃至立身处世的正当道德规范与伦理原则等。应该说，蔡元培虽仅仅围绕北京大学展开论述，但在他的认知当中，他所阐述的不仅是现代大学需要遵守的准则，更是文明世界中的基本准则，而作为文明世界中最重要活动之一的报刊舆论活动也必须循此通例。此外，蔡元培又将他与张厚载之间的通信公开刊载于本期《北京大学日刊》，期望通过这一对话阐明另外一些原则。蔡元培严厉批评身为北大学子和媒体从业者的张厚载严重违背做人底线，道德有亏：一方面，蔡元培指责张厚载作为北大学子和林纾弟子，明知林纾小说意在毁坏北大名誉，却积极主动帮助其师投稿发表于报刊媒介并传播扩散，既败坏了本师声誉，又损害了母校形象；另一方面，蔡元培还批判林纾以"谩骂语轻薄语"侮辱人格的行径"实为失德"，实际也是在指责张厚载利用媒体从业者的便利条件推波助澜、帮助散播这些不道德、无底线的污言秽语的行为。很明显，蔡元培是在通过具体分析林纾、张厚载师弟借报刊媒介做出的失德行为来强调作为文明社会成员应遵循的道德准则，他的批评与指摘对于当时的报人而言是一种尤为严厉的警示。总之，蔡元培的有关重要论断对步入革新的报刊舆论活动起到了卓有成效的影响。

作为新思想文化运动的领袖刊物《新青年》《每周评论》的核心灵魂人物，陈独秀自新文化运动伊始，就立场鲜明地宣示，作为一名有"主义"的报人为了维护真理，必须秉持彻底的、毫不妥协的态度，并采取决绝手段进行正当的斗争。在所有进行思想斗争的舆论阵地中，陈独秀极其重视并偏爱《新青年》"通信"栏目，因此，他关于坚守"主义"的报人必须恪守原则与站定立场的论断集中于他在"通信"栏目对读者来信的回复中。应该说，作为坚守"主义"的新报人，陈独秀自身表现可称典范，一方面，他表现得俨然真理的化身，态度极端强硬，口吻不容置疑，尤其当有人质疑"新青年"派对林纾等守旧人士的态度过于严厉、专横时，他的驳斥斩钉截铁、果决而坚定；另一方面，他在与任何对手进行论辩时，始终严守目的与手段完全一致的原则，[①]其

---

[①]鲁迅对于陈独秀这一特点有着形象的描写，他在《忆刘半农君》中曾回忆，"《新青年》每出一期，就开一次编辑会，商定下一期的稿件。其时最惹我注意的是陈独秀和胡适之。假如将韬略比作一间仓库罢，独秀先生的是外面竖一面大旗，大书道：'内皆武器，来者小心！'但那门却开着的，里面有几枝枪，几把刀，一目了然，用不着提防。"上海《青年界》月刊第六卷第3期，1934年10月。

意见表述坦白直接，使用手段正大光明。陈独秀作为新思想文化领袖与报刊媒体革新的首创者，其所尊奉的行为准则为报刊舆论活动的革新运动做出了表率，并在其后"新青年"派的"《晨报附镌》时期"，以及"语丝派"的活动时期得到了更为充分的落实和进一步的发展。同时，由陈独秀所创立的《新青年》属于第一份由信奉共同主义的同仁所主持的"新思想刊物"，为后来很多新思想、新文学刊物提供了办刊标准与范式。需要特别说明，在陈独秀等坚守"主义"的新报人看来，"为主义"而办报，为宣扬真理而进行思想交锋，与民初大批政党势力烂污的办报手法、卑劣的争斗伎俩中间横亘着一条巨大的鸿沟。陈独秀的这种"为主义"而办报的理念和经验，很快随着他转向共产主义并创办党刊的活动，开创了现代中国新型政党刊物的办刊传统。

新文化思想运动的另一位领袖胡适的侧重点与蔡元培、陈独秀不同，他期待遵循现代民主社会讨论、磋商的交流方式，将《新青年》这样的"新思想刊物"塑造成为一个讨论问题、研究学理的公共论坛，倡导通过公平的讨论、和平的竞争等方式推进思想的自然进化，并强调必须秉持宽容的态度。胡适在《新青年》初次发表《文学改良刍议》之时便已申明了自己的这一原则，并在此后《新青年》《每周评论》等的报刊媒体活动中始终严格遵循，他甚至在"新青年"派与林纾、张厚载师弟正激烈鏖战之际，仍向张厚载约稿，希望引起讨论。事实上，正因为胡适力邀张厚载参与，且"新青年"派成员和一些进步戏剧理论家又多能较好地做到据理辩论，才使得"五四"旧戏论争能够在正当伦理约束下取得很有意义的思想成果。不过，钱玄同却因胡适约稿之事对其横加指责并威胁要脱离《新青年》。①胡适在北京"新青年"编辑部解体后仍将此原则贯穿于自己的报刊舆论活动生涯中，并将其落实于20世纪20年代《努力周报》《现代评论》等的报刊舆论活动中，对中国现代文学思想传统、活动方式等的形成产生了深远影响。

## 三 结语：现代中国"对话"伦理确立的开端

在作为现代中国真正起点的新文化运动中，经由蔡元培与"新青年"派等新思想领袖的鲜明倡导与积极引领，立意革新的进步报人不仅充分继承了由晚清、民初报刊媒介所蕴育、发展出的舆论手段，而且极力纠正在以往历史时期

---

①1919年2月20日胡适致钱玄同信，载《胡适来往书信选·上册》，第24页。

形成的报刊舆论活动的恶劣习气，在创造出新的有效的舆论手段的同时，共同推进"新思想报刊"及其他进步报刊初步确立了报刊舆论活动的新的道德规范、伦理原则，其核心正是全新的"对话"伦理。"对话"伦理的确立标志着新文化生产中"对话"范式建构的正式启动，呈现出鲜明的新文化运动的时代特质，不仅秉承思想自由的原则，坚守现代民主社会的道德、法律准则，还带有强烈的理想主义印记。

新、旧思潮论争之后，这些正当的"对话"伦理开始得到新思想领袖们的集体认可，这在新思想文化阵营的几场单向的舆论攻伐战中得以充分展现。最具代表性的重大活动共有两次，第一次发生在作为新文化运动重要转折点的"陈独秀被捕事件"及后续事件当中，这次新阵营单向的舆论攻伐战的核心成果之一就是新文学的发生。第二个显例是早期"新文学共同体"立足于"新思想报刊"对黑幕文学文贩、鸳鸯蝴蝶派作家群落的攻伐行动。这是刚刚建立起的"新文学共同体"首次集体亮相并发出共同声音的标志性活动。早期"新文学共同体"首次集体性的迅猛出击对黑幕文学文贩的商业竞卖、鸳鸯蝴蝶派作家的文学活动造成了相当大的冲击，各类报刊不再支持黑幕文学的活动，鸳鸯蝴蝶派作家的报刊生存空间一度受到了极大挤压。在这两次舆论攻伐战中，新思想领袖与新文学家们很少受到被攻击一方的回击，也未能形成真正意义上的思想交锋。但是，新思想领袖与新文学家们展开的攻击是异常激烈、不留情面的，而且他们没有采取任何取巧的做法，完全是火力全开、堂堂正正地正面攻伐，只做"主义"和思想的交锋，坚持目的与手段的统一，既不恐吓、威胁，也绝不侮辱、抹黑。

需要说明的是，新思想领袖和进步报人倡导"对话"的伦理，并非是对人类关系的抽象思考，也未提炼与升华出形而上的新的"对话"理论，这些新思想文化势力所做的只是纯粹地对思想文化活动中的实际伦理问题进行考量，他们在确立"对话"伦理方面的开创之功对此后现代中国新的文化生产的道德规范建构，即现代中国思想、现代中国文学、现代民主社会伦理的建立，以及现代中国报刊媒介、舆论环境的建设意义重大、影响深远。仅就20世纪20年代的中国社会而言，首先，新思想领袖和进步报人所意图树立的新标准、新作风很快就在大多数的主流报刊媒体中得以奉行（包括新型的政党报刊），成为新的行业规范，广大倾向新文明的报人也将此新标准、新作风奉为职业操守的准则；而与之相反的、依然遵循以往不良习气的报刊、报人就会受到同业的鄙夷与拒斥。①其次，广大的知识界人士也逐渐消除掉自身所受的旧风气的熏染，如作为"双簧信"事件主角的钱玄同后来也有所反省。最后，对于活跃于革新后的报刊舆论平台上的新思想文化的宣扬者，以及新文学、新艺术的活动家而言，这些"对话"伦理逐渐成为约束其思想观念与文学艺术活动的铁律，现代中国思想运动与文艺运动的基本行动原则、话语规范、伦理界限等也由此逐步确立。当然，关于"新思想报刊""新文艺报刊"应遵循的伦理原则等问题，在现代中国思想与文学、艺术的发生期仅完成了最基础性的思考与建构，其后的新思想家、新文艺家仍在进行着持续探索。

---

① 在"女师大风潮"，以及"语丝派"与"现代评论派"的论争活动当中，"现代评论派"的舆论活动明显带有晚清、民初报刊界不良习气的痕迹，因此，受到"语丝派"等新思想文化势力的严厉押击。在"革命文学论战"中，革命文学派的作风中也明显透露出以往时代不良习气的浓厚气息，引发了鲁迅、周作人、茅盾等"五四"资深文学家的强烈不满。

# 启蒙：艰难的里程

## ——《艰难的里程：从鲁迅到丁玲·自序》

张永泉　河北省社科院

从几十年的文字生涯中选出一些在思想上有内在关联的文章编辑成一本书，是春节前几天的事。当时曾想，待节后安定下来，写一篇序言，题目就叫《20世纪中国的重要思想遗产》。不料伴随春节而来的，却是一张铺天盖地撒下的新型冠状病毒织成的大网。一时间，人们陷入措手不及的惊恐之中。我和老伴儿被滞留在京城一个刚住进没两天的大院儿里。儿女不在身边，没有朋友，没有熟人，只能靠电视和手机了解外面的情况。本来，早在十几年前检查出眼疾时，医生就给了我两条警告，一是不要再看书，写文章；二是不要看电视，看手机。第一条不可能做到，但对第二条却绝对遵从了。所以，我一直是个手机盲。然而，自从新冠感染爆发以来，我却一反常规，日甚一日地沉湎于手机之中。在手机中了解疫情，在手机中了解与疫情有关的情况。越是盼望疫情出现转机，越是不停地拿起手机。在这一过程中，我渐渐地对原来被拉进去却从未真正关注过的几个微信群产生了兴趣。上面不仅有关于疫情中的人和事的信息，还有大量的由疫情引发的形形色色的观点和议论。我惊奇地发现，原来网络世界是这样一个神奇的世界。它比广场文化还要自由，还要随意。每个人都可以发声，每个人都可以表演，而且是很多人同时发声，同时表演。鲁迅当年谈论阿Q形象塑造时曾经感慨许多国人不能发声，因而要画出这样沉默的国人的魂灵来，实在算一件难事。他憧憬在将来，围在高墙里的一切人众，该会自己觉醒，走出，都来开口。时间过去了一个世纪，历史早已翻开新的一页。如今，人们不仅可以开口，而且掌握了最便捷最灵活的发声手段。但让人感叹的是，开口后的国人的魂灵并没有发生蜕变，一些人想的依然是"我的儿子会阔得多啦"，开口说的依然是"我手执钢鞭将你打"。语言暴力频仍，群体围攻不断，非理性成风，盲目跟风成势，乘风造势者不断突破做人的底线。真像一百年前鲁迅所描画的人物一样：本领要新，思想要旧。每当看到这些，我的脑海中便浮现出鲁迅笔下的一些人物，耳边便回响起鲁迅的一些话音，从而不由得心生感慨：没想到一场突然袭来的新冠疫情，竟然又把鲁迅当年所提出的人的问题如此尖锐地摆到人们的面前。同时也就想起我要出版的这本书，想起本计划要写却静不下心来撰写的序言中要说的一些话。

20世纪90年代，西方后现代理论涌入中国，解构之风在学界盛行，启蒙思想首先中刀。其实，当时的操刀者并不清楚西方后现代理论反思启蒙是怎么回事，他们连其皮毛也没有摸到，只是沿用五六十年代关于知识分子问题的指导思想质疑启蒙。他们提出：谁来启蒙？他们认为，启蒙是以居高临下的姿态对待人民群众，知识分子没有资格对大众进行启蒙。这种似是而非的说法虽然既构不成学术，也谈不上思想，但却迎合了中国社会上一种潜在的根深蒂固的民粹主义的反智情绪，加之90年代猛然兴起的国学热有意无意地与它联手共谋质疑"五四"启蒙，因而在社会上产生了很大影响。此后，启蒙的价值在一些人的心目中便开始跌落。这显然是一场历史的误会，是对启蒙精神的曲解。且不说从整体上看中国还远没有进入后现代社会，还没有完成启蒙所呼唤的人的现代化的历史使命，即使已经迈向后现代社会门槛的西方一些思想家在反思几百年来启蒙给社会发展带来的偏颇时，也没有从根本上否定启蒙。启蒙的反思，这是个重大而复杂的历史课题，它涉及启蒙与现代社会制度、经济、政治、文化等方方面面的关系。但从根本上说，它又是一个单纯的问题，即人的问题。因为不论现代社会制度建设还是经济、政治、文化的发展，其行为主体都是人，都是由人所决定的。所以，不论工具理性的过度扩张造成的对人的挤压，还是价值理性中的自由民主的过度膨胀引发的社会某种失序，以及无限度征服自然激起的大自然对人类的种种报复，都是因为人自身出了问题。关于启蒙，人们爱引用康德的定义。康德说：启蒙运动就是人类脱离自己所加之于自己的不成熟状态。欧洲启蒙运动和作为它的前奏的历时几百年的文艺复兴，是把人从神的统治下解放出来。此前的西方人把自己的主宰权让渡给了神，自己完全匍匐在神的脚下，这当然是一种蒙昧的不成熟状态。启蒙运动解除了神权对人的束缚，把人的主体性还给了人。然而，解放了的人没能很好地认识自己，认识自己与他者、与万物的关系，而是主体性无限膨胀，结果在发展过程中不断出现问题。启蒙使人获得了理性，由自在状态转为自为状态，但又造成了理性僭越，使人的感性重新受到压抑，甚至使人变成工具的奴隶，成为机器。这些都造成人的异化，使人从一种不成熟走向另一种不成熟。其实，不成熟是人类的一种常态，起码迄今为止，人类还走在走向成熟的路上。既然是不成熟，就需要启蒙，一种较之原来更为高层次的启蒙。所以，启蒙没有完结，起码在一定的历史时期内不会完结。

中国的情况又有所不同，中国社会还走在由传统向现代转型的路上，启蒙是社会转型中的应有之义。成为你自己，成为一个健全的自己，仍是每个中国人需要面对的问题。谈到中国启蒙，不能不提到五四运动，因为是五四运动吹响了中国现代启蒙的号角。虽然早在宋元时期随着市民经济的兴起就出现了表现市民世俗感性人生的话本小说，到明代的白话小说、戏曲更形成了一股强劲的堪与西方文艺复兴媲美的解放人的感性的文艺思潮，特别是由上层知识分子群体喊出了具有相当标准的个性解放思想的童心说、本心说，从而开启了中国启蒙的先声，但随着清代三百年的文化专制统治，这一启蒙先声被扼杀在摇篮之中。直到20世纪初，国人才在亡国灭种和欧风美雨内外双重刺激下开始新的启蒙，并在五四新文化运动中形成历史的自觉。虽然由于历史的原因，"五四"启蒙没有完成它的历史使命，并在80年代又开启了一场仍然没有完成的接续，但对于中华民族，"五四"启蒙仍具有彪炳史册的伟大历史意义，它开启的历史自觉将永远催促着中国人的历史前行。当然，同西方思想家反思启蒙一样，也应该对"五四"启蒙进行反思。其实，早在20世纪80年代，李泽厚在论述"五四"启蒙三大代表人物胡适、陈独秀、鲁迅时，就用"提倡启蒙，超越启蒙"来概括鲁迅的总体特征。既然是超越启蒙，当然就表明启蒙存在缺陷，需要超越。90年代，在学界一些人捕风捉影、轻率否定启蒙的同时，一些学者对"五四"启蒙进行了严肃的反思。与此同时，海外新儒家的代表人物也不断将这一反思推向深入。但我觉得，在众多反思中，对问题把握得比较准确、概括得较有分寸的还是李泽厚。李泽厚认为"五四"启蒙激情有余，理性不足[1]。

---

[1] "李泽厚之所谓'五四'启蒙激情有余,理性不足",主要是指在胡适、鲁迅等先驱者的头脑中,依然是传统的情理结构在起作用,他们并没有在现代理性指导下对传统情理结构进行分疏,以区分理性与情感、宗教性道德和现代社会性道德,这就容易使传统情理结构淹没一切,泛滥无归。我下面的论述,侧重点则有所不同。

与西方启蒙不同，西方启蒙是把人从神权的统治下解放出来，"五四"启蒙是把中国人从君权的统治下解放出来。"五四"时期中国虽然已没有了皇帝，但几千年来形成的皇权专制思想以及由这种思想造成的种种痼疾还在中国人的头脑中根深蒂固地存在着，它严重地阻碍着中华民族的觉醒。这样，"五四"启蒙就面临着两个方面的任务。一方面是从西方引进人的解放的理念，即人权观念，个性主义思想。一方面是清理旧物，即重新审视中国传统文化，以清除糟粕，发掘精华，找到中西文化交汇的契合点。比较起来，这后一方面的任务更为重要，也更为艰巨。而恰恰是在这一点上，"五四"启蒙先驱们表现出激情有余，理性不足。所谓理性不足，主要是对中国传统文化缺乏深入的理性分析。毋庸置疑，先驱者们并没有从根本上否定传统文化，没有把传统文化看成一团糟。他们以批判为主，并不时说出一些偏激的话，一方面是出于批判的激情，更主要的是基于时代任务所要求的批判策略。但同样不能否认的是，他们对传统文化的认识更多的是出自主观感受，而缺乏深层分析和确切的把握。即使是最先提出国民性批判的梁启超也是如此。这一任务，是经过一百年的历史积累到李泽厚那里才完成的。李泽厚提出儒学深层结构说。他认为儒学分为表层结构和深层结构。表层结构即自秦汉以来的官方政教体系、典章制度、伦理纲常、生活秩序、意识形态等等，深层结构则是百姓日用而不知的生活态度、思想定式、情感取向，是一种包含着情绪、欲望又与理性相交绕纠缠的复合物即情理结构，其表征则是乐感文化和实用理性。李泽厚这里之所谓儒学，不是指以孔子为代表的儒家学派，而是一种更为宽泛的概念，它主要是指几千年来积淀在人们心里的一种特质和性格，实际上就是以儒学为主干的传统文化。所以，李泽厚所谓儒学深层结构说，实际上是中国传统文化深层结构说。实用理性和乐感文化，这是李泽厚对中国文化的一个重要发现，它使中国文化最本质最深层的特征以理论的形式正式浮出水面，从而极大加深了人们对中国文化的认识和把握，加深了中国人对自己民族文化的自觉和认同。基于这种认识，我觉得李泽厚的儒学深层结构说尚需进一步完善。实际上，他之所谓儒学表层结构即政教体系、典章制度、伦理纲常、意识形态等，就是中国传统的制度文化，而所谓深层结构实用理性和乐感文化，就是中国人的生存文化。当然，不论制度文化还是生存文化，其具体内涵都要比这种概括更为广泛，更为丰富。特别是生存文化，可谓博大精深，比如重视伦理关系，强调崇德尚群，讲究阴阳思维，主张中和思想等等，都是生存文化的具体表现。但仔细考察，所有这些都无不与实用理性和乐感文化相关，可以说都是由实用理性和乐感文化派生而来。这表明中国文化并不是用一个概念可以概括的单一体，而是由官方制度文化和人的生存文化两方面组成的复合体。中国古代制度文化成型于汉代，汉代统治者在确立制度文化的形态时从国情民情出发特别重视人伦而又将伦理高度政治化，使得两种文化密切交叉、纠缠，甚至交融，二者你中有我，我中有你。但制度文化与生存文化依然是两种性质截然不同的文化，双方分别具有只属于自己的思想内涵。制度文化是统治阶级为巩固自己的统治地位而建立的文化，具有鲜明的阶级属性和强烈的政治色彩，但又要求社会全体成员都必须遵守，其核心是以三纲五常为标志的礼教。生存文化是中国人为求生存求发展而形成的文化，它属于全民族，其核心是实用理性的思维模式和既乐观又忧患的人生态度。从文化发生学来说，民族生存文化在先，制度文化在后，制度文化是在生存文化的基础上产生和发展起来的。但几千年来，由于历代统治者不断用各种手段对国人进行灌输，在人们的心目中，制度文化显得特别突出，特别醒目，从而成为一种显在文化，而生存文化则内化为人的一种日用而不知的恒定的心理乃至生存特征，成为一种隐性文化，往往不为人所注意。但比较起来，生存文化要更为内在，更为重要，更能体现中华民族的性格特征，更能支撑中华民族的生存和发展，支撑中华民族度过各种意想不到的难关。虽然这种生存文化也具有不可避免的弱点，但它才是中华民族真正的文化之瑰，是民族精神的源头活水。要说文化传统，这才是中华民族真正的文化传统。"五四"启蒙先驱们在内忧外患不断，中华民族歧路彷徨的历史关头挺身而出，高举民族启蒙的大旗，探求民族复兴之路，就正是中国生存文化具体生动的体现。但不管有意无意，他们在清理旧物时，都忽略了对中国传统文化进行两分，都缺乏对中国传统文化进行深层把握的理论自觉。但有一点可以肯定，他们所批判的主要是中国传统文化中的制度文化和由制度文化造成的人的精神创伤，而绝非中国传统文化的整体。"五四"以后的一百年来，不断有人指责"五四"启蒙造成了中国传统文化的断裂，也不断有人不同意这种指责而极力为"五四"启蒙辩护，笔者即为其中之一，收在本书中的一些篇章即为这种辩护的记录。但可以看出，由于当时没有认识到中国传统文化这种制度文化与生存文化的两分，没有认识到"五四"启蒙先驱们是中国生存文化最优秀的代表，这种生存文化不仅没有断裂反而通过他们得到了进一步的强化和张扬，因而辩护得相当吃力。在认识到"五四"启蒙并没有造成中国传统文化断裂的同时，也应该看到，由于"五四"启蒙先驱们没有对中国传统文化中的生存文化形成高度的理论自觉，而只停留在习焉不察的偏于感性的阶段，因而对生存文化作为中华民族更为深层更为根本的文化属性的积极作用重视不够。比如陈独秀反对把原始儒学与后世儒学相区分，认为二者实为一体，均需打倒。其实，自春秋礼失诸野，官学流散民间。孔、墨、老、庄、阴阳等百家之学大都出自民间，虽然其中很多流派如孔、墨都想进入官府因而不乏为统治者设计的治国方案，但就其主流而言，还属于来自民间的人的生存文化。就拿孔子儒学来说，一部《论语》，其主题就是为学、做人，就是人的生存指南。只是后来经过董仲舒等汉儒的加工改造，孔子儒学才成为官方制度文化的主干，但其中关于实用理性与乐感文化的内容仍作为中国生存文化的主体被后世继承与发展。作为五四领袖的陈独秀无视这一点，就导致了"五四"启蒙对传统文化中的生存文化缺乏理性自觉，从而把新文化建设的目光全部投向了西方，而忽视了本土文化资源。

无须回避，"五四"启蒙有它的局限。世上恐怕没有至善至美、没有局限的事物，更何况"五四"启蒙本来就是历史的早产儿，先天不足，后天营养不良是不可避免的事。由于特殊的历史条件，中国近现代以来的社会变革大都不是十月怀胎，一朝分娩，而是在外力的推动下进行的，所以往往是夹生饭，需要事后补课。启蒙也是如此。这就更需要反思。但反思不是否定，而是为了更好地前行。克服异化，走向成熟是人类永恒的主题，启蒙永远是这一主题的助推器，所以，启蒙永远在路上。这是一个漫长的里程。新冠疫情中一些人的种种表演，又一次加深了我的这种认识，使我对这本书由开始时的被动应对到充满渴望。虽然这并不是一本令我满意的书，因为书中所收文章写作时间跨度先后达四十年，早期文章明显留有20世纪80年代新旧交替的历史痕迹。但我依然渴望它的问世，依然渴望它能在读者中生存、流布。因为它张扬了一种精神，在中国现当代文学史、思想史上由伟大的文学家、思想家鲁迅和他的精神传人丁玲所播种、所传布的"五四"启蒙精神。要说这本书有什么存在的理由，我想也就在此吧。

出版《个性主义的悲剧——解读丁玲》一书时，我曾在每篇文章后面写了补记，做了自我批判。这次由于时间和字数限制，未做类似处理。文章是是非非完全交由读者去评判。但尽管如此，其中有些明显的谬误，还得由自己老老实实地说出。我要说的是《在黑暗中寻求光明的女性——莎菲形象的再评价》和《〈在医院中〉：革命知识分子走向成熟的艰苦历程》两文。这两篇文章都发表在20世纪80年代有重要影响的《中国现代文学研究丛刊》上，并且在学界都产生了重要影响。特别是《在黑暗中寻求光明的女性——莎菲形象的再评价》一文，曾被认为是解决了丁玲研究中的一道重要关卡。丁玲曾把它推荐给研究丁玲和中国现代文学的美籍华裔学者梅仪慈教授。此文被选进多种丁玲研究文选，被写进多种丁玲研究述评，被学界同仁广泛引用，并走进大学课堂，成为学生的研讨对象……然而就是这篇文章，却留有我头脑中曾一度根深蒂固的六七十年代的思想记录。文章第三部分在分析莎菲形象的社会意义时，非要往阶级斗争上扯，认为莎菲在爱情问题上的一度迷狂表现了资产阶级对小资产阶级知识女性的诱惑和腐蚀，就是如此。《〈在医院中〉：革命知识分子走向成熟的艰苦历程》一文，本来前面已经对延安时期关于知识分子的论断中的偏颇做出了反驳，但文章结尾却又回归了知识分子改造的思想主张。这些，都表明我的思想中曾有过多么荒谬的"左"的痕迹。回想起来，作为20世纪60年代的大学生，特别是中文系的学生，阶级斗争，文艺为政治服务，文学是阶级斗争的工具之类的观念可以说已经融入灵魂，起码我个人是如此。文学是人学，这个为人们耳熟能详、口口相传的命题虽然显得有点宽泛，还不足以揭示文学的深层本质，但无疑抓住了文学的命脉。文学的主体是人，是人的生存和人的命运，是人在艰难的生存和在与命运的搏斗中生发的丰富复杂的情感，更确切地说，是人性。文学是对人性的审美书写。其功能是培育人的审美心理，构建人的情感本体，也就是塑造人性。即使那些专门写阶级斗争并写得成功的作品也是如此。一个真正的作家，必须是人性的守护者和塑造者，必须具有深厚的悲天悯人的人道主义情怀。从本质上说，"左"是反人道，反人性的，它与文学水火不容。所以，不论从事文学创作还是文学研究，都必须和"左"的观念彻底决裂。80年代伊始，我开始文学研究的职业生涯，同时也开始思想突围。我如饥似渴地吸取时代的甘霖，写出一篇篇居于学术前沿的论文，在社会上产生一定影响。但思想蜕变不是一朝一夕的事，文艺为政治服务，文学是阶级斗争的工具的观念残余常常像幽灵一样在头脑中徘徊，往往不经意间就在写作中表现出来。我憎恶这个"左"的幽灵，为自己曾经写过这样荒谬的文字污染学界毒害读者而感到羞愧。但可以问心无愧的是，几十年来，我一直坚持像鲁迅那样无情地解剖我自己，在张扬鲁迅启蒙精神的同时不断吸取人类先进思想的营养，进行自我启蒙。我始终坚守这样一条原则：学术研究必须要与历史前进的方向保持一致。学者发声，必须要实事求是，不跟风，不作伪，不沽名钓

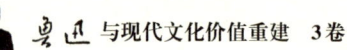

誉，不投机取巧，要对得起学者应有的良知。细心的读者大概可以从这本书中看出我几十年来艰难的思想突围、思想攀登的历史轨迹。

原本要在序言中结合本书的内容写写启蒙对20世纪中国不可或缺的价值，写写启蒙在20世纪中国思想史上的重要意义，写写从鲁迅到丁玲启蒙所走过的艰难的里程，没想到心不在焉，竟写成现在这个样子。真是不讲规矩，不成章法。没有办法，李代桃僵，聊且作序吧。

# 徐玉诺与周氏兄弟交往关系考辨

赵焕亭　平顶山学院

日本学者秋吉收的《鲁迅与徐玉诺——围绕散文诗集〈野草〉》一文发表于2016年第1期的《汉语言文学研究》上。该文的主要观点如下:"鲁迅在著述中仅有一次提到徐玉诺的名字,态度十分冷淡,且否认两人见过面。但实际上,鲁迅与徐玉诺不仅有过直接的交往,而且徐玉诺的小说和诗歌创作都曾引起过鲁迅的关注。更为重要的是,比鲁迅年轻一代的徐玉诺的散文诗创作极有可能对鲁迅的《野草》产生过直接而深刻的影响,《野草》从主题、内容、意象到写作技法乃至具体的语言表述,随处可见徐玉诺的痕迹。鲁迅刻意做出与徐玉诺疏而远之的姿态,其背后的心态恐怕是十分微妙的。"①针对秋吉收的这种观点,阎晶明在《新文学史料》2020年第3期上发表的《必须要做的辩证——关于日本学者秋吉收的〈野草〉观》(以下简称《必须要做的辩证》)一文做了辩证,该文第二部分"关于徐玉诺与《野草》"主要就秋吉收关于"鲁迅刻意回避徐玉诺"的观点进行了质疑。同时,阎文就徐玉诺被周氏兄弟安排护送爱罗先珂一事也提出了质疑。笔者认为,前一个质疑是有力的,后一个质疑是不成立的。以下做以具体阐述。

## 一　鲁迅没有刻意疏远徐玉诺

阎晶明《必须要做的辩证》一文对秋吉收关于鲁迅《野草》创作或许直接

---

① 秋吉收:《鲁迅与徐玉诺——围绕散文诗集〈野草〉》,《汉语言文学研究》2016年第1期。

受徐玉诺影响，而且鲁迅尽力抹去这种影响痕迹的观点进行了质疑。这种质疑是有道理的。

（一）徐玉诺《教我如何睡去》与鲁迅《〈野草〉题辞》毫无关系。

秋吉收对于鲁迅《野草》与徐玉诺诗歌相似之处的研究成果，不应该完全抹杀，这种比较研究还是有价值的。但是，徐玉诺的散文诗是否对鲁迅《野草》有过直接影响，也就是说，《野草》与徐玉诺诗歌的相似性是否就是"徐玉诺痕迹"，则应另当别论。"鲁迅在创作《野草》之际或之前受到过徐玉诺的影响，这一点不是没有可能。"①秋吉收的这个判断也仅指出了一种可能性，所以还算严谨，但是，秋吉收所谓"鲁迅刻意地对徐玉诺疏而远之"，"他（按：徐玉诺）一直注目着自己的诗被鲁迅掺进了《野草》中。这一事实的关键是1927年他发表的一首诗。在《野草》出版之际，鲁迅做了《〈野草〉题辞》发表在1927年7月的《语丝》第138期上，而徐玉诺的诗恰巧发表在第139期上，题为《教我如何睡去》。至此，从1924年末一篇作品也未发表的徐玉诺又突然'醒过来'了。"②这些说法根本不能成立。徐玉诺1927年7月9日发表于《语丝》第139期上的题为《教我如何睡去》，内容是控诉当时弥卷中州的"胡憨樊寇"争斗带给百姓的灾难。"胡憨樊寇"是指胡景翼、憨玉琨、樊钟秀。1925年至1926年间，这些人曾经在豫西、豫南地区发生激战，给当地人民带来很大灾难。这首诗歌的第二段内容是这样的："战云弥卷的中州，/胡憨樊寇，大战，小战，经月，经年：/尸身臭烂，遍地血泥；/现在干了，焦了，白骨也都自烧了！/这样时候，/这样天气，/我待要午睡，/教我如何睡去！"这首诗歌落款的时间是"十六年五月十九日下午一时"。③显然，这首诗歌是写实的，导致诗人无法午睡的原因非常具体，那就是军阀混战、民不聊生。所以说这首诗与鲁迅在《语丝》第138期上发表的《〈野草〉题辞》毫无关系。秋吉收仅仅根据这首诗歌的题目及发表时间（紧随鲁迅《〈野草〉题辞》之后），就主观推测"徐玉诺一直注目着自己的诗被鲁迅掺进了《野草》"，这未免太草率了。

（二）鲁迅提倡"杂取种种人，合成一个"，没必要刻意疏远徐玉诺。

秋吉收认为，徐玉诺的散文诗创作极有可能对鲁迅的《野草》产生过直接而深刻的影响，而鲁迅在给萧军的信中谈及徐玉诺时刻意进行疏远。笔者认为，这种推断不能成立。原因有两点：

---

①②秋吉收：《鲁迅与徐玉诺——围绕散文诗集〈野草〉》，《汉语言文学研究》2016年第1期。
③秦方奇：《徐玉诺诗文辑存》，河南大学出版社，2008，第292页。

第一，在散文诗的发轫期，同一时代背景下的作品创作具有相似性是自然的。鲁迅和徐玉诺都具有深厚的中国文学功底。同时，"五四"时期，他们都难免会受到外国文学的影响。"五四"前后的鲁迅与徐玉诺处于共同的社会语境，随着"五四"时期的西风东渐，外国作家如波特莱尔、屠格涅夫、尼采等人的散文诗被翻译到中国，共同影响了徐玉诺和鲁迅的散文诗创作，这都是可能的。在这个意义上讲，两人的诗作同宗同源，有相似性毫不奇怪。两位作家诗歌中都出现一些如"鬼""死亡"等意象，这也是难免的。我们说，《野草》的创作明显受到尼采《查拉图斯特拉如是说》的影响。不仅是因为《野草》中许多荒诞离奇的意象如火、冰、影、鬼魂、地狱、梦境、黑暗等大都与尼采的《查拉图斯特拉如是说》中的意象类似，更重要的是鲁迅多次翻译尼采这部著作的一些内容，如1920年，鲁迅还发表了《查拉图斯特拉如是说》的序言。鲁迅还督促徐梵澄翻译了《苏鲁支语录》（《查拉图斯特拉如是说》的另一译名）。所以说，鲁迅的《野草》与尼采的《查拉图斯特拉如是说》之间的关系是有实证的，而鲁迅的《野草》与徐玉诺早期诗歌之间的直接联系目前还缺少进一步的材料证明。因此，单纯说《野草》直接而深刻地受到了徐玉诺诗歌的影响，有些冒险。也许，徐玉诺的散文诗创作与鲁迅一样同样受到了尼采《查拉图斯特拉如是说》的深度影响。目前，我们无法仅仅从两人诗作有相似性就直接判断鲁迅的《野草》创作受徐玉诺很深的影响。

第二，退一步讲，即便《野草》创作确实受过徐玉诺诗歌的影响（徐玉诺诗歌发表在先，在一定程度上影响了鲁迅的创作，这也是可能的），鲁迅不会、也根本没有必要在给萧军的信中刻意回避、故意说不太留意徐玉诺这样的话。因为鲁迅多次公开说自己的作品是"杂取种种人，合成一个"。例如，鲁迅在《我怎么做起小说来》一文中说："所写的事迹，大抵有一点见过或听到过的缘由，但决不全用这事实，只是采取一端，加以改造，或生发开去，到足以几乎完全发表我的意思为止。人物的模特也一样，没有专门用过一个人，往往嘴在浙江，脸在北京，衣服在山西，是一个拼凑起来的角色。有人说，我的那一篇是骂谁，某一篇又是骂谁，那是完全胡说的。"[①]这段话讲他小说中的事件和人物与现实的关系，既来源于现实，又不完全是写实。他在《〈出关〉的"关"》一文中更加明确了自己的创作原则："作家的取人为模特，有两法。一

---

[①] 鲁迅：《我怎么做起小说来》，《鲁迅全集》第四卷，人民文学出版社，2005，第527页。（本文所引鲁迅作品原文均出自同一版本。）

是专用一个人，言谈举动，不必说了，连细微的癖性，衣服的式样，也不加改变。……二是杂取种种人，合成一个，从和作者相关的人们里去找，是不能发见切合的了。但因为'杂取种种人'，一部分相像的人也就更其多数，更能招致广大的惶怒。我是一向取后法的，当初以为可以不触犯某一个人，后来才知道倒触犯了一个以上……"①在这里，鲁迅讲的虽然是小说创作的方法，但是对于散文诗创作也是适用的。《野草》是文学作品，"杂取种种人，合成一个"的创作方法，同样适合这一创作方法。如果说鲁迅的《野草》直接模仿了徐玉诺的散文诗，那么这恰恰就中了鲁迅所讲的"触犯了一个以上"。这是文学创作中的正常现象。

鲁迅既然这样明确提出过自己的创作手法，这等于公开承认自己的作品对他人有过借鉴，所以，如果他的《野草》确实直接借鉴了徐玉诺的作品，他也完全没有必要刻意回避徐玉诺。况且，徐玉诺对鲁迅的《野草》明确表示过称赞，而并没有指出《野草》直接模仿了自己的作品。萧军在《人与人间》一书中是这样记载的：1927年夏他与徐玉诺在吉林巴尔虎屯东边的一处公园里邂逅时，自己带了两本书：一是于赓虞的《晨曦之前》，一是鲁迅的《野草》。徐玉诺当即称赞《野草》是一本好书："……这才是真正的诗！！尽管它是用散文写的，它不押韵、不分行，但它是真正的诗啊！"②萧军的这个回忆可以说明，徐玉诺对鲁迅是十分钦佩的，他对鲁迅的散文诗创作有共鸣。这样看来，秋吉收所谓他"一直注目着自己的诗被鲁迅掺进了《野草》"这个观点无法成立，鲁迅也不可能刻意疏远徐玉诺。因此，笔者认为，关于秋吉收指出的鲁迅1934年在给萧军的信中"暧昧"地故意淡化与徐玉诺的关系这一说法，阎晶明《必须要做的辩证》一文进行的质疑是正确的。

## 二 徐玉诺自陈被托付护送爱罗先珂和见过鲁迅基本可信

《必须要做的辩证》一文明确了鲁迅没有刻意疏远徐玉诺，对秋吉收在这一问题上的误判及时给予纠偏，还原了历史事实，维护了鲁迅的人格和形象，功莫大焉。但是，这篇文章也有值得商榷的地方。这主要涉及对徐玉诺自陈与周氏兄弟关系的评价问题。这些问题如果得不到辩证，同样会影响到人们对徐

---

① 鲁迅：《〈出关〉的"关"》，《鲁迅全集》第六卷，第537—538页。
② 萧军：《人与人间》，中国文联出版社，2006，第149页。

玉诺人格的认识。笔者认为，该文在两个问题的论断上尚存在继续探讨的空间。问题之一是指该文提出的："徐玉诺与爱罗先珂在车站基本上属于偶遇。至少可以确认，周作人没有，鲁迅更没有托其同车北上。"问题之二是："徐玉诺自陈见过鲁迅先生，鲁迅拟为其小说集作序"属于孤证，无法确实。应该说，这些结论都是基于史料的，阎文的推论本身并无逻辑错误。笔者之所以要继续讨论这些问题，是因为在仔细阅读史料的过程中，我发现第一个问题所涉及的史料本身存在歧义。关于第二个问题，笔者只是做些补充说明，通过新发掘的一些史料来说明徐玉诺很可能单方面见过鲁迅。

（一）周作人安排徐玉诺护送爱罗先珂归国。

在徐玉诺护送爱罗先珂回国的问题上，《必须要做的辩证》一文认为两个人是巧遇。笔者认为，不是巧遇。为了便于叙述，下面出示JN(推测是徐玉诺)发表在1923年5月2日《京报副镌》上的《出京后的爱罗先珂》一文的部分内容。这篇文章开头是周作人的一段附记，接下来是JN来信的正文。

> 这是我的一个朋友的来信，他在车上遇见爱罗君，同到长春，以后往吉林去，便写这封信来报告爱罗君出京后的情形，我觉得颇有发表的价值，所以转送给《晨报副刊》。他是现代的一个知名的诗人，因为未曾得到他的许可，只用两个字母替代他的姓名。四月二十八日，周作人附记。

> 本月十六日下午七点钟，在车站与爱罗先珂君相遇时，我已见着你那里的亲人；我曾要他转告你，"我要到吉林去，在路上爱罗先生不要太寂寞了。"这层大概你也许早已知道的。

> 在东站开车时，有一大群人来送行，还有两个人同到天津去。在这期间内，因为我不懂世界语，所以也不曾同爱罗先生谈过话。[①]

《必须要做的辩证》一文写道："在车行途中，徐玉诺倒是有跟爱罗先珂的对话。他告诉对方，'爱罗先生，还有我在这里。'接着是爱罗先珂的反应：'他问过我的名字，便很慎重的说，——'直到火车过了天津，爱罗先珂才知道身旁还有一个知道自己是谁的人，并且问了这个人的名字。这也说明，爱罗

---

① JN:《出京后的爱罗先珂》,《晨报副镌》1932年5月2日。

先珂离开前,周氏兄弟没有向他介绍过有一位叫徐玉诺的陪同者。"①对此,笔者不能苟同。行进途中,徐玉诺说:"爱罗先生,还有我在这里。"从这句话中无法直接判断爱罗先珂事先不知道有人护送。因为他是盲人,即便徐玉诺在上车之前已经陪同他了,他也是看不见其模样的。在火车上,徐玉诺也不可能时时刻刻陪在爱罗先珂身边。如果他离开一会儿,再回到爱罗先珂身边来,他也可能这样说。对于一个盲人来说,他身边的人如果不说话,他是无法感觉到他之存在的。况且,徐玉诺不懂世界语,也不方便与爱罗先珂多说话;而且,信中还讲到徐玉诺对爱罗先珂十分周到的照顾:在长春下车时,有大约三个小时的时间等待转车,其间,徐玉诺还陪爱罗先珂到客栈休息、吃饭,然后才把他送到去俄国的车上。徐玉诺给周作人的信中也没有显示还有其他人陪同爱罗先珂转车。因此说,1923年4月16日,徐玉诺不可能纯粹是在车站偶遇爱罗先珂的,其中一定是有周作人等人安排的成分。这种安排只是传信儿给徐玉诺爱罗先珂归俄的日期和所乘车次,而没有让徐玉诺与爱罗先珂提前见面。——当然,周作人没有告诉爱罗先珂护送者的名字也是可能的。总的来说,徐玉诺至少是受周作人安排护送爱罗先珂的。否则,徐玉诺事后也不会专门给周作人写信详细汇报护送的结果。

  关于信中所讲"在车站与爱罗先珂君相遇时,我已见着你那里的亲人"这句话所使用的"相遇"这个词语的含义,笔者认为,它在这句话中的主要意思是"见面"。通常我们对"遇"这个词的理解是"不期而会",但也不排除在特殊的方言或者一定的语境下,其含义仅仅是"相见"。此外,有一种可能,因为爱罗先珂是盲人,如果使用"见面"一词,好像也不太合适,还可能是因为这一次是徐玉诺与爱罗先珂的第一次相见,所以徐玉诺有意使用了"相遇"一词。最重要的是,"我已见着你那里的亲人"这后面的一句话显然表明"你那里的亲人"是周作人派来送爱罗先珂上车的人,同时也是事先周作人与徐玉诺约好要见面交接护送工作的人。试想,如果不是事先已经做了安排和准备,那么徐玉诺怎么可能认识"你那里的亲人"?"已见着"表明事情按照原定计划顺利实施。至于周作人附记中所写:"这是我的一个朋友的来信,他在车上遇见爱罗君,同到长春……",笔者认为,周作人在这里仅仅是顺着徐玉诺来信中的用词"相遇",而使用了"遇见"。

  ……

---

① 阎晶明:《必须要做的辩证——关于日本学者秋吉收的〈野草〉观》,《新文学史料》2020年第3期。

从现存资料来看，从1921年徐玉诺加入文学研究会至1929年，徐玉诺与周作人都有交往。徐玉诺的大量白话新诗也创作于这一阶段，而且很多诗歌直接就以"小诗"命名。"五四"时期，周作人翻译的日本短歌、俳句对小诗体的创作与流行产生过重要影响，所以，从这个意义上讲，徐玉诺的小诗创作与周作人有一定关系。他们又同是文学研究会的会员，彼此相互关注也是自然的。

在1922年6月出版的文学研究会八位同仁的诗歌合集《雪朝》中，周作人和徐玉诺的诗歌都被选入；而且这部诗集共收诗歌一百八十七首，其中徐玉诺独占四十八首，其数量是八位作者中最多的。因此，在1923年护送爱罗先珂回国一事之前，周作人对徐玉诺应该是了解和信任的，这是他选中徐玉诺护送爱罗先珂的前提之一。

爱罗先珂住在八道湾时期，周作人承担了他的大部分事务的安排，几乎是他的专职秘书。潘民中在《徐玉诺护送盲诗人爱罗先珂归俄》一文中指出徐玉诺去东北吉林毓文中学任教和护送爱罗先珂回国都是周作人安排的。当时，毓文中学正在招聘教师，王统照已经在那里工作了。周作人这样安排，既解决了护送爱罗先珂的问题，又解决了为徐玉诺推荐工作的问题，可谓一举多得。关于此事，徐玉诺在1923年4月24日写《小诗》（1—3）中有所反映："冰的世界也罢；/我的主宰！/——只要不扰乱我春之梦。——长春下车，北风冰冽，大雪纷纷，连那好争刚强的爱罗先珂先生，也颤抖着叫起'极冷'来！但他尚幻想夜莺在俄国，我呢？——我——没有了心灵和情感——是我债主的傀儡——被搬在这黑道上！——/我的剑三兄啊！现在我还能写信给你。——"①这里的剑三，指的就是已经在毓文中学教书的王统照。

此外，徐玉诺在1954年写下的《始终对不起他——怀念鲁迅先生（三首）》中的诗句也说明了他是被派去护送爱罗先珂的："北京生活真不易，'卖身广告'无消息。忽传指示上东北，叫送爱罗回国去。"②这首诗可以说明徐玉诺送爱罗先珂回国是事先有人安排好的。他是接到"指示"才去的。这个给徐玉诺传达指示的人很有可能是《晨报》编辑孙伏园。孙伏园通过罗绳武留下的联系方式转达了周作人等人的"指示"。因为，事情的起因是1923年4月3日、4日《晨报》上连续刊登"卖身启事"："徐玉诺君愿充各级学校文学教授，或

---

① 秦方奇：《徐玉诺诗文辑存》，第625页。
② 秦方奇：《徐玉诺诗文辑存》，第273—274页。

各报校对及各种书记员,每日工作十至十四个钟点,月薪只需十二元。高师罗绳武启。"正是这个"卖身启事"引出了徐玉诺与爱罗先珂的一段奇妙故事,也正是这一段奇妙故事又引出了徐玉诺与周作人不同寻常的后续交往。

周作人在1923年7月30日写下了《寻路的人——赠徐玉诺君》一文。文章写道:"我是寻路的人。我日日走着路寻路,终于还未知道这路的方向。现在才知道了:在悲哀中挣扎着正是自然之路,这是与一切生物共同的路,不过我们意识着罢了。路的终点是死,我们便挣扎着往那里去,也便是到那里以前不得不挣扎着……玉诺是于悲哀深有阅历的,这一回他的村寨被攻破,只有他的父亲在外边,此外人都还没有消息。他说,他现在没有泪了。——你也已经寻到了你的路了吧。他的似乎微笑的脸,最令我记忆,这真是永远的旅人的颜色。我们应当是最大的乐天家,因为再没有什么悲观和失望了。"①这篇文章发表于1923年8月1日《晨报副刊·文学旬刊》。同日同刊,发表徐玉诺的散文诗《我的神》。这首"对话体"散文诗借助"神"和"地"的对话,表现出对于兵荒马乱的世界的诅咒,表达了诗人寻路之难:"我用我的手杖摸索着走上了时间的长路;地球在我脚下跳动,神在我心中跳动着:……"②由此可见,周作人的《寻路的人——赠徐玉诺君》一文的题目与徐玉诺这篇散文诗中的"摸索着走上了时间的长路"是呼应的。徐玉诺很可能是把这首1923年4月20日写于长春的诗歌寄给了周作人或者从吉林回京后直接送给了周作人(周作人1923年7月21日日记:"徐玉诺君来访")。周作人读后写了《寻路的人——赠徐玉诺君》,然后交给《晨报副刊·文学旬刊》一并发表的。可见,周作人对青年诗人徐玉诺作品的共鸣和对其艰难生活的关心和同情。

1929年3月25日出版的《语丝》上,发表过徐玉诺写给周作人的《私信》:

寄到周先生底门外:

承问近况,受宠若惊。五六年来报章杂志只字不曾寓目,不知生活何似,得瞻先生近影,知精彩仍然烛照字里行间,令人片刻反真。

诺近一年来,生活颇觉安稳,略可告慰,实则已驰出奇境,走到绝地。……③

---

① 作人:《寻路的人——赠徐玉诺君》,《晨报副刊·文学旬刊》,1923年8月1日。
② 秦方奇:《徐玉诺诗文辑存》,第612页。
③ 徐玉诺:《私信》,《语丝》第五卷第三期,1929年3月25日。

由这封信的内容可知，直到1929年，周作人还在关心徐玉诺的生活状况，或写信，或托人捎信儿询问，周作人甚至还给徐玉诺寄了报章杂志或者是照片。在这封信的最后，周作人还写了一段"附记"来说明这封信是得了徐玉诺"回信"的许可才发表的。

综上所述，自徐玉诺护送爱罗先珂之后，他与周作人的关系日益密切。他们之间的联系至少坚持到了1929年。徐玉诺的诗歌《我的神》和《私信》的发表都是通过周作人编辑、推荐而发表的。保障盲诗人爱罗先珂顺利回国，对周作人来说，是一件比较重要的事情，提前安排人护送是必须的。根据目前现有资料，没有发现周作人安排其他人护送，而爱罗先珂归国之后，徐玉诺与周作人的关系又如此密切。这也可以从侧面说明徐玉诺极有可能就是被周作人安排护送爱罗先珂的那个人。

总之，笔者认为是周作人安排了徐玉诺护送爱罗先珂。

（二）徐玉诺有单方面见到鲁迅的机会。

在徐玉诺是否见过鲁迅这个问题上，笔者认为，根据现有资料，目前还无法确认，但鲁迅曾经关心过徐玉诺的创作应该是真有其事，徐玉诺很可能在公共场合见到过鲁迅。《必须要做的辩证》一文认为"徐玉诺自陈见过鲁迅先生，鲁迅先生很关心自己"属于孤证，无法确实。笔者认为，这一问题有必要进一步分析讨论。对于秋吉收的观点和论证材料，应该分开来看待。他的某些论断可能不准确，但他所使用的徐玉诺本人回忆鲁迅的材料却是真实的。这些材料目前虽然是"孤证"，但未必"不立"。

秋吉收在他文章的第8条注释中写道："《周作人日记》1923年7月21日中记载'徐玉诺君来访'，此时徐玉诺与鲁迅见面的可能性极大。"但是，在几天前，也就是1923年7月19日，周氏兄弟反目，所以，这次周氏兄弟不太可能同时接见徐玉诺。在这一细节考证上，《必须要做的辩证》一文所做的分析和判断是正确的。至于其他时间和场合，徐玉诺是否见过鲁迅，则另当别论。

徐玉诺曾经给自己的好友罗绳武讲过："鲁迅和我见过面，对我抱有希望。"[①]但这也只是徐玉诺本人所讲。即便如此，笔者依然认为，无论是鲁迅给萧军的回信中关于徐玉诺的记述，还是徐玉诺回忆作品中所记述的鲁迅与自己的关系，都不可轻易被否定。原因在于：首先，鲁迅1934年给萧军写的信中关

---

① 刘增杰:《鲁迅与河南》,河南人民出版社,1981,第73页。

于徐玉诺的记述是真实诚恳的，即熟悉徐玉诺的名字却未必见过面。这里不排除徐玉诺单方面在公共场合见过鲁迅的可能。其次，徐玉诺1954年所讲"鲁迅收他《良心》等二十多篇小说，拟出版，并长序，由孙伏园致函相商，但被婉拒"这件事情也应该是真实的。这样讲的主要理由是徐玉诺在时间和空间上都有见到过鲁迅的可能。

第一，徐玉诺与鲁迅有相见的时间可能。

从时间上来说，徐玉诺待在北京的时间与鲁迅待在北京的时间有多阶段的交叉。鲁迅是在1912年5月随教育部搬迁到北京，1926年8月与许广平一起离开北京南下的。根据现有相关作品发表的材料记载，徐玉诺至少在1923年3月、4月、7月，1925年春，1934年1月都在北京待过。1923年3月、4月，徐玉诺因送朋友到北京而滞留北京，这有当年《京报副刊》的"卖身启事"为证；1923年7月待在北京，这有周作人日记中的"玉诺君来访"为证；1925年春河南胡憨之战期间，已经待在北京的徐玉诺无法归乡，这有徐玉诺给周作人的私信中自陈曾"久留北京"为证。……也正是在这一年的4月，徐玉诺与朱自清、周仿溪等人的诗歌合集《眷顾》由商务印书馆出版，内收徐玉诺诗歌九题十一首。这部诗集出版前后，徐玉诺是在北京的。而这期间，他是很有可能见到鲁迅的。

再根据徐玉诺年谱的记载可以推测出，徐玉诺从1926年2月辞去中州大学的教职，一直到1927年夏只身一人再赴吉林毓文中学教书，这期间的大约一年半的时间内，他处于失业状态，因此，这一时期，他大部分时间应该是"久留北京"的。这就为他见到鲁迅提供了更多的时间上的可能性。因此说，从1923年3月（也许徐玉诺早在1921年加入文学研究会之后就到过北京）徐玉诺到北京至1926年7月期间鲁迅离开北京这一段时间内，徐玉诺都有可能见到鲁迅。

第二，徐玉诺与鲁迅有相见的空间条件。

从空间上来说，徐玉诺与鲁迅有可能在什么地方见过面呢？笔者认为，很可能在大学的课堂上或者鲁迅的演讲会上。从1923年至1926年间徐玉诺待在北京的时间内，他很有可能就借宿在好友罗绳武那里，或者就住在罗绳武的附近。罗绳武当时在北师大读书，鲁迅曾经给他上过课。1925年5月9日，武者（罗绳武的笔名——笔者注）在《京报副刊》发表的《温良》一文中就写到了鲁迅曾在教室里给他们学生上课时说的一番话。鲁迅有感于武者的文章，还写了《忽然想到》第七篇。①所以，徐玉诺有可能在鲁迅任教的北师大校园里听过鲁迅讲课或者看到过鲁迅的身影，也可能在其他集会、演讲等活动场合见过鲁迅。从1920年8月到1926年7月，鲁迅曾在北大、北师大、女师大、世界语专门学校、集成国际语言学校、黎明中学、大中公学、中国大学等校兼课。此间，徐玉诺如果到了北京，他还是有较多机会和场合能够见到鲁迅的。

此外，季羡林在《清华园日记》里有一篇日记记载了1934年1月6日他在北平撷英番菜馆参加文学季刊社组织的大约百人的聚会的情况，其中记述的参会者中就有徐玉诺的名字。②

当然，1934年1月，鲁迅不在北京。徐玉诺不可能在这次集体活动中见到鲁迅，但是，由季羡林的这篇日记可以推断，在1930年代，徐玉诺还时常出席北京的文学活动。那时，徐玉诺在各地流转教书、编剧，他很可能会在学校寒暑假期间到北京参加文学活动。他既然时常在北京，那就不可能仅仅参加这一次活动；而且，由于种种原因，1920—1930年代，徐玉诺不仅仅是在各地教书的间隙或者学校放假期间的寒暑假里待在北京，他还可能在某一特殊的时段里有过久留北京的经历，这就为他见到鲁迅提供了更多可能。

1932年11月在鲁迅从上海回北京期间，徐玉诺也有可能见到鲁迅。1932年11月13日鲁迅抵京探望母亲，11月28日离京。在京的这半个月内，鲁迅应邀在北京大学、辅仁大学、女子文理学院、北京师范大学、中国大学做了五次讲演。《徐玉诺年谱简编》中对徐玉诺在1932年行踪的记述只有一句话："继续在信阳任教"③。依徐玉诺的性格来说，他常常是率性而行，行踪无定。那么1932年11月，徐玉诺也有可能到北京参加过文学活动，这就有可能见过鲁迅或者听过鲁迅的演讲。总体来讲，徐玉诺与鲁迅见面存在着许多空间上的便利。

关于徐玉诺是否见过鲁迅这个问题，目前除了徐玉诺的自陈见过之外，虽然还没有其他实证材料，但随着现代文学史料学的进一步发展，将来或许有学者在这方面会有新的发现。

根据现有材料推测，1923年具体安排徐玉诺护送爱罗先珂去东北的人主要是周作人而不是鲁迅。但是，鲁迅很可能参与商量了委托徐玉诺护送爱罗先珂

---

① 参见鲁迅《忽然想到》，《鲁迅全集》第三卷，第68页注释2。
② 季羡林：《清华园日记》，人民文学出版社，2014，第185—186页。
③ 秦方奇：《徐玉诺诗文辑存》，第641页。

回国这件事情或者最起码知晓此事。因为1923年4月，鲁迅和周作人的关系还处于兄弟怡怡时期。此外，徐玉诺所讲鲁迅曾托孙伏园致函相商收其小说结集出版、并作序的这种情况也不会是虚构的。因为，根据徐玉诺1920年代初在当时文坛上的影响来说，鲁迅愿意帮助他写序、出书是很有可能的。至于徐玉诺回忆这件事时所讲的时间存在出入，也是可以理解的。因为他的回忆已经是三十年之后，难免发生记忆误差。对此，徐玉诺还写诗羡慕爱罗先珂曾得到过鲁迅的帮助："爱罗诅咒《狭的笼》，鲁迅对他起同情。愚笨无过是玉诺，辜负先生一片心。"① 可见，错失鲁迅的厚爱是徐玉诺深深的遗憾。"纯真如婴"的徐玉诺自陈见过鲁迅先生、鲁迅先生很关心自己的说法未必错误。

总之，笔者认为，鲁迅1934年给萧军写的信中关于徐玉诺的记述是真实诚恳的，即熟悉徐玉诺的名字却未必见过面。——当然，这里不排除徐玉诺单方面见到过鲁迅的可能。徐玉诺可能见过鲁迅，但未必与之交谈，鲁迅也未必留心徐玉诺。因此说，鲁迅并没有刻意疏远徐玉诺，明确这一问题，有利于正确理解鲁迅的人品和文品。同时，徐玉诺极有可能单方面见过鲁迅，徐玉诺是被周氏兄弟等人安排护送盲诗人爱罗先珂的而非在火车上偶遇，澄清这一点，能够说明徐玉诺并没有故意借冕声誉。鲁迅对现代文学的杰出贡献举世公认，徐玉诺在"五四"时期的爆发式创作奠定了他在现代文学史上的特殊影响。两位作家都因具有直爽的性格和强烈的爱国主义思想而被世人尊重。人以文传，文以人立。人之不立，文何以传？厘清以上问题的总体意义在于：排除对鲁迅和徐玉诺诚实品格的怀疑，了解他们坦荡的胸怀。这样有助于正确认识鲁迅和徐玉诺的人品和文品、立身与为文。

以上管见，未免周全，如有失敬、失误之处，还望秋吉收先生和阎晶明先生海涵和批评，也请其他专家学者多多指教。

---

① 秦方奇：《徐玉诺诗文辑存》，第353页。

# 《三闲集》校勘札记

赵坤　天津师范大学文学院

2005年人民文学出版社出版的《鲁迅全集》，是迄今专家学者们研究鲁迅先生著述的最权威版本。它保持了1981年版全集本的整体框架，在此基础上，对内容方面进行了大量的增补和修正。2005年全集本的整理、编订、出版，汇集了朱正、孙玉石、王世家、陈漱渝等数位鲁迅研究界权威专家的心血。

但是，作家文集的编订是一项繁重、复杂的工程，即便是经过了专家学者再三审慎的编订，也难免存在疏漏之处。自从2005年全集本面世以来，研究人员不断发现其中存在的问题。刘运峰、吴作桥、高旭东、廖久明等学者陆续撰文[1]，指出一些校误和注误之处，葛涛、鲍国华、孟文博等学者，针对鲁迅的单篇文章进行了校勘、整理[2]，同时为全集的校勘和修订提供宝贵的意见，以期鲁迅全集日臻完善。但是，少有学者对全集本中的某一卷或者某一杂文集进行系统性的校勘，目前，仅有侯桂新对全集本中第三卷的《华盖集续编》进行

---

[1] 吴作桥从2005年版全集本出版至今，发表了多篇有关全集本的注释补正文章，详见《2005年版〈鲁迅全集〉注释补正五则》，《鲁迅研究月刊》2006年第10期；《2005年版〈鲁迅全集〉注释补正五则（二）》，《鲁迅研究月刊》2007年第12期；《2005年版〈鲁迅全集〉注释补正16则》，《上海鲁迅研究》2014年第4期；《2005年版〈鲁迅全集〉注释补正15则》，《绍兴鲁迅研究》2016年；《2005年版〈鲁迅全集〉注释补正21则》，《上海鲁迅研究》2018年第2期等文章；廖久明：《关于2005年版〈鲁迅全集〉与狂飙社有关的部分注释——兼谈完善〈鲁迅全集〉注释的方法》，《鲁迅研究月刊》2006年第4期；刘运峰：《再为2005年版〈鲁迅全集·日记〉校订一字》，《鲁迅研究月刊》2009年第1期。

[2] 详见葛涛《人文社2005年版〈鲁迅全集·三闲集〉中的七个错误》，《中华读书报》2015年8月5日；鲍国华：《鲁迅〈魏晋风度及文章与药及酒之关系〉汇校记》，《国际中国文学研究丛刊》2017年；孟文博：《〈头发的故事〉校读记》，《鲁迅研究月刊》2013年第10期。

了细致的校勘工作①。更没有像孙用先生的《〈鲁迅全集〉校读记》一样的系统性校勘专著出现。笔者近期对2005年版全集本第四卷中的《三闲集》进行了汇校和整理，发现其中仍然存在一些问题。

《三闲集》最初由上海北新书局1932年9月份出版，里面收录了鲁迅先生在1927年至1929年间发表的三十四篇杂文，另附有《序言》和《鲁迅译著书目》各一篇。《三闲集》中的文章大多发表于《语丝》《莽原》《未名》《朝花旬刊》《春潮月刊》《萌芽月刊》等杂志。《三闲集》杂文集在鲁迅先生生前共印行十版②，1938年被收入鲁迅全集出版社出版的《鲁迅全集》第四卷。此后，人民文学出版社出版的1956年、1973年、1981年、2005年版的《鲁迅全集》保持不变，均收入第四卷。

此前，孙用先生针对1981年版的《鲁迅全集》进行过汇校工作，并于1982年6月份由湖南人民出版社出版《〈鲁迅全集〉校读记》，其中就包括对《三闲集》的汇校。孙用先生列举了1981年全集本和原刊、初版本的诸多不同之处，但是仍有不足：首先是汇校不够全面，《〈三闲集〉校读记》中缺少对《序言》《怎么写》《现今的新文学的概观》《"皇汉医学"》《鲁迅译著书目》等文章的校勘。其次是不够完整，没有把不同的地方全部列举出来。孙用先生对鲁迅出版的每个单行本集子都进行了汇校，校勘工作繁重，尽管有不足之处，但是仍旧瑕不掩瑜，为2005年全集本的出版提供了参考，使其更加细致完善。

本次汇校以2005年人民文学出版社出版的《鲁迅全集》第四卷为对象，以文章发表的原刊和1932年上海北新书局初版本为参校本③。为确保校勘工作的准确，还参考了1956年、1973年、1981年版人民文学出版社出版的《鲁迅全集》。

## 一　校勘问题

笔者分类整理了原刊、初版本和全集本差异的情况，共计六种，并举例说明。

第一种情况：原刊、初版本有误，全集本做出了修正。

---

① 详见侯桂新《〈华盖集续编〉校读记——兼谈2005年版〈鲁迅全集〉第三卷的校勘问题》，《中国现代文学研究丛刊》2020年第4期。
② 参见周国伟编著《鲁迅著译版本研究编目》，上海文艺出版社，1996。
③ 实际使用的是中央编译出版社2012年出版的《鲁迅著作初版精选集》中的《三闲集》。

例1：
　　莫非必须我学革命文学家所指为"卑污"的托尔斯泰，毫无抵抗，或者上一呈文："小资产阶级或有产阶级臣鲁迅诚恐惶恐谨呈革命的'印贴利更追亚'老爷麾下"，这才不至于"的确不行"么？

上述文字选自《我的态度气量和年纪》发表的原刊（1928年5月7日《语丝》第四卷第19期），初版本和原刊中的文字相同，但全集本中将"诚恐惶恐"一词改为"诚惶诚恐"。结合上下文来看，全集本的修改更为合适。

例2：
　　这车夫的本级意识形态不行，早被别阶级弄歪曲了罢。

该句选自《路》发表的原刊（1928年4月23日《语丝》第四卷第17期），《三闲集》初版本和原刊中的文字相同。但句中的"本级意识形态"明显有误，2005年全集本中改为"本阶级意识形态"。

例3：
　　旅资将尽，非逐食不可了，许多人已知道我将于八月中走出广州。八月末就收到了一封所谓"学者"的信，说我的文字得罪了他，"拟于九月中回粤后提起诉讼，听候法律解决"。

该段文字选自《匪笔三篇》发表的原刊（1928年4月23日《语丝》第四卷第17期），《三闲集》初版本和原刊中的文字相同。但"八月末"这一收信的时间有误。文中提到的"所谓'学者'的信"，指的是顾颉刚教授写给鲁迅的信件，该信收录在《三闲集》中的《辞顾颉刚教授令"候审"》一文。顾颉刚写信的日期为："中华民国十六年七月廿四日"，七月二十五日寄出。根据鲁迅日记，鲁迅于七月三十一日上午收到该信，并在八月一日写信回复顾颉刚[①]。由此可知，"八月末"的说法不准确，2005年全集本中使用"七月末"是妥当的。

第二种情况：原刊有误，初版本、全集本修订无误。

---

① 参见人民文学出版社，2005版，《鲁迅全集》第十六卷，第31—32页。

例 4：

记得年幼时，很善欢看变戏法，猢狲骑羊，石子变白鸽，最末是将一个孩子被刺死，盖上被单，一个江北口音的人向观众装出撒钱模样道：Huazaa!

本段文字选自《怎么写（夜记之一）》发表的原刊（1927 年 10 月 10 日《莽原》半月刊第十八、十九期），其中的"善欢""被刺死"两处文字有明显错误。《三闲集》初版本和《鲁迅全集》中，都将"善欢"改为了"喜欢"，"将一个孩子被刺死"不符合现代语法规则，在初版本和全集本里面，删掉了"被"字，使得上下文更加合理。

例 5：

他在满清时，做了一本《革命军》，吹鼓排满，所以自署曰"革命军马前卒邹容"。

这是《"革命军马前卒"和"落伍者"》一文发表原刊（1929 年 3 月 18 日《语丝》第五卷第 2 期）当中的一句话，其中的"吹鼓排满"一词有误，在初版本和全集本中被修正为"鼓吹排满"。

例 6：

"革命！革命！"的叫卖，在马路上喊呐得溢洋，随了所谓革命的势力，也奔腾澎湃了。

本句话选自《通信（并 Y 来信）》发表的原刊（1928 年 4 月 23 日《语丝》第四卷第 17 期），文中的"喊呐""溢洋"两词排版有误，初版本和全集本中改为"呐喊""洋溢"。

例 7：

《看司徒乔君的画》在《语丝》杂志上面发表时，文末标明的写作时间是：

"一九二七年三月十四日夜,于上海"①,这一时间有误。根据鲁迅日记,他曾在一九二八年三月十三日和方仁、许广平一同前往司徒乔的寓所,观看他的画作②。《三闲集》初版本和全集本均将写作时间改为"一九二八年三月十四日夜",是正确的。

第三种情况:原刊、全集本无误,但初版本有误。

例8:
我觉得广州竟究是中国的一部分,虽然奇异的花果,特别的语言,可以淆乱游子的耳目,但实际是和我所走过的别处都差不多的。③

本段文字来自《三闲集》初版本中的《在钟楼上(夜记之二)》一文,文章当时发表在1927年12月17日的《语丝》第四卷第1期。原刊中第一句话是:"我觉得广州究竟是中国的一部分",北新书局出版《三闲集》时,误作为"竟究"。2005年全集本和原刊相同,没有错误。

例9:
但来信没有住址,无法答复,只得在这里说几句。第一,要谋生之道,则不择手段。④

本句话选自《三闲集》初版本中的《通信(并Y来信)》一文,文章最初发表在1928年4月23日的《语丝》第四卷第17期。和原刊相比,初版本里的这段话存在明显的脱文问题,《语丝》中的原话是:"第一,要谋生,谋生之道,则不择手段。"初版本有疏漏,导致上下文不通顺。2005年全集本在收录此文时,依据《语丝》杂志的原刊,没有发生错误。

例10:
一月二十八日之夜,上海打起仗来了,越打越凶,终于使我们只好单

---

① 鲁迅:《看司徒乔君的画》,《语丝》第四卷第14期,1928年4月2日。
② 鲁迅:《鲁迅全集》第十六卷,第73页。
③ 鲁迅:《在钟楼上(夜记之二)》,《三闲集》,北新书局,1932,第30页。
④ 鲁迅:《通信(并Y来信)》,《三闲集》,第108页。

身出走，书报留在火线下，一任它烧得精光，我也以可靠这"火的洗礼"之灵，洗掉了"不满于现状"的"杂感家"这一个恶谥。①

这是《三闲集》初版本中《序言》里面的一段话，文章在收录集子以前没有发表过。文中的"以可"两字有误，应为"可以"。2005年全集本在收录时无误。

例11：
倘将来不至于割据，则青年的背着历史而竭力去拂黄埃的中国彩色，我想，首先是这样的。②

这句话选自《三闲集》中的《看司徒乔君的画》一文，文章最初发表在1928年4月2日的《语丝》杂志第四卷第14期。《语丝》上面的原文是："竭力拂去"，北新书局出版《三闲集》时误作为"去拂"，2005年全集本依据《语丝》原刊，没有发生错误。

第四种情况：原刊、初版本无误，但全集本有误。

例12：
他们看到易卜生之伟大，看到陀斯妥以夫斯奇的深刻，尤其看到俄国革命时期内的作家叶遂宁和戈理基们的热切动人；便以为现在此后的文艺家都须拿当时的生活现象来诅咒，刻划，予社会以改造革命的机会，使文艺变为民众的和革命的文艺。③

这一段落选自2005年全集本中的《文艺与革命》一文，其中使用的"陀思妥以夫斯奇"一词有误。《文艺与革命》发表在《语丝》第四卷第16期，原刊中使用的是"陀思妥以夫斯基"，之后1932年北新书局出版的《三闲集》初版本和1956年版、1973年版、1981年版的全集本中均沿用此名称。所以2005年

---

① 鲁迅：《序言》，《三闲集》，第2页。
② 鲁迅：《看司徒乔君的画》，《三闲集》，第73页。
③ 鲁迅：《文艺与革命》，《鲁迅全集》第四卷，第79—80页。

全集本中有误。

> 例13：
> 《在钟楼上》就是豫定的题目。①

本句话出自2005年全集本中《在钟楼上（夜记之二）》一文。学者葛涛撰文《人文社2005年〈鲁迅全集·三闲集〉中的七个错误》，指出了"豫定"两字的错误：初刊本、初版本中均为"預定"，而"預"是"预"的繁体字，而非"豫"字。所以，2005年全集本使用"豫"字是不准确的。

第五种情况：因排版有误，导致全集本中的错误。

> 例14：
> 梁实秋有一个白璧德，徐志摩有一个泰戈尔胡适之有一个杜威，——是的，徐志摩还有一个曼殊斐儿，他到她坟上去哭过，——创造社有革命文学，时行的文学。②

2005年全集本中这段话的标点符号使用，有错误之处。《现今的新文学的概观》一文最初发表在《未名》半月刊第二卷第8期，经查阅原刊、《三闲集》初版本、1956年版、1973年版和1981年版全集本，原句中"泰戈尔"后面有逗号（，），是两个半句，原句是："徐志摩有一个泰戈尔，胡适之有一个杜威"。结合上下文来看，2005年全集本中的"泰戈尔"一词位于该行的末尾处，可能是由于排版的问题，导致原有的逗号漏印，造成全集本中的失误。

> 例15：
> 我所译著的书，景宋曾经给我开过一个目录，《关于鲁迅及其著作》里，但是并不完全的。这回因载在为开手编集杂感，打开了装着和我有关的书籍的书箱，就顺便另抄了一张书目，如上。③

---

①鲁迅:《在钟楼上》,《鲁迅全集》第四卷,第36页。
②鲁迅:《现今的新文学的概观》,《鲁迅全集》第四卷,第137页。
③鲁迅:《鲁迅译著书目》,《鲁迅全集》第四卷,第187页。

这段话选自2005年全集本中的《鲁迅译著书目》一文，文中出现了明显的错误，字句不通顺。该文在收录《三闲集》之前，为在刊物上发表过，学者葛涛认真汇校了初版本、1938年全集本、1956年全集本、1981年全集本，发现："载在"两字，应当在"《关于鲁迅及其著作》"之前。这一错误应当是手民之误，并不是全集编订者造成的。[①]

## 二　校勘后记

《三闲集》中的文章在发表之初，由于当时印刷水平、人力条件的限制，文字方面的错误较多，标点符号的使用和现在也有诸多差异。经过几代学者的共同努力，已经出版的几套《鲁迅全集》都在不断地完善，出版一套准确无误的《鲁迅全集》是所有鲁迅研究者的最终目标。

通过本次系统性的汇校，发现《三闲集》的文章原刊、初版本和全集本存在三百多处差异。大部分是由于不同时代的标点符号使用标准不同，以及繁简字、异体字的差异导致，并不会对句子的语意表达产生影响，没有正误方面的问题。大部分原刊和初版本中的错误，在2005年全集本中得到了修正。

但是，2005年全集本也出现了一些原刊和初版本中没有的错误，甚至是此前各版《鲁迅全集》都没有的错误。比如第12个例子中使用的"陀思妥以夫斯奇"，和之前的各个版本均不相同，产生了明显的错误。再如第13个例子里的"豫定"一词，这一问题在1956年、1973年、1981年版的全集本里面就已经存在，但在2005年版全集本校勘时仍未能发现这一错误，导致问题延续至今。例14、例15因排版、印刷导致的错误，说明出版一套完善的《鲁迅全集》，需要各个出版环节中人员的通力配合、谨慎小心。

《鲁迅全集》的汇校、编辑工作任重道远，不可能一蹴而就，有赖于几代学者细致谨慎的努力。正如鲁迅研究专家王世家先生所言："校勘质量的高低将直接影响鲁迅文本的准确程度"。[②]距离2005年《鲁迅全集》的出版已经过去了十六年之久，对其进行系统性的汇校是十分必要的，以便为下次更为准确的全集本的编订提供参考。

---

[①] 葛涛：《人文社2005年版〈鲁迅全集·三闲集〉中的七个错误》，《中华读书报》2015年8月5日。
[②] 王世家：《〈鲁迅全集〉第七卷校勘札记》，《鲁迅研究月刊》2007年第6期。

# 再论鲁迅对托洛茨基思想的接受及其转变

钟诚　山东大学政治学与公共管理学院

## 一　鲁迅前期对托洛茨基思想的接受

作为俄国十月革命的主要领导人之一，托洛茨基对于20世纪20年代的中国政界和知识界来讲，并不是一个陌生的人物。不光知识界对他多有介绍和评论，一些重要的政界人物如蒋介石等也同他打过交道。鲁迅的视角相比于政界和一般性的知识界而言比较独特，他是从文艺理论的角度开始接近托洛茨基的。自然，鲁迅并非与托氏文艺理论产生联系的唯一者，《文学与革命》的中译，樊仲云、傅东华以及韦素园、李霁野都曾参与其事。另外，当时有影响力的左翼作家蒋光慈也曾对托氏理论有所接受。[1]但系统地借鉴托氏的视野展开文学创作及实现思想转型的，恐怕最典型者当属鲁迅。

自1925年8月购入茂森唯士翻译的日文版《文学与革命》后，在一个相当长的时期内，在鲁迅的文字中都可以发现对托氏观点的提及或带托氏思想色彩的表述。[2]在此需要特别指出的是，至少从广州时期或革命文学论争时期开始，鲁迅对于托洛茨基的兴趣并未仅仅局限在纯粹的文艺理论视域内，而是有一种现实的底色支撑。

概而言之，从1926年3月在文章中初次谈及托洛茨基到1932年9月托洛茨

---

[1]具体论述，参见侯敏《左翼革命文学语境中的托洛茨基》，《中国现代文学研究丛刊》2020年第9期；以及彭冠龙：《托洛茨基与中国现代革命文学思潮》，花木兰文化事业有限公司，2017，第二章。
[2]参见长堀祐造《鲁迅与托洛茨基——〈文学与革命〉在中国》，王俊文译，台北人间出版社，2015，第二章。

基观发生转变之前，鲁迅是从自我定位、文学创作与认知社会这三方面来接近托氏的。应该说，鲁迅的托洛茨基观更多表现为一种主观的吸收和解读，而非系统、客观的研究和阐释，所以本文选取此种源自鲁迅主观视角的方式来展开概括，这样更能准确把握他接受托洛茨基思想的要义与复杂性。

在自我定位（即知识阶级命运的主观个体呈现）方面，最重要的就是"革命人"与"同路人"的提法。要理解此，我们需要做一种简要的历史回溯。自科举制被废除后，知识阶层失去了体制性的依附空间，不再扮演"道统"传承者的角色，士人阶层"回向三代"的理念被新的经济分析和阶级概念（更深层的是发展和进步的理念）全面取而代之。与此关联的是，知识阶级成为游离于体制之外的群体，在社会结构中不再占据核心的位置，并且他们有效参与现实政治的成本较之传统士大夫有显著的增加；传统体制下士人阶层可以通过自身的特殊身份地位形成不同层级的决策圈而达成目的，而在当时中国徒具形式缺乏国家能力的议会政治体制下有效参与则很难。这种成本也为先锋党政治的出现提供了空间。不过最初知识分子的选择是从社会和文化层面入手进行改造（在某种意义上，这是不能直接影响现实政治而带出的选择），所以，新文化运动的兴起还有一种传统选拔制度中断和新的政治体制内卷化的关键性背景。这也解释了为什么先锋党政治出现，知识分子获得组织化力量支持可以直接干预或参与政治后，新文化运动逐渐式微，反而是革命文学迅速崛起。另外，清末民初以来，"专门之学"的兴起也使得伴随这种兴起而出现的"学术救国""文化救国"的思路先天不足，难以提供一种总体性的思路来应对危机。①这也让知识分子在思考自身命运的时候缺少一种重要的参照系。

而托洛茨基对于鲁迅的意义就在于，其系统呈现了带现代意味的组织化力量（这种力量指向社会革命，而不是一切照旧的政治革命）与知识阶级命运走向可能的关联。在接触托氏的《文学与革命》之前，鲁迅对于自我以及知识阶级前途的判断是以悲观为基调的（尽管这种悲观与他的文学深度共存），因为没有一种力量似乎可以打破"铁屋子"（从制度变迁角度看，铁屋子隐喻糟糕的制度安排，在其中既得利益集团兼具物质和精神的双重控制力，当然，作为

---

① 应星从另一个视角谈及这个话题，参见应星《"科学作为天职"在中国——韦伯视角下的现代中国知识场域》，李猛编《科学作为天职——韦伯与我们时代的命运》，上海三联书店，2018。鲁迅倒是在青年时代就对科学做了一种批评并强调文学的根基性作用，其后他也一直强调通过文学以"改革国民性"。但是这种有深度的思路无法直接应对当时以中央权威重建为核心的急迫政治问题，基于这种思路的知识分子角色也多表现为批判的或抵抗的，而非建构的。

文学性隐喻，铁屋子并不意味着中国社会没有变化）。缺乏这种力量，具普遍性关怀的知识阶级似乎也就难以看到自己的确切位置，于是，要么沦为权势者的附庸（如魏连殳），要么变成社会边缘人物（如吕纬甫），或者成为康有为那样不顾时势的"立法者"。这三种选择都是"狂人"的可能去向（前两种等同于狂人被吃掉，后一种类同于狂人走向极端无法融入社会发展进程中被时代抛弃）。在与社会革命相关的组织化力量愈发得到重视的前提下，革命人和同路人定位便成为一类新的选项，其相比于前述三种选项，更可能进入"进化的链条"，成为一种积极的历史"中间物"。托洛茨基在《文学与革命》中对于革命人和同路人有着比较中肯和精辟的论述，比如他认为"革命的艺术还没有，但已有了这一艺术的许多因素，有了某些迹象和尝试，更重要的是，有了革命的人，他在按照自己的形象塑造新的一代，他越来越需要这革命的艺术"①。他还认为，"他们（同路人）没有从整体上把握革命，对革命的共产主义目标也感到陌生。……对于同路人总要出现一个问题：走到哪一站为止"②？尽管长堀祐造指出鲁迅所参照的茂森唯士日译本在翻译上存有瑕疵，但他也在其著作中以详尽的考证证明了鲁迅所使用的革命人和同路人概念正是来源于托洛茨基。应该说，鲁迅从托洛茨基那里更深入地认知到社会革命不同于政治革命的不同之处：权力主导的政治革命里很少有觉醒者展开有效行动的空间，而在社会革命面前，作为个体的觉醒者的地位降低了，变成了同路人或革命人，反而获得了某种施展的空间，这倒有些符合鲁迅的心境，后来在左联成立大会上鲁迅也强调知识阶级不能高看自己。还必须指出，鲁迅对作为整体的知识阶级的命运的思考常常是通过个体的精神和实践探索来展开，带有强烈的主体色彩，不是简单对托氏理论的照搬，他对革命的解读所呈现出的层次的丰富性也超过了托氏的论述。比如，鲁迅所关心的革命人和（与实际革命暂时一同前行的）同路人之间的身份冲突就是托氏所未曾加以认真讨论的。③另外，有了托洛茨基这个中介，我们亦可更好理解学界近年来为反思玄学路径还原真实而提出的"厦门鲁迅"和"广州鲁迅"。虽然我们不能对托氏的影响有过分的认定，但鲁迅在厦门和广州的实践很可能激活了曾经的阅读记忆，从而使托洛茨基为他从

---

① 托洛茨基：《文学与革命》，刘文飞等译，外国文学出版社，1992，第214页。
② 托洛茨基：《文学与革命》，第42页。
③ 参见钟诚《革命时代的文学"镜子"——评杨姿〈"同路人"之上〉》，《中国现代文学研究丛刊》2020年第7期。该文第一部分对"同路人"与"革命人"的关系有较详细的辨析。另，本文第二部分关于"拥抱两极"说和鲁迅独特的微观视野的讨论是对此一话题的延伸思考。

厦门时期的"党同伐异"向广州时期的"横站"转变①提供了某种理论支援。

接下来阐述在文学创作方面托洛茨基对鲁迅的影响。首先,要说明的是,不能简单理解鲁迅自国民革命时期开始的"文学无用"论,毋宁说这种论调反映了五四新文化运动落潮后鲁迅文学观的某种变化:既非简单言志的文学,亦非作为载道工具的文学。文学的自由不再是简单个体心志的自由,也非主动拥抱历史规律的自由(不是单一维度的从个人主义到集体主义),总之,应该摒弃太过功利目的的文学观,而追求一种不回避社会的自然而然的文学(强调个体心志的纯文学并不是真正的自然而然,就像抽象的个人主义一样)。革命时代的鲁迅思考的是,自然而然、"不用之用"如何在新的情势下展开,或者说,如何与政治社会领域建立起联系(早年的文言论文中建立起的联系是形式化的,现在的联系则是现实的)。就此而言,托洛茨基提供了一种重要的思考范式,带来了阶级的思路,②找到了将个性融入阶级性的新路径:"如果说个性是独特的,那么,这却完全不意味着个性是不可分解的。个性是种族、民族、阶级、时代、生活诸因素的结合……批评家最重要的任务之一,就是把艺术家的个性(亦即其艺术)分解成各个组成部分,并揭示出各个部分间的关系……作为灵魂与灵魂间的桥梁的,不是独特性,而是共性。独特性只有通过共性才能被认知。人的共性受制于那些形成其'灵魂'的最为深刻的和无可争辩的条件:教育、生存、工作和交往的社会条件。在历史上出现的人类社会中,社会的条件首先就是阶级的条件。这就说明,为什么阶级标准在意识形态的所有领域都很有用,在艺术中甚至更加有用,因为艺术时常反映着最深刻,最隐蔽的社会意愿。"③

1928年8月,在论及文学的阶级性时,鲁迅曾说:"在我自己,是以为若

---

① 参见邱焕星《"党同伐异":厦门鲁迅与国民革命》,《文艺研究》2020年第1期;以及邱焕星《广州鲁迅与"在朝革命"》,《文学评论》2019年第2期。
② 鲁迅自己在《三闲集》序言中曾提及,"我有一件事要感谢创造社的,是他们'挤'我看了几种科学底文艺论,明白了先前的文学史家们说了一大堆,还是纠缠不清的疑问。并且因此译了一本蒲力汗诺夫的《艺术论》,以救正我——还因我而及于别人——的只信进化论的偏颇。"但我们有合理理由认为,与创造社的论战并非鲁迅第一次系统接触阶级论,其实恰恰是已经具有某种"阶级之眼",鲁迅才能在革命文学论争中击中论敌的软肋。鲁迅对阶级性的关注以及对个性与阶级性之关系的思考,不能说是完全来自托氏的影响,但鲁迅接触到并仔细阅读的,最早从文艺理论角度对上述论题进行的全面论述,肯定来自托洛茨基。参见长堀祐造《鲁迅与托洛茨基——〈文学与革命〉在中国》,第42页。
③ 托洛茨基:《文学与革命》,第44—45页。

据性格感情等，都受'支配于经济'（也可以说根据于经济组织或依存于经济组织）之说，则这些就一定都带着阶级性。但是'都带'，而非'只有'。所以不相信有一切超乎阶级，文章如日月的永久的大文豪，也不相信住洋房，喝咖啡，却道'唯我把握住了无产阶级意识，所以我是真的无产者'的革命文学者。"①可以看出，"都带有阶级性"，在鲁迅那里，也是一种自然而然，或者说，是一种更高层级的"不用之用"（意味着文学接近和深入现实的探索自然能带出阶级的问题）。这已然超越了从前的觉醒者与庸众对立的文学思维。同时，鲁迅并未完全照搬托洛茨基的"取消论"，而是采纳了"阶级的主观主义"，但托氏尊重文学自身发展的规律，不以政治或革命来扭曲文学的思路又为这种"阶级的主观主义"设定了限度。

另外，托洛茨基的影响当然也可以放到鲁迅留日时期俄国文学影响的延长线上来理解。②托洛茨基的意义在于带来了阶级论，使弱者意志的伸张得到了一种社会科学的阐释，也促成反抗的文学逐渐往一种"自然而然"的社会革命的文学方向升华。通过托洛茨基这个中介，鲁迅对于文学主体性的认识，进入了一个新阶段（这也是对"相互主体性"说的一种丰富），文学主体性中渗入了社会的成分，至少在某种程度上帮助其走出"孤独者文学"的状态，也为鲁迅晚年杂文写作风格的成熟做了某些铺垫；而且，这种与普遍主义相关联的文学主体性也是对狭隘的"国民文学"的超越。

在社会认知方面，托洛茨基为思想困境中的鲁迅提供了一种"社会科学"的视野，在某种意义上缩小了一直困扰鲁迅的个体超越到群体超越之间的鸿沟。新文化运动落潮后鲁迅在精神上的苦闷可以看作是"个"的方案的失败。通过对托氏著作的阅读鲁迅寻得了一种可以反观之前狂人和孤独者主观世界的视角，接近了"客观的社会科学"。当然，这不一定是从"真的人"向"新的人"的单向过渡。托氏的革命论述中有对于平等和自由的关注（这个其他革命论述也有），更重要的是，托洛茨基以阶级为核心的社会革命主张延续并发展了"五四"从社会改造出发的思路。同时他集中讨论了革命与文学的关系，这种论述中渗透了不满足于现状的进步观以及对于压迫现象的深层阶级论解读，

---

① 鲁迅：《文学的阶级性(并恺良来信)》，《鲁迅全集》第四卷，人民文学出版社，2005，第128页。(本文所引《鲁迅全集》作品原文均出自同一版本。)
② 关于俄国文学对留日时期鲁迅的影响，参见董炳月《鲁迅留日时代的俄国投影——思想与文学观念的形成轨迹》，《鲁迅研究月刊》2009年第4期。

很大程度上缓解了鲁迅从章太炎那里承继而来的对公理压迫性的忧虑,①这为新文化运动后陷入困境的文学指示了另一种"自然而然"的空间。基于此,鲁迅形成了文学、(社会或阶级)革命与政治的三分思维。其中,社会革命与政治在现实中有重叠的地方,但鲁迅还有一种理想层面的永远革命思路,这种永远革命也渗入社会革命部分,而此时的鲁迅式文学则显然与永远革命具有亲缘关系。尽管现实的社会(阶级)革命也可能成为压迫性力量(因为无法回避政治层面的建构),但鲁迅着意的一种以(永远的)"革命人"为根基的新革命范型至少部分回应了这个问题。说得更明确一些,这种新革命范型至少在理论层面融合了个性与阶级性(革命人兼有两者)。而这种思路很大程度上来自托洛茨基。如前所述,托氏将阶级性视作约束"共性"形成的最为关键的条件,而共性则是社会革命及其组织化得以可能的前提条件,这样就帮助鲁迅从之前强调个性觉醒转而同时关注阶级性。或者说,托氏这个思路帮助鲁迅重新找回了之前强调个体和个性描写的文学可能的外向的力量:"社会标准并不排斥形式批评,亦即不排斥艺术的技术标准,而是与后者携手并进的。但技术标准也是用共同的单位来度量个性的,因为若不把个性与共性结合起来,便不会有人与人之间的交往,不会有思维,不会有诗歌。"②循此思路,阶级性被鲁迅看作是承载早年所关注的"个性"的重要载体:"文学有阶级性,在阶级社会中,文学家虽自以为'自由',自以为超了阶级,而无意识底地,也终受本阶级的阶级意识所支配,那些创作,并非别阶级的文化罢了。"③由此我们也可理解鲁迅与梁实秋关于文学是否有阶级性的争论——从鲁迅的视角看,梁实秋的永恒人性论说无法进入真实世界的约束条件,尤其是形式化地理解了"共性"。应该说,这种兼采个性与阶级性的鲁迅式文学可以在某种意义上捍卫对阶级论的正确运用,抗御那种教条式的滥用阶级论的思维模式和实践模式,但梁实秋恰恰是将鲁迅文学也看作其批评和抗御的对象——教条化使用阶级论的文学。当然,对阶级性(约束"共性"形成的最关键条件)而非对普遍人性中稳定特质的重视也使得鲁迅将思路的重点放到了追求规则的变化和社会冲突的一面,即所谓"革命无止境",这明显不同于从人性中抽象出的普遍质素出发构建规则以促成社会合作的思路。

---

① 章太炎对公理的反抗思路影响到鲁迅,使其对宏观游戏规则始终抱有警惕并最终在新的情势下将这种怀疑推进至微观准则层面,这带有较明显的否定性思维特征。
② 托洛茨基:《文学与革命》,第45页。
③ 鲁迅:《"硬译"与"文学的阶级性"》,《鲁迅全集》第四卷,第210页。

另外，这种阶级视角呼应了鲁迅之前一直有的对于弱者和平等的重视，并从社会科学的视角对压迫和平等问题有了一种新阐释，不是简单依靠启蒙，也不是依靠灌输，而是带有鲁迅所认为的根植于人性和社会的某种真理的成分。这是一种新的动力源。进一步说，鲁迅早年的普遍性关怀或者说普遍性关怀与民族国家自强之间的张力在托氏的革命理论中得到了一种缓解，虽然这更多是在理论层面，但仍有其意义，它毕竟提供了一种接近现实的中介。新文化运动时期的鲁迅也有此种关怀，但动力源不足。其作品中的狂人和现实中的觉醒者无法真正在社会政治领域展开有效行动促成制度变迁便是动力源不足的集中呈现。

结合前面所讲，可以认为，通过托洛茨基的中介，鲁迅思想中所固有的"个人主义与人道主义"之间的矛盾也得到了进一步深化（不是解决！）——不再简单是独异个体和庸众群体之间的冲突，而且也有个体性与（同共性关联的）阶级性之间的复杂关系。如果说前一种冲突使好的制度构建几乎没有可能的话，那么后一种关系则使得制度构建（以及组织化力量的形成）看起来似乎获得了一种空间。自然，我们不能说托洛茨基的论述全面促成了鲁迅对阶级论的理解和接受，但至少是鲁迅后来走向"自然而然的阶级论"的一种必不可少的中间环节，这也使他区别于"借阶级斗争为文艺的武器"的人群（他不再迷信文学的力量）；鲁迅并不反对"以文艺为阶级斗争的武器"，真正的文艺和真正的阶级斗争是可以自然结盟的，因为它们都根植于人的现实社会性。鲁迅从其惯有思维出发看到的不单是大家津津乐道的权力对文学的压制，更是国民性的劣根性（源于深层阶级压迫）本身主动促成了这种压制，这是比直接的权力压制更深层的东西，这种思路相比于单纯的"文艺与政治的歧途"，增添了一种社会（阶级）的维度，缓解了之前的文学与政治的张力思维。也即，阶级论带来了一种社会的维度，指示着一种新的力量源：之前不知觉醒的民众因为阶级论的思路变成了一种可能的力量来源。这种力量源使得观念与制度构建之间产生了某种可能的联系，从而将新文化运动期间受阻的思路往前推进了。这种思路推进离不开托洛茨基的论说带来的启发。但我们在此必须指出，鲁迅在社会认知方面的这些思路变化并不是对托氏言说的照搬，而是一种带有浓重主体性意味的"创造性借鉴和超越"，本文第二部分将从理想型的视野出发对此予以剖析。

## 二 从"理想型"看鲁迅托洛茨基观的转变及其原因

很多研究者都注意到，自 1932 年始，鲁迅的托洛茨基观有一种明显的变化：至少在文字层面，我们发现他不再谈论托洛茨基，像之前那样形诸文字的对托氏思想的关注和解读不复存在。不止于此，从 1932 年开始，他还批判通常被认为同托氏"同路人"思想有关系的"第三种人"的立场。① 而 1936 年《答托洛斯基派的信》的发表后来常被解读为鲁迅与托氏思想的公开决裂。②

自然，不再谈论或者所谓"公开决裂"并不一定就代表影响消失，对此，需要做更严谨的剖析。对于前述这些变化，除去带意识形态背景的"断裂说"外，学界的解释大致有如下两类路径：以杨姿为代表的"内化说"③和以长堀祐造为代表的"一分为二"说④。既有说法较少采纳社会科学的视角（而托洛茨基对鲁迅的影响恰恰是"社会科学"式的），本文尝试在此方面稍作努力。更值得指出的是，鲁迅的"理论"旨趣不在于寻求一种"客观"的托氏形象，他更多是自一种主体性角度来接近托氏言说的，所以本节的分析策略将接续上一节，仍然沿着鲁迅的主观思路来展开，而不是纯客观的取径。在此意义上，长堀祐造在其著作中的"客观实证路径"是有局限的，因为这种"客观"呈现的关联并不充分，并未真正触及核心的理论问题。⑤ 而杨姿的理论探索则对于托氏过分聚焦了，过多强调托氏对于鲁迅的单向影响，结果是仍然偏离了鲁迅的主观思路。

现在我们进一步阐明前述兼采主观与客观的社会科学思路。第一，我们须

---

① 特别值得注意的是，他只是批评苏汶的观点，但并未完全否定"第三种人"的存在："左翼作家并不是从天上掉下来的神兵，或国外杀进来的仇敌，他不但要那同走几步的'同路人'，还要招致那站在路旁看看的看客也一同前进。"（鲁迅：《论"第三种人"》，《鲁迅全集》第四卷，第451页）这一情形和托洛茨基的发问——"同路人走到哪里为止？"大有关系。这是托氏的理论并未说明的问题，鲁迅参与的这些论争可看作是在当时中国情境中对这一问题的延伸思考。
② 当然，这一时期托氏的思想主张已经不完全同于《文学与革命》写作时期的思考，且纯粹政治层面的托氏主张和涉及文艺的看法也应适度分开。本文谈论的主要还是《文学与革命》中的观点。
③ 参见杨姿《"同路人"之上：鲁迅后期思想、文学与托洛茨基研究》，上海三联书店，2019。尤其是"结语"部分。
④ 长堀祐造在其著作中一方面指出鲁迅的托洛茨基观有某些转变，但另一方面，我们应注意到，长堀并未认定鲁迅的托洛茨基观发生了完全彻底的变化。所以长堀所主张的是未曾明言的"一分为二"说。
⑤ 长堀也意识到自身研究路径的局限。参见长堀祐造：《鲁迅与托洛茨基——〈文学与革命〉在中国》，第67页。

承认，鲁迅的托洛茨基观的确有某些可观察到的转变；其次，很难说转变只集中在某一个时间节点，①它更是一种缓慢的过程，既有外部环境因素的影响，也和鲁迅的主观接受方式有关。甚至，主观的接受方式可能更为重要，这与鲁迅的思维特质有关系。但本文并不打算重复学界流行的"主体性"传统的论述，比如强调鲁迅的"反理论"倾向或寻找他的某种哲学、玄学式"思想原点"，而是试图指出，鲁迅并未全面排斥理论的思考，只不过，理论对于他来说并非思维的出发点或终点，而是思考的中介，这种中介是作为韦伯（Max Weber）学说意义上的"理想型"②存在。理想型可以看作是我们展开系统社会认知的思维起点，它提供了一种能把握住关键质素的认知框架（这种框架是对繁复现实的某种必要简化）。理想型之所以能把握住关键质素是因为它关注社会行动内面的主观的意义，不同于简单模仿自然科学的假设。更重要的是，理想型一经产生，便可以通过自身与现实经验的比对来推进我们对人类世界复杂性的认知。在当时诸多文艺理论中，托洛茨基在《文学与革命》中的言说之所以能成为鲁迅思考相关问题的理想型，不只是因为其最早进入鲁迅的视野或其关注的主题对鲁迅的吸引，更与托氏言说中的辩证思维模式有关——这集中体现为其理论一方面强调客观的社会进化规律，另一方面亦关注文学等主观内面的成分；一方面强调阶级性，另一方面也不漠视个性。托洛茨基的此种思维模式与鲁迅早年思路中带主体性色彩和辩证色彩的思维模式有某种相似之处。③甚至也不妨说，前者重新激活了后者。鲁迅早年的文言论文中就有"文化偏至"的思路和"取今复古，别立新宗"的主张，也有物质与精神并重的科学观，自然，这些带辩证色彩的思维在当时是被相对抽象的"文学"观统摄的，遭遇现实挑战后，鲁迅带辩证色彩的思维转变为个体和群体之间充满张力的矛

---

① 本文不再僵硬地以1932年为转变的时间节点，接下来的分析将指出，1930年鲁迅与梁实秋的论争及他对梁实秋的批评已经从微观层面指出了鲁迅托洛茨基观的某种转变。

② 相比于注重客观观察并致力于追求规律的社会科学研究路径，马克斯·韦伯强调社会科学的解释必须包含理解的成分在内，且同时要探寻一种具体的因果关系，也即"客观可能性"。基于上述考虑，韦伯提炼出了一套以"理想型"（ideal type）为核心的方法，这种方法有助于我们对社会行动展开不止停留在外在经验层面的研究。

③ 关于鲁迅带辩证色彩的思维模式的形成，很有可能与中国传统重视矛盾发展的思想倾向有关。这种思路与重视普遍性、确定性和统一性的西方理性主义思维传统不同，更关注个别性和具体性（参见唐士其《理性主义的政治学：流变、困境与超越》，北京大学出版社，2021，第7—8页）。鲁迅文学的形成与这种思维模式的关联是一个值得探讨的问题，限于篇幅，本文在此只是提出这个重要问题，不能完全展开论述。

盾思维，是托洛茨基的带辩证思路的"社会科学"帮助鲁迅重新认识社会现实，使前述矛盾得到了缓解（也可说是深化），并且，文学也重新找到了自身的位置。另外，这种理想型的地位一旦确立，除非鲁迅完全抛弃托洛茨基的学说（因为托氏的"深解文艺"，所以这几乎是不可能的），其他进入他视野稍晚的思路（比如卢那察尔斯基的学说）就难以成为"理想型"，而是变成修正理想型的工具。①接下来我们尝试围绕理想型对"转变"展开具体的分析。

首先我们要注意到，变与不变和理想型的关系。也即"变与不变"不再仅仅是长堀执着于具体观点的"一分为二说"，而是呈现为如此的情形：具体观点有变，但作为理想型（思考中介）并未变。并且恰恰是因为托氏的理想型存在，鲁迅的认识才有进展才有具体观点的变化。这种变化不是简单应激性的，也不是照搬理论式的，而是一种在理论与现实互动的引导下产生的认知推进。所以，托氏理论作为理想型的意义可能比转变的具体观点更值得研究。对鲁迅来说，1927年之前，理想型可能还未真正形成，其形成本身需要一个过程，需要现实的刺激达到一定程度。没有持续的现实刺激，它可能就是一种未经质疑的知识兴趣而已，有了持续的现实刺激，才有借鉴理论系统认知现实以解答困惑的需求，也才有将其与现实比对的可能性（鲁迅的"多疑"使其可以避免粗劣的实践冲动，而有一种看重验证的知识性格，尽管这并不是严格学术意义上的验证）。可能理想型开始发挥实质作用还是在鲁迅身处革命策源地广州时期（1927年）和革命文学论争时期。这恰恰是因为有持续的现实刺激（尤其是国民革命的展开及"清党"的发生）和论辩的背景使鲁迅将一种未经质疑的知识兴趣（比如1926年关于托氏的文字）上升为认知现实的理想型（与现实的比对背后暗含了不相信有黄金世界，所以理想型不是"理想"，只是一种思考的必不可少的中介）。

从方法论角度看，鲁迅这种对"社会科学"的接受方式是非常有意义的（尽管他自己未必有明确的方法论意识）：不是全盘作为意识形态来接受，也不是借鉴自然科学而产生的"提出假说——验证假说"范式，更不是学界此前盛

---

① 多重理想型在逻辑上是不可想象的，因为这会导致观察经验世界视角的混乱，且无法推进思维的深度认识和进展。虽然鲁迅的思想以"矛盾"为特色，但鲁迅的矛盾并非杂多的理论体系的简单冲突，而是在某种主体性思路主导下产生拓深认知(这种拓深既产生洞见也导致困惑)的必经阶段。理想型是认识现实的前提框架，但不等于现实本身，作为思维工具，它首先要回避逻辑矛盾；此外，对现实矛盾的清晰认知必须以其为前提(也即，没有理想型作为理论指引我们不可能对现实矛盾有清晰认知)。

行的"反概念、反体系"说。至少在接触托氏思想后，鲁迅的批判和抵抗背后其实是有着某种社会科学"理想型"的前提（自然，如前述，理想型的完全形成是需要一个过程的）。这更多地类似于（不能完美处理事实与价值关系的[①]）韦伯式关注主观内面的经验研究，这种经验研究是以理想型和现实的比对为基础的，更重要的是，它并不能指示完满的行动建构方向，也即这种经验知识与宏观建构之间存在鸿沟。其实学界早就发现了鲁迅"更注重批判而非积极建构"的特质，这个特质也可以由此视角得到一种理解。另一方面，作为革命家的托洛茨基并未发现或在意这个鸿沟（因为他并未将自己的观点当做理想型来看待），托氏理论既强调阶级视角重视文学的社会根源和文学的自由，同时也僵硬相信历史规律主张无产阶级文学取消论。而永远的革命者鲁迅隐约意识到了鸿沟。

当然，还有另外一种建构就是现实政治利用权力的建构。在鲁迅看来，这种客观上不能回避的建构仍然有其困境。例子之一就是如何处理主义与文艺的关系。鲁迅认为，托洛茨基的理论并不能真正应付现实中主义与文艺的复杂关联，而他自己似乎也没有好的方案："托罗兹基是博学的，又以雄辩著名，所以他的演说，恰如狂涛，声势浩大，喷沫四飞。但那结末的豫想，其实是太过于理想底的——据我个人的意见。因为那问题的成立，几乎是并非提出而是袭来，不在将来而在当面。文艺应否受党的严紧的指导的问题，我们且不问；我觉得耐人寻味的，是在'那巴斯图'派因怕主义变质而主严，托罗兹基因文艺不能孤生而主宽的问题。许多言辞，其实不过是装饰的枝叶。这问题看去虽然简单，但倘以文艺为政治斗争的一翼的时候，是很不容易解决的。"[②]文学的外在力量要发挥，必然与现实政治的逻辑碰撞，一方面，不能像托氏那样用宏大理论无视这种碰撞（鲁迅在革命文学论争时期对无产阶级文学定义域的修改[③]以及对别德纳衣的《没工夫唾骂》的某种认同[④]都说明他直面了这种碰撞），另一方面，鲁迅又敏感于权力压迫的重现进而压抑文学者和革命人的自由（革命

---

[①] 韦伯所谓的"value free"并非通常理解的"价值中立"，而是"价值自由"，这背后暗含的意思是：价值之争难以通过理智的科学的方式得到解决。参见马克斯·韦伯《科学作为天职》，李猛编《科学作为天职：韦伯与我们时代的命运》，李康译，上海三联书店，2018。

[②] 鲁迅：《奔流编校后记（三）》，《鲁迅全集》第七卷，第173页。

[③] 在革命文学论争前期，鲁迅执守托洛茨基的无产阶级文学定义域，论争后期，他一定程度上认同了"拉普"的无产阶级文学所指。参见张直心《拥抱两极——鲁迅与托洛茨基、"拉普"文艺思想》，《鲁迅研究月刊》1994年第7期。

[④] 参见长堀祐造《鲁迅与托洛茨基——〈文学与革命〉在中国》，第116—121页。

文学论争与此大有关系）。在某种意义上，鲁迅此后对"第三种人"的批评思路中所呈现的复杂性都是由此衍生而来：既同情于他们类似"同路人"的角色和处境，又不能简单认同他们"从文学看政治"的视角（第三种人的立场其实有点类似托氏《文学与革命》的思路，尽管托氏仍是从政治看文学，但他们的理论立场建构都没有充分认知现实的复杂性）。鲁迅并未止步于前述鸿沟和张力，他的这种"文学与政治互视"中关联着"永远革命"的思路，已然超越了托洛茨基和革命文学派。

需要指出，这种永远革命思路的形成是从微观出发的，提示了制度衰败的可能性不能一劳永逸地消除，这区别于托洛茨基焦点仍在宏观结构变迁的不断革命论说。但有意思的是，鲁迅在某种意义上正是通过托洛茨基这个理想型中介才发展出真正的"微观竞争准则"的视野。这个判断可以推进张直心通过对《〈奔流〉编校后记》的分析而提出的"拥抱两极"说①。"拥抱两极"（"两极"指"偏重文艺"与"偏重阶级"）虽然较为准确把握了鲁迅的思想努力，也暗示了没有完美的行动建构方案，却因为不能从理想型的维度出发理解鲁迅对托洛茨基的接受，而忽略了鲁迅独特的微观视角。在《狂人日记》写作时期鲁迅虽然也有微观视野，比如已经有了一些基于个人知识扩散受阻（即"狂人"对他人的启蒙不能成功）而带出的对制度变迁难题的思考，但他对宏观游戏规则（宏观游戏规则的重要功能就是促成社会合作，协调人际冲突）还有信念，尚未完全抛弃对其的追求，或者说还没有找到有效的替代性追求。②托氏理想型中阶级论思维（阶级性是约束"共性"形成的最关键条件）导引面对社会革命和制度变迁问题的鲁迅进一步确证了其早已有之的"冲突"和"竞争"的思路③（从其主观视角看这是对不平等的深层理论阐释），使鲁迅从聚焦于国

---

① 参见张直心《拥抱两极——鲁迅与托洛茨基、"拉普"文艺思想》。
② 在1923年年底的一次演讲中，鲁迅指出了经济权的重要："人类有一个大缺点，就是常常要饥饿。为补救这缺点起见，为准备不做傀儡起见，在目下的社会里，经济权就见得最要紧了。第一，在家应该先获得男女平均的分配；第二，在社会应该获得男女相等的势力。可惜我不知道这权柄如何取得，单知道仍然要战斗；或者也许比要求参政权更要用剧烈的战斗。"（鲁迅：《娜拉走后怎样——一九二三年十二月二十六日在北京女子高等师范学校文艺会讲》，《鲁迅全集》第一卷，第168页）这当然可以看作是对于《狂人日记》写作时期思路的一种推进，但此求平等的经济权仍是在宏观游戏规则的意义上被认知的。
③ 有论者也注意到，虽然受托洛茨基影响，但鲁迅相比于托氏更强调阶级之间冲突和竞争的一面，这和鲁迅所面临的现实境况大有关系。参见张广海《鲁迅阶级文学论述的转变与托洛茨基》，《现代中文学刊》2011年第3期。

民性改造转变为同时也重视人之行动的约束条件的改变。①当然，鲁迅并未止步于这种阶级论，而是以自己的文学实感去继续追问这种阶级论视野下的约束条件的微观方面，这使其相信微观竞争准则（在某种意义上阶级论是一种宏观层面的竞争和冲突准则，而微观竞争准则是阶级论思路在微观层面的某种投射）比表面的宏观游戏规则更重要，更深层。他对于在革命招牌下"投机"的痛恨（投机者常常是微观竞争准则下的"得胜者"和"获利者"）也可以由此得到理解。所以"从进化论到阶级论"的提法可以有一种新的推进性解读，即意味着从关注宏观游戏规则（暗含进化的人形成好的互动规则之意）到重视微观竞争准则（竞争背后意味着冲突，意味着分出胜负）的思路转移。这种转移也有助于我们理解鲁迅晚年杂文的细腻剖析风格，其要点就是意图在微观层面揭示真相。②自然，鲁迅早年对尼采思想的主观式接受（不尊强者而主弱者自强）也做了某种有关"微观"与"竞争"的思想铺垫，但直到阶级论的进入才激发了这种实质性的思路转移。

上述思路也有助于深入理解鲁迅（没有黄金世界的）永远革命之义，对学界的"革命鲁迅"和"政治鲁迅"议题予以重新诠释。我们不妨认为，在接触托氏系统的"社会科学"理论之前，鲁迅所信奉的仍是五四时期流行的"文化→制度"路径，这个路径是指向宏观游戏规则的建立的。但托洛茨基这个理想型中介使鲁迅感知到这种路径背后隐含的难题。这不再是简单的"文化与制度的循环推理"，而是从微观层面隐约认识到不可能有完美的宏观游戏规则，因为宏观游戏规则背后是更为"基础性"的微观层面的竞争准则，在这种微观竞争准则下永远有赢家和输家，而且决定胜负的标准永远是不能令人满意的，也极其不能满足所有人的个性发展需要以及附带的资源需求。在此意义上，即使国民性得以改造，各各不同的个性如何协调也会受到微观竞争准则问题的困扰（更别说在国民性难以改造的情况下）。我们也由此看到，个性之间的协调问题由宏观游戏规则层面转移到了微观的竞争准则层面。这种"偏至"的深度思维同时也带来一个问题，即鲁迅虽然有某种理想型的方法来发挥自己的文学实感在微观层面的洞见，却很难去重视国家构建问题（国家构建成功乃是良善游戏规则建立的前提，自然，这种规则仍有其成本）和社会合作问题。因为这种理

---

① 早年的"人国"构想中潜藏着如何处理各个不同个性的问题,在这里,这个问题经托洛茨基的"阶级论"中介而变得更复杂,更具理论意味。

② 这种"真相"的理论表述，就是鲁迅觉得权力压迫和不平等问题在微观层面难以有完满的解决方案。

想型方法的运用最终是着眼于微观的,而政治主导的宏观建构(比如比托氏主张更为实际的国家构建)和社会合作都不能解决前述微观竞争准则存在的不完美问题,在鲁迅看来仍有某种"历史的循环"意味在(虽然这种循环的程度会有差异,但鲁迅更强调的还是"循环")。①

典型的例子就是1930年他在《"丧家的""资本家的乏走狗"》中对梁实秋的批评。他关于梁实秋是不自觉的资本家集团"走狗"的看法当然是采纳冲突思维范式产生的推论,但这不再是简单的对似乎更深层的阶级论视角的运用,我们更要看到鲁迅实际上还试图指出梁实秋看似独立公正的姿态背后掩饰了真实的微观竞争准则(尽管他并未用这样的理论化语言来表述)。比如,在鲁迅主观看来,糟糕的微观竞争准则乃是权势者和压迫者的设计,而梁实秋"拥护苏联""去领卢布"等"比起'刽子手'来,也就更加下贱"②的文字暗示其实就是对于这种糟糕的微观竞争准则的一种特别运用:"为将自己的论敌指为'拥护苏联'或'××党',自然也就毫得合时,或者还许会得到主子的'一点恩惠'了。但倘说梁先生意在要得'恩惠'或'金镑',是冤枉的,决没有这回事,不过想借此助一臂之力,以济其'文艺批评'之穷罢了。"③由此例我们也可以看出,因为对理想型方法的某种运用,鲁迅此时已经将国民性改造与不完美的微观竞争准则联系在一起,更显示其改造的困难。

在1930年另一次与梁实秋的争论中,鲁迅还认为:"中国的有口号而无随同的实证者,我想,那病根并不在'以文艺为阶级斗争的武器',而在'借阶级斗争为文艺的武器',在'无产者文学'这旗帜之下,聚集了不少的忽翻筋斗的人,试看去年的新书广告,几乎没有一本不是革命文学,批评家又但将辩护当作'清算',就是,请文学坐在'阶级斗争'的掩护之下,于是文学自己倒不必着力,因而于文学和斗争两方面都少关系了。"④可以说,不管是对"忽翻筋斗的人"的恶感,还是前面提到的对梁实秋的文字暗示的愤慨,它们都和鲁迅所特有的微观冲突思维范式大有关系,指向微观竞争准则的不完美性,而这正是对托氏理想型的某种推进。不过,鲁迅在自己的文学和革命探索中虽然

---

① 在此意义上,认为鲁迅的思想是"从进化论到阶级论,从个人主义到集体主义"的判断并不准确。历史"中间物"的说法虽然比较准确把握了鲁迅的心理和精神特质,但仍是一种对主体的剖析,并未在理论的纵深层面有更多推进。
② 鲁迅:《"丧家的""资本家的乏走狗"》,《鲁迅全集》第四卷,第252页。
③ 鲁迅:《"丧家的""资本家的乏走狗"》,《鲁迅全集》第四卷,第252—253页。
④ 鲁迅:《"硬译"与"文学的阶级性"》,《鲁迅全集》第四卷,第212页。

觉察了托洛茨基的言说在微观方面的缺陷，强调"永远革命"的必要性，但如前所提及，他并未有效回应一个问题，即社会合作如何可能从这种微观冲突范式中找寻到思路（制度变迁既要看到冲突也要看到未来的合作的可能）。①在这个意义上，鲁迅不能阻止曾经革命和求新的"社会"退化为"政治"。近几年鲁学界热议的"阿金难题"以及作为这一难题背景的鲁迅的上海经验其实都触碰到这个如何认识社会合作的话题。

有了如上的梳理，我们可以认为，正是经由托洛茨基提供的理想型这一中介而发展出的新的微观视野的成熟使鲁迅的托洛茨基观有了明显的转变，这种成熟的微观视野又使鲁迅在同路人问题、文学的作用问题等方面不再拘泥于托氏的原初论述以及自己原初的接受托氏的主观视角。当然，这些并不是证明了托洛茨基的影响不复存在，而是说明了托氏的观点和运思模式以一种理想型的方式曲折地促成了鲁迅思想的发展。托氏的理想型使鲁迅之前散乱矛盾的文学实感有了一种能被系统整合的机会，更重要的是，这种整合是以"证伪"（怀疑，且伴随着发展）而非迷信和套用的方式来完成。这是本文对于鲁迅托洛茨基观之变化原因的核心看法。在这个意义上，我们也可以说，因为这种作为思考中介的理想型的运用，鲁迅的托洛茨基观发生变化（亦即具体观点的变化）也是必然的。

## 三 结语

前文的分析提醒我们，托洛茨基对鲁迅的影响不是单向的施加与接受，也并没有在某个时间节点后被完全抛弃。鲁迅对于理论的态度绝非简单的抗拒或套用，但他也并未基于某种"思想原点"或"终极立场"来成功吸纳当时流行的社会科学理论并创造出自身独特的"政治学"。托洛茨基的系统言说对于鲁迅来讲，更应该被看作是一种韦伯学说意义上的"理想型"，透过此种理想型，鲁迅发展出"文学与政治互视"的视野，将阶级论的冲突思维模式推进至微观层面，这种推进虽然为"永远革命"的思路提供了某种理论支持，却在一定程

---

① 还有一种联结宏观与微观的人类互动规则（即界定权利的制度）是志在永远革命的鲁迅所难以绕开的，他对于革命阵营中产生的权力压迫现象的批评客观上也涉及上述界定权利的制度，但鲁迅倾向于一种相对模糊的、类似于以道德或精神来界定个体权利的制度，导致落实的成本太高。参见钟诚《革命时代的文学"镜子"——评杨姿〈"同路人"之上〉》，《中国现代文学研究丛刊》2020年第7期。

度上搁置了"社会合作何以可能"这个问题。

另外，我们必须认识到理想型并非大家通常理解的僵硬"理论"，它是我们对社会世界展开系统分析的必不可少的思维工具。鲁迅虽然拒绝僵化的理论套路，但通过本文的研究，我们亦可发现，他并未拒绝使用理想型，并且，恰恰是通过托洛茨基提供的理想型，他实现了思想的推进。也许以上的讨论为我们重新认识鲁迅思想与理论的关系提供了一种新的契机，使"政治鲁迅"的研究不再局限于人文知识界熟悉的"复数政治/微观权力"视野，也不再仅仅"从文学看政治"，[1]而能够与以制度变迁为核心的社会科学理论展开一种有效的对话。

---

[1] 参见邱焕星《"政治鲁迅"研究的三种路径》，《文艺理论与批评》2021年第2期。

# 鲁迅与中国现代文学的学术传统

朱寿桐　澳门大学中文系

中国现代文学的学术传统当然可以追溯到中国文学学术的西学引进，追溯到文学研究会在《小说月报》等平台上展开的中国文学的专题性研究，这样的研究已经将文学落实到现代学术理念中的思想意义、思潮意识和文体分野之中，初步建构了中国现代文学研究的学术体系。鲁迅是中国现代文学的创缔者，以他伟大的批评实践和学术开创，同样也成为中国现代文学学术的传统开拓者。在后一点上，学术界常常处在失语甚至忽略的状态。

## 一　鲁迅的比较文学视野与中国现代文学学术传统

通过文学和文化比较视野，"五四"新文学倡导者发现了现实主义，但鲁迅发现了更加开阔的文学天地。

成为中国现代文学学术基础的价值观念，是尊崇现实主义的理论传统。从陈独秀开始，几乎所有新文学倡导者都热衷于介绍现实主义，力推现实主义，倡导现实主义由此形成了中国现当代文学尊崇的现实主义文学传统和学术传统。陈独秀在《新青年》创办伊始便发表《现代欧洲文艺史谭》，介绍欧洲文艺思想之变迁，乃由古典主义（Classicism）"一变而为理想主义（Romanticism）"，到了19世纪之末，"科学大兴，宇宙人生之真相，日益暴露，所谓赤裸时代，所谓揭开假面时代，宣传欧土自古相传之旧道德，旧思想，旧制度，一切破坏文学艺术亦顺此潮流由理想主义再变而为写实主义（Realism），更进而为自然主义（Naturalism）。"①尽管在他看来"自然主义"比现实主义（写实主义）还要先进，但他重点强调的内容还是现实主义的。陈独秀在1915年致张永言信中即明确表示："吾国文艺，犹在古典主义理想主义时代，今后当趋向写实主义。"为什么不去想与更"进化"的自然主义？陈独秀1916年同样是在回复张永言的信中指出，"自然主义尤趋现实"，但"虽极淫鄙亦所不讳"，并提供伊泽参考材料，谓"此日本政府所以明令禁止自然主义之文学之输入也"②。另在著名的文学革命檄文《文学革命论》中提出著名的"三大主义"："推倒雕琢的阿谀的贵族文学，建设平易的抒情的国民文学"；"推倒陈腐的铺张的古典文学，建设新鲜的立诚的写实文学"；"推倒迂晦的艰涩的山林文学，建设明了的通俗的社会文学"。③同样明确打出了"写实文学"的旗号。胡适也从文学思潮和社会功能方面肯定现实主义，在《文学改良刍议》中倡导："惟实写今日社会之情状，故能成真正文学。"④正是在现实主义的意义上他倡导"易卜生主义"，明确指出"易卜生的文学，易卜生的人生观，只是一个写实主义"。⑤至于到了"为人生"的文学时期，沈雁冰也基本上是按照陈独秀对欧洲文艺历史进程的理解，分析出"西洋小说已经由浪漫主义（Romanticism）进而为写实主义(Realism)，表象主义（Symbolicism）、新浪漫主义（New Romanticism）"，并且也认为"我国却还是停留在写实以前"，⑥因而当务之急是倡导和实验现实主义，因而认同以现实主义为新文学的文化基础和学术基础。

革命文学兴起以后，现实主义的批判性和真实性受到特别的尊重，左翼文学和以后的革命、战争文学都高张现实主义的大旗，于是"革命的现实主义""普罗列塔利亚现实主义""社会主义现实主义""抗战的现实主义"等等现实主义潮流此起彼伏。文学运作是这样，文学创作是这样，文学批评和文学研究也无不以现实主义的理论原则为基础观念。

显然，作为中国现代文学的学术传统和理论基础，现实主义观念乃是其揭露现实，批判现实，倡导现实生活中积极的反抗的精神，而不是在于"写真

---

① 陈独秀：《现代欧洲文艺史谭》，《青年杂志》第一卷3—4号。
② 陈独秀：《答张永言》，《独秀文存》，安徽人民出版社，1987，第628页。
③ 陈独秀：《文学革命论》，《新青年》第五卷第2号。
④ 胡适：《文学改良刍议》，《新青年》第五卷第1号。
⑤ 胡适：《易卜生主义》，《新青年》第四卷第6号。
⑥ 沈雁冰：《小说新潮栏宣言》，《茅盾文艺杂论集》（上），上海文艺出版社，1980，第6页。

实"以及反映社会生活的广阔度。沈雁冰在《评四五六月的创作》①等文章中，曾试图用文学的真实论和生活的广阔度要求现实主义创作，批评文学青年创作中爱情描写泛滥，而且多为"观念化"，即缺少活生生的生活真实性。他统计了三个月发表的一百二十多篇小说创作，随后又补充说，"写到一般社会生活的二十篇，实际上大多数还是把恋爱作为中心"，而"描写家庭生活的九篇，实在仍是描写了男女关系"。于是，"竟可说描写男女恋爱的小说占了全数百分之九十八"。正因如此，沈雁冰在编集《中国新文学大系》（小说一集）的时候，竭力推荐描写农民生活和城市贫民生活的小说，如利民的《三天劳工的自述》，王思玷的《偏枯》，朴园的《两孝子》，李渺世的《买死的》，认为这些作品最能够代表文学研究会的"人生"倾向和现实主义。以这样的"题材"论强调对于爱情以外的书写的偏爱，罔顾于文学内容和文学技巧的"偏枯"，其价值观念显然并不适用于新文学的评判。沈雁冰的这种现实主义批评观并没有得到现代文学研究者的有效继承，尽管一些不负责任的文学史研究者也跟着举例说利民、王思玷、李渺世等人的作品如何如何，其实这些作品质量和技巧都相当薄弱，根部不足以被列举为文学研究会"为人生"的代表作。许多跟着沈雁冰表彰这些"写实经典"的文学史教科书的撰写者其实都未必真正通读过这些幼稚而生涩的小说。

在遴选中国新文学初期的小说作品方面，鲁迅的《中国新文学大系》（小说二集）选得最为精彩，包括蹇先艾的小说，高世华的作品，以及沉钟社、语丝社、莽原社、未名社、现代评论社的小说创作，甚至他历来并不看好的凌叔华等人的作品，被鲁迅选入此作品集的，都是上乘之作：不仅是这些作家的优秀作品，也是那个时代难得的精粹之作。鲁迅之所以把握得那么准当，是因为他并不囿于现实主义的理论框架，包括"世纪末的果汁"在内的各种文学流派和文学方法的作品，只要写出人生的深意，写出生命的怅然与喟叹，都可能入鲁迅的法眼。

作为中国现代文学最伟大的奠基人，鲁迅不仅以《狂人日记》《阿Q正传》《药》等超卓的创作为中国现代文学创作的思想和艺术创设了难以企及的标高，又以议论精警、风格犀利的杂文建立了中国现代文学批评本体的写作典范，而且还以敏锐、机锋的理论思维开拓了中国现代文学的文学批评和学术研究传统。鲁迅传统不拘泥于他自己认同的现实主义理论，他对浪漫主义和各种

---

①《小说月报》第十二卷，1921年，第8号。

新浪漫主义的创作也多有赞赏并作出深到的学术剖析。他这样评述沉钟社的创作"心情":

> 但那时觉醒起来的智识青年的心情,是大抵热烈,然而悲凉的。即使寻到一点光明,"径一周三",却更分明的看见了周围的无涯际的黑暗。摄取来的异域的营养又是"世纪末"的果汁:王尔德(Oscar Wilde),尼采(Fr. Nietzsche),波特莱尔(Ch. Baudelaire),安特莱夫(L. Andreev)们所安排的。①

鲁迅非常注重从具体的创作中探寻"异域的营养",由"罗家伦之作则在诉说婚姻不自由的苦痛",联想到易卜生《娜拉》和《群鬼》的机运,由冯沅君的放弃创作而转入文学史研究,联想到匈牙利诗人彼兑菲的名言,由"塞先艾叙述过贵州,裴文中关心着榆关",联想到丹麦文学批评家勃兰兑斯论证的"侨民文学",由黎锦明"蓬勃着楚人的敏感和热情"的创作联想到易卜生以及斯特林堡(鲁迅写作斯忒林培黎)式的投枪,并在狂飙社的作品中听到了尼采的声音,从"向培良的这响亮的战叫,说明着半绥惠略夫(Sheveriov)式的'憎恶'的前途",如此等等。②鲁迅的视野是那样开阔,思路是那样清晰,能从各种风格的文学创作中联系到外国文学家的作派与风格,思想与言论,并且反过来都能对中国现代作家作品的解读提供有价值和有说服力的解读意见,这为中国现代文学研究走出了一条视域开阔而见解精深的比较文学路数,为半个世纪之后才趋于热门的以中外比较文学方法研究中国现代文学与作家作品的学术方法奠定了基础。

鲁迅并没有系统地接受过比较文学的训练,但他的学术敏感和学术功力,以及对外国文学及外国文学史的稔熟与深彻的把握,使得他开创性地走出了一条中外比较文学研究之路。这条学术之路是那样地坚实而宽广,以至于比较文学通常具有的"影响研究"和"平行研究"都在鲁迅的这番卓越的学术展示中得以完备地呈现。鲁迅的这种比较文学研究法其实更多地来自他自己的创作体验和学术感悟,因此作为研究方法呈现得非常灵动而鲜活。鲁迅从"影响研

---

① 鲁迅:《〈中国新文学大系〉小说二集序》,《鲁迅全集》第六卷,人民文学出版社,2005,第251页。(本文所引鲁迅作品原文均出自同一版本。)
② 鲁迅:《〈中国新文学大系〉小说二集序》,《鲁迅全集》第六卷,第247—263页。

究"的角度对自己的创作进行了这样的阐述:

> 从一九一八年五月起,《狂人日记》《孔乙己》《药》等,陆续的出现了,算是显示了"文学革命"的实绩,又因那时的认为"表现的深切和格式的特别",颇激动了一部分青年读者的心。然而这激动,却是向来怠慢了绍介欧洲大陆文学的缘故。一八三四年顷,俄国的果戈理(N. Gogol)就已经写了《狂人日记》;一八八三年顷,尼采(Fr. Nietzsche)也早借了苏鲁支(Zarathustra)的嘴,说过"你们已经走了从虫豸到人的路,在你们里面还有许多份是虫豸。你们做过猴子,到了现在,人还尤其猴子,无论比那一个猴子"的。而且《药》的收束,也分明的留着安特莱夫(L. Andreev)式的阴冷。但后起的《狂人日记》意在暴露家族制度和礼教的弊害,却比果戈理的忧愤深广,也不如尼采的超人的渺茫。①

鲁迅以自己的坦诚和谦逊分析了自己的创作与俄国文学和德国文学之间的"影响"关系,并以自己开创的中外文学比较的学术路数解读中国现代文学及作家作品,是以中国现代文学研究拥有了借外国文学的"他山之石"来攻自己的文学之玉的广阔的学术天地。应该说,鲁迅的学术开创使得中外比较文学早就有了厚重的学术基础。

## 二 鲁迅文体研究与社团研究方法论的开辟

《中国新文学大系》的编撰奠定了中国现代文学研究的三个重要的学术基础,其一是中国现代文学历史分期框架与格局的形成,其二是中国现代文学文体研究体制的成熟,其三是中国现代文学社团研究体制的建立。

中国新文学的研究应该是从新文学诞生之日起就已经开始,不过真正建立中国新文学研究的资料体系和学术框架的,当以《中国新文学大系》为标志。该书的出版对中国新文学的定义和学科体系做了基础性的规定,并且从学术上定义了中国新文学"第一个十年"的文学框架。在《〈中国新文学大系〉小说一集导言》中,茅盾已经采用新文学的"第一个十年"和"第二个十年"的说法,并且说编集《中国新文学大系》之时(1935年),"最近五年来","是新文

---

① 鲁迅:《〈中国新文学大系〉小说二集序》,《鲁迅全集》第六卷,第246页。

学史上第二个'十年'的后半期"。①以后出现的各种新文学史基本上按照这个框架展开，后来又有编集《中国新文学大系》②的出版项目，基本上是按照第二个十年，第三个十年的学术框架操作的。

历史的发展不可能完全按照十年为一单元，机械地向前发展，故而以十年为一发展时期的研究框架只是一个大概的操作策略，并不是十分精准的时段把握。《中国新文学大系》各集主编其实对这个时间段把握得也很不一样。茅盾理解的新文学"第一个十年"是从"民国六年（1917）到民国十年（1921）这五年的期间，（这是中国新文学史上第一个'十年'的前半期）"，而后半期是1922年到1926年。③胡适在"建设理论集"《导言》中也重申了良友图书公司的策划理念，是"替这个新文学运动的第一个十年作第一次的史料大结集"，但因为他所整理的是新文学"理论的发生"，所以他的工作重点则放在"民国六年到九年之间"。④所谓"第一个十年"和"第二个十年"等等的表述，不过是对各个新文学发展阶段的一个概略性的时间把握，就像习惯上讲述中国现代文学史概略性地表述为20年代、30年代、40年代的文学一样。文学发展不是军人的正步走，不可能每一个时段都正好是十年或者等距离一段时间。但《中国新文学大系》的编撰系统确立的基本上以十年为一个发展周期的学术格局，既吻合中国新文学发生发展的基本节奏，也初步描画出中国新文学思潮更迭、风气流变的"生代"构架。就中国现当代文学发展的历史格局而言，以"十年"为一个"生代"，大致是行得通的。

承担各卷编撰的人物的都是当时的文学大家：《建设理论集》由胡适编选，《文学论争集》为郑振铎编选，"小说集"共分三卷，分别由茅盾、鲁迅、郑伯奇主持编选，"散文集"分两卷，由周作人和郁达夫分别编选，《诗歌集》则是朱自清编选，《戏剧集》是洪深编选。另外《史料索引集》由阿英编著。此书系的主题部分是七集创作作品集，清楚地表明，西方化文学体制的小说、散文、诗歌、戏剧四种文体格局，已经在新文学发展的这第一个十年中形成了应有的体系。这种具有浓厚的西方文学文体传统的四分法架构，相当长一段时间成为中国现当代文学的主体框架，中国现当代文学研究一般也是根据这四种文

---

① 茅盾：《导言》，《〈中国新文学大系〉小说一集》，上海良友图书印刷有限公司，1935，第12页。
② 上海文学出版社于1980—1990年代编辑出版。从第二个十年开始，卷帙浩繁，因有"长篇小说卷"等大篇幅的作品收集。
③ 茅盾：《导言》，《〈中国新文学大系〉小说一集》，第4页。
④ 胡适：《导言》，《〈中国新文学大系〉建设理论集》，上海良友图书印刷有限公司，1935，第1—2页。

体建立相互联系的学术分野。鲁迅的《中国小说史略》的撰著与出版，表明它的文体专门史研究意识在中国文学学术界非常超前。值得反思的是，中国现当代文学研究的文体专题在此后的数十年学术实践中并没有取得重大进展，甚至各体文学的专门史著作撰著的意识都长期未能形成。等到1980年代初，夏志清的《中国现代小说史》在海外出版流转到内地，学者们才在惊异和错愕中猛然醒悟，此后，各种版本的中国现代小说史专著纷纷涌现，随后，中国现代戏剧史，中国现代诗歌史和中国现代散文史等等文体专史才呈现出热闹一时的局面。这些文体专史的研究全面铺开并各呈格局的局面，在1980、1990年代之交趋于稳定，而这时距离《中国新文学大系》按文体分类进行系统研究的开端，已经过去了近一个甲子。

  《中国新文学大系》还开辟了以文学社团为考察单元进行新文学研究的学术道路，这同样意味着一种有价值的学术建树。茅盾主持编辑的"小说一集"主要收录文学研究会作家的小说，同时，作为一个对新文学发展概况的研究与检阅，在《导言》中茅盾还对全国各地的"社团蜂起"的文学史现象进行了认真的记录和论述，体现出中国现代文学研究以社团运作为基本单位的学术意识。"这一时期，是青年的文学团体和小型的文学定期刊蓬勃滋生的时代。从民国十一年（1922）到十四年（1925），先后成立的文学团体及刊物，不下一百余。"[①]鲁迅编集"小说二集"，本是对文学研究会、创造社以外的重要文学社团所创作的小说进行检视、收集，但鲁迅具有更加明显的全局眼光和更加高超的文学史把握能力，还将《新青年》《新潮》群体纳入文学社团的框架中进行分析，而且对每一个重要社团和创作群体的分析和概括，总是精辟、精练、精到、精切，几乎每一条断语都成为中国现代文学研究的经典的定论。鲁迅还对一向缺少专题研究的文学社团研究提出了非常精彩的学术判断："文学团体不是豆荚，包含在里面的，始终都是豆。"[②]这是告诫研究者，通过文学社团研究中国新闻学的发展，既要准确、精到缔结是一个社团内部共同的风格和倾向，同时也要注意社团内部的风格差异和文学趣味、习惯的差异性，在这种差异性的识别中认知他们的共同性，这样才会丰富、深刻。鲁迅实际上提出了文学社团研究的方法论问题。中国现代文学研究的学术积累一直都没有对鲁迅提出的这种方法论予以足够的重视，甚至都没有继承鲁迅、茅盾等当年已经成功

---

[①] 茅盾：《导言》，《中国新文学大系》小说一集，第5页。
[②] 鲁迅：《〈中国新文学大系〉小说二集序》，《鲁迅全集》第六卷，第264页。

地、经典性地展开了的以社团为单元研究中国新文学发展史的研究方法。此后的半个世纪,中国现代文学的社团研究还停滞在《中国新文学大系》的学术开创的格局上,几乎无任何进展。直至改革开放的1980年代初,中国现代文学研究和资料整理开始复苏,当年动员全国出版力量组织编制的大型中国现代文学研究资料丛书,为中国现代文学学科奠定了新的学术基础,与此同时,"中国现代文学运动、论争、社团资料丛书"也陆续推出,其中社团资料的整理促进了中国现代文学社团研究的启动。创造社研究率先跃入中国现代文学研究界,围绕着创造社的文学倾向,创造社的人员九个,创造社的方向转换,创造社与太阳社的关系,创造社与鲁迅的关系等等,展开得热烈而深入。这时,社团文学的研究才开始陆续展开。后来出版有《中国现代文学社团流派》[1]等较为综合性的著作,本世纪初出版的《中国现代社团文学史论》,[2]算是对中国现代文学社团的研究作了一次简略的学术总结。

中国现代文学社团在文学史和文学运作过程中所起的作用非常明显,可对社团的研究仍然相当薄弱,尽管从目前来看,似乎各个重要的新文学社团都已经有了学术解读和资料整理,但社团研究总体情形还不能与社团在现代文学运作中的地位和作用相媲美,而且更难以企及鲁迅等中国新文学学术开创者对社团的价值认知和研究水平。近四十年来有多个学术团队专攻中国现代文学的社团研究,出版了一批丛书,但一般都标示为"中国现代文学社团史"丛书,而实际上则多为"中国现代社团文学史"的研究。这两个概念是不一样的。"中国现代文学社团史"需要整体讲述中国现代文学阶段社团出现、运作、活动、论证、创作以及消亡、解散的情况,并总结出现代文学社团上述"文学行为"的规律,而不是像上述丛书所显示的,只是以各个文学社团为单位陈列它们的文学行为和对它们的评论分析。"中国现代社团文学"的学术把握继承了鲁迅等"中国新文学大系"编撰者的学术传统,是从社团的视角研究中国现代文学。"中国现代文学社团史"和"中国现代社团文学史"的学术表述的参差,反映了中国现代文学社团研究方面理论准备不足,方法论建设不够的问题,实际上主要是没有很好地继承《中国新文学大系》的学术传统,没有充分重视、认真开发和应用鲁迅等人当年通过社团分析研究中国新文学历史的方法论基础。

---

[1] 贾植芳主编,范伯群、曾华鹏副主编,江苏教育出版社,1989。
[2] 《中国现代社团文学史论》,此书的封面错题为《中国现代社团文学史》,人民文学出版社,2004。

鲁迅等当年的社团研究还树立了非常优良的学术先例,就是没有将社团的研究与文学流派和思潮等等勾连在一起。鲁迅在《中国新文学大系》小说二集导言中,从没有将浪漫主义、新浪漫主义等各种流派与社团文学对应起来或者混淆在一起,即便是分析到王尔德等人的"世纪末的果汁",也没有与唯美主义、象征主义等思潮、流派混成一片,或者以相应的流派、思潮分析冲淡和取代社团文学的研究。茅盾是一直介绍和倡导现实主义与自然主义文学流派、文学思潮的,但在《中国新文学大系》小说一集导言中也没有滥用现实主义或自然主义的流派、思潮套袭于文学研究会及相应的小说创作方面。郑伯奇在《中国新文学大系》小说三集中倒是将西方文学思潮作了历史性的梳理,可恰恰没有将这些"主义"对应于创造社文学的分析。后来的中国现代文学研究总是将成套的文学思潮、流派分析紧扣在相应的文学社团身上作成块的学术概括,说起文学研究会立即就对应现实主义,而说起创造社立即就对应浪漫主义,新月派自然对应唯美主义,这样的社团研究往往陷入了固定的流派认知和思潮析理之中,社团自身的文学特性以及复杂性反而被淹没了。其实,将文学研究会理解成现实主义条块,就很难理解庐隐、孙俍工甚至冰心、许地山的小说特性,而他们的创作在这个社团中占有很重要的地位。创造社的文学倾向更易被论证主要不是浪漫主义的。如果准确地阐释并认真地继承、合理地开发鲁迅等人当年社团研究的方法和思路,文学社团研究就会少走些弯路。

## 三 鲁迅的学术传统与鲁迅研究的基础

在中国现代文学研究的学术传统和研究基础的建设中,鲁迅的地位非常突出,这表明鲁迅不但是新文学最杰出的创作者,最有特色和创造性的写作者,也还是中国现代文学学术传统最重要的缔造者和实践者。李何林在1937年出版了一本研究中国新文学历史的一部书:《中国近二十年文学思潮论》,这部书的特别之处,是在前面有两幅照片作为插页,一幅是鲁迅,另一幅是宋阳(瞿秋白)。李何林明确地,也是独特地将这两位伟大的文学家并成为中国现代文坛的领袖人物。瞿秋白虽然是个政治人物,但是长期从事文学工作,是左翼文学的灵魂人物。特别是在左翼文学运动的尾声中编撰此书,而瞿秋白、鲁迅都已经潸然作古,这样的安排和定位应该能够理解。

作为文学家特别是文学批评家,瞿秋白为中国现代文学研究作出了重要贡献,特别是他用阶级分析的方法对鲁迅的研究,不仅为后来成百上千的鲁迅研究者所难以企及,而且也令鲁迅所深深折服。鲁迅写给瞿秋白的条幅:"人生得一知己足矣,斯世当同怀视之。"能够让鲁迅称为"知己"而且是唯"一知己",可见鲁迅对瞿秋白的认同与佩服程度有多深。

瞿秋白为鲁迅编了一本《鲁迅杂感选集》,在这部书的"序言"中,瞿秋白对鲁迅及其杂文作了精辟的学术分析,实际上对后来的鲁迅研究都起到了启发和引导作用。

瞿秋白首先对鲁迅杂感文体做了非常准确而很有个性的学术把握,认为这样的杂文属于"社会论文",是文学家用来进行战斗的特别文章体格。"革命的作家总是公开地表示他们和社会斗争的联系;他们不但在自己的作品里表现一定的思想,而且时常以一个公民的资格出来对社会说话,为着自己的理想而战斗,暴露那些假清高的绅士艺术家的虚伪。"接着瞿秋白列举到他所熟悉的苏联伟大的作家高尔基,说高尔基在创作之余写作了许多"社会论文"。接着,瞿秋白认为鲁迅的杂感其实是一种"社会论文"——"战斗的'阜利通'(feuilleton)",是"文艺性的论文"。①

这样的论述不仅给杂文特别是鲁迅体的"文艺性论文"做了文体论证,为以后人们的学者研究鲁迅和鲁迅杂文奠定了概念性、理论性和学术性的基础,而且还启发了鲁迅研究特别是鲁迅杂文研究的后续进展,也即关于鲁迅"批评本体"写作现象的论述。

"批评本体"说用于鲁迅的杂文写作应该说相当贴切,因为,"文学的批评本体是指文学家本着社会责任和文化义务,以文学身份所进行的社会批评和文明批评的写作行为及其结果,这样的结果往往体现为杂文,当然也可以在变异和装饰处理中演化为别种文体。"而"鲁迅既是一个伟大的文学家,又长期热衷于社会批评和文明批评的杂文写作,而且自己认定这样的写作不属于创作本体,实际上就是承认了文学的批评本体写作的存在。他的批评包含着一些文艺批评,不过更多的却是文学家身份的社会批评"。批评本体写作既属于文学写作,又不属于文学的创作本体写作。这样的定义受到法国哲学家德里达的"文学行为"说的启发,认为"文学行为不单是指一般意义上的文学创作,其实,文学研究和文学身份的批评也是本体性的文学行为;因此,文学的本体行

---

① 何凝:《序言》,何凝编《鲁迅杂感选集》,青光书局,1933,第2页。

为除了创作本体这一基本形态而外，还有文学的学术本体和批评本体形态"。①不过更重要更直接的学术启发来自于瞿秋白"战斗的阜利通"和"社会论文""文艺性论文"的定位。

瞿秋白《鲁迅杂感选集》序言为中国现代文学研究和鲁迅研究奠定的另一个学术基础，便是从"思想革命"的视角看取鲁迅文学的价值与历史地位。学术界应该并且已经充分估价王富仁的重要著作《中国反封建思想革命的一面镜子——〈呐喊〉、〈彷徨〉综论》的学术开创意义，该书认为《呐喊》和《彷徨》的独特思想意义在于，"首先是当时中国'沉默的国民魂灵'及鲁迅探索改造这种魂灵的方法和途径的艺术记录。假若说它们是中国革命的镜子的话，那么，它们首先应当是中国思想革命的一面镜子"②。将鲁迅这位杰出的"革命家"定位在"思想革命"的领域与层面，并且认为鲁迅与俄国革命的一面镜子托尔斯泰相比，后者并没有像鲁迅那样"站在时代思想的高度"。这些都是石破天惊的学术开拓。这样的学术开拓与瞿秋白早先的学术开辟有密切关系。瞿秋白就是从"思想斗争""思想革命"的角度肯定鲁迅的历史地位和时代贡献的。他认为鲁迅的杂文是"中国思想斗争史上的宝贵的成绩"，③鲁迅伟大的批判功绩以及它无与伦比的价值主要在"思想革命"方面：

> 辛亥革命之后，中国的思想界就不可避免的完成了第一次的"伟大的分裂"；反映着群众的革命情绪和阶级关系的转变，中国的士大夫式的知识阶层就显然的划分了两个阵营：国故派和欧化派。这是在"五四"的前夜，《新青年》早期的新文化运动的开始时期。当时德谟克拉西先生和赛因思先生的联盟，继续开展了革命的斗争；这是资产阶级民权革命的深入，也就是现代式的知识阶层生长发展的结果。鲁迅的参加"思想革命"是在这时候就开始的。④

这不仅成了中国现代文学研究领域的定论，而且也开辟了从思想史和时代思想高度的角度取视鲁迅和鲁迅文学的学术传统，并成为后荣丰就鲁迅、研究

---

① 朱寿桐：《论鲁迅写作的批评本体意义》，《鲁迅研究月刊》2018年第4期。
② 王富仁：《中国反封建思想革命的镜子——论〈呐喊〉〈彷徨〉的思想意义》，《中国现代文学研究丛刊》1983年第2期。
③ 何凝：《序言》，何凝编《鲁迅杂感选集》，第2页。
④ 何凝：《序言》，何凝编《鲁迅杂感选集》，第8页。

中国现代文学的重要理论资源和方法论遗产。

《鲁迅杂感选集》序言是中国现代文学研究的学术经典，该文对鲁迅的人格所作的阶级分析非常深刻，同时也非常精辟。瞿秋白不是简单地从鲁迅的阶级"成分"、家庭出身和社会经济地位论定鲁迅的政治属性和文化身份，而是从马克思主义的阶级论与社会文化学观点相结合的意义上分析鲁迅，得出了这样的结论："鲁迅是莱谟斯，是野兽的奶法所喂养大的，是封建宗法社会的逆子，是绅士阶级的贰臣，而同时也是一些浪漫谛克的革命家的诤友！他从他自己的道路回到了狼的怀抱。"①作为封建阶级的逆子贰臣，鲁迅的叛逆性格特别是思想上的叛逆性是他的人格风范的集中体现。又由于他是从封建宗法社会中叛逆的"逆子"，是从"绅士阶级"逃脱出来的贰臣，他能够将自己原来所属的社会和阶级当作审视和批判的对象，对于他而言，那个社会和那个阶级的内涵以及外延是那样地清晰，因为他已经离开了"此山中"，可以识得庐山真面目。作为叛逆和批判的优势，他又对那个自己浸淫了很久的社会以及那个他曾经所属的阶级了解得特别深刻，因而他的叛逆从思想意义上意味着那个社会和那个阶级整体性的崩坍，他的批判也将达到从未有过的烈度与深度。

这种痛心疾首的、灵魂撕裂的人格分析和令当事者心惊肉跳的文化身份的确认，使得鲁迅不得不佩服瞿秋白犀利的学术观察和精切的学理分析的能力，可以说，瞿秋白的观察和分析抵达了鲁迅灵魂深处的痛感，是心灵撕裂的隐隐作痛，还有触及精神隐秘的痛快淋漓。这样的观察和分析实际上帮助鲁迅揭示了这样的心理现实：为什么他在对中国文明和中国社会进行批判的时候，总是感觉到自己的文字中，其实也就是在自己的灵魂里，残留有浓重的"毒气和鬼气"。瞿秋白像一个没有身背桃木剑的高明的道士，只是在黄表纸上随点画了几笔，就将鲁迅身上的"毒气和鬼气"侦悉出来，挤逼出来，进而明白无误地揭示出来。原来这是他所属的阶级的自然留传的痕迹，是他所熟悉的社会必然熏染的一种色彩和斑点。鲁迅由此将瞿秋白引为唯一知己，明确地表示对他的阐述欣然接受。瞿秋白牺牲之后，鲁迅带病为他的遗著的出版四处奔走，这就是瞿秋白的《海上述林》，内容不仅都是鲁迅收集、编定的，便是书籍的设计、装帧，也都是鲁迅亲自审定。该书上下两册，1936年以"诸夏怀霜社"的名义出版，用重磅道林纸印制，配有玻璃版插图，封面分皮脊亚麻布品和蓝色天鹅绒品两种，俱是当年最上乘的装书材料。又以皮革镶书脊，书名烫金，书口刷

---

① 何凝：《序言》，何凝编《鲁迅杂感选集》，第3页。

金。这是在整个书籍印制工艺史上登峰造极的精品之作。鲁迅特意安排开明书店所属的美成印刷厂打纸型，然后通过内山完造寄到日本东京印装。很明显，鲁迅对自己的书籍从未如此上心、尽心，如此追求至善至美。由此可见，鲁迅对这位知己的感怀是如何深挚。

中国现代文学研究在中国新文学发生、发展的十数年以后，在鲁迅等杰出的文学家和文学研究者筚路蓝缕而又精彩绝伦的开辟中，形成了自己的学术传统，创建了自己的学术基础。只是对先驱者学术传统的继承，对原已形成的研究基础的开发，表现得较为迟缓。对这些学术传统、研究基础的全面继承和开发，则需等到改革开放、拨乱反正形成气候以后。此前，政治性的讲求让中国现代文学研究的丰富性受到一定影响，这种影响的结果是，受到批判和否定的新文学家越来越多，能够成为中国现代文学学术研究对象的文学家越来越少，于是，鲁迅等开创的学术传统，研究基础，连同新文学研究所特有的学术伦理，都难以发挥正常的影响作用。改革开放、拨乱反正的时代气氛，让中国现代文学恢复了原有的元气与活力，在全面继承和发展新文学研究的学术传统的基础上，不断开拓创新，这样才有可能建立起这个学科的学术辉煌。

# 鲁迅日记手稿还有没有错?
## ——书帐部分"误字"校勘

朱文健 山东师范大学

## 引言

比较而言,《鲁迅全集》版本多,编校质量相对高,出版方"在每一次重印时都会对存在的错误进行一些修订,因而后印的版本在文字和注释方面较初印本有很多改进。"[①]而且,随着史料的发掘和研究的深入,新的研究成果又不断推动《鲁迅全集》的新版本朝着更准确、完善、可信的方向发展。最新的2005年版《鲁迅全集》"吸纳了迄今鲁迅研究的新成果,是目前最为完备的《鲁迅全集》的新版本。"[②]虽然2005年版《鲁迅全集》已成为现在最通行、最具权威性,研究者研读、引用最多的一个版本,但是,这一版《鲁迅全集》依然有很多错讹。这些错讹可分为"误""漏""衍"三种,其中的"误"又可分为鲁迅原稿误、全集编排误两种,最难发现且最容易导致错上加错的是"鲁迅原稿误"。仅鲁迅日记的书帐部分就有大量错误,经过笔者研究,发现原来错在鲁迅日记的原稿。

"鲁迅日记手稿"错了怎么办?"日记手稿"的整理版是如何处理这些错讹的?是否还有错讹未被指出并得到校正?若确有错讹尚存,如何考证,又怎样说明?本文即尝试对这些问题进行探讨研究。

---

① 汪成法:《〈鲁迅全集〉日记部分的几处注释错误》,《鲁迅研究月刊》,2008年第9期。
② 人民文学出版社:《出版说明》,《鲁迅全集》第一卷,人民文学出版社,2005。

## 一 "鲁迅日记手稿"错了怎么办?

翻开2005年版《鲁迅全集》日记卷,从其首卷(第十五卷)的"说明"第二条:"手稿中的笔误,以下列方式订正:误字(包括颠倒),加〔 〕号,排仿宋体;漏字,加〔 〕号,排仿宋体;衍字,加〖 〗号,不变字体;存疑,用〔?〕号",即可知编者清楚地知道"鲁迅日记手稿"原文存在讹误,并将这些讹误分为"误字""漏字""衍字""存疑"四类后再进行校改。进一步研究可以发现,这种对"鲁迅日记手稿"原文讹误的校改早已存在:从"鲁迅日记手稿"最早的整理版——1959年版《鲁迅日记》起即开始用"〔 〕"号校改手稿的误字和漏字,将衍字直接删去,用"〔?〕"号表示存疑①;1976年版《鲁迅日记》则是:"手稿中的笔误,包括漏文和衍文,其明显的已经予订正,不再加注说明;如有需要,则将订正之字标以方括弧,附于原字之后","少数有疑问之处,标以疑问号(〔?〕)存疑"②。1981年版《鲁迅全集》日记卷首卷(第十四卷)的"说明"则与上引2005年版《鲁迅全集》日记卷卷首的"说明"完全一样。可见校改的统一规则已大致形成,即按"误字""漏字""衍字""存疑"四个类别,用对应的符号进行标注,以使读者能清楚地知道鲁迅日记原稿所写讹误原文,也能通过校改符号判断此类讹误的种类,并知道校改符号内的文字是正确的。笔者认为,这一套渐进形成的校改符号体系是醒目、有效的。

本文主要研究内容为"鲁迅日记手稿"书帐部分的"误字"这一类,故笔者统计了上述"鲁迅日记"整理版对这一类讹误的校改情况,见下表:

---

① 该版《鲁迅日记》对鲁迅手稿1913年2月27日"徐〔齐〕寿山"、1913年5月29日"齐寿〔山〕"、1914年6月28日"黄〔?〕《炭画约言》"等处的校改,参见《鲁迅日记》上卷,人民文学出版社,1959,第48页、第60页、第115页。

② 人民文学出版社编辑部:《出版说明》,《鲁迅日记》上卷卷首,人民文学出版社,1976。

## "鲁迅日记"不同版本讹误校改情况表

| 时间 | 版本 | 上海出版公司1951年影印版《鲁迅日记》初版 | 人民文学出版社1959年整理版《鲁迅日记》1版1印 | 人民文学出版社1976年整理版《鲁迅日记》2版4印 | 人民文学出版社1981年版《鲁迅全集》1版1印日记卷 | 人民文学出版社2005年版《鲁迅全集》1版1印 |
|---|---|---|---|---|---|---|
| 1913 | 0622 | 六月二十三日 | 六月二十三日 | 六月二十二日 | 六月二十三[二]日 | 六月二十三[二]日 |
| | 0713 | 王楨農書十冊 | 王楨農書十冊 | 王桢农书十册 | 王桢[祯]农书十册 | 王桢[祯]农书十册 |
| 1915 | 0411 | 遯菴瓦當存二冊 | 遯菴瓦當存二冊 | 遁庵古镜存二册 | 遯庵瓦当[古镜]存二册 | 遯庵瓦当[古镜]存二册 |
| | 0919 | 鄭厂所藏泥封一冊 | 鄭厂所藏封泥一冊 | 郑厂所藏封泥一册 | 郑厂所藏泥封[封泥]一册 | 郑厂所藏泥封[封泥]一册 |
| 1916 | 0311 | 建安公搆尼寺銘一枚 | 建安公构尼寺銘一枚 | 建安公构尼寺铭一枚 | 建安公构尼寺铭[碑]一枚 | 建安公构尼寺铭[碑]一枚 |
| | 0312 | 曲阜孔廟漢碑拓本十三種十九枚 | 曲阜孔廟漢碑拓本十三種十九枚 | 曲阜孔庙汉碑拓本十二种十九枚 | 曲阜孔庙汉碑拓本十三[二]种十九枚 | 曲阜孔庙汉碑拓本十三[二]种十九枚 |
| | 0408 | 一·五〇 | 一·五〇 | 一·五〇 | 一·五[〇]〇 | 一·五[〇]〇 |
| 1924 | 1212 | 希臘天才の諸相一枚 | 希臘天才の諸相一枚 | 希腊天才の诸相一本 | 希臘天才の诸相一枚[本] | 希臘天才の诸相一枚[本] |
| 1926 | 0104 | アルス美術叢書四本 | アルス美術叢書四本 | アルス美术丛书四本 | アルス美术丛书四[五]本 | アルス美术丛书四[五]本 |
| | 0817 | 八月十八日 | 八月十八日 | 八月十八[七]日 | 八月十八[七]日 | 八月十八[七]日 |
| | 0929 | 九月三十日 | 九月三十日 | 九月三十[二十九]日 | 九月三十[二十九]日 | 九月三十[二十九]日 |

续表

| 时间 | 版本 | 上海出版公司1951年影印版《鲁迅日记》初版 | 人民文学出版社1959年整理版《鲁迅日记》1版1印 | 人民文学出版社1976年整理版《鲁迅日记》2版4印 | 人民文学出版社1981年版《鲁迅全集》1版1印日记卷 | 人民文学出版社2005年版《鲁迅全集》1版1印 |
|---|---|---|---|---|---|---|
| 1927 | 0611 | 一百卅孝图四本 | 一百卅孝圖四本 | 二百冊孝图四本 | 一[二]百冊孝图四本 | 二百冊孝图四本 |
| 1927 | 1214 | 文產阶级の文化一本 | 文〔無〕產階級の文化一本 | 无产阶级の文化一本 | 文[無]產階級の文化一本 | 文[無]產階級の文化一本 |
| 1928 | 0610 | 七月十日 | 七月十日 | 六月十日 | 七[六]月十日 | 七[六]月十日 |
| 1928 | 0802 | 八月一日 | 八月一日 | 八月二日 | 八月一[二]日 | 八月一[二]日 |
| 1928 | 1012 | ①此日期鲁迅手稿漏写，故此处空白，本表其它处手稿的空白同此。 | ①该版编者未发现鲁迅手稿漏写该处日期，故此处空白，本表其它各处手稿整理版的空白同此。 | 十月十二日 | 〔十月十二日〕 | [十月十二日] |
| 1929 | 0316 | 欧西圖案集一本 | 歐西圖案集一本 | 西欧图案集一本 | 欧西[西欧]图案集一本 | 欧西[西欧]图案集一本 |
| 1929 | 0418 | 七·九〇 | 七·九〇 | 〇·九〇 | 七[〇]·九〇 | 七[〇]·九〇 |
| 1929 | 0705 | 創作版畫第五至第十辑五帖 | 創作版畫第五至第十輯五帖 | 创作版画第五至第十辑六帖 | 创作版画第五至第十辑五[六]帖 | 创作版画第五至第十辑五[六]帖 |
| 1929 | 1119 | 二·四〇 | 三·四〇 | 三·四〇 | 二[三]·四〇 | 二[三]·四〇 |

鲁迅与现代文化价值重建 3卷

续表

| 时间 | 版本 | 上海出版公司1951年影印版《鲁迅日记》初版 | 人民文学出版社1959年整理版《鲁迅日记》1版1印 | 人民文学出版社1976年整理版《鲁迅日记》2版4印 | 人民文学出版社1981年版《鲁迅全集》1版1印日记卷 | 人民文学出版社2005年版《鲁迅全集》1版1印 |
|---|---|---|---|---|---|---|
| 1930 | 0430 | 德國原枚木刻十一枚 | 德國原板木刻十一枚 | 德国原板木刻十一枚 | 德国原枚[板]木刻十一枚 | 德国原枚[板]木刻十一枚 |
| 1931 | 0118 | 二月十八日 | 二月十八日 | 一月十八日 | 二[一]月十八日 | 二[一]月十八日 |
| | 0502 | 五月二日 | 五月二日 | 五月二日 | [五月二日] | [五月二日] |
| | 1019 | 革命の娘一本 | 革命の娘一本 | 革命の娘一本 | 革命の娘[孃]一本 | 革命の娘[孃]一本 |
| | 1208 | 山田耕作刻裸婦一枚 | 山田耕作刻裸婦一枚 | 山田耕作刻裸妇一枚 | 山田[村]耕作[花]刻裸妇一枚 | 山田[村]耕作[花]刻裸妇一枚 |
| 1932 | 0301 | | | | 〔三月一日〕 | 〔三月一日〕 |
| | 1229 | 十二月二十八日 | 十二月二十八日 | 十二月二十九日 | 十二月二十八[九]日 | 十二月二十八[九]日 |
| 1934 | 0331 | 芥子園畫傳四集四本 | 芥子園畫傳四集四本 | 芥子园画传四集四本 | 芥子园画传四[三]集四本 | 芥子园画传四[三]集四本 |
| 1935 | 0217 | 清人雜劇初集一本 | 清人雜劇初集一本 | 清人杂剧初集一部 | 清人杂剧初集一本[部] | 清人杂剧初集一本[部] |
| | 1205 | 十二月四日 | 十二月四日 | 十二月五日 | 十二月四[五]日 | 十二月四[五]日 |
| 1936 | 0322 | 鹽谷俊次贈三月二十一日 | 鹽谷俊次贈三月二十一日 | 盐谷俊次赠三月二十二日 | 盐谷俊次赠三月二十一[二]日 | 盐谷俊次赠三月二十一[二]日 |
| 校改误字数 | | | 4 | 22 | 29 | 29 |

除去重复及明显改错之处，上表所列四个"鲁迅日记"整理版，共校改误字二十八处，可按误字种类分为以下四种类型：书目名字有误十处、书目数量（种、枚、帖、本、部）有误六处、购书日期有误九处、购书价格有误三处。

通过上表可知，"鲁迅日记手稿"书帐部分的误字确实随着版本的更迭得到了更多的校改，这确可印证"后印的版本在文字和注释方面较初印本有很多改进"，也可印证2005年版《鲁迅全集》"出版说明"所说的："修订后的《鲁迅全集》共十八卷，吸纳了迄今鲁迅研究的新成果，是目前最为完备的《鲁迅全集》的新版本。"但笔者研究后发现，"鲁迅日记手稿"书帐部分至少还有十几处未被各版《鲁迅日记》和《鲁迅全集》日记卷的编者发现，以致未能得到校改。

## 二 鲁迅日记手稿书帐部分还有没有错？

鲁迅日记手稿书帐部分还有没有错，又是否真的有错，还是笔者误以为错了？如果真的错了，我们怎么办？如果可能有错，我们又怎么办？

对此，笔者的回答是，鲁迅日记手稿书帐部分确实仍存在"误"字尚未得到校改。而既然已经发现的错误都得到了校改，那么一经发现新的确凿的错误也必须加以纠正，但需要建立在坚实、充分和有效证据的基础上；如果证据不够充分，也应该提出质疑，以供后人研究。而要想弄清鲁迅日记手稿是否仍然有误，在充分和有效的证据之外，还需要科学的研究方法。陈垣先生的"校法四例"，是公认科学性更强且行之有效的研究方法，也是本文采用的主要校勘方法，具体来说就是："一为对校法。即以同书之祖本或别本对读，遇不同之处，则注于其旁。……二为本校法。本校法者，以本书前后互证，而抉摘其异同，则知其中之缪误。……三为他校法。他校法者，以他书校本书。凡其书有采自前人者，可以前人之书校之；有为后人所引用者，可以后人之书校之；其史料有为同时之书所并载者，可以同时之书校之。……四为理校法。段玉裁曰：'校书之难，非照本改字不讹不漏之难，定其是非之难。'所谓理校法也。遇无古本可据，或数本互异，而无所适从之时，则须用此法。"[①]而在此四法外，众多学者又增加了一个综合上述各法的方法（钱玄《校勘学》"综合校勘法"、洪湛侯《中国文献学新编》"校法的综合运用"、杜泽逊《文献学概要》

---

[①] 陈垣：《元典章校补释例》，"国立"中央研究院历史语言研究所，1934，第85—88页。

"综合考证")。

除以上"校法四例"的前三法和"综合校勘法"外，笔者还运用了"旁证法"，即以鲁迅书帐所提及书名的同版本实物、所提及的拓本实物等来佐证笔者的校改不误。运用以上研究方法，本文对所使用的有关书籍版本和引证资料做如下说明。

**对校法使用版本：**

1.上海出版公司1951年影印初版《鲁迅日记》。

2.人民文学出版社1959年整理版《鲁迅日记》1版1印。

3.人民文学出版社1976年整理版《鲁迅日记》2版4印。

4.人民文学出版社1981年版《鲁迅全集》1版1印日记卷（第十四、十五卷）。

5.人民文学出版社2005年版《鲁迅全集》1版6印日记卷（第十五至十七卷）。

**本校法使用资料：**

鲁迅当日日记正文、他日日记正文、当日书帐的详细记录，鲁迅的创作、书信，鲁迅的录碑手稿等。

**他校法使用资料：**

周作人日记（影印版）、《鲁迅手迹和藏书目录》、《鲁迅藏书志（古籍之部）》等。

**旁证法使用资料：**

相关书籍的其他信息（定价）资料、所涉书籍相同版本的实物信息、《北京图书馆藏中国历代石刻拓本汇编》、国家图书馆"碑帖菁华"、浙江大学图书馆古籍碑帖研究与保护中心"中国历代墓志数据库"等。

### 三　鲁迅日记手稿书帐误字校改

从前引表格可看出，现行各版"鲁迅日记"编者对"鲁迅日记手稿"书帐部分"误字"的校改，可按所涉内容分为以下四类：书目名字类、书目数量（种、枚、帖、本）类、购书日期类、购书书价类。本文也将依此分类，对"鲁迅日记手稿"书帐部分的误字进行校改，行文时对各类按时间顺序排列。

（一）书目名字类

1912年10月10日手稿书帐条目："荀悦前漢纪袁宏後漢记合刻十六册二・〇〇十月十日"。此条目有两个问题：一是"前漢纪"的"纪"和"後漢记"

的"记"不同,"记"字有误;二是册数"十六册"有误。

四个整理版"鲁迅日记"此处书帐都未校改此条目,可见他们并未发现书名和册数的错误。故从对校法无法看出讹误。

而通过本校法则产生了问题:第一,该日日记正文简化后为:"予取名刺,并以二元购《前后汉纪》一部而归。"①此处的"前后汉纪"是"纪"而非"记",此处两套书书名的最后一字相同,均为"纪",说明书帐所写的"记"字可能有误;册数则未提及。第二,鲁迅在《且介亭杂文·门外文谈》一文中曾提到"前汉纪"一书,该文手稿现存,其原文所写就是"前漢紀"②三字,书名是"紀"而非"記",这进一步说明若两套书书名的最后一字确实相同,则这个字更可能是"纪"而非"记"。

本校法引起的疑问,需要进一步考证,笔者转向他校法。第一,《鲁迅手迹和藏书目录》对这两套书的简介是:"前汉记 三十卷 汉 荀悦著 上海商务印书馆影印 明 嘉靖刊本 六册 四部丛刊 初编史部"、"后汉记 三十卷 晋 袁宏著 上海商务印书馆影印 明 嘉靖刻本 六册 四部丛刊 初编史部"③。这两处都是"记",册数也是各"六册",共十二册。第二,《鲁迅藏书志(古籍之部)》对这两套书的简介是:"《前汉纪》三十卷 汉 荀悦著……六册""《后汉纪》三十卷 晋 袁宏著……六册"。此处则均为"纪",两套书的册数都是"六册",共十二册。该书还提供了鲁迅所购《前后汉纪》极为详细的版本信息——《前汉纪》:"鲁迅所藏为商务印书馆影印《四部丛刊》本,其底本即黄姬水刊本,前有牌记'上海涵芬楼用无锡孙氏小绿天藏明嘉靖本影印原书板心高营造尺六寸一分宽四寸五分'。"《后汉纪》:"鲁迅所藏为民国商务印书馆《四部丛刊》本,与《前汉纪》一同购于1912年10月10日,二书合为2元。此本前有牌记'上海涵芬楼用无锡孙氏小绿天藏明嘉靖本影印原书板心高营造尺六寸一分宽四寸五分'。"④上述两处例证均说明鲁迅所买这两套书"各六册",共十二册,说明本处书帐所记的"十六册"有误。而到底是"记"还是"纪"则仍需存疑。

依据《鲁迅藏书志(古籍之部)》所提供的版本信息,笔者查到鲁迅所买

---

① 鲁迅:《壬子日记》,《鲁迅全集》第十五卷,人民文学出版社,2005,第24页。(本文所引《鲁迅全集》作品原文均出自同一版本。)
② 鲁迅:《门外文谈》手稿,《鲁迅手稿丛编》第二卷,人民文学出版社,2014,第226页。
③ 北京鲁迅博物馆编《鲁迅手迹和藏书目录》第二册,北京鲁迅博物馆,1959,第8—9页。
④ 北京鲁迅博物馆编,韦力撰《鲁迅藏书志(古籍之部)》上册,中华书局,2016,第89—92页。

的由商务印书馆出版、上海涵芬楼影印《四部丛刊》史部的这两套书的同版本实物作为旁证，发现这两套书的封面书名、扉页书名、书根所写都是"《前漢紀》"和"《後漢紀》"，册数确实都是各六册，共十二册。

用综合校勘法可作此推理：从对校法无法看出讹误，而只会对"纪"和"记"字存疑，对这两套书的总册数则不会有疑问。依靠本校法则能清楚地知道"纪"和"记"必有一误，而"纪"字的正确性更高；册数则仍然无疑问。而从他校法也只能判断出"纪"字正确的可能性更大，却意外发现册数"十六册"很可能有误，正确的册数可能是"各六册"，共十二册。最后，从旁证可以清楚地知道，正确的书名应是"後漢纪"而非"後漢记"，正确的册数是"十二册"而非"十六册"。

相似的例子还有：

1915年2月21日手稿书帐条目："景宋王叔和脈訣四册二•五〇"，此条目的"脈訣"当为"脈經"之误。

1915年8月1日手稿书帐条目："丘世光造象等十種十四枚七•〇〇八月一日"，此条目有两个问题：一是"世"字为"始"字之误，二是"丘"字不够准确，当改为"巨"。

1916年4月13日手稿书帐条目："鞠彥雲墓志并陰拓本二枚一•五〇"，此条目的"墓志并陰"当为"墓志并盖"之误。

1916年11月26日书帐条目："恭川李㳟①残石一枚〇•五〇"，本条目的"李㳟"当为"李崧"之误。

1921年10月13日书帐条目："鞫遵墓志一枚二•〇〇"，本条目的"鞫遵"当为"鞠遵"之误。

（二）书目数量（种、枚、帖、本、部）类

1916年1月4日书帐手稿条目：

古志石華八册二•〇〇正月四日
六朝墓志等七種十枚五•〇〇
宕昌公暉福寺碑并陰二枚六•〇〇

---

① 鲁迅此处手稿所写该二字均为"㳟"，但他的手稿习惯于将"水"字底的字写成"小"字底，故该字实际上即为"恭"的异体字"㳟"。

此条目的问题是,其所记"六朝墓志等七种十枚"的种数和枚数都有误,当为"八種十一枚"。

四个整理版"鲁迅日记"此处书帐都未校改此条目,故从对校法无法看出讹误。

运用本校法则能发现问题:

第一,该日日记正文简化后为:"下午往留黎厂买《古志石华》一部八本,值二元。买《赵郡宣恭王毓墓志》并盖二枚,《杨軏志》一枚,《张盈志》并盖二枚,《刘珍志》并阴二枚,《豆卢实志》一枚,《开皇残志》一枚,《护泽公寇君志》盖一枚,《李琮志》一枚,阙侧,共银五元。买《宕昌公晖福寺碑》并阴共二枚,银六元。"①仔细核查正文可以发现,除书帐另计的《古志石华》和《宕昌公晖福寺碑》外,剩下的归属于"六朝墓志"的总数是"八种十一枚",而非"七种十枚"。

第二,笔者又查得以下相关信息:

《赵郡宣恭王毓墓志》又名《元毓墓志》,鲁迅对该墓志拓文进行了录写,其中既有墓志铭又有墓志盖。②而另一方面,以"元毓"二字检索2005年版《鲁迅全集》并无结果,说明鲁迅录写的该份碑文即源自本日所买的"《赵郡宣恭王毓墓志》并盖二枚",当日所买拓文确实是有"铭"有"盖",共"二枚"。

《张盈志》,鲁迅对该墓志拓文进行了录写,其中既有墓志铭又有墓志盖。③而另一方面,以"张盈"二字检索2005年版《鲁迅全集》,共有三处:除本日正文外,还有本年1月15日书帐所记的"张盈墓志并盖二枚大业九年三月已有未收"及其下一行的"张盈妻萧墓志并盖二枚同上"。其中的第三处是"张盈妻萧墓志"而非"张盈墓志",与本处勘误无关,故不讨论。第二处确实是"张盈墓志并盖二枚",但该日书帐所记的"已有未收"则说明:由于在1月4日已买到"《张盈志》并盖二枚",故鲁迅此次并未再购买"张盈墓志并盖二枚"。综上可知,鲁迅录碑手稿录写的该墓志拓文即源自1月4日所买的"《张盈志》并盖二枚",可见当日所买拓文确实是有"铭"有"盖",共"二枚"。

---

① 鲁迅:《丙辰日记》,《鲁迅全集》第十五卷,第211页。
② 《鲁迅辑校石刻手稿·墓志》(上),李新宇、周海婴主编《鲁迅大全集》第二十七卷"学术编",长江文艺出版社,2011,第199—201页。
③ 《鲁迅辑校石刻手稿·墓志》(下),李新宇、周海婴主编《鲁迅大全集》第二十八卷"学术编",第284—286页。

《刘珍志》，鲁迅对该墓志拓文进行了录写，且在题名后写有说明性文字："分刻二石，高广各一尺五寸五分。前石十五行，行十四字；后石七行，行十字。隶书。"①可见该墓志碑共有两块，拓文有两张。而另一方面，以"刘珍"二字检索2005年版《鲁迅全集》，共四处，其中三处都是注释文字，且其注释的对象是东汉时期的"刘珍"，而由鲁迅的录碑手稿可知，该《刘珍志》的墓主"刘珍"是南北朝时期人，故将东汉"刘珍"排除，最后则只有本日日记正文一处。综上可知，鲁迅录碑手稿录写的该墓志拓文即源自1月4日所买的"《刘珍志》并阴二枚"，而由于该墓志"分刻二石"，拓文也是"二枚"。

上述三处分析，是为了说明鲁迅该日所买的记为"二枚"的三种拓片确实都是"二枚"，而非"一枚"之误，以利于确定总枚数。

对上述材料进行综合校勘可知：靠对校法无法看出讹误，从本校法第一条可以发现，鲁迅书帐手稿所记的"六朝墓志等七種十枚"与日记正文所详细记载的总数"八种十一枚"不同，必有一误。而正文明确记载下来共八种墓志的名字，书帐手稿所记种数"七種"有误是确凿的；另一方面，到底是"十枚"还是"十一枚"则尚需进一步判断——因为正文所记的"《赵郡宣恭王毓墓志》并盖二枚""《张盈志》并盖二枚""《刘珍志》并阴二枚"的三个"二枚"中有一个可能是"一枚"之误，如此，"十枚"则是无误的。而从本校法第二条则可以判断出，这三个"二枚"的墓志都是鲁迅本日所买，他在其他时候并未买过与这三个墓志同名的其他墓志拓片；且鲁迅对这三份墓志拓本都进行了录写，从录碑文字可以看出它们确实都是"二枚"。这就说明鲁迅本日确实买了八种墓志，其中三种各有二枚，故正确的总数是"八种十一枚"，书帐手稿所记的"七種十枚"有误，恰好少一种一枚，应是鲁迅漏算所致。

相似的例子还有：

1916年1月12日书帐条目："山东金石保存所藏石拓本一百十九枚一〇·〇〇正月十二日"，本条目的"一百十九枚"当"一百二十三枚"之误。

1916年3月12日书帐条目："曲阜孔廟漢碑拓本十三種十九枚三·〇〇"，本条目的"十九枚"当为"二十枚"之误。

1930年12月12日书帐手稿条目：

"Die Schaffenden（Ⅵ Jahrgang）四帖二十枚七八·〇〇 十二月十二日"，

---

① 《鲁迅辑校石刻手稿·墓志》（下），李新宇、周海婴主编《鲁迅大全集》第二十八卷"学术编"，第241—244页。

本条目的"四帖"当为"二帖"之误。

1934年1月3日书帐手稿条目："南菁札记四本三·〇〇"，本条目的"四本"当为"六本"之误。

（三）购书日期类

1913年3月1日至4月5日的书帐手稿条目：

六埶綱目二册〇·八〇三月一日

法苑珠林四十八册一一·〇〇

初學記十六册二·二〇

姚惜抱尺牘四册游允白所贈二月二日

白華絳跗阁诗集二册〇·五〇二月八日

古學彙桼第三期二册一·〇五〇二月十一日

翻汲古阁本十七史一百七十四册三〇·〇〇二月二十六

邵亭知見傳本書目十册一四·〇〇六〇·〇〇〇

秋浦雙忠錄六册三·〇〇四月五日

此条目的问题是：在"三月一日"和"四月五日"的书帐条目之间，夹杂了五行购书时间记载为"二月"的书帐条目，有误，正确的时间是均为"三月"。

相似的例子还有：

1935年11月19日书帐条目：

大歷诗略四本二·四〇十一月十九日

元人選元诗五種六本六·四〇

本条目所署日期"十九日"当为"二十日"之误。

（四）购书书价类

1913年12月28日书帐条目："神州大觀弟四期一册一·七五"，此条目的问题在于，其尾署的购书价格"一·七五"有误。

四个整理版"鲁迅日记"此处书帐都未校改此条目，故从对校法无法看出讹误。

运用本校法则能发现问题——第一，该日日记正文简化后为："往留黎厂神州国光社买钱谦益《投笔集笺注》一本，五角。又《神州大观》第四期一册，一元五角，邮费一角五分。"①日记正文所记"《神州大观》第四期"的购价为书价"一元五角"，另加邮费"一角五分"，即总价是"一元六角五分"，与书帐的"一·七五"不符。

第二，笔者又查阅了鲁迅本年购买《神州大观》其他册数的相关记录：

2月12日正文："买……《神州大观》第一集一册，一元六角半，此即《神州国光集》所改，而楮墨较佳，册子亦较大。拟自此册起，联续买之。"②该日书帐所记购书价格也是"一·六五"。

8月9日正文："往神州国光社买……《神州大观》第二集一册，一元六角五分。"③该日书帐所记购书价格也是"一·六五"。

10月4日正文："午后往留黎厂神州国光社买《神州大观》第三集一册，一元六角五分。"④该日书帐所记购书价格也是"一·六五〇"。

由上述三例可知，鲁迅买《神州大观》前三集的价格都是"一元六角五分"，而非"一元七角五分"。

此外，笔者找到一个有力的旁证可判断此书的具体售价——《神州大观》第一集版权页的售价信息如下：

| 价目表　一律统收大洋 | | | |
| --- | --- | --- | --- |
| 全年六册 | 半年三册 | 零　售 | 外埠代派至五份起照价八折邮费无折 |
| 八　元 | 四元二角 | 每册一元五角 | |
| 邮费九角 | 邮费四角五分 | 邮费一角五分 | |

（笔者按，该表原为繁体竖排，为直观计，现已将其作简体横排处理）

鲁迅购买该书就是一册一册（即"零售"式）地买，由上表"零售"栏可知，该书书价每册"一元五角"另附"邮费一角五分"，总价当为共"一元六

---

① 鲁迅：《癸丑日记》，《鲁迅全集》第十五卷，第92—93页。
② 鲁迅：《癸丑日记》，《鲁迅全集》第十五卷，第48页。
③ 鲁迅：《癸丑日记》，《鲁迅全集》第十五卷，第75页。
④ 鲁迅：《癸丑日记》，《鲁迅全集》第十五卷，第82页。

角五分"。

运用综合校勘法可作此结论:从对校法无法看出讹误。而由本校法的第一条,能看出书帐手稿所记价格与日记正文所记价格不同;由第二条则能大致判断"一·六五"的价格是正确的,"一·七五"很可能有误。由旁证可以确定该书的实际零售价就是每册共"一元六角五分"。故书帐手稿的"一·七五"有误。

孙玉石先生就说:"有时一个字的发现和修订,获得的是意外的惊喜,尽管耗费掉的时间和精力,与落实在纸上的结果相比,真如沧海与一粟。"[1]刊误工作却还需有人做,因为只有通过逐字逐句的比对、校勘,才能还原作品文字的本来面貌,并进一步还原其本是、应是的面貌。刊误的工作并不是很有创造性、代表学术前沿的研究,但却是最基本的立足点,这个立足点坚固平稳,在此基础上做出的研究也就能做到引证确凿、立论有据。本文即是这样的一篇刊误文章,因所见有限,难免会有遗漏与舛误,期待方家批评指正。

---

[1] 孙玉石:《评说纷纭仍谈"新"——漫话2005年修订版〈鲁迅全集〉》,《中国图书评论》2006年第4期。

# 论周氏兄弟文学传统对20世纪40年代海派女性文学的影响

左怀建 毛慧敏 浙江工业大学人文学院

一般而言，中国现代文学的第一个十年被称为开拓期、奠基期，第二个十年被称为发展期、丰收期，第三个十年被称为转折期、反思期，其实也是回潮期。如果没有第二次世界大战爆发，没有日本侵略者全面侵华，中国的现代化过程会在相对平稳的年代里发展深化，文学审美也会在各个方面深化对社会、历史和人生的表现，而事实上，历史不能假设，所不愿意发生的都发生了。在这种情况下，中华民族要自救，要解除危机，一方面在抗击日本侵略者，一方面不免对西方现代文明发生质疑，绝望。反映在文学里，传统审美心理重新被激活，要么转向中国固有文学传统，要么转向中国现代文学传统即"五四"文学传统。转向中国固有文学传统，主要表现在对传统道德价值、精神结构和文学审美的重新认同。譬如20世纪40年代的文学普遍为儒家的家国意识、献身精神、伦理道德及民族艺术形式招魂。转向中国现代文学传统即"五四"文学传统，主要表现在对中国传统的彻底反思、质疑和绝望，个人意识的觉醒和对历史使命的担当，文学艺术上的开创性等等。应该说，40年代的海派文学主要是海派女性文学。40年代的海派女性文学具体不一，但是在回避了国家民族意识、知识分子意识之后，只留下了市民个人意识，赤裸裸的这样一个人站在当时颓垣般的沦陷般的生死交关的历史时空里，孤独、寂寞、脆弱、绝望和恐怖之情态、意态是难免的。然而，人生中处处充满悖论，文学发展也不例外。诚如孟悦、戴锦华在《浮出历史地表——现代妇女文学研究》中所言,也许正是因为40年代海派女性文学深陷绝境,而又拒绝对任何意识形态的依凭,反成就了她们独特的文学成就和文学风貌①。无须多言,她们的文学也非无根之木。在烽烟四起、万方多难的历史语境里,她们或通过回眸古典寻找精神支撑,或在与现实处境的复杂纠葛中体味个人面世的孤独、绝望及其担当。这时,不难发现,她们的文学原来与"五四"文学特别是周氏兄弟的文学传统有着不可分割的关联。换言之,周氏兄弟的文学创作对于40年代海派女性文学势必存在这样或那样的影响。现仅撮其要者而言之。一、绝望意识及其文学表达人们不难发现,中国现代文学史上,对于人生最为绝望的作家分布在第一个十年和第三个十年。第一个十年里最有代表性的无疑是周氏兄弟,第三个十年里最有代表性的无疑是张爱玲、施济美们。应该说,周氏兄弟的绝望意识及其文学表达在40年代海派女性文学中得到呼应。周氏兄弟成长于清末民初中国最为黑暗和混乱的时期,个人又都遭遇家庭突然崩败所带来的终身伤痛,所以他们对于中国从传统到现代转换时刻的感受与当时别的作家是不一样的。鲁迅青年时期就认为中国人性中最缺乏的是"诚与爱",所有的只是"瞒与骗",中年把当时整个中国—人生比作一间"无爱的""绝无窗户而万难破毁的""铁屋子","只觉得'黑暗与虚无'乃为'实有'",并特别给许广平剖白:"我的思想太黑暗"②。周作人老早就退出五四新文化运动中心,一再确认"太阳底下无鲜事",一再提醒自己不要再积极,而要"消极",都来自他对当时国家—人生的绝望及由此产生的荒原意识、颓废意识和虚无意识。周氏兄弟在日本留学时,已经清醒认识到西方现代性的弊端,认为当时的中西方文化都走向了"偏至"。等到40年代海派女性作家创作,西方现代性危机更加深重。以至于张爱玲在《烬余录》感慨:"去掉一切的浮文,剩下的仿佛只有饮食男女这两项。人类文明的努力要想跳出单纯的兽性生活的圈子,几千年来的努力竟是枉费精神么?事实是如此。"③

邵迎建在《传奇文学与流言人生》里开篇就将张爱玲创作放在"认同危机

---

① 孟悦、戴锦华:《浮出历史地表——现代妇女文学研究》,中国人民大学出版社,2004,第206—209页。
② 1925年5月30日鲁迅致许广平信,见《鲁迅全集》第十一卷,人民文学出版社,2005,第493页。(本文所引《鲁迅全集》作品原文均出自同一版本。)
③ 张爱玲:《烬余录》,《天地》1944年2月,第5期。

场"域下论述。作为女作家,她当然最关心女性的处境和命运,但是她没有将作品写成对社会和他人的控诉状,而是笔头内转,利用弗洛伊德精神分析理论深层次地揭示女性人性的诸种劣根性,如母亲也"吃人"、女人之间总是发生莫名的争斗等,这显然是受了鲁迅文学的影响。在"五四",鲁迅因为笔头内转,洞开国人(当然也包括女性)人性的复杂性而超出了当时所有作家,张爱玲也因为笔头内转,重点敞开了女性人性的复杂性而超越了当时所有海派作家。70年代,张爱玲曾经对前来访问的台湾作家水晶说:"他很能暴露中国人性格中的阴暗面和劣根性。这一传统等到鲁迅一死,突告中断,很是可惜。"① 由此也可以说,张爱玲自觉不自觉地继承了鲁迅文学的传统②,并有自己的创造。诚如于青所评:"张爱玲的《传奇》已经不仅仅是作品本身,而实在是一部编写了的女奴黑社会。"③ "可以说,张爱玲对女性黑幕世界的披露和揭示,与鲁迅对国民性的鞭挞,具有同等重要的意义。"④ 王富仁甚至称张爱玲为"女的鲁迅"⑤。与此相适应,张爱玲不少小说也像鲁迅小说一样使用了封套结构,如被傅雷盛赞为颇得鲁迅《狂人日记》之风味的《金锁记》,揭露女性"吃人/自吃"、自私、嫉妒、软弱的《沉香屑——第一炉香》《沉香屑——第二炉香》,揭示都市普通市民走不出战争、经济和人心之困境的《封锁》等,而且也存在悲喜剧因素互渗的现象。应该说,稍后写作的《五四遗事》最得鲁迅《狂人日记》结构、美学趣味之神韵。《五四遗事》与《狂人日记》一样通过圆圈式结构书写质疑、颠覆和嘲弄了"五四"以来的历史进化论和启蒙主义,只不过鲁迅本就是"五四"进化论和启蒙主义的代表之一,他对"五四"进化论和启蒙主义的质疑、颠覆和嘲弄是天才的自质疑、自颠覆和自嘲弄,而张爱玲却是隔着二三十年的岁月和历史变迁从新的体验和角度给予质疑、颠覆和嘲弄。另一面,张爱玲的彻底认同危机,与周作人的彻底认同危机也颇为相近。两人的创作都因为彻底认同危机而终于丧失抗争现实的力量。傅雷说张爱玲的作品"贫

---

① 水晶:《蝉——夜访张爱玲》,见子通、亦清主编《张爱玲评说六十年》,中国华侨出版社,2001,第153页。
② 刘川鄂:《启蒙文学的旗帜与唯美文学的标高——鲁迅、张爱玲比较论》,《南方文坛》2020年第5期。
③④ 于青:《女奴时代的谢幕——张爱玲〈传奇〉思想论》,见子通、亦清主编《张爱玲评说六十年》,中国华侨出版社,2001,第475页。
⑤ 转自许子东《从呐喊到流言》,《读书》2001年第4期。

血"①，陈思和说张爱玲格调"苍白"②，都是表明张爱玲创作因为彻底认同危机而存在很深的危机。至于施济美作品的绝望意识虽然没有张爱玲那么深远复杂，但是从她敢于直面绝望并选择担当和反抗这一人生姿态和艺术姿态看，她也明显受到鲁迅及其文学精神的熏染和启发。二、个人意识及其文学表达提起鲁迅，人们马上想到他是一个"民族魂"、一个复数式存在。其实，鲁迅开始弃医从文时就呼唤"人各有己""朕归于我"。"五四"之后，张扬个人的无政府主义③。周作人更是早早从五四新文化运动抽身，专门经营"自己的园地"。这种身份定位及其文学精神经过相对平稳的30年代一直延续到40年代，对于海派女性文学也产生了程度不同的影响。

周作人在那著名的《人的文学》中宣称他理解的人道主义就是"个人的人间本位主义"，已经表明他是一个现代意义上的个人主义者和人道主义者。周作人后来反对群众暴政，张爱玲也认为，"五四""大规模……浩浩荡荡"的声音"把每一个人的声音都变了它的声音"。1936年，周作人撰写《自己的文章》，剖析自己创作上的矛盾，表达自己痛苦的心理，指出今后的创作当力求消极、平淡、闲适。1944年，张爱玲也写《自己的文章》回答傅雷对自己创作的严厉批评，表明自己情愿写真实的"恋爱"，而不愿意写不熟悉的"战争或革命"；情愿写"人生安稳的一面"即"妇人性"，而不愿写"人生飞扬的一面"即"超人性"；情愿写"不彻底的""软弱的凡人"，不愿写彻底的非凡的英雄；情愿写富有"启示"性的"苍凉"，不愿写已经"完成"的"悲壮"；情愿写"现代人的虚伪之中有真实，浮华之中有朴素"，不愿写现代人的真实之中有虚伪、朴素之中有浮华；情愿用"参差对照"的手法，而不愿用"斩钉截铁"的技巧；情愿"让故事自身去说明"主题，而不愿让所谓重要主题缺乏生活的血肉支撑；且"并不赞成唯美派。……以为唯美派的缺点不在于它的美，而在于它的美没有底子"。如果说，周作人是从大叙事中退出来，张爱玲一开始就拒绝大叙事。

无独有偶，同一时期，苏青也曾撰写《自己的文章》，指明"我很羡慕一般的能够为民族国家，革命，文化或艺术而写作的人，近年来，我是常常为着生活而写作的"，道尽自己为何写作和为何只能如此这般写作的苦衷。苏青的

---

① 迅雨（傅雷）：《论张爱玲的小说》，《万象》第三卷第11期，1944年5月。
② 陈思和：《中国现当代文学名篇十五讲》，北京大学出版社，2003，第273页。
③ 见《鲁迅全集•两地书》，人民文学出版社，2005，第493页。

创作纯属家长里短、日常生活审美，如张爱玲所评，"她的理性不过是常识"①，但是这"常识"的书写也与周氏兄弟的文学传统存在一定关联。苏青在《关于我——〈续结婚十年〉代序》里坦言："念书的时候，……所看的书又是新文艺居多数，于是也就试着投稿，居然有几篇被采用了"。她读的"新文艺"书里肯定有周氏兄弟的作品，因为她从鲁迅那里借鉴了关注孩子和女性的思想，从周作人那里还学习了散文创作的文风。有的研究者指出，她的散文《教子》《救救孩子》《第十一等人》等就直接从鲁迅的散文《死》《灯下漫笔》《娜拉走后怎样》《狂人日记》等作品寻求思想资源和艺术灵感②。另一面，她受周作人影响也更深入、全面一些。

上海沦陷时期，周作人在《中国的思想问题》《我的杂学》等文中反复征引《礼记》中的"饮食男女，人之大欲存焉"表达人的基本生命诉求和坚强生存意志，在当时颇有影响，苏青受其启发，在《谈女人》中进一步将"饮食男女，人之大欲存焉"重新标点，改为"饮食男，女人之大欲存焉"以表达女性的基本生命诉求和坚强生存意志，在当时沦陷区引起更大的轰动。苏青散文虽无周作人散文那样渊博的学识、深刻的思想和浓厚的学院派气息，显得相当通俗、生活化，但依据性科学知识，大胆破除性羞涩、性禁忌，畅谈自己作为女人结婚、生儿育女的身体感受，揭示女性在男性中心社会从居家到"涉世"所遭受的不公平待遇及由此形成的特异心理包括性变态心理，其真实、自然、坦荡、本色、活泼而又不乏睿智和隽永的文风与周作人的散文又颇有契合之处。周作人散文如《乌篷船》《娱园》《故乡的野菜》《菱角》《结缘豆》等谈日常吃穿住行涉及家乡风物，思念之情跃然纸上，苏青散文如《过年》《谈宁波人的吃》《豆酥糖》《外婆的旱烟管》等也不例外。苏青最早在林语堂、陶亢德和邵洵美先后主编的《论语》和《宇宙风》上发表文章，而作为"五四"以来小品文创作的代表者周作人正是《论语》《宇宙风》的主要撰稿人之一，经常在《论语》《宇宙风》上发表作品包括推介蔼理斯的作品，作为青年试作者，苏青注意其文学活动并受其创作影响也是可以理解的。其实，在当时的上海沦陷区，周作人的影响是普遍的，许多具有复杂背景的报纸杂志如南京的《中华日报》副刊《中央周刊》《苦竹》、上海的《古今》《风雨谈》《杂志》《天地》等都以争得他的供稿为荣，其中，《苦竹》《风雨谈》这些刊物的命名显然受惠于

---

① 张爱玲：《我看苏青》，《天地》1945年4月，第19期。
② 王一心：《苏青传》，学林出版社，1999，第87—90页。

其小品文的启发。苏青创办《天地》后,也特邀周作人在上面共发表文章六篇,发表照片一帧;两人关系逐渐熟悉后,苏青还特邀周作人为自己的《结婚十年》《浣锦集》《饮食男女》题签,印证了苏青所谓"他老人家永远是那么热心帮助后辈"之言①。在此情况下,经常在相同或相近报纸杂志发表文章的张爱玲、苏青与周作人相互呼应,沆瀣一气,文风相通或相近也是自然之势。至此,从30年代开始的京海合流迎来第二个小高潮。三、担当意识及其文学表达存在主义认为,人生本来就是荒诞、偶然和非理性的——人是被抛掷到世上来的;存在先于本质,人生的价值就在于正视人生困境并积极担当之;人生就是选择、担当,不选择、担当也是一种选择、担当,不过是一种消极的选择和担当;逃避积极选择和担当的责任就是逃避人生的自由。显而易见,鲁迅是人生的积极担当者,周作人逐渐蜕变为人生的消极担当者,他们的文学创作也应如是观,并且分别影响了40年代海派女性作家及其文学创作。一般而言,施济美及其文学更靠近鲁迅的传统,属于积极的担当者,张爱玲、苏青、潘柳黛等及其文学更靠近周作人的传统,属于消极的担当者。

新时期以来的海派文学研究,一般把施济美所属的东吴系女作家创作也纳入其中,可具体考察,东吴系女作家创作与张爱玲、苏青所代表的典型海派文学也有不小的区别。面对"乱世、末世、浮世和男世"处境②,她们的创作也呈现出绝望的忧伤,也从来没有走出个人生活叙事,但是她们的文学不张扬"饮食男,女人之大欲存焉",不认同世俗的物欲和性欲人生,对于现实,不采取一味逃避的态度,相反,她们敢于直面人生的悲惨和痛苦,施济美还曾动人地吟咏:"能够承担痛苦,就是最美的人生;怎能不因这一缕凄凉的况味而歌唱呢?/'悲哀能将人的情感,锻炼得更纯洁,高尚。'……"③由是,海派女性文学呈现出一种可贵的多元态势,丰富了现代海派女性文学的内涵。施济美祖籍也是绍兴,这一点与周氏兄弟可谓无意的巧合。绍兴自古乃报仇雪耻之乡,施济美显然继承了绍兴精神中"刚"的一面④。其父是哥伦比亚大学留学生,之后长期在海外给著名外交官顾维钧当"助手"。她出生在北京,童年在扬州,青少年在上海读培明女中和东吴大学。显而易见,这样的出身、视野和

---

① 苏青:《〈饮食男女〉后记》,见方铭主编《苏青文集》散文卷下,安徽文艺出版社,2016,第184页。
② 左怀建:《不该被遗忘的作家——施济美及其小说》,见左怀建:《边缘游走——中国现代文学分析》,中央编译出版社2010,第47页。
③ 施济美:《生·死·梦》,《潮流》1944年7月,第2号。
④ 胡山源:《文坛管窥——和我有过往来的文人》,上海古籍出版社,1997,第113页。

成长经历必促成她心理、气质和精神结构的综合性、复杂性和理想性。她从小天资聪颖，才华渐露，陈义也高①，古典"小姐"情结很重，正值青春年华，所爱之人——同学兼好友俞昭明的弟弟俞允明在迁居四川乐山的武汉大学校园内被日本侵略者的飞机炸死。这一悲剧事件彻底改变了施济美此后的人生。写作对于她来说，就是对往事的追忆，对爱人的思念，对理想的守护，对现实的反抗，对自我生命的救赎。之后，她终身未嫁。面对混乱、险恶和世俗的都市环境——那"比监狱都更坏的地方"②，她张扬一种超越的美、抵抗的美、对绝望勇于担当的美。这一点无疑与鲁迅及其创作非常接近。她的小说《圣琼娜的黄昏》（后改名为《三年》）《凤仪园》《蓝园之恋》《嘉陵江上的秋天》等都张扬长时段爱情的寻找和坚执，而另一些小说如《暖室里的蔷薇》《群莺乱飞》（后改名为《金陵十二钗》）《玛莉马》等则讥讽虚荣和软弱的女性。特别是《凤仪园》，主人公冯太太等待丈夫归来十三年，十三年后实在忍受不住爱欲的焦渴，主动引一个工科大学生来家做孩子的家庭教师，并与之发生一夜情，但为了维护女性人格和尊严，也是对于人生和人性缺陷的清醒体认，她还是及时将这一大学生委婉辞退并送他远去。今后的冯太太将孤独一生，但她似已做好了迎接和担当的准备。面对华年不再、爱恋不再的孤独和绝望，她的精神人格因此而升华了。萧红是鲁迅文学精神的继承人，而她又深受萧红影响。萧红有《呼兰河传》《后花园》等作品，施济美有《凤仪园》《莫愁巷》《柳妈》等作品。特别是"在《莫愁巷》中，作者展现了一个更为广阔的下层人生世界。她写出了一群小人物的原始、麻木、愚昧，但也写出了他们的诚实、质朴、坚忍、善良。作者惊奇地发现，她笔下这群卑微而又卑微的小人物，面对一个大的不可以战胜的命运，他们不是分裂，而是团结，不是逃避，而是默默承受、担当。……他们不仅敢于'向生而死'，而且敢于'向死而生'。……'担当'是这篇小说的重要命题。"③显而易见，小说因此而具有了一定的存在主义内涵。与此相适应，施济美这类作品比萧红同类作品少了些"淡漠、阴冷和荒凉，而多了些关心、温暖和期待"，结尾也从死亡封闭走向生存与开放，并由此达到了20年代国民性话题在40年代文学语境中的修正，从而使鲁迅的文学传统在30年代左翼修正之外又增添了新的质素和新的形态。

---

① 施济美：《逝水》，上海：《天地》，1944年1月，第4期。
② 薛采蘩（施济美）：《岸》，《幸福》1948年10月，第2年10期。
③ 左怀建：《论施济美的小说创作》，《中国现代文学研究丛刊》2002年第1期。

1943年10月，苏青创办《天地》，延揽的撰稿人不少是当时文坛名流，其中也包括周作人，新人里也有施济美。苏青在《天地》第四期"编者的话"里专门推介，说施济美"文笔美丽生动"，并预告其"嗣后亦将为本刊长期执笔"，但事实上，施济美除在这一期《天地》上发表一篇《逝水》外，以后再也没有为《天地》供稿。可见，同样是个人化写作、市场化写作，施济美等东吴派女作家与张爱玲、苏青和潘柳黛等也不尽一样。张爱玲、苏青、潘柳黛们的为人与为文都更接近周作人。"苟全性命于乱世"，这是周作人常说的话，而张爱玲、苏青、潘柳黛们恰恰也有这种倾向。面对当时的言论压力，苏青辩白说："假使国家不否认我们在沦陷区的人民也尚有苟延残喘的权利的话，我就是如此苟延残喘下来了，心中并不觉得愧怍。"①这就与周作人的"苟活"精神有了勾连。这也应该是他们都能同时在不少背景颇为复杂的报刊上发表作品的一个前提，也是一个结果。具体到张爱玲及其创作，王安忆认为："张爱玲的人生观是走在了两个极端之上，一头是现时现刻中的具体可感，另一头则是人生奈何的虚无。在此之间，其实还有漫长的过程，就是现实的理想与争取。而张爱玲就如那骑车在菜场脏地上的小孩，'放松了扶手，摇摆着，轻惰地掠过。'这一'掠过'，自然是轻松的了。当她略一眺望到人生的虚无，便回缩到俗世之中，而终于放过了人生的更宽阔和深厚的蕴含。从俗世的细致描绘，直接跳入一个苍茫的结论，到底是简单了。于是，很容易地，又回落到了低俗无聊之中。所以，我更加尊敬现实主义的鲁迅，因他是从现实的步骤上，结结实实地走来，所以，他就有了走向虚无的立足点，也有了勇敢。"②台湾的李渝指出：绝望意识下，与萧红相比，"她的优越的一面却也隐藏着她的缺陷，作为叙述者，张爱玲从来不曾，不想，从堕落中自拔出来，升越在题材之上，促生出叙述的高度。卓越小说家们所具有的距离意识，提升题材，张爱玲似乎并不在乎。她的眼睛虽然寒冷透彻，语声却是沉溺性的，而且可以沉溺到自虐、虐待和被虐狂的地步，不但不建筑尊严（即没有正面的积极的担当——笔者），反倒冷静地和人物一步步塌陷下去，一起落入无光的深渊。"③这里，笔者无意苛责于这几位作家，而只是指出，她们那种偏于个人日常化、物质化、欲望化

---

① 苏青:《关于我——〈续结婚十年〉代序》，见方铭主编《苏青文集》散文卷下，安徽文艺出版社，2016，第159页。
② 王安忆:《世俗的张爱玲》，见子通、亦清主编《张爱玲评说六十年》，中国华侨出版社，2001，第391页。
③ 李渝:《跋扈的自恋》，见陈子善编《作别张爱玲》，文汇出版社，1996，第82页。

的写作在弥补了中国现代文学史之缺陷的同时也付出了不小的代价。

如人们所熟知,"文学即人学"。一个作家的面世态度、审美取向决定其创作的个性和风貌。多灾多难的中华民族20世纪前半期,催生出多少作家的文学创作,而其中,积极与消极、担当与放弃、进取与后退、建构与解构以及言与不言等等,始终是文学审美的悖论所在。无疑,鲁迅主要代表积极、担当、进取、建构的一面,而周作人主要代表消极、放弃、后退、解构的一面。他们分别从不同方面深刻影响了中国现代文学包括40年代海派女性文学的某些发展走向。饶有兴味的是,新时代语境下,周氏兄弟文学的价值、40年代海派女性文学的价值将再一次经受历史的考验?有一点是肯定的,人生是多元的,文学也应该是多元的,无论人生有多少惨痛和绝望,都无可回避,而勇敢地担当才是人类精神的优胜之选,文学审美及其表达也才因此而升华出更高、更丰富的意义。